中国传媒大学"211工程"建设项目
ZHONGGUOGUANGBODIANSHIWENYIDAXI

中 国 广 播 电 视 文 艺 大 系

1977—2000

# 电视剧卷

李兴国 卢 蓉 ◎ 主编

(上)

中国广播影视出版社

# 《中国广播电视文艺大系》
## 编 委 会

主　　　编　李兴国

执 行 主 编　李兴国　周靖波　毕根辉　施旭升
　　　　　　　陆　健　游　洁　卢　蓉

执行副主编　孟　梅

编　　　委　（按姓氏音序）
　　　　　　　戴　清　陆　健　卢　蓉　孟　梅
　　　　　　　施旭升　杨　燕　游　洁　杨荣誉
　　　　　　　徐　辉　周靖波

编 辑 统 筹　孟　梅

# 《中国广播电视文艺大系·电视剧卷》
## (1977-2000)

## 编委会

| | |
|---|---|
| 主　　　编 | 李兴国　卢　蓉 |
| 编纂组成员 | 李兴国　卢　蓉　邹韶军 |
| | 张雯彦　张　蕊　李　季 |
| | 闫　琳　黄　璇　张　瑶 |
| | 戴　灿　夏　源 |

中国广播电视文艺

# 总　序

　　随着我国广播电视事业的不断发展，以电视剧、广播剧、电视综艺晚会、电视纪录片等为代表的广播电视文艺作品已经成为当今中国社会受众面最广的艺术形式，与此同时，广播电视文艺理论和作品批评也蔚为大观，广播电视艺术学，已经成为艺术门类中独立的二级学科。

　　为了改变长期以来"广播电视艺术学"学科发展和资料建设之间的不均衡现象，也为了收集和保存不断发展变化中的广播电视文艺作品和理论成果，给研究者们提供较为系统、翔实的资料，我们借"211工程"学科建设之东风，组织相关学科的专家和学者，搜求爬梳，去芜存菁，在2008年编订出版了多卷本《中国广播电视文艺大系（1977—2000）》，对20世纪的广播电视文艺作品和理论研究做了系统的整理和总结。这套"大系"在出版发行后取得了良好的社会效益，2009年10月，入选由中宣部和新闻出版署共同组织评定的"庆祝新中国成立60周年百种重点图书"。

　　2008年，"中国广播电视文艺大系（2001—2010）"课题又入选中国传媒大学"211工程"第三期。进入21世纪后，信息与通讯技术以日新月异的发展速度改变着全球经济和大众的文化审美意识，广播、电视等传播媒介迎来了前所未有的发展机遇，广播电视文艺节目随时"刷新"节目形态和传播理念，以适应现代受众的审美需求。21世纪的广播电视文艺作品在数量上浩如烟海，形态上异彩纷呈，理论研究也呈现出百家争鸣。可以说，与上一期的"大系"工程相比，"中国广播电视文艺大系（2001－2010）"课题研究成果的编辑出版面临着更加复杂、更加艰巨的挑战。

十年磨一剑。我们终于将《中国广播电视文艺大系（2001－2010）》奉献于社会和同仁面前。朱熹有云："所以继往圣，开来学，而大有功于斯世也。"我们不敢妄称继往开来以居功，若殚精竭虑的搜求整理能够为相关领域研究提供切实的帮助，能够为推动广播电视艺术学体系的完善贡献绵薄之力，则喜莫大焉。由于广播电视艺术具有载体特殊、节目形态时时求新求变等特点，更兼学海无涯，文本中力有未逮或偏颇缺漏之处，亦愿虚心求正于方家。

《中国广播电视文艺大系》编委会
2015年2月

电视剧卷　DIANSHIJUJUAN

# 《中国广播电视文艺大系·电视剧卷》
# (1977—2000)

## 编纂说明

　　中国电视剧的起步发生在1958年,这一年的6月15日,当时的北京电视台(中央电视台的前身)以直播的形式播出了中国历史上第一部"直播电视小戏"《一口菜饼子》,这是中国电视剧诞生的标志。但当时中国电视尚不具备影像保存能力,未有影像资料存留,亦无剧本存世。尽管也留下了当时人只言片语的回忆,但本书以收集、保存第一手资料为宗旨,只有第一手资料才能将读者带回历史的现场。因此这部划时代的作品,就只能作为"缺席的在场"(absent presence),留下历史的缺憾了。

　　早期电视剧以单本剧为主,因篇幅短小,尚可全剧照录。但在电视剧日益长篇化、大型化的今天,一部电视剧动辄数十集,而连续剧及其长篇连续剧成为主流后,就无法全剧收录了。限于本书篇幅以及整套《中国广播电视文艺大系》的丛书体例要求,对电视连续剧,我们经过数次研讨,广泛听取专家意见,最终采用收入首集或发生大事件的剧集的方式。这样的方式虽存在读者无法通过本书了解一部电视剧的全豹等诸多问题,但至少能令观众对人物的性格、故事的基本风貌有一个大致的了解,也可以通过书中标注的资料来源继续查看相关信息。在编选工作中,我们常感"挂一漏万",遗珠之憾每每痛之,但确属无奈。希冀通过本书编撰工作团队竭尽所能的抢救性收录,这些一一拾拣起来的中国电视剧的"历史的碎片",却也能在一定程度上被看作"过去本身"。

　　中国电视剧从草创到逐渐成熟,电视剧文学剧本的格式也有一个演变的过程,有话剧剧本模式、电影剧本模式、电视小说模式等。为保存历史原貌,剧本格式一仍其旧。或许读者会发现书中电视剧本的格式五花八门,但这恰恰是我国电视剧成长的真实面貌。如果读者可以从剧本格式的变化中感受到中国电视剧艺术发展的轨迹与脉络,这也正是我们想达到的效果。部分作品确因剧本无迹可循,工作人员只能通过音像制品进行文字采录,并注明其来源供资料索引之用,其中出现的缺失错谬,请读者见谅并不吝批评指正。

　　根据《中国广播电视文艺大系》一期工程的体例要求,本书的选编范围为1977—2000年。需要说明的是,《中国广播电视文艺大系·电视剧作品卷》共分上、下两卷,是自中国电视剧的创作及史论研究走过三十多个年头以来,首次由国内高校主持,从基础研究层面,全景式地对中国电视剧作品进行抢救性史料搜集与整理工作的成果。编撰者希望能

中国广播电视文艺大系　1977—2000

够以此为中国内地电视剧作品的研究提供一个有据可循的"资料工具书",为中国电视剧艺术学科的完善填补长期缺失的物质条件。本套电视剧作品卷的选编范围有两个基本要求,即1. 凡进入本作品选的电视剧作品,必须在中国国内电视机构播出。2. 以首播时间为标准,从1977年至2000年间播出的作品。选录原则:一、历年获重要奖项作品(以一等奖为主)。以国家级重大奖项为参照,兼顾省级评奖中影响大的作品和在社会上引起广泛关注的作品。具体奖项包括政府奖项,如中国电视剧"飞天奖"、"金鹰奖"、"五个一工程"奖、电视文艺"星光奖"、金童奖等;中国视协所设或行业系统奖项,如全国优秀军事节目奖等;部分国际奖项,如中国国际电视节白玉兰奖(上海)、金熊猫奖(四川)等。二、学术研究视野中有典型意义的作品。三、虽不算优秀,但带有早期演进痕迹的、有研究价值的作品。四、确因资料收集困难,作为同时期同类型题材替代作品。

编纂工作组<br>
2013年9月

# 目　录

## 上

### 1979

有一个青年 …………………………………………（ 1 ）
女友 ………………………………………………（ 18 ）

### 1980

凡人小事 …………………………………………（ 34 ）
洞房 ………………………………………………（ 54 ）
宝贝 ………………………………………………（ 67 ）
鹊桥仙 ……………………………………………（ 81 ）
首席法官 …………………………………………（ 98 ）
微笑 ………………………………………………（113）

### 1981

新岸 ………………………………………………（128）
大地的深情 ………………………………………（155）

### 1982

蹉跎岁月 …………………………………………（173）
武松 ………………………………………………（187）
鲁迅 ………………………………………………（202）
周总理的一天 ……………………………………（215）
家风 ………………………………………………（225）

奖金 ………………………………………………… (239)

## 1983

高山下的花环 …………………………………… (253)
女记者的画外音 ………………………………… (268)

## 1984

今夜有暴风雪 …………………………………… (297)
走向远方 ………………………………………… (312)

## 1985

四世同堂 ………………………………………… (326)
寻找回来的世界 ………………………………… (336)
甄三 ……………………………………………… (344)

## 1986

努尔哈赤 ………………………………………… (354)
凯旋在子夜 ……………………………………… (363)

## 1987

红楼梦 …………………………………………… (372)
西游记 …………………………………………… (382)
严凤英 …………………………………………… (399)
乌龙山剿匪记 …………………………………… (409)
便衣警察 ………………………………………… (420)
秋白之死 ………………………………………… (434)
好爸爸坏爸爸 …………………………………… (440)

## 1988

末代皇帝 ………………………………………… (450)
花鸽子 …………………………………………… (459)
篱笆、女人和狗 ………………………………… (489)

## 1989

上海的早晨 …………………………………………（507）
有这样一个民警 ………………………………………（532）
十六岁的花季 …………………………………………（569）

## 1990

渴望 ……………………………………………………（588）
围城 ……………………………………………………（600）
杨乃武和小白菜 ………………………………………（614）

# 1979

## 有一个青年

首播时间：1979年
首播电视台：中央电视台
摄制单位：中央电视台
编　　剧：张洁、许欢子
导　　演：蔡晓晴
摄　　像：白钢、陆矛
主　　演：张铁林、方舒、沈丹萍
获奖情况：第一届（1980年度）中国电视剧飞天奖电视剧一等奖。

**剧情梗概：**

　　青年顾明华的父母常年居住在国外，他和妹妹生活在一起。顾明华到了该结婚的年龄，给他介绍对象的人络绎不绝，但这些姑娘中，却没有一个是他中意的。他接受不了姑娘们只讲究穿衣打扮、捏着鼻子说话的做派。顾明华最大的愿望就是寻找到真正的爱情，他也明白这个愿望的实现何其艰难。

　　焊接车间要进行技术考核，顾明华带领的小组焊接的不合格产品最多。余达昭认为问题的根本在于应该改变手工操作的传统，实现对接焊的自动化。这一想法得到了大家的认同。对接焊的自动化技术尚未引进到国内，研究资料也全部是英文的。小组的其他成员因此都泄了气，研究的重任落到了略懂英文的顾明华头上。

　　第一次进图书馆的顾明华有点茫然，不知如何查阅资料，一位名叫徐薇的年轻姑娘热情地帮助了他。以后的很长一段时间，逢星期五厂休，顾明华都在图书馆度过。一天，他又遇到了徐薇，这时他才知道这位捧着高等院校英文教材的姑娘只念完了初中。徐薇说的一句话"咬紧牙撑上去"深深地震动了顾明华，以至于再想起徐薇时，他想到了真正的"爱情"这个词。徐薇看到顾明华在图书馆不吃午饭、坚持苦读的情景，也被感动了。在一个雨天，顾明华冒雨为徐薇买来一把伞，自己却被雨淋了，也丢失了好不容易得来的姑娘的联系方式。

　　顾丽华送给哥哥两张《天鹅湖》的票，让他叫上朋友去观看。顾明华和王小明在影院吸烟，引起了一位姑娘的反感，这位姑娘正是徐薇。顾明华难受地离开了剧院。

再去图书馆，顾明华遭到的是徐薇的冷眼。直到有一天，徐薇和其他大学生去顾明华所在的工厂参观，看到已在自动化方面做出成绩的顾明华，她终于露出了久违的笑脸。顾明华下定决心追求这位人好、心好的姑娘，两个同样充满斗志的年轻人走到了一起。顾明华终于找到了他理想中的真正的爱情。

文字整理：张蕊

资料来源：根据 56.com 视频网提供的视频完成文字整理。

具体参见 http://www.56.com/u16/v_NTI2OTU4NDQ.html

## 剧本

### 《有一个青年》

清晨。

车水马龙的大街。十字路口各种车辆川流不息。

自行车队里，一个不修边幅的小伙子——顾明华，他驶进十字路口，瞟了一眼指示灯，红灯亮了，他不予理睬，加一把劲闯了过去。

岗楼中的民警气愤地站了起来。

顾明华继续前行，几乎与侧面过来的自行车撞上。

民警招呼他停车。

他很快地骑过十字路口，回过头来朝民警调皮地一笑。

画面定格，叠字幕：有一个青年。

字幕清去：顾明华继续自在地蹬车向前。

一对青年男女在人行道上散步，顾明华投过羡慕的一瞥。

又一对青年并肩骑车，他们亲热交谈，顾明华经过他们身边，女青年幸福的笑声引起他的注意。

他继续缓行，沉思着。树影从他脸上掠过。

画外音，他的内心独白：

"我真想爱上一个理想的姑娘，为什么就偏偏遇不上呢？当然，随随便便找个对象并不难，可我想要找的是真正的爱情。"

顾明华的脸上，现出遗憾的微笑。

十字路口，报纸杂志售书亭旁，顾明华停下车来，买了一份杂志，毫无兴味地瞄了两眼，往口袋里一插。回身发现卖冰棍的，买了两根，剥下纸来，随手往地上一扔。

一个姑娘和妈妈恰巧走来。小姑娘指着顾明华扔在地上的纸："妈妈，你看这个叔叔乱扔冰棍纸，我们老师说了，不能往地上乱扔脏纸。"

顾明华回头瞪了她一眼。

妈妈对小姑娘说："乖孩子，那你去捡起来吧。"

小姑娘捡起纸看了顾明华一眼:"哼!不听老师的话!"
顾明华不屑地举起冰棍逗她一下,骑车走了。

某工厂大门口。上下班的工人来来往往。
王小明骑车从厂里出来,他老远就看见进厂的顾明华,大声招呼:"哎,哥们儿——"
两人在门口相遇,王小明立刻一脚蹬地:"哥们儿,那小妞儿怎么样?"
顾明华停住车,满不在乎地:"吹了!"
"她不同意?"
"不!我不同意!"
王小明跨下车来:"我瞧不错嘛!"
顾明华欲答。来上班的余达昭和陆彩凤经过他们身边,彼此互相打招呼。
一群骑车的工人经过,人们响着车铃,对他们嚷着。
"靠边!靠边!"
"这俩人,哪儿不能谈话,专拣大门口。"
他们把车子往路边移了移。
顾明华:"哪儿不错?"
王小明一时也想不出词儿来,用大巴掌在自己脸上晃了一圈:"……盘儿呀!"
顾明华竖起大拇指往脑门儿上指了指:"这儿可不怎么着!"
"怎见得呢?"
顾明华无所谓地笑笑:"啊哈,她只关心我老子那块招牌!"
"那有什么大不了的,现在差不多都是这样。"
"有什么大不了的?正经挺要紧的!头一次见面就让我爸爸给她带块外国表来。"
"给她一块不就得了!"
"我倒不是抠门儿,我就是见不得这号儿人,越是这么着,对不起,吹!"他看看表,蹬上车走了。
"回见!"他回过头来,朝小明调皮地一笑。
王小明无可奈何地摇摇脑袋,对着镜头,又用大巴掌在自己脸前一晃:"挑劲?对付一个得了!"

闪烁的火星,耀眼的弧光。
顾明华从焊件上抬起头来,掀开面罩,对着镜头,鄙夷地:"别看我这副尊荣,每月才挣四百一十大毛……哼,我还不愿意跟那些只讲究打扮的小妞们扯淡呢!我一听她们捏着鼻子说话我就来气儿!就跟她们全得了感冒似的!……"
一只大手拍在他的肩上,镜头拉出,车间主任田保安笑嘻嘻地站在他旁边:"怎么啦,小伙子?怎么直发愣啊?"
顾明华被人揭穿了自己的秘密,低头一笑:"没什么,田师傅。"
田保安走到焊件旁看了看:"质量不行,可是最大的浪费啊!明华,把你们班的质量抓一抓。"

他又走到顾明华身边:"听说,有人给你介绍对象呢?"
顾明华支吾:"看您说的,田师傅,没影的事儿!"
田保安关心地:"你父母都不在身边,这种事要看准点儿!"
顾明华感动地点点头。

顾明华家。
明华的妹妹丽华拿着一块衣料在穿衣镜前比试着:"哥,好看吗?"
明华正在吃午饭,他看着妹妹在镜子前转来转去,皱了皱眉头:"快吃吧,小姐!"说着,又拿出一个包子,一口全填进嘴里去了。
丽华挑剔地:"这就是午饭?"
他不客气地:"想吃别的自己做!"
"我没时间!"
"把你照镜子的时间缩短十分之一就全有了!"他又塞进嘴一个包子。
丽华瞪了他一眼,娇滴滴地:"德行样儿!"
他火了,用力一捶桌子:"我跟你说过多少次了,别这么捏着鼻子说话,这儿没人爱听!"
丽华眨着大眼睛,当哥哥发脾气的时候,她有点怕他:"管着了吗!"
"怎么管不着?既是双亲大人都远隔重洋,你就委屈点吧!"
她转过身去,小声嘟囔着:"该让你找不上对象才好呢!"
他笑了:"快吃吧,包子要凉了。"一回身,发现放桌上的信:"呦,爸爸来信了,你怎么不早说?"
"哼!瞧瞧吧,爸爸说的可都是你!"
明华看信,丽华走到哥哥身边不停地唠叨:"妈妈经常为你晚上睡不着觉,爸爸对你也不放心,让你考虑个人生活问题一定要慎重,嗯?"
明华不耐烦地摆摆手,耳边响起父亲的画外音:
"我们还是希望你能抓紧时间多学习点。你们这一代青年不能碌碌无为,虚度青春,你一定要坚定自己的事业心,为了实现四个现代化,尽快提高自己的文化水平,你还应该把英文拾起来,对你的工作会有用处,我相信你会学好的。"
明华叹了口气:"唉,爸爸说得多容易!"
"好好学学吧!"丽华有点儿得意。
"你自己呢?"
"我上班去了!"她眨了眨眼,回身走了。
明华回手打开收音机,正播放着英语讲座,他认真听起来。
焊接车间。行车来来往往搬运着焊件。电焊火花闪闪烁烁,弧光此起彼伏。工人们紧张地劳动着。
顾明华认真地焊接,不时停下来,摘下面罩,用心抚摸着焊件,满心欢喜。
几个工人在旁边聊天,抽烟。王小明正给大家讲一个什么电影,说得绘声绘色,指手画脚。大家不时发出哄堂笑声。陆彩凤手里不停地打着毛线,听得津津有味。
顾明华听见,抬起头来喊:"王小明,干活儿了,干活儿了!"

有的工人听见组长在叫，走回来接着干活。王小明兴犹未了，还拉着彩凤说个不停。

顾明华瞪他一眼。

小明做了个鬼脸，回来干活。

外号"眼镜"余达昭拿了一件刚检验完的产品来找顾明华。

车间主任田保安东张西望找人，他走到彩凤身边，看她焊活："使点儿劲啊！"

"使着呢！"彩凤与田师傅招呼。

田保安过来，余达昭把不合格的焊件给他看："师傅，您看！"

"谁的？"田保安问。

"王小明的。"顾明华叹了口气。

"干活儿的时候就是不集中，脑子里也不知想什么。"田保安熟知小明的毛病。

"眼镜"："挺聪明的，可就是不好好干，成天神吹。"

田保安："我正为这事儿找你们哪。厂里最近接受了一批新任务，质量要求高，领导上决定要进行一次技术考核，合格的才能参加，你们班的质量可得抓一抓。"他看了他俩一眼，"告诉大家，要准备参加考核。"

"眼镜"："咱们那台全位置焊管机要是发明成功，就省事儿了！"

顾明华："废话，不是还没成功吗！"

田保安："好了，好了，那是后话，先考虑考虑手工操作的问题吧。我去通知其他班组。"

车间里。顾明华小组在进行考核。

顾明华："现在考核开始！"

四五个人打着了焊钳，火花飞溅，弧光闪耀。

围观的工人交头接耳，田保安、顾明华严肃地看着。

顾明华："下一组——王小明、陆彩凤、余达昭、白铁，还有你——小孙，准备！"

王小明不在乎地："哥们儿，瞧我的！"

彩凤："哎呦，我紧张得心怦怦跳。你瞧，手都哆嗦了！"

"眼镜"很稳重。

白铁和小孙互相鼓励。

几个人接着焊起来。

王小明一上来就捅了个娄子。

陆彩凤的手真的抖个不停。

余达昭焊得利落、漂亮。

田保安和顾明华交换眼色。

火星飞溅，焊条嗞嗞，弧光闪闪。

一堆切割开的焊管。

田保安、顾明华逐个审视着，分成合格、不合格两堆。

青工们围着，屏声静气、鸦雀无声，等待"宣判"。

田保安对大家看看，笑嘻嘻地："怎么，不咋呼啦？！"

王小明："师傅，该撸就撸吧，别卖关子了。"

田保安:"我就知道你的一张嘴,最沉不住气的就是你。"

大家哄堂大笑。一个工人朝王小明做个怪象,王小明给了他一拳。

田保安:"瞧瞧,你们班二十多个人就这么一堆——十四个,"他严肃地望着大家:"十四个啊,不合格的。如今我们生产任务一天比一天紧,质量要求一天比一天高。要是我们大伙儿焊的活儿都是这样的质量,你们看看怎么办?"

大家默不作声。

田保安:"咱们这可不是在家里烙饼,这张生了,那张糊了,自己凑合就吃了。咱们干的是国家的百年大计呀。同志们,马上就要焊高质量的活儿了,怎么,就他们几个人焊,咱们大伙儿都在旁边瞧着,聊大天?不行吧!可怎么解决这个问题呀?顾明华,你领着大家好好研究研究,我马上有个会,就不参加了。"他转身欲走,王小明吐了下舌头,田保安拍下他的肩膀:"小伙子,可不能光贪玩儿了。"

二十几个人面面相觑。一个小青年叹了口气:"是呀,真够现眼的。"

几个不合格的找出自己的焊件,看着,惭愧不安。

"怎么搞的吗?!"白铁埋怨着自己。

顾明华挥了一下手:"我说,哥们儿——"他看见几个姑娘,然后立即更新说:"同志们,咱们别怨天怨地的!"

白铁紧接着:"真的,谁他妈愿意现这个眼!"

顾明华:"说正经的,大伙儿说说究竟是怎么回事?"

王小明:"老田头今天是存心拿咱们一手,这也太难了,我费了不少劲,不是有气孔,就是加沙。"

陆彩凤:"电压、电流都符合焊接规范嘛!"

余达昭:"我看,关键在于焊钳是手工操作的,这就不能保持弧光不变。又是固定管,在不同的位置上,焊条角度,焊接速度都要适应。只看电流电压也是白搭。"

大家开了窍,十分赞同。

顾明华把大拳头往余达昭身上一捶:"小子,真有你的!我们是得练好基本功,还得改变手工操作,搞自动化。"

余达昭:"听说外国已经有一种用于耐高压固定位置对焊接的自动化设备……"

顾明华:"那你就给咱们研究研究!"

余达昭:"别乱了,ABC不认识我,我也不认识它。你还不知道,我这点初中程度,和小学生差不多……"

小孙赞同道:"是啊,这十几年,可把咱们坑苦了。"

王小明:"顾明华,还是你来吧!"他对大家:"他行,他的英文有底,他爸爸教过他!"

顾明华:"好了,先干活儿吧,等下班咱们认真开个会。"

下班了。顾明华班组的班会正在进行。

顾明华:"那好,咱们就这么说定了,打明儿起咱们就练基本功,下面,咱们再研究研究自动化!"

王小明:"用得着咱们研究吗?找技术员、工程师去。"他说着就走,陆彩凤跟着也走,余达昭急忙阻拦:"哎,彩凤,你别走啊……"

"我呀,是练基本功的料,你们研究吧。"她溜了。

余达昭:"你们这是什么态度,考核那么多人不合格,咱们不解决行吗?"他总是很认真的。

王小明:"你积极,你留下。我可没拿那份技术员的工资,什么都咱们研究研究,要技术员工程师干嘛?"他还满有理。

顾明华火了:"王小明,你……"余达昭一把拦住他。

王小明嬉皮笑脸:"哥们儿,你还别来硬的,你瞪眼也白搭,我还是这就走!"他把书包一甩,扬长而去。

大家骚动起来。

白铁:"算啦,咱们还是实际点吧,从明天开始我保证练基本功。"

小孙:"咱们懂什么呀。"

群众议论纷纷。

"没戏!"

"白耽误工夫!"

顾明华气极:"走,走,你们都走!"

工人们有的吐吐舌头,有的若无其事,有的犹豫不决,闹闹嚷嚷走了。

余达昭走到顾明华身边:"我找技术员小吴去。"

顾明华涨红了脸,激动地:"我非争这口气不可!"

"我非争这口气不可……"这坚定的声音在回荡,发出响亮的回声。

顾明华刚毅的目光,他用力抓起工作服甩到肩膀上,大步走去,跑出车间。

街道。顾明华蹬着车驶过北海公园大桥。

北京图书馆门口,顾明华陌生地东张西望。

图书馆主楼,顾明华背着书包直冲而入,被门口的工作人员拦住:"同志,把书包存那边。"

顾明华不知所措,存了书包,依工作人员指点,领了入门证,走向查号大厅。进入这庄严的领地,他有点茫然,不知从何下手。

两个读者在查号,低声交谈,顾明华正要去问,那两个人查完书目,送回小抽屉,走了。

顾明华走向另一读者,还没等他走过去,人家也走了。他尴尬地站在那里,拉出一个个抽屉,却没有他要找的书目,他又走向另一个书柜。

被顾明华拉出的抽屉堆在柜子上,一双纤细的手伸出来,把抽屉一个个放回原处。镜头拉出,这是位年轻的姑娘,名叫徐薇。

顾明华把抽屉碰得"砰砰"响。

姑娘投过责备的目光。

顾明华愣头愣脑地走到姑娘身边:"服务员,这怎么查?"

徐薇不解:"什么?"

"我是说,这怎么查?"
"你借哪方面的书?"
"焊接方面的。"
"那你到那边查查图书目录。"徐薇指向对面的书目柜。
顾明华似乎很内行地点点头。
他的面前又放着一堆目录,还是没有查到,只好为难地看看别人是怎么干的。
徐薇查完抬起头来,遇上顾明华的目光。
他难为情地笑了一下。
徐薇看他实在外行,大方地走过来,热心地问他:"你借中文的,还是外文的?"
"外文的。"
"唔,那在二楼!"
顾明华如获至宝,连忙道谢,把他拿出的抽屉送回原处。
楼梯上,顾明华三步并作两步向上跑。徐薇又叫住他:"嗨!查到要借的书,记下书的编号和书名,在二楼借阅处那里,用你的工作证换一个阅览室座位编号,填两张借阅单,把座位号码填上去,交给借阅处,一会儿工作人员就会按号码叫你领书了。"
"天哪!这么复杂,光这套借阅手续,就得有个电子计算机来控制才行。"
"是有些麻烦。"
"太谢谢了!"
"别客气。"她翩然走去。
顾明华有了信心,走向镜头。

镜头拉出。顾明华老练地来到图书馆,存包,上楼,借书。
顾明华的画外音:"这以后,好长一段时间,逢星期五厂休,我都在图书馆度过。"
阅览室里,人们在认真学习,查阅资料。
顾明华桌前,摆着字典、笔记、外文书等,他吃力地读着,不时停下查字典。疑难真多,他不耐烦地叹气,刚想伸个懒腰,看到人们埋头看书,边上一位老者,头发花白,戴着花镜认真读着,他忍住了,揉揉眼睛继续低头看书。
他看得眼花缭乱,一行行字在眼前飞舞,他累得闭闭眼,当他再睁开眼时,发现他桌子对面,一双沉静而温柔的眼睛正含笑看着他。那是他第一次进馆时,曾热心帮助过他的那位姑娘。
他求救似地朝她一笑,眼光落在她前面的桌子上,那是一个高等院校的英文教材。
他拿起自己的书,探身问她。旁边一位读者示意他不要影响别人。他拿起书本轻手轻脚走到她的身边。
徐薇耐心地为他讲解。
顾明华不好意思地笑着:"……对你来说,这大概是很容易的,对我可……"他苦笑着摇头。
徐薇否定地摇摇头,悄悄地就像在说一个不愿被人知道的秘密:"不,对我也是很难的,我只念完了初中……不过……我们没有别的办法,只有咬紧牙关撑上去!"
顾明华被这一番话一震,定睛佩服地看着姑娘。

柔和的台灯光，映出顾明华凌乱的书桌。上面有《焊接手册》、《围棋谱》、《自行车比赛入门》等。

顾明华伏案写着，一次又一次"咬紧牙关撑上去，撑上去……"接着他拉过日记本，写着。

顾明华的画外音："她流利的英语和清晰的讲解，也给我留下很深刻的印象。"

他起身走到窗前，思绪连绵。

画外音继续："在我一向的记忆里，凡是姑娘，总是个什么尼龙花边、高跟皮鞋、巧克力奶糖才有缘分，就跟我妹妹一样。我暗暗地对她产生了一种敬佩的心情，在这以前，我敢说，我从来没有敬佩过一位姑娘。我不由地想起有人说过的一句蠢话：'爱情是从漂亮的脸蛋开始的。'不，真正的爱情应该从尊敬开始！"

他转身回到桌前，提笔写下去。忽然，他把日记本一推，自嘲地说："混蛋，这跟爱情有什么关系?!"

丽华推开房门，伸出头来："哥，'眼镜'来了!"

话音未落，余达昭走进门来："嗬，好自在呀!"

"小子，怎么这么晚才来？"

"白天我妈没完没了让我干活儿，可逮住我今天休息了。"余达昭说着拿起扔在床上的杂志翻看。

顾明华站起来："你坐，我倒杯水去。"他走到外屋，对丽华："丽华，贡献点糖出来!"

余达昭拿着录音机很有兴味地听着。

丽华走到他身边："'眼镜'儿，吃糖!"

顾明华端了杯水坐在他旁边。

余达昭关掉录音机："你说，技术科昨天试验那台自动焊管机为什么不稳定？"

顾明华思索着："实在琢磨不出来。"

"没查到什么资料？"

"本人正在努力！唉，现在才知道自己的文化水平有多低。"

"就是搞不清毛病出在哪儿，真急人！"余达昭也有坐不住的时候。

"不能光着急，得学，得咬着牙关撑上去！"顾明华脱口而出，鼓励着他。

余达昭欣喜地看着他："嗯，小顾，你思想真来了个飞跃啊!"

顾明华脸红了："你说我这话对不对吧!"

"对，千真万确的真理！不光咱们闷头撑，还得把咱们那帮哥们儿都带起来。"余达昭越说越兴奋。

"可别说，王小明最近基本功真有进步。"顾明华赞同地。

"唉，陆彩凤那个丫头，真笨死了!"余达昭无可奈何。

顾明华拍拍他的肩膀："明天咱们再帮她总结总结，"说着拿起围棋，"怎么样，来一盘。"

余达昭腼腆地："我可下不过你!"

"你那脑袋瓜，别谦虚了!"

两人摆起棋来。
耀眼的弧光。
陆彩凤在一小段管子上练基本功。顾明华在一边看着，帮她指点。
白铁和王小明在练基本功。
顾明华和余达昭检查产品质量。又分成两队，合格的一堆量增加了。

图书馆的座位号，顾明华看着手里的号数，习惯地先把整个阅览室"扫描"一遍。他看见了她——徐薇，于是他挺别扭的，心情很矛盾地坐到离她很近的座位上去。
她未发觉，正专心看着书，写着。
他一边看着她，一边轻轻坐下。他随手把自己的牌号放在桌上，开始认真读起来。
一位白发老者来到桌边，见自己的位置被占，原来是那个常见面的刻苦的小伙子。老者含笑意味深长地看了顾明华一眼，发现桌上顾明华的座位号，自己坐到他的座位上去。
顾明华遇到难题，苦苦思索。他紧锁双眉，抓耳挠腮。
姑娘看在眼里，伸手向顾索书，意欲帮助。
顾涨红了脸，见到姑娘似是可怜他的目光，自尊心受到挫伤，挥手拒之。他又埋头翻查字典，逐字查看。他的脸开朗起来，他把句子顺下来，飞快地写着。
姑娘投过赞许的目光。
明华露出胜利的微笑。
姑娘报以会心一笑。
两人目光交融，明华眼中闪着火花。
时钟正指向十二点。
"啪"，一本书合上了。
"啪"，又一本书合上了。
图书馆里，人们纷纷离去。
顾明华从塑料袋里掏出两个烧饼，边看边啃。
徐薇正欲离去，见状，好心地问："不走啦？这么艰苦！"
顾明华抬头，坦然相告："没办法，差得太远了，得争这口气！"
姑娘感动了！

天气闷热，树丛中传来阵阵蝉鸣。
阅览室里，顾明华仍在埋头苦读。
人们陆续回来，姑娘也坐到原位。
顾明华停下笔来，向她投去一瞥，然后轻轻撕下一页纸写着：
"请问尊姓大名，工作单位？"
他把纸条折起来，欲递给姑娘，却又迟疑了，脸上露出自嘲地一笑，把折好的小条郑重地插进衬衫口袋里。
一阵风吹来，吹散了明华桌前的书、纸。他举目窗外，天空浓云密布，电闪雷鸣，大雨倾盆而下。

徐薇被雷声打断思路:"糟糕,下雨了!"

顾明华:"看样子,到晚上也停不了!"

徐薇:"真的?"又自言自语地:"没带伞。"

他像突然想起了什么,推开椅子悄悄离去。

她诧异地看着他的突然行动,不理会地又低头看书。

大雨中,顾明华在街上冒雨奔跑,浑身被淋透他全然不顾,巡视着商店。

他的脚踩进泥水中,不停地跑。

百货商店。顾明华飞了进来,气喘吁吁对售货员说:"买把伞!"

售货员上下打量这个落汤鸡似的小青年:"小伙子,我要是您,我就不花这分冤枉钱喽!"

他急切地:"有用,这把伞非买不可!"

售货员无法理解,觉得好笑地卖伞给他。

顾明华一把拿过伞,交了钱就走。

售货员找好钱,不见了顾客,急忙喊:"同志,找您钱!"

顾明华夹着伞只顾出门,并未听清他说什么,一阵凉风袭来,明华打了个喷嚏,跑出门去。

两个售货员莫名其妙地看着他:"怎么回事?"

街上。顾明华夹着伞冒雨飞奔。

阅览室里。顾明华推门进来。大家惊看这落汤鸡似的抱伞人。顾明华毫无察觉,任雨水从身上滴下。他把伞靠在徐薇的桌边。徐薇大吃一惊。

顾明华抬眼看着她,真挚地:"给你的!"

徐薇恍然大悟。看着他,找不到一件干东西可以擦去脸上的雨水,她把自己的手绢递给他。顾明华接过手绢,刚想擦却又舍不得,珍重地奉还。

姑娘默默接过,低头学习,看到桌边的伞,地上积了一摊水。

天渐渐亮了,雨停了。

她高兴地:"嘿,停了!"

他懊丧地:"啊?!停了!"

她收拾好东西,把伞还给顾明华:"谢谢你!"起身离去。

他也慌忙收拾东西,尾随而去。

大门口,他追上来。她见他尴尬不知所措的神态,大方地说:"再见!"黯然而去。

他想起了口袋里的纸条,掏出来却已是湿乎乎的一团。他怅惘地站在门口,呆望着她踩着雨水走远了。地上的水映出她修长的身影。

他一动不动,手里拿着那团纸和那把雨伞。

街道。大小车辆如流水似长龙。顾明华骑车穿行。他神情里带着惆怅。拐弯处,一个小伙子只顾自己骑,转弯不打手势,把顾明华碰倒了。顾明华爬起来刚要说话,不讲理的小伙子却先发制人,朝顾给了一拳:"他妈的,你会骑不会?"

顾明华火了:"你说什么?"他向小伙子冲去,突然,他愣住了。人群中,他远远看见她的那双大眼睛惊诧,甚至还有点害臊地——就跟见了什么丑事似的在看着他。他二话没说,蹬上车,飞快地跑了。

她望着他远去的背影,若有所思。

家里。顾明华正聚精会神算着一张图纸上的数据。桌上乱七八糟堆放着书本等,还有一个咬了一半的面包、半个鸡蛋和一碟肠。

门轻轻开了,丽华悄悄走进来,她把墨水瓶偷偷放在盛面包的碟子里,明华未察,竟然把墨水瓶错当成面包送到嘴里。

丽华哈哈大笑:"对外友协冯伯伯送来两张票。"

"什么票?"

"一个外国芭蕾舞团的访华演出,你去吧!"

"我没空,你去吧!"

"我下班就十点了,你去吧。你最近像着了魔似的成天趴在那儿用功,都瘦了,也该轻松一下。不然,累垮了,妈又得说我不关心你了。"

顾明华没理会,自顾计算。

丽华夺过他的笔:"哥,去吧!呦,瞧你脏成什么样啦,看节目前抓紧时间洗个澡、理个发。"

"我用你管?我没时间。"

"把你趴在桌上的时间抽出十分之一就全有了!你看你的头发,可以扎小辫了,哎呀,瞧你的脖子,跟车轴似的,你准两个星期没洗澡了,一身汗味!"

"得了,得了,别烦啦,快上班去吧!"

丽华走出门,又伸进头来:"哥,叫上你的好朋友'眼镜'或是小明。去吧,哥!别忘了洗澡、理发!"

"烦死了,知道啦!"明华把门关上。

剧场里。顾明华拿着瓶汽水入场找座。

王小明在远离他的后排大声招呼着:"喂,哥们儿……"随手扔给他一根冰棍。不少观众厌恶地瞧着他俩。

顾明华坐到自己的座位上,随手剥下冰棍纸往地上一扔。

旁边有人说话了:"哎,同志,请你别往地上扔纸好吗?人家打扫起来挺辛苦的。"

他听见,狠狠咬了一口冰棍,理也不理。

开演了。观众安静下来,台上演的是《天鹅湖》。

他喝完汽水,把瓶子放在脚下。

台上演出继续。

顾明华感兴趣地看着,但是他太疲倦了,剧场里幽暗的灯光,舒适的座位,美妙的音乐,他陶醉了,也困了,两眼渐渐不支,直打架,他偷偷摸出一支烟来点上。

后面一个女声:"不许吸烟!"

他不理。

女声："别吸烟，既影响观众，对演员也不尊重。"

声音好熟，他不由地扭过头去，愣住了——他又看见她那双眼睛正对着他，他还看见她正亲密地靠在一个相貌端正仪表大方的小伙子。他窘极了，连忙回过头，不小心踢倒了脚下的瓶子，瓶子滚到前面去，发出一阵响声，不少人回过头瞪他。

他如坐针毡，舞台上的东西变模糊了，《天鹅湖》的音乐变成了妹妹的声音："你看你的头发可以梳小辫了！呀，瞧你的脖子，跟车轴似的！"他极不自在地坐着，一个劲往下缩，他把衣领尽量往上提，想遮住他的脖子，他周身难受，实在坐不住了，"啪"地起身，离开了剧场。

徐薇看见他离去，微微皱起双眉。

顾明华家。镜子里，他懊丧地看着自己，他打开龙头，猛擦肥皂，大洗其脖子。

客厅里，他烦恼地来回踱着。

他走进卧室，把自己扔在床上，他难过得真想哭鼻子。

月光柔和地透过窗格射进屋里，投在他的脸上。树影摇曳，他睡不着，在床上辗转反侧，思绪翻腾。耳边又想起姑娘的话："我们没有别的办法，只有咬紧牙撑上去！"他翻了个身，父亲的声音："一个人不能碌碌无为虚度青春，要坚定自己的事业心，为实现四个现代化，赶上去！"

他翻身起来，坐到书桌前，打开台灯，接着算他的数据。

新的一天开始了，顾明华在阳台上舒展身躯。

顾明华衣着整洁，焕然一新，披一身彩霞骑车去上班。

十字路口，红灯亮了，他主动停车。

午间。工厂的球场上，工人们在打篮球。

树荫下，顾明华和余达昭在下棋，王小明端着饭盒，边吃边走。他凑到顾、余身边，兴致勃勃："哎，哥们儿，你们看见了吗？今天早上咱们班长那身真他妈盖了！昨天干嘛不收拾收拾，没准还……"

顾明华满脸怒容："我说，咱们打今儿个起打扫打扫语言上的垃圾好不好？昨天咱们在剧场干那事，也不嫌害臊？"

王小明："怎么啦？"

余达昭："王小明嘴上零碎儿就是比咱们谁都多！"

王小明："你怪谁？怪我？怪得着吗？找'四人帮'去！"

田保安正好走来："谁找'四人帮'啊？"

余达昭："正说让王小明以后说话嘴里干净点。"

田保安："是啊，你们这些年轻人受'四人帮'的害可不浅啊。"

陆彩凤插嘴道："田师傅真逗，什么都怪'四人帮'。"

突然从球场飞来一个篮球，飞落在棋盘上。

王小明捡起球，朝打球的人骂起来："他妈的，会不会打……"

田保安："瞧瞧，满世界找找，哪个文明人嘴里像你这么热闹？"说着，要给王小明理发,小明一溜烟跑了。

顾明华:"师傅,给我理吧!"

田保安:"小顾、小余,下午你们到技术科去一趟,总工程师找你们去参加全位置焊管机的'诸葛亮'会!"

说着,给顾明华理起发来。

顾明华精神焕发,急匆匆走进图书馆。一位胖胖的女同志正巧和他相遇,彬彬有礼,让她先行,她满意地看他一眼。

顾明华跑上二楼,徐薇正巧在前面,他上前欲招呼,姑娘冷淡地看他一眼,走了。顾明华别扭地站住。

他遭此冷遇,忐忑不安,在庭院中徘徊。

阅览室。他"扫描",不见徐薇,他习惯性地走向她经常坐的位子,顾明华深情地看了片刻,坐回自己的位子。

一本本厚厚的书,顾明华顺畅地阅读、翻译着。

他专注的眼睛。

书页张张翻过。

日历张张翻过。

顾明华认真攻读。

开架外文杂志阅览室。顾明华翻阅,忽然发现一张技术图片,十分兴奋。

他和余达昭同阅,两人抬起头来,兴奋对视。

余达昭:"有门儿,明天你给徐总看看,说不定咱们的自动化,借鉴它就动起来啦!"

两人你捶我一拳,我捶你一拳,畅怀雀跃。

地铁车站。顾明华等车,手里捧着一本英文杂志。

徐薇和一个胖姑娘走下站台,老远见顾明华,胖姑娘指给徐薇看:"瞧,那是我哥哥工厂的同事,多用功啊!"

徐薇一见是顾明华,装得若无其事:"别去打扰人家!"

"这个人钻劲儿可大了,我哥哥说他硬是自己学通了英语,能掌握外文技术书啦!"

"他叫什么?"徐薇轻轻地问。

"顾明华!"

车进站,他们分两个车门进了同一节车厢。顾明华看书如故,旁若无人。徐薇远远观察,心有所动。

车又到站,顾明华下车。胖姑娘叫了他一声。

顾明华回头,见车上两个姑娘,一愣。

徐薇主动向他点头微笑。

他受宠若惊,欲返身上车,车门关上了,车走了。

车上，胖姑娘问徐薇："你们认识？"
她脸红了。

大车间。行车运送焊件，弧光闪烁，一派热烈紧张的劳动情景。
顾明华小组一变过去的松垮现象，个个认真干活。
顾明华愉快地焊活儿，一件又一件。
田保安带领大学生在车间参观，其中有徐薇。他向大学生们介绍顾明华："这是我们车间里拔尖的电焊工顾明华。他利用业余时间广泛阅读国内外焊接技术方面的资料，最近为我们厂设计的'程控脉冲钨极氩弧全位置焊管机'提供了重要资料。"
参观者围着顾明华，他未察觉。焊条烧光了，他拉开面罩正要换条，见身边一群众，扫了一眼。换好焊条，他正要拉下面罩，呆住了。
一双文静而温柔的眼睛正含笑看着他。
他快乐地朝她眨眨眼睛，点头示意。
她笑了。
他顿时觉得周围一切变得那么明亮，电焊火花似乎变成了礼花，在她身后飞溅。他又看到她胸前的校徽。他低下了头，拉下面罩，只听见她说："我叫徐薇，如果……你还有什么要共同讨论的，比如说英文，就来找我吧！"
他不相信自己的耳朵，连忙又掀开面罩。
徐薇深情地看他一眼，点点头，随人群走了。
王小明把这一切看在眼里，连忙凑过来，捅捅顾明华："那小妞……噢，不，那位女同志、女同学怎么样？"
"不错！"
"哪儿不错？"
顾明华拍拍脑门儿："这儿！"
王小明为好友高兴，拍拍他的肩："哥们儿……不，我说明华，真有你的！"
顾明华深情地望着远去的徐薇。

顾明华满心喜悦，从阳台跳回屋里。他有一肚子的话要找人倾诉，他想到了自己思想的寄托处，走到桌前，拿出纸、笔写信。
画外音："让我一下子下决心去找她，那还是困难的，虽然我这辈子就没怕过什么，也不知道害怕是个什么滋味，可我为什么总是在她面前感到害怕？现在我才清楚，我所有的害怕，无非是唯恐自己干了什么不得体的事，惹恼了她，从而失去了她。"
他握笔凝思。

邮筒旁。顾明华柔情地望着手里的信封，这无生命的东西，一时好像有了生命似的。他向周围环顾，没人，他笨拙又虔诚地在信封上吻了一下，把心投进信筒。

某大学校园。徐薇正在读信。

顾明华画外音:"徐薇同志,星期六我有两张票,如果你愿意的话,可以约你最好的朋友一同去。七点,我在百花剧场门口等候给你票。顾明华。"

在"最好的"三个字下面画着三个表示重点的小圈。

徐薇不解:"最好的?"她遐想,她的心激荡起来,脸红了,她接受了他的邀请。

顾明华在剧场门口徘徊,他不时看表,朝来路张望。他买冰棍,随手又欲扔纸,即觉不妥,扔到果皮箱里。

小姑娘跟着她妈妈也来看戏,见此情景,高兴地拉妈妈衣服:"妈,妈,你看那儿,那个叔叔把冰棍纸扔到果皮箱里去了!"妈妈抬头看他,似曾相识。女儿在她耳边悄悄说:"就是上回乱扔纸不听老师话的坏叔叔。"

妈妈恍然大悟,笑答:"叔叔这么做是对的,有错改了就好嘛!"

话被他听见,不好意思地拍拍女孩的小脑袋:"真乖!"

妈妈笑着领小姑娘进剧场,女孩回首向他招呼:"叔叔再见!"

"再见!"他连忙又向人群望去,四处寻找,生怕刹那间丢了她。

等人的、等票的人们奇怪地看着这个着了魔似的人。

他又失望又焦急地踱着。他抬起眼睛,她笑眯眯地站在他面前。

他向四处寻找:"他呢?"

"谁?"她不解。

"你最好的朋友!"

她笑了:"最好的朋友?"

"和你一块看《天鹅湖》的!"

她哈哈大笑:"那是我哥哥!"

"噢!"他放心地大笑。

两人跑进剧场。

电话里,他向她报告喜讯:"我们的自动焊管机已经开始试用了!"

"别翘尾巴,还得咬紧牙向前撵!"

"是……还有什么指示?"

"这个星期日我到你家去,帮你收拾屋子,太乱!"

"收拾?遵命!用不着你来,星期五我自己干,你当检查团长吧!"

顾明华家。他认真地擦玻璃。

他把床单泡进满是肥皂沫的水池里。

他擦地板,愉快地哼起歌,擦到丽华脚下。她正织毛衣,笑看他,撇撇嘴。

"小姐,把您那屋也收拾收拾。"

"我没空,她又不上我那屋去!"

他夺下她手里的绒线活儿,给她系上围裙,塞给她一块抹布:"去,擦擦你屋里的玻璃!"

她无奈,不情愿地系上围裙:"哥,你变了,变文明了,当初我让你理发、洗澡,你可老当耳旁风。哼,还是得犯'气管炎'!"

他高兴地:"得了,你将来也会传染上'气管炎',等着瞧吧!"

她刮着脸皮:"不害臊!我看你将来准是个怕老婆的人!"

"怕老婆?怕老婆又有什么不好呢?"他得意地接着擦地板。

"没羞,没羞!"丽华欲刮哥哥的鼻子。

明华哈哈大笑,两人嬉闹。

楼梯上,顾明华和徐薇跑上来,步子那样轻盈。

他们来到明华家。

她环顾全家,窗明几净,有条不紊,满室生辉!

明华手忙脚乱地拿出水果、糖招待她。

她坐在桌旁,打开收音机。

明华突然叹了口气:"唉,我要走了!"

徐薇:"你上哪儿去?"

他看了她一眼,不答。

她着急了:"上哪儿去呀?"

他笑了:"到上海。"

她:"干什么?"

他:"参加焊接技术经验交流会。"

她欣喜地:"真的?太好了!"

明华削好一个桃子递给她:"我怎么感谢你呢?"深情地看着徐薇。

"这就行!"徐薇调皮地举起手里的桃子。

"这就行?"他吃惊。

她笑了,在他耳边轻轻地:"I love you!"

他惊喜地要喊出来,她把桃子一口塞到他嘴里。他跳起来旋转着,在沙发上翻了个筋斗。两人畅怀大笑。

他:"我老是不相信。"

她:"不信什么?"

"你从来没对我说过,这是为什么?"

"什么为什么?"

"你为什么爱……"

"你当初是那么笨,却又是那么认真,那么努力!明华,就因为你总是那么认真,那么努力!"

他受宠若惊,幸福的眼神略显呆痴。

她歪头看着他的笨态,轻轻在他鼻子上按了一下。他突然跳起来,拉着她在屋子里飞转。

丽华从门缝里伸出头来,见此情景,吐了吐舌头,又悄悄缩回去。

她幸福的笑脸。

他幸福的笑脸。

晴朗的天空。

盛开的鲜花。

波光耀眼的水面。

他们在游泳池里，他从跳台上跃入水中，两人畅游。

他们在图书馆并肩而坐，共同切磋。

他们俩骑车并驱。

夜晚，灯下，顾明华给父母写信。

画外音："……尽管历史迟至今日才给我们这一代人机会，但我们珍惜它，不放过它。当我们不得不和小学生一同向前迈步的时候，这种智力上的畸形发育，给我们当中许多人带来不少变态心理。而我们那些粗俗的没有教养的行为掩盖下的痛苦，是许多人都不容易同情和原谅的。但是她看到了，也理解了，并且鼓励我要咬紧牙赶上去。这就是为什么我和她在一起，总是感到温暖的原因。她的眼睛是温柔的，也是敏锐的，她透过我那粗鲁的没有教养的行为，看到我有一颗追求上进的心。现在，就连这些和我们时代极不相称的缺点我也都改正了，我现在才感到，做一个文明的人是多么愉快呵。亲爱的爸爸妈妈，你们放心吧！"

机场。伙伴们为顾明华、余达昭送行。

徐薇在人群中招手。

顾明华在机梯上招手。

客机向广阔的天际飞去。

文字整理：张蕊

资料来源：根据56.com视频网提供的视频完成文字整理。

具体参见http：//www.56.com/u16/v_ NTI2OTU4NDQ.html

# 女 友

**首播时间**：1979年

**首播电视台**：河北电视台

**摄制单位**：河北电视台

**制片主任**：杨兴盛

**编　　剧**：汪遵喜、闫明邦、史蜀君

**导　　演**：罗捷

**摄　　像**：边毅明

**主　　演**：苗萍、裘弋

**获奖情况**：第一届（1980年度）中国电视剧"飞天奖"电视剧一等奖。

## 剧情梗概：

　　于诞华的父亲是市里的书记，他说话做事总是一副高干子弟的做派。寒眉在其父亲管辖的石化厂工作，性格大胆泼辣，敢说敢做。他俩有一个共同的爱好——击剑。寒眉的击剑法凌厉果敢，于诞华对她又敬又怕。

　　石化厂的办公楼和领导住的小院早安上了专用水管，而职工宿舍区水管中的水依然浑浊不堪。寒眉趁于书记来检查工作的时候，巧妙地把两根水管对换，才使得主任姬承元掩盖事实的奸计没有得逞。

　　天有不测风云，于父、于母因为政治问题被市"运动办"抓走了。于诞华也受到牵连，失去了做手术的权利，他成了一个无家可归的人，女友苏小文离他而去，昔日的好友也都躲着他。于诞华感到生活无望，自暴自弃。寒眉对他心生同情，鼓励他振作起来掌握自己的命运。在寒眉的陪伴和鼓励下，于诞华重拾信心，认真学习，他真正感到了自己曾经欣赏和留恋的东西是多么的丑恶。

　　寒眉为了救一个"现行反革命"的孩子，在医生面前，不惜把孩子说成是自己的。于诞华再一次看到了这个姑娘的美丽心灵。这时的于诞华也渐渐发现，他已经再也离不开她了。

　　因为寒眉和于诞华走得太近，姬承元剥夺了她上大学的权利。寒眉一怒之下撕掉了报名单，仍然做着自己认为正确的事。于诞华知道寒眉不能上大学的真正原因后，决定把对她的爱深深埋在心底。但这时，即将被派去外地改造的于母找到寒眉，含泪请求她接受于诞华的爱。寒眉思索良久，终于发现她也在不知不觉中爱上了于诞华。两个历经坎坷的年轻人幸福地走到了一起。

　　政治运动终于过去了，于父的问题很快得到解决，也恢复了工作。于母在这时再一次找到寒眉，旁敲侧击地让她离开于诞华。寒眉的心彻底被伤了，她哭着跑回了家。于父不喜欢人们的阿谀奉承，他舍弃家中聚会，到寒眉家躲清静。他顺便告诉这个心地善良的姑娘，自己盼望她能早日成为于家的儿媳妇。于诞华和势利眼的母亲大吵了一架，他气喘吁吁地跑到寒眉家，用实际行动表明自己的心意。

　　正如于诞华所说，这才是真正的爱情。

　　　　文字整理：张蕊

　　　　资料来源：广播出版社编，《电视剧本选（一）》，广播出版社1982年2月第1版。

## 剧本

《女　友》

**击剑房**

　　一只正在戴击剑手套的手。
　　于诞华正在做着击剑前的准备工作。
　　（画外音："生活就像不平静的海洋，触动着每一个畅游者的胸怀。"）
　　不停翻转着的护手盘闪出了寒光。

碰击着的两支剑蛇般地飞舞着。
双方不断地跳跃。
戴着面罩的寒眉潇洒凌厉地挥着剑,突然大喝一声,凶猛地朝前扑去。
(定格)叠出字幕:

## 女　友

于诞华急忙挡开。
寒眉步步紧逼,把于诞华逼到了警戒线边上。
于诞华奋力回击。
两人在警戒线边上激战着,出现了紧张的相峙局面。
四周观战的一些运动员不时发出喝彩声和叹息声。
小兰高兴地为寒眉使劲助威。
穿着体操服的苏小文挤进建军和国庆等人的观战行列。她明显地在为于诞华打气,手上捧着的两瓶打开的汽水都差点泼了出来。
透过金属面罩,可见于诞华额头上的汗珠。他正咬着牙拼命回击着。
金属面罩里露出寒眉勇猛机智的眼神,她轻捷地做了个假动作。于诞华以为有机可乘,急忙举臂反刺,不料漏出了空当。寒眉抓住了战机,大吼一声向前刺去。
红灯闪亮。
一阵喝彩声,寒眉刺中了于诞华。
小兰高兴地跳了起来。
"唉!真笨!"建军和国庆发出抱怨声。
"你行!"苏小文冲建军说道。
于诞华气喘吁吁地抬起面罩:
"这种击剑法哪像个女人,简直是个鬼巫婆。"
寒眉摘下面罩转过身来,露出一张朴实大方但充满青春活力的脸,一对乌黑的大眼睛闪闪发亮。
"你输啦,你这头笨熊!"
"这不算!"
"那好,再来吧!"寒眉又要持剑上阵。
于诞华戴上手套正想上前迎战,国庆和建军走过来把他挡了回去。
"行了,走吧!"建军把一件皮夹克往肩上一甩,不屑地朝寒眉看了一眼。
于诞华怏怏地把剑往地上一扔,转身朝更衣室走去。
苏小文拾起剑,寒眉和小兰走到她身边。
苏小文:"看你……"
"怎么,心疼他啦?"寒眉笑着接过汽水,仰脖喝了起来。

## 文化宫的林荫道上

于诞华推着一辆红色的摩托车,等在文化宫的林荫道上。

已换了衣服的苏小文，一面系着尼龙纱巾，一面轻盈地朝于诞华走来。

两人在林荫道上漫步。

"依我说，你这是战略上的错误，压根儿就不该和寒眉比，这下可好……"

"她叫寒眉？"

"我中学时的同学。噢，对了，她妈妈刚调到你爸爸底下的办公室里工作。"

"哦，是干什么的？"

"不晓得是干文书还是搞打字的。"

"呵，一般工作人员。"于诞华不以为然地说了句。

两人继续走着，于诞华似乎在想什么……

（寒眉的画外音："你输啦，你这头笨熊！"）

"这鬼巫婆，舌头比剑还厉害……"于诞华自语地脱口而出。

"怎么，她把你迷住了？"苏小文看了于诞华一眼。

"你就喜欢乱猜忌！"

于诞华抱着一堆买好的东西从商店里出来，走向摩托车。

"把钱花完了吧?!"苏小文问于诞华。

"没事，回去找妈妈报销。"于诞华边说边把东西给苏小文，然后跳上摩托车骑走了。

### 石化厂高压管道附近

身穿工作服的寒眉正缠着办公室主任姬承元：

"你先解决你们办公楼和领导住的小院就行了？工人区几千人的用水怎么办？这，你就不……"

"寒眉同志，得慢慢来嘛！"姬承元漫不经心地应付着。

"大主任，你看看这化验单吧，超过国家标准好几倍了！那一股臭味，幼儿园的孩子已经有好几个在拉肚子了……"

"等一等！"姬承元似乎听到远处传来什么声音，他打断了寒眉的话，扭头看去。

### 石化厂林荫道上

一辆红色摩托车由远而近，横冲直撞地疾驰而来。

人们纷纷躲让。

一个工人推着一车箱子慌忙躲闪，车上的东西滚落一地。

摩托车戛然而止，于诞华跳下车，取下风镜。

"小于？"姬承元赶忙笑着迎上前去。

于诞华一回身，和寒眉正好打了个照面，意外地："啊，你就在这儿工作？"

"怎么，你们俩认识？"姬承元奇怪地瞅了寒眉一眼。

"是啊，见过。"寒眉大方地回了他一眼。

"哦？"姬承元朝寒眉笑了笑，回头对着于诞华，"爸爸妈妈都好吧？"

"都好，谢谢！"

"走,到我办公室坐坐!"

"不啦,这次要在你们厂巡回一个多星期哪!"

"姬主任……"寒眉想插话,但姬承元不加理会,仍笑容可掬地对着于诞华。

姬承元:"很欢迎你们哪,特别是你,年轻有为的外科大夫也亲自来了……"

"姬大主任!"寒眉不客气地打断姬承元讲话,"我说的事你究竟打算怎么办?"

姬承元有点尴尬:"这样吧,你先带于大夫去参观一下好不好,这事以后再研究嘛!"

"以后?!那好吧……"寒眉扭头对于诞华,"走!"

姬承元忽然悟到什么:"'那好'?……那好什么?!"

### 通往旋梯的绿化小道

寒眉和于诞华在小道上走着。

于诞华:"没想到在这儿又碰到了你。"

"是啊,这叫冤家路窄。"寒眉不无讽刺地说,"要不要再在这儿比一场?"

于诞华抹了下鼻尖,尴尬地看了寒眉一眼。

"怎么样,我们的工厂?"

"嗯?啊。"于诞华打量着四周,不经心地回答着。忽然看见近旁顺着大树爬得很高的凌霄花,欣赏地:"这牵牛花没见过,开得真好看!"

"是吗?"寒眉不屑地看了于诞华一眼,"大夫,这叫凌霄花!"

于诞华没想到自己会出洋相,一时无言以对。

寒眉继续说着:"这种花我看不怎么样,它是靠着大树才爬这么高的,大风一吹就得倒下来,倒不如小草,紧挨着大地,默默无闻……"

于诞华还没来得及细想,又传来寒眉的声音:

"请吧,'大首长'!"

于诞华转身顺着寒眉指的方向一看,一座高耸入云的旋梯矗立在面前。

### 旋转梯道上

寒眉和于诞华在旋梯楼道上爬着。

寒眉轻盈地跃上了弯道小平台。

于诞华气喘吁吁地也爬了上来。

"这就是我们新建的厂。"寒眉对于诞华说完后,示意继续爬梯,"上!"

"还得上?"于诞华望着高处,犹豫了一下。

"那儿可以看到整个工厂。怎么,害怕了?"

"这有什么。"于诞华嘴硬地,"走!"

寒眉在陡峭的梯道上轻盈敏捷地攀登。

于诞华却越爬越慢了。

寒眉迅速攀上了高塔旁边的平台,低头一看,发现于诞华停住了脚步,紧拽着扶手在向下张望,显然有些紧张。

寒眉拿过一根保险带扔下:"别往下看,喏,接住!"

"不用！"于诞华紧张地闭上眼，腾出一只手来胡乱抓着寒眉扔下来的保险绳头爬上高台。

**医疗队临时检查室**

一本写完了的诊断书扔在桌上。

"下一个！"于诞华胸前挂着听诊器，坐在桌边正在为人检查身体。

一个六十几岁的老工人持卡上前。

"哪儿不舒服？"于诞华接过卡片没有抬头。

"这儿常痛。"

"躺床上去，把裤带松了。"

于诞华走到窗口洗脸盆边洗手，突然发现寒眉正悬在窗外不远的高空中检查高压管道，他停住了手，吃惊地朝外注视着。

老工人半天不见医生来，坐起身看见于诞华正在向外张望，他嚷着："医生，再不检查，咱可要睡着啦！"

于诞华赶紧擦完手，走到床前开始检查，但也心不在焉，眼睛仍不住地向外张望。

"哪儿疼？"

"这儿。"

"太危险了！"于诞华眼望着高空中的寒眉脱口而出。

"什么？危险？！"老工人一惊。

"哦，不……"于诞华随口回答，"没事。"

老工人疑虑地朝窗外不远处的寒眉望了一眼，不放心地又问医生："到底是什么病？"

于诞华又在老工人腹部重重地按了两下。老工人"哼"了一声。

于诞华："阑尾炎。"

老工人吃惊地喊了起来："不对吧，大夫！"

"怎么不对？"于诞华不耐烦地走到桌前坐下填写诊断书，"先验一下血，准备开刀！"

"老天爷，我上个月刚住院割完阑尾！"

于诞华一怔："那你怎么不早说？"

"谁让你眼睛老往天上看，你刚才手按的不就是刀口嘛！"

**石化厂宿舍区门口**

寒眉和几个女工下班后从厂区走向厂门口，于诞华急忙迎上：

"寒眉，我正找你。"

"什么事？"

"星期五是我生日，邀了几个朋友，我想请你和小文一起……"

"去开阑尾炎？！"

于诞华尴尬地一愣。

寒眉严肃地："把治病当儿戏，真没想到你是这么对待工作的！"

"我……"于诞华涨红了脸，迁怒地，"那老头故意和我过不去，甭提他！"

"那老头是我爷爷！"寒眉冷冷地回答。

"啊？！"

一辆吉普车从施工场地中穿过，停在了临时体检室门口。

**临时体检室内**

于诞华和几个医生各自在给工人检查、诊断。

"下一个！"于诞华一面拿过病历卡，一面喊着。

一个工人坐到桌旁。

建军带头闯了进来，大声喊着："小于，找得我好苦！"

于诞华抬头见是苏小文他们，意外地："你们怎么来了？"

苏小文神秘地："有事……"

于诞华看了旁边工人一眼，把病历卡往桌上一推，对建军他们说："走，里面去。"

四个人向里屋走去。

**体检室里屋**

于诞华往床上一靠，掏出了过滤嘴烟扔给坐在对面桌上的建军、国庆，自己也点了一支：

"跑这儿来干啥？"

"建军弄了部吉普，邀你到东山打猎去。"靠近于诞华旁边的苏小文抢着说。

"什么时候？"

"现在，马上！"国庆帮腔说着。

"我这儿明天才能完哪。"于诞华朝室外努了努嘴。

"哎呀，这儿有什么大不了起！少了你可怎么玩？"建军吐了口烟说着，"啊，准有哪个大辫子拴住你了……"

国庆和建军大声笑着。

"好了，好了，好不容易凑到一块儿，别让大伙儿扫兴了，快换衣服走吧！"苏小文上前帮于诞华脱白大褂。

一位老护士进来："于医生，病人都等着呐！"

于诞华站了起来，对老护士说："我有要紧事，告诉他们另外安排医生！"于诞华脱下了白大褂，对建军他们，"走吧！"

于诞华一面把白大褂往旁边一扔，一面带头往外走去。

四个人大模大样地走出体检室。

老护士生气地看着他们出去，回头发现于诞华遗忘在沙发扶手上的半包中华牌烟，顺手拣起往窗外扔去。

**于诞华家二楼**

于斌生气地训着儿子："跟你说话，别东张西望的！"

于诞华收回视线，坐到一边耷拉着脑袋等着挨克。

"以后你们哪个再敢调汽车，"于斌激动地，"试试看！"他来回走动着想克制自己的怒气,"年轻轻的不学好,今天去打猎,明天去野餐,再不就给哪个一二十岁的毛孩子祝寿送礼,脑子里还有没有个理想?还有没有个位人民服务的事业心!……"说着说着又激动起来,"我看长此以往,国家就要丧在你们手里了!"

于母走来,打断了于斌的话:"哎呀,什么事值得你这样?前几年我们挨批受审,孩子们也够苦的了,好容易……"

"你少护着他!我看孩子越来越不像话,这跟你也有关系。"

"好了,好了,在外面不顺心,别老往家里撒气。张局长正等你商量事呢!"

于斌只得停止谈话,但他走到房门口又转回身来对于诞华:"今天晚上你哪儿也别去,在家好好想想,回头我再跟你谈。"又对于母,"你也一块儿来。"

于诞华颇伤脑筋地朝母亲看看。

**于家花园内**

苏小文兴冲冲地跑进花园,朝屋里喊着:"诞华,诞华!"

于诞华轻盈地走出来,示意苏小文别大声嚷嚷。小声地:"老头子刚刚训过话!"

苏小文不以为然地耸了下肩膀,跑到于诞华跟前,从胸前口袋里掏出了两张电影票朝于诞华扬了扬,说:"这是我托人搞来的内部参考片票子,听说这次是局级才能看的……"

于诞华无可奈何地指了指客厅,说:"封锁啦,晚上还得继续挨克……"说完,于诞华翻过墙栏靠在台阶角上。

苏小文扫兴地:"唉,老头儿们都一样,他们太不理解我们年轻人啦!……"她从口袋里掏出了几颗巧克力递给于诞华。

于诞华接过巧克力看了一眼:"呦,酒心的!"

"我最爱这种。"苏小文也丢一颗在嘴里嚼着,"你看,今天天气真好……"忽然,她看到爬在阳台上的凌霄花,"呦,那牵牛花开得真漂亮!"

"不,这是……凌霄花……"

"哦?你看它昂着头多神气!"

于诞华似乎想到了什么。

(寒眉的画外音:"它是靠着大树才爬这么高的,一遇大风就得倒下来,倒不如小草,紧挨着大地……")

"你在想什么?"苏小文望了于诞华一眼。

"嗯?没什么……今儿晚上你只好一个人去看了,真遗憾。"

苏小文站起身来看了下表:"那我们什么时候能再见面呢?"

"明天好吗?"

"还要二十四小时哪!那叫我怎么熬哪!"

"唉……"于诞华无可奈何地摊了下双手。

苏小文也无可奈何地摊了下双手:"那好吧,也只好这样了。还是老地方——文化宫,好么?六点半,你可一定要来呵!"

"一定!"

苏小文亲昵地朝于诞华看了一眼:"我等着你!提前点到。"

**于家客厅**

深夜。

风拼命地吹着没关好的窗户,窗帘翻卷着。于诞华坐在沙发上呆视着眼前的一切。

(于诞华的画外音:"可就在当天夜里,我们家出了件大事。父亲因为一起严重的'政治'案被捕了,我母亲也因此被送进了学习班隔离审查,厄运一再降临到我头上。顿时,我周围的一切发生了天旋地转的变化……")

于诞华使劲揪着自己的头发,痛苦地闭上眼睛……

他眼前一片漆黑,警车尖厉的笛声似乎还在他的耳边嘶叫着……

**于家台阶边**(回忆)

一辆警车尖厉地嘶叫着呼啸而来。

一只手朝于斌背上狠命一推,于斌趔趄着差点摔倒。

于诞华想冲上前去扶父亲,一只手把他推开。

于斌回过头,充满感情地看了眼于诞华。

警笛尖厉地嘶叫着,呼啸而去。

**于家客厅**

警车似乎还在嘶叫着。

于诞华惊恐地睁开双眼,呆视着眼前的一切……

**击剑房保管室前**

寒眉把一支剑交给保管员老头,叫了一声:"大爷!"

老头接过剑,朝寒眉亲切地眨眼,说:"我专门给你放个地方。"

"嗳!"寒眉感激地笑笑,在一边办理还剑手续,建军和国庆晃荡着进来。

老头看了他们一眼:"呦,今儿怎么少了一个呀?"

"于诞华?"建军回答着,"他来不了啦!"

"昨晚上他家出事了,他老子……"国庆做了个被抓的动作。

寒眉在边上一怔。

建军和国庆朝更衣室走去。

管理员老头神情严肃起来,他摇了摇头,感叹地:"这年头……"

寒眉站在那儿深为震惊。

**文化宫大门前**

天,正下着绵绵细雨。

寒眉披上了雨衣,心情沉重地从文化宫大门走下台阶,边走边思索着。

(寒眉的画外音:"这是为什么?我前不久在工厂还见过他……")

**石化厂生活区门前**（回忆）

　　于斌推着自行车在厂区走着。

　　姬承元指挥两个工作人员把通向生活区的大门锁住，铁上了"此门不通"的布告。几个工人跟姬等吵闹着。

　　寒眉和小兰从远处跑来，愤怒地看着他们。

　　姬承元向工作人员挥了挥手："好了，走吧！"姬承元等离去。

　　寒眉果断地对小兰："走，按我们的计划干！"

　　两人朝附近的净水塔的水门走去。

　　于斌推车走近栅栏门，发现"此门不通"的布告，正感纳闷，听见不远处有敲击声，回身朝水门方向走去。

**厂区水门边**（回忆）

　　寒眉从水门钻出来，跟小兰一起收拾工具。

　　于斌走过来，朝着寒眉："请问到工人宿舍区现在该怎么走哇？"

　　"从这儿绕个大弯到厂门口，出了厂门沿着围墙再绕圈，一直走到头，看见一个小门进去就是了。"

　　"这道门多方便，怎么不让走了？"

　　"很简答，喏！"寒眉指了指挂在旁边的横幅，上面写着"热烈欢迎市委领导来厂检查工作"。

　　"哦？这跟门有什么关系？"

　　寒眉神情俏皮地："老同志，我们姬大主任的奥妙就在这里头，敞着生活区大门，让市里头头闯进去了怎么办？"

　　"那还了得？"寒眉边理着绳索，边说着，"那里头房子到处漏水，楼上厕所的水还往楼下厨房里滴，吃喝用的自来水更不像话。"说着，从口袋掏出一张化验单，"喏，你看看这张化验单！"

　　于斌接过化验报告，十分仔细地看了一会儿，眉头皱起来了。

　　"你们没向领导反映过？"

　　"反正办公楼和领导住的小院早安上了专用水管了嘛，他们还着什么急？"寒眉拍了下身上的灰土，"好，老同志，您慢走，我们还要去欢迎书记大人呢！"

　　寒眉和小兰神秘地相视一笑，蹦跳着走开。

　　于斌望着她们远去，伫立思索。

**林荫道上**

　　寒眉在雨中走着。

　　（寒眉的画外音："后来我才知道，这老同志就是市里来检查工作的于书记……"）

**石化厂办公楼会议室**（回忆）

　　会议桌四周坐着于斌等人，寒眉的母亲在做记录。

姬承元正在汇报:"下面再谈谈污染问题,由于我们采取了有力措施,因此包括饮水问题在内,已经基本解决……"说着走到墙角的液化气灶前关掉液化气,提起水壶倒水,突然他愣住了,发现玻璃杯里的开水浑浊不堪。

**会议室外玻璃旁边**(回忆)

寒眉朝小兰挤了挤眼睛,两人朝会议室里张望。

**会议室内**(回忆)

姬承元刚想伸手把水倒掉,于斌接过杯子仔细看看,只见杯中闪闪发亮的微粒在水里沉浮着,他尝了一口,又苦又涩。

寒母接过闻了一下,皱起眉头赶紧拿开。

姬承元急忙走到水池边打开水龙头,流出的也是浑水。他傻了眼,急得额头直冒汗,悄声责问身旁的工作人员:"怎么搞的!"

"中午还是清的。"工作人员也莫名其妙。

**玻璃窗外**(回忆)

寒眉和小兰哑然失笑,寒眉赶紧把小兰拉走。

**会议室内**(回忆)

"是现在才变浑的么?"于斌问。

"是啊,一直都是好好的,很清。"姬承元紧张地回答着。

"这不会是工人宿舍区的生活用水吧?"

姬承元慌忙掩饰,但无意中说漏了嘴:"不可能,这儿的水跟宿舍区的水是两根管道……"

"哦,是两根……"

姬承元发现自己失言,十分尴尬。

于斌带着讽刺意味地说:"你们宿舍区的门不是不通了么,这水倒还是流过来啦!"

姬承元瞠目结舌:"这……这里头可能有人捣鬼……"

"捣鬼的人在这儿,"寒眉突然闯了进来,"是我把水管换过了!"

姬承元气得直打哆嗦,一时说不出话来:"你……"

寒母也生气地扔下了手中的笔:"阿眉,你疯了?!"

"妈妈,这不是在家里!"寒眉并不退缩,转向于斌,"很抱歉,请您喝了点臭水。"

于斌笑了笑,满意地看着这个女孩:"要不是你这点臭水,我可要犯官僚资本主义啦!"转而对姬承元严肃而恳切地,"你们要尽快解决这个问题,在没有解决之前就维持现在这样。我看,这对我们干部多少会起点促进作用。"

"是……"姬承元有气无力地回答着。

**人行道上**

一阵刺耳的喇叭声。

寒眉从沉思中惊醒，回转身看见姬承元跳上了一辆吉普车。

姬承元从车内探出头来喊着："伙计，快点！"

一个人跑来跳上车。

"上哪儿？"

"上于斌家。"

"哦？"

姬承元扬了扬手："市'运动办'要我们配合行动。"

司机使劲踩了下油门，吉普车从寒眉身边擦过。

寒眉厌恶地无奈望着疾驰而去的吉普车。

## 于诞华家

雨越下越大。

姬承元在指挥他带来的几个人往落地窗上贴封条，他像没看见于诞华似的，头也不回，冷冷地对于诞华说："你的东西全在那儿，赶快收拾，马上就封大门了。"

于诞华似乎什么也没听见，忽然他看见他那支心爱的剑被扔在泥里，上前捡了起来，慢慢走上台阶，毫无表情地看了姬承元一眼。

姬承元一愣："你想干什么？"

"哐当"一声，于诞华把剑扔在行李边上，用冷峻的眼神看着姬承元，一言不发。

## 于家大门口

雨中，于诞华提着几件凌乱的行李和那支心爱的剑，落魄地站在家门口，四顾茫茫……

（于诞华的画外音："我成了无家可归的人……"）

## 公用电话处

于诞华不断地打着电话，但从表情看，他得到的是失望和冷遇。

他搁下电话，愣在电话机旁。

## 医院手术间

于诞华在做手术前的准备工作。

（画外音："昨天晚上我靠安眠药才睡了一会儿，因为在今天的手术任务中我还要担任主刀。"）

已经穿上了白大褂、戴着大口罩的于诞华，正在戴着乳胶手套，紧张地做着准备工作。

此时过来了一个人，对他说了些什么。

于诞华默默地脱去了刚戴上的手套，摘下了口罩。

## 医院花园走廊

于诞华在外科办公室门前停下，推门进去。

**外科办公室**

　　于诞华走到办公室门口:"主任……"

　　主任抬起头,看见是于诞华:"哦,上面要我们通知你,今天的手术取消了。"

　　"这是为什么?"

　　"你应该明白……这种情况下还是不动刀子的好。"

　　于诞华还想争辩什么,但是遇到了对方投来的无可奈何的眼神,只得转身朝门口走去。

　　"你等一等。"主任叫住于诞华,"三楼顶上有个堆放药箱的小房间,你打扫一下先住着吧。"

　　于诞华呆滞地走出主任办公室,慢慢脱去了身上的白大褂……

**实验室内**

　　水一点一滴地滴入量杯,量杯里的试剂已经改变了颜色,苏小文发现后从发呆中清醒,重又努力地集中精神做着实验。

　　一技术员进来,喊着苏小文:"小文,快去,小于在底下等你呢!"说完走开。

　　苏小文愣了一下,赶紧放下试管,走到窗边向下看着。

　　猛抽着烟的于诞华在传达室廊檐下躲雨。

　　苏小文急忙朝楼梯方向跑去。

**传达室廊檐下**

　　于诞华见苏小文走来,忙扔掉烟蒂迎了上去。

　　"小文……"于诞华抓住了苏小文的手臂。

　　"究竟是怎么回事?……"苏小文几乎要哭出来似的说着。

　　"太突然了……"

　　有人从附近走过,苏小文抽回了手,不安地朝四周看着。

　　于诞华:"我们找个地方谈谈吧!"

　　"不行……"苏小文赶忙解释地,"正在班上,我走不开……"

　　"那……还是晚上六点半在文化宫门口好么?"

　　"嗯……"

　　"我等你!"

　　又有人从附近走过,苏小文赶紧朝于诞华点了点头:"就这样吧,我上楼去了。"

**寒眉家**

　　傍晚,雨声淅沥。

　　苏小文打着伞在敲门:"寒眉!"

　　出来开门的是寒母。

　　"伯母,寒眉在家吗?"

　　"还没回来呢,快进来坐坐!"

寒母把苏小文让进过道。

"噢，不了吧……"苏小文心神不宁地又转身要走。

"怎么啦，有事么？"

"没什么……"苏小文犹豫了一下，悄声地问寒母，"伯母，小于爸爸究竟是怎么回事，您知道么？"

"不清楚啊，只说是个非常严重的政治案件，恐怕……"寒母停住了话头，没再说下去。

"真没想到……"苏小文痛苦地低下了头。

寒母关切地："小于医生还好吗？"

"听说连手术间都不让他进了……"苏小文无望地摇了摇头，"这种事牵连上了，可就一辈子都完了……"

"你要多鼓励他啊！"

"我……我能跟他说些什么呢？……下午他找了我，晚上还约我到文化宫门口见面……"她下意识地看了下表，指针已经指向六点半，她站立起来，烦乱地拿起了伞。

"再坐会吧！"

"不了。"苏小文犹豫了一下，"我走了……"

"那，要有什么事就来找寒眉吧！"

"嗳。"她抬起了失神的眼睛，"谢谢了！"

### 文化宫门前的林荫道上

手表时针指向七点多了。

于诞华打着雨伞在雨中踟蹰着，不时抬起头焦急地四处张望。

于诞华耳边响起苏小文甜蜜的声音："六点半，你可一定要来啊！……还要二十四小时呐……我等着你……"

于诞华耳边又响起了苏小文另外一种勉强的声音："……就这样吧，我上楼去了……"

文化宫门前，大雨还在下着。

淋得湿透的寒眉跑到这里，在雨中寻找着苏小文。

"小文！小文！"寒眉见四处无人，焦急地看了看表，思索了一下，向文化宫内跑去。

苏小文的声音不断交替回响着。于诞华几乎无法忍受了，他朝四周张望了最后一眼，失望地看了下手表以后，踩着水洼，拖着疲惫不堪的脚步，慢慢消失……

### 林荫路上

苏小文打着伞不由自主地朝文化宫方向走去。她在一商店旁神情恍惚地站住了脚，站在那里发呆。突然她发现于诞华从对面走来，慌忙躲了起来。于诞华走后，苏小文又心情复杂地朝文化宫方向走去。

### 寒眉家

"妈——！"寒眉推门进家。

"你回来了？刚才小文来过。"传来正在厨房里烙饼的寒母说话声。

"她人呢?"寒眉走进厨房。

"刚走,我看她心神不定的,说是于书记的儿子晚上要找她,她挺犹豫的……"

"哦?!……妈,她走了多久了?"

"才走一会儿,怎么?"

寒眉扔下妈妈刚递给她的馅饼,拔腿往外奔去。

寒母拿着雨衣追到门口喊着:"哎,把雨衣穿上哪!"

寒眉像没听见似的,冒着滂沱大雨朝前冲去。

**大雨中**

寒眉在大雨中奔着。

**击剑馆内**

苏小文步履艰难地推门走了进来,停在了一面大镜子面前:

"诞华,我这也是没有办法啊……"

苏小文心情矛盾地对着镜子述说着。

苏小文离开镜子正要走,突然,馆内灯光亮起来了,寒眉满身滴着雨水,站在击剑馆门前。

苏小文见是寒眉,彷徨苦闷的心情顿时有了依托似的,一头扑在寒眉肩上哭了起来。

寒眉抚摸着苏小文,一面喘着气,一面安慰着她:"不要紧,不要紧,一切都会过去的……"

苏小文稍稍平静以后抬起头来,心情复杂地:"说不定这会儿他还在等着我……"

"那你还不赶快去?"寒眉爱怜地说着。

苏小文痛苦地摇了摇头。

"你还犹豫什么呢?"

苏小文仍没说话,半天,才憋出一句:"他爸爸把我们俩坑了!……"说完,慢慢转身要走。

"小文!"寒眉一把拉住了她,"怎么,你不想见了?……你应该明白,他现在比任何时候都更需要你啊,可你……"

寒眉感情真挚地扶住了苏小文的肩头:"走,我陪你一起去。"

"不……"苏小文拨开了寒眉的手,"我不能不面对着残酷的现实啊!我知道,这对我、对他都是痛苦的。"说着忍不住哭泣起来,"可是不这样我又有什么办法呢!……让这一切都成为过去吧,你……也别再来管我们这些事了!"说完,打着伞径自走去。

**文化宫门口**

"小文!小文……"

寒眉追赶苏小文到文化宫门口,见苏小文远去,她伫立在滂沱大雨中一动不动。好一会儿,她才猛然回身,仿佛压根儿不知道天在下雨似的,大步朝自己家的方向跑去。

**寒眉家**

　　寒眉奔回家中，换去了湿透的衣服，用毛巾胡乱擦了下脸和头发，将桌上的馅饼统统倒进一个饭盒，又找了块毛巾把饭盒包好，走到门口，取下雨衣。

　　寒母一直注视着女儿，这时走了过来："又要上哪儿去？"

　　"有事！"

　　寒眉披上了雨衣，拿起毛巾包着的饭盒，拉开门就往外奔去。

　　大雨在倾泻着。

**林荫道上**

　　寒眉疾步走着。

**于家院门口**

　　寒眉来到了于诞华的家门前，站在雨中。

　　在微弱的路灯光下，她发现大门已贴上了封条。封条一角被风雨吹起，正抖动着。寒眉惊愕地站在门前。

　　雨越下越大。

　　寒眉看了一下封条，思索了一会儿，赶紧转过身去。

**林荫道上**

　　寒眉迎着倾盆大雨朝于诞华的医院方向走着。

**职工医院传达室**

　　脸上滴着雨水的寒眉，正在询问传达室老大爷。

　　老大爷指了指附近顶楼亮着黄光的小窗户。

　　寒眉往里走去。

　　……

　　　　文字整理：张蕊

　　　　资料来源：广播出版社编，《电视剧本选（一）》，广播出版社1982年2月第1版。

# 1980

# 凡人小事

**首播时间**：1980 年
**首播电视台**：中央电视台
**摄制单位**：中央电视台
**编　　剧**：于永和、陈文静
**导　　演**：赖淑君
**摄　　像**：刘文山
**主　　演**：黄意璘、罗炎、宋春霖、宋严、晴子
**获奖情况**：第一届（1980 年度）中国电视剧"飞天奖"电视剧一等奖。

**剧情梗概：**

　　顾老师的丈夫英年早逝，只剩下她和女儿翠翠相依为命。翠翠刚上幼儿园，体弱多病；顾老师任教的学校在郊区，离家远，光在路上就要用去三个多小时的时间。顾老师只有一个小小的心愿：能调去一个离家近的学校工作，这样她可以多点时间照顾年幼的女儿。但是，申请了几次都未能如愿。

　　学校新来了一位书记，正巧他的女儿要结婚了。几位老师怂恿顾老师趁此机会买点像样的礼物给新书记送过去，顾老师为人正派，一笑置之。

　　以前王书记任职的时候，顾老师申请了几次调动工作，无一例外地被驳回；经常给王书记送礼的李老师却顺利完成了工作调动。实际上，按政策规定，李老师的条件比顾老师的差远了。想到这些，顾老师只能接受几位老师的提议。

　　顾老师正在给学生上课，马老师冲进教室告诉她翠翠发高烧了。顾老师倒了五六次车才来到幼儿园医务室。看着躺在病床上不省人事的女儿，顾老师泣不成声。

　　顾老师要去上班，她只能把刚刚出院的翠翠一个人留在家里。下班回家后，顾老师看到满脸泪痕的翠翠跌坐在地上睡着了，心疼不已。来看望翠翠的马老师见此情景，劝顾老师不能再固执下去。顾老师为了孩子，也为了把工作做好，终于下决心听从挚友的劝告。

　　顾老师在商店买了两瓶酒和一条天蓝色的绣花床单，花去了她半个月的工资。这天晚上，张书记到顾老师家了解情况，知晓了顾老师家的情况后，张书记起身告辞。

　　第二天中午，顾老师拿着酒和床单来到张书记家。这时，只有张书记的爱人在家。顾老

师扔下东西便落荒而逃。她不知道,此刻,张书记正在教育局帮顾老师申请工作调动。

当天夜里,张书记再次来到了顾老师家,他给翠翠带来了一大塑料袋苹果。当听到懂事的孩子说这个月家里没钱,不吃苹果的时候,张书记的眼睛湿润了。张书记告诉顾老师,她工作调动的事,局里已经批准了。顾老师怎么也不肯相信这是真的。

张书记冒雪走了。他收下了酒,却给顾老师留了10元钱;天蓝色的床单也整整齐齐地放在顾老师的床上。望着张书记远去的步伐,顾老师带着泪痕的脸上绽开了欢乐的笑容……

文字整理:张蕊

资料来源:广播出版社编,《电视剧本选(一)》,广播出版社1982年2月第1版。

## 剧本

### 《凡人小事》

**1. 顾老师家**

清晨。

叮铃铃……闹钟的指针在五点三十的位置上响了起来。

顾老师的女儿翠翠,睡在宽大的双人床上,俊秀的小圆脸上流露着甜蜜的微笑。

正在厨房忙碌的顾老师听到铃声,急忙走进屋来,轻轻地叫醒患肺炎初愈的翠翠起床穿衣。

(画外音)"这是发生在一个普通家庭里的故事,剧情既不曲折,也不惊险,可它就发生在我们周围,您也许听见过,也许遇到过。"

在一个深沉的男中音的伴随下出现以下场面:

顾老师紧张地为孩子热汤药。又匆匆收拾起昨晚为学生刚批改好的作业本和要带的早点。当她把一切都装进手提包里,一回头,看见在床上穿了一半衣服的翠翠又昏昏地闭上了眼睛。她帮助翠翠穿好衣裳,叠上被子,系上鞋带,又给她洗脸、吃药、穿大衣……母女匆匆地走出家门。

**2. 路上**

楼梯上飞跑着的双脚。

匆匆走下楼梯的顾老师回头一看,调皮的翠翠此时好像根本不理解妈妈的心情,远远地落在后面,一跳一跳饶有兴致地下着楼梯。

显然有些着急的顾老师无可奈何地看着女儿的样子,又匆匆地回头,把她抱下最后几级台阶。

(男中音画外音继续)"……带孩子、做饭、赶路、上班,这对有些人来说只是小事一段,可对有的人,就成了大大的困难了。"

在男中音的伴随下,顾老师在路上一会儿领着翠翠一路小跑,一会儿又吃力地抱着翠翠匆匆穿过马路。汽车进站了,她又招呼着翠翠跑去赶车。

母女俩挤上汽车，车身慢慢启动，渐渐远去。叠出片名：

《凡人小事》

演职员表

字幕衬景是远去的汽车和闪过路边的景物。

母女俩下了汽车又匆忙地向一个胡同走去。

### 3. 利群幼儿园

翠翠老远就向利群幼儿园跑去，边跑边向正在扫院子的王大爷喊着："王爷爷早！王爷爷早！"

面容慈祥的王大爷扔下扫帚，一把将飞跑而来的翠翠抱起："嗬，我们的小翠翠来了！"

紧跟在后面的顾老师，高兴地看着这一老一小。

王大爷："孩子的病好了？"

顾老师："基本上好了。翠翠，快下来！别把爷爷累着。"

翠翠顺从地从王爷爷的怀里下来，欣喜地看着这多日没来的幼儿园。

王大爷："顾老师，你申请调动工作的事，办得怎么样了？"

顾老师："领导上还是说，'再研究研究'。"

王大爷："唉，这如今办事儿可真难哪！"

顾老师："……王大爷，我该走了。翠翠，妈妈走了。"

正在玩耍的小翠翠见妈妈要走，一边答应着，一边向顾老师跑来。神秘地附在妈妈耳边说着悄悄话。

王大爷见状，风趣地说："哈哈，小翠翠还保密呢。你当我没听见哪，你让妈妈下班早点来接你，对不对呀？"

"爷爷！"小翠翠娇嗔地看了王爷爷一眼。

顾老师："翠翠，妈妈走了，好好听王爷爷的话，妈妈下了班就来接你，听见了吗？乖，妈妈走了，啊！"

"妈妈再见！"小翠翠有些难受地说。

"再见！乖！"

"妈妈晚上早点来接我！"小翠翠又迈出几步，倚在门框上用近似乞求的声调向已经走远的妈妈的背影，又说了一遍。

"哎，好！"顾老师回过头来应了一声，就匆匆地向远处走去。

倚在门框上的翠翠眼里含着泪花，依依不舍地望着渐渐远去的妈妈。

王大爷俯下身来心疼地哄着翠翠说："翠翠，让妈妈快走吧，你妈妈离上班的地方还远着哪。唉，要不是你爸爸死得早，你们娘儿俩也不会……"

小翠翠似懂非懂地依偎在王大爷的怀里。

### 4. 路上

顾老师离开幼儿园已经是六点钟了。

在走动的时钟表盘上叠出下列画面,并继续出现男中音的旁白:

(画外音)"她是一位中学教员,两年前,丈夫不幸病故。自己一个人拉扯着女儿;学校离家又太远,上下班要换五六次车,光路上就得用去三个多小时的时间。她没有别的要求,只有一个小小的心愿。"

顾老师穿过马路,向公共汽车站跑去。

顾老师吃力地往车上挤着。

行进中的汽车。顾老师在车里向外张望。路边的景物从她眼前一一闪过。

飞驰的自行车队。

汽车迎面而来,又匆匆离去。

顾老师下了这辆车,又去追赶另一辆车。

顾老师拼命地挤进汽车。

郊区景物闪过。

车又到站了。顾老师第一个跳下汽车,又匆匆地向前走去。

画面景物渐渐隐去,留下的仍是正在嘀嗒嘀嗒走动着的时钟,此时指针正指着七点二十分。

## 5. 城郊中学校门

门口上挂着某市北庄中学的牌子。从周围的环境很明显地看出这是郊区中学。现在离上课时间还早,偶尔有三三两两的学生和骑自行车的老师走入校门。

有三个学生站在门口,似乎是在等什么人。

顾老师匆匆地向城郊中学走来。

三个学生:"顾老师!"

顾老师:"你们来了,走吧!"

师生交谈着步入校门。

"顾老师!"随着喊声,马老师骑车赶到。她一下车,差点摔着。

顾老师:"呦,小心点!"

"哈哈哈……"马老师扶好车子,关切地问顾老师:"孩子的病好了吗?怎么今天又来这么早哇?"

顾老师:"给几个同学补补课。"

三个学生见两位老师有话要讲,就知趣地对顾老师说:

"顾老师,那我们先走了!"

顾老师:"好,你们先到办公室等我,我就来。"

顾老师和马老师边走边谈。

马老师:"新来的书记上班好几天了,你调动工作的事,跟他谈了没有?"

顾老师:"人家刚上任才几天,我怎么好谈这事……"

马老师:"你呀,就是刚来才好谈嘛,这有什么……"

"顾老师!顾老师!"

马老师的话被这突然传来的声音打断了。

她俩回过头来一看,原来是人称小广播的刘老师,骑着一辆轻便自行车,老远就喊着飞驰过来。

"吱"的一声,飞驰的车子停在顾老师身边。

刘老师:"顾老师,告诉你个好消息。"

看着小刘这风风火火的样子,顾老师笑着问:"什么好消息呀?小广播同志。"

疾驰而来的小刘此时却笑而不语,一本正经地说:"哎哎哎,别走,别走。我告诉你们,新来书记的女儿要结婚了!"

顾老师:"唉,他女儿要结婚和我们有什么关系。"

刘老师:"嗳,关系太大了,你申请调动的事,为什么总调不成?不就是因为没有给原来的王书记送礼?你现在还不趁这个新书记刚到,借他女儿结婚这个机会,买点像样的东西送给他,说不定你调动工作的事儿就有门儿啦!"

马老师似乎有所启发,说:"嗳,这倒是个好机会。"

小刘这番话,又触动了顾老师的隐痛。她不是滋味地思索着。一会儿,才半开玩笑地对她们说:"怎么,你们让我去搞贿赂?!"

刘老师:"哎,瞧你这死脑筋,这算什么贿赂,现在办事不都是这样嘛。支书的女儿结婚,大伙送点礼,那是名正言顺的事儿。我告诉你,'官儿不打送礼的'!"

马老师:"是呀,你再考虑考虑,啊!"

顾老师有些推脱地说:"以后再说吧,同学们还等着我呢。"

她说完转身就走了。

望着顾老师匆匆远去的背影,小刘刚才的热情一下子凉了下来,像个泄了气的皮球呆在那里。

马老师无可奈何地说:"算了,算了,走吧!"

刘老师:"嗨,这个正统派,真没治!"两人也只好推着车子向教学楼走去。

## 6. 教师办公室里

宽敞的教师办公室,十分整洁。只有顾老师桌前围坐着几个同学,在认真地写着什么。

顾老师一个个地看了看同学们的本子,说:"好,我们今天补课就到这儿,你们几个的卷子里都是同样的题,明白了吗?"

同学们:"明白了!"

顾老师:"以后要注意。好,准备上课去吧。"

两个男同学先走了。

一女同学:"顾老师,您快吃饭吧。"

"嗳。"顾老师一边应着,一边从饭盒里拿出一个馒头咬了一口,随后又转身去收拾备课笔记。

一女同学为顾老师倒了一杯水。

另一女同学趁顾老师不注意,把一个鸡蛋偷偷放在桌上。

顾老师转过身,发现桌子上的鸡蛋。女同学赶紧把门关上跑掉了。

顾老师望着窗外跑远的学生,无可奈何地摇了摇头,随手拿起桌上的鸡蛋笑了笑,又把它放在桌上，就夹起讲义匆匆地上课去了。

杯子里的热水冒着热气，袅袅而上。

### 7. 校门口

中午。

同学们在下课的铃声中，纷纷冲出校门。

### 8. 学校食堂

身体瘦长、满脸媚相的李老师陪着张书记走进食堂。他们边走边谈着，一同到碗橱拿碗，一齐到卖饭窗口买饭。

坐在一旁吃饭的马老师和顾老师把这一切都看到眼里。

马老师小声对顾老师说："瞧见了吗？新书记刚来没几天，李老师就套上近乎了，这种人什么时候都吃得开。"

顾老师："我就讨厌这种拉拉扯扯的作风。"

马老师："讨厌？谁不讨厌！可你光讨厌有什么用？李老师的爱人是农村户口，不到半年就调来了。你申请都两年了，不还是在等着'研究研究'吗？"

顾老师思索着。

马老师："你想想嘛，按政策规定李老师的条件可比你差远了，可他为什么那么快就解决了，不就是因为他家乡的土特产在以前的王书记那儿起了作用吗？"

顾老师听着马老师的话，眼前张书记和李老师边吃边笑的情景渐渐模糊起来。她想起两年前提出申请调动的事。

### 9.（回忆）王书记家

一个盛夏的晚上。

一张调动工作的申请书被一只肥胖的手放在茶几上。

保养得很好的王书记温和地说："好，我们研究研究。"

这是一个较讲究的家庭。屋里摆放着一套较好的家具，一组包厢沙发摆在屋子的一角，茶几上的烟盒、糖盒在落地灯光的辉映下放出柔和的光彩。

文弱瘦小的顾老师在沙发里痛苦地说："我爱人在世的时候，还不觉得怎么样。现在我自己一个人带个孩子，家离学校这么远，孩子又经常生病，真有点忙不过来了；而且班主任工作又非常重要。所以希望领导上考虑我的实际困难……"

王书记用亲切的口吻打断了顾老师的话："你的处境我是深表同情的，困难很大，需要帮助……不过，这人事调动的事情，的确是难哪……"

顾老师："王书记……"

王书记："当然啰，我们一定尽快地给你办。不过，也希望你能够体谅组织上的难处……"

"咚咚咚"敲门声打断王书记的话。

王书记："进来。"

出现在门口的是李老师，他手里拎着一大包花生米、名酒和土特产等物。

三个人一下子都愣住了。

李老师有些不自然地搭讪着："噢，哈哈，顾老师也在这儿。"

顾老师惊奇地看着王书记和拎着一大包东西的李老师。

王书记为了打破僵局，尴尬地笑了笑。

**10. 学校食堂**

饭桌上。

"小顾"，顾老师的沉思被马老师的声音打断，"你还是抓紧时间找新来的张书记谈谈你调动的事吧。"

"好。"顾老师应着。

俩人交谈着离开食堂。

**11. 书记办公室门口**

张书记匆匆地出来关上门，一回身看见站在门旁的顾老师。

顾老师："张书记。"

张书记"噢，是顾老师，找我吗？"

顾老师不大好意思地说："张书记，我想找你……谈个事。"

张书记看了看表，说："哎呀，我现在正要到局里去呀……"

顾老师："那，我改个时间再找你吧！"

张书记："那也好，改日再谈。"他锁上门，匆匆转身。

顾老师望着匆匆走远的张书记，又思索着慢慢离开。

"顾老师，"小刘手里拿着一叠人民币从里面赶来："这是你的工资，四十七元五角，可别忘了点一点。"

顾老师接钱："错不了的。"

**12. 教师办公室**

马老师正在收着老师们存交的互助金。

一老师："我存三块。"

另一老师："我存五块。"

马老师："又是五块？"

另一老师："我这不是月月都五块吗？"

马老师："小伙子真会过日子。"

顾老师也拿着钱走进来。她来到马老师面前，说："这个月我先还互助会五块。"

"哎，你……"马老师不解地看着她，不接她的钱。

这时，李老师拿着一张白纸从外面跑进来，高声喊道："哎哎哎，各位老师注意啦，新来的张书记女儿下星期结婚，有愿意凑份子的请到我这儿来登记。"

一老师："我算一个。"

一老师："把我也写上。"

又是闹哄哄的一片。

望着眼前的一切，顾老师默默走到自己的办公桌前。她的身边又响起了几个人的声音。

（刘老师画外音）"你还不借这个机会买点像样的东西送给他，说不定呀，你调动工作的事就有门了。"

（马老师画外音）"看见了吗？现在就这个风气，'当官儿的不打送礼的'。"

顾老师的脸色变得痛苦起来，眼前的一切又变得模糊了。三月前，她最后一次找王书记的情景又浮现在眼前。

**13.（回忆）书记的办公室**

秋日。

顾老师和王书记谈话已经有一会儿了。看得出来他们谈得很僵。

王书记一边玩弄着样式新颖的打火机，一边不耐烦地对顾老师说："你说！你说！"

顾老师："现在不是中央有文件了吗？类似我这种情况可以本着就地就近解决的原则调动工作……"

王书记："是呀，是呀。文件嘛，那只是个精神，这么多人的问题要解决，你总得分期分批一个一个慢慢来嘛……"

"可我……"顾老师想辩解。

王书记："嗨，你看你，别着急嘛！"

顾老师有些生气。但又只能控制着自己，她不言语了。

王书记："嘿嘿嘿嘿，顾老师，再耐—心—等—待！……好吧，我们再研究研究。"

"哼！"顾老师蓦地站起来，十分气愤地走了。

王书记愣了一下，很不以为然地看着看着顾老师离去。

**14.（回忆）教师办公室**

顾老师怒气冲冲地回到自己的办公室，往桌前一坐。马老师关切地走过来。

马老师："哎，怎么样？"

顾老师："还不是那一套，再'研究研究'。"

马老师："别着急，咱们再想别的办法。"

此时已把爱人从乡下调来的李老师凑了过来，说："是呀，顾老师，你也太死心眼了，你就不能用别的办法解决了吗？比如，这个……呵，这个……"

顾老师猛地转过头来，鄙视地看着李老师大声说："哼，为什么非得来那一套，难道就不能公事公办吗?!"

李老师讨了个没趣，灰溜溜地走出办公室。

余怒未消的顾老师坐在办公桌前，凝视着窗外，此起彼伏的蝉鸣搅得她更加烦躁，她腾地从椅子上站起，又坐下。

上课的铃声让她从焦躁的情绪安定下来。她收拾起桌上的讲义走向教室。

刚走到书记门口，就听见从里面传出来王书记幸灾乐祸的声音："这个顾桂兰哪，那就叫她等着公事公办吧……"

这话像针一样地刺在顾老师的心上,她气得两手发抖,紧紧地握着手中的讲义夹,快步地走了过去。(回忆完)

### 15. 教室办公室

上课铃声把顾老师从沉思中唤醒,她理了理头发,收拾起桌上的讲义准备上课。

### 16. 教室里

同学嘈杂的声音随着顾老师的到来戛然而止。

"起立!"同学们都站了起来。

顾老师环视了一下同学们,亲切地说:"同学们好!"

学生:"老师好!"

顾老师:"请坐。今天我们考作文,题目是……"顾老师转向黑板,随着她手的舞动,黑板上出现了一行秀丽的粉笔字:

春天的到来
——记一件小事

她又接着说:"要求同学们从自己耳闻目睹的现实生活中选一件小事,写出人物的精神面貌。大家要注意,避免单纯地追求华丽的词句,要写出自己的真情实感。大家想好了就开始写吧。"

白色的试卷一张张地放在同学们桌前。

同学们有的握着笔望着试卷思索。

有的手托着腮,眼望着右上方凝神细想。

有的笔尖已在试卷上沙沙地走动。

顾老师在书桌的空隙中来回走动,不时地弯下腰去回答同学们的问话。

突然,走廊里传来了急促的脚步声。

教室的门被打开,露出马老师一张焦急的脸,她示意顾老师出来。

同学们都惊奇地抬起头来,顾老师开门出来,马老师一把将她拉在一旁,气喘嘘嘘地说:"快,刚才幼儿园来电话,说翠翠又发高烧了,让你马上去。"

顾老师一听非常着急,很想拔腿就走。

可是,学生们叽叽喳喳的声音从门缝里传出来。

顾老师:"哎呀,我这儿正考试呢。"

马老师:"我盯着,你快去吧。"

顾老师:"那……那……"

马老师:"嗐,你快走吧!"

马老师把顾老师推走。

顾老师急速地跑出校门。

### 17. 路上

急速走动的双脚。

顾老师焦急的脸。

顾老师向公共汽车站跑去。等她跑到，车已开走了。

顾老师焦急地向来车的方向张望。

车来了，她不顾一切地往上挤着。

汽车缓缓而行。

18. 汽车内

手握车扶手的顾老师满脸焦急地望着窗外。

车窗外的景物在不停地闪过。

19. 火车路口

黑白两色的栏杆随着提醒火车要经过的铃声缓缓落下。

许多车辆阻塞在路口。

顾老师乘的汽车缓缓停下。

车内顾老师焦急的脸。

20. 幼儿园医务室

翠翠躺在小床上，脸色绯红，呼吸急促。

小窗前围着几个阿姨。

一个医生从翠翠腋下抽出温度计，说："还是四十度。"

工友推门进来轻声地说："小车马上就到。"

21. 火车路口

顾老师站在汽车内不断地看表，焦急地等待着火车通过。

火车终于来了，轰隆隆地滚过路口。

汽车又启动了。

22. 汽车站

顾老师第一个跳下车来，穿过马路，又匆匆地去追赶着另一辆无轨电车。她拼命地挤上电车。

23. 无轨电车站

顾老师挤下电车，差点摔了一跤，她手扶铁栏杆略微定了一下神，又继续不顾一切地向另一个胡同跑去。

24. 胡同里

气喘吁吁的顾老师在奔跑着。

路上的行人用惊奇的眼光看着她。

### 25. 幼儿园医务室

医务室的门被突然推开，顾老师惊慌地冲进来。

幼儿园主任迎上前来。

顾老师："主任，怎么样了？！"

主任："先别着急，顾老师。"

顾老师几步冲到床前，急切地呼唤着女儿的名字："翠翠！翠翠！"

孩子没有应声。

顾老师惊慌地望着医生："大夫，她……"

医生："主要是因为肺炎还没有完全好，就……"

"突、突、突"窗外传来了三轮摩托的声音。

众人回首张望。

一辆半旧的三轮摩托在院内停下来。

主任、医生、阿姨帮着顾老师把翠翠抱进车内。

### 26. 路上

三轮摩托在马路上迎面而来，疾驰而去。

### 27. 病房里

夜深了。昏黄的灯光笼罩着病房，显得格外沉寂。

输液管内的药液在一滴一滴无声地滴落着。

依然处在昏迷中的翠翠躺在床上输液。

顾老师疲惫地守在床边，她满眼含泪地望着呼吸微弱的孩子。

（闪回）

（1）清晨。翠翠附在妈妈的耳边悄声地说："妈妈，你早点来接我，啊？"

（2）秋天的晚上。翠翠孤单单地站在幼儿园的门口，看到在路上匆匆走来的妈妈，飞快地跑出去。

顾老师一把抱起女儿。

翠翠在妈妈的怀里娇嗔地说："妈妈，你怎么才来呢？人家的妈妈早来了。"

（3）一天晚上。小翠翠趴在窗口生气地望着楼下，突然，双手用力地拍着玻璃大声叫着："妈妈！妈妈……"

（4）又一天晚上。班里的阿姨抱着翠翠在等顾老师。忽然，翠翠急切地挣脱下地，伸着双手，迎面跑来，边跑边喊："妈妈——"

（5）又一个晚上。幼儿园的游艺室里空荡荡的，只有翠翠一个人踩着个小板凳趴在窗台上，在结满霜花的玻璃上吹开一个小洞洞，正费劲地往外张望着，突然好像听到什么，转过身惊喜地喊着扑过来："妈妈——"

（6）又一天晚上。小翠翠在阿姨的怀里流着眼泪，轻声呼唤着："妈妈，唔……妈妈……"

（闪回完）

顾老师想到这里，不禁凄然泪下，泪水滴落在孩子的手上。

翠翠痛苦地哼了一声，想要翻身。

顾老师急忙用手按住她，轻轻地呼唤着："翠翠！翠翠！"

桂翠慢慢地睁开眼睛，看着顾老师，委屈地大声叫道："妈妈！"

满脸泪花的顾老师一下子搂住要挣扎着起来的孩子，再也无法控制的泪水像喷泉一样涌了出来。半晌，才轻声地说："翠翠，你喝水吗？"

翠翠摇了摇头说："不，我想吃橘子。"

顾老师犹豫了一下，点了点头说："我一会儿就回来。"

翠翠："不，妈妈，我不吃了，妈妈你别走，等明天你再给我买吧。"

顾老师："好，妈妈不走。妈妈明天就给你买。乖，那你睡吧。"

被疾病折磨得非常虚弱的翠翠很快闭上了眼睛。

紧张过度，疲惫不堪的顾老师坐在床头也禁不住打起盹来。

（梦幻）色彩斑斓的画面上突然出现像一座小山似的橘子。它们在不停地旋转着，似乎是在显示着自己甘美的诱人的滋味。喜出望外的翠翠高兴地张开双臂扑向橘子："啊，这么多橘子！"

顾老师拿着个大橘子，剥了几瓣送到翠翠嘴里。

翠翠贪婪地吃着。甜美的橘汁从她的小嘴里溢了出来。她吃得多么香甜啊！这可爱的孩子非常满足地望着她那亲爱的妈妈。

顾老师笑了，醒了，但她还沉浸在甜蜜的梦中。

## 28. 顾老师家

几天后的清晨。闹钟的铃声又在五点半的时候把顾老师叫醒。她急忙止住铃声，悄悄地起来，轻轻地走出房间。

被妈妈的响动惊醒的翠翠一翻身坐了起来，准备穿衣。

顾老师从外面进来，见状，说："你起来干什么？"

翠翠："我起来上幼儿园呀！"

顾老师："哎，咱们不是说好了吗？你自己在家待两天，等病好了再去嘛！"

翠翠："啊，我糊涂了。"

顾老师："哎，快睡吧，把手放进去。乖，啊？"

懂事的翠翠又顺从地躺下来。

翠翠："妈妈你今天可早点回来呀！"

顾老师："好，妈妈一定早点回来。"

顾老师边说边把一杯牛奶和糕点放在翠翠的床头。

翠翠还叮嘱着："妈妈，你可一定啊！"

"好，一定！"顾老师继续忙碌着。

翠翠伸手从被窝里拿出一个橘子，像掏出一个宝贝似的，高兴地对妈妈说："妈妈，这橘子还热乎着呢！"

"你怎么还留着？"

"等你下月发了工资,买了新的,我才吃这个呢!"

顾老师听了一阵心酸。她疼爱地亲吻着孩子说:"乖,你吃吧,妈妈今天还给你买,吃吧。"

翠翠眨巴着眼睛,懂事地提醒说:"妈妈,你快走吧,要不就该迟到了。"

"真乖!"

翠翠难受地听着妈妈的嘱咐。(顾老师的画外音)"翠翠,你在家好好睡;中午,楼下张奶奶回来给你带午饭。"顾老师刚要走,想起来又说:"可别忘了吃药!"

翠翠生怕妈妈看见她流下的眼泪,急忙把小脑袋缩进被子里。

"你好好睡啊!妈妈走了,再见!"虽然顾老师很不放心,但是她知道,学生们在等着她。她慢慢地迈出房门,轻轻地把门关上,步履艰难地走了。

听见妈妈的脚步声远去了,翠翠又重新把脑袋钻出来,一双大眼睛里噙满了泪水。那个没舍得吃的橘子仍在枕边放着。

## 29. 校门口

下午三点多钟,学校放学了。老师和同学们不断向校门口涌去。

## 30. 顾老师家里

屋子里显得很零乱,翠翠一个人趴在窗台上焦急地向外张望。她手里抱着一个熊猫玩具,满脸泪痕,嘴里不住地轻声呼唤着:"妈妈,嗯,我要妈妈,嗯,妈妈……"可是思念中的妈妈,始终没有出现在翠翠的眼前。

成串的泪珠从翠翠的眼里流下来。

## 31. 学校大门口

顾老师提着书包急匆匆地从教室出来。在大门口,她被追上来的刘老师叫住了。

"顾老师,你快回去吧。老让一个孩子一个人在家怎么行呢!要不我去通知李明同学,告诉他你今天不去家访了……"

顾老师打断了刘老师的话:"不行,我已经跟学生家长约好了,这会儿,他们正在家等我呢。不要紧,我去一会儿就回家。"说完她匆忙地走了。

望着远去的顾老师的背影,刘老师无可奈何地叹了口气。

## 32. 顾老师家里

天色已经黑下来了,可怜的翠翠仍然痴痴地在窗口盼望着妈妈回来,嘴里仍然不停地哼着:"妈妈,妈妈,我要妈妈……"

## 33. 学生家门口

顾老师与热情的家长告别,慈爱地向学生叮咛几句。学生连连点头。

顾老师迈着急促的步子,向车站走去。

**34. 顾老师家里**

"翠翠，你看谁回来了？"心急如焚的顾老师刚进门，等不及开灯就喊着她心爱的女儿。

在路上与顾老师不期而遇的马老师，此刻也来看翠翠了。她亲切地叫着："翠翠！"

奇怪，屋子里没有动静。翠翠呢？满脸泪痕的翠翠跌坐在地上睡着了。

顾老师一见，泪水涌满了眼眶。她冲到翠翠面前，心疼地、紧紧地抱起她。梦中被惊醒的翠翠发现妈妈回来了，一双小手立刻搂住了妈妈的脖子，一边抽泣，一边不住声地叫："妈妈……"

孩子像受了天大的委屈，伤心地哭了起来。

像是久别重逢，母女俩紧紧地搂在一起，顾老师一边给她擦眼泪，一边安慰她说："好翠翠，妈妈回来了。不哭，不哭，妈妈不走了。乖！"

孩子仍在呜咽着。

善良的马老师见到这情景，她的眼睛湿润了。为了调节一下这难忍的气氛，她从提包里取出两串糖葫芦送到翠翠面前："翠翠，你快看，阿姨给你带什么来了？"

正依偎着妈妈的翠翠连看也没看，就用小手把东西推开了："我不要，什么也不要，我要妈妈，我就要妈妈……"

此刻，除了她那最亲爱的妈妈，世界上最宝贵的东西，她都不要了。

"小顾，你就别再固执了。"激动的马老师又一次劝说着。

紧锁双眉的顾老师，痛苦地闭上了眼睛，一句话也说不上来。

"你呀，你这种精神我能理解，我也佩服，可也得分什么时候！'四人帮'搞的那一套，一时半会儿的能马上改过来吗？"马老师叹了口气，心疼地一边把翠翠从顾老师手里接过来，一边继续说："你不为自己着想，也得为孩子着想。总这么下去，万一有个好歹，你……唉！"

马老师挚情的一番话，深深地触动了顾老师的心。

她抬起头，深情忧伤地看着墙上一幅她和丈夫的合影。耳边响起了他病危时的嘱咐："桂兰，我知道你是个要强的人，你从不愿意求人，可是孩子从小身体就弱，需要人照顾，你上班那么远，工作又那么忙；你一个人怎么行！为了咱们的孩子，你向组织要求把工作调动一下吧。"

泣不成声的顾老师，忍着巨大的伤痛，安慰着丈夫说："你好好养病，别想那么多了。你放心，我会照顾好翠翠的。"

伤痛的回忆，使顾老师的泪水簌簌滚落。

"妈妈！"懂事的翠翠用小手替妈妈擦去那似乎流不尽的泪水。

马老师在脸盆里倒上些热水，拧了一把热毛巾递给顾老师："你呀，你太老实了！为了孩子，趁新来的张书记家办喜事，你明天赶快去买点像样的礼物送去，顺便就把你要求调动的事谈了。"

顾老师内心在激烈地斗争着。为了孩子，也为了把工作做好，她终于下决心听从挚友的劝告。

马老师急忙从提包里拿出二十元钱，塞到顾老师的手中："拿着，快去买东西吧！"

顾老师苦笑了一下，无可奈何地收下了钱。

### 35. 百货商店里

很少来到百货商店的顾老师，在熙熙攘攘的人流中，有些不知所措了。

她跟随着人群往前走，在卖被面的柜台前，停住了脚步。色彩缤纷的各种被面、床单可真是光彩夺目！可是一看标价，她被难住了。她四下里打量，看看有没有物美价廉的东西。她走近卖玻璃器皿的柜台前，请服务员取出一套茶具来挑选。可是耳边响起马老师的嘱咐：（画外音）"要买，就买一件像样的礼物，别花了钱让人瞧不起。"

她放下茶具，下决心走回到卖床单和被面的柜台前。她仔仔细细地挑选着。最后挑了一条天蓝色的绣花床单，价钱二十四元整——正好是她半个月的工资，还得外加五角！

### 36. 顾老师家里

勤快的翠翠在帮着刚下班的妈妈整理提包。她发现一包东西，打开一看，啊，多么漂亮的床单啊！她快活地嚷叫起来："妈妈，这床单多好看啊……"

她的话还没有说完，生怕把床单弄脏的顾老师冲进屋里，一下子把床单夺走。她严厉地训斥着孩子："谁让你打开的？弄脏了怎么办？"

翠翠被突如其来的训斥吓住了，小嘴一撇一撇地直想哭。

看着受了委屈的孩子，顾老师心疼了，她一把把孩子搂在怀里，连声说："别哭，别哭，是妈妈不好，妈妈不好。翠翠乖，翠翠不哭！"她在孩子的脸上使劲地吻了一下，和颜悦色地对孩子说："床单是妈妈给别人买的，弄脏了还怎么给人家送去！你说妈妈说的对不对？"

看见懂事的翠翠点点头，她站起来："你自己在这玩儿吧，妈妈得赶快做饭去。"

她刚要走，翠翠叫住了她："妈妈，吃什么呀？"

"吃热汤面。"顾老师头也不回，径自走向厨房。

翠翠对着熊猫玩具嘟囔着说："又吃热汤面！你爱吃吗？！"

憨厚的大熊猫一点反应也没有，仍在看着它那双黑爪子。

不一会儿，厨房里传来顾老师的声音："翠翠，把酱油拿来！"妈妈的小助手急忙跑了出去。

### 37. 厨房里

顾老师已经放上了炒菜锅，等着翠翠拿酱油。翠翠晃了一下瓶子说："妈妈，酱油用完了！"

"啊，妈妈忘了，我这就去买。"顾老师解开围裙，拿着瓶子嘱咐翠翠说，"你先把那个萝卜洗洗。"

没等妈妈说完，翠翠已经端起盆子走了。

### 38. 屋里

翠翠坐在小椅子上，弯着腰正在细心地洗萝卜。

"咚咚咚！"楼道里响起了敲门声。

"谁呀？"翠翠甩甩手上的水，跑去开门。

学校新调来的张书记出现在门口。见来开门的是个孩子，微笑着问她："顾老师在家吗？"

"噢，你找我妈妈呀，我妈妈打酱油去了。"

"那我进去等她回来行吗？"

"行啊。"像一个老练的小主人，她拉开门让张书记进来，指着书架前的凳子，请他坐下，然后关上门，回到原来的椅子上，继续洗萝卜。

"你叫什么呀？"看着翠翠熟练地干着这一切，张书记带着欣喜的情绪问她。

"我叫翠翠。你叫什么呀？"

"我呀，我姓张，你就叫我张伯伯好了。"

"张伯伯好！"懂礼貌的翠翠立即叫了一声。

"好，好，真乖！不光懂礼貌，还是个爱劳动的小家伙呢！是在帮妈妈干活吧？来，伯伯帮你一起干好吗？"

"好呀！"快活的翠翠随着说话，把萝卜递了过去。

一老一小一边劳动，一边聊起了家常："翠翠，你们还没有吃饭吗？"

"没哪！"

"怎么，每天晚上都这么晚吃饭吗？"

"嗯！"

张书记看了看表，轻轻摇了一下头。

萝卜很快洗完了。张书记一边擦着手，一边打量着他进门时还来不及打量的屋子。他看见墙上挂着顾老师和她丈夫的合影。张书记心里一阵难受：顾老师年轻轻的就失去了丈夫，一个女同志又要工作，又要带孩子管家务，日子多不容易啊！

忽然，桌上两瓶酒捆在一起的高级酒引起了他的注意："她自己肯定不会喝酒，工资那么低，那么买这两瓶酒……"张书记陷入了沉思。

翠翠看他盯着这些东西出神，就跑到柜子上取出床单抖开摊在床上，得意地对张书记说："伯伯，你看，多好看啊！"

"哎呀，这么漂亮的床单呀！"

"我妈妈刚买的……"

翠翠突然停住了话，侧耳细听，听了一下，神秘地对张书记说："我妈妈回来了！"她手忙脚乱地把床单收好放在床上，自己赶紧跑到张书记旁边躲着。

"呼"的一声门被推开了，恰好把张书记挡在门后。接着，一件大棉袄飞到床上，人没有出现，脚步声却已进了厨房。

翠翠急忙叫道："妈妈，咱家来客人了！"

门被推开了。"哎呀，是张书记呀，快请坐！"感到很意外的顾老师连忙请张书记坐下，又忙着去倒水……

"顾老师，你别忙了，快去做晚饭吧！"

"不忙。"

"还不忙哪，都快八点了！快去吧。今天晚上我没事，来看看你们。"

顾老师不好意思地说："那好，我先去做饭，您坐会儿。"说完她急忙又走向厨房。

### 39. 居民区

家属楼里大部分人家都早已吃完饭了。他们有的全家围坐在一起兴致勃勃地看电视,有的在下棋、聊天,有的在灯下看书学习;老妈妈在缝补衣裳……多么幸福的生活啊!

### 40. 顾老师家里

小圆桌已经摆上了茶具,茶杯里热气袅袅。顾老师和张书记仍在继续交谈着。小翠翠趴在圆桌旁,睁着一双睡意朦胧的大眼睛,但她仍在努力地振作精神,看着妈妈和这位虽然陌生却很可亲的伯伯在谈话。

"……我基本上就是这么些情况,我只希望组织上考虑我的困难,把我调到九十九中,那儿离家近得多,可以照顾一下孩子。"

张书记认真地听着,思索着。他沉吟了一会儿说:"嗯,好吧,我们再研究研究。"

听了这句话,顾老师突然睁大了眼睛看着张书记。

### 41.(回忆)王书记家

态度和蔼的王书记把顾老师的申请报告放在桌上,似乎很诚恳地说:"好吧,我们再研究研究。"

### 42. 顾老师家

张书记起身告辞:"我走了。翠翠,有空到伯伯家去玩。"

顾老师若有所思地看了一眼新床单,她不知道如何是好。她见张书记已经走出房门,赶紧问:"张书记,听说您的女儿要结婚了?"

"啊,对,就是这个星期天。孩子们都到结婚的年龄了。顾老师,欢迎你去吃喜糖。噢,还有你,小翠翠。"张书记爱怜地摸了一下一直在那里瞪大着双眼看着他们的翠翠。

"再见,张书记!"

"伯伯再见!"

"好好,不要送了,不要送了。"张书记把她们母女拦住后,快步走了。

顾老师回屋拿起床单思索着。

### 43. 张书记家门口

第二天中午。

张书记正推车往外走,迎面碰见他爱人买菜回来。

"哎,你这会儿还出去呀!好不容易排了半天队才买上点肉馅,今天包饺子吃。瞧,我还买了这个呢!"她拿起酒瓶在张书记面前晃了一下。

张书记笑了:"你这个也挡不住我出去。"

"都这时候了,还上哪儿去?"

"学校那个顾老师要求调动工作,报告交上来都快两年了。可那个老王呀,根本就没有把这份申请送到教育局去。"

"嗤，现在的人办事不都是这样？"

"我现在就去找一下马局长。"

"唉，也不急在这一时呀！"

"怎么能不急呢，局里正开会研究，有一个对调对象，可是争的人太多，我得找老马好好说说去。"说着，他推起车子要走。可又被爱人一把拦住。

"哎，正吃饭的时候，你上人家去……"

"就这时候才能找到他人嘛。"

"那你就不吃饭了？"

"你先吃吧，我一会儿就回来。"说着张书记推车走了。

## 44. 张书记家

张书记的爱人正忙着包饺子，这时传来了敲门声。

"谁呀？"

犹豫不决的顾老师出现在门口，她轻声地问："这是张辛同志的家吗？"

"是啊。快请进来坐吧。他有事出去了，一会儿就回来。"

被让到简易沙发上坐下的顾老师自我介绍地说："我是北庄中学的教员，叫顾桂兰。"

"哦，是顾老师啊，老张刚才还提起过你呢。"书记夫人一边倒水，一边接着说："现在学校挺忙吧？"

"还不算太忙。"顾老师似乎心不在焉地回答着。

这时，门外传来了喊声："张奶奶，您家的锅开了！"

"对不起，我先去捞一下饺子，你坐会儿。"她拿起碗急匆匆往外走。

顾老师见她一走，赶紧把酒和床单从提包里拿出来，慌里慌张地放在沙发上，刚想趁机往外走，张书记的爱人端着热气腾腾的一碗饺子进屋来了。她热情地招呼着顾老师："你在这儿吃点饺子吧。"

"不，我走了，改时间再找他吧。"话音刚落，顾老师已紧步出了房门。

"哎呀，太对不起了，让你白跑一趟，有空请过来玩儿呀！"

"好，再见！"

把客人送出门外，张书记的爱人转身回屋，发现沙发上的东西，急忙追出门去："顾老师，顾老师！你的东西！"

听见喊声，顾老师更加慌乱起来。她装着没听见，加快步子往前走。

五十多岁的老人了，她怎么追得上！看着手上拿着的东西，发现一张红纸条上写着："魏明、张秀梅新婚志喜　顾桂兰赠。"

"唉，这个老实人哪！"她轻轻地摇了摇头。

## 45. 学校教学楼口

顾老师在门口遇见打水的张书记，她不好意思地急忙躲开了。张书记笑了笑，提着暖瓶打水去了。

#### 46. 顾老师家里

当天夜里，顾老师在灯下批改作业。翠翠已经睡了。室内响着时钟清脆的滴答声。

她改完作业已经很疲乏了，刚要上床，看到翠翠的帽子开了线，又取出针线缝了起来，一边缝补，一边沉思起来。

（顾老师低声旁白）"作为教员，自己经常教育学生要做正直的人。可是今天，为了孩子，给领导送礼，这实在违背了自己的心意，有什么办法呢？唉，还不知道结果将会是怎么样呢？！"

#### 47. 顾老师家里

一个星期后的一天晚上，天上纷纷扬扬飘洒着雪花。翠翠一个人在家教玩具熊猫认字。

"咚咚咚！"外面传来了轻轻的敲门声。

"谁呀？"翠翠很快地把门打开了。满身挂着雪花的张书记又出现在翠翠面前。

"张伯伯！"翠翠惊喜地叫了起来。

"小翠翠！"张书记掸掉身上的雪花，一下子把翠翠抱进屋。

"我妈妈又打酱油去了！"

"哦！"张书记放下孩子，从书包里拿出一个塑料袋："翠翠，你看伯伯给你带什么来了？"说着，他提起塑料袋口袋往桌上倒。翠翠一双小手拦着快滚到桌边的苹果，嘴里惊叫起来："这么多苹果！"

"伯伯今天请你吃苹果。"

翠翠一听，急忙把小手背向身后，身子不住地往后退："我不吃！"

"为什么呀？"拿出刀子正准备削苹果的张书记不解地问。

"妈妈不让吃人家的东西。"

"哎，伯伯请你吃，妈妈会同意的。"

"妈妈说这个月没钱了。"

张书记正在削苹果的手突然停住了，孩子的话深深地触动了他。他心疼地将孩子紧紧地抱在怀里，眼睛湿润了，稳定了一下自己的情绪，他把削好的苹果递给翠翠："吃苹果吧！"

"不！"翠翠还是摇摇头。

"吃吧，吃吧！"

翠翠将桌上的熊猫拿到面前，对张书记说："伯伯，你给它吃吧。"

"哈哈哈，这孩子！还是你吃吧。翠翠，你去把床上那块手绢拿来擦擦鼻子。"

翠翠顺着张书记手指的方向一看，笑了，神秘地说："你去拿吧！"

张书记走到窗前去拿手绢，却不料把床单也抓了起来——原来是连在上面的一块补丁！

"咯咯咯咯……"翠翠笑得前仰后合，连气都喘不过来，"床单破了一个大洞，妈妈说这条手绢好看，就用它给补上了。"

孩子在天真地笑着，满头白发的张书记的眼睛却湿润了。

走廊里又响起了"蹬蹬"的脚步声。"砰"的一声门响，棉大衣又飞到了床上。翠翠急忙喊道："妈妈！"

张书记急忙制止翠翠再出声,把她抱到小椅子上,小声地在她耳边说了几句,把苹果塞到她手里,悄悄地走进厨房。

翠翠看着伯伯的举动,乐了。她使劲咬了一口苹果,乐滋滋地吃着。

## 48. 厨房里

正忙着做饭的顾老师向屋外喊着:"翠翠,给妈妈拿葱花!"

张书记不做声,把案板上切好的葱花递过去。

顾老师头也不回地伸过手来:"酱油!"

拿起酱油瓶,张书记又递了过去。

嗞嗞啦啦地一阵爆锅响声,菜炒好了。

粗心的顾老师啊,她又在下达最后一道命令了:"拿个碗来!"

碗放在哪儿呢?这可难住了张书记。

"快点,翠翠!"顾老师催促着一扭头,不觉惊叫起来:"哎呀,是张书记呀!"

两人相对大笑起来。

"快屋里坐,张书记!"

"不用了,顾老师。我是来告诉你,调动的事,局里已经批准了。"

"这么快!"顾老师一怔。

"你明天就可以办手续了。"

炒菜的锅开始冒烟了。张书记赶紧说:"糊了,快把火关掉!"

顾老师用颤抖的手关掉了火。

张书记从口袋里掏出十元钱,面有愧色地说:"这点钱也不知道够不够?你送我的酒我收下了,反正你们家也没有人喝酒。"

"张书记!不……"

"不,顾老师,收下吧。"张书记十分诚恳地说:"这些年我们对你照顾和关心得太不够了,给你的生活和工作带来了不少困难,实在是……"

"您……"深受感动的顾老师想说什么又说不出来。

"顾老师,有什么话,明天到学校咱们再细说吧,我走了。"

顾老师有些激动地望着离去的张书记。

忽然,在里屋的翠翠大声叫起来:"妈妈,快来呀!"

"怎么啦?"顾老师急忙进了屋。

## 49. 顾老师屋里

床上放着顾老师送给张书记的那床天蓝色的床单。

"妈妈!"翠翠指着床单轻声地叫着。

顾老师一把抱起翠翠赶到窗口,拉开窗帘向楼下望去。

在那白鹅绒般的雪地上,清晰地印下了张书记的脚印,显得是那样扎实、稳健。这脚印渐渐地远去,不断地延伸向远方……

看着远去的张书记,顾老师紧紧地搂住女儿,她那带着泪痕的脸上,却绽开了欢乐的笑容，笑得是那样的甜蜜……

——剧终

文字整理：张蕊

资料来源：广播出版社编，《电视剧本选（一）》，广播出版社1982年2月第1版。

# 洞　房

首播时间：1980年
首播电视台：浙江电视台
摄制单位：浙江电视台
编　　剧：贾献法、王犁、史践凡
导　　演：史践凡
摄　　像：周凯光、郑纪民
主　　演：王理石、王犁、邬倩
获奖情况：第一届（1980年度）中国电视剧"飞天奖"
　　　　　电视剧二等奖。

**剧情梗概：**

因为没有房子，张毅和秀英的婚事推了又推，已经拖了五年了。房管局董跃先科长给大家的答复永远是考虑考虑，而新局长陈瑞的走马上任让人们对分房又有了一丝希望。

张家一家三代五口人居住在一个11平方米的小房里，拥挤不堪。为了分到房子，张母拿出珍藏多年的两瓶酒和一支人参，托董科长的亲家沈亚琴走走后门。沈亚琴把酒和人参送给了董跃先，却是用来为自己谋福利——她让董跃先想办法再帮自己家弄一套房子。在这之前，董跃先已经利用职务之便给这位亲家分了一套房子。

对于群众关于房子的询问，董科长的答复是，四化新村的分房方案还没有出来，让大家耐心等候。而陈局长的女儿晓华和大年领完结婚证后，董跃先就把四化新村303房间分给了他们。晓华和母亲沉浸在分房的喜悦中，已经开始采买新家中会用到的家具。她们并不知道，陈局长已经把303房间让给了住房困难户张毅和秀英。其实，陈局长一家三口人住的也不过是一间18平米的小房子。

董跃先私自把303房间分给了自己的亲家，张毅和秀英原本的大房变成了12平米的小房。不堪受辱的张毅和董跃先吵了起来，他激愤地讲出董科长贪污受贿的诸多恶行。一位提交过三十多次住房申请的大龄青年看不惯董跃先收受贿赂的做派，他贴出一个换房启事，声称董跃先自愿将自家的三间全套住房和困难户调换。来董跃先家看房的人络绎不绝，董跃先不胜其烦。这时，陈局长也来到了他家，让他交出四化新村所有住房的钥匙，并给他停职反省的处罚。陈局长同时向群众保证，以后分房一律由基层群众公议，群众代表和房管局讨论批准，其他一切方案都作废。

陈局长的举措备受戴戴；四化新村也终于按照规定合理地分配下去了……

文字整理：张蕊

资料来源：广播出版社编，《电视剧本选（一）》，广播出版社1982年2月第1版。

## 剧本

### 《洞　房》

**序幕**

隆隆轰响的推土机掠过的镜头。

一块水泥预制板升腾而起。

高空焊接钢筋的焊花绽出美丽的弧线。

焊花中跃出片名：

《洞　房》

晶莹的玻璃窗光斑闪闪。镜头拉开，一座刚竣工的住宅大楼耸入蓝色的天空。

电焊火花不停地闪烁着。

犹如雨后春笋般的幢幢新楼，鳞次栉比地出现。

（画外音："一幢幢居民大楼落成了，一户户人家搬进了新居。这当然是非常值得庆贺的事。要说最高兴的，恐怕还是久盼洞房的新人们吧！"）

一幢漂亮的四层大楼下，工人正在钉"四化新村"的牌子。

另一幢楼里，人们兴高采烈地搬进新住宅。

孩子们在新居的楼梯上欢呼雀跃。

马路上，出现了一支稽查的车队。

六辆三轮摩托车排成一行，满载着嫁妆，浩浩荡荡地"挺进"。押车者坐在不协调地堆放着的电视机和马桶旁，幸福地微笑着。

（诙谐的话外音："结婚坐轿子看来已经过时了，所以又有了新的时髦玩意儿。"）

一辆车摇晃了一下，新马桶翻倒，滚了一车红的蛋、黄的香糕、彩纸……

熙熙攘攘的人流中，飞出嘲讽的嘻笑。

市房管局长陈瑞信步走在人流中。他虽已五旬开外，仍矍铄有神：敏锐的双目捕捉着生活中的各种画面。

"丰田"和"菲亚特"小轿车里，坐满了送新娘的女伴。她们矜持地抱着各种贵重的礼品。

新娘岚岚从头到脚，一副华侨派头。在一片应酬声中，她撅着嘴，高傲地跳上小汽车。

随即,车旁的彩带轻捷地翩翩飘起,风中传来一阵阵狂笑声。
几个行人看着、议论着:
甲:"嘿,好阔气!"
乙:"'万能胶'家里的千金嘛!"
甲:"'万能胶'?"
乙:"你没听过一个相声?这是我们城里的'万能胶'!……"
陈局长若有所思地听着、看着。

一份结婚证书交到正在登记的陈局长的女儿晓华和她的对象大年手里。晓华不好意思地低下了头。结婚登记处的同志热情地对他们宣传着什么,晓华的头垂得更低了。

朴素大方的新房里,一对新人在众人的嬉闹声中羞怯地笑着。
又一对按新风俗结婚的男女在向老人鞠躬。老人脸上的皱纹满意地舒展开来。
一个个洞房里传出阵阵欢声笑语……
波光粼粼的西湖,岸边婀娜的垂柳,红色的亭榭依傍着翠绿的小山。
陈局长箭步走来,路边怒放的桃李花卉,随着他的脚步悄然退去。
(画外音:"移风易俗的任务艰巨呵!但新上任的房管局长陈瑞所考虑的却不是这些。在他眼里,这一对对的恋人,就意味着要一套套的房子。")
一对挽手漫步的情侣飘然而过;
一对情意绵绵的恋人聚首相偎;
一对志同道合的朋友在高谈阔论;
一对捧书共读的爱人双双沉醉在幸福之中……
每对恋人面前都神话般地跳出一幢幢美丽的楼房。
陈局长走着,看着,思考着,脸上浮出一层愁云:是啊,要成家就先要有房子,不!先要有新娘子……
蓦地,他眼前出现了幻觉——
捧书共读的爱人扔下了书本;
挽手漫步的情侣突然回过头来;
聚首相偎的恋人猛地伸出双手;
高谈阔论的朋友向他恳求……
**他们异口同声地喊着:"房子!房子!房子!……"**
陈局长蹙紧了双眉。

**张毅家**

突然一声巨响。
**张母**(惊呼):"哎呀!房子!"(张母——六十多岁,头发花白,衣着朴素,脸色憔悴。)
小吊床倒塌。图纸、塔吊模型、木板碎片散落在房子各处。
这是半间平房。屋角堆放的新制的大立柜、床头柜和椅子,几乎占了一半房间。一张白坏子写字台放在朝北的窗前，墙上挂着一本 1979 年的日历。另一角，上面搭有小吊床，小吊床下面罩着行军床和自行车，新婚嫁妆的零星物品放置在写字台上。过多的杂乱摆设，使这小小的房间变成了一个"洞房"。

小明和小英被吓哭了。他们是张毅六岁的外甥和三岁的外甥女。

张母艰难地趴在小梯上，支撑着倒塌的吊床。

**张母**（以溺爱的口气）说："别哭，别哭，过几天吃舅舅的喜糖。"

**小明**："外婆骗人，都说好几次了，过几天吃舅舅的喜糖。"

**张母**："这回有糖吃了。"

**小明**："舅舅早说过，没房子就没喜糖吃……"小明边说边哭得更厉害了。

张母顺手拿起一盒糖，可一递糖，腰又扭了一下，糖盒"哐当"一声落地。她无力地倚在床上。

"哎呦……"张母呻吟着。

小明与小英不知所措。小明忙从屋梁上放下一只篮子，篮子里放着的都是咸肉、干菜……他只好又挂了起来；小英又放下另一只篮子，篮子里放着药品——红汞、伤湿止痛膏……小明扶张母站起来。

**张母**："哎呦，这……"

小明和小英惊慌地相望，然后冲出门外，高声喊："救命啊……"

邻居王大婶听到喊声，放下活计，急忙走过来。

进入院子里的李秀英，手拎两瓶虎骨酒，听到喊声，也匆匆跑过来。（李秀英——三十岁，衣着素雅，精力充沛。）

王大婶和李秀英冲进屋内。

**王大婶**："啊！张大妈，这是谁抄你的家了？"

**张母**（手扶着腰，唠叨地）："小祖宗，嚷什么，都给我出去……王大婶，真过意不去，快请坐……"

王大婶二话不说，帮助收拾地上的东西。

李秀英敏捷地走到墙边，准确地将几个搭扣、杠杆之类连接后，小吊床起来了。

张母这时才疲惫地走到床边，愤愤地嚅着嘴唇："一家三代五口人，住 11 平方米，大儿大女上下铺……"

**小明气喘吁吁地跑进来**："外婆，舅舅的五斗柜抬来了……"

抬柜的小伙子吆喝着进院，张母不停地在屋内打转，不知如何是好。外边的吆喝声像重锤似的催促着："咋办！""咋办！"

**张母憔悴的脸**："这……这东西往哪放啊？快把张毅找回来。"

**李秀英急了脸**："不行，他这几天工作忙得饭都顾不上了吃，哪有空回家来。"

**张母**："让他找领导请假，积极分子也得有个家呀！"

**李秀英决断地**："伯母，没什么，没什么，再想办法挤挤看，要不……再掉个家具……"

**王大婶深情地**："张大妈，我家比你们宽敞些，五斗柜放我那去。"

**张母**："在你家已放了好几件家具了……"

**王大婶**："房管局陈局长又回来当局长了，你们家这次分房子有希望。"

**张母：**"董科长也讲过一定考虑,可到今天还没准信儿……"

张母和李秀英边说边送王大婶出门。

## 建筑工地

张毅头戴安全帽,指挥着塔吊,吹哨摇旗,动作准确麻利。眨眼间,巨大的预制构件被吊上天空。

在半空中转动的预制件。

## 四、张毅家

秀英和张母回到屋里。

**张母内疚而焦急地对秀英说：**"为了房子,你们的婚事推了又推,都拖了五年了,唉!"

秀英不好意思地低下头,从包里取出崭新的结婚证书交给张母。张母欣喜地接在手里看着……

**秀英：**"我妈来信说,她五一节参加我们的婚礼……还托人捎来两瓶虎骨酒和一支人参给您补补身体。"

张母拿着人参端详着,盘算着……

## 五、董跃先办公室门口

门口嘈杂的像个菜市场。

门口走廊上站满了人,有的三人一堆,五人一伙地交谈着,还有的独自闷头抽烟。

**镜头穿行摇摄：**

**男甲：**"听说今后造房子都有卫生设备。"

**男乙操上海话：**"勿要想得这么美,有房子住就可以了。"

**女甲操宁波话：**"上个月为了房子……我的奖金又敲掉了,真是鸡飞蛋打一场空。"

**女乙：**"唉,房管部门总是有那么几个菩萨……"

一个青年安然地靠在屋旮旯里看书。

**女丙：**"这次房管局长犯错误下去了,董科长倒没事?"

**男丙：**"董跃先,老油子啊!"

**女丙不满地：**"董科长怎么还不来啊!"

看书青年不慌不忙地抬起头："八点上班九点到,十点开始打回票。"说着,抬抬戴着表的手腕："快了!"

## 马路上

董跃先矜持地骑着自行车。人流、车流在他身旁滚滚而过。瞧他那副踌躇满志的神情,仿佛是驾驶着一只永不会在生活之流中沉没的方舟。

一只金华火腿也像主人一样,骄傲地横在车上。

人行道上有个年轻人挥手喊他："董科长——停一停。"

**董不理会地一瞧：**"没有时间。"他加快了速度。

自行车的车轮在旋转，闪闪发亮的辐条耀人眼目。

路旁不时有人焦急地和董打招呼。董面带笑容，和蔼可亲，一会儿摇头，一会儿指表，表示很忙没有时间。

忽然，一对时髦的男女青年气喘吁吁地跑来，迎住了董跃先。

年轻人："四化新村分配了，我们怎么……"

董跃先俨然像个说教家："同志，粉碎'四人帮'不到三年，可是我市住房建筑已经有了飞速的发展，住房面积由原来每人平均3.4平方米增加到4.5平方米，去年一年的建筑面积就等于文化大革命十年的总和。成绩是巨大的呀！当然，你们的困难，组织上是了解的，可是你们也应该体谅组织上的难处啊！……"

（在说这一大段话时，镜头不断变换地点及跟董谈话的对象。）

找他的人都被他那准确的数字、生动的表演说得无言以对，转身走去。

绿灯亮了，车流又滚滚向前。

董跃先艰难地推着满载土特产的自行车，正要跨上去，忽然背后传来喊声："董科长！"蹬着三轮车的小青年潘旺气喘吁吁地赶上来。

董跃先停下："潘旺，什么事？"

潘旺夸耀地："电视机，我送到你家里了。"

董跃先："怎么送到家里……多少钱？"

潘旺："这架是处理品……内部。"

董跃先故意摸了摸口袋："哎呀！身边没带钱。"

潘旺："先拿去试看吧，有毛病我再给你换一台……"

董跃先满意地推车要走。

潘旺追上一步："我那房子……噢，董科长，别见笑，大家都说我这名字起坏了，叫什么不好，叫个'潘旺'。下乡吧，盼望抽上来；抽上来，又盼望找个好工作；有了工作，又盼望找个好对象；有了对象，又盼望分到房子……真是……"

董跃先拍拍潘旺的肩头，微微一笑："放心，我有数了。"他一抬眼，看到潘旺蹬着的三轮车，忙说："哎，帮个忙，请送到我家里去。"说着把车上的大包、小包礼品装到三轮车上。

一辆高级小轿车在董跃先身边停住。车门里伸出半个胖胖的脑袋，叫了一声："董科长！"说话的是"万能胶"。

董跃先："我以为是哪位部长呢！哪儿弄到的车？"

万能胶："帮他们跑电信器材和设备的。"

董跃先："真是名副其实的'万能胶'啦！"

万能胶："别逗了！我说，岚岚找过你啦？"

董跃先："没有呵！"

万能胶："这孩子，我管不了啦，非要找你，你就当成自己的孩子一样，看着办吧！"

车门"砰"地关上，"万能胶"驱车而去。董跃先目送着小汽车，思索着。

街上，张母茫然地停在人行道上，不知应该走向哪里。

她正要穿过马路的时候,看见董跃先骑车而过,她那疲倦的脸被照亮了。

"董科长——董科长——"她边躲开来往穿梭的汽车,边喊着。

董跃先或许真没听见,或许装着没听见,或许……总之,他连头也不回,就骑车走了。

张母惊异的目光追随着他。

陈局长的女儿晓华和大年在大街上分手。晓华从大年的挎包里取出结婚登记证:"我马上去找爸爸,看分的是哪套房子。"

大年:"可得马上打电话告诉我!"

晓华故意撒娇地:"就不告诉你!"

**沈雅琴家**

张母把两瓶虎骨酒放在桌上:"亚琴……这两瓶虎骨酒拜托你带给董科长。"

沈亚琴不屑一顾地微笑:"这……"(沈雅琴——五十岁左右,衣着讲究,眼神贪婪,口吻刻薄。)

张母:"这次分房无论如何请他费心……你是热心人,董科长跟你又是亲家……"

沈亚琴故作为难地:"哎呦,现在可不能搞私人关系。"

张母有所感触地取出了一支人参,蹑手蹑脚地靠近沈:"这支人参是我亲家从吉林带来的……"

沈亚琴的瞳孔亮了一下,狡黠地:"唔,好大的参呀!……"她的声音变亲了,面孔也变柔了,毫不客气地收下了酒和参,满脸堆笑地说,"好吧,你们家也确实够困难的。房子我去说说,不过吃喜糖别忘了我……"

张母欣慰的脸。

**房管局楼道**

局长办公室的门口,晓华探头向着男秘书:"小姜,我爸爸在哪儿?"

小姜:"是晓华呵!你爸爸到工地去了。"

晓华:"不是二、四、六才下工地吗?"

小姜:"早就突破框框了。"

晓华(一吐舌头):"呵,老积极……再见!"

正在上楼的董科长和晓华迎面碰上。

董跃先:"晓华,找你爸来了?"

晓华:"爸爸下工地去了。"

董跃先:"哎呀,我也是到处找他呀!本想到你家去,你来得正好。四化新村的分房方案已经搞好了。这次房子条件不太好,可陈局长住的也太差了,听说你也要成家了,所以我们也一致同意先分给你们一大套过渡一下,以后再换。"

晓华(惊喜地):"真的?!"

那位看书青年碰巧看到他们在谈住房问题,就站在远处倾听。

董跃先:"喏,303的钥匙,先拿一把去,让你妈抽空去看看,有什么问题再来找我……"

**晓华**（兴奋地接过钥匙）："这……我爸爸知道吗？"

**董跃先**："这是落实政策……快走吧！"

晓华高兴地转身奔下楼去。

## 董跃先办公室

董跃先来到办公室，一些像受过军事训练而肃然直立的人，面带笑容迎了上去，也有的急不可待地挤上前去，唯独在墙角看书的青年泰然不动。

董跃先笑容可掬地边开门边随和地应诺着。最后他提高了声音，但仍显得十分和气地开始了车轮似的演说："同志们，揭批'四人帮'后，我市住房建筑有了迅速的发展，住房面积由原来每人平均3.4平方米，增加到4.5平方米。这是了不起的成绩，它比文化大革命期间十年建房面积的总和还多……当然，你们的困难组织上是了解的，可是你们也应该体谅组织上的难处……。要抓革命、促生产嘛……（自觉不对劲，又不知道错在哪里，摸了摸下巴）对，要集中精力搞四化……"

他的话音未落，人群已紧紧围拢在写字台周围：有的递烟，有的递材料，有的递烟又递材料……

董跃先疲于应付，又难以应付。他突然高声叫道："同志们！……第一，要坚决反对一切不正之风。这一点特别请同志们协助我们，做领导的一定要把好这一关，所以……"说着指了指墙上挂着的"谢绝敬烟"的条幅；"第二，今天干部要下工地，不办公。有书面材料的把材料留下，其他改日接待……"

人们快快不乐地从董科长办公室出来。

董跃先整理着桌上群众交来的报告，看书青年悄然走到董科长面前，非常和气地："董科长……"

**董跃先**："同志，今天不办公！有材料请留下吧……放这，放这。"

**看书青年**："我坐，我坐……只谈一分钟……我家七口人，兄弟两个都因为没有房子结不了婚，这次四化新村能不能……"

**董跃先**应付地："四化新村还没有分配！"

**看书青年**："真的？"

**董跃先**："真的！"说着拉开了抽屉——里面露出数条高级香烟。他悠闲地点了一支。看书青年仍然没有走的意思。

**看书青年**吞吞吐吐地："我听说……已经分了……"

**董跃先**："还没有。"

**看书青年**："真的？"

**董跃先**不耐烦地："我还能骗你吗？"

**看书青年**："我想问一问，这个分了没有？"说着举起手里的一串钥匙。

董跃先的脸顿时一沉："这是什么意思？"

**看书青年**："别动火，别动火，俗话说：'要想人不知，除非己莫为。'……"

**董跃先**气急败坏地站了起来："不要无理取闹！……对不起，我没时间奉陪！"他把青年推出门外，"砰"的一声关上了门。

一块写着"深入基层，暂不办公"的牌子摇摇晃晃地挂在门上。

**施工工地**

镜头从陈瑞擦汗的特写拉出，他在水泥搅拌机边铲石子。

陈瑞和几名干部在视察新的施工工地。

**干部对陈瑞诉着苦**："为了材料，又快窝工了。图章盖了七八个，都不顶用……"

**陈瑞的眉头拧了一下，焦虑地说**："是啊，图章尚未齐备，同志仍需努力呀！"

**干部**："陈局长，我们单位这次能不能再多分两套房子，实在是摆不平啊……"

**陈瑞**："是啊！要是一个月盖好一幢楼，就都解决了……"

干部无可奈何地与陈局长相视而笑。

**陈瑞**："不过这次最困难的住户——像张毅他们，将得到解决。"

## 十一、百货公司

塑料制品柜台上，李秀英正热情地接待着顾客。

**女售货员抱出一批新床单，悄悄对李秀英说着**："快看，新产品。"

**女售货员放下纸箱，边脱工作服边对秀英打着招呼**："我走了……"

秀英惊喜、羡慕地看着床单。

**一女顾客发现了新产品，急忙招呼同来的女伴**："快来！快来！真漂亮。"

**另一女顾客**："同志，能拿给我们看看吗？"

**正要下班的小张爱理不理地说**："现在不卖。"说罢，转回身对李秀英说，"你不是'五一'要结婚吗？喏，留一条吧！"

**秀英摇头不肯，又把床单放入柜内，看一下顾客**："请稍等一下，马上就卖！"

柜台外已经排了四五个人。

**小张见秀英执意不肯，只好让步**："你呀，好吧！"拿起挎包走出柜台，径自排在买床单的队伍后面。

秀英无可奈何地笑了笑。她被小张的真挚感情感动了。

**公司女经理和陈瑞边谈边在顾客中穿插着**："这里都是新产品。"

**陈瑞**："你这个经理室很有办法的呀！"

**女经理指着李秀英对陈局长说**："她就是因为没有房子，五次推迟婚期的李秀英。"

**陈瑞**："早听说了，还是你们这里连续多年的先进工作者。"

**女经理**："先进生产者不少，就是房子太少，这次能不能多分配几套房子给我们……"

**陈瑞**："你提得很好，先进生产者是应该让他们先住进新房子。李秀英的住房已安排在四化新村303号房间。"

**女经理**："真的？她知道了吗？"

**陈瑞**："还没有通知她。你可以先透个信，让她准备准备。"

## 十二、陈局长家

晓华妈兴奋地看着女儿的结婚证书。

晓华妈："你怎么不早说一声，早上寄来一份家具店的提货通知单，我还以为寄错地方了呢！"

晓华调皮地："我就是要你们大吃一惊！"

晓华妈："你爸爸也是，昨天分给房子还坚决不要，今天要是又送到手上了，这样也好，过两天家具直接运到303就行了。"

晓华兴奋地依偎在妈妈膝上："咱们家在这小窝里住了十二年，总算飞出去了。妈，我先去家具店看看式样，中午在大年那儿吃饭，不回来了。别等我！"说罢跑出屋子。

## 十三、百货公司

女经理："秀英啊，这回可要吃你的喜糖了……"

李秀英羞涩地低下了头，随即又抬头看着经理，急切地想了解经理讲话的含义。

女经理："老房管局长刚才来过了，让我透个信儿给你，新盖的四化新村你们一大套。"

秀英喜出望外地："真的？"

女经理："房管局的同志悄悄告诉我，是老局长坚决让出来给困难户的房子，就是四化新村303那一套。"

李秀英被这意外的消息所激动，她愣住了。

经理离开了柜台，秀英还呆在那儿……

"同志，给我拿条床单！"一个很粗的声音把李秀英唤醒。

秀英一抬头，原来是小张在柜台外和她开玩笑。

"死鬼！"她俩都开心地大笑起来。

## 十四、房管局

沈亚琴手提两瓶虎骨酒到房管局门口，"本能"地将酒放进提包。

董科长办公室门上挂着"深入基层，暂不办公"的牌子。

沈亚琴仿佛没看见牌子，环顾四周后，有节奏地敲门。

门"吱"一声打开，露出董科长半个脸。

沈亚琴闪进门，门又重新关上。

写着"深入基层，暂不办公"的牌子晃动着。

## 十五、建筑工地

建筑工地的塔吊下，混凝土搅拌机在轰鸣，搅拌机旁一干部在张毅耳旁说着什么……

张毅惊喜的脸上挂满了笑容。

旁边的工人听到喜讯把张毅围了起来。

张毅冲出人群……

张毅迅速拨电话……

李秀英在激动地拨电话……

秀英只好放下电话，刚转身，电话铃声大作。

秀英接电话："我就是……我正要找你。"

张毅："我有个好消息……"

秀英："我也有个好消息,有件喜事告诉你……"

张毅："那你先说吧……保密?我也保密……"

秀英："还保密呢,在电话里都听到你心跳的声音了……"秀英的脸似一朵盛开的莲花。

张毅："下班后在四化新村对面的人民公园等。好!……"张毅放下电话,跳着跑出去。

### 十六、董科长办公室

沈亚琴将两瓶虎骨酒和一支人参放在董跃先的桌子上。董跃先正在桌上摊摆四化新村的分房卡片,看到放在前面的酒,愣了一下:

"我说亲家,别人的事你少管……"

沈亚琴："我是'饭吃三碗,闲事不管'。这酒和人参不是别人的……"

董跃先："哦?"

沈亚琴："是你没过门的儿媳妇孝敬你的。"

董跃先："噢……不过,拿到办公室来……"

沈亚琴："放在包里没人看见。"沈亚琴说着,将酒、参放到董的提包里,"亲家,四化新村分的怎么样了?"

董跃先敏感地抬头看着沈："怎么,你还想搞啊?"

沈亚琴"嘿嘿"地笑着不语。

董跃先："去年年底不是刚给你弄了一间吗?"

沈亚琴："才12平方米。"

董跃先为难地："现在风声紧了,要适可而止……"

沈亚琴："哎呀!再过两年我们女儿就过门到你家里了,这12平方米也太寒酸了……再说,等这刚复职的陈局长把大权都抓过去,那可就晚了……抓而不紧等于不抓嘛……"

董跃先听着听着,脸上突然露出一丝冷笑:"是啊,我们陈局长是表面不抓,实际狠抓啊!"

沈亚琴不解地："哦?"

董跃先指着桌上的分房卡："给他分了一套38平方米的,他还不要……"

沈亚琴："嫌小?"

董跃先："谁知道,可是今天一早,他女儿就来拿钥匙了。"

沈亚琴："噢?"

### 十七、正在维修的弄堂大院内

陈瑞局长正在和一群工人砌墙。满地砖瓦、杉蒿。

陈瑞向工人们打招呼:"你们先忙着,我上那两个点去看看。"

他正要骑车,突然被一只手拉住。

陈妻买了满满一篮菜站在他面前。

陈瑞："买这么多东西干什么?"

陈妻："你们都保密,我也保密!"说着将篮子放在自行车上,"送我到家再告诉你。"

陈瑞："你把车推走吧，我还要去两个施工点看看。"
陈妻："你呀，再过两天女儿就要结婚了！"
陈瑞："结婚？"
陈妻得意地："不知道吧！女儿吗，总跟妈妈亲近些。"
陈瑞仍不相信。
陈妻："不信？他们今天登记了。"
陈瑞："那房子在哪儿？"
陈妻学他："房子在哪儿？还想骗我！钥匙不是你叫董科长交给晓华了吗？"
陈瑞："什么钥匙？"
陈妻："行啦！别逗了！四化新村303，对不对？"
陈瑞："怎么，晓华去要房子了？"
陈妻："不是晓华去要，是董科长主动给的。"
陈瑞有些动气了："怎么搞的嘛！"
陈妻："303比我们被占去的那套房子还小呢！我不发火，你倒发火！"
陈瑞："这房子我正式讲了好几次不要，而且已经答应分给最困难的住户，怎么可以接钥匙呢！"
陈妻："我不困难？女儿要结婚不困难？跟着你，三口人住 间18平米的房子，在你'靠边'的时候住住还可以。现在可好，刚上任，从早到晚有人找你谈工作。你一起床，我们也要起床，你不睡觉，我们也睡不成……再等两个月，天一热，我们躲都没处躲……你这局长想到过吗？"
陈瑞："你不知道，这里面有名堂！"
陈妻："什么名堂？"
陈瑞："好，中午回家我再和你细谈。"
陈妻看着陈局长严肃的面孔，不再说什么了。
**陈局长把自行车交给妻子，妻子不接，提起菜篮径自走回去："跟着你这房管局长，住房比登天都难！"**

## 十八、董科长办公室

董跃先桌上摆放着一张张困难户的卡片。
董跃先："唉！一个萝卜一个坑，况且他——"说着，指指桌上陈局长的卡片，"一个大坑还不够……难啊……"
沈亚琴："不难，我找你干什么？"
电话铃突然响了起来。
董跃先拿起电话："我就是。哦，陈局长，房子基本上安排好了，准备尽快把房卡发下去……对！陈局长的房子看来太小了，还是把303对面的小套也一起分给局长……"
陈瑞："老董，你怎么搞的？我不是说过几次了，这次房子不要考虑我。"
董跃先："这怎么行，这可是执行不执行中央关于落实政策的大问题，这……"
陈瑞："好啦！落实政策首先是指政治上，恢复工作首先也是恢复党的作风，哪有先恢复生活待遇的道理?"

董跃先:"那……"

陈瑞:"房子的钥匙都发下去了?"

董跃先:"还没有。"

陈瑞:"那为什么要先把钥匙交给晓华呢?"

董跃先无言以对。

陈瑞:"老董啊,我再讲一次,303 要分给最困难的张大妈、张毅他们。钥匙,我让晓华明天早上退回去……没关系,没关系,她的思想工作我去做。老董啊,要记住,像张大妈这样的,既是军属,儿子又是先进工作者,又是坚持晚婚的典型,在分房的时候,一定要优先照顾,体现政策。"

董跃先边听边盘算着什么,忽然眼珠一转:"对……对……不过困难户相当多,很难摆平……"

陈瑞:"绝对摆平是不可能的,一方面去做工作,一方面也要敢担担子嘛。"

董跃先:"对!对!张毅、李秀英的问题一定解决,我去做工作,做工作。"

董跃先放下电话半晌不说话。

沈亚琴焦急地看着董:"吹啦?"

董跃先:"吹啦!"

沈亚琴一惊:"啊?"

董跃先眯着眼,看着桌上的分房示意图,意味深长地:"对啊!绝对摆平是办不到的……"

董跃先将写着潘旺名字的卡片从一间房间上翻了过去,又把张毅和陈局长的卡片同时拿了起来。

(董跃先的画外音:"是啊,局长讲风格,先进工作者嘛,也要讲风格……")

沈亚琴快人快手,把张毅的卡片塞到了 12 平方米的小间,自己把手按在 303 房间上,贪婪地拍了几下。

董跃先看了一眼,抬起头来看着沈:"亲家,我可有点担风险啊!"

沈亚琴:"陈局长不是要你敢担担子吗?"

董跃先:"可是张大妈、张毅他们家……"

沈亚青:"想想办法稳住他们……"

董跃先:"最后一次,下不为例……"

沈亚琴脸笑成了一朵花。突然传来了敲门声,沈亚琴一惊。

董跃先犹豫了一下,门继续被猛烈地敲着。他迅速将房卡收了起来,打开了门,一阵香港音乐冲了进来。

岚岚尖声尖气地:"哎呀,我手都敲疼了!"

董跃先:"噢,岚岚,有什么事?"

岚岚:"我爸爸没对你讲?……我要结婚,帮我弄套房子……"

董跃先:"结婚?你……春节不是才……"

岚岚白了他们一眼:"嘁,离了!"

董跃先和沈亚琴都吃了一惊。

**岚岚一回身，对门外喊道：**"进来！进来！"
亨利手提四个喇叭的录音机，戴着一副贴着商标的进口大墨镜，从门外晃了进来。
**岚岚得意地介绍：**"这是我的未婚夫杨亨利！"
亨利冲着董跃先点头行礼。董跃先感到吃不消，沈亚琴也尴尬地看着。
**岚岚：**"董叔叔帮个忙吧，我们准备下月结婚。"
**董跃先面露难色：**"哎呀，难啊！"
**岚岚：**"看你说的！你儿子从乡下抽回来不难？抽回来安排工作不难？可我爸爸二话没说，不到半年都解决了！"
**董跃先无可奈何地：**"好，好。我一定尽力想办法！"
**岚岚：**"真的？"
**董跃先：**"放心，我会把你的事当成自己的孩子的事来办的！"
**岚岚：**"那好，谢谢董叔叔！"
**亨利：**"拜拜——"
董跃先和沈亚琴面面相觑，说不出话来。
**岚岚和亨利在走廊上不太满意地：**"真是思想僵化的典型！"
……

文字整理：张蕊

资料来源：广播出版社编，《电视剧本选（一）》，广播出版社1982年2月第1版。

# 宝 贝

**首播时间：**1980年
**首播电视台：**天津电视台
**摄制单位：**天津电视台
**编　　剧：**郑金凤
**导　　演：**牛华濮、郑金凤
**摄　　像：**张静斌、张泉
**主　　演：**张金元、边菊、杨振诚
**获奖情况：**第一届（1980年度）中国电视剧"飞天奖"电视剧二等奖。

**剧情梗概：**
　　鲍培热爱花样设计，但因为父亲是资本家，他被下放到车间进行了几年的劳动改造。鲍

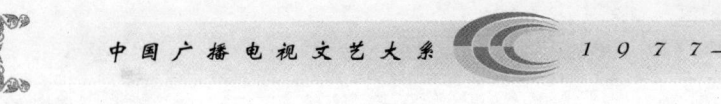

培不愿意浪费时间整天进行那些所谓的政治学习，一心要回到花样设计车间，但在厂长田炳川的阻挠下一直未能如愿。年轻气盛的他一怒之下到纺织工业局上告。在门卫室，鲍培向看门的老同志倾诉自己的不满，并给他看了自己设计的花布花样。直到撞上田炳川，鲍培才知道这位自己口中的老同志竟然是局长何泰！鲍培有些尴尬，落荒而逃。何泰认为鲍培是个难得的人才，责令田炳川尽快给他落实政策，让他回设计室上班。自此，设计室分成了两派：深获厂长宠信的耿德仁故步自封，鲍培则率领几个年轻人立志创新。

鲍培曾在百货大楼内跟踪田爱华，为的是研究她的花上衣的紫罗兰花样，他还因此被当成流氓关进了派出所。田爱华是图书馆的管理员，当鲍培拿着一本《花样浅说》细心地指出书中的错误时，她不禁对这个青年刮目相看。鲍培不小心把书包遗忘在了阅览室的柜台上，田爱华看到了这个已经三十岁的青年写的入团申请书，似乎也看到了他那颗积极向上的心。田爱华按照借书证上的家庭住址找到鲍培家，把书包还给他。这时的鲍培还没有忘记借田爱华那件紫罗兰上衣。

鲍培终于设计出了紫罗兰花样，耿德仁还是固守着他那些过时的圆点花样。厂里决定从一堆花样中选出主花，作为工厂花样设计方向的主要参照。纺织品批发站的孔副主任是这次评选的决定人，他和耿德仁的交情颇深，不出所料地选择了圆点花样。鲍培在印染厂不能发挥所长，他主动向何泰请求，要求下放到农村。

鲍培在农村四处搜集花样，秧田、渠水、鸟雀、彩云都落在了鲍培的画纸上。鲍培和送书下乡的田爱华不期而遇。田爱华送给他一本《遥远的爱》，天生感情迟钝的鲍培在章大嫂的提醒下才明白姑娘的心意。耿德仁奉命请鲍培回厂，正巧碰到鲍培和田爱华在一起，他拍下照片，交给了田炳川。原来，田爱华是田炳川的女儿，他坚决不同意两人在一起。田爱华却认为父亲存在着门第之见，坚持自己的感情信仰。

田炳川带着鲍培和设计师的同志一起参加省里的评选定产会议。会议开始前，田炳川特意指挥工作人员把传统的圆点花样放到中间位置，替换掉鲍培的花样。在招待所焦急等待的鲍培和耿德仁得到消息，888号、889号、890号花样的订货数字突破一千大关。耿德仁激动万分，拉着鲍培去喝酒。但事实是，调换过号码之后，脱销的是鲍培的花样。

要把花样印在布上，还要对北海厂现有的设备进行改造，这是一项颇有难度的工程。经过全体职工的通宵奋战，终于在田厂长规定的最后一刻印出了质量过关的新花布。从此，田炳川终于把鲍培当成了真正的宝贝。

文字整理：张蕊

资料来源：广播出版社编，《电视剧本选（一）》，广播出版社1982年2月第1版。

## 剧本

### 《宝贝》

欢畅轻快的音乐声中，一本装帧精美的《花布样品册》旋转着推出画面。

样品册一页页翻过。

五彩缤纷的图案一幅幅闪过。
繁花似锦的图案上急速跳出片名：

　　　　　　宝贝

样品册陆续翻过。叠印出演职员表。

（一）

河北某工业城市。
北海印染厂。高高的烟囱喷吐着缕缕烟云。
厂区主道上，横空挂着一幅鲜红的标语：贯彻三中全会决议，加速四个现代化建设。
田炳川和耿德仁一前一后走来，他们穿过川流不息的推布车，径直往印花车间走去。
印花车间，机声隆隆。
印花机上，花布倾泻，犹如彩色瀑布千丈。
孙金康用手抚摸着花布，在检查印花质量。
**耿德仁**双目四顾："孙师傅，鲍培呢？"
**孙金康**："下班走了。"
**耿德仁**："不是早上通知他，今天要他到设计室去听落实政策的报告吗？"
**孙金康**："他请假了。"边说边从衣袋里拿出一张纸条。
**田炳川**接到手里念："落实政策雨点细，我要归队没人理。空头政治不愿听，还是回家练画笔。鲍培。"他皱起双眉："不像话！"
**孙金康**："田厂长，小鲍下放这儿劳动已经好几年了，也该给他落实一下政策了。"
**田炳川**："你看他这种表现能落实吗？"搓着纸条："我今天特地要他去设计室参加会议，就是想从思想上促促他，可是这个宝贝——"气得把纸条扔掉。
**耿德仁**："他就是不关心政治学习，早晚要出事。"

（二）

百货大楼门口。霓虹灯炫耀闪烁。
鲍培背着书包走进。
百货大楼内，川流不息的人群。
花布柜，售货员帮助顾客挑选各色花布。几个女青年看到规处理陈列的花布，不满意地摇摇头走了。
鲍培也走到花布柜，观看柜橱及柜台陈列的花布，皱起眉头，忽听背后有两个女青年在议论："小李，你看那个女的，穿的那件上衣花样多好。"
鲍培一听"花样"，扭过头，顺着两个女青年指的方向看，见身穿紫罗兰花布的田爱华顺着成衣柜向前走去。
鲍培闪动双目，惊喜地望着花衣背影，咂着嘴："美，太美了！"忙把书包向后一甩，书包正打在一个胖子的脸上。胖子瞪他一眼："神经啊！"
鲍培腼腆地："对不起！"一抬头，发现穿紫罗兰花布的田爱华已经走远，他不顾一切，边扒拉人边向前追去。

田爱华在商场里走着。鲍培跟在后面，两眼直盯着田爱华的上衣。

走动中的"花上衣"。

鲍培掏出速写本和笔，在后面边走边画。

"花上衣"越走越远。鲍培紧跟几步，拉住田爱华的上衣，低头又画了起来。

田爱华回头白了他一眼，继续走着。

鲍培边跟边画着，有时撞上别的行人。

过路的人惊异地看着他。

田爱华走远，鲍培追了上去，拍拍田爱华的肩膀，结结巴巴地说："同志，你的衣服……"田爱华转过脸："你干什么！我不认识你。"甩起书包向商场外走去。

鲍培在后面继续跟着。

田爱华闪着警惕的目光，加快脚步跑了起来。

鲍培气喘吁吁地追了上来，一把抓住田爱华的胳膊："同志，你停一下……"

田爱华转过身来，怒目而视，顺手在鲍培脸上打了一巴掌。

鲍培的本子和笔掉在地上。

鲍培惊慌的脸。

行人围了上来，田爱华抓着鲍培高声喊："走，到派出所去！""嘶"的一声，鲍培的衣袋被扯了一条口子。

（三）

晚。厂长室，墙上挂着厂际竞赛先进红旗。

田炳川绷着脸来回走动。

**田炳川**："下了班，不好好学习，到马路上去干这种丑事！"

桌子一边，鲍培满脸委屈地扯了条胶布往扯破了的衣袋上粘，嘴里嘟嚷道："什么丑事，我抗议！"

**田炳川**："你抗什么议？死盯着人家姑娘不放，这是什么行为？"

鲍培："我是想借她身上的衣服，研究那个花样。"

**田炳川**："笑话，厂里的花布有得是，还不够你研究的？"

鲍培头一扭："老一套，看腻了。"

**田炳川**："嘿，你还没理找理啊。"想发火，强忍了一下，倒了一杯水，推到鲍培面前，神情恳切地："小鲍，你也是三十岁的人了，该懂点事了。党给你落实政策，你自己也得争口气，要有个好的表现嘛！"

鲍培瓮声瓮气地："你要我怎么个表现？"

**田炳川**："又红又专，特别对你来说，要排除家庭影响，在思想'红'上狠下功夫。"

"你还是这句老话呀！"鲍培把茶杯重重一放，茶水溅在桌面上。人跑出门外了。

田炳川怒气复发："这是什么态度？"追到门口，叫道："你的事儿没有完，你得给我写检查。"

**耿德仁拿出一份材料走进**："田厂长，设计室人员的归队情况已经写好了。"

田炳川略略一看，在桌上搓着一支烟："关于鲍培的表现，要把今天发生的事一块儿写进去，向局里汇报。"

**耿德仁**："好。"

**田炳川**："还有，再查一下那个姑娘的名字和单位，我们要向人家道歉。"

**耿德仁**："已经问过派出所了，这个姑娘在市图书馆工作，她叫田爱华。"

**田炳川一震**："什么？"把烟搓碎了。

（四）

居民住宅区。鲍培家，起居间。

鲍培坐在一个方桌旁。桌上，他画的花样零乱地放着。他仍在画着什么，画一张不理想就团起，桌上团起的画纸有好几张。

**刘素芳**（摆弄着一筐电灯闸），嘀咕着："人家不叫你画，你就别画了。"走到桌旁看了看鲍培，叹了口气："画花样盯着人家姑娘，现在可好，挨了巴掌，还让你检讨。"

鲍培脸色渐转愤怒，拿着画笔重重地在纸上画。

**刘素芳**："你倒是说话呀！"

鲍培把笔一摔，气呼呼地说："我就是不写检查，我要上告！"

**刘素芳一怔**："上告？告谁？"

**鲍培**："田厂长。"

**刘素芳**："小培，千万别使性子，妈在五七年不也是因为给领导提了点意见才戴上'帽子'的吗？你可要慎重啊！"

**鲍培**："妈，您那右派是错划的，早晚会解决。可我是花样设计员，'四人帮'粉碎这么久了，还叫我在车间劳动改造，这对吗？"

**刘素芳**："小培，咱们家和别人不同，你爹又是资本家……"叹了口气。

**鲍培**："妈，可我是在红旗下长大的青年啊！"他情绪激动地抱着刘素芳的双肩："过去我给'四人帮'捆住了手脚，想画不许画，有画笔也不能提，现在镣铐砸碎了，我要为人民多画些花样，这难道也是罪过吗？"

刘素芳望着鲍培激动的面庞，两行泪珠扑簌簌地掉了下来。

（五）

纺织工业局。门卫室门口，院子。

何泰拿着铁锹在花圃里培植树苗。

**鲍培**（推着轻便车走进）："老同志，局长在哪办公？"

何泰指指门卫室墙上的木牌，牌上写着："星期天休息，停止办公。"鲍培转身，欲走。

**何泰拦住**："小同志，有什么事？"

**鲍培**："我是北海印刷厂的，找局长反映一下厂里的情况。"

**何泰**："哦。"放下铁锹："小伙子，你把情况说给我听听。"

"你……"鲍培打量他一下，"你解决不了。"

**何泰**："我解决不了，可以代你向上反映嘛！"掏出一支烟递向鲍培。

**鲍培挡回**："谢谢，我不抽。"

**何泰望望鲍培：**"难得，碰上个不抽烟的年轻人。"
　　**鲍培：**"这有什么联系？难道青年人都必定会抽烟？"
　　**何泰一笑：**"对，对，这二者没什么联系。"拍拍石凳，"坐。"
　　**鲍培挨着何泰坐下，低声地：**"老同志，我先打听一下，那个局长，人怎么样？"
　　**何泰：**"怎么说呢？这个人很小就参加了革命，'四人帮'时又当过走资派。"擦火点烟，"对啦，你们那个厂长，还是他的老战友呢！"
　　**鲍培：**"什么？"骤然站起，转身要走。
　　**何泰：**"哎，小同志，别走啊，你不是要反映情况嘛！"
　　**鲍培：**"他们既然是老战友，还不官官相护？"
　　**何泰幽默地笑了笑：**"难道老战友就必然官官相护？这二者……"
　　**鲍培抓抓头发：**"这二者也没有必然的联系。"抚摸着铁锹："可老同志，你倒说说，搞四个现代化建设，要不要做到人尽其才？"
　　**何泰笑笑：**"哦，我明白了，你是对自己干的工作不称心啊！"
　　**鲍培比划着铁锹：**"比方说，你是个局长，却不让你去指挥生产，而叫你整天拿着铁锹劳动，你能称心吗？"
　　**何泰：**"我看，干部参加劳动很有必要，可以免除官气。当然，不能像'四人帮'那样，借劳动整人。"
　　**鲍培：**"可是在我们田厂长身上，就有这种流毒。"把铁锹一插。
　　**何泰：**"你说说看！"
　　**鲍培：**"拿我来说吧，是个花样设计员，'四人帮'横行的时候，给我戴上'白专道路'的帽子，下放到车间劳动。可现在'四人帮'早就垮台了，有些人还是看不起我，说我是'宝贝儿'，怀疑我是流氓。"突然抓住何泰的手腕，眼眶里含着泪花："老同志，我绝不是'宝贝儿'，也不是流氓。"从挎包里捧出一叠画稿，"你看看……"
　　一张张花布花样从何泰眼前闪过。
　　**何泰闪亮着眼睛：**"都是你画的？"
　　**鲍培点点头：**"老同志，你说说，我是不是像他们所说的那种'宝贝儿'？"
　　**何泰表情凝重地：**"小伙子，'宝贝'有两种，有真的，也有假的。真金不怕火来炼嘛！"
　　**鲍培：**"噢，你这些话，说到我心里了。"泪珠从他的眼眶里滚了下来。
　　**何泰：**"小伙子，别激动。我沏壶茶，回来咱们再好好聊聊。"收起画纸，往门卫室走去。
　　鲍培拿起铁锹给树苗培土。
　　一只手拍在鲍培肩上："同志，何局长在哪儿？"
　　鲍培回头一看，两人都怔住了。
　　**田炳川：**"你怎么在这儿？"
　　**鲍培眼一横：**"有事。"扭头向门外走去。
　　**何泰提着茶壶从门卫室出来：**"哎，小伙子，不喝茶了？"
　　**鲍培：**"老同志，这壶茶可喝不成了。"搂着何泰悄声地："我的情况就托付给你了，请你好好给局长说说。"笑着在何泰胸脯上捶了一拳。

田炳川气咻咻地赶了过来。吆喝地："鲍培，你跟局长动手动脚，还有没有规矩？"

鲍培一惊，赶忙放开何泰："你是……"

何泰微笑地："我叫何泰，就是你要找的那个局长。"拉住鲍培，又指了指田炳川，"既然在这儿碰上了，就坐下来谈谈？"

鲍培："不，不——"急忙骑上车子，冲出大门走了。

田炳川指着鲍培的身影，满脸愠怒："老何，你看我们这个'宝贝儿'！"拿出材料递给何泰，"这是有关他的材料。"

何泰接过材料。

门卫室。桌上摊着鲍培画的花样。

何泰把手中的材料合上，退还给田炳川："这个小伙子恐怕不像你说的那样。"顺便拿过一张鲍培画的花样，欣赏地看着，"老田，你不要眼前存宝不识宝。回去后，要尽快给他落实政策，替他摘掉'白专道路'的帽子。"

田炳川抵触地："这'白专道路'的帽子又不是我给他戴上的。"站起身，"蹬蹬"地走了几步，"我当了这么多年的走资派，也没要摘什么帽子！"

何泰严肃地："老田，你那顶走资派的帽子，党和人民早给你摘了，现在你不是仍旧当厂长了吗？可是人家还在车间劳动呢！"

田炳川沉默了一会儿："好吧，既然局长说了，我回厂就找他谈。"

何泰笑了："谈，可要真心诚意啊！"

田炳川苦笑地点点头。

（六）

配料间。摆着五颜六色的色浆桶。

田炳川穿着长筒胶靴，正在鉴别色浆。

耿德仁陪着鲍培站在一边。

田炳川："你的事，何局长已经跟我谈了。我迟迟没有给你落实政策，这说明我的思想还不够解放。"

鲍培望望耿德仁，耿德仁神秘地一笑。

田炳川拿起拌料棍在色浆桶内搅了几下："别的不说了，从今天起，你就跟老耿回设计室上班去吧。"

耿德仁："小鲍，田厂长对你很关心呀！"捅了鲍培一下，悄声地："表个态吧！"

鲍培毫无表情地把头一扭。

田炳川像是叮嘱地："到了设计室，要抓紧政治学习。你大小也是个知识分子，要做到又红又专，特别对你来说，要在思想'红'上……"

"砰"地一声，打断了田炳川的谈话，回头一看，只见车间的弹簧门来回反跳，鲍培不见了。

耿德仁摊开双手，做了一副无可奈何的表情。

田炳川气呼呼地把拌料棍一丢："看，是不是！你给他落实政策，他倒翘起尾巴来了！"

鲍培坐在推布车上，愤怒地："他嘴说给我落实政策，实际上还在揪我的尾巴。"

**青年工人小刘**："他念他的经，你开你的斋，别理他那一套。"

**孙金康**："小鲍，既然叫你回设计室。就要好好干哪，多为人民设计些好花样。我们可等你的好消息呢。"

鲍培感动地握住孙金康的双手。

（七）

花样设计室。

设计员们围着几张圆点花图样在热烈争论。

**曹晓玲**："老耿，你怎么老是画圆点花？印出来的花布，人家不爱穿，连咱们厂的职工都不愿买。"

**耿德仁**："那也不见得，田厂长就很喜欢嘛。"把花样推到正在画花样的鲍培面前，"小鲍，你刚来上班，不带框框，你说说，怎么样？"

鲍培拿着画笑："不怎么样。"

耿德仁失望了。

**鲍培**（诚恳地）："老耿，我觉得花样设计要丰富多彩，尽搞圆点花，不就变成简单化了吗？"

**曹晓玲**："对，花样设计应该不断创新。"

**耿德仁**（绷起脸）："要创新，但更要对路。"

**曹晓玲**："对路不能只对田厂长一个人的路。"

**鲍培**："人们到底喜欢穿什么花布，我们要经常到生活中去探索。"

**耿德仁**（"刷"地收回花样）："少探索些吧，'探'进了派出所的大门，可就'探'不出来了。"说完，往门外走去。

鲍培把画笔一丢，气得说不出话。

**顾宝昌**拦下："人家是田厂长的亲信。"

**曹晓玲**："我就看不惯。"拣起鲍培画的花样，"这个紫罗兰花型挺别致。"

**鲍培**听到这些话，立刻消了气："这是我从一个姑娘身上看来的，我想把它改得更民族化一些，可惜实样不在手里……"

**曹晓玲**："到图书馆找些资料看看嘛！"

**鲍培**："哎，这是个办法！"

（八）

图书馆，阅览室一角。

鲍培提着画笔在勾画那张紫罗兰花样。手边放着一本《花卉画丛》和一些书报。

鲍培捧起画稿，颇为欣赏地哼起歌来。

借书柜内。**管理员汪琳探出头来喊**："哎，同志，请保持室内安静。"

鲍培没听见，仍继续哼着歌。周围几个人在看他。汪琳走到他身后，拍拍他的肩头，指指墙上"请保持室内安静，请勿大声喧哗"两行字。鲍培抱歉地："对不起。"田爱华正从书架走出，愣了一下："呀，是他。"

**汪琳**走进柜台内："怎么，你认识他？"

**田爱华**："就是我扭到派出所去的那个宝贝。"

**汪琳**："怪不得，到了这儿还捣乱。"

**鲍培**捧着书报走来："同志——"抬头猛看见站在柜台内的田爱华，下意识地摸摸脸。

**田爱华**绷着脸："这是图书馆，可不是音乐厅。"

**鲍培**腼腆地："哎，哎。"仍在仔细地打量田爱华身上，"同志，真遗憾，你今天没有穿那件花衣服来。要不——"指指手中的花样，"还可以让我参考参考。"

**田爱华**横眼以瞟："别啰唆，还书吗？"

**鲍培**："哎，还书。"递过书包，"我要提个意见。"

**田爱华**"啪"地丢过一个意见簿："提吧！"

"不，意见在这儿。"鲍培翻开一本《花样浅说》，指了指，"这儿可能印错了，胖姑娘怎么能穿上横条纹的花型呢？"

**田爱华**："对不起，这意见你得向出版社提去。"

**鲍培**："可书是从你们图书馆借出来的。"

**田爱华**："那依你怎么办？"

**鲍培**："得写个更正材料。"伸手在意见簿上扯下一页白纸，掏出笔写了起来。

田爱华和汪琳抿着嘴，望着鲍培一本正经的样子。

鲍培写完字条，夹在书里。然后把笔插回衣袋，"啪"的一声，笔从衣袋内掉了下来。

田爱华望着鲍培的衣袋，忍不住笑了。

鲍培低头一看自己的衣袋，原来粘在上面的胶布已经脱开，露出了那道撕裂的口子，鲍培不好意思地拾起笔走了。

**汪琳**翘着嘴唇："这个'宝贝'，一看就叫人讨厌。"

田爱华拿出书内的纸条看了看，上面写着："勘误：本书121页23行'横线条'应是'竖线条'之误。读者鲍培。"

田爱华凝视着纸条上的字迹，像是对汪琳又像对自己："字倒是挺秀气的。"

（九）

雕刻车间，机器隆隆，锤声叮咚。

那张紫罗兰花样摊在工作台上。

鲍培在跟工人师傅们讲："请各位师傅提提，这个花样还有哪些地方可以改进。"

**一工人**："这些花瓣的角度要是再调整一下，雕刻出来，立体感就更强了。"

**孙金康**："这个花样用的是六套色，我建议打破常规，来个八套色，怎么样？"

**师傅们**："那敢情好，这样，色彩就更加丰富了。"

**鲍培**："好主意。明天我再找些资料琢磨琢磨。"

（十）

图书馆。闭馆铃声。读者陆续走出。

鲍培提着挎包，最后从阅览室内走出。

楼梯上，田爱华双手捧着一大叠书籍刚跨上几级，脚下一滑，人和书一齐倒了下来。

鲍培赶忙丢下书包。双手向田爱华伸去。忽然觉得这个动作不妥，就弯身去捡地上的书本。

田爱华从地上爬起。

鲍培抓起自己的衣角，认真地擦拭着拣起来的书。然后一册册地放到田爱华的手里。

**田爱华**："谢谢！"向鲍培伸出手去。

鲍培的面前立刻出现了姑娘怒目扬手打来的那个模样，他忙不迭地把手缩回："不，不"地倒背着身子往外走去。

田爱华怔怔地目送鲍培出去，转身走向阅览室。

阅览室门口，搁着鲍培丢下的书包。田爱华把书放进阅览室，回身拾起书包向外追去："同志——"

图书馆门外。鲍培早已不见了。

阅览室内。

田爱华双手捧起放在柜台上的那只书包，伸手往包里一掏，取出来一叠画纸、一只钱包和一张借书证。

画纸上勾画着各种花样的草图。

田爱华蛮有兴趣地一张张看着，忽然翻到了一张浅蓝色的稿纸，双眉渐渐扬了起来……

稿纸的上首写着："申请加入共产主义青年团报告书。"

田爱华移过柜台上的台灯，光圈落在一组俊逸挺拔的字迹上。她细细地看起来。

（鲍培的画外音："这是一份永远不会发出去的入团申请书，因为我已经三十岁了，年龄早已超过了入团规定。但是我这个被'四人帮'剥夺了入团条件的青年人，还有一颗要把自己青春献给革命事业的决心。我留着这份申请，不是把它作为一份伤痕的记录，而是把它作为一面鞭策自己的镜子，时刻查一查自己的思想和行动，像不像一个光荣的共青团员……"）

田爱华抬起头，画外音又响起田爱华的心声："有人说，青春如流水，失去了就无法追回，可是他三十岁的人了，还在努力追赶着青春的流水……"

挂钟"当当"地敲了八下。

田爱华放下稿纸，翻开借书证，一行"家庭住址"浮在眼前："中华路六十三号。"

田爱华捧起书包沉思着，忽然背起书包往外走。

（十一）

鲍培家，起居间，亮着灯光。

鲍培坐在炉边，拿铅笔在纸上画紫罗兰草样，一会儿捏捏头皮站起身来。

炉子上的饭锅"吱吱"地叫着。

鲍培走到窗前，搬过几盆姿态各异的紫罗兰花，左看右瞧地揣摩着、叨咕着："立体感……八套色……"突然闻到了气味，惊叫："糟了！"赶忙回身把炉子上的饭锅端下。

锅盖打开，青烟直冒，饭却黄了。

刘素芳夹着几本书，兴冲冲地走进。

鲍培："妈，你怎么这么晚才回来？"

刘素芳："等得心急了吧？"

鲍培："心倒不急，可饭糊了。妈，您今天又加班了？"

**刘素芳捋了捋花白的头发，容光焕发地：**"不是，今天参加了全校大会。会后，领导上又找我谈话。"兴奋地："小培，妈从下周起又回教室教美术课了。"

**鲍培扔下饭勺：**"真的？那您的问题……"

刘素芳："看把你急的，右派的问题是错划的。领导已经给改正了。"

**鲍培双脚跳起：**"妈！"一头扎进刘素芳的怀里，像个孩子似的抽泣起来。

**刘素芳爱抚地紧搂鲍培：**"多少年了！"

**鲍培仰起脸：**"往后，咱再也不用见人矮三分了。"

刘素芳："要是你爸还活着有多好……"

鲍培："妈，您又提这个……"搓搓手，"今天是妈的大喜日子，我去买瓶酒来庆祝庆祝！"伸手往口袋里掏钱，"哎呀，钱夹呢？"找挎包，"哎呀，妈，我的挎包呢？"

刘素芳："我刚回来，我哪知道。"

**鲍培拍拍衣袋：**"哦，一定是丢在图书馆了。"说完，推起自行车就要走。

刘素芳："这么大了，还丢三落四的，快找个对象吧，省得叫妈老为你操心。"

**鲍培推车出门，边上车边说：**"妈，别发愁，你那份心思早晚会实现。"

车子驶去，车轮飞转。

（十二）

车轮飞转，车子驶来。

田爱华骑着小轮车驶到鲍培家门外停住，抬头望望门牌：中华路六十三号。

田爱华推门，问："这是鲍培同志家吗？"

屋内，刘素芳戴着眼镜在纸上画着一面五星红旗，桌上放着美术课本和其他教材。

刘素芳站起："你这位姑娘是——"

田爱华递过手中的挎包："我姓田，给鲍培同志送挎包来的。"

刘素芳双手接过手中的挎包，用不解的目光望着姑娘。

爱华笑着说明："他走得匆忙，忘在我们图书馆的阅览室了。"

刘素芳忙着搬凳倒茶，一面道谢一面唠叨："别看鲍培是个大人了，可是还像孩子那样没头没脑，生活上什么都不懂，整天光知道画呀画呀，前两天在马路上就闹出个大笑话，为了看什么新花样，给一个姑娘扇了个嘴巴，还扭到派出所去。唉，那姑娘也真是厉害。"

田爱华不好意思地回过身去："大妈，这也许是个误会。"

刘素芳叹口气："可是谁能真正了解他呀。"打量着田爱华，"唉，你跟鲍培是什么时候认识的？"

**爱华避开刘素芳的目光，敷衍地：**"哎——早认识的……不久，刚认识的。"扭转身，"大妈，我走了。"

刘素芳拦住："急什么？鲍培一会儿就回来。"指指内室，"进去坐一会儿，这是他的书房，房里乱七八糟，就是不知道收拾一下。"抬手推开房门，拉亮了电灯。

田爱华望望内室，室内墙上、桌上到处都是画。她眼里闪现出一股好奇的光彩，缓步走了进去。

鲍培的书房是很小，胡乱地摊放着书报、画具和画稿，人走进去，像置身在花样图案的包围中。只有一个嵌着肖像的镜框，端正地摆在桌上，框边上写着鲁迅的诗句："横眉冷对千夫指，俯首甘为孺子牛。"

桌旁、单人床上，挂着那件粘了胶布的夹克衫，一条被子滚地龙似的蜷在床角里。

**门外车铃响。鲍培的声音**："妈，挎包没找到。"

**刘素芳的声音**："人家已经给你送来了。"

稍顷，门"嘭"地推开，鲍培闯进卧室，一见田爱华，下意识地摸摸脸，呆住了。

**鲍培**："咳，麻烦你送挎包来。"鲍培看看屋内，不好意思地抓抓头，"咳，不知道你来，也没收拾一下……"

**田爱华**："这没什么，美化别人生活的人却往往不会美化自己的生活。"

**鲍培讪讪地**："是啊，生活中有些事却常常不一定总是成正比的。"

**田爱华**："鲍培同志，今天我才算第一次认识你了。"起身告辞："我走了，往后，你画花样还需要什么资料，就到图书馆来。"

**鲍培**："那好，另外……我还想借你那件紫罗兰花衣服，临个花样。"

**田爱华**："你还没忘这个啊。"走到门口很大方地回过头来，"记住，我叫田爱华。"

**鲍培愣了一下，然后追出去挥着手**："再见。"

## （十三）

北海印刷厂厂长家。

**田炳川审视着摊在桌上的一大堆花样稿，耿德仁在一旁指点着**："每个人设计的花样都在这儿了。"

**田炳川**："倒是百花齐放啊。"

**耿德仁**："可惜没有个主花，看不出咱们厂的花样究竟向哪个方向发展。"

**田炳川**："我不是早跟你说了，恢复老传统，多搞点圆点花。"

**耿德仁**："可是鲍培他们抵触情绪很大，都冲着我提意见，真叫人受不了。"

**田炳川**："老耿，你是组长，不管意见多大，也要坚决顶住。你不能再像'文化大革命'中那样，哪儿风硬往哪儿倒。"

**耿德仁讪讪地**："哎，这是个教训，想起那些事……"

**田炳川**："好了，旧事不提，记住教训就行了。"拣起几张画着紫罗兰的花型图案，"这是谁画的？"

**耿德仁**："鲍培。设计室不少人对它评价还很高呢，说它是花样设计的新方向。"

**田炳川**："我看不是方向。怪里怪气的，就像他那个人一样。"收起画稿，"究竟谁代表方向，不是少数人说了算！明天我请纺织品批发站孔副主任带几个人来评评。"

厂会议室，挂样处。

人们三五成群地议论交谈。

一个瘦老头指着88-105号那一片圆点花样，连连点头说："好，朴素、大方。"

耿德仁凑过身来："请多提意见。"

瘦老头："没意见，我挺喜欢。"拍拍身边的一个胖子，"大老王，你看呢？"

胖子大老王撇着嘴："这些花样早过时了。"指指72-87号那一片紫罗兰花样："你看看，这几个花样倒是别具一格的。"拍拍前面的一个青年，"老弟，你认为如何？"

青年人回头——鲍培。

大老王愣了一下："是你——嘻，搞错人了。"

曹晓玲挤过来介绍："没错，这些花样就是他设计出来的。"

大老王："啊，看不出，你这个神经——"赶忙改口，"你的神经很灵敏，怪不得画出来的花样新颖。美，太美了。"

瘦老头赌气地："美，给我穿我就不要。"

大老王："给你，凭你这把年纪……哈哈！"

围在一旁的人大笑起来。

身材矮矮的孔昭年匆匆走进："好热闹！"向田炳川拱拱手，"对不起，站里有个会，迟到了。"

田炳川："老孔，评选花样就等你拍板了。"

孔昭年矜持地："哪里话。"向挂样处踱去。

人们打量着孔昭年的神色。

耿德仁紧张的脸。

鲍培紧张的脸。

孔昭年在挂样处扫视一周，掏出香烟，找了把椅子坐下。

田炳川递过打火机点着："老孔，你说说吧，哪几个花样对路？"

孔昭年举手向瘦老头一招，示意让他准备好纸笔，然后大模大样地："花样都看过了，很有创意。"话锋一转，"但是，我认为，创造不能脱离传统。"弹了弹烟灰，"根据我几十年跟花样打交道的经验，我认为这几个花样不错。"报号："88号！"

（88号圆点花特写）

"89号！"

（89号圆点花特写）

"90号！"

（90号圆点花特写）

……

瘦老头忙不迭地在纸上记。

茶缸一旁，耿德仁拿了个杯子在放水，得意地听孔昭年报告，忘了关龙头。

杯子满了，水"哗哗"地溢出来……

孔昭年："完了。"

田炳川站起："刚才孔副主任评了花样，对我们很有启发。往后，我们设计室搞花样，一定要强调传统。"孔昭年得意地吸着烟。田炳川有意地扫了鲍培一眼，"搞花样设计不能胡思乱想，也不要尽搞些标新立异——"

"我提个问题。"鲍培忽然站起身来，"田厂长，要是标社会主义之新，立人民大众喜欢之异，这有什么不好？"

田炳川双眉耸起："好？你叫孔副主任说说，你画的那些花样，那是个什么味？"

孔副主任轻蔑地一笑。群众小声议论。

田炳川敲桌面："小鲍，从花样设计上暴露的问题来看，你要先把思想端正，特别对你来说——"

鲍培猛一转身，愤然地向室外走去。

厂区主道上，鲍培低头匆匆走着。

一辆吉普车从鲍培身边驶过。

何泰从车里伸出头来："小鲍！"

鲍培："何局长！"继续向前走去。

车内。何泰若有所思，向司机挥挥手，车子向会议室方向驶去。

厂俱乐部门前，喷水池畔。水池内，水珠飞溅，满池涟漪。鲍培沉郁的面容在水中浮动。

何泰的笑脸也渐在水池中映现。

何泰的声音："怎么，闹情绪了？"

鲍培低头不语。

何泰微笑着，亲切地："咱们俩一见面就无话不谈，今天怎么闷在心里了呢？"

鲍培回头："何局长，我不明白，田厂长为什么一说到我总要加'特别'二字？难道我这个人真是与众不同？"

何泰："说下去。"

鲍培："在田厂长眼里，无非是我妈妈被错划过右派，可现在已经改正了，还有我爸爸是资本家，可他已经死了！"

何泰："家庭出身不好，照样能干革命嘛！"

鲍培叹口气："你是这么说，可到田厂长那儿就不行了。"掏出一份报告，捧在何泰面前，"何局长，请你把我调出这个厂吧！"

何泰："要是再别处又碰到田厂长这样的领导呢？"

鲍培不语。

何泰："来，咱们谈谈。"

何泰与鲍培边走边谈着，走到一棵大树下停住。

鲍培有所感受地看着何泰，抓住何泰的手："何局长，请您放心，我不会辜负领导对我的期望，让我到农村这个新天地去吧！"

何泰指了指请调报告，鲍培不好意思地把报告揣进口袋。

何泰："好，等会儿我们商量商量。"

鲍培激动地："哎。"
……

　　文字整理：张蕊
　　资料来源：广播出版社编，《电视剧本选（一）》，广播出版社1982年2月第1版。

## 鹊桥仙

首播时间：1980 年
首播电视台：中央电视剧
摄制单位：中央电视台、江苏电视台
编　　剧：霍达
导　　演：果青
摄　　像：孙和平、张志壮、戴家乐
主　　演：袁小云、王庆昌
获奖情况：第一届（1980 年度）中国电视剧"飞天奖"
　　　　　电视剧三等奖。

**剧情梗概：**

　　天下第一才女苏小妹将以文会友，选择佳婿，此事轰动京师。"少年名士"方若虚的文章也被送到了苏小妹的手里，苏小妹秉公而断，给他的评语是"笔底才华少，腹中韬略无"。苏轼认为言辞过于犀利，只加二字改为"笔底才华少有，腹中韬略无穷"。方若虚喜形于色，提出联姻，苏轼以小妹相貌过于丑陋为由拒绝。方若虚受到了苏小妹的嘲笑，怏怏走出苏府。

　　方若虚在石桥上碰到正要去苏府拜访的秦观。秦观得知苏府正在为小妹挑郎选婿，遂呈上自己的文卷。苏小妹从堆积如山的书堆中独独选中了秦观的文卷，赞赏有加。苏轼来到秦观寓所，将小妹心爱的瑶琴赠与他；秦观亦将自己题诗的纸扇交给小妹作为信物。秦观想在朝廷会考之前见小妹一面，苏轼告诉他明早可以前去东岳庙等候，届时小妹会去拈香览胜。秦观认为此举非君子所为，婉言相拒。此番谈话被躲在一旁的方若虚听到，他心生歹意，邀请秦观明天一早到黄河岸边观看日出。

　　第二天，秦观在书童小乙的陪同下，一早便来到了黄河岸边，却始终未见方若虚的身影。殊不知，方若虚此时正在东岳庙偷看苏小妹。方若虚一看才知苏小妹不但不丑，反而生得貌美如花。他躲在暗处，以秦观的名义对苏小妹奚落一番，之后便落荒而逃。

　　不明实情的苏小妹一怒之下撕掉了秦观赠与的纸扇，苏轼却不相信秦观是如此人格。傍晚，苏轼来到秦观寓所，让店家把纸扇交给秦观。刚刚从黄河岸边归来的秦观见到纸扇，如遭晴天霹雳。小乙认为苏小妹朝秦暮楚，愤愤不平。

小乙趁秦观应试之时大闹苏府。苏小妹知道了秦观昨日并未去东岳庙，心生疑惑。秦观高中进士第一名，她和侍女倩儿化装成书生前去拜会。苏小妹亲耳听到秦观说整天都在黄河边，才确信此事有诈。

苏小妹和秦观成婚。当晚，苏小妹闭门不开，出了三个题目，要秦观答出题后再进房门。秦观轻而易举地答出了前两题，第三道题目颇难，在苏轼的提醒下，秦观巧妙作答。洞房门大开，秦观昂然步入。倩儿认出方若虚便是那天在东岳庙的狂徒，方若虚无地自容，狼狈躲闪。

秦观受任定海主簿，新婚燕尔便远走异乡。途中，他有感而发，吟出《鹊桥仙》的最后两句"两情若是久长时，又岂在朝朝暮暮"，成为千古佳句。

　　文字整理：张蕊

　　资料来源：广播出版社编，《电视剧本选（一）》，广播出版社1982年2月第1版。

## 剧本

### 《鹊桥仙》

#### 一

从天而降的黄河，挟黄沙、喷玉珠，奔腾咆哮，滚滚东流……

黄河南岸，中原古道。黄叶瑟瑟，归雁"嘎嘎"。

随着"得得"的蹄声，一匹白马由远及近。骑在马上的是一位风度翩翩的青年学士，身旁有一个少年童子抱琴随行。这是新近进士及第并受任定海主簿的秦观和他的书童小乙。

白马四蹄矫健，踏沙而行，黄沙上留下一串蹄印。

秦观在马上频频回首，若有所思，若有所失。

小乙兴致勃勃地饱览着黄河沿岸的景色，问秦观："相公，您第一次上任，就要走这么远的路程！那定海快要到了吧？"

秦观："哪里，我们还有数千里路程哩！那定海比我们家乡高邮还远，在长江口外，是大海之中的一片群岛。'日月之行，若出其中，星汉灿烂，若出其里'，那又是另一番景象了。"

小乙："噢，是那么好的地方？路不怕远，我们总是越走越近了！"

秦观回过头去，怅然道："离东京却是越来越远了！"

小乙掩口一笑："相公又在思念新婚离别的夫人了。"

秦观并不掩饰："是啊。杜甫的《新婚别》写的不过是一对寻常人物，尚且感人肺腑，何况我秦少游而今新婚离别的是天下第一才女！"

他一时不胜流连，随口吟出：

"纤云弄巧，飞星传恨，银汉迢迢暗渡。金风玉露一相逢，便胜却人间无数！"

小乙："'胜却人间无数'？是的，相公和夫人的天赐良缘，便是'吹箫引凤'、'西厢待月'也不能相比！"

秦观仍在吟咏：

"柔情似水，佳期如梦，忍顾鹊桥归路！……"

小乙："'鹊桥归路'？妙！相公和夫人真好比是'迢迢牵牛星，皎皎河汉女'，七夕相会又依依别离了。但不知为你们架起鹊桥的是谁。"

"噢"，秦观被他打断词思，嘴角泛起了笑容："若问月下老人嘛，应该说是……是我当年的学友，如今的同年进士方若虚！"

小乙："怎么，是他？"

秦观笑而不答，"得得"的马蹄声使他陷入往事的回忆……画面上推出剧名：

**鹊桥仙**

## 二

**东京。方府。**

方若虚的书房。

窗外春光灿灿，蜂蝶纷飞。方若虚清眉秀目，正临窗伏案，执笔书写，口中吟诵着：

"美女妖且闲，采桑歧路间……佳人慕高义，求贤良独难。众人徒嗷嗷，安知彼所观。盛年处房室，中夜起长叹。"

"唉。"他写到这里，喟然长叹，举笔沉思。

冷不防背后一只手从他肩上伸过来，将笔抽走，弄得他一手墨迹。方若虚一惊，怒目回首："是哪个不识趣的？"

一个面目冷峻的老儒站在他身后。

"啊，先生！"方若虚惊惧地站起来，"啪"地自打一个耳光，在脸腮上留下一个黑手印。

先生："公子！目前会考日期临近，你不读经史，却来吟诵这些软绵绵的东西！"

方若虚嗫嚅道："先生，我在抄写曹子建的《美女篇》……"

先生："'美女'，'美女'，堂堂的学者怎能终日美女长、美女短！会考之日难道能以此考进士吗？"

方若虚："先生，蒙您教导有方，学生自认为考进士万无一失，怕的倒是另一场考试……"

先生："朝廷的会考，只此一家，别无分号，哪还有什么另一场考试？"

方若虚："先生不知。我是说那苏小妹在以文章挑选女婿。"

先生："莫非你让《美女篇》弄得神魂颠倒了？哪里来的这个苏小妹？"

方若虚："先生初来京师，还不知道。苏小妹是苏洵之女，苏轼、苏辙之妹……"

先生打断他的话说："你当我如此孤陋寡闻？文坛向称'兄弟二苏'、'父子三苏'，谁不知道？从未听说还有什么'苏小妹'，如此，岂非'四苏'了？"

方若虚眉飞色舞："称'四苏'也当之无愧！小妹十岁时随父兄从四川眉山来到京师，苏公最偏怜小女，养在深闺人未知。最近才盛传起来。"

先生："盛传什么？"

方若虚："盛传山川秀气，偏萃于苏氏一门。这苏小妹聪明绝世，闻一知二，问十答十，诗词歌赋，无所不精，老泉的诗文常常由她代笔。人们都说，可惜是个女子，若是个男儿，当在其兄长之上。"

先生赞叹道："一个'大江东去'已是千古绝唱，如今又来了一个！"

方若虚："是啊，是啊！苏小妹自恃才高，目空一切，要妙选天下才子，已经轰动京师了！"

先生正色道："她选她的，与你何干？"

方若虚："哎呀先生，我的文章现在她手中，还不知运气如何呢！"

先生："唔。不是恩师夸口，以令尊大人之门第，公子若虚之才华，只怕她还求之不得哩！"

方若虚得意又有些不安地看着窗外："是啊，'花开堪折直须折，莫待无花空折枝'！"

镜头推向窗外，盛开的花丛，一片蜂蝶繁忙。

**苏府。**

镜头透过娇妍的花枝推进楼上的一扇画窗。

苏小妹清雅娟秀，正在执笔览卷。看了数行，淡淡地笑道："新奇藻丽有余，含蓄雍容不足，也是个平庸之辈！倩儿，这是谁的文章？"

站在一旁观看的使女倩儿说："大相公说，是一个什么少年名士，求老爷批点的，老爷不得闲暇，请小姐代笔。"

苏小妹不屑地合上文卷，在封面上用朱笔亲手写下两行批语，递给倩儿："好了，呈送大相公。"

"子瞻来也！"苏轼突然出现在她们身后，伸出大手，抢在倩儿之前接过文稿。

（特写：拿在苏轼手中的文稿，封面上写着两行朱砂批语：

笔底才华少

腹中韬略无）

苏轼："哎呀小妹！你怎么写下这样的批语？这是方府的公子方若虚的文章！"

苏小妹不以为然："我管他'方'公子，'圆'公子？文章要秉公而断，岂能因人而异？"

苏轼："人家好意来以此求亲，不中意嘛，只能婉言谢绝！"

苏小妹咯咯大笑："早知他存此妄想，连这样的批语也不给！"

苏轼："没有批语倒好了，这……怎么好还给人家？"

苏小妹冷冷地笑道："大哥看着办吧！倩儿，我们荡秋千去了！"

随着一串咯咯的笑声，两人不见了。

苏轼无可奈何地："哎，你……"

（画外，院公的声音："公子方若虚前来拜访！"）

苏轼手足无措："请在客厅稍等片刻，稍等片刻！"他一边对楼下喊着，一边焦急地看着手中的文稿。

"呃，有了！"他灵机一动，拿起案上的朱笔，"看我点石成金！"

（特写：朱笔在两行批语下面各添一字，成为：

笔底才华少有，

腹中韬略无穷。)

镜头拉开,文稿已拿在方若虚手中。这是在客厅里。
方若虚喜形于色:"过奖了。子瞻兄,你我两家联姻之事……"
苏轼:"这个……我家小妹容貌丑陋,恐不足当金屋之选,难攀高门!"
方若虚愕然:"唔?天公何以赋之才华,而毁其容貌呢?小弟断断不敢相信,想是苏兄推托之词!"
苏轼:"非也!我家兄妹,都是奇丑无比的。岂不闻小妹有诗云:'去年一点相思泪,今日未流到嘴边。口角几回无觅处,萋萋春草掩洞天!'这便是嘲笑我一张长脸、满腮胡须。兄长如此,胞妹可想而知!"
方若虚:"子瞻兄差矣!男有男相,女有女相,令妹总不会有你这一脸浓须的!"
苏轼笑道:"是啊,各有千秋!我也有诗形容小妹的尊容:'未出庭前三五步,额头先到画堂前。几回拭泪深无底,留却汪汪两道泉。'你看,她的额头是这样的高,眼窝又是如此的深,可以和寿星老儿媲美了!"
方若虚似信非信:"啊,竟是如此相貌?"
门外,随风传来咯咯的女子笑声。
方若虚羞愧地:"我好意相求,你们却当儿戏!告辞了!"

**苏府门外。**
方若虚怏怏而出,顺着高高的围墙,茫然地向前走去。
围墙里,又传来苏小妹和倩儿咯咯的笑声。方若虚忍不住抬头观看,随着有节奏的音乐和笑声,墙上悠忽闪过那荡得高高的秋千。
歌声:"墙里秋千墙外道,墙外行人,墙里佳人笑……"
方若虚仰面叹道:"苏小妹!什么样的人你才能看中?"
秋千不见了,一串笑声随风远去。
方若虚呆若木鸡,一脸懊丧。
歌声:"笑渐不闻声渐消,多情却被无情恼!"

## 三

**一座拱形石桥。**
方若虚心事重重,低头走路,不意和一位书生撞个满怀。正待借故发作,抬头一看,面前是秦观和他的书童小乙。
"噢,少游兄!你是来京师参加朝廷会考的吧?幸会!"方若虚连忙施礼。
秦观:"啊,若虚兄,久违!你这是从何而来?"
"我……"方若虚迟疑一下,说,"我方才与苏子瞻……谈诗论画。"
秦观:"我也正要去苏府拜访。"
方若虚心里一动,试探地:"你也去苏府?是为了……"
秦观:"我和子瞻兄数年不见,去看看他。他忙吗?"

方若虚被触动心事，愤愤地说："你不去了。他忙得很哩，正在为小妹挑郎选婿！"

"挑郎选婿？"秦观重复着这句话，却不知方若虚已经不辞而别了。

**苏府，客厅外楼梯间。**

苏轼手执一卷，笑嘻嘻地自言自语："秦少游啊秦少游！你少年豪俊，气盛志强，自恃有屈、宋、鲍、谢之才，却来求我批点文章！早不来，晚不来，偏偏此时来，醉翁之意不在酒也！"

倩儿抱着一大叠问卷上楼，从他身边走过。

倩儿："大相公，自从小姐回绝了方若虚，求亲者接踵而至，如今门庭若市，小姐楼上已是汗牛充栋了！"

苏轼笑着把手中的文卷加在倩儿手中的书堆上："我再锦上添花！"

欢快的音乐。

"噔，噔，噔……"倩儿气喘吁吁地上楼。

**楼上**

随着清新、风趣的音乐，一连串的文卷朝镜头飞来，犹如天女散花。这是苏小妹在随手抛掷不中意的文章，满地皆是，散乱错落，堆积如山。

倩儿："小姐，我搬得快，还不如您扔得快啊！"

小妹一面抛着，一面笑道："这也怪不得我，我只是守株待兔，他们却甘愿以卵击石！"

突然，音乐停了。小妹拍案赞道："会当凌绝顶，一览众山小。"

她手中举着一卷文章立起身来，犹如从那些残稿堆积的群"山"轰然拔地而起的一座奇峰。

倩儿惊喜地："什么好文章，能得小姐如此评价？"

小妹："啊，好文章！当今风流才子，百代倜傥名士。可惜'二苏'同时，不然横行一世！倩儿，将那些废纸统统退回，独留此一份，速速送交老爷和大相公！"

倩儿："选中了？这未来的姑爷是哪一位？"

**一方古砚，砚旁一支含着墨的毛笔。**

镜头拉开，秦观寓所，黎明。

秦观背手独立，徐步吟咏：

"银灯灭，迷蒙一片云逐月。云逐月，壁悬心稿，砚留残墨。无涯思绪中肠热，投书一去音尘绝。音尘绝？愿君知我，此中心血！"

（"音尘未绝，我今来也！"画外有人搭话。）

秦观惊回头，苏轼怀抱瑶琴来到门前。

秦观欣喜地："啊，子瞻兄！我叫人送去的文章你看过了？"

苏轼淡淡地："大作读毕，完璧归赵。"

"完璧归赵？"秦观沮丧地接过文稿，已无心观看，随手丢在案上，"那么，多谢您抽暇批阅了。"

苏轼假装折身欲走，又回顾秦观："不必客气。我告辞了。"

"苏兄留步！"秦观迟疑地说："不知令妹……"

"哈哈！"苏轼大笑，"我家小妹今日格外繁忙，批阅了万千名士所作，已从中选定乘龙快婿。现在已是满城风雨，恐怕只有你不知道啊！"

"啊！"秦观紧张起来，"那定是天下第一才子，不知尊姓大名？"

苏轼从案上拿起文卷，向他展示封面上的小妹朱批："当今风流才子，百代倜傥名士。可惜'二苏'同时，不然横行一世。"一字一顿地说："秦、少、游！"

"啊！"秦观喜从天降。镜头推成他的面部特写。

苏轼："这瑶琴是小妹的心爱之物，特赠与你！"

秦观欣喜地接琴在手，拨动琴弦，发出清脆的"叮咚"之声。他深情地取出一把纸扇，略加思索，题诗一首："天空着意栽，香久花未开。花开原有主，只待春风来。"然后递给苏轼："烦请将此信物转交小妹！"

**门外，廊下。**

方若虚在屏息谛听。

苏轼的声音："少游盛情，我代领了。还有什么言语要转达吗？"

秦观的声音："我想……想在朝廷会考之前见小妹一面，也好在学业上得她一臂之力。不知当否？"

苏轼的声音："这倒也无不当之处。听小妹说，明天一早她要到东岳庙拈香览胜，你可届时前去等候一晤。"

方若虚听到这里，忍不住无限羡慕、妒忌之情。

秦观的声音："不妥。少游并非鸡鸣狗盗之辈，野外幽会岂不惹人笑话！"

方若虚轻轻自语："不去？好一个不识趣的书呆子！"

一阵脚步声，方若虚急忙闪开。

秦观送苏轼出来："苏兄慢走！"

苏轼挥手相别："免送！"

秦观目送苏轼远去，方若虚从旁走来："少游兄，小弟向你贺喜来了。"

秦观兴高采烈："若虚兄，我还要向你道谢呀！"

"噢……"方若虚这才醒悟，追悔莫及。

"不过"，方若虚说，"你未免喜之过早，尚不知美中不足。"

秦观："唔？"

方若虚："那苏小妹虽是才华过人，却可惜其貌不扬，丑陋无比，也是憾事！"

秦观："当真吗？"

方若虚指天画地："苏家父子亲口所说，还能有错？我若欺你，天地不容！秦兄，你还不及早退婚？"

秦观笑道："岂有此理！你方才所说，我也有所闻，苏家兄妹曾互相嬉戏，那不过是诗人夸张形容之词，好比'燕山雪花大如席'、'白发三千丈'，又岂能当真？况且，我爱的是小妹才华，她又倾心于我，人生得一知己足矣。'花无百日娇，人无百岁春'，只有文章才能流传千古。纵使传言是实,我也决不负小妹!"

"唉!"方若虚摇摇头,改转话题,"少游兄,我欲约你明天一早到黄河岸边观看日出,你有此雅兴吗?"

秦观:"黄河日出?我早欲一观。"

方若虚:"好,明早我在黄河岸上等你,不见不散!"

一轮红日从天边冉冉升起,在滔滔的黄河上投下灿烂金光。秦观昂首纵目,赞叹道:"何等壮观的奇景!可惜若虚兄迟迟未来么不能亲眼一观!"

小乙焦急地:"君子言必信。他不会不来吧?"

**清晨,开封东岳庙。**

深沉肃穆的钟声。

镜头从山门推向大殿,殿宇庄严,古柏参天,青烟缭绕,经声回荡。

雕柱回廊下,停着一乘轿子。方若虚神色诡秘地走过来,看脚轿杆上一个"苏"字,说:"果然是她!"

诵经声毕,殿门内飘然走出苏小妹和倩儿。

方若虚闪在柱后,偷眼一看,惊得吐出舌头:"哎呀,谁说她貌丑?真是'回眸一笑百媚生,六宫粉黛无颜色'!"

小妹招呼倩儿:"倩儿,我们去游览一番再走。难得深山藏古寺,且寻幽径觅新诗!"

方若虚狠狠地:"哼!我今为你煞风景,乘兴而来败兴归!"

小妹和倩儿兴致勃勃,左顾右盼,款款前行。方若虚心怀叵测,躲躲藏藏,紧紧跟着。

小妹和倩儿发觉有人跟踪,顿生疑虑,引到一座石刻后面。

石刻前,方若虚故意大声念道:"未出庭前三五步,额头先到画堂前。几回拭泪深无底,留却汪汪两道泉!"

石刻后,倩儿吃惊地:"小姐,你听!这是大相公和你开玩笑的诗,什么人在这里学舌?"

小妹皱了皱眉头:"走,不理他!"

方若虚又大声说:"今日一见,果然奇丑无比,可惜了她的才华!"

小妹被激怒了。倩儿说:"小姐,骂他!"

小妹高声说:"狂徒该杀,敢骂我苏小妹!"

方若虚答道:"丑女难嫁,奈何我秦少游!"

"啊,是他?"小妹又羞又恼,满面绯红。

方若虚故意绕过石刻,昂首阔步,拂袖而去。

苏小妹无比悲愤:"秦少游竟是如此轻浮。我错了!"

**苏府,小妹闺房。**

苏小妹双眉紧锁:"奇怪!他怎会知道我今天去东岳庙呢?"

苏轼追悔莫及:"唉!都怪我多嘴!"

"哼!多亏你好心成全,早日了结!"小妹把手中的纸扇愤然撕开,扔在地上:"拉杂摧烧之，当风扬其灰。"

倩儿侧眼看看苏轼，旁敲侧击地说："夸得千好万好，原来是个无耻之徒！"

苏轼反唇相讥："这是小姐自选的佳婿，怪得了谁？"

小妹愤愤地："我只见他的文章，你应该知道他的为人！"

苏轼俯身拾起纸扇，神色严峻地："不，少游怎会是如此人格！"

黄河岸边，秦观还在苦苦相等。

小乙："相公，不必等了，他是不会来的了。"

秦观："哎，与朋友相交，不可言而无信。"

方若虚急急赶来："少游兄，你来得早哇！"

秦观："若虚兄，你约我来看日出，如今已是日落了！"

小乙不满地瞪了方若虚一眼。

方若虚随机应变："秦兄听错了，我正是请你观看日落！你看，你看，这正是'大漠孤烟直，长河落日圆'啊！"

镜头推向水天一色的黄河。一轮西沉的夕阳，几缕淡淡的渔家炊烟。

## 四

**秦观寓所。**

门前，挂着"安寓客商"的招牌。

店家："您要找秦相公？他今天一早便出门了，到现在不见回来。"

苏轼犹豫地："一早就走了？难道他真的去了？"

店家："小人不知他去哪里。您不妨等一等他。"

"不必了。"苏轼皱起了眉头，从袖中掏出那把纸扇，"烦请店家把这个交给他，就说苏子瞻来过了。"

苏轼转身离去。店家持扇在手，惊讶地看着他的背影："呀，他就是大名鼎鼎的东坡居士！"

**纸扇的特写。**

两只手把扇展开，扇面当中一道裂缝。

镜头拉升，纸扇拿在秦观手里。

"啊？！"秦观好似当头霹雳，睁大了眼睛，呆呆地站在院中。

飒飒的声音敲打着花木，萧萧春风洒在秦观的脸上、身上，他全然不知。

小乙的声音："相公，下雨了。"

秦观毫无知觉。

一把纸伞遮在他的头上，小乙惊惶地搀扶秦观："相公，相公，您这是怎么了？"

秦观木然地随着小乙缓缓移步，手中捧着那把撕裂了的纸扇。

**室内。**

小乙接过那把纸扇："啊，她变心了？"

秦观没有回答，只是默默地走向案边。

小乙急急地追着秦观："相公，这是怎么回事？这是怎么回事啊？"

秦观仍然一言不发，只听到沙沙的雨声。

小乙愤愤地哭起来："相公！这苏小姐怎么翻云覆雨啊！什么样的小姐您找不到，偏偏去求她，受她这样捉弄！相公题诗的扇子，千金也难买，好意送给她，她却忍心撕成两半退了回来，辜负了相公！快把她的琴扔到烂泥里去。"

秦观："不许胡说！苏小妹怎会是朝秦暮楚之人？"说着，手指拨弄着案上瑶琴的丝弦，发出凌乱的声响。

小乙："那，这扇子又是……"

秦观无法解释。他以手抚琴，凄然长啸："小妹啊小妹！我未负你，你何负我！你何负我——！"

回答他的，只有风声，雨声，小乙的抽泣声。令人断肠的琴声，伴着淅淅沥沥的绵绵春雨。窗外的花木也在点点垂泪。

秦观慨然弹奏，琴声凄楚、缠绵，继而昂扬、激越，像是在向苍天发问，在向小妹倾诉！

一杯愁绪、万般情思，都凝聚在他的眉宇之间。随着深沉的琴声，画外响起如泣如诉的歌声：

孤馆寒窗风更雨，

欲语语还休。

昨日春暖今日秋，

知己独难求！


天涯荡孤舟，

昨日春潮今日收，

谁伴我，

沉与浮？

镜头推向窗外的风雨之中，夜。

花木枝头，新枝摇曳，萋萋草坪，落英缤纷。唯有一丛清脆的新竹，任凭风吹雨打，昂然挺立……

春雨，无尽的春雨，打在碧绿的芭蕉上，打在殷红的落花上……

镜头拉回室内——这是苏府，小妹的闺房。

此刻，小妹也在对着春雨，双眸垂露，思绪茫茫。画外，悲愤的歌声：

连夜风声连夜雨，

佳梦早惊休。

错把春心付东流，

只剩恨与羞！


风雨摧花花何苦，

落红去难留。

春暮凄凄似残秋，
说不尽，
许多愁！
一组多画面镜头。自悲自叹的秦观和自悔自恨的苏小妹在分割的画面上同时出现。画外，男女声对唱的歌声：
　　男：张弦难诉相思意，
　　　　咫尺叹鸿沟。
　　女：花自飘零水自流，
　　　　肠断人倚楼。
　　男：夜夜明月今何在？
　　　　不把桂影投！
　　　　关关雎鸠……
　　女：……恨悠悠，
　　合：一般苦，
　　　　两样愁！
**秦观寓所。**
天将黎明，夜雨初晴。
小乙："相公，天亮了，我随您去苏府问个明白！"
秦观镇静地："不，今天是礼部大试之期，我要去应试了。"
小乙："相公彻夜不眠，眼睛都熬红了，我随您去伺候笔墨、茶水。"
秦观："考场森严，你去不得，留下歇息吧！"
"嗯。"小乙答应着，眨动着亮晶晶的眼睛。

**苏府，庭院里。**
花木丛中，苏小妹带着倩儿，踏着满地落花怏怏地散步。
倩儿："小姐，今天一早，方若虚又派人前来求亲了！"
苏小妹凄然一笑："他还未绝此念？我宁可终身不嫁，也绝不会不得已而求其次！"

一阵吵嚷声，小妹回过头去。
院公带着一个垂髫童儿，推推搡搡，顺着甬路走来。
苏小妹厌烦地："院公，吵吵闹闹成何体统！这是什么人？"
院公："小姐，这个小厮自称是秦相公的书童，一人早便到门口无理取闹！"
小乙挣脱院公，大喊起来："你就是那个背信弃义的苏小妹？我找的就是你！你凭什么撕了我家相公的扇子？你赔！"
苏小妹又惊又怒，满脸红云，转过身去。
院公上前抓住小乙，喝道："小畜生，休得无礼！"
小乙愈加厉害："我无礼还是她无礼？自家选中的相公又要退婚，臊不臊？"
倩儿心头火起："你这个小无赖，和你相公一样！"

小乙:"谁无赖?我家相公站得正,走得直!只怕你家小姐不配!"

倩儿:"看我撕了你的嘴!狗仗人势,和秦少游昨天在东岳庙唱的一个腔调。呸!"

小乙两眼睁得血红:"你胡说!我家相公昨天被一个什么公子约去看黄河的日出,白白耽误了一天,还要受你们的气!鬼才到什么东岳庙去了!"

"啊!"苏小妹大吃一惊,回过头来,"你说什么?此话当真吗?"

"哼!"小乙喊道,"谁像你满嘴昏话?不信你去问他!"

倩儿还要上前相骂,小妹拦住她,对院公说:"放他去吧!"

"赔我们扇子!"小乙被推搡着,还在喊叫。

倩儿气愤难平:"小姐,怎么放他走了?你别拦我,我去跟他算账,小姐的瑶琴还在他们手里呢!"

苏小妹:"慢!你没听见他说,秦少游昨天未去东岳庙吗?"

倩儿睁大眼睛:"他亲口说他是秦少游还会有错?难道见了鬼了?"

"嗯,"苏小妹沉思着说,"是见了鬼了,秦少游不会那样轻浮浪荡,说不定其中有诈!"

"噢!那我们何不去问个究竟?"倩儿急切地拉着小妹就要走。

小妹笑道:"疯丫头,你我如何轻易去得?"

**秦观寓所,薄暮时分。**

大门口,走进一位文质彬彬的年少书生和他的书童的背影。

店家笑容可掬地迎上来:"二位客人要在小店下榻吗?里面请!"

"啊,不,请问贵店有一位扬州府高邮来的秦少游相公吗?"那书生颇不自然地打个问讯。(此时,我们看出了此人原是苏小妹假扮,那书童便是倩儿。)

店家:"噢,二位也是来向秦相公贺喜的吧?"

倩儿没好气儿地:"贺喜?喜事早就——"

小妹拉了她一把,没让她说下去。

店家并未留心,仍是乐呵呵地说:"是啊,喜事早就传开了,一听说秦相公高中了进士第一名,贺喜的人就来往不断哪!您看,秦相公送走一批又一批啊!"

他指着门外一群离去的客人,只见秦观殷勤送客的背影。

"噢。"苏小妹这才明白店家所说的"喜"是何所指,连忙接过话题,"是,我们……正是来贺喜的!"她望着纷纭的人群,"怎么不见秦相公?"

秦观送客回来,正好走到门前。

店家:"这不是,秦相公回来了!"

秦观有礼貌地:"这位相公可是来找我吗?"

特写:苏小妹吃惊的脸。

特写:倩儿吃惊的脸。

特写:秦观温厚的脸。

叠化:方若虚轻狂的脸。

叠化:秦观温厚的脸。

倩儿惊慌地:"错了,小姐!"

店家："哪有什么小姐，没错，这就是秦相公！"

苏小妹喃喃地："果然错了！"

秦观："不错，在下就是秦观。请问仁兄……"

苏小妹眨了眨眼睛，随即拱手答道："久慕秦兄大名，特来拜访。小弟因金科落榜，不便通报姓名……敝姓贾……"

秦观："噢！原来是贾相公，请！"

苏小妹："秦相公，请！"

三人走进房门。

秦观有些拘谨地："贾兄请坐！"

小妹随声附和："秦兄请坐！"

倩儿神不守舍，东张西望。她的视线落在案上的那把扇子上，小声对小妹说："小姐，噢，相公，扇子！"

小妹以手制止倩儿，自己的眼睛也不由得注视着扇子。

秦观神色不安地以手遮扇，口中微微叹息。

小妹："秦兄金榜题名，为何闷闷不乐？"

秦观只是摇头叹息，无言以答。

"啊，才是仲春天气，房中已经热了。"小妹说着，站起身来，"愿借秦兄小扇一用！"

秦观无可奈何，只好抬起衣袖。小妹把扇在手，展开扇面，故意惊叹道："哎呀！美扇妙诗，怎么撕做两半？"

秦观："不怕贾兄见笑，这是我赠与苏小妹的信物，被她撕破退还！"

小妹故作激愤："啊，赠扇悔扇孰可恼？定情断情何足惜！他既负你，决然两断罢了！"

秦观无限眷恋："知人识人岂容变？立信守信不能移。我未负她，以心对天可也！"

"唔。"小妹心头一震。

倩儿悄悄地在她身后指指案上："瑶琴！"

小妹顺手拨了一下琴弦："秦兄，此琴……？"

秦观叹道："这是小妹所赠！"

小妹："且请谈新曲，何必思故人？"

秦观："但得留余韵，唯愿伴此身！"

"唔。"小妹心头又是一震，"秦兄，前日苏子瞻来访未遇，你到何处去了？"

秦观："我整天都在黄河岸边，至晚方归。"

（小妹的画外音："那么，东岳庙狂徒又是谁呢？"）

小乙捧茶进来，见此二人，似曾相识。很觉疑惑。他盯住倩儿团团转，倩儿躲闪不过，扑向小妹。小妹顿时慌张起来，匆匆一揖："秦兄且坐，小弟告辞了！"

秦观诧然惊起："贾兄，你……"

小乙两眼直勾勾地盯住倩儿："你……你……"

神色慌张的小妹和倩儿。

叠化：女装的小妹和倩儿。

叠化：男装的小妹和倩儿。

小妹拉着倩儿,急急走出门去。
小乙追出房门,嚷道:"原来是你们。赔我们扇子!"
倩儿回头笑道:"扇子,我家小姐取回了!"
一串咯咯的笑声,两人不见了。
"小姐?'假相公'?"秦观如梦方醒,痴痴地笑道:"啊,苏小妹!"

五

热烈、欢愉的喜庆音乐。
苏府门前,张灯结彩,喜幛高悬。
堂前,秦观披红挂绿,喜气洋洋,恭迎贵宾。人们纷纷向他拱手相贺:
"聪明女得聪明婿,大登科后小登科。可喜可贺!"
方若虚笑嘻嘻地走来:"少游年兄,恭喜啊!"
秦观热情揖让:"若虚年兄,你我同中制科,皆喜!请!"
(画外音:"摆喜宴!")

音乐声中,镜头从空中俯摄苏府全景,一片灯火辉煌。
皓月当空。坐落在春水湖畔、掩映于花木之中的新人洞房,于闹中取静,恬静清雅。一盏明灯照亮窗帷,可以看到苏小妹独自抚琴的剪影。琴响景更幽。
秦观带着几分酒意,满面春风来到房前,整整衣冠,伸手推门,门却紧闭不开。
秦观:"小妹,小妹,少游来也!"
琴声戛然而止。倩儿从廊下走来:"姑爷!"
秦观:"倩儿,相烦传语小姐:新郎来入洞房,何以闭门不开?"
倩儿笑道:"小姐等您久矣!嫌您姗姗来迟,便出了三个题目,要您答出之后,再请进房。"
秦观也笑了:"真是好事多磨!新婚之夜还要我再过三关!"
倩儿:"姑爷有生花妙笔,胜似关云长过关斩将,您还怕吗?这是小姐美意,要在这良宵佳期显露您超人才华!"
秦观:"小妹真是独出心裁!朝廷的会考我都考中了,何惧此三题!试题何在?"
倩儿一指门前:"姑爷请看!"
特写:门前横放一几,几上排列笔墨纸砚,三个纸封,三只盏儿——一玉、一银、一瓦。
秦观不解地:"考便考吧,这三只盏儿是什么意思?"
倩儿指点说道:"那玉盏是盛酒的,银盏是盛茶的,瓦盏中只盛清水。这三个封儿,内装三个题目。三试俱中,玉盏内美酒三杯,请进洞房;两试中了,一试不中,银盏内清茶解渴,等明晚重新考试;一试中了,两试不中,瓦盏内喝口清水,罚在外厢读书三个月!"
秦观:"好厉害的考官!若是天下女子都如此,世间男子谁还敢放松学业?不过,此举只可唬唬别人,却难不倒我。朝廷的会考我都对答如流,莫说她三个题目,便是三百个,又何惧哉?"
倩儿:"姑爷不可大意。我家小姐不比平常的盲试官'之乎者也'的陈词滥调。她的题目好难哩，搞不好，要受罚的！"

秦观笑道："不必饶舌了，请出示第一题。"

倩儿拿起第一个信封，取出花笺一幅，递与秦观。秦观就着月光观看——

特写：花笺上写着：

倩儿偷眼看看秦观："姑爷，这个弯弯绕、连环套，要您点断成为四句诗。小姐写时，我看了半天也点不断哩，让这条链子给缠住了！"

秦观笑道："这链子缠的好啊，你看，这是一首叠字诗：'久慕秦郎假乱真，假乱真时又逢春，时又逢春花含玉，春花含玉久慕秦。'啊，小妹，前番误会，我不怪你，此诗盛情，感人至深！"

倩儿："哎呀，小姐是借此向您倾诉衷肠！姑爷真是才高，一眼就看透了！"

**洞房内。**

门外倩儿的声音："新郎交卷，第一场完。"

花笺从窗缝中递入，小妹接笺在手，看后微微含笑。

**门外。**

秦观："请出示第二题。"

倩儿取出第二个纸封，又抽出一幅花笺："这第二题却是个灯谜，两句各打一个人名。姑爷请看，切莫猜错了！"

秦观接笺在手，读出上面的字句：

"落凡七仙女，闹海一哪吒。"

倩儿再叮嘱："姑爷，您可千万不要猜错！"

秦观不假思索，答道："若是别人来猜，定会不着边际，可这却难瞒过我去。你看，七仙女在姊妹中排行最末，当是'小妹'，那哪吒系一童子，他去闹海，岂不是'少游'？小妹呀小妹，你把你我这一对恩爱夫妻都写进去了！"

"啊！"倩儿叫道，"第二场完！"

倩儿把花笺递进窗缝，又打开第三个信封。

秦观目视窗帷上的小妹侧影，笑道："两个题目，眼见难不倒我，大局已定也。谅你再无难题！"

窗帷内传出小妹咯咯的笑声。

秦观："莫笑，莫笑，看我提笔立就！"

倩儿："姑爷，这第三题嘛，倒是不难，小姐出一上联，请您对个对儿，对得工整，便可饮得美酒，进得洞房了！"

秦观："噢，我五六岁时便会对句，有何难也！"

倩儿："好，姑爷请写！"

特写：秦观手中的笔，正要着纸，却又提了起来，如此反复再三。

倩儿："姑爷，您快写啊！"

秦观："莫要催我，让我想一想。"

倩儿："您是天下才子，对个对儿还要想吗？方才不是说可以提笔立就吗？"
秦观："哎，这个对子，初看时极觉容易，细细品味，却是出得尽巧，若是对得平常了，不见本事。姑爷我定要作个佳对，叫她心服口服。"
倩儿："哎呀，我当是姑爷何等的天赋神才，原来写上七个字儿也如此之难啊！"
秦观："休要幸灾乐祸，若不服气，你来试试看！"
倩儿"扑哧"一笑："小姐并未要我作对，我若对得出，小姐也就不要您秦相公了！"
秦观："你莫用激将法，看我写！"
说着，举笔欲写，却又缩了回来。
倩儿："跛脚却怪路不平！我不作声，您倒是写啊！"
秦观讪笑着问："倩儿，姑爷吟诗作对，向来要借助酒兴的。可否饮这玉盏一杯？"
倩儿以手遮盏："三题做完，方可饮酒，莫怪我铁面无私！"
秦观："那么，就饮香茶一杯？"
倩儿："如果您自认两胜一负，倒可香茶解渴，明晚再试！"
倩儿狡黠地看着秦观，秦观摇头道："啊，饮不得，饮不得！我连清水也不饮了！我秦少游何曾在人前服输？"嘴里说着，手却举笔不动。
倩儿："糟了，姑爷怕是答不出了！"
特写：秦观的脸上渗出一层汗珠。

**洞房内。**
苏小妹凝神谛听，门外悄然无声。
小妹笑道："少游啊少游！我原是要显露你的文采，你可不要给我丢丑啊！"

**门外。**
倩儿打个呵欠，懒懒地说："姑爷，不要再搜肠刮肚了。天色不早，吃杯香茶，在厢房里安歇，明晚再考吧！"
秦观："不，你容我再想一想。"
他置笔于案，在庭前踱步，以手击额，苦苦思索，却愈急愈乱，不得要领。
更鼓声："笃！笃！笃！""噌！噌！噌！"
倩儿伸着懒腰："啊，三更天了！"

**洞房内。**
苏小妹脸上收敛了笑容，渐渐焦急起来。她睁大眼睛，把脸贴在窗上静听。

**门外。**
夜深人静，万籁俱寂。一轮明月倒映在春水湖中，像一只圆圆的玉盘。
秦观沿着湖岸，缓缓踱步，湖水中浮动着他颀长的身影。湖边的假山如蟠龙卧虎，仿佛也在静静地等待他的佳对，等待他喜入洞房的幸福时刻。
秦观仰望明月，右手做推窗之状，口中反复吟诵着："闭门推出窗前月……"

镜头摇过湖面，摇向湖对岸的黑黝黝的假山。幽暗的花木丛中，闪着两对炯炯有神的眼睛。镜头推近，这是苏轼和小乙在悄声屏息，焦急地注视着秦观。

秦观依然在做着推窗之状，吟诵着那没有下句的上联。

小乙："这题目太难，看把相公急坏了！"

苏轼："哎，聪明一世，糊涂一时！"

小乙拉拉他的衣袖："大相公，快帮他一把啊！"

苏轼："有倩儿监考，我无法帮他啊！"

镜头摇向假山另一侧，黑暗里又是一双眼睛！镜头推近，这是方若虚注视着秦观的神态，脸上泛起了幸灾乐祸的笑容。他轻轻自语："苏小妹挑的好女婿！少游啊少游，你也有今天！看你那屈子行吟的架势，莫不是要投身汨罗吧？"

他随手拈起一粒石子，不屑地狠狠丢进湖中……

秦观冷不防被石子激起的水花溅在脸上，打了一个冷战！

一池春水，骤然荡起串串波纹，玉盘似的月影立时凌乱，化作点点碎银……

假山背后，苏轼欣喜地自语："啊，佳对有了！"

春水湖岸，秦观兴奋地喊道："佳对有了！"

假山后，方若虚一愣："唔？"

秦观高声吟道："闭门推出窗前月，投石冲开水底天！"

"啊？！"方若虚懊丧地叹了口气。

倩儿高叫："第三场完！"

欢快、轻松的音乐响起。

洞房门大开，秦观昂然步入："小妹！"

小妹深情相迎："少游！"

歌声："闭门推出窗前月，投石冲开水底天。成败都由萧何手，系铃解铃一线牵。"

歌声中，小妹和秦观携手相视而笑。

歌声中，苏轼、小乙、方若虚从暗中走出。

倩儿一眼看见方若虚，惊叫起来："啊，东岳庙的狂徒！"

苏轼、小乙一起惊看方若虚："怎么？是你？"

方若虚无地自容，狼狈躲闪。

小乙心头火气，向方若虚扑去。

苏轼伸手从中拦住，朗声大笑："他还有一石之功呢！"

笑声和音乐融成一片……

苏轼仰望明月，深情地发出衷心的祝愿："但愿人长久，千里共婵娟！"

## 六

浩瀚的大海，惊涛拍岸。岸边，乱石穿空。

漫长的海岸线上，秦观和小乙拉着白马，迎着海风，踏着沙滩……

秦观抬起随风飘拂的衣袖，指点着碧波中的一片岛屿，对小乙说："你看，那里就是定海，我们要上船了！"

中国广播电视文艺大系　1977—2000

小乙："相公，您在定海要任职很久吗？我们要几时才能回东京？"
秦观："怎么，还未到达就已想家了？"
小乙："不，我是怕夫人惦念您。"
秦观昂首面向大海："好男儿四海为家，怎能终日儿女情长？"
他忽然想起了那首没有做完的词《鹊桥仙》，深情地吟出最后两句：
"两情若是久长时，又岂在朝朝暮暮！"
他和小乙拉着白马，迎着海风，沿着漫长的海岸线，越走越远，越走越远……

——剧终

文字整理：张蕊
资料来源：广播出版社编，《电视剧本选（一）》，广播出版社1982年2月第1版。

# 首席法官

**首播时间**：1980年
**首播电视台**：丹东电视台
**摄制单位**：丹东电视台
**编　　剧**：张大军、郝北方
**导　　演**：张建堂、游江雄、孟凡兵
**摄　　像**：季云军、贾培良
**主　　演**：游江雄、王梅娜
**获奖情况**：第一届（1980年度）中国电视剧"飞天奖"
　　　　　　　电视剧三等奖。

**剧本梗概：**

法官李健一是党国元老方明智的得意门生。他曾和方老的女儿方倩谈恋爱，方老也想极力促成他俩的婚事。但是因为方倩向往延安，和在国民党任职的李健一走的不是一条路，方倩只能忍痛离开这个自己曾经深爱的男人。刘人杰和方倩怀有同样的理想，经常和进步学生在一起高谈阔论。

方倩和党组织负责人取得了联系，约定晚上八点四十分在江边公园见面。她把这个消息告诉了刘人杰，只是还没来得及说出接头的方式，话头就被李健一的出现打断了。晚上，在江边公园，方倩没有等到接头人，却看见李健一挟着岚姐的腰身钻进了汽车。第二天，她一怒之下来到李健一的办公室，无意中听到李健一在电话中和人约定：下午一点钟在新桥酒吧二楼见面。方倩准时到达酒吧，李健一正搂着岚姐的腰在缓慢地跳着舞。她端起一杯酒泼到

李健一的脸上，转身离开酒吧。

方倩决定听从刘人杰的劝告，和李健一彻底决裂。她打电话给刘人杰，约好晚上八点在江边公园见面。听说此事的李健一把方倩的手表调慢了二十分钟，他则在晚上八点准时来到了江边公园。正当李健一举起枪瞄准来回踱步的刘人杰时，方倩出人意料的出现了。李健一只得放弃暗杀刘人杰的行动。

岚姐告诉李健一，刘人杰这个叛徒现在还不能杀。因为延安领导并不知道送信的同志已被军统高官吴德政囚禁，也不知道刘人杰叛变的消息，延安来的同志明天上午就到，他的联系人依然是刘人杰。

刘人杰给吴德政买了不少白面儿，货物和延安来的同志在一条船上。李健一说服方明智利用其禁烟委员会主任的身份清查这批货物，方明智答应了。码头上，延安来的同志刚和刘人杰接上头，马上就有两个便衣特务上前逮捕了他。刘人杰得意洋洋地正要和一名中校离开时，被前来稽查毒品的警察扣押了。在一个僻静的地方，中校杀了两名特务，放走了延安同志。原来，中校也是共产党地下工作人员。

吴德政四处奔走试图营救刘人杰，却被告知刘人杰已经被法院押解走了。吴德政找人威胁李健一，并向南京方面发报要求释放刘人杰。时刻面临危险的李健一已经不再适合从事地下工作。岚姐对方倩说出了事情的真相，她终于和李健一和好如初。方倩请求李健一和自己一起去延安，李健一表示自己要在处死刘人杰之后再离开，以免他会给其他留下的同志带来危险。李健一判处刘人杰死刑，押赴刑场立即执行。南京方面的来电比正义的枪弹晚了一步，刘人杰得到了他应有的报应。

共产党的地下工作者李健一坦然地走出法院的大门，这时，一只黑洞洞的枪口瞄准了他……

  文字整理：张蕊

  资料来源：广播出版社编，《电视剧本选（二）》，广播出版社1984年1月第1版。

## 剧本

## 《首席法官》

一座古老的大钟楼，时针指在上午九点。

叠印字幕：一九四六年

### 1. 国民党某法院走廊上

走廊里站着一些前来旁听的各界人士，他们都在交头接耳地议论着什么。

一商人饶有兴趣地："听说这是个桃色案？"一戴眼镜的瘦老头："小弟，在你看来，堂堂的首席法官仅仅是为了争风吃醋，才把他的情敌捉拿归案的喽？"

一胖子："这有何奇怪？从古到今有多少爽朗的汉子为了漂亮的娘们儿，心胸狭窄，妒火燃烧；舍了钱财，丢了性命的不乏其人哪！"

商人："仁兄所言甚是。此案完全是法官先生依仗屁股底下的宝座，巧用贩卖毒品为借口，去打夺妻之恨的隔山炮。"

戴眼镜的瘦老头："二位仁兄不要过早断言。做买卖的人是要看行情，听听窗外的呼声，方可一目了然……"

三个人朝窗子望去。离地很高的窗子外传来杂乱的喊叫声："竞选国大代表——请投党国元老方先生一票！"

"……请投，请投！请投军统少壮吴先生一票啊！"

"吴先生手下红人，违犯总裁禁烟饬令，被压入监，今日开庭宣判……"声音渐远。

商人、胖子恍然地："噢，是有蹊跷啊！"

戴眼镜的瘦老头自命不凡地摘下眼镜擦拭着："拂去外表上桃色的迷雾，不难看出里面裹着的是不可告人的政治大火啊！"

胖子："这哪里还是什么廉洁的法庭，简直是……"

商人："嘘，小声点！他来了。"

几个人的目光向远处移去……

身穿西服的李健一从走廊另一端朝镜头走来。

叠印片名：《首席法官》。

音乐起。

李健一背朝镜头向前走着。两旁的人向他投去目光。

李健一冷漠的脸。

审判大厅里，挤满了各式各样的人。

审判席上，陪审法官、律师等陆续就座。

李健一已换好法衣走到自己的位置上坐下。

刘人杰在两名法警的押解下走到被告席上。他三十多岁，修长的身材，俊美的脸上不时露出一丝冷笑。他昂着头，一副大义凛然的样子。

在一旁的桌上，堆放着各式包装的海洛因、大烟土等毒品。

李健一把卷宗放在面前桌上。一位瘦小的老法官摇着手里的铃铛。

刘人杰用嘲弄的目光看着李建一。

李健一伸手打开卷宗的扉页。

打开的卷宗。在卷宗的一角贴着刘人杰一张穿着西服、面带微笑的半身像。

## 2. 一地下室楼梯上

一双穿着皮鞋的脚走下台阶。阴森昏暗的地下室里传来"咔咔"的脚步声。

穿皮鞋的脚走到一铁门前开门进去。

## 3. 审讯室外走廊上

走廊里一片黑暗，来人焦急地踱着步。审讯室里传来皮鞭的抽打声和一个男人的呻吟声。他放到嘴上一支香烟，取出打火机，打了几下才将打火机点燃。我们看清来人是一个戴着眼镜的国民党中校军官。他将烟点着，这时审讯室传来一男人断断续续的声音："我……我说……我说！"中校猛地将打火机关上。

审讯室的门"哗啦"一声开了，中校转过身去。一军官满头是汗走出。中校迎上去。军官对中校："他招了！"说完向门外走去。

中校深吸了一口烟后，将烟在墙上熄灭，走进审讯室。

透过窗子看到中校等人的剪影。他从一人手中拿过皮鞭狠狠地抽了几下，犯人发出喊叫声。中校将皮鞭扔到地上转身走出门来，向外走去。

### 4. 吴德政办公室

在地下室看到的军官推门进来，他走到坐在桌后的吴德政面前。吴德政站起问道："怎么样？"军官："他招了！"说完拿起桌上一杯水一饮而尽。

吴德政喜形于色地："都说了些什么？"

军官放下水杯一抹嘴，得意地："共产党也有软骨头。"说完俯身上前，"这下我们可以钓到一条大鱼。"

### 5. 同上，门外走廊上

中校走过来，推门进吴德政办公室。

### 6. 同上，吴德政办公室

吴德政："什么？延安来的特派员？"

军官画外音："是！这个人只有他认识。"

吴德政："这人什么时候到？"

中校点燃一支烟。军官画外音："十七号。"

吴德政自语道："嗯！还有六天。"吴德政在桌前踱了几步，对军官："把他带到我这儿来！"军官："是。"

### 7. 方公馆二楼，方倩卧室

一双手拿着一本打开的书，书名是《铁流》。方倩躺在床上聚精会神地看着书。

门外传来脚步声，方倩急忙将书藏到枕头下面。

门开了，方明智走进来，对方倩："倩儿，去给健一打个电话，要他来一下。"

方倩不很情愿地坐起来。画外方明智声音："他怎么这两天没来？"

方倩："爸爸，还是您自己给他打吧！"

方明智："这又怎么了？又吵嘴了？"

方倩坐在床上摇摇头。

楼下门铃响。方明智："去看看，说不定是他。"方倩不高兴地走出去。

### 8. 方公馆，楼下客厅里

方倩从楼梯上走下来，打开门。越过方倩的背，看到刘人杰站在门前。

方倩惊喜地："人杰？快进来！"

刘人杰走进来，方倩关上门。

9. 方公馆,楼下客厅里

　　方倩倒了一杯茶水走到坐在沙发上的刘人杰跟前,递给他:"你的伤怎么样?"刘人杰接过茶杯:"好多了。"

　　方倩:"都是为了我……"

　　刘人杰:"这没什么!"

10. 方明智卧室

　　方明智走进来,摇了摇头走到桌前,拿起电话听筒。

　　一只手在拨动着电话,岚姐在打电话:"喂……是健一吗?……"

　　接电话的李健一:"……是我……你好……"

　　岚姐拿着电话:"……能出来一下吗?……好,我在老地方等你。"

11. 方明智卧室

　　方明智的电话没有接通,他无奈放下电话,坐在椅子上。

12. 方公馆,客厅里

　　刘人杰对坐在对面的方倩说:"给你的书都看过了?"

　　方倩点点头意味深长地:"过去,我只知道我们家里的一些事和学校的事,可不知道在这大墙外面,还有那么多人……"

　　刘人杰深情地望着方倩。

　　方倩画外音:"……在奋起和黑暗与邪恶作着斗争!"

　　刘人杰微笑地点点头。

13. 一座公寓门前

　　李健一和岚姐从公寓里走出来。

　　俩人走到车前,李健一对岚姐:"我送你回去?"岚姐:"不用了,我还有事儿,过两天我再找你。"

　　李健一点点头。岚姐转身走去。

　　李健一目送着岚姐,然后打开车门进去。

14. 方公馆,客厅里

　　刘人杰站起身来:"我该走了。"方倩:"再待会儿嘛!"刘人杰:"不了,我还要到公司去看看。"

15. 方公馆门前

　　方倩送刘人杰走出门,刘人杰站在台阶上对方倩:"你爸爸近来怎样?"方倩:"还好,要选国大代表了,他好像不大情愿,可健一却劝他去参加竞选……"

**16. 方公馆门前街道上**

　　一辆黑色小汽车朝这边驶来。在离方家门前不远地方，突然靠在路边停住了。

**17. 汽车里**

　　坐在方向盘前的李健一摘下墨镜，眼睛盯着车外。

**18. 方公馆门前**

　　方倩问刘人杰："嗯……什么时间送来？"刘人杰想了想："晚上吧！"方倩点点头。

**19. 李健一在汽车里**

　　李健一在大口地吸着烟，眼睛望着车外。方倩和刘人杰对完手表挥手告别。

　　刘人杰走到前面街口拐角处消失了。

　　汽车里，李健一扭头向另一条街望去。看到远处刘人杰登上一辆汽车。

　　李健一转过脸来，将烟头扔出车外。

**20. 方公馆，客厅里**

　　方倩在收拾着茶几上的杯子，方明智在一旁："倩儿，你和健一的事已经定了，和这个姓刘的就少……"方倩打断他："爸爸，你想到哪儿去了！"

　　方明智走到沙发前坐下，方倩把杯子放到托盘里说道："再说，姓刘的有什么不好？"方明智："我讨厌这种商人，靠他的伯父在泰华烟草公司当个经理，有多大出息！"

　　方倩转过身去："那健一还不是靠你才……"

　　方明智："健一过去是我最得意的学生！"

　　方倩："可现在不一定是你最得意的女婿！"

　　方明智站起身来气得说不出话，转身走进自己的书房。

　　方倩轻轻地吐出口气。画外有人小声地："小倩！"她抬头望去。

　　站在门口的李健一朝这边走来，他走近方倩："怎么了？"方倩回避道："没什么！"说完走到椅子边坐下。

　　李健一从衣袋里拿出一支烟，看着方倩问道："刘人杰来过了？"方倩猛地抬起头看着李健一，好像在说"你怎么知道"？

　　方倩转过身半静地："那又怎么样？"

　　李健一取出打火机走到方倩对面沙发上坐下。李健一："我劝你以后还是少和他来往。"

　　方倩背身："为什么？"李健一不动声色地吸着烟。

　　方倩："就因为他关心我、帮助我，你不高兴了？"

　　李健一语调低沉地："不！……将来我告诉你。"他停顿了一下接着说："这年月，什么样的人……可要看清呀！"

　　方倩反驳地："他至少还有一颗良心！"

　　李健一冷冷地："法律是不讲良心的。"

方倩不耐烦地："法律！法律！你就知道法律！"
李健一："因为办理案子是要靠法律的。"
方倩："可你都在为什么人办理案子！"
李健一平静地："所有的人！"
俩人都沉默了，只听见挂钟在发出有节奏的声响。
李健一抬起头："过去我们不这样，现在为什么到一起总是拌嘴呢？"
方倩伤心地："过去，我没有感觉到……现在我越来越感觉到……"
李健一："什么？"
方倩狠了狠心道："我们共同的语言……太少了。"说完起身走出去。李健一的脸上露出一种说不出的苦衷。他将烟头在烟灰盒里熄灭，站起身走向方明智书房。

**21. 方明智书房里**

方明智坐在桌旁看着一封信。敲门声。他忙把信揣进内衣口袋里："进来！"
李健一走进来。
方明智："怎么？……脸色不好。"
李健一掩饰地："啊，没有。找我有事？"
方明智从内衣里取出那封信递给李健一，李健一打开信看着。方明智点上一支雪茄烟。看信的李健一猛地抬起头惊异地："共产党？……那批货怎么会落到共产党手里？"
方明智焦急地："我还要问你哪！"
李健一："是张先生亲自接的货嘛！"方明智："那怎么会落到共产党手里？"他指着李健一手中的信，"这不，他们还写信表示感谢……这……咳，让外人知道……"他无奈起身在桌旁踱着步。
挂钟"当"的响了一下，时针指在六点半。

**22. 方倩卧室里**

躺在床上出神的方倩惊醒过来，她起身走到桌旁，打开了台灯。
楼下传来电铃声。方倩看着手表，转身出屋。

**23. 方公馆，客厅里**

刘人杰和方倩走到桌前，刘人杰从一小皮包里拿出几本书递给方倩："鲁迅的……托尔斯泰的……"方倩接书高兴地："太好了！"刘人杰告诫地："不要让你爸爸看到。"方倩看着书点点头。

**24. 方明智书房里**

李健一和方明智在喝着茶。李健一："方老，竞选国大代表的事，我想您还是再考虑一下。"方明智："唉，我老了，已经与世无争了！"李健一："您是党国的元老，现在战局不稳，民心浮动，在此之时，您要是退却……"
方明智放下茶杯看着李健一。

李健一支吾地："……听吴胖子的人说……"方明智："说什么？"

## 25. 方公馆，客厅里

刘人杰看看方明智书房的门问方倩："你爸爸一个人在屋里？"方倩："和他的法官。"刘人杰鄙视地："哼！刽子手！"方倩："他的心还是好的，只是……"刘人杰："给国民党当法官心还能好！我没想到你这样看他……"方倩打断他："不谈这个好吗？"

刘人杰点点头望着方倩，他站起身走到方倩身旁坐下，语气缓和地："方倩，听我的话，和他决裂了吧。"

方倩心绪不安地抬起头望着刘人杰。

刘人杰用信任的目光看着方倩。

方倩伤感地："过去我一直很爱他……"

刘人杰："可现在他和你走的不是一条路！"方倩难过地低下头。刘人杰："你热爱生活，向往光明……我们可以一起离开这个黑暗的地狱！"

方倩疑惑地抬起头："去哪儿？"刘人杰小声而激动地："到你最向往的地方。"方倩眼睛一亮："延安？"刘人杰："对！"

方倩高兴地抓住刘人杰的胳膊："啊，我们想到一块儿了！"刘人杰双手抱住方倩的肩头："因为我们走的是一条路。"方倩点点头，忽然间感到了刘人杰抱住她的双肩的手，急忙低下头，把刘人杰的双手挪开。

刘人杰兴奋地说："我想过了，咱们不能空着手去，我准备……"方倩抬头抢着说道："我和同学商量过了，上次叫你买的西药，就是我们大家凑的钱，因为市场上控制得很严，就找了你。"

刘人杰："原来是这样，告诉你，那些货过两天就要到了。"方倩："太好了！"刘人杰看看表对方倩说："方倩，你陪我……"

方明智书房的门把手转动了一下，又轻轻回到原来的位置。

方倩对刘人杰："不，今天不行，我待会儿有事儿。"刘人杰："什么事这么重要？"方倩支吾地："嗯……反正有事儿。"刘人杰："和你的法官？"方倩："不是。"刘人杰追问她："那是什么事儿？不能告诉我吗？"

方倩咬了咬嘴唇，小声而激动地："告诉你，我们和党组织联系上了！"

刘人杰惊喜地："咦！这太好了！"

方倩："我们约定好，今晚八点四十分在江边公园见面。"刘人杰："什么人？"方倩："我们都没见过，是个女的，她肩上披着一条……"说到这，她自觉失口而停住了。

刘人杰还想说什么，传来开门声。俩人急忙分开，回头望去。

李健一静静地站在书房门前，一只手推着门把手。

刘人杰站起身："噢！李先生在这儿。"

李健一关上门向前走去。

方倩把书藏到身后站起来。李健一走过来对刘人杰冷冷地说："刘先生，可以单独待一会儿吗？"

刘人杰看着方倩，方倩转身走进饭厅。刘人杰笑着问："李先生，有何见教？"

李健一慢慢地走到窗前，取出烟点上。刘人杰转过身望着他的背影。

刘人杰坐到沙发上主动打破了沉默："听说近来李先生的公务很忙啊！"

李健一转过身吐了口烟："近来你也很忙啊！"刘人杰："哪里，哪里！"

李健一摆弄着手指上的香烟说："听说刘先生近来常去找些大学生，我想……"他吹了一下烟灰又说："该不是推销香烟吧？"

刘人杰："鄙人是学生出身，和学校当然是有感情的啰！"

李健一抬头眯起眼睛："可是学生出身的人应该更讲点为人的道德。"

刘人杰："此话怎讲？"李健一："你自己当然清楚。"刘人杰："……"

李健一："自己整天高谈什么主义，什么运动，可不要拉着别人，更不要不怀好意。"

饭厅里，站在门前的方倩注意听着外面的动静，并焦急地看着手表。

一块手表的特写，八点过五分。刘人杰放下手腕："好，李先生，时候不早了，我还有点事，失陪了。"说完拿起皮包出去。

饭厅里，方倩靠在门框上叹了口气。

客厅里。李健一走到桌前拿起电话。

方明智从书房走出来，手里拿着一封信："健一呀！"他走到李健一跟前，李健一放下电话。

方明智把信递给李健一说道："明天把这个办一下。"李健一接了过去。方明智："另外，那批货你要查一下。"李健一："是。"

方倩从饭厅出来，走到沙发前拿起一条长围巾。

方明智："还要上哪儿去？"

方倩边围头巾边说："到学校去一趟。"方明智："这么晚了，明天去嘛！"方倩："我去去就回来。"

方明智没办法地："唉，就是不听话。"李健一在一旁："我用车送你去吧。"

方倩："不用了。"方明智："不行，健一，你送送她。"李健一把手里的信揣进怀里，跟着方倩走出去。

镜头摇向座钟：八点十五分。

## 26. 方公馆门前街道上

李健一和方倩站在汽车旁。几个行人走过。李健一："今晚非要去吗？"方倩点点头。李健一："还是不要去吧！"方倩："这是我自己的事儿！"李健一："我正是为了你！"

方倩平静地："谢谢！"说完转身朝汽车相反的方向走去。

李健一焦急的脸，他看看手表，钻进汽车离去。

## 27. 一街道十字路口处

一辆汽车驶来在电话亭前停下，李健一快步走进电话亭。他拿起电话拨着号码。

## 28. 吴德政办公室

桌上的电话铃在响着，一只手拿起电话听筒："……在什么地方？……好，知道了！"说完放下电话沉思着。

### 29. 岚姐家里
岚姐站在镜子前整理着衣着。
衣架上一条印有紫罗兰花的纱巾。岚姐伸手取下纱巾和一件大衣,向门外走去。

### 30. 吴德政办公室
站在桌前的吴德政拿起另一内线电话。

### 31. 岚姐家里
屋里空无一人,桌上的电话铃在响着……尽头向桌子推去。电话旁,桌子上摆着岚姐和一男人的合影照片。
吴德政对电话:"喂,谁呀?……马上派几个人……"
电话亭里,李健一焦急地放下电话。

### 32. 江边公园门前
方倩和几个男女同学神秘地徘徊在公园门前。方倩看着手表四下望着。
对面街道上,昏暗的路灯下几个可疑的人影在晃动着。
岚姐从一街道拐角走出。
正要横过马路的拦截,突然被一辆驶来的汽车拦住去路。汽车停下,李健一走下车来。
向远处张望的方倩转过脸来,无意中看见了对面不远处的李健一,她睁大了眼睛。
离汽车不远的地方,李健一和岚姐说着什么。
方倩惊异地望着。
李健一挟着岚姐的腰身走向汽车,并打开车门把岚姐让了进去。
方倩带有妒意的脸。
李健一钻进汽车向前驶去。
方倩用湿润的眼睛目送着远去的汽车。

### 33. 法院楼梯上
方倩在上楼梯,两个法官打扮的人擦身而过。

### 34. 同上,李健一办公室门前
办公室的门半开着。方倩从楼上走到门前,刚要举手敲门,突然停住了,她注意地听到什么。
从屋里传来李健一打电话的声音:"嗯,昨天晚上怎么样?……"
方倩皱起眉头。
办公室里,李健一听着电话:"对,应该想个别的办法……"
方倩倾听着。李健一画外音:"好吧,下午一点钟……在新桥酒吧二楼。"

方倩用力咬着嘴唇,她犹豫了一下,转身跑下楼梯。

## 35. 方公馆,方倩卧室

方倩冲进门来猛地关上门,慢慢地走到床前,浑身无力地倒在床上。

街道上,李健一挟着岚姐的腰身走向汽车。

方倩痛苦地闭上眼睛。

方倩慢慢睁开眼睛。耳边响起李健一的声音:"……在新桥酒吧二楼。"

方倩将身体移动了一下,侧躺过来。刘人杰的画外音:"方倩,听我的话,和他决裂了吧!"画外李健一的声音:"好吧,下午一点钟在新桥酒吧二楼吧!"方倩猛地坐起来,想着什么。

## 36. 新桥酒吧二楼

一架转动的点唱机里传出悠扬的舞曲声。地板上的两双脚随着音乐轻轻移动着。李健一搂着岚姐的腰在慢慢地跳着舞。

李健一:"眼下的事如果告诉她,也许对我们有利……"

岚姐边跳边说:"可现在还不能告诉她。"

李健一点点头。

岚姐对李健一:"这件事越快越好。"李健一:"可我能干些什么呢?"

岚姐:"这样太冒险了!"

"可只能这样。"

"弄不好会连累了她。"

"他总有一个人出来的时候。"李健一说完看看表,松开岚姐,俩人朝靠里的一张桌子走去。

岚姐和李健一走到桌前坐下。桌上摆着几碟小菜和一瓶酒。李健一拿起酒瓶往面前的杯子里斟着酒。

斟满酒的杯子突然被伸进画面的另一只手端起……

李健一抬头猛地望去,微微一震……

方倩端着斟满酒的杯子站在桌前,脸上带着一丝冷笑看着李健一。

岚姐望着方倩愣住了。

李健一望着方倩想说什么,又咽了下去。

方倩把目光移向岚姐,向她举起酒杯。

岚姐望着方倩,慢慢站起来。

方倩用嘲笑的目光看着岚姐。又转过脸看了李健一一眼,猛地将一杯酒泼在李健一脸上。

方倩把酒杯扔到桌上,看了岚姐一眼转身走去。

酒吧里所有的人都莫名其妙地看着这边。

岚姐转过脸望着李健一。酒从他的脸上滴到衣服上。

## 37. 方公馆，方倩卧室

方倩坐在床上和方明智争吵着。

方明智："怎么会有这种事儿？"方倩气呼呼地："是我亲眼看到的，而且……不止是一次了！"

方明智："唉！年轻人吗！这些事是难免的……那个姓刘的不是也常到你这来吗？"

方倩气得喊起来："我和姓刘的怎么了？……"

方明智："好好好，我不管你这些事。"说完走出去。

方倩委屈痛苦的脸上，眼睛里含着泪水，她克制着自己站起来，走到桌旁慢慢的坐下，猛然间看到摆在桌上的李健一的照片。

她猛地把照片扣在桌子上，双手捂着脸抽泣起来。

## 38. 泰华烟草公司经理室门外

许多推销烟草的商人聚集在门外互相说着什么。靠经理室门前的秘书桌前，一个形容猥琐、骨瘦如柴的人向坐在桌后的女秘书献着殷勤。他拿出一串项链递给女秘书："小姐，这是兄弟的一点小意思，请收下。"

女秘书接过项链在自己胸前比量着，那人把脸凑过来小声地说："小姐，那批货明天就到了，请小姐务必在刘经理面前多美言几句。"女秘书收起项链，娇嗔一笑："孙老板，你可真下本钱啊！你那货可是犯禁的，你不怕掉脑袋？"说着在那人头上拍了一下。

那人赔着笑："小姐，你可真会开玩笑。"说完从口袋里又掏出几根金条和一沓钱放到桌子上，"请把这点薄礼转给刘经理，费心，费心！"

女秘书拿起金条和钱，屋里传来电话声，她站起身不耐烦地："好的，好的！"说完推门走进经理室。

经理室里，桌上的电话在响。女秘书进来走向电话，一边从手里拿出一根金条揣进自己衣袋里。她拿起电话，娇声地："找谁！……请等一下！"

女秘书放下电话走到旁边一房间门前推开门。

屋里，刘人杰和几个商人样子的家伙坐在沙发上。女秘书："刘经理，您的电话。"刘人杰站起身走出来。他走出门外转身问："谁来的？"女秘书关上门转过脸："是一位小姐。"

刘人杰走到桌旁，拿起电话："喂，是你……"

## 39. 方公馆，楼下走廊里

一个上了年纪的女佣人打开了门，李健一走进来，挂好风衣和帽子，走向客厅。

客厅里，方倩手拿电话听筒："嗯……人杰，我现在有许多话要对你说，晚上能出来吧！……"

李健一沉思了一下。方倩的画外音："……好，晚上八点在江边公园。"他转过身，走上楼梯。

客厅里，方倩放下电话，坐在椅子上。

### 40. 方明智卧室

坐在茶几旁的李健一对一边的方明智:"她也不分青红皂白的就……"方明智:"唉!年轻的时候,谁都有一段罗曼史,你去向她认个错,就算了!"

李健一不自在地搓着手。

### 41. 方倩卧室

方倩走到桌前坐下,拿起笔和纸,伏案写着什么。

卧室的门轻轻地开了,方倩回过头,猛地站起身:"你还要干什么!"

李健一站在她面前:"方倩,我想告诉你……"

方倩打断地:"我不要听,你做的事我都看到了!"

"我做了什么?"

"你自己最清楚,真想不到你是这种人!"说完,方倩快步走出屋子。

李健一抬起头想着什么。

李健一拿起桌上方倩的手表,把表针往回拨了20分钟。

他把手表放回原处,转身走出。

汽车里,李健一关上车门,从座位上取出一支手枪,拉试了一下,把枪揣进怀里,然后发动汽车驶去。

### 42. 江边公园内

一双脚小心地走着。

杂乱的树丛中,一个人在黑暗中闪动了一下。

李健一警惕地四下张望着。

### 43. 江边公园门前

刘人杰看了看手表,然后走上公园门前的石阶。背景里,三三两两进出公园的人。

### 44. 方公馆,方倩卧室

桌子上,台灯下的手表。一只手拿起手表。方倩看看手表,然后戴在手腕上,转身走到衣柜前,打开衣柜拿出一件漂亮的短大衣。

### 45. 江边公园内

李健一从一大树后闪出,四下张望着搜寻着什么。他向前走了几步。

刘人杰走在一条僻静的小路上。

### 46. 方公馆,客厅里

方倩穿着漂亮的短大衣,手里拿着围巾站在镜子前打量着。

画外传来座钟报时的声音。

方倩猛抬头向座钟望去。

座钟的时针指在八点整。

方倩抬头看看钟,又疑惑地看看手表,将长围巾围上跑去。

**47. 江边公园内**

李健一走在一条小路上,两旁的椅子上,坐着几对谈情说爱的恋人。

刘人杰走向江边的一座小亭子。

一辆行驶中的汽车里方倩焦急地转动着方向盘。

刘人杰在小亭子里踱着步子并不时地看着手表。

李健一走上一座小桥。

刘人杰张望着。

李健一用手撩开树枝,向远处望去。

远处小亭子里,一个熟悉的人影走动着。

李健一打开机头,慢慢地举起手枪。

画外突然传来方倩的声音:"人杰!"

李健一的脸猛地一震,他睁大眼睛望去。

方倩跑进小亭子,刘人杰迎了上去。

李健一皱起双眉。只见小亭子里,刘人杰抱住方倩。李健一慢慢地放下手枪。

一只手搭在李健一的后肩上。李健一猛地回身举起枪……随即又慢慢地放下手枪看着画外。

岚姐站在李健一面前:"我到处找你,刚才在门口看到你的汽车……"

**48. 江边公路上**

一辆汽车行驶着。

车内,岚姐开着汽车,李健一坐在助手的位置上吸着烟。

岚姐:"我们现在还不能除掉这个叛徒。"

李健一不解地转过脸看着岚姐。

岚姐看了一眼李健一:"延安来的同志明天上午到,他的联系人还是刘人杰……"

李健一一震:"那么说我们的情况领导上还不知道?"

岚姐:"送信的同志被捕了!"李健一低下头吸着烟。岚姐:"明天上午,刘人杰就会去码头的……"李健一焦急地:"那……那该怎么办呢?"

汽车在路边停住了。

汽车里,岚姐转过身对李健一:"来的同志只有刘人杰认识,所以只能通过刘人杰来找我们的同志,并且要设法帮助他脱险!"

李健一:"老王同志知道吗?"

岚姐点点头:"他还提供了一个线索,这件事就靠你了!"李健一:"什么事?"一道光射过来,俩人朝前望去。

一辆卡车从对面开来。

汽车里,岚姐一只手搂住李健一的脖子,把头靠在他肩上。

卡车从小汽车旁驶过。

岚姐松开手对李健一:"刘人杰给军统的吴德政买了不少白面儿……"李健一:"噢!"

岚姐接着说:"明天上午同一条船到,你可以利用一下方明智,他是禁烟委员会的主任委员,如果他能……"

李健一恍惚地:"我明白了!……可是……"

岚姐:"别的老王再来想办法,只要你能把方明智说通了……"

李健一:"可以试试。"

岚姐:"你马上就去,和他这么说……"

## 49. 方公馆,方明智书房里

方明智穿着睡衣在屋里来回踱着步。李健一坐在桌旁。方明智突然站住自语道:"如果这是真的?……"李健一站起来:"方老,学生没有十分的把握是不敢惊动您的……"

方明智犹豫地用手抓着头。李健一:"情报绝对可靠,明天上午他们要在三号码头接这笔货。"方明智抬起头,李健一走过来,说道:"您忘了!不是前几天还有人往南京政府告您的状,说您禁烟不力吗!这个机会可千万失不得!"

方明智点点头:"只是……吴德政的人,弄不好……"

李健一:"方老,您是党国元老,又是禁烟主任委员……"

方明智在想着什么,画外李健一的声音:"现在舆论对您太有利了,要能抓住吴胖子这批货,敲他一下,那您的选票可就稳操胜券了!"方明智转过身看了看李健一,快步走到桌前拿起电话,咬了咬牙说道:"给我要警察局唐局长家里!"

## 50. 码头上

平静的江水。远处一艘轮船行驶在江面。

在码头里面,中校身穿一身西服,站在栏杆边。在他身后,站着几个穿便衣的特务,靠里的地方停着一辆"雪弗莱"牌汽车。汽车旁,刘人杰正和两个商人打扮的家伙说着什么。

刘人杰:"船一靠上岸,就上船找他们船长取货,这是账单,记住,万一碰到什么麻烦,不要慌。"两个家伙点头接过账单。刘人杰转身出画。

## 51. 警察局,唐局长办公室

唐局长坐在沙发上对一旁的一个警官:"一定要把这批毒品查到手,否则方工饶不了我,我也饶不了你们!"警官:"是。"

唐局长:"多带点人去,要严格搜查,听见了?"

警官:"是!听见了!"

……

    文字整理:张蕊

    资料来源:广播出版社编,《电视剧本选(二)》,广播出版社1984年1月第1版。

# 微 笑

首播时间：1980 年
首播电视台：中央电视台
摄制单位：中央电视台
编　　剧：王培公
导　　演：蔡晓晴
主　　演：韩云、麻淑云、王咏歌
获奖情况：第一届（1980 年度）中国电视剧"飞天奖"
　　　　　电视剧三等奖。

**剧情梗概：**

江柳生当兵回来了！他终于见到了日夜思念的女朋友——桂芳。两人来到果园，看着柳生走前嫁接的果树，已经结出了果实！柳生也终于借机向桂芳求婚了！新婚当晚，柳生看到桂芳脖子上系着的那条纱巾，他想起了战友向颖，陷入了无尽的回忆……

在部队里，柳生和向颖最为要好。柳生没有跟任何人说起过自己在家乡有女朋友，但是三天一封的来信出卖了他，这时，只有向颖还是一如既往地护着他。柳生把桂芳的来信拿给向颖看，看完信后，向颖对这个有情有义的好姑娘敬佩万分。向颖和江柳生被分别任命为指挥排排长和炮排排长，向颖朴实如初，柳生却有些飘飘然了。这时，他对桂芳的感情也发生了变化，他四个月没有给桂芳写过信，甚至没有告诉她自己当上了排长的事。

与此同时，在家苦苦守候的桂芳几年如一日的悉心照料柳生的奶奶。乡亲们从回家探亲的二柱子口中得知柳生当上了排长，一时间，流言四起，大家纷纷为桂芳抱不平。桂芳的父亲甚至因此动怒，勒令桂芳离柳家远点。桂芳坦言，即使没有柳生，她也会照顾奶奶。

向颖有对象了，他要回乡探亲。临行前，他提出要绕道儿去看看桂芳和奶奶，被柳生拒绝了。向颖好像意识到了问题所在，他请求指导员帮助柳生走出思想的误区。向颖还是按照自己的想法来到了柳生的家乡，他把准备带给自己亲人的礼物全部以柳生的名义分给了奶奶、桂芳爹、桂芳妈，还把那条买给自己对象的纱巾送给了桂芳。

连队里，江柳生所带的排在全团实弹射击中打了个倒数第一名，战士们全部认为责任在排长身上。江柳生不但没有认识到自己的错误，还把气撒在了探亲归来的向颖身上。昔日无话不谈的好友如今怒目相视。指导员组织全体官兵到俱乐部观看《霓虹灯下的哨兵》，看着电视中上演着与自己现在状况类似的情节，柳生终于坐不住了，他意识到自己不对了。

中越自卫反击战开始了，江柳生和向颖一起上了前线。反击战打得很顺利，向颖成了连队的代理副连长。在一次转移当中，敌人的炮弹袭击了阵地。几颗炮弹在向颖、柳生附近爆炸了，向颖将柳生护在身下，自己却英勇牺牲了。

柳生与桂芳并肩站在果树下，手捧着一等功勋章，怀着真挚的情感缅怀向颖。向颖好像就在他们身边……

文字整理：张蕊

资料来源：广播出版社编，《电视剧本选（一）》，广播出版社1982年2月第1版。

## 剧本

### 《微笑》

**1. 阵地，晨**

海面，波光粼粼。

晨光勾勒出战士的剪影。

江柳生查哨来到战士的身边，战士向他报告情况。随后，柳生与战士道别，走上山坡。

他登上坡顶，回转身来，深情地向远方眺望；脸上，浮现出幸福的微笑。

片名渐显：

　　微笑

霞光映着柳生英气勃勃的脸庞。

他的脚下，红日辉映着辽阔的大海。

**2. 果园，日**

仙桃满筐。

枝头结满硕果。

梅子在繁忙的果园中奔跑，寻找。她朝树上喊着："桂芳姐！"

一簇绿叶拨开，露出桂芳的脸。

梅子气喘吁吁地："快！快去呀！"

桂芳沉静地一笑："没头没脑的，哪儿去？"

梅子直跺着脚："哎呀！他回来啦！"

桂芳还没明白："谁回来了？"

梅子急得扯开嗓门儿："你还问我？江——柳——生！"

桂芳一惊，手中的桃子"啪嗒"掉落地上。

一双脚接着跳下地，向外奔去。后面是女伴们叽叽喳喳的笑声。

**3. 小河，日**

一条清浅的小河绕果园流过。

姑娘远远跑来，顾不上脱鞋就趟了过去，溅起一片洁白的水花。

**4. 路，日**

桂芳跑上了大路。

突然，她站住了。

路口，被乡亲们围住的，正是姑娘日念夜盼的他——江柳生！

桂芳羞涩地低下头，又忍不住抬眼望去。

柳生还在和乡亲们笑谈着。簇新的军装在闪亮，领章和帽徽在闪亮。

由于幸福，也由于气喘，姑娘的胸脯急促地起伏着。她有些目眩，耳边一阵微鸣……

蓝天，飞着一群戴着竹哨的鸽子。

鸽群俯下来，又冲上去。悦耳的鸽哨在悠悠白云间鸣响……

柳生在目送着鸽群，他突然看见了桂芳。

柳生不顾一切地朝她奔来。

姑娘也情不自禁地迎了上去。

就隔那么一步了，俩人却又都收住了步子。

桂芳眉里眼里都是笑，嘴唇哆嗦着："你，你回来啦？"

柳生没有回答，只顾呆呆地看着姑娘。

桂芳难为情地低下了头，慌乱地抬手摸了摸柳生胸前佩戴的中越边界自卫反击作战纪念章，没话找话地："哎，你不是还得了一个一等功臣的奖章吗？咋没戴上？"

柳生真诚地："戴那干啥？多少战友都牺牲了，啥也没有……"

桂芳惊异地抬起头，看着柳生，嘴角泛起欣慰的笑容。

柳生避开了她的目光，局促不安地："桂芳，有句话，我憋了一路，要跟你说。我……"

桂芳慌乱地提起他的手提包，低声打断他："有话，回家说……奶奶还盼着呢……"

柳生央求地："那……先带我上山，看看咱们的庄稼和果树园子，你不知道打仗的时候有多想……"

姑娘含笑瞟他一眼，顺从地"嗯"了一声。

## 5. 果园，日

一走进果园，柳生简直变得像个孩子，他兴奋地满脸通红，从这棵树奔到那棵树："好家伙，这么多！……嚄！这有多大的个儿！……嗜！这棵更多……"

桂芳早就忍不住了，她"咯咯"笑得弯下了腰。

柳生奇怪地："你笑什么？"

桂芳开心地："你呀！当了几年兵，又打过了一仗，人都变了！"

柳生脸上的笑容消失了："变了？……"

桂芳笑着，看他一眼："变好了，也变小了。瞧你那样儿，就像长这么大头一回见似的。"

柳生感慨地："虽不是头回见，也算是头回懂呀。"

桂芳调皮地："懂啥？"

柳生充满感情地："家乡这么好，生活这么好！……你这么好……"

桂芳羞红了脸，一低头，钻过果实压弯的枝条，向果园深处走去。柳生跟了上去。

梅子和姑娘们发现了这幸福的一对儿，悄悄跟上了他们。

桂芳领着柳生，来到一棵果树前，停住了。

柳生打量着这棵树,眼睛一亮,激动地攥住了桂芳的胳膊:"是它!就是我当兵临走的那天,你嫁接的那一棵……"

桂芳被他有力的手攥得生疼,又不好叫疼,只红着脸轻轻推开他的手,喃喃地:"瞧,它结果了。"

柳生感动地:"是啊,它结果了……"他好似又回到了那一天……

6. 村口,日(回忆)

锣鼓声欢快地响着。乡亲们正送小伙子们入伍,爹妈还想把嘱咐过多少次的话重复一遍,小弟弟们都忙着把哥哥们的行装往拖拉机车斗上扔去。

满头银丝的老奶奶拉着柳生的手絮絮叨叨讲着什么,柳生心神不宁地用目光在寻找着谁,他终于沉不住气了:"奶奶,我还得……"话没说完,慌里慌张就钻入了人群。

二柱子也和柳生一样,穿着新军装,没戴领章帽徽。他神气地正同几个姑娘说说笑笑。柳生挤进来,在他耳边小声讲了句什么,扭头就走。

梅子:"哎?他?……"

二柱子神秘地一笑,悄悄地:"秘密。"

7. 果园,日(回忆)

柳生跑进果园,焦急地寻找着。

突然,他看见果树丛中露出姑娘的背影。

桂芳攀着树枝,手拿嫁接刀,正专心致志地把果枝嫁接在母本上。

柳生向姑娘跑去。

桂芳听到柳生的足音,手一抖,停住了动作。她看看身边那双穿着新解放鞋的脚,头也不抬地解释着:"人多,没好去送你……"

柳生干咳了一下:"没啥……我这一走,奶奶就托付给你了。"

桂芳:"这些你都说过了。"

柳生又干咳了一声:"我干满二年,入了党,就回来……你看!"他从贴胸的军装口袋里掏出个红塑料袋子,打开,双手送到姑娘面前。里面,存放着桂芳的一张照片。

姑娘飞快地瞥了一眼,羞得一把推开他的手,开朗地:"去了,你就好好干。"

柳生:"这个,你放心,绝错不了!"

桂芳看着他:"昨晚上,俺爹又唠叨了一夜。"

柳生敏感地:"他说什么了?"

桂芳:"他说,你爹妈都在城里,这儿就一个七十多岁的老奶奶,过两年奶奶没了,谁知道你还回来不回来。"

柳生焦急地:"你,你没跟他说……"

桂芳:"他啥都不信。他说,这年头,农村孩子还削尖脑袋往城里钻呢。像你这号的,到时候,蹬不蹬还不是一脚的事儿!"

柳生感到自尊心受了伤害,他愤愤地:"哼!我江柳生不是那号缺德人!"

远处,传来新兵集合的钟声。

柳生一愣。

桂芳催他："都集合了。走吧，别耽误了出发。"

柳生急切地央求着："你也得给我个话呀！"

桂芳："我爹讲了，不管有没有这层关系，奶奶的家务事，我也得包下来。我是团员，不能眼看着军属有困难不管呀！"她故意不正面回答柳生的问题。

柳生听着催人的钟声，急得鼻尖儿、脑门儿都是汗："那你自己……还是信不过我？"

桂芳含嗔地："你没看见我在干什么吗？"

柳生瞪大眼睛。

桂芳："我跟爹说：'您总说他和我不一样，山桃和蜜桃也不一样，接到一块儿不也长得挺好？你不相信他呀，我信！'"

柳生完全明白了姑娘的心，兴奋地蹦起来，攀着粗大的树干打了个悠荡，没想到一下子摔在地上。桂芳笑着去拽他，反被他使劲一拉，也跌坐在他旁边。两人开心地笑着。

桂芳："今儿一早，我就上园子里嫁接了这棵树，等你回来，准结出果儿来，让你尝尝！"

柳生和桂芳一起幸福地仰面望着新嫁接的果枝。

8. 果园，日

肥美的仙桃挂满枝头。

柳生激动地看着桂芳："它结果了。桂芳，咱们……"

桂芳："咱们……"她低下头，期待着。

柳生脸上掠过极为复杂的表情："我……"

桂芳抬起眼，甜甜地一笑："嗯？"

柳生从姑娘的眼睛里获得了勇气，他直通通地："咱们该结婚了！"

桂芳终于盼到了这句话。

柳生抑制住满心的激动，诚恳地："在你决定之前，有些话，我必须讲清楚。让你真正了解我这个人，再……"

桂芳挡住他："不要你说！……有你这句话，我啥也不听！"她伸手从这棵树上摘下一个仙桃，擦净，递给柳生："尝尝。甜不？"

柳生珍重地接过来，捧到嘴边，咬了一口，由衷地："真甜哪！"

沉甸甸的鲜果都成熟了。

"哈哈哈哈！"随着一阵笑声，梅子和几个姑娘从树后猛地钻出来。

梅子调皮地对桂芳："真甜哪！哈哈哈哈！"

桂芳羞得转过脸去。

笑声回荡在晴朗的天空中。

歌声起：

爱情的果呀，

付出了多少辛劳，

真诚的情谊，

换来了今天的微笑……

随着动人的歌声，鞭炮响起。

**9. 新房外，日**

"鸳鸯戏莲"的窗花。

鞭炮炸开！

通红的双喜字。

老奶奶的笑脸。

老头的笑脸。

孩子们的笑脸。

桂芳爹笑得合不拢嘴。

桂芳妈笑得眼睛眯成一条缝。

柳生奶奶笑得前仰后合。

柳生和桂芳并排站着。桂芳穿着红格的确良外衣，围着一条素雅的淡蓝色的纱巾，显得格外大方、美丽。柳生身着簇新的军服，佩戴着奖章，略显得拘谨。他们也在悄悄地笑。

小院里挤满了人，热闹非凡。司仪二柱子拉着长声："新郎、新娘向父母、亲友、来宾鞠躬！"

桂芳鞠躬，柳生行军礼。

二柱子："相互鞠躬！"

柳生和桂芳面对面了。桂芳见柳生挺正规地给自己行了个礼，羞得"扑哧"一笑，转过身去。

众人起哄。梅子第一个咋呼起来："不行，不行！偷工减料哇，没门儿！"

众人哄笑着："重来一个！"

柳生与桂芳害羞地要走开。梅子忙拉住桂芳，二柱子挡住柳生。

柳生与桂芳被拉到一起，又一次相互鞠躬致礼。

桂芳爹妈与众人大笑。

新人被拥进新房。祝福的彩纸如同纷飞的花雨洒在他们的头上、肩上。

**10. 新房，夜**

绛红的窗纱。柳生、桂芳的身影映在窗上。

梅子领着几个顽皮丫头在偷偷"听窗"。

房里，就剩他们俩了。

桂芳抬起笑眼，深情地看着柳生。

柳生不断避开她的目光，内疚地想说什么，却张不开嘴。

桂芳递给他一盘鲜桃，柳生看着她，感激地接了过来。

桂芳鼓了鼓勇气，命令式地："唉！……说心里话，找我这么个农村姑娘，你……真不后悔吗？"

柳生直视着她的眼睛，宣誓般地："不！今天，我才找到了真正的幸福。……"

桂芳一下子羞得脸通红，下意识地拽住围在肩上的纱巾。

柳生向她靠近一步，低唤："桂芳……"

桂芳慌得一把把纱巾拽了下来。她捧着纱巾："你看，你送我的这条纱巾，我一直保存着，等你回来。"

柳生疑惑地："我送的？"

桂芳抿嘴笑了，嗔怪地："看你！怎么了？上次，你托那个战友带来的嘛。"

柳生把纱巾一把抓在手里："啊！……"

桂芳没注意他的神情，感叹地："那可真是个热心肠的人，哎，他是叫向颖吧？"

柳生点点头，声音颤抖地："向颖……"

桂芳："他好吗？该给他带些喜糖去……"

柳生突然伏在桌上，伤心地呜呜哭了！他哭得双肩抖动着。

桂芳慌了，轻轻推着他的肩膀："柳生，你怎么了？"

柳生猛地抬起头，脸颊上挂着泪水，喑哑而坚决地："桂芳！有些话，我一定要说给你！"

桂芳理解地靠近他，轻声地："你说吧，说吧，我听着呢。"

窗外。梅子一皱眉，挥手把姑娘们都轰走，自己也悄悄离开了。

屋里，柳生含泪看着那条纱巾，讲述着："没有向颖，就没有我们的今天……从入伍，我就和他在一个班，他是我入党的介绍人……"

11. 炮阵地，日（回忆）

黑亮的炮口。战士们正在擦炮。

江柳生喊着："向颖，好了没有？"

满手油污满脸汗的向颖抬起头："好咧！"这是个浓眉大眼、粗线条的小伙子，他把手一挥："休息！"

战士们散开。向颖、柳生和城市兵小王坐在阴凉的树影下闲聊。

小王："真热，这天儿，跳到游泳池里才来劲儿呢！"

柳生一笑："要是在农村，顶着这种太阳，我们还在地里干活儿呢！"

小王不服气地："柳生，别以为只有你干过活儿……"

向颖见他们又要顶起来，拿出水壶碰碰小王："给！"

小王高兴地仰脖儿就往下灌。

向颖拍他一巴掌："给柳生留点儿。"

小王一伸舌头，把水壶递过去："给！社员哥们儿！"

柳生一皱眉："不喝！"

小王："嘿，小性儿！"

向颖责备地看着小王，正要说什么，忽然传来通讯员小徐的喊声："信！信来了！"

柳生一听，什么都忘了，急忙跑过去，向小徐把手一伸。

小徐不紧不慢地："你怎么知道准有你的？"他拿出信封在柳生眼前一晃，顺手交给小王。

　　柳生懊丧地转过身去。

　　小王拿着那封信欣赏着，故意大声地："嘀！这字真够水平！山东省……"

　　柳生一听，扭头就冲上去抢。

　　小王嘻嘻哈哈跳上旁边停着的汽车脚踏板，把信举得高高的，故意逗着柳生。

　　柳生急了，一咬嘴唇要扑上去。

　　忽然，向颖出现在小王背后，一把把信封抢到手，交给了柳生。

　　战士们欢快地笑着。

　　小王："老向啊老向！你老向着他！"他故意向正在拆信的江柳生，"哎，谁来的？念念。"

　　柳生忙收起信，脖子一拧："你管得着吗？"他走开了。

　　向颖对小王："别拿啥都开玩笑。那是他奶奶来的信。"

　　小王："哎呀，我的老向，你可真是人家说什么你就信什么。"

　　小徐："平均十天来一封，人家三天就走一封。奶奶？哼！"他趴在向颖耳边讲了几句。

　　向颖半信半疑，小王怂恿他自己去瞧瞧。

　　汽车后边，柳生正躲在这儿读信呢。

　　向颖从车下来了个匍匐前进，冷不丁地钻了出来。柳生仓促之间，把信赶快收起。

　　向颖笑笑："家里都好吧？"

　　柳生："好……梨树都开花了……"

　　向颖："柳生，到底谁来的信？"

　　柳生："没告诉你吗？我家乡就有个奶奶。"

　　向颖："有人可反映你信太勤……"

　　柳生急了："这，他们也管？我又没影响工作。"他起身走了。

　　向颖无可奈何地笑了。


12. 球场，傍晚（回忆）

　　晚饭后，连队篮球赛。

　　向颖和小王全是篮球爱好者，此刻，他们正在篮板下你争我夺。

　　哨音响了。裁判一举手："小王五次犯规，下场！"

　　小王急了，对裁判："指导员，我没犯规！"

　　指导员："别啰唆。下去！小徐，上！"

　　小徐朝小王咧咧嘴。小王老大不愿意地下场了。


13. 水管旁，傍晚（回忆）

　　小王走到水池边，正要冲洗。

　　忽然，他看见：在开着紫花的豆角架中，江柳生正呆呆地看着什么。

　　小王灵机一动，悄悄地走了过去。

14. 菜地边，傍晚（回忆）

　　柳生放下信，掏出胸前那个红塑料夹子，把桂芳的照片取了出来，细细地端详着。
　　小王的脸在他旁边一闪，就又缩了回去。

15. 水管旁，傍晚（回忆）

　　向颖赛完球，浑身是汗，正大口大口喝着水。
　　小王像跑百米似的冲过来，不由分说，拉上他就走。
　　向颖："哎！干什么去？"
　　小王："头号新闻！快走！晚了就看不着了！"
　　指导员和小徐也走过来。指导员："看什么呀？搞得这么神秘！"
　　小王："呃……暂不公布。"他把向颖拽跑了。
　　小王拽着向颖跑到菜地旁边，停下步子，往前一指，自己笑着就走开了。
　　向颖顺着他指的方向，看见了柳生。

16. 菜地边，傍晚（回忆）

　　江柳生挽着裤腿坐在地上，旁边扔着一副水桶。他的手里拿着桂芳的照片，看得那样出神。
　　照片上，桂芳正对着他甜甜笑着。
　　一只蝴蝶，绕着他眼前的豆花上下飞舞。晚霞涂抹在豆角架上，涂抹在他的手上、脸上，也映在桂芳的笑脸上，柳生幸福得简直沉醉了。
　　忽然，他感觉背后有人，猛地回过头。
　　穿着红背心、满身是汗的向颖正揶揄地望着他。
　　柳生不知所措地把照片捏在手里，像是怕谁抢去似的。
　　向颖搔搔头，不好意思地走开了。
　　江柳生还愣在那儿，他想收起照片，却忍不住又美滋滋地看上了一眼。

17. 炮阵地，夜（回忆）

　　寂静的夜。月光淡淡。
　　柳生在阵地站岗，他听到动静："口令？"
　　向颖："渤？"他背着冲锋枪走来。
　　柳生答令："海！"他看着闹钟，"还不到时间呢。"
　　向颖："反正睡不着。"
　　两人并肩巡逻着。从阵地上俯视下去，城市一片灯火。
　　向颖："我们矿上也是这样，到晚上，一片灯火！"
　　柳生笑笑："刚来的那天晚上，我还以为上天了呢。"
　　向颖碰碰他："哎，那位是谁呀？"
　　柳生："哪位？"

向颖:"扎小辫的!咱俩的关系你还瞒我?早看见了!"

柳生:"你说她呀!嘿嘿……"他低头看着鞋尖,憨笑着。

向颖:"家乡的?"

柳生:"嗯。"

向颖:"人怎么样?这儿。"他拍拍柳生的心口,"怎么样?"

柳生:"那没的说。我们村里数一数二的,里外一把手。对我也是一心一意。那时候,我们一起在宣传队,她演李铁梅,唱得可好啦!"

向颖:"嚯嚯。"他收住笑,真诚地:"哎,说真格的。咱们刚当兵,又都年轻,这事儿,我看,就先别考虑!"

柳生:"啊?"

向颖:"我说的对不对,你想想吧。"

柳生懊恼地一拽枪背带,低头走了。

### 18. 宿舍,夜(回忆)

夜深人静,宿舍里响着均匀的呼吸声。只有柳生双手枕在脑后,大睁着眼睛。

向颖下岗回来,顺手帮战友掖好蚊帐,脱下军衣,轻轻躺下。

临床的柳生翻了个身,叹口气。

向颖听见了,撩起蚊帐,轻声问:"怎么了?"

柳生看他一眼,又叹了口气。

向颖挥挥手,示意两人出去谈谈。

两双脚放下床来,轻轻穿上鞋。

### 19. 临海的山坡上,夜(回忆)

营房前的歪脖儿树下,两个战友并肩走着。向颖倾听着柳生充满感情的讲述。

柳生:"妈妈死后,爹找了个后娘。我一直跟奶奶长大,从小就和桂芳在一块儿,后来又分在一个果树队,她对我帮助挺大的。可我没敢往这上想……直到我们那会儿征兵……"

### 20. 河边(回忆中的讲述)

清澈的河水流动着。

桂芳正坐在河边的石头上洗衣裳。

她看见柳生从远处跑来,低头佯装不知。

柳生喘吁吁地跑到近处,哼着:"清凌凌的水来,蓝格莹莹的天……"

桂芳暗自好笑,只顾搓衣服,不理睬他。

柳生还唱着:"小芹你洗衣裳,来到了河边……"他声音越长越小,没声儿了。干脆坐下来,把一双赤脚放在水里,一边仔细观察桂芳。

桂芳还是头也不抬,好像没他这个人似的。

柳生挠挠头,灵机一动,把搭在肩上的毛巾拉下来放在河里。

毛巾顺水漂向桂芳身边。

柳生故意地叫着:"嗳!嗳嗳!"

桂芳捞起毛巾,回手一扔,正扔在柳生的怀里。柳生夸张地往后一仰:"哎哟!"

桂芳回头一看,抿嘴笑了。

柳生趁机没话找话:"组长,我那本书你看完没有?说不定,我哪天就走了。"

桂芳一听就有气:"你不是连名都没报吗?"

柳生被问住了,他一语双关的试探着:"是呀,家乡这么好,舍不得嘛!"

桂芳一皱眉,几把拧干衣裳,往盆里一扔,起身就走。

柳生慌神了,连忙跳起来拦住她。

桂芳:"闪开!"

柳生急了,表白地:"我不想当兵?我不想去见见世面?可,奶奶怎么办?水、米、柴、盐……"

桂芳:"留在家的这些人会干看着?"

柳生:"我知道团支部会有号召,可随便去个人,我还信不过呢。"

桂芳大方地:"我呢?你也信不过?"

柳生傻了:"你?"他面对着姑娘直率真诚的目光,惊喜而慌乱地:"你……你能愿意?"

桂芳突然羞红了脸:"先说……你愿意不愿意吧?"

柳生喜出望外,一激动,冲口说出了连自己听了也吃惊的话:"我……我主要是舍不得离开你!"

姑娘害臊了。她从兜里掏出本书,塞给柳生:"还你!"低着头"蹬蹬"地跑了。

柳生呆呆地看着她的背影,感觉书里夹着什么东西,原来是一个纸包。他急忙打开一看,映入眼帘的是一行娟秀的字:"柳生哥存念。桂芳。"翻过来,照片上的桂芳笑眯眯地望着他。

柳生高兴地忘乎所以,情不自禁地吻了一下照片,欢呼着蹦进了小河里。

水花四溅,河水闪着银光。

**21. 临海的山坡上,夜**(回忆)

向颖哈哈大笑。

柳生也不好意思地笑着,他掏出几封信递给向颖:"这都是她来的信,我只给你一个人看……"

向颖把信接过来:"走!回去睡觉。"

**22. 水池旁,日**(回忆)

向颖抓紧泡衣服的空儿在看信。

(桂芳的画外音:"奶奶的身体,你不用挂心,老人家硬朗着呢……")

叠出画面:桂芳挑着满满一担水向奶奶家走去。

(桂芳的画外音:"我每天要去看她,问她有啥困难,她总说没有,得我自己找点活儿干。她对我就像亲孙女一样,见着我,总要念叨你……")

向颖看得入神,突然发现水已经溢出脸盆,忙把水管拉开。

中国广播电视文艺大系　1977—2000

### 23. 炮阵地，日（回忆）

战士们在休息。

向颖认真地看着信。

（桂芳的画外音："你问我嫁接的那棵果树。它活了！长得又粗又壮！"）

叠出：桂芳背着喷雾器，精心为果树喷洒农药。

（桂芳的画外音："我得好好爱护它，不让它长虫子，等你回来，它一定能结果！我想，到那时候，你也一定会变得更好……"）

向颖禁不住会心地微笑了。这时，响起集合哨声，他赶忙把信收起。

### 24. 宿舍，日（回忆）

战友们在看书，打扑克。

向颖靠在床架上，专心地读着桂芳的信。

（桂芳的画外音："上封信，你说，当满两年兵就回家。我觉得不对。要是需要你干下去，怎么办？如果光是担心我，更多余！我不是随便说话的人，说了等你，就一定等你！"）

向颖被深深打动了。

（桂芳的画外音："我看，你也不用写这么多的信，影响了工作，让人笑话不？……"）

向颖赞同地点点头，抬眼寻找着柳生。

### 25. 营房前，日（回忆）

柳生正在练双杠。向颖从宿舍里走出来，把他叫到一旁，郑重地把信还给他。

柳生急切地望着向颖，想知道他的想法。

向颖亲热地给了他一拳："你小子真行！"又认真地，"不过，我看她的话对。信，用不着写那么多。对吧？"

柳生兴奋地一挺胸脯："是！"

### 26. 洞房，夜

桂芳听入神了。

桂芳："噢。难怪你后来信写得那么少……"

柳生连忙否认："不，不，不是为这个。是……"他提议，"屋里闷，出去走走好吗？"

桂芳："嗯。"她拿起那条纱巾。

柳生温存地替桂芳披上外衣，拉开门。

皓月当空。

### 27. 果园，夜

月下的果园，别是一番景色，连空气都是香甜的。

桂芳和柳生慢步走着。

柳生内疚地："我没写信，倒不是怕影响工作，是因为……"他停下步子，痛苦地叹了口气。

天上，浮云悄悄地遮住了明月，周围的一切暂时暗淡下来……

**28．炮阵地，日（回忆）**

江柳生熟练地擦炮，满脸汗水，满手油污。

在他的身后，是一派生龙活虎的练兵景象。

**29．连队俱乐部，日（回忆）**

指导员拿着一张纸，庄严地："命令！"

全连"刷"地立正，鸦雀无声。

指导员宣读："经团党委讨论，并报上级批准，任命：向颖同志为四连指挥排排长；江柳生同志为四连炮排排长……"

命令声中，向颖镇静严肃，江柳生喜形于色。

**30．宿舍，日（回忆）**

江柳生吹着口哨，坐在铺上擦着手枪。

有人在外边喊他："江柳生！柳生！"

他皱皱眉，不高兴地瞥了一眼，没吭气，只顾满意地用红绸子把枪包好，塞进枪匣。

"啪"地一掌拍在他的肩上："嗬！当了排长，耳朵都背了？"

回头一看，是满面带笑的向颖。

柳生不好意思地："噢，原来是你呀！"

向颖兴致勃勃地："哎，你们排那帮新兵和我较劲儿，非要现在就看看咱俩的绝招儿。走！咱们练一手给他们见识见识。"

柳生："算了吧。早晚要给他们讲到的。"

向颖直拽他："早点儿培养他们的兴趣嘛！"

柳生："要去你去，反正我不去。跟一帮子小新兵闹腾些什么。"

向颖一瞪眼："嘿！你不是从新兵过来的？"

通讯员小徐在门外喊："信！"

向颖忙拉柳生："哎，信来了！快去看看。"

柳生不在乎地："不会有我的信。"他吹着口哨把手枪挂起来。

向颖朝窗外喊："小徐！有江排长的信吗？"

小徐出现在窗口，瞥了江柳生一眼，摇摇头，走了。

向颖："哎，你是排长的事，她有什么想法？"

柳生犹豫了一下，摇摇头。

向颖认真地："你得多说几句坚决话，省得人家多心哪……"

柳生笑笑："我还没告诉她呢。"

向颖奇怪地："为什么？"

柳生对着镜子梳梳头发，慢应着："哪儿有时间哪？"

向颖:"明天是星期天。明天就写!"

柳生:"明天?不是你约我去照相吗?"

向颖:"那就今天晚上写!"

柳生:"晚上我带班。"

向颖把柳生拽到桌前,按到椅子上:"那就现在!"

柳生哭笑不得:"嗐!你替我着哪门子急呀?"

向颖自己想想,也笑了。他顺势往柳生铺上一躺,自语地:"我要是你呀,晚上打着手电筒也得写封信让她高兴高兴。你进步的这么快,她起的作用,能顶半个指导员!"他翻身坐起,拍拍柳生的肩,半开玩笑半认真地:"这就是现在小说里常写的那个什么……'爱情核动力'嘛!"

柳生打断他:"行了,我明天正好不想上街。"

向颖:"为什么?"

柳生:"穿什么呀?"

向颖:"什么穿什么?穿军装呗!莫名其妙!明天一早我叫你!"他走到门口,又回身做了个写信的动作,叮嘱道:"别忘了,嗯?"

柳生却不以为然地一笑。向颖走远了,他摸摸自己的军装兜,又想了想,忙挪开枕头,取出压着的一件新军装,也是两个兜的战士军服。他用手在军服上比划了几下,决定着什么,拿起军服装进了挂包。

### 31. 炮阵地,日(回忆)

向颖架好炮,绘声绘色地向新战士讲着。

### 32. 营门口,日(回忆)

柳生背着挂包,轻快地跑出营门。

### 33. 炮阵地,日(回忆)

向颖正在示范,指导新战士从瞄准镜里往外看。

瞄准镜中,刻度线对着目标。

### 34. 缝纫店,日(回忆)

飞快转动的缝纫机头,机针正在柳生那件新军衣上移动。

柳生看着。他解开衣扣,擦了把汗。

### 35. 炮阵地,日(回忆)

向颖抹了把汗。他和新战士们谈得正带劲。

新战士七嘴八舌提着问题,向颖畅快地笑着解答。

**36. 缝纫店，日**（回忆）

改好的军装捧在柳生手里，他满面笑容，点头致谢，掏出钱来付款。

服务员把零钱找给他，他掏出那个装着桂芳照片的红塑料夹子，把找的零钱胡乱往里面一塞，装进衣兜，拿着改好的军装就走。

**37. 宿舍，晨**（回忆）

星期天早晨。战士们过着愉快的假日。

小徐招呼着小王："走哇！上服务社去！"

小王："哎。"他向柳生讲了一声，走了。

柳生见室内无人，拿出改好的军装，打开。军装的两个兜变成了四个兜。

柳生吹着口哨，对着镜子穿上改过的军服，上下端详着。

向颖出现在窗外："喂！还磨蹭什么呢？快走哇！"

柳生："来了，来了。"他又对着镜子整了整容。

**38. 海滨公园，日**（回忆）

公园里，游客来来往往。

向颖和柳生跑来，轻快地登上阶梯。

他们在花丛中穿行着。

花丛中，绿树下，到处是一对对的情侣。柳生光顾看，差点儿摔了一跤，向颖把他拉住，哈哈大笑。

迎面，走来一对青年夫妇，男的是个军官，女的打扮得很入时，他们推着小孩车，边走边逗着孩子。柳生羡慕地盯着他们，人家走过去了，他还回头看，冷不防一脚踩在向颖脚上。

向颖："哎呀！你！"

柳生："对不起！对不起！啊，是你！"

向颖："怎么了，你？"

柳生一推他："走吧。"

向颖突然发现有条长椅空着，忙跑过去擦干净："柳生！来坐会儿！"

不料，一对戴着贴商标蛤蟆镜、挎着录音机的青年男女挤过来，毫不客气地一屁股把长椅占据了，气得向颖直瞪眼儿。

柳生走过来。

向颖一看，这对肆无忌惮的"宝贝"已经旁若无人地搂抱起来，连忙拉起柳生就走。

……

　　　文字整理：张蕊

　　　资料来源：广播出版社编，《电视剧本选（一）》，广播出版社1982年2月第1版。

# 1981

# 新 岸

> 首播时间：1981年
> 首播电视台：中央电视台
> 摄制单位：丹东电视台、中央电视台
> 编　　剧：李宏林
> 导　　演：王岗
> 摄　　像：季云军
> 主　　演：马崇乐、相虹、李桂和
> 获奖情况：第二届（1981年度）中国电视剧"飞天奖"
> 　　　　　电视剧一等奖。

**剧情梗概：**

　　刘艳华的父亲曾是鞍山市的劳动模范，不幸过早去世。在刘艳华十六岁的时候，她和流氓头子李侠合伙在火车上偷旅客的随身物品，成了公安局的通缉对象。就这样，缺少父爱的刘艳华十六岁便被押上了驶向监狱的囚车。在监狱的五年，女管教干部如慈母般的关怀让刘艳华重拾了对生活的信心。

　　刘艳华出狱后，回到了母亲和继父的家里，与想象中不同的是，迎接她的不是家人的热情相待，而是不满和白眼。她想离开这个不属于她的家，被母亲拦下了。除了这里，她实在无处可去。遭受冷遇的刘艳华在睡梦中看到了亲生父亲，仿佛感受到了久违的亲情。

　　刚刚出狱的李艳华找不到工作，也没有人愿意理她，只有街道戴主任给她安排工作，叫她到家里吃饭，待她如生父一般。得不到家人谅解的刘艳华依然很苦闷，她惆怅地在街上漫步时，遇到了一个曾相识的女流氓，女流氓怂恿她再次加入他们，刘艳华拒绝了。

　　刘艳华回到家中，弟弟怒吼着让她滚出这个家。绝望的刘艳华来到父亲坟头，想在此诀别人世。好在母亲和戴主任及时赶到，悲剧才未发生。

　　刘艳华去乡下插队，成了高元钢的监督对象。她话语不多，干活泼辣，高元钢心生同情，对她关照有加。高父和高母一直提醒高元钢要离刘艳华远点，其实，这时的高元钢和刘艳华已经暗生情愫。

　　高元钢和刘艳华一起进城拉机器，高元钢试探地问她可不可以跟他处对象，刘艳华的心被深深刺痛了，她开始躲着，想方设法躲着高元钢。刘艳华病了，高元钢前去探望。他看到刘艳华清苦的生活，十分心疼。高元钢买来点心、苹果，差遣小妹给刘艳华送过去。他还买了一条纱巾，却没有勇气送给刘艳华。

马福经常把高元钢家的母鸡赶到自家院子，白捡鸡蛋。高母和小妹发现后，敢怒不敢言。一天，小妹独自去马福家要鸡蛋，被马福推倒在粪叉子上，因破伤风而死。刘艳华咽不下这口恶气，带领社员们去马福家理论。马福死不认账，刘艳华找到证据，和马福打起了官司。官司打了很久，终于赢了！

心头的阴霾渐渐散去的刘艳华露出了久违的笑容。高元钢再次提出和刘艳华在一起，刘艳华含着眼泪拒绝了。高元钢向父母摊牌，终于得到了父母的谅解，他们同意了这门亲事。两人幸福甜蜜的生活没过多久，刘艳华就收到了调她回城、等待分配工作的通知。高家知道这个尚未过门的媳妇留不住了。但是，出乎所有人的意料，刘艳华毅然决然和高元钢结了婚！

不久，刘艳华和高元钢一起回城了，还有了一个可爱的女儿。刘艳华被分配到她父亲原来所在的单位，当了一名建筑工人。没有人再歧视刘艳华，她真正开始了属于她的幸福生活……

文字整理：张蕊

资料来源：广播出版社编，《电视剧本选（二）》，广播出版社1984年1月第1版。

## 剧本

## 《新岸》

### 一

字幕：这是一个真实的故事。

报社印刷厂的轮转印刷机在有节奏的轰响声中快速地转动。

《辽宁日报》像瀑布倾泻般被印刷出来。

印刷工人把一摞摞报纸整齐地堆放在运报小车上，堆满后，工人把车推走。

街头的报刊亭，人们排成队买报纸。

买到报纸的人打开报纸，在第三版上登载着配有插图的报告文学《走向新岸》。

街旁的阅报栏前，一些人被报纸上的文章吸引着，一位身为母亲的中年干部，看着看着，热泪盈眶，她用手指抹了一下眼角；一个讲究穿戴的男青年，看着看着，下意识地摘下"麦克"眼镜，把一条镜腿含在嘴里，陷入沉思。

一所工读学校的女学生在教室里座谈《走向新岸》，一个失足女青年拿着报纸在激动地发言。在这女学生身后的白墙上贴着字块："告别昨天，走向新岸！"……

旁白：《辽宁日报》在1981年5月连载了报告文学《走向新岸》，在社会上引起强烈反响。作品中的主人公名叫刘艳华，现在是辽宁省鞍山市房产局建筑公司的工人。她的父亲曾是鞍山市的劳动模范，不幸过早去世。1969年，当刘艳华还是一个十六岁的小姑娘的时候，她便被押上了驶向监狱的囚车……

一辆押送犯人的吉普车疾驰在通往沈阳监狱的公路上。

一名女公安战士押送着戴着手铐的刘艳华。刘艳华目光冷酷,双唇紧闭,不时地偷视坐在两边的押送人员。她猛地从座椅上站起,朝后门冲去,拉开门,要跳车寻死,被两名女公安战士一把抓住,并被用力拉回,摁坐在椅子上。

刘艳华神情木然,双目凝视,一缕头发从她那还带有稚气的脸上斜披下来,一双乌亮的眼睛哀怨地仇视一切。

在深沉而凝重的音乐声中,在刘艳华的脸上映出剧名——《新岸》

主题歌音乐起,女高音歌手哼唱着主题歌旋律。

## 二

吉普车在行进。

刘艳华的脸在晃动。

映出演职员表……

吉普车拐进一条街巷,速度放慢,行驶在监狱外面的高墙下。

刘艳华透过车窗望见在高墙上拉着的电网和炮楼似的空中哨岗,她的两眸恐怖地惊怔着。

闪现出她难忘的恐怖情景:

几个佩戴红袖标的民兵,持着棍棒围成圈儿,轮番痛打着俯卧在地上的刘艳华……

映出演职员表……

吉普车驶向威严的监狱大门,"沈阳监狱"的白底黑字大牌子挂在灰墙上,解放军战士在大门两旁守卫。刘艳华失望地将两眼闭合,她无声地抽泣。

映出演职员表。

## 三

在监狱的女犯浴池里。

喷头淋着水,一个女犯帮着刘艳华洗头,刘艳华的头上满是白花花的肥皂沫。

在管教人员的办公室里,一位面孔慈祥的女管教干部坐在椅子上,同穿着新囚服、站在桌前的刘艳华严肃而又亲切地谈话。

夜里。

女监舍。

女犯们都躺在床铺上睡去,唯独刘艳华睁着两眼睡不着。

女管教干部轻轻推开门,走进监舍,巡看床铺。她来到刘艳华床铺前,用手轻轻地拍拍刘艳华,示意刘艳华睡觉,然后给拉拉衣服,掖好被,才悄悄地离去。刘艳华感受到母亲般的关怀,更加睡不着。

监狱劳动车间。

排列整齐的数十架缝纫机,强大、不间断的声响,奏出一曲紧张劳动的音乐。

数十个白色线团在空中同时转动,一条条白线从空中连在一个个机头上,构成一幅优美图案。

刘艳华和一个个女犯都穿着短袖白衫,戴着无沿白帽,在机头下紧张地窜动着手里的白抹布,缝制衣服。

晚上。

女监舍。

女犯们坐在床沿上,聆听女管教干部辅导学习。刘艳华拿着笔和本,把有感触的启示记写下来。

山野坝上。

女犯们迎着风雨,挑着装满泥土的筐,鱼贯地奔向坝顶。

刘艳华咬着牙挑土疾走。她突然跌倒,女管教干部从坝顶上跑下来搀扶刘艳华。刘艳华站起,又跌倒了。女管教干部唤来两名女犯,搀着刘艳华走下堤坝,她推来自行车,架刘艳华在车座上,歪歪扭扭地把车推走。

女管教干部一双慈祥的眼睛里闪动着焦急的目光。

刘艳华的一双不安的眼睛里噙着两汪泪水。

像五线谱似的高墙上的电网。

那每天都见到的灰色高墙。

墙里的花坛上盛开着五颜六色的花卉。

旁白:五年的监狱改造生活结束了,在党的政策感召之下,刘艳华告别了昨天,怀着对认识那个新的向往,走出了监狱的大门。

## 四

在监狱门前。

女管教干部送别刘艳华,刘艳华提着网兜。女管教干部握住刘艳华的手,亲切地叫了一声:"刘艳华同志!"

刘艳华听到这一句动心的呼唤,激动地扑到女管教干部的怀里,唔唔地哭起来。

女管教干部拍着刘艳华的肩头,深情地说:"刘艳华同志,你开始了新生活,要时时刻刻严格要求自己,不辜负你父亲在世时对你的期待,再不做一件坏事,一辈子为人民做好事,你一定会有光明的前途!"

刘艳华抬起头,表示决心地点一下头,说:"队长,你放心吧,人类不覆灭,地球不翻个儿,我再也不会进监狱了!"

女管教干部欣慰地说:"好!"

刘艳华登上吉普车,车开动了,她从车窗探出头来与女管教干部招手告别。

女管教干部向远去的刘艳华挥手。
吉普车奔驰。
吉普车车轮飞快地转动。

## 五

火车的车轮在铁轨上飞快地转动。
刘艳华坐在开往鞍山的火车厢里，头倚在车窗上，随着不断的车轮隆隆滚动声，她进入遐想。
回忆：
刘艳华和流氓头子李侠坐在车厢里。时已入夜，李侠身边的一名旅客在打瞌睡。李侠向坐在对面的刘艳华挤眉弄眼，刘艳华会意，悄悄地站起来，慢慢走去。李侠从座椅下拿出打瞌睡旅客的皮箱，溜掉。

在饭店的一角。
刘艳华和李侠在摆满酒菜的桌旁得意地碰杯。李侠已经醉眼朦胧，刘艳华将一杯酒一口饮尽。

火车车轮的隆隆滚动声。
火车车轮在飞快地转动。
出现车站站名：哈尔滨。
一个男被窃者焦急的面孔闪进镜头。
火车车轮的隆隆滚动声。
火车车轮在飞快地转动。
出现车站站名：天津。
一个被窃妇女痛苦的面孔闪进镜头。

继而。
北京、桂林、广州。
被窃的老人、干部、工人……

印有李侠和刘艳华照片的通缉令在车站墙上出现，在街旁线杆上出现……

列车女广播员的声音打断了刘艳华的回忆："各位旅客注意了，鞍山车站马上就到了，从鞍山下车的旅客，请你携带好自己的东西。"
刘艳华站起来，从货架上取下行李。

## 六

充满欢乐气氛的音乐。

刘艳华提着行李，拎着网兜，心情激动地走出鞍山车站。

刘艳华走在车来人往的街面上。

刘艳华走在宽阔的虹桥上。

刘艳华内心独白："我回来了，大家将用什么目光对待我呢？"

出现幻想场面：

刘艳华走出地区派出所，民警从椅子上站起来，热情地同刘艳华握手；

刘艳华走进家门，母亲、继父、弟弟高兴地迎上前来，继父接过行李，弟弟抢过网兜，母亲激动得流下眼泪。

## 七

刘艳华来到派出所门口，看一眼黑字牌子，然后轻轻推开门走进去。

民警看到刘艳华，眼神一怔。他打量一下刘艳华，在椅子上端坐，整一整衣领，冷冷地问："你五年刑期满了？"

刘艳华："满了。"

民警："能改好？"

刘艳华："改不好不能放回来。"

民警："哼，难说！你被群众专攻多少回了，改好了吗？"

刘艳华："他们净用皮鞭、棍子打我！"

民警："好了，不用说了，群众不打好人。"

刘艳华冷冷地望向民警。

民警指点刘艳华的眼睛："看你那眼睛，还有野性！你先回家去，随后民兵就到！"

民兵？！刘艳华的眼神惊惧地一跳动，片刻，目光又沉定下来，她拎起行李，甩头走去。

## 八

刘艳华回到家门前，她停住脚，用手理一下头发，然后推门进屋去。跨进别离了多年的家门槛，她的心情又羞愧又兴奋。她看到母亲、继父和弟弟正围桌吃饭，不禁流下眼泪，激动地轻叫一声："妈，小弟！"

继父把酒盅往桌上一墩，站起身，撩起门帘走进里屋去。刘艳华失望地望着继父的背影。

小弟弟放下饭碗，不满地瞥向姐姐。

刘艳华母亲为难地长叹一声，痛苦地皱紧眉头。

刘艳华从往兜里拿出一个文具盒，走到弟弟跟前，把文具盒放桌上："小弟，姐姐给你买的。"

弟弟把文具盒推开，然后转过身去，背对着刘艳华。

刘艳华尴尬地伫立，心绪茫然。她意识到自己是个不被欢迎的人，她含着眼泪悄悄地拎起行李，痛苦地走去。

母亲唤刘艳华："你一个人上哪去？住下，别闲待着，想法子找个活干，不像你亲生爸爸在世。"

母亲总算留下她了,她停住脚,转回身,向母亲点点头,把叮嘱记在心上。

## 九

夜里。

圆月穿出浮云。

月光照在睡在外屋小炕上的刘艳华的脸上。

刘艳华甜睡的面孔。

音乐。

刘艳华在睡梦中轻轻地呼唤着:"爸爸!……"

梦境:

"艳华——艳华——"身着工人装、佩戴抗美援朝纪念章的父亲,在青青的山顶上向十岁的小艳华呼唤。"冲锋——冲锋——"

小艳华咬着嘴唇,往山上疾登。

父亲向小艳华伸出两只大手,把女儿拉上山顶,父女俩胜利地欢笑。

小刘艳华伸手指天,蹦蹦跳跳着:"爸爸,我要摸到天了!爸爸,我长大不开拖拉机了,我要开飞机,当女飞行员,飞上天去!"

父亲:"好,好,人小志气大,我现在就让你坐飞机。"

父亲把女儿举在空中,嘴里模仿飞机马达轰隆声:"呜——呜——"父女俩不停地旋转。

旋转的天空、树林。

旋转的父女俩兴奋的面孔。

旋转中的女儿搂住父亲的脖子,山顶扬起欢快的笑声。小刘艳华在笑声中呼唤着:"爸爸——爸爸——"

现实中的刘艳华在睡梦中轻唤着:"爸爸——"

刘艳华从睡梦中醒来,那欢快的场景和声音都消失了,一切冷清清、静悄悄的。

刘艳华的面影暗淡了。

空中圆月被浮云遮蔽。

## 十

清晨。

在街道小巷。送牛奶的、扫街的、上学的来来去去。

刘艳华走在小巷里,从她身边走过的人们有的在悄悄议论。

一个青年妇女在门前刷牙,她看着刘艳华从眼前走过,朝着刘艳华的后影"呸"地吐了一口水。刘艳华意识到是在嘲讽她,她痛苦地皱一下眉头,忍下了,继续向前走。

这时街道戴主任来到刷牙的妇女跟前,劝说着:"小邓,别这样,孩子从小丧父,妈妈改了嫁,没人照应,跟坏人走了邪路,她改好了,大家要欢迎嘛。"

刷牙妇女遮掩地:"欢迎,欢迎,重在表现嘛。戴主任,我是吐水,没别的意思,你进屋坐坐。"

戴主任:"不了,我去给刘艳华跑跑工作。"

刷牙妇女:"好,好。"

十一

在劳动安置办公室。

负责劳动分配的干部把一个盖了公章的介绍信交给一名女青年:"妥了,上班去吧。"

女青年母亲高兴地致谢:"多谢了,全凭你关照了。"

这时刘艳华进门来,与笑容满面的母女俩相视而过。

刘艳华来到干部的办公桌前,把释放证和街道介绍信交上去,干部看一眼,把证和信退给刘艳华,冷淡地说:"不好安排!"随后他便低头办公。

刘艳华看一眼干部那头发厚密的头顶,它像一堵横在眼前的黑墙,刘艳华无力越过,她痛苦地转回身,悄然离去。

在又一个劳动安置办公室。

戴主任向一名女干部介绍完刘艳华的情况。

女干部推推眼镜,亮出一叠申请就业的卡片:"戴主任,这么些好人都没安排出去,何况她呢!"

戴主任恳求着:"我看她是改好了,你们再给费费心,想想办法。"

女干部:"等遇机会的吧。"

十二

一股风吹得一团落叶在地上旋转。

刘艳华面色忧愁,踏着落叶,孤独地走在路上。

刘艳华回到家门前,突然听到继父在房中吵嚷:"我一个人养活不了你们这群吃闲饭的!得赶快给我想办法!"

继父气冲冲地推门出来,与刘艳华打个照面,他厌弃地"哼"了一声,扬长而去。

刘艳华将屈辱忍下,她推门进来,望向母亲,母亲坐在床边低声抽泣。

刘艳华默默地走到小柜前,拉开抽屉,从一个小本里拿出五元钱,走到母亲身旁,小声说:"妈,我在监狱里攒的几十块钱都给家里了,这是剩下的最后五块钱。"

母亲语气中有些埋怨:"五十块钱也去不掉心病。唉,谁让你不争气了。你在家多待一天,人家碍眼一天,你也大了,早打自己的主意!"

刘艳华无言以对,把钱票下意识地叠成一个小纸块,难过地扔在炕上,向门外走去。

母亲心疼地唤她:"你又上哪去?回来。"

刘艳华没理睬,走出家门。

十三

刘艳华惆怅地走在小巷里。

戴主任从旁门出来:"艳华,我正要去找你。今天晚上包饺子,你在我这儿吃,咱娘儿俩唠唠,来,进屋。"

刘艳华感激地向戴主任点头致谢,她随意编个理由回避:"戴主任,我去办点事儿。"

戴主任："啊，早点回来，我等你。"
刘艳华："您别等我……"
戴主任一挥手："快去快回来。"
刘艳华感到一股暖流流在心里，她向戴主任微笑一下，然后走去。

## 十四

刘艳华在喧闹的市街上漫步，她悄悄地注意着从身旁走过的一个个年轻人，他们都是她羡慕的对象。

刘艳华来到一个幼儿园的围墙外，她透过这铁栏空隙，看到一群天真无邪的孩子手拿花环在跳舞。她被强烈地吸引着，仿佛看到了自己那无忧无虑的童年。

## 十五

刘艳华漫步到公园里。这里清静，那心中的凄苦、忧愁，在这种环境中得以排遣，刘艳华满面伤感，坐在一条长椅上，两眼无目的地扫望。

刘艳华的目光突然停定！

一声突起的音乐！

刘艳华看到一个扒手从卖冰棍的老大娘身边擦肩而过。

老大娘意识到她被触碰一下，赶忙检查自己的衣兜，发现失窃，她焦急地四处张望，已无人迹。她痛苦地叫着："我的钱哪！"

刘艳华揪心地望着老大娘的脸。

"我的钱哪！"

镜头匆摇。

回忆：

"我的钱哪！"是一位老大爷的呼叫声。

在江边，一群人将投水的一位农村老大爷架到江岸。

老大爷哭号着："我的四百块钱呐！我可没法活了，这是给我住院的小孙子的治病钱呐，我们爷孙俩都不能活了！"

人们劝说着："老大爷，好好找一找！""赶快到派出所报案！""这种贼，太缺德了！"

这情景，站在桥上的刘艳华和李侠都一一看在眼里。

投江老人哭泣的脸。

刘艳华目光不安的眼睛。

投江老人哭泣的脸。

刘艳华内疚地闭上眼睛。

老人的哭诉声："老天爷呀，我没法活了呀！"

刘艳华转过头，轻声问李侠："李侠，你刚给我那四百块钱是这老头的？"

李侠吸口烟，无动于衷地："嗯，怎么的？"

刘艳华："这钱怎么能花？是害命的钱呀！"

李侠："这种钱你还花的少哇？"
　　刘艳华低头思忖，她忽然离开李侠，向桥下走去。
　　李侠感到突然，他"哎"地叫了一声，不见刘艳华回头，他心起戒意。
　　刘艳华奔下江堤朝岸边人群跑去。她拨开人们，挤到前边，亲切地问老大爷："老大爷，您丢的钱是怎么装着？"
　　老人："我老伴拿一块黄油布包着的。"
　　刘艳华拿出个黄油布包，递给老人："老大爷，你看是这个吗？我捡到的。"
　　老人一见黄油布包，意外地欣喜。他双手接过小包，哆哆嗦嗦地将包打开，里边是一叠人民币："是它！是它！"他老泪簌簌流下，就势要给刘艳华跪下："恩人啊，你留个大名吧，也好日后报答你！"
　　刘艳华神情尴尬，一阵慌乱，她在人们的一片赞叹声中扭头挤出人群跑开了。
　　桥上的李侠望着桥下发生的事，气得牙帮骨咬得棱棱突起，他将烟头摔到地上，用皮鞋底将烟头踩碎。

## 十六

　　桥洞下。
　　李侠揪住刘艳华的头发猛力地将她的头往壁上撞。刘艳华的两眼流露出痛苦乞求的神情。李侠打了她一个耳光，拍了拍手上的土，鄙视刘艳华。
　　刘艳华用手抿抿散乱的头发，一缕血丝从嘴角上流下来。

## 十七

　　现实中的刘艳华。她同情地望着失窃的老大娘，同时目光里含着对自己往日罪恶行为的忏悔。她刚起身要走，一只纤细的手拍在她的肩头上。刘艳华扭头一看，原来是她曾相识的女流氓。女流氓亲昵地同她坐在一条椅子上。
　　女流氓："艳华，多年不见了，听说你现在的日子很不好过？"
　　刘艳华："唉，没工作，家里外头都瞧不起，净看人家的白眼。"
　　女流氓："出来嘛！"
　　刘艳华摇摇头。
　　女流氓："人家没沾边的还要下乡插队，何况你？工作是绝对没门儿。你不如跟着哥们儿玩。"她拿出一叠钞票，往刘艳华手里塞："先拿去花，哥们儿们等你！"
　　刘艳华看见手里的钱略作思忖，她把钱还给女流氓："我不再干坏事。"
　　女流氓先是惊异，后又惋惜地摇摇头："你的日子这么难过，真是洗手不干了？"
　　刘艳华点点头："我不能忘记在监狱五年受的教育，我发过誓：人类不覆灭，地球不翻个，我再也不会进监狱了！"
　　女流氓心有触动，钦佩地点点头："那也好。那，我就把李侠在临死前捎给你的信给你吧！"
　　刘艳华一怔："什么信？"
　　女流氓从提兜里拿出一封信，交给刘艳华："哥们儿一回，真叫够意思。你看吧，有什么难处你找我，咱们那大门总给你开着。"

女流氓走去。

刘艳华打开信，读下去。

李侠声音："艳华，我因为抢钱杀人，被判处死缓。我病得不能起床，恐怕不必等待执行枪决，我就离开人世了！我先走了，以后你就去找哥们儿吧！咱俩今生不能相见，我在那个世界等着你！李侠。"

刘艳华手里的信纸在颤抖，眼圈红起来。

刘艳华耳边重复地回想着李侠的嘱咐："你就去找哥们儿——""你就去找哥们儿——"

这时耳边又响起另一个庄严而又亲切地女管教干部的声音："刘艳华同志，再不做一件坏事，一辈子为人民做好事，你一定会有光明的前途！"

刘艳华目光沉淀下来，慢慢地将信撕掉，她信步走去，信的碎片从手里撒落到地上。

## 十八

黄昏。

刘艳华回到家，一进门，弟弟从椅子上站起来，怒气冲冲地向她咆哮："你还回来干什么？"

刘艳华一下愣住！

弟弟："我因为你，入团不批准，我因为你，又得下乡。你给我滚！"

惊心的音乐！

刘艳华望着弟弟向她指来的手指，像一把刺向她的尖刀！

母亲斥责儿子："住嘴！"

弟弟跳上炕，把刘艳华的行李卷起来，从窗口扔出去，瞪着眼睛喊叫："你滚！"

刘艳华的心碎了！绝望的眼泪泉涌般流下。她双手捂住脸，痛苦地跑出家门。

母亲在后追赶："艳华——艳华——"

刘艳华跑到门口，看见散落在地上的行李，她心一横，理也不理，便急速跑去。

恰好戴主任迎面走来，刘艳华扭过脸从戴主任身旁跑过。戴主任惊怔，急忙奔向追赶出来的刘艳华母亲："这是怎么了？"

母亲焦急地："唉！"她不得说话，继续追赶着刘艳华，喊着："艳华——艳华——"

## 十九

刘艳华跑到外山上，父亲的坟墓已经长满蒿草，蒿草在风中摇动、战栗。刘艳华扑在坟头，失声地痛哭。哭过一会儿，她慢慢抬起头，望着山上的一棵棵苍郁大树。一股诀别人世的决心已经下定，她突然变得冷静，慢慢站起身，给父亲的坟头上添上几捧新土，然后向父亲的坟墓跪下，哭诉："爸爸，女儿对不起你，女儿决心做人，人家不信，我只能去找你。爸爸，你等着女儿吧！"

李艳华向父亲的坟墓叩头，然后站起来。她望着从大树上延伸出来的一根树杈，慢慢地走去。

悲沉、绝望的音乐。

沉重、缓慢的脚步。

无神的面孔。

恐怖的树杈。

刘艳华伫立在树杈下，仰望着……

传来母亲和戴主任焦急地呼唤声："艳华——"

刘艳华慢慢侧转身，看到母亲和戴主任追上山来，两行热泪滚滚流下。

母亲和戴主任气喘吁吁地跑到刘艳华跟前，拉她回去："艳华，回家！""艳华，好坏得活着！"

刘艳华往外挣脱，执意不走。

母亲和戴主任架着刘艳华往回走。

戴主任劝说着："艳华，把心放宽，往后的日子长着呐！"

三人向山坡走去，在暮色衬景中，形成剪影。

旁白：是的，往后的日子长着哪。但是，那无数个严峻的日子可怎么过呀！刘艳华没有决定自己命运的能力。正在这个时候，她走进青年上山下乡的行列。她走进的将是怎样的一个生活世界？对她全是一个谜……

## 二十

山谷中奔驰着一列火车。

## 二十一

农村。

连绵的青山。

弯弯的河水。

山村中的一幢幢农舍，飘着炊烟。

一间青瓦泥墙的房屋——是女下乡知识青年的生活点。几名插队女青年从门口进进出出，一些农村妇女和孩子扒着窗户往里瞭望，叽叽喳喳，议论纷纷："什么？女流氓？""是哪个？""我看看！"

## 二十二

在青年点屋里。

刘艳华躺靠在炕上的行李上，听着窗外的议论，她翻了个身，避开贴在窗玻璃上的一张张脸，心里盘算着下一步坎坷路将要怎么走……

## 二十三

一个抱小孩的妇女问拿着酒瓶子的农民马福："他马福叔，听说里面有个女流氓？"

马福得意洋洋地："还不都是听我说的。关过五年大狱，凶着哪，有人在鞍山见过她，快凑过去看看新鲜！"

抱孩子妇女："来了个'丧门星'！"

马福:"以后有热闹瞧!"

## 二十四

在村路上。

生产队长匆匆走来,与马福走个对面:"马福,看见高元钢没有?"

马福:"刚才见他赶着牛车过去了。哎,队长,俺心口疼,晚上的'批林批孔'会我得请个假,行不?"

生产队长:"哎呀,马福,就你事儿多!"说着,匆匆走去。

## 二十五

青年农民高元钢摇着鞭子,赶着牛车,在村路上走着,牛脖上的铜铃有节奏地叮当响着。

"高元钢——"队长招手喊叫他。

高元钢喊一声:"吁——"牛车停住,他从牛车上跳下来,等着队长。

生产队长来到高元钢跟前,严肃地说:"小高,交给你一项任务!"

高元钢:"什么任务?"

生产队长:"政治任务?……"

生产队长:"嗯,青年点新来的那个,交给你管!"

高元钢:"不行,不行,我平时见着女的就打怵,让我管个女流氓,我可干不了,我……"

生产队长:"你怎么见着阶级斗争就绕道走?这是上边告诉派个人看着她,谁都不干,让我当队长的怎么交差?就这么定了!"

高元钢:"我……"

生产队长安抚地拍拍高元钢的肩膀:"我什么?我就看你忠厚老实,不爱说道。让她专跟你的牛车,装车的活儿由她干,你尽管监督,别出事儿,就完成任务。就这么定了!"说完,生产队长走去。

高元钢望着队长远去的背影,为难地皱起眉头。

## 二十六

清晨。

东天一抹朝霞,村中炊烟缕缕。

在生产队门前的空场上,社员们聚在这里等待队长派活。

马嘶声、牛叫声、木匠凿木声……

生产队长站在人群前讲话:"大伙听我嘞嘞几句。昨晚上的'批林批孔'会开得还凑合,可是有些人还没等会开完呢,脚底下就抹猪油——溜了,这不好。上边让咱们狠批孔老二,你们这么干,让我这队长受夹板气呀!这是一个事儿。再一个就是马上要割地儿了,大伙要抓紧啊。我把今天的活说一说,马福,你和老王大爷,还有老何大哥,带两个知青点小青年上山割条子去。"

马福:"好!"

马福一招手，几个人跟他走去。

生产队长："老刘二叔，你领三个小青年上场院。"

有一伙人散去。

生产队长又零星地分配几个人干杂活后，空荡荡的场地上只剩下了刘艳华和站在她身边的地主分子瘦老头。

高元钢靠着牛车站着，他看到这难堪的场面，心里不大自在。

生产队长吩咐瘦老头："孙福元，你还去起粪！"

瘦老头："哎！"他急速走去。

场地上只剩下刘艳华，她难为情地等待着。

生产队长走到刘艳华跟前："你跟车挖河泥积肥。"他指了指高元钢："他叫高元钢，你听他的。"

刘艳华扛着锹，慢慢地来到牛车前。

高元钢"驾"一声，把牛车赶走，刘艳华尾随在后面，距有十步远，不紧不慢，总相差一段距离。高元钢发出单调的吆喝牲口声，牛车吱吱咂咂地单调地叫着，牛脖上的铜铃慢节奏的响着，刘艳华低着头，心事沉重地瞅着留有牛粪的土路。

## 二十七

牛车赶到河滩上，高元钢把牛车抹好，然后拿着镰刀走出几十步远，给牛割草。

刘艳华将锹踩进黑色的河泥里，挖出沉重的河泥装进车厢。

清清的河水哗哗地流动。

刘艳华脸上流着汗水挖河泥。

高元钢唰唰地割草。

一只燕子从河面上飞过。

刘艳华捋一下散乱的头发，然后咬着牙撅起一锹河泥，车厢里的泥已经有多半车了。

高元钢直起身看一眼刘艳华，他见刘艳华一锹连一锹地把河泥装上车，她的泼辣劲引起他的注意。他挟着草慢慢地向牛车走去，他看见汗水浸湿了刘艳华的上衣，一缕缕头发粘在湿漉漉的脸上，一双旧黄胶鞋泡在泥水里。他涌生起同情心，把草扔在车上，不等车厢装满，他操起鞭子，吆喝一声："驾"，把牛车赶走。

刘艳华端着一锹还没有装上车的泥，望着走动的牛车，意识到高元钢对她的关照，她疲惫不堪地将泥甩到地上，用衣襟抹了一把脸上的汗水，然后跟车走去，相差还是那样一段距离。

## 二十八

高元钢穿过家里院子，进到屋里，坐在饭桌旁，拿起饭碗从饭盆里盛了一碗饭。

高元钢妈妈端来一碗菜放到桌上，不安地问："元钢，你就不兴和队长说说，别再跟那个妖精干活了，换人轮着看管她呗。"

高元钢闷头吃饭不言语。

高母："唉，你听见没有？她是住过大狱的犯人！真是的，把这妖精放到山沟里还有个好？"

高元钢："什么妖精，一样的人！"

十岁的小妹认真地问："哥，她是好人是坏人？"

高母不耐烦地把小妹拨开："去，去！"

高父坐在小板凳上编筐，嘱咐儿子："她爱怎么干就怎么干，你别说、别管。咱一家是老实人，可惹不起事儿！"

高元钢应一声："嗯！"

二十九

高元钢赶着牛车，吱咽咽地走在弯弯的山路上。

牛脖子上的铜铃一下下晃动，叮当地响着。

刘艳华默默地跟在车后，相差那样一段距离。

河水哗哗地流动。

连绵的青山在牛铃声中退动……

旁白：半年过去了，刘艳华却和初来时一样，沉默不语，她和高元钢过着半哑人似的生活。

三十

在马福家的院子里。

马福从鸡窝里轰出一只白母鸡，把它悄悄地赶出院门，然后，他将一只手伸进鸡窝，摸出一个大鸡蛋，得意地咧嘴一笑："白捡了十八个蛋！"他哼唱起来："郎里格朗，郎里格朗，轻轻地一抓就起来！"走进屋去。

三十一

晚上。

在知青点。

刘艳华将一桶水倒入外屋缸里，放下桶，然后疲倦地倚在门框上，用手理了理头发。

炕上有两名女青年已经睡去。刘艳华疲倦地坐在炕沿上。她下意识地看到挂在墙上的一面小镜子。她凑上前去，照看面容。

镜子里映出刘艳华的面孔，神情凄苦、木然，面影一虚一实，好像泪水模糊了眼睛。

刘艳华的举动把两名女青年惊醒，她俩同情地望向刘艳华。

青年甲："刘艳华，你把心放宽，苦日子能熬过去，重在表现嘛。"

青年乙从枕头下拿出一副手套："刘艳华，这副手套给你干活戴。我们俩明天回城，一时回不来。你干活悠着点，别累坏了。"

刘艳华感激地摇摇头："不怕，在监狱里什么重活都干过。"

## 三十二

牛脖子上的铜铃一下下晃动,叮当地响着。

高元钢赶着牛车吱呀呀地走在河堤上。

刘艳华默默地跟在后面……

## 三十三

在马福家的院子里。

马福从鸡窝里哄出白母鸡,母鸡"咯咯"地跑出院门。

正从门口路过的高母和小妹看到白母鸡。

小妹:"妈,这不是咱家的白母鸡吗!"

高母拉着小妹从半开的院门往院里望,她们看到马福从鸡窝里掏出一个鸡蛋,并得意地自语:"嘿嘿,又白捡一个!郎里格朗,郎里格朗,轻轻地一抓就起来!"他又哼唱着走进屋去。

高母:"怪不得这几天捡不着鸡蛋了。"

小妹:"下他家鸡窝里了,管他要蛋去!"

小妹要闯进院门,高母拉住她。

高母:"人家兄弟是造反上去的公社革委会副主任,咱们可惹不起人家,以后把鸡关住就行了。走吧。"

小妹冲着马家院子"哼"了一声。

## 三十四

在河滩。

高元钢和刘艳华在牛车的一左一右同时挖河泥,你一锹我一锹,河泥从车厢上冒了尖。

车轱辘被车上的载量压得往泥水里下陷着。

高元钢看一眼刘艳华,她的脸上汗津津的。高元钢有点心疼,他把锹往车上的泥里一插,向刘艳华说:"收工了。"

刘艳华把锹踩进泥里还要铲泥。

高元钢忙走到牛车前,抄起鞭子,催促刘艳华:"走了,别装了!"他挥动鞭子连声吆喝:"驾,驾!"

老牛使了几次劲儿,陷在泥里的车轱辘滚动不起来。高元钢大声吆喝:"驾,驾!"

这时刘艳华急忙赶上来,在后面用力推车。

车轱辘动一动,又退回来,并越陷越深。

高元钢连摇鞭带喊叫:"驾,驾!"

刘艳华急忙拿起锹,擢铲车轱辘下的泥水,由于心急力猛,她一下摔倒在地上。

高元钢放下缰绳急速跑过来搀扶刘艳华。一搀一起,两人对视一下,高元钢的目光透漏出隐藏在内心里的关怀和钦佩之情,刘艳华的目光羞怯地隐含着感激之意。一刹那,相视的目光便移开。

高元钢又挥鞭赶车，刘艳华在后面用力地推着车轱辘。车轱辘眼见就要滚出泥坑，又退了回来。刘艳华急中生智，急忙脱下黄胶鞋垫在车轮下。高元钢得到启示，也急忙把鞋脱下，垫在胶鞋上面。高元钢振作精神："驾——驾——"

高元钢紧张吆喝的脸。

刘艳华拼力推车的脸。

车轱辘从两双鞋上滚过。

牛车终于从陷坑中走出来。

高元钢边赶车边回头，用衣襟擦了一把脸上的汗水，憨厚地望着刘艳华笑了。

刘艳华站在泥水里，用胳膊抹了一下粘在脸上的头发，她看到走去的车，长期紧缩的眉头舒展开了，从嘴角浮出一丝快慰的微笑。

高元钢将车赶上平路，他停下车往回望。

刘艳华从泥坑里拎起两双鞋，鞋上沾满稀泥。她转身走向河边，蹲下身，将两双鞋在清清的河水里左右摆动。污泥渐渐冲去，两双鞋渐渐洁净，刘艳华一手拿着一双鞋，站起身，鞋上的水滴落在哗哗流淌的河水里。

### 三十五

河堤上。

牛车在铜铃声中慢慢走动。

高元钢在车旁赶车，不时地回头瞅一瞅。

刘艳华仍然相差一段距离走在牛车后面，手里拎着两双鞋。

牛车慢慢摆动。

车轱辘慢慢转动。

高元钢走动着的一双赤脚。

刘艳华走动着的一双赤脚。

刘艳华拎着的两双鞋。

山村的天显得那样辽阔，山村的光色显得那样明亮，在堤上远去的牛车和一对年轻人，在逆光中就像蓝色衬底上的小小剪影。

### 三十六

高元钢拎着一双鞋，走进家院子，把鞋放在窗台上。

小妹手捧个鸡蛋从鸡窝旁蹦蹦跳跳地过来："哥，咱家鸡回家下蛋了！"

高元钢看看鸡蛋，高兴地摸了摸小妹的头顶，然后兄妹俩进屋去。

高元钢接过妈妈送上的脸盆，拿出毛巾，噗噗地洗脸。

高母神色不安地望着高元钢。

高母："元钢，这几个月跟那个女妖精在一起干活，她没说不正经的话？"

高元钢："人家一声不吭，光干活。"

高父放下编筐的条子，走过来嘱咐儿子："是人是鬼，你可留个心眼！"

高元钢不满地瞥瞥妈妈和爸爸："你们干吗不是妖精就是鬼的，我不是说过嘛，人家也是人，人！"

　　高母："你呀，又倔气上了，跟你打个比方嘛。"

　　高元钢："以后别打这个比方！"

　　高元钢洗完脸，从妈妈手里接过一盘热气腾腾的馒头，他略作思忖："妈，给我留点白面。"

　　高母："干什么？"

　　高元钢："过几天进城拉机器，烙几张糖饼。"

　　高母："嗯。"

三十七

　　在郊区公路上。

　　牛脖子上的铃铛一下下有节奏地晃动。

　　牛车发出吱呀吱呀吱呀地响声。

　　牛车上拉着一个电机。

　　高元钢坐在牛车前面，刘艳华坐在牛车的后尾板上。

　　公路上的汽车不时地从牛车旁驰过。

　　高元钢回头溜看一眼刘艳华，她木怔怔地垂头瞅着地面。

　　高元钢从小布包里拿出两块糖饼，跳下辕板，走到车后面，把一块糖饼递给刘艳华："给，我妈烙的，糖饼！"

　　刘艳华从衣兜里掏出一个窝窝头："我有。"

　　高元钢一阵尴尬，悄悄地把送饼的手缩回来。他想了一会儿，鼓起勇气把话说下去："跟你干活真寂寞。半年多了，也没听见你说一句话。都是年轻人，该说得说，该乐得乐，你总这样，别把身子给憋屈坏了，过去的事，过去就打倒了呗！"

　　刘艳华被高元钢的同情和谅解所打动，她感激地抬头望高元钢一眼，随即把窝窝头塞在唇边，她没说话。

　　高元钢越发有了勇气："你到前面坐吧，俩人也好说说话。"

　　刘艳华点点头，从车尾上下来，走到前边，坐到右边车辕板上。高元钢高兴地跳坐在左边车辕板上。

　　牛脖子上的铜铃叮当响着。

　　牛车单调地吱呀吱呀地叫着。

　　车轱辘慢慢地滚动着。

　　老黄牛像通了人性，故意慢慢地走着。

　　高元钢摇着鞭子，问刘艳华："你，怎么总不说话呀？"

　　刘艳华："……"

　　高元钢："你，就这么一个人过下去？"

　　刘艳华："……"

　　高元钢一阵羞涩，但终于把话说出口："如果有人提出和你处对象，你，同意不同意？"

　　刘艳华被刺痛地板起面孔，瞪了高元钢一眼："你再说这事儿，别说我骂你！"

高元钢一时语塞，咽下两口唾沫，急忙解释："我可不是耍弄你，我是诚心诚意地问你，我说的是实在话！"

刘艳华跳下辕板，又坐到车尾板上。

高元钢一阵慌悚，心里一阵委屈，望向前边大路。

刘艳华心中涌上无名痛苦，含着泪望着从脚下流过的路。

牛车慢慢地走着。

深情而含蓄的音乐。

高元钢下意识地咬一口糖饼，思想飞回那一个个难忘的情景：

刘艳华用力挖土装车，一缕缕头发粘在汗湿的脸上；

刘艳华用力推动牛车；

刘艳华在河边冲洗两双泥鞋……

现实中的高元钢，他满怀深情地慢慢回头望向刘艳华。

刘艳华下意识地咬一口窝窝头，思想也飞回那一个个难忘的情景：

高元钢吆喝一声，赶紧把没装满河泥的牛车赶走；

高元钢急忙上前，将摔倒的刘艳华搀起；

高元钢心疼地说："收工了！"

高元钢递过来糖饼……

牛车走在山间路上。

牛车涉水渡河。

刘艳华被河风吹得打了个寒颤。

## 三十八

生产队门前的空场上。

分派完活的人已经走散，只剩下高元钢倚着牛车等待着刘艳华。他四处张望，不见刘艳华的踪影，有些不安。他拉上车闸，向青年点方向走去。

## 三十九

高元钢来到青年店门前，往窗里望望，然后推门走进屋里。他看到刘艳华躺在炕上，喘气时肩膀在抽动。他轻轻地坐在炕沿上，细细地端详着刘艳华，看到她闭眼昏睡，嘴唇干裂，正在发烧。高元钢从挂绳上拉下一条毛巾，从水缸里舀出两瓢水倒在脸盆里，把毛巾浸湿，拧一拧，然后轻轻地盖在刘艳华的脑门儿上。

刘艳华被惊醒，她抬起沉重的眼皮，想看看是谁为她盖上毛巾？眼前先是一阵模糊，渐渐地看清坐在眼前望着她的是高元钢。是感激？是回拒？她一时心慌。自己在别人眼中是另一种人，她怎能像别个姑娘那样正常地表达心意？然而心是火热的，感情是激动的，一串泪水从眼角流下，她伸手将毛巾拉下，蒙住眼睛，遮住心门。

泪水在高元钢的眼里转动。他看一眼盖在刘艳华身上的被服，上边缝补着几块颜色不同的补丁。他环顾一下房间，墙角上坍落一摊墙土，凳子上晾着胶鞋，桌子上的一只碗里放着一个干裂的窝窝头，一只苍蝇落在上边。刘艳华的苦痛和凄凉激起高元钢的深切同情，他怀着心事，默默地站起身，走出房去。

### 四十

供销社门前。

高元钢和小妹从供销社里出来，高元钢把两包点心和一网兜苹果交给小妹："你给送去。"

小妹点点头。她看哥哥手里拿着一块纱巾，问："哥哥，这条纱巾不给她吗？"

高元钢有点难为情："不，不。"

### 四十一

点心和苹果放在枕边。

小妹天真地望着躺着的刘艳华说："苹果，你吃呀，你吃呀！"

刘艳华望着可爱的小妹，激动地把小妹的手拉在手里。

这时生产队长走进来，道歉地说："哎呀，刘艳华，我也不知道你有病呀！"他用手摸摸刘艳华的脑门儿："还发烧呢！一会儿让高元钢用牛车送你去医院。"

刘艳华摇头："不用，不用。"

生产队长做主地："这事儿听我安排。"他感慨地："刘艳华呀，你不像我早先想的那样。干得不错！听说你病了，我们队委会喳咕了一下，支借你几十块钱，留着用。"

生产队长把钱掖在枕头下，刘艳华抚摸着枕头，感动地热泪盈眶。

### 四十二

河滩上。

高元钢一人往牛车上装河泥。他把毛巾擦一下脸上的汗水，一仰头看见刘艳华挂着锹，披着外衣，拖着病弱的身子从河堤上走来。

激奋人心的音乐。

高元钢放下锹，迎上前去。他来到刘艳华跟前，停住，把刘艳华身上被风吹动的外衣拉严……

### 四十三

清晨。

生产队门外空场上。

刘艳华牵牛到水槽前给牛饮水。

突然，在正要上工的男女社员中引起一阵骚动。

"小妹死了！"

"怎么死的？"

"听说和马福有关！"

"这个仗势欺人的马福！"

"走，看看去！"

一些社员匆匆走去。

刘艳华一时怔住了。她急速把牛牵回牛棚，奔高家走去。

### 四十四

高家。

房里房外挤站着一些人。

刘艳华拨开人群，挤到屋里，看见小妹的尸体停放在炕上。高母和高父守着女儿泪流满面，高元钢悲痛地坐在一边。

高母哭诉着："这可怎么办哪，小妹死的屈呀！"

抱孩子妇女愤愤地说道："你们怎么就这么认了？找马福讲理呀！"

高母："人家上边有人，是常有理呀！"

生产队长挤上前来："老嫂子，是怎么回事？昨天小妹还好好的嘛！"

高母："起由是我们家那只白母鸡。昨天它又跑到马福家的鸡窝里去下蛋，小妹看见马福拣蛋，她就上去要。马福不光不给，还和小妹撕巴起来，把小妹推倒在粪叉子上，大腿扎得直冒血，回来就发烧……"她说不下去了，号啕大哭起来。

生产队长："没找大夫看看？"

高元钢："夜里我请来一位大夫，人家一看是破伤风！"

高元钢："我去找马福了，他不认账。"

又一社员："人家有个好兄弟！"

生产队长："不管那些，人命关天，队里要调查，向上反映。"

高父："唉，我们家辈辈老实，哪打得起这种官司。"

刘艳华凑近小妹，怀恋地端详着小妹那像甜睡中的面孔。

回忆：

小妹笑着说："苹果！你吃呀，你吃呀！"

现实中的刘艳华，难过的泪水夺眶而出。她拭去眼泪，满腔愤愤不平，两眼闪动着正义的："大娘，你要信得过我，我替你家打官司。"

生产队长："唉，你有文化，帮着写写日记。"

高母感动地向刘艳华点头："哎，好！"

刘艳华走到高元钢跟前："小高，家里还有白母鸡下的蛋吗？"

高元钢："有……"

刘艳华："你给我拿一个来！"

高元钢："哎！"

高元钢从篓里拿出一个鸡蛋，交给刘艳华。

### 四十五

刘艳华带领着高元钢。一些社员跟随着，闯进马福家。

正盘腿坐在炕桌前喝酒的马福愣一愣！他故作镇静："怎么，你们又来找事呀？"

刘艳华叉着腰质问马福："高家小妹死了，你知道不？"

马福把酒盅一墩:"这跟我有什么关系!"
刘艳华:"是你给推倒的,扎在粪叉子上。"
马福:"是她先抓搔我。"
刘艳华:"你捡过高家的鸡蛋没有?"
马福:"新鲜!马家捡的哪份高家的鸡蛋?"
刘艳华:"哼,你别耍赖,小妹的死你要负责!"
马福:"你诬赖好人!你是什么东西,流氓!犯人!敢到我家来捣乱!"
马福一巴掌抡过来,刘艳华用胳膊挡住。她顺手抄起门旁一根锹把。
马福惊慌地后退:"你,你干什么?"
刘艳华怒睁两眼:"干什么?"她冷不防将镐把抡起,稀里哗啦,把桌上的酒盅、碟碗砸个粉碎。
马福惊恐地退避着。
社员们用震惊和赞佩的目光望着眼前的一切。
刘艳华拎着镐把逼向马福,命令地:"你把高家的鸡蛋拿出来!"
马福故作强硬:"你胡搅蛮缠!"
刘艳华举起镐把:"你不说,我拍死你!"
马福畏惧地从柜上拿起一只碗,里边装着几只红皮蛋,理直气壮地:"这是高家的?哼!"
刘艳华四下寻望,她用镐把挑起桌帘,从里面掏出一个小篮子,篮子里放着几个白皮蛋。刘艳华拿出一只:"小高,拿来!"
高元钢眼睛一亮,忙从兜里拿出鸡蛋。
两只手里的两个鸡蛋对在一起,一模一样!
刘艳华愤怒地盯瞅着马福。
高元钢华愤怒地盯瞅着马福。
社员们愤怒地盯瞅着马福。
刘艳华指着灭了威风的马福:"马福,你要负小妹致死的全部责任!"
马福一甩袖子,蛮横耍赖:"没门儿!"
刘艳华强压怒火:"你等着!"
音乐起。

## 四十六

在音乐声中。
高家灯下,围桌坐着高父、高母和高元钢,气愤地议论着。刘艳华边听边提笔写诉状。

在公社,刘艳华向几名公社干部据理陈述。

在县公安局,刘艳华向几名公安人员陈述后拿出两个鸡蛋。

在市公安局,刘艳华的一双黄胶鞋登上高大的楼门石阶。

马福理亏地站在一个大办公桌前,服输地在一张裁决书上按上手印。

旁白:"刘艳华出乎人们的意料,理直气壮地参战了。官司从村里打到公社,从公社打到县,从县打到市,从春打到夏,从夏打到秋,从'四人帮'横行的时期,一直打到'四人帮'覆灭的时候,在有关部门的合理裁决下,官司打赢了!"

## 四十七

青翠的山。

茂盛的树。

燕儿翻飞鸟儿鸣。

山村一派生机。

金色的阳光照亮井台,刘艳华摇动辘轳往上提水。她脸上的愁云随着社会的变迁而逝去,眉头已经舒展,嘴角含着笑意。

高元钢悄悄走上井台,帮助刘艳华摇辘轳。

高元钢亲切地叫一声:"刘艳华……"

刘艳华期望他说些什么:"嗯?"

高元钢心情激动,神态有些窘:"你,你还记得那回拉机器,我和你说的话吗?"

刘艳华思考一下,有些羞怯地点点头。

高元钢:"那回,我是真心实意地问你……"

刘艳华表示理解地点点头,然后低着头去提水桶,以掩饰内心里的激动。

高元钢:"如果你不嫌弃,我愿意……"

刘艳华放下水桶,思忖一会儿,抬起头,以感激的目光望向高元钢,但是她遗憾地摇摇头。

高元钢急切地:"你,你还有什么考虑?"

刘艳华痛苦地:"你不了解我的过去……"

高元钢诚恳地:"我了解,我了解,你过去因为小,受坏人利诱,走了弯路。今天改好了,实心实意地建设新农村,就应当和别人一样有欢有乐,你心里总是冷冰冰的,我心里也不好受。咱俩过吧,我会疼你的!"

刘艳华感动地低下头去,把要流出的泪水强噙在眼里,她依旧摇头。

高元钢急得皱起眉头:"你,你还不信我?"

刘艳华:"不,你家不会同意。"

高元钢:"我会说服他们,若是不听,我会用行动向旧思想宣战!"

刘艳华滚下难以克制的泪水,又急速用手掌抹去,连说:"不值得,不值得!"她心里像翻腾着一锅水,连忙挑起两桶水,走去了。

高元钢站在井台上,望着刘艳华匆匆远去的背影……

## 四十八

高家。

高元钢和妈妈吵起来,高父坐在一旁吧嗒吧嗒抽烟,认真地思索着。

高母坐在炕沿上，指着手里的一张照片，向高元钢数叨着："你鬼迷心窍了？你看看这姑娘，多稳重，只要你一点头，这门亲事就成！"

高元钢不爱听，抹一下身子，把脸扭过去。

高母火了："你就认准了刘艳华？她帮咱家打赢了官司，咱领她的情。你非要跟她成亲不可，你没想想，她是什么人？"

高元钢反感地一立眉毛："什么人？跟咱一样的人，共产党教育好的人！人！"

高母："你、你就不怕人多嘴杂，人家指着后脊梁笑话你?!"

高元钢："我就要扭扭这股风气！"

高母："你受得了，我们老门老户的可受不了！"

高元钢矐地站起来："那好说，我离开你们，办走户口！"

高父把烟锅咚地往炕沿上一敲，申诉高元钢："你坐下！"

高母唔唔地哭起来："好哇，你大了，翅膀硬了，管不了你了！"她向高父说："你就这么瞅着呀？"

高父又把烟袋伸进烟口袋里，一边搅动着烟袋，一边沉思着，好一会儿，他慢腾腾地开了腔："刘艳华这孩子是好是坏，还没品出来吗？俗话说，牛马走平路还有打前失的时候呢，何况她年纪小，又长在乱世。以前的事儿就不提了，往后知道过日子就行了！"

高母冲着高父发起火来："我答应你操办！"

高父点点头："我做主了！"

高元钢几乎是跳起来："爹，真的？……"

高父把烟袋含在嘴里，点点头："嗯！"

高元钢脸上绽开笑容，一蹦高，跑出门去，把门口的鸡鸭惊得乱飞乱叫。

## 四十九

高元钢跑在村路上。

高元钢跑到青年点门前，向房里喊："艳华，艳华！"

没有应声。高元钢拉开房门，房中无人。他关上门，转身跑走。

高元钢跑到井台，井台上无人。他望着辘轳，走上井台，怀满感情地摸摸辘轳把。他悄悄地笑了，然后又转身跑走。

## 五十

高元钢跑到河堤上，他看到刘艳华正在河边洗衣裳。他喊了一声："艳华——"

刘艳华听见喊声，向堤上望，看到高元钢飞也似的从堤坡向她跑来。她慢慢站起身，心里有些疑惑。

高元钢跑到刘艳华跟前，已经是气喘吁吁，他兴奋地说出一句："妥了！"

什么妥了？刘艳华从高元钢的神态中意识到将有一种幸福降临在她的身上，但她又没有勇气断定，一双疑惑的眼睛盯向高元钢。

高元钢激动地解释着:"妥了,咱俩的事儿!我爹、我妈,同意了!"
这是真事,是梦?她怔怔地盯瞅着高元钢那朴实、善良的面孔。
刘艳华:"这是真的?"
高元钢:"真的!"
李艳华嘴唇在颤抖,心中翻腾着巨浪,那决了堤的水,化作无法制止的眼泪,刷地流泻下来。她立即捂住脸,转过身,扑靠在一棵树上。她唔唔地哭出声来,肩胛在激烈地抽动。
高元钢流下泪,呆呆地站在原地,深情地望着她……
女声独唱:

小河边,柳丝垂,
风儿阵阵暖心扉。
一句知心的话,
催落两行幸福泪。
啊——
告别寒冬迎春回。
春已回,人已归,
无限春光多明媚。
同志情,亲人的爱,
抹平心中苦和悲,
啊——
青春不会付流水,付流水!
啦啦啦,啦啦啦……

歌声中:
清澈的河水,闪着亮波流动;
刘艳华走到河边,水的光影在满是泪水的脸上浮动;
高元钢走到河边,端起洗衣服盆,刘艳华从高元钢的手里接过盆,两人相视,会心地一笑;
高元钢和刘艳华并肩走在堤上;
走动着的两双脚,一个穿着黄胶鞋,一个穿着青布鞋;
高元钢和刘艳华在寥廓的蓝天下并肩远去;一丛艳丽的山花在镜头前摇曳,摇曳……

### 五十一

井台上。
刘艳华将两桶水拎到井台下,挑起要走。
生产队长满面春风地赶到:"艳华,等等!"
刘艳华:"什么事儿?队长。"
生产队长:"好消息!"
生产队长把一封信交给刘艳华:"城里来了通知,请你回去,等待分配工作。艳华呀,要不是粉碎了'四人帮',这种喜事哪能轮到你的头上。永远也不要忘记党的关怀呀!"

刘艳华激动地点头:"嗯!我也忘不了这几年的农村生活!"

生产队长欣喜地笑了:"这就对喽!"

### 五十二

村口。

抱孩子的妇女津津有味地向围着她的人议论:"人家刘艳华要回城了,非甩下高元钢不可。唉,庄稼院的孩子就是傻呀!"

### 五十三

高家。

晚上。

高元钢和高父、高母坐在灯下。

高父吧嗒吧嗒地抽烟,想着心事。

高元钢无精打采地靠墙坐着。

高母又拿起那张照片,埋怨着:"这姑娘多好,你硬是不要,这回可好,人家刘艳华一拍屁股走了。我看你还在胡乱盼望,你就死了那条心吧!"

高元钢心中烦恼,耷拉着脑袋,走出屋去。

### 五十四

山村的家,蟋蟀在叫。

高元钢来到青年点房前。他看见窗口里亮着灯火。他看见刘艳华的身影在窗上闪动。他站在秫秸秆旁,深情而又痛苦地向窗口望着。

刘艳华坐在炕上将整理好的衣物包起来。包好后,她看见了挂在墙上的那面小镜子,她凑过去,对着镜子看着自己的面容:它丰润,它美丽。刘艳华自己满意地笑了。她忽然听到窗外有响动。她猜测,是不是高元钢来了?她下炕,推开门向外望。她看到高元钢已经走去的身影。

### 五十五

高元钢来到牛棚,老黄牛在料槽子里吃草。高元钢拍拍牛头,好像让老黄牛了解他心中的痛苦。他用木棍搅了搅槽子里的草,然后拎起水桶,慢慢地向井台走去。

来到井台前,高元钢摇动辘轳,把水桶放进井里,然后又有气无力地把水桶摇上来。他刚要提桶,一只手已经在他之前握住桶梁。高元钢仰头一看,是刘艳华来到他身边。

高元钢:"听说你要回城?"

刘艳华:"嗯!"

高元钢:"也好,回到爹妈身边好得照应。"他从兜里掏出纱巾,"给,你拿着,是那回跟小妹一起给你买的。"

刘艳华接过纱巾,把它轻轻地捂在胸口上。

高元钢:"你给我一张相片吧,留个纪念……"

刘艳华故作正经地摇摇头："不给！"

高元钢目光一阵慌乱，尴尬地"啊"了一声。

刘艳华亲切地笑了："元钢，是不是你听人家说我是'飞鸽'牌的？要甩下你？"

高元钢不自然地笑笑。

刘艳华真切地："我是'永久'的，不离开你！你上什么火？看，嘴上都起了白泡。"

一块石头落地了！高元钢笑了："敢情你不着急上火了……"

刘艳华一笑，果断地说："元钢，咱俩明天就登记！"高元钢喜出望外，笑得合不拢嘴："真的？"

刘艳华抿着嘴唇，强忍住笑："嗯！"

## 五十六

一挂红鞭"噼啪"爆响。

高家的窗户上贴着红喜字，贺喜的人们站满了一院子。

生产队长抱着一面镜子带着队干部们来贺喜。

刘艳华和高元钢穿着新衣服，胸前挂着花，腼腆地迎接前来道喜的人们。

高母被热情的乡亲和火热的场面感动得含着眼泪，她歉意地向刘艳华说："孩子，我原来不同意你们，可别记恨我！"

刘艳华上前搀扶婆婆，真挚地说："您说远了，您和爹是我的再生父母，从现在起，我就叫您妈了。妈！"

高母眼圈红了，亲切地应答："嗳！"

"妈！"刘艳华又叫了一声，然后扑到婆婆的怀里。

## 五十七

旁白：不久，刘艳华被分配到她父亲原来所在的单位，当了一名建筑工人。党和人民给了她更为广阔的生活天地。

画面：

鞍山市房产局建筑公司的大门。

戴主任带领着刘艳华步入大门。

旁白：刘艳华的父亲被恢复了鞍山市劳动模范的光荣称号。

画面：

刘艳华怀念地望着父亲的照片。

旁白：工作单位的领导和师傅们不歧视刘艳华，满腔热情地关怀老战友的后代。

画面：

刘艳华的师傅和师母把冒着热气的饺子推到刘艳华的跟前。刘艳华感动得低下头，悄悄地抹泪。

旁白：在这部电视剧即将结束的时候，让大家认识一下生活中的真实的刘艳华吧！

画面：

刘艳华站在正在修建的大楼上，与工人们一起砌砖；

刘艳华与工人们在休息室里亲切说笑；
刘艳华坐在灯下写日记；
刘艳华与高元钢领着四岁的小女儿在公园里漫步……

歌声：

昨天悄悄地过去，
今天迎来了黎明，
告别了，告别了，
那噩梦中的情景，
心中升起美好的憧憬。
啊——
是谁在召唤你走向新岸？
是谁伴你扬帆航行？
是同志，是朋友，是亲人，
是那一双双深情的眼睛；
是同志，是朋友，是亲人，
同你并肩奔向那美好的前程！

　　文字整理：张蕊
　　资料来源：广播出版社编，《电视剧本选（二）》，广播出版社1984年1月第1版。

# 大地的深情

**首播时间**：1981年
**首播电视台**：中央电视台
**摄制单位**：中央电视台
**编　　剧**：凌儿、晨原
**导　　演**：蔡晓晴
**摄　　像**：孙和平
**主　　演**：肖雄、穆怀虎
**获奖情况**：第二届（1981年度）中国电视剧"飞天奖"
　　　　　　电视剧二等奖。

**剧情梗概：**

  1953 年 7 月 27 日，在朝鲜战场上，离停战只有半个多小时了。一支救护队在炮火中穿行，他们要去被炮火击中的团指挥所救援。女军医李坚在行进中受了伤，但是她忍住剧痛，没有对任何人说。等救护队为所有的伤员包扎好后，李坚却倒下了。临终前，她把自己两个孩子的照片、勋章和奖章交给欧阳兰，请她去看看孩子。团参谋陆岩脱下自己身上的军装，仔细地盖在李坚的遗体上。

  欧阳兰的未婚夫黄益升日夜盼望着她赶快回国结婚，现在终于停战了，所有人都激动万分。欧阳兰回家结婚前，向组织申请，先到兵团留守处幼儿园去看望李坚的孩子。欧阳兰风尘仆仆地赶到幼儿园，被两个孩子当成了自己的妈妈。她不忍心告诉两个孩子他们的妈妈已经牺牲的真相，决定把他们当成自己的儿女，从幼儿园接走。

  在带着两个孩子回家的路上，欧阳兰回忆起自己和黄益升相识相恋的情景，也回忆起自己在朝鲜战场上成长的过程，心中万分感慨。车到站了，欧阳兰的母亲终于等来了女儿、"外孙"、"外孙女"，欧阳兰却没有等来未婚夫黄益升。黄益升躲在远处，始终犹豫着没敢出来。

  欧阳兰和黄益升约定在老地方见面，两人感情依旧，决定结婚。但是面对阿兰要抚养烈士遗孤的事实时，黄益升退却了。孩子和爱人只能选择一个，欧阳兰果断地选择和黄益升分手。

  陆岩去军区开会，师里专门给他一天假，让他代表大家来看望欧阳兰和两个孩子，他还带来孩子向往已久的小木枪。陆岩向欧阳兰讲述了自己童年的悲惨经历，表明了自己对孩子的爱。两人倾心交谈，暗生情愫。陆岩临行前，答应开完会还会回来看孩子。

  陆岩走后，残疾军人冯泰山造访欧阳兰家，他是江江、川川亲生父亲的堂弟，要把两个孩子接回老家抚养。欧阳兰拗不过冯泰山的请求，只得答应此事，但请他等孩子长大再告诉他们事情的真相。

  黄益升听说孩子已经有了去处，请求和欧阳兰重新开始，欧阳兰再次拒绝了他。正当欧阳兰极度思念孩子时，两个孩子竟然出现在门口。原来，陆岩在小饭馆遇到冯泰山带着两个孩子吃饭，江江不小心跌下板凳，磕破了头，他说服冯泰山把孩子交给他送回来。陆岩把一封信交给欧阳兰后离开了。他在信中说，欧阳兰不仅要给孩子找一个父亲，还要给自己找一个爱人，所以他选择离开。

  在长途汽车站，欧阳兰带着两个孩子追赶上将要上车的陆岩。两人并肩而行，孩子深情地呼唤着"爸爸""妈妈"……

    文字整理：张蕊

    资料来源：广播出版社编，《电视剧本选（二）》，广播出版社 1984 年 1 月第 1 版。

## 剧本

《大地的深情》

  彤云密布的天空。

一片肥沃的，但是被炮火耕犁过的土地：
辽阔，宽广。
田野上弥漫着云雾般的团团硝烟。
燃烧着的断树。
残留的铁丝网前，遗落下一顶美式钢盔。
焦土中伸出一枝野花，花瓣虽已残缺，却生机勃勃，顽强地生长。
硝烟淡薄、飘散，地平线上出现一个移动的身影。
浩浩云天中，飘来一片感情真挚而深沉的歌声：
"啊……啊……"
身影越来越清晰，最后显现出一张充满母性但却是一个年轻姑娘的面庞。军帽下一双黑亮的眼睛，深情地凝望着大地。这就是我们的主人公，年轻的志愿军女军医欧阳兰。
硝烟和沙场之风，吹拂着她饱经战火的面庞，显得美丽、圣洁、端庄、坚强。
欧阳兰半跪在这片土地上，轻轻摘下那枝残缺的野花，仔细地捧在手中。
眼望战友们用鲜血换来的土地，她的眼睛湿润了。欧阳兰深深地舒了一口气，目光坚定地毅然向远处走去。
……
音乐声中，出现片名：大地的深情

彤云密布的天空。
叠演职员表。
硝烟弥漫的田野。
叠演职员表。
燃烧的松树、破盔、铁丝网。
叠演职员表。
焦土里一枝挺立的野花。
叠演职员表。

炮声隆隆。
探照灯、曳光弹、照明弹在夜空中耕织出一幅惊心动魄的壮丽图景。
字幕：
1953 年 7 月 27 日，朝鲜战场。离停战只有半个多小时了……
炮火伸缩，喷吐火舌。
炮弹炸中了目标。
炮火像闪电，把一片开阔地带照得如同白昼。
一支小小的救护队在炮火中穿行。
他们背着急救药箱，扛着担架，如穿梭般跨过一道横沟。
一个小个子女战士在沟边摔倒，紧跟在后面的女军医李坚一把将她扶起，冲向前方。

一排排炮弹呼啸着，射出炮筒。
炮弹炸起一片砂石，硝烟。
李坚踉跄了一下，一只手捂着下腹。
欧阳兰冲过来扶住她。
"李大姐！"
李坚忍住剧痛，神色镇定，平静地：
"快，冲过去！"
救护队急速前进。

被敌人炮火击中的团指挥所。
受伤的指战员被安置在角落里，默默忍受着伤痛。
参谋陆岩焦急地对着电话呼叫：
"救护队！救护队怎么还不上来？"
一个战士喊："来了！"
李坚、欧阳兰等人冲进指挥队。
陆岩冲着第一个进来的男担架员，责备地：
"怎么才赶到？"
欧阳兰欲解释，李坚拦住她，沉稳而略带歉意地说：
"我们在开阔地带遭到敌人炮火的封锁。"
陆岩口气缓和了，但是焦急地：
"师参谋长和团长负重伤，都在那边！"
李坚一挥手："赶快抢救！"
外面的炮声越来越激烈。
马灯激剧地摇晃。
欧阳兰为团长包扎头部外伤，包完，团长立即站起，欧阳兰担心地：
"团长……"
"没关系！"团长出画。
被震碎蒙子的破马蹄表滴滴答答地走着，是真正指九点五十分，离停战还有最后十分钟。
一个伤员推推身边的战友：
"还差十分钟！"
战士们的目光集中在马蹄表上。

欧阳兰为又一个伤员包扎。

战士们舔着干裂的嘴唇，互相推让着水壶。
两个担架员从李坚身边抬走包扎好的伤员。
李坚腹部伤口剧痛，她忍住剧痛，瞟了一眼马蹄表：

时针指向九点五十五分。

李坚将背着的十字包挪到身前，轻轻地掩住出血不止的伤口，将垂到额前的短发迅速掠到耳后，又继续包扎一位伤员。

伤员被打坏了下颚，不能说话，他发现给自己包扎的李坚已负重伤，顿时叫喊起来，发出"呜呜"的声音。

李坚按住他："我没关系，别动！"

李坚坚定的面容，满是冷汗的额头，颤抖的手，为伤员裹着纱布。

担架员上来，将伤员扶上担架。伤员焦急地指着李坚叫着，扑打着，要大家去救李坚。可伤员说不清楚话，终于被抬走了。

李坚舒了一口气，她随即摇晃起来，捂着下腹，倒下了。

欧阳兰扑过来急呼：

"李大姐！"

陆岩和战士们围上来，快速地将李坚抬到炮弹箱搭成的床上。

欧阳兰捧着李坚的头，悲恸地：

"李大姐，你为什么不早讲啊！"

陆岩和战士们默默无语，低下头，李坚已经没有救了。

李坚艰难地转过头来，望了一下马蹄表：

只差两分钟就到停战的时间了！

李坚不无遗憾地轻轻摇了摇头，含着一丝笑意，吃力地寻看着她周围的同志们，最后她看定欧阳兰。

欧阳兰用自己的脸和李坚紧紧地贴在一起，哽咽道：

"大姐，有什么话，你说吧！"

李坚的手在眼前摸索着，吃力地从胸前的口袋里掏出一个小包。

小包里，有一张孩子的照片，一枚朝鲜三级国旗勋章，一枚军功奖章。

李坚的嘴艰难地嚅动着：

"……胜利后，请你去看看我的两个孩子……把我的遗物给他们带一点去……他们太小了！……"

欧阳兰接过照片、勋章和奖章，泪如雨下：

"嗯，一定！一定！大姐……"

疯狂的炮火惊天动地。

炮弹呼啸，击中目标，燃起冲天大火。

硝烟滚滚的夜空。

尖厉的炮声中，悠悠飘来一丝温柔的女性的喃语：

"江江……川川……"

指挥所里。

李坚的手无力地垂下来。

欧阳兰："大姐！大姐——"
李坚微睁的两眼中，流出两滴珍珠般晶莹的泪水，挂在她那苍白的脸颊上。
欧阳兰伏在李坚身上哭泣。
陆岩严峻地望着烈士的遗体，摘下帽子。
战士们默默摘帽，肃穆而立。
空气像凝结了一般，只有炮声震耳欲聋。
马蹄表：时针正指十点。
一战士："时间到！"
突然，一切都寂静无声了，炮火也中止了。
人们不约而同地向外望去。
黑黝黝的绵延起伏的山岭，忽地亮起一堆篝火，跟着又是一处、两处……
篝火漫山遍野地燃烧起来。
天宇间爆发出起伏回荡的欢呼：
"停战了！胜利了！"
一群战士互相拥抱、跳跃，泪水在他们那满是硝烟灰尘的脸上，冲出一道道痕迹。

一杆红旗在夜空中飘舞，被篝火映得更红了。
火堆旁，一个战士被战友们抛向空中。
一片狂欢……
空荡荡的指挥所里。
李坚的遗体前，欧阳兰在哭泣，陆岩默立。
外面的欢呼声清晰可闻。
快燃尽的烛光一闪一闪，滴着蜡油。
陆岩戴上军帽，走到欧阳兰身后，一手放在她肩上，一手将李坚的十字包也郑重地交给欧阳兰。
欧阳兰缓缓抬起头，无限悲伤，留恋地望着李坚的遗体。
李坚苍白、圣洁的面容，双眼微睁，两滴晶莹的泪珠挂在她的面颊上，像是不愿意流去。
欧阳兰不忍离去，再次跪在遗体旁。
陆岩默默走上前，脱下军装，欲给李坚的遗体盖上。
欧阳兰哽咽着挡住。
陆岩轻轻为李坚把眼皮合上，抹去泪水，然后再仔细地盖上军装。
陆岩、欧阳兰向李坚的遗体行军礼。
蜡烛一下熄灭。

战士手中的火把熊熊燃烧。
指挥所外广阔的空间，一片欢腾。
陆岩和欧阳兰在欢乐的人群中走着、挤着。

陆岩和战士们握手。
欧阳兰仿佛不相信眼前的一切：
"这是真的吗？"
陆岩凝望着满山的篝火和人群，深深地点点头。
欧阳兰似信非信，不断地走着、问着：
"真的停战了？"
战士："真的。"
欧阳兰："我们胜利了？"
战士："胜利了！我们胜利了！"
欧阳兰脸上浮起不能抑制的笑容。大地、人群、山岳在眼前晃动……
现实的欢呼声逐渐减弱，篝火、旗帜、人群、山岳的上空，悠悠飘来一丝温柔的女性的喃语：
"江江……川川……江江……川川……"

这声音在天宇间回荡……

熊熊地篝火，欢呼的人群。
欧阳兰不知是在哭，还是在笑，笑盈盈的脸上流着两行热泪。
……
阳光透过树林的缝隙，照射着绿叶上亮晶晶的露水珠。
志愿军的宿营地，几顶帐篷。
绳子上晾着洗净的绷带、工作服和军装。
战士们在林间，三五成群，有的晒太阳，有的理发，有的冲澡。
一只口琴清亮地吹奏着《共青团员之歌》，几个人用粗犷的嗓门在合唱：

再见吧妈妈！
别难过，莫悲伤，
祝福我们一路平安吧！
再见了亲爱的故乡，
胜利的星会照耀着我们。
……

卫生队的帐篷外。
欧阳兰在晾绷带。
一个姑娘的声音："欧阳，又有你的信！"
欧阳兰赶忙回头。
姑娘嬉闹着，躲闪着，扬着信：
"海州市医学院！嘻嘻！是不是黄益升催你回国结婚呀！哈……"

欧阳兰:"鬼丫头!快拿来!"
欧阳兰终于把信抢到手。
姑娘:"别忘了请吃喜糖!"
她嘻嘻笑着,跑了。

卫生队帐篷里。
欧阳兰边拆信边走到床边坐下。
她看着信,脸上浮现出幸福的微笑。
黄益升的画外音:
"……亲爱的阿兰,我日日想,夜夜盼,终于等到了这一天。你快回来吧!我已经准备好了一切,只等你回来举行婚礼,阿兰,快来吧……"
欧阳兰放下信,抚摸着李坚的十字包,眼光看着李坚的空床,沉思起来。
帐外,飘着阵阵《共青团员之歌》。

北方的田野上,一列火车风驰电掣般飞奔。
欧阳兰坐在车厢里。
车窗玻璃上,映出欧阳兰年轻、端庄的面容。一双清澈如水的大眼睛里,流露出无穷的思绪。
欧阳兰的画外音:
"……政委,回家结婚前,我先到兵团留守处幼儿园去,看望李坚同志的遗孤——江江和川川。"
窗外的景物飞速掠过。
欧阳兰抚弄着手掌上的一枚朝鲜三级国旗勋章和一枚军功奖章。
政委的画外音:
"欧阳兰同志,你去吧!你把李坚夫妇最珍贵的遗物给孩子们带去,无论如何,总得让孩子们好好长大……"
金灿灿、银灿灿的勋章、奖章。
欧阳兰将它包起,凭窗眺望祖国的和平景象。

留守处幼儿园游戏室。
孩子们在穿军装的保育员的带领下,张开小嘴齐声高唱:

雄赳赳,气昂昂,
跨过鸭绿江。
保和平,卫祖国,
就是保家乡。
中国好儿女,齐心团结紧。
抗美援朝,打败美帝野心狼!

川川和小男孩杨小毛为争一支小木枪在吵架。

杨小毛："小木枪还是我送给你的呢！还给我！"

川川："那你还拿了我三个纸盒子呢！还我！"

孩子们吵得不可开交，江江和几个小朋友各帮一方，也七嘴八舌地嚷嚷。

保育员彩霞正耐心地劝解。

一对夫妇模样的军人走了进来。

孩子们一下肃静下来，都流露出期待的神情，望着这一对军人。

男军人："杨小毛！"

彩霞高兴地笑了，喊道："毛毛！快别玩了，爸爸妈妈接你来了！"

杨小毛像小鸟一样扑过去："爸爸！妈妈！"

女军人抓住孩子辨认了片刻，一把搂在怀里，拼命地、狠命地亲着孩子："毛毛。"

孩子们馋馋地看着，眨着亮晶晶的小眼睛，羡慕得不得了。杨小毛兴奋自豪地看着小朋友们。

男军人："同志，谢谢你们了。孩子在幼儿园一待三年，长这么大，我们都快认不出来了。"

彩霞收拾好杨小毛的小行李："这是我们应该做的！"

女军人接过行李："真是辛苦你们了！"

杨小毛突然从妈妈怀里挣脱出来，拿着小木枪走到川川身旁，像个小哥哥似的："川川，小木枪留给你玩吧！"

他把小木枪挂在川川身上："你妈妈也要来接你的……将来和你爸爸妈妈一起到我们家玩啊！"

川川："你也来我们家玩啊！"

彩霞阿姨和小朋友们拥在门口，招手送杨小毛和他父母一块儿离去。

"再见！""毛毛再见！"

川川拉着江江的手，可怜巴巴地问："姐姐，妈怎么还不来接咱们呢？"

北方豪放的旷野上，一条大车路。

路旁高粱红，谷子黄，已近收获季节。

欧阳兰戎装整齐，小短辫在肩上扫来扫去，提着简单的行装，风尘仆仆，兴奋地走在这安静的大路上。

她贪婪地眺望四周祖国和平的田野和村庄，不禁转过身来，倒退着前进，又换个地方欣赏这生机盎然的景色。

苗壮的、沉甸甸的高粱。

欧阳兰开心地与它比高低。

秋风吹送来叮当、叮当的铃声。

欧阳兰寻声望去，原来是毛驴脖子上拴着的铜铃，声音清脆悦耳。

小毛驴上坐着羞羞答答的新媳妇，鬓角插着一朵红花，特别耀眼。毛驴后面跟着打扮得周周正正的新郎官，乐乐呵呵。

欧阳兰情不自禁地向他们招手示意。

新婚小夫妻憨厚、羞怯地向欧阳兰笑着。

新娘子头上的红花更加鲜艳。

欧阳兰望着那朵红花，不禁神往……

（幻觉）医学院小礼堂。

灯火辉煌，四壁挂满医学巨匠们的照片或画像。金光闪闪的大红双喜字十分醒目。

隆重的婚礼舞会正在进行。

欧阳兰身着新军装，黄益升一身笔挺的新中山装，他们胸前戴着大红花，在人群中双双起舞。

欧阳兰母亲和其他亲友们鼓掌祝贺，喜庆的金纸彩花一把把撒下，撒了他们满头满身。

欧阳兰和黄益升深情地对视……

（现实）毛驴铃声已逐渐远去。

欧阳兰暗自羞涩。

欧阳兰走进北方小镇的古城门。

欧阳兰向路人打听途径。

门前的木牌——"留守处幼儿园"。

欧阳兰站下，她看了看门牌，又从贴胸的口袋里掏出照片，仔细地看了看。

忽然，一只孩子的小手拉住她的衣角，接着是一声幼嫩的、怯生生的呼唤：

"阿姨。"

这是一个六七岁的小女孩，脸上挂着泪珠。

欧阳兰蹲下来问她：

"小朋友，你是谁呀？"

女孩："我是和平，我等妈妈来接我。妈妈老不下来，她说过，打跑了美国鬼子就接我回家的。"

欧阳兰轻轻抚摸小女孩的头，安慰着：

"别着急，你妈妈一定会来接你的！"

"和平想妈妈！"小女孩眼里充满了泪水，"想极了……"

欧阳兰替孩子擦去眼泪：

"别哭，跟阿姨一起找小朋友玩去。"

幼儿园内。

孩子们在阿姨的带领下，玩着"老鹰捉小鸡"的游戏。江江、川川年龄小，是倒数第一和第二只"小鸡"，玩得正高兴。

彩霞正在收洗净的孩子们的小衣裤，见一志愿军女军人带着和平进来，迎上去：

"来啦！"她热情地向欧阳兰打招呼，又对小女孩，"和平又想妈妈啦？以后千万别一个人跑外面去了。回去和小朋友玩吧！"

孩子听话地走了。

欧阳兰暗暗咽了一口唾液，叫住彩霞：

"哎，同志，请问江江、川川……"

彩霞把欧阳兰一打量，欣喜地：

"噢，你可来了！"

彩霞跑到"小鸡"队伍里的江江、川川面前，一手拉一个：

"江江、川川，快来看！谁来了？"

孩子们都安静下来，用期待的眼光望着欧阳兰。

江江、川川看着阿姨，又互相看看，又呆呆地望望欧阳兰。

彩霞轻轻推两个孩子：

"快去呀！"

欧阳兰亲切地向孩子伸出双手：

"江江！川川！——"

江江高兴地喊："妈妈！"

川川高兴地喊："妈妈！"

两个孩子撒开小腿，摇摇晃晃地奔跑着向欧阳兰扑来，不停地喊着：

"妈妈！妈妈！……"

欧阳兰顿时浑身一震。

（闪回）火光、硝烟，李坚捂着下腹倒下……

乱蹦乱跳，兴高采烈的江江、川川；

近似木僵的欧阳兰；

（闪回）李坚微睁的双目中，流出的两滴珍珠般晶莹的泪水，挂在她那苍白的脸颊上，一闪一闪……

"妈妈！妈妈！"两个孩子扑到欧阳兰身上，一个抓住一只手，贴在自己的小嫩脸蛋上，小腿像敲鼓一样的欢跳着，"你可来了！你怎么才来呀……妈妈？"

欧阳兰全身火烧火燎，慌乱地：

"呃……我，我不……好孩子……"

所有的孩子们一下都围了上来：

"阿姨！阿姨好！"

大家羡慕地叽叽喳喳地议论，窃窃私语，一些年龄大点儿的孩子伸头问：

"阿姨！你认识我妈妈吗？她叫王兰……"

"阿姨，你是哪个单位的呀？能见着我爸爸妈妈吗？"

孩子们连珠炮似的叫着"阿姨"。

"阿姨！你带我找妈妈去！"

川川毫不客气地推开那个大孩子，紧紧搂住欧阳兰的脖子：

"这是我的妈妈,不是你的妈妈!"

欧阳兰百感交集,眼前又闪过那令人难忘的时刻:

(闪回)炮火,硝烟……

(闪回)李坚晃动了一下身体,倒下了……

欧阳兰百感交集,思绪翻腾。她辛酸地把脸贴在川川的小脸蛋上,默认了自己是他们的"妈妈"。激动,伤感,她终于流出了眼泪……

彩霞感动地抹了一把泪:"打了三年仗,能团圆就好,能团圆就好啊!……"

彩霞阿姨劝开周围的小朋友:

"孩子们继续玩去吧!"

她转向欧阳兰:"天晚了,明天再走。咱们这儿有客房,很宽敞,你们娘儿仨就住在一块儿吧!"

江江、川川一听就欢呼起来:

"哦——哦!晚上和妈妈睡一个被窝喽!"

江江:"妈妈!我给你背挎包!"

川川:"妈妈!让我给你背!"

两个孩子一传一递地喊着"妈妈",每喊一声,欧阳兰脸上就难以察觉地颤动一下。

欧阳兰抚摸着两个孩子的头,抑制着脸上的颤抖:

"好孩子,你们小,背不动……"

彩霞阿姨梳着两根黑油油的长辫子,穿着军装,一看就是淳朴的北方农村出来的姑娘。拿过挎包,领着欧阳兰向客房走去:

"看你高兴的……我常翻孩子们的登记表,记得你的名字叫李坚,对吗?"

欧阳兰欲言又止,犹豫地点了点头。

彩霞一点没注意,只管自己说下去:

"可没想到,你有两个孩子了还这么年轻……"

欧阳兰脸红了,不由自主地悄悄摸了一下辫子。

幼儿园沉睡了。

宁静的夜。窗子里透出淡黄色的灯光。

值夜班的彩霞从客房前走过。

听到客房里传来欢乐的嬉闹声,忍不住伸头张望。

客房里,炕上已铺好被褥。

欧阳兰正在给川川洗脚,江江趴在她背上,抱着她的脖子,玩她的辫子。

彩霞羡慕地一笑,又把脸往窗口凑了凑。

客房内。

江江问:"妈妈,别人的妈妈都是短头发,你为什么是小辫呀?"

"……"欧阳兰看着孩子,有点尴尬。忽然一片水溅了过来:"哎……"

川川的小脚丫淘气地在盆里乱打,水溅的到处都是。

"川川,别动了,裤子都湿了。"欧阳兰连忙制止,给他擦脚。

川川怕痒,咯咯直笑。

江江爬下炕,懂事地把脸盆端到一边,又跑回来,把凳子搬开。

欧阳兰轻轻地拍拍江江的笑脸,把两个孩子都抱到炕上。

"你们俩睡里面,我睡外面,不然你们会掉下炕去。"欧阳兰说着,脱去川川的湿裤子,拍拍他的小屁股,塞进被窝里。

"那我挨着妈妈睡!"江江先嚷起来。

"不,我挨着妈妈睡!"川川跟着嚷道。

"我挨着!"

"我挨着!……"

两个孩子争起来。

"妈妈睡中间,你们都挨着妈妈。"欧阳兰重新铺好被子。

两个孩子忙着搬枕头,忙得不亦乐乎。

欧阳兰坐在炕边喘口气,川川又偷偷爬过来捅她的腋窝。欧阳兰忍不住笑起来,搂着两个孩子亲吻,三个人笑成一团。

客房外。

彩霞在窗外看着,她又是高兴,又是伤心,不禁流出了眼泪。她转过身,靠在窗口,长出一口气,悄悄走开了。

客房内。

柔和的月光透过窗子洒在客房里,一片静谧。

斜拉的一条背包带上,晾着洗净的小褂子、小裤子、小袜子……

炕上,江江把"妈妈"的一只手搂在胸前,川川的小脑瓜枕在"妈妈"的另一条胳膊上,孩子们香甜地轻轻地打着呼噜。

欧阳兰静静地躺着,大睁着双眼。

江江一翻身,被子蹬开了。

欧阳兰轻轻给她盖好被子,微笑地凝视孩子,不禁吻了吻她的小脑门儿。

(画外音)欧阳兰:

多么单纯、幼稚的小生命啊!多可爱的小天真……

欧阳兰再也躺不住了,她索性坐起来,靠在墙上。她从枕边的挎包里拿出勋章,看着,不停地思索。

(画外音)欧阳兰:

他们认定了我是他们的"妈妈"……唉……,把这个残酷的现实告诉他们吗?……

忽然,欧阳兰听见从遥远的天际飘来熟悉的、温柔的女性喃语:

"江江、川川——"

她坐起身,睁大双眼,寻找着。

"妈妈……"忽然江江在梦中叫了一声。

欧阳兰一惊,忙看孩子。

江江睡着,小脸蛋上挂着泪珠。欧阳兰抹去孩子的眼泪,眼睛里散发出母亲的光辉。

(画外音)欧阳兰:

……不!那是残忍!是对这两颗幼小心灵的无情摧残!我不能……

她又沉思起来,下意识地咬着刚给江江擦泪用的手绢。

(画外音)

我该怎么办?我才是一个二十四岁的姑娘啊!……

欧阳兰无力地靠在墙上,闭上眼睛。

(闪回)

硝烟、炮火。

李坚背着受伤的朝鲜儿童飞跑。

(闪回)

李坚为受伤的朝鲜儿童喂水。

(闪回)

幼儿园的孩子急切地:"阿姨!带我找妈妈去!"

孩子期待地:"你认识我妈妈吗?"

欧阳兰睁开眼,凝视熟睡的江江、川川——

江江睡得甜甜的。

川川打着小呼噜。

银色的月光透进玻璃窗,照亮墙上《我们爱和平》宣传画上的孩子,他们好像也在同享这和平与安宁……

月。浮云疾行。

欧阳兰推门出来,深深地呼吸着秋夜清凉的空气。

她还在思索,在园中徘徊。看见值班室亮着灯,窗上是彩霞的投影。欧阳兰走过去推门。

彩霞正叠着孩子们的小衣服,遇有掉扣开线的地方,她就取下针线缝补。

彩霞正想着心事,不时地揩去泪水。

欧阳兰走进屋:"彩霞老师,你值班?"

彩霞偷偷擦了一把泪,微笑着看她一眼:

"高兴得睡不着了吧?到底是三年没见面了。"

欧阳兰:"三年来,你们可真是辛苦了!"

"嘻,快别这么讲。"彩霞把欧阳兰按在椅子上坐下,又去拿挎包。

"说实话,每接走一个孩子,父母欢天喜地,我们心里也松快一些,三年没白过。"

说着,彩霞把挎包里的大红枣倒在桌上,爽快地:

"尝尝鲜儿,老家捎来的。"

"哎……真甜。"欧阳兰拿起一个枣,咬了一口说。

"最近接走的孩子多吗?"欧阳兰问。

彩霞叹息了一声："你算来的晚的，该接走的都接走了，剩下的……恐怕要由组织安排了。"

欧阳兰："你是说他们是孤儿了？"

彩霞泪汪汪地点点头："嗯。留守处的领导已接到通知，到归国的和还在前线的部队中去了解情况……胜利了，可怜孩子们成了没娘的孤儿……你真好，自个儿、爱人都健在，江江、川川都结实……"

彩霞触动了隐痛，突然抽泣起来。

欧阳兰连忙抚慰她，又有些不知所措地："彩霞老师，你……别……"

彩霞擦去眼泪，抬起头来："我真眼红你……上个月，我爱人牺牲了……他特别喜欢孩子，老嘱咐我把幼儿园的孩子们看管好……可他自己连个孩子都没有……"

"……"欧阳兰眼圈也红了："那你以后……"

彩霞哀伤地："我以后就在这儿，哪儿也不去了，就和这些孩子们在一起，我要尽力照看好他们。"

欧阳兰受到震动，睁大了眼睛，深情地点头。

彩霞："说实话，从感情上说，这些孩子早就跟我亲生的一样了……"

欧阳兰感动地拉起彩霞的手："彩霞老师，你多大了？"

彩霞："今年二十三岁，属马的。"

欧阳兰一把搂住彩霞："妹妹，我的好妹妹……"


客房内。

欧阳兰用报纸挡住灯光，伏在桌上奋笔疾书，神情坚定。

（画外音）

我将把江江、川川作为自己的儿女，从幼儿园带走。将和益升一起担负培育他们的责任，这对我的爱情和婚姻来说，宛如一片圣洁而崇高的彩霞……

桌上的信，一封，又压上一封……

江江、川川甜蜜地酣睡着，睡梦中甜甜地叫着"妈妈"。

欧阳兰凝视孩子，俯下身，深情地亲吻他们。

黎明——灿烂，多姿多彩。

大地——辽阔，无边无际。

天空中大雁排成"人"字。

丰收的庄稼在晨风中摇晃。

欧阳兰、江江和川川从车窗里伸出头来向彩霞阿姨招手再见。

彩霞向他们挥手告别，热泪盈眶。

列车行驶在崇山峻岭中。

火车疾驶在江南田野上。

歌声起：

白云啊，你不要为我悲伤。

大雁啊，请你和我一起唱歌。

哪怕我走到天涯海角，
母亲的心永远伴随我身旁。
不要问我山有多高，
不要问我路有多长，
让我捧起一抔黑色的土壤，
啊！……
母亲的深情和大地一样宽广……
铁轨飞速掠过，无尽的铁路线伸向远方……

光线充足的硬卧车厢里。
川川坐在欧阳兰怀中，大一岁的江江趴在欧阳兰肩上，一起唱着：
嘿啦啦啦啦嘿啦啦啦啦，
天空出彩霞呀，地上开红花呀，
中朝人民力量大，
打垮了美国兵呀，
全世界人民拍手笑，
帝国主义害了怕呀！
……

一曲终了，三人一起欢笑起来，川川用一双小手把欧阳兰的脸轻轻地抚摸一把。
"妈妈，咱们到哪里去啊？"
欧阳兰："不是说过了吗？咱们回家去。"
"妈妈，爸爸也在家吗？"江江抱着欧阳兰的胳膊，天真地问。
欧阳兰有些脸红心跳，迟疑片刻，但仍充满信心地回答："在！爸爸在家里等着咱们呢！"
"好哦……"两个孩子高兴地叫起来。
川川举起杨小毛送给他的小木枪："爸爸会给我们买好多好多小木枪吗？"
"那当然了！"欧阳兰笑道："爸爸可想你们了，还有外婆……"
江江又凑到欧阳兰耳边，神秘地："妈妈，我要给你说句悄悄话。"
欧阳兰贴过耳去。
川川憨笑着，眯着眼也把耳朵凑过去。
江江小声地："妈妈，爸爸个子高不高？有没有彩霞阿姨高？"
欧阳兰笑着比画："比彩霞阿姨高，爸爸有这么高呢！"
欧阳兰把两个孩子抱到车窗边，给他们指点窗外的景物，孩子们看得津津有味。
欧阳兰回到座位上坐下，脸上带着幸福的微笑。
随即，她转入沉思和遐想……
（画外音）欧阳兰：
……益升，我现在多么想见到你啊！……
车窗外，掠过绿色的田野，金色的河流。

（回忆）

一张普通大学生的脸，戴着眼镜。聪明、忠厚的眼睛在镜片后面微笑。他默默地看着公布的成绩。

考试成绩榜：

黄益升名列第一。

欧阳兰名列第二。

欧阳兰挤进看榜的人群，挤到黄益升身旁。看见榜上的成绩，遗憾地叹口气。黄益升朝她谦虚地笑笑，她像第一次见到似的望着他。

（回忆）

一双手在树干上贴反内战反独裁的传单。

传来警笛声。

欧阳兰机警地张望，迅速跑开。

一条小巷，黄益升迎面走来。

欧阳兰边跑边回头看，险些撞上黄益升。

黄益升一看，急挽住她的胳膊，作情侣状。

特务追来，对他们打量一番，继续追去。

欧阳兰感激地望着黄益升，他激动地扶了一下眼镜，两人会心地一笑，走了。

（回忆）

庆祝解放的彩旗，标语。

迎接解放军入城的腰鼓队里，

欧阳兰和黄益升对舞着。

（回忆）

欧阳兰贴传单的地方。她和黄益升不约而同地抚摸着树干。

他拉住了欧阳兰的手，她纯朴天真地笑着，羞怯地扭开脸。

黄益升兴奋地情不自禁地想扶眼镜，欧阳兰俏皮地挡住他的手，替他扶了扶。

两人对视，欧阳兰转身跑开。

黄益升一愣，追去。

（回忆）

硝烟弥漫。

大地在炮弹的爆炸声中战栗。

志愿军战士在冲锋。

（画外音）欧阳兰：

正当幸福向我们招手的时候，战争爆发了。我没有来得及向你告别，就上了前线……

（回忆）

帐篷里。

疲惫不堪的欧阳兰在做手术，白衣服上溅满了鲜血，头上渗出了大颗的汗珠。

外面爆炸的气浪波及手术室，欧阳兰动作有些慌乱。

李坚严厉地瞪了她一眼。

李坚立即过来给她帮忙。欧阳兰克服了慌乱，继续做手术。

（画外音）欧阳兰：

我不是什么英雄，像一切人一样，在残酷的战争面前张皇失措过，在鲜血、死亡和伤员的痛苦面前哭泣过……但是，益升，战争生活和同志间的友爱使我坚强起来……

……

  文字整理：张蕊

  资料来源：广播出版社编，《电视剧本选（二）》，广播出版社1984年1月第1版。

## 1982

## 蹉跎岁月

**首播时间**：1982年
**首播电视台**：中央电视台
**摄制单位**：中央电视台
**编　　剧**：叶辛
**导　　演**：蔡晓晴
**摄　　像**：丁力、张志壮
**主　　演**：郭旭新、肖雄、赵越
**获奖情况**：第二届（1982年度）中国电视剧"飞天奖"连续剧一等奖、优秀导演奖、优秀女主角奖；第一届（1983年）中国电视金鹰奖优秀电视剧奖、优秀男演员奖、优秀女演员奖。

**剧情梗概：**

　　文化大革命中，一群上海知识青年被"运动"到贵州山区农村插队落户。柯碧舟因家庭出身不好，受到"左"倾思潮歧视，背着沉重的"血统论"的"磨盘"，在艰难中度日。但他为人正直，热爱文学，岁月虽然蹉跎，理想却终未泯灭。在一次护林值班中，他结识了革命干部家庭出身的杜建春。不久，在赶集时，柯碧舟因揭露了扒农民钱包的肖永川，被肖永川的同伴毒打，适逢杜见春赶到，奋勇解救。俩人于是萌生了真挚的初恋。

　　一天，杜见春来访柯碧舟，从心术不正的苏道诚嘴里了解到柯碧舟的出身，于是承受不了，中断爱情。无疑这对柯碧舟又是一次沉重的打击。柯碧舟在逆境中曾想到死，但在老农民大山伯的关照下终于挺了过来。他在风雨中保护集体的耕牛，不幸摔伤。大山伯的女儿邵玉蓉为其精心调治，在相濡以沫中产生了爱情。大山伯虽然一时也未摆脱"血统论"的影响，不同意他们相爱，但玉蓉却坚持追求这种真挚的爱情。

　　不料，玉蓉在一次偶然机遇中得知一伙流氓将报复杜见春。她为了搭救杜见春，不幸被害牺牲。柯碧舟悲痛不已，但终能坚强地挺了过来。

　　不久，"血统论"的灾难竟然降落到杜见春头上。正当杜见春兴奋地盼望着推荐她上大学的录取通知书时，从上海传来信息，她的父亲被定为"走资派"揪了出来。于是，她的身份骤然由"红五类"沦为"狗崽子"，上大学的资格自然也被取消。她被左定法之流发配到摇摇欲坠的粉房内栖身,左定法乘雷雨之夜妄图强暴她,把她逼上了绝路。柯碧舟赶来,解救了她,并以自己的亲身体验热情地开导、帮助她。慢慢地双方复萌了爱情。

"四人帮"覆灭,杜见春之父官复原职。杜见春、柯碧舟回沪省亲,他们的爱情又遭到杜母和杜兄的反对。柯碧舟的自尊受到打击,不辞而别,决心只身返回山村创业。杜见春闻讯,追到火车站,决心与柯碧舟携手共进,去迎接幸福的明天。

文字整理:吴文静

资料来源:仲呈祥,《蹉跎岁月》,载于《中国电视》,1993年11期。

## 剧本

### 《蹉跎岁月》 第二集

音乐:充满希望的声音响起:

青春的岁月像条河,
岁月的河啊汇成歌。
一支歌,
一支振作的歌,
一支蹉跎岁月里追求的歌,
一支歌,
一支振作的歌,
憧憬和向往是那么多。
……

歌声中:仙人掌郁郁丛生。
尘土飞扬的大陆通向山涧。
黄灿灿一望无际、连接云霞的油菜花。
山坡上的竹林。
歌声停。
画外音起:新的生活开始了,他们的命运又该怎么样呢?

山崖壁隙间,悬下一根粗绳,邵大山紧紧抓紧粗绳,攀上,采药。

屋檐下,邵玉蓉在臼子里舂药,笃笃笃发响。

妩媚辽阔的鲢鱼湖水碧波微荡。
竹制梢上的雀儿蹦上跃下,啾啾不停。

窗前盛开着的喇叭花和康乃馨。

昏睡中的柯碧舟醒过来了。他眨巴着眼，注视着粉刷的雪白的墙壁，撑得很挺的蚊帐。这是在哪儿啊，柯碧舟疑惑得猜测着，眼睛盯着墙上的一张"风力等级表"。

门"吱呀"一声开了，手挽着一篮鸡蛋的邵玉蓉闪身进了屋，一见柯碧舟，她顿时喜上眉梢。

"哎呀，你醒过来了！"

柯碧舟急切地想起床，脸也憋红了，邵玉蓉放下提篮，连忙走近：

"你想干啥？"

"牛……坡上的牛……"

邵玉蓉"扑哧"一声笑了："你安心睡吧，那两头牛好好地，牛群也都有人照顾。就是你摔伤了腿。"

柯碧舟感激地："是你们……救了我……"

"啥呀！"邵玉蓉不屑地拿起一把半截木梳，梳着略见蓬乱的头发："你是为救集体的耕牛哪！"

柯碧舟仍挣扎着要坐起来："邵……玉蓉，你你你，让我回集体户去……"

"急啥？在这里歇着吧。"邵玉荣垂下眼睑，轻轻劝阻着："腊月间你遭打，多可怜哪！爹要我给你送点草药、鱼和蛋来。可你们集体户，我光来找你，不惹出闲话吗？你要坚持回去，我们就不好照应你了……"

柯碧舟的眼里湿润润的，他偷偷抹一下眼角："我出身不好，住在你家，怕连累……"

"怕鬼呀！说声天打雷，乌云就会盖住额头吗？"邵玉蓉响亮地截住柯碧舟的话头："湖边寨的老少乡亲，都不是瞎子。他们晓得哪个好，哪个邪！噢，对了，这两天，你都没吃东西，我去给你弄来。"

柯碧舟木然失神地躺在床上。

片刻工夫，邵玉蓉端着一只粗瓷瓦钵，钵钵里一条斤把重的鱼儿浸在漂浮着葱花红油的热汤里，鱼头鱼尾处，各有两只水泡蛋，"坐起来，吃吧！"

柯碧舟慌忙坐起来，接过钵钵，痴望着，愣住了。

"瞧你这个人呀，愣个啥？快吃呀！"邵玉蓉催道："一天到黑沉着脸，不烦愁吗？"

柯碧舟深长地叹了口气。

邵玉蓉狡黠地一笑："看，又叹气了！今天呀，我非要逗你露个笑脸！你听着。"

她把手一扬，用活泼喜悦的轻柔调门唱起了倒歌调：

说倒话来唱倒歌，
山下石头滚上坡。
那天我从你家门前过，
看见外孙抱外婆。

柯碧舟笑了，顺手挑起了一块雪白肥嫩的鱼肉，送进嘴里。

玉蓉仍在唱着：

千万个将军一个兵,
千万个月亮一颗星,
听你唱的颠倒歌,
逗得聋哑笑呵呵。
生了爹爹再生爷,
生了弟弟再生爹,
妹妹都在上学了,
妈妈还在托儿所。
……

柯碧舟终于忍不住,双手捧住鱼钵钵,放声哈哈大笑地说:"真有趣儿!"
"有趣吗?"邵玉蓉拖条板凳到床边坐下,亲昵地道:"生活本来就充满了乐趣。你说呢?"
笑容从柯碧舟脸上消失了,他点着头说:"也许,对大家来说是这样,可对我……"
"你又怎么了,多生一只角,是么?"邵玉蓉忽然打断了柯碧舟的话:"听我说,你是不是想死?"
柯碧舟疑惧地惊问:"你……你咋个晓得的?"
"这也瞒得了人吗?你从山坡上摔下来,明明有树枝、草草可抓,你却任凭身体往下滚。再有,往常你眼睛中那一股绝望的光……"
柯碧舟羞愧地低下头:"你知道,我出身不好。处处忍辱受气。做好事,人家会说削尖脑袋钻营;做坏事嘛,我还不至于那么堕落。唉,活下去真没意思……"
"不该这么想啊,小伙子!"随着洪亮的嗓门,邵大伯一步走进来。
邵玉蓉介绍:"这是我大伯邵思语,在县里气象局工作。"
邵思语走近床边,在床沿上坐下:"小柯,一个人,大腿上生了个疮,化脓、腐烂、恶肿了,能因为自己疼痛,整天撩起裤腿,叫人家来看吗?就该让所有人都来瞅着伤口皱眉、不悦、难受吗?"
柯碧舟茫然地摇了摇头。
"对啰,显然,抓破了自己的伤口给人家看,那是不好的。"邵思语寓意深长地说:"况且,你还没生那么大个伤口,你只是家庭出身差,不能尽背着那么个包袱,让人家一看你的脸色,就想到你精神上的伤口,你说对吗?"
柯碧舟思索着仰起脸来,正看见邵玉蓉在床边凝声屏息地注视着他。
邵思语接着说:"小柯,不要看到自己的痛苦,只关注个人的前途、命运,只看到眼前的人和事,那就同关在笼子里的雀儿差不多。要望的远一点,练好翅膀飞啊!小柯,把自己的青春,与祖国、人民、与集体利益联系起来,你会看到自己的前程似锦,会意识到生命真正的意义。"
柯碧舟的脸上逐渐开朗了,一向滞晦阴暗的双眼,也变得明亮澄澈、目光炯炯。
邵玉蓉眼里掠过一丝欣悦的光彩。
邵思语在柯碧舟手背上轻轻拍着说:"我看你是个聪明人,趁着养伤,静心好好想想我们改日再谈。"

邵大山家。
柯碧舟从楼窗里探出头来，对院坝里的玉蓉道："你大伯可真好。"
"是啊！"正在院坝里扎篱笆的玉蓉直起腰来说："这几年他们那么斗他，他还坚持工作哩。"

湖岸，上船板桥旁边。
柳枝轻拂，鲢鱼湖阵阵微波舒徐有致。
拄着一支拐杖的柯碧舟，和邵思语并肩散着步。邵思语语重心长地说：
"是啊，这几年来，好些事情搞糟了，搅乱了。不说你小青年迷惘，我这老年人也心忧哪！（在以上画面展现时，以画外音方式处理）不过，小柯，你得记住，谁都没法选择自己生活的时代，谁都别想指望一生下来就活在天堂里，每个人的易守难攻中都有不顺心的境遇和磨难。不能因为如此，就忧忧愁愁。一个有志气的年轻人，是有勇气克服艰难的环境造成的阻力，把身上的热能，献给祖国建设的事业。"
柯碧舟深邃的目光。
列峰排空的山峦，烟云霭霭的密林。
柳叶舟停泊湖岸。
濛濛细雨中，邵思语站在船头，眯缝着眼睛眺望田坝间的小路。头戴斗笠的邵玉蓉手持长篙站在伯伯身边。
站在岸上的邵大山和柯碧舟疑惑地望着邵思语。大山伯问："您忘了啥东西吗？"
邵思语手指田坝，对柯碧舟道："小柯，你看！"
田埂小路上，一个个身披蓑衣、头戴斗笠的社员挑着谷箩、牵着驮马、背着背篓在赶场。
对此情景柯碧舟司空见惯，他淡淡地说："那是趁雨天赶远路去打米、磨面、榨油的社员。"
"是啊，"邵思语拧起眉毛道："解放快二十二年了，为啥偏僻山寨上都还没电呢？小柯，天天晚上打黑摸，你这个上海人，怕不习惯吧？"
邵大山松了绳子，玉蓉使劲撑了一篙，柳叶舟轻盈地离了湖岸。
柯碧舟木然望着小舟远去。

邵家窗户边，柯碧舟倚窗而立，呆呆地托腮望着峰峦重叠的山岭和成扇面状舒展开的湖面，两眼灼灼闪神。
邵玉蓉轻手轻脚走近，手中端一只茶杯："你怎么了？听阿爸说，你呆痴痴坐了一整天？"
柯碧舟木然站着。
"是不是又想心事了？快莫想你那家庭出身了，喝杯水吧。"
柯碧舟接过杯子喝了一口："甜的，你放了糖？"
"不，是蜂蜜。"玉蓉温存地一笑。
"哪儿来的？"

"自家养蜂酿的呗!"

"自家的蜂?"

"这有啥稀奇,劳动换来甜蜜的生活嘛!"

"说得好啊,劳动换来甜蜜的生活。"柯碧舟若有所思地咀嚼着这句话,果决地把杯子往桌上一放道:"玉蓉,你说,湖边寨没得电,为啥不能从外边引进来呢?"

"嘀,你呆坐一天,想的就是这件事啊!"玉蓉欣悦地笑了:"引电进来,翻山越岭,几十里路,到哪儿买那么多电线?有了电线,也不见得有电。"

"那又是为啥?"

"这两年,电厂发电少,耗电单位多。农村社队,扯得起电线的也经常停电。你没听说,一到天旱要电抽水时,抽水机抬来了,电却送不来。急死人呢!"

柯碧舟兴致勃勃的脸色黯淡下来:"那么……湖边寨一辈子莫点灯了?"

"你急个啥呦!"玉蓉道:"慢慢想想办法嘛!"

"慢不得,玉蓉。"柯碧舟站起来:"我心头烧着团火呢!看,身子骨养好了,我想回集体户,出工干活去!"

"这……"玉蓉依恋地瞅了柯碧舟一眼,默默无语地点了点头。

左定法家。

柯碧舟站在小桌边,左定法坐在板凳上,卷着叶子烟,仰起方正的黑脸:

"你救耕牛受伤,要休息还可以歇两天。不过,既是你要求,我看好嘛!湖边寨的高榜田缺肥,队上组织妇女割秧青沤肥,缺个称秧青劳力,你身体还没好全,我看就照顾你,称秧去吧。"

"好。"柯碧舟退了出去。

高榜田又窄又溜的田埂。

柯碧舟手持一杆大秤,衣袋里插着笔和本子,站在田埂上,目光向远近山岭望去。

层峦叠嶂的连绵几个山坡上,长满了八月竹,在风声中摇曳晃动。

奔泻急湍的暗流河,飞溅起雪白的水珠,轰隆隆跃入山谷中的大龙洞。

柯碧舟望着飞溅浪沫的湍急河水出神,眼神逐渐亮起来。

背着满满一背篓秧青的邵玉蓉走近他身旁,他也没有察觉,邵玉蓉招呼:

"小柯,帮我接一下。"

柯碧舟转身,帮着玉蓉卸下背篓。

两人过秤。柯碧舟搁下秤杆打开本本记数,而后帮着玉蓉往田头倒秧青。直起身来时,柯碧舟望着玉蓉眉毛、鼻梁,红润发光的脸上挂着汗珠,忍不住嘀咕:

"你少背一点嘛,看你的汗呦……"

"你呆眉呆眼的,一天在想个啥呀?"玉蓉不无责备地扫了他一眼。

柯碧舟兴冲冲地指着大龙洞飞溅的河水:"你看,早几年就有人想过,县头还请专家勘察过,说能搞小型发电……"

柯碧舟两眼放出光来:"那太好了!"

178

"白搭！"邵玉蓉说："安发电机，要钱哪！闹闹文化大革命，左定法领人砍了果园，不准养鱼，说这是资本主义。哪来那么多钱？"

柯碧舟仍然呆痴痴站着，想着什么主意。

夕阳西斜，西天边一片绚烂的晚霞。割秧青的妇女们一个个倒了背篼里的秧青后，成一字单行走回家去。一个女青年紧跟几步叫着唐惠娟："小唐，今天是端午节，到我们家吃晚饭吧。"

唐惠娟答应一声，随着女青年走去。

柯碧舟手拿本本，踮起脚，朝远处望着。

暮色渐浓，田坝里静极了。蛙儿在叫，小虫子在鸣，沟渠里的清水轻吟着流去。

夜幕低垂，几十步外传来玉蓉的探问声："还有人在田埂上吗？"

柯碧舟快步跑去："有，有人！"

玉蓉微微一笑。

柯碧舟帮着她卸下满背秧青，嘴里咕哝着："又是这么一大背，叫你少割点，少割点，偏要……"

"小柯，天都黑了，你还站着干啥？"

"干工作呀，过秤。"

"明天也可以称嘛！"

"我想等等……"柯碧舟的声音一下放低了："我怕你被蛇咬，怕你脚杆被镰刀割破，怕你割得太多，背不动。"

"哈哈，你把我当做上海的娇小姐了。"玉蓉开心地大笑："哪有这么多怕的。嗳，你干吗这么担忧呢。"

"我……我也说不出来。"

"你呀！"玉蓉嗔怪着，顺手把满背秧青往田头扔，柯碧舟一把逮住她的手腕："慢着，还没过秤呢！"

"算了吧，莫记这个数了。"玉蓉的嗓音颤抖，但并不把手挣脱。

柯碧舟着火烫似地缩回了手，张了张嘴，没说出话来。

玉蓉扔完秧青，一偏脑壳问："小柯，想想看，今天是什么日子？"

"啥日了？"

"端午节啊！湖边寨上，家家都团拢来吃饭。"

柯碧舟凄切地："什么节日，对我都是一样。"

玉蓉温柔地邀请："去我家吃晚饭把！"

"不，我麻烦你家太多了。"

"吃顿饭，算不得麻烦。为啥怕去？"

"我怕人家说闲话……"

"什么闲话？"玉蓉紧迫着问。

"没啥，反正我不去。"

"我料到你怕去！"玉蓉俯身从背篼底拿出一只饭盒，"给！"

柯碧舟打开一看,在星光的照耀下,饭盒里端放着一盒子白米粽粑。柯碧舟的胸脯在剧烈起伏,嘴唇微微嚅动:
"玉蓉……"
"憨乎乎地干啥呀,回寨吧!"玉蓉抓起背篼,羞涩地一笑,跑远了。
满天的星斗闪闪烁烁。

竹林边。
一弯月亮在山巅上升起。
柯碧舟和邵玉蓉边走边谈。
柯碧舟轻声说:"玉蓉。"
玉蓉转过脸来:"啊。"
"你看着漫山遍野的八月竹,不就是造纸的最好原料嘛!"
邵玉蓉眼一亮:"你是说卖竹。"
柯碧舟征询地:"你说行吗?"
邵玉蓉兴奋地:"太好了,明天开群众大会,你提!"

朝霞满天,鲢鱼湖上流金闪烁。
柳叶舟停靠在湖岸边,柯碧舟端坐船头。
玉蓉站在岸上叮嘱:"队里同意你出差,去县上联系卖八月竹,你快去快回,千万莫误事。"
柯碧舟点头,把小船划离岸边。
玉蓉目送着柳叶舟远去,目光中充满了柔情和真诚的期待。

县林业局门口。
邵思语和柯碧舟并肩走出来,两人亲切交谈。
邵思语指着前方,向柯碧舟交代什么。
柯碧舟点头,握了一下邵思语的手,匆匆走去。
邵思语脸上露出赞赏的神情,望着柯碧舟的背影远去。

县林业局门口。
柯碧舟匆匆走出,沿着县城大路走去。
走过一个馒头摊子,他掏出钱,买了两个馒头,边啃边走。
县供销社的牌子。
柯碧舟匆匆朝里走,一个看门老头拦他,他同老头说着什么。

灶屋。
玉蓉站在墙边,脸上呈现出忧郁之色。
邵大山推门进屋,手中提着好几条刚打的鱼,连唤了两声:"玉蓉,玉蓉。"

玉蓉陡地迎上前来，邵大山举起网兜，玉蓉惊喜地："打了这么些鱼呀！"

邵大山点头，继而又嗅嗅："呦，玉蓉，猪食煮糊了！"

"啊！"玉蓉惊呼一声，急急赶进灶屋。

邵大山狐疑地望着她的背影。

片刻功夫，玉蓉端出一盆水来："爹，洗脸吧！"

邵大山把手伸进盆里，烫得他连忙缩手："哎呀，没加冷水。"

玉蓉脸上通红，连忙去舀冷水。

煤油灯下，晚饭桌边，邵家父女俩相对坐下吃饭。

邵大山夹了一筷菜放进嘴里，品着味儿，凝望着女儿：

"玉蓉，菜里没放盐？"

玉蓉不知所措地："我去拿来！"

"不忙。"邵大山两眼紧盯着女儿："今天你咋个了？脸色不好，丢三落四，是不是哪儿痛？"

玉蓉垂下了头："有些头晕。"

"那就快吃饭，吃完饭早早上床睡去。"邵大山连忙关切地说："你是干多歇少，累晕了！足足睡一觉，明天管保好。"

玉蓉轻轻搁下没吃完的饭，站起身，朝门外走去。

邵大山惊问："你去哪儿。"

玉蓉低声答："心头闷，到湖边透透空气。"

月色里的鲢鱼湖，泛着轻涛细浪般的涟漪。

玉蓉焦灼地紧蹙眉头，望着湖面。

湖面上安宁恬静，飘着淡淡的雾气。

湖中的月亮，被浓云遮住。山野里呈现一派迷蒙暗淡的景致。湖两岸如画的山峰，在幽光微闪中时隐时现。

玉蓉深深地叹一口气，眼里透出绵长的情思，失神地返身而归。

走了几步，她听到船桨"哗啦哗啦"的拍水声，陡地一个转身，感情冲动地向湖边跑去。直到水湿了裤脚，她才顿然站停下来。

天上的月亮从浓云中钻出来，笑眯眯地俯视人间。洁白柔和的月光，泻在湖面上，波光粼粼。一只小船，正向湖岸划来，船头上坐着柯碧舟。

玉蓉的双眼闪出了泪光，彩釉般的红晕，又浮现在她双颊上。她双手捂在胸前，欣慰地笑了。脸上的沉郁之色，早已一扫而光。

小船近了岸，玉蓉一边帮着把小船系在木桩上，一边问："事情办妥了吗？"

"妥了！"柯碧舟跃上岸："再多的八月竹，国家也要收购。"

"费劲儿吧？"玉蓉手抓着辫梢，关切地问。

"手续很多，倒不怎么费劲。噢，对了，思语伯这次真帮了我大忙。"

玉蓉一笑，两人并肩走去。

屋侧水池旁。

柯碧舟俯身喝了一大口冷水,直起腰。从随身挎包里摸出两个干馒头,咬了一口,咀嚼着:"可把我饿坏了!"
"为啥不在县城吃?"
"我急着回寨来,也好省点钱。"
"不是有出差费吗?"
"我想省下打盐巴。"
"那……那你别吃冷馒头了,去我家吃饭。"
"不麻烦你家了……"
"去吧!"玉蓉固执地邀着,朝屋里大喊:"爹,快来看啊,小柯从县城回来了!"
邵大山的声气传来:"小柯,快来坐坐。"
玉蓉得意地瞥一眼柯碧舟,柯碧舟顺从地走来。

屋内,小桌旁。
柯碧舟在吃饭,玉蓉用兴奋发颤的嗓音催着小柯:"快吃、快吃呀!这是蛋,这是细鳞鱼,不要尽喝汤啊!"边说边帮柯碧舟夹菜。
邵大山咂巴着叶子烟,瞪直了双眼,几乎不相信自己的眼睛。
蓝色的叶子烟雾飘起来,遮掩着邵大山满是络腮胡子的脸。
烟雾中的幻觉,柯碧舟和玉蓉亲近地坐在一条板凳上,相视而笑。
邵大山挥手驱去烟雾,柯碧舟搁了筷,说:"大山伯,我回寨去,把事儿汇报一下。"
"爹,我送送他吧!"玉蓉鲜灵活泼地说。
邵大山茫然地点点头。

青岗石山道。一只电筒射下一圈光,慢慢向前移动。柯碧舟和玉蓉淡淡的人影,也在山道上移动。
玉蓉:"你去了三天,好长呀!我只觉得,你耽搁太久了。"
"其实不,在街上走,我都像在跑。恨不得一天办完事,就赶回来。"
"忙着赶回来干啥?"
"快把好消息告诉大伙儿呀!"
"只有这个念头?"
"只有这个念头。"
"不再有其他念头了?"
"有是有的,差点给我忘了。"
"啥念头?"
柯碧舟在挎包里掏着,摸出一把弯月形的塑料梳子,递到玉蓉跟前:"买梳子。"
"你没梳子?"
"玉蓉,我记得你每天拿着半截梳子梳头……这把梳子,给你吧。"
"我不要!"玉蓉生气地回绝道:"我为啥要收你的梳子?"
柯碧舟不知所措地站停下来,双手捧着梳子,颓丧地:"这……对不起……我……"

玉蓉"扑哧"一声笑了，劈手夺过梳子，娇嗔着："憨包，穷得饭也不吃，还买梳子。"说罢，含情脉脉地瞅着他。

柯碧舟大着胆子轻声说："玉蓉，听说鲢鱼湖上还产鹭鸶、野鸭，我真想去看看。"

玉蓉点头："行，下个赶场天，我们一起去。我在湖岸老柳树脚等你。"

柯碧舟感激地："玉蓉……"

两人四目相对。

陡地，传来一声喝问："那边站着的是谁？"

"左主任，是我。"柯碧舟迎了上去。

"你身旁那个是谁？"

"我嘛，你生着眼睛看不见？"玉蓉几大步走到柯碧舟身旁，大大方方地说："小柯从县城来，没带亮，我给他照一下亮！"

左定法从阴影里走出来，瞪着这一对月色下的小青年，气咻咻地一甩手："好嘛好嘛，年轻人应该互相帮助。"

说完大步离去。

邵大山家。

左定法和邵大山相对而坐。

左定法抽着纸烟："大山哥，你得拿稳主意，玉蓉和柯碧舟勾扯，咋个要得？你的女儿是标标准准的'红五类'女子，可他柯碧舟，是'黑五类'。"

邵大山气的手都在颤抖："好，这事儿，我会料理的！"

左定法边站起来边说："我也相信，你也不愿让女儿当'黑五类'的儿媳。"

说完，拍拍屁股走了。

邵大山充满痛苦的脸。

鲢鱼湖中一条在慢悠悠打转的柳叶舟。

邵大山和柯碧舟相对坐着。

柯碧舟低垂着头，拨弄着衣服上的纽扣，邵大山留神注视着他。

柯碧舟仰起充满痛楚的脸，一字一句地说："大伯，你，你尽管放心。今后，你瞧着吧，我和玉蓉，决不会……寨上的流言蜚语，自然会消失的。"

邵大山一边把小舟划向湖岸，一边说："小柯，我相信你的话。我也知道，你是通情达理的人，才找到你，把话明说……"

船靠了岸，柯碧舟垂头丧气地沿小路走去。

前头传来声声喧哗，他寻声望去。

山道上。挑着担、背着背篼、推着鸡公车、撵着马车的社员们，都在热火朝天的运送着八月竹。男女老少的寨邻乡亲，欢快地干着。

好热闹的场面。

柯碧舟的精神振作起来，大步向队伍赶去，越走越快。脸色坚定而又开朗。

"小柯，快来啊！"一个中年社员，嘴巴里含着叶子烟杆，热情地招呼他："你那个脑壳

里头，点子咋个这么多啊？我天天看到坡上的八月竹，也没想到它能变钱！"

柯碧舟含蓄地一笑。

一个推着鸡公车的老汉接嘴说："这小伙读书多，聪明呗！真要是有了钱，修起小电站，我这打了大半辈子黑摸的人，晚上也能见亮啰！"

另一个社员说："会计讲了，有了现金，加上贷款，建电站的钱是足够了。"

柯碧舟从一个姑娘手里抢过大捆八月竹，扛起就往前走。

前面，唐惠娟的背筐上、王连发的扁担上，都背着、挑着八月竹。见柯碧舟赶上来，王连发笑吟吟地说：

"柯碧舟，你这一炮打响了！我们知青脸上，都跟着沾光呢！"

唐惠娟也向他微微笑着点头："小柯，满寨人都在赞你呢！"

柯碧舟的脚步越迈越大，越迈越有力。

旭日东升。

在红日的画面上，一对金画眉在枝头嬉戏。

嬉戏的一对金画眉绣在袜垫上。

玉蓉坐在桃树干后的阴影里，专心端详着手中绣的袜垫，脸呈喜色。

风吹桃树叶响，玉蓉轻轻拨开扇面形的棕树叶子，朝外望去。

湖岸老柳树脚，清风雅静，没有一个人。

玉蓉叹了口气，又低下头绣袜垫。

小鸟扑棱棱飞起，玉蓉又一拨棕树叶，湖岸边仍是空无一人，只见两只鱼鹰，扑进水中。

玉蓉失望地低下了头。

太阳光由斜斜的渐渐拉直，烈日当头了。玉蓉再次朝湖岸边望去，只见一片空漠的湖岸，不见人。

玉蓉无精打采地收起袜垫，萎靡不振地站起身来，离开桃树脚。

邵玉蓉卧室。

玉蓉焦躁不安地坐在床前。

（画外音）柯碧舟："玉蓉，听说鲢鱼湖的鹭鸶鸟很漂亮，你跟我一块儿去好吗？"

她再也坐不住了，起身出屋。

寨路。玉蓉低着头走过。

路两旁坝墙后、台阶上，探出好几张脸，朝她背影张望，指指戳戳。

知青集体户灶屋。

玉蓉坐在洗衣服的唐惠娟旁边。

唐惠娟搓着衣服和玉蓉聊天："赶场天休息，四个知青都出门了。一个还是老脾气；卷毛坠入情网，找孙丽萍去了。苏道诚和华雯雯打得火热，又去钻树林了。光是我和柯碧舟在屋头……"

玉蓉忍不住问："他在？"

"不，上午在寝室里写了半天。吃个午饭，他出门了。"

"啊！"玉蓉惊惧地叫出了声。

唐惠娟体贴地仰起脸来："你怎么啦！玉蓉。"

"没……没啥……"玉蓉凄楚地拉长了脸，极力掩饰自己。

唐惠娟深表同情地："我知道，你和小柯的事，是要经些风浪的……他这几天也闷闷不乐的，你们是不是闹矛盾了？"

正说着话，柯碧舟夹着书从外面回来，一脚跨进灶屋，发现玉蓉，怔住了。

玉蓉，唐惠娟闻声抬头望去。

玉蓉不禁叫出声来："小柯……"

柯碧舟窘迫不安地："噢，你坐，你坐，我还有事。"

转身离去。

玉蓉疯了似的撒开腿飞跑。

闺房。玉蓉扑进屋里，倒在床上失声痛哭。

夏末秋初，园子里的桃树硕果累累。坡上的包谷老了红帽，山巅白色的气象哨所在晨光中格外醒目。

山岭气象站。

玉蓉仰望着风速器。

微风吹动风速器缓缓转动。

玉蓉往本子上记了些什么，转身从气象站走下山去。

林间小径，玉蓉匆匆走过，她消瘦多了。

陡地，她触电般收住了脚。

柯碧舟光着脚板，背着一只细篾背篼，迎面走来，离她只二三十步了。

玉蓉垂下眼睑，冷冷地朝前走去。她的目光盯着落满松针的小路，两只脚机械地朝前迈。可迈了四五十步，还没与柯碧舟相遇。玉蓉睁大双眼，林岚初起，小径上没个人影。她毅然转身。

柯碧舟正慌慌张张朝密匝的林中走去。

玉蓉瞅了他几眼，毅然追了上去："站住，我有话问你！"

她挡住了他的去路，柯碧舟只得停下来。

她气喘吁吁地问："你钻哪儿去？"

他低声大："我采茶果。"

"采茶果？"玉蓉气中有怒地道："活该你没油吃，过得这么苦。"

"是的，活该……"柯碧舟点了一下头，车转身，默默走去。

玉蓉一跺脚："不要走！"

柯碧舟情不自禁地仰起痛苦的脸："玉蓉，还是让我走吧，走开好。"

"我有话问你。"

"别……别问了！"柯碧舟哀求般地说："让我们像这几个月一样……"

玉蓉的泪流了出来："小柯，你照实说，你为啥失约？说实话，你不是故意失约的吧？"

"不，我是故意失约的。"

"啊！"

"我答应了你爸爸……"

"啥子，你说啥？"玉蓉惊得瞪直了泪眼："爹跟你说了，于是你……"

"从那天起我就决定，赶场天不来找你了。玉蓉，听我说，你阿爸是对的。我不恨他，他曾经照顾过我，帮助过我，你能够想通的。"

柯碧舟嘴唇微颤，眉毛急促耸动，嗓音透出绝望的声气，带着哭泣的音调继续说："不对……也许……像我这样的人，本来就不该生下来，不该长大成人，不该恋爱、结婚，甚至……甚至不该过人应该过得那种好一点的……生活……"

"不，不是这样！"玉蓉嚷着："我啥都明白了，好……好吧，由我去找爹，去找他！碧舟，我只对你说一句话，那全是爹的想法，不是我的想法。爹绝不能代表我！我……我……我要对你说的，只有三个字……"

话没说完，玉蓉倏地一个转身，脚步轻捷地跑远了。

柯碧舟睁大泪眼。

树林子里，阳光箭似的射进来，林岚飘悠缭绕。多美的树林啊！

阳光透过枝叶照在镜子山寨路上。

杜见春背一只背笼，手里拿着一支尖尖的竹签，随着妇女劳力出工去。

嘴里衔着短烟杆的周凯旋手里拿着张表格，叫住了她："小杜，别出工了，大伙推荐你上大学，抽空你把这表填一下。"

杜见春喜吟吟地接过，端详着。

周凯旋从嘴里拔出烟杆，又说："听讲，你和湖边寨姓柯的知青认识，是吗？"

"对呀！"

"今天为集体跑一趟吧。"周凯旋放低了嗓音："向那个知青了解一下，小水电站啥时能发电，我们也好及时给县头递报告，申请用电啊。要不，左定法那小子霸着电，要卡我们。"

"要得，"杜见春爽快地答应下来："我马上去。"

弯曲盘旋的山道，道旁是浓密的钓鱼竹。

杜见春在山道上快步走着，钓鱼竹阴影里传出苏道诚的叫声："见春！"

杜见春走近坐在粪篮扁担上的苏道诚跟前："好啊，你在这儿偷懒呢！"

"哪儿的话呢！"苏道诚呵呵笑着，"这阵儿正歇气呢，我抱病出工，都挑了几十担粪了。嗳，你知道吗，柯碧舟和阿乡姑娘邵玉蓉谈恋爱呢！"

杜见春淡漠地："听说了……"

"嘻嘻。"苏道诚讪笑地："正闹得满寨议论纷纷呢。"

杜见春正要答话，猛地传来一个粗嗓门："小苏，你挑一担粪要歇几个气？我都打两个来回了，你一挑还没拢田头，像话吗！"

苏道诚忙慌慌站起来，朝杜见春笑笑，低声道："我去过你那儿三回，你难得来我这儿，先去集体户坐坐，一会儿我就回来！"

说完，歪头别腰地挑着半筐粪走了。

杜见春正要走，身后走来一个中年社员，嘴里在嘀咕："妈的，实在不像个干活样，一个月干不了两天活，还尽磨洋工。"

杜见春客气地让开道，问："老乡，你知道柯碧舟在哪儿干活？"

"他呀！"中年社员顿时喜形于色："出工前我见他到湖边去了，准在邵玉蓉家。"

"谢谢！"杜见春朝湖边赶去。

……

文字整理：张蕊

资料来源：广播出版社编，《电视剧本选（三）》，广播出版社1984年6月第1版。

# 武 松

**首播时间**：1982年
**首播电视台**：山东电视台
**摄制单位**：山东电视台
**编　　剧**：王汉平　王浚洲
**导　　演**：王俊洲　　刘柳
**摄　　像**：王汉平、徐静波、孙周
**主　　演**：祝延平、邱建华、杨国勇、王文杰
**获奖情况**：第三届（1982年度）中国电视剧"飞天奖"连续剧一等奖；第一届（1983年）中国电视金鹰奖优秀电视剧奖。

**剧本梗概：**

### 第一集

武松回乡途中，行至景阳岗，在一个"三碗不过岗"的酒家吃了十八碗。店小二告知他山上有虎，他却执意前行。景阳岗上，一只猛虎趁武松熟睡时发起攻击，武松手拎哨棒打死了猛虎。武松被请到阳谷县，县城的百姓听说此事，举行"老虎会"为武松庆贺。

清河县街道上，卖梨的郓哥不仅被西门庆的门人抢了梨，还被暴打一顿。卖炊饼的武大郎被迫从门人的胯下钻过，才将郓哥解救了出来。

### 第二集

打虎英雄武松回到家中，见到了从未谋面的嫂嫂潘金莲。得知阳谷知县大人邀请武松做

都头，武大郎与潘金莲高兴万分。

武松刚到阳谷县衙上任，就发现巡房老师陈洪的儿子陈兴被西门庆门客所放的高利贷所累。武松出面替他平了这个灾祸，陈兴立誓重新做人。

潘金莲趁武大郎不在家时色诱武松，武松厉声喝止。武松要到东京出公差，与武大郎依依作别。

### 第三集

三月，武松回乡，发现兄长已亡。潘金莲说武大郎死于心痛病，武松不肯相信。他去验尸的何九家，遇到了西门庆的门人。何九验尸时取骨留证，交给武松，告诉他武大郎实为中毒身亡。

武松又找到了郓哥，他向武松讲述了西门庆和潘金莲杀害武大郎的经过，武松怒火中烧。武松带着证物告到县衙，谁料知县已被西门庆收买，不肯为武大郎申冤。

武大郎断七这天，武松请来左邻右舍见证，逼迫潘金莲说出她与西门庆通奸并伙同王婆谋害武大郎的实情。武松一怒之下杀了潘金莲和西门庆。武松因此被发配孟州牢城服刑三年。

### 第四集

快活林酒店门口，蒋门神企图霸占一位良家少女，并打伤了为少女求情的大汉。因解差阻拦，武松未能上前，他立誓要惩罚这个恶棍。

武松不肯贿赂差拨官，被罚一百杀威棒。施恩免去了对他的责罚，并把他叫到家中好生款待。武松从施恩处得知蒋门神在孟州城为非作歹、欺行霸市，遂到快活林酒店将他暴打一顿。武松命蒋门神放了被抢的丫头，滚出孟州，蒋门神一一照办。

### 第五集

张都监请武松进府教小差童武艺，并有意将自己的养女玉兰许配给他。性格直爽的武松因此放松了警惕。武松不顾玉兰的警告，帮助张府抓窃贼，却中了张都监和蒋门神的计策，反被诬陷入狱。

知府衙门已被张都监、蒋门神收买，对武松严刑拷打，势要将其置于死地。施恩重义气，上下奔走，宁可倾家荡产也要搭救武松。

### 第六集

蒋门神买通了两个解差，意图在发配途中对武松下手。幸得施恩警告，武松早有防备，杀了二人。但是半路又杀出两个被蒋门神收买的武林高手，武艺高强的武松把他们一并杀了。

武松在玉兰和小童的帮助下潜进张府，一举杀了正喝酒庆祝的蒋门神、张团练、张都监。玉兰的杀母之仇已报，跳楼自杀，武松感慨万千，决然离去。

### 第七集

武松到青山寺歇脚、熟睡之时，被张青、孙二娘的伙计绑住押送到"孙家老店"，兄弟相认。张、孙二人出谋划策，让武松装扮成和尚去二龙山投奔鲁智深。

一队官兵到孙家老店围捕武松与施恩,此时武松已离开,张青、孙二娘一干人等与官兵奋战,致其尸横遍野。张青与孙二娘找到施恩,三人星夜启程,追赶武松。

第八集

蜈蚣岭的李二僧抢了赵员外之女,无人敢上前搭救。武松到曹正的酒店歇脚,被赵员外当成了恶僧。武松深夜摸上蜈蚣岭。他听到王道人和李二僧正商议如何用计攻下二龙山,遂放火烧了百觉寺。张青、孙二娘看到山上大火,猜到是武松所为,上山帮忙。武松在张青、孙二娘、曹正的帮助下杀了两个恶僧。

武松一行五人奔向二龙山,众乡亲含泪跪送。

  文字整理:张蕊

  资料来源:广播出版社编,《电视剧本选(三)》,广播出版社1984年6月第1版。

# 剧本

## 《武松》

### 第一集　景阳岗打虎

景阳岗。

林深树密,蒿蔓葳蕤,满目荒芜。

野径上走着一对村民打扮的男女。

从乱石后跳出一只吊睛白额老虎,大吼一声,向这对男女扑来。

二人惊恐地狂呼:"救命啊……"

虎追扑二人。

岗上敲锣人喊:"老虎来了,救人啊!"

虎继续追赶。

村妇已被老虎扑住。

老虎张开血盆大口,咬啖着村妇。

猎户们携弓持刀奔上岗去。他们呐喊、射箭、掷石,老虎见人多,急忙遁逃。

公差张贴捕虎告示。

猎户们有的在岗上写:"前有猛虎,不可进岗。"有的在挖陷阱,有的蹲伏草丛,寻觅虎迹……

村民们交头接耳,议论纷纷,谈虎色变。

寥廓霜天,一抹斜晖,雁阵南去。

武松身穿红绸袄,头戴白范阳帽,背着包袱,手提哨棒。他看看天色,又赶起路来。

他翻过山坡,举目远眺,绿树丛中飘着一面酒旗。他欣喜之极,急步下坡向酒家走去。

酒旗迎风舒展。

武松抬头望旗,"三碗不过岗"的大字赫然收入眼帘。他迈步入店。

武松走进酒店,一见无人,便嚷道:"酒家,快把酒来吃。"

店小二急应:"来啦!"

武松入座。店小二端上三碗酒:"客官,要什么下酒菜,尽管吩咐。"

武松笑道:"先切三斤牛肉来!"小二应声而去。

店主听了大喜,应道:"哎,来啦!"转身起劲地切着牛肉。

武松一仰脖,先干了一碗。店小二将一盘牛肉放在武松面前。武松:"嗯,好酒!"店小二得意地:"本店的酒,人称'透瓶香',还有八句赞词……"武松:"噢?"

店小二念道:"造成玉液流霞,香甜津润堪夸,开坛隔壁醉三家,过客停车驻马。"

武松边喝边听。

店小二接着念:"洞宾曾留宝剑,太白当过乌纱,神仙爱酒不归家。"武松问:"哪里去了?"店小二调皮地:"醉倒在景阳(岗)下。"扮了一个鬼脸,逗得武松哈哈大笑。小二问:"客官,这酒可好?"武松:"好,再来三碗!"

店小二一愣,忙赔笑道:"客官莫怪,饭菜随意,酒是不能再添。"说着把三只碗摆在一起。

武松把眼一瞪:"嗯?怎么不卖了?"店小二道:"不是不卖,客官进门可曾看到,那酒旗上写着:'三碗不过岗'?"

武松不悦地问:"什么意思?"店小二解释:"这酒劲大,又叫'出门倒'。若饮三碗定要醉倒,就过不了前面的景阳岗啦!"

武松按捺不住,拍着胸膛问:"那俺为何不醉?"小二还要辩解:"可你一出店门……"

武松拍着桌子吼道:"少啰嗦!快拿酒来!"店小二还在发愣。店主忙又把酒送上,赔笑道:"来啦,来啦,客官尽管受用。"他嗫嚅道:"不是小店有酒不卖,实在是怕客官醉了,这酒没有解药的呀!"武松:"哼!你敢笑话俺没有酒量!再来三碗,俺饮给你看!"说罢,掏出一锭足有三两银子,往桌上一拍:"拿去!"店主见钱眼开。武松:"全给我打酒来!"店主连忙应道:"是!是!"

店主悄声对店小二说:"傻瓜,他要多少给多少,醉了今晚就住这儿,还赚一份店钱,快去!"

店主飞快地切着牛肉。

武松抱碗痛饮,他的画外音:"明天一早就能见着我家哥哥了。我要吃个酒足饭饱!"

桌上的酒碗越叠越高,已有十八碗了!

店主和店小二面面相觑,惊呆了。

武松已有醉意,手夹牛肉,却放不进嘴里,店小二叫苦:"若大个子醉倒了哪个扶得起来?"

武松好容易将牛肉塞进嘴里,然后起身收拾行束,不断地称赞道:"好酒啊!真是好酒!"他踢开板凳,指着酒旗:"把旗扯下来!什么'三碗不过岗',我喝了十……十八碗,一样过……过岗!"店主和店小二连连称是,只想把这醉汉快点打发走。

武松出了酒店,又晃晃悠悠转身对店小二:"什么'出门倒',我怎么没……没倒呀?"

他仰天大笑，上了山道。

武松跌跌撞撞地走着，忽听有人叫喊："哎——客官，站住！"他回头一看，店小二气喘吁吁地赶来，边跑边喊："客官，你等等。"
店小二跑到面前，武松揶揄地笑道："又是你个'三碗不过岗'！"
店小二说："客官，确是真的不能过岗！"
武松："俺又没少你的酒钱，凭什么不叫过岗？"
店小二："客官有所不知，这景阳岗上有猛虎出没，已经伤害了二三十条人命，大小牲畜不计其数，如今天色已晚，客官还是回店住上一宿，明天正午再搭伴同行吧。"
武松笑道："我是那边清河县人，从未听说这景阳岗有虎！"说着径直走去。店小二紧追不舍："真有猛虎，县衙早有告示，单身不准过岗，若要过时，只能在巳、午、未三个时辰，持刀带棍结队而行，客官还是跟我回去吧！"
武松看店小二着急，大笑："真个有虎，又有县衙告谕，方才在店里怎么不说？"
店小二张口结舌。
武松："去吧，告诉你家店主，就是有虎，爷爷也不怕，看见吗？俺，就不怕！"他把哨棒一挥，吓得店小二连连后退。
店小二恼怒地："好，好！客官把小人好心当成恶意，让老虎吃了可怪不着我了！"
山风吹得树枝晃动，树叶纷飞。
店小二惊悸地往四周张望了一下，又说："不听好人劝，吃亏在眼前。反正我话已说尽，碰上老虎该你倒霉。"
武松看着店小二远去的背影，笑着摇了摇头。
夕阳依山而尽，山际林间升腾起沉沉的暮霭。武松摇摇晃晃走近一座破败的山神庙，庙门上贴着县衙门的告示：
阳谷县示：为景阳岗上，新有一只大虫，伤害人命。现今仗限各乡里正并猎户人等行捕猎，未获。如有过往客商人等，可于巳、午、未三个时辰，结伴过岗，其余时分及单身客人，不许过岗，恐被伤害性命。各宜知悉。
武松醉眼惺忪，看过告示，吃了一惊，又见对面山石上"前有猛虎，不可过岗"的大字，他自语道："噢，果真有虎！"他欲转身再回酒店，又寻思道："我若回去，须吃他耻笑，况且偌大山岗，哪儿会偏偏碰上，翻过山岗，明天就能见到我家哥哥了，还是赶路要紧。"他提了哨棒，又转身上山。
武松走得燥热，酒又涌了上来，他解开衣襟跟跟跄跄，奔过乱树林。

皓月中天。山风呼啸。溪水急湍。武松困乏已极，见树下有一块光溜溜的大青石，把哨棒倚在一边，放倒身子，纳头就睡，一会儿，武松就鼾声大作了。
这时，草丛中，一只吊睛白额大虎从山岗那边姗姗走来。
老虎四下张望，发现武松，便长啸一声，向武松扑来！
武松惊醒过来，见了，大叫一声"啊呀"，从青石上翻了下来，拿过哨棒，闪在青石旁。
老虎又饥又渴，将前爪一按，纵身往上一扑，从半空里蹿了下来。

武松一惊，冷汗满面，将身闪过。

老虎急转身，怒吼着，又扑。

武松又躲。

老虎扑空，将腰胯一掀，用后爪蹬武松。

武松贴地一滚。

老虎暴怒，将铁棒似的虎尾，倒竖起来，就地一扫，又让武松躲过。再吼一声，兜转身来。

武松一时兴起，双手抡起哨棒，竭尽平生力气，狠狠向虎头劈去！

"咔嚓"一声，枯枝断裂，哨棒打急了，正打在树上，折成两截，武松手握半截棍，紧张地死盯着老虎。

老虎又冲上来。

武松一闪，虎扑在树上。

武松跃上大树。

虎跃起。

武松从树上跳下。

虎冲过来扑在武松身上。

武松在地上翻滚着，避开虎爪。

武松将膝盖一顶，把老虎顶翻，急起身，双手就势把虎顶花皮肐瘩揪住，一按按了下来，随即用脚往老虎的面颊、眼睛猛踢一阵。

虎咆哮起来，四爪乱刨，爪下成了大土坑。

武松左手紧紧揪住顶花皮，抡起铁锤般的右拳，猛砸下去。

虎吼声越来越低，虎身抽搐着。

武松已经大汗淋漓，还继续挥拳。

虎突然挣起，将武松掀翻。

武松跃身骑上虎身，又举拳雨点似的向虎头砸去。

老虎七窍流血，瘫软在地。

武松又将半截棍找来，猛打了一阵，直打得老虎气息全无才住了手。他想把虎拖走，结果力气用尽，手脚都酥软了。

武松喘着粗气，收拾了青石上的行束，跟跄着离去。武松走到溪边，捧水擦洗着脸上的污迹。

树丛中两只虎姗姗走来，它们在黑影里站立起来，武松大吃一惊，急忙倒退，心想："这回不好！"

"小虎"举弓喝道："站住！不许靠前！"

武松迷惘地望着"它们"。

老者从头上撩下虎皮，说道："哎，快把弓放下！"他拿起钢叉向武松走来。

武松："你们是什么人？"

老者："我们是景阳岗的猎户，在此等虎，今晚是我们爷孙二人守宿。"

"小虎"抬起头来,原来是个十七八岁的小伙子,他一脸稚气,神情严肃,是老者的孙子,名叫二虎子。

老者走近武松,说道:"嚯,好大的个子!你是什么人,怎敢夜间过岗?"

武松笑道:"俺是赶路的,因急于要回清河县探望兄长,故而夜间过岗。"

老者:"你不知道这山中有虎?"

武松:"方才撞见了只大虫,已被俺一顿拳脚打死了。"

二虎不相信地:"哼!莫非你长着三头六臂,赤手空拳能打死老虎?"

老者也怀疑:"此话当真?"

二虎走近武松,从他身上提起一撮虎毛看着,惊喜地:"爷爷,您看!"

老者接过虎毛,激动地问:"那死虎现在何处,快带我去看看!"

武松:"好,跟我来。"三人走了几步,老者忙道:"当心,前面有陷阱。"三人绕道而行。

二虎子拨开小树望去,只见死虎僵卧在草丛中。武松走到死虎旁,踢了几下,笑道:"老爹,你看!"

老者二人走到虎旁,二虎踢了几下虎头,果然是只死虎。

老者感激地慢慢抬头看着武松,老泪纵横,颤巍巍纳头便跪。武松慌忙扶起:"快快请起,老爹,这岂不折杀俺武松了!"

老者抹泪,转脸对二虎子道:"二虎子,快,把大伙找来!"

二虎子将铁叉推给爷爷,向山坡跑去,边跑边喊:"嗳咳咳咳,老虎被打死啰!噢喝喝喝,老虎被打死了!叔叔大爷快来看呦!"

三三两两的猎户从草丛中起身,闻声向打虎处奔去。

山岗上火把映照着上山的猎户队伍。

老者眺望远处的点点火把,兴奋地对武松说道:"瞧,大伙来啦!"

众猎户纷纷从山上过来,围着老虎议论着。

甲:"瞧这老虎爪子真厉害!"

乙:"听说那老虎尾巴打人也很厉害!"

丙:"嘻!还是县太爷的板子更厉害!"

丁:"呦,你看那血盆大口!这么大的肚子,怪不得总想吃人!"

二虎子神情激动,突然冲出人群,冲到死虎旁拳打脚踢:"大虫,你也有今天!我叫你再吃人!你这吃人肉喝人血的畜牲!"

老者泪沾襟袖,伤心地:"嘻,虎子,打几下出出气也就算了……孩子他爹就是被这畜牲所害,一家人哭哭啼啼,整天说要报仇雪恨……"

二虎子伏在树上哭泣。

老者:"这孩子,小小年纪就跟我上山守宿,等了它好几个月,方才倒教壮士见笑了。"

武松深为感动:"哪里哪里,没料想这畜牲竟如此凶狂,把乡亲们害苦了。"

甲:"如今英雄为咱除了这一害,正要感谢英雄的恩德呢。"

乙:"阳谷县两大害,如今总算除去了一害。"

武松:"噢,还有什么?"

猎户乙讷讷难言。

老者打岔:"嘻,你看我这老糊涂,至今还未请教壮士的尊姓大名呢!"

武松:"岂敢,在下姓武名松,山东清河县人氏,是由河北沧州回乡探亲路过此地,只因赶路心切,又多喝了几杯酒,才贸然过岗,无意间打死了一只老虎,这算不了什么。"

武松又说:"倒是诸位日夜守候,多多辛苦了。"

众猎户七嘴八舌,拱手道谢。

老者:"武壮士一定很累了,快请到村里安歇,明天一早还要到阳谷县衙请功领赏呢。"

武松连忙推辞:"不不!这可使不得,明天我还要赶路呢!"

众猎户纷纷劝说,不放武松走。

二虎子拉着武松道:"我奶奶要是知道是你打死的虎,就是爬,也要爬来看看你呦!"

老者把手一挥,高兴地:"快把老虎抬上,有话到庄里说去吧!"

众猎户欢呼着,把武松和老虎抬上,走下景阳岗。远远望去,就像一条金鳞闪闪的长龙在夜空中游动。

阳谷县衙上。

街巷两旁,观者如堵,欢声雷动,人们都来观瞻打虎壮士的风采。

武松坐在轿上连连拱手致意。

县衙门。

众猎户和围观人群簇拥着武松走出大门。

县役挥手向众人喝道:"哎,百姓们,老爷传话,除了猎户以外,百姓不得入内。明早晨牌时分,行'老虎会',大家可以早到街区观看喽!请回去吧,都请回吧!"

县衙大堂内。

知县端坐在堂上,欣然道:"风云际会,心雄胆大,真乃英雄豪杰。来呀,给武壮士赐酒!"县役给武松筛酒。武松一饮而尽:"多谢大人!"知县道:"看赏!"差役将一盘铜钱捧到武松面前。知县道:"这是阳谷县百姓凑的一千贯铜钱,赐予壮士,也算是对打虎英雄的一片心意吧。"

武松推辞:"小人不过是一时侥幸打死这只大虫,并非小人之能,倒是众猎户半年来担惊受怕,日夜操劳,这赏理应赐散于众人。"

众猎户不肯接受。

知县笑道:"恭敬不如从命,我看你等就不必推辞了。"

县役将钱奉给老猎户。

老猎户收下钱,拜谢知县,武松:"多谢大人!"

知县:"去到各乡各镇鸣锣道报,自即日起,景阳岗日夜通行,明日行'老虎会',以示庆贺,也为壮士庆功!"

武松道谢,知县大笑。

挂在绿色牌坊上的"虎会"匾额。

集市上熙熙攘攘，人来人往。集上有测字算命的，卖铁器、金银器皿的，卖布、绳套的，也有摆水饺摊、豆腐摊的，应有尽有，热闹非常……

武松披红挂绿，骑着高头大马，前有乐手，后拥百姓。百姓们向英雄合手致礼；老人也点上香烛迎接武松；一家母女三人向武松磕头。武松左右顾盼，颔首答礼。

集市那头，小郓哥在招揽生意。

武大郎吆喝："卖炊饼——"

郓哥走近："武大伯，快卖完了吧？"

大郎："你饿了吧，来，吃个炊饼。"将炊饼递给郓哥。

郓哥高兴地谢过大郎，咬着饼，又去卖梨。

西门庆的几个门人横冲直撞地走来，集市上人纷纷躲避。

郓哥正在卖梨，被二打手一脚踹倒，抢了梨就走。

郓哥追在后面讨梨，又被大打手推倒。

郓哥爬起，向打手理论。

大打手将一筐梨倒在地上，用脚踩得稀烂。

郓哥哭道："你，你怎么踩我的梨！"

二打手打了郓哥一个耳光。四个门人把郓哥推来搡去。

一行人要来劝架，被大打手一掌打开。

大打手再回身一拳，郓哥倒地。

武大郎挑着炊饼担子赶来。他上前赔笑作揖："老爷，老爷，您先消消气……他小孩不认得您……"

大打手瞪眼："小兔崽子，你要不要钱了，嗯？"

郓哥吓得浑身直颤。

大郎赔笑道："你要打就打我，你要骂就骂我，只求你消消气就好。"

大打手恶作剧地："哼，你这三寸丁谷树皮，倒来管大爷的闲事！好，今天我不打你，也不骂你，你今天学个乌龟爬！"

众门人连声叫好，哈哈大笑。

武大郎怔了半天："行行，我爬，我爬。"他弯下腰去。

大打手看着大郎爬了一圈，洋洋得意。大郎慢慢站起："老爷，您消气了吧，你就饶了他吧。"大打手捋须大笑。

二打手不甘心地喊："让他再学一个王八爬，如何？"

大郎惊愕。

围观的人愤愤不平，敢怒不敢言。

大打手："慢着，要从我这胯下爬过去！"

武大郎无奈，只得趴在地上。

郓哥欲冲上去，被二打手一把揪住。

大郎闭上眼睛，屈辱地低头欲钻。

郓哥抽泣着捂脸蹲下。

大打手得意地吆喝:"爬,快爬呀……"
打手们哈哈大笑:"爬得好,像只大王八!"
大打手一挥手:"走!"几个门人扬长而去。
郓哥哭跪呼喊:"武大伯!"
武大郎慢慢睁开眼,郓哥将他扶起。
武大郎:"郓哥别哭,别哭,男子汉大丈夫,哪能轻易落泪呢?"
郓哥:"这是哪家的老爷,竟如此刁钻狠毒?"
武大郎悄声地:"哼,什么老爷,他们都是西门大官人家的门客罢了。"
郓哥咬牙切齿:"这些短命的看家狗们,都不得好死,死了也得行它个狗会。"
众人帮郓哥拾梨。
武大郎:"便宜点,把它卖了吧,啊!"
郓哥抹了一把泪,又吆喝着:"卖梨啦!"
众人叹息着,摇着头:"可怜!"各自掏出几文,买了郓哥的梨。

人群像潮水似的涌来:"武松来了,打虎的英雄,快来看啊!"随着喊声,人们翘首循声望去。
"虎会"牌坊下,鞭炮齐鸣,人声鼎沸,武松在众人簇拥下,骑马走来。
郓哥跑着喊道:"武大伯快来看,打虎英雄过来了!"
武大郎与郓哥一起观望。
武大郎一见马上的武松,不由大吃一惊:"啊,这不是我的兄弟吗?"
武松也早在人群中认出了武大郎,他翻身下马,跪在大郎面前:"大哥!"
武大郎泪流满面:"我的好兄弟,你可回来了!"忙拉着武松站起。
武松也怆然落泪。
郓哥雀跃欢叫:"噢,是武二伯伯!"

## 第二集 兄弟手足情

紫石街。
郓哥手提鱼肉兴冲冲走来,武松挑着担子与大郎在后。邻人碰面,寒暄几句:"大郎,这位……"武大郎高兴地:"这就是景阳岗的打虎英雄,我的兄弟。"
邻居敬慕地拱手:"久仰,久仰!"
武松也含笑答礼。
武大郎家门前。
郓哥提着鱼肉,走来敲门:"大婶,大婶快开门呀,武二伯伯回来了。"
门内,潘金莲应道:"来了,来了,你这小猴崽子,别把门给我砸破了!"
武松问:"两年未见,莫非大哥已经成家了?"
武大郎乐呵呵地:"是啊,我给你娶了一房嫂子,咱们总算是有了家了!"
郓哥一下钻进门内,潘金莲呵斥:"看这小猴崽,总是这么毛手毛脚的!"说着向门外望去。

大郎对潘金莲道:"他大嫂,这就是我常提起的他二叔,景阳岗上的打虎英雄就是他。"

年轻俊俏的潘金莲又惊又喜,满面春风地:"噢,是他二叔啊,听间壁王干娘说,'老虎会'行得热闹,本想去看看未能赶上……不想打虎的英雄就是叔叔,这真是喜从天降。"

武大郎:"兄弟,这就是你嫂子!"

武松连忙跪拜:"见过嫂嫂。"

潘金莲忙道:"叔叔请起,真是折杀奴家了。"

武松道:"叔叔受礼。"

潘金莲还礼,叉手向前:"叔叔万福。快请家里坐吧。"

武大郎乐得哈哈大笑:"快进屋吧。"他挑起担子进屋。

潘金莲看着武大郎道:"我陪侍着叔叔,你去安排些酒食来,款待叔叔。"

武大郎憨厚地应道:"如此最好。二哥,你且坐一坐,我便来了。"他与郓哥忙着下厨烧菜。

潘金莲笑问:"叔叔,如今来了,就在后堂安住,兄弟长居一处,不知叔叔意下如何?"

武松:"谢谢嫂嫂!"

潘金莲忙又起身,绞了一把热毛巾,递给武松:"叔叔一路风尘,快擦擦脸吧!"

武松感激地:"多谢嫂嫂。"接过毛巾擦脸。

武大郎端出酒菜,兄弟入座。

武松:"郓哥呢?"

武大郎:"他紧忙,叫我先陪你,咱们先喝吧!"

武松:"今日若不是大街相遇,免不了还要去清河县扑个空呢!不知大哥何时来到阳谷县安家?"

武大郎叹了口气:"你我一别两年多,来到阳谷县也一年多了,那时候我娶了你嫂子,清河县有几个浮浪子常来无理取闹,住不下去,才搬到这阳谷县来。"

潘金莲:"都怪你哥。生性懦弱,常受人欺辱。俗话说:'善马好骑,善人好欺。'他为人能有叔叔一半刚强,谁还道个'不'字。"

武松:"兄长为人本分、厚道,怕与人争,不像我武松泼野惹事的。"

潘金莲笑道:"常言道,'人无刚骨,安身不牢。'奴家平生快性,看不得这般三答不回头,四答和身转的人。"说着瞟了武松一眼,斟了一杯递到武大郎面前。

武大郎赔着笑脸急忙接杯。

武松笑道:"哥哥不闯祸,免得嫂嫂担心,还是好的呀。"

潘金莲:"不担心,可总跟着他受气。你们哥儿俩说话,我下窖去拿点好酒来,兄弟相聚,喝个痛快!"

武大郎道:"她原是清河县一个大户人家的使女,见过世面,煮饭烧菜样样都行,还做得一手好针线。承蒙那员外看得起我,分文没要就把她许给了我……说是要积些阴德。"

武松诧异地:"噢。"

武大郎："兄弟，那年你走了，我也只是蹲了几个月的牢，清河县那一个恶霸只是被你打昏，日后就康复了，县役看我一贫如洗，没有什么油水，也只好放我出来，出监之后，仍以卖炊饼度日罢了。倒是兄弟这二年何处安身？"

武松："无非是南北飘零，四海为家。后来投奔河北沧州柴大官人处逗留一年，后又碰上山东郓城县押司宋江，我等谈得投机，拜为兄弟，日久天长，思念哥哥心切，就赶回来了。"

潘金莲拿出陈年老酒，给武松斟满一杯："先敬你一杯，给叔叔接风洗尘。"郓哥也又端来酒菜。

武松："多谢嫂嫂盛意。"

郓哥放好酒菜，说："武伯伯，我回家去了。"转身要走，武松阻拦："哎，忙了一阵，坐下来喝杯酒啊。"

郓哥："你们一家人吃团圆酒，我算什么？武二伯伯回来了，我得去告诉老爹，让他也高兴高兴，我去了。"

武大郎："这如何使得！"他追到门口，正与王婆撞了个满怀。大郎、潘金莲招呼她："王干娘！"

王婆："喵！这就是你家的好兄弟，景阳岗上的打虎英雄吧？"

武大郎："是啊。兄弟，快来见过，这位是开茶坊的王干娘。"

武松拱手道："噢，原来是高邻，失敬失敬。兄嫂在此居住，全仗王干娘照应了。"

王婆伶牙俐齿："唷！瞧武英雄说的我怪不好意思了，我们相处多时，特别亲切，承蒙这两口子瞧得起我，还叫我一声王干娘，可真不敢当啊。武英雄啊，我告诉你，你这个嫂子呀，那可真是百里挑一呀，特别贤惠。你这个哥哥，那可就更别提了，为人忠厚老实，天生孝悌，一提起你来，他还要哭一场，我总劝他说，骨肉之情总能团聚。哎，怎么样？今日相聚，该快活了吧？"

众人："是啊是啊！"

武松接着说："是啊，请王干娘一起坐下，喝杯水酒吧。"

王婆打趣说："好，这酒么，就先存在这儿吧，改日再来叨扰。老身今日是来向你们道喜的。好啦，改日再会，改日再会！"

武大郎送到门口："恕不远送，恕不远送！"潘金莲拉回大郎，探头见王婆远去，连忙闭了大门。

潘金莲笑盈盈地："叔叔，请用酒啊！"

武松呷了一口，连声称赞："这酒好香！"

潘金莲："那就多喝点吧。"

武松从怀里掏出一锭银子："这是宋江大哥临行所赐，请兄嫂收藏使用，不成敬意。"

潘金莲忙道："哎呀，这如何使得？"

武大郎："自家兄弟不必客气，给了就拿着吧。"

潘金莲嗔道："喵，你倒实在。"

武大郎仰面大笑。

武松："小弟还有一事与兄嫂商量，阳谷知县大人有意点小弟做个都头。"

潘金莲目光一亮："噢？"

武松："可这公门之事，总有为虎作伥之嫌，不知大哥意下如何？"

武大郎沉吟："俗语说：'公门之中好修行，'再说，当差也不一定都做坏事，只要你秉公办事，也就行了。况且，在县里干事总比在家闲着坐吃山空好吧。"

潘金莲喜得直拍掌："可不是！叔叔做了都头，看谁看敢欺侮咱家！"

武松："既然兄嫂做主，小弟遵命便是。"

潘金莲："来，咱们共祝叔叔加官晋爵，步步高升！"

三人一饮而尽。潘金莲呛得直咳嗽。武大郎放下筷箸，慌忙给她捶背，又给潘金莲夹菜。潘金莲好不容易透过气来，拭着泪水道："这酒劲可真大呀！"

武大郎哈哈大笑。

潘金莲啐了一口，轻声骂道："看你这死鬼，消掉魂了！"她瞧了武松一眼，也自笑了。

武松被这情景逗乐。

一家人的欢声笑语融成一片。

县衙厅里。

知县大人恭敬地将七旬老翁陈洪送出大堂。

侧室内。都头打扮的武松等人望着窗外。

一公人："这是何人，大人待他竟如此恭敬？"

周天："提起此人赫赫有名。他叫陈洪，原是县吏，如今是衙门的巡房老师，律例透熟，笔杆如刀，是这阳谷县衙的三朝元老。大人有什么疑难之事总要找他商议，向他请教呢。"

武松感慨地："是啊，公门之中规矩大，是非多，我武松刚入公门，还指望诸位多多指教。"

华豹："武都头说哪里话，虽说武都头上任不久，对兄弟们能以诚相待，为人耿直，办事认真，就连大人也格外器重。"

突然，敲门声起，二人回头。

门开，一位二十来岁的叫花子向周天招了招手。

周天不情愿地："武都头在此，小人去去就来。"转身出门。

华豹看了一眼，摇头长叹。

武松纳闷："这是何人？"

华豹："这就是刚才那位陈老太爷的儿子——陈兴。"

武松惊讶："为何落魄至此？"

华豹："陈洪膝下就这一个独子，前两年结交了一些游手好闲之徒，非赌即嫖，拉了一大堆债，债主时常登门讨债。你想，那阵老洪头家教甚严，是个极要脸面的人，一气之下把他赶出家门，扬言'如不改邪归正，还清债务，就不准回家'。陈兴原本是个公子哥儿，既不会做生意，又不肯出苦力，只好靠三班衙役里的老人周济度日。"

周天推门进来，华豹问："又给了多少？"

周天："三十文。又扔到河里啦！"

武松紧皱眉头，突然起身，推门唤道："陈兴，你回来！"

陈兴吓了一跳，战战兢兢地："是武都头叫我？"

武松："嗯，进来。"

陈兴畏畏缩缩地进门，叫了一声："武都头！"怯生生地看着众人。

武松："方才听人说，令尊大人已将你逐出家门，不知你日后作何打算？你还想不想回家呀？"

陈兴答道："我岂有不想回家之理，只是家父有言在先，如不改过，还清债务，则不准回家。如今我负债累累，哪里还得清。"

武松："共有多少债务？"

陈兴吞吞吐吐地："若按实数算，也就四五十千文。"

武松："按实数？若按虚数算呢？"

陈兴："按虚数，得四五百千文。"说罢便低下头去。

武松："这叫借的什么债！哼，这种放债之人，绝非善良之徒。不要紧，这个债，我来给你平！"

陈兴惊愕地抬头看着武松。

武松："但有一条，往后定要改邪归正，不要再辜负陈老太爷对你的养育之恩。"

陈兴激动地哭出声来。

周天、华豹也催促道："快给武都头回话呀！"

陈兴："我若不改正，还能算个人么？武都头，你真是我的重生父母，再世爹娘啊！"陈兴扑地跪倒。

武松急忙扶起陈兴："不要这么说。你且讲讲你那债主有几个，都是什么人？"

陈兴："有四个，都是西门大官人家的门客。"

武松："又是他的门客。这西门大官人到底何许人？"

周天不敢插言，华豹说："就是那狮子楼前，同春堂生药铺的东家，叫西门庆。家中豢养了一帮门客、打手，为非作歹，无恶不作，仗着西门庆的老丈人官高显宦，无人敢管！"

武松："噢，怪不得百姓们传说'阳谷县二大害——岗上的猛虎，岗下的西门'，原来如此。"

华豹："对，就是指西门庆。"

武松："当官要与民做主，执法犯法不是要罪加一等吗？不要紧，叫那几个债主带着债据到这儿来，就说你要还钱，去吧！"

陈兴边退边说："多谢武都头！多谢武都头！"

周天高兴地看着陈兴走远，对武松说："武都头仗义疏财，真乃仁义之士啊！"

武松感慨："告诉兄弟们，一定要办事公道，为人秉正。我等身在公门，绝不可欺软怕硬，更不准欺压百姓，去干那伤天害理之事。"

周天、华豹二人应道："是。"

朔风紧起，阴云密布，纷纷扬扬地下了一天大雪。

潘金莲卷起窗帘，焦急地探头张望。

她放下小帘，坐在梳妆台前搔首弄姿。

楼下敲门声起。她抿了抿鬓发，下楼开门。

潘金莲一开大门,见是武松,满脸堆笑,殷勤地:"叔叔怎么这时才回来,怎么没有回家吃午饭?"

武松拍打着斗篷上的雪花,歉意地:"中午有几个弟兄拉去吃酒,未能回家,累嫂嫂久等了。"

潘金莲:"你哥哥图他多卖几个炊饼,也没回来,叫我一个人在家里等得心焦。这么大的雪,回到家里暖暖和和的多好,偏要在外边与人家吃酒,快快宽衣换鞋吧。"

潘金莲顺手插上大门,莞尔一笑,步入厨房。

潘金莲从厨房里拿了酒杯招呼武松:"快到你屋里来烤火暖暖吧。"说罢走进里屋。

武松进屋,潘金莲把盏斟酒。

潘金莲将盆火拨旺:"叔叔快坐,饮上三杯祛祛寒气。"

武松:"还是等哥哥来家一同吃吧。"

潘金莲:"等他回来还早呢。今降大雪,买主稀少,来得更晚,等他不得。"

武松踌躇。

潘金莲站起道:"叔叔要是觉得一个人太寂寞,奴家就陪着叔叔先饮此杯。"

武松只好端杯道:"嫂嫂自便。"然后一饮而尽。

潘金莲又斟上:"天气寒冷,叔叔饮个成双杯。"

武松:"我自己来吧,嫂嫂请酒。"

潘金莲见武松又饮,兴奋地:"叔叔真是海量,怪不得老虎都怕你。"她自己呷了一口,又说:"我听人说,叔叔在县前东街上找了一房婶婶,此事可是当真?"

武松:"嫂嫂不要听人胡说,我武二从来不是这等人。"

潘金莲盯着武松:"我却不信。只怕叔叔口头不似心头吧!"

武松:"嫂嫂不信请问哥哥。"

潘金莲撇了撇嘴:"他晓得什么,他晓得这等事,就不卖炊饼了。"

潘金莲见武松不语,又道:"叔叔别发愣啊,快快饮酒!"

武松又闷闷地饮了一口。

潘金莲转身烫酒,边走边道:"叔叔别急,奴家去去就来。"

武松心中烦躁,放下筷子拨弄火盆。

潘金莲掀帘进屋。

潘金莲亲昵地扶着武松的肩膀,又轻轻地捏了一下:"呦,叔叔只穿这点衣服,不冷吗?"

武松把火筷一扔:"不冷!"

潘金莲:"来,多喝几杯,暖暖身子,我来给叔叔把火拨旺。"

潘金莲边拨火边问:"快过年了,如今叔叔青春多少?"

武松:"二十五岁。"

潘金莲:"呦,还长奴家三岁呢,明年就是二十六了,俗语说:'男大当婚女大当嫁。'叔叔早该有一房婶婶才是啊!"

武松只是不语。

潘金莲自斟了一杯酒,呷了一口,颦颦地走到武松面前。

潘金莲欲火难耐,色眯眯地:"你若有心,就喝下我这半杯残酒。"

武松劈手夺来，泼在地上，两眼一瞪说道："嫂嫂，你看错人了，我武松是个顶天立地的男子汉！不是那种败坏风俗、伤害人伦的猪狗！"

潘金莲吓得倒退几步，跌坐在床上。

武松："嫂子不要这般不知羞耻！"他转身便走。

潘金莲："等等！你到哪儿去？"

武松："回县衙！"

潘金莲："你，你难道丝毫也体察不到奴家的心思吗？"

武松沉吟片刻道："什么？"

潘金莲："虽然我是女流，可也是个不戴头巾的汉子。当初，那员外纳我为妾，我执意不从，他就逼我嫁给你哥哥，我也认了。可这心里的黄连似的苦味，有谁知道啊？我看你是个相貌堂堂、身躯凛凛的英雄汉，才勾起这一腔柔情……难道，难道你真把我看成是个不知羞耻的猪狗吗？"她趴在床上号啕大哭起来。

武松思忖有顷，说道："方才言语冲撞，嫂嫂休怪。我自幼父母双亡，是大哥把我苦心抚养。大哥待我恩重如山，情同父母，故而对嫂嫂也是同样敬重，未有半点轻蔑。我大哥虽说性情懦弱，但为人忠厚，老实勤恳，对嫂嫂更是体贴入微。嫂嫂如能一如既往与大哥同甘共苦，正是武松求之不得。今日之事也就过去了，如若再不安分，有什么风吹草动，那我武松眼里认得嫂嫂，拳脚却只认得天理人伦！到那时休怪我武松不讲情义！"说罢走出房门。

潘金莲被武松抢白一顿，通红了脸，收拾着那杯盘盏碟。

文字整理：张蕊

资料来源：广播出版社编，《电视剧本选（三）》，广播出版社1984年6月第1版。

# 鲁　迅

**首播时间**：1982年
**首播电视台**：浙江电视台
**摄制单位**：浙江电视台
**编　　剧**：童汀苗、史践凡
**导　　演**：史践凡
**摄　　像**：周凯光
**主　　演**：王宏海、王若荔
**获奖情况**：第三届（1982年度）中国电视剧"飞天奖"连续剧特别奖、导演特别奖；第一届（1983年）中国电视金鹰奖特别奖。

**剧情梗概：**

第一集

1892年，鲁迅要到三味书屋读书了，师从寿镜吾老先生。此时，周家德寿堂内张灯结彩、喜气洋洋，亲朋好友齐聚一堂，为鲁迅举行拜师礼。

课堂上，鲁迅专心读完《诗经》后拿出一本《西游记》偷看。在对课的时候，鲁迅对得最好，寿老先生表扬了他，还许诺将来给他看《水浒》一类的杂书。

周伯宜和好友陈文炳在书房饮酒闲谈，被周介孚看到，怒斥他不知用功。周伯宜则认为清廷腐败，应试无用。

临睡前，鲁迅央求长妈妈给他讲"长毛造反"的故事。长妈妈给鲁迅买来《山海经》，他知道了刑天这个英雄。

鲁迅听说广思堂的先生惩罚学生十分狠毒，于是带领小伙伴大闹广思堂。鲁迅成了孩子们心中的领袖。

第二集

1893年新年，周家的帮工老庆头把儿子运水带来管祭器，鲁迅和运水很快形影不离。运水向鲁迅描述乡下的情形，勾起了鲁迅的向往之情。

寿镜吾认为清廷腐败、做官无用，极力阻止儿子去应试。他训斥儿子的话被前去请教问题的鲁迅听到，明白许多。

鲁迅在咸亨酒馆目睹众人巴结陈文炳、欺辱孟夫子的情景，百思不得其解。

陈文炳央求周介孚为之疏通关系，以便赢取科举应试，一向清高的周介孚竟然答应了。但因三叔的疏忽，事败案发，周伯宜被看押。长妈妈只得带着鲁迅到乡下避难。

鲁迅到了乡下，在小伙伴的带领下看社戏、偷蚕豆，十分快活。正在和小伙伴演鬼戏的鲁迅突然被叫回周家，原来，清官奉旨捉拿逃跑的周伯宜。数日之后，手捧圣旨的钦差将周介孚、周伯宜父子一并带走。

第三集

1894年，周介孚因科举贿赂案被判罪，在狱中候斩；周伯宜被革去秀才头衔，释放出狱。回家后，周伯宜差廿五叔变卖田产搭救父亲，廿五叔却从中抽了不少油水。昔日阿谀奉承的廿五婶此时只想着怎么把周家的家产弄到手。

周介孚整日咳血，老中医给开的药方需有一对原配的蟋蟀作为药引方才灵验。鲁迅因为抓蟋蟀误了上课的时间，面对寿老先生的责备，他羞愧万分，在自己的课桌上刻下一个"早"字。

陈文炳也回到了鲁镇。他去周家看望周伯宜，说自己要走遍中国，呼吁变法。

病情日益加重的周伯宜自暴自弃，要抽鸦片止咳。鲁瑞拗不过他，只好差鲁迅去买。在药店，鲁迅受到众人的奚落。

第四集

周伯宜嗜烟成瘾，家境越发拮据。鲁瑞让鲁迅到廿五叔家里去借点钱，廿五叔以天晚睡

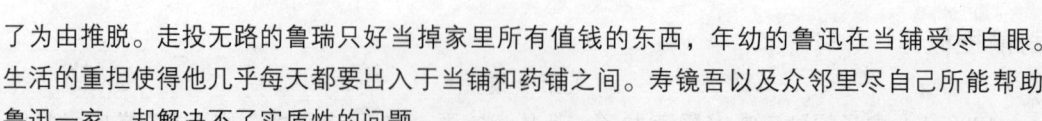

了为由推脱。走投无路的鲁瑞只好当掉家里所有值钱的东西,年幼的鲁迅在当铺受尽白眼。生活的重担使得他几乎每天都要出入于当铺和药铺之间。寿镜吾以及众邻里尽自己所能帮助鲁迅一家,却解决不了实质性的问题。

廿五叔、廿五婶为了争夺公房和田产,日夜四处游说。亲朋反目,全部聚到周家逼周伯宜签字画押,放弃地产。鲁迅据理力争,家族的公房公田之争暂被搁置,但周伯宜终因郁病交加,离世而去。周家彻底败落了。

长大了的鲁迅决心离开绍兴,到南京水师学堂从军。他作别母亲、寿老先生,踏上了一个全新的社会课堂……

文字整理:张蕊

资料来源:广播出版社编,《电视剧本选(三)》,广播出版社1984年6月第1版。

# 剧本

## 《鲁迅》

### 第一集

一、绍兴周宅内外

灰蒙蒙的早晨,绍兴镇沿河的街巷里烟雾缭绕,打锡箔的声音震耳欲聋。贫困交加的乞丐正沿街乞讨。

叠字幕:1892年 早春

一座昏暗、落后、原始的锡箔作坊里,几个男子在忙碌着。他们将融化的锡水注入模内,又从模内取出一个小锡锭。靠门的地方有两三个赤裸着上身的男子汗流浃背地在敲打锡箔。

溪边,妇女们在刷洗蚕匾。一只脚划的小船在河中缓缓穿过。

周家的后天井里,长工阿友挑着两大桶水,吃力地走进画面。他将前桶水"哗"地倒进水缸里,又习惯地将后桶水泼在地上。

院内,廿五婶穿着妖艳地走出来,她扫了阿友一眼,便向楼上直喊了起来:"衍生!快点!贵客到齐了,你这本家叔祖可不能去迟啊!""好!就来。"楼上玩弄着鸟笼的廿五叔应诺着。

周宅大门口《翰林》匾下,周伯宜、鲁瑞正兴冲冲地恭候来客。廿五叔、廿五婶带领端着礼品的女佣,满脸堆笑地恭候着向前厅走去。

周伯宜微咳几声,鲁瑞将手帕递给他,尾随廿五婶走了进去。

周伯宜的好友陈文炳,含着笑走进周家台门,与周伯宜拱手寒暄。

二、德寿堂

德寿堂内,洋溢着喜庆的气氛。祖父周介孚身着清朝官服站在堂中,正向立在身边的小鲁迅一一介绍着来客:"这是钱庄的赵太爷……这是济恒铺的夏老板……这是……"

小鲁迅茫然地应诺着。

众人寒暄……

这时，本家长辈玉田叔、花藤叔、子京叔手提插着葱的灯笼进了德寿堂。周介孚、周伯宜和本家亲友寒暄着。

廿五叔、廿五婶挤到前面："阿樟，给！"说着将一包礼物递给他。

阿樟是鲁迅的乳名，他抬头看了看母亲鲁瑞。母亲微笑着点了点头，阿樟开心地接过红包："廿五奶奶，你最好了！"廿五婶一脸得意之色。

周介孚："阿樟，到这边见礼。"刚露出天真之色的阿樟立刻又变成小大人似的跟着祖父向长者一一行起礼来："玉田叔祖"，"花藤叔祖"，"子京叔祖"……

长者们一边含笑点着头，一边称赞着。

玉田："阿樟七岁那年在我这里启蒙，天资非同一般，别家子弟学的是《三字经》、《百家姓》、《千字文》，阿樟学的乃是《鉴略》，……是《鉴略》。"

花藤："阿樟聪明！聪明！早就该进三味书屋了。"

子京："不算迟，不算迟，阿樟今年才十二岁。"

廿五叔也提高了嗓音："这孩子将来一定发科发甲，为我们周家争光。"

长辈们："对！对！"

周介孚放声大笑，周伯宜、鲁瑞也由衷地笑了。在一片喜气洋洋之中，唯独小鲁迅显得不那么快活。

男佣阿福进堂禀报："老爷，寿镜吾老先生到了！"周介孚连忙起座。

亲友、宾客纷纷转身向门外看去。小鲁迅睁大眼睛期待地望着。

身穿竹布长衫、戴着一副眼镜的寿镜吾老先生在周伯宜陪同下来到德寿堂。

寿镜吾："拜见介孚公。"

周介孚匆忙让座："镜吾兄，免礼免礼。上座！上座！镜吾兄，阿樟这孩子不懂规矩，今后就交给你了……"

周伯宜："'三味书屋'是绍兴城里最好的教馆，寿老先生又是绍兴城里最博学的人，阿樟交给您，那是最放心的。"

寿镜吾谦和地："哪里，哪里。"

周介孚顾盼左右，侃侃而谈："阿樟啊，你知道你读书的地方为什么叫三味书屋吗？古人把诗经、书经比作祭神的酒……"

阿樟出神地听着。

（画外音继续）"把历史比作美味的肉，又把春秋战国诸子百家的著作比作用鱼肉支撑的精美调味品。"

众人听着，频频点头。（介孚公画外音仍继续）"因为寿老先生酷爱读诗书，所以把他的书塾叫做'三味书屋'。"

廿五叔："寿老先生真是学问过人啊。"

周介孚："伯宜，叫阿樟拜师。"

周伯宜："是，寿老先生，请。"

顿时笙管齐鸣、鞭炮阵阵，一只只拴着绿葱的灯笼点亮了。

寿镜吾老先生端立中央，众亲友恭候一旁。

阿樟神采奕奕地走到寿老先生面前，深深地凝视着。寿老先生捻着胡须满意地看着阿樟。阿福将红色跪垫放在阿樟面前。阿樟恭恭敬敬地向先生跪拜叩礼，寿老先生微微点头受礼。

周介孚、周伯宜、鲁瑞欣慰地看着。周围的人也都笑眯眯地望着。

门旁，长妈妈带着阿樟起身站稳，就急步冲上前来，高举灯笼高声恭贺："葱明，葱明，聪聪明明，阿樟聪聪明明上学去！"

廿五叔这时桌上托起一盘印糕："来，来！请大家吃糕。糕者高也，是高中之意也。阿樟将来一定中状元！"

又是一阵恭贺声。

阿樟此时有些木然。

伯宜和鲁瑞略显欣喜。

介孚公满面得意之色："来，来！请坐，请坐！请吃莲子。"

廿五太太一步抢前，一面给来宾分莲子，一面喜形于色地说："阿樟聪明过人，就连我这叔祖母也觉得脸上有光啊！"

周介孚将莲子盅放在一旁，训导地："民以仕为首，读书进仕才是正道。"

来宾中赵大爷等人恭维着："连中三元，连中三元，阿樟读书高升定能连中三元！"

众人迎合着。

阿樟却头也不抬地只顾吃莲子。（画外音）"大哥，你的福分在后头呢！"

此时阿樟似乎明白了什么，放下手中莲子盅。

周介孚很是高兴："伯宜呀，给我拿笔来。"

周介孚端坐在台案前，提笔疾书。

周介孚在写。

众人观看。

伯宜和鲁母也十分高兴地看着。

条幅一挥而就："祖孙、父子、兄弟、叔侄、翰林。"

赵太爷："好！好！雄心壮志！"

夏老板："前程无量！"

众人七嘴八舌恭维着。

周介孚振振有词地："我平生别无他求，只希望子子孙孙都和我一样，成为钦点的翰林。"

### 三、周家台门口

晨曦中的水巷，一只脚蹬船悠悠驶过。水面上留下一道长长的涟漪。台门口，远远传来清脆的叫卖声。

男佣阿福按习俗提着挂有一束葱以象征聪明的灯笼，为头一天上学的阿樟带路。

阿樟夹着蓝印花布的书包兴冲冲地跟着阿福走出台门，鲁瑞和长妈妈拿着长命锁追了出来。

鲁瑞："阿樟，阿樟！你看你又忘了挂。"

阿樟不高兴地："妈，我都上学了，还挂？"

长妈妈:"挂在里边……听话,快。"

这时,廿五太太也跟了出来,"哎呦,大少奶奶,你们担什么心,阿樟必定能和他爷爷一样中举做翰林。"说着把两个鸡蛋塞到阿樟袋里:"饿了吃。"

阿樟十分高兴地向廿五太太鞠躬:"谢谢廿五奶奶。"

鲁瑞:"叔婆,你总是夸他、宠他。快去吧!"

阿樟正要离去,周伯宜捏着书签追了出来:"等一等,这是我昨晚给你写的书签。读书,读书,就是要做到三到:心到、眼到、口到。今天你每读一遍书,要认一个字,念过十遍就记在心里了。"

阿樟接过书签,一脸严肃地离去。

伯宜、鲁瑞、长妈妈、廿五太太疼爱地看着远去的阿樟。

**四、周家附近小巷**

临巷的门庭里,桌上摆满供品,香火袅袅,四五个老太婆围坐在一起虔诚地念佛。

阿福提着灯笼,带着阿樟穿过门庭。

几个满脸凶气的差役押着衣衫褴褛的囚犯走来。断腿的乞丐坐在蒲包上向街人乞讨,差役押着犯人从他面前走过,一个差役一脚将乞丐的破碗踢碎后扬长而去。

披头散发的乞丐向行人乞讨着:"少爷,少爷,可怜可怜我这断腿人吧!"

阿樟停步,怜悯地看着乞丐。阿福在旁催促着,阿樟慢慢转过脸朝三味书屋走去。

滨河的街道,人来人往,吆喝声,打锡箔声响成一片。

阿樟有礼貌地向遇到的老者一一行礼鞠躬。久试不中的孟夫子穿着破旧的长衫迎面走来,阿樟照旧鞠躬:"大伯早。"向来受人嘲弄的孟夫子一愣,待他明白这是向他行礼,顿受感动。他轻轻地点了点头,摸着阿樟的头问道:"你是哪家的公子?"

阿樟:"周伯宜。"

孟夫子:"哦,好!好!到底是书香子弟。好生念书,将来和你爷爷一样做翰林当大官。"

言谈间,几个学生冲了过来:"老童生!老童生!"他们边叫边嘲笑着孟夫子。

孟夫子欲言又止,混浊的目光中既像充满着渴望,又像满含着绝望。他慢慢地转身走开去。孩子们反叫得更响了。阿樟对老者被欺甚是不解。

小胖子跑过来:"你真晦气!第一天上学就叫'老童生'摸了头顶。"对同学:"来,来,给他驱驱晦气!"他说着动手打起阿樟的头顶,其他孩子也都动起手来。

阿樟莫名其妙地护着头,书包掉到了地上。

小胖子:"好啦,好啦,不可多打。"

阿樟这才镇定下来,学生甲拾起书包还给他:"你怎么和这个晦气鬼讲话?"

阿樟疑问地:"什么叫'老童生'?"

小胖子:"就是考了一辈子秀才,每次都落榜的老饭桶。"

学生乙:"快走吧,头天上学不可迟到。"

阿樟叫阿福回府去,自己随几个学生匆匆拐向通往三味书屋的弄堂。

**五、三味书屋**

三味书屋的梅花鹿图下,学生们恭恭敬敬地叩头行礼。

寿老先生频频还礼。

学生们入座，高声吟诵诗书。

寿老先生在讲台上吟诵着，头不时地向后仰着，仰着……

阿樟认真地读着书，有几个读书生厌的孩子悄悄地做着小动作。

书屋中堂挂着梅花鹿条幅。

（旁白："三味书屋的厅堂中既不挂孔夫子的像，也不立孔夫子的牌位。小鲁迅向这只肥大的梅花鹿行礼后，开始了新的学习生活。"）

**六、周伯宜书屋里**

书桌上摆着酒壶、果盘。

书房里，周伯宜和陈文炳饮酒闲谈。

陈文炳试探地："伯宜，这次令尊大人回家省亲，我们应试的事能不能托他……"

周伯宜厌烦地："唉！清廷腐败，不能选取真才，算了，来来，喝，喝。"

周伯宜给陈文炳斟酒。

陈文炳探身神秘地："在广州，现在有些人主张变法、改良，提出废弃科举。"

伯宜："真要能废了就好了。来！来！喝！喝！"说罢举杯一饮而尽。

院中的沿廊走来："伯宜！伯宜！"他边走边喊着，迎面碰到鲁瑞，开口问道："伯宜呢？"

鲁瑞迟疑一下："在书房。"

伯宜、陈文炳听到周介孚的说话声，忙将酒具藏起来。

鲁瑞随周介孚拐进庭门，只见文炳匆匆离去的背影。周伯宜在书房门口垂首迎候，周介孚走进书房。

桌上杯盘狼藉。

周介孚怒目而视："又喝酒了？"

周伯宜低头不语，鲁瑞也不敢搭腔。

周介孚："子曰'三十而立'。你今年三十有三，中了个秀才就够了？为什么不用心攻读诗书？"

伯宜沮丧地："孩儿熟读儒书，也喜欢诗文，怎奈心高如天，命薄如纸，屡应乡试不中，只好……只好有酒自遣。"

周介孚听了暴怒："不长进的东西！阿樟进三味书屋都快半年了，你这做父亲的叫儿辈如何效仿。下次再在书房饮酒，我，我把你赶出去！"

鲁瑞、伯宜垂首不语。

周介孚："阿樟这一向功课怎样？"

伯宜："尚知努力。"

鲁瑞："寿镜吾先生也夸阿樟聪明过人。"

周介孚听罢略显满意，然而这只有短短的一瞬，他突又严厉地："不知用功，哪来得聪明！再不用心攻读和孟老夫子一样，一辈子都没出息。"说罢瞪了伯宜一眼。

周伯宜刚有些得意之色，听父亲这一番话又立即垂下眼睑。

周介孚随手从条桌上取出一摞书，重重地放在桌上："你给我读！"说完转身离去。

鲁瑞端上一杯茶轻轻地放在周伯宜面前，随手将几册书搬了过来。周伯宜抬头看着妻子温顺、体谅的神情，无奈地长叹一声，懒洋洋地翻开了书页。

七、三味书屋

寿老先生仍仰着头入神地吟诵诗经。

阿樟专心读着书。写着"读书三到：眼到、口到、心到"十个大字的书签夹在书页里。

小胖子合上书，偷偷从抽屉中拿出纸蛙吹了起来。

角落里，几个孩子顽皮地把纸糊的小人套在手上打闹着。

阿樟将看完的书收起来，偷偷拿出一本《西游记》，用课本挡着，偷看了起来。

一个写着"军令状"的小纸条吊在半空，巧妙地用长发丝牵引着上下移动。小胖子捅阿樟快看。阿樟随手将桌上一块硬纸板翻到小胖子面前，只见纸板上写着"君子自重"四个字。小胖子不以为然地吐了下舌头，和几个孩子发出了起哄的叫声。

寿老先生被吵闹声惊醒，他大喝一声："读书！"

三味书屋顿时响起了呆板而响亮的读书声。

寿老先生似乎察觉到了什么："好啦！好啦！现在对课！"

贪玩的学生紧张地翻书偷看。

有的拼命向邻座"求援"。

寿老先生："今天对课的题目是'独角兽'，你们好好想想，'独角兽'该对什么。不要紧张，要好好想一想，对课讲究对仗、韵律……"

寿老先生来回踱步，仔细观察着。他叫起一个学生。

"两头蛇。"学生怯生生地回答。

"三脚蟾"、"八脚虫"、"九头鸟"。学生被一一点名站起来回答着。

然而寿老先生却不住地摇头。

小胖子站起来信心十足："四眼狗。"

孩子们发出哄笑。

寿老先生不悦地训斥着："胡闹！'独角兽'是麒麟；'四眼狗'是什么？你见过吗？"

小胖子露出一脸苦相。

寿老先生："阿樟，你给我对对。"

阿樟："比目鱼。"

小胖子和几个学生自以为是地嘲笑着，等待着阿樟挨训。

寿老先生："笑什么！'独角兽'对'比目鱼'好，对得好！'独'不是数字，但又单的意思；'比'不是数字，但有双的意思。《尔雅》里说：'东方有比目鱼焉，不比不行，其名为鲽。'看来你熟读了《尔雅释地篇》，可见你是用心对出来的。大家回去准备，明天还要对课。"

学生们一哄而散。

教室里只剩下寿老先生和挟着书包准备回家的阿樟。寿老先生一反那严厉的面孔，走到阿樟面前慈爱地："阿樟，用功吧，学问是不会亏待有心人的。现在你先读点《四书》《五经》，将来我再授些'闲书''杂书'给你。"

阿樟："杂书？"

寿老先生:"就是不准小孩子看的《水浒》《西游》《红楼》。"

阿樟:"《西游记》?"

寿老先生:"嗯!对,你爷爷是个'西游迷'。"

阿樟暗暗在笑。他与寿老先生一道走出了课堂:"先生,你学问过人,为什么不考翰林,不去做官?"

寿老先生固执地:"不!不!乱世切莫做官。"说话间,寿老先生的儿子从里面走出来,接过父亲手中的教具。寿镜吾突然转变了语调,又重重地说了一遍:"懂吗?乱世切莫做官。"说罢竟自走去。

阿樟疑惑不解。寿老先生的儿子早已明白是在训斥自己,他朝阿樟笑了笑,摆了摆手:"无妨,无妨。"

## 八、鲁母卧室

明月当空。

铜质的油灯台下,鲁瑞坐在床内放物品的"母被板桥"前专心地看着《红楼梦》。

阿樟用心地描着《海上名人画谱》,然后仔细地将一叠画稿收好。接着又爬上母亲的大床从一摞书中抽出一本准备去看。鲁瑞转身发现了:"阿樟,不准看闲书。"

阿樟诡秘地笑了笑,趴在母亲肩上,悄声地:"妈妈,爷爷就爱看闲书,真的,寿老先生说爷爷是个'西游迷'。"

鲁瑞佯装生气:"真的,爸爸也一样,他还……"

"嗯?"伯宜在门外已经听到,他手持蜡烛走了进来。

阿樟急忙收住话。鲁瑞看看儿子又看看伯宜,不解地:"你们父子俩打的什么哑谜?"

伯宜淡淡一笑:"你年轻时不也背着我父亲在看闲书吗?"

鲁瑞:"我可从来没误正事。"

阿樟:"妈,我从来都是做完功课才看闲书的。"

鲁瑞看了一下伯宜:"好了,还有什么闲书,给他拿出来吧!"

阿樟高兴地跳起来,一把搂住母亲的脖子:"妈妈……你真好。"

阿樟把画册拿来交给母亲:"给我藏好不要弄脏一点点。"母亲答应着,顺手从床下取出一本画册:"我这里也有一本。"

阿樟一下惊呆了:"是櫆寿弟弟给你的?"

鲁瑞:"不,是我从你床底下翻到的。"

阿樟低头不语。

鲁瑞愠怒地:"武秀才是谁?"

伯宜察觉了什么,他忙接过画纸。

纸上画着一个被箭射中的小人,旁边一行字:"射死武秀才。"

伯宜不悦地点了点画纸。

阿樟颤抖地辩解:"他常常欺负小同学。"

伯宜仍然严厉地:"欺负过你吗?"

阿樟:"吓唬过櫆寿弟弟。"

母亲明白了儿子的心理,缓缓地劝导着:"为人要忠厚,不可随意欺人,但也不可随意被人欺。"

伯宜感慨地："挨着别人的牙眼度日，那总是不行的……"说罢起身走了。

阿樟仿佛在领悟做人的道理。

鲁瑞："在小事上还要能宽容。"

阿樟高兴地点点头，接过那张纸，用烛火点燃，火光照着阿樟微笑的脸。

母亲温柔地望着他。

### 九、阿樟卧室

油灯下，长妈妈蹲在地上用木脚盆给阿樟洗脚："快睡觉。"

阿樟："不，我还要看书呢。"

长妈妈："不行，快睡觉。"

阿樟："长妈妈，那你给我讲个故事吧。"

长妈妈："不听话，就不讲。"

阿樟淘气地将已擦干的脚又猛地放进脚盆，水溅在长妈妈脸上。长妈妈憨厚地大笑着去捉阿樟的光脚。她笑着挠起阿樟的脚心，阿樟拼命讨饶："我听话，我听话，快给我讲故事吧。"

长妈妈顺口应付着："嗯……猫是老虎的师傅。"

阿樟："不听，不要听，听过多少遍了。"

长妈妈："那就讲个长毛造反的故事吧。"

阿樟："长毛造反？"

长妈妈："我们绍兴人把闹太平军叫长毛造反。那会儿，太平军拿着大刀、大枪，骑着大马，可威武了。我们隔壁有个吴老三，专门贩鸦片……"

阿樟睁大眼睛倾听着，渐渐地被长妈妈的故事深深吸引住了。

（旁白："这个淳朴勤劳的农村妇女，竟知道那么多动人的民间故事，就连太平军不是什么长毛而是了不起的英雄，小鲁迅也是从长妈妈口中知道的。"）

深夜，一轮皎洁的明月挂在清澈的夜空。一片淡淡的柔光洒在窗户上。几声秋虫的鸣叫在静寂的庭院中回荡。窗下的阿樟还在油灯下埋头看《红楼梦》。屋内时时传来长妈妈的鼾声。

长妈妈翻身坐起，把身边睡着的松寿抱起来把尿。她望见阿樟仍在看书，立刻粗声大气地喊了起来："哎呀！这书有啥看头，都是字。"

阿樟笑了："书当然都是字。"

长妈妈揉着眼睛："你晓得啥，有一本书就没有字，叫……《三哼经》……"

阿樟："《三哼经》？"

长妈妈十分肯定地讲了起来："对啦，《三哼经》，那里头都是画，古怪死了，有蛇的身子人的头；鸟的身子牛的头；鸡的双脚龙的头；还有，只有身子没有头的……叫……"

阿樟被吸引住了，他抬起头："长妈妈，你看过这本全是画的《三哼经》吗？"

长妈妈："我们穷人不识字，哪里看过书，从前听村里老秀才讲的。"

阿樟："他有这本书？"

长妈妈把松寿放到床上："兴许还有吧。"

阿樟急不可待跑过去拉住长妈妈:"长妈妈,你有空去借给我看看好吗?"

长妈妈:"好,快睡吧!"她走过去把灯熄灭。

蚊帐里,阿樟脸上沐浴着银色的月光。他梦幻般冥问道:"长妈妈,真有画着没有头的人吗?"

"嗯!"长妈妈困倦地应着。

阿樟:"你一定帮我借来啊!"

传来的却是长妈妈越来越响的打呼声。

阿樟一双充满幻想的眼睛慢慢闭上了。脸上却依然带着微笑。

晨曦中,雄鸡在报晓,挑夫在叫卖,柔和的光线透进厨房。

长妈妈买菜兴冲冲归来。她放下篮子,随手拿出纸包,边喊边跑上楼去:"阿樟!阿樟!"

长妈妈推开阿樟卧室的门,一把掀开阿樟的蚊帐:"快起来,全是画的《三哼经》给你买来了!"

"真的?"阿樟猛地翻身爬起。

一本线装《山海经》放在他面前:"什么《三哼经》,是《山海经》。"阿樟揉着惺忪的睡眼。

阿樟仔细地一幅幅翻看着,各种各样的怪物展现在他眼前。

一幅《刑天舞干戚》图,吸引了阿樟。他不由自主地读起旁边的注解:"刑天与帝至此争神,帝断其首,葬之常羊之山,乃以乳为目,以脐为口,掉干戚而舞。"

阿樟仿佛一下子明白了许多,瞪着惊讶的双眼:"刑天真是个英雄,砍了头还要拼个你死我活。"

(旁白:"《山海经》给小鲁迅大大开阔了眼界,刑天的拼命精神深深地印在了他幼小的心灵之中。")

十、周家天井

周家天井里,阿有吃力地担水从外面进来。廿五太太站在沿廊下。

阿有习惯地将前桶水倒入水缸,后一桶水泼在地上。

阿樟夹着书包,边看书边往外走。廿五太太立刻凑上前去奉承地:"阿樟真用功,走路都在看书,将来一定中状元。"

阿樟见廿五婶过来,赶忙将《山海经》藏在背后,匆匆走出大门。

十一、放学路上

沿街的小河埠头。妇人在洗衣洗菜,农夫在挑水,小贩沿街叫卖。

阿樟和几个学生从小巷里拐了出来,他们边走边嘻笑着。

学生甲:"阿樟,我要的《海上名人画谱》描好了吗?"

阿樟:"还有两张,今晚描好,明天给你带来。"

小胖子挑逗地:"好!好!带来让我先查验查验,看看犯不犯禁!"

学生甲:"别带来!我明天放学去拿,画谱让他这胖爪子一摸还能看吗?"

阿樟:"你想要,买荆川纸来,我给你描一本。"

学生乙:"他呀,嘿、嘿。他有钱偷买老酒还来不及呢。"

小胖子:"去!去!"然后恳求道:"阿樟,下次对课请多帮忙。"

学生乙嘲笑地："嘻嘻，四眼狗！"

小胖子反唇相讥："九头鸟！"

"四眼狗！""九头鸟！""四眼狗！""九头鸟！"学生们互相讥笑着。

阿樟："行啦！行啦！你上课少玩玩就对得出来了。"

小胖子故作痛苦的样子，指着自己的眼睛、嘴巴和脑袋："唉！这儿太酸，这儿太累，这儿太笨！"

学生甲摸着他的胖肚子取笑地："你吃东西可不笨呀。"话音未落，小胖子就和他扭作一团，阿樟又拉又劝，才算住手。

牌楼下，两三个学生迎面走出。其中一个小学生伤心地哭泣着，手上托着一块砚台。另一个学生小心地将这块砚台拿起，换上另一块砚台。

学生甲："喏，他就是'广思堂'的学生，又让老师打手心了。"

学生乙："打得可狠呢，一下就肿起这么高。"

小胖子："不会吧，他们在玩砚台。"

学生甲："屁！砚台凉，放在手心上可以止住痛。"

学生乙："这还是轻的，'广思堂'那个矮癞胡老师还要用门夹学生的耳朵呢！"

阿樟："真有这样的厉害？"

学生甲："可不，打破的地方还要撒上盐呢！"

学生乙："上茅厕都要领取'撒尿签'才能去，不然要罚的。"

小胖子："没收了点心，矮癞胡自己吃。"

阿樟越听越感到愤愤不平："那……学生为什么不反。"

忽然，河边传来厮打声，孩子们不约而同地跑过去看热闹。

河边石板台阶上，两个身穿粗布衣的贫民扭成一团厮打着。

粗壮的强者把瘦小的弱者的头狠命地往河沿的石壁上撞。弱者发出刺耳的尖叫声。强者仍不肯罢休，又将弱者的头死命往污浊的河水里按。

强者："叫！叫！快叫！"

一张痛苦、受辱的脸："阿爸，阿爸，你是阿爸，我是儿子。"

强者："不行！"又按了几下，几乎按进水里。

弱者："哎呦！爷爷，爷爷，我是孙子，孙子！"

强者这才松开手："下次再犯到我头上，当心！"说完横膀甩臂，扬长而去。

阿樟同情、怜悯地看着弱者。

弱者从地上捡起破衣服，揉着撞破的头。突然他朝远处的强者狠狠吐了口唾沫："哼！儿子打老子！打爷爷！"

围观的人哄笑起来。

弱者更加洋洋自得："你当我不敢打你，我我……"说着捡起一块砖头，高举过头唱起绍剧："我手执钢鞭将你打……"他边唱边追打过去。

众人纷纷起哄："快追！快打！打！"

阿樟一伙鼓动他："打过去！打过去！"

远处，强者慢慢将头转回。

弱者唱词顿时轻了下来，持破砖的手渐渐垂下，随后转身把砖头丢进河中。

水上被激起的涟漪，缓缓地散开。

阿樟迷惑不解地看着，若有所思。

阿樟猛然转身叫住身旁的小胖子，气愤地："人家要打你，你还手吗？"

小胖子举起拳头："来试试！"

阿樟又问另外两个同学："要是矮癞胡夹你们的耳朵，往伤口上撒盐呢？"

同学们异口同声："反了！反了！"

阿樟和同学们围在一起悄悄商量起来。

阿樟坚定地："愿意干的走！咱们先礼后兵！"

十二、广思堂

广思学堂漆黑的大门虚掩着，刻着"广思堂"三个金字的巨匾威严地挂在大门上。

阿樟领着几个学生一拥而进。他们举着拳头高呼："出来讲理！不许夹耳朵！"

"不许毒打！"

"不许吃学生的点心！"

庭院里、课堂里到处空无一人。孩子们扒在窗口紧张地朝课堂里张望。小胖子探身突然发现了桌上的笔筒："那就是撒尿签！"

学生们一拥而上，纷纷争抢着笔筒里的竹签，然后一一折断扔在地上。

学生们一只只脚狠狠地在竹签上踏着。

阿樟指挥着："这是警告，快走！"

学生们一阵风似的跑了出去，落在最后的小胖子，神色显得特别紧张，以至他跑着跑着几乎要摔倒在地上。

十三、制酒作坊的场院

阿樟和几个小伙伴气喘吁吁地跑进堆积如山的酒坛当中。

阿樟招呼着："快！快跑！"

小胖子落在最后，他边跑边紧张地回头看着。

阿樟和小伙伴钻进堆积如山的酒坛后边，一个个瘫倒在酒坛上，上气不接下气互相对视着，对视着……突然，爆发出爽心的大笑。孩子们从来没有过这样痛快的笑声。

（旁白："砸'广思堂'这件事竟平平稳稳地过去了。但在三味书屋这些孩子们的心目中，小鲁迅确乎成为了他们的领袖！"）

文字整理：张蕊

资料来源：广播出版社编，《电视剧本选（三）》，广播出版社1984年6月第1版。

# 周总理的一天

**首播时间**：1982 年
**首播电视台**：河南电视台
**摄制单位**：河南电视台
**编　　剧**：柴云清
**导　　演**：孙宪元、邱传海
**摄　　像**：丁成志、魏广生
**主　　演**：柴云清
**获奖情况**：第三届（1982 年度）中国电视剧"飞天奖"单本剧一等奖；第一届（1983 年）中国电视"金鹰奖"优秀单本剧奖。

**剧情梗概：**

故事发生在 1946 年普通的一天。

长城饭店的一位理发师傅小心翼翼地为周总理刮脸、理发，突然，周总理没有任何防备地咳嗽了一声，脸被刮破了。理发师傅非常歉疚，周总理却一笑了之。老师傅帮周总理整理衬衣领子时，发现那件衬衣上面已经布满了补丁，于是建议他换一件，周总理却认为衣服还能穿，丢掉太可惜了。离开理发室之前，周总理让秘书拿出来一盒药，他亲手递给理发师傅。原来，理发师傅曾经无意间提起自己老伴的慢性气管炎又犯了。说者无心，听者有意，这次周总理专门为他拿来了一种新研制的药。理发师傅眼中噙满了泪水。

今天，周总理和陈老总将在人民大会堂会见外宾。在休息室等外宾的时间里，周总理审阅着晚上招待外宾的节目单，他对节目单上的每一个节目都了如指掌，认真在节目单上写下自己的意见。

人民大会堂的女服务员小未结婚，没有告诉日理万机的周总理，周总理却意外地出现在了婚礼现场，大家喜出望外。周总理听说小未的父亲在化工厂工作，本没有日程安排的他又提出婚礼结束后去化工厂参观。

周总理来到化工厂，看到烟囱吐出的浓烟，十分担心环境污染情况，建议化工厂尽快着手解决。午饭时间，周总理到职工食堂吃饭，他看到旁边一个年轻人饭盒里只有米饭、白菜，把自己碗里的鸡蛋拨到青年的碗里。吃晚饭后，周总理亲自把碗筷放到回收处。当老师傅提议周总理休息时，周总理又要到幼儿园看看。

幼儿园里，周总理和老园长亲切地攀谈。走到孩子宿舍时，孩子们正在睡午觉。周总理

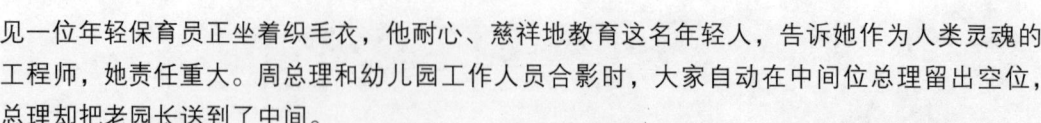

见一位年轻保育员正坐着织毛衣,他耐心、慈祥地教育这名年轻人,告诉她作为人类灵魂的工程师,她责任重大。周总理和幼儿园工作人员合影时,大家自动在中间位总理留出空位,总理却把老园长送到了中间。

晚上回到办公室,秘书建议总理休息,总理坚持要等凌晨才能送到北京的核爆炸的照片,因为他知道,明天早晨,全国人民都在等着看。夜深了,周总理依然在灯下认真地批阅文件……

文字整理:张蕊

资料来源:广播出版社编,《电视剧本选(三)》,广播出版社1984年6月第1版。

## 剧本

### 《周总理的一天》

一、北京的早晨

初升的红日。清净的北京街道。

红日辉映下的北海。

人民大会堂。

前门。

(旁白:我们伟大的首都——北京,洒满了金色的阳光。新的一天开始了。这是1946年普通的一天,平凡的一天。)

二、北京饭店

饭店内长廊西侧,服务员来回忙碌,有条不紊。

一个房间门玻璃上,写有黑仿宋方字——北京饭店第二理发间。

室内,头发半白的老师傅,面戴口罩,身着长白工作服,正给一位躺在椅上的人刮脸。

老师傅停刀,过去拉起皮条,在上面"叭、叭"地来回擦着刀锋。回头:"以后就来个电话,我去吧。"

被刮脸者:"啊,我总是要麻烦你的。"随即对坐在旁边的秘书:"给陈老总通个电话,我们随后就到。"秘书应声而去。

老师傅看着墙上的挂钟——七点五十分:"马上就得。"透过大镜子,看到老师傅正在聚精会神地刮着脸。

突然,被刮脸者咳嗽一声。

老师傅紧张地忙碌着:"哎哟……破了……"

被刮脸者安慰道:"不要紧,不要紧,没关系嘛。"

老师傅难过地:"……已经刮完了……唉!"

被刮脸者说:"怎么能怪你呢,是我咳嗽事先没有向你打招呼嘛,幸好是你躲得快了。"

躺椅抬了起来。大镜子里映出周总理穿着白衬衣、正在扣领扣的身影。

白衬衣的领子是补过的。

老师傅一边帮忙整理领子一边说:"总理呀,这衬衣,实在是应当换了。"

总理笑道:"丢掉太可惜了。"说完对着镜子,抚摸起刮过的脸风趣地:"啊,年轻多了。"这时他发现耳朵上贴着一小块棉花,伸手摘了下来。
　　老师傅着急地:"总理,不行……"
　　总理不在乎地:"噢,这用不着。"说着站了起来。
　　老师傅帮总理穿衣服,总理道:"下次再咳嗽,一定先和你打招呼,啊?"两人乐了。
　　总理扣着衣扣,老师傅难为情地推着头发。
　　秘书走进来说:"陈老总已在大会堂,让我告诉您,时间来得及。"
　　总理:"啊。带药来啦?"
　　秘书走过去,从手提包里拿出一盒中药,递了过来。
　　总理接过,看了看外面的说明,将药递给了老师傅。
　　老师傅接过药纳闷地看了看,又看看总理:"这?"
　　总理倚在躺椅的靠背上说:"你看看上面的说明,对症吗?"
　　老师傅不明其意地念着:"主治慢性气管炎?"抬起头来,带着疑问的眼光看着总理。
　　总理:"这是新研制的,给你老伴试试看。"
　　老师傅手托着药,激动地说:"总理,您怎么……"
　　总理解释道:"上次你不是说老伴的病又犯了吗!"
　　老师傅醒悟地:"哎呦!"
　　总理问道:"你老伴现在身体好些吗?"
　　老师傅:"老毛病啦,时好时坏。"
　　总理深情地:"嗯……常见慢性病,将来会被征服的!噢,吃完了效果如何,给我一个电话,啊。"
　　老师傅感激地点着头。
　　总理看了看表,和老师傅告别:"再见了,谢谢你呀。"
　　老师傅崇敬地目送总理远去,随后低头看看总理带来的中药——"满山红",又慢慢抬起头,望着总理走去的方向。

　　三、人民大会堂
　　一辆黑色轿车驶到人民大会堂门口停下。陈老总等迎上前来,总理等下车和陈老总握手相见。
　　一行人进入大会堂。
　　陈老总:"先休息一下吧,代表团还有10分钟到。"
　　大家进入休息室休息。
　　总理:"晚上节日安排好啦?"
　　陈老总:"主席再三叮嘱,今天除了会见外宾,只许你休息。"
　　总理笑道:"好嘛!"
　　女服务员进来送水。总理问道:"看样子,小未同志今天也休息了?"
　　女服务员答:"不,她今天结婚。"
　　总理:"哦,是今天?小鬼向我保密啰。"
　　女服务员不好意思地笑了。

总理:"二十八岁啦,从小没有妈妈。噢,你们不去吗?"

女服务员:"休班的都去了。"

总理高兴地:"啊!那好。"

女服务员正要走出。

陈老总:"小鬼,有吃的吗?"用手比画着,女服务员点头走出。

总理:"你还没吃早点?"

陈老总:"我吃过了,是给你呦。"总理摇了摇头。

秘书进来分别送给陈老总、总理节目单。

总理边看边问:"是晚上招待外宾的?"

陈老总看着看着凑过身去告诉总理:"哈……这个大头娃娃节目,还蛮有意思咧!"

总理:"那是他们幼儿园的保留节目了。"

总理:"第七个节目不合适,这是对人家信仰的一种不尊重啊。"说完仰起头来极力地回忆着。

陈老总:"换上中国的《箭舞》啰。"

总理:"可以。不过《采茶舞》可能会更好些,他们茶的出产量很大。"

陈老总高兴地:"我完全赞同,要得呀!"

总理在节目单上写着建议。

女服务员送来点心。

陈老总高兴地:"好得很!"

秘书进来:"总理,外宾就到。"

总理:"那就开始吧。"说着站起,又突然停步回身,把拿在手中的节目单交给秘书说:"你把晚上的节目直接和他们商量一下。时间不宜过长,外宾明天还要到外地去。"

总理和陈老总在长廊走着。

秘书在另一房间打电话:"……好的,关于时间,总理也要我和你们商量一下……"

会见厅门拉开,女服务员端一白杯子走出恰好与秘书相遇,秘书揭开一看,满杯牛奶没有动,用询问的目光看着服务员。

女服务员轻声解释道:"总理说这样不礼貌,让端出来。"

秘书无奈地:"那——好吧。"一扬手让服务员端走了,秘书进入会见厅,关上了门。

## 四、婚礼新房

在鞭炮火花中呈现四合院大门,两边各贴双喜红字。院内有几个小孩爬在窗上往里观看,室内不时传出哄笑声。

堂屋内,正面墙上悬挂着毛主席像,两边对联是"翻身不忘毛主席"、"永远跟着共产党"。空中拉着彩色纸条。

新郎、新娘各戴红花坐在正席,人们在欢笑着。桌上摆着烟、糖块、茶水等,有的人在吸烟,有的在吃糖。

司仪两手在挥舞着,让大家静下来后说:"今天刘师傅家办喜事,我代表厂里全体职工和各位来宾,向新郎、新娘表示热烈祝贺。现在请主婚人讲话。"

新郎的父亲在热烈的掌声中高兴地站起来,显得有些紧张:"啊——我是一个普通的工人。他们呢，是售货员、服务员，生长在红旗下，有了今天的幸福生活，这是党领导得好哇。我们不能忘记！可……"老人边说边看着大家，但视线被门口吸引住，愣神了。

正被老人讲话吸引的人们也奇怪地呆了，顺着老人的视线看去……"哎呀，周总理！"大家同声惊叫着。

总理和普通宾客一样，坐在人们的后面在静听老人的讲话。见此总理急摆手道："讲得好，接着讲！"

大家站起热烈鼓掌，总理无奈，只好从后面站起向大家致意。

新郎的父亲、新郎、新娘激动得不知所措，一下围拢过来。

总理与新郎父亲握手道："你娶了个好儿媳妇，恭喜你呀！"又与新郎握手。在与新娘握手道："嗯，你没有遵守信义呀，啊？"新娘激动得眼睛湿润了。

总理回头一眼看见了几个姑娘站在一起便点着说："看看，你们的秘密暴露了！"大家一下都乐了起来，几个姑娘乐得直不起腰。

总理回手让大家坐下："大家都坐呀，都坐嘛！"总理被让到主婚席上。

新郎、新娘起身，分别拿着烟和糖，向总理走来。新郎给总理递烟。新娘急说："总理不吸烟！"可是总理却风趣地说："不，今天的喜烟和糖我都要啰。"总理还把烟放在鼻下闻了闻。新娘一愣，示意让新郎给划火柴。总理急摆手道："不，不。"笑了。

当给司机烟时，司机接下后，犹豫不决地说："嗯——我还吸呀？！"

总理介绍道："啊，我们的司机同志，多次下决心要找个喜庆的日子戒烟，我看吸完这支喜烟就可以作为戒烟日了，怎么样？"大家笑了。

司机下决心说："好！今天开始不吸了。"大家更笑了。

总理摆手道："不必。我是说吸完这支喜烟之后；关键还是毅力和决心。"总理高兴地看着司机把烟点着。

总理回头把自己手中的烟给了新郎父亲："这支是你吸了，我吃糖。"说着把一块糖放入嘴里。

新郎父亲急忙接下烟说："总理呀，您这么忙，还……"

总理高兴地拿起火柴："《今天我休息》呀。"划着给新郎父亲点烟说："因为是你们的喜庆日子，就先到这儿来啰。"

新郎爹激动地："哎呀……我。"兴奋地吸着烟。

总理看着床上的被褥、柜上的摆设说："嗯，你们移风易俗，实行晚婚，又节俭办事，我是很高兴的。希望全国青年同志要像你们这样办婚事。"

司仪说："总理，您亲自参加这个婚礼，大家都希望您多说点呀。"

总理笑道："哦，把话说远了，我们都是刘师傅的同志和朋友嘛，青年同志多谈吧。"

一年轻人大声提议："让新郎、新娘介绍一下恋爱经验吧？"大家笑了。

新郎、新娘不好意思地同时看了一下总理，又把头低了下来。

坐在年轻人旁边的一位街道女干部，捅了一下年轻人说："严肃点，总理在这儿呢！"年轻人做了个鬼脸。

总理见势说："啊，我们不介入，不过青年同志可要有一个正确恋爱观呀！"

突然有一个打扮得十分漂亮的小女孩跑到主婚人跟前伸着小手："外公，我还要糖。"

新郎父亲喜爱地："行！今天管你够。"说着就要给拿。

总理抓了一把糖送到她跟前："你要吗？"

小女孩天真地从中选了一块："嗯——我喜欢这个。"

总理高兴地抚摸着："噢！你喜欢奶糖。"顺手把孩子抱到自己腿上坐下："我抱你好吗？"

女孩子点头："好！"

新郎的父亲着急地："不行，不行，周爷爷累呀！"正欲去抱，天真的孩子说："不累，我不。"总理和大家都笑了。新郎的父亲无奈地看了她一眼："嗳！"

总理向新郎的父亲："我听小未同志说，你老人家在化工厂工作？"

新郎的父亲连连点头："我是烧炉工。"随后老人又介绍对面的司仪说："这是我们厂的工会主席，今天亲自给主持婚礼。"工会主席忙过来与总理握手。

总理说："对了，你们工会就是要大张旗鼓地提倡晚婚，反对铺张浪费。"

司仪回到原位，总理问道："你们厂的三废处理怎么样了？"

工会主席："进度不快。"

总理："噢。一会儿我要去你们的化工厂，就一道走吧？"

工会主席连连点头："好的。"

秘书："总理，今天没有日程呀！"

总理笑道："啊，既然是休息，就不用日程了。"

坐在总理腿上的小女孩向总理耳语："周爷爷，让新娘唱个歌。"

总理听后高兴地："好哇，小朋友建议新娘唱个歌子。唱个《洪湖水浪打浪》吧。怎么样？"

新娘站起来，看了一下总理，不好意思地说："我可唱不好呀。"

歌声起。

歌声中的一张张笑脸。

总理也在随着唱。

歌声回荡在空中……

### 五、化工厂

晴空万里，阳光灿烂。唯有几股浓烟，从高高的烟囱里吐出来，徐徐散向天空。

总理等人在围看烟囱吐出的浓烟。总理深沉地注目着、思考着，自语道："北京的污染，十分严重呀！这种情况，其他地方也有。"

总理看着在场的人，问厂长："今天怎么没有见到李工程师呀。他不是在搞这个试验吗？"

厂长对另一个人吩咐道："把李工程师找来。"又对总理说："嗯……为了保证今年生产任务，科技人员都抽到车间去了。"

总理严肃地："厂长同志，这也是第一线嘛，要知道这里的公害时时刻刻在损害着人们的身心健康呀。特别是随着国家建设事业的发展，消除污染已经是十分迫切的问题了，这是百年大计呀。"

厂长："我们马上把他们调回来。"

总理："生产任务当然要完成，可以抽其他干部和领导同志嘛。"

李工程师穿一身满是油渍的衣服跑来。

总理握手道:"啊,大老李,这里急需你呀。"
工程师:"我每天除了参加车间劳动,回到家里还继续进行设计。"
总理:"噢,那就慢了。"
工程师:"有进展,多开夜车。"
总理再握手:"我谢谢你呀!多么好的同志。"又回头问厂长:"你知道这个情况吗?"
厂长:"不够了解。"难为情地回答。
总理:"当领导的要多了解下情呀!"
秘书给总理指自己的手表。
总理:"好吧,不要耽误大家吃午饭。"说着起身。
厂长等陪着总理走来。总理看见经过的房子门上的木牌写着"职工食堂"。
总理指着说:"这是你们的食堂吗?就在这儿吃吧!"
厂长一愣说:"哎哟,没有准备呀!"
总理:"准备什么?大家吃什么,我们就吃什么嘛。"
秘书和工会主席耳语后,工会主席先跑进去。
总理领先进了食堂。
正在食堂吃饭的职工见总理进来,都站了起来,热烈鼓掌,伙房里的大师傅也跑了出来。
总理向人家致意,举起双手道:"同志们辛苦了,请大家坐下来吃饭吧。"大家陆续坐下来吃饭。
总理与工人坐在一张桌子上说话。总理抬头看见了售饭窗口上面的食谱板:"米饭、馒头、炒鸡蛋、炒白菜",自语道:"总算度过了困难时期呀。"
秘书在伙房里付饭钱。工会主席和大师傅端着饭菜送来,总理急忙站起来接下。
总理一看是炒鸡蛋、炒白菜、米饭,高兴地说:"这样很好嘛。"说着解开衣服扣。
坐在总理旁边的一个健壮的青年工人,吃着用饭盒从家里带来的饭。总理见他饭盒里是米饭、白菜,就端起自己的菜盘,"同志,请你帮个忙呀。"未等工人醒悟过来,总理就把鸡蛋给他拨了一半到饭盒里。工人要用手挡,没来得及,看看自己饭盒里的鸡蛋,难为情地:"总理,您……"
总理说道:"啊,吃不完,就浪费了嘛!"
随后总理又用手背在饭盒外面试感着,眉头一皱:"哎哟,吃冷饭可是要生病的。"
年轻工人不在乎地:"习惯了。"
总理深情地对领导说:"……有了食堂,不能算是万事大吉了。"
厂长领悟道:"以后伙房负责给热饭。"
总理满意地看着厂长,赞同地点着头。
总理边吃边问旁边的工人:"你是做什么工作的?"
年轻工人答:"我是烧炉工,今天休班,替别人。"
总理一闪念,问道:"那你是替老刘师傅吧?助人为乐,好!"
年轻工人奇怪地:"总理,您真会猜呀!"
总理笑道:"是吗?你多大岁数啦?"

年轻工人答:"二十七岁。"

总理又问:"结婚了吗?"

年轻工人摇了摇头笑了。

工会主席:"他还没有对象呢。"

总理:"哦,是不是条件太高了,你妈妈不着急吗?"小伙子又笑了。

总理对厂领导说:"职工的婚事也要关心呦,给当个红娘嘛。"大家一阵欢笑。

总理吃完饭,把碗筷和在一起,送到售饭窗口问道:"老师傅,放在哪里?"边寻找地方。

老师傅在里面,急忙放下手中的活儿过来接下:"总理看您,放在桌上就行了,您还端过来!"

总理笑道:"啊,'饭后走百步,不用进药铺。'这还不够一百步呀!"两人都乐了。

老师傅说:"总理,您快休息一下吧。"

总理双手扶在台上说:"不啰,还要顺便赶到幼儿园去看看。"说完把手伸过去,老师傅欲擦手。总理:"噢,何必呢!"两人握着手,总理道:"谢谢你们了,老师傅。"老师傅激动地目送着总理离去。

### 六、幼儿园

鲜艳的盆菊。一只喷壶在浇洒着清水,花朵显得更加绚丽夺目。

总理等人在老园长的陪同下,站在旁边观赏着。

总理:"不错,既可调节空气,又可供人欣赏,而且对美德的培养也大有好处。"

大家回身起步走着。总理问道:"工作上还有困难吗?"

老园长:"有些孩子入不了园,满足不了呀。"

总理:"是的,国家眼下还不富裕,有些事不能立即上来,我内疚呀!不过将来会好起来的。"

老园长:"您总是为我们操不完心呀!"

总理:"不,好久没有见到你了,借机会来看看,也是享受教育。"

大家走到滑梯前停下。总理在拭摸着滑板,又说:"陈老总对你们的《大头娃娃拔萝卜》节目,很欣赏哩。"

老园长:"上午又排练了几次。"

总理对秘书说:"我们没赶上呀。"回头又对老园长:"到孩子宿舍看看吧。"

老园长高兴地:"那好呀。"

到小班宿舍门前,里面安静极了。

总理轻声问道:"能进去吗?"

老园长:"睡得乖着呢,进吧。"

总理向大家示意轻点走,于是跟着老园长相继而进。

室内一年轻保育员正坐着织毛衣,见总理、老园长等进来,急忙站起,又不好意思地把毛线藏到身后,总理早已看见,笑了。正当与总理握手时,一毛线团又滚了出来,落在地上,可是,保育员用眼瞥了一下不好意思去拾,总理却顺手给拾了起来,又用手拍打了几下尘土,递给她,并打趣地说:"这是你的吧?"保育员难为情地收起。总理轻轻地边走边慈祥地看着每个甜睡的孩子。他慢慢地在一个孩子跟前停了下来，仔细地端详着他，看看孩子，又看看老园长，又回头再看孩子，但出现在眼前的那个孩子，却是穿着小八路的衣服，小脚蹬在被子外面甜睡着。总理深思。

老园长轻声问道："总理，您认识他？"

总理一惊，又带有回忆的神情道："啊，二十多年了，那些革命先烈的孩子，已经成长起来了。"

老园长点着头。总理把目光从老园长身上又慢慢移回到这个孩子身上。

门内几位老师，被总理和老园长这一情景感动，有的注目着，有的微微点着头。

总理、老园长等回身走出。

总理、老园长等来到外面，在一对长椅上落座。

室内保育员送出来，但站在门口没有走过来。

总理转眼看见了她，急忙叫道："小鬼，你也过来嘛！"保育员不好意思地跑来。总理把她拉到身边坐下问："你是新来的吧？""来了三个月。"又问："你安心这个工作吗？"

年轻保育员不假思索地回答："安心。"

总理又认真地问道："是心里话？"

年轻保育员不好意思地："嗯……是心里话。"说完又搓着自己的手。

总理看出姑娘的心思说："你看看，不理直气壮了。你们现在是为国家培养栋梁，他们将来成才，正是体现了你们现在的辛勤劳动呀。你说对吗？"

年轻保育员听后频频点头。

总理热情向大家介绍道："你们的老园长，从延安到现在，二十五年了，她酷爱妇幼事业，甘为革命培养后代。这种孺子牛的精神，值得我们学习。"

饱经革命风霜的老园长："哎呦，向我学习什么？革命工作总是要有分工的。"

总理："对呀，如果每个同志，都能看重自己所分担的工作，就是很可敬的。"

回头对年轻保育员说："你们是灵魂工程师呀，要把我们的事业代代传下去，责任很重大。"

年轻保育员激动地点点头。

总理抬手看表。一老师见势便与老园长耳语。老园长听后示意让她自己说。可老师推让老园长说。

总理抬头发现："怎么？你们还有什么要说的吗？"

老园长不好意思地："……她们要求……和总理照一张相。"

总理听后："可以嘛，不过没有机子呀。"

老师兴奋地："我们自己有。"

总理："那好，就让大家都来吗。"

老师跑出。

老园长喜悦地："这么多年了，我还没有和总理照过相呢。"说着自己理了一下头发。

总理："不，今天是我们大家和你照相。"回头对秘书说："我们一块儿都来呀。"

一起跑来几位老师，提着相机。

总理亲自指挥排队形。老师们自动在中间留出两个空位。总理过去把两人拉拢一些说：

"有一个空位就可以了。"排好后，总理亲手把老园长扶来，送到中间空位。老园长着急地："总理，您呢？"

总理笑道："哦，你们今天是主人，我在那儿。"指着年轻保育员的身边，边说边走过去，站到边上，保育员欲调换位子，总理一下拉住："不，不，我就在这儿。"于是保育员挽扶着总理的胳膊。

大家不时把目光投向总理，总理发现就说："你们不要看我，看镜头呀。"大家一乐，只听"咔嚓"一声。

大家热烈鼓掌，正要动。总理急摆手道："不要动，我们的摄影师同志还没有照呢！"于是一老师跑去替换，又照了一张。

老园长上前握手。总理道："你要保重身体呀。"又对大家说："我代表孩子的家长，感谢你们的辛勤劳动。"

大家热烈鼓掌。

### 七、总理办公室

夜间。总理办公室的灯光亮着。

总理陪送陈老总走出办公室，进入院内。

陈老总关切地说："明天上午，你要专程去上海会见客人，随后又要出国，可是今天，你还是跑了一天。"

总理："噢，这是我早就定了的事，一直没能实现，总感到不安哪。"钟声敲了11下。

陈老总："嘿嘿，我就是说服不了你呀。"自己看了一下表："噢！11点了。告辞，祝你一路顺风！"握手，陈老总离去。

秘书过来请示说："总理，核爆炸的现场照片，明早上送给您吧。"

总理奇怪地："怎么改变了？"

秘书："他们送到北京，就是凌晨了。"

总理："那没关系嘛，我在等他们。"后又说："明早上要送给主席的，全国人民都在等着呢。"

总理一人在院内散着步，有时又仰起头来在思考着什么。

总理在办公室批阅文件。

秘书拿着纸袋走进来："总理，照片送到了。"

总理高兴地急忙接过照片袋，打开抽出两张大照片：一张是原子弹起爆，一张是升起的蘑菇云。总理十分喜悦地看着，两眼闪动着兴奋的目光，又拿起放大镜，仔细看起来，边看边自语道："嗯！照的还是满清楚，好极了！"

突然，桌上电话铃响，总理接电话："……主席，我是恩来呀。哦，你不是也没有休息呀？主席，照片送到了，还是明天送给你看吧……我想在5号发表意义会更大……那就这样对你定了。啊，我马上就睡。主席，你也休息吧，好。"

总理放下电话，又把10月17日《人民日报》的新闻公报与照片并摆在桌面上看着。

突然提笔，往台历上面写……

电报局的钟声响了两下，笔，立即停住，看了看桌面上的卧表，脸上呈现出微微的喜悦。于是把台历慢慢地翻了一页过去，在新的一页上现出"1964年11月4日"，迅速地在上面写下"5日发表照片"的字样。

总理抬手送笔，发现秘书站在身边，便急问："怎么？你还不休息？"

秘书说："您的药还没服呢。"

总理抱歉地："哎哟！"才想起桌上的药。

秘书："水凉了。"正欲去倒。

总理急摆手："不，不，我自己来。"说着站起自己倒了水，服了药。

秘书："总理，需要休息了。"

总理："好，你先去，我立刻就完。"又顺手解开第一个衣扣，示意让秘书去休息，秘书不放心地走出。

总理看秘书走后，打开眼镜盒，取出眼镜，看了看戴上了。随后收起公报和照片，又拿出文件打开，突然掏出手帕，捂着嘴咳嗽了两声，继续批阅文件。

从远处看，总理在聚精会神地批阅文件。

从外面看，总理办公室窗户映印着总理的剪影。

新华门庄严肃穆。

长安街静悄悄地躺在明亮的路灯下。

俯望北京城，夜景布满画面。

（旁白：【音乐起衬】一天，已经过去了，辛勤劳动了一天的人们已经进入了甜蜜的梦乡。然而我们敬爱的周总理，还在他的办公室里，呕心沥血地为人民操劳着……）

　　文字整理：张蕊

　　资料来源：广播出版社编，《电视剧本选（三）》，广播出版社1984年6月第1版。

# 家　风

**首播时间**：1982年
**首播电视台**：上海电视台
**摄制单位**：上海电视台、鞍山电视台
**编　　剧**：李宏林
**导　　演**：李莉
**摄　　像**：虞敏、邵波
**主　　演**：顾艳、龙俊杰
**获奖情况**：第三届（1982年度）中国电视剧"飞天奖"单本剧二等奖；第一届（1983年）中国电视"金鹰奖"优秀单本剧奖。

**剧情梗概：**

  青年女工张旭是一名工程师的女儿，家境良好。邻居赵大婶给她介绍了一个对象，叫刘海泉，也是钢厂的工人。刘海泉父母早逝，家境贫寒，现在跟奶奶还有四个弟弟妹妹一起过日子，负担较重。因为家里生活困难，刘海泉甚至不得不把最小的妹妹送到乡下亲戚家里。刘海泉以前处的对象都因为他不肯抛开奶奶、弟妹单过日子而分手。张旭的亲朋好友也都劝她不要往这个火坑里跳。但是，张旭的父母却认为刘海泉这个小伙子，人不错，值得将女儿托付给他。刘海泉应邀到张旭家吃饭，听着刘海泉讲述家里的情况，张父被这个小伙子的善良、坚强和强烈的责任感深深感动了，更加喜欢这个小伙子了。

  张旭去刘海泉家，看到刘家的实际条件比自己想象的还要差十倍，不由得退却了。她给刘海泉写了一封信，试图与刘海泉撇清关系。刘海泉痛苦万分，一上火，病倒在床上。张旭担心不已，情不自禁地去刘家看望刘海泉，同时，她也决定在这个贫穷但不失温暖的家扎根。在以后的日子里，她真心实意地照顾起了这个家。

  张旭和刘海泉要结婚了。刘海泉借了400元钱作为彩礼送给张旭，被张旭义正辞严地拒绝了。为了让刘海泉心里好过些，她提出要四尺花布。结婚前，张旭让刘海泉把小妹接回家里，一家人终于团聚了。

  青年女工张旭结婚了！张父送给二位新人一幅字画：树立新家风。结婚的当晚，张旭主持召开家庭全委会，民主治家，明确了以后要集中管理钱财、勤俭持家。张旭拿出父母给自己准备的衣服和布料，分给了几个弟弟妹妹，还特意给不爱学习的三弟准备了一个新书包。看着贤惠的孙媳妇，奶奶留下了幸福的泪水。

  一年过去了，家里的经济状况开始好转，勤俭持家的传统却并没有改变。但是，二弟不仅有了工作，还处了一个对象，他开始和家里分心了，不但不按时上缴工资，还给自己买了一双新皮鞋。张旭的心凉了，她拿出一个存折，告诉二弟家里节俭是为了给他筹备明年的结婚钱，二弟羞愧万分。

  张旭总是想尽办法给奶奶买各种好吃的，自己却从不舍得吃一口。按照厂里计划，刘海泉应该到外市出工，但是考虑到家里担子重，张旭又有了身孕，他请求在家留守。张旭听说后，说服丈夫安心到外市工作，表示自己能撑得起这个家。

  二弟想向女朋友周晓兰"表示一下"，张旭建议要向女方说明家里比较贫困的真实情况。张旭把周晓兰母女请到家里，不卑不亢、毫无隐瞒地把家里的条件全部讲清楚。庆幸的是，周晓兰母女明事理，很乐意和张旭一起撑起这个温暖的大家。

  一向爱逃学的三弟又把书包藏在仓库，并且假冒家长签名写了假条。二弟发现后，拿起棒子要打三弟，三弟一气之下跑出家门。张旭和众弟妹四处寻找，也不见三弟的身影。晚上，他们冒雨在大街上寻找三弟，发现三弟竟然在一个小吃部偷了两个烧饼！张旭喊三弟回家无果，自己不小心滑到在雨中。

  张旭被送回家中，伤心地哭了。她把三弟出走的责任揽到自己身上，不仅没有责怪三弟，还告诫大家以后要格外关心他。偷偷躲在门外的三弟听到这些，终于悔悟了。

  张旭临产住进了医院，刘海泉也在这时结束了外地的工作回到家中。

刘海泉在医院产房外听着孩子的啼哭声，觉得这是世界上最美妙的音乐……

文字整理：张蕊

资料来源：广播出版社编，《电视剧本选（三）》，广播出版社1984年6月第1版。

## 剧本

### 《家风》

#### 上　集

音乐。

在钢厂轧钢车间里。

火红的钢锭闪着光冒着烟，在滚动的运输道上向前滑动。

半空中的天车吊着装满钢水的钢包，稳稳地慢慢向前移动。

驾驶天车的女工，操纵机器，随着天车向前移动。

此时，有两名工人业余画家跟着天车，为这女工画像。

（旁白：这个故事不是虚构的。故事的主人公，在东北鞍山钢铁公司工作，是个普普通通的女工，然而她的精神世界，却美过多少同时代人。）

女歌手深沉、宁静的哼唱声。

镜头推进驾驶天车的女工张旭，她穿着白色帆布工作服，聚精会神地操作。天车吊着的钢包向外倾倒钢水，钢水闪出火焰，溅起钢花。钢水把张旭的身躯映红了，钢花在她眼前飞舞，她犹如生活在梦幻中的神话世界。

在这庄严而美丽的衬景上，慢慢映出剧名：

#### 家　风

黄昏时候，骑着自行车下班回家的人们潮水般地行进在市街上。骑车的人中有男的，有女的，还有年轻母亲骑着载着宝宝的母子车。

映出演职人员表……

傍晚时候，公共汽车、小轿车奔驰在市街上，一幢幢楼房，一个个窗口，每个窗口都闪射出不同光色的灯火。

（旁白：婚姻，是人生中的一件大事。家庭，是社会组织的细胞。在婚姻、家庭这个大舞台上从一个个窗口里演出多少各式各样的戏剧，每出戏剧中都包含着在抉择和追求面前所表现出的痛苦或欢乐。请注意这个窗口，这个姑娘叫张旭，她正陷入这两种感情的矛盾中……）

旁白时，镜头渐渐推向一幢楼房的一个窗口，镜头透过玻璃窗，摄入张旭的身影。她靠躺在木床横档上，两手托着脑后，微皱着眉头，目光沉郁，木怔怔地望着挂在墙上的一幅国画风的水彩画，画中画的是一个开天车的女工。

桌上的座钟发出"滴答滴答"的响声，它好像在表述姑娘心中的不平静。

座钟的指针指着9点。

张旭爸爸妈妈的房间里,桌上也放着一只座钟,指针也是指着9点,"滴答滴答"声响是同样音量,同样节奏。气氛不同的是张父叼着一只栗色烟斗,在桌上的一张工程设计草图上涂来抹去,还不时地用五指敲着桌面,对着草图思索着。

张母从门缝向女儿的房间里窥视一下,然后走向老伴,一本正经地说:"哎,把你那活先放一放。"

张父莫名其妙地:"干啥?厂子里后天要讨论。"

张母:"不差这一会儿。我不是和你说过吗,小旭自从把别人送给她的那幅画拿出来以后,心里就有事儿了。"

张父:"嗯,我也注意到了。二十五六了,该考虑婚姻大事了。"

张母:"我发现这两天她气色不对,两眼总发怔,是不是有什么难心的事儿了?"

张父重视地望向老伴:"嗯,是吗?"

张母拉起老伴:"你看看去。你和她唠扯唠扯,你这老党员得关心家里的新党员。"

张父推开门,走进张旭的房间,他注意地盯瞅一下在愣着神的女儿。

张旭听见响动,神情转平常,站起身来说:"爸爸,你还没有睡,我看你熬了几个晚上了。"

张父眯笑着指指椅子,示意女儿坐下。父女俩各坐在一把椅子上。

张父:"你怎么不睡呀?也不像往常那样看书、学英语,瞅着墙上的一幅画发呆,爸爸妈妈都看出来了,你这几天有心事。"

张旭笑笑,有些羞涩地点点头。

张父:"要是不保密,爸爸帮你定定主意。"

张旭:"和爸爸之间有什么保密的,我正想向您讲呢。"

张父:"那好,送给你画的青年叫什么?"

张旭:"叫刘海泉,这幅画是赵婶特意让他给我画的。"

张父看着画,赞赏地:"好画,看出作者的心胸和才气了。你见过他?"

张旭:"见过,是赵大婶安排我们见的面。"

张父:"你大婶当红娘。"

张旭难为情地点点头。

张父:"这个刘海泉,给你的印象怎么样啊?"

张旭深情地回忆着:"他挺有意思……"

镜头推近张旭的面孔。

回忆:

这是春天一个星期天的上午。

张旭来到赵大婶家。赵家住的是平房,她跨进门槛,看到一个青年人蹲在外屋的灶炉旁修砌灶炉。她没有理会,径直奔向里屋。穿戴齐整的赵大婶正拿着壶往茶碗里倒水。

张旭叫一声:"赵大婶!"

赵大婶高兴地说："哎哟，小旭来了！"她说罢，从炕上拿起笤帚，急急忙忙奔外屋走去，顺口说一声："你先坐会儿。"

张旭看到桌子上放着一张铺展开的国画，画的是开天车的女工。题字上写着"赠给张旭同志"，落款是"刘海泉学画"。张旭看罢题字，再欣赏那酷像自己的女工的健美神态，脸上浮起笑容。

她听见赵大婶说："不让你修，你偏修，看糟践个啥样！"

青年人说："来早了，闲着也是闲着。"

在外屋，赵大婶紧用笤帚给青年人打刷身上的灰土，催他："快洗把脸。"

张旭好奇地推开门往外屋看看，正与青年人打照面。他穿着一身半旧的灰色工作服，脸上抹一块锅底灰，两只眼睛却明亮有神。赵大婶发现张旭看到了青年人，她急急伸手把青年人的头扭过去，遮掩他脸上的黑灰，向张旭说："他就是海泉，我们洗把脸。"

赵大婶忙着往脸盆里舀水，刘海泉低头洗脸，张旭不好意思地退回屋里。

张旭独自坐下，觉得脸上发烧，不安地用两手捂捂脸，然后掠一下头发，使自己镇定下来。从她的目光中所流露出的欣喜和慌乱，看得出刘海泉给她的第一眼印象，是满意的。

赵大婶拉着刘海泉进屋来了。刘海泉神情有些腼腆，张旭站了起来。

赵大婶说："俩人好好唠唠吧。"她推刘海泉一把："人家张旭在展览会上就看过你的画了。别像大姑娘似的，把修炕灶那劲儿拿出来，我给你们买点糖块去。"说着，她扭身走出去，把门轻轻地关好。

张旭和刘海泉在一起，张旭显得比刘海泉大方，她先说话："坐吧。"

刘海泉："好，好。"他拿桌上的画，说："我今天来，主要是给你送画来的……"

张旭接过画，又赞赏，又感激："谢谢你，你画得真好！"

刘海泉谦虚地摇摇头："我画得不好，我画画是跟我父亲学的，他画得好。"

张旭敬慕地问："父亲在哪儿工作？"

刘海泉低声地答："他原来是工人，七年前去世了，母亲也去世了。现在我跟着奶奶和四个弟妹过日子。"

张旭有些好奇："几个人工作？"

刘海泉："就我一个人工作，二级水泥工，每月工资三十九元六角五，加上妈妈的一点抚恤金，家庭生活很困难。最小的妹妹养活不起，送到农村由别人代养去了。"

张旭听着，感到心头沉重，那无形的压力在她那变得沉凝的目光里表露出来了。

刘海泉看到张旭神情忽变，急忙解释："我知道，你是工程师的女儿。我今天来，同赵大婶想的不一样。我就是想亲自送你一幅画，见见你，我听说你在美展会上看到了我画的画，还喜欢，我特别高兴。就是这个意思……"

张旭见刘海泉有些惶悚，她拿起桌上的一盒香烟递给刘海泉。

刘海泉摇手拒绝："我不会。"

张旭满意地笑，问："以前处过对象吧？"

刘海泉苦笑笑："处过三个呢，都因咱这破大家，黄了。最后一个还不错，提的条件是离开家单过。那怎么行？我宁可打一辈子光棍儿，也不能抛下奶奶和弟弟妹妹呀！"

张旭被刘海泉的品德感动了，她敬佩地望着他。她望了一会儿，由衷地说："你这样的人，应该有对象。"

张旭流露出的真挚感情打动了刘海泉，他意外地、尊敬地望着张旭……

回忆结束。

张父点点头："人不错。"

张旭："以后我们又见了两回，我把这事和我姨和姨夫说了，他们都不同意我处下去，班上也有的同志劝我：'结婚一回，谁不图个往高处走，你怎么往火坑里跳！'"

张父摇摇头："这种看法不对。"他划着火柴，点上烟斗，站起来，一边踱步一边吸烟，沉思一会儿说："人活着，要都只顾自己，还有什么人类文明了，人不成了一群互相摧残的丑类了！拿咱们家来说，你大伯死得早，扔下你两个姐姐，我和你妈宁可少给你吃穿，也要把她们俩带好。二十年过去了，都成长了。你爸你妈也都心安理得了。讲道德，这是咱们的家风。你在处理婚事上，一定要记住这一条。有些流行的不在行的话，我们不听。"

张旭："爸爸，我记住了。"

张父："这个刘海泉的家，确是够困难的。主要还是看人，经过十年动乱，打爹骂娘的都有，这年轻人还有这么不错的人品，不易呀！"

张旭："爸爸，那你的意见？"

张父："多咱有机会，你把小刘请到家里来，我和你妈看看，好吗？"

张旭高兴地点点头，应一声："嗯。"

在市街上。

刘海泉推着自行车，站在一个百货商店前，在车后架上驮着一个装得鼓鼓的小口袋。

张旭拿着一双女式胶鞋从商店出来，她把鞋交给刘海泉："把这鞋给你小妹妹带去。"

刘海泉接过鞋，又不安又感激地望着张旭，低声说："让你破费了……"

张旭岔过话题："你回来的时候给我挂电话，我爸爸要见见你。"

刘海泉点点头，然后骑上车走去了。

张旭望着刘海泉远去……

音乐。

刘海泉心情愉快地骑车奔驰在市郊路上。尼龙兜里装着鞋，兜子挂在车把上，它悠来荡去，刘海泉欣慰地望望它。

刘海泉敞着怀，抹着头上汗，骑车奔驰在农村土路上。

装鞋的尼龙兜在车把上悠来荡去。

刘海泉扛着自行车，在没膝的河水中涉渡。

刘海泉推着自行车走在村庄的小路上，一旁是间间农舍，一旁是绿禾初发的大地。牛叫、鸡鸣，一派农家气氛。

刘海泉正走着，看到前边有个小女孩，肩上背个书包，腋下夹着一捆零干柴，她不时地弯下身捡起干柴棍儿，挟起来。最后，她拣了地上的，掉了挟着的，她蹲在地上忙乱地拣着。

刘海泉急推车走过去，到跟前，他支好车，轻唤一声："小妹！"

小妹听见熟悉的喊声，仰起脸来，她一见是哥哥，扔下干柴，急速站起来，叫一声："大哥！"便一下扑到哥哥怀里。

音乐……

刘海泉流下泪来，说："哥哥来看你……"

小妹在哥哥肩上抽泣："大哥，你什么时候接我回家去，我想奶奶，想哥哥、姐姐，我在梦里总看到他们。"

刘海泉安慰着："等你二哥上班挣钱了，大哥就把你接回家去，好不？"

小妹思算着："哎呀，那不是得好几年吗？"

刘海泉："快，再种两回庄稼就到了。"

刘海泉把小妹扶到身前，好好地打量妹妹，然后他低头看看小妹的双脚，两只鞋尖都破了，大脚趾头露在外面。刘海泉急忙从车把上拿下尼龙兜，取出鞋给小妹穿上。小妹穿着新鞋，高兴地跳跃着："多轻快呀，多轻快呀！"

刘海泉又把货架上的口袋拿过来，他打开口袋嘴，让小妹取袋里的东西吃。小妹伸手抓出一把苞米花，她高兴地叫声："苞米花！"她把一粒放进嘴里，香甜地咀嚼着，说："大哥，你可快让二哥工作呀，我想你们，好早回去。"

刘海泉把一根根干柴棍儿捡起来，向小妹应道："哎！"


在张旭家里。

张父和张母接待刘海泉。张旭坐在一边。

张父感慨地说："孩子小，从小失去父母，又不在亲人身边，哪有不想家的？"

张母同情地说："奶奶也想孙女呀，唉，都是没办法的事情。"

张父："听说你的父母是在同一年去世的？"

刘海泉："是，我父亲因病去世的，他不在了，我们家像倒了个柱子。同年秋天，妈妈因为在地震中抢救商店的钱柜，牺牲了！妈妈这一去世，我们兄妹个个心都碎了，小弟弟、小妹妹扑在妈妈身上，跺着脚要跟着妈妈去。我那年十九岁，一个家的大担子全压在我身上了……"

张父同情地点点头，然后难过地站起身，走到窗前，望一眼窗外黄昏时的景色，排除一下心头的沉重情绪。一会儿，他走回到刘海泉的身前，刘海泉见他眼中闪动着严肃和慈祥的光，尊敬地站起身来。

张父指着老伴，感情真挚地向刘海泉说："小刘，你就把我们当父母吧，我们愿意为你分点忧。"

刘海泉激动地望着张父。眼里闪动着泪花，说："张大爷，谢谢您了！"

张父向张母说："放桌子吃饭，小刘在这吃。"

张母应声："哎。"然后奔厨房去。

张旭在地当中放上圆桌。

刘海泉推辞着："我不能吃，我还得赶回去照顾奶奶吃饭，她有病。"

张父挽住刘海泉的手，说："我们吃完饭，给奶奶单独带回点去，有饺子。"

张父拉着刘海泉向桌前走去。

张旭走在住宅区的小街上，她仰头查看门牌，寻找刘海泉的家。她在一家院门前站住了，仔细地看一下门框上的蓝漆牌白字，街、号都对。她没有留意，在门旁坐着一个十三岁的男孩，服装脏乱，一顶挺大的旧黄军帽压着眼眉，手里捏个烟头，一口一口吸着。他悄悄地把腿伸到张旭的脚前，张旭一迈步，险些被绊倒。她生气地看一眼小男孩，男孩顽皮地向她一笑。这男孩是刘海泉的三弟。

恰好刘海泉的二弟刘海文走来，从三弟手上夺下烟头扔在地上，然后冲着三弟的身上踹了几脚，怒斥道："不要脸的东西，不好好念书你还学坏！"他揪着耳朵把三弟提起来。他抱歉地向张旭说："对不起。"然后把三弟拽进院子里。

张旭略作思忖，推开院门走进院子。她看见刘海泉穿着背心，在院子的一角锯木头，忙得一身汗水。刘海泉一转身，看见张旭站在院子里，他一时愣住了，赶忙放下锯，迎上前去："张旭，进屋，进屋。"

在刘海泉引领下，张旭来到住房。

她跨进门槛儿往里望：白发苍苍的老奶奶穿着一件补丁摞补丁的蓝布裤，瘦弱的脸上挂着病容，弯着腰坐在炕上。刘海泉十七岁的大妹妹跪在奶奶身后用拳头给奶奶捶着后背，奶奶身前放着一碗苞米面糊，一个小碟里摆着两片咸菜。张旭移动目光，看到炕席破处用一块块旧布连起。她又看了一眼饭桌，桌上摆着吃剩下的窝窝头和咸菜……

突然飞来低沉而混乱的音乐！

张旭的两眼闪出惊异的光，胸里像被猛然塞进一块冰！

刘海泉介绍着："这是我奶奶、大妹妹。"

张旭木然地答应着："啊……"

这时二弟把跪在角落里的三弟拽起来。

刘海泉指着他们介绍："这是我二弟、三弟。"

张旭注意地盯瞅一下三弟，对他那小流氓样，心里又惧又厌。

刘海泉扫望一眼不整洁的炕沿，不安地搓着手："你坐哪儿？"

张旭冷静下来，马上回答："我不坐了，家里有事儿，嗯……"她思考着告退的理由："我想告诉你……明天的歌剧票卖完了，我们不去看了。"

刘海泉："不去看就对了，一张票五六毛钱。"

张旭："那我回去了。"说着她就转身出屋。

刘海泉送张旭出门来，郑重地说："张旭，你看到的还只是表面上的困难，管教弟弟们更是麻烦事。张旭，我和你说真话，我找对象，是要找个帮我分忧挨累、治家的。你担不了这担子。你能对我做到现在这一步，我已经很感谢了。"

张旭有意回避关系："这是每个同志都能做到的。好了，不要送了，我要准时回去。"她看看手表。

刘海泉把张旭送到大门外，说："我不送了。"

张旭没说话，急忙走去。

刘海泉惆怅地望着张旭越走越远……

桌上放着两张剧票。

桌上的座钟"滴答滴答"地响着。

张旭又靠着木床横挡，望着墙上的画发呆。

音乐。

闪出姨劝说的面孔："嫁到那破大家，还不累死你！"

闪出姨夫劝说的面影："婚姻大事是一辈子的事儿，你得好好挑选！"

一个女友劝说的身影："现在姑娘嫁人讲要几个机，多少根腿。你那是火坑！"

闪出刘海泉奶奶的病态身影。

闪出剩窝窝头和破炕席。

闪出三弟那调皮的面孔……

正在回想这些的张旭，眉间皱成一个疙瘩。她又望向那幅画，它好像是纯朴、老实而又有才华的刘海泉的化身，它再使张旭的眉宇渐渐舒展开，它给张旭混乱的心上带来一点安静，但是那些劝说的话音骤间又灌满耳鼓，她痛苦地闭上眼睛，把头扭向床里。

（旁白：贫穷，张旭才懂得这两个字的真正含义是什么！她也意会到了，走进贫穷的大门，意味着的将是什么！）

张旭扭过脸，又爱恋地盯着那幅画，然后她站起身，走到墙前，把画慢慢地摘下，又精心地把画卷起，收藏在桌子里。之后，铺好信纸，拿起笔给刘海泉写信。

张旭的声音："海泉同志，自从我与你接触以来，心中很愉快，你的才华，你的品德，都给我留下了深深的印象，我是愿意同你结成终身伴侣的……"

刘海泉拿着锯站在院子里，读张旭的来信。

张旭的声音："可是，忽然接到了一个意想不到的通知，厂里安排我到大西北去支援新厂建设，一去难说几年回来，我不愿意耽误你的终身大事，我们仍然是同志、朋友，你另选合适的伴侣吧。祝你工作顺利。张旭。"

一阵风来，吹得刘海泉手里的信直抖，他目光专注地又看了一遍信。看罢，他拄着锯呆怔怔地站着。

音乐。

闪出张旭说刘海泉应该有对象的画面。

闪出张旭给刘海泉胶鞋的画面。

闪出小妹穿着新胶鞋欢喜跳跃的画面。

呆怔怔站着的刘海泉，眼里涌上泪水。

又一股雨前风吹来，吹乱了李海泉的头发，他强抑制自己，使眼泪噙在眼里，不让它流出来，然后他拿起锯，脚踩凳上木柱，"哧哧"地猛拉起来，用强量的劳动压下心中的痛苦。

阴云在空中飞动。

木柱上落下雨水。

刘海泉"哧哧"地拉锯。

雨水浇在刘海泉身上。

雨水从刘海泉脸上流下。

刘海泉依然"哧哧"地拉锯。

奶奶打着雨伞从屋里出来,向刘海泉喊着:"泉呀,下雨了,你还拉什么呀?"

刘海泉听见奶奶喊声,才渐渐从痛苦的压力下清醒过来。他停下手,抬起头,突然眼前一阵眩晕,天旋地转起来,脚步踉跄着后退。

奶奶急忙赶上来,抱住孙子,惊讶地喊着:"泉呀,你怎么了?"

刘海泉慢慢睁开眼睛,看到奶奶给自己撑着伞,而奶奶却淋在雨里。他接过雨伞,给奶奶撑在头上,告慰着奶奶:"没事儿,我起的急了。"然后他搀扶着奶奶向房门走去。

张父叼着烟斗端详着桌上的图纸,老伴给他端来一杯茶,不安地报告说:"小旭又出事儿了。"

张父不理解地:"嗯?这两天不是在学英语吗?"

张母:"你也够粗心的。你没见墙上的画都摘下去了!赵婶告诉我,刘海泉因为和小旭的事儿,闹病了!"

"是吗?"张父思索一下,然后奔女儿的房间走去。

张父和张母来到张旭的房间,张父看一眼墙上,画不见了。他看一眼张旭,她坐在桌前学英语,嘴里发出英语字音。

张父走到张旭跟前,轻唤一声:"小旭。"

张旭看见父母来到房间,估计到要同她谈婚姻大事。她站起身道:"爸爸……"

张父用烟斗指了指空墙:"这……"

张旭:"我不想处下去了。"

张父示意女儿坐下,他也坐下。

张父:"和小刘谈好了?他同意了?"

张旭:"我主动给他写了一封信,说我调到外地去了,请他另找对象。"

张父点点头:"恋爱自由,婚姻自主,不能勉强。"他疑惑地:"你给我讲讲,你们俩开始处得还挺好,你怎么又觉得处不下去了?是你发现小刘在思想、品德、性格方面有什么使你不满足的地方了?"

张旭摇摇头:"小刘没挑的,至今我心里也放不下他……"

张父:"还是家庭?"

张旭点点头:"上个星期我到他家去了一趟,真叫清贫如洗,一家人又病又穷,连个炕席都没有,我怕帮不了小刘挑这个担子。"

张母叹口气:"唉,哪怕有个后妈,事情也就好办了。海泉倒真是个好孩子,这个家把这个孩子压巴坏了!"

张父嗞地吸一口烟斗，然后站起身来回踱步，他思忖一会儿，停住脚，向张旭说："家庭现状困难是暂时的，在咱们社会，这种人家不会总穷下去。如果你是因为这个打了退堂鼓，我看不应该，你要是真喜欢小刘，替他分忧，帮他治理个新家，也倒是一件有意义的事。"

张母："你要是吃不了那苦，把话跟人家说明白，别编排理由瞒人家，不要在人家疼处抹盐了，害得人家生病。"

张旭："谁生病了？"

张母："刘海泉呗！"

张旭的眼睛里闪动着不安的光芒。

张旭着急地从楼门洞走出来，恰好在街上遇到拎个菜筐的赵大婶。

"赵大婶！"张旭喊一声。

"哎。"赵大婶停住脚。

张旭："赵大婶，是刘海泉生病了吗？"

赵大婶："可不！还不是因为和你，上了一股火！他这些日子，可是实心实意地和你好。这孩子若不是个老实人，你大婶疯了，给你介绍这么个穷大家？其实呀，他家里有一大帮丫头、小子，三两年都是劳动力。要有个治家帮手，好日子在后头哪！我看你应当看看海泉去。"

张旭点点头。

张旭拎着装有水果、罐头的尼龙兜，来到刘海泉家的大门外，她的心情不大安宁，稍使自己镇静一下，然后轻轻推开大门，过了院子，慢慢地向住房走去。

在屋里。

刘海泉盖着被子躺在炕上，不时地咳嗽两声。

奶奶端着一碗刚蒸好的鸡蛋羹送到海泉枕边。

奶奶："海泉呀，你一天多汤水没进了，把这个喝了。"

刘海泉瞥一眼鸡蛋羹，他皱了皱眉头，埋怨奶奶："奶奶，买那几个鸡蛋是给你老补养身子的。我个年轻小伙子吃它干啥？"

奶奶："傻孩子，你不是有病吗！"

刘海泉："我这算啥病，躺两天就好了。奶奶您吃。"

奶奶："你这个孩子呀，奶奶吃一口。"奶奶用汤匙舀出一匙蛋羹吃下去，然后将碗端给海泉："奶奶吃了，你吃。"

刘海泉："奶奶。"他捂捂胸口，"我这儿不好受，吃不下。"

奶奶难过地放下碗，伤心地扭过脸去："奶奶知道，你心疼！是张旭影在你的心上了！"奶奶用袖头悄悄地擦拭眼泪，"海泉，都是奶奶不好，坑了你，也不知奶奶前世造了什么孽，克得你爹妈早早地离开了你们，让你跟奶奶受罪。奶奶想死，又舍不得离开你们兄妹，活着，瞅着你们扛着磨盘过日子，这心每天比针扎得还疼。海泉呀，你听奶奶一句话，再找对象，你不兴提有奶奶。你们处成了，就单过去，奶奶领着你的兄弟、妹妹也能把日子过好！"

刘海泉挣扎着坐起来，含着眼泪劝奶奶说："奶奶，你胡思乱想什么？妈妈临去世时再三嘱咐我要照顾好奶奶。我找对象，娶媳妇，也是为照顾好奶奶，谁嫌弃奶奶，我就不干。"

奶奶："海泉，你是好心眼儿，可是谁能和你想到一处去？那个张旭，还是个党员儿呢，不是也嫌乎咱们穷吗？什么调外地工作，还不是糊弄你吗？"

伫立在窗外的张旭，已听了一会儿祖孙间的谈话，"也是嫌咱们穷"这句话，如同一把利刃插进前胸。她痛苦地将身子靠在墙上，两行羞愧的泪水顺着脸颊流下来，她意识到刘海泉把对她的爱深深地埋在心底，她责备自己在"穷"字和困难面前没有毅然分忧的勇气。她抹把泪水刚要拉门进屋，奶奶推门出来了。奶奶一见张旭，老人惊怔住了，再看一看张旭手里拎的兜子，她问："你是来看海泉？"

张旭强做出一点安慰老人的笑容点点头。

奶奶目光沉郁了，她恳求着："张旭姑娘，你来看海泉，我们一家子谢谢你。可是我求求你，你别进屋了，东西也别让海泉见到。你们俩是成不了的事儿，海泉那孩子刚长成的心让家里外头戳巴乱了，再经不住折磨了。再看我孙子心疼，我受不了呀！你听我一句话，别露面儿，让他慢慢地忘掉你吧！"

张旭激动地俯身在奶奶肩头上，流着泪说："奶奶，我不会再让海泉心疼了！"

还没等奶奶弄清楚是怎么回事，张旭毅然拉门走进屋去，她看到坐在炕边的清瘦的刘海泉，她发自内心地、亲切地呼唤了一声："海泉！"

音乐。

刘海泉激动地站起来，脚步趔趄地向张旭走来。

张旭急忙迎上去，她搀扶住刘海泉。

两人相视笑着。

张旭抹了一下眼角上的泪花，说："我不去南方了，留下……"

音乐转欢快。

音乐声中：

张旭推着自行车走进刘家院子，车把上挂着新买来的炕笤帚、刷子和洗衣板，大妹和三弟高高兴兴地迎上去；

张旭围着围裙和大妹将洗完的床单、被面一件件地晾在院子里的绳子上；

张旭买来一领新炕席，和奶奶、大妹妹高兴地扑在炕上；

在服装商店的试衣镜前，刘海泉穿着一件新上衣，对着镜子难为情地照来照去，张旭站在一边给抻抻领子，拉拉袖子，刘海泉满意地点点头。

黄昏时候，在公园的湖畔小路上，刘海泉悠闲地踱来踱去，不时地向路上张望。他发现张旭走来了，他眯眯一笑，高兴地迎上去，两人会聚一起。

张旭："你兴致真好，还邀我上公园来了。"

刘海泉："哪有你这样苦恋爱的，成天帮我干家务活。快结婚了，结婚前咱俩得逛逛公园呀，要不，那不是终身的遗憾嘛！"

张旭："你这个人呐，真有意思，家里这么穷，这么累，没把你心里的酸劲磨掉。"

刘海泉："讲话了，人总得有点精神嘛。这点受我爸爸影响，他是个普通工人，可是他又会画画，又会打球，又会作诗，一到星期天领我们一家去野游。来，坐一会儿。"

刘海泉和张旭坐在湖边的双人椅上，夕阳余晖照着湖面，水光映在他俩的脸上。

张旭："把这药给奶奶带回去，一天吃三次，饭后吃。"

张旭从兜子里拿出一瓶药，刘海泉以感激的心情双手接过去，他瞅着药瓶，感慨地："张旭，我为你们家……"

张旭阻止他："说正经的。"

刘海泉："我有点事儿，不大点儿小事儿。"

张旭："什么事儿？说吧。"

刘海泉从衣兜里掏出一个叠得方方正正的红纸包，他有些难为情地送给张旭："这，这是给你的……"

张旭看一眼红纸包，纳闷儿地接到手里："什么？"

"四百块钱。张旭，照人家比，这实在是拿不出手，好在咱家里情况你了解。"刘海泉不安地说。

张旭打开纸包，看到一摞十元一张的新票，她严肃地问："钱是哪儿来的？"

刘海泉咽了一口唾沫："反正不是偷来的……"

张旭一语道破："你借的！虽然咱俩要结婚了，我看你还和我分着心眼呢！"说着她站了起来。

刘海泉也慌忙站起："不，不是，张旭，你没了解我……"

张旭："了解你了，跟着社会上的不正之风凑热闹！家里这么困难，你怎么还借钱呢？我们结合是自愿互爱，建立新家庭。要彩礼，把女人当商品，是封建习俗。我们结婚要将社会主义新风尚，带头杀歪风邪气！这钱你是怎么借的，怎么还给人家。"

张旭把钱塞在刘海泉手里。刘海泉瞅着钱皱起了眉头，他确实感到过意不去，望着张旭，感动地说："人家结婚，都是男方花钱，可是你不但一个子不要，还要给我买一套结婚衣服。张旭，我这心，这心，下不去呀！这钱不收，你无论如何也得要点什么呀！"

张旭看刘海泉那恳切的神态，要笑出来，她终于爽快地提出一点要求："好，我要点东西。花是喜庆的象征，为了做个纪念，你给我买四尺花布吧，我做件花衬衣。"

刘海泉听到这四尺花布，他心头滚热，眼睛酸了，泪水在眼里转动，他深深地点点头："嗯，四尺花布，花布，我记住了！"

音乐声中：

刘海泉紧捣腾脚步，挤过人群，在商店的楼梯上小跑。

刘海泉站在布匹售货台前，挑选花布。

刘海泉急速地走进一家繁华商店的大门。

刘海泉在楼梯上小跑的两只脚。

刘海泉站在布匹售货台前，手下按着几种花布挑来选去。

一块花布拉起，亮光闪闪，遮满镜头。

又一块花布拉起，亮光闪闪，遮满镜头。

一块，一块，又一块，红花、白花、蓝的花，从屏幕上迸闪出耀眼的花的光彩。

在刘海泉家里。

奶奶捧着一块花布。心里过意不去,她向刘海泉说:"海泉,这不行,我当奶奶的心里过意不去。"

刘海泉:"我这心里也是一样啊!"

说话间,张旭推门进屋来,尼龙兜里装着一摞子花饭碗,她把饭碗放在桌子上。

奶奶迎上去,说:"小旭,正好,奶奶和你说句话。"

张旭:"什么事情,奶奶。"

奶奶把花布递给张旭:"海泉把花布买来了,看看,稀罕不?"

张旭看着花布,满意地点点头:"稀罕。"

奶奶看到张旭乐了,她替孙子表功:"海泉为买这四尺花布,把鞍山市百货商店跑遍了。"

张旭亲昵地瞥了刘海泉一眼:"你也真是的!买个带花的就行呗。"

奶奶拉住张旭的手,深情地说:"小旭,你就收四尺花布过门到刘家来,奶奶这心受不了,你还得要点什么,值钱的,奶奶给张罗。"

张旭思忖了一会儿,笑了:"奶奶,那我就再提一点要求。"

奶奶高兴地连连点头:"哎,哎,好,好,奶奶必定给你办到。"

张旭感情深沉地说:"奶奶,在结婚前让海泉把小妹妹接回来吧!都是同胞兄妹,尽管日子紧巴点,大伙也都要在一块儿过,不能再让她孤身在外了!"

音乐。

奶奶的嘴唇颤抖了,昏花老眼涌满了泪花,她激动地回答不出话来,一下一下点着头,她扭过身去,撩起衣襟抹眼泪。


音乐转欢快。

刘海泉骑着自行车,在车架上带着小妹,欢快地奔驰在农村土路上。

刘家的院门一下子被撞开——刘海泉推着自行车进了院子,小妹从车上跳下来。

奶奶、哥哥、姐姐正在院子里刷洗旧桌椅家具。

小妹跳着叫喊:"奶奶,哥哥,姐姐!"

"小妹回来了!"

"孙女回来了!"

大家高兴地迎上去。

小妹问:"谁是我嫂子?"

这时张旭正从住房出来,人们都指向她,告诉小妹:"那儿哪!"

小妹像燕子似地向张旭飞扑过去,一下子扑在嫂子怀里,激动地哭起来,边哭边说:"嫂子,你真好!"

张旭搂抱着小妹,也激动地滚下泪水,抚摸着小妹的头顶,说:"咱们是一家人了,今后好好学习,听大人话!"

小妹点点头,然后她从背着的书包上取下一束野花,把它送给嫂子,她又从花束中取下最红艳的一朵花，给嫂子插在头上。

小妹望着嫂子配上花朵的俊秀、善良的面孔，泪花在眼里闪光，笑容浮现在嘴角。

女歌手深沉、抒情的哼唱声。

（旁白：一家人团聚了，但是矛盾并没有到此结束。张旭成为这个家庭的成员以后，将要遇到更多、更复杂的困难！生活啊，好像一位严峻的教师，在对张旭继续进行着严格的考试！）

女歌手深沉、抒情的哼唱声。

文字整理：张蕊

资料来源：广播出版社编，《电视剧本选（三）》，广播出版社1984年6月第1版。

# 奖　金

**首播时间**：1982年
**首播电视台**：中央电视台
**摄制单位**：中国广播艺术团电视剧团
**编　　剧**：周锴
**导　　演**：周寰、张建民
**摄　　像**：王东明、叶清纯
**主　　演**：朱旭、李燕、封锡钧
**获奖情况**：第三届（1982年度）中国电视剧"飞天奖"
　　　　　　单本剧二等奖。

**剧情梗概：**

工程师老魏工作勤恳，经常彻夜不眠地设计图纸。他荣获部里的优秀科研成果奖，奖金两百元。老魏居住的整个四合院都沉浸在老魏要领奖金的喜悦中，他的两个孩子更是吵闹着让父亲给他俩一人买一双向往已久的白球鞋，老魏还准备给妻子买一件衬衣。

谁料到，高主任把本该属于老魏的二百元奖金按"土政策"左右一分，只给老魏剩下二十元。再去掉请同事吃糖花去的五元钱，老魏仅剩下十五元。老魏揣着仅有的十五元钱在商店转了一圈，衬衣、球鞋都买不起，只给妻子买回一盒治肝病的药。老魏回想起前两次调级、调工资他把名额让给别人时妻子生气的样子，在筒子河附近溜达不敢回家。无奈，他只得向隔壁的大李借点钱凑足了三十元，试图蒙混过关。他俩商量好，晚上以敲三下墙为暗号，如果魏嫂发难大李就冲过去劝架。

大李的妻子桂兰带着孩子过来探亲，魏嫂执意要为桂兰接风洗尘。两家人围坐在桌边吃饭，老魏想把妻子灌醉让她暂时忘了奖金的事，又舍不得对日夜操劳的妻子下手。深夜，魏嫂听说二百元奖金变成了三十元，以为老魏瞒着自己把钱私自处理了，责备老魏不理解自己，气得又哭又闹。知道奖金被单位层层瓜分以后，魏嫂更加气愤，让老魏干脆把剩下的三十元钱也给单位送回去，忠厚善良的老魏说什么也不肯。

这时，高主任夹着公文包出现在老魏家门口。原来，机场一架国际航班的飞机刹车装置出了故障，等着老魏去修理。还在生气的魏嫂堵在门口不让老魏出门。情急之中，老魏敲了三下墙。机智的大李跑到老魏家门口装肚子疼，以便老魏趁机溜出门。其实精明的魏嫂早就看清了这一切，但她没有拦着老魏。

大李高兴地退出老魏家房门时，撞上了回来拿眼镜的老魏。正当大李手足无措之时，魏嫂体贴地把眼镜递到丈夫手中，老魏感动地热泪盈眶。

一向不务正业的柱子也醒悟了，他发誓要凭自己的本事争取获奖。高主任也深受感染。黎明，修好的飞机飞向蓝天，魏工程师的脸上泛起幸福的笑容。

  文字整理：张蕊

  资料来源：广播出版社编，《电视剧本选（三）》，广播出版社1984年6月第1版。

## 剧本

## 《奖金》

### 1. 北京城

  天际泛起一片鱼肚白色。
  宁静的城市，宁静的街道……
  镜头透过迷蒙的晨雾，俯视古老的北京城。老城区参差不齐的屋脊、庭院和远处高大整齐的楼群遥相呼应。

### 2. 四合院

  清晨。典型的小四合院，满打满算，不过十余间房屋。本来不大的天井中，大大小小、形形色色的简易小棚鳞次栉比，争齐斗胜。院中唯有一条羊肠小道，通向各家各户。
  家家门首挂着竹帘，小院里静悄悄的，甜睡的人们徜徉在梦乡中。
  镜头从七歪八拐的临时建筑中挤过去，来到正房门前。
  廊下堆满什物，两个火炉，两副水桶，两瓣大蒜……一连三间的正房，用苇箔墙隔为两处。单间住着技师大李；另外两间正房内，住着某航空研究所的工程师老魏一家四口。
  晨风轻轻晃动树叶，雀鸟在枝头嬉戏。
  魏工程师家的窗口，悬挂着一架飞机模型。它沿着一条抛物线的轨道，正在起飞。这小小的模型飞机，似乎不甘久困斗室，展翅翘首，向着蓝天。
  晨风掀动窗帘，屋内透出一线微弱的灯光。

**3. 魏家**

　　灯光从一堆资料的空隙中透出来。资料堆中有一盏台灯，灯伞上遮着报纸，挡住了余光。

　　工程师老魏彻夜不眠，仍在全神贯注地绘图，他戴着一副眼镜，眼镜腿上系着一条钥匙链，链子挂在脖颈上。老魏画完最后一张设计图时，顺手摘掉眼镜，揉了揉疲倦的双眼，脸上露出一丝笑容。

　　眼镜悬在老魏胸前，摇来荡去。

　　突然，闹钟响了。

　　老魏想让妻子多休息一会儿，伸手捂住闹钟，止住铃声。当他回身向床上看时，不料，魏嫂早已起床。

　　魏嫂穿着外衣，来到写字台前，把台灯关掉，看着劳累过度的丈夫，无可奈何地叹了口气，爱怜地："你又一夜没睡！"

　　老魏淡淡一笑。

　　"哗、哗、哗……"魏嫂顺手一一拉开窗帘，打开房门，走到廊下，伸手拿起炉子上的水壶，抬脚勾开火炉的炉门。她又一阵风似的转回屋中，边往脸盆倒水，边说："老魏，别看书了，快洗脸……哎，别忘了，把孩子叫起来，我去买早点。"说着，从小橱柜上取过竹篮，又向隔壁房间高喊："大李，该起床了。"喊声未落，人已走出房门。

　　老魏不敢怠慢，连忙收拾图纸。然后，跑到脸盆边，从胸前取下眼镜，放到窗台上。他刚要洗脸，忽然想到妻子叮嘱要叫醒孩子，于是连声高叫："起床喽，起床喽！"

　　贪睡的孩子毫无反应。

　　老魏急忙跑到床边，掀开被子，照着两个儿子的屁股上，轻轻打了两下："起来，起床了！"老魏又推又晃，外带挠儿子的脚心。

　　两个孩子翻身跳起来，一齐向父亲进攻，在老魏的腋下乱抓乱挠。

　　老魏笑得透不过气来，连连向儿子告饶："好了，好了，快起床吧。待会儿妈妈回来，要生气的。"

　　小广搂着爸爸的脖子："爸爸，今天发奖金啦，对吗？"

　　老魏笑着回答："对，对，今天发奖金。"

　　小文趴到床头，从床下掏出自己的破球鞋，高举着，说："爸爸，给我买双白球鞋吧！"

　　小广拍手响应："爸爸，也给我买双白球鞋吧！"

　　小文拉开弟弟："不给你买！"

　　小广推开哥哥："不给你买！"

　　兄弟俩像是一对好斗的小公鸡，吵闹不休。

　　老魏把两个儿子搂在怀里："好，好，好。都买，都买，一人一双。"

　　"噢——"两个孩子高兴地拍着手，乐得合不拢嘴。

**4. 外院**

　　晨钟报晓，广播操乐曲奏鸣。

伴随着读书声，劈柴声，哼唱声，炒菜声以及孩子哭，大人叫……揭开了一天的序幕，构成了一首北京大杂院特有的晨曲。

浓烟滚滚。

魏嫂提着竹篮，重开烟雾，急步走进院门。

正在生炉子的大婶，忙用扇子把拔火筒里冒出的浓烟扇散，歉意地和魏嫂打招呼。

魏嫂边咳嗽，边向大婶点头致意。

公用自来水管边，又几个人在洗漱。

小葡萄架下，有个女孩在读外语。

一位晾被子的妇女，用扫帚打扫被子上的尘土，发现魏嫂走来："呦，魏嫂，你买油饼去啦？"

魏嫂连连应声，走向狭窄的过道，偏巧对面遇上一位邻居，推着自行车走来。

邻居客气地礼让："呦，魏嫂，您先过，您先过。"

"快走吧，您还得送孩子去托儿所哪！"魏嫂原路退回，让过推自行车的邻居。

突然，从里院跑出一老一少，老铁叔手持鱼竿，边追边打。小柱子抱头鼠窜，连连求饶。

"老铁叔，爷儿俩有话好说，别打啦。"魏嫂上前解劝。

"哎哟，魏嫂，您快拦着点儿吧！"小柱子像是见到救命星，三蹿两蹦，跳到魏嫂身后避难。

老铁叔仍是不依不饶，抡起鱼竿，边打边说："他魏嫂，你见过这么没出息的人吗？不知从哪儿弄来这张假条，不去上班，要去钓鱼。嘿！真丢人呀！"老人又转向儿子："你呀，你就不能跟人家老魏学学？"

小柱子不服气地："咱能跟魏工程师比？人家是工程师，一次奖金就是二百块！"

老铁叔又举起鱼竿："你还犟嘴！你到底上班不上班？"

魏嫂催促："柱子，快说呀！"

柱子嘟嘟囔囔："谁说不去啦！"

魏嫂劝解老人："柱子去上班。您消消气儿，先回家吧。"

老铁叔气哼哼地走向后院。

柱子笑嘻嘻地："魏嫂，您真是'及时雨'、'大救星'！"

"哼！要是敢旷工，我先不饶你！"魏嫂说罢，走进后院。

5. 魏家

小饭桌放在屋中央，父子三人围坐桌边，看书写字，等候吃早饭。

老魏专注地在小日记本上记事，嘴里轻轻叨念："白球鞋两双，女衬衣一件……"

小广心不在焉地翻看小人书："爸爸，我肚子饿！"

小文收拾书包，不耐烦地："妈妈怎么还不回来呀！"

老魏合上小本："别闹，别闹，妈妈给你们买好吃的去啦……小广，去看看大李叔叔起来了吗？"

小广应声跑到墙边，抡起小拳头，猛捶苇墙。

老魏连忙拉住儿子的手臂，谆谆告诫："哎，这墙可不能随便敲。"

小文一边帮腔："你忘了，敲墙是爸爸和大李叔叔的联络暗号。"

小广吐了一下舌头，懂事地点点头。

"妈妈回来喽！"

小文、小广迎上前去。

老魏连忙去接小篮。

魏嫂走进房门："行啦，行啦，都给我坐在那儿，等着吃吧。"

"是。"老魏拉着孩子，回到小桌边，带头坐正，将双手背在身后。

父子三人恰似托儿所的三个小娃娃，规规矩矩，静候桌边，等着阿姨分饭。

魏嫂麻利地将碗筷放到三人面前。又在每人碗里放了一只熟鸡蛋，最后将一盘油饼放到桌上，心满意足地下命令："吃吧。"

父子三人同时伸手，拿起鸡蛋，剥皮。

魏嫂咯咯笑着，走出房门。

老魏剥开鸡蛋，却没有吃，趁妻子没有注意，悄悄地把鸡蛋放在魏嫂的饭盒里。

## 6. 四合院

廊下，魏嫂从火炉上提起开水壶，略略感到肝区不适，用手轻轻按摩。

这一切都被老魏看在眼里，他拿着暖水壶，来到妻子身边，担心地询问："玉芝，你……"

魏嫂强打精神，装作没事人儿的样子："瞎咋呼什么？没事。"

老魏仍不放心，他边往暖瓶里灌水，边用关切的目光观察妻子。

开水浇了一地。

"你呀！"魏嫂嗔怪地给丈夫一巴掌，接过开水壶。

"呦喝！这是《棒打无情郎》啊。"邻居大李双手抱着一摞砖走来。他只顾开玩笑，不经意，一块砖滑落在地，摔成两半。

魏嫂反唇相讥："大李啊，大清早，你唱的又是哪一出啊？"

大李用脚勾着半头砖，说："嘿嘿，我这是《打金砖》。"

老魏急忙上前，帮助大李往屋里搬砖。

大李边搬砖边说："今儿个，我们那口子带着孩子来探亲，我搭个铺。"

魏嫂："搬砖干什么？我屋里有小凳，先拿两个去。"

大李："嫂子，您甭费心啦，我这儿都搭好了。"

魏嫂提着暖瓶，走进自家房门。

老魏边搬砖边问："大李，给女同志买衬衫什么料子好？"

大李边往嘴里塞干火烧，边回答："特利灵。"

老魏打开小本，写着："特利灵……"

"什么？"大李发觉有误，"痢特灵？还保肝哪！"

"对，保肝丸。"老魏在小本上，又记下一笔。

"你呀，那叫特利灵！"

老魏恍然大悟，二人相视一笑。

正房传来魏嫂的声音："老魏，该上班了。"

老魏应声，转回家中。

### 7. 魏家

魏嫂正在给小儿子挂书包："你的书包……"

小广背好书包跑出房门。

魏嫂又拿起钥匙，挂在大儿子的脖子上："你的钥匙……"

小文摆弄着胸前的钥匙，走出家门。

老魏拿着提包，往外就走，刚刚跨过门槛，又被妻子叫回来。

"哎，哎，还有你……"魏嫂从窗台上拿起眼镜，嬉笑着套在丈夫的脖子上，"……眼镜！"

老魏看着知冷知热的妻子，歉意地笑了笑，摘下眼镜，放到口袋里，走向院门。

### 8. 四合院

两个孩子等在门前，见老魏出来，一拥而上，在他耳边轻声说："爸爸，别忘了买白球鞋。"

"忘不了，我都记在本子上啦。"老魏向儿子摇晃着记事本。

### 9. 飞机试验场

跑道上，一架试飞的新型客机，腾空而起。

机库前，一排排崭新的飞机，在阳光照射下，闪着耀眼的银光。

"老魏，老魏！"高主任满面春风，手里托着一个大红信封，来到试验场。

老魏闻声，从机舱内钻出来，走下工作台。

高主任："老魏呀，部里的优秀科研成果奖金发下来啦。"说着，递上信封。

老魏接信封在手，没有说话。

高主任指着奖金，侃侃而谈："部里发下二百元奖金，按'土政策'扣下百分之六十，留给全所职工'喝汤'用。剩下八十元研究室决定，提出一半，留作全室'平衡'用。专业组抽出二十元，分给协助工作的同志。余下二十元，发给你个人。这还算是突出的。"

老魏拿着信封，像是握着一块烧红的火炭，脸上露出尴尬的苦笑。

高主任进一步耐心地做工作："老魏，现在的情况，你是理解的。我们不搞'一刀切'，有吃肉的，就得有喝汤的，否则，和全所同志不好交代。"

老魏只有连连点头："好，好，那我干活儿去啦！"

老魏有苦难言，痴呆呆地拿着信封，走到机翼下。

工人、技术人员蜂拥而上，将老魏团团围住，七嘴八舌，尽情哄闹。

"哈哈，老魏得科研成果奖了。"

"二百块！"

"没说的，请客。"

小柱子挤到老魏身边，一把夺过信封："不请客，全部充公！"

"别胡闹，魏工程师回家可交不了账！"

"妻管严！"

众人笑得前仰后合。

老魏憨厚地笑着，口中连声说："请，请……"

### 10. 售货亭

大家簇拥着老魏走进售货亭。

柱子大呼小叫："同志，来十斤高级牛奶糖。"

老铁叔挤到柜台前，拦住儿子："你馋疯啦，十斤高级糖要三十多块钱，够你一月工资了。"

一工人："买两斤什锦糖，意思意思就行啦。"

老魏："那就买三斤吧。"

售货员将糖果称好，装入口袋，递过来。

柱子抢在手中，兴高采烈地分发。

老铁叔抓了一把糖果，塞到老魏手中："带回去，让魏嫂和孩子们沾点儿喜气儿。"

### 11. 街道

老魏蹒蹒跚跚走在人行道上。他下意识地摸摸口袋中的信封，不由得叹了口气。

一只大手拍在老魏肩头。

"高主任。"

"老魏，请客啦？"

"主任，您吃糖。"

"好，好。"高主任吃了一块糖，"希望你理解领导的苦衷，如今是'粥少僧多'，只能这样处理。"

"我知道，我知道。"

随着一串车铃声，小柱子来到主任面前，他搂着主任的肩膀，嘻嘻哈哈地说："高主任，老魏请吃糖，主任得请喝酒。"

高主任诧异地："嗯？"

柱子接着说："这都是主任领导有方，还不该庆贺庆贺……"

主任明白自己受了奚落，有意把话岔开："柱子，骑车先回去，给你魏嫂报个喜讯。"

柱子阴阳怪气地："二百元奖金变成了二十元，这个喜讯你去报吧。高主任，我那魏嫂可厉害啦，去年两次调工资，都没有老魏，回家去可没轻饶咱们工程师，这一回……"

老魏急忙拦阻："柱子，不许胡说！"

柱子哈哈一笑："得，'家丑不可外扬。'主要是不给领导增加麻烦。算我没说，算我没说。"说着，一抬腿上了车，扬长而去。

高主任并不深究，慌忙和老魏告别。

## 12. 医院

下班的时候,一群医护人员走出院门。小护士挽着魏嫂的肩膀夹在人群中,她们越走越快,将众人甩在后面。

小护士:"魏嫂,今天有什么喜事,这么急着往家里赶。"

魏嫂瞥了她一眼,像是在背绕口令:"接孩子,做饭,刷锅,洗碗……不能跟你比,下了班,谈恋爱,轧马路,逛公园……"

小护士揉了魏嫂一把:"得啦,快回家看你们老魏去吧。"

## 13. 商店

柜台前,老魏看着女式上装,爱不释手。无奈价码太高,奖金有限,只得退还给售货员,快快离去。

## 14. 橱窗前

在鞋店橱窗前,小广扯住母亲的衣襟,吵闹着:"妈妈,我要白球鞋。"

魏嫂气恼地拉过儿子:"没出息,人家要说你不讲礼貌……"

小广抽抽搭搭:"我要,我要。"

母亲心软了,她蹲下身,给儿子擦去眼泪:"好乖,让爸爸带你来买白球鞋。"

小广委屈地点点头,眼睛一直盯着球鞋。

## 15. 商店

白球鞋摆满货架。

老魏走到柜台前,戴上眼镜,看着价格。他的手再一次伸进口袋,用力揉搓那个信封。片刻,恋恋不舍地离去。

## 16. 菜市场

魏嫂提着鲜鱼,挤出人群,却寻不见儿子。

小广挽着一网兜青菜,四处寻找母亲。

"妈妈。"小广终于看到魏嫂。

"小广,快点走,你忘了,今天……"

"爸爸给咱们买好吃的!"

## 17. 药店

两盒治肝病的药,放到老魏手中。他将药盒放进提包里,转身走出店门。

## 18. 胡同里

街头小足球赛,已经进入高潮,小朋友们你追我抢,争夺激烈。

小文跑前跑后,拼抢积极。他脖子上挂着的钥匙,在阳光下闪闪发光。

同学们攻到门前，正要举脚射门。

小文斜插上来，一脚长传，化险为夷。再看小文脚上，球鞋裂开大口子。

"小文！"

魏嫂的喊叫，比上课铃声还管用，小文慌忙告别同学，跑到魏嫂面前。

"刚放学，就跑出来玩，功课做完了吗？"

"做完了。"

"开门去！"

小文擦着汗，拉起弟弟，跑进院子。

### 19. 四合院

小文跑到自家门前，他懒得从脖子上把钥匙取下来，便踮起脚尖，伸着脖子，用钥匙去找锁。

小广发现哥哥球鞋开绽，调皮地用手掀开裂口。

小文生气地踢了弟弟一脚。

锁被打开。

### 20. 魏家

小文匆忙跑进屋，换了一双布鞋，将球鞋塞到床下。

小广跟进屋，看着哥哥的举动，"嘿嘿"地笑个没完。

小文握着小拳头，威胁地："不准说！"

魏嫂在院里喊："小文，提桶水去。"

"唉。"小文提着水桶，跑出门去。

### 21. 四合院

小文提着水桶，跑到过道，几乎撞到大李的自行车上。"大李叔叔！"他原路退回，让过大李的自行车。

大李右手推车，左手拿着两支冰棍，递给小文一支。

"谢谢大李叔叔。"小文接过冰棍，跑向外院。

"小广，吃冰棍喽。"大李向屋里高喊。

小广连跑带跳，走出屋门，接过冰棍。"谢谢大李叔叔。"又转身跑回正房。

"大李，怎么还不去车站接桂兰哪？"魏嫂边择菜边搭讪。

"来得及。"大李将车靠在墙边，从车把上取下一只老母鸡。他走到廊下，见魏嫂在准备晚饭："呵！这么多好吃的，是慰劳老魏的吧！"

"今天是七月七，牛郎会织女，给你们那口子接风。"魏嫂打着哈哈说。

"嫂子，这个，"大李将母鸡放在廊下，"就归您收拾啦！"

"这是……"

"我这是慰劳老魏的。"

"大李，快把你那个窝收拾收拾，让桂兰看着，心里痛快？"

"您放心，保准收拾得跟新房一样。"

大李走进自己的住屋。

魏嫂悄悄跟在后面。

## 22. 李家

大李的住房，和单身汉的宿舍没有多大区别，所不同的是，单人床边，用砖头支起一块铺板，铺了一条崭新的双人床单，为小屋增添了家庭气息。

大李从床下拉出一盆脏衣服，挑来拣去，想找出一件比较干净的上衣，去迎接夫人。

"大李，干什么哪？"

"嫂子，我……"大李一惊，慌忙将手中的衣服藏到身后，偷偷地伸出一只脚，将盆向床下挪动。

"啪！"魏嫂一巴掌将大李的脚打开，从床下拉出脸盆。

"嘿嘿……"大李十分尴尬。

"给。"魏嫂将两件洗干净的衣服，送到大李面前，弯腰拿起脸盆就走。

"嫂子，这回可不能麻烦您了。"大李拉住脸盆不放，"您弟妹来了，留着考验考验她对我的感情吧。"

"少废话。"魏嫂夺过脸盆，"快接桂兰去吧。"说罢，走出房门。

## 23. 四合院

小文提来一桶水，帮助母亲洗菜。

大李穿着干净的衣服，走出房门："大嫂，我走啦。"

魏嫂叮嘱："快点回来，等着你们吃饭。"

大李推着自行车，走向外院。

"妈妈，我爸爸怎么还不回来？"小文等急了。

"是啊，他到哪儿去啦？"

## 24. 院门外

老魏徘徊在门前，鼓了几次勇气，都没敢跨进院门槛。

老铁叔拿着小筐，出门去买菜："老魏回来啦。"

老魏："老铁啊，大李回来了吗？"

老铁："他去车站，接桂兰去啦。"

老魏："哎呀……"

老铁："你找他有事？"

老魏："不，不……我转转去。"

老铁看着魏工程师的背影，颇感惊奇。

## 25. 筒子河

河面上倒映着故宫角楼。

老魏左顾右盼，不见大李的踪影，焦急地伏在河边围墙上。

微风乍起，吹皱一河清水……

**26. 魏家**（闪回）

魏嫂气哼哼地洗衣服，嘴里不停地数落："七七年调工资，你说响应号召，说国家经济有困难，调级名额有限，咱们能让就让一让，不能叫领导为难。还劝我别着急，等一两年，还会调级。咱们真的让了！为什么这次调级又没有你？"

老魏用耳机堵着耳朵，硬着头皮看书："我不是病了嘛！缺勤天数超过规定两天。"

魏嫂气愤地将衣服摔在盆里："什么？你躺在病床上，不是照样写论文，搞设计吗？"她越说越上火，跑到丈夫面前，伸手抓下耳机。"你堵着耳朵干什么？去，告他们去，你到部里告他们去！"

老魏慌乱地劝阻："这样不好……"

魏嫂抓过两个馒头，扔到饭盒里，塞给丈夫："你带着干粮，见不着他们，不准回家！"

老魏为难地接过饭盒。

**27. 北京图书馆**（闪回）

老魏满腹愁肠，拿着饭盒，走进图书馆。

**28. 阅览室**（闪回）

室内已空无一人。

老魏啃着干馒头，专心查阅资料。

时钟敲了六下。

**29. 魏家**（闪回）

魏嫂正在桌上擀面条。

老魏提心吊胆，推开屋门。

"你回来了。"魏嫂瞪了丈夫一眼。

"玉芝，你看，这回真巧，"老魏满脸堆笑，结结巴巴地说，"还真见到领导了。领导说研究研究，一有结果，就通知我。"

"放屁！"魏嫂被气得哭笑不得，她拿擀面杖狠狠地敲了一下桌子，"你根本就没去，我给部里打了电话，说连你的人影儿都没见。"

老魏张口结舌："我，我……"

魏嫂拿着擀面杖，虚张声势："我今天跟你没完！"

老魏被逼到墙角，用拳头捶了三下墙。

"哟，嫂子。"大李早已等在门前，闻声闯进门来，"这是演的哪一出啊？"

魏嫂赶紧放下擀面杖，笑着说："去去，我们闹着玩儿哪！"

大李凑趣地："哟，是'周瑜打黄盖，一个愿打，一个愿挨'。"

## 30. 筒子河

筒子河面波光粼粼。

老魏靠着围墙,向林荫路上张望。

大李推着自行车,桂兰抱着孩子走来。

"大李,"老魏迎上前,热情地招呼,"桂兰来啦,大李天天盼你呀!"

"魏大哥!"桂兰腼腆地一笑。

"大李,我找你有点急事。"老魏轻声地对大李说。

大李将桂兰母子安顿在路边石凳上,回到老魏身边:"什么事啊?把你急成这样?"

老魏:"我那笔奖金发了。"

大李:"喜事嘛!这回让嫂子高兴高兴。这些年,你常出差,总赔钱,也实在把她紧巴得够呛。"

老魏:"是呵,我就怕她想不通。"

大李:"怎么?"

老魏:"少了点,才十五块。"

大李:"你寄给父母了?"

老魏摇头。

大李:"买科技书啦?"

老魏摇头。

大李:"那,二百块钱怎么变成十五了?"

老魏尽力回忆着主任的讲话,力争不歪曲领导精神:"是这么回事,部里发下二百元奖金,留给全所职工一半'喝汤';余下八十元,留一半室里'平衡'用;另外抽出二十元,分给协助工作的同志;剩下二十元发给我。你想,得了奖,总该请客,我一咬牙,又买了三斤什锦糖,花去四块五,剩下的钱都在这儿。"说着,急忙拿出大信封。

大李气愤地说:"你没问问领导,为什么要这么层层打折扣?"

老魏赶紧解释:"问了,领导说,该吃肉的吃肉,该喝汤的喝汤,绝不能搞'一刀切'。"

大李愤怒地说:"好一个不搞一刀切!再切,大锅饭就变成大锅粥啦!"

老魏环顾左右,将大李往树丛中推了推:"小点声儿,小声点儿,嚷嚷出去影响不好。"

大李:"大嫂嚷起来,可比我嗓门儿大。"

老魏:"我正为这件事发愁哪!最近她总闹肝区疼,在家里、外头硬挺着,无论如何不能让她再生气。所以求你先借我一点钱,只要凑足了三十元,大概……也许……能将就过去。"

大李豪爽地说:"瞧你说的,这点钱我还拿得出来。"他伸手掏钱,掏了半天,只拿出五元钱,"哎,你等等。"

大李跑到石凳边,向桂兰要来十元,凑在一起,交给老魏。

老魏接钱在手,脸上有了笑容:"这我心里就踏实多了。千万保密。"

大李点头应承。

老魏仍不放心:"对了,今天晚上,你留心点儿,只要听见我捶三下墙,赶快过来劝一劝。"

大李一拍胸脯:"捶三下墙,我准过去'救驾'!"

老魏放下心,转脸看见桂兰抱着孩子等在路旁,很过意不去:"你看,我光顾说话,让大妹子站了半天。快回家吧。"

三人走在人行横道,穿过马路。

大李夫妇走进胡同,老魏默默地跟在身后。

突然,老魏灵机一动,紧走几步,从大李车把上拿下草编提包:"给我,给我。"

桂兰:"魏大哥,让他拿着吧。"

老魏拎着手里的草编包,感激地看着桂兰,突然,冒出一句:"桂兰哪,你今天来得太是时候啦!"说罢一路小跑,进了院门。

大李看着老魏的背影,酸楚地:"唉,这点奖金,可真把老魏难为坏啦!"

大李夫妻刚要进门。

柱子推着自行车,从院里出来:"喝!大李叔,今儿个大团圆哪!"

大李:"柱子,又去钓鱼呀?"

柱子:"不,今儿个,托老魏的福,发点奖金,我买瓶好酒,庆祝庆祝!"说着,飞身上车,冲出胡同口。

大李夫妻进院。

## 32. 四合院

老魏提着草编包,走进四合院。

"爸爸回来喽!"

"这是干什么?让我看看。"

小文、小广迎上前,拉着提包,翻看。

老魏几乎招架不住,只得将提包高高举起:"别动,谁也不许动!"

魏嫂从厨房中走出来,双手接住草编包,喜笑颜开:"老魏,领来了?"

老魏紧紧抓住提包:"领来了,在后边。"

"魏大嫂。"

"呦,桂兰呐,大李总算把你盼来了。"魏嫂迎上前,接过孩子,"快到家里歇着去吧。"她将大李夫妻送进屋去。

小文、小广趁机翻看草编包。

老魏抢过草编包,高高地挂在大李门前的柱子上。

小广:"爸爸,给我买的球鞋呢?"

老魏一把捂住孩子的嘴:"今天,谁也不许提球鞋的事。"

小文:"就说,球鞋呢?"

老魏左拦右挡,急得直跺脚。

"老魏,准备吃饭啦!"魏嫂在大李屋内高喊。

"吃饭喽，吃饭喽……"老魏拉着两个孩子走进屋。

## 33. 魏家

老魏打开小饭橱，取出碗筷。

小文从床下拿出破球鞋，举到父亲眼前，用手掰开裂口："爸爸，你看。"

老魏烦躁地："哎呀，怎么又是鞋呀！"

门外传来魏嫂的声音："桂兰，洗把脸，就过来吃饭。"

老魏闻声，慌了手脚，从儿子手中抓过破球鞋，却不知藏在哪里。

魏嫂跨进房门："小文、小广，准备碗筷。"

两个孩子应声，拿着碗筷走出门去。

老魏情急之下，竟将球鞋按在洗脸盆内。

魏嫂："哎，站着干什么？吃饭啦。"

老魏抬起手来，准备出门。不料，球鞋又浮出水面，他再次将鞋按到盆底，用身体挡住脸盆。

"我说，你干什么哪？"

"……"

魏嫂拉开丈夫，向脸盆内观看。

"我刷刷鞋。"

"这是脸盆！"

老魏急忙从脸盆中提出破球鞋。

水，顺着鞋流到地面。

魏嫂："该吃饭了，又想起来刷鞋，我看，你是让那二百块奖金烧的！"

"嘿嘿……"真是哪壶不开提哪壶，老魏脸上的笑容，再也收不回去，直愣愣地站在原地。

大李走进屋："嫂子，我肚子都饿坏了，快开饭吧！"

魏嫂应声，走出房门。

"哎，别发愣了，吃饭去。"

"你嫂子又提那二百块钱奖金的事呢！"

"你放心，有情况就敲三下墙，保你过关。"

二人会心地一笑。

文字整理：张蕊

资料来源：广播出版社编，《电视剧本选（三）》，广播出版社1984年6月第1版。

## 1983

## 高山下的花环

首播时间：1983年
首播电视台：山东电视
摄制单位：山东电视
原　　著：李存葆
编　　剧：李德顺、于景
导　　演：滕敬德、席与明
摄　　像：孙周
主　　演：周里京、王玉梅、工同乐、李岚、王尚信、
　　　　　吴爽
获奖情况：第四届（1983年度）中国电视剧"飞天奖"
　　　　　连续剧一等奖、优秀导演奖、优秀女配角奖；
　　　　　第二届（1984年）中国电视"金鹰奖"优秀
　　　　　连续剧奖、优秀男主角奖、优秀女配角奖。

**剧情梗概：**

上　集

1978年9月，赵蒙生遵照妈妈的安排，为达到"曲线调动"的目的，离开军部机关，来到深山沟里的九连任指导员。连长梁三喜认真、朴实，只想把九连当作一个跳板的赵蒙生有些愧疚，但这并不能动摇他想回去的意愿。

连队的生活比他想象的还要清苦，从小生活优越的赵蒙生一时难以适应。他把雪白的馒头扔进了猪食缸，梁三喜怒火中烧，发誓要查出"真凶"。赵蒙生认为梁三喜是故意找自己麻烦，他反倒发起了脾气。

终于有一天，赵蒙生收到了妈妈的信，说军队最近有重大行动，让他务必尽快离开连队。果然，部队接到上级命令，马上开拔上前线。同时，赵蒙生也接到了梦寐以求的调令。当赵蒙生把调令拿给梁三喜看时，梁三喜终于被这个"孬种"惹怒了，他破口大骂，赵蒙生也懵了……

## 中集

赵蒙生终究没敢离开连队,他和同志们一起奔赴云南边境。眼看回城无望,赵蒙生和母亲商议一定要争取离开连队,回军机关。

赵蒙生的母亲曾在沂蒙山战场上救过雷军长的性命,她认为凭着这份交情,雷军长一定可以帮他们走这个"后门"。谁知,雷军长竟然不徇私情,当着全连战士的面辱骂了这个"软骨头"。

不堪受辱的赵蒙生带着负罪的心情投入战前最后的训练,他的人生道路掀开了崭新的一页。九连作为"尖刀"连奉命突袭敌军阵地,战斗异常艰辛,靳开来为了给快渴死的战士偷甘蔗,踩到地雷牺牲了;因为炮弹不合格,战士"北京"牺牲了;梁三喜也在之后的战斗中牺牲了,他只留下一张染着鲜血的欠账单……赵蒙生头缠绷带,与战士们抬着烈士的遗体,缓缓前行。

## 下集

赵蒙生率领幸存的战士凯旋归国。上级决定重点宣传梁三喜的英雄事迹,但高干事却觉得他的遗物过于寒酸,不宜展览;靳开来烈士的三等功也迟迟得不到批复,理由是靳开来偷甘蔗违反了纪律。赵蒙生气得浑身颤抖。

赵蒙生的母亲和女友来部队看他,请求他脱军装转业,赵蒙生毫不犹豫地拒绝了。同时,梁三喜的家人也赶到部队为他"圆坟",赵蒙生丢下母亲和女友就奔上了梁三喜的坟头。

部队曾经给赵大娘去信索要梁三喜的照片,赵大娘带来了一张她和大毛、小毛的合照。大毛就是三喜,小毛是她曾带养的部队上的孩子。见到照片,赵蒙生一下扑倒在赵大娘怀里,原来,他就是小毛。

战士"北京"竟然是雷军长的儿子!雷军长去赵蒙生家请罪,赵母是一个曾经穿过军装的人,她羞愧万分。雷军长发誓要向党中央报告,为牺牲的战士们讨回他们该得的名分。

赵大娘一家要回沂蒙山了,临行前,在梁三喜的坟头,赵大娘把三喜的抚恤金全部交给了赵蒙生,让他还了三喜欠下的账。原来,梁三喜上前线前就做好了牺牲的准备,他给家里去了一封信,交代了自己牺牲后所有的事情……

文字整理:张蕊

资料来源:李德顺、于景、李存葆,《高山下的花环》,载于《电视文艺》1983年2期。

## 剧本

### 《高山下的花环》

#### 上集

晨曦。

淡淡的薄雾中隐现出庄严肃穆的烈士墓。

震撼人心的战鼓声，由弱渐强，由慢渐快。
随着鼓声，镜头推近，墓碑和碑前的花环由小变大。
墓碑上刻着，梁三喜烈士之墓，山东沂蒙。
在花环、墓碑的底衬上，迅速推出片名：《高山下的花环》。
震天撼地的鼓声戛然而止。

寂静，异常的寂静。
晶莹的露珠，从洁白的山茶花枝叶上滴下，如深情的泪水，一滴一滴……
从辽阔的远方，隐约传来无词歌，如低诉、似饮泣……
赵蒙生低沉、悲抑的画外音：
"三年了，每当来到你的面前，我总按捺不住震动的心灵。如果说我还无愧为炎黄子孙，那是由于烈士用热血净化了我的灵魂。"

血成花，山为魂，
报国一片赤子心，
壮士赴疆场，
奋勇去献身，
英雄原本寻常人！
啊……
位卑未敢忘忧国，一曲忠魂歌，
万代起回音……

随着歌声，镜头拉开：
苍山巍巍，碧水依依；
朝霞四射，为庄严的烈士墓，披上斑斓的彩衣……

1. 赵蒙生提着皮箱、网兜，敞怀袒胸，满头大汗，疲惫地走在崎岖的山路上
   赵蒙生的画外音：
   "那是1978年9月6日，我遵照妈妈的安排，为达到'曲线调动'的目的，离开军部机关，来到深山沟里的九连……"
   赵蒙生气喘嘘嘘，举目眺望。
   杳无人烟的深山沟里，坐落着九连营房。

2. 连部
   司令员小金提皮箱、网兜兴冲冲地跨进连部："连长，新指导员来了。"
   连长梁三喜，是个"吃粮费米，穿衣费布"的汉子。他黝黑的脸上挂着真诚的笑容，紧紧抓住赵蒙生的手："欢迎，欢迎！我是梁三喜。王指导员入校学习，我们早盼派个指导员来！"

赵蒙生礼貌地:"我叫赵蒙生——"

"知道,知道。"梁三喜把他按在椅子上,"先歇歇。小金,倒水。"

"听口音,你是山东人?"赵蒙生打量着梁三喜。

"对。山东沂蒙,老区。"梁三喜将茶缸推到赵蒙生面前:"你是……"

赵蒙生:"老家江西,不过,我出生在沂蒙。"

"噢,怪不得叫赵——蒙生!"梁三喜高兴地一拍桌子站起来:"咱还算半拉子老乡哩。"

桌上的水杯差点被震倒,两人同时扶住杯子笑了起来。

### 3. 连部门外

几个战士正指手画脚地悄悄议论。

段雨国:"够份!瞧那派头,标准的仪仗队员!"他见小金从连部出来,连忙拉住,问:"小金,听说新来的指导员是军部搞摄影的?"

小金:"摄影干事!"

一个战士拍拍段雨国:"嗳,'艺术细胞',这回儿有知音了吧!"

"得了,听说人家指导员是——"段雨国一指天空,"高干子弟!唉,真不理解,这么好的条件,干吗非到深山沟来打苦差,要是我……"

"段雨国,就你知道的事多!还不快去集合!"

战士们见是炮排长靳开来,连忙散去。

### 4. 连部

"嘿,越说越巧,咱俩都是三十一,属猪的。"梁三喜憨厚地笑着,"可看上去,少说你比我小七八岁。"

"哈哈,连长啥时候也学会'逢人减岁,遇货加钱'啦!"靳开来跨进连部大声嚷嚷着,朝赵蒙生滑稽地一笑:"行,一个黑脸,一个白脸正好配对。今后你俩这一对猪,就在一个槽子里摸勺子把,哈哈……"

梁三喜:"这是咱连的滑稽演员,炮排排长。"

"靳开来,靳开来。"靳开来握住赵蒙生的手,"不是啥滑稽演员,是全团挂号的牢骚大王!"

梁三喜诚笃地对赵蒙生:"说真格的,副连长、副指导员都不在。连里就我和几位排长唱连轴戏,真有点吃不住劲了。你来就好了,不然,我今年的探亲假又得搭上。"

"连长,干脆,明天就开路,免得让人家韩玉秀在家里暖着热被窝空等。"靳开来转对赵蒙生:"指导员,我们这些连队干部,都是苦行僧似的干活!"

梁三喜:"你看,说着牢骚就来了……"

靳开来:"哎,我说的是实情,谁不服气谁下来干干!"

集合号声响起。

靳开来:"连长,集合了。"

梁三喜:"指导员,走吧,和大家见见面。"

赵蒙生从窗子里望着排列整齐的战士(心声):"就要宣誓就职了。从与我的搭档们第一次接触来看,都不是唱高调的人,这倒对我的心思。"

赵蒙生整整衣帽,随连长走向操场。

**5. 操场**

"同志们——"梁三喜郑重地向全连战士介绍:"这是新来的指导员——赵蒙生同志。"

掌声。

赵蒙生举手还礼,注视列队。

战士们收腹挺胸,纹丝不动,队列整齐得像一道墙。

"赵指导员是从军机关来的,文化高,有水平。大家不要有任何误解,他既不是来代职锻炼,也不是来体验生活,而是主动要求上级批准来咱九班任指导员的!"梁三喜威严地扫视队列,"军人么,服从命令是天职。今后,大家要坚决服从指导员的指挥!请指导员讲话!"

热烈的掌声。

"同志们,我……水平不高,缺乏经验……我……"一向侃侃而谈的赵蒙生,在众目睽睽之下,一时却没了词。他结结巴巴地继续说:"我愿和大家一起,把工作搞好……哦,完了……"

战士们愣了愣,掌声才起。

段雨国朝身旁的战士做了个鬼脸,叽叽喳喳小声议论。

梁三喜盯了段雨国一眼,他连忙挺直身板站好。

**6. 菜地 猪圈 豆腐房**

菜地,一片碧绿,生机盎然。

梁三喜蹲下身培培土,捋捋菜叶,慢声细语地向身旁的赵蒙生介绍着。

猪圈,几头肥猪哼哼叽叽,直往梁三喜身上拱,他疼爱地拍拍肥猪,对赵蒙生说着什么。

豆腐房里,雾气腾腾,炊事员汗流浃背,压出一方方白嫩的豆腐。梁三喜一面给做豆腐的战士打着下手,一面和赵蒙生谈话。

赵蒙生一直心不在焉地跟着,连长的话一句也没听进去。

**7. 小溪边**

潺潺细流,几尾小鱼悠然自得。

梁三喜、赵蒙生面对面坐在石块上。梁三喜对着小本认真地介绍:"咱九连是全国的第一批全训连队,训练任务很重。早操课目……"

赵蒙生装模作样地在小本上写着。

(他的心声)"我遇上的这位连长,是那样朴实、善良、认真,可他哪里知道我的心思。真不知这出戏该怎样收场?……"

小本的特写,赵蒙生写的是:"……滑稽剧?恶作剧?还是悲剧?……"

梁三喜继续认真地说着:"……下星期开始轻武器射击预习。按规定干部也要考核,你刚从机关下来，我看……"他见赵蒙生没听自己讲话，刹住了话头。

赵蒙生警觉，抬眼遇到了连长温和而带有责备的目光，连忙应付着："没什么，没什么……"

## 8. 靶场

南国的秋天依然酷热难熬。烈日下，打靶的战士个个汗流如注，唯有段雨国头顶芭蕉叶，懒散地席地而坐，捧着一本书读着。

赵蒙生在持手枪射击，"叭叭……"连发八枪。

报靶员摇旗报靶。

"五十六环！"战士们微微骚动。

梁三喜脸上漾着笑容，说："指导员，行！想不到摆弄照相机的手，还闹个良好！"

赵蒙生连连摆手："比起你的全优，差得远。"

一个战士碰了碰段雨国："机枪不及格，手枪好歹闹个良好，这样的指导员……哼！"

段雨国连头都没抬："高干子弟嘛。"

"下一名，段雨国！"值星排长喊道。

那战士踢了小段一脚："喂，'雨果'先生，该你了！"

段雨国慢腾腾地走向靶台，趴下瞄了瞄，扣动扳机。

报靶员举旗示意："十七环！"

战士们哄了，围着段雨国一片讥讽："耶！八发才十七环，我们的'雨果'先生，你可真能呀！"

"请问'艺术细胞'，你把子弹'艺术'到哪里去了？"

"新兵老秤砣，每次打靶都拽全班的后腿！"

"呸！还算人？脸皮比地皮还厚！"

"嘴干净点！"段雨国一把捋下帽子，露出长发，不以为然地："不就是少戳几个窟窿吗？有什么大惊小怪的！"

靳开来火了："嘀，你倒有理啦！"

段雨国毫不示弱："枪不好，和我有什么关系！"

梁三喜走过来："枪咋不好？"

"嗯……准星歪了，"段雨国故意挑逗他，"不信，换支枪，再试试。"

赵蒙生饶有兴趣地看着连长如何处理这场纠纷。

梁三喜厚厚的嘴唇动了几下，强压怒气，一把抓过段雨国的步枪，压进子弹，举枪，准备立姿射击。

一声哨响，"叭、叭……"连发八枪。

靶场一片安静。

报靶员扛着靶子兴奋地跑来："让中国的'雨果'先生自己瞧瞧！"

"七十八环！"战士们欢呼起来。

赵蒙生望着梁三喜不由露出钦佩之情。

"喂，'艺术细胞'，这是不是艺术呀！"

"可爱的'雨果'先生，过来看看呦！"

段雨国不为所动，故意把头一歪："打八十环也没啥了不起，连长嘛！各人志趣不同，大文豪'雨果'也不会打枪，照样……"

"当兵的不会打枪，算什么兵！"只见靳开来像辆"轻型坦克"，猛地冲到段雨国跟前，指着鼻子，吼道："有啥高见，冲我靳开来说！"

段雨国有点惧怕地嘟囔着："我有我的理想……"

"啥理想？！段雨国呀段雨国。就冲你这德性，替人家真'雨果'提鞋也不够格！"靳开来捏紧拳头，摇晃着，"哼，要是你在我炮排，两天内，我不治得你'拉稀'，算我不是靳开来！"

段雨国在靳开来的"火力"前低下了头。

赵蒙生看着这一幕，隐隐露出笑容。

他的画外音："这就是我们九连。有这样几位角色在，倒也给单调的生活增添了气氛。不过，每星期二的全副武装越野，才使我尝到了真正连队生活的滋味……"

### 9. 拂晓前

司号员小金吹号的剪影。

嘹亮的号声划破沉静的夜空。

全副武装的战士们，"箭"一样涌向操场。

宿舍里，梁三喜披挂整齐，用力推着还在酣睡的赵蒙生："指导员，快，集合了！"说罢，快步跑向操场。

赵蒙生一骨碌爬起来，抓起军衣就穿……

操场。

战士们在梁三喜带领下，穿山甲似的嗖嗖出发了。

赵蒙生扣着衣服，抓着皮带跑出连部，队伍已经无影无踪。

"指导员，连长让我等你。"是小金的声音，"我认识路，快！"

赵蒙生赶紧跟了上去。

### 10. 山路上

黑黝黝的山峦像鬼怪挡在面前，蜿蜒山路，崎岖不平。赵蒙生深一脚浅一脚地奋力行进。

小金时不时回头关照着指导员。

赵蒙生一脚踩空，摔倒在地。全副武装的小金赶紧回来："指导员……"

赵蒙生被拉起，抹一把汗水："不要紧，走！"二人又向山腰攀登。

曙色渐露。

黑幢幢的峰峦，已是满眼青翠。

"指导员，瞧，连长他们回来了！"小金兴奋地喊着。

战士们个个像从水里捞出来一样，飞快地跑下山。

梁三喜走到赵蒙生面前,看了看挂在腰间怀表,欣喜而轻声地:"比上次,又提前两分钟到达山顶。"

赵蒙生望着眼前这位"瘦骆驼"似的人物,只见他一肩挂着背包、挎包、手枪、水壶、小铁锹、指挥旗、望远镜;另一肩挂着两支步枪,扛着一个八二无后坐力炮筒。他再看看自己的一身轻装,愧疚地低下了头。

梁三喜却轻声而谦和地安慰他,说:"别急,慢慢就适应了。人么,总是各有所长。往后军训我多抓些,你集中精力抓思想工作。"

赵蒙生感激地点点头。

## 11. 月挂中天

战士们聚集在操场看电影。唯有赵蒙生宿舍的窗户里透出微光。

宿舍内,烟雾腾腾。

赵蒙生靠在被褥上,叼着"大中华"过滤嘴,疲惫的目光茫然若失。他拿一张照片端详着。

照片上的柳岚,打着尼龙伞,站在花丛中,秀丽的脸庞上挂着迷人的微笑,漆黑的眸子里射出多情的柔光。

照片上的柳岚活动了,赵蒙生在为她拍照。

二人并肩而行。

柳岚哀怨地:"蒙生,非要走不可吗?"

赵蒙生:"不,妈妈又给我搞了一张十天病假条。"

柳岚温柔地倚着赵蒙生:"妈妈真好,她还答应我军医大学毕业后,留在她身旁。"

"这也是我的意思。"

"那么你呢?"

"唉,我早想回来,妈妈也想了不少办法,可是偏偏碰上那位号称'雷神爷'的雷军长官复原职,有什么办法……"

"妈妈对他不是有过救命之恩吗?他……"

赵蒙生:"六亲不认!"

柳岚:"该死!'雷神爷'真坏!"

赵蒙生:"我这次回去,就要离开军机关到基层去,避开'雷神爷',通过师里调动。"

幼儿园小朋友排着队唱着歌走过来,挡住去路,两人停下来。

赵蒙生:"这叫'曲线调动',也只有走这一步了。"

柳岚:"急死人了,那得等到什么时候?"

赵蒙生:"就看妈妈的了。"

小朋友们的队伍还没过完,柳岚心烦意乱,用手帕扇着汗津津的脸。

赵蒙生家阔绰的客厅里,陈设讲究:彩电、收录机、落地灯、风扇、泡沫沙发、冰箱、特丽灵窗纱、豆蔻色墙围……

丰盛的宴席。

长发青年："蒙生，小时的朋友就剩你还在部队里，快回来吧，穿'黄皮'时髦的时代早已过去了。"

妖冶女青年："还想在部队当第二个雷锋?! 得了吧！"

长发青年："你爸爸是大军区司令员，妈妈是军区卫生部副部长，办这点事，还不是易如反掌？"

另一青年举杯："来，祝蒙生早日荣归，干杯！"

赵蒙生、柳岚举起酒杯。

庭院里。

月光穿过叶隙斑斑驳驳洒在他们身上。赵蒙生、柳岚二人怅惘地透过落地窗望着室内。翩翩起舞的对对情人，时隐时现，强烈的迪斯科舞曲，刺激着他们的耳膜。

柳岚："明天非走不可吗？"

赵蒙生："……"

柳岚："不能为我再留几天？"

赵蒙生："……已经超假十天了……"

柳岚猛然扭头对着赵蒙生，眼里闪着晶莹的泪花："超假、超假！我们的条件比他们哪个差?! 可我们……不明白，我不明白！"她捂脸跑开。

赵蒙生："柳岚……"

疯狂的摇摆舞，令人发麻的舞曲，更使人心烦意乱。

赵蒙生从回忆中清醒过来，猛地做起，激动不已。他跳下床，拿出信纸就写："亲爱的妈妈，您快想办法，让我早点复员吧……"

## 12. 操场

电影《霓虹灯下的哨兵》正映到春妮、陈喜接线的地方。

梁三喜眼睛一眨不眨，脸上露出发自内心的甜甜的笑容。

靳开来捅捅连长轻声地："想玉秀了吧？"

"去，去。"梁三喜仍专注地盯着银幕。

段雨国无心看电影，悄悄对身旁的战士说："听说指导员还要调走，只是在咱连落落脚。"

战士惊讶地："真的？"

段雨国："诓你是小狗。团部小王告诉我的。这叫'曲线调动'，新名词，懂吗？"

坐在前面的梁三喜听了小段的话一愣，随即摇了摇头："别说话，好好看电影。"他的目光又回到银幕，恢复了原来的情绪。

## 13. 宿舍

赵蒙生将信封好，情绪似乎有些好转。

电影散了。靳开来在外屋喊道:"指导员,一个人呆着干啥?快出来,甩两把。"

"好。"赵蒙生答应着,打开提箱,拿出一盒"大中华",想想,又放下,换一盒"大前门"。

外屋,即连部。

连长和几位排长围坐在桌旁,靳开来熟练地洗着扑克牌。

赵蒙生走出室内,将"大前门"扔在桌上。

靳开来抓起"大前门":"嘿,指导员抽烟的水平不低。诸位,犒劳犒劳!"他抽出几支扔给众人。随后,又从口袋里掏出一盒"三七",朝桌上一扔,说道:"今晚两盒烟不报销,老K不罢休!"

梁三喜重重地吸一口小指头似的"喇叭筒"旱烟,说:"算了吧,都怪累的。"

"我知道看了电影,你就没心思甩老K了。"靳开来戏谑地对梁三喜说:"是不是,早躺下梦中会'春妮'呀?"

梁三喜淡淡一笑,轻轻地吐着烟。

靳开来见赵蒙生莫名其妙,便说道:"要是《霓虹灯下的哨兵》在这里放一百场,连长保证看一百次。指导员,你知为啥?"

赵蒙生看看梁三喜仍是不解。

靳开来:"告诉你吧。别看连长这穷样儿,命好,摊上个俊媳妇,姓韩名玉秀,长得比电影上的春妮还水灵。心眼嘛,比春妮还好。"靳开来逗趣地指着梁三喜:"瞧,一提春妮,连长嘴都合不上了,哈哈……"

梁三喜憨厚的脸上,果然漾起美滋滋的笑容。

"奶奶的,陈喜也不撒泡尿照照自己,摊上春妮那样的好媳妇还闹离婚,真不是玩意儿!"靳开来兴趣更浓了,"哪像咱那老婆,大麻袋包一个,分量倒是有!"

众人哈哈大笑。

一排长打趣地:"这话要是叫你老婆听见……"

"听见咋啦?不是吹牛皮!"靳开来神气十足,"我靳开来的每句话,对她都是最高指示!"

"呦嗬,"一排长揭老底了,"不是趴在地上给老婆擦皮鞋那会儿了。"

"那……那是感情深嘛。"靳开来抓起扑克对大伙,"不谈老婆了,争上游?还是升级?"

梁三喜不为所动,仍大口大口地吸烟。

靳开来同情地望着梁三喜,放下扑克,一本正经地:"连长,别苦熬了,你是该休假了。"

梁三喜看着赵蒙生:"等指导员熟悉了连队情况,我就走。"

"要走趁早。韩玉秀可是快生孩子了……"

梁三喜:"我说炮排长,别净说老婆的事了行不行?"

"甩老K你不干,说老婆又不行,这星期六晚上怎么过?好,说正经的。"靳开来站起,郑重地对赵蒙生说:"指导员,你还不了解我,当大家的面,我把心里话掏给你。下批转业,我靳开来说啥也得走!为啥?就为某些领导看不惯咱!也为图跟老婆孩子在一块,有个热汤热水!"

梁三喜不紧不慢地说:"算了,别说大话了,真让你走,恐怕还舍不得哩。"

"那,那也是冲连队里那些看得起我靳开来的好同志……"靳开来有点动感情了,一甩手,"算了,不说了,回去睡大觉。"说罢,扭头而去。

## 14. 营房

夜色深沉,天低云暗。

万籁俱寂,军营里只有哨兵游动的身影。

宿舍里。

梁三喜从床下拖出一个大纸箱,拿出一件旧军装,边换边对赵蒙生说:"炮排长这个人,别看他怪话多,作风很正派。他是全团最老的排长了,论工作呱呱叫,论技术没得比,就是爱发个牢骚,爱挑领导的刺,臭就臭在那张嘴上。连里几次提议他当副连长,上边就是不批。"

赵蒙生吸着烟,躺在床上说:"我倒喜欢他的直爽。"

梁三喜:"是啊,别看他工作方法生硬,对战士可很有感情。"说着将一个塑料包套着一件新大衣,整了整,放回纸箱。

赵蒙生:"新发的?"

"去年'五一'发的。"梁三喜将闹表上满弦。

赵蒙生:"你就这点家当?连块手表也舍不得买,也太那个了……"

梁三喜笑了笑:"这个更方便,还能叫个醒……睡吧,不早了。"

电闪,沉雷,大雨滂沱。

梁三喜穿上雨衣,悄悄地为赵蒙生披了披薄被,轻轻地关上窗户,披上雨衣去查铺查哨。

开门声将赵蒙生惊起,他轻手轻脚地走向门口,望着隐没在雨丝中的梁三喜,感慨油然而生(心声):

"这是真正的'大兵'生涯。他们确实值得同情甚至赞美!可是,要让我长期和他们滚在一块儿,真是不堪设想……"

## 15. 小溪边

清澈的小溪无声地流动着。

溪水里映出赵蒙生的身影。

他蹲下身,对着又黑又瘦的面影,不禁喟然长叹。他抬起脚,猛然将石块踢入水中,激起的涟漪,将身影撕碎。

操场上,篮球赛热火朝天。梁三喜高瘦的身影蹿上跳下,控制着全场。

赵蒙生对此毫无兴趣,拖着疲惫的双腿,向宿舍走去。

## 16. 宿舍

赵蒙生将挎包一扔,瘫软地靠在床上。

信,桌上一封信,使他立即兴奋起来。

小金端饭菜进来,说:"指导员,开会回来了? 这是给你留的饭。"他见赵蒙生埋头看信,便打趣地:"是不是嫂子要来?"

赵蒙生笑着刮了下小金的鼻子,小金做了个鬼脸,走出。

赵蒙生兴奋的脸,逐渐冷下来。最后,把信往桌上一扔:"半年? 还得等半年?! 唉……"随手摸过一个馒头咬了一口,实在难以下咽,便从挎包里取出点心,瞧瞧外面无人,大口吃了起来。吃完,拿起馒头往外走。

### 17. 操场

打完球的梁三喜,提着衣服正往连部走,炊事班长叫住他,嘀咕了几句。

"什么?!"梁三喜眼珠子瞪得老大,"奶奶的!"他衣服也顾不得穿,拔腿就走。

### 18. 饭堂前

紧急集合号声。

正在连部写信的赵蒙生一愣,抓起皮带走出连部。

战士们已列队站在饭堂一侧的猪食缸前。

梁三喜脸色铁青,怒不可遏地吼着:"不像话! 简直不像话!"

赵蒙生从未见过连长发这么大火,便悄悄地站在队尾。

"馒头,有人竟把雪白的馒头扔进了猪食缸!"梁三喜伸手从猪食缸中捞出水淋淋的馒头,举在空中,激动地晃着:"看看,都睁开眼看看! 还有没有点劳动人民的感情? 嗯,还有没有?"

赵蒙生惊恐的眼睛。

梁三喜拍拍心窝口,痛心地:"同志们,扪心问一问,良心何在?! 这是农民兄弟一颗汗珠摔八瓣换来的,我们有什么权利糟蹋! 哼! 良心让狗叼去了?!"激愤的梁三喜,"叭"地一下把馒头摔进猪食缸,泔水溅得老高。

战士们表情严肃。

"解散!"梁三喜怒吼着把手一挥,"现场参观!"

战士们围过来,叽叽喳喳议论着:

"真是吃饱撑的!"

"怎么出这么个败类,丢人!"

"查出来非得好好整整不可!"

赵蒙生像被钉住似的呆立在那里。

靳开来把目标对准了段雨国:"段雨国! 你这花花公子,说,是不是你干的!"

段雨国毫不示弱,把眼一瞪:"嚯,吃柿子单拣软的捏? 没门! 我段某人再不济,也绝不干这丧天良的缺德事!"他指天画地的发誓,"我敢发誓,查出是我干的,甘愿受任何处分。要查不出来,哼,我告你污蔑罪!"

靳开来被噎得无话:"你……"

梁三喜:"别吵了! 今晚各班开会,好好查查,整整这种公子少爷作风!"

赵蒙生浑身一抖。

**19. 一挂瀑布，从山巅直流而下，水花翻滚，腾起淡淡水雾**

赵蒙生坐在大青石板上，面带愠色，冷峻地望着飞流直下的瀑布，沉思着。

梁三喜气喘吁吁地走来："嗬，你倒会享清福，叫我好找。"他紧靠赵蒙生坐在石板上，"开会回来怎么也不言语一声。"

赵蒙生扭过身去，头也不抬。

梁三喜掏出烟荷包，卷了支"喇叭筒"，说："指导员，我探亲假批下来了，这个星期就走……"他用胳膊肘拐了赵蒙生一下，"嗳，同意不？"

赵蒙生气鼓鼓地仍不开口。

梁三喜又拐了一下："嗯？表个态嘛。"

赵蒙生腾地站起来："要整我，明着来！用不着发动群众，来'文化大革命'那一套！"

梁三喜一时摸不着头脑："这……"

赵蒙生："明着告诉你，馒头是我扔的！"

梁三喜两手发颤，他极力控制着自己："指导员，我……我实在不知道你开会回来，要知道是你扔的，我会当面向你个别提意见的。"

赵蒙生"哼"了一声，又坐下。

两人一时无话可说。

高山流水，轰轰作响，激起的浪花，珍珠碎玉似地洒向四周。

良久，梁三喜真诚地："指导员，我这个人嘴笨，可从来没干过背后插绊子的事！千万别为这事影响咱俩团结。连队一百多号人靠咱俩带，可不能分心啊……"他长叹一口气，"好了，这事就算过去了，我探亲的事，你看……"

"探呗。"赵蒙生不冷不热地说。

"指导员……"梁三喜很难为情地，"有句话不知当问不当问？前些日子，连里就传，你来咱们连是为着调动，我想这可能是瞎传。不过，我跟你掏个底，你要真想调走，我就不探亲了。"说着，划燃火柴准备点烟。

"探不探亲，是你自己的事，我不管！至于调动，别人愿意怎么说就怎么说，反正我没接到上级通知。"赵蒙生埋下个软钉子，拍拍屁股，走了。

梁三喜望着赵蒙生背影，叹了口气："真难缠……"

**20. 赵蒙生的画外音**

"连长第二天并没动身，这倒与我毫不相干，我只希望妈妈加紧办理调动，好让我尽快离开这个痛苦'修炼'的山沟……"

随着画外音，出现飞快的自行车轮。

信，一封，两封，三封，扔到赵蒙生办公桌上。

赵蒙生飞快看信，写回信。

窗外，以段雨国为首的几个战士窥视忙于复信的赵蒙生，露出鄙夷的神情。

### 21. 操场上

龙腾虎跃，杀声震天。

操场边的树下，赵蒙生读着妈妈又一封来信，脸上露出兴奋激动的神情。

赵蒙生妈妈吴爽的声音：

"蒙生，调动之事，已有眉目。师里答应着即办理。据可靠消息，你们军最近有重大行动！你一旦接到调令，务必尽快离开连队。此属重大军事机密，切莫声张！切莫瞎传！你自己心里有数就可以了……"

赵蒙生沉思地自语："……重大行动？什么行动，这么严重？……"

传来操场上的拼杀声。

### 22. 连部

赵蒙生哼着歌子来到连部门口。室内传来谈话声，他止步静听。

室内。梁三喜正收拾个人衣物。

靳开来："连长，你除了这件大衣和皮鞋是新的，净是些破烂货，穷抖搂个啥！是不是决心回去探亲了？"

梁三喜："探不成啰！伙计，你抽空也拾掇拾掇吧。我看快开拔了。"

靳开来："开拔？见他娘的鬼！往哪？"

梁三喜神秘地用手一指："南边。"

靳开来把椅子往前挪挪，低声地："上边说的？"

"不。"梁三喜说，"是从指导员他母亲那里得来的消息。"

门外，赵蒙生一愣。

室内。靳开来惊奇地："活见鬼，他老娘会给你消息？"

"你真是个直肠子。"梁三喜把整好的衣物包起来，"你没想想？她为啥对指导员的事抓得那么急？我听团里的人事干部说，这些日子她几乎天天往师部打电话，你再联系南边边境的紧急形势想想……"

靳开来："嗯，有道理。那娘儿们神通广大，听说，前几年经她手参军的女同胞，就够编个'娘子军连'！她是司令员夫人，说不定，她知道的事比师长、军长还早哩。"

梁三喜："这不就得啦。我估计部队不出十天半月就开拔，不信等着瞧！嗳，这事可要保密，我也只是个分析，千万不能瞎嚷嚷！"

靳开来一拳砸在椅背上："奶奶的，只要是共产党坐天下，那老娘儿们敢在部队上前线时把儿子调回去，看我靳开来不自费到北京告状！"

门外。

赵蒙生尴尬的面孔。他欲进不能，只好怏怏而去。

### 23. 路上

赵蒙生画外音：

"事情真让连长猜着了，部队果然接到上前线的命令。此时，我也接到调动的通知。"

极度兴奋的赵蒙生，举着调令跳呀，笑呀，仿佛要拥抱整个世界。在他眼里，天更蓝了，山更青了，花更艳了。他用武装越野的速度，在山间小路上狂奔着。

葱葱的树木从他身边闪过；

烂漫的山花从他身边闪过；

清清的小溪，被一双快速迈动的脚，破坏了宁静，溅起片片浪花。

### 24. 沸腾的营房

炊事班宰猪杀羊，准备犒劳出征的战士。

战士们清扫院落，擦拭门窗，整理衣物。

赵蒙生满头大汗，直奔连部，"砰"一下推开门。战士们不约而同地投去惊异的目光。

### 25. 连部

赵蒙生兴奋得满脸通红，大口大口喘着气。

梁三喜："看你高兴的，今晚开荤，改善生活，明天一早开拔，快收拾收拾吧。"

"明天我也开拔！"赵蒙生掏出调令，"啪"地按在桌上，"今晚我请客！"说着从挎包里拿出酒、罐头、"大中华"，"咱们共事四个月，尽管也有磕磕绊绊，可我看准了，你是个好同志！"

梁三喜拿着调令看，浑身发抖，终于爆发了："混蛋！谁是你的好同志！你可以拿着盖有红印章的调令毫不脸红地滚蛋！但是，养兵千日，用兵一时，你算个什么军人？逃兵！孬种！"他一把把烟、酒、罐头掀到地上。

"这个时候走算便宜了你，要是在战场上，我……我毙了你！"梁三喜一拍桌子，气愤地大步走出连部。

一顿猛烈的"炮火"，把赵蒙生轰懵了，他像根木头似的呆立在那里。

窗子被风吹得荡来荡去，"砰"地一声，赵蒙生浑身一抖。

一瓶"习水大曲"被打碎，洒了满地，瓶中剩余的酒，还在滴着……

地上的调令，像无根的浮萍，被风吹得时起时落。

文字整理：张蕊

资料来源：李德顺、于景、李存葆，《高山下的花环》，载于《电视文艺》1983年02期。

# 女记者的画外音

首播时间：1983 年
首播电视台：浙江电视台
摄制单位：浙江电视台
编　　剧：张光照、奚佩兰
导　　演：奚佩兰
摄　　像：王殿臣
主　　演：倪康、陈珂
获奖情况：第四届（1983 年度）中国电视剧"飞天奖"单本剧一等奖；第二届（1984 年）中国电视"金鹰奖"优秀单本剧奖。

**剧情梗概：**

省电视台的女记者奔赴双燕衬衫厂采访。这个处于偏僻的滨海小镇的集体所有制厂只有五百多名职工，最近却接二连三地爆出了轰动社会的新闻。人们对这个厂的评价褒贬不一，截然不同。

双燕衬衫厂是一座现代园林化的工厂，与街道旁其他工艺落后的家庭式小作坊形成鲜明的对比。为了方便采访，女记者要求住在厂里。刚住下，女记者就体会到了这个厂的制胜秘诀：企业牌子至高无上，产品质量精良，无时无刻不忘的广告宣传。

双燕衬衫厂生产的香香衫在市场上引起轰动，厂长却在此时决定停止其生产。原来，香香衫已经充斥市场，厂长决定调整战略：尽快占领特区，打入国际市场。

几个月前，厂长赶赴厦门调查市场情况，海鹭衬衫厂因缺乏科学管理已濒临倒闭。双燕厂长提出双燕与海鹭联合，海鹭厂长欣然接受。厦门派出技术员和工人来双燕学习，工段长苏嘉敏就是其中一个。苏嘉敏工作不错，但是他曾因为开生日晚会耽误了工厂的生产进度而被厂长罢官。他一度认为厂长不能容忍不同意见者，但就是这个厂长又任命他为厦门新建联合企业的副厂长。

女记者早就闻言厂长家庭生活不愉快，在采访厂长的夫人许师傅时，她终于明白了个中缘由。原来，许师傅的父亲去世的那天，明明答应参加葬礼的厂长却迟迟不来，许师傅受到了亲友们的责难。许师傅回到家中，才知道工厂装货出了问题，厂长分身乏术，只能选择留在工厂。

双燕衬衫厂的老厂区有一个看门的老职工，他是这个厂的第一代工人，也是反对厂长的一个代表。他认为厂长的管理方式是资本家做派，是在拿工人的血汗钱挥霍。但是，老人也承认工厂发展之迅速,只是始终理解不了这种现代化的企业管理手段。小镇的某些领导也理解不了双燕厂在企业创新上做出的这些改革,把创新说成是变相物质刺激,甚至要求取缔厂庆活动。但是,女记者却从这个充满强大生命力的集体所有制小厂中,看到了中国企业改革的光明未来!改革,就意味着向传统的观念进行无情的挑战!

  文字整理:张蕊

  资料来源:张光照、奚佩兰,《女记者的画外音》,载于《电视文艺》1984年06期。

## 剧本

## 《女记者的画外音》

**1. 女记者家　朦胧的早晨**

  刚起床的女记者拿着半导体走进客厅。她顺手拉开窗帘,明朗的阳光。

  半导体里的气象预报:"今天白天青岛少云……"

  女记者坐到梳妆台前,镜子里闪动着一双精明干练的眼睛。

  她的画外音:"每个记者都有孩子似的好奇心,都幻想通过自己的采访,轰动社会,一鸣惊人……唉,要是个男人就好了,可以板起干事业的冷面孔,把孩子和家务丢到冰箱里,拔腿就走,可我……"

  女记者起身走向里室:"两位懒鬼,该起来了!"

  传来丈夫睡意朦胧的声音:"你最好把头梳起来。"

  女记者往大红色的旅行包里塞衣物:"怎么,不符合身份?"

  丈夫声音:"有点。"

  女记者一笑,迅速盘起头发:"上次出差,他们都把我当演员了。"

  丈夫声音:"行了,看你美的!……哎,这个厂很复杂,你下去少表态!"

  女记者:"知道了。"

  小儿子在看不见的床上喊着:"妈妈,你走了,谁给我做饭呢?"

  女记者:"爸爸呗。"

  儿子有情绪的声音:"那爸爸又该让我去买肉包子了。"

  女记者偷偷一笑:"那还不好……电冰箱里的肉已经四五天了,要赶快处理掉;换洗的衣服在五斗橱里,别穿错了!"

  儿子的声音:"妈妈,你到他们厂给我买件香香衫吧!"

  女记者忍不住笑:"傻儿子!香香衫是带香味的衬衫,哪有男的穿的……"

  她探身进卧室:"好,当心身体,妈妈走了。再见!"

**2. 女记者家楼底　早晨**

  女记者背着旅行包走出大门。

楼上传来父子俩调皮的喊声:"一、二、三,女记者,拜拜!"
女记者回首幸福地一笑——(定格)
徐徐拉出的钢笔行书片名。
女记者的画外音
主题音乐……

3. 长途车站
报社印刷厂巨大的滚筒画面叠印。
女记者跨上长途车。

4. 正在印刷的《人民日报》
赫然醒目的大字标题:"企业家的追求"。
双燕厂长的传真照片。
套红大字的有关文件。
女记者坐在疾驶的汽车里。
她的画外音:"我即将采访的双燕衬衫厂,是个只有五百多职工的集体所有制工厂。最近,接二连三的爆出了轰动社会的新闻。但,人们对这个厂一直有着截然不同的反映……"

5. 女记者雄赳赳地站在一条船的甲板上
她的画外音:"……经验告诉我,作为一个记者,我的运气来了……"

6. 喧嚣的城镇　中午
女记者从一座古老的桥上走过。
她的画外音:"和我走过的大多数县城一样,这里也是古风犹存,和睦淳朴……"
女记者穿过自由贸易市场。偶尔,她很有兴趣地问一下螃蟹的市价。
她的画外音:"……然而,这种缓慢的节奏……"
卖冰棍的老太太不紧不慢地在箱子上敲着。女记者从她身边走过。

7. 街道旁,一个生产棉丝的小厂
一批组织起来的家庭妇女,正不紧不慢地边聊天,边抽着丝棉。
女记者被吸引住了:"……这样落后的工艺……"
晾在杆上的衣服四面迎风飘舞。
女记者两下环视:"……会诞生出一个现代化的衬衫厂?"

8. 一条豁然开朗的街道
女记者惊讶的目光——
迎面而见的是一座海市蜃楼般突然出现的花园工厂。
"好一座园林化的工厂!"

女记者穿过一丈多高的龙柏，绕过金鱼嬉游、泉水喷玉的水池，走进遍布绿树花卉的厂房建筑群中间。

她的画外音："大概，这就是报上介绍过的'无声的管理'吧！"

### 9. 厂接待室

女记者惊叹不已地四下环顾——

美丽的地毯，精巧的藤椅，别致的吊灯、壁灯，各种盆景。

她一时不能置信，自己是处于偏僻的滨海小镇。

门一开，进来两位西装革履的青年干部。

"是省电视台的记者吧？有失远迎。"

厂招待员向女记者介绍："这位是副厂长，这位是设计科长！"

彼此握手寒暄：

"初次来贵厂，请多关照！"

"旅途辛苦了，请用茶！"

"这个接待室真漂亮！"

"请多提意见！"

副厂长走到墙边按动电钮："请先看看我厂的产品橱窗吧！"

雪白的尼龙纱帷徐徐拉开，传出美妙的电子音乐，旋转的样品转盘，渐次闪亮的霓虹灯，精美的各式衬衫，一组时髦的家庭模特儿……

女记者兴奋地："真有气派！这都是你们搞的？"

设计科长："是的！作为现代化的衬衫厂，厂长一贯要求我们要在企业管理美学上多动脑筋。"

女记者："能见见厂长吗？"

副厂长："厂长正在和新疆的客户洽谈；我们是不是马上给安排县委招待所？"

女记者："离这儿有多远？"

设计科长："大概要走半个小时。"

女记者："如果可能的话，我想住在厂里。"

两个干部对视了一下。

女记者："这样采访起来，方便一些。"

副厂长："可以……"

### 10. 小型餐间　中午

圆桌上，整齐地放着三碟冷盘、两瓶啤酒。

副厂长："请坐。"

女记者一坐下便尖锐地发问："这顿饭我要付钱吗？"

设计科长微笑道："根据我厂规定，招待客人一菜一汤，您付五角钱，四两粮票。"

女记者看着自己面前的白鸡和红虾的拼盘："嘀，这可不止五角钱！招待费怎么下账呢？"

设计科长:"我们想到别的办法,来补贴这笔费用。"

副厂长:"这也是厂长立下的一种规矩。客户千里迢迢来我厂,如果吃不好,睡不好,谁还愿意来定货呀?"

女记者:"大概这也算一种经营方式。"

副厂长:"是这样。我们民族历来就有好客的风俗习惯。"

女记者:"怪不得,你们厂里经常客户盈门。"

笑声。

女记者:"不等厂长吗?"

副厂长:"厂长照例不陪客人进餐。"

女记者不易察觉地一笑。

设计科长:"请喝酒,别客气!"

女记者:"好……厂长是党员吗?"

设计科长:"不是。"

副厂长补充:"目前还不是。"

女记者:"你们这个厂,县里支持吗?"

设计科长:"正反意见都有。"

副厂长:"基本上还是支持的。"

女记者:"哪里是他们反对的呢?"

两位干部面面相觑,不知怎么回答。

女记者换了个话题:"听说,厂长家庭生活不愉快?"

两位干部有点紧张地对视。

"对不起,关于这些问题我们不太清楚。"

"我来厂还不到两年。"

女记者略有歉意地笑笑:"请原谅,我问得冒昧了……如果可能,我想参加你们厂的一些活动。"

副厂长:"我请示一下厂长,立刻答复你。不过,我们将尽力为您提供方便。"

女记者:"那太谢谢了!"

她的画外音:"这两个干部都是厂长的左右手,从他们嘴里,不会说出来有关这个厂的坏话的……"

## 11. 车间

一块醒目的牌子。上书:

> 工作时间不准带水杯及食物。
> 工作时间不准串车间。
> 工作时间不准聊天。
> 工作时间……

衬衫生产车间。女记者在机声轰鸣中,大声地读着这些规章条文。

一条条现代化的衬衫作业流水线。

女记者由设计科长陪同,沿流水线走着。

工人们埋头操作。没有人朝来客窥视。

跳出画外的对白:

女记者:"这就是现代化生产流水线?"

设计科长:"是的,自美国福特系统诞生以后,传送带式的速率,是最经济的。"

女记者停在一个飞快地翻着领子的工人身后。

女记者:"他永远从事这么一个简单的动作?"

设计科长:"是的。简单动作的重复,才能产生最高的速度。"

女记者:"对工人来讲,不感到单调吗?"

设计科长:"是很单调。但这也是现代化生产所必需的。"

女记者:"不久前,我看了一部日本电视片《丰田的企业管理》,那里面的生产方式,和你们厂差不多。"

设计科长:"是的。厂长大胆引进日本企业的生产管理方法,进行比较、借鉴。"

女记者:"那么,怎么区别社会主义企业和资本主义企业呢?"

设计科长:"从所有制的形式和产品分配上看,这是显而易见的。国家拿大头,企业拿中头,个人——即使包括厂长在内,也只拿小头。"

女记者:"恐怕,这是最重要的论据了。"

设计科长:"不过,在形式上,我们是有追求的,办厂宗旨里有一句对外不宣传的口号:具有中国特色的现代化企业。"

## 12. 裁剪车间

女记者在设计科长的陪同下,步入裁剪车间。

厂长头扎毛巾,正在纠正排料上的毛病。

厂长:"要这样,袖子和口袋的位置换一下,还可以省料一寸,不要小看这一寸布,整个裁剪下来,就能节约十几尺布,在排料上可大有学问哪!"

女记者对设计科长悄悄说:"这位师傅可真不简单哪!"

设计科长:"他就是厂长。"

女记者恍然大悟。

一位推销员匆匆而来:"厂长,我走了,还有什么事情吗?"

厂长抬头,上上下下打量他。

厂长:"你就这么走?!……我讲过多少次了,你是去推销产品的,你的风度就代表双燕厂的风度,就好比你第一次去见老丈人,穿得这么窝窝囊囊的,人家能中意么?……"

旁边几位青工偷笑。

厂长一摆手:"花样设计科的新产品呢?拿一件给他换上!"

这一下,车间里的青工们一拥而上,帮推销员试换衣服,梳理头发;还有一个拿着机油往他头上频频喷滴。

副厂长把厂长叫到一边,递上一件次品衬衫:"红峰商店退回的。"

厂长迅速将衬衫打开,下角有一个明显的熨斗印。

厂长沉下脸:"这是谁干的?"

副厂长:"上面有意没打工号。"

厂长大怒:"立即去查清!混得过批发,还能混得过零售?!……"

厂长拿着衬衫疾步走出车间,一路大声说着:"我反复强调过,企业要靠牌子吃饭,没有牌子什么也谈不上,谁要敲掉我们的牌子,我就要敲掉他的工资!"

设计科长很抱歉地对女记者:"很抱歉,厂长今天特别忙……"

女记者:"不,厂长已经两次回答了我的问题……"

13. 厂招待所　晚上

女记者拧上哗哗流水的龙头,从盥洗室里走出来,她刚洗完头。

她的画外音:"企业牌子至高无上,产品质量精良,再加上无时无刻不忘的广告宣传……如果我的观察不错的话,这就是这个企业获得成功的秘密所在。"

女记者随手拉开被子、枕巾,仔细嗅嗅,满意地一笑。

她突然听到了什么——

14. 厂长灯下打电话的剪影

厂长:"……什么?说我们是奇装异服?……告诉杨经理,我们衬衫花样不是太多了,而是太少了,还要大大发展!……"

15. 信息室　晚上

几位忙碌的办事员各守一架电话。铃声、喊声此起彼伏。

厂长走到打字员身边:"这两份预测表很重要,请马上打出来。"

一位办事员捂住话筒:"厂长,我们的香香衫在北京的销售爆了一个冷门。十几家大商场争相定货,截至下午6点钟为止,已经达到四十万件……"

厂长:"好消息,让他们继续扩大宣传,尽量把订户都吃进来!"

另一位办事员:"厂长,上海小赵来电话,香香衫在市场上引起轰动。据确切情报,上海光新、人民等六家大厂,已经全力上马,大批量生产香香衫……"

厂长眉头一紧:"六家大厂同时大批量生产——月产三万、六万……唔,再过两个月,香香衫肯定供过于求……你让小赵继续收集这六家大厂的生产情报!"

电话铃声,听筒拿起又搁下。

"请给我接一下乌鲁木齐!"

"对,我要沈阳!"

"河北石家庄吗?石家庄……"

16. 招待所　晚上

听到了一切的女记者看了看表:

11点30分。

女记者的画外音:"科学家们说,八十年代是信息科学的时代。果然……"

17. 工厂大门口。早晨。

晴朗的天空。

扩音器里播送着轻松的《采茶舞曲》。

空气中满溢着和睦的气氛:

"早上好!"

"您好!"

"您早!"

礼貌的问候中,厂长身着挺括的西服,彬彬有礼地站在喷泉边,向跨进厂门的工人们致意。

女记者夹在人流中走来。

厂长迎上去与她握手。

"昨天没有及时地协助您的采访,请原谅!"

女记者:"很抱歉,给你们厂添麻烦了!——您每天都这样迎接工人上班?"

厂长诙谐地:"对——除了天上落刀子。"

女记者:"这种形式有必要吗?"

厂长:"特殊的环境,特殊的形式,能产生特殊的效果。"

女记者微笑着点头。

18. 厂会议室。上午。

会前。干部们谈笑风生,议论着香香衫的畅销形势。

女记者四下环顾。她的画外音:

"听说这个厂中层干部的平均年龄是26.5,这的确是一个颇有吸引力的数字……"

厂长匆匆走进。会场顿时寂然无声。

厂长:"今天开会谈三件事情。第一,立即停止香香衫的生产。"

干部们惊愕——

一片小声议论:

"香香衫我们才生产不久呀?"

"北京、上海、杭州都在疯抢!"

"这是目前最时髦的货。"

一位干部脱口而出:"香香衫目前销路最好,今天又有两家客户打长途来约订。"

厂长不慌不忙地:"根据昨天晚上得到的最新市场信息,上海、北京、杭州等大城市都在准备大批量生产香香衫,不久香香衫将充斥整个市场。我想,中国人不分男女老幼都能接受带香味的衬衫,好像还为时过早……"

会议室里气氛为之一松,厂长的幽默感染了大家。

厂长:"面临这种竞争局面,我们还是要强调我厂的产品方向:人无我有,人有我转,人转我变。"

干部们感到了事态的严重。

厂长:"第二,我提议,我厂与厦门的联合企业再提早三个月开工,使我厂的衬衫,尽快占领特区,打入国际市场……培训情况怎么样?"

车间主任小柳回答:"从这一阶段的产量、产值来看,问题不太大。"

女记者问身边的设计科长:"培训什么?"

设计科长:"厦门有五十名工人在这里学习。"

厂长的声音:"……第三,印染车间,一定要按时投产。衬衫的印染与加工一条龙,这在我省还是首创……好,如果没有反对意见,这几项提议就算通过!"

门一开,副厂长匆匆赶到。在全场射过去的目光下,他抱歉地打着招呼。

厂长目光炯炯:"如果意识到这次会议的重要,作为副厂长就不应当迟到。散会!"

女记者惊愕的画外音:"好厉害,副厂长的面子都不给……"

干部们离席散去。女记者望着鱼贯而出的背影:

"……不过,厂长这种开短会决定问题的方式,我倒很欣赏。集体所有制的厂可以这样,那全民的呢!……"

### 19. 车间　下午

厂长找到女记者,递给她一本笔记簿。

厂长:"实在抱歉!一直抽不出空来和你长谈。我这里有一本流水账,其中有你感兴趣的关于和厦门办联合企业的一些事。"

女记者:"太谢谢您了!"

### 20. 过道的一角

女记者在一大堆包装箱中间,打开了笔记簿。闪回——

### 21. 向北方行驶的火车上　白天

厂长在硬卧车的过道座位上,记录旅途随感。

厂长的日记心声:

"火车的速度,真是慢的惊人……一个月前,乌鲁木齐挂来订货的加急电报,催我厂火速前往。可是这火车一跑就是七天七夜,等供销人员赶到,订货会早散了……"

"经常有人指责我们坐飞机太多了,可是从来没有人去算一算缓慢的速度会为发展经济带来多么巨大的损失!"

"最近,流传着关于第三次工业革命的种种传闻,火车上也都在谈论电脑、信息、数控……可是,我看最要看重的是时间!时间就是最大的经济效益!"

"我厂以后一定要增设一条制度:凡是经厂部批准乘坐飞机,财务部门都要准予报销!"

"企业干部坐飞机不是享受,是冲刺,是拼搏!……"

### 22. 过道一角

女记者翻开另一页。

厂长的画外音扑面而来：

"……人们都习惯的认为，厂长只要在办公室里打打电话，听听汇报，就能在企业竞争中稳操胜券……可我却喜欢四下走走，了解各地风土人情……"

23. （闪回）厦门公园　白天

亚热带棕榈群。迷人的秋色。

厂长漫步在曲径，悄然打量着游人们的衣着。

24. 自由市场　白天

琳琅满目的街市，五颜六色的舶来品。

人们纷纷挤进一个摊头抢购。

厂长的画外音："这些走私货做工太粗糙了，可人们还是纷纷争购，看来是这些衬衫的式样、面料和色彩抓住了顾客的心理……这方面，我们还存在着不少的问题啊……"

25. 海鹭衬衫厂门市部　白天

醒目的削价海报。

两位厦门姑娘抿嘴一笑："这么难看的衬衫，谁要啊！"

厂长进店。

女售货员很漂亮，但是在专心地看一本电影杂志。她身后挂着几件老式单调的灰衬衫。

厂长肘靠柜台："您好！"

厦门姑娘抬起头："您好！"

厂长："请问，你们展销的衬衫是不是好的都卖完了？"

厦门姑娘："就这几种。"

厂长："再请问一下，这个厂在什么地方？"

厦门姑娘："地球上马上就要没有这个厂了。"

厂长："怎么，牌子倒了？什么原因？"

厦门姑娘："具体说不清……反正我们生产越多越倒霉，工人都说是缺乏科学管理……"

厂长："你也是这个厂的……那你们厂长心里一定很难过？"

厦门姑娘："听说他每天才吃二两饭。"

厂长理解地点点头。

正说着，海鹭厂长双眼充血，疲惫地走进店来。

厦门姑娘忙悄声告诉双燕厂长："这就是厂长……"

海鹭厂长打量着、估摸着……

厦门姑娘："厂长，跟昨天一样，一件都没有卖出。"

海鹭厂长毫无表情地点点头，转身出店，消失在红红绿绿的地摊服装里。

厂长同情地望着他远去。

26. 日光岩下，海边　中午

　　轻风细浪。棕榈成行。
　　一张小桌上，放着两瓶啤酒。海鹭厂长面向大海，正默默独酌。
　　双燕厂长捧着一只菠萝蜜，拉开海鹭厂长身旁的座椅。
　　"这座位有人了！"海鹭厂长口气冷冷的。
　　"恐怕，你就是为了避开人，才到这里来的吧！……"
　　双燕厂长笑着坐下，摆弄着菠萝蜜："这东西怎么吃啊？能帮帮忙吗？"
　　海鹭厂长不太情愿地接过小刀，三两下切开："就这么吃。"
　　双燕厂长递过去半个，海鹭厂长摇摇头。
　　双燕厂长："再大的打击，也得吃饭呀！"
　　海鹭厂长不解地看他一眼。
　　双燕厂长递过一张名片："来，咱们认识一下！"
　　海鹭厂长惊愕，脱口而出："噢——你就是双燕厂长？！"他随即感慨地摇头："我真羡慕你，没有外来的衬衫和你们竞争。"
　　双燕厂长紧问一句："你就甘心这样的失败？"
　　海鹭厂长长叹一口气："我挣扎了三年，已经筋疲力尽……"
　　双燕厂长："那你就眼睁睁地看着厦门的青年人都穿着外国衬衫？"
　　海鹭厂长激动了："用不着你来教训我！为了这个厂，我的胃都切除了五分之四，我还要怎么样？！"
　　双燕厂长坚决地："让海鹭重新飞起来！"
　　海鹭厂长："谈何容易！"
　　双燕厂长意味深长地说："海燕与海鹭齐飞，秋水共长天一色……"
　　海鹭厂长为之一振："海燕、海鹭联合？"
　　双燕厂长："对。我们输出技术、输出设备、输出管理方法！"
　　海鹭厂长："如果真能这样，将来利润给你们六成！"
　　双燕厂长也微笑着摇头。
　　海鹭厂长："七成！"
　　双燕厂长稳稳地伸出三个指头。
　　海鹭厂长大吃一惊："三成？"
　　双燕厂长热情而坚定地望着他。
　　海鹭厂长尽量克制着振奋的情绪："这事太离奇了……"
　　半导体话筒传来一位导游的声音：
　　"……这里就是有名的菽庄公园……"

27. 菽庄公园　中午

　　导游向一群侨生侃侃介绍着：
　　"……它的设计参照江南名园的布局。那一部分叫'补山园'，这一部分称'藏海园'，借山藏海，以海掩山；这一片天然形胜，才显得趣味无穷……"

**28. 七曲桥上　中午**

两位厂长并肩信步踱来。

双燕厂长："我觉得，企业经营也大有艺术可谈。你喜欢我的山，我看中了你的海。山海互为补充，才能相得益彰……"

海鹭厂长："作为陈嘉庚的同乡，我们也有事业心。这两年我绞尽了脑汁，寻找海鹭重飞的突破口。"

双燕厂长理解地说："是啊，厦门人兴办工业，不但有着值得骄傲的历史，而且有光明的未来。其实突破口还是在四个字：人杰地灵！"

**29. 一座仿古堡的拱形建筑里**

海鹭厂长："我明白了，你是看中了我们的特区！"

双燕厂长："这是一块宝地！"

海鹭厂长慨然系之："刚才我还闪过一个念头——你们会不会把我们吃掉……"

双燕厂长哈哈一笑："在咱们的国土上，你大可不必有这样的顾虑！"

**30. 厂长办公室里**

女记者又翻开新的一页：四月六日。

厂长的笔记和画外音：

"……和小董来厦门已经一个星期了。他的情绪一直不大好……"（闪回）

**31. 厦门宾馆　中午**

厂长踏上盛开三角梅的石阶。

厂长的画外心音：

"……他的儿子出生才四个月，就派他担任厦门联合企业的技术指导，任期五年……"

**32. 宾馆的楼道内**

"……我这样的决定是不是太残酷了……"

厂长正欲推门，突然住手——

里面传出抽泣声。

**33. 宾馆客房内**

技术员小董见厂长进来，赌气地背过身。

厂长走到床边，拿起小董妻子的一封来信。

小董妻子的声音：

"……你走了一个星期，咱们的晶晶好像又胖了一圈。厂里的女工每天都来咱们家逗他。我知道，这是大家怕我寂寞来安慰我。每当夜深人静，我爬起来给晶晶调奶糕时，总是止不住热泪盈眶。我独身一人，又要上班，又要带孩子，太困难了，可你一去就是五年，五年啊……"

厂长慢慢将信放回桌上，突然振作起来：

"小董，咱们出去走走！"

### 34. 宾馆

厂长拉着小董走出热带植物密布的林荫道。

### 35. 厦门街道

阳光灿烂的街道。

比肩接踵的行人。

厂长与小董并肩走着。

厂长："瞧这里，一年四季温暖如春，人们对衬衫的需求，三倍于我们的家乡……多么好的销售市场啊！"

### 36. 自由市场

地摊上，厂长指着挂得满满的各式衬衫："在我们自己的国土上，到处都是这种进口衬衫，这对我们衬衫工人来说，真是一件痛心的事……"

### 37. 特区新建的港口

厂长与小董站在一艘渡轮的甲板上，眺望着岸上很有气魄的集装箱和各种吊车。

厂长："厦门，从历史上就是通商口岸。如今又是令人瞩目的特区。我们只要牢牢占领这片市场，'双燕牌'衬衫就能飞遍全世界……"

### 38. 陈嘉庚故居。

陈嘉庚巍峨的铜像，英姿勃发，像是正冲着生活走来。

厂长、小董，还有许多前来瞻仰的游客，站在铜像前，肃穆而崇敬。

厂长的画外音："集美，这是陈嘉庚的故乡……当年，他挑着扁担，带着家小去南洋开办企业，历尽艰辛……而我们，只跨到南海的厦门，与陈先生相比，我们才迈出了多么小的一步啊……"

### 39. 陈嘉庚墓地

集美学村。鳞次栉比的彩色楼房。

高高的集美纪念碑。陈嘉庚的墓。

"……为了民族的振兴，陈先生献出了毕生的经历和财力。这是多么博大的企业家的胸怀！十几年来，他一直促我自省，催我发奋……"

### 40. 海边，随着波浪起伏的小船

厂长亲切地拍着小董的肩膀：

"……小董,你是企业界的新秀,眼光要放远点,胸怀要开阔些!别看联合企业目前还是一张白纸,不出两年,又一座第一流的专业化衬衫企业就会破土而出。那时候,我们将比现在多为国家创造几倍、几十倍的利润……"

小董低下头:"厂长,我懂了……"

海浪深情地拍打着礁石的。

## 41. 厂办公室 傍晚

女记者合上笔记簿。

海浪声声,像是在她心里冲撞。

## 42. 车间 晚(内)

一部分加班的工人们正在缝纫机上操作。机声组成了一支不和谐的室内乐。

女记者也裹夹在这乐声中。她大汗淋漓地挥动着一只熨斗,虽然试图加快速度,可总是力不从心。

"哎呦!——"

熨斗烫了她一下。

车间里飘起了一阵笑声。

"我这样的速度,一个月能拿多少钱?"女记者笑着问。

一个男青工朝她一挥手:"最多五块钱!"

女记者:"哎呦,那可要饿肚子了!"

又引起一阵笑声。

女记者:"谁是你们的车间主任?"

一个姑娘悄悄往左边一指:"喏!……可厉害了,平时上班都不许我们说话。"

女记者顺她手指望去——

一个飞快地踩机上线的时髦漂亮的小姑娘。

女记者突然想起了什么,立刻走到她身边。

女记者:"对了,你就是小柳吧?……今年二十一岁,全厂最年轻的车间主任……有空,我想和你聊聊。"

小柳点点头:"欢迎你上我家来——厂宿舍,三楼六号。"

## 43. 小柳家 下午

新建住宅。两间的套间。

立体音箱中,奏放着法国故事片《佐罗》主题音乐。

女记者用一个老练的家庭主妇的眼光,审看着住宅的结构和各种附加设施。

"我真羡慕你分到的这一套房子!"她终于作出了这样的评价。

小柳正在搅拌涂料:"车间主任都有这么一套。"

女记者:"噢,对贡献大的干部和职工,厂长实行一种优惠福利待遇。"

小柳:"别看厂长对干部在生活上常吃偏饭,可工作上对我们从不留情。"

唱片开始空转，女记者翻过一面："车间主任欣赏这样的音乐，厂长不反对？"

小柳："厂长要求我们始终跟上都市青年的审美情趣。他常说，我们生产的是衬衫，不是钢铁。"

女记者："你们厂长真风趣！"

唱片这一面是《沸腾的生活》主题歌。住宅里洋溢着浪漫的气氛。

女记者端着涂料盆，和小柳一块儿爬上桌子。

女记者："你当车间主任几年了？"

小柳："两年了。"

女记者："厂长怎么会选中你当车间主任的？"

小柳："我从小好胜，也许厂长就看上我这点了！"

女记者很感兴趣："能不能说得再具体点！"

小柳："去年，车间主任病了，厂长叫我代理了三天，结果发生了这么一件事……"

（闪回）

一架飞机掠过小镇。飞得很低。

几个农民工人一阵欢呼，涌向窗口眺望。

小柳走过去，严加指责。

小柳画外音："这几个是新招的农村工人，太散漫了。一气之下，我扣了他们十天的奖金。"

女记者搂住小柳大笑："小家伙，真厉害！……再谈点什么？"

小柳："我真没什么可谈的。"她突然认真地："记者同志，我托您办件事好吗？"

女记者："当然可以！"

小柳："昨天半夜，许师傅又把厂长关在门外了。"

女记者吃惊地望着小柳。

小柳解释："就是他爱人……我很可怜厂长。"

女记者："他们夫妻不和，到底为什么？"

小柳："您最好自己去了解。"

女记者："你想让我调解吗？"

小柳点点头："嗯！"

女记者很神秘地："告诉你一条经验，夫妻之间的事，少管为好。"

小柳："为什么？"

女记者："你将来就知道了。"

两人都忍不住大笑。

女记者看看表："糟糕，到时间了，我还要去拜访县委书记呢！"

## 44. 楼梯上

小柳："您有空，一定去趟许师傅家。"

女记者望着她诚恳的表情："好，有空我一定去。"

## 45. 厂招待所　清晨

急促的敲门声。

女记者惊醒："谁呀？"

门外，嘈杂的男女声，都操着闽南口音的普通话。

"记者同志，我们是厦门的工人！"

"去不去赶海……""就是挖海蛎子，抓海螃蟹！"

女记者从蚊帐里钻出来："今天不上班吗？"

七嘴八舌：

"天气太热，厂长让我们下午4点上班！"

女记者突然领悟，欣喜地从床上跳下：

"好，我去！"

## 46. 厂区　清晨

厦门工人们带着大红遮阳伞和其他野餐用具，正整装待发。

突然，有人发现厂长站在阳台上。

大伙儿都朝厂长有礼貌地笑着，然后悄悄溜走。

女记者也调皮地朝厂长打了个招呼。

## 47. 大海　早晨

女记者被一群厦门姑娘和小伙子簇拥着，生机勃发地踩碎沙滩的明镜。

天空中响起一支闽南民歌：

"走过了绿色的城市和村庄，

我们在春天里愉快地流浪。

风啊，拨响了我心爱的六弦琴，

我的歌呦，唱给远方的姑娘……"

闽南风味的旋律过门。

紧身而富有弹力的衣着行囊，优美而充满旋律感的身体姿态……仰摄的镜头忽前忽后地追踪他们，无时无处不显示出青春的力量和魅力……

沙滩上，逮海螃蟹的欢呼声，此起彼伏……

女记者问一个长得挺"帅"的小伙子：

"你家住厦门什么地方？"

"鼓浪屿。"

"好一个美丽的地方！"

"你去过？"

"嗯。钢琴之乡，岛上到处是肖邦、李斯特。"

【闽南民歌第二段：
"杜鹃花开遍了四野和山岗，
阳光下不再有寂寞和忧伤，
浪啊，推动了我青春的小船，
我的心呦，
飞向那生活的海洋……"

歌声随风而去，余音袅袅。
女记者望望那被家乡的歌打动了的工人们："你们都想家了吧？"
姑娘们七嘴八舌地：
"我还从没离开过家呢！"
"这里生活太单调了！"
"等我们下班，商店也关门了！"
小伙子们也凑上来：
"生活吧，要有色彩，我们不是机器人！"
"我们厦门人都喜欢唱歌、跳舞……"
"我喜欢喝啤酒！"
女记者与他们一起哈哈大笑。
那个长的挺"帅"的小伙总——苏嘉敏，从沙里拔出遮阳伞："不过，如果在厦门工厂和这里进行选择的话，我们都愿意在这儿干！"

### 48. 沙滩　上午

女记者和厦门工人从沙滩上走来。
女记者："……你们真的愿意在这儿干？"
一个小伙子："跟着这个厂长干，来劲，有奔头！"
女记者："要是历史最后证明这个厂长的管理方法是错误的呢？"
另一个小伙子："那他至少也是个改革家，比那些连工资都发不出的厂长要伟大得多！"
女记者："我前几天听说，这个厂长不是社会主义企业家。"
一个姑娘："不是社会主义？那钱又没入他个人腰包！"
苏嘉敏："怨天尤人，我是最讨厌了。我很小的时候，祖父就对我说，长在海边的人，应当心胸开阔。对我们厂长有种种非议，我觉得，无非是出于落后、保守和嫉妒！"
女记者："你呀，说话太尖刻了。"

### 49. 海边的小山坡上　中午

一只野炊锅的盖子被揭开。滚滚的蒸汽，鲜红的熟海螃蟹。
一声欢呼，十几只手伸向锅内。
一个采花的姑娘边喊边跑：
"工段长，给我留个大个儿的！"

苏嘉敏从遮阳伞下钻出来,沉着脸:

"你又叫了!"

## 50. 礁石上　中午

女记者问一个厦门工人:

"他不是苏嘉敏么,怎么叫他工段长?"

厦门工人:"他在厦门,是我们的工段长。他工作一向不错,可是有一次把这里的厂长得罪了,就把他罢了……"

苏嘉敏走到他俩身后:"去去去,我自己的事自己说!"随手将一块石头扔进海里。

溅起的浪花。

(闪回)

## 51. 厂集体宿舍　晚

溢出杯外的啤酒。

苏嘉敏的画外音:"这事发生在我们来这个厂的第一个周末……"

床铺堆在一起,腾出了一块空地。桌上放满了西式茶点。四下布置得富丽堂皇。一个剪纸生日老人向所有的来宾愉快地眨眼。

苏嘉敏高举酒杯,压住了喧闹声:

"这一周我们干得不错,来,为不错干杯!"

喝彩声,碰杯声……

床后钻出一个小伙子,捧着一盆插满红蜡烛的大蛋糕,连声嚷着:

"瞧这蛋糕,怎么样?我自己亲手做的……"

厦门工人笑着夸他、骂他……

蛋糕送到了一个秀气的小姑娘面前,做蛋糕的小伙子毕恭毕敬地:

"献给我们的白雪公主……"

"白雪公主"激动得满脸通红:"谢谢大家,谢谢大家!我……在这里生活得很愉快!"

掌声中,一个声音再喊:"关灯!……"

众人一片应和声:"关灯!……"

蓝蒙蒙的月色下,"白雪公主"一口气吹灭了全部的红蜡烛,又博得一阵喝彩……

苏嘉敏拉开灯,摇着两只七喜汽水罐头盒,发出沙球的节奏:"来,音乐会——开始!"

三洋收录机里,跳出《啤酒桶波尔卡》的奔放旋律。

"白雪公主"随着节奏踏着舞步,整个宿舍充满欢乐的气氛。

有人发现厂长来了。

"欢迎厂长!……"响起一片掌声。

厂长脸上毫无笑意地看着青年们递上来的啤酒和蛋糕。

厂长:"这星期的定额完成了吗?"

工人们愣了片刻,有人小声说:"还没有……"

厂长看着苏嘉敏:"我要求车间主任回答。"

苏嘉敏:"没有,还差五百件。"
短暂的静寂。
一个聪明的声音:"今天是周末,厂长!"
七嘴八舌地附和:
"哎,对!厂长,今天是厂里规定的假期……"
厂长:"那是指在完成定额的前提下!"
一个小伙子拍拍吉他:"厂长,我们正在开生日晚会呢!"
"对啊,厂长,请您也一起来欣赏音乐吧!"
"白雪公主"捧上一块蛋糕:"厂长,好厂长,你就让大家陪我高兴一晚上吧!"
厂长加重了语气:"我只有一句话,这里是现代化的衬衫生产流水线,每年要为国家拿出一百八十万件衬衫,不能因为你们的生日晚会,影响全厂的速度!"
厂长在众目睽睽之下离去。
青年工人们面面相觑,继而"白雪公主"伤心地抽泣。一个小伙子抱着吉他跳到凳子上:"不管他,我们继续开!"
录音机又爆发出音乐,富有挑战性的……
一直望着窗外的苏嘉敏,这时顺手抓起一件上装,一声不吭地走出宿舍。
《啤酒桶波尔卡》在他身后戏谑地时隐时现。

## 52. 黑暗的厂区

苏嘉敏疾步而来,带有情绪的脚步。
突然,他在一排铁栅栏前停住了——

## 53. 灯火通明的车间

厂长亲自带领一群干部和工人,继续苏嘉敏他们未完成的作业。

## 54. 铁栅栏前

苏嘉敏咬着嘴唇,思索着。

## 55. 苏嘉敏的画外音

"……后来,我花了一个星期,翻阅了许多有关中外企业管理的书籍……"
苏嘉敏在图书室看《美国企业管理之演变》。
苏嘉敏在床上翻着《日本企业成功秘诀》。
苏嘉敏啃着面包,在阳台上阅读《台湾企业管理论文选》。

## 56. 厂长办公室

一本书重重地放在厂长面前的办公桌上。
书名:《假如我是经理》。
厂长抬起头,看见苏嘉敏冷冷地背靠在他的办公桌上。

厂长："请坐！"

苏嘉敏："您研究过美国企业管理的先驱者——太罗与西蒙体系的异同吗？"

厂长："看过几篇材料，谈不上研究。"

苏嘉敏："我认为您并不重视行为科学。您奉行的是 X 理论，采取的是'命令与统一'、'权利与服从'的管理方式，这种落后的管理思想，是连资本主义企业也早已淘汰了的……"

厂长："看来没让你们开音乐会是大逆不道了……"

苏嘉敏："没那么严重……"

厂长："可我看到的是，阻止了这场音乐会，你的车间定额完成了。"

苏嘉敏："但我看到的是你也因此损害了一部分工人爱厂如家的情绪……"

厂长愤然立起："让你当车间主任，就是要你通过自己的努力去避免这种损失，而不是事后来冷嘲热讽！……"

厂长用力拉开抽屉，扔出几本企业管理书籍："企业唯有创造利润才能获得生存。在这个意义上，X 理论不一定毫无用处，Y 理论也并非灵丹妙药。我赞成的是两者的相辅相成，这才符合中国的国情——特定的国情！"

厂长说得激动了，用手连连敲着桌子。

苏嘉敏："我钦佩厂长的博学……"她双手插在袋里，慢慢走向门边，突然又返回桌前："不过，我还是要说，如果我处在您的位置，可能会干得更漂亮！"

苏嘉敏疾步离去。

厂长盯着她，目不转睛。（闪回完）

## 57. 工厂亭院中　夜晚

静静的喷泉。

女记者与苏嘉敏踱过来。

女记者："……你说话太盛气凌人，缺乏礼貌。"

苏嘉敏："反正，他当天下午就撤销了我的车间主任……"

女记者同情地望他一眼。

苏嘉敏："……我痛心的是自己的理想、意愿，还没付诸实践，就被他扼杀了……"

他们穿过虫声唧唧的花圃，停在假山下。

苏嘉敏："……后来，我发现厂长的眼光比我们都远。他经常讲，一个厂的优惠、福利，不会自天而降，要艰苦创业。而条件一旦成熟，就要争取每星期劳动五天，每天工作六小时，把产业工人真正从繁重的体力劳动中解放出来……"

女记者打断他："这么说，你完全理解厂长了？"

苏嘉敏："——从理智上，可以这么说。但从感情上——厂长有个致命弱点：他不容人，特别不能容持不同意见者。"

女记者若有所思地点点头。

## 58. 厂外公路　上午

女记者向一辆驶来的轿车挥手。

"请停车!"

厂长从车上下来:"什么事?"

女记者:"厂长,很对不起,耽误您了,有件事想问问。"

厂长抬腕看看表:"请说吧!"

女记者:"据说,在您的厂里,谁反对您的意见,您就撤谁的职?"

厂长:"可能的。"

女记者:"你不觉得有点武断吗?"

厂长:"如果我的决策是错误的,我情愿接受厂职工代表大会的裁决;如果我的裁决是正确的,我就要设法保证它在全厂每一个角落畅通无阻……"

厂长言辞凿凿,女记者几乎插不进嘴。

厂长:"……我最忌讳茶一杯、报纸一张的扯皮干部。企业决策是以时间、效率作为前提的……噢,时间来不及了,我要去接日本的客商……"

厂长拉开车门:"……企业管理不是你们的学术讨论会,大家可以各抒己见,不了了之。"

女记者抢上一句:"我认为,苏嘉敏是个很有才能的人!……"

厂长摇下车窗玻璃:"这点我比你更清楚!"

轿车从女记者身前一掠而过。

女记者悻悻地挥赶着尘土。

## 59. 工厂旧址的石板路  白天

细雨霏霏。

半高跟皮鞋一脚高一脚低地踩在石板上。

女记者伫步着:

一个十分狭小的拱形墙门,旁边挂着一块字迹斑驳的厂牌。她伸手一推,"吱呀"的一声。

女记者的画外音:

"怎么能想象,蜚声全国的双燕衬衫厂的前身,竟然是一座简陋不堪的服装社……"

女记者在狭窄的过道上走着。光线很差。一切都显得破败不堪。她抬头看着天棚:

"下雨天,这里肯定会漏水……"

她的想象效果声:大雨滂沱。水声,老式机声的嘎嘎声,工人们对于雨水落在衬衫上的惊呼声,奔跑着的脚步声……

一个苍老的声音突然打断了她的思路:

"谁呀?"

女记者吓了一跳。她四下巡睨,最后在一架梯子上发现了一个修顶棚的老人。

女记者:"老伯,这是双燕厂的旧址吧?"

老人:"是呀。你是省城来的记者吧?"

女记者点点头:"老伯,我能帮你点忙吗?"

老人:"不用,这就好了……新三年,旧三年,缝缝补补又三年,这不挺好?!"

女记者:"噢,老伯,您是派在这儿看厂房的。"

老人从梯子上下来:"谁也没派我,是我自己要求的……他们搬过去两年了,难得看到有记者来这里……"

老人领着女记者在拥挤的过道上走着。

老人:"……我是这个厂的第一代工人,带了不少徒弟;这经历的政治运动,我都经历过。我能向你反映些情况吗?……"

女记者:"那当然可以啦!"

**60. 原传达室,一间只有四平米的小屋**

老人用一块抹布擦着一只茶垢很重的杯子。然后抓了些茶叶,倒上了开水……

女记者不易察觉地皱了皱眉。

老人递过茶:"您听说了吗?双燕厂出了个资本家!"

正打开笔记本的女记者住笔,抬起头。

老人:"工人一个星期要加四个夜班,每天工作十二小时,有个工人生病,一个月才拿到五块钱,这不是两极分化吗?"

女记者:"那青年人愿意进这个厂吗?"

老人:"青年人当然愿意了。这个厂的奖金高,多的一个月可以拿四五十块,可也有一分奖金也拿不到的。"

女记者:"那为什么?"

老人:"当然是干得不好了……这个厂是发展比较快,可厂长也不能拿着工人的血汗钱挥霍呀!为了建新厂,他耗费了国家多少资金,你看那个接待厅有必要吗?……我这儿有一笔账……"

老人从抽屉里掏出个小本子:

"……你看,他花了1292元钱,买了十二只沙发,放在接待室里;花了三百六十元买了照相机,说是花样设计科必不可少的工具;花了4185元,买了电冰箱,那能有什么用!一棵松树三千块,唉,这问题严重呦!……"

老人越说越激动:"我到镇上反映过多少次了,有支持我的,也有替厂长说话的;也有人劝我,退休都退休了,还管这些闲事干什么?……"

女记者凝神注视着老人——他那布满皱纹的脸,青筋突暴的手……絮絮叨叨的声音渐渐遥远了……

女记者的画外音:

"……我敬重这个对党的事业忠心耿耿的老人,他的话有一定的道理……"

**61. 女记者走在朦胧的夜色中**

她的画外音:

"……但对经营艺术,信息反馈,市场研究,竞争中求生存——这一切现代化的管理企业手段,他恐怕一时还是很难理解的……"

## 62. 双燕厂　夜

女记者漫步在厂内。

厂中心楼上，赫然的红底大牌，上面用中、英文很有气势地镌写着：

质量第一　信誉至上

在月色中显得极为优雅的厂容。

簇拥在车间四周的龙柏、雪松；花坛里盛开着黄色的月秋，白色的蔷薇；仙鹤伫立在喷泉里，吐珠喷玉的哗哗水声……

女记者久久注视着……

她的画外音：

"……只有短短的几年，从那样一座濒临倒闭的服装社发展到第一流的专业化文明厂；一个连福利费退休金都无处可支的企业，发展到年产衬衫一百八十万件，雄踞我国衬衫行业前列；从当年三万元的固定资产增加到一百三十万……可以想象，难以想象的各种困难、压力、抗争……我对这位厂长开始产生了同情……"

厂长在办公室工作的灯下剪影。

## 63. 厂长家。晚。

一双手扯拉着丝棉。丝丝缕缕，像是有许多的愁怨。这是厂长妻子许师傅。

女记者坐在她对面，悄悄替她取下粘在发上的一点棉絮：

"这么早——就开始弹棉丝了？……"

许师傅看了女记者一眼，继续沉默。

女记者轻轻摇摇头。她的画外心音：

"怎么敲开厂长家庭生活的大门呢？……一部意大利政治电影中说，对于公职人员，也要了解一下他们的私生活……而我这个记者，向来在这方面最无能了……"

女记者突然鼓起勇气，冒冒失失地大胆问了一句：

"听说——你们夫妻常常不和？……"

许师傅猛然抬起头——她被刺痛了。（急骤的闪回）

## 64. 落后的乡村里习见的灵堂　白天

老式挂钟骤然敲了三下。

许师傅父亲的遗像。周围供着一些香烛和鲜果。两边的墙上挂满了绸缎的被面。许家的一些亲友们都戴着黑纱聚齐了，桌上置着一些素食。乡村里经常以一种"吃豆腐饭"的形式，来表达对已故亲人的最后别情离意。

许师傅在这种古老而陈旧的气氛中，焦急不安地踱着，她在等谁。亲友们时不时不满地扫她一眼——他们已经不耐烦了。

许母悄悄走到许师傅面前："他是不是又来不了了，豆腐饭全凉了。"

小姨子插话："哼，我猜他就不会来。大姐还说他一定来呢！"

大姑子："造孽啊！大哥白教了他一场，这个没良心的！"

小舅子:"他有什么了不起的,非要等他!咱们吃!一个集体所有制的小头头,神气什么?连个党员都不是!……"

许母开始抽泣:"这个人,我从一开始就不喜欢,一点不安分守己,整天脑子里想入非非。他爸爸还讲他聪明、能干。现在倒好,岳父去世都不来看一眼。"

亲友们越说越来劲:

"我早就说过,他的这一套做法,我们看不惯!"

"人家全民厂都没这么搞,要他一个集体厂出什么风头?"

"还搞什么厂歌、厂服,真丢人!"

许师傅听着,忍着,实在克制不住了,一头扑在桌上——

## 65. 厂长家　晚上

许师傅伏在床上失声痛哭。

厂长不知所措地推她、摇她:"小许,小许,你别哭。这是怎么了?"

许师傅:"我走,我马上带着儿子回妈妈家去!"

厂长:"你听我的解释!……"

许师傅:"我不要听——不要听你的解释!……我那么请求你,嘱咐你;你也答应了,父亲下葬那天一定去……全家老少眼巴巴地等着你,可你……"许师傅说不下去了。

厂长着急地来回走:"你哭轻点,轻点,别叫厂里人听见了!"

许师傅:"听见了怕什么?不是早就有人讲咱们要离婚了?谁能和你生活在一起?你太自私了!你脑子里只有你自己、你的那个厂,什么时候为我想想了?……今天,我——实在受不了了!……"

厂长痛苦地伫立在屋中间:"你以为我好过吗?我能这样心安理得地不去吗?我也是人,我也有良心,难道我不知道父亲辛辛苦苦教我一场,他老人家临终时我应尽最后的一点心吗?可是,也得走得成啊!……"

厂长的眼泪一刹那夺眶而出。

许师傅抬起头,愣愣地看着他。

厂长:"……今天一早,为日本来料加工的衬衫刚刚装上卡车,县里就来人把卡车给封了,说是节油封车,这是根据有关文件做的决定。这不明明是刁难人吗!……上海港货轮下午3点就要起锚,这么短的时间,让我到哪去弄辆卡车啊!如果耽误了装货时间,外货造成的损失谁来赔偿;失去了信誉,今后谁还和我们订货?……那这个工厂就得完蛋!……"

许师傅揩干了眼泪,眼里射出了同情的目光。

厂长:"……明明知道有人卡我们,叫我还得赔笑脸,说好话,拿着合同单到处求人,求他们放行,求他们开恩,我都快给他们跪下了!最后一直找到县委书记才算解决……唉!我还跟你说这些干什么?你走吧,跟着我这些年,让你受苦了,我有时觉得很对不起你……为了办好这个厂,我连老婆、孩子、家都不顾了,可还要受这么多的指责、非难,想想何苦呢!……上海老李又来信约我去办个裁缝店,国家目前不是也提倡个体经营吗?每个月至少也能拿三百块——三百块啊!……"

厂长苦笑着靠在沙发上。

许师傅闻言又流下了滚滚热泪：

"别说傻话了，你离不开这个厂，这个厂也不能没有你。都是我不好……"

许师傅抹泪，起身，拉开房门。

厂长："你上哪儿去？"

许师傅凄楚地回过头来：

"烧饭去……你还什么都没吃呢……"

厂长："别烧了，你就别烧了……"

夫妻俩感慨万端地站在门边，良久……

（闪回完）

### 66. 厂长家　晚上

许师傅擦干伤心的泪，对女记者苦笑一下。

"你看，我们俩这几年就是这么过的……我有时想不通，为什么有的厂连工资都发不出，就没人说厂长不好，也没人说他不称职。可你生产上去了，企业发展了，工人生活改善了，倒落下一大堆罪名，这干的，倒不如不干的好。你看，这里还有几封匿名信……"

### 67. 厂招待所　夜

台灯下。

女记者摊开一床的采访记录、材料，分析着。她突然想到了几封匿名信，打开。细细读着，摘抄着：

"……厂长，请你当心点！再这样干下去，下次政治运动就要对你不客气了……你想成为一个企业家，可不要忘了你是在中国，不是在美国、在日本，请你为左邻右舍考虑；看来，有必要用井水从头到脚把你淋一淋，叫你清醒清醒；……"

女记者沉思的画外音：

"我不得不承认，许师傅的话，说出了社会的一种反常现象……然而，我相信，浑浑噩噩、庸庸碌碌地度过一生，不符合改革者的性格，也不符合我们时代的精神……"

她信手翻开一页台历：8月24日。

空白处用红色的楷书恭恭敬敬地印着：

双燕衬衫厂厂庆纪念日。

### 68. 厂接待室　傍晚

轻快的《迎宾曲》中充满了紧张的气氛——车间主任小柳正率领一群姑娘们布置着会场。五彩的拉花组成了艺术的经纬；产品橱窗前挂起了几排熠熠闪光的铝条，上面嵌着一些具有象征性的图案。

小柳一迭声地催着姑娘们："快！快！"

### 69. 通向职工大食堂的路　晚

巨大的霓虹灯广告，绚丽地变换色彩。

众多的、奔跑着的脚——穿着熨烫挺括厂服的工人，一个，两个，无数……欢声笑语，你推我揉地打闹着涌向食堂。

## 70. 餐厅　晚上

正面墙上醒目的口号：

"未来世界第一流的衬衫就出自你的手中！"

工人们在布置得富丽典雅的餐厅里找到了自己的座位。每人面前放着一个既简单又考究的托盘：白鸡、酱蛋、爆鱼、红肠……

无数亲昵的问候、美好的祝福……

远远地，我们看到厂长向工人们举起了酒杯……

在喜气洋洋的工人们中间，我们也看到了女记者。她今天作为"荣誉工人"，与工人们同样穿戴，同样佐餐。

苏嘉敏端着一杯啤酒走到她身边。

"记者同志，向你告别来了。"

女记者："怎么，要回厦门了？"

苏嘉敏："我先走一步……根据厂长提名，我被二轻局任命担任厦门新建联合企业的副厂长。"

女记者激动地站起来，突然感到语塞——

"……为你的成功干杯！"

苏敏佳仍是那种淡淡的微笑："为新建联合企业干杯！"

## 71. 厂接待室　晚上

女记者在为一个姑娘化妆。从镜子里，突然看到厂长和几个干部忿忿然地走进来。

厂长："真是岂有此理！……这次活动，事先我明明汇报过……"

女记者吃惊地搁下手中的笔。

"我马上给县委挂电话，庆祝活动照常进行！"

厂长头也不回地走出接待室。

女记者拦住小柳和副厂长：

"出什么事了？"

小柳："刚才来了副局长，让立刻停止这次厂庆活动。"

副厂长补充："他说这是变相物质刺激，是搞个人崇拜，是资本主义的一套……"

女记者忍不住打断他："怎么能得出这种结论呢——我去看看。"

她从椅子上抓起一件上衣，急急地跑出接待室。

女记者恨不得三步并作两步跑上楼梯。

可是在走廊上，眼看就要到厂长办公室了，她又放慢了脚步。

## 72. 厂长办公室　晚

女记者推门进去。

突然,她的脚步呆滞了——

厂长伫立窗口,眼睛惘然的凝视远方。

女记者难过的低下了头。

少顷,厂长慢慢回过头来。

厂长:"……难啊,真难啊!记者同志,为什么我们许多美好的愿望——能从根本上改变我国企业落后面貌的愿望,总是得不到某些同志的理解。他们往往曲解这种愿望,最后得出一个令你寒心的结论……"

女记者的画外音,无限的感慨、深情……

"……我能用什么语言来安慰他呢?我什么也说不出来……亲爱的党组织,请理解一个改革者的耿耿情怀吧……"

远处,传来了厂歌合唱。一年一度的厂庆,谁也遏制不了的,开始了……

**73. 厂庆的会场　晚**

工人组成的合唱队。庄严的厂歌。第一排的显著位置上,站着厂长……

"我们是光荣的衬衫工人,

精工细作,设计创新;

为美化人民的生活,

贡献出我们的指挥才能……"

掌声中,厂长走到会场中央。刚才那种痛苦的神色,从厂长脸上一扫而光。他振奋、激动、热情,声音略微有点嘶哑:

"全体职工同志们,我代表厂部,衷心地祝贺大家!一年来全体职工的创造性劳动,获得了明显的经济效益,为此,我深深地感谢大家!"

掌声未落,副厂长便兴冲冲地宣布:

"……我代表厂部,宣读刚刚写进我厂企业大法中的职工福利条例:

"一、庆贺职工婚礼:赠贺匾,男女婚礼衬衫、喜糖一份。

"二、庆贺职工子弟上学:学费由厂部负责到高中毕业。

"三、庆贺职工退休:赠铜汤婆子一只,每年每月供应营养品一份……"

不断地打断他的掌声中间,我们见到了许多熟悉的面庞——

厦门青年、小柳、退休职工……

厂长:"……职工同志们,这些不是厂里对你们的恩赐,而是你们辛勤劳动的结果!……党的十一届三中全会,为企业改革开拓了远大前程;只要全体职工百折不挠地立志于开创新局面,那么,再有十五年,我们厂将发展成为我国具有社会主义特色的服装研究设计中心,闯出世界名牌!……我相信,全厂职工一定有这个信心!"

欢呼声……

爆发的舞曲音乐,嘹亮的小号。

六个身段优美的青年女工穿着新颖的衬衫、旗袍、连衣裙,进行时装表演。

舞曲中,配有柔和亲切的男女解说。

"用美来装扮,

让美来感召。
双燕厂时装表演队，
现在为您表演，
请您评选出最优秀的款式，
为您生产大众最喜爱的服装……"

会场气氛达到了高潮。
厂长悄悄走了出去。
女记者看在眼里。

74. 厂院　沸腾的夜晚
一簇簇的礼花在空中迸射。
女记者在高层平台上向下俯瞰：
到处都是沉浸在游艺的喜庆中的工人。在一个角落，厂长与苏嘉敏谈了很久……
女记者的画外音：
"……我曾经为这个厂担心过，再过十年，二十年，或者因为某种意外的原因，厂长更换了，还能像现在这样，在企业竞争中立于不败之地么？现在，我不再担心了。双燕厂不但闯出了闻名全国的品牌，而且创造了一条朝气蓬勃的人才流水线……"
女记者沿着平台走着，眺望着，思索着：
"角度……从这个角度，我看到了中国企业改革的光明未来……"

厂长从大楼里走出。也许，他刚挂完了一个电话……
欢腾的声浪一阵阵涌起，厂长突然放慢了脚步。
女记者在平台上望着他：
"……改革者的命运是最受人关注的……今天，在社会的每一个角落，都能听到人们对改革的赞美……有了这样的时代气氛，难道还不能开拓出更美好的远景吗？……"
厂长是应当听得到这样的肺腑之言。然而，他还是在路灯下久久伫立着……

75. 夜　已经深了
女记者在巨大的霓虹灯架下踱着。远远能听见大海的潮声……
"……欢乐，是付出痛苦的代价换来的……在这个具有强大的生命力的集体所有制小厂里，我发现了中国工人阶级应当具有的使命感、归属感……"

76. 海堤上　清晨
生机勃勃的太阳。晴朗天空的早霞。
女记者拎着刚刚买到的一串海螃蟹，兴奋地走在海堤上。
晨色中滚滚涌动着的金色的海。
女记者的画外音：

"……这是个多么不平静的海湾啊……海平线上隐约可见的是秦山,相传秦始皇曾在这里驻扎兵马,准备造桥渡海……

"这里,至今埋藏着孙中山的一个梦想——兴建一座最大的东方大港……

"在这片辽阔的海域,古往今来,多少英雄、伟人留下了美好的希望,但终究是望洋兴叹……"

镜头回顾性地徐徐播出我们想见的这一切。

女记者的画外音:

"……可是今天,秦山下我国第一座核电站已经破土兴建。隔海的金山,规模最大的炼油厂已正式投产。只有几百人的双燕衬衫厂,也正借助现代化的信风,跃跃欲试,飞往南海,飞往太平洋……"

镜头从正面变焦拍摄,像是自天而来的滔滔大海上,矗立着海市蜃楼般的金山油井架。

女记者在海堤上走。

海风猎猎、朝日煦煦。

她的画外音:

"我的采访结束了,但生活还在延续。最近,听说因为一幅五万元的广告,又在县城里引起了轩然大波。改革,这意味着向传统的观念进行无情的挑战。双燕厂的前方,还面临着无数的崎岖和风险。然而,历史终将为所有的改革者画上这样的句号:

青山遮不住,毕竟东流去……"

演职员表。

　　文字整理:张蕊

　　资料来源:张光照、奚佩兰,《女记者的画外音》,载于《电视文艺》1984 年 06 期。

## 1984

## 今夜有暴风雪

首播时间：1984 年
首播电视台：山东电视台
摄制单位：山东电视台
编　　剧：李德顺、孙周
导　　演：孙周
摄　　像：刘允良
主　　演：任梦、吕毅、王永革
获奖情况：第五届（1984 年度）中国电视剧"飞天奖"连续剧一等奖、优秀男配角奖；第三届（1985 年）中国电视"金鹰奖"优秀连续剧奖、最佳女主角奖。

**剧情梗概：**

### 第一集

　　1979 年，北大荒的一个雪原之夜，建设兵团三团团部会议室正在召开决定全团知青命运的秘密会议。团长马崇汉出于私利扣押总部关于三天内办完知青返城手续急件的事情败露了，知青们从四面八方朝团部涌来。

　　这时，喧闹的雪原上只有靠近边境的六号坐标静得出奇，出身不好、但自强不息的裴晓云独自在此地站岗放哨。裴晓云靠着自己的努力赢得了同志们的同情和爱护。在一次施工中，裴晓云受了伤，曹铁强把她背回了宿舍，用自己的胸膛暖热了她即将被冻掉的双脚。因这，还引起暗暗爱着曹铁强的指导员郑亚茹的不满。

　　团部会议还在进行，郑亚茹在马崇汉的暗示下表示支持他的决定，引起以曹铁强为首的同志们的反对。会议失去了控制，好在团政委孙国泰安抚及时，平息了同志们的怒火。

　　团部决定成立知青返城临时审议小组，各连选派两名代表，孙国泰任组长。曹铁强发现没有他们工程连的人，让郑亚茹立即返回连队安定大家情绪……

### 第二集

　　郑亚茹来到团部医院，等待正在手术的匡富春。她曾经在一次春节回城前向曹铁强表达了自己的爱,并且走后门为他争得了全团唯一一个上大学的名额。曹铁强知道内情后竟将名额让给了匡富春。郑亚茹一气之下与曹铁强决裂,和匡富春走到了一起,但她心里爱的,始终是曹铁强。

裴晓云在哨位上看着连队流动的火把,暗自揣测着发生了什么事。一想到她所崇敬、爱慕的曹铁强也要回城,她心里就有一种说不出的痛苦。

曹铁强得知郑亚茹没有回连队的消息,担心唯一的干部刘迈克不能稳住局面。他虽然知道刘迈克是一个值得信任的好同志,但还是担心在今天这个非常的日子里他能否挺得住。

正如曹铁强所料,此刻的工程连确实乱了起来。小瓦匠建议到刘迈克家找他商议此事,战士们担心已经安家的刘迈克不支持他们,但小瓦匠对迈克充满信心。

### 第三集

刘迈克的妻子秀梅是个真正的北大荒姑娘,是她在自己不能被人理解的时候关心他、体贴他。在耿直的刘迈克和马崇汉发生冲突时,秀梅凭借自己的机智化解了一场争斗,也赢得了刘迈克的爱慕。正驾驶拖拉机行进的刘迈克想到这里,毅然返回家中告诉秀梅,自己说什么也不会离开她独自回城。

拖拉机在团部附近翻车了,刘迈克的腿受了伤。知青们像发疯的狮子要向团部冲去。在这紧急关头,曹铁强及时赶到,和刘迈克一起安定了混乱的局面。聚集在团部的知青们情绪过于激昂,把门框砍下来扔在一堆堆篝火里。仓库失火了,曹铁强带领着工程连战士们迅速前去救火。刘迈克刚跨进门,发现有个人闪进团部银行。刘迈克跟进去阻止,却被黑影用匕首捅倒在地上。刘迈克朝黑影开了枪,黑影倒下了,迈克也慢慢闭上了眼睛。

团部发生了混乱,没有人记得要去哨位上替换下裴晓云。裴晓云马上要被冻僵了,她还是暗暗鼓舞着自己坚守哨位。

以此同时,郑亚茹试图说服匡富春跟她一起回城,但被这位北大荒培养出来的大学生拒绝了。匡富春明白,郑亚茹真正爱的只有她自己……

### 第四集

裴晓云像透明的冰人抱枪挺立在哨位上,她已经被冻僵了,意识也渐渐模糊。这时,她想起了和曹铁强相处的点点滴滴。

有一次,连队在山上施工结束后,所有的人都返回山下,只有裴晓云被郑亚茹留下看没有拉完的东西。出乎意料的是,裴晓云没有半点愠色,反而高兴的像个小孩子。因为,她已经整整七个年头没有洗过热水澡了,现在只有自己,她终于可以痛痛快快洗个澡了。但是,当她端起脸盆准备装雪时,曹铁强出现了,他见山上只有裴晓云自己,主动留下来陪她。当曹铁强意识到裴晓云只想洗个热水澡时,默默为她烧开了水,自己走到了帐篷外。

哨位上的裴晓云眼前渐渐出现了幻觉,渐渐没有了呼吸……

团部仓库的大火被扑灭了,孙政委按名单给同志们发放准迁证,许多知识青年主动要求留在北大荒。念到裴晓云时,无人应答。这时,大家才意识到昨晚郑亚茹没有安排人替换裴晓云,她现在还在哨位上。曹铁强骑马赶到哨位时,裴晓云已经没有了呼吸。

知青们埋葬了刘迈克、裴晓云的遗体,送葬的队伍很长、很长。知青们陆陆续续回城了，但是，北大荒的土地上，已经留下了他们深深的足迹！

    文字整理：张蕊

    资料来源：李顺德、孙周，《今夜有暴风雪（根据梁晓声同名小说改编）》，载于《电视文艺》1984年08期。

## 剧本

<h3 style="text-align:center">《今夜有暴风雪》 第四集</h3>

**1. 哨位上**

  肆虐的暴风雪已经停止，随之到来的是奇寒。整个大地似乎被严寒凝固了，连六号坐标的铁杆也结满了"冰柱"。

  裴晓芸帽子上、眉毛上、衣服上积满冰雪。她像透明的冰人抱枪挺立在哨位上。

  她的心声："……真静啊……暴风雪过去了吗？晓芸，快动一动，对，动一动……"

  被冰雪埋住的双脚没能动一点，身体直挺挺的，只有通过眼睛，才能看出她还保持着清醒的意识，还在思想——她的脸也被严寒凝结了。

  随着远处的火光，隐约传来呼喊声，裴晓芸被惊动了，但她的头已不能转动，只有用眼睛遥望着那个方向。

  她的心声："这么亮啊，……是团部。他还在那儿呀！"

  巍巍的六号坐标。

  裴晓芸眼里放出光彩……

  她的心声："指导员告诉他我站岗了吗？如果他知道一定会为我高兴的……他……"

  画面右方显出曹铁强的形象。

  曹铁强对着裴晓芸说："我从团部开会回来，有话对你说。"

  裴晓芸的心声："有什么话，你就说吧……"

  "有很多话，很重要的话……"曹铁强转身渐渐隐去。

  裴晓芸思考的目光。（心声）："什么话呢？……哦，他说过，不再把我当孩子了，对，他是这样说的……"【回忆】

**2. 建筑工地上**

  曹铁强抡锤，裴晓芸掌钎，一下，一下……

  当曹铁强拄着锤擦汗时，裴晓芸站起，突然发现头顶上悬着一块巨石，她"啊——"了一声，猛扑在曹铁强身上，搂住他，滚出十几米远。

  曹铁强懵了，干活的知青都懵了，过了十几秒钟，裴晓芸抬起身看看那块巨石——仍然纹丝不动，并没有掉下的危险。

  "哈哈……"当众人明白过来，突然爆发了一阵哄笑……小瓦匠笑得最开心。

  郑亚茹面带愠色地看着，一点也没笑。

曹铁强哭笑不得地:"你呀,真是个孩子!"

裴晓芸想不到隐藏在心底的情感,竟这样轻易地暴露在众人面前,而曹铁强他却……裴晓芸尴尬极了,她跑到背人处,捂着脸哭了……

一个知青:"连长,团部让你去汇报施工情况。"

"知道了。"曹铁强笑应着,放下工具,走到哭得十分伤心的裴晓芸身后,劝慰着:"刚才是我不好,别哭了。"

突然,裴晓芸站起来,冲着曹铁强大声地:"我不是孩子!"扭头跑去。

曹铁强略有所感地望着跑走的裴晓芸。

(裴晓芸回忆结束)

3. 哨位上

静悄悄的夜空,月亮时隐时现地穿行云层中。

裴晓芸的眼睛里流出少女的温柔。(心声):"我不怕别人看到我哭,可我干嘛单对他发那么大火?……啊,我的脸红了,红得发烫……"(回忆)

4. 工地帐篷外

施工的人们正准备下山,来来往往地往汽车搬着行李、工具,一女知青跑到郑亚茹面前说:"指导员,汽车一次拉不了。"

郑亚茹巡视着:"好吧,留下一个人看守东西,明早再拉一趟。"

裴晓芸正往帐篷里走去。

郑亚茹:"裴晓芸,你留下看护工具。"

"哎。"裴晓芸习惯性地答应着走进帐篷。

山下,回连队的汽车开走了。

山上只剩下裴晓芸,她目送着远去的汽车。

裴晓芸明显地活泼起来。帐篷前是知青们堆的一个雪人,眼睛没有了。裴晓芸捡起两块煤炭,给雪人装饰了一番,她开心地笑了。

她走进帐篷。她好像第一次成了这里的主人。

帐篷里铺着一排草甸子,只有她的铺盖还展开在墙角上。她站在那儿看着,突然,她好像决定了一件大事,将自己的铺盖搬到最中央。

她看着,欣赏着,她满足地笑了,笑得那么天真。这是她的世界啊。

火炉上的水开了。

她想到要痛快地洗个头,于是解开发辫,拿起脸盆走出帐篷。

她往脸盆里装着雪,一抬头,一个倒在地上的大铁桶,立即深深地吸引住她。

她眼前出现了幻觉,铁桶里装满了热水……

裴晓芸呆呆地看着。

她的幻觉,铁桶下熊熊地烧着火……

裴晓芸扔下脸盆，跑过去把铁桶扶了起来。

她用雪飞快地擦着铁桶。（心声）："洗澡……"

快速转动的手。（心声）："一定洗个澡……"

裴晓芸摸摸桶壁，看看手，还是很脏。

她转身走进帐篷，从书包里掏出曹铁强为她买的那块香皂。

她打开包装纸，把香皂放到鼻子上闻闻（心声）："啊。七年了……"

她又到铁桶旁，用香皂擦起来（心声）："整整七个年头没洗个热水澡了……"

裴晓芸仔细地擦着。

她用力推着铁桶朝帐篷内滚动，汗水已浸湿她的额头。

帐篷内，大铁桶已被垫在三块石头上。

裴晓芸匆匆的脚步。

一堆干柴已堆在铁桶下。

裴晓芸做完这一切之后，坐在地铺上对着小镜子看着脸上的油灰："你这个丑小鸭，再过一会儿，你也会像指导员那样漂亮了……"说完又羞涩地捂着"嘿嘿"笑起来……

她的奢望是那么渺小、简单，只不过是想洗个热水澡，然而，她确是那样的兴奋、纯真……当她又拿起脸盆，匆匆向外走时，忽然一股冷风冲进帐篷，门帘掀开了，曹铁强出现在门口。

裴晓芸先是一愣，继而怨恨地望着这位不速之客。

曹铁强也一怔："怎么了，干嘛这么匆忙？"

"没什么，没干什么。"裴晓芸答应着又恢复了她在众人面前的"自我"。缩回到她原先的角落里。

"只有你一个人？他们都提前下山了？"曹铁强问道。

"嗯。"裴晓芸嗫嚅地问道："你怎么——"

曹铁强："我汇报完了，以为大家还不会下山……你留下来干什么？"

裴晓芸："我……我看守东西。"

"山上又没有贼，多此一举！"曹铁强不满地嘟哝着。

"指导员说需要。"说完，裴晓芸又觉着有些不妥。

"不，不是，是我自己主动要求留下的。"裴晓芸赶快解释着。

曹铁强没再说什么，他环视着帐篷内还没搬完的东西，毅然地："裴晓芸，带着你的东西马上下山，现在还不太晚。"

裴晓芸慌忙摇头："不……留下我，是指导员对我的信任。"

曹铁强不满地嘟噜着："又是指导员……"他寻思片刻："好吧，我来陪你。"说着他把大衣扔在草垫上。

裴晓芸对连长的举动不知如何回答，她失望了，洗澡是不可能了，她低下头摆弄着衣襟。

曹铁强也意识到自己的决定不太合适，他又拿起大衣："如果妨碍你，我——"

"不，不妨碍……"裴晓芸的感情，显然是矛盾的，她为掩饰自己的不安，连忙问道："你还没吃饭吧？"说着从书包里拿出一个馒头。

曹铁强又扔下大衣，把自己的小刀递给裴晓芸。

裴晓芸细心地将馒头切成小片，放在炉盖上烤着。

曹铁强坐在炉边，默默地看着裴晓芸。

烘烤的馒头片在裴晓芸手中不断翻动。

裴晓芸将烤好的馒头片递给曹铁强，然后去倒水。

曹铁强狼吞虎咽地吃着……

裴晓芸脸上露出一丝微笑，这是甜蜜的、满足的笑……

她看到曹铁强吃完了，温顺地："饱了吗？"

"饱还谈不上，只是很香。"曹铁强站起来对着晓芸："可不可以把你褥子底下的草分给我一点？"

"当然，当然可以……"裴晓芸爽快地掀起褥子。

曹铁强过去抱了三分之一的草，放在靠帐篷口的地方："这……不妨碍你吧？"

裴晓芸看了看，不忍心地抱了一抱草放在靠火炉的地方："帐篷口太冷，你还是……"

"不，这儿挺好。"曹铁强靠在柴堆上，摆出一副舒适的样子。

裴晓芸只好默默地坐在地铺上，偷偷地看了看铁桶，遗憾地轻轻叹了口气，从枕头下拿出日记本……

疲劳的曹铁强刚刚和衣躺下，忽然想起什么，坐起来："哎，有毯子吗？"

裴晓芸一声不响地抽出毯子，扔给他。

他站起来，将毯子搭在毛巾绳上，这样形成一道"墙"，将两人隔开。

裴晓芸站在"墙"这边："这又何必？"

曹铁强站在"墙"那边："这样……对我们不是都方便些吗？"

裴晓芸一把将毯子扯下，抛过去，坦然地："盖在身上不是更实用吗？"

曹铁强犹豫了一会儿，不再说什么，将毯子盖在身上，靠着柴堆，默默地点上一支烟吸着……

裴晓芸把马灯拧暗，坐在铺上，又拿起日记本，但什么也写不下去。她双手托着腮，忧郁的目光呆滞地凝视着火炉……

烧得通红的火炉。炉上的水壶"嗞嗞"地响着……这一切对她的诱惑是那么大。她深深叹了口气，脸上现出淡淡的遗憾。

曹铁强漫不经心地问道："你在想什么？"

裴晓芸托着腮，强烈的欲望使她情不自禁地说道："我……真想洗次澡啊……"

曹铁强当时并没有反应过来，继续吸着烟……慢慢烟在手中不动了，他忽然意识到了什么，猛地坐了起来，看着盯住火炉愣神的裴晓芸，然后又把视线移向大铁桶，准备好的木柴、香皂……

裴晓芸还是望着火炉，像是在喃喃自语："七年了，七年没洗过一次热水澡……"

曹铁强的眼睛湿润了。他难过，慢慢把眼睛闭了起来。这是吃惊过后的自责、爱怜、不平！

曹铁强猛地站起来，走到火炉旁，打开炉盖，用铁钩狠狠地捅着炉子。然后抱来木柴，塞满炉膛，火苗顿时蹿起来。

裴晓芸被惊醒，茫然地望着曹铁强的举动。

曹铁强拿起脸盆急匆匆地走出帐篷，端来一盆雪倒进桶内。

裴晓芸还是呆呆地望着曹铁强。

当曹铁强端进来第二盆雪时，裴晓芸明白了，她激动、不安，而手在微微颤抖。但她还是明知故问地："你……这是干什么？"

曹铁强什么也不说，还是端雪倒入铁桶。

"为我？"

曹铁强点点头。

"不，我不洗……"裴晓芸不知所措了："我说着玩儿的，你别当真……"

"你不洗，我洗。"曹铁强头也不抬拨弄着桶下的柴火。

二人沉默着。

雪很快融化了，桶内冒着热气，帐篷内渐渐热雾弥漫。

曹铁强用手试试水温，然后拿起棉袄朝帐篷口走去。

裴晓芸倏地站起来，堵在门口："连长，你既然要洗——"

曹铁强以极大的力量控制着自己。他的眼睛湿润了，他好像有好多话要说，但是没张开口，只是用爱怜、乞求的目光注视着裴晓芸。

裴晓芸微微张了张嘴，把要说的话咽了回去。她从曹铁强的目中理解了一切，她没有勇气拒绝。

二人无言地对视着、交流着，含有说不尽的话语。

曹铁强慢慢转身走出帐篷。

裴晓芸默默地望着曹铁强的背影，……转身又看看大铁桶。

大铁桶里的水越来越热，热气在蒸腾着……

裴晓芸慢慢地脱掉上衣，缓慢地走到铁桶前，将手伸了进去"哦……"

她抽回双手，捂在脸上，激动、兴奋使她浑身在微微颤动……

5. **帐篷外的山上**

雪又轻轻地飘洒起来，没有一丝风，大地静悄悄的。

曹铁强在一棵树下的身影……

6. **帐篷内**

一件件衣服扔在褥子上。

温暖的水蒸气，袅袅升腾着。

裴晓芸浸泡在铁桶内，只有头部露出水面，蒸汽笼罩着她……

"啊！……"

热水浸润着全身的每一个细胞，她快活得想喊想唱……她把头枕在桶沿上，脸像绽开的花朵，无声地笑着、笑着……眼睛里却溢满了泪水。

她向高高的前方望着。在这幸福中，她想到了许多，那一丝丝的欢乐；那艰苦的磨难；那受人歧视的辛酸；那失去亲人的凄凉……还有那无法向心爱的人表白的痛苦……

这许许多多的复杂情感，七年来的辛酸与欢乐，使这个孤苦的小姑娘哭了……这哭声仿佛像她走过的生活道路一般，充实在这小小的帐篷里，又回荡在这苍苍茫茫的雪夜之中……

歌声起：

生活啊生活，严峻的生活，
默默地陶冶着小草的品格，
风吹雨打，冰雪埋没，
啊，小草啊小草，
渴望着微薄的欢乐。

生活啊生活，难忘的生活，
悄悄地造就了生命的强者，
眼泪滋润，扎根角落，
啊，小草啊小草，
染绿了迟到的春色。

### 7. 帐篷外

透过帐篷的窗口，裴晓芸双手捂着脸在哭着，随着哭声，我们看见小河边的孤舟，工程连外的小松树，茫茫的雪原……

### 8. 帐篷内

月光洒在裴晓芸的床上。裴晓芸已安然睡去。她的脸上还挂着泪珠。

曹铁强守在火炉旁，炉火映红了他的脸庞，他慢慢起身，轻轻来到裴晓芸身旁，将毛毯盖在她身上。

曹铁强轻轻跪下，默默地长久地注视着这张并不算好看，但充满纯真、稚气的脸……

曹铁强抬手慢慢伸向这张脸，想把两颗泪珠擦掉。手愈来愈近了，忽然，手又停下来，轻轻地收了回来。

曹铁强站起来，留下了甜美的笑。

（裴晓芸回忆结束）

### 9. 哨位上

"……哦……"裴晓芸的心声："……他知道我在站岗吗？……"

### 10. 救火现场

烈火现场，曹铁强正在指挥救火。

### 11. 哨位上

裴晓芸的心声："……哦……他会来救我吗？……"

## 12. 救火现场

仓库里，指挥救火的曹铁强突然被一根倒下来的木梁砸倒。

## 13. 哨位上

裴晓芸的心声："……哦，好冷啊……"

裴晓芸的脸上渐渐出现暖色的橘光。

紧接着画面下方出现冉冉上升的水蒸气，环绕着裴晓芸。

裴晓芸的心声："哦……好热，好热的水呵……是他烧的吗？"

"一定是他！"

"是他！"裴晓芸的目光在寻找着："他来了！他来了！……"

## 14. 裴晓芸的幻觉

红色的——曹铁强呼喊着："我来了……"向裴晓芸跑来；

绿色的——伸开双臂的曹铁强；

黄色的——呼喊着的曹铁强；

裴晓芸的双手伸向远方，在她身后升起极亮的光环，她的心声："我在这儿……"

## 15. 哨位上

漆黑的夜空，裴晓芸面向苍天，像座冰雕的塑像矗立在洁白的大地上，那样威严，肃穆，那样冰清玉洁……

一切又如故了……

## 16. 仓库

天亮了，救火现场，一片狼藉。

烧光了，该烧的都烧光了……

这里到处是烧焦的门窗、木头。有的还在冒着青烟，有的继续断裂向下塌陷着。只有那些基石，经过大火的洗礼，还依然挺立在那里。

突然传来画外音：

"我现在开始办公，你们必须按照我的要求站成两排……你，站在左边；你，站在右边；你，左边，你右边……"

## 17. 废墟上

孙政委精神极度疲惫地默默伫立在废墟前。团长步履沉重地走近他的身旁，"我的检查已经写好了，放在我的办公桌上，我接受组织对我的任何处分……"

孙政委："老马，想起许多往事，我也惭愧。许多错误往往是不能一下子认识到的；但一次严峻的事态发生后，便会使人猛醒……"

马崇汉这个声高、气粗的硬汉子，此刻也启开了感情的闸门，十分动情地："这次的混乱没有到了不堪设想的地步。我……感谢你!"

孙政委目光深沉地注视着马崇汉:"老马,我们在任何时候都不要把个人的作用估计过高,结合时代的错误来认识我们个人,也许更能使人清醒些。我想,问题不在于阻止返城,而在于认真总结各方面的经验教训,把它记在边疆农垦的发展史上,以求将来更大的发展。"

话音刚落,右排人吵嚷起来:

"这是什么意思,有没有个先来后到的?"

"我们早就等在这里了!为什么左边的优先?"

"别以为公章在你手里,就可以独断专行!"

"还分左中右吗?现在不兴这一套了!"

……

军务股长用冷淡的目光扫视着右排的人群,严肃地说:"你们睁大眼睛看看,看看左排的每一个人,再看看你们自己?"

右排的人。一齐向左排望去,只见每一个人脸上、身上、脚上都有救火留下的不同痕迹。而他们自己却穿戴得整齐暖和,显然是没有参加这一壮举的知青。

吵嚷声顿时消失了。右排的人自惭地低下头,再不好意思争抢了。有的人悄悄地退出礼堂。

军务股长:"现在说清楚,如果有谁再大喊大嚷,我建议,将他轰出去!"他拿起卡片说:"先从工程连办起……李庆丰……"

被叫到名的人,一个个走上台去。

单书文看到领到档案的人一个个兴高采烈的样子。他脸上露出淡淡的忧郁和不满。

他默默地听着旁边人们的谈话:

"你是哪一年来的?"

"七一年。'一片红'那一年。"

"'一片红','一片红',从城市走得干净,也从北大荒走得干净……四十万啊,不知能留下多少?"

"想不到,我们会是这么离开的……都走了,怕是今年开春连小麦、大豆都种不上了……唉,想想也真是有点觉得对不住北大荒!"

小瓦匠说不上是什么滋味,他扭过头去,想避开这令人心乱的谈话。

忽然,他看见礼堂门口,弟弟走进来。

弟弟穿着过于肥大的军大衣,脸上干干净净,他已发现单书文,便径直朝他走来。

小瓦匠脸上露出难堪、甚至厌恶的神色,赶紧扭过脸去,装作没听见。

排队的人,也一齐把眼光投向弟弟。

弟弟走到单书文跟前,叫道:"哥哥……"

小瓦匠猛地转过身,叫道:"别叫我哥哥!"

弟弟吃惊地不解地瞪着他。

小瓦匠怒气冲冲地:"你……你不是我弟弟,给我滚出去!"

"我……怎么啦……"弟弟疑惑地问着。

"我揍你!"小瓦匠猛地抓住弟弟,使劲一推,弟弟跌倒在地上。

这时候曹铁强走进来。他喝道："小瓦匠，你疯了！"

一个知青赶忙上前扶起弟弟："现在办理手续，都是救过火的，你……待会儿再来吧，啊。"

弟弟呆呆地望着哥哥。他慢慢地一颗颗解开军大衣的衣扣。军大衣从他瘦窄的肩膀上滑落在地上，露出来的几乎是烧光的破棉袄片，棉裤也是一缕缕的，用包皮电线勉强地连在皮带上。

静默。庄严的静默……

小瓦匠怔住了。

大家都被这一景象惊呆了。

弟弟瞪着小瓦匠，眼里含着委屈的泪水。

曹铁强拾起军大衣给弟弟披上："这是老政委命令他穿的。"

小瓦匠眼睛湿润了，他默默地走到弟弟跟前，慢慢地为他扣上衣扣……

### 18. 废墟上

军务股一干事来到孙政委面前报告说："政委，有三十九名知识青年主动要求留在北大荒。"孙政委接过档案袋，好像捧着一块金子，他落泪了。"不，……也许会更多……"

### 19. 团部礼堂

军务股长点名的声调提高了一些："杨来光——"

这里又开始乱起来，有的领到准迁证，高兴得又跳又笑，有的互相议论着回去的打算……

军务股长还在点着名："……裴晓芸……"

在礼堂一角的曹铁强、小瓦匠抬起头来。

"裴晓芸来了没有？"

军务股长继续点名："王小平……李庆唐……"

曹铁强忍着伤痛站了起来。在人群中寻找着。

小瓦匠似乎也感到了什么……

曹铁强在人群中见到郑亚茹："看到裴晓芸了没有？昨晚你没回去？"

郑亚茹毫无反应地擦肩而过，两眼木然地直视着前方。

曹铁强继续在人群中寻找起来。

瓦匠也开始在人群中寻找起来。

郑亚茹茫然若失地在人群中下意识地穿行着。

曹铁强失望而又焦灼地走出礼堂。

### 20. 礼堂外

曹铁强翻身上马。

### 21. 礼堂里

郑亚茹继续梦游般地在人群中走着，突然，她大叫了一声，呆若木鸡地立在了那里。

众人惊呆了，都回头看着她。军务股长放下了手中的卡片。

瓦匠不顾一切地朝着郑亚茹挤过去。

人们将郑亚茹围了起来。

22. **雪原上**

曹铁强骑马飞驰。

23. **团部礼堂内**

礼堂里空了，只剩下郑亚茹孤零零地呆站在那里。

24. **六号坐标　哨位上**

太阳升起来了，白桦林在阳光的照射下显得格外圣洁。六号坐标矗立着，四周没有一个人。

远山。曹铁强呼唤着裴晓芸的名字奔了过来。他在白桦林中叫着，找着，突然，他像发现了什么，两眼直盯着远处的一棵白桦树。

裴晓芸靠着白桦树干的背影。

曹铁强向裴晓芸跑去。他来到裴晓芸身旁，急忙转到她的面前。他怔了，痴呆地张着嘴。

只见裴晓芸纹丝不动地挎枪僵立在哨位上。她面对黑龙江，大睁着双眼，脸上浮现着神圣不可侵犯的胜利微笑……一身雪白晶莹的霜柱，使得她像一尊无比圣洁的冰雕雪塑的雕像。

曹铁强突然疯狂地捧起一捧雪，仿佛想立即揉搓、抢救那冻得僵硬的躯体，但刹那间他又绝望地双膝跪倒在裴晓芸面前，手中的雪粉，纷纷扬扬地从十指间飘落下来……

无声的裴晓芸。

静静的白桦林。

寂静的大草原。

默默的，不知何时赶到的，站满了白桦林间的知识青年们。

静，出奇的静，静得空气都凝固了。

曹铁强仿佛听到裴晓芸在说："有什么话，你现在说吧！"

"晓芸——"曹铁强满脸泪痕，撕肝裂胆地呼喊。

"裴晓芸——"兵团战士们悲愤地呼唤。

裴晓芸的名字响彻年轻的白桦林，响彻广袤的雪原，响彻高远的蓝天……

25. **雪原上**

人们抬着刘迈克、裴晓芸的尸体，走在茫茫的雪原上。送葬的队伍很长，很长……

雪原上回荡起孙国泰深情、庄严的画外音：

"孩子们，兵团将士们，这是我最后一次这样称呼你们了！你们就要走了！在这庄严的时刻，你们的战友、两位最优秀的兵团战士献出了宝贵的生命！他们就是裴晓芸、刘迈克，他们死得英烈，死得神圣！他们的死，升华了兵团战士的称号；他们的死，为兵团历史树起了一块永远值得骄傲的丰碑……"

随着画外音，以曹铁强、小瓦匠为首的兵团战士们含泪默默地抬着裴晓芸、刘迈克的尸体，默默地行走……

兵团战士们排着队传递铁锹、悲痛地往两座坟上填土……

郑亚茹跪在裴晓芸坟前，悔恨、内疚折磨着她的心灵，她痛苦着，捧起一捧黄土，添在坟上……

一块纪念碑树在六号坐标前面，上面刻着裴晓芸、刘迈克的名字。饰有交叉麦穗和枪托举着一台拖拉机的浮雕……

孙国泰的画外音：

"'兵团战士'这个称呼是值得你们感到自豪的称呼，也是值得和你们没有共同经历的同代人、下几代人充满敬意的称呼！今天，我代表北大荒，要大声地对你们说，感谢你们——兵团战士们！"

## 26. 团部大院

大院里站满兵团战士，他们激动地听着……

画外音继续：

"因为你们，在北大荒的土地上，留下了垦荒者的足迹！因为你们，今天要回到城市去从事伟大的四化建设，而不是，要跑到黑龙江那一边去！"

## 27. 北大荒雪原

北大荒雪原上，知青们艰难地跋涉：

一眼望不到边的麦浪；

联合收割机，壮观的收获场景……

画外音：

"你们是有功绩的！也许，这功绩不见得会被书写在历史上，但它会被历史所公正地承认的！你们要离开北大荒了，生产建设兵团的历史结束了，但开发和建设边疆的事业并没有结束，永远也不会结束！我相信，今后，当社会评论到你们这一代人中最优秀的青年时，会说到这样一句话：'他们曾在北大荒生活过，他们虽然有过彷徨和迷惘，但，他们毕竟是党培养的青年。'"

## 28. 团部大院

院子里的兵团战士，有的流下了热泪，有的昂起头，紧咬着嘴唇在思考……

## 29. 医院产房里

秀梅的孩子落地了，哭叫着；秀梅接过孩子，紧紧抱在怀中……

画外音：

"我更相信，不久的将来，会有更多更多的热血青年，会自觉自愿地、满怀豪情地投入

到北大荒的怀抱，因为北大荒是祖国富饶的土地，因为北大荒的胸怀是最宽广的，因为北大荒的未来是属于青年一代的！"

孙国泰的声音在北大荒的田野上，在大城市的上空回荡……

### 30. 工程连外　公路旁

人们开始返城了。来来往往的人默默地往车上放东西，人们的脸上都流露出一种恋恋不舍的神情。老政委在给知青们送别。

知青们："老政委，别送了！"

"回去吧！"

"我们会来信的……"

孙国泰站在路边，目送渐渐远去的一辆辆满载知青的大客车……

一夜之间，他显得苍老了，消瘦了，扬起的手臂，好久好久才慢慢放下，他那深邃的目光里含有一丝淡淡的哀愁和一种失落感……

### 31. 吉普车内

马崇汉微闭着眼，颓唐地靠坐在后座上。他那身崭新的军装上也有救火留下的痕迹。司机透过窗玻璃看到站在路旁的孙国泰，扭回头问道："团长，老政委在前边，停车吗？"

马崇汉闭着眼睛，没有任何表示。

司机转过头："团长，——"

马崇汉仍闭着眼轻轻摇了摇头："……我不再是团长了……"

司机不满地猛一踩油门，吉普车加速驶去。

### 32. 公路旁

吉普车从孙国泰身旁飞驰而过，扬起一团雪雾。

军务股长抱着一摞档案站在孙国泰身旁，目视着远去的吉普车："老政委，团长走了，没打招呼？"

"这倒没必要……"孙国泰脸上掠过一丝冷笑。

军务股长："听说上级批准了他的转业报告，他要到地方上去……"

"但愿他能正确地总结一下教训，免得地方上也不得安宁……"孙国泰目视着远去的吉普车，感慨地说着。

在雪原上奔驰的吉普车，渐渐变成了一个小黑点。

### 33. 团部附近的雪原上

郑亚茹身背挎包，一个人面对着茫茫雪原，呆站着……

微风吹拂着她腮上的眼泪。

她极其悲痛的心声："晓芸、迈克……饶恕我吧……"

沉默良久，她慢慢跪在雪地上，掏出一只搪瓷茶杯放在地上，双手颤抖着捧雪装在茶杯里。然后，她缓慢地站起来，深情地看着捧在手中小茶杯里的雪……

曹铁强来到郑亚茹身边。郑亚茹注意到曹铁强的到来，抬头看着他；曹铁强却避开郑亚茹的目光，向雪原深处望去。在他身上，我们看到了一种主人感。

曹铁强："……再看看北大荒吧……作为共同生活过的战友，我了解你。我相信，你是眷恋北大荒的，还记得刚来时的北大荒吗？现在它变了，它是通过我们的劳动改变的。你要走了，我没有别的话可说。过去的路是坎坷的，当我们提起北大荒的十年历史时，不要抱怨、更不要诋毁。我们付出和失掉了许多，但是，我们得到的比失去的更有分量。多保重吧！"

两人面对着雪原上的太阳，相互凝视了片刻。曹铁强伸出了手，郑亚茹也伸出了手，两只手紧紧地握在了一起。

曹铁强转身疾步离去。

### 34. 公路旁

人们都忙着上车了。唯有小瓦匠站在雪地里，望着远方。

弟弟："哥，快上车，车要走了。"

小瓦匠突然冲着弟弟开了火："你喊什么？你又不是三岁的孩子，还要我陪着你！"说着他又转回身望着雪原，喃喃地："……我再看看……"

弟弟莫名其妙地看着哥哥，上了车。

马车开始走了，小瓦匠一步三回头地跟着马车走着，最终还是坐到了车上。

### 35. 十字路口旁

一辆大卡车停在路旁，知青们就要坐车离去了。

瓦匠也在人群中忙着，他不时回头向后望去。

几个知青走过，只见郑亚茹一个人面对着雪原呆站着。她背着黄书包，一手里还是端着那个大茶缸。

知青们大都上车了，一女知青叫道："指导员，上车吧！"郑亚茹好像没听见似的依然伫立着，女知青沉默了片刻，回头上车了。

郑亚茹手中缸子里的雪化了。雪水滴落在大地上。郑亚茹呆呆地眺着茫茫的雪原……

### 36. 汽车里

车上的知青此刻和郑亚茹一样，沉默而伤感……知青们通过开着的车门朝外望着，瓦匠也望着。

车门外的雪原格外的洁白。

司机也被感染了，他慢慢回头向郑亚茹望去。

呆站着的郑亚茹。

司机将汽车发动。

刚才叫郑亚茹的那个知青，急忙站起来想叫车停住，小瓦匠轻轻将她拉住："……后边还有一班车。"

女知青理解地坐下了。

车轮转动了，它碾碎了公路上的雪……

车上的人们一齐把视线集中到还敞着的车门口。

车门终于"呼"地一声关上了。

车上顿时响起一片哭声，瓦匠也忍不住恸哭。

郑亚茹呆立在十字路口。她好像感到了什么似地回头远望。

荒原上，天地之间，她看见曹铁强威武的身影正朝她走来。

一个人，两个人，四个人，六个人……

站满天地之间的人……

37. 黑色衬底

黄书包。旧茶缸。徐徐现出演职员表……

    文字整理：张蕊

    资料来源：李顺德、孙周，《今夜有暴风雪（根据梁晓声同名小说改编）》，载于《电视文艺》1984年08期。

# 走向远方

首播时间：1984年

首播电视台：湖南电视台

摄制单位：湖南电视台

编  剧：孙卓、王宏

导  演：王宏

摄  像：杨蔚

照  明：张诚、王亚辉、赵斌

主  演：陈剑飞、郑铮

获奖情况：第五届（1984年度）中国电视剧"飞天奖"单本剧一等奖、优秀编剧奖、优秀照明奖。

**剧情梗概：**

兴华机械厂是一个劳动密集型的街办小厂，在激烈的市场竞争面前，即将被淘汰。厂长周梦远决定对其进行大刀阔斧的改革。

在极其艰难的条件下，周梦远决定接受熨金机的生产，但是，兴华显然不具备生产熨金机的条件。周梦远向张教授保证，将在五天之内完成兴华的人事改革，逐步向技术密集型工厂转变。

　　李桂英是兴华厂的老厂长，也是周梦远的干妈，她对兴华、对梦远感情都很深厚。但是，她坚决不接受让她们这些老姐妹退休的建议，甚至扬言要领人去情报公司闹，阻止引进熨金机。副厂长李伯雍决定牺牲自己，迎娶她的女儿杜建英，治好了她的一块心病。李桂英终于决定安然退休了。这时的郑伯雍并没有意识到杜建英是一个有着金子般闪亮心灵的姑娘，她一直深深爱着郑伯雍，并悉心照料着郑伯雍的瘫痪父亲。

　　何茹是一个热情泼辣的电大毕业生，也是郑伯雍的昔日恋人。她凭借自己的知识和技术进了兴华厂，受到了周梦远的重用。并且在她的巧妙周旋下，为熨金机打开销路立下了汗马功劳。兴华厂终于扭亏为盈了。就在工人们合计着年底分红会有千把块钱时，尝到重视情报信息甜头的周梦远决定利用这笔钱成为情报公司的股东。这一决定在兴华厂引起了轩然大波。在副厂长曹诚的鼓动下，厂里决定投票决议此事。本来没有任何胜算的周梦远在杜建英的帮助下顺利达成了愿望。这时，何茹爱上了果断干练的周梦远。周梦远心里明白，这是一种不成熟的爱，真正理解自己的那个姑娘，是已经嫁作他人妇的杜建英。

　　为了推行新的管理方法，周梦远让曹诚和何茹各自承包一个部门，根据盈利额给工人利润提成。曹诚先下手抢了技术成熟的熨金机，把需要技术开发支撑的 A—3 留给了何茹。最终，A—3 的利润率超过熨金机的两倍以上。心里不平衡的曹诚怂恿李桂英的儿子杜建国带头闹事，周梦远不徇私情，开除了杜建国。想不开的杜建国自杀了，周梦远陷进了深深的自责中。

　　他辞别了昔日并肩战斗的工人们，把工厂交给了刚刚学成归来的郑伯雍。这时，感情已经成熟的何茹猜到了周梦远的去向，义无反顾地朝着这个自己深爱的男人奔去……

　　　　　　　　　　文字整理：张蕊
　　　　　　　　　　资料来源：根据优酷网提供的视频完成文字整理。
　　　　　　　　　　具体参见 http：//www.youku.com/

## 剧本

### 《走向远方》

**一**

　　是的，这的确是个激动人心的场面！
　　张灯结彩的大厅中掌声雷动。兴华机电公司总经理郑伯雍高举起泛着泡沫的酒杯：
　　"……同志们！朋友们！来宾们！来，为我们这次产品展销和订货会议的圆满结束，为我们今后的长期合作和将要取得的新的成功，干杯！"
　　他，西装革履，潇洒大方，谈笑风生地向着我们走过来了。所有的人都望着他，用钦佩的、艳羡的、惊叹的眼光望着他，望着这位年仅三十五岁的总经理。
　　频频的碰杯声、祝酒声、笑声……
　　他仿佛是走在用荣誉和鲜花铺洒的道路上……

引人注目的荣誉席。

在这里就座的都是已经退休的老年女工。她们是这个公司的前身——兴华机械厂的元勋。李桂英坐在最显眼的位置上，她惊异地环视着周围，似乎对这一切难以置信。杜建英和曹诚在为她们敬酒、递食物，陪着她们谈笑……

这些人物都将在我们的剧中出场，我们将随着他们一起体验在一场伟大深刻的变革中种种人的喜怒哀乐……

大厅后面的一角。

在高低参差的人影间隙中，突然显露出一张会给人立刻流下深深印象的脸。这是周梦远，他伫立在一个不惹人注意的角落里。

他的下颏，男子汉的粗犷有力的下颏。

他的眼睛，经历过痛苦的眼睛。正是这双眼睛，使他的整个面孔显得刚毅而深邃。

他的衣着十分普通。是的，和郑伯雍相比，真是太普通了！

他异常感慨和欣慰地望着眼前的一切，但眉宇间又分明渗透出某种深藏在心底的痛楚……

白色的西装，苗条的身影，她轻盈地穿过人群，这是何茹。

她向郑伯雍请示："总经理，开始吧？"

郑伯雍点点头。

她朝大厅对面做了个优雅的手势。于是，圆舞曲訇然而起，立刻把人们的情绪推向了高潮。裙裾鲜艳的姑娘们随着各自的舞伴在大厅中央旋转起来……

李桂英推推身边的女儿，似乎在示意，让她去参加舞蹈。杜建英的脸红了，她连连摇手。

李桂英用手指点点女儿，开心地嘲笑着她的窘态，然后她扭转头兴趣盎然地观看着一对对闪过眼前的年轻人……

又是周梦远那张刚毅、深邃的面孔。

又是谈笑风生地走在代表们中间的郑伯雍。

镁光灯令人目眩的闪光——这是记者在抢郑伯雍的大笑。接着，记者走上前来："总经理同志！你们取得的成就，确实令人振奋！现在，你能不能谈谈过去呢？听说，仅仅三年前，你们还不过是个小得可怜的街道工厂？"

"干吗要谈过去呢？我不愿意谈过去！"

仿佛被触痛了某种记忆深处的创伤，郑伯雍情不自禁地皱起了眉头。但当他意识到这使对方很难堪的时候，便语气缓和地补充道："哦，谈起过去，会使我想起许多今天不在场的朋友。他们的遭遇将会……破坏您的情绪。我们还是谈明天吧！我的一位永志难忘的朋友说过：'只有明天，才是具有诱惑力的！'"

大厅后角。周梦远深深地叹了口气,感慨万千。

大厅中央。何茹洒脱地旋舞着。

周梦远为之一动,目光紧随着她的身影。

又是何茹。她容光焕发,楚楚动人。

又是周梦远。他的眼睛里满溢出难言的隐痛。

突然,两人目光相遇。何茹触电般地停下来,呆呆地望着他,望着这个自己曾经热恋过的男人。

"何科长,您怎么了?不舒服了吗?"她的舞伴,一位年轻漂亮的来宾关切地询问。

"哦,不,我……突然想起一件事,对不起。"说着,她已经甩下那莫名其妙的男青年,不顾一切地拨开眼前旋转的人们,向大厅后角挤去……

然而,周梦远已经不见了。

何茹在人群中挤着,钻着,踮起脚四处张望着。她那么焦急,那么激动。

过去的一切,又那样真切地浮现在她的眼前……

## 二

几台车床和钻床静静地躺在破旧的厂房里,但手工抛光机和手工冲压机却还在刺耳、沉闷地响着。

三五一堆的老婆婆和中年妇女们,在李桂英的带领下,正在给汽车油箱盖抛光、上漆。而在车间那边,小伙子和姑娘们则跟着副厂长郑伯雍,为油箱盖下料、成形……

"哎呦!"接着是"哐当"一声,杜建英不小心摔倒了。箩筐里的油箱盖撒了一地。

"蠢东西!摔着没有!"李桂英忙停下手里的活,搀起自己的女儿。她的骂声中带着一种明显的母性疼爱的语调。

"没……没什么。"杜建英揉着膝盖。她好像很怕人们意识到她的存在。

"你呀,丢人现眼的……"李桂英恨铁不成钢地狠狠白了她一眼,转身风风火火地往回走,一边亮开大嗓门,对那些看热闹的人喊道:"有什么好看的?快干活!"

杜建英默默地拣起一个个的油箱盖,她的眼眶里不知什么时候已注满了泪水。她,是那种让人一看就会产生同情的老姑娘。

"喏,这就是长风机械厂的新产品。"曹诚站在手工冲压机旁,右手拿着一个带锁的油箱盖,左手拿着一个才成形的毛坯比划着。随后,他将左手上的毛坯一扔:"咱们这玩意儿又完蛋了!"

郑伯雍靠着机器默默地抽烟,他显得沉着、老练。

"副厂长,你看怎么办?这几天我连吃奶的劲都使出来了!可跟人家说什么也都不管用……"

"好,你去通知杜建国他们再加一个班。"郑伯雍答非所问地做出了决定,"我们得把最后这批产品尽快脱手!"

曹诚一听就不乐意:"还是你去吧。"

"你就说,是周厂长让他们加班!"

### 三

"这就是我们综合国内外技术资料,设计出来的八开三速熨金机。"新潮科技情报开发股份公司的张教授,非常自信地指着"缩微阅读器"上的图像介绍说:"目前国内只有上海、重庆、宜昌三个厂家生产熨金机,但他们的产品都是单速的,无论在性能和价格上都无法与我们相比。生产我们设计的这种熨金机,肯定有广阔的市场……"

在一旁听他讲话的,都是些机械制造行业的厂长们。周梦远站在最前面,由于他身穿一件油渍斑斑的工作服,又是年轻,所以格外引人注目。

"请问,何以见得呢?"周梦远显得有些激动,颇为唐突地打断了张教授的话。

"因为,"张教授瞥了他一眼,淡淡一笑,"国民经济正处于调整时期。虽然机器制造业普遍不景气,但印刷机械行业却遇上了黄金时代!为了对付日趋激烈的竞争,轻工业不但要提高产品的内在质量,而且还要努力改善产品的外观和包装。根据我们……"

"好!张教授,我们兴华……"

"小伙子,请你等我说完再插嘴。"张教授还是那样沉着,但语气中已隐隐带有几分讥讽,"干我们这一行的,通常都是很讲究效率的。"

"可是,我已经用不着您讲解宣传了!我们厂决定接受熨金机的生产!现在,您是否可以谈谈转让技术的条件呢?"

张教授重新打量了一下这个年轻人:"你是哪个厂的?"

"兴华机械厂。"

"你们的厂址在……"

"城东麻石巷。"

"哦。如果我没搞错的话,你们是个街办小厂,对吗?"

"哄"地一声,在场的厂长们都笑开了。

这极大地损伤了周梦远的自尊心。他转过身毫不客气地说:"是的!我们是个街办小厂!但是,各位国营大厂的厂长们,你们有谁敢在这里当场拍板,接受熨金机的生产呢?你们有谁不经过一系列扯皮打架的会议就能够决定新产品上马呢?我敢说我能够!这就够了!"他重新转过身来:"怎么样?张教授,我们可以进行下一步洽谈了吗?"

张教授很感兴趣地望着他……

### 四

一股水柱,猛地朝曹诚铺头盖脸地冲来。接着,就是一阵哈哈大笑。

"杜建国!我操你妈!"曹诚狼狈地用双手护着脸,大声骂道,可语调是亲切的。

这时,车间后面的水龙头边,以杜建国为首的小伙子们一个个只穿着短裤,正在洗冷水澡。像这样的街道工厂是没有澡堂的,一天的劳动之后,生活的另一部分总是由此开始展示出来。

"喂!把长子的衣服扒了!"杜建国甩掉手里的皮管,笑着扑上去。

"对!让他也洗洗!"

"长子哥！别客气啦！"

"每天一个冷水澡，包你不得感冒！"

小伙子们兴奋地围上来。

"别闹了！别闹了！"曹诚好不容易才挣脱出来，赶紧跳到一边，一本正经地说："杜班长！老太婆们干不动，叫你们再去加个班！"

出现了突然的静场，紧接着就爆发开了：

"这算怎么回事？不去！"

"干了一个通宵，还要加班，不要命了！"

"这群该死的老太婆！"

曹诚双手一摊，做了个不得已的苦相："行了，行了，我还愿意让你们加班吗？"

"你整天在外面吃香的，喝辣的，当然愿意我们加班了！"

曹诚讨了个没趣，连忙把杜建国拉到一边，小声说："这可是梦远的意思！"

"……"正待全面发作的杜建国突然压住了火。

"真的，不骗你！"

"他怎么说的？"

曹诚觉得有希望了，忙掏出烟递上一根，同时神秘地："他让我告诉你，给他个面子。"

杜建国咬咬牙，一把抢过曹诚手上的那包烟，朝小伙子们一丢："每人一根！走，加班去！"

## 五

电子计算机旁。

"喏，请编入程序。"张教授将周梦远填好的申请表递给正在操作的工作人员。

屏幕上很快显示出了结果。

"懂德语吗？"张教授指着屏幕问。

周梦远摇摇头。

"你今年多大了？"

"三十一岁。"

"老三届的？"

"嗯。"他已经从张教授那略带同情的眼光中预感到结果不妙，但仍尽量显得轻松诙谐地说："张教授，您不是很讲究效率的吗？"

张教授苦笑了一下："周厂长，我很高兴能认识你。但我只能告诉你，你们厂的有机构成不合理。你们只适宜生产、加工小配件。所以，烫金机不能给你们厂。"

"请问，什么样的有机构成才合理呢？"

"简单地说，像你们这样的厂，就是要变目前的劳动密集型为技术密集型。"

周梦远一怔："就是说，要动大手术，我们才能生产烫金机？"

"我可没有这样的意思。好了，我们都很忙，再见！"

"张教授！我们厂到下个月，就连工资都开不出来了！"周梦远低下头，被深深的耻辱压得透不过气来。

"但我们不是慈善机关,我们的科研成果必须交给最适合生产它的厂家。而且,这不是一般的咨询,如果厂家不能盈利,我们是要负责赔偿的!"张教授取下眼镜擦了擦,语气低沉地:"生活很残酷。是吗?周厂长?"

周梦远像是突然做出了一个有关人生的重要决定,他平静地一字一句地问:"能否给我一点时间呢?"

于是,他们面对面地站住了,张教授很贴近地看到了对方那刚毅坦然的、黑亮黑亮的眸子……

### 六

"喂!孟大妈!今天厂里加班,吃送饭——,给你儿子送点好的去呀!"

静静的麻石巷里,响起李桂英高喉大嗓的喊声:

"喂!各家各户注意了!今天厂里加班,吃送饭——,给送点好的去啊!"

"知道了,知道了——"

"李大妈!我刚买了香干,你拿点去!"

"不了!"李桂英拖着疲惫的步子,边走边打招呼,声音里充满了一个劳动妇女的自豪感。

隔着狭窄的巷子,对面的窗户赶紧关上了。

这是何茹的家。

何母拴上窗户插销:"哼!这是故意气我们!小茹啊!我再跟你说一遍,不许跟兴华机械厂的人来往!你是电大毕业,将来还怕找不到比郑伯雍强一百倍的男人?"

何茹正在洗脸。显然,她刚刚从外面回来。

"哎,见到你舅舅了?"何母走上来,顺手端起了脸盆。

何茹把毛巾往脸盆架上一搭:"见着了。舅舅说,让我进兴华厂!"

"啊?!"何母的嘴巴变成了鸡蛋型,"他真这么说?他就不能给你找个别的工作?"

"舅舅说兴华厂有前途!还说让你去求求郑伯雍!"就像是要故意气气妈妈,娇惯了的何茹翘着小嘴,踏着优美夸张的舞步,"格登格登"地走出去了。

何母发呆的脸。

### 七

"来,多吃点!"

破旧的厂房里,工人们正围在一起吃午饭。李桂英把一大勺炒肉片倒在儿子杜建国的碗里,随后在撅着嘴的建国头上打了一巴掌:"年纪轻轻的,加个班怕什么?我五八年那会儿,三天三夜不睡觉,也是常有的事。"

说着,她转过身来提高了嗓门:"我说大妈大嫂们!吃完饭要加紧干!厂子是大家的,有困难得大家一起来克服!"

"放心吧!李大妈!"

"李大妈!你也快吃点吧!"

"李大妈！这炒肉片要不要大家一起来克服呀？"小伙子们则趁火打劫地围上来。

生活是艰难的，但气氛是热烈和谐的。

烟雾弥漫的保管室里。周梦远和郑伯雍的谈话似乎已进行很久了。

"……别人还好办，可李桂英呢？她对你我是有恩的啊！六六年你父母自杀后，是她收养了你……"

"干吗谈过去呢？只有明天，才是具有诱惑力的！"周梦远狠狠地吸了口烟，冷冷地打断了郑伯雍的话。

"我并不想谈过去，只是想提醒你，硬干会要大伤感情的！千百年来，中国人把感情看得比理智更重要！"

这时，门被轻轻地推开了，杜建英端着饭菜轻轻地走进来。

"建英，来，我们一起吃！"周梦远接过碗筷。

"你们忙吧。"建英低着头轻轻地说，又轻轻地走出去了。

周梦远感情复杂地望着她的背影。他突然有了主意，于是坚定地说："好了，别争了！那种依靠一种街邻感情来维持生产的时代已经过去了！至于李桂英，我有办法对付她！"

"决定了？"

"决定了！"

郑伯雍无力地朝后一仰："兴华机械厂艰难的日子开始了！"

## 八

黄昏。郑伯雍家，饭菜已经摆好了。

"不逢年不过节的，何必这么破费呢？"李桂英端着酒杯，喜滋滋地对郑伯雍和他瘫痪的老父亲说。

"这是伯雍的心意。"坐在轮椅上的瘫老人笑眯眯地举起杯。

郑伯雍也客气地："老厂长，早想请您吃顿饭，一直没时间！"

"那我就不客气了！来，干！"李桂英哈哈笑着，一仰脖灌下了一杯白酒。

瘫老人高兴地抿了一口酒："应该的！应该的！别说是伯雍该孝敬你，就是我，要不是多亏了你家建英天天来照看，只怕早就……"

"噢！说到这个死鬼，我倒想起件事来了！"李桂英放下筷子站起来，伸手在瘫老人身上比划起来："郑伯伯！建英给你买了毛线，要帮你打件毛衣，她让我量个尺寸……"

"哎呀！这怎么敢当？建英呢？她怎么不来？"

"嗨！这出不得众的死鬼！伯雍一在家，她就不敢来嘛！"说着，她好像想起什么："伯雍，你和建英吵过架？"

"没有啊！"

"唉，伯雍啊！你要是把对我的这片心用一半在建英身上，我就谢谢你了！她都三十岁了，你就帮她找个对象吧……"

瘫老人颇有同感地点着头："该找了！该找了！"

"嗨！提起这死鬼我就有气！她把我这张老脸都丢尽了！正正经经的小伙子谁愿要她呢？"

"那件事不能怪建英!"郑伯雍很认真地说:"谁都知道,建英是受了那个流氓的骗。老厂长,这事您别着急。现在是八十年代了,年轻人对这种事情的看法不同以往了!"

李桂英突然用一种异样的眼光望着伯雍:"伯雍,你不是早跟何茹断了吗?"

伯雍心事重重地苦笑着,没有说话。

"呃,是她妈不同意。"雍老人赶忙说明。

"那不就完了!"李桂英两手一拍,哈哈笑起来:"我看伯雍和建英就是很适合的一对!郑伯伯,我们攀个亲家把!"

"……来,再喝一杯!"雍老人看了儿子一眼,答非所问地拿起了酒瓶。

"唉,我知道,建英这死鬼,说起来谁都可怜她。可一说到这上面……算了!不讲了!"她一仰脖又灌下了一杯:"郑伯伯,您看哪有我这样的妈妈,自己给自己的女儿作介绍!唉,实在是这块心病……"

小饭馆里。

杜建国:"大哥!你放心!就是上刀山下火海,我也听你的!"

周梦远满意地笑了。他把眼光转向曹诚。

曹诚:"建国都干了,我,没说的!"

三只酒杯碰在一起。

郑家门口。

"慢走啊!"屋里传来雍老人热情的送客声。

"多谢啦!多谢啦!"李桂英脚步有些踉跄,对搀扶着自己的郑伯雍说:"哎呀,喝多了!"

"老厂长,我记得早两年,您喝一斤白干都没事儿!"

"唉,老了!比不得以前了……"

郑伯雍趁机开导:"我要是您啊,干脆退了休,回家享清福!"

"嘿!看你说的!人到五十五,赛过出山虎!我才五十四嘛!你以为我真不行了?"她一把推开郑伯雍,甩出一串爽朗的笑声。

李桂英没走几步,劈面撞在提着两瓶酒、两包点心的何母身上。何母躲闪不及,忙将礼品往身后藏。

这反而引起了李桂英的注意:"喂!你来干什么?"

何母显然有点怕她,但还是硬着头皮说:"我来看看郑伯伯,关你什么事?"

"哼!"李桂英双手一插腰:"你有那么好?你把人家祖宗三代都骂尽了,还有脸来看郑伯伯?!老实说,是不是又想打我们郑副厂长的主意了?"

何母张口结舌。

"别做梦了!告诉你,我刚才给他介绍了一个好姑娘,他满意极了!对不对?伯雍?"李桂英装得煞有介事。

"何伯母,李大妈她喝醉了……"郑伯雍有苦难言。

"哼!"何母脸上红一阵白一阵,气鼓鼓地转身就走。

李桂英望着她的背影开心地大笑,然后又诡秘地对伯雍说:"我就是要气气她!你放心,建英那事我再不提了！以后我另帮你找个好的！"

## 九

"……就这么回事。你对你妈解释解释……"

江边沙滩上，郑伯雍和何茹席地而坐。

"哈哈哈哈！"何茹笑出了眼泪："你何必杞人忧天呢？喂，星期天我妈请你上我家赴宴，去不去？"

郑伯雍一愣，想了想："不行，我暂时不能去你家。"

"怎么，你就那么怕李桂英？"何茹不高兴了。

"是的。"郑伯雍老老实实地说，"特别是现在，我不能跟她搞僵。"

"好吧，那就不提了？"何茹换了一种半揶揄半认真的口气，"目前，本人电大文凭已经到手，请问副厂长同志愿不愿开个后门，让我进兴华机械厂混碗饭吃？"

郑伯雍又是一愣，然后坚决地："不行！"

"为什么？"何茹挑战般地盯着他，"你是觉得兴华委屈了我的才，还是我不能胜任兴华的工作呢？"

"都不是。"郑伯雍永远是沉着的，"你现在进兴华不合适。"

"前怕狼后怕虎！"何茹腾地站了起来。

郑伯雍也跟着站起来："何茹，别任性！再过几天你就明白我的道理了。"

"郑副厂长，你使我很失望！"何茹冷冷地说完，甩开步子就走。

郑伯雍望着她的背影，重重地叹了口气。

## 十

周梦远的房间里，亮着灯。

"建英，你进来！"周梦远站在屋中间，"我们慢慢说。"

杜建英靠着敞开的房门，心事重重地摇摇头。

周梦远只好走上前去。这一刻，他的脸显得很柔和："你想想，许多国营大厂，有那么好的设备、那么雄厚的技术力量，可为什么生产搞不上去呢？他们的手脚被捆住了！现在，我们如果不利用手中的自主权，等到他们解开了手脚，我们就只能喝西北风了！"

"嗯，我懂了……"

"那，你能支持我吗？"

"嗯。"她抬起头，看到的是一双灼热的男性的眼睛，于是她赶紧低下头："哦，我该走了。"

她轻轻地朝门外暗处的木板楼梯走去。

"建英，你再坐坐！"

"不了，你该休息了……"

周梦远望着消失在黑暗中的杜建英，怅然若失……

## 十一

科技情报公司张教授的办公室内。

张教授在摇头:"……我有个姐姐就住在麻石巷。你们那样的厂子我很清楚,都是五八年由家庭妇女们办起来的。你现在要干的事情无异于改朝换代……"

"张教授!我有把握处理好这个问题!"周梦远迫不及待地说。

张教授扬起右手截断了他的话:"团结和安定是正常生产的首要前提!而我现在非常担心,你的变革将在厂里诱发一场混乱!"

两人严肃地对峙着,沉默了片刻。

"我们情报公司和你们厂一样,都是民办的,"张教授沉思着说,"不能盈利就得垮台。周厂长,不要怪我疑心太重啊!"

"谢谢您的提醒。"周梦远胸有成竹,"到时候我要请您亲自验收。达不到您的标准,烫金机我自动放弃!"

"需要多长时间?"

"十天。"

张教授从抽屉里取出一叠表格推到周梦远面前:"这里一共有十几家厂子的申请表,他们都是要求生产烫金机的……"

周梦远像个面邻决斗的勇士,双眼射出逼人的光芒:"那么,五天!"

"好!"张教授一字一顿地说:"我们之间现在可以达成一项口头协议。你的人事改革成功了,烫金机就交你们厂生产,如果发生了混乱,情报公司概不负责!"

"一言为定!"

## 十二

"梦远啊!钱可不该这么乱花啊!"李桂英站在穿衣镜前,一边抱怨,一边高兴地比试着身上一套崭新的料子服。

周梦远坐在饭桌前唏哩呼噜的吃着面条,风趣地说:"这算什么?妈妈,将来我还要给您买辆汽车呢!"

"那我可就等这一天啦?"李桂英哈哈笑着,忽然又觉得不妥,"嗯……不好。我老了,不该穿这么好,会折寿的!梦远啊,这套衣服给建英吧!"

"建英还有建英的。"

李桂英眼睛一亮,趸了过来:"你给建英买什么?我看看!"

周梦远打开提袋,露出一盒港造的"美发器"。

"呦呦!这么高级呀!"李桂英朝厨房大声喊起来:"建英,建英啊……"

"哎哎哎!这事您可别插手!要给我自己给。"周梦远连忙拉上提袋拉链。

"好好好,我不插手!我不插手!"李桂英乐不可支。"梦远啊!还是你懂我的心啊!你要是能解了我这块心病,我……哈哈哈哈!"

门口。

李桂英:"以后没时间做饭就到我这儿来吃!别老泡方便面,搞垮了身体!"

"哎!妈妈,明天到厂里我要跟您商量一件大事!"周梦远边说边往外走了。

李桂英刚要转身,突然听见对面有人在叫:"周梦远同志!"

她回头一看，对面的门开了，何茹穿戴耀眼地站在门口。

周梦远回头向何茹走过去："是你叫我？"

何茹斜了对门李桂英一眼："对。敢不敢进来坐坐？"

周梦远随着她的视线望了望李桂英，同时眨了眨左眼："笑话！有什么不敢啊？"

李桂英望着周梦远进了何家，生气地将自家大门猛地关上。

何茹的房间里。

周梦远四处打量着，走到桌旁翻了翻书。

何茹递上一杯茶："你知道我是谁吗？"

"略知一二吧！"周梦远接过茶杯，"你姓何。跟我的好朋友郑伯雍谈过恋爱。还有，你妈妈是……"他朝对面一努嘴，"我干娘李桂英的仇人。"

何茹一点也不回避他的目光："那就是说，你对我的了解等于零。"

"哦？那你自己说说吧！"周梦远坐了下来。

"我在家待业四年。自费上了电大。现在国家承认的大专文凭。因为电大不管分配，现在急需自谋职业。听说兴华机械厂将大有前途，所以斗胆向你自荐！"

周梦远把手一伸："毕业成绩单！"

何茹立刻从桌上拿起来，双手呈上。

周梦远展开扫了一眼，然后抬起眼皮："你为什么不找郑伯雍，而要找从未打过交道的我呢？"

"我找过他了。他说因为种种关系不好处理，拒绝了我。"何茹仍然毫不躲避周梦远那锐利的目光。

周梦远抬腕看了看日历表："今天是二十八号，两天以后，你到厂上班。"

他将成绩单往她手里一塞。说声"再见"，径直向门口走去。

何茹一个急转身："还有一个问题！为什么不让我明天就上班？是不是还得通过李桂英？"

"李桂英是原来的厂长，我是现在的厂长。你愿意明天来也可以。但是这个月只剩下两天了，我不能白白给你一个月工资！"周梦远头也不回地说着，大步走了出去。

何茹心情振奋，禁不住原地旋转了一圈，使劲挥舞着胳膊喊了一声："嗨！"

## 十三

简陋的厂长办公室。

李桂英将一迭材料纸猛地摔在桌上："什么？！叫我退休？！"

周梦远将弄乱了的材料纸整理。那是一份《发展意向书》。

"我们这个街道小厂，因为历史原因，老年女工过多。现在已成了阻碍生产发展的主要因素……"

"我们是兴华的元老！"李桂英大叫，"没有我们哪来的兴华厂？！"

周梦远好像没听见她的吼叫，继续平静地说："就因为您是元老，是老厂长，是老年女工们的当然领袖。所以只有您带头退休，才有可能解决这个问题。"

"你别做梦了!我就是到死的那天,也得把气咽在厂里!兴华厂是我办的!是我办的!"

"在我们这个制度下,工厂不是谁的私产!"周梦远也激动起来,"我是全厂工人选出来的厂长,不是您封的!我只能代表全体工人的长远利益!李桂英同志!"

李桂英愣了。她的嘴唇哆嗦着,泪花溢满了眼眶:"……什么?李桂英同志?六六年你父母自杀的那会儿,你怎么不叫我李桂英同志?周梦远啊周梦远,我老实告诉你,我能扶你上台,就能让你下台!"

"笃笃笃",本来就敞开的门上就有人敲了三下。是何茹满不在乎地站在门口。

"周厂长,我在家坐不住,还是提前来了。"

周梦远的脸像戴上了面具一样没有表情:"好吧,我还是介绍一下。这是我新聘请的技术员何茹同志。这位是我们即将光荣退休的老厂长李桂英同志。"

椅子被撞倒了,李桂英猛地冲过来:"好啊!原来要把我们赶出去,是为她这样的人蹲位子!周梦远!你……"

她气得浑身颤抖,说不下去了,冲出了办公室。

"你可真会凑热闹。"周梦远冷冷地说。

何茹冲动地昂起头:"只要你能顶住,我就跟着你干!"

周梦远冷峻地直视着她。

## 十四

车间,飞速旋转的抛光机旁。

李桂英毫无道理地训斥着杜建英:"你去给我拿油箱盖呀!我要你现在就去!你怎么不说话?!聋了,还是哑了?你这个不害臊的家伙,把我的脸都丢尽了!你去呀!我要你现在就去……"

杜建英低着头,噙着眼泪,默默地给最后几个油箱盖抛光。

那一边,正在拆卸手工下料机的杜建国,忍不住握紧手中的工具就要冲过来,但他被郑伯雍一把拖住了。

建国流着眼泪,轻轻地喊了声:"姐姐……"

几个老太婆围上去:

"李大妈,息息火,要伤身子的……"

"你们给我走开!我骂自己的女儿,关你们什么事?!"李桂英已经完全丧失了理智。

"你不能怪建英!厂里已经决定不生产油箱盖了……"

"这已经是最后几个了……"

"你们知道个屁!都围在这里干什么?还不干活去!"李桂英怒吼着驱赶老太婆们,就像是一座移动着的火山:"还愣着干什么?人家嫌咱们老了,拖了后腿!快干活呀!干出个样子来看看呀!……"

车间变得像死一般寂静。

这是傍晚,工人们都下班了。空荡荡的车间里只剩下李桂英一个人。她在给油箱盖上漆,眼睛却不知盯着什么地方。也许,她又忆起了早已逝去的美好时光?……

建英给妈妈送饭来了。她把碗筷轻轻地放在妈妈身后的工作台上。

"建英……"李桂英并未回头,"来,在妈身边坐坐……"

建英轻轻地坐在妈妈身旁,她的眼睛里满含着泪,满含着理解和同情……

"唉……你什么时候能结婚,让妈抱上白胖白胖的外孙子?……"李桂英神情恍惚,就像在说梦话。

建英的泪水汩汩流下。她把头轻轻地倚在妈妈的背上……

## 十五

郑家。

瘫老人拥被靠在床上。昏黄的灯光下,杜建英坐在床前织着毛衣。这是我们第一次发现,她原来是个很健谈的人。她好像根本不用思考,就把话语和毛衣一起编织出来了:

"……我们小时候,妈妈从来不管我们。因为她太忙,整个心思都放在厂子里了。弟弟差不多就是我带大的。建国不满周岁的时候,我妈妈经常没有时间回来喂奶,饿得他把嗓子都哭哑了。我那时候也小,不知道该怎么办,就也跟着哭。哭啊、哭啊……郑伯伯,兴华厂简直是我妈妈的命!她想不开也是理所当然的。您说是吗?"

"是啊。人太爱一样东西,就舍不得撒手,摔着、捏着、揣着,结果,反而给弄碎了。"瘫老人的脸上闪着睿智的光。

建英起身把毛衣在老人身上比了比,又坐下继续编织:"梦远也不容易。刚过三十岁的人,担这么重的担子,又不甘心维持现状……那还能不和上下左右磕磕碰碰?还有伯雍,又要帮梦远往前闯,又要想方设法照顾每个人的利益,……唉,他们都难啊……"

"建英啊,这些话你干吗对我这个不中用的瘫子说呢?你该去对你妈妈、对梦远、对伯雍他们说啊!"

建英抬头与老人的目光相接,然后又低下头:"我这样的人,有什么发言权?"

老人微笑着摇头:"不,每个人都有他应该发言,而且非发言不可的时候……"

门外响起了脚步声。

建英:"伯雍回来了,我该走了。"

她走到门口,与刚进来的伯雍擦身而过时,彼此略一点头。

瘫老人:"外面太黑,让伯雍送送你吧!"

"不用啦……"建英的声音远远传来。

"真是个好姑娘啊……"老人自言自语。

伯雍望望父亲,又望望门外,仿佛意识到了什么。

文字整理:张蕊

资料来源:根据优酷网提供的视频完成文字整理。

具体参见http://v.youku.com/v_show/id_XNjM2Mzg2OTAw.html

## 1985

## 四世同堂

首播时间：1985 年
首播电视台：北京电视台
摄制单位：北京电视制片厂
编　　剧：林汝为（执笔）、李翔、牛星丽
总 导 演：林汝为
导　　演：蔡洪德
摄　　像：梁世龙、邢培修
主　　演：郑邦玉、李维康、邵华、李婉芬、周国治
获奖情况：第六届（1985 年度）中国电视剧飞天奖连续剧特别奖；第四届（1986 年）中国电视金鹰奖优秀连续剧奖、最佳女主角奖、最佳女配角奖。

**剧情梗概：**

1937 年，"卢沟桥事变"爆发，日军的铁蹄踏进古老的北平城，平静的生活被打乱了，这座古老的城市开始了漫长的苦难岁月。西城小羊圈胡同口小肚子大，住着十几户居民。这些普通的中国人，一夜之间进入了一个梦魇般的世界。五号院的祁家是个四世同堂的大家庭，一家安分守己，平安度日。一号院的钱默吟是位诗人，平时读书作诗，不问国事。四号、七号院是大杂院，住的都是凭力气吃饭的底层贫民。三号院的冠晓荷、大赤包一家，北洋时期曾当过县令和税局局长，平日养尊处优，不与下层人来往。身为四世之尊的祁老太爷是一个倔强、正直，令人尊重的长者，阅历丰富，经历过庚子年八国联军入侵。他认为日本人贪了便宜，占领北平是因为看上了卢沟桥上的石狮子。北平是宝地，不管多大的乱子，只要备好粮食和咸菜，用装满石头的大缸顶住院门，不出三个月，准保天下太平。儿子祁天佑上敬父母下佑子孙，是一个正派的生意人，结果反受日本人敲诈勒索，游街示众，被逼投河自尽。长孙祁瑞宣是祁家的顶梁柱，在一所中学当英文教师，为了这个家，他不得不忍辱负重。他为人正直，在极端困难的条件下也不为日寇做事，同贤妻韵梅维持一家老小生计。次孙祁瑞丰贪图安逸享受，跟随大赤包一家当了汉奸。三孙祁瑞全是个热血青年，不愿在膏药旗底下做亡国奴，在大哥帮助下出城当了参加了抗日游击队。全家的宝贝，祁老人曾孙小妞妞在日本投降前夕被活活饿死。诗人钱默吟的二儿子钱仲石虽是个汽车司机，但一身正气，

北平陷落后决定杀身成仁,他利用给日本人开车的机会,将车开下悬崖,摔死了一车日本兵,钱诗人深深为儿子的英勇行为自豪。在被人告密后落入日本监狱,但他宁死不屈,在狱中目睹和亲身经历了地狱般的酷刑,九死一生。他曾在狱中看到过钉在墙上的整张人皮!出狱后,钱诗人脱胎换骨,成为一个地下抗日工作者。冠晓荷、大赤包一家不惜卖身投靠,认贼作父,当了可耻的汉奸,坏事做尽……小羊圈胡同的其他人或抗争,被出卖,弄得家破人亡;或苟且偷生,认贼做父;有人被屠杀,有人被逼疯……这条胡同发生的一切,成为中华民族英勇不屈的缩影。

       文字整理:张蕊
       资料来源:根据优酷网提供的视频完成文字整理。
       具体参见http://www.youku.com/

# 剧本

## 《四世同堂》

### 第一集

1937年7月,北平城。

天桥,大鼓、杂耍、小吃,叫卖声此起彼伏,热闹非凡。祁老爷子带着重孙子小顺、重孙女妞妞闲逛,顺便给邻居钱默吟带盆石榴花。

小羊圈胡同口,天上鸽哨悠扬。

祁老爷回家途中遇到四奶奶,四奶奶送给孩子两只洋柿子。大孙媳妇韵梅正巧买菜回家,与四奶奶寒暄起来。瑞丰从外面回来,跟爷爷打招呼,祁老爷子假装没听见。

拉洋车的小崔提前收车回家,告诉四奶奶,日本人在卢沟桥跟我们打起来了,城里人心惶惶,买卖家都关门了,众人评论纷纷。韵梅听了心里一惊。

祁老爷子则说:"不碍事!咱们小羊圈,有个葫芦嘴,严实!走大街上不留神,都找不着咱这条胡同,严实!"

小崔:"严实也保不齐,大炮不长眼睛!"

祁老爷子问韵梅:"小顺妈,老大还没回来呀?"

韵梅:"还有四五堂功课。"

祁老爷子:"这都开了炮了,还不早点回来!老二和他的疯娘们儿呢?"

韵梅:"到家了,许是看电影去了。"

祁老爷子:"唉!也不怕人家笑话!小三呢?"

韵梅:"还没上学呢!他们大学生,哪有个准儿啊!"

祁老爷子:"我就不放心他,就怕惹出祸来!你知道吗?卢沟桥打起来啦!"

韵梅:"听说了。"

大学实验室。
瑞全走进实验室："刘教授，学校停课了！"
刘教授："知道了！"
瑞全坐下来准备做实验。
刘教授问："听说你的毕业论文定的不错，可以看看吗？"
瑞全："本来，有现个问题我还要去请教您呢，可以……现在，我写不下去了！"
刘教授问："为什么？"
瑞全："我们的二十九军，在卢沟桥与日本帝国主义浴血奋战，我想，我们不应该在家里……"
刘教授："那是他们军人的事。你们马上就要拿到文凭了，可不能半途而废啊！"

小羊圈胡同，祁家小院。
瑞全从学校回来，看到爷爷和老大瑞宣正在往一口空水缸里装石头。
瑞全："爷爷，您这是干吗呀？"
祁老爷子很不高兴："你才回来啊？外边又乱起来啦！不早点回来，跟你大哥把门给堵上！多装上两块！"
瑞全不解地问大哥瑞宣："把那街门给堵上，日本就打不进中国了？"
瑞宣："叫堵就堵吧，别惹爷爷生气！"

小羊圈胡同，祁家小院。
祁老爷子："小顺的妈，咱们家的粮食还有多少？够吃了吗？"
韵梅："够吃的呀！您放心，还够吃仨月的呢！爷爷，您来洗手！"
祁老爷子："哦。"
韵梅："爷爷，您来洗手！"
回头发现祁老爷子已经推门进了厨房。

祁家厨房。
祁老爷子逐一打开粮缸、口袋，检查存粮数量。
韵梅走进厨房，在背后偷笑："真是！"
祁老爷子："咸菜呢？"
韵梅掀开咸菜缸："也够吃的呀！您瞧！半缸腌萝卜！那儿还有干咸菜疙瘩呢，足够吃的！"
院外有四爷提醒大家，要关城门了，大家多预备粮食。

祁家院子。
祁老爷子冲院外喊："四爷，您放心吧，出不了三天，事儿就过去了！"
瑞全听爷爷这样说，欲言又止。
祁老爷子："日本鬼子又闹事了，闹去吧！庚子年八国联军打进了北京城，连皇上都跑了，也没把我的脑袋给掰了去呀！八国都不行，单单几个日本小鬼，还能有什么蹦？"

韵梅："就是嘛！"

祁老爷子："咱们北京是块宝地，多大的乱子，也过不了仨月！"

韵梅："那敢情好！您说这日本鬼子，他来干什么呀？咱们祁家人，管保谁也没得罪过他们，咳，这大家伙儿平平安安的过日子，不比这拿刀动仗的强啊？我猜啊，那日本鬼子，准是天生来的好找别扭，您说是不是？"

祁老爷子信心满满地说："日本人，爱小！说不定这回呀，看上了卢沟桥！"

韵梅："卢沟桥？这一座大桥，吃又吃不得，搬又搬不走，他要它干什么呀！"

祁老爷子："咳！不是桥上有狮子吗？"

韵梅："狮子？"

祁老爷子："石狮子！"

韵梅："什么石狮子呀？"

祁老爷子显得见多识广："石头的狮子，刻的真叫精细！有大狮子驮小狮子，小狮子抱母狮子，每个桥墩上都有一堆狮子！"你要是问一共有多少个狮子，谁也说不清！哈哈！这件事要是交给我办哪，我就干脆把那些个狮子送给他们，反正摆在那儿也没用！

瑞宣、瑞全在一旁冷眼旁观。

韵梅："他要那石狮子干什么呀？"

祁老爷子："要不怎么叫小日本，小日本呢？他看什么就爱什么！庚子年的时候，日本兵进了城，就挨家挨户地搜，先是要首饰，后来呀，连铜纽扣都拿走了！"

韵梅："准了拿那铜当金子吧！您瞧这不开眼的！"

瑞全打断他们的对话："嫂子！"

韵梅："三儿啊，饿了？饭这就得！"

瑞全："把嘴闭一会儿行不行，说的心里闹的！"

祁老爷子生气地站起来："你要不爱听我们说话，你把耳朵堵上不就结了！"

瑞全："日本人要狮子啊？笑话！日本人想要东北、北平，要天津，要华北！要咱们全中国！"

韵梅："得了得了！老三哪，你就少说一句吧！"

瑞丰房间。

瑞丰听到外面争吵，想出门看热闹："我看看去！"

胖菊子拦住他："你凑什么热闹啊？"

祁家院子。

瑞全对韵梅抱怨："也不管谁是谁非，也不管事多严重，你老是劝人少说两句！"

韵梅："那你说我不这么着，我哪么着呢？饿了，跟我要吃，冷了，跟我要穿，可我哪儿有功夫管天下大事呢？"

祁老爷子："小三儿啊，别瞧你大学快毕业了，在你嫂子面前买不出便宜去！"

瑞全哼了一声走开了。

祁老爷子："就说你爸爸五十多了，照顾着铺子能管家务吗？你妈妈的身子骨又是那样，还不全靠你大嫂？哼，告诉你吧，要是没我和你大嫂，连饭都吃不上，还谈什么国家大事！"

瑞全："日本鬼子要是打破了北平啊，谁都甭想吃饭！"

祁老爷子："那庚子年八国联军……"

瑞全没等爷爷说完就所性转身走了。

祁老爷子对韵梅："你瞧瞧，说不过我，他就溜了！"

韵梅："这孩子！"

祁家院子。

祁天佑从铺子里回来，祁老爷子让韵梅准备开饭，让小顺叫大家上桌吃饭。

祁家，饭桌上。

一家人聚在一起吃饭。

祁老爷子："天佑，铺子关了板，这两天你就在家好好歇歇吧！"

祁天佑："伙计们也都没歇着，我呢，等那个……该换棉的、夹的了……咱们的买卖错不了！"

瑞丰："赶明儿再开板，您也进点日本洋布吧，那多漂亮啊！我再给我们学校做制服啊，都换日本布！"

瑞全听了瑞丰的话，怒气冲冲离席而去。瑞丰不以为然地哼了一声。

祁天佑征求老爷子意见："日本布，光漂亮不结实。您说呢？"

瑞宣对瑞丰："是应当抵制日货！咱们都是在学校做事的，就应当处处把学生往正道上引！"

瑞丰："穿制服用布料，有什么爱国不爱国的？"

祁老爷子教训瑞丰："你在学校管庶务，你懂什么叫做买卖？咱们是老字号，讲究的是货真价实，不能买经看不经穿的日本布！"

瑞丰："得得得！爷爷您对！"

胖菊子边喝汤边品头论足："大嫂啊，这汤里再多搁点虾米皮就好了！"

韵梅假装没听见，故意打岔。

瑞全进来："爷爷，钱伯伯来了！"

祁家院子。

钱默吟进来向祁人行礼："第一次来看望您老人家，第一次。我太懒了，简直是不愿出家门啊！"

祁老爷子："我刚买了盆石榴花，没来得及给您送去呢。您看！"

钱默吟："谢谢！"

祁老爷子："屋里坐吧！"

祁家。

祁老爷子："钱先生啊，这两天，我很惦记您啊！咱们是老邻居老朋友了，不兴说客气话。请喝茶！您家里，粮食有没有啊？告诉我一声。粮食不比别的东西，一天一顿缺不了啊！"

钱默吟："我请教瑞宣世兄，这时局要演变成什么样子呢？你看，我是个不大问国事的人，我能够这样自由地活着，全是国家所赐啊！这些天，我什么也干不下去。我不怕穷，不怕苦，只怕丢了咱们北平城啊！一朵花长在树上，才有它的魅力，只若是拿在人的手里，那也就完了！咱们的北京城也是这样，它挺美，要是被敌人占据了，它就是从树上摘下的花了。您说是不是，老爷子？"

祁老爷子不太懂："啊？"

钱默吟："北平是树，我就是花儿。哈，尽管是一朵闲花儿吧！北京若是丢失了，我想，我就不必再活下去了。"

瑞宣不知如何回答。

瑞全："钱伯伯，不是战，就是降！有田中奏折在那儿，日本军阀，能不侵略中国吗？有九·一八的便宜事在那儿，他们的侵略是没有止境的！他们征服了全世界，还要征服火星呢！"

祁老爷子："火星？"

钱默吟问瑞全："那么，我们应该怎么办呢？"

瑞全："抵抗！虽然我们的军备和日本人比起来，不一定能打胜，可是越就抵制，就怕来不及了！"

钱默吟转向瑞宣："瑞宣，你说呢？"

瑞宣沉吟片刻："还是打好啊！"

小顺突然闯进来说，三号那个人来串门了！

瑞宣："是冠先生！"

钱默吟站起来："是他？……老爷子，告辞了！"

祁家小院

冠晓荷看见钱默吟，老远就拱手道："钱默翁！幸会幸会！"

冠晓荷主动上前握手，钱默吟拒绝握手，绕开他径直走了。冠晓荷有点尴尬，回头又要与瑞宣握手，瑞宣迟疑了一下把手伸了过去。

冠晓荷："瑞宣，近来时局不大好哎，有什么消息没有啊？"

瑞宣反问："荷老看呢？"

冠晓荷："哈哈，那就是不在其位，不谋其政喽！你是知道的，我已经多年不在……啊……都是南京政府不会应付吧！若是应付的好，何至于打起来？不过，我现在是专心研究佛法，哎呀！这佛法中的滋味真是其妙无穷啊！"

外面传来招弟的声音。

冠晓荷："大概是二小姐回来了，昨天她到北海玩儿去了，街上一乱，没回来。内人很不放心，我倒没觉得怎么慌张。修佛的人就有这点好处，心里总是这么晕晕乎乎的，不着急，不发慌！哈哈哈哈！好！我先回去看看，咱们改日畅谈，啊！留步，留步！"

瑞宣对瑞全："他来干什么？"

祁家饭厅。
祁老爷子跟韵梅唠叨:"你瞧见没有?咱们家小三儿,总跟他们家的二丫头……咳!你要摊上这么个老丈人,哎!你说他们这种人家这种人能高考出一个好闺女来?"
韵梅:"爷爷,您放心,人家冠家,看不上咱们祁家人!"
祁老爷子:"我还看不上他呢!"

祁家小院
瑞全:"大哥,你听!"
院外传来马路和部队行进的声音。

大街上。
大队日本兵走过,百姓驻足观看。
小崔边看边叹气。

小崔家。
小崔垂头丧气地回到家中,由水缸里舀了瓢水喝。
小崔媳妇从床上爬起来问:"怎么这么早就回来了?有杂和面吗?"
小崔扔下水瓢:"就知道杂和面!日本人都进城啦!"
小崔拿起一个瓦盆往外走,媳妇问:"你干什么去啊?"
小崔边走边答:"想辙去!"

胡同内。
小崔走出来,听见孙七仗着酒劲在跟四大爷发牢骚:"你让大伙挂膏药旗啊,我孙七还就是不挂!日本人敢进咱小羊圈啊,您瞧我孙七,我让他知道知道我孙七的厉害!"
四大爷:"净跟我这儿吹大牛!"
孙七:"我没吹!"
小崔想往回走,回头看到媳妇,只好又硬着头皮求四奶奶。
小崔:"四大妈,您来一下!"
四奶奶:"什么事儿啊?"
小崔:"又不让出车了,您还得行行好。"
四奶奶抢过瓦盆:"拿来!我给你舀点杂和面儿去!"
小崔:"那敢情好,我这儿谢谢您了!"
四奶奶:"我说小崔,别老跟家里吵!日本人进城了!"
白巡长走过来,大家四散而去。
四大爷:"白巡长,您看,最近怎么样?他们能不能杀人啊?"
白巡长:"我简直不敢说!四爷,您猜怎么着?我就像让人给扣在一个大水缸里,黢麻乌黑,什么也看不见!你说,我是当巡警的,是维持治安的,这日本人来了,往后,我就、就得给他们维持治安？"

四大爷："那您说，咱这兵都哪去了呢？"

白巡长："打仗来的！打不过人家！眼下打仗，不能光靠力气，你没听见坦克车？"

四大爷："那咱这北平，算是丢铁了？"

白巡长："哼哼！我看是！"

四大爷："白巡长，不瞒您说，我恨透了小日本鬼子！"

白巡长："您说什么？谁不恨？咱没辙不是！……说正经的，上面说了，要把那三民主义、洋书什么的，都烧了！您看咱们小羊圈，谁家有书？"

四大爷："白巡长，那您带着户籍本吗？"

白巡长："这么着，那咱们挨这儿捋捋！"

四大爷："您就说咱这小羊圈吧，您说一号钱家，他们家这大门，老是关得严严实实的，除了祁老太爷上他们家串串门儿，他跟谁也不来往！他们到底有没有什么书，我也不清楚。"

白巡长："他们大少爷在中学堂教学，那是准有。二少爷开汽车的，倒不一定有。不过说一声好，免得出事！"

四大爷："行，待会儿我跟他说一声！……咱们再说说三号冠家。"

白巡长："我可是听说，那位冠先生，在北洋政府的时候，可是有几任肥差，当过县太爷，还当过西城税局的局长，后来甭看事儿吹了，那家里还是迎来送往，车水马龙的！"

四大爷："他们也就是打打麻将，摆个饭局子什么的。"

白巡长："哎，他们家那两位太太……"

四大爷："他们家那大太太啊，您说挺大岁数了，还挺爱捣饬，整天穿红戴绿的，人们都叫她大赤包！"

白巡长："哈哈哈哈！"

一位女人坐洋车进了胡同。

四大爷："白巡长，这位就是冠家的小老婆，听说是奉天唱大鼓的，人的心眼倒不坏，也没什么学问。"

白巡长："他们家那两位小姐，可是都在上着学呢！"

四大爷："她们俩人上学，就那档子事儿……咱们再说说五号祁家吧！祁家那三位少爷可有学问哪！待会我找祁老太爷子说一声！……再说六号里头字院小文那小两口啊，他们是票戏的。这小两口，安分守己，从来不惹是生非。"

这时丁约翰从家中走出。

白巡长："这位二房东丁约翰，听说在英国府做事，还会洋文！"

四大爷："他在英国府摆台子，您甭听他嘀咕嘀咕的，个认儿个大字！"

一个乞丐向丁约翰讨吃的，丁扬长而去。

四大爷指着丁的背影："咱们整个小羊圈，就是他跟冠家有来往。"

白巡长："七号是个大杂院，方六是个说相声的，没什么书。四号呢，小崔是拉车的，孙七剃头的，这都没事儿。"

四爷看到在旁边玩耍的长顺，把他叫过来："长顺，白巡长找你！"

白巡长："你那儿有书吗？"

长顺:"书?没有书,我那儿倒是有课本!"

白巡长:"那上面有三民主义什么的吧?"

四大爷补充:"青天白日!"

白巡长:"那都得烧了!"

长顺:"烧了?烧它干吗?"

白巡长:"让你烧你就烧嘛!"

长顺:"我才不烧呢!"

四奶奶:"我们家还有两本呢!就这老东西给人搬家、看个节气、出殡翻的那黄历,两大本子呢!"

白巡长:"咳!黄历不碍的!"

长顺:"那书我不烧,我还留着呢!"

白巡长:"你这孩子!"

四大爷:"待会儿我去说去。"

白巡长站起身:"也就一号钱家,五号祁家,待会儿有工夫,您给说一声!我这身儿出来进去不方便。"

四大爷:"白巡长,您放心,待会儿跟他们两家都说一声!"

白巡长:"那我走了……哎!这祁家老三,您得跟他爷爷说,管严着点儿!那大街上学生讲演什么的,哪回可都少不了他!这要是出点事儿……"

四大爷:"行!"

祁家院子。

瑞全趁爷爷熟睡时想溜出家门。

祁老爷子睁开眼:"小三儿,又上哪儿去?"

瑞全:"上学校!"

祁老爷子:"别糊弄人了,学校都停课了!"

瑞全:"我有事儿!"

祁老爷子:"有事儿也不准去!没听说街上净跑坦什么克啊?回去回去!"

大哥瑞宣把老三拉进屋里。

房间。

瑞全:"大哥!"

瑞宣:"先别出去!爷害怕!"

瑞全:"怕又有什么用?怕就不当亡国奴了?……大哥,我得走!"

瑞宣:"走?上哪儿?"

瑞全:"我这不正要找同学去商量吗?反正我是不能在膏药旗底下过日子。"

瑞宣:"对……可是也别太着急了!谁知道事情准会变成什么样呢?万一过两天要真是和平解决了,岂不多此一举?你眼瞅着就大学毕业了。"

瑞全:"现在还……哼!"

瑞全看到爷爷已不在椅子上,就冲出了房门,瑞宣试图拉住他。
祁老爷子见状大喊:"小三儿,你给我回来!"
瑞全还是走了。

学校。
日本兵在抓抗日学生,瑞全见状欲上前解救同学,被一人拉着离开了现场。

晚上,钱家院内。
钱默吟正跟二儿子仲石告别,把钱塞到儿子手里,仲石推辞。
钱默吟:"你拿着吧!"
钱仲石:"您多保重!"
瑞全敲门。
钱默吟:"祁家老三。"
瑞全进门:"仲石,你这干吗去?"
钱仲石:"要走了,以后我不回来了!"
瑞全惊问:"不回来了?"
钱仲石:"爸,以后您要有事儿,到车行去找我吧!"
钱默吟:"走吧!"
钱仲石深情辞别父亲:"爸,您多保重吧!"
钱默吟难过:"走吧!"

钱默吟书房。
瑞全在欣赏钱的藏书、字画。
钱默吟:"你看,这些个书,怎么能够烧呢?"
瑞全:"日本人恨读书的人,更恨读新书的人。旧书或许不至于遭劫吧?"
钱默吟笑道:"可是咱们的士兵,有许多是不识字的。他们也会用大刀片砍日本人的头!对不对?"
瑞全:"侵略者,他要是肯承认别人也是人,有人性,会发火,他就没法侵略了!日本人始终认为,咱们都是狗!踢着打着都不吭声的狗!"
钱默吟站起身:"那是个最大的错误!……你知道仲石的,他不爱钱,没考上大学,驾驶汽车,可是他懂得最根本的道理。他去打日本鬼子去了!"
瑞全:"钱伯伯,这事不便声张吧?"
钱默吟大笑:"这怕什么?"
钱夫人用咳嗽提醒钱默吟。
钱默吟:"没事,我和祁家老三说闲话呢。……这是值得骄傲的事儿啊!你看,我一个横草不动竖草不拿的人,能有这样一个儿子!我只会在文字中寻词觅句,可是我的儿子、一个开汽车的,在国破家亡的时候,能用鲜血去写诗!他不会回来啦!哈哈,我丢掉了一个儿子,而我们的国家多了一位英雄!"

瑞全在钱默吟面前跪下来："钱伯伯，我……我一向认为，您只是一个闲人……我给您道歉！钱伯伯，我也打算走！"

钱默吟："怎么老三，你也想走？好！你应该走！你可以走啊，你有热血，身体好。来，咱们喝一杯！风潇潇兮易水寒，壮士一去兮不复还！来！"

两人干杯。

文字整理：邹韶军

资料来源：根据优酷网提供的视频完成文字整理。

具体参见 http：//v. youku. com/v_ show/id_ XOTM2NTUzNTY =. html

# 寻找回来的世界

首播时间：1985 年
首播电视台：中央电视台
摄制单位：中国电视剧制作中心
编　　剧：楚雪、战楠
导　　演：许雷
摄　　像：邢培修、武瑞祥、西冰
主　　演：张利华、马静、王刚、许亚军、宋丹丹、周贵元
获奖情况：第六届（1985 年度）中国电视剧"飞天奖"连续剧一等奖、优秀女配角奖；第四届（1986 年）中国电视"金鹰奖"优秀连续剧奖、最佳男配角奖。

**剧情梗概：**

故事发生在 20 世纪 80 年代北方某城市，讲述以徐问、黄主任和于倩倩为代表的工读学校的老师，克服种种困难，通过各种方式说服教育谢越、郭喜向、香秀、宋小丽等工读学校的学生，使他们重新树立起对自己、对生活、对社会的信心，重新认识到世界的美好。故事虽然发生在 80 年代，但来龙去脉去延伸到十年浩劫；地点虽在工读学校，而生活的"根须"都延伸到生活的各个方面。

青年女老师于倩倩行进在大雪纷飞的白桦林中，她的耳边响起幼年时同父亲的一段对话："我为什么那么爱笑？爸爸，人家都说我爱笑。""那是因为你生活在这个世界上，并且爱它。""为什么有的人不笑？""那是因为他们失去了这个世界。""那么怎么办呢？""去找，倩倩，帮助他们找回来，去找回那失去了的世界。"因此，在于倩倩看来，这些失足的孩子失去了那个世界，她要帮他们找回来。宋小丽自小没有家，从来没有感受过家庭的温暖。有一天她过生日，于倩倩特意给她庆祝生日，并且给她唱了一首动听的歌："我的心像一只小

鸟，无巢的小鸟，妈妈，你可曾听见，它每天在你耳边唱歌……"这让宋小丽平生第一次找到了家的感觉，感到有人在爱着她，她看到了生活的希望。而于倩倩通过接触了解宋小丽的身世后，也找到了她失足的根源。谢悦也是从儿时失去母爱，曾经被亲生母亲深深地伤害过，才会对生活失去信心，并常常用充满敌意眼光看待这个世界。向秀儿也是因为生活环境的影响才慢慢堕落，一味追求虚荣和享乐。这些失足的孩子都渴望开始新的生活，却又对自己缺乏信心。了解了他们的过去，就能因势利导，帮助他们重拾生活的信心。

    文字整理：张蕊

    资料来源：根据优酷网提供的视频完成文字整理。

    具体参见http：//www.youku.com/show_ page/id_ z91f2d42818c411e1a046.html

## 剧本

### 《寻找回来的世界》

  大雪纷飞的白桦林。工读学校的于倩倩老师穿行在白桦林中。
  一个充满稚气的女孩声音与深厚的男声在对话。
  "爸爸，我为什么那么爱笑？人家都说我爱笑。"
  "那是因为你生活在这个世界上，并且爱它。"
  "为什么有的人不笑？"
  "那是因为他们失去了这个世界。有时候，一切都会失去。"
  "啊！世界还会失去的？那我们怎么办呢？"
  "去找，倩倩，帮助他们找回来，去找回那失去了的世界。"
  片名：
    寻找回来的世界

### 第一集

  123路公交车站。
  天下着大雪，于倩倩在等车，四处张望，似乎在等人。站牌上写的：起点站。

  孩子们在打雪仗。
  白桦林，丁倩倩与未婚夫边走边谈。于倩倩提议将结婚日期推迟半年。未婚夫不赞成于倩倩到工读学校工作。
  未婚夫："问题不是一年半年，而是我现在才了解自己在你心目中的位置，还不如一帮流氓！"
  于倩倩争辩："他们不是流氓，是工读学生！"
  未婚夫："那为什么学校要开除他们？"
  于倩倩："这不能全怪他们！他们只不过是孩子！不过……"

未婚夫："得了吧！炼坏了的废铁，出了窑的烂砖！"
于倩倩："他们不是废铁，也不是烂砖，是人！"
未婚夫："只有你这样的傻瓜才信！"
于倩倩："你，又来了！我都给你讲了整整两个礼拜了！你是怕他们把我吃了？别这样，别给我泄劲，啊？明天你一定到车站去送我，好吗？"
未婚夫沉默。
于倩倩："说呀！"
未婚夫点点头。

123路公交车站。大雪。
车迟迟不来，大家开始烦躁起来，议论纷纷。
于倩倩焦急地等待着，未婚夫还没有到来。
车流，人流。
一中年男子走来问：你来了？关系都转来了吗？
于倩倩："黄主任！全转来了！"
黄主任："哦！"
于倩倩："迟到了两个星期！"
黄主任："你家里有事嘛！"
于倩倩："我……"
黄主任："没关系！这是咱们新来的同学，这几位都是！"
于倩倩看到这些孩子，有些紧张。
车来了，黄主任与于倩倩指挥学生上车。车要开了，于倩倩看了一眼手表，张望了一下四周，才不情愿地上了车。车开了。
倩倩的妈妈匆匆赶来，望着远去汽车，叫她的名字。倩倩看见了妈妈，隔着车窗高声叫妈妈。

车上。
黄主任请于倩倩坐下。
黄主任："于老师，如果家里有事，还可以再请几天假。"
于倩倩一愣："不，安排好了！"
学生们都注视着于倩倩，于倩倩一回头，他们全转过脸去。

工读学校办公室。
黄主任问于倩倩："你为什么要来工读学校呢？"
于倩倩："我愿意啊！"
一薛副校长哈哈大笑。
于倩倩："我一直，我从小就希望过一种热烈而有诗意的生活。我曾想，长大了当个歌唱家，又想当个作家。"

薛副校长:"问题是,你为什么上工读?"
于倩倩:"我就是回答这个问题啊!"
薛副校长又大笑。
于倩倩:"我爸爸是个桥梁工程师,我妈妈是个党的工作者,从爸爸那儿我懂得了,建筑是一种伟大的美……"
薛副校长:"别说爸爸妈妈,说你自己!"
于倩倩:"我插过队,当过红卫兵,在公社还当过两年民办教师!抽回来以后,在中学又当了一年班主任。我能吃苦,什么苦都能吃!"
薛副校长:"你知道,到工读的老师,每人每月有二十块钱的特殊工种补贴吗?"
于倩倩有些生气:"我不知道,也不想知道!"
公交车上。
工读学校的学生们要在车上抽烟,被黄主任制止了。"伯爵"与黄主任之间发生了对峙。于倩倩在一旁冷眼旁观。
"伯爵"将座位让给黄主任,黄主任婉言谢绝了。

学校办公室。
黄主任:"对这样的人,我的意见是:不要!"
薛副校长:"黄主任,当初不是您推荐的吗?"
黄主任:"是啊!当时我只见过她档案,没见过她本人。这人太年轻了。"
薛副校长:"就是嘛,又是诗啊,又是梦的!这儿可是工读!还诗呢,臭狗屎!"
中年男老师:"人嘛,有时候是需要点幻想。我看她能够把工读和诗、理想联系起来,就够水平!啊?外表嘛,是娇气了点,可说不定是棵好苗子啊!您说呢,岳副校长?"
黄主任:"我现在没有能力要苗子,只想要能干活的!"

公交车上。
黄主任依然站着。

车站。
黄主任和于倩倩带学生报到,转车过程中,"伯爵"要求上厕所,其他同学附和。黄主任和于倩倩不同意,引起学生不满。学生想闹事,被黄主任巧妙化解。黄班主任带一部分同学上厕所,同时提醒于倩倩留意"伯爵"逃跑。

车站。
黄主任带学生上厕所,留下于倩倩看住"伯爵"和另一位学生。
两人试图逃跑,于倩倩拼命阻拦,彼此撕扯起来,于倩倩的手被咬伤,倒在地上,"伯爵"趁机逃跑了。

车站。

黄主任回来,见此情景,没有责备于倩倩,而是后悔自己没提前和民警联系。
于倩倩:"这在教育学上是不允许的。"
黄主任:"你为什么不呼救呢?"
于倩倩:"没事!"
黄主任:"还没事呢!我不是事先跟你说过吗?要跑,就让他们跑!反正是要回来的!"边说边看着剩下的几个学生。
于倩倩:"我就是不让他们跑!"
黄主任看着于倩倩手上的伤:"哪还有伤?"
于倩倩:"哪儿也没有。"

大街上。
刚刚逃跑的学生被民警抓获。
民警把学生带到于倩倩面前:"这是您的学生吗?我把他带过来了!"
于倩倩:"谢谢!"
民警问于倩倩:"我可以把他带走吗?"
于倩倩:"为什么?"
民警:"他殴打了您,还咬伤了您的手!"
于倩倩:"等一下,我不要紧!他是我们的学生,我们回学校可以自己处理。"
学生意外地看着于倩倩,黄主任投来赞许的目光。
于倩倩冲学生笑了笑说:"还不归队?"

临近工读学校的马路上。
黄、于带着学生步行。
学生们黏着围墙问:"这墙上有没有电网啊?"
另一人说:"有没有都一样!"

明光工读学校。
学校举行仪式,欢迎新同学,场面十分热烈。
新同学又新奇又紧张。
画外音:于是,这六个人当中的五个,平生第一次,受到了人们对他们这么热烈的欢迎,这使他们感到意外和震惊。他们不懂得,对他们的教育,从这里已经开始了!他们当然更不会想到,学校还要给他们创造各种意外,以便从中寻找教育的时机。

野外。
"伯爵"独自一人四处游荡。

学校办公室。
黄主任显得很疲惫。

一位老师说:"又受气了吧?你呀,早晚得让他们给整趴下!"
黄主任:"趴下?没那么容易!"
老师:"他们凭什么不让徐校长回来?你说呀!"
黄主任:"局常委开会研究过了,最后还是多数人同意徐校长回来的!"
老师:"算了!甭信这一套!会上通过,架不住会下使绊啊!"

姜局长办公室。
姜局长生气地对工作人员说:"徐问回工读的事,常委会已经定了,为什么不执行?"
工作人员:"人家也没有说不执行啊,迟处长说,县医院不放,比工读学校更需要他!"
姜局长:"工读学校要是办砸了,比不办还糟!你给我接卫生局!"

工读学校。
黄主任、扣子从办公室出来。
扣子:"当谁不知道啊,不就是他迟头儿想来嘛!有什么也不起的,一个区教育处长,他不靠造反起家,还不定在哪儿呆着呢!来工读当校长?呸呸!"
黄主任:"别有的没的瞎说了!"
扣子:"就你有原则!咱们那个薛副校长早在学校嚷嚷遍了,什么徐校长单位不放了,他本人不想回来了!他把人心都搅散了!我说,你怎么不到区里去闹啊?"
黄主任:"扣子,你就别惹事了!"

工读学校。
下课铃声响了,学生们从教室蜂拥而出。
两位老师私下议论:
"听说了,又不让徐校长回来了!"
"什么徐校长?"
"老校长啊!徐问呗,他可是搞工读的老专家了!"

学校食堂。
薛副校长端着饭菜坐到了于倩倩对面:"于老师,吃什么好菜啊?"
于倩倩:"薛副校长!"
薛副校长:"来,我的菜好,咱俩伙着吃!你刚来,得悠着劲干,往后日子长了,一天比一天难!这不,到现在,咱们连个正校长都没有,老说派不来,又说人家不放!其实,这年头,谁离不开谁呀!谁也不是傻子,县医院一把手当着,单元房子住着,谁愿意上这儿来啊!还有吴副校长,光揭发信都一大把,还在上面挂着,说是贪污受贿!"

夜,于倩倩房间。
于倩倩坐在桌前,默想着什么。

姜局长家。

姜局长在写离休报告。

夫人走过来，催他休息："离休报告？你疯了？"

姜局长："我从来没有这么清醒过。"

夫人："你还不到岁数呢，到底为什么？"

姜局长："退位让贤！"

夫人："现在党风不正，你要是退了，就更没人敢跟他们斗了！"

姜局长："我斗不过他们！"

夫人："那也不能退！这辈子，我还从来没听你说过服输的话！"

姜局长："谁说我认输了？我是想推荐一个能斗得过他们的将才！"

夫人："谁？"

姜局长："徐问！"

工读学校会议室。

全体教师开会。

吴副校长："老师们，现在开会吧！"

薛副校长："今天这会是你主持还是我主持？"

黄主任："例会从来都是由吴副校长主持的嘛。"

薛副校长："吴副校长不是……"

扣子："开会！真的假不了，假的也真不了！"

吴副校长："那咱们就把这两天的情况碰一碰？"

薛副校长："对！说说，都说说！"

吴副校长："这几天，各班都出了些事儿，这不奇怪，只要是……"

薛副校长："这几天可真够热闹的！咱们就一班一班地汇报吧，啊？"

吴副校长："看样子，您是不打算让我讲话了！"

薛副校长："那、哪儿能呢！来，汇报吧！"

扣子："这会到底谁主持啊？"

薛副校长："按说呢，当然应该是吴副校长，主管业务嘛！不过呢，大伙兴许知道，也兴许不知道，我呢，虽然是个外行，可赶鸭子上架……"

扣子要发作，被黄主任按住了。

黄主任："好，别的事，以后再说，这个会，我先主持！下面请各班主任教师谈谈情况吧！"

学生宿舍。晚上。

有人在唱歌，有人在抽烟。

有人说："别让老师看到！"

有人说："老师都开会去了！"

学生食堂后厨。

有学生进来偷吃生肉，被师傅抓到。

学生将师傅打倒在地。

工读学校会议室。

会议继续进行。

黄主任："……就这些吗？"

薛副校长："这还不够啊？好家伙！你还想让他们杀人放火啊？"

黄主任："要是没这些问题，何必让我们办工读学校呢？"

一位老师："前一阶段，同学们表现还是不错的嘛。"

黄主任："是啊，前些日子似乎很平静，上课专心听讲，遵守校规，外面劳动也很作脸，甚至把区里都给震了！那只是表面现象。如何看待这些情况，吴副校长比我有经验！"

吴副校长低头摆手。

一个女老师："黄主任，您还是接着给大伙说说吧！"

黄主任："最初，学生们刚来到我们学校的时候，对我们给他们创造的一系列条件感到惊奇和意外，促使他们的感情发生了变化。因此出现了暂时的稳定。那么现在呢？时间长了，印象平淡了，他们身上的臭毛病，就自然就冒了出来。咱们认识他们是有意捣乱，不接受教育，其实呢，在他们来说，只不过是坏习惯的重现而已。这在教育学上叫做中断教育过程。这种反复的现象，始终贯穿在整个再教育的过程当中。"

老师问："那么学生的问题就不需要处理了吗？"

黄主任："是需要处理！但首要是班主任老师对他们的教育。我说的是教育，而不是压服！当然了，大家都是搞教育的，自然知道压服的反作用。何况是对这些孩子们的。吴副校长？"

吴副校长："刚才黄主任讲的很对，最后我想提醒大家，刚才各位班主任老师所介绍的这些情况，只不过是些试探性的小菜儿，大菜还在后头呢！"

老师："还会上什么大菜？"

"打老师吗？"

"会对女老师耍流氓吗？会杀人吗？"

"会杀人吗？"

吴副校长笑笑："什么都有可能！"

突然校园里传来剧烈的吵闹声。

校园里。

两个女生相互追打，院子里乱作一团。

文字整理：邹韶军

资料来源：根据优酷网提供的视频完成文字整理。

具体参见http：//v.youku.com/v_show/id_XNTA5MjQ1MjI0.html

# 甄 三

首播时间：1985 年
首播电视台：中央电视台
摄制单位：中国电视剧制作中心
编　　剧：胡源、陈法伟、刘保毅
导　　演：林大庆
摄　　像：秦竞红、魏秀志
主　　演：王杰、王咏歌、王群、周舟
获奖情况：第七届（1986 年度）中国电视剧"飞天奖"
　　　　　连续剧三等奖、优秀男演员奖；第五届（1987
　　　　　年）中国电视"金鹰奖"最佳男配角奖。

**剧情梗概：**

10 集电视连续剧《甄三》，真实地反映了旧京老天桥的一幕幕感人的跤场艺人生活。

甄三自幼父母双亡，九爷在戏院看翠兰唱戏，心中不怀好意，在翠兰回家的路上，九爷和随从拦住了她，正好被甄三碰到，甄三为了救翠莲跟他们大打出手，师傅看到甄三被追打，上前帮忙吓走了九爷的人，也就是因此两人成了师徒。但是九爷一帮人对师徒二人怀恨在心，时时找他们的茬。

在热闹的街道上，九爷吩咐金二对甄三师徒大打出手，于先生的到来为大家解了围。甄三给师父煎药喂师傅喝下。白天甄三一个人卖艺赚钱，师傅生病痛苦得要命。这时，甄三给师傅买了点心，师傅很安慰。于先生又来到甄三的卖艺摊前，欣赏甄三的表演，并赞扬师傅收了个好徒弟，并让甄三给师傅带去治病的钱。甄三除了熬药就练顶幡，很努力。翠兰和甄三去给师傅喂药，发现师傅已经死了。两人为师傅送终，渐渐离去，甄三想办法再去寻出路。

金二被赵九带到高阔亭的大旅社，为了试探金二的身手，赵九故意雇人砸场引得金二出手相助。高阔亭想拉满八爷入伙，让金二带请帖给满八爷。金二来到跤场，众人正在练习，金二单找到甄三摔跤，用全力欲使甄三受伤，幸被大师兄及时制止。满八爷怒斥高阔亭所做是三教九流的勾当，拒不赴宴。

甄三想从师傅那里学绝活，便听从师傅满八爷的话，认真练习基本功。金二找到甄三，警告甄三别多管闲事。金二夜里窃偷一百单八式神跤图被发现，但最终未偷到便逃之夭夭。金二没有偷到想到的东西，便被赵九责怪。金二为了试探师傅是否保留了功夫，而与师傅交手，最终得到教训。甄三得到满八爷的器重，最终他将一百单八式神跤图交给了甄三。

甄三得到满八爷的器重，得到了一百单八式神跤图，并积极进行练习。金二得知后，便找高阔亭商量对策，后金二帮高阔亭押镖回京。甄三在天津耍幡出了名，却得罪了当地的艺人。

甄三应盖九州之邀比试摔跤，并让盖九州在众人面前出丑，其间遇到了替父申冤的吴巧凤，于先生决定帮助吴巧凤。

满八爷还不上债把家什都抵押了，甄三回来了，盛怒之下给出了五十五块大洋，剩下的说明一个月内还清，二分利。甄三看到师门破落，内心苦闷。

马永顺召集到有威望的跤行前辈，要立甄三为馆主，这时金二突然闯进来，说是甄三处处挤对自己，自己才应该做馆主。

两人预约比赛。金二知道自己不是甄三的对手，于是使用各种阴险毒辣的手段对付甄三。顺子报了案，将金二出卖。警察赶到时金二已经逃脱，逃脱后的金二拉拢官员，自己继续胡作非为。

徐金刚下黑手被人打跑，为了不让甄三参加全国跤赛。甄三不赞成将徐金刚关起来，把他放了出去。神跤图被人盗走，跤王比赛上，甄三没有因丢了神跤图而影响比赛，经过一轮轮比拼，最后剩下了徐金刚和甄三对决，最后甄三终在上海举行的全国摔跤比赛中夺魁，并严惩赵九爷。

文字整理：夏源
资料来源：根据央视网提供的视频完成文字整理。
具体参见http：//dianshiju.cntv.cn/2012/12/17/VIDA1355689459610953.shtml

# 剧本

## 《甄三》 第一集

**1. 天桥下　日　外**

旁白：您瞧，多热闹，您猜这是什么地方？对喽，这就是天桥。民国初年那会的天桥，是块杂吧地，三教九流，那是无所不有啊。可逛天桥的主呢？大多是些卖苦力的穷哥们儿。嘿，您别看他们满世界溜达，兴许，还没找到饭辙呢。

**2. 饭铺　日　外**

旁白：兜里有钱的主没急着啊，眼前就是"南来顺"，蒸、炸、煮烙任您挑，小吃就更多了，爆肚羊双子、灌肠豆腐脑、绿豆面的凉粉白荞面的发糕、西葫芦馅的烫面饺子是一个大子一个，热乎乎的豆汁是一个大子一碗，可有一样，您可别嫌酸。

**3. 布摊　日　外**

旁白：这卖布头的是天桥一绝，您就听着吆呼，赛过马连良，气死梅兰芳。这个卖布头的，能听不能买，听着解闷，一买准上当。

一洋人在卖毯子。

**旁白**：这洋人卖的毯子倒是货真价实，可就是没人要。那会啊，这洋玩意儿还不时兴呢。

**4. 天桥下　日　外**

**旁白**：这天桥撂地摊卖艺的还真不少，什么拉洋片的大金牙，耍大刀的张宝忠，说西游记的云乐飞，唱杂曲的万人迷，说相声的韩麻子，学鸟叫的百鸟张……那真是八仙过海各显其能啊。要说那年头，卖艺可也真不易，您就说这位胡老道，八十六，还得把腰腿抻的跟面条似的。要不为挣几个大子，谁受这份洋罪啊。

一人在变戏法。

**旁白**：嘿！神了！要不叫他成半仙呢。就说这金鱼是从家里带来的，可这数九寒天的，也真够难为他的。

两人表演双簧。

**说的**：……啊鸡蛋鸡蛋我磕……

**旁白**：这是大狗胡的双簧，您别瞧前边这位最是忙活，可说话的是身后边那位。

**说的**：有话我不说，鸡蛋鸡蛋磕，有话我不说，鸡蛋鸡蛋磕，有话我不说，鸡蛋鸡蛋磕……

**演的**：哎算了算了吧。

**说的**：哎这回可省屁股。

**演的**：对了，这回倒是省屁股，费脑袋啊！

一人表演口技。

**旁白**：这口技，可就得全靠一个人练了。

**学口技的**：口技，学什么得用什么地方发音。你比如蛐蛐，就用唇音。上嘴唇碰下嘴唇一吹气，你听。（蛐蛐叫）这蛐蛐不小，一顿得吃仨馒头。

**卖药的**：过去有吃过我药，吃好了的；有的呢，不认识，慕名而来的，知道大和尚的药好，不但药好，功夫也好！把这铜条烧红了，摔弯了它，大和尚一捋，把它捋直了。

**大饼黄**：俺叫大饼黄，凡是上天桥来的，没有不认识俺大饼黄的。有人问，你是干什么的？俺是骂大街的！……

**旁白**：骂大街还能挣钱，您就说老百姓够多恨那帮贪官污吏。

**大饼黄**：……大军阀，那些贪官污吏……

撂跤场上一人耍着大刀。

**旁白**：闲话少说，言归正传。咱们要说的，是天桥撂跤场上的一段故事。别瞧着巴掌大的一块跤场，也少不了许多人心善恶、世态炎凉。话说当年天桥的跤场上有一个铁打的汉子，他跤术超众，武德超群，是真传红庙跤馆的跤徒。兴许，您还瞧过他撂跤呢。他叫，他叫什么名来着？

**片名**：甄三

**5. 天桥下　日　外**

赵九带着几个随从闲逛着。街上很热闹，一个乞丐哈腰乞讨，被一人一把推开，撞到几个吃酒闲聊的人。

　　路人甲：你小子有气没地撒去了？家去撒去，别在这放，啊。

　　路人乙：怎么着，老子今儿就要拿你撒撒气！

　　路人甲：你？你他妈也敢？

　　路人乙：试试？

　　两人动手，路人甲一招就被制住。旁边的人拥上，两人扭打在一起。

　　随从甲：让开，让开！

　　赵九的随从把两边的人分开。

　　路人甲：九爷，您息怒！九爷您别生气，但我……您走路……

　　路人乙：九爷您别生气，九爷您慢走。

　　那乞丐趁着乱，把路人甲的一桌子菜吃个精光。甲扭头看见便怒要打他，乞丐跑走，甲被众人拦住。

　　赵九溜达着，远远瞄见一个美艳女子。

　　甄翠莲：听姐的话，啊，记住了？多冷的天啊……

　　甄三：不冷。

　　甄翠莲：还不冷啊？别往出跑了啊。

　　甄三：就那。

　　甄翠莲：别走远了啊，别惹事，节省点钱，别丢了啊。

　　甄三：哎，姐我走了啊。

　　赵九看痴了。女子转身走了。

　　随从甲：九爷，这小姐新来的，叫甄翠莲，唱京韵大鼓的！

　　赵九：哦，京韵大鼓……

　　随从甲：是是是。

　　赵九：倒是有日子没听了。

6. 人和茶馆　日　内

　　赵九：这老东西，没完了。

　　赵九示意，随从把那人轰下去。甄翠莲上场。

　　随从甲：九爷，您看。

　　甄翠莲唱了一段。

　　赵九：这小娘们儿，够味啊。

　　赵九扔了块银子上去。

　　赵九：待会给爷来段艳的啊。

　　甄翠莲变色，住口下台去了。

　　赵九：他妈的！

　　老板娘：九爷九爷，您别生气，这小丫头片子初来乍到的，不懂规矩，我给您赔不是了。

　　赵九：哼，不懂规矩，就甭在天桥混！

**老板娘：** 您先回府，改日我领她上您府上唱堂会去还不行吗？

赵九起身离开。

**两随从：** 九爷回府！

**7. 天桥下　日　内**

人们围着看耍大旗的，一个黑衣墨镜的人也挤过来看。

刚才那手，是我骆小辫孝敬老少爷们儿的，下边，我再来一手，您觉得还行的，就给叫声好，带着方便的，您多扔俩子儿，我给您作揖了！闲话少说，说练就练，来！

耍了起来，不料一个失手，大旗脱手，砸向那黑衣人。这时甄三斜刺里跳出来，踢开大旗。

**骆小辫：** 先生，让您受惊了，我给您赔不是了！

说着就跪下，黑衣人扶他起来。

**黑衣人：** 别，我就是爱看您的玩意儿，人有失手，马有露蹄，再说也没碰到我嘛。哎，不过，可得好好谢谢刚才那位小爷啊。

**骆小辫：** 对对对，（他分开人群去找甄三）哎，劳驾，那位小爷在哪啊？刚才是哪位小爷给扛的幡啊，请出来受我一拜啊？那位小爷在哪啊？我骆小辫不能知恩不报啊。

**观众甲：** 刚才那个小爷啊，叫甄三，上那边去了。

**骆小辫：** 多谢您了！劳驾，劳驾……

骆小辫分开人群追着甄三去了。

**8. 胡同　日　内**

甄翠莲在街上走着，走到一个胡同，正看见赵九带几个随从堵着她。

**赵九：** 哼哼哼……小翠啊，翠莲姑娘。

**甄翠莲：** 请你闪条道吧。

**随从甲：** 九爷专从这候着你呢，快走吧，上九爷家唱一段。

**赵九：** 嘿嘿，就是嘛，你也不能不给我赵九这点面子吧。走吧。

说着就上前拉扯，一个挑扁担的人经过，不小心和赵九撞在一起。翠莲趁乱逃走。

**赵九：** 小妞跑了！追！给我抓住这小娘儿们！

**9. 岔路口　日　内**

**赵九：** 哎，你他妈那边，你那边。

**10. 胡同口　日　内**

**甄翠莲**（向路过的大妈）：大妈，后边有人追我……

两个随从追上，捉住甄翠莲。

**赵九：** 哼，敬酒不吃吃罚酒。带走！

一人猛的从后边扑上，却是甄三。甄三打倒三人，跑开。

**赵九：** 追，快追！

甄翠莲跟在后边跑：三儿，三儿，快跑！

11. 小胡同　日　内

　　赵九：快，那呢！上，抓住他！

　　甄三又把他们打倒。

　　赵九：妈的，快他妈追！

　　甄三下绊子，绊倒三人。

　　甄翠莲：三儿，快跑啊！

　　甄三撞到赵九的鸟笼，惊了那鸟。

　　赵九：我的鸟……小兔崽子跑不了，快，快！

12. 城外草地　日　内

　　骆小辫带着他的家什坐着，远远看到赵九追着甄三跑过来。

　　赵九：快，给我打那小子！

　　骆小辫拦着他们。

　　骆小辫：别介别介……哎哟呵，这不是九爷吗，呵呵呵……

　　赵九：骆小辫！

　　骆小辫：得，九爷，消消气，跟一个孩子有什么过意不去的。得了，赏我个老脸，您高抬贵手，饶了这孩子吧。

　　赵九使个眼色，两随从就上去揍甄三。骆小辫拉开。

　　骆小辫：二位，二位……

　　随从甲：你他妈臭耍幡的，少管闲事。

　　骆小辫：二位，二位，哎，九爷，咱们可都是外省人，您赏个脸，谁让我今儿赶上了呢？

　　赵九：哟呵？我看你是活腻了吧？你个臭耍大杆子的也人五人六，出来打横？

　　骆小辫：得，您说我是打横的，我今儿就打横了！

　　骆小辫走到一块界石旁边。

　　骆小辫：九爷，您几位上眼吧。

　　一脚把石头踢断，碎石正打在随从甲的肚子上。

　　赵九：啊……哼，好，你厉害，咱们走着瞧！

　　几人离开。

　　骆小辫：孩子，没事回家去吧。

　　甄三看到幡，兴奋地拿起来耍。

　　骆小辫：孩子，你看我练中幡了？

　　甄三：啊。

　　骆小辫：刚才我练中幡失了手，是你弹回去的？

　　甄三：啊。

　　骆小辫：哎呀，孩子！哈哈哈，你可让我好找啊。今天我得好好谢谢你啊，多亏你那一掌来的快啊,要不然我骆小辫,今天可就捅大篓子了!哈哈哈……

甄三蹲下。

**甄三**:大叔,您的脚没伤着吧?

**骆小辫**:没伤着,(拍拍大腿)伤着了还能叫打横的?

**甄三**:大叔,您就教我这一招吧。行么?

**骆小辫**:哦?怎么,你要学功夫?

**甄三**:嗯。

**骆小辫**(细细打量了一番):呵呵呵,老实人,干不了这活。

说完挑起大杆走了。甄三追上去,要替他背大杆。

**骆小辫**:怎么,你非得跟着我?

**甄三**:嗯。

**骆小辫**:刚才那伙人,干吗追你啊?

**甄三**:我……我姐姐……他们……

**骆小辫**:唔……家里都什么人啊?

**甄三**:就我跟我姐。爸、妈早死了。

**骆小辫**:真是个苦命的孩子。

**甄三**:师傅,您就收下我吧,打我、骂我都行。

**骆小辫**:你叫什么名字?

**甄三**:甄三。

**骆小辫**:好,三儿,我收下你了!

**甄三**(跪下):师父!

### 13. 甄三家 日 内

**甄翠莲**:三儿,吃卖艺饭可真不易啊,你性子太犟,要学艺可真得改啊。今儿个上午有多悬啊,我又追不上你,要是真出点什么事,我可怎么对得起死去的爹妈啊。

**甄三**:姐,没事!

**甄翠莲**:真不听话!

**甄三**:我哪不听话了。我就想学点本事,姐,等我挣了钱,你就甭唱大鼓了。再说刚才那事,我不护着行吗?眼瞅着别人欺负你,咱还算什么大老爷儿们啊……

**甄翠莲**(扑哧一笑):要学本事,姐不拦着你,可是有一样,别走歪道。要是学了本事,也不兴欺负人,啊?

**甄三**:嗯!

### 14. 天桥下 日 内

**骆小辫**:今儿可真不少,八十大子呢……

**四爷**:哟,骆小辫,数钱呢?

**骆小辫**:哟,四爷,给您今儿的份儿钱。

把钱扔回去。

四爷：这份儿钱啊，您省下吧！这块地，收回了！

骆小辫：您……开玩笑呢吧？

四爷：我这可是正忙着，没空跟你逗闷子。我们家主爷吩咐下来了，我们这地小，容不下您这活神仙！

扭头走了，骆小辫追上去。

骆小辫：哎，四爷，这话可得说清楚了，啊四爷，您不成啊，我骆小辫可从没欠过您一天租，没短过您一天的钱啊！四爷。您不能坑人啊四爷！这天桥这地，低头不见抬头见……

四爷（推开他）：去去去……

骆小辫：四爷，您不能这样啊！四爷，四爷，您得说清楚啊，您不能坑人啊，您不能砸我饭碗啊！四爷……

四爷：我说骆小辫，你是真糊涂啊，还是他妈假糊涂啊？

旁边走来一人。

混混甲：听说您腿脚挺厉害啊，能踢断石头桩子？

骆小辫：……好，我交场子。

四爷：这不结了。

甄三过来。

甄三：师父，怎么了？师父？

大杆被风吹倒，师徒俩忙跑回去。甄三收着大杆，哭了。

15. 天桥下　日　内

甄三扛着幡，听到姐姐喊他。

甄三：姐，怎么了？

翠莲抽泣着。

甄三：姐，你说啊。

甄翠莲（哭）：牌子，牌子叫人给拆了。

骆小辫走过来。

骆小辫：怎么，翠莲姑娘，你也让人给辞了？

甄翠莲：啊。

骆小辫：哎……不碍事，在哪都能活。走！

三人扛着幡离开。

16. 高家书房　日　内

高阔亭把报纸一摔。

高阔亭：妈的，整天尽出这种事！

赵九逗着鸟。

赵九：姨夫，又出什么事了？

赵九到桌前看着报纸。

赵九：真是！国民政府的这帮治安队、侦缉队，都他妈白吃饭的。

**高阔亭**：白吃饭的？嘿，白吃饭倒好了，陈麻子这帮家伙，那都是喝人血的。你说，平常哪个大铺点不给他们上贡，可真要有了事，他妈屁也用不上！

**赵九**：哎，也是，姨夫的这个买卖，那还得往大了做，不养几个硬手，那哪成啊。

**高阔亭**：嗯？

**赵九**：上回跟您说的，金二那档子事，道是怎么着了？您得赶紧给拿个主意啊。

**高阔亭**：就是那个摔跤子金二？

**赵九**：啊。

**高阔亭**：嗯。要不咱们瞅瞅去。

### 17. 天桥下　日　内

两人到摔跤场子。

**赵九**：哎，姨夫，您瞧那不是金二吗？

金二和人摔跤。

**赵九**：这怎么样？这功夫不赖吧。

**高阔亭**：嗯……

金二把对手摔倒。

**赵九**：姨夫，他给您护板还有得说吗？

**高阔亭**：呵呵，嗯。

扔了一块银子。

**高阔亭**：成了。走。

### 18. 鸟市　日　内

赵九溜达着，金二走过去搭话。

**金二**：哎，九爷。

**赵九**：哟呵，金二哥，有些日子没见了。

**金二**：呵呵呵……

**赵九**：哎，我说，最近又关着门练呢吧？

**金二**：练家子，就得练啊。趁师父还硬朗，多学两招。艺多不压身嘛。（忽然蹲下）哎九爷，这鸟怎么受惊了？

**赵九**：快俩月了，这不，才缓过点劲来。上一次，差点让他妈的野小子给打死。

**金二**：哟，是吗？这大半俩天桥都是你们老太爷的，谁敢跟您过不去啊？

**赵九**：呵呵，金二哥倒是挺会说话。

**金二**：嘿嘿。

**赵九**：金二哥，要论摔跤你也算名角，怎么着，就打算当个摔场子卖艺的？人嘛，那就得变着法的露大脸赚大钱啊。

**金二**：是，是。

**赵九**：哎我说，前门连店街我姨夫的保局子那块，还缺个护板的硬手呢。

**金二**：九爷，九爷……哎，师父家法太严，要不我金二不早就露脸了吗。九爷，您的情我领了，情比树叶长嘛。以后有用得着我的地方，您言语。

　　赵九：呵呵，行。

　　金二：别让我师父知道就行了。

　　赵九：好说好说。

　　金二：九爷，回见您那。

### 19. 城外　夜　外

　　骆小辫教甄三扛幡。

　　骆小辫：甭慌，稳着点。好，三儿，这小盘肘不错啊，胳膊还得端平了，两眼瞅着幡眉子，再来一遍。

　　甄三耍了起来。

　　骆小辫：好活！好，好。

　　甄三练完了，两人收拾东西。

　　骆小辫：长进不小啊。

　　甄三：师父，我来吧。

　　骆小辫：来，披上衣裳。

　　甄三：哎。

　　骆小辫：三儿，你从小练跤，有这个功底，加上苦练，准能给师父争脸。学艺苦啊，不苦不成才啊。哎，三九天过去了，眼看就开春了。咱们也该回去了。

　　甄三：对，师父，咱回去吧！

　　骆小辫：兴许，碰不上赵九那帮子了。

　　甄三：碰上也不怕，咱爷俩跟他们拼了！

### 20. 天桥下　日　内

　　甄三舞着幡，观众们叫好。却被赵九的随从看到了。

　　　　　　文字整理：夏源

　　　　　　资料来源：根据央视网提供的视频完成文字整理。

　　　　　　具体参见http：//tv.cntv.cn/video/C11002/7eca9def7b2d4e82dc3025b64c12bc9e

# 1986

# 努尔哈赤

**首播时间：** 1986 年
**首播电视台：** 中央电视台
**摄制单位：** 中国电视剧制作中心、中国新闻社、沈阳市文联
**编　　剧：** 俞智先、高原、刘恩铭
**导　　演：** 陈家林
**摄　　像：** 杜信、董觉
**主　　演：** 侯永生、王洪生、季明、邹宝琛、高兰村、傅艺伟
**获奖情况：** 第七届（1986 年度）中国电视剧"飞天奖"连续剧一等奖、优秀编剧奖、优秀导演奖、优秀男主角奖。

**剧情梗概：**

十六集电视连续剧《努尔哈赤》从公元 1583 年努尔哈赤赴广宁从军讲起，到他以讨伐叛逆为名，揭开了统一女真的斗争。从他建立后金汗国，到挥军南下，直扑明朝，从著名的萨尔浒战役的胜利，到兵败宁远，英勇阵亡，浓缩再现了努尔哈赤四十四年的戎马生涯。

1583 年，努尔哈赤听从祖父的吩咐去投奔辽东总兵李成梁，期望将来好为朝廷效力。但是一路上，他看见的全是女真族受到欺压，生活极为艰辛的画面。在广宁李成梁三公子仗势欺人，经常暗中诋毁欺压努尔哈赤。直到努尔哈赤听说朝廷要带兵攻打古勒城的时候，连夜逃离去给爷爷送信，却被三公子发觉带兵追捕。一路奔波的努尔哈赤被叶赫部落的人救起，后来娶了叶赫头人的女儿孟古。

努尔哈赤的祖父觉昌安被尼堪外兰害死，努尔哈赤承袭了祖父建州指挥使的官位。努尔哈赤联合自己的弟兄，歃血立誓要为祖父报仇。努尔哈赤以仅仅十三副盔甲起兵，率领部众去攻打尼女真的叛徒尼堪外兰，揭开了统一建州女真各部战争的序幕，正式开始了他统一女真的大业。努尔哈赤势力的扩大，也引起了广宁总兵李成梁的戒心，于是努尔哈赤时常以金银财宝进贡李成梁，做出对于明朝恭顺的姿态。五年间，努尔哈赤率部基本统一了建州女真各部，但是尼堪外兰却被李成梁的三公子庇护起来，努尔哈赤的复仇目标依然没有实现。李成梁提出要努尔哈赤亲自去广宁城才能归还尼堪外兰，努尔哈赤不顾众人反对亲赴广宁城。

　　后努尔哈赤攻克佛阿拉城，并且在赫图阿拉称汗，国号"大金"，成为后金大汗，孟古为他成下儿子皇太极。努尔哈赤决定联合女真各部，但是以叶赫为首的各部忌惮努尔哈赤势力的扩充，首先违背誓言挑起了对努尔哈赤的进攻。在有心人的挑唆下众人要求杀斩努尔哈赤最宠爱的女人孟古，努尔哈赤不得不冷落出身叶赫的大福晋孟古。努尔哈赤以少胜多力克叶赫部，杀了叶赫族的首领即孟古的大哥。外部刚平，内部争权又起，三贝勒舒尔哈齐常年随努尔哈赤征战，渐渐不满自己的地位和努尔哈赤争权。努尔哈赤将舒尔哈齐幽禁，却也饱尝手足相残的痛苦。后叶赫在三贝勒金台石的带领下，和努尔哈赤的建州爆发了一场你死我活的大战，最终以努尔哈赤的胜利告终，最终统一了世代分裂的女真族。

　　努尔哈赤起兵反明，发动历史上著名的萨尔浒之战，掌握有利战机，集中兵力大败明军，歼灭明军约六万人，取得了决定性的胜利。

　　1621年努尔哈赤迁都辽阳，兴建东京城。1625年迁都沈阳，改沈阳为盛京。1626年正月在攻打由名将袁崇焕镇守的宁远时被葡萄牙制的红夷大炮击伤，八个月后死在回沈阳的路上。终年六十八岁。

　　　　　　　　文字整理：夏源
　　　　　　　　资料来源：根据56.com视频网提供的视频完成文字整理。
　　　　　　　　具体参见http://www.56.com/w76/album-aid-7606450.html

## 剧本

### 《努尔哈赤》第一集

**1. 宫殿外　日　内**

　　旁白：福陵，满族的民族英雄，杰出的政治家、军事家，清王朝的奠基人，爱新觉罗·努尔哈赤，就长眠在这座陵寝里。四百年前，公元1582年，明万历十年，努尔哈赤以十三副盔甲起兵，戎马一生，拼杀了44年，统一了时代格斗仇杀的女真民族，结束了腐朽没落的明王朝的统治，建立了后金政权。

**2. 殿内　日　内**

　　片名：**努尔哈赤**

**3. 山脚荒地　日　内**

　　几人骑马下山。

　　安费扬古：大哥，有人在厮杀。

　　努尔哈赤：走，去看看。

　　官兵和蒙面人厮杀。一个官抱着两个小女子。

　　蒙面人：尼堪外兰，你这女真族的败类，你还想活着造孽吗？

**尼堪外兰**：好汉，好汉，你饶了我吧，我把这个女娃送给你，好汉！

**蒙面人**：尼堪外兰，今天我非要了你这条狗命不可！

**努尔哈赤**：住手！不可无故杀人！

**蒙面人**：你少管闲事，你是什么人，给我闪开！

蒙面人挥刀，被努尔哈赤挡下。

**努尔哈赤**：光天化日之下，竟敢拦路抢劫！

**蒙面人**：你？努尔哈赤！

他摘下面罩。

**努尔哈赤**：阿台姐夫？

**阿台**：闪开，让我砍掉这条老狗。

**努尔哈赤**：姐夫，你怎么敢杀天朝的军卒，你就不怕和你父亲一样被皇上剿灭吗！

**阿台**：努尔哈赤，不能让女真人像猪狗一样，任他们宰割了！你看！这就是尼堪外兰送给李成梁去寻欢作乐的！努尔哈赤，你要是有胆量，就跟我们一起反了吧！

**努尔哈赤**：不，我不能背叛朝廷，这次爷爷让我投奔广宁总兵李成梁，将来好为朝廷效力。

**阿台**：啊，你的刀也要杀女真人啊！努尔哈赤！

尼堪外兰趁他们不备爬上一匹马，飞快地逃走了，阿台追赶不及。

**阿台**：努尔哈赤！你坏了我的大事啊！

**努尔哈赤**：姐夫，我是不让你做傻事。

**阿台**：好吧，努尔哈赤，你去做李成梁的官吧！努尔哈赤，你放了狼小心你的羊呢！

4. 市集　日　内

市集上各种小贩，卖艺的，努尔哈赤三个人走着，看到很多乞丐。

**旁白**：公元1582年，明万历十年，二十四岁的努尔哈赤依照爷爷觉昌安的意愿，满腔热情地来到辽东重地广宁，打算投靠总兵李成梁，为清王朝出力。

**说书人**：列位问了，这到底是怎么回事？二人那聊着好好的，怎么半道上杀出个程咬金来。这事还得听我慢慢的从头讲。这是曹操所使的二虎相争之计，曹孟德自移驾于许都城之后，便大权在握，挟天子以令诸侯，朝廷大务是先禀曹操，后奏天子……

努尔哈赤看到路边囚笼里锁着一个人，不知是何原因。三人把马拴住。

**努尔哈赤**：额亦都，安费扬古，你们把货卖了，我进城去见李总兵，回头大哥等你们。只准卖货，少管闲事！

**额亦都**：大哥放心，我装哑巴，只卖山货！哎！七品蕴的老山参！

努尔哈赤笑着走了。

**安费扬古**：谁买上等貂皮啊！紫貂皮啊，谁买啊！

5. 总兵府　日　内

总兵读着信。

**李成梁**：建州总为都指挥使，爱新觉罗·觉昌安是你的祖父？

**努尔哈赤**：是。

**李成梁**：努尔哈赤在女真语里是什么意思？

**努尔哈赤**：野猪的皮。

**李成梁**：野猪皮？怎么叫这么个名字啊？

**努尔哈赤**：爷爷希望我像野猪皮一样坚忍不拔。

**李成梁**：嗯？努尔哈赤啊，觉昌安一生忠顺朝廷，对他的后代，我是要另眼相看的。你先留在我的身边，以后凭战功再提拔。

**努尔哈赤**：多谢总兵大人！

## 6. 集市　日　内

两人坐在小店里吃着东西。

**说书人**：话说曹操，迎銮驾到了许都城，建造宫殿屋宇，立宗庙社稷……

**女子**：上等的熊掌！熊掌要不要……

额亦都看着那叫卖熊掌的女子，痴了。那女子看到他，报之一笑。

**安费扬古**：小心丢了魂啊。

安费扬古拿了一块他的饼，额亦都回过神，要抢回来。这时一群官兵簇着一人走过来。

**官兵**：闪开闪开！

师爷看到卖熊掌的女子，指给那人。

**师爷**：三公子？

他们坐进店里。

**官兵**：三公子来了，闪开闪开！

**店家**：三公子，您坐。

**三公子**：把她叫来。

一个官兵走过去，女子还在讨价还价。

**女子**：干什么？

**官兵**：跟我走。

**女子**：上哪去？

**官兵**：不识抬举，我们三公子要买熊掌，走！

**女子**：我不卖了。

**官兵**：走！

**女子**：你们干什么啊？

官兵们把她强带到三公子跟前。

**女子**：给银子。

**三公子**：给她银子。

**师爷**：银子。

**三公子**：我还没看货呢。

**女子**：你看定了吧。

**三公子**：我还没看够呢。这身上还有吧？

女子给了他一巴掌。接着她和官兵厮打起来。
**额亦都**：安费扬古，上！
**安费扬古**：好！
两人冲过去，打倒了几名官兵，但寡不敌众。
**女子**：快跑！
两人冲出包围。

### 7. 市集大街　日　内

努尔哈赤一出来，就被安费扬古拉到街上的一个角落。那个笼子门开着，旁边一群官兵守着。一人敲锣喊。
**官兵**：刁蛮女子，欺行霸市，王法昭昭，站笼处死！
女子被捆着往笼子里押去。
**三公子**：怎么样？什么时候站累了，跟三爷说一声。
她被锁到笼里。三爷上去动手动脚，她一口呸到脸上。
**三公子**：天太热了，扒光了站才好吧？
说着他拿出一把匕首比划着。这时一只手搭过来。
**三公子**：干什么？
**努尔哈赤**：把她放了。
**三公子**：哼。
**努尔哈赤**：银子给你，把人放了。
**三公子**：你要干什么？
**努尔哈赤**：把人放了！
**三公子**：好，我放人……嘿！
三公子拿匕首要刺努尔哈赤，努尔哈赤狠狠抓住他的手，把匕首弯向他。
**努尔哈赤**：把人给我放了！
**三公子**：你要干什么？
**努尔哈赤**：我要人！
**三公子**：哎，我放人，放人还不行吗！
这时突然跑上来一个官兵。
**官兵**：哎！别打！别打！三公子，这位是建州总卫都护史的大少爷，努尔哈赤！总兵刚收到帐下的壮士。
**三公子**：哦，误会误会，原来是自家人啊。既然你看中了这位姑娘，我就送给你。
**努尔哈赤**：多谢三公子。
**三公子**：不不不，交个朋友嘛。呵呵，不过，我还要领教领教你的武艺。这个玉佩，你让她叼在嘴里，百步之外，一张弓，一支箭，射中玉佩，人归你。否则的话……怎么样啊？
努尔哈赤走到她身边。
**努尔哈赤**：你叫什么名字？
**女子**：尼楚娅。

**努尔哈赤**：害怕吗？

尼楚娅摇头，叼住玉佩。努尔哈赤走出百步，拉弓。一名官兵躲在暗处欲施冷箭，被安费扬古发现，一箭射死。同一时间，努尔哈赤的箭也射出，正中玉佩。

**努尔哈赤**：三公子见笑了。

**三公子**：哼！

## 8. 总兵府　日　内

李成梁在写字。

**尼堪外兰**：小的孝敬大人的东珠鹿茸百年老参，还有一些美女，都让阿台给抢走了。这个阿台啊，就是爱新觉罗·觉昌安的外孙女婿！

**李成梁**：嗯？

**尼堪外兰**：他竟敢无法无天，准是受了觉昌安的挑唆！

**李成梁**：你们这些鞑子啊，欠揍。

**尼堪外兰**：是。

三公子气冲冲地冲进来。

**三公子**：父亲，今天在马市上，有人欺行霸市。

**李成梁**：哦？什么人吃了豹子胆啊？

**三公子**：就是您今天收的努尔哈赤！

**李成梁**：嗯？这个努尔哈赤，就是阿台的……

**尼堪外兰**：小舅子！

李成梁停笔。

**李成梁**：哼，好，明天兵发古勒城，对这帮朝廷的叛逆，要斩草除根！

**尼堪外兰**：是！

**三公子**：父亲，那努尔哈赤呢？

**李成梁**：让他，带路！

## 9. 山脚荒地　日　内

**安费扬古**：来的时候，三匹马，回去的时候少了一匹。

**额亦都**：我们兄弟离开了你，少了匹头马啊！大哥，还是跟我们回去吧！

**安费扬古**：不，在这也好，好好学点本事。

**努尔哈赤**：额亦都，以后有什么事情，多跟安费扬古商量。要是李成梁对我虚情假意的话，我会回去的。（拿出东西）这靴子，是给褚英和代善的，这绸子，是给你们嫂子的，这朵小绒花，是给我的小穆库什的。

**额亦都**：我交给她。

努尔哈赤走到尼楚娅身边。

**努尔哈赤**：额亦都，好好照顾她。

努尔哈赤和三人告别。

**10. 努尔哈赤房间　夜　内**

　　**尼堪外兰：**这都是因为，你救了我的命，我才冒着杀头的危险来告诉你啊。尼堪外兰也是女真人啊。

　　　　**努尔哈赤：**你说，怎么办吧？

　　　　**尼堪外兰：**办法，只有一个……

　　　　**努尔哈赤：**什么？

　　　　**尼堪外兰：**让阿台立即逃走，同时，让你祖父接走你姐姐。

　　　　**努尔哈赤：**好，我马上动身。

　　　　**尼堪外兰：**哎，你怎么能走呢，你这一走，正好说明了爱新觉罗一家都有谋反之意啊！

　　　　**努尔哈赤：**唉。

　　　　**尼堪外兰：**现在，只有一个人。

　　　　**努尔哈赤：**谁？

　　　　**尼堪外兰：**我！

　　　　**努尔哈赤：**你？

　　　　**尼堪外兰：**对。我！

　　努尔哈赤踱步思索。

　　　　**努尔哈赤：**你，不怕受牵连？

　　　　**尼堪外兰：**你救我的时候，怕受牵连了吗？

　　努尔哈赤解下自己的佩刀。

　　　　**努尔哈赤：**这把刀，我爷爷姐姐都认识。

　　尼堪外兰伸手欲接刀。

　　　　**努尔哈赤：**你起誓。

　　　　**尼堪外兰：**好，有我尼堪外兰在，就有刀在。

　　　　**努尔哈赤：**古勒城全城的性命，就托给你了。

　　　　**尼堪外兰：**恩公，放心吧。

**11. 三公子房间　夜　内**

　　　　**尼堪外兰：**信物到手了，只要觉昌安到了古勒城，就逃不掉谋反的大罪。

　　　　**三公子：**哦？哼，好！那我就保你代替觉昌安。

　　　　**尼堪外兰：**全仗三公子了。

　　　　**三公子：**那，这个努尔哈赤？

　　尼堪外兰拔刀出鞘。

　　　　**尼堪外兰：**今天晚上……

**12. 努尔哈赤房间　夜　内**

　　努尔哈赤在读着书。

## 13. 房间外  夜  外

尼堪外兰指挥着官兵涌进来。

## 14. 努尔哈赤房间  夜  外

努尔哈赤有所警觉。

## 15. 房间外  夜  外

三公子、尼堪外兰指挥着官兵到门口,三公子一脚踢开门。

## 16. 努尔哈赤房间  夜  外

官兵们冲入,却发现努尔哈赤已经逃走。

## 17. 城墙  夜  外

努尔哈赤翻墙而逃。一人牵着一匹马,喊着他的名字朝努尔哈赤跑过去。

牵马男:努尔哈赤,快逃吧。

努尔哈赤:多谢老哥。

努尔哈赤上马逃走。

## 18. 李成梁卧房  夜  外

李成梁:不管是死是活,给我抓回来!

三公子:是。

## 19. 野外  夜  外

努尔哈赤策马狂奔,后边官兵们追着。来到河边,努尔哈赤弃马而走,钻到旁边的草甸子里。官兵们追过来。

三公子:快,把草甸子围起来,别让他跑了!

官兵:禀告三公子,找不着啊!

三公子:不行,就是钻到地底下,也要把他挖出来!

尼堪外兰:三公子,这么大的草甸子,找是找不到的。

三公子:放火烧,烧死他。烧死他!

大火烧起来。努尔哈赤拼死爬出来。看见一匹狼盯着他。狼和人同时冲向对方,努尔哈赤把狼制住,一口咬在狼脖子上。狼流血而死,努尔哈赤却仰天狂笑了起来。

## 20. 野地  日  内

几人几马走过来,一个女子发现了地上的努尔哈赤。

### 21. 卧房　日　内

努尔哈赤躺在床上，女子给喂药。

**女子**：额娘，他能喝参汤了，他活过来了！

努尔哈赤欲起身。

**女子**：别动。

**福晋**：可醒了？

**女子**：额娘。

**福晋**：这回可好了。要不是我女儿在野甸子里救了你，你非得冻死不可啊。

**努尔哈赤**：谢谢格格。我这是在哪啊？

**福晋**：你啊，在叶赫城，在叶赫那拉杨吉努的家里。你已经躺了一天了。

**努尔哈赤**：一天多了？

努尔哈赤猛地起来。

**福晋**：别动，别动！

**努尔哈赤**：我有急事，要去找我爷爷。

**福晋**：你爷爷是谁啊？

**努尔哈赤**：爱新觉罗·觉昌安。

**女子**：你就是……

### 22. 杨吉努房间　日　内

**福晋**：听他说啊，李成梁要攻打古勒城，他知道了啊，就偷着去告诉他爷爷觉昌安，可是三公子李如桢知道了，就去追他。一直追到草甸子上，还要烧死他！

**杨吉努**：嘻。

**福晋**：他现在也走不动了，我们还是派个人去报个信吧。哎呀，你倒是说个话啊。

**杨吉努**：这个事啊，要是让李成梁知道了，嘻！

**福晋**：那也不能见死不救啊。再说，去年不是还提过亲，要把孟古姐姐许配给努尔哈赤吗。

**杨吉努**：哎，人家不是拒绝了吗。

**格格**（冲进来）：阿玛、额娘、哥哥和弟弟把努尔哈赤抓走了！

### 23. 营外空地　夜　外

一群女真人吃着羊腿，喝着酒。努尔哈赤被绑来，人群中不时有人喊着："杀了他！"努尔哈赤被绑到场地中的木柱上。

**布斋**：别忙，等咱们吃饱了再动手，啊，不然这么大个家伙，宰起来还挺费劲！哈哈哈……

**努尔哈赤**：金台石、布斋，要杀要砍你们快动手吧！早晚我也要和你们算总账的！

一干人大笑。布斋起身，拔出弯刀。

**布斋**：来呀，去把鬼班子找来！

那班人跳起了原始的舞蹈。金台石咬着刀，随着节奏走近，拿刀要刺。

**孟古、杨吉努**：住手！

两人跑过来，孟古抓住布斋的手。

布斋：姐姐，你怎么还护着他，你忘了去年提亲的事了？

金台石：妹妹，他们拒绝了婚事，就是看不起咱们叶赫族啊！就是羞辱你啊！

杨吉努：起来！

布斋：阿玛，他不是叶赫人，我们不能留着他！

孟古：阿玛……

杨吉努：努尔哈赤，你要是不愿意做我的女婿，我就宰了你！

努尔哈赤苦思良久。

努尔哈赤：只要你们把我放了，孟古，就是我的察尔汗。

布斋：不能阿玛，不能相信他！姐姐，你难道愿意嫁给一个曾经羞辱过你的人吗？

孟古：不，弟弟……

金台石：阿玛，放了他，你将来会后悔的！

人群中又响起"杀了他"的声音。孟古冲上去解开了努尔哈赤的绳索。

文字整理：夏源

资料来源：根据56.com视频网提供的视频完成文字整理。

具体参见http://www.56.com/w76/play_album-aid-7606450_vid-Mzk3MzAwNDk.html

# 凯旋在子夜

**首播时间**：1986年

**首播电视台**：中央电视台

**摄制单位**：北京电视艺术中心

**编　　剧**：韩静霆

**导　　演**：尤小刚

**摄　　像**：沈涛

**主　　演**：石兆奇、朱琳、工向明、杜于君、黄涛、翟万臣

**获奖情况**：第七届（1986年度）中国电视剧"飞天奖"连续剧二等奖；第五届（1987年）中国电视"金鹰奖"优秀连续剧奖、最佳男主角奖、最佳女主角奖。

## 剧情梗概：

二十三集电视剧连续剧《凯旋在子夜》，获得1986年第七届"飞天奖"电视剧连续剧二等奖、1987年大众电视"金鹰奖"优秀连续剧。

电视剧以对越自卫反击战为背景展开故事，讲述了童川和江曼跨越十年的爱情故事。开篇是"谨以此篇献给我们的同龄人"的字幕，将观众带到硝烟惨烈的南疆。

护士长江曼接到去前线治疗伤员的任务，她们来到战争的最前线，在枪炮中把伤员背到手术站，就这样护士长江曼和连长童川在前线相逢。时间回到多年以前，童川和江曼早就相识，他们一起插队去白雪皑皑的东北北大荒。他们初到广阔农村的兴高采烈随即被一个知青在劳动时的意外去世冲淡。童川和江曼逐渐相知相爱，后来知青们陆陆续续回城了，童川和江曼也想尽各种方法回北京。后童川参军，没想到童川刚入新兵连集训，就由于枪走火误伤他人，被判刑两年。原本不满意童川的江曼妈妈更加严厉反对他们，江曼回城后日想夜盼，但等的却是一封"绝情信"，童川在狱中万念俱灰，写信与江曼绝交。江曼想尽办法找童川甚至是跑到北京军区大院，但是没有丝毫消息。

在邻居的热心介绍和母亲的一再催促下，江曼被迫与军官林大林结识。林大林爱上江曼，但是江曼难忘旧情又不忍言明。婚礼前夜，童川被提前释放回京，他临行前写给江曼的信恰巧被林大林看到，林大林感到受了极大的侮辱从而决定将婚礼推后。第二天，江家热热闹闹鞭炮连天的筹办婚礼，家里也宾客盈门，却迎来了林大林来退婚，他不能忍受自己爱的人另有所爱。

对越自卫还击战开始了，童川由北京部队补充到昆明部队，正巧分在林大林连里当战士。在铁血生死关头，两个男子汉摒弃宿怨并肩战斗。然而林大林却在一次渡河战役中战死，战役打响前他给江曼留下一封信，祝福江曼和童川能有幸福的生活。江曼出于负疚和补偿，毅然参军，她来到大林生前连队，担任野战救护所护士长。童川、江曼在对越自卫反击战的战场上重逢，虽然旧情如故却已物是人非，前有敌军、后是战友尸骨，两个人都沉浸在难言的痛苦情绪中。

童川率部坚守四号高地，他们经历了艰苦卓绝的战斗，阵地被炸毁，童川下落不明。江曼坚守在自己的医疗岗位上，也经历了战火的洗礼。江曼不相信童川死亡，最终在后方的医院里找到双目被炸失明的童川。江曼日夜守护，再也不愿和童川分离，而此刻距离他们相识已经过去了十年。但是童川却怕自己的残疾会拖累江曼，童川拒绝了江曼。终于江曼的柔情打动了童川，两人相拥。凯旋的战士，依依不舍地将战友的遗体埋葬在山岗上。凯旋的队伍选在子夜零点回城，沉寂的都市中，行进着威武的凯旋大军。

文字整理：夏源<br>资料来源：根据乐视网提供的视频完成文字整理。<br>具体参见 http://www.letv.com/tv/24571.html

## 剧本

《凯旋在子夜》 第一集

人物：

童川：连长；江曼：护士长；林小林：排长；钢牛、李长年（外号大亨）、小黄、大粗、马小小等：一个排的战士。

**1. 炮火弥漫的战场　日　内**

（字幕：谨以本片献给我们的同龄人）

画外音：朋友，我们是同龄人，是经历坎坷的一代人。从盲目的狂热，到痛苦的清醒，这是我们的行程。然而，昨天毕竟已经过去，我们面对的是今天、明天。朋友，你没有信心吗？你缺乏勇气吗？你失望彷徨困惑吗？那么请你和我一起，到那硝烟弥漫的南疆，看看我们同龄人的身影吧！

（片名：凯旋在子夜）

**2. 野外的战场　日　内**

炮火突然响起。

**3. 山洞　日　内**

一个战士在吹着口琴，几个人在他旁边睡着。他们脚下是一片血水。一个战士数着手榴弹："18、19、20……"一人正在打电话。

童川：你好，现在怎么样？啊？我这？没问题啊！你放心吧！对，这炮火准备着，战士们？好得很啊，正休息呢！嗨，炮倒无所谓，可是雨水泡洞子，真他妈讨厌。什么？越南派团要进攻？放屁！拿下我们的阵地，他们门儿也没有啊！没问题啊团长，你就放心吧……

一人起身往外走。童川放下电话。

童川：马小小，干什么去？

马小小：连长，这闷得很，隔壁钢牛正吹牛呢……

童川：坐回去！

马小小：没关系……

童川（对电话）：喂，对，团长，你就放心吧，我就等着他这个王牌团呢！

马小小无法，只好回去。

**4. 野外的战场　日　内**

炮火突然响起。

**5. 山洞　日　内**

钢牛：我这个对象，绝对标准，身高一米六二，乌黑的头，耀耀闪光，一双大眼，你看，脉脉含情！啥衣裳，穿到她身上，都他妈合适，比模特强多了！有一回，我俩上公园，正赶上一个电影制片场在那拍电影呢，那个女演员，嘟嘟嘟嘟，穷在那扭，还摆范，那个摄影师……啪，镜头给我们了！

林小林：钢牛，你讲的牛皮神了去了，就你这样的……

钢牛：哎，排长，你可别这么说，我长的不咋样，要不得对象长得漂亮！

众人大笑。

**李长年：** 我说，哥们儿，那配你，不是鲜花插在牛屎上了吗？哈哈哈……

**海军衫：** 去，搞什么搞，接着说，接着说。

**钢牛：** 这叫郎才女貌嘛！

**李长年：** 郎才？瞧瞧，瞧瞧，（搬他的头）哦，对，吹牛皮研究协会会长！

**海军衫：** 别捣乱，说说说……

（爆炸声）灯在摇晃。

**钢牛：** 哦，越南人动大家伙了？

**海军衫：** 钢牛啊，继续讲啊。

**钢牛：** 要知后事如何……下回再说！

众人不满，要他讲下去，有人拿出烟来敬他。海军衫拿出一个鸡蛋，钢牛接过，在帽子上敲了两下。

**李长年：** 你看，吹牛有功了啊！

钢牛扒开鸡蛋。众人催他快讲。

**钢牛：** 当时，导演就要换主角，我一想，咱要拍，就拍那谢晋科波拉的，弄个金鸡、奥斯卡！真是的……

**李长年：** 哎，科波拉是哪个电影制片厂的？

**钢牛：** 科波拉你都知不道？科波拉是美国的大导演！《现代启示录》看过么？

众人摇头不知。

**李长年：**《现代启示录》？哎，里边，有迪斯科吗？

**钢牛：** 哎呀！说你是个小厨吧！

**李长年：** 谁是小厨啊……

**林小林本来在看书，听到他们说话，道：** 钢牛，你小子神了气了啊？

众人又起哄要看照片。

**钢牛：** 干啥？真想看？

钢牛变戏法似的从帽子里拿出照片。大家一起起哄。这时炮声停了。

**众人：** 哎？炮停了……

**林小林：** 越南人的炮停了，准备战斗！

**众人：** 是！

（电话响）

**林小林：** 喂，我是林小林。

**童川：** 小林子，炮停了，越南的王牌团牛皮吹出来了，今天要上来较量较量，通知各小组，准备战斗！

**林小林：** 是！（挂电话）进入阵地，准备战斗！

**众人：** 是！

众人出去。

**林小林：** 钢牛，长的不错，看着眼熟，像哪个电视剧里的小明星。

钢牛笑，把照片揣起来。

**6. 指挥部　日　内**

接线员、通讯员们在忙碌着。几个人围在一个地形图下。

**团长**：好，就这样执行。你们营的任务，是保证主阵地侧翼的安全。具体的作战方案，待会再给你。

一人走过来。

**参谋**：团长，敌人又投入了新的兵力，有一个团那。

**团长**（走过去）：接炮兵。

**接线员**：是。

**团长**：炮兵注意，拦截射击，打下他二梯队！（对接线员）保持联系。

**接线员**：是。

**团长**：他甩王牌，咱们抠他的老底！

**7. 战场　日　内**

炮兵在开炮。

**8. 营地外　日　内**

医疗组在治疗伤员，又有新的伤员被抬过来。

**护士**：你们准备好了没有？

**勤务兵**：都准备好了。

护士给伤兵治疗。

**所长**：怎么样，好了没有？

一个兵跑过来。

**小兵**：所长，前置来电，伤员下来了。

**所长**：营救部队，出发！

**小兵**：是。（跑过去喊）护士长，所长命令救护队马上出发！

**江曼**：救护队，出发！

救护队出发。

**9. 战场　日　内**

护士长带着队伍来到战场。战场上，战士们正在激战。

**战士甲**：三排，三排，注意你们的右翼，注意你们的右翼！

**战士乙**：二路注意右翼！

钢牛拿着枪，淡定的一枪一个。

**钢牛**：哎，真像秋风吹落叶一样啊！

**马小小**：妈的，打仗嘴还不闲着。

一个高地。两边激战。

**战士丙**：攒手榴弹，揍狗日的！

两人守着一个防御，被炮弹打中。

**李长年**：小山！小山！

他放下小山的尸体，拿起枪。

**李长年**：操你妈的！叫你们杀。来吧，兔崽子。

他拿起一个炸药包，爬出防御。

**林小林**：掩护李长年！

他站起来扫射。李长年安着炸药包，这时一个炮弹炸开，敌人开始射击。

**林小林**：大亨，怎么样？

**李长年**：妈的，流氓，啃老子屁股！

战壕里，童川正射击。

**童川**：狗日的……

**战士丁**：连长，右面上了敌人了！

**指挥部　日　内**

　　**参谋**：团长，越军投入整整一个加强团的兵力，他们在无名高地上的火力点居高临下，直接控制我们的阵地。

　　**团长**：无名高地是我们的领土，早晚把它夺回来！

**战壕里　日　内**

　　**大牛**：大粗，你受伤了！大粗！

　　**大粗**：别管我，把敌人炸下去！

　　**大牛**：兔崽子们，我在这呢，上来吧！

**山脚　日　内**

　　**小兵**：江护士长，前边上不去了。

　　**江曼**：高申，你看呢？

　　**高申**：急救站就设在这吧。

　　**江曼**：好。小唐，准备手术器械。

　　**小唐**：是。

　　**江曼**：担架上不去了，我们把伤员背下来。走！

10. **指挥部　日　内**

　　**参谋甲**：参谋长，团长请你去。

　　**参谋长**：团长。

　　**团长**：参谋长，命令火箭炮，覆盖越军的炮阵地。

　　**参谋长**：是。

　　**通讯员**：团长，前指来电，询问战况。

11. 新华社 日 内

　　齐小燕拿到一则通讯,急匆匆地走出去。

　　**齐小燕**：老徐同志。

　　**老徐**：啊,进来。

　　**齐小燕**：老徐同志,我有点事想找你。

　　**老徐**：坐。

　　**齐小燕**：这是今天早晨从前线来的战报。你看看。

　　老徐看着。

　　**齐小燕**：老徐同志,我要求到前线去采访,我年轻力壮,和前线的作战指挥员属于同龄人,我还有两个要好的朋友在前线,这样可以搞跟踪采访。我想搞一篇反映同龄人怎样成长的通讯,还有……

　　**老徐**：好好好,你理由够充分了。

　　**齐小燕**：那你给我布置员挂个电话吧。

　　**老徐**：你啊……

　　**齐小燕**：老徐,那我走了。

　　**老徐**：好,再见。

12. 新华社外　日　内

　　齐小燕离开报社。

　　**画外音**：新华社消息：越南军队今天早晨悍然在我国边境进行武装挑衅,打死打伤我边防军民多人。为维护祖国尊严,为保卫祖国领土,我人民解放军边防部队被迫进行自卫还击,为此,我国政府对越南军队这一侵略行径,提出严正警告！

13. 战场上　日　内

　　**大牛**：大粗,中不中啊？

　　**大粗**：没问题,给我打！

　　**童川**：大粗啊,没法抬你们下去了,我下去跟他们拼命,自己爬下去。李长年！

　　**李长年**：到！连长。

　　**童川**：你负责把伤员带下去。

　　**李长年**：连长,我是轻伤。

　　**童川**：执行命令！

　　**李长年**：是。

　　**童川**：大牛,把火力点给我压下去。

　　**大牛**：是！

　　越军的一个火力点很凶猛,迟迟打不掉。

　　**童川**：聚集火力,打掉那个火力点。

　　**通讯兵**：是！（拿对讲机）炮弹,炮弹,打掉越军的火力点,打掉越军的火力点。

14. 山脚　日　内

　　**江曼**：快！同志，你是哪个部队的。

　　**李大亨**：他是我们五连的。叫大粗。

　　李大亨挣脱护士的手，想要回去。

　　**江曼**：哎，服从命令。

　　**勤务兵**：护士长，包扎好了。

　　**江曼**：小唐，路上注意护理。你们准备好了么？

　　**众人**：准备好了！

　　**江曼**：走吧。

　　**众人**：是。

　　他们抬上伤员准备离开。小唐忽然看见一只受伤的小狗，停下来。护士长叫她跟上。

　　**伤员**：护士长，带上它吧。

　　**江曼**（犹豫了一下）：嗯。

15. 战场　日　内

　　战后的一片废墟。战士们坐着休息，一个兵吹着口琴。

　　**钢牛**：这些人真不抗揍，还说是一个加强团，连咱们一个连都打不过。我都替他们害臊。

　　**童川**：钢牛！

　　**钢牛**：连长。

　　**童川**：怎么了？

　　**钢牛**：打仗打高兴了，我一叫好，脑袋上扒个口。小意思。

　　童川笑着拍拍他，走了。

　　**钢牛**：别说是两个团，我告诉你，就是他把两个营拿上来，我也不在乎他。真是的……

　　**童川**：小陈啊。

　　**小陈**：连长。

　　**童川**：怎么样？

　　**小陈**：没事。

　　童川又走到吹口琴的兵跟前。（口琴声停）

　　**童川**：谁的压缩饼干。

　　**小黄**：我的。

　　**童川**：为什么不吃？

　　**小黄**：天热，吃不下。

　　童川进到帐里。（口琴声响）

16. 帐里　日　内

　　**马小小**：连长。

　　**童川**：穿个裤衩嘛，出什么洋相。

**林小林**：连长，裤衩都不能穿了，档全烂了。
**童川**：哦。
连长走到旁边的伤员前看他的伤口。
**童川**：怎么样？
**伤员甲**：没事。
他走到另一个伤员跟前。
**伤员乙**：连长，我不下去。
**童川**：躺下，不要说话。
**勤务兵**：连长，伤员什么时候送下去？
**童川**：现在过不了炮火控制区，明天一早送下去。
**林小林**：连长，打起来倒好，这么又闷又热的，待在水里时间长了，实在够呛。
沉默一会儿。
**童川**：小黄。
**小黄**：到。
**童川**：吹点高兴的曲子。
**小黄**：呃，没情绪……
**童川**：给我吹！
**小黄**：嗯，嗯……是。
（口琴声变得轻快）

17. 山洞里　日　内
钢牛从脚下的血水里拿出一只死耗子，众人掩鼻。
**钢牛**：哎呀，越南人的尸体可真臭，连耗子都给臭死了。去！
把死耗子扔开。
**童川**：喂，对，有伤员啊，伤亡不大。
**团长**：你们五连准备换下来了啊。
**童川**：团长，我们五连没问题啊，能顶住，为什么把我们换下去啊？

18. 指挥部　日　内
**团长**：哎呀，童川，说你是榆木疙瘩脑袋啊，叫你下来你就下来，我亏待不了你！
说着跟参谋长相视一笑。

19. 山洞里　日　内
**童川**：是，明天凌晨5点下山。

文字整理：夏源
资料来源：根据乐视网提供的视频完成文字整理。
具体参见 http://www.letv.com/ptv/vplay/752333.html

# 1987

## 红楼梦

首播时间：1987 年
首播电视台：中央电视台
摄制单位：中国电视剧制作中心
制 片 人：王扶林
编　　剧：周雷、刘耕路、周岭
导　　演：王扶林
摄　　像：李宗耀、季云军
主　　演：欧阳奋强、陈晓旭、邓婕、李婷、张莉、
　　　　　东方闻樱、金莉莉
获奖情况：第七届（1986 年度）中国电视剧"飞天奖"
　　　　　电连续剧特别奖、优秀女配角奖；第五届
　　　　　（1987 年）中国电视金鹰奖优秀连续剧奖、
　　　　　最佳女配角奖。

**剧情梗概：**

三十六集电视剧《红楼梦》根据中国古典文学名著《红楼梦》改编。以荣国府的日常生活为中心，反映出宝黛钗的爱情悲剧和四大家族由鼎盛走向衰亡的历史。

葫芦庙里贾雨村受乡宦甄士隐的资助，上京赴考中了进士，后因贪赃枉法被革了官职。他在扬州做了巡盐御史林如海的幕客，教其女黛玉念书。林如海的妻子去世，黛玉由贾雨村护送到了京都荣国府。

黛玉住进荣国府后，外祖母贾母疼爱她，与表兄贾宝玉相处得也十分亲密。过后不久，薛姨妈带着儿子和女儿薛宝钗也进了荣国府。薛宝钗到贾府后处处随和，不像黛玉孤僻，很快就得到了贾府上下的喜欢。黛玉对此苦恼，常与宝玉发生口角，暗中伤心落泪。宝玉惧怕父亲，但贾母却非常娇惯孙儿，把宝玉看作是自己的心肝。

过了几月，林如海身染重病，黛玉被送回了家。黛玉去后不久，宁国府贾珍的儿媳秦可卿死去。荣国府的管家少奶奶王熙凤被请去协助管理宁国府。宁府丧事办完之后，林黛玉因父亲去世无所依靠，又被接回了贾府。不久，皇帝特许贾府建造省亲别院。于是贾府在荣、宁二府开始耗费大量银两修建省亲别院。次年元春回家省亲，赐省亲别院名为"大观园"，

并叫宝玉和众姐妹搬进大观园。

宝玉和王熙凤突然风症发作。后来了一个癞和尚和一个跛道人，他们拿着通灵玉念念有词，才把宝玉和王熙凤救了回来。黛玉桃林葬花，她由落花想到自己凄苦的命运，口吟《葬花词》。不料躲在桃林后的宝玉听了竟大哭起来。黛玉见宝玉一片痴情，心中很是感动。

端午节前，元春从宫里送来赏赐众姐妹的礼物，独独宝玉、宝钗的礼物相同。宝玉同王夫人婢女金钏儿开玩笑，王夫人发现，叫人把金钏儿赶出贾府。金钏儿含冤投井而死。忠顺府派人来找贾政说宝玉勾引走了他们府中的戏子。贾政大怒，以流荡优伶、淫辱母婢，怒打宝玉。黛玉得知消息，慌忙赶去看望宝玉，宝玉见黛玉满脸泪痕反而安慰她。

宝玉身体复原后，在大观园中与众姐妹起海棠诗社，混迹在女儿圈内，更把立身扬名抛到了脑后。大观园外，贾府上下安富尊荣，荒淫享乐，但经济状况已大不如前。王熙凤早产，探春理家。有人在大观园拾到绣春囊，王夫人命人查抄大观园各房，撵走了被认为"轻薄"的模样儿标致的丫头晴雯。

贾母提起宝玉婚事，夸奖宝钗温厚平和。王熙凤看贾母眼色行事，极力怂恿宝钗同宝玉成亲。不久，宝玉的通灵玉丢失，宝玉失玉后却神志昏迷。年底，元春病逝宫内，贾府全家悲痛。贾母、王夫人决定娶宝钗为宝玉冲喜。王熙凤献掉包计，哄宝玉说是同黛玉成亲。宝玉成亲之日，黛玉病逝萧湘馆。过了几天，宝玉神志渐渐清醒，得知黛玉死音，心情非常悲愤。宝玉婚后不久，御史以贾府作恶多端为由弹劾贾府。贾政也因为处事迂腐，用人不善，被朝廷降职。贾府彻底衰败了，贾母去世，王熙凤命丧黄泉，与贾府联络有亲的史、王、薛等家也一个个败落。最后宝玉看破红尘而出家。

  文字整理：夏源

  资料来源：根据央视网提供的视频完成文字整理。

  具体参见 http：//dianshiju.cntv.cn/costume/hongloumeng/videopage/index.shtml

# 剧本

## 《红楼梦》第二集

### 宝黛钗初会荣庆堂

**1. 荣庆堂　傍晚　内**

  丫头们打起门帘，一个十二三岁的年轻公子跨进门来。他头上戴着束发嵌玉紫金冠，齐眉勒着二龙抢珠金抹额，穿一件二色金百蝶穿花大红箭袖，束着五彩丝攒花结长穗宫绦，外罩石青起花八团倭缎排穗褂；蹬着青缎粉底小朝靴。面若中秋之月，色如春晓之花。鬓若刀裁，眉如墨画，面如桃瓣，月若秋波，虽怒时而若笑，即瞋视而有情。项上金螭璎珞，又有一根五色丝绦，系着一块美玉。

  黛玉一怔，出神地看着这位第一次觌面的表兄。

**宝玉：** "老太太，我回来了。"

**贾母：** "去见你娘，快回来！"

宝玉转身出去。

2. 走廊　傍晚　外

　　宝玉在走廊逗鸟。

3. 荣庆堂　傍晚　内

　　丫头们打起门帘，宝玉又回来，已换了冠带。

　　宝玉：老祖宗。

　　贾母笑道："外客没见就脱了衣裳，还不去见你妹妹！"

　　宝玉过来向黛玉一揖。

　　黛玉连忙起身还了一个万福。

　　两人归座。

　　宝玉呆呆看了一会儿黛玉，突然笑着说："这个妹妹我见过！"

　　贾母笑道："可胡说，你怎么能见过她？"

　　宝玉依旧盯着黛玉："虽然没见过，却看着面善。心里就算是旧相识，今天就当作远别重逢吧。"

　　贾母："那就更好，真这样，就更和睦了。"

　　宝玉又走到黛玉身边坐下，仔细打量着黛玉："妹妹读过书吗？"

　　黛玉摇头："只上了一年学，些许认得几个字。"

　　宝玉又问："妹妹尊名是哪两个字？"

　　黛玉答："黛玉。"说着在手心写了个"黛"字。

　　宝玉点头："表字是？"

　　黛玉："无字。"

　　宝玉笑道："我送妹妹一个妙字，就叫'颦颦'二字最妙。"

　　探春问："出自何典？"

　　宝玉随口说道："《古今人物通考》上说：'西方有石名黛，可代画眉之墨。'林妹妹眉尖若蹙，取这两个字再妙不过了。"

　　探春笑道："这又是你杜撰！"

　　宝玉笑道："除《四书》之外，杜撰的也太多了，我就不能杜撰一个！"

　　宝玉："妹妹有玉没有？"

　　黛玉："什么？"

　　宝玉拿起胸前的美玉："玉，妹妹有没有？"

　　黛玉摇摇头。

　　宝玉急切地："真的没有？"

　　黛玉笑笑："哥哥的玉是一件稀罕物儿，怎么会人人都有呢？"

　　宝玉眼睛一瞪，立时发起狂病，把玉从脖子上摘下，狠命摔去："什么稀罕物，我不要这劳什子！"

　　吓得满地婆子、丫头争着去拾那块玉。

贾母急得搂住宝玉："孽障！你生气，要打人、骂人都容易，何苦要摔那命根子！"
宝玉哭得满面泪痕："家里姐姐妹妹都没有，现在来了个神仙似的妹妹也没有，我为什么偏要戴那么个破石头！"
黛玉惊慌地看着周围的人，不知如何是好。
贾母哄着宝玉："你这妹妹原来也有玉，你姑妈去世时把她的玉带去了。这是尽你妹妹的孝心，你姑妈在天之灵看着玉就权当着女儿了。她说没有，是人家不便张扬的意思。"说着从丫头手里接过玉，亲自给宝玉戴上："别再闹了，当心你娘知道了。"
宝玉安静下来，擦擦泪不再说什么。
黛玉低下头去。

4. 碧纱厨　夜　内
丫头袭人扶着宝玉在床上躺下。
袭人仔细地为宝玉盖好被。
宝玉合上眼睛，朦胧睡去。
袭人又小心地用一方手帕将宝玉佩带的那块玉包好，悄悄塞进宝玉枕下，然后转身向碧纱厨走去。

5. 碧纱厨　夜　外
袭人悄悄地走进来："紫鹃，姑娘还没睡？"
紫鹃连忙起身："袭人姐姐。"
黛玉忙客气地往床里挪了挪，让道："姐姐请坐。"
袭人坐在床沿上。
紫鹃笑道："林姑娘正伤心呢。淌眼抹泪地说：'今儿才来就惹得你家哥儿摔玉，若是摔坏了，岂不是我的过错！'"
袭人赶紧说："姑娘可不要这样。将来你住长就知道了，比这更奇怪、更可笑的事儿还多着呢。为这个伤感，怕你还伤感不过来呢。快别多心了！"
黛玉擦擦眼泪："姐姐您说的，我记着就是了。"略一沉思，又问："宝哥哥戴的那块玉是怎么个来历？"
袭人笑道："我也说不清楚。说起来话长了……我拿给姑娘看看吧。"
黛玉："算了，这会子夜深了，明天再看也不迟。"
袭人："姑娘快睡吧。"

6. 街道　日　内
一匹快马在街道上奔驰。

7. 王夫人房中（日）
王夫人坐在炕上正拆看一封书信，王熙凤坐在一边。
边看边叨咕着："蟠儿这孩子也忒胡闹，人命关天哪！"

**8. 王夫人房后廊下　日　外**

探春悄悄地向黛玉和迎春、惜春："听说金陵城薛家姨妈的儿子薛蟠打死了人命,说要接姨妈全家进京来呢。"

迎春笑着:"听说姨妈家还有个大姐姐叫宝钗,是个最和气不过的。"

**9. 王夫人房中　日　内**

王夫人拿着信向凤姐:"案子是在应天府案下审理。"

凤姐微微一笑:"这就更好办了。应天府新任知府就是咱家保荐的贾雨村。"

**10. 应天府大堂　日　内**

大堂上方悬着一块青地金字大匾:"明镜高悬"。

皂隶重行分立阶下两侧,吏典、属官序立阶上。

贾雨村绯袍金带,面南高坐。

阶下跪着一个四十来岁的仆人模样的人,正在申诉:"……那天我家小主人买了个丫头,不想是拐子拐来卖的。这拐子先已得了我家的银子,又悄悄的把丫头卖给薛家,我家小主人知道了不依,去找拐子索取丫头。无奈这薛家原是金陵一霸,依财仗势,指使着众豪奴,竟把我家小主人打死了。凶手主仆俱都逃走了,小人我告了一年的状,竟无人作主。老爷您拘拿凶犯,剪恶除凶,就是我家小主人在阴间也感戴您的恩德!"说罢,哭着连连叩首。

雨村听完,又拿起案上的状纸看了几眼,拍案大怒:"天下竟有这样放屁的事!打死人命就白白让他跑了不成!"

案边立着的一个门子向着雨村使眼色。

雨村没注意,依旧怒气冲冲地:"把凶犯族中人拿来拷问!"说着从签筒中拿起一根签子就要掷下。

那个门子咳了一声,引起雨村注意。

门子示意雨村不要发签。

雨村觉出其中必有文章,举签的手慢慢落到原处,签子终于没有掷出。

他又看了那门子一眼。门子不动声色地站着,莫测高深地望着雨村。

雨村犹豫地:"退堂……"

**11. 雨村私室　日　内**

仆人上茶,然后退下。

门子向前请安:给老爷请安。

门子:老爷一向加官进禄,八九年来,您……不认得我了?

雨村狐疑着:"面熟,只是一时记不起来了。"

门子笑着说:"老爷真是贵人多忘事,把出身之地也忘了。老爷不记得当年葫芦庙的事了?"

雨村不禁一怔,眯着眼睛细细打量着这门子的模样。

(闪回)葫芦庙门外,细雨濛濛。小沙弥把包袱递给雨村。雨村接过包袱背上,撑起破油纸雨伞。小沙弥招手……

雨村认出眼前这个门子就是当年葫芦庙的小沙弥。

雨村忙携起门子的手笑道："哎呀，想不到原来是故人！坐，坐。"

门子不敢坐。

雨村："老话说：贫贱之交不可忘。况且这又是私室，哪有不坐的道理？"

门子这才斜欠着坐在一把椅子上。

雨村："你什么时候干了这个？"

门子叹了口气："葫芦庙在老爷走后第二年就烧了。我从庙里出来，无处安身，就留了发，干上了这个营生。"

雨村点点头："方才你不让我发签，其中有什么文章？"

门子关切地："老爷荣任到这一省，难道就没抄一张本省的'护官符'么？"

雨村莫名其妙："护官符？"

门子："这还了得！不知道这个，官怎么能当的长远？如今凡是做地方官的，都有一个私单，上面写的是本省最有权有势、极富极贵的大乡绅名姓，各省都一样；倘若不知道，一时触犯了这样的人家，不但官爵，只怕连性命还保不成呢！所以叫做'护官符'。"说着从靴筒里摸出一张"护官符"递上。

雨村接过，遂即读出：

贾不假，白玉为堂金作马。

阿房宫，三百里，住不下金陵一个史。

东海缺少白玉床，龙王来请金陵王。

丰年好大雪，珍珠如土金如铁。

门子凑过去，指着护官符："这贾家，是当年宁国公、荣国公之后；这史家，是保龄侯尚书令史公之后；这王家，是都太尉统制县伯王公之后；这薛家，是紫薇舍人薛公之后，现领内府帑银行商。这四家连络有亲，一损俱损，一荣俱荣，互相扶持照应的。今天这个案子，告的就是这上面说的'丰年好大雪'的薛家，凶犯名叫薛蟠，人称'呆霸王'。也不单靠这上面的三家，薛家的世交亲友在京在外省的很多。老爷要拿人，拿谁去？"

雨村："哦？你大约也知道了这凶犯躲的方向了？"

门子："躲？老爷真的以为薛蟠躲了？实对老爷说吧，人命官司在他只不过是儿戏，最多不过化上几个臭钱，没有不了的。"

雨村强笑笑："这么说，案情你全知道了？"

门子得意地："不瞒大人说，凶犯薛蟠我知道，死鬼冯渊我也知道。还有这被拐卖的小丫头，老爷猜是谁？说起来她家还是老爷的大恩人呢。"

雨村一愣。

门子："她就是葫芦庙旁住的甄士隐老先生的小姐——英莲！"

雨村愕然："英莲？就是当年甄老先生抱的那个小姑娘？"

门子："没错，就是他！老爷还记得小姑娘眉心那块胭脂记吧？到如今模样也没大变，小的一眼就认出来了。"门子叹口气："那是老爷离开葫芦庙的第二年元宵节……"

雨村摆摆手："我全知道了……你且说这场官司如何判断才好？"

门子笑道:"老爷当年何其明决!今天怎么反成了没主意的人了?小的听说老爷补升到应天府,靠的是贾府之力,这个案子里的薛蟠就是贾府政老爷夫人的亲外甥,老爷何不顺水推舟,作个整人情,了结此案,日后也好和贾府人见面。"

雨村一本正经地:"我贾某人蒙皇上隆恩,正当为朝廷尽忠竭力,怎么可以徇私情而废公法?"

门子冷笑:"老爷说的何尝不是大道理,但在如今的世上是行不通的。岂不闻古人说:大丈夫相时而动;又说:趋吉避凶者为君子。若是照老爷说的办,不但不能报效朝廷,怕的是连自身也保不住。还请老爷三思。"

雨村低头思忖片刻,才说:"依你说该怎么办?"

门子笑着站起来:"小人已经想出一个极好的主意,"凑到雨村耳边耳语,断续可听见,"老爷只说善能扶鸾请仙,乩仙批示……凤孽相逢……得了无名之病,被冯渊鬼魂追索而死……"

雨村摇头:"不妥,不妥……"

(闪回)

12. **甄府　夜　外**

甄士隐在宴请贾雨村。

甄士隐:这是五十两纹银和两套冬衣,本月十九日是黄道吉日,兄可西上,待雄飞高举,明冬再见的时候,老兄啊,岂不是大快之事啊。

13. **贾雨村院　夜　外**

贾雨村:听说甄老爷的女公子丢了?

门子:是。自打老爷走后的那年元宵节的晚上,甄老爷的小姐去看花灯。

(闪回)

14. **姑苏城　夜　外**

仆人抱着甄家小姐英莲逛花灯。

仆人:小姐,你先坐着,别乱跑啊。

仆人把小姐放在路边的门槛上,转身离开。

15. **姑苏城甄家　夜　内**

娇杏跑进屋:老爷,外面人都说咱家小姐丢了!

甄士隐:什么!

16. **姑苏城　夜　外**

甄家的仆人、主人在花灯节上找寻。

众人:英莲,英莲……

甄士隐:你们看见英莲了吗?

## 17. 甄家　夜　外

甄家被大火笼罩。

**众人：**着火啦……

**众人：**英莲……

家仆帮着救火，有人被火烧着衣服。

## 18. 路旁　日　外

贫病交攻的甄士隐拄着根拐杖一动不动地坐着。一个麻鞋鹑衣、疯疯癫癫的跛足道人远远地走过来，口中用即兴的调子唱着：世人都晓神仙好，唯有功名忘不了；古今将相在何方？荒冢一堆草没了。

士隐听了眯着眼向道士望去。

**士隐：**"什么'好'啊，'了'啊，'好''了'的。"

**道士：**"你若听见了'好'、'了'二字，还算你明白。要知道，世上万般，好便是了，了便是好；若不了，便不好，若要好，须是了。我这歌儿就叫《好了歌》。"

## 19. 贾雨村院子　夜　外

**门子：**听说甄老爷随一个癞道人出家走了。

**贾雨村：**贾不假，白玉为堂金作马。

"啪哒"一声，雨村连忙回头。一只大猫"喵"地叫了一声，窜上屋顶。雨村定定神，向室中走去。

## 20. 应天府大堂　日　内

地上跪着冯家的仆人、被告薛家的族人，还有绑缚着的拐子。两厢衙役排班侍候。门子站在右侧。雨村威严整肃地坐在公案前，慢吞吞地翻着卷宗。

地上跪着的人暗暗觑着雨村的动静。

**雨村放下卷宗：**"原告！"

冯家那个仆人连忙叩头。

**雨村慈祥地：**"你家主人死得冤枉，本府要按国法公断。你还有话说吗？"

**冯家仆人叩头：**"谢大老爷。"

雨村恶狠狠地逼视薛家族人。

**雨村陡然：**"哪个是薛蟠，现在何处！"

无人回话。

**雨村怒喝：**"上有天理，下有国法；欠债还钱，杀人偿命！"

**薛家族人中一年纪大的抬头：**"老爷，薛蟠半年前就得病死了，这里有保呈，请老爷过目。"

门子接过，呈给雨村。

雨村看了看保呈，脸上渐渐聚着阴云，突然把保呈猛拍到案上："胡说！"

薛家族人们吃了一惊。

**雨村怒不可遏，高叫**："看刑！"

两旁衙役"轰"地一声抬着夹棍走过来。

门子惊异不解地看着雨村。

**一薛家族人高叫**："老爷，小人有话说！"

雨村抬手示意，衙役们停住。

**薛家族人**："薛蟠确于半年前得了绞肠痧，不到两个时辰就疼死了。坟就……"

**另一族人**："就埋在西门外。"

**那个年纪大的族人**："请老爷开棺验尸！"

冯家那个仆人焦急地抬起头："老爷！……"

雨村向他投去一瞥。冯家仆人低下头。

**雨村又拿起薛家族人的保呈看看，严厉地**："倘有欺瞒，罪当连坐！"

**薛家族人一齐叩头**："是，老爷！"

大堂上又重归肃静。

雨村冷峻的眼睛向堂下扫视："薛、冯两家人命一案，皆因拐子而起。拐子拐卖幼女，丧尽天良；又致两家人命惨祸，罪属十恶不赦。准律：处以极刑！即刻验明正身、绑赴法场、明正典刑！"

**几个衙役**：是！

仆役把拐子七手八脚架了出去。

**雨村**："薛蟠行凶斗狠，纵奴仆殴死冯渊，准《斗杀律》，处以当绞！"

**冯家仆人**："谢谢……谢谢！"

**雨村**："然而，薛犯已于半年前忽得暴病身亡，怨念已经了结。姑念冯家贫弱无助，判薛家赔冯家烧埋费五百两！当堂付清。"

冯家仆人被这突然的判决弄得莫名其妙，怔怔地跪着……

**雨村**："退堂！"

**门子高叫**："退堂！"

门子转身对雨村诡秘地一笑。

雨村看着门子，眉头微微一皱，快步走下。

**21. 贾政居室　日　内**

**金钏**："老爷、太太，金陵薛姨太太全家已到府了，已经到东街了！"

**贾政放下手中的信**："孽障！"

**22. 荣国府大门外　日　外**

薛蟠骑着大马，三四乘大小轿子和五六辆骡马车在街上走。

香菱也坐在轿子内。

**23. 荣国府贾母院内　日　外**

　　贾母、王夫人、邢夫人、李纨、凤姐、赵姨娘、三春等合家女眷并丫头、婆子等站满一院子，迎接薛姨妈。

　　**薛姨妈**满脸堆笑地走到贾母跟前下拜："给您请安。"

　　**老太太**："快起来吧。"

　　**薛姨妈**："老太太，多年不见，还这么健朗，越发像老寿星了。"

　　**贾母**伸手扶住薛姨妈笑着："托福，托福。姨太太一向可好？到底把你们等来了！"

　　**薛姨妈**："宝钗，快给老太太请安。"

　　**宝钗**："给您请安。"

　　**老太太**："好……好……"

　　薛姨妈与邢夫人、王夫人等相见寒暄，欢声笑语，充满庭院。

　　宝玉笑吟吟地走来。薛宝钗在薛姨妈身后一转身，看见宝玉。黛玉先看一眼宝玉，继而观察宝钗。

　　**起歌声：**

　　开辟鸿蒙，

　　谁为情种，

　　都只为风月情浓……

　　宝玉拉着黛玉的手向宝钗甜甜地笑着。

　　宝钗将眼光从宝玉移到黛玉身上，娴静地含笑点头。

　　黛玉微笑着看看宝钗，下意识地抓紧了宝玉的手。

　　**歌声继续：**

　　趁着这奈何天，伤怀日，寂寥时，

　　试遣愚衷。

　　因此上，演出这，

　　怀金悼玉的《红楼梦》。

　　　　　　文字整理：夏源

　　　　　　资料来源：根据央视网提供的视频完成文字整理。

　　　　　　具体参见 http：//dianshiju. cntv. cn/costume/hongloumeng/classpage/video/20091224/100066. shtm

中国广播电视文艺大系　1977—2000

# 西 游 记

首播时间：1987 年
首播电视台：中央电视台
摄制单位：中国电视剧制作中心、铁道部第十一工程局
制 片 人：杨洁
编　　剧：邹忆青、戴英禄、杨洁
导　　演：杨洁
美　　术：马运洪、郑越洋、李相铎、刘大键
主　　演：六小龄童、马德华、徐少华、迟重瑞、汪粤、闫怀礼、左大玢
获奖情况：第八届（1987 年度）中国电视剧飞天奖连续剧特别奖、优秀美术奖；第六届（1988 年）中国电视金鹰奖优秀连续剧奖、最佳男主角奖。

**剧情梗概：**

　　电视剧《西游记》是根据中国古典四大名著《西游记》改编而成，原著中本来有很多佛经偈语和晦涩的对白，但电视剧却将这些删除，将有趣的故事和生动的情节保留，更加轻松易懂，留给观众回味的空间。

　　《西游记》讲述的是东胜神洲傲来国海中有一座花果山，山顶上有一个石头，忽然有一天里面蹦出一只石猴。石猴本领高强，不久就被拥戴成为花果山的猴王。后来他希望能多学点本事，就只身一人离开花果山，去拜菩提祖师为师，菩提祖师觉得他是可造之才，就收了他，还给他个名号，叫孙悟空。孙悟空很聪明，不多久就学会了长生不老术、七十二变及"筋斗云"，但却因为炫耀表演被菩提师祖赶出门外，孙悟空回到花果山更加肆无忌惮，不停的闯祸，最终被玉帝知道。玉帝派太白金星去花果山招孙悟空上天，并让他做"弼马温"。孙悟空本来觉得很得意，就在天庭放肆，偷吃蟠桃，喝醉酒，但忽然有一天他知道原来"弼马温"就是马倌，感觉受到屈辱，要讨个公道，于是就开始大闹天宫，天兵天将都拿他没办法，无奈之下玉帝请来如来佛制服他，孙悟空终究没能逃出如来的五指山，被压在山下五百年。五百年后大唐高僧唐三藏要去西天取经，需要几个徒弟，观世音菩萨告诉孙悟空，要想出来就要保护唐三藏取得真经，孙悟空很乐意。后来唐三藏来到五指山，救出孙悟空。后来师徒二人途径高老庄和沙河又救出猪八戒和沙僧，于是师徒四人踏上了去西天取经的道路。在取经途中，他们遇到九九八十一难，打败了很多妖魔鬼怪，终于来到了西天取回了真经，师徒四个最终也修成了正果。

　　在取经的过程中，师徒四人展现了不同的性格特征。孙悟空虽然很顽皮，有时不听师傅

教诲，不得已被套上了紧箍咒。但他却一直惩恶扬善，对师傅忠心耿耿，乐观正义，具有战斗精神，有傲气。

猪八戒本是天蓬元帅，却因为贪恋嫦娥的美色被贬到凡间，还成了一个半人半猪的长相。他懒惰，好吃贪睡，爱占小便宜，胆小怕事，爱耍小聪明，但猪八戒却还是一个好人，他憨厚老实，肯干体力活，经常受欺负。

沙僧本是卷帘大将，但因为打碎一只瓶子被贬到流沙河，但他跟唐僧取经后却很勤劳，虽然武艺不算高强，但却忠诚老实，任劳任怨。

唐僧虽然对取经一往直前，很善良，但却显得迂腐，容易听信谗言，胆小软弱。

《西游记》原著虽然有很多意味深长的含义，被当作作者讽刺当时社会现象的有力武器，但改编之后的电视剧却因为各种奇幻的因素成了一部老少皆宜的电视剧佳作，尤其是演员刻画了一批生动形象的人物，在一代代人心中留下深刻印象。

文字整理：黄璇

资料来源：根据央视网提供的视频完成文字整理。

具体参见 http://dianshiju.cntv.cn/2012/12/03/VIDA1354534828865268.shtml

# 剧本

## 《西游记》第 12 集

### 夺宝莲花洞

**1. 日，外，乱石丛中**

猪八戒在攀爬一块岩石，不小心摔了一跤，疼得直叫，心中有点愤恨。

**猪八戒：**"这皮软的老和尚，偏偏听那该死的弼马温的弯路，让我来巡山看妖怪，哎呀，看见那妖怪我躲还躲不及呢，还巡山，哎呀。哎呦！哎呦！呸！哎！"

猪八戒走累了，倒在地上睡着了。

而另一边，唐僧和沙和尚在焦急的等着猪八戒。

**唐僧：**"悟净，八戒怎么还不回来？"

**沙僧：**"大师兄已经找他去了。"

**唐僧：**"悟净，此山甚是险恶。"

**沙僧：**"师父放心，二师兄巡山很快就会回来的。来，您坐。"

孙悟空找到睡得正香的猪八戒，想要弄他一下，变成一只啄木鸟，去啄猪八戒的鼻子。猪八戒惊醒。

**猪八戒：**"妖怪，妖怪！没有妖怪呀，怎么戳了我一枪。（看到啄木鸟）啄木鸟啊。弼马温欺负我也就罢了，你也来欺负我，嘿！呵呵，你一定把我老猪的鼻子当成一块烂木头，找虫子吃来了吗？我把鼻子包起来。"

孙悟空看到猪八戒把鼻子捂住，就变了一粒鸟屎到他脸上。猪八戒被弄醒，摸了一下脸。

猪八戒："鸟屎！"

孙悟空看着猪八戒嘲笑。

猪八戒（拿起一个小石子打啄木鸟）："你这遭瘟的鸟，你这骚温的鸟。回去吧，回去吧。哎，不行，弼马温要问起我来，我怎么说呀我。师傅要问我这是什么山啊，我说是什么呢？哎，哎，师傅要问我是什么山，我就说是石头山，要问我是什么洞，我就说是石头洞。"

**2. 日，内，莲花洞**

银角大王："小的们，跟我去巡山喽。"

金角大王："慢。贤弟，今日巡山你要仔细看看，是不是有个唐僧打此经过，你把他给我抓来。"

银角大王："嗨，我们要吃人，哪不能捞他几个呀，专门捉这个唐僧干什么？"

金角大王："哎，贤弟，我在天界曾听人说这个唐僧是金禅长老转世，吃了他的肉长生不老啊。"

银角大王："当真，哈哈，那我们还打什么坐，练什么功啊！！"

小妖们："对啊！"

银角大王："只要把这个唐僧抓来，大家吃了就行了。好，我去拿他。"

金角大王："唉，贤弟，先别着急啊，你没见过唐僧，抓错喽，那怎么办啊？来来来。"

银角大王："小的们。"

小妖们："在。"

银角大王："先等等。"

金角大王："贤弟，我记得他们的模样，给他们师徒画了个图形，你拿去，见到他们，你可以照验照验。"

银角大王（打开图）："哈哈哈哈。"

**3. 日，外，乱石丛中**

孙悟空："绝不会错师傅，真的。"

沙僧："师傅，二师兄来了。"

孙悟空："师傅，他来了。（大笑）"

猪八戒："师傅！"

唐僧："八戒，这是什么山？"

猪八戒："石头山。"

沙僧："这是什么洞？"

猪八戒："石头洞。"

孙悟空："洞是什么门？"

猪八戒："丁儿丁的铁链门。"

孙悟空："洞里有多远？"

猪八戒："洞里有多远。"

孙悟空："洞有三层门，若问门上多少钉，就说俺老猪心忙记不清了，对不对！"

猪八戒:"猴哥,你又没去巡山,你怎么知道我老猪心里要说的话。"
孙悟空:"我打你个憨货。(孙悟空追着猪八戒打)你哪里是去巡山,分明是偷懒睡大觉。若不是那只鸟把你啄醒,你这会儿还回不来呢!"
猪八戒:"那只鸟是你变的。(孙悟空继续追着他打)师傅。"
唐僧:"八戒。"
猪八戒:"师傅!"
沙增在一旁大笑。
孙悟空:"别拦着。"
唐僧:"悟空。"
猪八戒:"师傅!"
唐僧:"悟空!哎!"
猪八戒:"师傅你看!"
唐僧:"八戒,悟空说你撒谎,我本来不信,不想果真如此,其实该打!"
孙悟空:"好!"
猪八戒:"师傅!"
唐僧:"悟空,观其后效,再打不迟。"
孙悟空:"好,师傅说不打那就认罚。你再去巡山,若是再敢偷懒睡大觉!"
猪八戒:"不敢,不敢。"
孙悟空:"快去!"
猪八戒:"不敢了。(赶紧去巡山)"
孙悟空:"快!"
沙僧:"二师兄快去吧。"
孙悟空和唐僧大笑。
猪八戒又去巡山,被一根树枝挂住。
猪八戒:"猴哥,我说不骗人了,你又拿个树枝来打我。嗨!"
猪八戒看到天空有一只乌鸦。
猪八戒:"乌鸦,乌鸦诶,你又是师兄变得对不对?我老猪这回可没睡觉啊,哈哈哈哈。这哪有妖怪?"
猪八戒忽然碰到银角大王。
猪八戒:"哈哈哈哈,猴哥啊,你又变个妖怪来吓我啊。"
银角大王大笑,一群小妖将猪八戒包围。
猪八戒:"我是过路的。"
小妖:"大王,他说他是过路的。大王,这和尚跟图像这个,你看。"
银角大王:"这是唐僧,这猴脸的是孙猴子,这长嘴巴大耳朵是猪八戒。"
小妖:"对对,对对对。"
银角大王:"你就是猪八戒。"
猪八戒:"不是,不是,不是。"
银角大王:"和尚,把嘴伸出来。"

小妖："伸出来！"

猪八戒（捂着嘴）："受风了，不能伸出来，不能伸出来。"

银角大王："小的们，用钩子把他的嘴钩出来。"

猪八戒："你们看个够吧。去你吧（想逃跑）。"

小妖们："别让他跑了（追猪八戒）！"

另一边，孙悟空在等着猪八戒。

唐僧："悟空，悟空，八戒巡山去了许久，怎么还不回来？"

孙悟空："师傅不晓得他的心思呀。"

唐僧："怎么，他有什么心思？"

孙悟空："若是有妖怪，他一定回来报我，想是没有妖怪，路途平坦，他一路跑过去了。诶，师傅，我们上马吧。走，赶他去。"

猪八戒一路逃跑，却又遇到了银角大王。银角大王和小妖们将猪八戒制服，抓了回去。

猪八戒："放了我。"

4. 日，内，莲花洞

银角大王："哥哥。"

金角大王："啊！"

银角大王："哥哥，让我抓住了一个。"

金角大王："哎呀，太好了。带上来。"

银角大王："好，小的们，把他给我抬上来。"

小妖们："来，来，这家伙真够重的啊。"

猪八戒："放了我，放了我。放了，放了。"

小妖们："你老实点。"

金角大王："嗨，贤弟抓错了。吃这个和尚没用。"

小妖们："啊，没用？"

猪八戒："没用，没用就放了我吧。"

银角大王："不能放！哥哥，咱们待会儿把他脱了毛，拿盐腌着吃。"

金角大王："好！"

猪八戒："腌着吃？那不如蒸着煮着好受啊。"

银角大王："小的们，把他抬下去。"

猪八戒："我真倒霉了，碰上这些卖腌肉的妖精们，哎呦。"

小妖们将猪八戒抬下去。

银角大王："哥哥，他和唐僧都是一起的，他就是猪八戒呀。"

金角大王："嗨，我知道，可是，吃猪八戒的肉没用，非吃唐僧的肉才能长生不老呀。"

银角大王："嗨！有了猪八戒，唐僧就不远了（两人大笑）。"

5. 日，外，郊外

唐僧和孙悟空、沙僧在赶路。

孙悟空："师傅，你瞧！当心！"

银角大王："哎，你们看唐僧来了。"

小妖们："在哪儿，在哪儿？"

银角大王："山下就是。"

小妖们："在哪儿？没有啊。"

银角大王："看见没有？那骑白马的就是。"

唐僧："悟净，我怎么总是打冷颤？"

沙僧："师傅可能得了风寒病。"

唐僧："风寒病？"

孙悟空："胡说，想必走在这荒山野岭心惊胆战，唉，师傅，待徒儿给您开路如何？（孙悟空开路）走！跟上！师傅，您瞧！"

银角大王："好个孙悟空，果真名不虚传啊，唐僧肉吃不成了。"

小妖："二大王，唐僧肉为什么吃不成？"

银角大王："你看他那根铁棒，我们洞里有谁能禁得起？"

小妖："大王，唐僧肉吃不成不如做个人情，把猪八戒还给他吧。"

银角大王："诶，唐僧肉还是要吃，不过不能硬取，你们先回洞去，我自有办法。"

小妖们："是。"

银角大王变成一个老道士，向唐僧求救。

银角大王："师傅，救命！救命啊，救命啊，救命啊，师傅，救命，救命啊。"

唐僧："悟净，是谁在喊救命？"

沙僧："不知道。"

银角大王："救命啊，师傅。"

沙僧："师傅，在前面。"

银角大王："师傅，救命啊。"

唐僧要去救人，被沙僧拦住。

银角大王："师傅，师傅，我是山下道观里的一个道士，今天上山砍柴，不慎把腿胯跌伤，望师傅救命啊。"

这时孙悟空开路回来。

唐僧又要去救他。

沙僧："师傅，不可。"

唐僧："悟净，悟净，可怜他上了年纪，又摔伤了腿，我是僧，他是道，衣冠虽别，修行之理则同。"

沙僧："师傅！"

唐僧："老道，请骑上我的马，送你回道观去吧。"

银角大王："多蒙师傅厚情，可是我腿胯跌伤，骑不得马呀！"

唐僧："这，悟净。"

沙僧："师傅。"

唐僧："悟净，去把行李放在马上，你驮他一程吧。"

沙僧:"师傅,我……"
唐僧:"悟净,快去吧。"
沙僧:"是。"
孙悟空:"师傅,我来驮。"
沙僧:"大师兄。"
孙悟空:"老道长,还是我来驮你吧。"
沙僧:"诶,大师兄,我来驮。"
孙悟空:"诶,你靠边儿。(抓住银角大王的手)老道长,还是我来驮你吧。"
银角大王:"有劳长老。多谢,多谢!"
孙悟空(驮着银角大王):"走,走。"

忽然银角大王将一块石头变到孙悟空背上,自己脱身。孙悟空驮着石头向前走,银角大王大笑。银角大王趁机将唐僧和沙僧抓住,带回洞里。

6. 日,内,莲花洞

小妖们:"大王,大王,那唐僧让我们抓住了。"
金角大王:"呕!"
银角大王:"哥哥,哥哥,哥哥!"
金角大王:"有劳贤弟。"
银角大王:"你来看!哥哥,这回咱们可以吃唐僧肉了。"
小妖们:"对!"
金角大王:"嗯?贤弟,还是不能吃。"
银角大王:"怎么,这不是唐僧吗?"
金角大王:"是唐僧,可这……至今还没有抓到孙悟空,这猴子神通广大,吃他的师傅,他岂肯善罢甘休?"
银角大王:"哥哥,你也太抬举他了,那猴子在途中想暗算于我,被我用移山之法将他压住,现在他已经寸步难移啦!"
金角大王:"好,小的们,准备酒菜,为二大王庆功啊!"
银角大王:"等一等,小的们,先把唐僧拉下去,洗吧干净,一会儿咱们蒸着吃啊。"
沙僧要救唐僧,和小妖们打起来。
沙僧:"去你的吧,你们这帮妖怪谁敢动我师傅一根指头,我大师兄来了,绝不轻饶你们。"
银角大王:"好你个沙和尚,还胆敢口出狂言?"
金角大王:"贤弟,那猴子压在五行山下500年都不曾死,可要慎重啊。"
银角大王:"好,那就等把猴子抓到,咱们一块儿吃。"
金角大王:"嗯。"
银角大王:"小的们,把他们给我押下去。"
小妖们:"好,快走。"
沙僧:"师傅,师傅!"

银角大王："待会儿，我让精细鬼儿拿着咱们的宝贝，把那孙猴子装回来不就得了嘛。"
金角大王："好，不过是用你的紫金红葫芦还是用我的阳紫玉镜瓶呢？"
银角大王："既然那猴子神通广大，用一件宝贝恐怕拿不住他，那就两件都拿去吧。"
金角大王："嗯。"

7. 日，外，野外

孙悟空终于摆脱了身上的大石，惊动了山神。
山神："小神参见大圣。"
孙悟空："好你个山神，不怕俺老孙倒怕那妖怪，怎把他山借给它来压俺老孙。"
山神："小神不敢，小神不敢，只因那妖怪神通广大，是他念动咒语，每日居我山神土地到他洞中听用。"
孙悟空："啊，这是什么妖怪，竟敢把山神土地当衣服？（忽然看到有东西闪烁）诶，山神，你看那放光的是什么宝物？"
山神："啊哦，大圣，那是妖魔的宝物，想是他用这宝贝来降你。"
孙悟空："噢，好，既如此你回去吧，我自有法拿他。"
山神："小神告退，小神告退。"
孙悟空变成一个道士，截住拿着宝贝的精细鬼和伶俐虫。孙悟空偷偷打了他们一下，两个妖怪被打倒地上。
精细鬼："哎呦！你是怎么搞的你。"
伶俐虫："是你先碰的我一下啊。"
精细鬼："怎么？是你先碰我。"
伶俐虫："你碰我。"
孙悟空在一旁笑。
伶俐虫："这是谁啊？问问他去。"
精细鬼："唉，那是什么人，你干什么的？"
孙悟空："小道人见老道，就要跌跤，作觐见礼。"
精细鬼和伶俐虫："觐见礼？没听说过，你是哪来的？"
孙悟空："我是蓬莱山来的。"
精细鬼和伶俐虫："蓬莱山？蓬莱山是出神仙的地方啊。"
孙悟空："我就是神仙。"
精细鬼和伶俐虫："神仙？"
孙悟空："我今天到这里要渡个诚心聊道的好人。"
精细鬼和伶俐虫："好啊，我们是好人。渡了我们吧，渡了我们吧，神仙，渡了我们吧，我们真是好人啊。"
孙悟空："噢，你们从哪儿来啊？要到哪里去啊？"
精细鬼和伶俐虫："从莲花洞来，去捉拿孙悟空。"
孙悟空："是保护唐僧去取经的孙悟空吗？"
精细鬼和伶俐虫："对，正是。"

孙悟空："我和你们一起去拿吧。"
伶俐虫："不用帮忙，不用帮忙，我们家二大王叫我们去拿宝贝去捉拿他的。"
孙悟空："什么宝贝。"
精细鬼："紫金红葫芦。"
伶俐虫："阳紫玉镜瓶。"
孙悟空："噢，拿来给我看看。（孙悟空拿过瓶子看了下），这么个小瓶、小葫芦，可怎么装人啊？"
精细鬼："老神仙，你还不知道吧，我把这宝贝底儿朝天，口朝地，我不管叫了谁的名字，他一答应，就装进去了。"
伶俐虫："过了一时三刻就化成脓水了。（大笑）"
孙悟空："好宝贝，好厉害啊。"
精细鬼："还给我。"
孙悟空："好，我给你们看看我的宝贝。（变出一个大葫芦）来！（葫芦跑到孙悟空的手上）"
精细鬼："老神仙，你这是什么宝贝啊？"
精细鬼和伶俐虫（跪下）："老神仙，老神仙，我们真是有眼不识泰山，老神仙。"
孙悟空："起来，起来。"
精细鬼："老神仙，你这葫芦也是仙家的宝贝吧？"
伶俐虫："是吧？"
孙悟空："嗯，你这是葫芦孙子，我这是葫芦爷爷。"
精细鬼："爷爷？老神仙，老神仙，你这葫芦虽大，可是它不中用啊，我这葫芦虽小，它能装千人啊。"
伶俐虫："是啊。"
孙悟空："装人有什么稀罕，我这葫芦连天都装的下。"
精细鬼："老神仙，你这只怕是谎话吧。"
伶俐虫："不信，不信，若是真能装天，装给我们看看。"
精细鬼："给我们看看。"
孙悟空："若是不信，待贫道装一次天给你们看看。"
精细鬼和伶俐虫："好！"
孙悟空带着葫芦来到山顶，装着打坐念经。自己去脱身跑到天上。

8. 日，外，天界
    孙悟空："三太子！三太子！嗯？"
    哪吒："嗯？"
    孙悟空："噢！三太子！"
    哪吒："大圣。"
    孙悟空："三太子，俺老孙有事求你。"
    哪吒："大圣，大圣有何吩咐？"

孙悟空："待俺老孙一念咒语，你就把天遮起来。啊？"
哪吒："好吧。"
孙悟空："多谢，多谢。"

9. 日，外，野外

孙悟空回到老道人身上。

孙悟空："嗯（大笑，跳下山来，念咒语）如不听我调遣，我便打上凌霄宝殿，你们一个个不得安生，你们全都要听俺调遣。"

哪吒将天遮了起来，一片漆黑。

莲花洞内，小妖怪："天怎么黑了？"

精细鬼："老神仙，我们知道天怎么装了，你快把天给我们放出来吧，要不然看不见了。"

天变亮。

莲花洞里，银角大王："呀呵，天怎么又亮了？"

精细鬼和伶俐虫："老神仙，天亮了，你法力无边啊。"

10. 日，内，莲花洞

金角大王："这精细鬼、伶俐虫怎么还不回来？"
银角大王："别着急，出不了事！喝！"
金角大王："好，喝。"

11. 日，外，野外

伶俐虫："老神仙，等等，等等我们呀。"
精细鬼："您法力无边哪。"
伶俐虫："老神仙，您能不能告诉我们那个孙悟空在哪儿啊？"
精细鬼："是啊。"
孙悟空："你们来看，孙行者就在那儿呢。（在岩石上变了一个假孙悟空）"
伶俐虫："真在那儿。"
孙悟空："孙行者。（假孙悟空被吸进葫芦里）来！"
精细鬼："伶俐虫，过来、过来。他把那孙悟空装到他葫芦里去了，我们怎么办？"
伶俐虫："他那宝贝啊，能装天，又能装孙行者，何不拿咱们这个跟他换换？"
精细鬼："行，走。"
伶俐虫："走！"
精细鬼和伶俐虫："老神仙！"
精细鬼："你把孙悟空装到你葫芦里去了，我们回去不好交差啊。"
孙悟空："嗷？"
伶俐虫："是啊。"
精细鬼："是不是拿我们这个葫芦跟您这个葫芦换一换？"
伶俐虫："对！对！"

孙悟空："那你们这装人的葫芦换我这装天的葫芦，你可真是个精细鬼啊。"

精细鬼："老神仙，您看您说的。"

伶俐虫："哎，过来，来来来。我看不如用咱们这两个宝贝换他那一个宝贝，怎么样？"

精细鬼："对对对，换换换。"

伶俐虫："好神仙，我看我们用两个宝贝换您这一个宝贝怎么样？"

精细鬼："怎么样？"

孙悟空："嗯，好吧，就算我晦气。"

精细鬼："太好了！"

孙悟空："好好好，就拿我这个装天的宝贝换你们两个装人的宝贝。"

精细鬼和伶俐虫："谢谢啦。"

伶俐虫："对对对，老神仙。"

孙悟空："好，给。"

## 12. 日，内，莲花洞

精细鬼和伶俐虫将孙悟空的葫芦抬到洞里。

精细鬼和伶俐虫："大王，请看好宝贝。"

另一边孙悟空拿着两个宝贝哈哈大笑。

精细鬼："大王，孙悟空装在里面怕是早已化尽了。大王请看！"

金角大王："好，打开看看。"

精细鬼："是！（打开葫芦，一道气柱忽然冲出）"

金角大王（大笑）："孙悟空早已化尽，可以吃唐僧肉了！吃唐僧肉啊！"

银角大王："小的们，你二人以小换大，得了这样的宝贝确实精灵。（赏给精细鬼和伶俐虫一杯酒）。"

精细鬼和伶俐虫："谢谢大王。谢大王。（两人争着喝）"

银角大王："哥哥，此宝既然可以装天，我们何不演示演示啊？"

金角大王："好！"

精细鬼和伶俐虫："大王，我来演示。"

精细鬼："我来演示。"

伶俐虫："我来演示。"

精细鬼："我来演示，我来。"

银角大王："你来！"

精细鬼："是！（围着葫芦）"

伶俐虫："注意，注意，天要黑了。注意，注意！"

银角大王："小的们，点起火把。"

小妖们："点火，点火！"

精细鬼拿起葫芦却因为太重，坐到地上，被变身进来的孙悟空看到。

银角大王："嗯？怎么不灵？那老神仙一定是猴子变得，用假宝贝把咱们真的换走了。"

伶俐虫："大王息怒，大王息怒，我听那老神仙说啊还有几句咒语呢。"

精细鬼："对，有咒语。"

银角大王："噢？你来。"

伶俐虫："好，我来。（念咒语）若有半生不堪，就上凌霄宝殿。（葫芦上下跳动）"

精细鬼："起来。（和伶俐虫将葫芦抱住，孙悟空在一边偷笑）"

金角大王："不灵，不灵，这肯定是假的。"

忽然葫芦自己变小。

伶俐虫："怎么变小了？"

葫芦最后变得手掌大小。

银角大王："抓住它。"

伶俐虫将它抓住，给了银角大王。

银角大王（松开手心）："猴毛！啊。猴毛！"

小妖们："怎么回事呀？"

金角大王："上了猴子的当了！"

小妖们："这是怎么回事？"

银角大王："你们两个该死的东西！闪开！"

精细鬼和伶俐虫："大王饶命啊！"

精细鬼："是他要换的。"

伶俐虫："是他出的鬼主意。"

精细鬼："他换的嘛。"

伶俐虫："他！他换的。大王饶命。"

银角大王："你们两个废物！"

金角大王："贤弟，那猴子得了宝贝必然来寻事，怎么得想个办法对付啊。"

小妖们："对。"

银角大王："哥哥，咱们还有晃金绳啊。"

金角大王："晃金绳还在干娘手里呢。"

银角大王："我马上赶回压龙洞让干娘带着宝贝来一趟。"

精细鬼和伶俐虫："大王，带我们去吧，我们这次一定不误事了，把奶奶接回来。"

银角大王："好好，你们两个一起去。走吧。"

精细鬼和伶俐虫："是！谢大王。"

金角大王："慢！这回你们得精灵些，火速把老奶奶接来。"

精细鬼和伶俐虫："是！大王。"

银角大王："再有差错，绝不轻饶！走吧。"

精细鬼和伶俐虫："是，大王。"

13. 日，外，去往压龙洞的路上

孙悟空看到精细鬼和伶俐虫。

精细鬼："快！"

伶俐虫："慢点！别着急。"

孙悟空："定！"

精细鬼和伶俐虫被定在原处。

孙悟空吹了一口气，两人都没有了。

孙悟空："变！（变出假伶俐虫，自己变成精细鬼）"

14. 日，外，回莲花洞的路上

孙悟空变的精细鬼和假伶俐虫抬着干娘。

干娘："走慢点，稳着点。"

孙悟空故意脚一滑。

干娘："稳着点。你们到了我金角银角干儿那儿，让你们多尝几口唐僧的肉，多尝几口。"

孙悟空和假伶俐虫："多谢了。"

孙悟空故意停下来。

干娘："这怎么停下了？怎么回事啊？"

孙悟空："我走不动了。（变回孙悟空，大笑）"

孙悟空一棒将干娘打死，干娘变成一个狐狸。

孙悟空："原来是个狐狸精。（拿走晃金绳）"

孙悟空自己变成干娘。

15. 日，内，莲花洞

金角大王和银角大王："参见干娘。"

小妖们："参见奶奶。"

孙悟空："孩儿们，免礼！（看见唐僧）免礼，免礼了。"

金角大王和银角大王："谢干娘！"

孙悟空："我儿请我到这里来，干什么来了？"

金角大王："干娘，我们抓住了东土来的唐僧，不敢独享用，请干娘来吃，也好益寿延年啊。"

银角大王："孩儿请干娘来一则是吃唐僧肉，二是请干娘帮助孩儿捉拿那孙猴子。"

孙悟空："量他孙行者也逃不过我那晃金绳。我去看看那唐僧啊。"

银角大王："干娘，这就是那唐僧呐。"

孙悟空："啊哦，这就是那唐僧啊。怪不得细皮嫩肉的。"

金角大王："干娘，这就是沙和尚。"

沙僧："哼！"

孙悟空："嗷！还挺厉害的呢。"

金角大王和银角大王："干娘，慢走，慢走。"

孙悟空："这就是那猪八戒吧。"

金角大王和银角大王："是，是啊。"

孙悟空用拐杖打猪八戒。

猪八戒："该死的老妖婆，我大师兄要知道喽，饶不了你们。"

孙悟空故意露出腿给猪八戒看，猪八戒看到猴毛，大笑。

沙和尚："二师兄，你笑什么？"

猪八戒："只是当是老妖婆来了，没想到是弼马瘟到了。"

沙和尚："你怎么知道？"

金角大王："干娘。"

孙悟空："哼！"

金角大王："慢着。"

银角大王："干娘慢走啊。干娘，请坐，干娘。"

孙悟空："那唐僧的肉倒不忙吃，听说那胖胖的猪八戒的耳朵甚是好吃，割一个下来为我下酒。"

银角大王："小的们！"

小妖们："到！"

银角大王："把猪八戒的耳朵割下来！"

小妖们："是。"

猪八戒："骚温的猴子，你一进洞来，就想割我的耳朵吃，哎呦。"

孙悟空："我的儿，快给老娘叩头吧。（变了回去）"

16. 日，外，莲花洞外

孙悟空和银角大王打到洞外，孙悟空用晃金绳将银角大王绑住。

孙悟空："我的儿，滋味不错吧。啊？"

银角大王念动咒语，晃金绳松开他跑到他的手上。银角大王大笑，用晃金绳将孙悟空绑住。

银角大王："你往哪逃？"

孙悟空在地上挣扎。

银角大王："你逃不了了！（将自己的宝贝拿了回来）"

17. 日，内，莲花洞

银角大王："哥哥，你来看！"

金角大王："哎呀，咱们的宝贝又都回来了。"

银角大王："哥哥，那孙猴子也让我给抓回来了。"

金角大王："真的？"

银角大王："小的们，抬上来。"

小妖们将孙悟空抬进来。

金角大王："是他，就是他。有晃金绳捆着，他跑不了了。走，喝酒去。"

银角大王："走，喝去。来来。"

金角大王："喝，喝喝喝。"

银角大王："来来来。哥哥，这回啊，咱们就可以放心了。"

金角大王："咱们就放心的喝吧。喝喝。"

孙悟空滚到离猪八戒近的地方。

**孙悟空**："八戒！"

**猪八戒**："猴哥，这回耳朵吃不成了吧。"

**孙悟空**："呆子，老孙变化都是为了你们，你怎么却走漏了风声。如今，老孙这就来救你们啊！"

**猪八戒**："你得了吧，你如今都自身难保了，还来救我们，你别说大话了你。"

**孙悟空**："别吵！"

金银角大王喝醉了。

**银角大王**："喝，好吃唐僧肉。"

**金角大王**："喝。"

**沙和尚**："沙师弟，揪我根毫毛。"

**沙和尚**："嗯。（用嘴揪了一根毛，孙悟空用嘴一吹，变成一把刀子）"

**孙悟空**："快蹭。"

**沙和尚**："嗯。（将孙悟空身上的绳子割开）"

孙悟空把刀子变没了，并在地上变了一个假的孙悟空。

**孙悟空**："沙师弟，你等着。（逃出莲花洞）"

**小妖**："大王，大王，不好了。"

**银角大王**："什么事？"

**小妖**："外面又有一个猴子打来了。他说他叫者行孙。"

**银角大王**："去，去吧。"

**金角大王**："去吧。"

**小妖**："是。"

**金角大王**："贤弟，刚才抓了个孙行者，这回又来了个者行孙。"

**银角大王**："别着急，宝贝都在咱们手里头，我去拿他。"

**金角大王**："去把他抓回来。"

18. 日，外，莲花洞外

**银角大王**："好你个猴精孙行者呀，倒被你逃出来了。"

**孙悟空**："孙行者是我哥哥，我叫者行孙，是来找你要人的。"

**银角大王**："我也不和你交手，我叫你一声你敢答应，我就放了你哥哥。"

**孙悟空**："你叫我一千声，我回答一万声。"

**银角大王**（将宝贝瓶盖打开）："哼，者行孙，者行孙，者行孙！"

**孙悟空**："哼，你外公在此。（被吸进瓶子里）"

19. 日，内，莲花洞

**银角大王**："哥哥，孙行者的弟弟者行孙让我给装回来了。"

**金角大王**："是吗？"

**银角大王**："先别打开，别让他跑了，有了响声再打开。"

孙悟空（在瓶子里）："我的妈诶，我脚都化了。"

银角大王："脚丫都化了。"

金角大王："是吗？"

孙悟空："我的腰都化了。"

银角大王："腰一化他就完了。"

金角大王："好，好。快打开看看。再看看。"

银角大王打开瓶盖，孙悟空变成虫子逃了出去。

银角大王："者行孙这回真的变成脓水了。"

金角大王："贤弟，唐僧师徒都是被你拿住的，你的功劳很大啊。拿酒来！"

小妖（孙悟空变）："大王！"

金角大王："来，哥哥，先敬你一杯。（银角大王将紫金红葫芦给小妖）"

银角大王："谢谢哥哥。"

小妖（孙悟空变）："还有！"

金角大王："来！"

拿酒的小妖是孙悟空变的，他变了一个假的紫金红葫芦，将真的拿走，把假的还回去。

小妖："大王，外面又来了个行者孙在那里叫骂呢！"

金角大王："哎呀，捅了猴子窝了，怎么，贤弟，晃金绳捆着了孙行者，紫金红葫芦装上了者行孙，这会儿又来了个行者孙。"

银角大王："哥哥，你怕什么，我这紫金红葫芦有多少猴子都能给他装进去。等我再去装他。"

金角大王："好。"

## 20. 日，外，莲花洞外

银角大王："我叫你一声，你敢答应吗？"

孙悟空："我叫你一声，你敢答应吗？（拿出真的紫金红葫芦）"

银角大王："行者孙，你那葫芦从哪儿来的？"

孙悟空："你那葫芦从哪儿来的？"

银角大王："我这葫芦是开天辟地之时太上老君从昆仑山的一棵仙藤上摘下来的。"

孙悟空："啊，原来彼此彼此，我这葫芦也是从那儿摘的。"

银角大王："我不信。"

孙悟空："你不信，当时仙藤上结有两个葫芦，你这个是雌的，我这个是雄的。"

银角大王："先不管雌雄，我叫你一声，你敢答应吗？"

孙悟空："你叫吧。"

银角大王："行者孙。"

孙悟空："爷爷在此。（葫芦没有反应）"

银角大王："行者孙！"

孙悟空："爷爷在此。"

银角大王："行者孙。"

孙悟空："如今世道变了，你那葫芦见了老公不敢扬威了。"
银角大王："行者孙。"
孙悟空："爷爷在此。爷爷在此。爷爷在此。银角大王。"
银角大王："啊！（被装进瓶子里）"
孙悟空："我的儿，今天你也试试心满。"

21. 日，内，莲花洞

金角大王："贤弟啊！（哭）贤弟啊！"
猪八戒："妖怪，妖怪！你别哭了，快把我们放下来，准备好酒菜，让我师傅给你兄弟念念经，好超度超度。（大笑）"
金角大王："好你个猪八戒啊，闭上你的臭嘴你敢取笑我，啊，小的们。"
小妖们："在！"
金角大王："把他先放下来蒸烂喽，咱们吃饱了再说。"
小妖们："放下来，大王，猪八戒不好蒸啊。"
猪八戒："阿弥陀佛，我老猪是皮厚，不好蒸。"
小妖们："大王，把他扒了皮就好蒸了。"
金角大王："对，把他皮扒了。"
猪八戒："不扒皮也好蒸，烫滚了就烂了。"
小妖："大王，行者孙在洞前叫骂呢！"
金角大王："他这是欺我洞中无人哪，小的们！"
小妖们："在！"
金角大王："把他先吊起来，等我抓了行者孙一块儿蒸。走！"

22. 日，外，莲花洞外

金角大王和孙悟空打了起来，金角大王用一种小石子向孙悟空砸去，孙悟空用嘴接住，吞下去。
孙悟空："多扔几个！"
孙悟空又接到一个用嘴反扔回去，砸到金角大王的脑门，金角大王逃跑，被孙悟空截住。
孙悟空（拿出葫芦）："金角大王！"
金角大王发现各个方向都有孙悟空。
孙悟空："金角大王！"
这时太上老君出现。
太上老君："大圣，且慢动手。"
金角大王："师祖饶命啊。（变回炼丹童子）师祖，师祖，师祖饶命啊，师祖饶命吧。"
太上老君："徒儿，谁让你私逃下界，惹此大祸，你那兄弟呢？"
孙悟空："诶，老倌儿，在这葫芦里呢。"
太上老君："啊哦？"

**金角大王**："师祖，饶了我们吧。"

**太上老君**："那是我盛丹的葫芦还有练经用的石头，被他们偷下界去。大圣，就请还我宝物。"

**孙悟空**："噢，你这老倌儿，纵容家属下界为妖作孽，你该当何罪！"

**太上老君**："是老夫管教不严，罪过呀，罪过！"

**孙悟空**："既然你当面认错，那就还给你吧，拿去。"

**太上老君**："噢，这……（看到孙悟空身上的晃金绳）。"

**孙悟空**："这是俺老孙的。"

**太上老君**："这是老夫的一根金丝带，也被他们偷下界去。（将晃金绳收回）"

太上老君将银角大王放出，他也变成一个炼丹童子。

**银角大王**："谢师祖！"

**太上老君**（带着两个童子升天）："快救你师傅去吧。"

文字整理：黄璇

资料来源：根据央视网提供的视频完成文字整理。

具体参见 http://tv.cntv.cn/video/C10695/60325210c13c4d70bb45f08a15d905f5#frp=v.baidu.com/v

# 严凤英

首播时间：1987年

首播电视台：中央电视台

摄制单位：南京电影制片厂、江苏音像出版社

编　　剧：顾尔镡、王冠亚

导　　演：金继武、葛晓英

摄　　像：孟庆鹏、汪若柏、杜义民

主　　演：马兰、李蓁、韩军、黄宗洛、张英、黄小立

获奖情况：第八届（1987年度）中国电视剧飞天奖连续剧一等奖、优秀女主角；第六届（1988年）中国电视金鹰奖最佳女主角奖。

**剧情梗概：**

严凤英出生在安庆城，爸爸严思明是爷爷奶奶抱养的，妈妈丁小妹是从孤儿院领来的。奶奶唱得一口好听的茶歌，这可以看作是严凤英黄梅戏事业的启蒙。

严凤英六岁的时候，严家回到老家罗家岭，由于封建思想的影响，祠堂户尊不接受严凤

英的父母，丁小妹离开罗佳岭，严思明为寻找小妹也离开，严凤英从此失去了亲生父母。德邻大妈一直照顾着严凤英，一次严凤英跟随德邻大妈去卖米，她清脆婉转的叫卖声吸引了黄梅调艺人严云高。严云高收严凤英为徒，从此严凤英开始了自己的黄梅戏演艺生涯。

严凤英第一次登台演唱就赢得了阵阵喝彩，但这件事却不被祠堂所允许，无奈之下严凤英和师兄五伢子在严云高的指引下离开罗佳岭，投奔丁积善师父。几年过去，严凤英已经长成一个亭亭玉立的大姑娘，并在丁师傅的教导下唱的越来越好。一次她听到郑春霞、丁积善唱黄梅调骨子戏《小辞店》，想向郑春霞学唱这出戏，但郑春霞却不同意。原来他有一个女徒弟就是因为唱《小辞店》走红而被一个地头蛇奸污后自尽的。一天晚上，郑春霞突然失了音，严凤英主动要求代郑师傅出场，她唱得非常好，从此一炮而红。

严凤英的名气引来了恶霸谢三，谢三强行霸占了严凤英，并将她关在谢家，严凤英要悬梁自尽，被戏班的人救下并逃出了谢家。严凤英碰到了李宝亭，李宝亭骗她说自己能帮她找到戏班，但却向她逼婚，严凤英严词拒绝，这时谢三找到了严凤英，并和李宝亭打起来，严凤英趁机逃走，正好碰上丁小妹，原来丁小妹是谢三叔父的姨太太，母女相认。丁小妹不让严凤英继续唱黄梅戏，并想让她嫁给李宝亭，严凤英拒绝并离去。她为了寻访戏班子来到了南京，并遇到了大五伢。后来她经歌女小桃红介绍进了下等舞厅璇宫，严凤英却发现这个地方并非自己所想象的那样。关效安喜欢严凤英，并帮助她逃离了璇宫的控制。

南京解放后，严凤英重新回到了安庆，戏班的人又重新聚集，严凤英心中又燃起重新唱黄梅戏的希望。一天他们为解放军作慰问演出，因为演唱的剧目《跳家官》还是以前的套路，军管会决定让他们渐渐由封建社会的戏子变成为军队服务的文艺工作者。严凤英被调到剧团搞音乐工作，并和军管会处长梁刚渐渐产生感情。一次他们回到罗家岭祠堂演出现代戏《柳树井》，大家看完戏后群情激奋，对祠堂的户尊等地主阶级展开批判。严凤英在离开罗佳岭的路上碰到了自己的父亲——严思明。

省委宋书记赞扬了严凤英的演出，并让剧团整理几个剧目来演出，严凤英建议演出《打猪草》。改编后的《打猪草》清新健康，演出的很成功。宋书记决定筹建省黄梅剧团，严凤英当场报名。在成立仪式上，严凤英遇到了李宝亭，引起了她的痛苦回忆。严凤英参加华东戏曲汇演的剧目《天仙配》受到热烈欢迎，并且得到了演员一等奖。但专家白如鹤对严凤英的表演提出批评，她随后拜白如鹤为师。严凤英在南京去拜访关效安耽误了开车时间。回到合肥，梁刚得知很气愤，他们因此而分手。

文化大革命开始后，大家劝严凤英出去避一下风头。她回到家乡，让德邻大妈栽培她下一次菜子湖，就在她荡漾湖中时，造反派找到她，把她被关进祠堂。严凤英被押回剧团，遭到了严酷的迫害，性情刚烈的严凤英受不了这种冤屈、诬蔑和打击，离开了人间。文化大革命结束后，严凤英得到平反，并为她立了一座塑像，她的丈夫王光玉看着雕像，心中回荡起严凤英的歌声。

　　　　文字整理：黄璇
　　　　资料来源：百度百科《严凤英》分集梗概
　　　　　　具体参见 http：//baike.baidu.com/subview/36038/5192806.htm#viewPageContent

## 剧本

## 《严凤英》第九集

**1. 夜，内，璇宫舞厅**

舞厅内有赌博的，有跳交谊舞的，严凤英在台上演唱黄梅戏。

**看客甲**："呱呱叫啊。"

**刘四**："还不错。"

关效安看到这种景象，直摇头。大五伢也很气愤。

**2. 夜，外，街道上**

**大五伢**："鸿六，这儿绝不能再待下去了，弄不好再出一个谢三。"

**严凤英**："我也是这么想的，不过，合同刚签，马上就不唱会连累桃红小姐。"

**大五伢**："哎呀，这年头谁能管谁啊！"

**严凤英**："五伢子，失信的事最好不要干。要不再唱几天试试？"

**关效安**："小姐，一天也不能再唱下去了。怎么，不认识了？"

**大五伢**："你……"

**严凤英**："诶！嗯。（撞了大五伢一下）"

**大五伢**："噢，原来是关先生！我们一直再想见到你，向你道声谢。"

**严凤英**："对！"

**关效安**："这个地方鱼龙混杂，多为乌合之众，我希望你们尽早离开这儿，虽然我们萍水相逢，要是二位有什么难处的话，我还是乐意相助的。"

**严凤英**："谢谢先生的好意，这件事容我们兄妹再想想。"

**关效安**："好，我姓关，自幼喜欢戏曲，直到今天仍然热衷昆剧，如果二位得便的话，欢迎来家小坐，这是我的名片，告辞了！（骑车离开）"

**严凤英**："嗯。（将名片给大五伢）"

**大五伢**："啊，关先生说的有道理，我看就别唱了。"

**严凤英**："唉，（捶墙）再唱两天，啊！"

**3. 夜，内，璇宫舞厅**

严凤英在唱黄梅戏，下面的很多地痞无赖起哄，向严凤英腿脚扔东西。

大五伢的一群小弟兄用弹弓打了带头的地痞，很多人打了起来。

**4. 夜，内，小桃红家**

**小桃红**："听说你两天不登台了？"

**严凤英**："嗯。"

**小桃红**："看来你的道行还不深，我就这么挨过来的，你瞧，这不也挺好的！"

**严凤英：**"真对不起小姐，我真怕进场子。（抽泣）弄哦！（给桃红看自己腿上被砸的伤痕）"

**小桃红：**"哎，行了，既然有人帮你的忙，就不要吃这碗饭了，合同的事儿我给你顶着。"

忽然有人敲门！

**严凤英：**"他们来了！"

**小桃红：**"别怕，跟我来！"

小桃红带严凤英到二楼的一个房间。

**小桃红：**"进去！你就待在里面，千万别出来！"

**严凤英：**"唉，小姐，那你……"

**小桃红：**"我不要紧的，啊！"

刘四带着人进来。

**小桃红：**"刘四，这儿的主人好像还是我吧，你带着这么多人来，怎么事先也不打个招呼啊？"

**地痞甲：**"小桃红，你别装蒜，你以为我们是来找你吗？"

**小桃红：**"这可是我的家呀。"

**地痞乙：**"别跟她啰嗦，叫她把严凤英交出来！"

**小桃红：**"哼！你也不打听打听老娘胳膊上也跑得马！见到过的红的是血，黑的是人头！刘四，你倒说个明白，今儿把这班家伙带到我家里来，究竟为什么！你宁愿做乌龟，我马上就脱裤子！"

**刘四：**"那好，我走！"

**小桃红：**"哼！"

**地痞甲：**"好，臭婊子，你听着，严凤英是你牵的线，现在再要走，办不到！"

**小桃红：**"不就是那份儿合同嘛，毁了也不值几个臭钱！"

**地痞乙：**"钱，小事一桩，你不是要脱裤子嘛？刘四爷玩腻的，我们还没那个胃口呢！你叫严凤英把衣服扒了，让我们兄弟几个轮流见识见识，然后她飞到天边我们也不管！（大笑）"

地痞的话被严凤英听到，她觉得很耻辱，很痛苦，捂住耳朵痛哭。

**小桃红：**"放你妈的臭屁！你们想在我小桃红家里找好佬儿，还嫩着呢！"

小桃红将留声机打开，想阻止，被地痞乙打了一巴掌。要拿刀从背后捅小桃红，小桃红猛地回头，停住。

**小桃红**（指着胸口）：**"哼哼，来呀！往这儿扎。"

三个人和小桃红打了起来，小桃红被刺了一刀，发出惨叫。严凤英赶紧出去，看到小桃红躺在地上。

**严凤英：**"桃红姐！桃红姐！桃红姐！"

**小桃红：**"你快走，你赶快走！说不定他们马上就要来。"

**严凤英：**"（看到小桃红满手的血）血！"

**小桃红：**"这不是血，这些年我的血早被他们吸干了！（痛哭）"

**严凤英：**"桃红姐，桃红姐！来，桃红姐！桃红姐，桃红姐！"

**小桃红：**"吸干了。"

严凤英:"桃红姐,桃红姐!桃红姐,桃红姐!桃红姐!(又听到敲门声)"

小桃红:"你快走,你快走!"

严凤英:"不,我跟他们拼了!(拿起一个花瓶,却看到大五伢)"

大五伢:"啊?"

严凤英:"五伢子,快,快,桃红姐为我受伤了,快,快点!"

大五伢:"哎,关先生正好也在外面。"

5. 日,外,小桃红家门口

严凤英:"小心点。"

严凤英和五伢子扶着小桃红出去。

大五伢:"关先生,关先生!"

关效安:"怎么回事?"

大五伢:"小姐受伤了。"

关效安:"快送医院!来,当心!"

严凤英:"当心!"

大五伢:"坐好!"

关效安:"快!"

严凤英:"伢子当心啊!"

大五伢:"哎!"

大家扶小桃红上了黄包车,拉去医院。

关效安:"严小姐,你跟他先去,我一会儿就到。"

严凤英:"哎,我先去了。"

关效安:"好!"

6. 日,内,关效安家里

严凤英:"幸好没有伤着内脏,医生说刀尖离腰子只有两公分,唉,捡了一条命。"

关效安:"嗯,来来来,随便吃,随便吃啊。"

关效菊:"严小姐,吃菜,到了我家就跟自己家一样。"

关效安:"是呀,不知道这菜合不合口味?"

严凤英:"我离不开辣椒,只想吃点辣的。"

关效菊:"厨房有,阿姨,阿姨!"

严凤英:"不用,我自己去吧。"

关效安:"嗯。吃吧。"

7. 日,内,关效安家厨房

严凤英:"阿姨,有辣椒吗?"

阿姨:"啊,有,给。(给她辣椒)好吃吗?"

严凤英:"真好吃!还有咸菜吗?"

阿姨:"有,给。姑娘,你的老家在哪儿啊?"
严凤英:"安徽桐城。"
阿姨:"啊哦,怪不得,我老家是安庆,连口味都一样!"
严凤英:"(笑)真好吃!阿姨,你出来帮工多久了?"
阿姨:"好几年了!"
严凤英:"那你不想回家看看?"
阿姨:"老家没人了,这兵荒马乱的,又打仗,唉,难呐!"
严凤英(独白):"这位阿姨的话激起我对家乡的无限思念,为了躲避刘四的追踪,我只好在关家暂避一时,关家兄妹待我就像自家人一样,我们在一起练京戏,学昆曲,那段日子,我就像生活在世外桃园,难以忘怀。五伢子仍旧和他的小兄弟们混在一块儿,时间一长,慢慢的就和我疏远了。"

8. 日,外,关效安家院子

关效安:"来,开始吧。"
关效菊练习唱昆剧,严凤英也跟着学。
关效安:"(打断关效菊)不行,不行,小春香这个人物呢,是民间买来的一个野丫头,小姐又宠,年纪又小,想说就说,想笑就笑,用她来反衬杜丽娘这个角色,一文一野,一雅一俗,这样呢,来来来,再来一遍。开始吧。"
关效菊开始唱。
关效安:"放开些,再放开些。放开些,不行不行,小姐味儿太浓了。唉,凤英!"
严凤英:"哎!"
关效安:"你看怎么样?"
严凤英:"我没演过昆曲,我来试试吧。"
关效安:"噢?你也演过小春香?"
严凤英:"没有,我现学的。"
关效菊:"太好了,你来吧。"
严凤英:"那你来帮我唱。"
关效菊:"唉!"
严凤英开始表演起来。
阿姨:"严小姐,有人找。"
严凤英:"唉!这是献丑了。"
关效安:"来,我们再来一条,开始。"

9. 日,外,医院门口

严凤英接小桃红出院。
严凤英:"小心!慢点啊。(和护士送小桃红上黄包车)"
护士:"当心啊。"
严凤英:"谢谢你。"

护士:"别客气。"

10. 日,外,关效安家院子

  关效菊:"哥,瞧你,不吃不喝的,是不是有心事啊?"

  关效安:"是啊,让你说对了。"

  关效菊:"那你能不能告诉我?"

  关效安:"小妹,你是让我对你说真话,还是让我对你说假话?"

  关效菊:"你呀,真话假话都瞒不过我。"

  关效安:"我在想那次我去书摊买书,第一次听到凤英唱的黄梅调,唱的太好了,真是太好了!此乃俗中见雅,声音圆润而又清新,清新而又不失人情味儿,若再多一些雅又不脱俗则更妙了。"

  关效菊:"对,更妙了!就这些?"

  关效安:"就这些!信不信由你了。"

  关效菊:"你呀,至少还有一句真话没说出来。"

  关效安:"噢?"

  关效菊:"这位唱黄梅调的凤英姑娘长得既聪明又漂亮。(唱)哎呀,我的小春香!"

  关效安:"你呀!(笑)"

11. 日,外,关效安家门口

  严凤英:"到了。"

  黄包车夫:"哎!"

  关效安:"凤英,你回来了。"

  严凤英:"哎。(给车夫钱)"

  黄包车夫:"谢谢!"

  关效安扶严凤英进去,却被大五伢看到,他生气的走掉。

12. 夜,内,大五伢住所

  大五伢想起白天看到的,一个人抽着烟沉思,很生气。

13. 日,外,关效安家门口

  关效安被打得鼻青脸肿向家走去,不停敲门,关效菊开门。

  关效菊:"哥,你怎么了?"

  关效菊将关效安扶进家里去。

14. 日,内,关效安家

  关效菊:"快(扶关效安坐下),哥,出什么事儿了?"

  关效安:"快,快,快给我倒杯水。"

  关效菊:"嗯。哥,你到底怎么了?(将水给关效安)自己摔的?叫车撞的?那就是叫人给打的?"

  **关效安:**"(将水一饮而下)叫人莫名其妙的打了一顿。"
  **关效菊:**"为什么?什么人打的?"
  **关效安:**"我也不知道,一帮小流氓上来就打,还没等我看清楚就一溜烟儿跑了。唉,真倒霉!"

15. 日,内,大五伢住所

  **严凤英:**"五伢子!五伢子!五伢子!五伢子!(不停的找,不停抽泣)五伢子,你出来!你出来!"
  大五伢和他的小伙计进来。
  **严凤英:**"五伢子,是你打了关家少爷一顿?"
  **大五伢的小兄弟甲:**"人是我们打的,和我们大哥没关系。"
  **大五伢的小兄弟乙:**"那块砖头还是我砸的呢。"
  **大五伢的小兄弟丙:**"我们打的。"
  **大五伢的小兄弟丁:**"没错!"
  **大五伢:**"别说了。"
  **严凤英:**"你为什么要打关家少爷?"
  **大五伢:**"哼!"
  **严凤英:**"你说呀!"
  **大五伢的小兄弟甲:**"不为什么,你是我们的人,就应该跟着我们混。"
  **大五伢的小兄弟乙:**"我们不愿意让他把你抢走。"
  **大五伢的小兄弟丙:**"对。"
  **严凤英:**"跟你们在一起,我当然愿意。可刘四那帮坏蛋整天抓我,你们谁能护得了我。唉!给你(给大五伢钱,大五伢不要,硬塞进他手里)总不能靠偷靠抢过日子吧。"
  **大五伢:**"我不要!"
  **严凤英:**"你!"
  **大五伢:**"我就是这个命!(将钱扔到地上)"
  **严凤英:**"(抓起大五伢的领子)这钱怎么了?你以为这是关家少爷给我的吗?我告诉你,这是我鸿六靠卖唱一分一分积攒的钱,是我的苦命钱,是我的苦命钱,我的苦命钱!(痛哭)"
  **大五伢的小兄弟甲:**"快走!(几个小兄弟出去)"
  **严凤英**(独白):"我真想把心都掏出来给五伢子看,可他还是不理解我,打那以后我也再没有在破庙里找到过他,直到南京解放。"

16. 日,内,关效安家门口

  南京解放,大家锣鼓喧天的庆祝。
  大五伢驻足在关家大门外,门开了,严凤英出来。
  **严凤英:**"五伢子,是你!哎呀,你把我找得好苦啊。你来,快进来,快进来呀!"
  **大五伢:**"不了,就在这儿说几句吧。我,我打算回家。"

严凤英:"啊。"
大五伢:"原先、原先打算我们一起回去。嗯,不知道,不知道你还是不是准备……"
严凤英:"关家少爷他对我真诚意,我怕开这个口,再说,再说,五伢子。"
大五伢:"行了,行了,那就不难为你了,反正,反正你自己多保重吧。(离开)"
严凤英:"五伢子!(哭泣)"

17. 日,外,家乡大街上

大五伢走了几步,趴在墙上痛哭,一个人拍了他一下。
大五伢:"江大妈?"
江大妈:"我跟了你半天,越看你越像,原来就是你五伢子啊!(哭)"
大五伢:"江大妈!江大妈!(抱头痛哭)江大妈!"
江大妈:"五伢子,你可回来了。"
大五伢:"诶,回来了。"
江大妈:"走,回家,走,回家。"
大五伢:"大妈,大妈,可找到你们了,大妈,师傅呢?班子呢?"
江大妈:"你丁师傅已经来了,托天转也回来了,解放军正和他商议怎么把班子的人都找回来呢。"
大五伢:"(笑)太好了!"
江大妈:"诶,鸿六呢?你没见她吗?"
大五伢:"大妈咱回去说吧。"
江大妈:"走。回去说。"
大五伢:"诶。"

18. 日,外,墙边

梁刚:"严凤英!"
梁刚看到黄鹤楼演唱剧目里有严凤英的名字,心中高兴,转头离开。

19. 日,外,关效安家院子

关效安:"这场戏呀,是在庆祝中华人民共和国成立大会上演的,大家要细心点,多练练,可不能给我们商界丢脸哪!"
关效菊:"没问题,等凤英回来,我们再排一次。"
关效安:"好,来。"
关家兄妹排练起来。
阿姨:"关先生,有人找你。"
关效安:"啊,我去去就来。"

20. 日,外,关效安家大门外

梁刚:"嗷,我是来打听一下,这儿有没有一个叫关效安的先生。"

关效安："我就是关效安。您是军管会的吧,来来,请里边儿坐。"

梁刚："不不,不客气,我是来打听一下这里面有没有一个叫严凤英的姑娘。"

关效安："她上街买东西去了,一会儿就回来,来来来,请里边儿坐会儿。"

梁刚："啊,不用了,我在街上看壁报,晚上有她演出?"

关效安："对对对。"

梁刚："那好,晚上见。"

关效安："好,欢迎光临指导。诶,同志,给您戏票。"

梁刚："不用了,我是公事。"

关效安："嗯?"

21. 夜,内,演出现场

台上严凤英正在演出京剧,梁刚进来。

观众们："好,好,好!好极了,太棒了!"

22. 夜,内,演出后台

严凤英正在卸下行头,梁刚进来。

演员甲："同志,这是后台。"

梁刚："对不起,我是来找人的。"

演员乙："同志!"

梁刚："我找你们一个演员,她叫,她叫严凤英。对不起,我是找她有事情的。"

严凤英："小梁先生!"

梁刚："小鸿六!"

严凤英："我是小鸿六,你不认识我了,我是小六啊。"

梁刚："哎呀,你真是小鸿六啊。"

严凤英："哎呀,我还没卸妆呢,你等等我啊。关先生,关先生。"

关效安："什么事儿啊?"

严凤英："你等等我,帮我招呼一下,我这就来啊。"

关效安："嗷,原来是你呀,来来,你请坐吧,来来,你请坐。"

演员甲："原来他们是认识的。"

演员乙："是吗?"

关效安："在这儿你总算找到她了。"

梁刚："是啊。"

关效安："这是后台,条件太……"

梁刚："没关系,不是蛮好嘛。"

严凤英："啊哦,我忘了给你们介绍,这位就是我常跟你说的我过去的老师小刘先生,这是关效安,关先生。"

梁刚："我们见过。"

关效安："见过,见过。今天就是他到我们家来找你的。"

严凤英："噉，原来是你呀，诶，你看看我还像不像过去的小鸿六？"
梁刚："没错，小鸿六，野丫头！哎，你可叫我找的好苦啊。"
严凤英："我不是在这儿嘛。"
关效安："呃，我得去张罗张罗，你们师生多年没见，你们多聊聊，啊，你们多聊聊。"
严凤英："哎！是什么时候当兵的，是路过这儿，还是在这儿工作？"
梁刚："我离开楼家岭以后就参加新四军了，这次从安庆来，是专门接你回去的。"
严凤英："接我回家？"

文字整理：黄璇
资料来源：根据56.com视频网提供的视频完成文字整理。
具体参见http://www.56.com/w94/play_album-aid-6884411_vid-MzQwMjM3NzE.html

# 乌龙山剿匪记

首播时间：1987年
首播电视台：中央电视台
摄制单位：湖南电视台
制 片 人：张光前
编　　剧：水运宪
导　　演：宋昭
摄　　像：李小平、刘跃飞
主　　演：陆家陛、安亚平、马军勤、姚永平、周琦、申军谊
获奖奖项：第八届（1987年度）中国电视剧飞天奖连续剧三等奖；第六届（1988年）中国电视金鹰奖最佳男配角奖。

**故事梗概**

该剧讲述了解放前期解放军在湘西剿灭土匪的真实故事，解放军在东北虎刘玉堂的带领下，剿灭了当地的土匪和特务，还给了百姓一片安居乐业的净土。电视剧故事曲折，情节惊险，枪战激烈，表现了解放军的英勇和机智，描述了当地土匪田大榜和钻山豹以及国民党女特务四丫头的狡诈和阴险，形成鲜明对比，但也没有将人物扁平化，塑造了一批有血有肉的人物。刘玉堂的有勇有谋，田石头的嫉恶如仇，何山的吹牛和牺牲精神以及刘喜的幽默气质都刻画的生动有趣，同时狡猾的田大榜和蛮横的钻山豹等反面人物也跃然画面。

解放初期，湘西土匪烧杀抢掠，无恶不作，给当地的百姓带来巨大灾难。解放军派小分

队来湘西剿灭土匪，保卫湘西人民生活安定。号称"东北虎"的刘玉堂足智多谋，被派来指挥剿匪战役。由于解放军对当地地形不熟悉，先开始吃了土匪的亏。后来刘玉堂和当地百姓团结一致，在群众共的帮助下共同抗击土匪，其中和土匪有杀父之仇的田石头嫉恶如仇，加入了解放军，剿匪中起到了很大的作用。

湘西的土匪一共有三股力量，田大榜是最大的一股，解放军有一天救了一个女人，但这个女人却是田大榜派的奸细。刘玉堂让解放军驻扎在水磨坊，按兵不动，田大榜不知道他这么做的原因，心中不安。田石头和富贵怀疑这个女人行迹不明，暗中跟踪她。发现了她的真实身份，而刘玉堂则利用她给田大榜传递消息的机会，包围了田大榜，给了土匪沉重的一击，但田大榜却逃跑了。田大榜的匪帮起了内讧，刘玉堂乘机进一步消弱他们的实力，田大榜已经成了强弩之末，势力大减。而从田大榜的土匪窝里逃出来的田嫂，被何山所救，并与何山产生了感情，成为一名剿匪战士。

而湘西的另一股以钻山豹为首的土匪势力却迅速发展，成为湘西的新的忧患。钻山豹狡诈大胆，他用计给解放军带来很大困扰，解放军牺牲惨重。面对解放军剿匪的决心和强大攻势，湘西的土匪狼狈为奸，田大榜和钻山豹等人联合抵抗刘玉堂领导的解放军。但田大榜却不想让钻山豹成为老大，刻意挑起钻山豹兄弟之间的矛盾，后来钻山豹的大哥不慎失足摔死，四丫头喜欢上钻山豹，让田大榜帮助钻山豹，使他成为湘西土匪的老大。

刘玉堂凭借聪明才智智斗钻山豹，并向土匪的老窝一步步逼近，和土匪展开殊死一搏，让钻山豹感到无路可走。富贵在战争中英勇牺牲，这更加加深了刘玉堂要将土匪一网打尽的决心。田大榜走投无路，和最后的几个人想逃出湘西，却最终被烧死。而刘玉堂率领解放军歼灭了剩下的土匪。钻山豹和四丫头逃到一座寺庙中，刘玉堂追击钻山豹到一个乱石岗，最终将他制服，而钻山豹也得到应有的惩罚。

湘西土匪被剿清，恢复了祥和安宁，百姓终于能够安稳的过日子了，而刘玉堂在这段剿匪过程中也有很多感触，更加成熟。

文字整理：黄璇

资料来源：根据央视网提供的视频完成文字整理。

具体参见 http://dianshiju.cntv.cn/2012/12/17/VIDA1355681820264832.shtml

## 剧本

### 《乌龙山剿匪记》11集

**1. 日，内，石城钻山豹住所大厅**

四丫头：你说他们远水解不了近渴，是不是现在有主意了？

钻山豹：不错，我准备把队伍撤出石城。

田大榜：撤出石城？

钻山豹：对，给他们缝个口袋。

田大榜：你想让刘玉堂上你的当，没那么容易吧。

**钻山豹：**哼哼，咱们走着瞧吧。

**2. 夜，内，钻山豹卧室**

　　钻山豹吹着口哨，坐在床边。

　　**四丫头：**来吧，从明天开始又不知道哪天才能睡个舒服觉了。

　　**钻山豹：**唉，你收拾好你那洋匣子，早点走吧，在城外等我。

　　**四丫头：**不，我帮了你。（哭着走出房门）

**3. 日，外，解放军驻扎地**

　　田石头在练习射击。

　　**刘玉堂：**石头。

　　**田石头：**嗯？

　　**刘玉堂：**一会儿再练吧。

　　**田石头：**不，我要练的像刘喜哥那样。（打中目标，惊喜）队长（已经转身走开）。

　　富贵从河里爬上来。

　　**富贵：**石头。

　　**田石头：**富贵哥！你可回来了，你可回来了！

**4. 日，外，解放军营帐外**

　　**何山：**可把我们想坏了。

　　**刘玉堂：**我说富贵，拾到你的家伙。我以为你死了呢。

　　**何山：**这么长时间上哪儿去了？快说说吧。

　　**富贵：**我。

　　**何山：**快说嘛！

　　**富贵：**我去报仇，可……

　　**石象：**队长，他是这样。

　　**刘玉堂：**富贵，咱们晚上谈。

　　**富贵：**哎！

　　**刘玉堂：**那……（递给他一把刀子）

　　**石象：**队长，我一直想说，我想参加小分队。

　　**刘玉堂：**你想参加小分队？为什么？

　　**石象：**我们全家都让土匪杀了。

　　**刘玉堂：**嗯，这是一个很好的理由。你有什么本事？

　　**石象：**我有力气啊。

　　**刘玉堂：**你有多大力气？

　　**田石头：**富贵哥，喝水。

　　石象走到一块石头旁。

　　**石象：**就这块吧。（将那块石头搬起来，然后用力扔出去）

**刘玉堂：**不错啊，好（握住他的手腕），使劲啊，嘿，哈，真有劲！大山，给他枪！

**田秀姑：**队长，队长，山下暴力开始开进山了。呦，富贵！

**富贵：**秀姑！

**田秀姑：**你回来了。

**富贵：**啊。怎么，刚从石城侦查回来啊。

**田秀姑：**你一路辛苦啊。

**刘玉堂：**他让出石城，是想让我们进去？

**何山：**想装我们的口袋。

**田石头：**他把我们当傻子了，我们不理他。富贵，下河洗澡去。

**何山：**石头，我也去吧。

**田石头：**你呀，你就留这儿吧。

**田秀姑：**看我不揍你。

**何山：**贼小子，看我今天怎么制你，别跑！

**富贵：**队长，你去吗？

**刘玉堂：**去。诶，带上枪，小心点。（拿着枪）走！

**小张：**刘队长

**刘玉堂：**你是……

**小张：**怎么，你不认得我了，我是二连的小张啊。

**刘玉堂：**哦，小张，哎呀，真是你。

**小张：**你好。

**刘玉堂：**哎呀，诶？你怎么来了？

**小张：**是首长让我告诉你，说大部队今天晚上就回来。

**刘玉堂：**哦，富贵。

**富贵：**在。

**刘玉堂：**赶快叫他们回来，告诉他们，咱们出发去石城。

**富贵：**好嘞。

## 5. 日，外，石城街道上

田石头、刘玉堂带人攻进石城。

**何山：**土匪！（击毙一个土匪）

石象敲一个客栈的门。

**石象：**三叔，我是石象，开门啊。乡亲们，不要害怕，解放军专打土匪。你们别信土匪的。

**刘玉堂：**石象，别敲了，不怪老乡。走，咱们去城门。

## 6. 日，外，石城城门

**刘玉堂：**三个城门咱们分别把守，准备化成便衣。隐蔽起来，走！

解放军小分队走上城门。

刘玉堂：记住，城外的土匪并不可怕，要提防城里的黑枪。钻山豹在城里一定安排了许多枪手，我们要尽快从明处转移到暗处去。

田石头：田嫂快把部队领来就好了。

何山：你看我干什么？

田石头：看看都不行？

刘玉堂：富贵、石象，南门，何山、石头，东门。

何山：我不跟石头在一起。

田石头：我和你在一起。

何山：你！

田石头：我怕你死了，田嫂……

刘玉堂：说什么话，该揍！走！

何山：石头，走吧！

## 7. 夜，外，石城城门

钻山豹：怎么搞的！他妈的，城里连一点动静也没有。

田大榜：东北虎不是傻瓜。

钻山豹：哼哼，我也不是傻瓜！

田大榜：嘿嘿嘿！

石象：队长。

刘玉堂：在这儿呢！

石象：我领来了几个可靠的乡亲，他们说要帮我们打土匪。城里的杀手都让我们解决了。

刘玉堂：好，来。到这边去。哎，你派一部分人去把守城门。再派几个人动员乡亲们，叫他们别出屋，免得被误伤。

石象：唉！

土匪（拿着火把）：把他们围起来！

刘玉堂：告诉大家，要提高警惕，城里还有土匪！

石象：城里的土匪交给我。

钻山豹：东北虎，你们被包围了。我劝你还是交枪投降吧。

田石头：（打死一个土匪）嘿，我打死一个。

土匪拿着火把渐渐包围解放军小分队。

刘玉堂：告诉大家尽量节省子弹，尽可能的拖延时间。

双方交火。

石象：队长。

刘玉堂：快去传达命令，叫大家注意城外的动静。

石象：那你。

刘玉堂：这儿我对付得了。快！

石象：是。

钻山豹：东北虎，你害怕啦？啊，再不投降我就烧死你们。

土匪：二爷，电报！

（电文：共军一部已回湘）

钻山豹：他妈的！

田石头：钻山豹，雷声大，雨点小。吓了半天也不靠上来。

何山：唉，我怎么觉得土匪在撤退呢。

田石头：是吗？

何山：你看好了，我到队长那儿去。

田石头：诶！

石象：队长，大部队回来了。

刘玉堂：好，打开城门，抓活的！打开城门！

田秀姑：队长，队长，钻山豹跑了。

**8. 日，外，土匪地盘**

土匪：诶，榜爷来了。哎呦，榜爷，您来了。

田大榜：唉。

钻山豹：我看那东北虎，倒是有点大将风度。哼，实在不行，我就投东北虎。

田大榜：什么？

四丫头：你真想这么干？

田大榜：你昏头了？交枪如同送命，你莫找死。共军是这里的溪水，老子是这里的岩石。水流岩不转，乌龙山还是老子的。哼！

四丫头：第三次世界大战要是打起来，老头子那儿会惦着你的。要知道，我们的人马上就会回来，再说，你杀了这么多的人，造了这么多的孽，共产党不会饶了你。

钻山豹：好了，好了，我都知道。

四丫头：那你……

钻山豹：哼，归顺，投降，就凭这乌龙山天险重重，老子也可以死守它一辈子。

四丫头：共产党讲依靠群众，你应该让他们没有依靠。

钻山豹：四魁，把附近的山民都给老子抓起来。他敢轻举妄动，老子、老子就杀了这帮刁民，走！

土匪们：走，跟上，出发！

**9. 日，外，山村里**

土匪在村庄里杀人抓人，鸡犬不宁。

一个抱小孩的女人放出一条狗咬钻山豹，土匪在抓她的丈夫，狗被打死。

钻山豹：去把那孩子给我弄过来。

土匪：好嘞。

土匪去抢孩子。

丈夫：我的孩子！

**钻山豹**：四小姐，请坐吧。

妇女用刀子杀死一个来抢孩子的土匪。

**妇女**：孩子，我的孩子，孩子。我求你，留下孩子。

钻山豹把丈夫打死，妇女晕倒过去。钻山豹将孩子高高举起，又放下，将孩子还给了妇女，妇女却精神失常，抱着孩子笑着跑走。

## 10．日，内，石城解放军根据地

**石秀姑**：钻山豹抓了100多人上山，这次，他把老乡们整怕了。

**团长**：是啊，我们很多战士帮老乡做事，可是他们总是很冷淡，处处回避我们。

**石秀姑**：城里还有好多谣言。

**士兵**：报告！

**团长**：进来，哦，玉堂。来，坐。

**石秀姑**：他们说咱们搞的是先甜后苦，迟早要血洗石城。

**刘玉堂**：看来，我们必须尽快的把那些人质救出来。

**团长**：对，否则的话既打不开群众工作局面，又影响大部队行动。

**士兵**：首长（递来一封电报）……

**团长**：看来，嗯，看来钻山豹是想以人质做挡箭牌。

**刘玉堂**：你知道他们把人质关在什么地方吗？

**石秀姑**：燕窝洞。

**村民**：啊，燕窝洞，那个地方我去过，燕窝洞可是乌龙山一绝啊。从这里出发到燕窝洞有100多里地，路上好几道天险呐。那是一夫当关万夫莫开的地方啊。

**石秀姑**：哦，对了，听说钻山豹和四丫头在每道关口上都埋了精兵。

**团长**：怎么样，老刘。

**刘玉堂**：首长，让我们去救人质吧。

**团长**：还是你们小分队那几个人吗？

**刘玉堂**：是，救人质只能采取奇袭的战术，人多了也没什么用。还是派我们六个人去吧。

**团长**：嗯，武器装备呢？

**刘玉堂**：补充些子弹，再给我们准备些炸药。

**团长**：好吧，部队现在石城待命，我派人和你取得联系。

**刘玉堂**：是，我们今天就出发。

**团长**：等一等。石城里钻山豹耳目很多，这样吧，我派两个连往山里拉一拉，随时准备接应你们。好，出发吧。

**刘玉堂**：是！走吧。

**士兵**：报告团长，一连长向你报告。

**团长**：好。

**一连长**：报告，一连集合完毕。

**团长**：好，出发吧。

一连长：是！

11. 日，外，钻山豹地盘

土匪：二爷，二爷，他们出动了。

钻山豹：什么？出动了多少人？

土匪：没有数清楚，恐怕不会下三百人吧。

钻山豹：三百人，不，不可能，难道说他们不管老百姓的死活，就这样行动了？

四丫头：你别太自信了。

钻山豹：这一定是东北虎搞的障眼法，你们上当了。他妈的，还不赶快回去！现在我们马上把队伍集合起来。

四丫头：恐怕，来不及了。

钻山豹：来人。

土匪：有！

钻山豹：马上派个人，立即赶到车盘岈，无论如何要守住第一道关口。

土匪：是！

12. 日，外，山路上

刘玉堂率领解放军小分队向燕窝洞出发。

石象：队长，前面就是车盘岈。

田石头：诶，这地方好怪呀！为什么叫车盘岈呀？

石象：我们山里人称山口子叫岈，过去就叫迷魂谷。

何山：去燕窝洞难道就只有车盘岈这一条路吗？

石象冷笑。

何山：你笑什么！

石秀姑：诶，别问傻话，要是还有别的道，钻山豹就不会在这里布下卡子了。

刘玉堂：先不要冒失，隐蔽起来，走！

解放军小分队隐蔽起来。

刘玉堂：我和石象去摸摸土匪的情况，其余的人原地待命。

何山：队长，还是让我去吧。

刘玉堂：为什么？

何山：说的那么玄乎，我说你要转不出来，我们这小分队怎么办啊？

石象：什么，我说的玄乎，那地方本来就那么玄嘛！要不，你跟我一块儿去看看。

何山：我就是想去领教一下，而且要去就一个人去，你看我能不能转回来。

刘玉堂：何山，你这吹牛皮的毛病怎么又来了。你没去看过，凭什么不信啊。

何山：所以我就想去看看嘛。

刘玉堂：你还要说，你就留在这儿，哪儿也不许去，原地待命。

何山：哼！

刘玉堂：听见了没有！

**田石头**：是。

刘玉堂和石象去探听情况。

**石象**：队长，咱们再往前走一点吧。

**刘玉堂**：不，再往前走地形太复杂。

**石象**：要不我一个人先进去探探路。

**刘玉堂**：先别冒失，观察一下再说。

原地待命的其他人在等待着。

**田石头**：哎呀，饿了。

**何山**：先吃点干粮吧。

**田秀姑**：我给你们弄点水去。

**田石头**：田嫂，你可别走远了啊。

**田秀姑**：嗯，知道。

**何山**：哎，富贵，你看那个石象。

**富贵**：怎么了？

**何山**：呵呵，山里人真怪啊，都有那么点匪气。

**富贵**：那，那我问你，你救的那个田嫂，也是山里人，照你这么说，她也有一点匪气了？

**何山**：啊，呃，她也和土匪沾边啊。你忘了，她男人是个罪恶很大的土匪。

**富贵**：哼，那你还整天和她在一起啊。

**何山**：你！你说什么！跟她在一起怎么了？

**富贵**：算了，我的排长同志，你没听队长说嘛，前一段我们的教训主要是没有依靠当地群众，你呀，还是好好想想队长的话吧。

**何山**：哎，伙计，别在意。我只是……唉！

田秀姑去打水，遇到土匪，她故意摔碎东西，让其他解放军过来。

田秀姑制服了这个土匪。

**田秀姑**：别动，老实点。（却发现是自己以前的丈夫）

他乘机推到田秀姑，企图逃跑。

**田秀姑**：不许动！站住，不许动！（正要开枪，何山等人赶到）

**何山**：秀姑，秀姑，先别开枪。

**田秀姑**：抓住他！

**何山**：我去。

何山和田石头两面夹击，将他包围。

**田石头**：站住！

**何山**：站住！

**田石头**：你的腿还跑得挺快啊。

土匪推开田石头又再次想要逃走。

**何山**：站住！（将他制服）

**土匪**：我投降！

富贵：队长，队长，何山他们抓住一个土匪团练兵。

刘玉堂：好。

富贵：在那！

刘玉堂：走，看看去。

何山：呵呵，队长，真可笑，我们已经到了车盘岈，钻山豹派来报信的人反而落在我们后头了。这群不中用的土匪啊真没用。

刘玉堂：土匪在哪儿呢？

何山：哦，石头把他绑在树上了。

刘玉堂：走，看看去。

13. 日，外，绑着土匪的树边

何山：石头。

刘玉堂：我们的政策是坦白从宽，抗拒从严，你要老实交代，你到车盘岈干什么来了？

土匪：我，二爷让我告诉车盘岈的弟兄们说，你们已经出发了，要弟兄们守护第一道卡子，没想到你们来的这么快。

刘玉堂：钻山豹在什么地方？

土匪：在对面山上。

何山：怎么？钻山豹不在车盘岈？

土匪：不在，二爷吩咐只要他那边一响枪这边就动手，杀人质，人命换人命，如果这边枪响他就来人把你们堵在车盘岈。

刘玉堂：守车盘岈的土匪认识你吗？

土匪：不熟，他们是龙头大爷的人。

刘玉堂：那他们凭什么相信你的话呢？

土匪：这……

何山：快点说！

土匪：是，我，我的衣服口袋里有根血鸡毛。

刘玉堂：你以前来过车盘岈吗？

土匪：没有。

刘玉堂：说实话。

土匪：真没有，这边是龙头大爷的地盘。

刘玉堂：那你怎么进得车盘岈？

土匪：嗯，二爷说进岈以后逢五一左拐，没错。

刘玉堂：什么意思？

土匪：就是每到第五个路口就往左拐，其他路口尽管向右走。

刘玉堂：嗯。换个地方把他捆好了。

土匪：长官，我说的是实话，你饶了我吧，我不敢撒谎，长官，饶了我吧。

何山：走。

刘玉堂：马上派一个人混去送信，告诉团长，钻山豹不在燕窝洞。要马上动手消灭钻山豹的主力，免得我们腹背受敌。

田石头：队长，我回去吧。

刘玉堂：送了信就回来，把那个土匪带上，路上小心点。

田石头：放心吧。

刘玉堂：诸位，休息会儿吧。刚才我和石象侦察过了，车盘峫的地形的确太复杂了，无法通过，现在我们只有想办法把守在那儿的土匪消灭掉才有希望过这第一关。

何山：队长，那就让我化装成土匪的传信兵，把他们引出来。

刘玉堂：你不行，口音都不是本地人。一张嘴人家就听出来了。

田秀姑：要不，我去。

何山：你，你怎么行？

田秀姑：我怎么不行，四丫头手下的女土匪谁都怕她三分。

何山：那，嗨！我说不行就是不行。

田秀姑：你！队长说了算。

何山：你！

富贵：队长，你说句话吧。

刘玉堂：秀姑去吧。

田秀姑：哎！

刘玉堂：准备好了？

田秀姑：准备好了！

刘玉堂：不要紧张。你是四丫头的传令兵，土匪见了你就害怕，拿出点气派来，要注意保护自己。

田秀姑：哎，知道了。我可以走了吗？

刘玉堂：嗯。

何山：等等，把枪和水壶给我。给你换支枪，这枪可以连发。记住换子弹，有点紧张了吧。别害怕，后边有我们呢。嗯，记住队长说的话。

田秀姑：还有呢？

何山：没有了。

田秀姑：那，我走了。

  文字整理：黄璇

  资料来源：根据央视网提供的视频完成文字整理。

  具体参见 http://tv.cntv.cn/video/C10712/9df678be4fe54ed3d75267841751eff0

# 便衣警察

**首播时间：**1987年
**首播电视台：**中央电视台
**摄制单位：**公安部政治部　北京电视艺术中心
**制 片 人：**于朴、殷玉国
**编　　剧：**海岩
**导　　演：**林汝为、蔡洪德
**摄　　像：**武宝智、吕新民
**主　　演：**胡亚捷、谭小燕、宋春丽、要武、申军谊、
　　　　　　于纯棉
**获奖情况：**第八届（1987年度）中国电视剧飞天奖连续
　　　　　　剧三等奖、优秀女配角奖；第六届（1988
　　　　　　年）中国电视金鹰奖优秀连续剧奖。

**剧情梗概：**

　　1976年，由于群众的及时举报，一个名叫徐邦呈的台湾特务被抓捕归案。在公安局的审讯之下，徐邦呈撒谎说自己是要在边境接一支破坏批邓和反击右倾翻案风运动小分队入境。公安局对于这个情况很重视，就让周志明等人将他押解到边境，准备一网打尽，但徐邦呈却跑了，周志明虽然将他击毙，但还是要受到惩罚，为这件事付出代价。

　　周志明对大学生施肖萌心存好感但还没来得及表白，这时出现许多发放悼念周总理的传单的人，传单里有批评"文革"的话语，公安局让周志明去调查这件事情，但他却发现了施肖萌的姐姐施季红和自己的同年伙伴安成，他为了保护他们办事不力受到了牵连，又因为领导要的照片被曝了光，结果周志明打成现行反革命，还被判刑十五年投入了监狱。他的父亲听说了自己儿子的遭遇，本来就身体不好的父亲受到严重打击，最后含恨而终，这让周志明很悔恨。

　　周志明入狱之后，施肖萌相信周志明是被陷害的，所以经常去看望他。但周志明不想因为自己连累施肖萌，就不和她见面，这让施肖萌很苦恼。在监狱的生活中，周志明虽然受了很多苦，但也收获了人生的一份思考。

　　粉碎"四人帮"后，全国开始拨乱反正，平反之前的冤假错案，周志明得到平反，重新回到了公安局。警察局的同志都很高兴周志明能回来，希望他能马上投入到破案之中。施肖萌已经考上大学，周志明和施肖萌重逢后，总觉得两人虽然相爱，但却无形之中有了一道墙横在两人中间。施肖萌的姐姐施季红在商业化的发展中迷失了自己，她认识了一个港台商人

冯汉章，但这个人却可能是个特务，周志明希望施季红不要再错下去，但施季红执迷不悟。她还向公安机关举报其前男友卢援朝是盗窃犯，并出庭作伪证。而施肖萌却看不过去姐姐的这种行为，为卢援朝进行了辩护并最后使他无罪释放。施季红和冯汉章走得越来越近，而这个人在从事一些不法交易，最后周志明和他的同事们经过调查发现了后来施季红和冯汉章的证据，并将他们逮捕归案，而周志明在这个过程中也成为一名优秀的警察，他和施肖萌也解除了误会，最终走到了一起。

  文字整理：黄璇

  资料来源：百度百科《便衣警察》分集梗概

  具体参见 http：//baike.baidu.com/subview/560350/6293105.htm#viewPageContent

## 剧本

### 《便衣警察》 第八集

**1. 夜，外，施肖萌家外**

  施肖萌慢慢的走出来。

  施肖萌：刚才是我说话不好，我不是那个意思，不是看不起警察，别生我气了。

  周志明：我没生气，我是在想我们俩好几年都没好好谈谈，现在我们几乎天天都见面，不是你学习紧，就是我工作忙。所以，像是我在劳改的时候，你到自新河去看我，也没说了几句话，可我心里什么都知道。可是现在反而，我是想我们应该寻找一种新的生活。

  施肖萌：我学法律是有兴趣，也是想跟你，跟你总是一个共同的行业，你难道不明白吗？

  电话铃声响起，周志明进屋去接电话。

**2. 夜，内，施肖萌家**

  周志明：喂，啊，是啊，啊，好嘞，接过来吧，行，好嘞，宋阿姨。

  宋凡：哎！

  周志明：宋阿姨！

  宋凡：来了。

  周志明：北京来的长途。

  宋凡：啊哦。喂，谁啊？

  施季红：你猜我是谁吧？

  宋凡：你是红红吧。

  施季红：对！

  宋凡：诶，红红，你考的怎么样啊？

  施季红：人家没有名额。

  宋凡：没有名额就算了，进北京也不是那么容易的，什么，你要到广州再去看看？

施季红：我想广州，福州，西安什么的吧，比北京好办，北京就是世界十大女高音去了也白搭。

　　宋凡：算了，你快回来上班吧，干吗非得到外地去看看呢。

　　施季红：妈，你叫我回团怎么过呀？本来那帮人就挺妒忌我的。妈妈，你就不能跟任伯伯、刘伯伯打个招呼吗？我去试试嘛！

　　宋凡：算了，别麻烦人家了。

　　施季红：那我已经……

　　宋凡：不行！你快回来上班吧，你老住在何阿姨家也让人太操心了，你快回来吧，啊。听见了没有？

　　施季红：好吧，就这样吧。

## 3. 夜，内，北京旅馆内

　　施季红：唉，冯先生，我妈不但不给我打招呼，还让我赶快回去上班呢！

　　冯福生：噢？唉！其实在国外像您这样的好条件，很多大剧院都会抢着聘用的。嗯？（打电话）喂，MR LING吗？啊，我是冯汉章啊，呃，山西那笔款子拨过来了吗？呕，呕？好，那就以你们办事处的名义把款子调到香港吧，啊，好，好好好，byebye。

　　施季红：啊，冯先生，您对北京的名胜古迹看的也差不多了。

　　冯福生：呃？

　　施季红：我，我就不奉陪了，真该回去了。

　　冯福生：这，这……哎呀，真遗憾啊，我在国外经商多年，这钱是不少的，可人间冷暖我是饱尝艰辛呐，唉，我正在庆幸回到祖国所遇到的朋友甚至竞争的对手都是以诚相见，肝胆相照，可是，哎呀。

## 4. 夜，内，施肖萌家

　　肖萌的父亲一个人在下棋。

　　肖萌的父亲：宋凡（走进里屋），停下吧，明天再干，不累啊？

　　宋凡：还说我呢，你不是说把损失的十年找吧回来吗？怎么一到我这儿，就是另外一码事儿了？你不知道，现在发稿有多难，写什么的都有。

　　肖萌的父亲：嗯。来吧，哎，喝点葡萄酒。

　　宋凡：嗯，好吧。我还买了一点儿花生米。

　　肖萌的父亲：噢，好啊。红红，到北京，到底干什么去了？

　　宋凡：她就想到大一点的单位，也许能找到一位好老师。

　　肖萌的父亲：呕，我总是对她有点不放心。

　　宋凡：不会有什么事儿吧。

　　两人倒了红酒，碰杯。

　　肖萌的父亲：红红，最近怎么变得越来越有点玩世不恭的这么一股劲头。

　　宋凡：现在的孩子都这样，十年文化大革命，因为父母，孩子的功课也没念完，他们总是牢骚满腹，可是那么多青年，我们也无能为力呀！

## 5. 日，内，北京某酒店

助理正在打电话。

**助理：**喂，刘经理啊，你看这次宴请的规格是……啊？最高一级，这，多少。哦，刘经理，很贵啊，您看，啊，啊，什么，您说带冯总经理来的是谁的女儿？哦，哦，哦，是是是，哦，明白了，明白了，以后我们跟他们是少打不了交道的，对，啊，明白明白明白，好，就这样，唉。

**酒店服务人员：**好，请吧。

**助理：**好，你们这儿不错，这儿服务态度都很好。

## 6. 夜，内，酒店大厅

**刘经理：**辛苦了。

**施季红：**没，没。

**刘经理：**您不能参加签字仪式真是太遗憾了。

**施季红：**我又不是外商，只是帮帮朋友的忙，我就不去了。

**刘经理：**您慢走。

**酒店服务人员：**小姐，您的包。

**刘经理：**慢走啊。

**施季红：**好！

红红和冯福生一直在一起，去了很多地方，签约，买东西。

## 7. 夜，内，北京某宾馆里

施季红在试穿一件貂毛大衣，又把它脱了。

**冯福生：**怎么，你真的不敢穿回去？

**施季红：**哼，忙什么，等你帮我办成了自费留学，到时候穿什么来不及呀！不过，你得抓紧办啊，要不然我就再也不帮助你了。

**冯福生：**噢？（笑）反正局面已经打开了，你在不在场都差不多，何况你的朋友我都联系着，他们也都不是一般的人。

**施季红：**哼！你真的以为用不着我了吗？我告诉你，我怎么帮你织出的这个关系网，照样怎么给你撕了。

**冯福生：**（大笑）哎呀，我的小姐，女人就是缺乏幽默感呐，怎么，跟你开个玩笑就这样，啊？

**施季红：**噢？

## 8. 日，外，花园里

**冯福生：**诶，我来照。

**乔真：**乐呵，乐呵。手放这儿啊。（将卢援朝的胳膊搭在的肩膀上）

**冯福生：**（笑）对对对。

施季红：就你要求多。

冯福生：准备好，准备好，我要照了，好，乐一乐，乐一乐。

乔真：再来一张，再来一张。

朋友甲：乔真！

朋友乙：乔真过来！

冯福生：笑一笑，笑一笑。

施季红：这样行吗？

冯福生：可以，可以！好！

卢援朝：冯先生，一起照一张吧。

施季红：给你拍一张吧。

冯福生：啊，不了，不了。

乔真和一群朋友喊季红一起照相。

乔真：等等，一块儿来，一块儿照。

朋友甲：在这儿照啊。

乔真：等一会儿别着急。

朋友乙：你们给谁照啊？

乔真：等一会儿季红。

朋友甲：你们这儿呢，我们一块儿来，一块儿照。

朋友丙：季红！

朋友甲：季红！

施季红：唉。

乔真：季红，就等你了。

施季红：我过不去啊。

乔真：来来来，过来，就在那儿嘛。

施季红：过得去吗？好嘞，好嘞。

朋友甲：你们几个来来来，赶快，赶快。好好好。

冯福生：那个亭子非常美啊，啊？

卢援朝：对，冯先生，做买卖我不懂，不过有些熟人，有什么要求您尽管说出来啊，啊。冯先生，您的太太一定是非常年轻漂亮。

冯福生：噢，哪里，哪里，不行了，老了。不过她嘛倒是很会管家。而且对孩子还是不错的。

卢援朝：噢，那是个贤妻良母喽。

冯福生：卢先生跟施小姐真是天生一对啊。

卢援朝：诶，哪里，哪里。我们去"飞仙阁"吧。

冯福生：好好。

## 9. 日，外，海边沙滩

施季红：给。（笑）

卢援朝看到冯福生和施季红穿着泳衣在嬉笑玩耍,扭头就走,被季红看到。

施季红:诶,你帮我办的出国手续办的怎么样了?啊?

冯福生:还没放暑假呢,再说,离下学期开学还很久呢。

施季红:得,拟定合同提定金我可都是80年代速度,怎么一到我这事儿你就……嗯?

冯福生:(笑)还有几份大买卖没签成呢,再说,您今年已经30了,我得找些材料,搞些证明,证明您今年才23岁。

施季红:我最讨厌的男人就是不讲信用的男人。

冯福生:我最害怕的女人就是太性急的女人。

## 10. 日,外,菜市场旁大街上

冯福生坐在车里,季红在车窗外。

施季红:你怎么总是说话不算话呢,怎么能这样呢!

冯福生:你不觉得你跟我索要的太多了,而赋予我的却太少了嘛。

施季红:我可没从你手里拿过一分钱哪。

冯福生:哼哼哼,好,开车吧。

施季红:你,你怎么能这样呢你,你!

冯福生的车开走。

周志明:红姐,怎么了?

施季红:干什么?好,你盯我的梢。

周志明:什么话呀!我是说那个外商好像并不怎么尊重你呀。

施季红:关你什么事!

周志明:我觉得作为一个中国人应该自尊自重,像他这号的……

施季红:哎呀,你少跟我来这一套啊,你们这帮雷子,拿钱儿不多,管事儿倒不少。多管闲事。

周志明:我现在是治安警。

施季红:一样,甭管什么警,鼻子眼睛耳朵没一会儿闲着你们,还装模装样的买菜呢,真叫人恶心,真是。

## 11. 日,外,十字路口

季红骑车回家,经过一十字路口,闯了红灯。

交警:诶,诶,下来,下来。下来,下来,说你呢。(拦住季红)你违章了,怎么明明看着红灯,还往前骑啊?

很多人围观。

施季红:我下次不闯了还不行吗?

交警:要遵守交通规则你知道不知道啊?

围观的人:找死啊!

施季红:没文化。

交警:交通规则你们在单位学习过没有,啊,你们哪个单位的?

施季红：歌剧院的。
交警：那也要遵守交通规则嘛。
施季红：我又没说不遵守啊，我不是没看见嘛，还讲不讲理啊。
交警：你还有理了，你叫什么名字？
施季红：你不就是想多要钱吗，多少，说吧。
交警：根据交通处罚条例，罚款一元。
围观的群众：有钱，有钱就罚她，甭摆谱儿，十块。
施季红：嗯！（把钱给交警）
交警：有零的吗？找不开。
施季红：没有，瞧着办吧。
围观的群众：可太不对啦。
交警：你这个同志，态度不好，还想刁难人，啊！
周志明看到这种情况，走过来。
施季红：我怎么刁难你了？我这是成全你，多罚点钱，不还可以多发点奖金嘛！
交警：你怎么还污蔑我呢。
施季红：谁污蔑你了？
周志明：唉，唉，我这儿有，我这儿有，我这儿有。
交警：我们在正常执行公务你知道吗？啊？
施季红：找你！
周志明：我给，我给。别看了，别看了，起开了，起开了，啊。
交警：好了，好了，散了吧，散了吧。
周志明：躲开了，躲开了。
交警：散了吧，散了吧。
周志明：上班了，上班了，走了，走了，唉，走了，走了，说你呢，说你呢。
交警：边道去，边道去。
周志明：别看了，别看了，赶紧走了。
交警：好了，好了，走走，别看了，别看了。

## 12. 夜，内，施肖萌家

施季红：什么东西呀！管那么多事儿干什么！世界上最可恶的就是这帮人！碍他们什么事儿了！哼，吃饭不多，管事儿倒不少，挣多少钱哪，管那么多事儿！让不让人活了，还有没有自由啦！告诉你，施肖萌，别装听不见！满大街的警察就够大伙儿受得了，躲都躲不及呢，呕，你还往家里领，告诉你，你以后再往家招他们，你等着好吧你！丧门星，讨厌！施肖萌，你听见没有！你别那么得意啊！告诉你，讨厌劲儿！还有脸在家呆着你！哼！看给你闲的。讨厌！

施肖萌听到很生气，自己盛饭自己吃。

宋凡：红红，红红，你这种表现还不该让警察好好教训教训你，要不是小周，你怎么下台？

施季红：用不着他管。

宋凡：瞧这屋里，乱糟糟，乱糟糟。

施季红：多少钱！

宋凡：能不能让人安静一会儿！

施肖萌：就是一个普通的中国人，做有失国格、人格危害国家利益的事，就是有权管。

施季红：你还没嫁给他呢，用得着你替他说话吗！他盯我的梢，你知道不知道！现在不是搞活嘛，开放嘛，我跟外国人交往怎么就不可以啊！哼，盯我梢，盯我的梢就是侵犯我的人权，妨碍我的自由。哼！

宋凡：红红，红红，小周提醒你自尊自爱，有什么不好！

施季红：提醒我？他怎么不提醒提醒他自己呀！堂堂的男子汉，没有一点自尊心。赖在别人家里不走，哼！

宋凡：季红，你真叫人恶心，整天跟个外国商人拉拉扯扯，把援朝扔在一边儿，我都替你害臊。都三十来岁的人了，还不结婚，什么意思嘛！我的，我跟你爸爸……（回到书房）

施肖萌：妈，你也别伤心，我马上让小周搬走，腾房子让他们结婚。

宋凡：萌萌，你少添乱。

施季红：妈，您怎么就不明白呀，这是多好的机会呀，怎么是给您添乱呢？萌萌明年大学毕业了，可那位呢，还是个警察，扠个脑袋就能干的差事，在事业上能互相帮助嘛！生活上协调得了吗？到那时候，为难的是您！倒不如现在这骂都让我一个人受的得了。

施肖萌：你现在怎么变得、怎么变得那么卑鄙，下流。

## 13. 日，内，马三耀办公室

周志明：这帮小子，我给他买的礼物，瞧您给人弄得。

马三耀：诶，我说。

周志明：啊？

马三耀：诶，你找雷局长了？

周志明：没有啊。

马三耀：没有？

周志明：真的没有。

马三耀：跟我耍滑。

周志明：真，真的没有。

马三耀：真没有？

周志明：我整天搞治安防火防盗的，我没事儿找他干嘛啊！

马三耀：哼，说的是呢，按说你到我这儿来没什么不顺心的。

周志明：嘿，分局长，我说您可别逗了。

马三耀：别逗了，那可不，我给你带得挺好的，我哪儿也不去。

周志明：嘿，挺好的。

马三耀：史局调你回五处了。

周志明：啊。

马三耀：准是段兴玉干的。从你调到我这儿来，他就没舒过心。这个老段！
电话铃声响起，马三耀接电话。
马三耀：喂，马三耀。啊，偷到泰安路去了。
周志明：泰安路？
马三耀：嗯，姜应萍家，嗯，对，市政协副主席，总工。嗯，偷什么了？皮包？你叫四分队马上出现场，有情况及时报，别压着，嗯，我始终在这儿，对，嗯，快去啊。（挂电话）这样好啊，没福气，本来我说晚上咱俩来趟酒仙居儿，好好撮一顿，得，这下妥了，帅不离位，坐着吧。
周志明：那你结了案一定请我。

## 14. 日，内，公安局五处

严君：来，这个给你。
周志明：呵，这够现代化的啦！
陆振羽：那可不？
严君：你当时给这买的这饭票啊。
陆振羽：啊，行行行，没问题。
段兴玉：嘿！
周志明：嗯？科长。
段兴玉：马三耀怎么骂我们的？
周志明：别冤枉人，谁敢骂您呢！
陈全有：我看你们是彼此彼此呀。
段兴玉：我还不是盼着你早点回来，要不是雷局长亲自点名，谁敢上马三耀那儿要人去！嘿，他那狗屎脾气。
陆振羽：小周，瞧瞧，你还没领吧，一会儿赶紧领去吧。
周志明：马上就领。
捎着吧你。
陈全有：捎着吧你。当了治安警，过了半年多的舒坦日子，这会要没日没夜的上套干了你啊，给你铐子，枪的手续立刻去办。怎么样？
周志明：唉？这么着，你刚才说当治安警舒适？
陈全有：不舒适？
周志明：我告诉你，这你可没发言权，治安警照样没白天没黑夜的。还得加上一条，遇见什么事儿啊，都急不得火不得，那真是豆腐掉在灰堆上——吹不得呢又打不得，那叫锻炼性格，我告诉你，没他们呀，没他们，咱们刑警更忙的屁滚尿流。
陆振羽：诶，你们听听啊，小周扮成政委了，还挺会全面看问题的，啊。
严君：（电话铃响）喂，我是啊，那件事我知道了，一会儿我去办，好好好。（挂电话）诶，小周，呐！
周志明：什么？
严君：政治经济学，婚姻法，合同法，反正你学去吧。

周志明：怎么学婚姻法啊？

段兴玉：有时间好好学去吧。

唐处长：呦！

段兴玉：唐处长来了。

唐处长：今天都这么早啊，嗷，小周回来了，好，欢迎欢迎。怎么样啊，身体挺好吧。

周志明：还可以。

唐处长：老段，他还在陈全有小组吧。

段兴玉：哎！好。

陈全有：跟我们组啊，行。

唐处长：先别着急，啊，熟悉熟悉情况，有什么问题呢，这不有两位大学生嘛。老段，你来。

陈全有：大家今天挺高兴啊。

周志明：我就怕回不了咱们组，都在一起啦。

陈全有：这几年人的心气顺了，搞四化，过去给黄鼠狼娶媳妇，小打小闹算什么啊，是不是枣子。

陆振羽：我不是吓唬你啊，现在啊，全是大案。

严君：（电话铃响）喂，啊，是啊，你过10分钟再来电话，好吧，诶，对，对，就这样。（挂电话）诶，我跟你说啊，现在案情有了新的变化，有了新的特点。

陈全有：犯罪特点是有些不同，这主要是呢，罪犯利用人们搞活经济的急迫心理，而又不太懂得经济管理，钻了空子，是不是，对吧？

周志明：看来真够我受的啦。

## 15. 日，内，唐处长办公室

唐处长：老段，这冯汉章啊，很活跃，我看很可能是一件经济大案，可以立案侦查了。

段兴玉：这个案子，不考虑军政关系也差不多，我看就交给我们吧。

唐处长：嗯。

## 16. 日，外，马路上

段兴玉坐在车里，对冯福生进行跟踪侦查。冯汉章正和一个人在交谈。

陈全有在跟踪侦查冯福生和卢援朝的交往。

陆振羽在跟踪侦查冯福生，卢援朝和季红的交谈。

严君在跟踪侦查冯福生的行动动态。

周志明在跟踪侦查冯福生和卢援朝、季红的交谈。

## 17. 日，内，郑大妈家

周志明推车进来，走进屋门。

周志明：王大爷，郑大妈，大妈！（走进屋子里）给您道喜了，大爷，大妈，你看淑萍姐结婚都这么些日子了，我才来，也不知道她喜欢什么（拿着贺礼）。大爷，您怎么了？

王大爷：诶，坐吧。

郑大妈抽泣痛哭。

周志明：大妈，咱们这是……

王大爷：唉！

郑大妈：你大妈可没法活了。

周志明：呦，大妈，这怎么说呢，咱们家向来和和气气的，大妈（拿毛巾给郑大妈）。有什么伤心事儿让您这样啊？

郑大妈：领导、街坊邻里对你大妈一向都很尊敬，这下可好喽。

周志明：她怎么了？

大幅子：嗨，我妹妹那位啊，刚进门没几天叫局子给传了。

周志明：这是怎么回事啊？

大幅子：上泰安路把一高干家给撬了。

周志明：怎么着，这事儿，这事儿淑萍姐那位？

大幅子：可不是！

周志明看到淑萍的结婚照，心中想：怎么会是他呢？

大福子老婆：别哭了啊？

郑大妈：你自己好好想想，当初谁赞成？

王大爷：哎呀，你埋怨淑萍干什么！她又不是贼。

郑大妈：志明，你说说，我们家可从来没沾过这类事的边，是不是跟派出所说说，跟他划清界限，办离婚。

周志明：别着急，大妈，现在不是还没判呢吗？这么着吧，你们现在那屋坐会儿，让我们姐俩聊聊。啊？

郑大妈：诶，诶！

18. 夜，内，周志明房间

周志明刚回来，喝了一杯水，洗了洗手，忽然走到书桌旁，翻开书，又看到墙上的照片。

闪回：他和淑萍的聊天。

淑萍：我跟卫东过得挺好的，跟家里也处得挺好的。

周志明：他乱花钱吗？

淑萍：不，从来不乱花钱，他每月工资全交给我，我都交给妈。

周志明：那，你们俩的零花呢？

淑萍：他下了班，帮同志们打点家居，不在人家吃饭，也不跟人家多要钱，最近给一个姓卢的打家具，图纸是外国样的，挺难打的，也没打算多要钱。

周志明：嗯，淑萍姐，你别着急，这事儿会弄清楚的，啊。别哭了。

淑萍：志明兄弟，你能给弄清楚吗？

（闪回）

**19. 夜，外，周志明房间到施肖萌家走道上**

周志明穿上衣服，走出门，向施肖萌家走去，听到屋里人的谈话。

**卢援朝：** 想走走，一个人闷在家里，何苦呢？

**宋凡：** 就是出来散散心。

**卢援朝：** 出来乘凉了。

**宋凡：** 天也够热的。

**卢援朝：** 对，一个人闷在家里又热。

**江总：** 凉快凉快。

**卢援朝：** 其实咱们可以去海边儿去散散步。

**江总：** 这儿歇会儿也挺凉快的。

**卢援朝：** 不要一个人总忙于那件事儿。

**江总：** 唉。

**20. 夜，内，施肖萌家客厅**

周志明走进屋里。

**施季红：** 江伯伯，是吃西瓜，还是喝绿豆汤啊？

**宋凡：** 把绿豆汤端上来吧。

**江总：** 都可以。

**卢援朝：** 江伯伯，今天晚上就算休息了吧，啊。

**江总：** 哎呀，今天的包不丢多好。

**施季红：** 江伯伯，我妈妈最爱熬绿豆汤了，您尝尝。

**江总：** 噢，诶。

**施季红：** 去去火。

**宋凡：** 多喝点。

**施季红：** 妈妈给您。

**宋凡：** 哎。

**施季红：** 给。

**江总：** 你看，我在家写东西，他们愣把我给拉来了。

**宋凡：** 算了。

**卢援朝：** 江伯伯，您别着急了，今天晚上玩儿牌吧。

**江总：** 哎哎哎。

**宋凡：** 老百姓说，破财免灾嘛。

**江总：** 唉，哪是为了那百十来块钱哪，那比钱重要，里边有引进项目谈判的底牌呀。

**施季红：** 江伯伯，您可真有意思，丢了钱您满不在乎，倒为了那几张破图纸，还正儿八经的写检查。那里边儿不是没有什么大不了的机密嘛，得了，玩儿牌吧。

**宋凡：** 江总，喝点儿绿豆汤去去火。

**江总：** 唉，老了，真是，我应该把它放在办公室里就好了。

宋凡：算了，算了。

施季红：我跟卢援朝愣把他给拉来了，散散心，玩玩牌，没什么了不起的。

宋凡：就是。

卢援朝：对对对，玩牌吧。

宋凡：你爸爸还没回来，三缺一啊。

卢援朝：您就打吧。

宋凡：唉，我不行。

施季红：对，妈妈打。

宋凡：我不会数牌。

卢援朝：那怕什么的，咱俩一头。

施季红：诶，小警察，玩儿牌啊。

卢援朝：来来来，志明。

宋凡：小周，你来玩儿吧。

周志明：我哪儿会啊，我不会。

卢援朝：学着玩儿嘛。

宋凡：学着来嘛。

施季红：玩儿玩儿嘛。

周志明：我还有点事儿，我先打个电话。

江总：好好好好。

周志明：你们玩儿啊。

宋凡：那来吧，咱们玩儿。

卢援朝：江伯伯，打什么叫牌法啊。

江总：好吧，我叫牌啊。

21. 夜，内，马三耀办公室

周志明打电话，马三耀接起电话。

马三耀：喂，谁啊。

周志明：喂，马三耀吗？

马三耀：对，谁啊？周志明？

周志明：对。

马三耀：一听就是你。

周志明：哎，就是值班啊。

马三耀：对。

周志明：没什么大事儿吧。

马三耀：这还行，挺消停的，没什么案子。

22. 夜，内，施肖萌家客厅

宋凡：四个红桃。

卢援朝：嗯？听她出牌吧。

**23. 夜，内，马三耀办公室**

马三耀：姜应萍家的案子？

周志明：对呀。

马三耀：不是谁这么感兴趣这个事！你老岳父吧？

周志明：唉，你别开玩笑，是我。

马三耀：哼。

周志明：我想问问，哎，你不是说结了案请我吗？

马三耀：你少给我耍这弯弯绕，到底谁这么感兴趣啊，嗯？

周志明：我我我我我。

马三耀：你？

周志明：杜卫东。

马三耀：杜卫东？

周志明：嗯。

马三耀：他可是二进宫啦，咱俩陵园抓他一回，你忘了？

**24. 夜，内，施肖萌家客厅**

周志明：这我知道，我是想说我跟他在一个班待过，他呀现在已经成了我们老邻居的女婿了，他结婚的房子就是我借给他的。

马三耀：啊，啊啊啊，嗯。

周志明：哎呀，不是说情。

马三耀：啊。

周志明：谁走后门儿了！

马三耀：啊。

周志明：我说我干吗违反纪律啊，我是想说……

卢援朝：出。

施季红：出这张。

周志明：我是想，不是我比较了解他。

卢援朝：怎么出这张？

周志明：我觉得他不具备这种作案的动机。

**25. 夜，内，马三耀办公室**

马三耀：他不具备这种作案动机，这么说是你大姨子、大姐夫具备作案动机了？

周志明：什么？

马三耀：你怎么不动动脑子你！

周志明：说什么。

马三耀：施季红、卢援朝，犯案的头一天就在江总的家里呢。

26. 夜，内，施肖萌家客厅

　　周志明：是吗？

　　马三耀：是吗？哼！

　　周志明：那，那我不问了，不问了，诶。

　　宋凡：季红，该你出牌了。

　　马三耀：小周？

　　周志明：啊？

　　　　文字整理：黄璇

　　　　资料来源：根据央视网提供的视频完成文字整理。

　　　　具体参见 http://dianshiju.cntv.cn/bianyizhidui/classpage/video/20120430/100816.shtml

## 秋白之死

> 首播时间：1987年
> 首播电视台：江苏电视台
> 摄制单位：江苏电视台
> 制片主任：陆寅生
> 编　　剧：冒炘、果子
> 导　　演：虞志敏
> 摄　　像：蔡吴根、李京武
> 主　　演：赵有亮、王琴宝、韩振华、李蓉、许道临
> 获奖奖项：第八届（1987年度）中国电视剧飞天奖单本剧一等奖、优秀编剧奖、优秀导演奖、优秀音乐奖；第六届（1988年）中国电视金鹰奖特别奖。

**剧情梗概：**

1934年秋，中央红军在第五次"反围剿"失败后被迫撤离苏区。身患重病的瞿秋白被王明错误路线所迫害，留在沦陷敌手的瑞金地区。瞿秋白因为身体不好，后来党中央决定派人护送他到香港养病，不想在小镜村遭遇了国民党保安团，瞿秋白被捕。瞿秋白化名林甘祥，并认识了曾经为共产党做过工作的郑大鹏。瞿秋白的妻子杨之华和鲁迅先生能得知瞿秋白被捕，积极的奔走，希望能够营救瞿秋白，杨之华希望瞿秋白可以被保释。但国民党的宗师长认为小镜村抓获的人里面一定有共产党高层干部，不能轻易的放掉，而且他们在随后的审讯中，郑大鹏忍

受不了酷刑，出卖了瞿秋白。无奈之中，瞿秋白承认了自己的身份。国民党希望瞿秋白能投降，为国民党做事，但面对酷刑，瞿秋白绝不低头，而面对王洁夫等国民党说客的游说和诱惑，瞿秋白也绝不心软和动摇。而在这个过程中，瞿秋白写下了自己最后一篇著作《多余的话》，这也成为了他的遗言。而在他被关押的过程中，也因为自己高尚的品格和卓越的才华，赢得了很多国民党士兵和将领的尊敬，而这时的瞿秋白也身染重疾。最后瞿秋白因为不肯屈服，被处死，瞿秋白慷慨就义，表现了大无畏的无产阶级革命精神和视死如归的英雄精神。

文字整理：黄璇

资料来源：根据56.com视频网提供的视频完成文字整理。

具体参见http：//www.56.com/w59/album－aid－10007297.html

# 剧本

## 《秋白之死》第一集

**1. 日，外，红军西撤路上**

瞿秋白旁白：红军主力西撤，乃危难中的上策。这阵子，仗越打越糟，人越打越少，地方越打越小，时至今日，也只有放弃苏区而西撤，此一去真不知何时才能回来。

**2. 日，外，瑞金红军烈士纪念碑**

瞿秋白旁白：中央决定我留下，这是我始料不及的。为什么，我不去多想。既然中央决定，我就服从。瞿秋白对党的事业虽是有过之人，但对党的初衷不变，生当为人杰，死亦为鬼雄，此生能与这些长眠地下的壮士同归，也算是人生一桩快事。

**3. 日，外，江上一只竹排上**

岸上的村庄响起枪声。

瞿秋白旁白：红军主力西去了，我留在苏区，却手无缚鸡之力，无能为苏区做些什么，有劳陈毅等同志的关心，让我撤离苏区，取道香港回上海养病，并组织了一支强有力的护送队，然而在小镜村同国民党保安团遭遇，被国民党俘虏，从而离开了革命队伍。

**4. 日，外，国民党审讯处**

国民党炊事员：开饭了，开饭了，都起来，起来，吃饭了，来来，起来，起来！起来吃饭。

国民党士兵：过来，过来！起来，起来，你们共产党都是铁打铜铸的？要死也不能当饿死鬼，都起来。都起来。说你呢，起来，起来。吃好了饭好去过堂，起来。

瞿秋白走过去拿饭。

国民党炊事员：吃吧，饭还是要吃的。

大家陆续去拿饭。

**5. 日，内，草房里**

瞿秋白：哎，哎，来，吃吧。（咳嗽）

郑大鹏：秋白同志。

瞿秋白：你是谁，你怎么认识我。

郑大鹏：我在中央苏区中央教育科工作过一段时间，叫郑大鹏。

瞿秋白：记住，以后叫我林其祥，双木林。

郑大鹏：啊哦。

瞿秋白：来，吃吧。

郑大鹏：秋白。

瞿秋白：林其祥！

郑大鹏：呕，嘿。

**6. 日，内，**

杨之华：先生。

鲁迅：欸，之华，你来了。我刚才收到一封信，是从福建上横狱中寄来的，是一个叫林其祥先生写的，你看看。

许广平：之华，你喝水。

杨之华：谢谢。

鲁迅：取字头是双木，木木同茵，双木又林，我想了半天一定是秋白。

杨之华：刚才周建仁先生也给我一封信，和你这封内容差不多，是从福建狱中寄到商务印书馆的，先生自称依声叫林其祥，我意识到是秋白被捕了。

鲁迅：秋白落入敌人手中，是不会屈服的。只是他的身体过于单薄，恐怕难以支持多日，之华，不要心急，看来秋白商务报的身份营救可望，只是要快啊。嗯，另外，可以请柳亚子、沈雁冰先生从中斡旋一下。

杨之华：我也要找个可靠的人向组织汇报此事，争取设个堡保。

鲁迅：呃，只是新途记会不会引起敌人的注意呢？嗯，看来事不宜迟，只能这样了。

杨之华：那好，先生，我这就告辞了。

鲁迅：等等，广平，取50元钱给秋白寄去。

许广平：好。

杨之华：不！

许广平：拿着吧，别客气，这是他的译稿费。

鲁迅：秋白要紧啊，啊！

**7. 日，外，国民党审讯处**

国民党军官：怎么，一个个都不说话。统统带下去，先让他们松松筋骨。

国民党士兵：走，快点，快走，快走。

国民党军官：慢（拿起瞿秋白的手），叫什么名字？

瞿秋白：林其祥。

国民党军官：在那儿干什么营生？

瞿秋白：我是医助。

国民党军官：一个书生还要干共产党，不怕掉脑袋。想活命吗？

瞿秋白：想。

国民党军官：好，你老实说，你是不是共产党？

瞿秋白：我确实是医助，不是共产党。

国民党军官：他妈的，老子没工夫听你说废话！你这些废话还是留着跟鞭子去说吧。来啊，统统带走。

国民党士兵：走，快点，快走，快走，听见没有，快点。走！

8. 夜，内，狱中

瞿秋白独白：夜思千重恋旧游，他生未卜此生休。行人莫问当年事，海燕飞时独倚楼。
（回想自己和之华分别时的点点滴滴）

9. 日，外，长汀

国民党士兵：师长到！立正！

宗师长走进大厅。

10. 日，内，指挥部大厅内

国民党士兵：师座，你怎么突然到此？（接电话）喂，是啊，师座，公主急电。

宗师长：哪位？是我，我已经知道了，正在查实，是！（挂电话）卓然呢？小镜村之战的情况你都清楚了吗？

卓然：基本清楚。保安十四团的报告我看过，大体上没有什么特殊情况。

宗师长：军人的词典里是没有基本大体类含糊不清的措辞。你准确的说到底抓了些什么人？

卓然：小镜村一战，共击毙共军五人，抓获三十六人，其中三人身份特殊，但审讯下来，并无疑点。两个是客商的女眷，一个给糖果店李老板保了出去，一个跟了保安师团的李云长，还有一个叫林其祥的译官，连日受刑，伤势很重，现正在等待堡保，如有可靠堡保，亦可室外就医。帅座，据查实，保安十四团的情报与实情不符，有虚报扩大战态之嫌。

宗师长：啊，这个以后再说。现在，我想听听你对小镜村之战有什么新鲜想法。

卓然：我……（摇头）

宗师长：卓然啊，你可真是参而不谋啊。啊？

卓然：请师座赐教！

宗师长：小镜村之战从军事上来看规模颇小，微不足道。但从政治意义上来看，或许是不可估量的。它将在中国历史上写下重要的一笔。

卓然：卓然愚钝，望师座明言。

**宗师长**：你想过没有，为什么在捕获者的身上，居然发现了黄金港钞？为什么缴获的都是清一色的德造波克枪？

**卓然**：难道……

**宗师长**：难道你就没想到其中可能有共党要人吗？可悲的是，这并非国军自己掌握的情报，而是共产党的软弱分子的供词，倘若他从我们手中逃逸，你我怎么向委座交代。寄个电令，保安十四团将所有的案犯押送长汀，你亲自去办。

**卓然**：好！

**宗师长**：一路上多加小心，务必万无一失。

**卓然**：是！

11. 夜，外，监狱外

国民党军官带卓然找到瞿秋白。

**国民党士兵**：林其祥！

**卓然**：走！

12. 夜，内，监狱

**瞿秋白独白**：雪意凄其心惘然，江南旧梦已如烟。天寒沽酒长安市，犹摘梅花伴醉眠。（回想自己和李大钊及其家人的相处）

瞿秋白在狱中写供词。

13. 日，内，教堂

**教士**：杨小姐，你是来听传教士传经的吧。

**杨之华**：不，我是来为我丈夫作忏悔的。

**教士**：请跟我来，请！

14. 日，内，教堂后院

**教士**：请，请。

**路人**：你好！

**教士**：你好，你好！现在情况非常紧迫，国民党三十六师已经把你丈夫押往长汀。估计短时间内，不会下毒手，组织上正在采取紧急措施，堡保的事儿已有眉目，不过你自己多加注意。鲁迅先生那里，也要尽量的少去。

**杨之华**：嗯。

15. 日，外，长汀指挥部大厅外

**国民党士兵甲**：哎，今天是什么任务啊？参座居然亲自出马？

**国民党士兵乙**：听说是共产党方面的大头目，到过苏俄见过列宁的。

**国民党士兵**：参座有令，加强戒备，不得有误！

**国民党士兵**：报告，犯人押到！

国民党士兵甲：我以为共产党头子应该是五大三粗，三头六臂呢，原来是个白面书生！

国民党士兵乙：告诉你，保安团逮了他得了这个数。（比划十）

国民党士兵甲：十万！

16. 日，内，审讯厅内

卓然：姓名，年龄，籍贯。

瞿秋白：林其祥，36岁，江苏常州人。

卓然：什么职务，何时被俘，同被俘有何人？

瞿秋白：我早年学文，后又学医，民国二十一年被红军俘去，以后一直做医助，今年一月被贵军俘虏，同时被俘的两个女的，都是商人的女眷。

卓然：你说的都是实话吗？

瞿秋白：句句真情。

卓然：嗯，你还有什么话要说啊？

瞿秋白：我今年肺病，身体一直很弱，加上近日狱中困顿，实在不堪疾苦，前几天的一篇成文中也写了这些情况，希望贵部能早点予以保释。

宗师长：瞿秋白先生，何必再演戏呢？谁不认识你是大名鼎鼎的瞿秋白，民国十六年我在武汉有幸听过你的演讲，先生的雄辩至今还记忆犹新呐。

瞿秋白：我确实是林其祥，如果你认识瞿秋白，你是不会认错人的。

宗师长：瞿先生，何必呢，明人不说暗话，只要你明白，一切好办呐！

瞿秋白：你们既然咬定我是瞿秋白，我就说不明白了。不过我的确姓林，不姓瞿，这你可以调查核实。

宗师长：瞿先生，你想看看这个吗？我实话告诉你吧，跟你一起被俘的人早就供认不讳了。我不明白瞿先生如此固执还有什么意义呢？

瞿秋白：哼，嘴长在别人身上由他说去吧，如果你们真想抓瞿秋白就根本不必在此浪费时间。

国民党士兵带来郑大鹏。

宗师长：郑先生，你认识这位先生吗，他是谁？哼，要不要我替你说啊，他就是赫赫有名的中共中央书记瞿秋白！

郑大鹏低头不语。

宗师长：带下去！瞿先生，你们共产党人不是最讲阶级情谊的吗？你总不能无动于衷的看着别人替你吃苦受罪吧，啊？哈哈，我撬开郑先生的嘴巴，那可是费了一点功夫的。瞿先生，你总无话可说了吧，啊？

瞿秋白：你们抓了我整整十年，今天总算是如愿以偿，既然如此，我就是瞿秋白，不过，话是没有什么可说的了，过去的供述就算是我的一篇不大精彩的小说罢了。

17. 日，外，大街上

报童：卖报，卖报，卖报，《大通报》！特大新闻，共产党大头目被俘！先生，买一份看，太太，太太，买一份儿吧。卖报喽，卖报，特大新闻，卖报，卖报，卖报喽！特大新闻，共产党大头目被俘！

杨之华看到报纸。

**18. 日，内，瞿秋白家**

杨之华痛哭，拿出一个本子。

**杨之华旁白：**你说，都能把别后的话都写在这本上，等到相见的时候就换着看，我多盼望这一天哪！

文字整理：黄璇

资料来源：根据56.com视频网提供的视频完成文字整理。

具体参见http：//www.56.com/u78/v_ NTI5MjcONDc.html

# 好爸爸坏爸爸

首播时间：1987年
首播电视台：中央电视台
摄制单位：中国儿童电影制片厂电视部
编　　剧：诸葛怡
导　　演：尹力
摄　　像：李建国
主　　演：赵有亮、孙晓璞、程硕、凌园、金萍
获奖情况：第九届（1988年度）中国电视剧飞天奖儿童电视连续剧一等奖、优秀编剧奖。

**剧情梗概：**

该剧由六个情节相对独立的小故事构成的作品。作品以一年级小学生黄点点的视角和生活为主线，以爸爸参加设计比赛为副线，反映了孩子们渴望了解世界，了解社会，了解长辈的心愿。其中塑造的小学生的形象，聪明好学，淳朴憨厚，机灵好动，热爱自然，热爱动物，热爱爸爸，十分可爱。剧中爸爸是建筑设计工程师，妈妈是国际航班的空中服务员。点点是一个聪明调皮的孩子，刚上小学，爸爸必得一边管家务、做饭、洗衣，一边送孩子上学，督促他的功课，一边做些建筑设计，在爸爸心烦、点点淘气的时候，不免打他几下。

第一集　我的蝈蝈

黄点点的爸爸给点点在公园买了一只蝈蝈，点点认为蝈蝈能听懂自己的话，还表演给丫丫看。黄点点第一天上小学，充满了新鲜感。点点把爸爸买的蝈蝈偷偷带到了学校，上课时

蝈蝈叫了起来，引起了全班的骚动，点点也控制不住蝈蝈，新老师特别生气。点点的爸爸知道学校里发生的事，气的把蝈蝈扔到了窗外。晚上点点下楼寻找蝈蝈，发现蝈蝈已经死了，点点委屈的哭了。

### 第二集　三个五分

点点爸爸答应点点测验考了五分就带他去游乐场玩，点点很高兴并且在班里同学面前炫耀。点点爸爸由于工作太忙碌，经常加班加点，点点考了三个五分都没能去游乐场。爸爸终于答应点点等妈妈一回来就带他去，结果还是被工作耽误了。点点气的和同学陈晨一起去了游乐场，身上没钱只能看看热闹，喝了饮料之后回家的车钱不够了，只能瞎逛。点点的爸爸妈妈以为点点走丢了，着急的到处找点点。点点和陈晨找到电话亭联系到爸爸妈妈，两个孩子才安全回家。

### 第三集　会飞的猫

点点的妈妈给点点带回了一只猫，点点告诉了好朋友陈晨，放学之后陈晨跟点点回家一起和猫咪玩，两人给猫洗澡后怕猫感冒，又决定给猫喝点酒，吓得猫在家里乱蹿。点点的爸爸很生气，偷偷把猫送了人，跟点点说猫从六楼跳下去了，骗他说猫有大尾巴，所以猫会飞。后来猫自己跑回点点家，点点想试验一下猫会不会飞把猫从阳台上扔了下去，结果猫摔死了，点点大哭。

### 第四集　小小世界

点点的爸爸出差了，托李奶奶照顾点点。点点和好朋友陈晨坐公车，下车检票时找不到票了，又拿身上的钱补了票，公车走后又找到了票。班里大扫除，点点擦干净的桌子被同学踩脏了，点点大怒，孙老师夸奖点点有劳动意识，奖励了他一个梨，点点吃完梨把核扔在路边，被人呵斥。点点回家等陈叔叔来给他理发，陈叔叔来后点点觉得陈叔叔不会理发，陈叔叔便带点点出去吃肯德基，并要点点叫他爸爸就带他玩，点点气的走掉了。点点和朋友去街上踢球，把人家玻璃踢碎了，毛衣被扣了下来，出差回来的点点爸批评了点点，拉着点点去道歉并找回毛衣。点点不明白自己做错了什么，感叹这是大人的世界。

### 第五集　五十八下

老师在上课的时候教育同学们回家要帮助爸妈做家务，点点回家后见爸爸没回来，自己系上围裙做了顿饭给爸爸吃。黄点点考试没考好，只考了58分，点点爸打了点点五十八下教训点点，点点边哭边喊坏爸爸。爸爸承诺点点考好了给他一个奖励，奖励一个存钱罐，点点特别努力，结果考了一百分，拿到了爸爸给他的奖励，不过却因为劳累过度生病了，爸爸因此反省。

### 第六集　就是好爸爸

点点生病卧床在家，爸爸单位有事又出门了，李奶奶来照顾点点，班里同学来看望点点。点点妈妈回到家，责怪爸爸。点点爸获得了国际建筑艺术奖。陈老师来到家中跟点点爸妈交流，点点爸意识到了自己的错误，决定花更多的时间照顾点点的成长，并在电视采访中表态。

文字整理：戴灿

资料来源：根据56.com视频网提供的视频完成文字整理。

具体参见http：//www.56.com/w82/album-aid-8856817.html

## 剧本

《好爸爸坏爸爸》　　第一集

1. 大路上　日　外

   点点：那我晚上睡觉，它也睡觉吗？

   爸爸：你睡它也睡，你吃它也吃。

   点点：那我上学，它也上学吗？

   爸爸：哎哟，又说傻话。

   点点：可蝈蝈是我的兵，我干什么，它就干什么。爸爸，对吗？

   爸爸：哈哈哈哈。

2. 点点家　夜　外

   妈妈：哦，下大雨咯。

   点点：妈妈妈妈，看我的蝈蝈、蝈蝈王啊。

   妈妈：说了你多少遍，口吃的毛病就是改不了。明天呀，一上学，老师说，班里怎么来了个小结巴呀。

   点点：哈哈哈。

   妈妈：唉，快抱你的宝贝儿子。

   点点：别打屁股，别打屁股。

   爸爸：洗完了？来，好儿子，爸给你擦擦，别动别动。

   点点：爸，我还要看电视呢。

   爸爸：得了得了，这么晚了就别看了啊。来，坐下，把衣服穿上，今天晚上你好好的睡一觉，明天你就是小学生了。到了学校以后，别搞小动作，听老师的话，跟同学们搞好团结。

   点点：嗯。

   爸爸：乖儿子，睡吧。

   妈妈：今儿晚上没好节目，赶快睡吧。

   爸爸：哎，对了，饺子挺好吃，给别人带点儿。

   妈妈：你怎么变得婆婆妈妈的了，亚蒂斯亚贝巴这一趟够我累的，一起的三个小丫头，第一次跑国际航班。哎，点点一上学，你就赶紧忙你的业务吧，这几年，够难为你了。

   爸爸：谁叫我命苦呢，哈哈。关上电视吧，我还得再熬一会儿。

   妈妈：唉，我去看看点点在嘀咕什么呢。

**点　点**：快点吃，可好吃啦，还甜着呢，吃吧，不吃？

点点听到妈妈的声音，假装睡着，妈妈拿走床边的蝈蝈。

**点　点**：不许拿走。

**妈　妈**：就知道你没睡。干吗装睡啊？

**点　点**：妈妈，不拿走，让蝈蝈陪着我睡。

**妈　妈**：那不吵死了，睡不好明天怎么上学啊。

**点　点**：不，蝈蝈最听我的话啦，我睡它也会睡的。把它留下吧。

**妈　妈**：那，你能睡好吗？

**点　点**：能，一定能。

**妈　妈**：好，睡吧。

**3. 点点家　日　内**

**爸　爸**：点点，起床啦。

**点　点**：爸爸妈妈早安。

**爸　爸**：穿上新衣服。今天是第一天上学，要给老师留给好印象，知道吗？来，穿这个。

**点　点**：爸爸这衣服有点太长了吧。

**爸　爸**：啊？不长不长，我看蛮合适。

**点　点**：爸爸最不会买衣服。

**爸　爸**：好啦好啦，起来吧。起来穿鞋，洗脸刷牙。

**点　点**：爸爸，今天有什么好吃的啊？

**爸　爸**：去去去。你抓紧点，别磨蹭了啊，爸爸今天下午还得参加展览会的开幕式呢。

**点　点**：知道了。

**爸　爸**：点点，去看看谁来了。

**点　点**：来啦来啦。是谁呀？

**丫　丫**：是我。

**点　点**：是丫丫呀。丫丫你干吗？

**丫　丫**：点点哥，今天你要上学去吗？

**点　点**：是啊。

**丫　丫**：昨天晚上我都听到蝈蝈叫啦。

**点　点**：是吗。

**丫　丫**：奶奶给我做了两个大蝈蝈，给你一张。

**点　点**：嘿嘿嘿，真漂亮。回头我一定把它贴玻璃上。

**丫　丫**：能让我再看看蝈蝈王吗？

**点　点**：那还不行，你什么时候都可以看。你看它身子有多长。

**丫　丫**：真长。

**点　点**：你看它的翅膀有多立啊。

**丫　丫**：它真漂亮。

**点　点**：你知道吗？它是我的兵，我是它的主人。不信？

丫丫：嗯。

点点：你听，我让它不叫它就不叫。

爸爸：点点，那个鸡蛋来。

点点：哎，等一会儿。

点点学蝈蝈叫。

点点：你听着啊，咯咯咯，咯咯咯。

丫丫：真的真的，蝈蝈不叫了。

爸爸：点点，快把鸡蛋拿来。

点点：哎。

4. 学校门口　日　外

爸爸：点点，上课认真听讲，留下作业别忘了，晚上爸爸检查。听老师话，不许喝生水。

点点：哎。

5. 教室里　日　内

几个同学在玩娃娃。

同学甲：再玩一会吧，再玩一会吧，还没上课呢。

同学乙：不玩啦，不玩啦。

点点凑上去。

同学甲：这是你位置吗，你就乱抢。

点点：怎么不是，阿嚏，阿嚏。

同学们一起大笑。

点点：咱玩正规的，三局两胜。

同学们：快玩啊快玩啊。

同学乙：哼，你们啊，我才不和你们玩呢。谁和你玩啊？

点点：不玩就不玩，谁稀罕你的破玩意儿，我还有更好更好玩的玩意儿呢，连看都不让你看。

同学们：看一眼看一眼。

点点：我爸带我去游乐园买的。

6. 校园里　日　内

同学：陈老师好。

陈老师：好。

黄爷爷：陈老师。

陈老师：好好好。

黄爷爷：心脏病好点了吧。

陈老师：我差点没返回去。

黄爷爷：哎哟你说的，怎么你也不能返回去嘛。你现在还是教六年级吧？

陈老师：不了，我现在教一加一了。

黄爷爷：一加一？

陈老师：差点一加一我都教不成了。

黄爷爷：一加一不错，陈景润一加一还得过奖嘛。

7. 教室里　日　内

陈晨：点点让我看看，就让我看一眼吧，就一眼。

点点：不行，这是个秘密，让老师知道了就完了。

陈晨：哎点点，它饿了怎么办啊？点点，我这有香蕉，还有奶油蛋糕。

点点：还有奶油蛋糕呢？嘿嘿。

8：校园里　日　外

同学们：黄爷爷好。

黄爷爷：同学们好，放假玩的不错吧。

同学：太过瘾了，还没玩够呢。

黄爷爷：哦，还没玩够啊。要是玩够了，那你们啊，就考不上重点学校了。

同学：要不怎么说矛盾呢。

黄爷爷：哟，你看看，这么点年纪就知道矛盾。

9. 教室里　日　内

李老师：以后来上学，要叫老师，记住了吗？

同学们：记住了。

李老师：小同学，以后不要把玩具带到课堂上来，会影响上课的。放学回家再玩啊。

同学乙：老师，他还带玩具了呢，可他还不让别人看呢。

李老师：让老师来猜一猜，你叫什么名字，好吗？嗯，黄点点，对不对？有意思，哎，谁给你取得呀？

点点：爸爸，因为我生下来这么大，才四斤多。

李老师：同学们，先回位置上坐好，咱们发新书了。坐好了，看谁已经不动了。陈晨，上课不许吃东西。

10. 教室走廊上　日　外

女老师：这次要你接　年级，和李老师同接一个班，也是我们考虑很久的。

陈老师：我有几年没有教低年级了。

女老师：是啊，李老师也是第一次接一年级，她才刚刚离开学校，今天是她人生中第一次开始工作。

陈老师：太好了。

女老师：现在的孩子有许多新特点，好在你身为有几十年教龄的老教师了。

陈老师：过奖过奖。

**11. 大街上　日　外**

**同事**：我觉得你应该参加，这也是肯定自我，听杨老讲你当年可是个高材生啊，是不是啊？

**点点爸**：这可不是一般的比赛，这个巴黎设计大赛两年才举办一次，咱们国家还是第一次参加。那你怎么不搞呢？

**同事**：我得出国，护照刚办下来，折腾了两年多，总算有点眉目了。

**点点爸**：这比赛有什么具体要求？

**同事**：办公室有文件，一看你就知道了。

**点点爸**：呀，我先走了。

**同事**：你上哪啊？回家还是回院里？

**点点爸**：当然是回院里。

**同事**：哈哈哈，我一猜你就得参加。我猜你准参加，我还跟他们打了赌，来，上车吧，坐我的车顺道。

**点点爸**：你这技术行吗？

**同事**：哎呀，摔谁我也不能摔你老兄啊。

**12. 教室里　日　内**

**李老师**：同学们，从今天起，你们就是小学生了，上课时要做到肩平背直头正，上课时要集中精力。你怎么了？哪不舒服？

**同学甲**：老师：我想撒尿。

**李老师**：好，你先坐下。同学们，以后在课堂上有什么事应该举手告诉老师，还有哪位同学要上厕所？请举一下手。

几乎全班都举了手。

**李老师**：那同学们就快去快回来，我们还要上课呢。唉，同学们，安静点，不要影响别人上课。

黄点点出去又回了教室。

**李老师**：唉，黄点点，你怎么又回来了？

**点点**：我没尿了。

**李老师**：好吧，先回位置坐好吧。

**13. 设计院　日　内**

**点点爸**：好的，就这么办。

**同事甲**：黄工，设计比赛的通知能不能让我看一看呢？

**点点爸**：这两份我还得印一下，待会儿吧。

**同事甲**：好的。

**点点爸**：麻烦你了，这两张，印一下。

**同事乙**：黄工，您看这么写行吗？

**点点爸：** 这可以，就这样。

**同事乙：** 那我就这样写了啊？

**点点爸：** 赵工，这是董工给你看的，看完交提议。

**赵工：** 哦。怎么，儿子上学了？

**点点爸：** 是啊。

**赵工：** 这回总熬出来了。

**同事丙：** 熬出来了？这上学不比上幼儿园省心。现在哪叫儿子上学啊？还不如叫老子上学呢，你得给他默生字、背课文、开家长会，他一天到晚跑在外头，更难管。

**点点爸：** 我儿子胆小，胆子就那么一点点，要不怎么叫他点点呢！他上学了，我多少好点。

### 14. 教室里  日  内

**李老师：** a。

**同学们：** a。

**李老师：** o。

**同学们：** o。

**李老师：** e。

**同学们：** e。

**李老师：** 好，同学们不错，再来一遍啊。a。

**同学们：** a。

**李老师：** o。

**同学们：** o。

**李老师：** e。

**同学们：** e。

**李老师：** 陈晨，注意，别搞小动作。

**李老师：** a。

**同学们：** a。

**李老师：** o。

**同学们：** o。

**李老师：** e。

**同学们：** e。

**李老师：** 同学们，这三个字母都是元音字母，是26个字母中的……

班里传来蝈蝈的声音，同学们乱成一片，都去点点那看蝈蝈。

**点点：** 别叫，快别叫了，别叫啦，在上课。

**李老师：** 坐好了。都坐好了，你们难道不知道这在上课吗？

**点点：** 咯咯咯，咯咯咯，咯咯咯。

**李老师：** 怎么回事你，把蝈蝈拿出来。

## 15. 教师办公室　日　内

**李老师：** 把蝈蝈带到学校就够过分了，他竟然还当着全班的面学公鸡叫，太过分了。才一年级，上学第一天，就闹成这个样子，以后还不知道闹成什么样呢。

**老师甲：** 别那么急嘛，你是第一天上课，他们也是第一天上课，咱们在座的各位谁没领教过呢。他们还没懂得如何遵守纪律，如何来上学，昨天刚刚离开幼儿园，今天就变成了学生，慢慢的，一切都会好的。

**陈老师：** 是哪个孩子？

**李老师：** 黄点点。

## 16. 校园里　日　内

**陈老师：** 真是好玩。

**点点：** 它还是只蝈蝈王呢。

**陈老师：** 那你为什么要把它带到学校里来？

**点点：** 我怕它一个人会在家饿死。

**陈老师：** 哦，你带到学校里面来就会影响其他同学上课了，你说这对吗？啊？

**点点：** 不对，那我以后不带来了。

**陈老师：** 好，咱们想一个好办法，要是带来了就放在我的办公室里，要是放在家里呢，就多喂它一些好吃的，但是不要带到学校里了，好吗？

## 17. 点点家　日　内

**点点：** 爸爸，爸爸回来了，你看李奶奶做的蝈蝈多好看啊。爸爸，我饿了。

**点点爸：** 过来。你今天上课干什么了？

**点点：** 没干什么。

**点点爸：** 没干什么？搞的全班都乱了套，你可真有本事。

**点点：** 那是蝈蝈。

**点点爸：** 你上课竟然学公鸡叫，出洋相为什么？真是越活越抽搐了。去，把作业拿来。

**点点：** 没留。

**爸爸：** 什么？

**点点：** 哦，忘了，我还没写呢。

**点点爸：** 那好，把蝈蝈拿出来。

**点点：** 爸爸，它再也不叫了，真的，蝈蝈再也不叫了。

**点点爸：** 拿出来，把蝈蝈拿出来。你把它藏哪了？

**点点：** 我罚它了。

**点点爸：** 上课玩蝈蝈，我还没罚你呢。

点点爸拿出蝈蝈丢出窗外。

**点点：** 爸爸别，爸爸。坏爸爸、坏爸爸。

**点点爸：** 你才是坏孩子呢。哭，再哭，把你一块儿扔下去。

点点边哭边说：还我蝈蝈，还我蝈蝈。

**18. 点点家　夜　内**

爸爸做好了饭，点点生气不吃，爸爸吃完后，点点喝了一口汤，偷偷下了楼。

**19. 点点家楼下　夜　外**

点点找到了被爸爸扔下来的蝈蝈。

**点点**：蝈蝈，蝈蝈，快出来吧，我给你拿东西吃，蝈蝈，你到底怎么呢，你说话啊，蝈蝈，你怎么呢？你倒是说话啊。呜呜呜呜呜呜，蝈蝈死了。蝈蝈，好蝈蝈，都是爸爸不好。你不是最怕公鸡叫吗，我学公鸡叫，你应该不叫了，你怎么还叫呢？呜呜呜呜呜，蝈蝈。

文字整理：戴灿

资料来源：根据56.com视频网提供的视频完成文字整理。

具体参见http：//www.56.com/w82/play_ album－aid－8856817_ vid－NTY3MTM5MzI.html

# 1988

## 末代皇帝

首播时间：1988 年
首播电视台：中央电视台
摄制单位：中国电视剧制作中心
制 片 人：郝恒民、赵蔚彬
编　　剧：王树元
导　　演：周寰、张健民
摄　　像：王东明
美　　术：何宝通、蔡龙西、张秀江
主　　演：陈道明、张萌、朱旭、朱琳、陈丽明、蓝天野、牛星丽
获奖奖项：第九届（1988 年度）中国电视剧飞天奖连续剧特别奖、优秀编剧奖、优秀美术奖、优秀男主角奖、优秀男配角奖；第七届（1989 年）中国电视金鹰奖优秀连续剧奖、最佳男主角奖。

## 剧情梗概

光绪皇帝病危，慈禧太后为了能够统治中国，她立了载沣的儿子溥仪为幼帝。光绪皇帝归天后慈禧太后立溥仪为帝。不久，慈禧太后也病逝。慈禧太后死后，溥仪在载沣的辅佐下举行了登基大典。幼小的溥仪在宫中如同木偶一般任别人摆布。奕劻力驳载沣拿出的光绪皇帝的密旨，隆裕皇后听从奕劻的建议将袁世凯免官让其回河南养病。武昌起义以后，袁世凯利用兵权，乘机从中斡旋，为自己的野心储备力量等待时机。孙中山以溥仪退位为条件答应袁世凯让出大总统的职位。隆裕皇太后面对内外压力，被迫宣布溥仪退位。袁世凯就任大总统后派赵翰章向溥仪宣读他的对清政策，但是溥仪仍是以皇帝自居。隆裕皇后为溥仪请了陈宝琛作为老师，而溥仪上课时极不守规矩。隆裕皇太后气愤而死，瓜尔佳氏因溥仪屈居袁世凯膝下而含恨自杀。溥仪拒绝接受袁世凯的封爵。袁世凯病死，溥仪发现他已失去了威仪与权力，大病一场。张勋抵达北京拥立溥仪登基，大清王朝暂时复辟。可没过几天，北京也落入段祺瑞的掌控中。载沣为溥仪引见了庄士敦，庄士敦为溥仪带来了许多西方的文化与思想，溥仪接受了庄士敦的西方思想，剪下辫子，让自己的装束西化。陈宝琛与瑾妃等人为了

使溥仪打消出国的念头，决定让溥仪尽早完婚。溥仪被迫从众多候选者里挑中了婉容与文绣。溥仪大婚的前一天淑妃文绣入宫，次日溥仪与皇后婉容举行大婚。溥仪的复辟大业的理想未能受到婉容的支持，受到庄士敦的支持。公元1924年11月5日，溥仪被冯玉祥的军队赶出了紫禁城。在日本人的安排下，溥仪随清室来到天津日租界。溥仪希望能够在外国势力的帮助下恢复大业。张作霖虚情假意地答应帮助溥仪复辟。然而张作霖被炸死，北伐军进入天津，清东陵被盗使得溥仪再次陷入绝望与痛苦之中。溥仪让溥杰去日本留学来振兴清室。婉容不断欺辱文绣，文绣逃离寓所。日军侵占沈阳后溥仪被送往东北。1934年伪满洲国在日本人的刺刀下成立了，溥仪正式成为了日本人的傀儡皇帝，受到吉冈等人的摆布。在日本人的安排下，谭玉龄嫁给溥仪，被封为祥贵人。在吉冈等人的谋划下，溥杰与嵯峨浩成婚。

  谭玉龄她给溥仪讲了日本人残杀中国人的罪行，吉冈安排小野寺利用药物害死了谭玉龄，吉冈又逼溥仪娶日本女人，被溥仪拒绝后，他又将李玉琴骗入宫中献给溥仪。美国在广岛投放原子弹后，日本人开始从东北撤退。婉容在逃亡中走失，溥仪等人也在沈阳机场被苏军俘虏。溥仪与伪满洲国遗老在苏联伯力收容所接受改造时，溥仪如实地指出了日军的罪行并为自己过去的行为辩护。溥仪与战犯们被押送到抚顺战犯管理所，溥仪受到齐正鼓励后，在狱中积极改造。在贺龙的建议下战犯管理所让溥仪等人到新中国各地参观，在新中国建国10周年时，溥仪与战犯们得到特赦并回到北京，他们受到周恩来和陈毅等国家领导人的热情接见。溥仪在参观故宫时，回想自己前半生的经历。

文字整理：戴灿
资料来源：根据优酷网提供的视频完成文字整理。
具体参见 http://www.youku.com/

## 剧本

### 《末代皇帝》 第13集

**1. 天津火车站 夜 外**

  **旁白**：正当溥仪日夜做着皇帝梦，可是身边又缺少个扶国大将军，急的茶不思饭不想的时候，奉系军阀张作霖来到了天津。

  **张作霖**：哈哈哈哈，好，好，好，谢谢各位，谢谢各位，哦，荣大人，荣大人。

  **荣大人**：鄙人代表清氏办事处，欢迎大帅光临啊。

  **张作霖**：好，谢谢，你们那位皇上怎么样，好吗？

  **荣大人**：托大帅的福，皇上很好。

  **张作霖**：好好，有空我一定向皇上请安。

  **荣大人**：谢谢，我一定向皇上回禀。啊，大帅请吧。

  **张作霖**：请。

**2.**

  **荣桂**：皇上，这是十万元的支票，皇上，这是张作霖孝敬皇上的。皇上，皇上，皇上，张作霖正在行馆候驾呢。

　　溥仪：这个张作霖执意要见我，是真心真意呢，还是官场那一套。

　　荣桂：哎，是真心，是真心的啊。

　　溥仪：那他为什么不来给我磕头啊。看来陈宝琛前几次不让我见他，还是有道理的。我是皇上，怎么能让一个民国将领家去降贵纡尊呢，嗯？

　　荣桂：哎，是是是，皇上，这不是日本地盘嘛，他来，对他对皇上都不方便不是。

3. 娱乐场所　夜　内

　　溥仪：哎，文绣，你也来哈哈也一下。

　　仆人：主子，你也去看看。

　　随从甲：这已经是法租界了，在这样逛下去我们都没法保护了。

　　随从乙：这我都知道。

　　随从甲：是。

　　随从甲：陛下，现在这里不是日租界，这已经是法租界了，陛下赶快离开这吧。

　　溥仪：法租界怎么了，我还要去英租界、德租界，哪开心我去哪，走。

　　随从甲：哎，陛下，陛下。

4. 夜总会门口　夜　外

　　卖毛毯者：好毛毯那，好毛毯那，先生，好毛毯来一条吧。哎，先生，先生。

　　侍应生：去去去。

　　卖毛毯者：先生，那位老爷是谁呀。

　　侍应生：啊，那是宣统。中国的小皇上。

　　卖毛毯者：哦，皇上。

5. 夜总会内　夜　内

　　卖毛毯者：能不能……

　　洋人甲：又借钱，上次借给你的钱还没还呢。

　　卖毛毯者：这回我用百分之二百的利息，还你。

　　洋人甲：我这辈子也不会相信你的神话了。

　　卖毛毯者：真的，有个小皇上……

　　溥仪：过来，算账吧。

　　侍应：先生，钱已经付过了。

　　溥仪：谁啊？

　　侍应：这位先生，俄国贵族谢米诺夫将军。

6. 台球厅　夜　内

　　洋人甲：将军，这招兵的事……

　　卖毛毯者：怎么样，办的顺利吗？

洋人甲：在蒙满边境又召集了三千人。

卖毛毯者：哦？那武器哪？

洋人甲：额，英国、美国已经答应卖给我们，只是……

卖毛毯者：只是什么？

洋人甲：只是，俄乔工会已经答应给将军筹集三个亿，只是钱还没到手。

卖毛毯者：你再催催他们，反共复国不单单是俄国皇室的事业，也是我们全体侨民的事业嘛。

溥仪：这就是我跟你说的那个白俄，听见没有？这个人，大有来头。

跟班：皇上，说不定他是大大有用的客卿。

卖毛毯者：我想亲自到英国美国走一趟，要他们再帮几个亿，我们那几十万军队在满蒙边境就站住脚了，要是那样的话，我们就可以任意驰骋，叫红鬼子们去见上帝去吧。

溥仪：支票，赏他十万。

## 7. 餐馆　夜　内

卖毛毯者：为了能早日效忠皇帝陛下，干杯。

溥仪：干杯。

## 8. 溥仪卧室　日　内

仆人：老爷子，老爷子，陈宝琛求见。

溥仪：不见。荣桂在吗？叫。

仆人：是。

溥仪：张作霖这个人可靠吗？

荣桂：张作霖是咱们大清的旧臣，对大清的感情可深了。这么说吧，在那群将军里面，要论对皇上的忠心，除了张勋，就数他了。

溥仪：他有多少人马呀？

荣桂：这么说吧，除了东三省是他的地盘外，他还带兵进关，打败了吴佩孚，进了北京城呢。

溥仪：他能帮我杀回北京城？

荣桂：皇上，那就看您了。

溥仪：荣桂。

荣桂：皇上。

溥仪：备车。

荣桂：是。

溥仪：回来，这件事不能让陈宝琛和郑孝胥知道，更不能让日本人知道。

荣桂：是。

## 9. 溥仪住处餐厅　夜　内

婉容：撤了吧。

仆人：主子，主子，老爷子找不着了。

婉容：这，快去把郑大人叫来。

### 10. 张作霖住所　夜　内

哨兵：立正，敬礼。

张作霖：皇上，皇上好。臣张作霖恭请圣安。请，请。

### 11. 领事馆　夜　内

领事：八嘎，笨蛋。

陈宝琛：领事先生，张作霖虽然老奸巨猾，我们自有办法。

领事：可对待溥仪，我们不能把他看成废铜烂铁，他是我们总有一天能够用得上的秘密武器，我们要把他锁在保险柜里。

### 12. 张作霖住所　夜　内

张作霖：糍粑，您尝尝，您尝尝。

溥仪：张将军，您当绿林豪杰的时候，也杀富济贫吗？

张作霖：嗯嗯。

溥仪：那你，也会飞檐走壁？

张作霖：嗯嗯嗯，不不不。

张作霖小妾们：快来，快来，老爷子都斯文起来了。

张作霖：都给我滚。

张作霖小妾们：快看小皇上，快看小皇上。

张作霖：是小妾们，小妾不懂事，哈哈哈哈，请请请请请。

溥仪：张将军，我刚才说的……

张作霖：刚才我说的冯玉祥，我一见他逼宫，我就带兵进了北京城，没想到皇上您逃到……挪到日本使馆去了。请皇上放心，迟早我会宰了冯玉祥。

溥仪：张将军，您真是一条好汉，干。

### 13. 溥仪住所　夜　内

郑孝胥：啊，啊，好，多谢了。

婉容：警察局来的？

郑孝胥：警察局来的。

婉容：有下落了吗？

郑孝胥：没有。

婉容：郑孝胥，你得想想办法吧，要是皇上真的一甩手走了，那我们可……

郑孝胥：哎。

婉容：你再想想办法。

## 14. 张作霖住处　夜　内

张作霖：皇上，您还是回到祖宗的发祥地去吧，您回到奉天，有我保驾，谁敢动您一根毫毛。

溥仪：可是……

张作霖：皇上，那东三省是我的地盘，皇上要什么有什么。哟打猎，可以到长白山，要避暑，可以到大连，要洗温泉可以到唐港子。

溥仪：张将军，我要……

张作霖：皇上，您要啥？

溥仪：我要你帮我打回北京。要是恢复了大清江山，你可是为国为民做了一件大好事啊。

## 15. 领事馆　夜　内

领事：喂。哦，郑先生，是的，老朋友，我可是有言在先哪，如果皇上走出了租界地，他的安全我可是无法保障啊。

郑孝胥：马上去找，好，好。

## 16. 张作霖住所　夜　内

溥仪：张将军，到了那个时候，我一定不会忘记你的。

站岗军人：报告，郑孝胥求见。

张作霖：什么事？

郑孝胥：皇上，皇上，请驾回宫。

溥仪：你没看见我正在跟张将军谈事吗？

郑孝胥：日本领事请皇上回日本租界。

溥仪：日本领事？日本领事他敢限制我的自由？

张作霖：皇上，天色不早了，你也赶紧回去休息吧，别跟日本人闹僵了。

溥仪：你也怕日本人？

张作霖：不不，日本人算老几？往后要是小鬼子欺负你，你就告诉我。

溥仪：那我就把希望寄托在你身上了，张将军。

## 17. 溥仪住所　夜　内

婉容在烧香求佛，文绣独自弹琴。

## 18. 保龄球馆　夜　内

卖毛毯者：好，好。

仆人：皇上，天不早了，该回宫祭日了。

溥仪：哦，对。

卖毛毯者：陛下真是多才多艺啊，文武双全啊。

溥仪：谢米诺夫先生，你的那些彪悍的格沙克什么时候能大显身手啊？要抓紧办，你要和张作霖将军好好配合，将来你们好协同作战。

**卖毛毯者：** 陛下放心，我对陛下效忠，就像对沙皇陛下效忠一样啊。最近，我弄到一批军火，可是，只是钱……

**溥仪：** 这个，好办。

**卖毛毯者：** 陛下，您等着吧。

19. 溥仪住所　夜　内

**溥仪：** 婉容。

**婉容：** 皇上。

**溥仪：** 给。

**婉容：** 谢皇上，我这就戴给您看。

**溥仪：** 婉容，你知道吗，我们很快就会回北京了。张作霖和谢米诺夫答应为我效劳，用不了多久，用不了多久了。

**婉容：** 真的？

**溥仪：** 婉容，到了下一个中秋节，我们去颐和园，不，去太液池去赏月，好吗？到了那个时候，我身边谁都不要，就咱俩。

**婉容：** 到了那个时候，我们生一个龙子。

20. 花园里　夜　外

文绣和妹妹文珊在花园里大闹。

**溥仪：** 这深更半夜的连说带笑，出格了吧。

**文珊：** 她白天不能出来，晚上出来散散心，这也算出格吗？

**溥仪：** 你是谁家的姑娘，怎么私自闯进来？

**文珊：** 我是淑妃的妹妹，文珊。

**溥仪：** 她来我怎么不知道？

**文珊：** 姐夫。

**溥仪：** 什么姐夫，我是皇上。还，还不给我回去？

21. 文绣卧室　夜　内

溥仪扇了文绣几巴掌。

**溥仪：** 你眼里没我，也没祖宗立下的规矩。

**文绣：** 奴才不敢，奴才……

**溥仪：** 你还敢顶嘴？我可告诉你，我马上就要回北京了，我还是皇上。你以后要是还敢放肆，我就废了你，我就……

溥仪抓起瓷娃娃摔在地上。

22. 射击场　日　外

**领事：** 好，打得好。

**吉冈少佐：** 领事阁下，我们关东军已经出兵济南，阻止了国民军的北伐，蒋介石已经下达命令，不得有任何反日的行为，看来，实现田中首相奏折的计划是指日可待的了。

**领事**：吉冈少佐，可济南事件之后中国民众四处闹事，已经波及到我们日本租界了。

**吉冈少佐**：中国的老百姓是一群乌合之众，看来我们还要多多的关心我们的小皇上啊。

吉冈少佐拿出几张溥仪和俄罗斯人交谈的照片。

**领事**：少佐，不要紧张嘛，那位皇帝少爷，他有钱没地方花，想养活一个白俄骗子，我们管他的呢。不过，我要提醒少佐注意的是，最近小皇上和张作霖、奉系将领的接触，可是相当频繁啊。

**吉冈少佐**：张作霖？哼。

### 23. 戏院 日 内

**郑孝胥**：皇上，张作霖被炸了，您看。

溥仪看了郑孝胥拿来的报纸，惊呆了。

**观众**：那人怎么了？

戏院内突然乱作一片，观众纷纷撤离。

**观众**：北伐军进城啦。

**郑孝胥**：皇上，您看您看。皇上，快走吧。

### 24. 天津大街上 日 外

北伐军进驻天津城。

**群众**：欢迎北伐军进城，欢迎北伐军！

### 25. 会议厅 日 内

大臣们都不做声。

**溥仪**：怎么办，怎么办？你们倒是说话呀，啊？你们平时上书啊，进表的，不都挺有主意的嘛，现在国民党的军队进驻了天津，你们说怎么办？郑孝胥，谢米诺夫呢？他溜了。要你们有什么用。静观待变，哼，四年啦，我待变了什么？

一位大臣跑了进来。

**大臣甲**：皇上，皇上，大事不好了呀。

**溥仪**：哭什么啊，什么话快说。

**大臣甲**：皇陵，遵化的皇陵啊……

**溥仪**：皇陵怎么了？

**大臣甲**：皇陵，皇陵叫国民党孙殿英的军队给刨啦。

**溥仪**：什么？你说什么？

**大臣甲**：他们，他们侵害了乾隆爷和老佛爷的陵寝，把那些殉葬的宝贝都给盗走啦。

**溥仪**：祖宗。

### 26. 皇室牌位前 夜 内

**溥仪**：列祖列宗，我是爱新觉罗的不肖子孙，我，我定报此仇，光复大清。

## 27. 溥仪住所门口　日　外

老百姓来溥仪住所门口讨要欠款。

**荣桂：** 诸位，诸位，听我说，咱们下次再提。

**群众甲：** 咱们跟他说没用，咱们找皇上去。

**群众乙：** 住店交店钱，吃饭交饭钱，这不是明摆着的理儿吗。您堂堂清室皇族，半年多不交房租，这像话吗？

**群众丙：** 是啊。

**荣桂：** 诸位，您请再宽限些日子，下个月一定还，下个月，下个月。

**群众甲：** 下个月下个月，你说几个下个月啊，到猴年马月您说话才算数啊。

**群众：** 就是啊。

**荣桂：** 老板，您是旧臣，怎么这么逼皇上呢？

**群众甲：** 别拿这话添糊人，一码算一码，君臣是君臣，房租是房租。

**溥仪：** 怎么回事？

**荣桂：** 没事没事。吉冈先生，您还是陪皇上回去吧。

**群众甲：** 皇上，皇上，禀皇上，这房租有半年了，皇上，皇上，这点儿小钱对您来说不是小菜一碟嘛。

官兵把群众们赶走。

**溥仪：** 这算怎么回事。

## 28. 溥仪住所　日　内

**溥仪：** 丢脸，真丢脸。

**荣桂：** 皇上，近来皇室银根确实太紧啦，您看这个。

**溥仪：** 胡说，外国银行的存款呢？指略皇产收的租子呢？

**荣桂：** 入不敷出啊，皇上。您瞧，就拿上个月的开支来说吧，御膳房开支了七百八十元，洋膳房用了六百二十元，茶房是二百八十六元，药房四百元，车费邮费电话费共计是一千二百三十八元，啊，应酬费是两千七百元，买东西四千一百二十八元，皇后的零用两千元，还有皇妃的零花一千元。

**溥仪：** 行，行，行啦，总不至于连房租都交不起吧。

**荣桂：** 不瞒皇上说啊，这个月连臣等的俸银都不好开支啦。

**溥仪：** 哎，那你说怎么办，啊？

**荣桂：** 皇上，嗯，要不然把皇上从宫里带出来的古董，啊，皇上。

**溥仪：** 那，就挑几件吧。

**荣桂：** 李德勤。

**李德勤：** 是。

**荣桂：** 如今，不比往年啦，这古董店的老板精得很，价高了还真出不了手啊。皇上，您看这个。

**溥仪：** 拿去吧。

溥仪看到桌上的一个小罐子，想到了小时候。

29. 皇宫内　夜　内

大臣：这是乾隆爷留下的，这叫"寸草为标"。

小溥仪：什么？

大臣：有道是"普天之下，莫非王土，率土之宾，莫非王臣"。这么说吧，这天是老爷子的，这地是老爷子的，这宫里宫外的东西都是您的，连奴才我也是您的奴才。

小溥仪：天是我的，地是我的，连你也是我的。

30. 溥仪住所　日　内

荣桂：李德勤，来，把这装好。皇上，您看这个。啊，好，好轻点儿。

溥仪拿着"寸草为标"思绪重重。

　　　　　文字整理：戴灿

　　　　　资料来源：根据优酷网提供的视频完成文字整理。

　　　　　具体参见 http：//v. youku. com/v_ show/id_ XOTIyOTAyMzY =. html？tpa = dW5pb25faWQ9MTAzMDkzUzEwMDAwMl8wMV8wMQ

# 花鸽子

首播时间：1988 年
首播电视台：上海电视台
摄制单位：上海电视剧制作中心
编　　剧：王小龙
导　　演：朱翊
摄　　像：陆建生、袁建华
主　　演：李晶冰、袁鸣
获奖情况：第九届（1988 年度）中国电视剧飞天奖单本剧三等奖。

**剧情梗概：**

中学生毛头由于偷东西被学校开除已有好几年了。在夏季的无聊之中，他花了两块钱买了一只非良种鸽子，并为它取名叫"混血儿"。"混血儿"经常往医院里飞，在那里，毛头结识了身患骨癌的女中学生叶绿，并把友谊和欢乐带给了她。

毛头家住在破旧的棚户区，母亲早逝，父亲又瘫痪在床上，生活的窘况不得不使他到处觅活，并渴望能得到一份正式的工作。

从报上得知"信鸽协会"将组织鸽子去西藏放飞，毛头兴奋地替"混血儿"报名，并和叶绿一起到火车站为"混血儿"送行，随着火车的隆隆声，他们的希望也飞向了远方。为了迎接"混血儿"从西藏归来，毛头为"混血儿"做了一只鲜艳无比的鸽笼。

时间一天天地过去了，同去西藏放飞的鸽子大部分已经回来了，而"混血儿"却不见踪影。崭新的鸽笼开始变旧，而现实生活又不断将阴影投射到这两个尚未成年的孩子身上，毛头的就业问题因他以前的过失而一再受挫。叶绿因患癌症而截了肢，他们维系在"混血儿"身上的希望也随着时间的流逝而消失了。

又是一个平常的日子，"混血儿"带着满身的伤痕和劳累回到了病房，然而，在毛头和叶绿的惊喜之中，它因过度的疲劳而永远地闭上了眼睛。

城市的上空依然飞翔着无数只鸽子，在毛头和叶绿深深的失落和迷惘之中，鸽哨声仍然清脆明亮并孕育着新的希望。

文字整理：吴文静

资料来源：《电视剧〈花鸽子〉内容简介》，载于《中外电视》1989年05期。

## 剧本

### 《花鸽子》

**1. 都市　日　外**

蓝天清澈明亮，群鸽飞舞，点点颤动的影子越过街道、围墙和屋顶。

鸽群不见了，空旷无边的天上，只有一只鸽子在犹犹豫豫地飞行，画着"美得无法看懂的图案"。阳光下，他的影子大得像鸡飞快地擦过一片绿荫，攀上一幢红楼，消失在一扇敞开的白窗里。

沿着长长的围墙，气喘吁吁地跑来一个二十来岁的男青年，他眼巴巴地盯着鸽子一头扎进去的那扇窗子。等了一会儿，不见动静，便四下张望一番，熟练地翻过了围墙。

这是一座医院。

**2. 病房内　日　内**

鸽子飞进屋里，徐徐降落在一张病床上。它头转来转去，打量着屋子——白墙，白天花板，白吊灯，白柜，除了自己站着的地方，另外还有几张空着的白床。鸽子在枕头上走了几步。这时，它看见了脚下有一张少女熟睡中动人的脸庞。

这是谁？

窗台上探出那个男青年的脑袋。他一眼就看见了鸽子，也看见了鸽子脚边少女的脸庞。在一片洁白的氛围中，这幅画面美得令人吃惊，令人难忘，他看傻了。

少女睁开了眼睛，她发现一只小动物在她身边悠然自得地散步，几乎不敢相信，定睛一瞧：是一只鸽子！

说真的，这鸽子叫人不忍多看。它的羽毛上布满深浅不一的棕色条纹、斑块，像被一个毫无美感的家伙捉在手上胡乱涂抹过。不过，终究是一只鸽子啊。少女轻轻伸出赤裸的双臂。

"别动！"

鸽子和少女听到有人发出警告。鸽子纵身飞上吊灯少女看见窗台上有个男青年的脑袋，不禁奇怪："你怎么能在那里？"

"啊，我会飞，喏，像它一样。"他盯住鸽子，笑得很吃力，"不过，我现在只踩着一点点水管，手一松，掉下去就没命了。"

她凝视着他：

"我刚才在做梦时，就掉下去了。"

"大白天做梦？有福气。最好我……最好让我先上来再说。"他一使劲，窜进窗台，一个跟斗从地上爬起来，急忙关窗，"我看你往哪儿跑。我是说鸽子，它神经有点不正常，专门往医院里飞，我猜想它原来的主人准是医生，家里有白窗子，有药水气味。"他站在吊灯下，仰脸看鸽子，伸手够不着，"下来！你下不下来？你敢不下来……就不下来好了。我也要休息一下，看家本领使出来了。"他转过身来，满面笑容，"怎么，就你一个？一天到晚吃了睡，睡了吃，真有福气。"他坐在一张空床上颠，"又干净，又暖和，可就没一张是我的，想不通……啊！"他跳下来。"这床睡过触霉头。呸，我说我自己，不是说你，你生什么病？"

她摇摇头：

"不知道。"

"不知道？这里是三楼，三楼是五病区，五病区是——"他神情有点不对，看着她发呆，"你……"

"你怎么了？"她不明白，"五病区是不是特别不好？"

"啊啊，没那事。"他掩饰失态，"我是说，这里我常来，不是住医院是来抓逃犯，喏"，他指指正在吊灯上偷听的鸽子，"这家伙五病区嘛，一般性，还可以，我想住还进不来呢。"他又来兴致，"真的，有时我也想生病住医院，像你一样，家里就会给我吃的，鸡汤、蛋糕，所有认识的人都会来看我，都对我特别好。"

他美的闭上眼睛，她淡然一笑：

"没有人来看我，爸爸忙，妈妈还不知道我住院。同学们要考试。"

他表示理解：

"这年头，人们都太忙。我也想忙一忙，可没什么事要我去忙。以后我来看你吧，我给你送鸡汤，送蛋糕——不过我没钱。"

她信任地微笑着，两人一时相对无语。她问：

"我还不知道你叫什么名字呢。"

"毛头，人家都叫我毛头。"

"我叫叶绿，树叶的叶，绿颜色的绿。"

"它叫什么？"叶绿又问："我第一次看见这种花鸽子。"

"难看死了，我叫它混血儿。"

"你有很多很多鸽子吧？"

"不。"毛头挺老实,"就它一只,买来的,两块钱,人家不要,说它种气不好。"

混血儿抗议地瞪视着主人。

这时,护士长端着针药盘进门。毛头一见这位胖老太太就有点发出。

"您好,护士长,您身体好——"

"好——好极了!"护士长认出了矛头,"你又来啦?又想干什么?"

混血儿被护士长的大嗓门吓得乱飞乱跳。毛头大叫:

"快关门!关门!"

护士长慌忙用屁股顶上门,毛头又吆喝:

"抓住它!帮帮忙,护士长,抓住它,别让它跑了!"

护士长放下针药盘,在毛头的指挥下抓鸽子。两人在病房里上蹿下跳,扑东扑西,忙得不亦乐乎,叶绿欠起身子,也"这儿""那儿"地嚷嚷。混血儿开心地飞来飞去,最后,总算在床底下把混血儿逮捕归案。护士长一屁股坐在地上,直喘粗气:

"我真是热昏了,没事抓鸟玩,小偷不抓抓小鸟,哼!"

叶绿为毛头辩护:

"您别骂他,护士长,他是来看我的。"

"看你?"护士长有点惊讶。"他是你什么人?"

"哥哥!"毛头扶起护士长,拍拍她背:"她是我妹妹,叫叶绿,不对吗?不跟你罗嗦。妹妹,我走啦。明天再来看你。"他走到门口,又转回身,"噢,对了,别大白天瞎做梦,要高高兴兴的,懂吗?"

护士长真糊涂了。又问叶绿:

"这个小坏蛋——他真是你哥哥?"

叶绿对护士长顽皮地一笑,朝毛头摆摆手:

"哥哥,再见。"

毛头想哭,他佯作笑脸,也摆摆手再见。

## 3. 都市"下只角"居民区,黄昏,外

这是坐落在都市边缘的劳动人民居住区,昔日"滚地龙"早已荡然无存,代之以形形色色、高高低低、紧挨着的自建房屋。尽管寒碜,却透出无限生机,闯入我们眼帘的是尿布和破瓦罐铁盆里栽的鲜花。黄昏时分炊烟袅袅,鸡鸣狗吠,家家窗子里传出的锅碗瓢盆碰撞声,母亲叫唤孩子声和恶狠狠的吵骂声交织一片。

沿着狭窄、弯曲的弄堂,一条黑黝黝的小河浜在房屋的空隙处时隐时现,毛头吹着无聊的口哨,过了小桥,拐进弄堂,一位老奶奶在门口招呼他:

"毛头哇,你爸在我家,和你老爹喝酒呢。你也来呀。"

毛头从窗子里看进去,见两位老人正在对酌,桌上摆着红烧狮子头、花生米等几样小菜,毛头父亲放下筷子,对毛头说:

"老爹见你没回来,叫我过来吃。"

奶奶拉毛头:

"孩子,进去进去,莫跟你奶奶客气,你不喝,两个老头醉了发酒疯。"

毛头感激地推辞：

"让我爸在这儿吃吧，奶奶，我回家还有事。"

"死毛头，学乖了！"奶奶不高兴了。

"让他去吧。"毛头父亲说。

## 4. 毛头家内外　日　内

这屋里的一切和这片居住区一样寒碜，电灯暗淡的光芒照着简陋陈旧的家什，墙壁黄一块黑一块的，好久没粉刷了。

毛头在碗橱里找到一块羌饼，啃了一口，听见混血儿在咕咕叫唤。毛头打开角落里的一只肥皂纸箱，混血儿气愤地瞪着他。毛头掰了些羌饼屑，一伸手，混血儿急忙在他的手心上啄食起来。

门外有人喊毛头，还夹着虚张声势的车铃声。

毛头走出门外，一个中年男人穿着西装骑在一辆黄鱼车的骑座上：

"毛头，火车站生意做不做？车借你一晚上，我有事。"

毛头喜出望外：

"好好，反正没事，出出汗，弄几个钱。"说着他就想上车。

"等等。"那人捻动手指，"这个，怎么说？"

毛头犹豫了一下，狠狠心：

"对半分。"

"爽气。"那人让位给毛头，整整西装："怎么样，大哥待你不错吧？哎，你也去弄辆车，一块干算了。"

"我是毕业生，和你不一样。"毛头死要面子，"妈的，识两个字，像真的一样。"

"你不识字，外地人要到东，你拉到西。"

"你小子出我的洋相？车不借了。"

"别别，算我没说，算你西装神气。教授、博士，好了吧？"毛头突然一本正经地问："哎这套西装蛮合身的，你从哪里借来的？"说完蹬车就溜。

## 5. 火车站广场　夜　外

全世界的人都得出门，都得和火车打交道。所以，这个地方的拥挤和混乱也是正常的。出门人异常兴奋，大包小包，上车下车，挤来挤去。

毛头属于主动为出门人提供服务的一帮，他们把黄鱼车停在广场边上，自己候在出口处，首先对外地人来到本市表示热烈欢迎，然后询问要不要帮忙用黄鱼车拉行李，尤其对那些被沉重的箱子、包裹压得死去活来的人，他们充满同情，至于收费，那是另一码事。这年头上厕所都得付钱。他们像饿狼一样嗅觉敏锐，下手利索，像姑娘一样缠绵多情。不过，在这帮人中间，毛头表现得似乎过分积极了一点。

比如眼下，这帮人围住一个要去亲戚家的外地人，"五块钱"、"四块半"地乱开价。外地人看看这个看看那个，想看出这场竞争对他来说的最有利结果，毛头插了进来：

"到哪里？他们要多少？四块半？我收你四块三，不管你到哪里，走吧。"

有人认为有必要关照关照毛头：

"毛头，都要吃饭。你小子做事别太聪明，你是客串的，放你一回，不过……意思你懂吗？"

"对不起，对不起。"毛头赔着笑脸，"帮帮忙，我等钱用。"

毛头边说边把外地人的行李搬上车，纵身跳上骑座，驰出广场。

如此这般，这帮人不断地寻找对象讲价钱，而毛头也不断以廉价抢占上风。不必要再关照什么了。这帮人阴沉着脸看着毛头又一次胜利地远去。

过分积极是危险的。

### 6. 商业街　夜　外

街上已经没有行人了。一家连一家的商店，铁栅栏门紧闭，橱窗却灯火通明。霓虹灯闪烁不定，使人觉得仿佛来到了无人王国。

毛头吃力地蹬着黄鱼车，有一句没一句地和车后坐着的外地人瞎扯：

"第一次来上海吧？"

"是啊，上海商店真多窗真漂亮。"

"摆样子的！你有钱吗？别怕，我不抢你的。我是说，没钱你只好朝这些东西看看。你们外地人真怪，都爱往上海跑。上海好什么？我倒想到外地去，到山沟里去，到没人的岛上去。"

毛头在寂静的商业街发表半夜演说，不知本市市民对这番话作如何想，反正外地人百思不得其解。

### 7. 苏州河桥上　夜　外

毛头屁股腾空，凭借体重压着脚蹬，引车上桥。

"你们挣几个钱也不容易。"外地人说。

"那里，你搞错了。我的专业不是踏黄鱼车，我有文化。"

"那你——"

"我是锻炼身体。"车到了桥中，毛头说话也轻松多了，"小年青嘛，力气有的是，不用也浪费，钱算什么？生不带来，死不带去，无所谓的。"

"对对，你很有意思，你说得很对。"

外地人看着毛头背影，肃然起敬。

黄鱼车朝桥下飞速滑行，毛头敞开攻襟，任风拍打胸膛，吹干汗水，感到无比惬意。

### 8. 毛头家附近　夜　外

沿着苏州河堤一条窄路拐过来，毛头蹬着空车，双手脱把，比比划划，一路瞄准路灯和垃圾筒射击。

他突然刹住车。

弄堂口，两辆黄鱼车并排挡住了毛头回家的路。曾经在火车站关照过毛头的人走过来：

"毛头，玩得不错。我们等你到现在，等你请客。"

464

毛头跳下车来,犟头倔脑:

"我不想请。这钱我有用,我凭力气挣的,也不多。"

"你的意思倒应该我们请你喽?"

"我也不要。"

毛头发现自己被几个人围住了,那人把拳头伸到毛头面前:

"我请定了。"

他一拳就把毛头打翻在地。毛头挣扎着爬起来,挨了一拳又倒下了,那人拉起毛头:

"今天是你对不起兄弟们,我们也只好对不起你了,到此为止。以后要干,就要懂规矩,不要只顾自己,行吗?"

毛头用手背抹去嘴角渗出的血珠,不知为什么,露出一丝微笑。

## 9. 毛头家　日　内

毛头父亲端着药罐往碗里斟药汁,毛头递过来几张人民币:

"爸,这钱你拿着。"

"哪来的?"

"反正不是偷来抢来的。"

"说不清楚,我不碰。"父亲扬手,纸币飘飞落地,"没钱,不丢脸,没志气,才活该被人看不起。"

毛头恼火了:

"我不想穷!我要有钱!我要这屋里有彩电、冰箱、洗衣机!人家有,我们为什么没有?我凭力气去挣!哼,招工不让我去,有力气没地方用,他妈的不让我用,我想不通!"

他一巴掌打在墙上,屋子颤颤巍巍。

混血儿都看在眼里,摇了摇头,也想不通。

## 10. 医院走廊　日　内

叶绿坐在一辆手推车上,被几个人簇拥出病房,洁白的天使换了一套蓝白条纹相间的手术服,变成一头伤心的小斑马。

毛头一手混血儿,一手蛋糕盒,兴冲冲地上了楼梯,拐进走廊,一见叶绿大吃一惊,他冲过来抓住了推车:

"怎么啦怎么啦,他们要送你到哪里去?"

胖护士长耸耸肩膀,表示无法干涉家庭内政,一位戴眼镜的妇女严肃地问毛头:

"你是谁?什么意思?"

"我?"毛头不屑争辩,"我是她哥哥,叶绿,你——"

"哥哥?哪里来的?"妇女望着身边同样戴着眼镜的男人,"莫名其妙。"

毛头理直气壮地发问:

"你们要把我妹妹送到哪里去?为什么不通知我?"

叶绿再不介绍非出乱子不可:

"这是我爸爸妈妈。他常来看我,他叫毛头,还有它,叫混血儿。"

毛头慌了手脚，连连弯腰：

"啊啊，我不知道，对不起。阿姨，您好，叔叔，您好。"

手推车重新前进，谁也不再说话。毛头垂头丧气地跟在后面，进电梯。叶绿伸手抚摸了一下混血儿。

妈妈说：

"这样你又要洗手了。"

## 11. 手术室门外　日　内

手推车出了电梯，便是手术室门口。毛头急了："叶绿，这——这是要干什么？"

护士长高举输液瓶，转身斩钉截铁地吐出四个字："切片化验。"

"切片？"毛头露出痛苦的表情，"噢，像香肠一祥"白色玻璃门一闪，叶绿可怜巴巴的祥子消失了。毛头和叶绿的父母站着，一动不动，似乎想透过手术室的门看清里面发生的一切及其含意。

父亲说：

"坐一会吧，时间不会短。"

毛头捧着混血儿，像个逃学的小学生，规规矩矩地坐在叶绿的父母对面，他准备回答任何问题。父亲其实在没话找话：

"你养鸽子？"

"可是，你们说！"母亲气势汹汹，"为什么我女儿会得这种病？"这问题答案仿佛全由在座的两个男人负责。

毛头想了一会，觉得这两个问题毫不相干，很难一起回答，他小心地说：

"是这样，混血儿，它到医院里来了，后来，叶绿说，没人来看她，我就……"

"怎么没人？"母亲在哭泣中也不失严肃之态："我不是来了吗？"

这场对话简直没法进行下去。毛头叹了口气。

"是的，是的，我说错了"他转守为攻，"叔叔阿姨是在外地工作吗？"

父亲平静地回答：

"啊，这位阿姨在外地，她是教师，我呢，正准备出发，去南极考察。"

"南极？"毛头肃然起敬，"那儿冰天雪地，有熊，有爱斯基摩人……"

"差不多。"父亲很婉转地纠正，"南极有海狮和企鹅，有一些国家去考察的人，没有爱斯基摩人，他们在北极……你抽烟吗？"

毛头老老实实地从父亲递来的烟盒中抽出一支烟，母亲瞪了他们一眼。指指墙上贴的标语：严禁吸烟。

毛头尴尬极了，塞回去不方便，拿在手上又不像话，进退两难。

## 12. 医院的花园中　日　外

阳光明媚，凉风习习。

一个穿病员服的小男孩蹲在小河边，用饼干屑逗鱼群争抢。有个老人对着一棵铁树动手动脚，不知练什么功夫。混血儿在地上散步，叶绿的父亲和毛头坐在河边的石头上。抽着草烟，水面反射的波光在他们脸上一闪一闪。

父亲慢吞吞地说：

"叶绿不知道自己是什么病，她还什么都不懂。"

"他们都不知道，我是说五病区的病人。"毛头介绍说，"他们有的真不知道，有的假装不知道。"

"癌，我也不懂。尽管我懂得很多，癌是什么样的？"

"是——"毛头不知说什么才好，"我没见过，我也不懂，不过不是说化验了才知道吗？"

"是啊——不会错。像我一样，什么化石，一看就明白了。化验啊，鉴定啊，不过是一种程序罢了。"父亲注视着毛头，"我看得出来，叶绿她很相信你，大概是难得接触像你这样的年轻人吧。她住在学校宿舍，一个人，现在生了病，也没人陪伴。我……你知道了，她妈妈……我们离婚了。她叫你哥哥，你想她多需要亲人啊。我根本不知道你是干什么的。在这种时候，你给了她安慰，这就是一切。请你帮助她，让她有勇气生活，哪怕……好吗？我看得出来，你是个好小伙。"毛头说不出话来，只是点头。

喂鱼的小男孩突然欢呼起来，把练功的老人吓了一跳。

## 13. 医院大楼的阳台上　日（下午）　内

叶绿在手推车上举起报纸：

"爸爸混血儿要去西藏喽！"

母亲不满地按下她的手：

"别乱动，去西藏有什么？胡思乱想。"

"妈妈真是的，报纸上写着，组织鸽子去西藏放飞。"叶绿寻找支持者，"毛头哥，混血儿能行的，是吗？"

有大人在场，毛头不敢吹牛：

"试试看，试试看。"

"爸爸，南极更远吧。"

父亲不乏幽默：

"当然，而且，我不会飞，我只会坐船回来。不过，我可以训练一只企鹅，让它试试。"

在叶绿的想象中，混血儿变成了企鹅，笨手笨脚又神气十足。叶绿笑了，大家逗笑了。晴朗的天空下，从阳台上能看得很远很远，看到城市新起的建筑，郊外遍地庄稼的田野，正是收获的时光。假如不是在医院，假如没有那片笼罩在人们心上的阴云，这一切该有多么美好。

叶绿捧起混血儿：

"你是去很远很远的地方啦，你害怕吗？你有一对能飞的翅膀。真好，你自由地飞呀飞呀，你认识回家的路吗？"

听的人都望着她发呆。只有混血儿不安的倒着脚丫，欲飞不飞。

## 14. 信鸽协会办公室　日　内

办公室的一个工作人员怀疑面前的小青年有点热度：

"就是它?要参加西藏放飞?它有什么放飞记录吗?"

毛头不懂。

"它一天到晚在天上飞,飞起来很好看,还会俯冲。"

"那不算数"工作人员很干脆地打断毛头的话,"不是每一只会飞的鸽子都可以长途放飞的,就像马拉松赛跑,你能从马拉松平原到雅典,一口气跑上四十二点一九五公里吗?"

"我没试过。"毛头泄气了。

"所以,"工作人员耐性很好,"这次参加放飞的鸽子,都是登记在册的名种,都有过不少好成绩,可以说都是本协会的骄傲,著名运动员!而你这位宝贝,从毛色、体态、眼圈等方面,一望而知,不是良种,先天不足,又缺少调教,严格地说,甚至难以称其为一只……我不说了,你买来花了多少钱?"

毛头被这一通残酷的评价说得头昏眼花。他扫视了墙上一溜挂着的、装帧都很考究的鸽子照片,也就是那些"著名运动员"的尊容,再看看手上的混血儿,自己也觉得不可同日而语。

边上一个小个子搭话了:

"这鸽子……你没训练过吧?"

毛头以为遇到了救星,遇到了热心的行家,忙恭敬地讨教:

"是呀是呀,我不太懂,您有什么好办法?"

"办法嘛,很简单……回家以后,烧一锅开水,找一把小刀,把它的脖子这么一拧……味道好极了。"随着他的言语,比划和咂嘴声,毛头似乎看见了那幕惨不忍睹的情景,他气愤至极,也冷静至极:

"你是谁?你是干什么的?"

"我?"那人反被毛头的架势镇住了,"新闻记者,有证件。"

毛头推开他掏出的记者证,对工作人员正色说道:

"这里到底是信鸽协会还是三黄鸡店?怎么会听到这种人说这种无耻的话?"

工作人员也觉得记者太过分了:

"你别生气,他是开玩笑,不能这么说,这只鸽子蛮好的,你好好养着……"

"不!"毛头决心已定,"它一定要参加西藏放飞!你记下来:姓名,混血儿;年龄,一岁;籍贯,北极爱斯基摩人;性别,男。它曾经从南极飞回来过,对,南极、北极和南极,别给我搞错了,懂吗?"

工作人员和新闻记者闻所未闻,目瞪口呆。

15. 毛头的邻居家　日　内

毛头咋咋呼呼地敲门:

"开开门,阿姨,开开门,借个汽炉子。"

阿姨睡眼惺忪地开了门:

"叫魂啊!该死的毛头,我夜班回来刚刚睡着……"她奇怪地看着毛头钻进屋里东张西望,"你找什么?"

毛头拉开电冰箱门,看到里面塞满了各种食品,感叹起来:

"乖乖,你们胃口真好,肉罐头、鸡、大排骨——"他边数叨边把里面的食品拿出一部分,又把怀里的混血儿放进去,"待在里面老实点,别偷吃。"

阿姨挺纳闷:

"你把什么东西塞进去啦?"

毛头站起来.满意地拍拍手:

"第一次,时间不能太长噢,没什么,是混血儿,我让它经受严寒考验,我在训练它。真的不是定时炸弹,是一只鸽子。"

"啊?你要死啦。你看你看,马上就会变成这样的。"

她拎起活杀鸡,一松手,冻得邦邦硬的鸡像石头一样砰地掉在地上。

### 16. 毛头家　夜　内

毛头拉开混血儿的翅膀用尺量长短,他父亲在数落他:

"养鸽子嘛就好好养,一会放到水龙头下冲,一会儿又饿它两天,像日本帝国主义——"

"爸,你不懂就别乱说,这叫战前训练。不是每只会飞的鸽子都可以从西藏飞回来的,你能从那个什么地方到什么地方。一口气跑上四十多公里吗?"

爸爸要揍他。

毛头捧着混血儿,来到墙上新挂起的一幅大大的中国地图前,对混血儿谆谆教导:

"你看好,混血儿,这是拉萨,就是你要起飞的地方。你最好先飞到这里,然后沿着这条线飞,这叫长江,你要休息,要过夜,找绿颜色的地方。这是森林,没有人,要当心人,人比老虎还凶,老虎不吃你,人要吃你。最要紧的是记住方向,别反了,方向一反就到阿拉伯去了,那儿在打仗,你住东南飞,往这蓝颜色的海边飞,我们就住在这里——"

### 17. 病房内　日　内

叶绿在换衣服。

她轻轻地抚摸着包着白纱的膝盖,想到里面缺了点什么,又多了点什么,突然感到十分害怕。

毛头刚闯进门就赶紧逃了出去。

叶绿穿好衣服,擦干眼泪,叫着毛头:

"我好啦,进来吧,哥哥。"

毛头不太自然地走进来,叶绿问:

"混血儿呢?"

"在天上。"毛头指指窗外,"它在练习识别方向,你以后换衣服要把门关好……你怎么啦?不要胡思乱想,我就不胡思乱想。你看我能吃能睡,身体多好,就是脑子笨一点。哥哥不如妹妹,你们学校要考试了吧?"

叶绿又眼泪汪汪了:

"他们在考试,我睡在这里——"

"考试又怎么啦?"毛头摆出一副不以为然的样子,"他们考不出!他们倒霉!你睡在这里,你比他们幸福!我不喜欢考试。考试不好,一到考试,教师就特别凶。什么淝水之战发生在哪一年，什么地方，谁和谁打——这还用问吗？总不见得是解放军跟越南人打。"

叶绿破涕为笑，毛头不笑：

"不过，我现在又特别想再去读书，多好，坐在教室里，听教师讲从前，一万年以前，讲很多叫人想不通的事——现在，没事干，瞎混，没劲。"

轮到叶绿同情毛头了，可是她没想到毛头会突然告诉她：

"哎，我告诉你，我偷过东西，真的，不开玩笑，我做过很多坏事。"

毛头有点紧张地留神叶绿的反映，叶绿又笑了，她想假装不信，可是装不成：

"你是小偷，我就是强盗——你为什么要说呢？我知道，妈妈告诉我了，她什么事都会去打听。"

两人沉默了，毛头起身向门口走去，叶绿喊起来："我不信！偷东西的是另一个人！你不是，你是毛头哥哥！哥哥，你过来，过来呀，让我拉住你，你也拉住我，我们像小时候一样，我们什么都不怕——"

毛头紧咬嘴唇，忍住眼泪，抬头看看窗外的天空，说：

"混血儿明天出发。"

叶绿也向窗外看去——阳光灿烂，白云悠悠，混血儿不知在哪一片天空上是它的双翅。

### 18. 医院病房大楼上下　黎明　内

叶绿穿着自己的衣服蹑手蹑脚溜出病房经过护士值班室。见护士长戴着老花眼镜，捧着报纸，却发出响亮的鼾声。叶绿继续潜行，一不小心踢翻一个痰盂，她慌忙奔跑起来，出了一走廊，跑下楼梯。

护士长走出值班室，疑惑地东张西望，毫无动静。楼前台阶下，毛头扶着一辆自行车在接应。叶绿慌慌张张地跑出大门，坐在自行车的书包架上。毛头一蹬腿，自行车远去了。

### 19. 火车站月台上　晨　外

一辆拖车装满鸽笼，缓缓驶进一列火车，停在一节行李车厢门口。毛头和叶绿凑在边上寻找混血儿。

"这儿！喏，看。"叶绿指着一只鸽笼，"混血儿，我们来送你啦。"

混血儿在很多美丽健壮的"著名运动员"中间，确实很突出，它出于嫉妒，乱挤乱拱，拳打脚踢，蛮不讲理。

毛头手伸不进鸽笼，只好朝混血儿吹气，以示关怀鼓励。不料一只手把他拉开：

"干什么？这些都是无价之宝，弄死一个你赔得起吗？是你！你好你好。"

原来是信鸽协会的那个工作人员。他们愉快而友好地交谈起来，工作人员说：

"你很有勇气，你虽然不是本会会员，甚至不好算正式养鸽子的，不过你的精神倒更接近本会宗旨。现在，就看它啦。叫什么？混血儿？对。"

鸽笼被铁路工人一只一只搬上了车，就这样，在一阵哨子、汽笛的长鸣声中，列车开动了。不一会儿，列车尾巴一甩，消失在前方弯道那边，只留下串串白烟和两条闪亮的指向远方的钢轨。

毛头和叶绿依然站在哪里，举着告别和祝愿的手。

## 20. 西藏拉萨布达拉宫前　日　外

　　布达拉宫在世界屋脊默默蠹立。仿佛用不着阳光照射，它本身就像太阳一样辉煌，神秘。修行，朝拜的藏民信徒围绕着布达拉宫。有的头顶信物，赤裸上身，嘴里念念有词地沿着宫墙转，有的一步一磕头，额角上流下殷红的血水。虔诚的人们啊，你们有福了！你们热诚的信仰使那愚昧的行为也变得高尚起来，而我们的三位主人公——毛头、叶绿和混血儿，要获得某种信念，还要经历无穷无尽的失败和痛苦。

　　宫前广场空地上排列着鸽笼，鸽子们在笼中骚动。不知是因为兴奋、惊奇还是恐惧，围观的藏民神情淡漠。只有拖着鼻涕、嚼着自己手指的儿童，才起劲地奔走相告，议论纷纷。

　　小个子新闻记者对一位喇嘛在胡言乱语：

　　"这些是神鸟。它们来自千里之外，到此圣地，却知道回家的路。"

　　喇嘛的眼睛永远不会完全睁开，他自信地咪哩嘛啦一通，大意翻译如下：

　　"凡是心诚的生命，无论是人是鸟，来到这里都会受到活佛的恩泽。活佛把神力传给他们。活佛把方向和归宿指示给他们。咪哩嘛啦……"

　　活佛的解释者忽然向围观的藏民大声讲起什么来。这时鸽笼门纷纷打开，鸽子们争先恐后往外涌。如风吹雪花般地飞上天空，洋洋洒洒，情景蔚为壮观。更为激动人心的是在场的藏民排排跪倒在地，埋下头去。嘴里一起咪哩嘛啦地祈祷开了。一片嗡嗡的人声中，各种颜色的羽毛飘落在人们的头上、肩上和背上。这温柔纯洁的祝福啊！

　　新闻记者捧起唯一还在鸽笼门前犹豫不决的混血儿，仔细端详，认出来了：

　　"啊，又见面了，你害怕了？既然来了，你就飞吧，随你怎么飞，反正你自由了。自由是件好事吗？"

　　他给混血儿照了相，捧起它往空中扔去：

　　"永别了！"

## 21. 天空中　日　外

　　混血儿好不容易才从晕眩中镇静下来。现在，再害怕也没有用了。飞吧，可是，往哪儿飞呢？混血儿使劲拍打翅膀，赶上鸽群。这样好多了，大家在一起，它们能行，我也能行。哦，这儿的天空真干净。没有呛人的气味，没有肮脏的烟，而且，下面多好看啊！山群逶迤，积雪在座座山峰上折射着阳光，仿佛无数金色的布达拉宫。很多河流，很多湖泊，像银练，像钻石，落在山岗、平原和深谷中。

　　好景不长，鹰群出现了。这是由秃鹫、劲雕及各种模样凶恶的猛禽组成的混合"重型轰炸机"群。是多年吞食人与兽的死尸、修炼得道的真正的"神鸟"。它们斜刺里冲过来，像黑色的闪电，转眼便把无限美好的鸽群和混血儿的憧憬打得粉碎，这场"神鸟"之间较量的结果，我们完全可以想象。

　　空战结束。鸽群和鹰群无影无踪了。天空依然晴朗如光，山河依然美丽如画，好象什么事情都没发生过。

　　我们的混血儿，你在哪里？

### 22. 山壁岩缝中　日　外

混血儿躲在这里。目睹了这场惊心动魄的弱肉强食的暴行，它瑟瑟发抖，沮丧透了。当然，也有一点点侥幸的快感。

同伴都不知飞到哪里去了，它孤零零的一个，总不能老躲在这里啊，出师不利，倒霉极了。它东张西望，垂头丧气。

可怜的混血儿，你怎么办呢？

### 23. 毛头家门前　日　外

毛头找来一堆旧木头做鸽笼。他又锯又刨。忙得满头大汗。他爸爸在一边指点：

"……门的机关做在里面。鸽子自己就能进去，你不开，它跑不了。人家又偷不掉，第二层垫点草，好过冬……不过，它能回来吗？"

"爸。"毛头感激地望着父亲，"我们做好鸽笼，等着，它就会回来的。"

"是啊是啊。"爸爸不无感慨，"年轻时我也养过鸽子，有一大群，可热闹了，空下来，我蹲在鸽笼前，能看上半天，看它们吃，玩，啄来啄去，听它们咕咕咕叫……自然灾害的那年，都杀掉了，吃掉了。人都吃不饱，还顾得上鸽子？都给你妈妈吃了，那时，你刚生下来……"

父子俩都沉默了，毛头一下一下地拉动锯子，木屑洋洒。锯声传达着这一老一少的某种情绪。

一位四十多的民警从小桥上下来，拐进弄堂。

"哟，张同志。"爸爸高兴地招呼。"坐，坐，怎么有空来？上次送我去看病，又让你花钱买药，一直过意不去，让毛头去谢你。他又不肯，这孩子，嗨。"

毛头有点紧张，张同志倒是笑眯眯的：

"他不去，只好我来。毛头啊，想和你谈谈，你看可以吧？"

话轻松，分量蛮重。毛头穿上外衣，说：

"我跟你去。"

"怎么？"爸爸吃惊了。"他又做坏事了？这阵子不出门。我还以为你……张同志，这孩子……我真对不起你死的妈妈，对不起人民政府啊……"

张同志安慰老人：

"大伯，没事，我带毛头去，保证把他好好地送回来。对吧，毛头？"

毛头装做若无其事地说：

"爸，等我回来再装鸽笼。"

### 24. 医院大楼门口　黄昏　外

叶绿站在台阶上，靠着门前的圆柱，盼望地盯着林荫中的道路。

她等了多久了？

毛头始终没有出现。

天渐渐黑了。

叶绿失望地回身走进大楼。

## 25. 派出所　夜　内

一张长桌两端，张同志和毛头各自伏案书写，毛头写得很吃力，写着写着停住了。他咬着笔杆想啊想啊，突然问张同志：

"拉萨的萨怎么写？"

"唉，你真烦死了。"张同志思绪被打断，很不高兴。"你写你的，我写我的，还老问，我在写小说，在回忆。回忆，真奇怪，搞得你恍恍惚惚，很多遥远的事情一点一点亮起来，当然，有些事情回忆起来，叫你不好意思——这是写小说，你不懂，你问什么字？"

毛头听得云山雾罩。这时回过神来，老实地回答："拉萨的萨。"

"你连中国的地名都不会写？你还中学毕业呢，我只读过五年书！记住，拉萨的萨……要命，我一下子也想不起来了，你先写个黄沙的沙吧，我能看懂，唔，你写拉萨干什么？你去拉萨干什么？"

毛头解释：

"不是我，是混血儿……"

"混血儿是什么人？"张同志警觉地追问。

"不是人，是一只鸽子。"

"鸽子？唔唔，你有一只鸽子，你到底在写什么？"张同志抬头一看，"信？写给谁？对不起。我对你爸保证过，我要对你负责。"

"写给一个病人。"毛头很愿意地把一切都告诉张同志，"一个小姑娘，她住在医院里，她大概生癌。"

张同志闻"癌"色变。

## 26. 病房内　夜　内

月光如水，洒进病房，洒在叶绿脸庞上。她睁着大眼，好像在想什么，又不像在想什么，一轮小小的明月，在她的眼眸中滑行。

## 27. 派出所　夜　内

毛头伏在案上睡着了。张同志走过去，轻轻地给他披上一件衣裳，又继续构思他的小说：

"那时我二十多岁，和他差不多。"他看着毛头侧睡的面孔。"我在干什么？在捡废铜烂铁。他呢？他在想拉萨，拉萨是个好地方，这个地方我没去过。很多好地方我都没去过，他以后可以去，我看来没什么机会了。"

他在一本字典上找到拉萨的"萨"，把毛头的"沙"改过来。

## 28. 病房内　日　内

叶绿轻轻地念毛头的信：

"……我都说了，感到很轻松，像洗过热水澡一样。明天起我就干干净净地活着了，明天我来看你，就是不知道混血儿现在在哪里？"

### 29. 毛头家  日  内

"啊,这里!"毛头一手抓着一张晚报,一手指在地图上的某一点,兴奋得不得了,"好,好,混血儿,你真有两下!"他又拼命地摇醒睡着的父亲,"爸,快看报!混血儿登报啦!它到四川去啦!"

父亲直愣愣地盯着儿子,一时不明白出了什么大事。

### 30. 病房内  日  内

"我看我看……"叶绿抢过报纸看。

毛头在一边背诵:

"昨天上午,有人在四川省境内寨沟附近发现一群鸽子。记者闻讯赶到,证实是本市参加西藏放飞的信鸽中的一部分……"

叶绿着急了:

"没有说混血儿啊。"

"读下去读下去!"毛头用一根手指点着报纸,神气地命令。

叶绿接着往下读:

"……其中有一只被主人称为'混血儿'的非良种鸽,竟然也战胜了川藏高原的恶劣气候,突破了第一关。"

"万岁!"

两个年轻人欢呼起来。

### 31. 男病房  日  内

这是个大病房,有八张床。病员有老有少,有的听半导体,"洛杉矶奥运会集锦",有的照镜子,有的坚决地躺着,拒绝白天。他们百无聊赖地打发时光,等待死亡。

叶绿和护士长一前一后,推着药车进来。叶绿今天身穿一件鲜红的绒线衫。男人们的眼睛一起发亮——一团火焰燃烧在白雪地上。

叶绿帮着发完一圈药,躺着的偃老头子那儿闹了起来,陪着的老太婆哭作一团:

"又不肯吃药,这怎么办?我也受够了,你要死你就死,我也不想活了,呜哇……"

叶绿想了想,走过去接过药瓶,倒出一勺,另一只手捏起一粒药片,轻轻地说:

"老伯伯,这药苦,我知道。我也不想吃。可还得吃。吃了吧,老伯伯,您不怕苦,我也不怕苦。"

老头子睁开眼睛,待了一会,乖乖地把嘴凑过来,吐出舌头,让叶绿把药片放在舌面上,又一仰脖,连药水囫囵吞下,顿时红光满面,神采奕奕,稀奇稀奇。

全病房的人都在看叶绿变魔术。

半导体播出《蓝色狂想曲》,叶绿问:

"你们谁会跳舞?你会!"她指着靠窗的中年病员。

中年人用手指在窗台上敲打节奏,颇为自信:

"啊,布鲁斯,最拿手啦,过去……"

叶绿一把拉过护士长，不由分说地推给中年人："你们俩一对，正好正好。"

"疯丫头，想要我命啊？"胖护士长佯怒。"这是医院，我在工作！"

中年人优雅地向她鞠躬，她慌忙还礼，嘴里还在骂，"疯丫头，跟你那个该死的毛头哥哥学坏了。"

叶绿又朝着半导体的主人喊：

"嗨，你，男的要主动邀请女的！我等着哩。"

那小青年傻呵呵地笑着走来。

倔老头子看得寂寞，伸手比试，似乎也想邀老伴"下海"。老太婆狠狠打掉他的手，又羞答答地笑了。

舞步在旋转，乐曲在旋转，鲜红的火苗在旋转，这是癌病吗？

**32. 森林中　黎明　外**

混血儿被什么动静惊醒了。天已亮了，同伴却不见了，它在树上顿时慌张起来。

糟啦，它睡过头了！同伴们先走了，它得去追。混血儿定了定向，一拍翅膀向高处飞去，林中阳光缕缕流水湍湍树木上下到处在动，小鹿、野兔和松鼠不时闪过。

森林深处走出几个端着小口径步枪的人。他们的装束倒也别致，有的戴便帽，有的戴彩色摩托头盔。中山装、军便服上横竖扎着皮带、水壶和子弹带，从他们没精打采、双手空空的样子看，肯定不是打猎的内行。这群业余猎手来到空地上站定，发着牢骚：

"奶奶，白起了大早，什么都没捞着。"

"看都看见了，刚想打就跑得没影了。"

一个背着皮包、大衣之类东西的随从发现了狩猎目标：

"看，一只鸟！"

为首的那位离休干部模样的人作出判断：

"唔，是只鸽子。打鸽子，不太文明。"

他边说边举枪瞄准，众人一起动口乱拍马屁：

"局长露一手啦！"

"狐狸再狡猾也斗不过好猎手嘛。"

随着准星、缺口移动，我们看见混血儿在天空中盘旋，它不知道危险迫在眉睫，还一个劲地寻找串路。

很多河，哪条是长江呢？哪里是东南方向呢？太阳从东方升起——对，就向太阳飞吧。混血儿迎着太阳飞去。

山谷中响起沉闷短促的枪声。声音连连回荡，地上跑的躲开了，树上爬的缩回去，天上飞的——混血儿伸展着翅膀，一动不动，随风斜飘了下来，像一只断了线的风筝。我们又听到那位凶手在叹息：

"太残酷啦。"

**33. 病房内　日　内**

叶绿把毛头带来的大地图挂在墙上，出神地查着：

"这条路近一点,就是山太多……现在你又到哪里呢。混血儿?你在哪里睡觉?你有东西吃吗?你一直在飞,你不肯停下来休息,你想着毛头和我,你太好了,让我摸摸你……"

她把手贴住地图,上下抚摸,像中了魔法。

护士长早已站在她身后,目光充满爱怜。

"行啦,叶绿,打针了,别盯着地图幻想个没完,都怪毛头那个小坏蛋。"

叶绿乖乖地扒下裤子,趴到床上,问护士长:

"护士长,您说,混血儿一定能飞回来吗?"

"能的,能的。"护士长装作不耐烦,"你这么痴心,它能不回来吗?"

"真的?"叶绿很开心,"这么说,我、毛头、混血儿都有特异功能。阿姨,混血儿回来,我就能出院了,毛头哥哥说的。他还说,他也会有一正式的工作了——哎哟!"

护士长一针下去,叶绿痛得龇牙咧嘴。

## 34. 居民委员会办公室　日　内

一个中年男人在翻看一大堆招工登记表。

毛头假装在看墙上的爱国卫生、治安、计划生育等等名目繁多的奖状和表格,时时留意这个掌握很多待业青年前途之门钥匙的人的动态。

"这个人……"

他翻看到毛头的登记表了。毛头傻里傻气的照片贴在左上角,毛头凑了过来:

"这个人怎么样?"

"这个人,唔……"不置可否。

毛头热情介绍:

"这个人身体好,力气大,做事不挑拣,又很聪明,作风正派……"

"他犯过错误。"要坏事。

"是呀是呀。"毛头在找词,"是犯过……可是,犯过……什么意思你知道吗?犯过,就是说过去了,不会再有了。唔,"做了个飞吻,"拜拜啦……"

"不,"此人绝对拎不清,"我不能要。一个犯过错误的人,一个没犯过错误的人,两人比起来,后者更叫人放心一点。没犯过错误总比犯过错误好,犯过错误总比没犯过错误要——复杂一点你说是吧?"

他抬头一看,再比较照片,就发现名堂了,他慌忙抱紧手提包:

"啊,不能一概而论。总之,我们是国营企业,当然要全面地看一个人——再见。"

他匆匆逃出门外。

现在换了一位老太太坐在毛头对面,毛头愁眉苦脸,老太太也愁眉苦脸:

"……我们一次次送出去,人家不要。人家一次次来挑,又不要,你要我怎么办?你说说看咋办?"

毛头要是知道怎么办倒好啦,他一筹莫展:

"阿婆,你看我……我爸的病又……"

"我也知道你家情况,张同志来说过几次,说要解决你的就业问题,他也想了不少办法,可是……算啦,我想来想去,只有安排你去街道加工厂。"

"真的?"毛头如溺水者抓住稻草,"去,我去!去干什么?"

"去做……胸罩。"老太太也有点难为情。

"胸罩啊!"

毛头惊讶地在胸前比划,老太太不满地瞪他一眼:

"呔!思想不要下流!"

### 35. 病房内　夜　内

"地球上有两个点,只有两个点,在那里没有选择方向的余地,四面八方只有一个方向——是哪两个点?"

"不知道。"毛头心不在焉。

"你真笨。"叶绿努力地模仿教师的形象,"前几天刚说过。打个比方吧,假如你在南极——"

"我在上海,你爸爸在南极。"毛头存心和教师过不去。

"比方!你在南极的极点造一座房子,那么无论你在哪一面墙上开一扇窗子,方向都是朝北,在北极的极点上,就是朝南,这是地球自转的地轴上下两端。记住了吗?"

"我不懂。想不通。"毛头开始很有力地反驳:"噢,我在前面开窗,朝南,我在后面开窗,也朝南,左面右面,都朝南?那么太阳呢?太阳朝哪扇窗里照进来?四面窗子四个太阳?亏你想得出。"

"这……"叶绿糊涂了,"这是书上写的,没错——"

"错了!"毛头毫不留情,"你去问你爸爸,你问他在南极是不是闭上眼睛瞎走,反正只有一个方向。你问他每天早上起来,是不是看见四面八方都有太阳一个个往外冒!"

"唉,你尽胡乱联想,我不跟你争,你自己看书……"

"我看都不要看,"毛头得理不让人,"写书的人肯定吃错药了。"

叶绿气坏了:

"你……你这种人,自己不懂还自以为是,不好好学习,社会上的二流子就是像你这样!所以专门做坏事!你们搞不好了!你们只配……"

她不敢往下说。毛头死死地盯着她,眼神那么古怪、可怕和陌生,半天,毛头咬牙切齿地说出这么几句话来:

"你真可怜,你像八哥一样,学着别人的腔调乱叫,其实你脑袋里比我还空。你倒是只朝着一个方向,反正有人为你都安排好了。我是笨,我八岁就要自己去找吃,冬天我穿着单衣,还回答同学说是自己热量大。那里里外外都冻僵的滋味你没尝过吧?一个人,谁都不相信他,哪里都不要他,他的心情,你懂吗?你不懂。你懂地球上有两个狗屁点,有什么了不起?我是二流子!我偷过东西!做过很多你想都想不出来的坏事,我是搞不好了。可是你,你们,没有资格教训我们!"

直到门"嘭"地一声被狠命关上,叶绿都没从震惊中清醒过来。

### 36. 林中　夜　外

混血儿在灌木丛中挣扎着,借着繁密的树叶,避瓢泼般的大雨。它身负重伤,又冷又饿，孤苦伶丁，悲惨极了。

黑暗中传来一阵凶狠的狗吠，不知为什么，却使人产生一点希望。

### 37. "下只角"里小酒馆，夜，内

毛头坐在一帮老青年、小青年朋友中间，这帮人我们都见过——借车给毛头的西装大哥，火车站的竞争伙伴和对手，其中的一个曾用拳头告诉过毛头一点真理。他们吃吃喝喝，说说笑笑，亲亲热热，倒也让人羡慕。

且听他们如何说道毛头——

"有钱不一定幸福，没钱肯定痛苦！"

"毛头，你头破血流撞得还不够啊？和弟兄们一起干吧，凭气力去搏，血换来的钱，吃了长肉……"

"人家毛头是知识分子！"

"知识分子不吃饭？饿你三天，你国家总统也会去讨饭！"

这帮言论自由的家伙笑得真猖狂。

只有毛头板着脸，好像什么都没听见。

### 38. 毛头家内外 夜 外

叶绿在苏州河畔找到一条黑咕隆咚的弄堂，她借着人家窗子里漏出的灯光，小心地往里摸索。她停下来看门牌号码。一只白猫大叫一声窜过，吓得她心"咚咚"跳了半天。

叶绿轻轻地敲着毛头家的板门，门却不推自开了。屋里黑洞洞的，无声无息。附近人家的喧嚣和谁家办喜事的鞭炮声传来，愈发显得这屋的清冷。黑暗中响起老人的声音：

"谁呀？"

电灯亮了。床上半倚半躺着毛头的爸爸。叶绿怯生生地答话：

"我，我找毛头哥哥。"

### 39. 小酒馆 夜 内

那帮家伙还在用酒灌毛头，用烟熏毛头，用话刺毛头。毛头麻木了。西装大哥看不下去，伸手拿过毛头的酒杯，想分担一半。不料毛头一把抓住他的手，恶狠狠地瞪着眼，夺回酒杯，一饮而尽。

### 40. 毛头家 夜 内

毛头的爸爸对叶绿，也对自己说："……这地方的孩子，学坏容易学好难，毛头他做过坏事。可我知道，他良心不坏。他常讲到你，我出了工伤后，他背我去换药，我痛得叫起来，他就躲到外面去哭……连医生都说我福气好，说我儿子有良心……"

叶绿坐在床前的小板凳上，望着这位一辈子辛苦，一辈子倒霉的老人，又一次受到深深地震动。

**41. 小酒馆　夜　内**

　　毛头肯定醉了。他把烟灰弹到酒杯里，还好像理应如此。他醉眼朦胧地看着一个个残盏空杯，突然使劲拍了一下桌子：

　　"笑话！我不要你们可怜！噢，你们看我落难了，是来嘲笑我的……你们听说过吗，地球上有两个极点，一个在南极，一个在北极，呃，地球在转……你们也不懂。你们懂个屁！你们手常伸错地方，把人家的口袋当成自己的——我很清楚。我的口袋在这里，就是没有钱，空的！笑什么？你！刚才说，说我是知识分子，什么意思你？"

　　被毛头抓住肩膀乱摇的小青年，害怕地讪笑着，不敢反抗。

　　"哥哥！"叶绿站在门口，她脸色苍白，惊讶地看着这一桌混蛋男子汉。她走到毛头身边：

　　"哥哥，你回去吧。"

　　"你？你是什么人"毛头也真不是东西，对别人说："她叫我哥哥！哈，因为她是病人，跟我一样，有病！生癌！搞不好啦，谁都说搞不好啦！那你从医院里跑出来干什么？想叫我也去，我不去！我喝酒。"叶绿眼泪一串串往下掉。

　　毛头还稀里糊涂：

　　"小妹妹，你喝不喝？喝吧，反正生癌，横竖一死。"

　　"毛头！"以拳头维护道德的青年站起来，"你真混蛋！"

　　毛头的脸颊重重地挨了一下，又一次被打翻在地。

**42. 山林看守人木屋前　清晨　外**

　　一个愣头愣脑的男孩瞄准树根上的一个洞眼撒尿。他半睡半醒，眯缝着眼睛瞧树梢上的太阳。听到狗在身后呼哧呼哧喘气，他连忙把小鸡巴塞进裤裆，呵斥道：

　　"特务！你想干嘛？"

　　这只名字令人不快的畜生其实长得挺帅，与那种獐头鼠目、鬼鬼祟祟的人根本毫不相似，不知小主人何以给它取此雅号，它嘴里叼着一只耷拉着翅膀的鸽子——正是我们苦命的混血儿。

　　"鸽子！哪来的？啊，有血，被人打死的——爷爷！"

　　爷爷应声从屋里走出来。他一身短打扮，人虽瘦小，却很精神，他走到孙子面前，接过鸽子：

　　"嗯，一准是昨天那几个人打的，子弹——唔？身子还热，兴许能救活。"

　　"爷爷，看这。"孙子指点混血儿脚上的铝环，"8510201，拉萨，上海。"

**43. 毛头家内外　日　外**

　　毛头换上一件新衣服，站在几道裂缝划过的大橱镜子前，盯着镜子中过于严肃的自己，慢慢抬起右手，用手枪对准自己的太阳穴。许久，他闭上眼睛，扣动扳机。

　　用塑料左轮手枪枪毙自己，是毛头不断地向过去告别的独特的仪式。

　　毛头走出家门，早已装在窗子上方的鸽笼空空荡荡，在等待中寂寞地打发时光，毛头不免有些惆怅。他呆呆地站了一会，转身沿着弄堂走去。

## 44. 某个女子中学　日　外

一群女学生在笨手笨脚地赛篮球。她们尖叫着，追逐着，汗水和起伏的胸脯散发着浓郁的青春气息。

毛头在操场边上看得有趣，可是他想到叶绿却在医院里躺着受罪，便觉得很不公平。这时篮球失手滚了过来，毛头一脚把球踢上天空。球高高划过的弧线下面，女学生们怒不可遏：

"我们在比赛！"

"这人真坏！"

"流氓！"

毛头装做没听见。

他来到教学楼走廊。一间间教室找过去，不当心张望了厕所，里面尖叫一声，他吓得赶紧逃去。最后总算从教室门口的小木牌上看到了他要找的班级。他小心地把门推开一半，教室里顿时响起热烈的掌声。他怀疑掌声的开关就装在门上，想关门来不及了，一位女教师出来抓住他：

"啊呀成老师，您可来了，我们都等着您呢⋯⋯"

毛头稀里糊涂地被推上讲台。他没看到身后黑板上彩色的标语：热烈欢迎青年作家成春来我班讲课。毛头想问问清楚：

"这是高三（4）班？"

"对！"底下异口同声。

"你们怎么知道我要来呢？"

学生们觉得"成老师"很幽默。

"我不是什么'成老师'你们搞错了⋯⋯"

这是"成老师"谦虚。

"我有一些心里话想和你们讲讲⋯⋯"

一片唰唰的笔尖划过纸张声。

"⋯⋯我是为了你们中间的一个人来的。"毛头非常诚恳，"我总觉得，人活在世界上，最重要的是不能只想自己。比方说，你们早晨排队升旗的时候，做广播操的时候，或者，你们有时候也玩篮球吧？你们现在坐在这里——你们发现少了谁没有？少了一个，那就是说，她没有和大家在一起。她一个人很孤单，她很难过，你们要想想为什么会少了她？我知道你们有一个同学，她生病住院了。她的毛病很严重——这个不要告诉她！总之，她在生病，她很想念你们。你们想念她吗？我总觉得，人活在世界上，要经常想到别人，这是最重要的！"

掌声雷动。毛头趁热打铁：

"你们知道我说的是谁吗？"

全班齐声答应：

"叶绿！"

### 45. 医院内外　黄昏　外

几十个女学生隔着医院大门的铁栅栏，朝着病房、大楼大喊叶绿，看门老头被这帮丫头搅得昏头涨脑，也拼命地叫喊：

"安静！禁止喧哗！要罚款的！这是医院！"

病房窗口。叶绿探出身子，向着喊声传来的方向拼命挥手，暮色和泪水，使她怎么也看不清大门口的同学。

她身边站着两个手捧鲜花的同学代表，伸出手来紧紧地搂着她的肩膀。

毛头在她们身后狡猾地微笑。

### 46. 山林看守人木屋内　夜　内

混血儿已经可以站起来走走，甚至偶尔引翅飞上屋梁了。可是它不懂为什么它一动，那条狗就冲它威胁地低低呼噜。

男孩挥手赶开"特务"，逗引混血儿。混血儿从梁上准确地降落到男孩肩上，男孩高兴极了：

"爷爷，爷爷！我们交上朋友啦！"他把混血儿放到桌上，面对面地挨头地交谈，"嗨，咱俩挺像，知道吗？你找不到爸爸妈妈了吧。我也找不到，爷爷说他们走了，走到很远很远的地方去了。你知道很远很远的地方是什么地方吗？"

混血儿专注地望着男孩，好像一切都知道。

男孩接着说：

"我要有你的翅膀就好了，我就去找爸备妈妈。可是爷爷怎么办呢？爷爷没有翅膀，特务也没有。"

狗听到自己的名字，"汪"地报到，混血儿又吓了一跳。

男孩扭头对爷爷说：

"爷爷，让鸽子留下，好吗？"

爷爷在写一块山林禁火禁猎的木牌。他停下活计，慈爱而又伤感地看着孙子，没说行，也没说不。

### 47. 南极　日　外

考察者们抓牢一只企鹅，用卷尺量身高、胸围和臀围，像要给这位绅士重新做一套西装。

这时他们集体开始移动——脚下的坚冰裂开，飘向海洋。企鹅乘人们手脚慌乱，一头扎进水里游走了。人们却傻乎乎地站在这小小的冰岛上，变成了企鹅。

### 48. 医院文娱活动室　日　内

病员们集体打了个寒颤。电视机屏幕上正映出南极的冰天雪地，叶绿突然大叫：

"爸爸！看，我爸爸！"

她跑到电视机前，脸凑近屏幕：

"爸爸！我看见你啦……啊，瞧爸爸穿的，跟海狮一样。"

叶绿的脑袋把电视机屏幕全挡了，在场的大人们却一言不发。他们的表情——癌病区病人在任何时候任何情况下的表情都那么复杂，那么深奥和无法用语言描述。

**49. 医院放射科内　日　内**

护士长陪着叶绿来到放射科B型超声波室，按下门铃，里面出来了一个用白帽和大口罩把头脸遮得严严实实的医生。他接过护士长手上的病历袋，向叶绿点点头，示意跟他进去。护士长任务完成，往回走了几步，想了想，又返回身来，坐在门口的长椅上等着。

B超室是个神秘世界。黑暗中只只红灯绿灯闪闪烁烁，等叶绿的眼睛渐渐适应了黑暗，发现带她进来的医生不见了，这时屋里响起了一个男中音悦耳的说话声：

"请脱去病员服，躺在你左前方的检查台上。"叶绿看见了检查台。她站着不动，问道：

"我想知道，你躲在哪里？"

"觉得神秘是吗？"男中音说，"这里有一点像《星球大战》，但我肯定不是机器人，我在超声波探查后，将对你的病情作出科学的判断。"

声音很温和，但有一种内在的威力。叶绿脱去病员服，穿着内裤仰卧在检查台上。

探查持续了很长时间，至少叶绿感觉如此，一片朦胧、静谧的气氛中，只听见嗡嗡的机器运转声，也可能还有她自己的咚咚的心跳声。

男中音总算又说话了：

"探查完了。请穿衣服，小心着凉。谢谢。"叶绿起身穿好衣服。男中音从黑暗中走出来。叶绿几乎是平静地问：

"怎么样，医生？"

"什么？"男中音看着她，"噢，我会通知病区主治医生的。"

电话铃响了，男中音跑到一个角落去接电话，顺手把病历卡放在检查台上。叶绿想了想，拿起来翻开，里面掉下一张纸。她捡起来一看，是一份"B型超声探查报告"。"探查结论"一栏中，一行墨迹未干的字——左膝下病灶（CAL）有扩散迹象，建议截肢。

叶绿盯着这行字，一下不明白这里包含的意思。

护士长等着心急，推门一看，奔过来劈手夺过病历卡，厉声说：

"谁让你看的？这是给医生治病用的！你不懂，不要乱猜……"

她无法再说下去。叶绿两眼直勾勾地看着她。

男中音一直在哼哼嗯嗯地听电话，这时提高嗓门对电话线另一头的什么人说：

"你和家属说，要相信科学，我们作出的结论是对病人负责的。"

**50. 毛头家内外　日　外**

报纸上有这样一行标题——"神鸟自西藏归来。'深雨点'蝉联冠军"，标题下有一张模模糊糊的鸽子照片。

毛头扔掉报纸，出门望望天空，又看看鸽笼，想着混血儿归来的情景——混血儿斜斜地俯冲下来，一下站在鸽笼门前的阁板上，精神抖擞，引翅拍打，仿佛还想再飞十万八千里。

可是鸽笼依然空荡、寂寞。

天黑了。

天又亮了。毛头一骨碌跳起来，跑出门外。他先闭着眼睛，然后猛地睁开，充满希望地往上看去——鸽笼依然空荡、寂寞。

一个儿童高举着一只红色大气球，叫喊着冲过弄堂。砰地一声，气球不见了。儿童高举的手上只有一撮耷拉着的红胶皮。

**51. 医院花园中　日　外**

已经是秋天的景象了，这个城市，四季都那样姗姗来迟。梧桐树上的叶子一片火红、一片金黄，秋风摇落几片，便在小河水面上浮着，打着旋，草地也开始发黄了。

叶绿问毛头：

"哥哥，混血儿——能回来吗？"

"能的。"毛头肯定，又装作满不在乎，"我想能的。虽然种气不好，飞起来吃力一点，不过，总归会——"

"报纸上说，有的鸽子已经回来了。"

叶绿说着，痴痴地看着天空。

毛头一惊，他毫无办法。于是，他也痴痴地看着天空。

蓝天如洗，空无一羽。

叶绿突然对毛头说：

"我们比赛跑步，看谁先到草地那边，到那座小木桥上。"

"别别，"毛头连忙阻拦，"我跑不过你，我认输，叶绿，我们不跑步，我们削苹果——"

没等他说完，叶绿呼地窜了出去。她在草地上奔跑，奔跑，两条脚一上一下一前一后好看地跳跃、摆动。突然，她腿一弯跌倒了。毛头刚想奔过去，叶绿爬起来又跑，她大笑着，笑声哗哗地洒满草地，震落纷纷扬扬的树叶。毛头急了，想追上去，护士长空然出现了，拦住了毛头。他们站着，默默地看着叶绿奔跑、跌倒，爬起来又跑，笑着，歪歪扭扭地向前疯跑，满头柔秀的黑发在阳光中闪闪亮亮地展开，病员服在身后飘扬起来，像一只巨大的蝴蝶——

叶绿终于站在小木桥上。她抓住栏杆，肩头剧烈地耸动，人口人口地喘气。她还在笑，断断续续的笑声使人难以忍受。她满脸泪水，满脸闪耀的阳光。

**52. 男病房　日　内**

窗前，老中青三位病员看见了花园中令人难以忍受的一幕，谁也不能无动于衷，偏老头子忽然叫道："把我的药拿来！"

他从莫名其妙的老伴手中接过药水药片，英勇地一口吞下。农村来的青年发疯似地把床头柜里的衣物塞进大网线袋。他提了提，不重，扫视了一圈病房，他轻松地叹了口气，解释说：

"蘑菇,要收了,我家承包了队上的蘑菇房。我先走了。"中年人慌了:
"蘑菇——你们——我得去找医生谈谈。"

### 53.山林看守人小屋前　清晨　外

男孩捧着混血儿,用恳求的目光看着爷爷,爷爷摇摇头。男孩无可奈何地把鸽子高高举起许久,才松开双手。

混血儿站在男孩手心上,扫视着四周已经熟悉的一切,昂首向天展开双翅,脚一蹬,起飞了。

祖孙两人看见混血儿越过屋脊,擦过树梢,飞出去,又飞回来,落在屋脊上。

男孩又用恳求的目光看着爷爷。爷爷还是摇摇头,向屋脊上说话:

"去吧,去吧,主人在等你,不是我们不留——"老人大声地发出嗯哨似的吆喝。在山谷的回声中,混血儿再次起飞。它追随着太阳的光晕,在小屋上空,盘旋了一圈又一圈。树木、小屋、太阳、天空,一切都在这对翅膀下面旋转起来。混血儿盘旋着又下降着,最后扑楞楞地落在男孩肩上。

男孩眼泪无声地流了下来,他把脸贴着混血儿的身体,轻轻地摩擦着,老人也激动了,他颤颤巍巍地伸手捧过混血儿。男孩的眼睛发亮了,充满希望地叫了一声:

"爷爷!"

老人猛地把混血儿扔给蓝天。

男孩子扭头往小屋里跑去。片刻,屋里传出哇哇大哭声。

混血儿在盘旋中上升,一次又一次旋转起来。俯瞰的范围越来越大,小屋前伫立的老人越来越小。渐渐地,一切都模糊了。

### 54.俯瞰的河流山川,日,外

我们仿佛也用翅膀拍打蓝天,俯瞰祖国美丽的缩影——九寨沟。山坡上漫过融化的雪水,跳跃的水花 在阳光照耀下像无数珍珠满坡滚动。河水又静又清,又急又深,千百年来衰老倒伏的大树在水底清晰可见,像怪兽潜伏,远方,一对雪峰如情侣相对,向我们启发着大千世界自然万物的一切奥秘和美好情感——混血儿显然成熟多了,它迎风翱翔,又频频俯视地面,同这山、这水,还有他们,那老人,那小朋友,那狗依依告别,然后向着东南,啊!它看见那条白线,看见长江了!向着遥远的一片蓝色,一直飞去……

乌云突然遮满天空。闪电在竭力地撕裂着,挣脱着。

### 55、病房内　夜　内

毛头满身雨水地冲进来,像上次报告混血儿到达四川时一样兴奋:

"叶绿,混血儿回来啦!"

"真的?"叶绿急忙坐起来,"在哪儿?混血儿呢?"

"喏,"毛头摊开手掌,掌心上有一根棕色的羽毛,"在家里。它累了,它想睡觉。真的,再说——你不信,看!"

叶绿看了一会羽毛,又看了一会毛头。毛头心虚地转过脸去。叶绿拿过羽毛,在嘴角上抚弄着，轻轻地说：

"我相信，混血儿它是回来了哥哥，你太好了——我真高兴，混血儿——外面在下大雨吗？让我到窗口去看看。"

"这——"毛头想劝止她，"天黑了，什么都看不见。"

"你扶我去，"叶绿掀开被子，"你给我找鞋子，我好下地。"

"你真不听话。刚动过手术——"

毛头老大不情愿地蹲在床边找鞋。他找了这么久，叶绿不耐烦了：

"快点，你在干什么？"

"只有一只——还有一只鞋子呢？"

叶绿笑着骂毛头：

"你忘啦，我要两只鞋子干什么？哥哥真笨。"床沿，只有一条脚搭下来，另一只裤脚扎紧在大腿上。

毛头趴在床底下一动不动，他慢慢地钻出来，背朝着叶绿，站着，一声不吭。

窗外，大雨似鼓，大风如哭。

**56. 毛头家　日　内**

电灯亮着，外面大雨还在下。天阴得这屋里分不出白天晚上。毛头的父亲坐在板凳上抽烟。毛头躺在床上挺尸，两眼直勾勾地盯着天棚上的雨渍花纹。张同志站在屋子中间，看样子谈了好一会了，这时有点气愤地提高嗓门：

"你这么不死不活的，打算到哪一天？你要无聊得没事干，去淘干净门口那条臭河浜也行。我就最见不得这种小青年，好像全世界他最苦恼，他最可怜。哪来的臭毛病？有话你就说，要哭也痛快点哭……"

"别说了！"毛头跳起来，"你算什么意思？我现在要睡觉，犯法啦？你教训我还不够啊？"

他眼睛通红，逼问张同志："样样事情你都要管，你管得了吗？你让混血儿飞回来，马上！你让叶绿锯掉的脚再长上去！"

"毛头！不许这么和张同志说话！"父亲呵斥毛头，又对张同志说，"张同志，您别动气……"

毛头热泪盈眶地对爸爸说：

"爸，她只有一只脚了，我还给她找两只鞋——我找，找，怎么也找不到另一只，那鞋，那脚，本来——"毛头蹲下身子抱头呜咽。爸爸大声地咳嗽，张同志大声地叹气。窗上雨点声一阵紧似一阵。

张同志慢慢地有力地说：

"毛头，人是要活下去的。叶绿她要活下去。这世上有许多不幸的人，有的自暴自弃，就此拉倒，有的面对现实，敢于和种种困难搏斗。什么叫生活？什么叫勇气？打倒了不爬起来不算男子汉！"见毛头不再哭了，张同志又开始进一步刺激他，"鸽子不飞回来又怎么样？这日子停止不转啦？你呀，你只看到眼前，不想想今后的路长着呢，倒霉的事情多着呢。你问你爸，你也可以问问我，我们都这么走过来的……"

此时此刻，谁也不见得比张同志说得更好。

### 57. 毛头家内外　日　外

毛头爬到窗上，乒乒乓乓地拆掉鸽笼。

他回到屋里，用鸽笼的木头计算着，锯着，刨着。木屑飘洒，刨花纷飞，渐渐地，拐杖的模样显示出来。他在为亲爱的妹妹做一对翅膀。

### 58. 病房内外　日　内

一对翅膀慢慢收拢了。

混血儿站在洁白的枕头上。

一切都和那个夏日的早晨一样，叶绿睁开眼睛，简直不敢相信，她轻轻地伸出赤裸的双臂，想通过触摸，看看是不是真的，所不同的只是毛头从门口而不是从窗口探进脑袋，他也惊呆了、他推开房门，提着一副拐杖，傻站在门口，两眼发直。

叶绿嘴唇颤抖着，捧起混血儿，伸出手递给毛头。她突然哇哇大哭，哭得好伤心啊。

毛头像那个山林看守人的孙子一样，用脸贴着混血儿，轻轻地摩擦，混血儿睁着又兴奋又疲惫的眼睛，望望毛头，又望望叶绿，似有许多话要说。

叶绿激动极了，对混血儿说：

"你一定有好多好多新鲜事要告诉我们，对吗？别急，别急，先休息一会儿。"

毛头突然把混血儿还给叶绿，转身向外跑。他在走廊上撞上了护士长，顺手拉着这位胖老太太转了两圈，又跳着叫着飞走了。护士长端着针药盘，被转得晕头晕脑，糊里糊涂，跌跌冲冲地继续往前走。

叶绿在病房里忙开了。她挪下地来，从床头柜里找出饼干，掰成碎块，又挂起崭新拐杖，不熟练地跳到墙角，提起热水瓶倒了一点水在茶杯盖子时，当她回身不往床上看去，手里的茶杯盖子掉在地上，水洒了一地。

混血儿倒在枕头上，嘴边一摊鲜血，正慢慢地染红洁白的枕巾。

毛头还在医生办公室里，对着电话听筒大喊大叫："混血儿！是混血儿！对，它回来啦，哈哈！什么？名次早就公布了？噢，奖也发了——嗨，去他的，混血儿不需要什么奖状，它就是第一名！绝对第一名！"

毛头又跳又叫地跑回病房，推开房门，正看见那悲惨的一幕。叶绿手中掉落的茶杯盖子骨骨碌碌地向他脚下滚来。

混血儿躺在洁白的枕巾上，仿佛睡着了。它那伸展的翅膀，斑烂的身躯，显得那样美好动人，令人吃惊，令人无法忘却。

阳光啊阳光，蓝天啊蓝天，假如没有翅膀飞翔，你们的存在又有什么意思呢？

### 59. 病房内　夜　内

山峰、河流、高原、平川、森林、沙漠、大海——混血儿曾目睹的祖国，渐渐抽象成种种色块和线条。毛头和叶绿站在那幅大大的中国地图前凝神地望着望着——面对祖国，毛头以从未有过的严肃的神情，说：

"以前，我没想过活着到底为了什么，我像一条迷路的狗。我像狗一样活着，不知道为什么，不知道明天是什么，我真混蛋。我都白活了，你想想混血儿，想想它在这一路上遇到的，想想它居然飞回来了——它白天找，晚上找，它有一个目标。所以它死了，所以它胜利了！我，你，我们大家，我们胜利了吗？你说，人，怎么能不如一只鸽子！"

**60. 医院文娱活动室　日　内**

　　这里被布置成一个简单而庄重的会议室——医护人员，病员四周坐着、站着，旁听叶绿和南极的父亲通电话。毛头也坐在他们中间，抿着嘴一声不吭。叶绿坐在正中的一张写字桌后，面对一只麦克风，什么也不想，只等着那激动人心一刻到来。

　　蜂鸣器响了一声，桌上的红灯亮了，屋子里响起叶绿父亲的声音：

　　"叶绿，我是爸爸，你听见吗？你能听清吗？"

　　"能，能！"叶绿两眼闪亮，急急回话。

　　在场的人起了一阵骚动，他们都不由有些激动，分享着这对父女相距万里一线牵的喜悦，父亲的声音在继续：

　　"叶绿，你怎么样？你好吗？你毛头哥哥的信我读了，我都知道了，你代我谢谢他。我不能在你身边，请你原谅爸爸。爸爸很想你，天天晚上算日子——"叶绿一把抓住话筒，想说什么，却说不出来，只是簌簌地掉眼泪。

　　"叶绿，叶绿，好孩子，别哭，要坚强！这里的叔叔都知道你，都向你问好，他们要和你说话——"

　　屋子里响起很多人的声音，象遥远的雷鸣声："叶绿，南极人问候你！"

　　最后有个外国人用生硬的中国话说：

　　"叶绿，我是你约翰大叔。圣诞节来临了，我要送你一件礼物，你听——"

　　响起了音乐圣诞卡叮叮咚咚的乐曲声。动听的音乐声中，叶绿抓着话筒：

　　"爸爸，叔叔们，谢谢你们。我很好，我已经开始学走路了，我要像混血儿一样，飞到底，毛头哥哥说，我怎么能不如一只鸽子呢——"

　　站在叶绿身后的护士长突然捂住脸转过身去，屋子里一片稀嘘。

**61. 在以后的日子里、医院、街道和学校，日，外/内**

　　叶绿挂着拐杖，在医院的走廊、草地和林荫道上，艰难地练习新的走路方式。拐杖咚咚地敲打地面 声声撞击着我们的心扉。大颗大颗的汗珠沿着她年轻的脸颊往下流淌——

　　毛头有了一个职业：城市绿化工人。他和师傅师兄们在街沿挖坑，把树栽进去。有时爬到高高的树上，修剪多余的枝桠；有时在树下浇粪水，这就不那么诗意了——毛头和他的黄鱼车"驾驶员"朋友们，护送叶绿出院返校。车队迎着阳光，驰出医院。行进在这个城市，越过苏州河，穿过繁华的闹市区，开进学校，学生们欢呼起来。这群丫头，即使是出于友谊的举动，也像是在发疯，围着叶绿又喊又笑，又打又闹。叶绿前后左右忙着招呼，应接不暇，笑逐颜开，毛头他们站在一边，看着，感动地笑了。毛头的眼里，闪耀着崭新的、成熟的光芒。

## 62. 好几年后的毛头家　日　内

毛头的爸爸已经去世了。墙上遗像饱经风霜的神情，慈爱的目光，却永远留在这寒碜的小屋中。

毛头心里不痛快，又躺在床上挺尸。邻居奶奶还一个劲地叨叨：

"这件事你爸去世前就托过我。两个人，一个家，才像过日子的样子。好几年了，你还一个人马马虎虎过。"

毛头不耐烦地坐起来：

"奶奶您帮帮忙，让我太平点。我没这份心思，谢谢啦。"

他又挺尸了，奶奶老大不乐意，一面叨叨一面向门口走去：

"单位又不知碰上什么事了，把孩子搞得，朝奶奶出气，我不管你，反正是你的终身大事，又不是我奶奶要结婚办喜事——"她停下脚步，回头问："那，那个姑娘还在我家等着呢，怎么个回话？"

回话是：

"你告诉她我已经有八个老婆了！"

"这倒是当今中国一大新闻。"

毛头一看，说话的是一位小个子男人，毛头想不起这人哪时见过：

"你找我？"

"找你，你叫毛头，没错吧？"

毛头认出来了：

"啊，你是那个什么记者！请坐请坐。"毛头已经学会客套和假惺惺，而且也会几句斯文话，"请问，光临寒舍，有何贵干？"

记者不正面回答：

"一面之交，多年不见，你还记得，可见我给你留下的恶劣印象难以磨灭。是这样，我整理过去的图片资料时，发现这张照片与你有关。"他从包里掏出一个大信封，"送给你，留作纪念，也弥补我几年前的言辞过失。"

毛头已经听不见记者在说什么，他失魂落魄地望着手中的照片——混血儿！混血儿站在鸽笼前，身后是巍峨辉煌的布达拉宫。他原以为一切早已逝去，早已死去，谁知一切在这刹那都复活了。

他捧着混血儿，双手高举混血儿飞出去，又从蓝天上俯冲下来，扑啦啦地降落在他肩上。他伸手去捉。混血儿又调皮地飞了出去。他追，混血儿把他带到一片金色的草地上，叶绿穿过草地向他跑来，笑声和阳光洋洋洒洒——

漫天飞舞的鸽群下面，是无数敞开的窗子、阳台和伸向天空的双手，还有广场，我一直在想一个问题：这个拼命繁华、现代和拥挤的城市。这个禁止随地吐痰、禁止乱扔杂物的城市。这个喜爱交响音乐和三黄鸡的城市。为什么会有那么多鸽子？那些小小的翅膀究竟代表了什么？同志们大家都来想一想。

　　　　　　　　文字整理：徐翔宇

　　　　　　　　资料来源：王小龙，《花鸽子》，载于《中外电视》1989年09期。

# 篱笆·女人和狗

**首播时间：** 1988 年
**首播电视台：** 中央电视台
**摄制单位：** 瓦房店市政府、大连电视台
**制 片 人：** 陈 克
**编　　剧：** 韩志君、韩志晨
**导　　演：** 陈雨田
**摄　　像：** 徐玉珍、袁军
**主　　演：** 田成仁、吴玉华、王建国、鞠庆洲、杨树泉、
　　　　　　刘莉莉、张英红
**获奖奖项：** 第九届（1988 年度）中国电视剧飞天奖连续
　　　　　　剧三等奖；第八届（1990 年）中国电视金鹰
　　　　　　奖优秀连续剧奖。

**剧情梗概：**

在偏远的东北小山村里，葛茂源老汉和四个儿子（金锁、银锁、铜锁、铁锁）、三个儿媳妇、一个未出嫁的小女儿生活在一起。葛茂源 40 岁丧妻，后来与寡妇枣花娘有了感情，但是由于客观压力终未结合。几年后枣花娘做主把女儿枣花许配给了葛茂源老汉的三儿子铜锁。铜锁喝酒赌博，对枣花非打即骂，怪枣花生不出孩子，这使得枣花更加怀念从前的恋人——同村的小庚。小庚与枣花如同茂源和枣花娘一样，互相有感情但不敢在一起，背着沉重的精神包袱。大儿子金锁在外赶大车挣钱，回家后发现他爹葛茂源被三媳妇枣花气走了，因为枣花要跟三儿子铜锁离婚，枣花娘劝枣花要对得起葛茂源，枣花找到小庚告诉小庚自己离不了婚，要小庚别等她了。二儿子银锁靠给人拍照片挣钱，挣的钱给了爹一些，儿媳妇不满意，要求银锁和爹分家，并以离婚威胁银锁。银锁跟爹谈分家的事情，葛茂源生气至极，赶走银锁，躺在床上，葛茂源回想起了以前的事情——媳妇为了给他送雨披，在大雨中被雷屯劈死，早早的离开了葛茂源。四儿子铁锁考大学再次落榜，茂源心里不满，金锁为铁锁求情，并提出要出远门挣钱，茂源同意，大媳妇很不舍。小女儿香草悄悄爱上了小庚，对小庚献殷勤，被二媳妇发现。银锁又被媳妇拉去娘家干活，葛茂源家中没人种田，闹得不愉快。铜锁做黑心豆腐，狗剩媳妇上门和他算账，二人在众人面前比赛，铜锁受到教训，回来找枣花出气，枣花更加想念小庚。枣花的朋友喜鹊陪枣花上医院检查为何生不出孩子，发现是铜锁的问题，回去告诉铜锁，又遭来铜锁骂。葛茂源回想起曾经和枣花娘相好，但由于村民的指责，觉得愧对死去的妻子，最终没能和枣花娘在一起，至今依然感到遗憾。铁锁张罗着去

对象喜鹊家当"上门"女婿。小庚找人帮他卖鱼，香草想去接近小庚，葛茂源不允许。枣花和小庚在喜鹊的安排下在场院相会，被香草和儿媳妇发现，香草跑去告诉铜锁，枣花和小庚抱在一起的时候正巧被铜锁捉住，铜锁大闹，引来了不少村里人围观，枣花难忍羞辱要跳河自杀，被小庚和喜鹊抢救脱险。全村人都在关注葛茂源老汉这台戏怎样往下唱。葛茂源把全家召集起来，拿出许多年的积蓄，给儿女们一一分开，接着，他走出了家门去敲开了枣花娘的门。

文字整理：戴灿

资料来源：根据央视网提供的视频完成文字整理。

具体参见 http：//dianshiju.cntv.cn/2012/12/17/VIDA1355690976280368.shtml

## 剧本

### 《篱笆·女人和狗》第一集

一

车轮。

马蹄。

鞭声。

铃声……

一辆四匹马的胶轮大车，行驶在残阳晚照中的曲曲弯弯的村街上。车老板，是一位四十多岁的庄稼汉子，身着一套旧裤褂，头戴一顶破草帽儿，一副风尘仆仆的模样。

一道又一道的篱笆墙和一个又一个的农家小院儿从他身边闪过。

"吁……"他把车停在了茂源老汉的院门口，腾身跳下车耳板，一抖腕子，"啪"地甩了声炸鞭，然后冲着院门口兴冲冲地喊了一声："爹——"

小院儿静静的，没有一点儿声响。

他狐疑地朝院里望了一眼，又喊了一嗓子："小龙她妈！"

依旧没有回声。

"咦？"他有点纳闷儿，忙把鞭子插在车辕上，想进院儿。

就在这个时候，从西边邻院的篱笆墙上探出两个脑袋，一个是巧姑妈，一个是贾半仙儿。贾半仙儿是个精瘦的老头儿，头发、胡子都是黄的，脑袋就像宾努亲王一样总是来回晃个不停，他晃悠着脑袋说："呀，是金锁啊。你拉脚才回来？"

金锁："贾大爷，我爹呢？"

"你爹？"巧姑妈抢答，"今儿晌午，叫老三媳妇给气跑了！"

金锁一惊："唔？他上哪儿去了？"

巧姑妈："一出院儿，就直奔河边去了！"

金锁着急地："我们家人呢？没去找吗？"

贾半仙儿的脑袋，这时晃得更欢了："怎么没找！闹腾一后晌了，连个影儿都没见！"

金锁一听，登时慌了手脚："贾大爷，你帮我经管经管车，我去看看。"他一边说，一边急急忙忙地卸下了里套的那匹海清马，一翻身，跃上了马背。

风吹过来，掀掉了他头上的那顶破草帽儿，露出了他那剃得发亮的头皮。但他似乎并没有察觉，两腿猛地一夹，那马便像箭一样射了出去。

## 二

急促而纷乱的马蹄。

金锁骑着马，神情焦灼地奔跑在暮色苍茫的喜鹊河边。

他勒住马，扯开嗓门喊："爹——"

旷野上，只有他自己的回声。

他纵马朝前跑了几步，又扯开嗓门喊"爹——"

从一片苇塘中，惊起了几只野鸭子。

他仔细听了一会儿，又失望地驱马向前狂奔。

"呀，金锁！"突然，从马前的一簇草丛中钻出了他的妻子马莲和妹妹香草，惊得那马一声长嘶，扬起了前蹄。

他赶紧勒住马，俯身问："还没见到影儿？"

"没。"马莲抢先回答。她是一个嘴大、鼻子扁、眼睛小的四十多岁的女人。

金锁朝四周望了望，然后又俯下身问："咱爹，到底为啥生这么大的气？"

马莲："就因为枣花提出要跟铜锁离婚。"

金锁惊讶地："离婚?!"

"那还不是因为我三哥总欺负人家！"香草赶忙为枣花辩护。她是一位二十来岁的姑娘，长得挺清秀。

金锁一听，沉重地摇了摇头，然后十分焦灼地："爹能到哪儿去呢？"

马莲想了想，说："小龙他爹，你说……咱爹会不会那个啥……"

她说着，用手指了指身边的喜鹊河，"要不，你骑马往下走走，看回水弯儿那地方，有没有尸首什么的……"

金锁听她这样说话很气恼，立刻瞪起眼珠骂道："去你妈的！你不会说话，就他妈的别说！"

马莲吓得赶忙把后半截话吞了回去。

金锁依然余怒未息，还想再骂，香草忙出面劝阻："哥呀，我看你先别急着生气发火了，还是赶快找爹吧！"

金锁狠狠地瞪了马莲一眼，沉着脸拨转了马头："我朝南，你们朝北！"

他向前走了几步，又勒住马，气鼓鼓地："枣花呢？"

马莲用手向远处一指："她在那边。"

金锁皱起眉头，顺着她指的方向望去。

## 三

在喜鹊河边的一大片柳树毛子里，枣花在跟跟跄跄地奔走。

"爹——"她停下脚,喊了一声,声音焦灼而凄楚。

回答她的,只有河水的低咽。

她拨开柳树毛子,向前走了几步,又嘶声喊了起来:"爹——爹——"

暮色沉沉中,她的喊声在旷野上回荡。

### 四

村头的一座小屋,屋檐下伫立着一个四十八九岁的女人。她是枣花娘。

这座小屋离河边很近,枣花的呼喊声从对岸隐隐地传过来。

枣花娘向喊声传来的方向,焦灼地张望着。

### 五

枣花蹚着水走过了长满了水葱、蒲草和塔头墩子的沼泽地。

"爹——"她又用力喊了一声。

这时候,从远处,从野羊滩上,传来一阵"汪汪"的狗叫。

她仔细听了听,不由得心中一喜,急忙朝那个方向奔去。

### 六

花妞儿"汪汪"地叫着。茂源老汉枕着一块塔头墩子,仰面朝天躺在一片草丛中。

暮霭中的野羊滩,沉默、空旷,像一片灰黑色的海。

一只孤独的老鹰,在野羊滩上盘旋。

茂源老汉微微睁开眼睛看了看,花妞儿依然"汪汪"地叫个不停。于是,他懒懒地从地上坐了起来。

这老汉,约有五十七八岁,身着一套玄色的裤褂,背上浸着汗渍。他面容黝黑、清癯,脑袋剃得发亮,在太阳底下晒了一天,头皮上浮着一层油,他那双眼睛,不算大,也不算小,但却深藏在细密的皱纹中,好似两眼井。

他从地上坐起来,一伸手,把花妞儿揽到了自己的怀里。可是,那花妞儿,却又从他怀里挣了出去。它支棱起耳朵,听了听,然后就把腰一弓,箭一般地飞走了。

### 七

花妞儿跑到枣花的身边,亲昵地叫了两声,就掉过头往回走。

枣花紧紧跟在它的身后。

### 八

茂源老汉默默地坐在草丛里。

枣花跟着花妞儿来到他的身后。

"爹!"她站住了,轻轻唤了一声。

老汉既没有回头,也没有吭气。

"爹!"枣花又唤了一声。

老汉依旧沉默。

枣花也不再说话了。她低着头，站在他的身后，用手拧着自己的衣襟。一直过了好半天，她才又开了口，那声音低低的："爹，都是我……不好，惹您老人家生气了。我和铜锁……不离了，就……这么……过吧。爹，你别再生气了。这儿凉，你又饿了一天，走……回家去。我说话算数，一定不离了。"

不知为什么，她的声音有些哽咽，像是在祈求，又像是在哭诉。

老汉的屁股微微欠了一下，然而却没有站起来。

枣花也沉默了。

沉默了好一会儿，茂源老汉才说话。他说话的时候，脑袋依然没有掉过来，声音沙哑而重浊："谁叫你来的？"

"我自己。"

"那……你先回去。"

"不！"枣花执拗地说："我跟您一块走。"

"唉，叫你先回，你就先回去。"

"爹，您不回去，我也不回去。"

老汉不再吭气了，他耷拉着脑袋坐了一会儿，然后站起身，也不同枣花打招呼，就倒背着手，慢慢地往回走去了。枣花带上花妞儿，在后面跟着他。

## 九

一座古老而破旧的石桥。

茂源老汉、枣花和花妞儿默默地走上石桥。

桥下的河水也仿佛有了沉重的心事，在静静地流淌。

满河的月光、星光和遍地的蛙鸣。

桥那边的村子里，不知谁家的狗叫了起来。花妞儿向前跑了几步，超过了枣花和茂源老汉，然后站住了，竖起了耳朵。但是，它没叫，只是回过头来，摇了摇尾巴，瞅着自己那两位一声不响的主人。

## 十

桥头。

马莲和香草突然钻了出来。

马莲惊喜地喊道："爹！"

茂源老汉头没抬眼没瞧，径自朝前走。

这时，马莲却扭过脸去，咧着大嘴喊了起来："小龙他爹！小龙他爹—— 咱爹没死，他回来啦！"

从远处，传来一声长长的马嘶。

## 十一

金锁跨着马，飞速地从远处驰来。他驰到茂源老汉身边，飞身下了马，亲亲热热地喊了声"爹",然后就把冷冷的目光射向了枣花。

枣花在他的逼视下,低下了头。

金锁生气地吼道:"我这么几天没在家,你们就把爹给气成这样,像话吗!"

枣花的头,垂得更低了。

茂源老汉瞥了一眼枣花,然后转过脸,不悦地看着金锁,他突然冲金锁吼了一嗓子:"你在这儿要什么威风,啊?!"

金锁吓了一跳,不敢再吱声。

茂源老汉把手一背,继续朝前走去。

金锁牵着马,同枣花、马莲、香草和花妞儿一起,默默地跟在他的身后。

十二

茂源老汉走到离枣花娘那座小屋不远的地方,朝那边看了一眼。

小屋里亮着灯。枣花娘依然站在屋檐下,正朝着这边引颈张望。

茂源老汉慌忙扭过脸,低下了头。他眼睛盯着脚下的村街,慢慢地朝前走。突然,他站住了,头也不回地吩咐道:"枣花,回去……看看你娘。"

枣花这时也停住了脚步。他的话,她听清了,但是,她没动窝儿。

"回去,听见啦?"他又把话重复了一遍,声音很低,但很坚决,一点儿也没有商量的余地。

花妞儿听懂了他的话。它抬头看了他一眼,然后一扭头,飞也似的跑向那座小屋,跑向了屋檐下的那个女人。从那边,传来了它亲昵的叫声。枣花呢,却仍在踌躇。

就在这当儿,从小屋那边传来了枣花娘的喊声:"枣花……枣花!"

茂源老汉:"你娘喊你,听见没?"

枣花犹豫地:"爹,我……"

"回去!"茂源老汉低吼了一声,"叫你回去,你就赶快回去!"枣花只好慢慢地转过了身子。

十三

"娘!"枣花坐在炕上,瞅着娘,忍不住眼泪成串地掉了下来。

"唉,枣花啊!"娘一边替枣花揩眼泪,一边开导她。"你……心里喜欢小庚,娘知道;你跟铜锁在一起心里泡着黄连水,娘也知道。可是,枣花,你在这件事上,千万听娘的话,别太任性,别想个啥就是个啥。女人,就是这个命,谁不认也不行。嫁鹰跟着吃口肉,嫁狗跟着喝口汤,自古来就这样。铜锁他这不好那不好,但有一条,他是你的男人。家有贤妻,男人在外不做横事,你得好好服侍他。他闹,你别闹;他骂,你别骂;他打,你别打。他喜欢喝口酒,碍你什么事?现在,手头也不紧了,你就叫他可劲儿喝吧!他家哥们儿多,几股都在一块儿过。你说话办事小心点儿,别让妯娌背后笑你不懂事。"

枣花低着头,不吭气。

"唉,枣花啊!"娘瞅她一眼,又继续开导她:"不是娘心狠,不是娘养活不起你。只要人家说一声你不好,不要你了,娘二话不说,立刻就接你回来。娘这把老骨头还一时半会儿进不了棺材，还有力气养活你。可是，这话人家没说，是你自己提的。你这不是冒傻气吗？离婚的事，可不好说着玩的。一是根本离不开了，二是真离了，你咋办？还不叫乡亲们在背后指着你的脊梁骨骂！"

这时，枣花缓缓地抬起头来，嘴儿紧抿着，泪水却又潸潸地淌了出来。娘看见了她的眼泪，心里很酸楚，连连撩起衣襟揩眼角，许久没有再说话。

过了好一会儿，她才伸出瘦长的手指，小心翼翼地理着枣花的头发，低声劝慰道："枣花，别哭，别哭了。你一哭，娘心里就更难受。你要想开点儿，别总寻思那些伤心的事。跟铜锁，就对付着过吧……"

枣花娘说到这儿，怎么也说不下去了，竟无语哽咽起来。枣花一见娘哭了，忙把自己的泪水擦干，走过来，双手扶住娘的肩头。这回轮到她劝娘了："娘，你别难受，我相信你的话，跟铜锁……不离。这事咱是主动的，咱不再提了，事儿就了啦。刚才，在野羊滩上，我当着公爹的面，下了保证，不离了，说不离就不离。娘，我在那边，你不要惦记。公爹待我好，铜锁他……也行。"

枣花这样说的时候，有意地对娘启齿一笑。然而，她那笑容，却极惨淡，眼泪差一点儿又淌了出来。

枣花娘一见女儿这个样子，心中非常难受。她把枣花揽到自己怀里，说："枣花，人世间的事，不顺心的多，顺心的少。你遇事，要想开些。你想开了，娘也就放心了。现在，吃穿不愁了，日子也阔绰了，别再胡思乱想，就真心实意地跟着铜锁过吧！咱不看僧面看佛面。你公爹……他……这些年……对咱……"说到这儿，她声音发颤了，"枣花，无论如何让……要对得住……你公爹……"

## 十四

茂源老汉闷着头儿坐在院门口的井台上，吧嗒着手中的小烟袋。

金锁蹲在地上劝他："爹，你老人家千万别再生气，生气伤身子。"

茂源老汉一声不响。

金锁继续劝他："爹，叫我说，你就放宽心。虽说咱铜锁有点儿不争气，枣花配他是有点白瞎了，可她想要离婚，也没那没容易。您想啊，您是一家之主，我们哥儿四个，我又是老大。咱爷儿俩不吐口，她离得了吗！"

茂源老汉依旧一声不响。

金锁瞅瞅爹，还想再说什么，这时却见银锁骑着一辆崭新的自行车，一路响着铃儿，沿着村街飞快地驰来。他三十多岁，身前身后各挎着一架照相机，他骑到家门口，一眼瞥见了茂源老汉和金锁，就朝井台这边拐了过来。

"爹！"他一跳下车，就从口袋里掏出几张钞票，"今儿个，我照了十二张，挣了九块六，交账——"

茂源老汉抬起头，一双小眼睛，紧紧地盯住了银锁手中的那几张钞票。

"您点点。"银锁说着，又往前走了两步，把钱朝茂源老汉递过去。

## 十五

"就这么几个钱?!"西厢房内,巧姑从银锁手中接过一小沓钞票,满脸不悦。这巧姑,是一位相当俊俏的小女子,一双杏核眼,两片薄嘴唇,皮肤特别白净。此刻,她正坐在炕沿上洗脚。她把两只脚泡在水盆里,一边数钱,一边盘问:"你总共照了多少张?"

银锁:"十四张。"

巧姑瞥他一眼,没说话,顺手抓过他的照相机,飞快地看了看后面的"小红窗",然后抬起头,逼视着银锁:"多少张?"

银锁支吾地:"是……十四张吧?"

巧姑冷冷一笑:"你唬谁?你今天照了十九张!你又交给你爹九块六!"

银锁登时无话可说了。

"哼!"巧姑把手中的钱往炕上一摔,"你可真够大公无私的了!"

银锁瞅瞅她,没敢吭气。

巧姑斜他一眼:"我问你,咱家这大锅饭,到底吃到啥时候是头?"

银锁沉默不语。

巧姑又斜他一眼:"你怎么不说话?"

银锁嘿嘿干笑了两声。

巧姑:"你笑啥?"

银锁:"我笑你。"

巧姑:"笑我?笑我什么?"

银锁:"我笑你猴儿养孩子,不等毛干!"

巧姑:"唔?"

银锁:"你呀,性太急了!"

巧姑:"我还性急?分家这事,我少说也跟你叨咕半年了,可你呢?三扁担压不出个屁来!一到你爹跟前,像个避猫鼠,连提也不敢提。"

银锁辩解道:"巧姑,我不是不敢提,而是……那话,真不大好说出口!"

"有什么不好说的?"

"唉,"银锁长长地打了一个唉声,颇有点儿动感情地说:"爹从小把我拉扯这么大,不易啊!"

"就拉扯你一个?"巧姑很不以为然,"铁锁是爹的小儿子,是他的心尖儿;小时候顶在头上怕吓着,含在嘴里怕化了,现在怎么样?今年考大学,明年考大学,一考考了三年,没往家拿过一个子儿!铜锁也比你小吧?他吃的苦没你多,为了这个家做的贡献没你大,可人家的地位就比你高。现在仗着每天出去卖几块豆腐,就不知道自己老大贵姓了,整天泡在酒缸里,连家里油瓶子倒了他也不扶。他的那个媳妇,带头闹离婚还不算,而且自己留心眼儿,背着大伙攒小份子。"

银锁不胜惊讶地问:"有这事?"

"当然啦!"巧姑故意闪烁其词地说:"人活着,不能昧良心说话。你不信,咱就打个赌吧,包括大嫂在内,她们哪一个手里也少不了千儿八百的。我呢?总共才攒了几个钱?"

银锁眨巴着眼睛，不吭声。巧姑见他不说话，便又朝前逼了一步："告诉你，这种亏我是不能再吃了。你赶快跟爹把话挑明：分家！她们有阳关道任她们走，我自己的独木桥我自己行。你瞧人家东院的小庚，不就是一个人扛大旗吗？又养鱼，又种树，银行里至少存着几万块。咱们不缺胳膊，不少腿儿，凭什么在家里当小媳妇？"

　　"你说分家，我同意。"银锁面呈难色地说："可是，巧姑，你多少也得容我个空儿啊！"

　　"我还没容你空儿？我等你多久了？"巧姑眯缝着那双很好看的眼睛，一动不动地盯着银锁。她有点真生气了，"葛银锁，我不是拿话吓唬你。如果你不把这个家给我分开，我就学枣花。咱们猪往前拱，鸡往后刨——谁也别耽误谁！"

　　"那……"银锁看着巧姑俊俏的脸，有点儿气馁了。他沉吟了一会儿，然后用商量的口吻说："巧姑，你看这件事这么办行不行？找个机会，你跟你爹说说。你说可能比我说强，他不能……"

　　"什么？"银锁的后半截话还没说出口，巧姑就气炸了。她猛地从盆子里把脚抽出来。三下两下揩干净，然后就盘腿儿坐在炕上，用手指着银锁的鼻子开骂了。也许是怕外面听见，她的声音很低，但是，比大声吵嚷更加咄咄逼人："你这个不要脸的东西，竟然说得出这样不要脸的话！我去说？凭什么？你跟他亲还是我跟他亲？你想把我舍去，让乡亲们背后指我的脊梁骨，说我不仁、不义、不贤、不孝，亏你想得出？我哪辈子没积德找了你这么一个蠢货。我的命咋这么苦啊……"

　　她说着说着，竟然泣不成声了。

　　银锁一下子慌了手脚，忙凑过来哄她。可她却猛地一脚，把他从炕上蹬到了地上，正好坐在了刚才洗脚的水盆里，把裤衩，背心全弄湿了。他一下子火上了头顶，刚要发作，又强忍了回去，嬉皮笑脸地凑了过来："瞧你，生这么大气，值得吗？行了，你打也打了，骂也骂了，这回该消消气了吧？"

　　巧姑把脸扭到一边，不理他。

　　"唉，别生气了，气大伤身。"银锁说着，用手扳着巧姑的肩头，把她的脸扭了过来。

　　这时候，巧姑顺手就从口袋里抓出几瓣大蒜，塞到嘴里嚼了起来。

　　银锁一见，急忙闪开了，嗔怪地说："你看你，明知我吃蒜吃伤了，一闻这味儿就恶心，却又偏吃这玩意儿！"

　　"我爱吃啥就吃啥。"巧姑毫不客气地顶撞道："这事儿你也管得着？小心操心太多了烂肺子！"

　　银锁没话说了，在一旁生闷气。巧姑这时却高兴起来，她往炕上一躺，一边拿眼睛斜睨着银锁，一边用手指敲着炕沿，有滋有味地唱起了东北二人转。她唱的是《杨八姐游春》中，佘太君向皇帝要彩礼的那一段：

我要你一两星星二两月，

三两清风四两云，

五两火苗六两气，

七两碳烟八两琴音。

火烧龙须三两六，

天鹅绒毛织手巾。

四楞鸡蛋要八个,
三搂粗的牛毛要九根。
雪花晒干要二斗,
冰溜子烧炭要五斤。
……

巧姑的嗓子很好,声音甜甜的、脆脆的,听起来让人心醉。银锁坐在一边,满肚子的气叫她渐渐地给唱没了。他不时抬眼偷看巧姑。

她装作没瞧见,继续唱:
我要你东至东海灵芝草,
西至西海老龙鳞。
南至南海红芍药,
北至北海牡丹根。
天那么大的菱花镜,
地那么大的洗脸盆。
泰山大的一块玉,
黄河长的一锭金。
……

巧姑愈唱愈来劲儿,直唱得银锁扭过脸来,一边听,一边悄悄地瞅着巧姑那好看的脸、好看的嘴、好看的鼻子和好看的眉眼儿。这一切,早就被巧姑看在眼里,她突然停住不唱了。

"哎,还没唱完呢。"他说。

"你愿听?"她用那双含笑的眼睛望着他,不无讽刺意味地问道。

"愿听。"他连连点头。

"你愿听,我还不愿意唱哩!"她狠狠地白了他一眼,猛地一翻身,给了他一个脊梁骨。

"唉,你还生气呀?"银锁赶忙又凑了过去,双手扳肩,把她的脸扭了过来,满脸赔笑地说:"听话,别生气了。不就是分家的事吗?我跟爹提就是了。"

"你说的是真话,还是假话?"

"当然是真话了。"

"什么时候提?"

银锁迟疑了一下,然后反问道:"你说呢?"

巧姑:"一会儿!"

银锁:"这……"

"行不行?"巧姑又有些急了,"说痛快话。"

"那……行吧。"

"你可不许说大话,使小钱儿!"

"不能。"

"那好。"巧姑这时从炕上爬起来,要下地。

银锁问:"干啥去?"

"你甭管。"巧姑应了一声,径自下去了,不一会儿,又嘴里嚼着东西上了炕。

"饿了?"银锁问。

"不是。"巧姑莞尔一笑,"我嚼口茶叶,给你去去蒜味儿。"

银锁一听,乐了。他伸出粗壮的胳膊,把巧姑搂到怀里。巧姑冲着他的鼻子,呼呼地吹气:"还有味儿吗?"

"有。"

"真有假有?"

"真有。"

"很难闻吧?"

"挺好闻。"

"净瞎扯!说实话,啥样味儿?"

"一股甜丝丝的香瓜味儿。"

"去你的!"巧姑啪地给了他一巴掌,又伸手在他的大腿上狠狠地掐了一下。

银锁疼得直哎哟,但是他笑了,笑得很真诚。

巧姑笑眯眯地卧在他的身边,在橘黄色的灯光下,显得很是秀美,很是好看。

银锁不无欣赏地看着她。

突然,他一骨碌从炕上爬起来,顺手抓过了照相机,"给你照张相。"

"别,别。"巧姑连连摆手,"别浪费胶卷儿,留着分家后,咱赚钱用。"

"没事儿,不在乎这一张。"银锁说着,把相机对准了巧姑,飞速地按下了快门。

镁光灯刷地一闪,射出一道强烈的银白色的光。

## 十六

一道强烈的银白色的光,在夜空划过,紧接着,远远地传来了雷声。

茂源老汉依然默默地坐在井台上。

金锁:"爹,要下雨了,回屋吧!"

老汉坐着没动。

这时,枣花沿着村街走来。她的手里,提着两瓶酒。她瞧见了茂源老汉和金锁,径直走到井台边。

"爹……大哥……"她轻轻地唤了两声,旋即低下了头。

茂源老汉抬起了老眼。

"爹……"枣花喃喃地说,"要下雨了……回屋吧……"

茂源老汉默默地望着她。

"爹,"枣花见他不动,又央求道:"你一整天没吃饭了,赶快回屋,回屋去,行吗?"

茂源老汉这才缓缓地从井台边站起来。他默默地看了看枣花,然后缓步朝院门口走去。

金锁赶快跟上。

枣花刚要挪步,却听到一阵水桶响。她抬眼一看,正遇上东院儿小庚那灼热的目光。这是一位三十多岁的壮汉,一双明亮的小眼睛和一头又短又粗又硬的黑发,显示出他的精明和干练。

他们两个人，无言地对视着。

枣花的眼神，忧伤而慌乱。

小庚瞥一眼茂源老汉和金锁的背影，刚想说话，枣花却赶忙把头一低，匆匆地朝院门口走去了。

## 十七

茂源老汉家的小院儿。

这是一个挺整洁的农家小院儿，但房屋已经显得比较破旧。院内共有三间正房，东西两间厢房，还有在正房的东、西山墙上各接出的一间耳房。

茂源老汉、金锁和枣花从院外跨进来。

花妞儿从屋檐下站起来，亲热地迎上去。

## 十八

西厢房内，巧姑透过玻璃瞧见了外面的情形，狠狠地骂了一句："呸！贱货。挺大个人，发什么洋贱！……"

她骂完了，啪的一声拉灭了电灯，然后一头扎在炕上，用毛巾被蒙上了头。

这时候，银锁正坐在炕下一个小板凳上洗袜子，一见这情形，心里顿时紧张起来。他赶紧小心翼翼地爬上炕，挨着巧姑躺下来，轻轻地揭开了蒙在她头上的毛巾被，用胳膊肘儿碰了碰她，柔声细语地说："唉，这点儿事就生气？犯不上。"

"怎么犯不上？"巧姑气鼓鼓地顶撞道："你看她那副德行！在这个家里，闹离婚的是她，拍马屁的还是她。人家行啊，会看眼色，会来事儿。我呢，让人家卖了，还得帮着数钱哩！这种人，这种事，我一天也不能看，一天也不想看了。我看咱这家赶紧爹死娘嫁人——各人顾各人吧。到那时，她撑死了，我不眼红；我饿死了，也不会到她门下讨要。你赶紧向爹提出分家吧！"

银锁："我不是说了，一会儿就去提吗！"

巧姑："你去提，用不着拐弯抹角，要嘎巴溜丢脆！男子汉大丈夫，说话办事要胡同撵猪——直入直出，不能西瓜皮揩腚——粘起来没完。"

银锁看着她，半天没说话。

这时，外面开始掉雨点了。雨点子，轻轻地敲打着玻璃窗。

## 十九

"下雨啦，冒泡儿了，老头儿戴上草帽儿啦……"——九岁的小龙和七岁的小虎在院子里戏耍。小龙是金锁的女儿，小虎是银锁的女儿。

她们俩，一边伸着小手接雨，一边高兴地大喊大叫。

## 二十

正房，茂源老汉屋。

小龙和小虎的喊叫声清晰地传进来："下雨啦，冒泡儿啦，老头儿戴上草帽儿啦……"

茂源老汉默默地坐在炕上。

他屁股下头垫着两个枕头，面前摆着一张小方桌。小方桌上放着一壶酒，一碟花生米，一盘煎鸡蛋。

他一杯接一杯地喝酒。金锁规规矩矩地坐在他的对面，陪着他。

小龙和小虎仍在外面高兴的喊叫着。

枣花端着两大碗热气腾腾的白面疙瘩汤，走进来。

巧姑声色俱厉地呵斥孩子的声音也从外面跟进来："小虎，下这么大的雨，你还在那穷显什么？回屋来！死不了的'活长兽儿'……"

小龙和小虎的欢叫声，戛然而止。

茂源老汉皱起眉头看看窗外，然后猛地灌下一杯酒。

枣花走到桌前，把碗放下，关切地望着他："爹，少喝点儿吧，你一天没吃饭了……"

他仰脖儿喝了一盅酒，喉结滚动了几下，想说话，没说出来，却又哗地一下把酒斟满了。枣花忙双手护住酒壶，用近于祈求的目光看着他："爹，不能喝了，千万不能再喝了。"

"你去歇着吧，甭管我。"茂源老汉红着眼睛，声音干涩地对她说："听话，你回去歇。"他的大手朝门外比划着，"回去，听见了？"

枣花没动地方，但护着酒壶的手却松开了。

"回去吧，听话。"茂源老汉又在催促她，语气很温和，同时又很坚决，很执拗。"赶快回去，铜锁等你呢。我再喝几口就不喝了，不然，夜里睡不好觉。"

"那……爹，你可喝几口就吃饭啊！"枣花柔声细语地叮嘱道："肚里没东西，喝多了受不了。"

"好，不多喝，不多喝。"茂源老汉连声应道。

枣花磨磨蹭蹭地走了，临出门的时候，又回过头来，不放心地看了他一眼。

这时，金锁喊了她一声："枣花！"

她又折进屋来。

金锁语重心长地："枣花啊，铜锁脾气不好，这你也知道。你就听大哥一句话，多让着他点儿，别跟他一样的，中吗？"

枣花默默地点点头。

## 二十一

枣花从茂源老汉的屋里走出来，一抬头，又遇上了小庚那灼热的目光。他顶着雨站在东院里，透过墙头的矮篱笆，无言地注视着她。

雷声，雨声……

他那目光，看得她心里发颤。

她耐不住他那目光，头一低，想进屋，但走了几步，又站住了。她前后左右看了看，见院子里并没人，就狠狠心，朝篱笆墙走了过去。

小庚也急切地走到墙边。

"小庚哥……"她隔着篱笆，声音喑哑地说："我跟铜锁……离不了，肯定……离不了。小庚哥，你……快点成个家吧！你成个家，别等我，千万……别……"

她的声音哽咽了，话没有说完，就急转身进了自己的小屋。

小庚没有说话。他一动不动地站在雨中，站在篱笆墙下。突然，他一伸手，猛地从那篱笆上扯下了几朵喇叭花，一边使劲地在手里揉搓着，一边痛苦万状地注视着枣花进屋后那映在窗上的巨大的头影。

## 二十二

东耳房——枣花的小屋。

被淋得湿漉漉的枣花站在炕边。铜锁仄歪在被垛上，嘴里叼着支又粗又长的蛤蟆烟，在那儿吞云吐雾。他是一个三十来岁的黄皮拉瘦的男人。

枣花见他根本不理睬自己，就转过身，从窗台上拎过两瓶酒，放在了他的面前。

铜锁斜了一眼那两瓶酒，问枣花："啥意思？"

枣花："我娘让我……拿来给你喝。"

铜锁一听，不屑地一笑："你不是要跟我离婚吗？"

枣花瞅瞅他，没有说话。

"怎么，又不愿离了？"铜锁不无讥讽地逼问了一句。

枣花只是用她那双充满了哀怨的眼睛望着他。

"你们他妈的少来这一套！"铜锁突然歇斯底里般地咆哮起来，同时用脚猛地一蹬，把那两瓶酒全部蹬到了地上。酒瓶子发出刺耳的碎裂声。

枣花神情木然地呆望着。

这时，铜锁却一个高儿蹦到地上，咬牙切齿地骂道："想他妈的打一巴掌再给我一个甜枣儿？告诉你，我葛铜锁没那么好糊弄！你一个老娘们儿，连个孩子都给我生不出，有啥用？我没说离，你倒说离了！要离，咱就离到底。有本事，你就再别登我这个门儿！"

他骂完了，一脚把门蹬开，然后又"砰"地摔上，头也不回地走了。

他走了，枣花才一头扎在了炕上。她真想痛痛快快地哭一场啊！但是，她没有。她怕惊动了公爹和妯娌们。她伏在炕上，用枕头掩着口，在冰凉的月光中，无声地饮泣。积蓄了那么久的泪水，流出来了。

这时候，一阵低沉而凄婉的唢呐声从外面、从风中雨中传进来，仿佛是枣花痛苦的心曲……

## 二十三

东院儿，小庚的屋里。

小庚坐在一个矮矮的小板凳上，神情抑郁地吹着唢呐。从他身边的家具和屋内的陈设，可以看出他具有一定的文化科学知识和相当雄厚的经济实力。

他的衣服和头发都滴着水。他吹出的唢呐声低沉、凄婉、动人。

## 二十四

茂源老汉屋里。

小庚的唢呐声在继续。它渐渐地弱下去，被吞没在风雨声中。

"唉……"茂源老汉长长地叹息了一声。他瞅瞅坐在炕边的金锁和银锁，说："铜锁这小子，也忒不像话！他要是能赶上你们哥俩一半儿，我也就不用着这样操心。他跟枣花过不到一堆儿，干脆就让他们离了算了！"

"离！"茂源老汉猛然抬起头。

银锁："是啊，爹。现在我们哥几个都大了，自己都能立事了，干脆，谁爱离就离，谁爱分就分吧。咱们家，也别总在一个锅里搅马勺了！"

茂源老汉："银锁，你说这话啥意思？"

银锁赶忙说："爹，我啥意思也没有。"

"不对吧？"茂源老汉紧紧逼视着银锁，"听你这话，是想鼓捣分家呀！"

银锁怔了一下，没敢马上回答。

这时候，茂源老汉却气得脸上的每一块肌肉都在颤抖。他用手指着银锁，忿忿地说："'谁爱离就离，谁爱分就分'，亏你想得出！怎么，你长大了，翅膀硬了，这个家就容不下你了？我就配不上给你当爹了？我跟你说这话，绝不是非让你在我面当孝子。你不尽孝，我也一时半会儿死不了！但是，我也不希望你当逆子，让千人指万人骂；尤其不希望你当败家子，毁了我这个家。你小子，手拍胸膛想一想：你爹屎一把尿一把地把你们从小拉扯大，容易吗？拼死拼活地给你们讨来了媳妇，容易吗？一点一滴给你们攒下这点家底，容易吗？你为啥偏要毁了它啊？！你这么说话，这么办事，对得起你死去的娘吗？啊？！"

老汉愈说愈激动，说到最后，声音都嘶哑了，发颤了。

银锁忙说："爹，你……别……"

老汉一摆手："你……出去！"

银锁看他一眼，没动。

老汉突然盛怒地吼了一声："你……给我出去！"

银锁张了张嘴，似乎还想说什么，金锁忙冲他一挥手，他只好不怎么情愿地走了。

茂源老汉指着他的背影，带着哭腔儿骂道："孽障！孽障！……金锁啊，你娘要是知道咱们家出了这么些孽障，她在阴曹地府都合不上眼啊……"

## 二十五

雷声，雨声……

花妞儿淋着雨，蹲在院子里，蹲在茂源老汉的屋门口。

屋里的灯熄了，院子黑得像口井。

耀眼的闪电，像游蛇一样，在墨黑色的天空爬过。

## 二十六

闪电，把茂源老汉的屋子照得雪亮。

金锁陪爹睡在炕上。他早已睡熟了，然而，茂源老汉却依然大睁着眼睛，一动不动地望着窗子。

雷鸣、闪电……

在这雷鸣电闪中，渐渐地响起一个婴儿的哭声，愈来愈近，愈来愈响——

## 二十七

（闪回）当年茂源的小屋。

刚刚生下来的香草在炕上大声啼哭，年轻的金锁娘怎么哄也哄不好。

茂源蹲在地上，闷着头儿抽烟。金锁、银锁、铜锁、铁锁一个个面黄肌瘦，都东倒西歪地躺在炕上，躺在妈妈的身边，大眼瞪小眼地望着爹。

妻也望着他，许久，才说："想法借点儿吧。我不怕，挺得住，可孩子们……"

妻的话还没说完，他就蹭地站了起来，把烟头往地上狠狠一摔，然后又用脚碾了一个粉碎，吼道："你别吃了灯芯草，净放轻巧屁！我上哪儿去借啊？"

他的吼声，把初生的婴儿吓坏了。她蹬着小腿儿，更加没命地嚎起来。

妻不再说话。她默默地看着丈夫，眼里尽是泪。

"唉！"他深深地叹了口气，又对妻说了话，语气比刚才柔和多了。"你别急，急有什么用？我也不是没有办法，我是想不出办法啊……你别急，一急奶水就更下不来了，听见没有？"他说着，走到妻的身边，俯身看着她，粗大的手摩挲着她蓬乱的头发。

妻忍不住了，她哭了。看见母亲哭了，倒在炕上的银锁、铜锁、铁锁也跟着哭了起来。

"别哭了！"他忍受不住了，近于狂怒地吼了一声，同时，把大巴掌使劲往炕上一拍。

妻慌忙止住了哭泣，撩起被子把眼泪擦干了。孩子们也不敢再哭了。妻侧过头来，怔怔地盯着他的脸。她的眼睛里，出了惊恐、疲惫和忧伤，什么都没有了。

他不再说话，也不再看妻和孩子，夹起一条口袋走出了门。

妻一见，忙喊："金锁，跟你爹去！"

"哎！"骨瘦如柴的小金锁赶紧从炕上爬起来，追出去。

## 二十八

（闪回）乌云翻滚的盘龙岭。

茂源和小金锁在撸榆树叶子。

这时候，起风了，打雷了，下雨了。那雨很大，像瓢泼。

茂源和小金锁还坚持在那儿撸。

一条胳膊的猎手马炮跑过来。他肩扛着一杆猎枪，枪上吊着一只刚打来的野鸡。

马炮在风雨里吼道："茂源哥，你怎么还不快去避避雨？！"

茂源看了他一眼："不避了，反正也湿透了！"

"你这混蛋！"马炮急得骂起来，"这样的雷雨天，你不要命了？还有孩子！走，快走！"

茂源这才背起口袋，拉着小金锁，跟马炮一起朝前跑去。

## 二十九

（闪回）岭上的一个小瓜窝棚。

马炮、茂源和小金锁从外面跑进来。

马炮看一眼口袋中的榆树叶，问："嫂子刚坐月子，你就给她吃这玩意儿？"

茂源没说话，蹲在地上，痛苦地摇摇头。

马炮一见，赶忙从猎枪上摘下那只野鸡，往茂源脚下一丢："拿去！"

茂源抬起眼，无言地望着马炮。

就在这时候，从风里、雨里，传来了一个女人微弱的、断断续续的喊声："孩儿他爹……孩儿……他爹……"

他听到这喊声，心里一惊，慌忙从地上站起来，钻出瓜窝棚。

### 三十

（闪回）茂源从瓜窝棚里钻出来，透过浓云密雨，他看见了一个瘦削的女人，那是他的妻。她身上披着一条破麻袋，站在一棵大树下，一只手拢在嘴前，正在风雨中焦灼地呼喊："孩儿他爹……孩儿……他爹……"

他急了，也火了，跺着脚嚷道："哎呀，你来干什么？还要不要命？"

妻听到了他的喊声，也看见了他。她转过身来，用手抹了一把脸上的雨水，不说话，只是举起手中的一件蓑衣，晃了晃，她迈开步，刚想走过去，脚下一滑，跌倒在树根上。

"胡闹！"他狠狠地骂了一句，慌忙朝跌倒的妻跑过去。

可是，他还没跑几步，眼前就闪过一道令人目眩的惨白的光，紧接着，又是一声让人心惊胆战的巨响！

画面上，登时一片黑暗。

黑暗中想起了小金锁凄切的哭喊声："娘……娘啊……"

### 三十一

（闪回）雨停了，云散了，天开了。

小金锁依然伏在娘的身上哭喊着："娘……娘啊……"

在金锁娘身边不远处，是一棵弯弯巴巴的老树：它被击断了，烧焖了，余烬中仍然冒出缕缕青烟。金锁娘蜷缩着身子，僵卧在树下，肉皮都烧焦了，像一根黑黑的朽木。可是，她的怀里头，却依然紧抱这那件蓑衣的残骸。

这惨状，使茂源和他身边的马炮悲痛欲绝。

马炮走过去，拉起了小金锁。

茂源弯下腰，双手托起妻的遗体，踏着泥泞的小路，晃晃悠悠地朝岭下走去。

小金锁一边哭，一边背起了装榆树叶子的口袋，追上了爹。

马炮呢，跟着他们朝前走了几步，又站住了。他回头看了看那棵弯弯巴巴的老树，突然仰天打出一声长啸："啊——"然后，单手甩出了肩上的猎枪，冲着雨后的天空打响了！

他的枪声，在寂静的山林中回荡……

### 三十二

雷声滚滚。窗外的雨，还在下个不停。

茂源老汉躺在炕上，望着窗外的风雨雷电，禁不住老泪纵横了。

金锁从梦中醒来，瞧见了爹脸上的泪，赶忙从炕上爬起："爹……爹……你怎么了？"

茂源老汉只顾流泪，不说话。

金锁明白了怎么回事，忙安慰他："爹，您老人家别难过。我金锁，一定对得起您，对得起我娘。您放心，有我在，咱这个家，绝对散不了！"

### 三十三

"散不了？"巧姑冷冷地一笑。

此刻，她和银锁也正躺在被窝里说话。

"凭什么散不了？"她又催问了一句。

银锁叹口气，摇摇头："爹绝对不同意。"

"绝对？"巧姑小嘴儿一撇，"我不相信。你呢，也先别打退堂鼓。不信，你走着瞧，咱这个家，好戏还在后头呢！"

她的话音刚落，外面就响起了一声炸雷！

文字整理：吴文静

资料来源：厉夏、方金编，《篱笆·女人和狗》，中国戏剧出版社1992年3月第1版。

# 1989

# 上海的早晨

**首播时间：** 1989 年
**首播电视台：** 上海电视台
**摄制单位：** 上海电视剧制作中心、上海氯碱总厂
**原　　著：** 周而复
**编　　剧：** 赵孝思、陈刚
**导　　演：** 张戈
**摄　　像：** 罗拯生
**主　　演：** 严翔、李媛媛、吴娱、倪以临、奇梦石、任广智
**获奖情况：** 第十届（1989 年度）中国电视剧飞天奖长篇电视剧二等奖、优秀男主角；第八届（1990年）中国电视金鹰奖优秀连续剧奖、最佳男主角奖、最佳男配角奖、最佳女配角奖。

**剧情梗概：**

电视剧《上海的早晨》改编自现当代作家周而复的同名小说《上海的早晨》。

小说《上海的早晨》是我国当代文学史上一部很有影响的作品，根据小说改编的电视剧在保留了原有小说韵味的同时，突出了具有戏剧性的情节，全剧以 50 年代的上海为背景，全景式地展示了上海解放初期的社会生活，十分全面地描写了"三反"、"五反"、"民主改革"和党对民族资产阶级及资本主义工商业实行社会主义改造的过程，同时也表现了工人阶级从斗争中不断壮大起来的面貌。描述了"三反"、"五反"以及党对资本主义工商业的社会主义改造的艰难历程，讴歌了党在这一历史时期的伟大功绩，并折射出新中国成立初上海的时代风貌，从中也可引起人们的反思与再认识。

剧中通过棉纺企业家徐义德及其一家人彼此间的矛盾、纠葛和他们的情感变化这条主线，揭示了中国民族资产阶级的两面性，还刻画了各种类型的工商业者，有不法奸商朱延年；拥护党，积极走社会主义道路的马慕韩等；多侧面地展示了当时资本家的不同心态。同时剧中再现了解放初纺织工人们的生活，塑造了众多的干部群形象。

这部电视剧没有正面去表现"三反"、"五反"和公私合营的过程，但却是围绕了棉纺业

资本家徐义德及其家庭,在这几次政治运动中命运的沉浮变化,感情的矛盾纠葛,揭示了一个民族资本家接受社会主义改造的痛苦而曲折的心路历程。

该剧有一条情节主线和三条副线,主线为徐义德及其三个太太的感情纠葛和他个人的命运变化。三条副线分别为:第一,徐义德、梅卓贤与工人的矛盾以及工人内部的矛盾;第二,徐义德与其他资本家的矛盾;第三,朱延年拉拢、腐蚀干部以及他与福佑药房职工的矛盾。

电视剧中的主人公徐义德不同于小说中徐义德肥头大耳、大腹便便的资本家形象,他具有英俊的外貌,潇洒儒雅的风度与气质。出过洋,留过学,有文化,有魄力,老练强干,精于算计。抗美援朝时,他出于真诚的爱国热忱,捐献飞机三架,是个多重性的人物,发人深省,真实可信。

文字整理:张瑶
资料来源:根据56.com视频网提供的视频完成文字整理。
具体参见http://www.56.com/w19/album-aid-8182846.html

## 剧本

### 《上海的早晨》 第一集

**1. 公路上行驶的车内　日　内**

1949年6月,上海的大街小巷弥漫着胜利的歌声,四处张贴着上海胜利解放的大字报。汽车内,梅卓贤在收听广播。

**播音员**:亲爱的听众们,现在重播上海市市长陈毅在上海工人纪念"五卅运动"二十四周年大会上的讲话录音。

**陈毅**(录音):上海的工人老大哥、老大姐们,首先让我代表人民解放军和人民政府向保护大上海的人民群众致以热烈的感谢……

**2. 徐家别墅　日　内外**

嫩绿的草坪上,一座欧式别墅矗立其上。

别墅大厅内,伴随着阵阵音乐,守仁在跳舞,大太太坐在竹椅上念经,二太太在楼梯口来回踱步,三太太在窗口沉思。

兰真手捧着一摞书推门入内,走道姨妈身旁。

**兰真**:姨妈,姨夫怎么还没回来?

守仁见兰真进屋,急忙上前。

**守仁**:兰真,跟我一块儿跳,好吗?

**兰真**:我不跳,我去做功课。

兰真说罢快步离开。

**守仁**:唉,兰真?

守仁望着兰真离开的背影很是无奈,自己继续跳了起来。

**旁白：** 这家的主人叫徐义德，是沪江纱场的总经理，上海滩上有名的大老板，他被当时的军管会叫去开会，半日未归，是凶是吉难以预料。一家人都在等，等的望眼欲穿。这是他的大太太，这是他的二太太，这是他的三太太。共产党对资本家会怎么样呢？这三位太太都心中无底。

守仁继续伴随着音乐跳舞，二太太走上前，一把将音乐关掉，音乐声戛然而止。

**守仁：** 妈！

**二太太：** 你爸到现在还没回来，你倒有这份儿心思！

**大太太：** 瑞发，义德还没来电话吗？

**二太太：** 哎，还没呢，大太太。

**守仁：** 去开个会有什么大惊小怪的？

**二太太：** 你懂个屁！

**大太太：** 守仁，共产党在摆鸿门宴。

**守仁：** 鸿门宴？哎，妈，什么叫鸿门宴啊？

二太太面露愠色。

**二太太：** 你，你给我出去！

守仁见状也来劲了。

**守仁：** 出去就出去。

说罢吹着口哨出门。

二太太缓步走到大太太身旁，坐下。

**大太太：** 瑞发，宛芝怎么还不下来？

**二太太：** 这位三太太啊，说实在楼上等义德的电话呢！哼！

这时，屋外传来车笛声，二人赶快转过头去，只见梅卓贤进屋。

**梅卓贤：** 大太太，二太太！

**二太太：** 哦，是梅卓贤。

**大太太：** 梅卓贤，义德有消息吗？

**梅卓贤：** 怎么？总经理还没回来？

管家在花瓶后探出头来，表情凝重。

### 3. 徐家三太太屋　日　内

三太太宛芝正拿着电话。

**三太太：** 嗯，嗯，我知道了。

宛芝说罢欣喜的将电话挂掉。

### 4. 徐家客厅　日内

**大太太：** 梅先生。

**梅卓贤：** 大太太。

**大太太：** 义德会不会给共产党扣押起来？

**梅卓贤：** 恐怕不会。

**大太太：** 哦。

**二太太：** 哎，那共产党会不会扣……让工商界出钱劳军啊？

**梅卓贤：** 这……倒也难说啊……

**二太太：** 啊？哦……

这时，三太太从楼上走了下来。

**梅卓贤：** 三太太。

**三太太：** 梅先生。

**大太太：** 宛芝，义德有电话来吗？

**三太太：** 刚来！

大太太、二太太、梅卓贤闻言焦急的望向三太太。

**三太太：** 他是从中国银行大楼打来的，说平安无事，马上回家。

**大太太：** 哦，阿弥陀佛，阿弥陀佛！

大太太松了一口气，二太太斜睨了三太太一眼，转身上楼去了。

5. 车上　日外

徐义德神色自如，带着些许得意坐在车内，车子缓缓的开进徐家别墅。

6. 徐家大厅　日内

徐义德和梅卓贤坐在客厅中。

**徐义德：** 卓贤，想不到这位陈毅将军十分普通，和前几天睡在马路边上的解放军士兵完全一样。

**梅卓贤：** 哦？

**徐义德：** 布衣布鞋，一身军装已经洗得发了白，他态度从容、随和，真不愧是一位儒将！

**梅卓贤：** 哦？他怎么说？

**徐义德：** 他一张口就对我们说，工商界的朋友们（学陈毅口气），哈哈哈哈！

**梅卓贤：** 朋友？

**徐义德：** 哈哈！他说，共产党的工商政策是十六个字：发展生产，繁荣经济，公私兼顾，劳资两利。卓贤，人民政府对私营企业不但要开绿灯，而且还要资助、加油！

**梅卓贤：** 哦？

**徐义德：** 在会上，工商界的许多同仁都表了态！决定从明天起，商店开门，工厂冒烟。

**梅卓贤：** 那，我们厂？

**徐义德：** 毫无疑问，从明天起，我们也要开足纱锭！

**梅卓贤：** 总经理没有去香港，有远见！

**徐义德：** 当初我就说过嘛，留在上海，静观待变。这是上策！

**梅卓贤：** 嗯，这下你可以施展抱负啦。

**徐义德：** 嗯，不过……上海解放才一个多礼拜，共产党到底对我们怎么样，毕竟还是个谜啊……

**梅卓贤点了点头**：是的……

**徐义德**：卓贤啊，谈谈厂里的事情。

徐义德边说边从桌上的烟筒中抽出一根烟，梅卓贤拿出火机为其点燃。

**梅卓贤**：哦，有三件事情。第一件，汕头来电报了！

梅卓贤说着从怀中拿出折了几折的电报，递给徐义德。

徐义德将电报展开。

**梅卓贤**：转到汕头的21只，380件，转到汉口的20只嘛，一共是830件，全都脱手了！总共是1252480港币。

**徐义德**：嗯，这笔款子划到香港没有？

**梅卓贤**：人民政府对外汇管得严啊，难套。

**徐义德**：还没划？

**梅卓贤**：这个数目太大了，我想了很多办法，靠了几家有港章的字号，才划了过去。

**徐义德**：他们办事总是这么慢，汕头靠香港这么近，来去又方便，还有广州的客户，难什么？不管人民政府管的多么紧，套汇的办法有的是，了不起多贴点儿钱就行了！好，第二件事情。

**梅卓贤**：令弟从香港来信说，运去的六千锭子因为厂址不容易找、地皮开价高、英国当局限制又严……

**徐义德**：怎么？到现在还没有安装好？

**梅卓贤**：嗯。

徐义德闻言有些生气。

**梅卓贤**：不过，令弟好歹搞到了一块地皮，他已经雇了一批人在连夜动工盖厂房，看样子，下个月就可以开张了。

**徐义德**：共产党一过长江，我就料到上海保不住，这才让老二运了六千纱锭到香港开新厂，想不到，香港也这么麻烦。

这时守仁吹着口哨推门进屋。

**守仁**：咦，爸爸，你回来了？你到底让不让我去啊？

**徐义德**：守仁，都长这么大了也没点儿规矩！见了客人也不叫一声。

**守仁**：哦，梅先生！

守仁边说边给梅卓贤鞠了一躬。

**梅卓贤**：守仁越长越漂亮了。

**徐义德**：到哪儿去啊？

**守仁**：美国。

**徐义德**：卓贤，守仁一心想去美国去念书，可我总觉得他是去英国好。纺织这门学问，英国是很有名的！学好了，将来可以回来帮我管理这份产业。

**梅卓贤**：有远见！当然是去英国好啊。

**守仁**：英国？英国有什么好玩儿的？连好莱坞都没有，我不去！

**徐义德**：哎？看看你什么腔调，老毛病又来了！

**守仁**：我不去嘛。

徐义德：嗯？

梅卓贤：呃，不过，现在美国的纺织业发展的也不错，有些方面甚至超过英国了，守仁能去美国学点儿新技术回来，那对我们沪江纱厂是有很大帮助的。

守仁闻言连忙点头。

守仁：对啊！

徐义德：去美国也未尝不可，不过你的英文底子太差了，这两年在圣约翰附中也不好好念书，我看，你还是先去香港。

守仁：先到香港？

徐义德：先到香港把英文底子打好了，然后再去美国。

守仁：哎，明天就走。

守仁说罢就要起身。

徐义德：哎？看你急的！卓贤，我想再运两千锭子去香港，你看行不行？

梅卓贤：这恐怕不行吧！

徐义德：为什么？

梅卓贤：原先那六千锭子，因为上海还没解放，拆运出去还算顺利，现在解放了，再搬动厂里面的东西，工人们不会答应吧……

徐义德：嗯，那就这样吧，守仁，你到香港去，先到新厂去看看你叔叔，把那边的详细情况写信告诉我，催你叔叔快点儿开工。

守仁：OK！爸爸，包在我身上！梅卓贤，待会儿见啊！

守仁说罢跑开，边跑边大叫兰真。

徐义德：哎呀，现在的小孩儿搞不好了，只晓得玩儿。

## 7. 房间内　日内

大太太、二太太、三太太、兰真坐在一起打麻将，二太太坐在三太太上家。

二太太：喏，给你吃！

三太太：哼，二太太的情，我没福气领。

大太太：七万。

三太太：糊了！

二太太和兰真叹气，大太太却面不改色。

大太太：呦，我看错一张牌。

洗牌期间，二太太将电风扇打开。

二太太：大太太，我还以为你是存心成全她的呢。

三太太：都是来解闷儿的，谁也不成全谁！

大太太打了个哈欠。

兰真：姨妈，你累了！

这时，守仁冲进屋内。

守仁：兰真，哎，兰真，你陪我一块儿去看电影去吧！

兰真：去去去！

**二太太**：守仁，别来打搅！

**守仁**：妈，妈！

守仁说着走到二太太身旁，小声说话。

**守仁**：妈，爸爸已经答应我到香港念书了！

二太太闻言大喜。

**二太太**：真的？

**守仁**：啊！

**二太太**：呵呵，这下你要好好为我争气啊！

**守仁**：哎，兰真，陪我一块儿看电影去吧！

兰真不理守仁，守仁跑到大太太身旁撒娇。

**守仁**：大姨妈，大姨妈，你看兰真啊。

**大太太**：等打完这一圈……

**守仁看着大太太的牌**：出这个，这个！

**大太太**：一万！

**三太太**：嗯，碰！糊了！

**二太太斜睨了守仁一眼**：都是你！小次老！

**守仁**：哼！

**大太太**：兰真，守仁请你去你就去吧！这牌也打腻了。

大太太说罢起身，守仁将兰真拉走。

8. 徐家客厅　日内

**徐义德**：卓贤，我想过了，今后万一形势有变，只要香港那边儿站稳了，我徐义德进可以攻退可以守。

**梅卓贤**：对了！还有第三件事情！

**徐义德**：嗯？

**梅卓贤**：姓陶的那边儿有进展，今天晚上，我约他在迪迪丝咖啡馆见面。

9. 迪迪丝咖啡馆　夜内

咖啡馆内，歌舞升平，乐队演奏着音乐，一对对男女随着音乐翩翩起舞。陶阿毛坐在舞池边上，看着舞池中的男女。

梅卓贤推门入内，走到陶阿毛的桌前。

**梅卓贤**：阿毛！

**陶阿毛**：哦，梅厂长！

阿毛说着起身相迎。

**梅卓贤**：哦，坐坐坐！

**陶阿毛**：梅厂长。

**梅卓贤**：阿毛！

**陶阿毛**：厂工会改选定在下个礼拜。

**梅卓贤：**你选得上吗？

**陶阿毛：**我活动一下，有五成把握。

**梅卓贤：**不行，徐总经理说，得有十成把握。

**陶阿毛面露难色：**梅厂长，现在解放了，像我们这种人吃不开了！

**梅卓贤：**呵呵，要吃得开还不容易吗啊？首先，你要反对徐总经理和我……

**陶阿毛：**哎，不不不不……

**梅卓贤：**你听我说完。

陶阿毛面露不解。

**梅卓贤：**遇事要站在工人那边公开骂我们。

**陶阿毛：**呃，梅厂长，不不不！你别开玩笑了！

**梅卓贤：**唉？我不开玩笑。

**陶阿毛：**我，我怎么能骂徐总经理，骂你梅厂长呢？

**梅卓贤：**这也是徐总经理的意思。我们是绝对不会怪你的，当然了，我们也到处对你不满意，给你颜色看。

**陶阿毛：**这都是徐总经理的意思吗？

**梅卓贤：**嗯！这样，你不就吃得开了吗？

陶阿毛想了想，笑了。

**陶阿毛：**哎呀，有道理，有道理！梅厂长，我陶阿毛总算没跟错人。

**梅卓贤：**行了行了，这五十万块钱你先拿去花吧！

梅卓贤说着从怀中掏出一摞钱放在桌上。

**陶阿毛：**好，厂长，明天就到厂里"吃得开"。

**梅卓贤：**我还有事，先走一步了！

陶阿毛将梅卓贤送走，拿起桌上的钱，露出了得意的笑容。

**10. 纱厂院内　日外**

工人们围在院内的大黑板前叽叽喳喳的聊天，黑板上写着"厂工会改选通知"。厂子内唯一识字的男工人钟沛文念通知上的内容给大家听。

**钟沛文：**党支部书记余静同志组织部分工人座谈讨论了陈毅市长报告，工人……

**站在边缘的陶阿毛大喊：**你念响点儿还不好？

**钟沛文：**好的。工人汤阿英说，我们要好好劳动，提高生产，以实际行动响应陈市长号召，工会改选动态……

这时，梅卓贤开车驶进院内，车子差一点儿撞上一个女工，陶阿毛冲上前去，一把将女工拉到一旁。

**陶阿毛：**你没事吧？

**女工：**哦，没事，没事，多亏了陶师傅。陶师傅，谢谢你了。

**陶阿毛：**都是自己人嘛，别客气。这帮资本家走狗，坐汽车享清福，给他们让路还嫌慢，这他妈的把我们工人往哪儿搁去了？

众工人给陶阿毛叫好。

**钟沛文**：算了吧，注意点儿影响……

**陶阿毛**：怕什么？现在都解放了，我恨死他们了！

**11. 沙场党支部屋内　日内**

余静组织了一批纱厂工人商量陶阿毛入选的问题。

**余静**：关于陶阿毛的入选问题，群众中还有分歧意见。你们有的是老沪江了，有的和他同事多年，怎么样？谈谈自己的看法好吗？

众人小声议论起来。

**余静**：哦，秦妈妈，你在沪江时间最长，对厂里的情况最了解，先谈谈吧！

**秦妈妈**：好吧！余静同志，我来谈谈自己的看法！

**余静**：好！

这时，门口响起了敲门声。

**余静**：请进来！

税务员方宇推门进屋。

**方宇**：余书记！

**余静**：哦，是方宇！我来介绍一下，这位就是税务局驻我厂的新任税务员！

**方宇**：敝姓方，单名宇。

说着，方宇从怀中掏出一张折好的纸。

**方宇**：余书记，这是我的介绍信。

**12. 梅卓贤屋内　日内**

梅卓贤拿起桌上的电话，与在家中的徐义德通话。

**梅卓贤**：喂，总经理吗？我是卓贤呐，新来的驻厂税务员上任了，还是方宇！

**13. 徐义德房间　日内**

徐义德坐在沙发上打电话，三太太林宛芝坐在徐义德旁边拿着梳子逗弄着打电话的徐义德。

**徐义德**：方宇？卓贤啊，这个人对我们很有用处，一定要想办法争取他！

徐义德边说边阻止宛芝的逗弄。

**梅卓贤**（电话里）：总经理放心，我一定照办！

林宛芝将电话接过来，兴冲冲的挂断，接着跑到一旁将收音机打开，音乐声传来。

**14. 纱厂大堂　日内**

沪江纱厂的工会改选大会马上就要开始了，工人们坐在台下叽叽喳喳的议论着。陶阿毛身边围绕着一批工人，而陶阿毛自己也在不遗余力的"骂"着徐义德和梅卓贤。

**陶阿毛**：说老实话，我当时真恨不得扔两块儿石头砸他的汽车！看他还神气不！

众工人跟着附和，前排的女工一听这话回过头来。

**女工**：陶师傅，你这就不对了！

**陶阿毛**：你有什么高见哪？

**女工**：我们工人应该讲道理，不应该随便打人！

工人们闻言开始起哄。

**男工**：哎！你们看，到底是上过夜校的！跟钟沛文说的一模一样啊！

众人哄笑起来，女工气愤。

**女工**：钟沛文是钟沛文，我是我，你说话清楚些啊！

众人接着起哄，这时，钟沛文拿着话筒上台，场下的工人们安静了下来。

钟沛文拿着话筒试声音，女工面带笑容的看着钟沛文。

**钟沛文**：沪江纱厂工会改选大会现在开始！我先宣布一下，大会工作人员的名单！

15. 梅卓贤屋　日内

梅卓贤拿起桌边的茶叶，泡了一杯茶递给沙发上的方宇。

**梅卓贤**：老方啊，你在我们厂做了多年的驻厂税务员，多承关照！徐总经理非常感激你啊，经常在我面前提起你！

**方宇**：多谢徐总经理和梅厂长器重。

**梅卓贤**：现在人民政府又留用你，可见你是位不可多得的人才啊，前途无量啊！

**方宇**：哪里哪里！梅厂长过奖了！

**梅卓贤**：今天，呃，我请你来纯属是私人交往，不谈公事，好吧？

**方宇**：好，好。

**梅卓贤**：呃，我送你件礼物，留个纪念。

梅卓贤说着从怀中掏出一块表递给方宇。

**梅卓贤**：瑞士货。

**方宇**：这，我不能收啊！

**梅卓贤**：哎，我晓得，共产党是反对送钱送礼的，不过这，这不算是什么礼物嘛，这是咱们俩的私交。

**方宇**：不不不！现在不比过去了，政府工作人员不好随便拿你们东西，要避嫌疑。

**梅卓贤**：哎，老方啊，你知我知，天知地知，还有谁知道啊？

**方宇**：不不……

**梅卓贤**：哎，我是绝对不会对外人说的！戴上戴上！

梅卓贤说着将表戴在了方宇的手腕上。

**方宇还在假意推辞**：不不不，不不……

**梅卓贤**：戴上吧，别客气！哎，看看，戴在手上，真够漂亮的！税务员嘛，不能没有手表啊，这是工作需要嘛。

**方宇**：梅厂长，你也太、客气了！

**梅卓贤**：哎，这没什么！

这时，楼下传来了众人的掌声。

梅卓贤起身掀开窗帘查看外面的情况，方宇见梅卓贤走到一旁，便开始认真的看起了手上的手表，梅卓贤偷偷的看着，悄悄露出了满意的笑容。

**梅卓贤：** 你们当机关干部的，生活很清苦啊。
**方宇面露些许无奈：** 比以前好一些了……
**梅卓贤：** 这个我知道，可是单靠那点儿固定工资收入，那怎么行呢？
方宇叹了一口气。
梅卓贤说着从怀中掏出了一摞钱递给方宇。
**梅卓贤：** 这是五十万块钱，你先拿去用吧，不够说一声，我会随时给你的！
**方宇：** 不不……
**梅卓贤：** 哎呀，自家人客气什么？
**方宇借过钱：** 这，梅厂长，真是太感谢您了！
**梅卓贤：** 以后有什么事情，先打声招呼，啊？
**方宇：** 过几天要开税务会议了！这……有消息的话，我一定向梅厂长通报！
**梅卓贤：** 嗯，够朋友！
两个人露出了心领神会的笑容。

16. 纱厂大堂　日内

**钟沛文：** 现在，请当选的工会代表上台！
包括陶阿毛在内的四名代表上台，众工人鼓掌。

17. 徐家大宅　日内

冯先生在屋内踱步，林宛芝从楼上缓缓走下来，林宛芝婀娜的身影，让冯先生不禁看呆了。
管家见林宛芝下楼，急忙走向前。
**管家：** 三太太，有人找总经理。
**三太太：** 嗯？哦！
林宛芝抬头，发现冯先生站在前方，冯先生向着林宛芝鞠了一躬。
**冯先生：** 久仰久仰，三太太。
**三太太：** 我姓林，叫林宛芝。
林宛芝说着走到一旁，冯先生瞬间明白过来。
**冯先生：** 哦，徐太太
**三太太：** 冯先生，请坐吧。
冯先生和林宛芝一起坐下，管家送上茶水。
**三太太：** 找总经理，有事吗？
**冯先生：** 是的，有点儿小事儿。
**三太太：** 冯先生，请抽烟。
冯先生在烟筒中拿出一支烟。
**三太太：** 你和总经理约好了吗？
**冯先生：** 哦，徐总经理约我现在来的。
**三太太：** 那他快回来了，你久等了。

**18. 纱厂作坊　日内**

　　徐义德手拿丝巾捂着口鼻，在作坊内查看工人们干活。

　　工人们将织好的棉纱细心的扫下，放在筐中。

　　徐义德看着棉纱面露笑容，接着，徐义德左右环顾，发现一旁的水池边上有些许棉纱，徐义德走上前去，顿时不满。

　　**徐义德**：陶阿毛！

　　**陶阿毛**：徐总经理！

　　**徐义德**：又有工人拿棉纱洗饭盒了？这是浪费，你们工会要管一管的！啊？

　　陶阿毛接过棉纱。

　　**陶阿毛**：是啊，是啊，这太不像话了！

**19. 徐家大宅　日内**

　　**冯先生**：我们工商业的巨头，有个星期二聚餐会，每逢星期二聚餐一次，大家在一起交流交流，也学习学习政治。现在共产党掌权，凡事离不开政治，不学习就会跟不上，生意也做不好。有了这个聚餐会啊，比在同业公会里交流方便些，所以义德兄想参加，约我来商量商量。

　　**三太太**：这种事，他要参加就参加好了。

　　林宛芝不以为然。

　　**冯先生**：没那么容易，要加入我们星期二聚餐会的，得有两个会员附的介绍，全体通过才行，只要有一个人反对，就算通不过，非常严格。

　　**三太太**：就在一起吃吃饭，还这么费事。

　　**冯先生**：NO，NO，这里面的道理，徐太太，以后你会明白的。

　　**三太太**：那……义德恐怕加入不进去啊……

　　**冯先生**：为什么？

　　**三太太**：谁肯介绍他呢？

　　**冯先生**：哈哈，只要他愿意，我负责介绍。

　　**三太太**：要是有人反对呢？

　　**冯先生**：包在我身上好了！

　　**三太太**：那，我要代表义德先谢你了！

　　林宛芝望着冯先生，眼中含笑，冯先生也不避开，直直的看着林宛芝。

　　**冯先生**：不用谢，我和义德，不是外人！

　　这时管家走上前去。

　　**管家**：三太太，朱先生来了！在后面会客室里，要见总经理！

　　**三太太**：又来了，她知道吗？

　　林宛芝说着一指二太太屋子的方向。

　　**管家用手比了一个"二"**：她，不知道！

　　**三太太**：你先上楼去告诉她一下。

管家：好的！

冯先生：哦，是不是那个福有药房的落难经理，朱延年啊？

三太太：哼，这个人！

冯先生：那，我走了！

三太太：哎，你不是要等义德的吗？

冯先生：不等了，我还有要紧事情。

冯先生说着伸出手来，三太太也伸出手，二人握手，视线焦灼。

冯先生：再见！

三太太：再见！

20. 徐家大院　日外

一辆汽车缓缓驶出徐家。

21. 按摩房　日内

徐义德在按摩房中，服务员为其修脚捶背，梅卓贤推门入内。

梅卓贤：总经理。

徐义德抬头，梅卓贤坐在一旁。

梅卓贤：方宇向我详细透露了这次会议的内容，首先是领导部门分析形势，说明经济情况有所好转，其次嘛……

徐义德：有没有什么实质性的内容？

梅卓贤：有啊，直到最后方宇才跟我透露一个新的消息，从七月一号开始，要加税。

徐义德：这消息可靠吗？

梅卓贤：绝对可靠！方宇一说出这个消息，好像很后悔，再三要我们保密。

徐义德左右踱步。

徐义德：卓贤，六月底以前，再赶出两千件纱来！

梅卓贤：六月底以前？

徐义德：对！六月底以前，怎么样？

梅卓贤：哎呀，只有几天时间了……恐怕来不及吧？

徐义德：加班加点！质量差一点没关系，数量一定要赶齐！这两千件纱务必在六月底以前卖出，缴了税，全部出厂！

梅卓贤：会有人要吗？

徐义德：没有人要也得卖出，随便找个客户的名字，就算他买的。

梅卓贤闻言笑了：对，即使不付款，记上一笔账就行了！

徐义德点了点头：你告诉方宇，以后有消息早点儿送来，得了利润我们和他三七开嘛，明天再给他送两百万去！

梅卓贤：好！

徐义德：你连夜就赶回去厂里布置，越快越好！

梅卓贤：呃，要是工人有意见怎么办？到底只有几天时间了！

　　**徐义德**：要工会出来顶，你就对工会说，我们为了提高生产，配合国家建设，满足人民需要，这顶大帽子压下去，谁敢不卖力？

**22. 徐家大宅　日外**

　　徐义德回到大宅门口，管家迎上来。

　　**管家**：总经理，朱先生来了！二太太请总经理一回家就到她房间里去！

　　**徐义德**：哦，好！冯先生来过没有？

　　**管家**：来过了，他和三太太在客厅里谈过一阵就走了。

　　**徐义德**：好！

　　徐义德说着进屋。

**23. 徐家大宅　日内**

　　徐义德上楼，路过二太太房门口没进去，想要去找三太太。

　　二太太推开门。

　　**二太太**：义德！你倒好，经过我的房门口，也不进来！

　　**徐义德**：这……

　　第一集完

　　　文字整理：张瑶

　　　资料来源：根据56.com视频网提供的视频完成文字整理

　　　具体参见 http://www.56.com/w19/play_album-aid-8182846_vid-NTIyMDk3ODA.html

## 《上海的早晨》第十集

**1. 韩云城家　日　内**

　　**韩云城**：慢。

　　**韩太太**：啊。

　　**韩云城**：等一等。

　　**梅卓贤**：云城兄。

　　**韩云城**：梅厂长。

　　**梅卓贤**：楼下的门没关，我就自己上来了，打扰了。

　　**韩太太**：哪里的话，梅厂长请坐。

　　**梅卓贤**：好。

　　**韩云城**：哦，请坐，请坐。

　　**梅卓贤**：云城兄，这几天徐总经理和我都忙于参加五反运动，生产上的事儿都压在你一个人身上，徐总经理很过意不去啊，要我来看望看望你。

　　韩太太在门外偷听。

　　**韩云城**：我也不过是凑个数。

　　**梅卓贤**：哪里哪里，徐总经理非常欣赏你那天回答余静关于重点试仿的一番话。

韩云城：那都是违心之言。

梅卓贤：不，不，非常科学，非常科学。

韩云城：梅厂长，请喝牛奶。

梅卓贤：好，谢谢，哎，云城兄啊，徐总经理总觉得过去有点儿委屈了你，只让你在技术上负责，其实啊，你是纺织业方面的全才，应该全面负责嘛。

韩云城：全面负责？

梅卓贤：是啊，应该全面负责。

韩云城：不，梅厂长，太过奖了，太过奖了。

梅卓贤：不，恰如其分。

韩太太：梅厂长，请喝茶。

梅卓贤：谢谢，谢谢。徐总经理还有一个设想，不久以后啊在晋升你为总工程师的同时，还要提名你担任副厂长。

韩云城：什么，你说什么？

梅卓贤：徐总经理要提名你担任副厂长，嗯，怎么样？

韩云城：不敢当，不敢当，梅厂长，请代我谢谢徐总经理的好意。我，对行政工作毫无经验。

韩太太：是呀，这倒也是。

梅卓贤：唉，韩太太，云城自有一套管理生产的办法，我们两个人合作，我相信一定能够胜任愉快。

韩云城：梅厂长，这个这个，我，我，哎呀，唉。

梅卓贤：云城啊，你就不必客气啦，这是徐总经理的一点儿意思，当然了，暂时还不会公开。

韩云城：可是，我实在不行啊。

梅卓贤：唉，就凭云城兄这种谦虚谨慎的美德，你一定能行。我是昨天夜里听到这个好消息的，所以今天一早就特地来告诉你。云城兄，恭喜你啦。

韩云城：梅厂长，我，这叫我怎么说呢，梅厂长。

梅卓贤：好了，不必多想了，等五反过了以后我们通力合作，我告辞了。

韩云城：啊，我送送你。

梅卓贤：不不不不，留步。

韩太太：再见。

韩云城：我……

## 2. 五反运动大会 夜 内

杨健：本来我们可以根据掌握的材料作出处理，为了挽救你，我们做到仁至义尽，现在再给你一个机会，希望你在今天的会上表明态度，真正彻底坦白。

徐义德：杨队长，我，我绝不是个顽固不化的人。

余静：你坐下来谈。

徐义德：大家这么开导我，我要是再不坦白实在是没有良心了，也对不起党的教育，凡是知道的我都交代了，我不知道的不好瞎说呀。

**女工甲：**说让你瞎说，你自己犯的五毒，你自己还不知道。

**女工乙：**说，你自己还不知道。

**徐义德：**呃，我知道的一定交代。

**女工乙：**说。

**女工甲：**那好，那我问，你那阵子厂里生活为什么难做。

**女工乙：**对，说啊，为什么难做，说啊。

**徐义德：**唉，生活难做的原因仔细研究起来有机器问题，呃，清洁卫生工作问题，呃，工作方法问题，还有劳动态度问题。

**工人们：**你少找借口，胡说八道，你死滑头，想把责任推到我们身上，对。

**女工丙：**徐义德，我问你，你倒说说那时候原棉到底有没有问题。

**工人们：**说，说，快说。

**女工丙：**你快说啊。

**徐义德：**当然，也许这，这也是其中的一个问题。

**余静：**请你正面回答问题。

**徐义德：**这个，这是个科学问题，还有待于更进一步的研究，是吧。

**杨健：**科学问题，韩工程师会做出鉴别，现在是请你回答，在原棉问题上你到底搞了哪些花样。

**工人们：**说啊，说，快说。

**女工丙：**生活难做时，钢丝车上面网布满匀片，棉卷条杂质很多，条干不匀，造成洗纱车间断头率不断提高，有600多根儿，重点试纺时，一样的机器，一样的工人，一样的工作方法，一样的清洁卫生工作，可是钢丝车上面网却很少有匀片，棉卷棉条杂质也少的很，条干均匀，洗纱车间断头率突然降低，只有250根，还是一级纱，大家说说这不是原棉问题，是什么！

**工人们：**问得好，问得好，回答，快说。徐义德，你快说，你想谋私化。徐义德，你还不坦白交代，就是，坦白。

**余静：**同志们，三年多前，汤阿英早产的情景大家一定还记忆犹新吧，那时候生活又重又难做，阿英一连好几个夜班拖着身子奔来跑去的接断头，简直没有喘气的空隙，最后累倒在弄堂里，一只手还差点卷进关答里，孩子是父母的亲骨肉，阿英为了拼命做生活连自己的亲骨肉都送了命。徐义德，你口口声声的说良心，良心，可你问问自己，你的良心还有没有。

坐在台下的韩云城忽然昏倒。

**工人：**韩工程师，韩工程师，你怎么了？

**杨健：**喝吧，喝了会好点儿。

**韩云城：**杨队长。

**杨健：**我们等着你继续开会呢，韩云城同志。

**韩云城：**同志，我还是同志。

**杨健：**嗯。

韩云城：我，我坦白。

3. 夜，外，车上

马慕韩：所以各方面的数字加在一起，我的违法所得总数是六百三十五亿四千八百万元。

严志发：好好。

马慕韩：我自己评自己是半违法半守法户。

严志发：马先生坦白的具体数字中有几笔是解放以前的，根据中央的指示这些都一概不追究了，刚才我估计了一下，你那六百三十多个亿当中有四百二十多个亿应该除掉。

马慕韩：市工商组的同志也这么说，可见人民政府完全按政策办事，共产党说到做到。

严志发：还有，马先生，从你坦白的情况和态度看，你恐怕算不上半守法半违法户吧。

马慕韩：严同志说的一点不错，后来经过工商界互评报市工商组审定我被评为基本守法户。

马慕韩朋友：这就叫马慕韩彻底坦白，过五反关，共产党从宽处理，救大老板。

4. 夜，内，五反运动大会

韩云城：当时，上级公司配置的原棉很好，纤维很长，可是徐总，是徐义德，他从信福记花行买了一些劣等的黄花英掺了进去，还取了个名字叫次泾阳，这样原棉的质量大打折扣，生活当然就难做了。

工人们：太不像话，怪不得难做呀。

杨健：请你继续说下去。

韩云城：嗯，从1950年6月份起他利用这种手段非法的谋取利润，啊，具体数字我不得而知，这件事，我，我也有不可推诿的责任。

杨健：你讲的情况和我们掌握的完全一样，至于责任和你没关系。徐先生，现在该你讲话了。

徐义德：在原棉问题上我唯利是图，干了些违法的事。

女工丁：徐义德，我来问你，三年前6月份，那时候仓库里每天加班加点忙到深夜，抢着搬运棉纱，为什么要这样做，你说，说呀你。

工人们：对，为什么要这样做？

徐义德：白天运不完，晚上接着运，这也是常有的事。

女工丁：哪家字号这么急，非要6月份购进棉纱不可。

徐义德：哪一家，我记不清了。

杨健：人民政府决定7月1号加税，所以你一定要赶在6月底交货，是不是？

徐义德：我怎么知道人民政府7月1号要加税，没有这种事。

女工丁：没有这种事？

方宇：徐先生，你看（给他看一只手表），三年前六月下旬，徐义德托梅卓贤送我这只马凡陀金表和五十万元人民币，以后每个月送我两百万元人民币，要我随之告诉他们有关税务方面的最新消息。

**梅卓贤：**这个、这个是我个人不好，是，是旧作风，旧习惯作怪，我愿意，愿意检讨。

**杨健：**现在不是你检讨的时候，至于为什么要方宇随时向你透露有关税务方面的最新消息，这一点徐先生心里最明白。

**余静：**如果你认为有必要，我们可以把上级公司那位姓洪的科长请出来。

**徐义德：**啊，不必，不必，不必。

**杨健：**徐先生，希望你不要错过了时机，早说为好。

**徐义德**（站起来）：杨队长，余书记，大家让我再想想，再想想。

### 5. 日，内，徐义德办公室

**严志发：**徐总经理，你看，谁来了。

**马慕韩：**德公。

**徐义德：**怎么慕韩兄，你是来现身说法，开导我的，来来，做。

**马慕韩：**呵呵，好好，哪能这么讲啊，德公，这次五反运动说实在的我是看清了工人的力量，自己思想上也得到了改造，五毒不法行为我不但有而且还不少呢。

**马慕韩朋友：**慕韩兄连星期二聚餐会的事也在市里交代了。

**徐义德：**这也要交代啊。

**马慕韩：**这星期二聚餐会虽然说和重庆星期四聚餐会性质不同，不过我们除了吃吃饭以外，也商量一些事情，研究些对策，钻政府政策法律的空子哦。

**徐义德：**我只是个参加者，可不是发起人啊。

**马慕韩：**哦，发起人是我，这我在交代里也特别写清楚了。

**严志发：**马先生能够实事求是的彻底坦白交代，所以得到人民政府的从宽处理。

### 6. 日，内，徐义德家

**余静：**最近，报上登的五反消息很多，你都没有看吗？

**徐义德大太太：**啊，哼哼，没工夫。

**余静：**啊，这是当前的国家大事，应该看看，对你，对徐义德，对你们全家都会有帮助的。

**徐义德大太太**（在翻扑克牌）：唉，讨厌。

**余静：**我们虽然初次见面，可是我在沪江纱厂做活的时间已经很长了，徐义德和你们家里的事多少我也晓得一些，你总是推说没有，不知道，你说我会相信吗？

**徐义德大太太：**你又不是警察，要我怎么样？

**余静：**希望你劝劝徐义德，早点坦白交代自己的问题，争取从宽处理。

**徐义德大太太：**唉，义德的事啊，我管不着，也不想管。

**余静：**你是他太太。

**徐义德大太太：**哎呦，这个谁晓得啦，我在徐家像个瞎子，什么也看不见，又像个聋子，什么也听不见，哼，最近啊，又像个哑巴，什么都说不出来了，你要问哪，呶，得去问这个。

**余静：**你不是说林婉芝出去了吗？

**徐义德大太太：**嚸，出去了总归要回来的喽。

**7. 日，内，徐义德办公室**
　　**马慕韩：**严同志说得好，德公，人民政府的信用向来可靠，这一点你尽管放心。
　　**徐义德：**谢谢三位的金玉良言。
　　**马慕韩：**我们不过是尽朋友之情，特地来劝劝你，迟坦白不如早坦白啊，这一点绝不会吃亏的。
　　**徐义德：**是啊。
　　**马慕韩朋友：**德公，还请你多多珍重啊。
　　**徐义德：**谢谢。

**8. 日，内，徐义德家**
　　**余静：**我刚才对你说的话希望你好好考虑考虑，我们以后有机会再谈。
　　**徐义德大太太：**恕不远送（看她走远了）啊，哎呦！（敲门走进一间房间）
　　**徐义德母亲：**她走啦？
　　**徐义德大太太：**走啦。
　　**徐义德母亲：**谈的怎么样。
　　**徐义德大太太：**怎么样，叫我给触了一鼻子的灰。
　　**徐义德母亲：**呵呵，哎呀，人家大小是个共产党书记，公会主席，眼下五反还在风头上。
　　**徐义德大太太：**就是因为五反，我才给她点儿颜色看看，哼，看她能把我怎么样。
　　**徐义德母亲：**你是不怕，可是义德还要在她手底下过日子。
　　**徐义德大太太：**哎呀，这倒也是的。

**9. 日，外，徐义德家门口**
　　**林婉芝：**唉，余书记。
　　**余静：**小林。
　　**林婉芝：**来来，快上车，快点。
　　**余静：**唉，真巧。

**10. 日，内，林婉芝车上**
　　**林婉芝：**我倒南京路去买点零碎东西，一回家，老王说你刚走，我赶紧来追你，真太对不起了。
　　**余静：**没事儿。
　　**林婉芝：**余书记，你怎么不说话了。
　　**余静：**我，我在想。
　　**林婉芝：**想什么。
　　**余静：**我，我在想，这几年你厂里来也不来，一定把我们都忘记的精光了。

林婉芝：怎么会呢，一得早就跟我说过了，过去的余大姐现在已经是余书记了。

## 11. 日，内，林婉芝家

林婉芝：余书记，请坐。

余静：唉，小林。

林婉芝：哦，余大姐。

余静：唉！

林婉芝：我去叫老王弄点儿点心，你最爱吃的。

余静：不用客气了。

林婉芝：你坐啊。

拿着林婉芝的照片看。

林婉芝：余大姐，快坐啊，（拿过照片）余大姐，快坐呀。

余静：唉，啊，来，一块坐。

林婉芝：唉，余大姐，厂里的小姐妹都好吗？

余静：都好。

林婉芝：唉，听义德讲，戚妈妈是地下党员。

余静：是呀，戚妈妈真了不起，抗美援朝一开始她又说什么要让自己的独生儿子参加志愿军了。

林婉芝：真的？

余静：前不久还因公回国的一次，还来看望了我们呢，真像个小英雄。

林婉芝：余大姐，你也了不起，共产党员都了不起，诶，余大姐，你丈夫呢，是不是也当什么书记了，你快说啊，别不好意思了。

余静：上海解放前夕，被国民党活埋了。

林婉芝：对不起，我一点儿也不知道。

用人敲门，端着茶进来。

用人：太太。

林婉芝：放这儿吧。

用人：哦。

林婉芝：余大姐，你吃。

林婉芝回想到以前的事情。

## 12. 夜，内，女工宿舍

林婉芝回想的几年前的事情。

余静：小林。

林婉芝：余大姐，你带什么好吃的了，我看看。

余静：来，尝一个。

林婉芝：哈克忘，奶的。

余静：我丈夫做的。

林婉芝：嗯，真好吃。

余静：今天夜大学不上课吗？

林婉芝：他怕班上那个李平追求我，今天下午和我谈判了。

余静：谈些什么？

林婉芝：让我和他断绝关系，要么就进徐公馆，以后有机会再让我上大学。

余静：那你怎么回答的。

林婉芝：我，我，我没有勇气。

余静：依我看，小林，你和他断了拉倒，再苦也不做他三姨太。

林婉芝：可是，唉。

余静：怎么。

林婉芝：我念大学的生活费、书费、学费他都已经替我付了。

余静：我们几个穷姐妹想办法凑个数还他，啊。

林婉芝：这不可能，不可能。

余静：小林。

林婉芝：余大姐，你就别问了（哭）。

13. 日，内，林婉芝家

林婉芝回过神来。

余静：你哭了。

林婉芝：没有，余大姐，你快吃啊。

余静：今天来，一是想看看你，二是想和你商量商量徐义德的事。

林婉芝：唉，他不是在厂里吗？

余静：是在厂里，等他回来了，你就劝劝他，叫他早点儿坦白五毒不法行为。

林婉芝：嗯，我。

余静：昨天厂里开过群众大会，他思想上有震动，你再劝劝他，他一定听得进的，啊。怎么了，不行吗？

林婉芝：余大姐，你来看我，我很高兴，可是你让我劝他，我，我没这个能力。

余静：为什么。

林婉芝：他的事，他从来不和我商量，是的，他是很喜欢我，可是，他只是把我当成一只金丝笼中的小鸟，高兴时玩玩儿。

余静：可你是人。

林婉芝：我是个女人。

余静：时代不同了，男女都一样。

林婉芝：可我和别的女人不一样，上面还有大的、二的。

余静：小林，我知道，这不是你的心里话。

林婉芝：是的，是我真心话。

余静：不，不是的，我还记得你进厂第一天和我说过的那句话，要做一个独立尊严的人，那时候你朝气蓬勃，进取心强，白天打字，晚上自学，后来终于考上了夜大，可惜啊，后来我离开了工厂一段时间，回来以后，才听说你和徐义德的事。

　　**林婉芝**：余大姐，你别说了。

　　**余静**：请原谅我，我本来是不应该提这些往事的。

　　**林婉芝**：不，我理解，我答应你就是了。

　　**余静**：啊，太好了。

**14. 日，外，林婉芝家门口**

　　**林婉芝**：余大姐，你以后要常来看我啊。

　　**余静**：好啊，别送了。

　　**林婉芝**：不，一定要送的。余大姐，我……

　　**余静**：说吧。

　　**林婉芝**：请政府宽大他。

　　**余静**：只要他彻底坦白了，政府一定宽大他。

　　**林婉芝**：一定？

　　**余静**：一定。

　　**林婉芝**：余大姐。

　　**余静**：诶，小林，我送你一句话，拿出勇气来，争取做新社会的新妇女。

　　**林婉芝**：嗯，一定。

　　**余静**：呦，我该走了，再见。

　　**林婉芝**：再见！诶，余大姐。

　　**余静**：嗯。

　　**林婉芝**：我想跟你打听个人。

　　**余静**：谁？

　　**林婉芝**：嗯，李平，也许我不该问，不过我总想知道他的下落。

　　**余静**：我可以告诉你，不过……

　　**林婉芝**：我没有别的意思。

　　**余静**：他现在叫严志发，是我们厂里五反检查队的副队长。

　　**林婉芝**：嗯，义德知道吗？

　　**余静**：除了杨队长和我，谁也不知道他就是当年的李平。

**15. 日，内，五反办公室**

　　**严志发**：你还犹豫吗。

　　**徐义德**：不犹豫，我这个人办事从来不犹豫。

　　**严志发**：希望你这次能够真正的彻底坦白交代。

　　**徐义德**：是的是的，呃，严同志，可不可以让我回家想想，写好了送来。

　　**严志发**：可以，关键是你要有诚意。

　　**徐义德**：有诚意，有诚意。

　　**严志发**：去吧。

徐义德：好，请放心。
杨健：徐先生，要我们相信你这很容易，你是有名的铁算盘，应该替自己好好打打算盘，不要再欺骗自己。
徐义德：是是。
杨健：政府为了挽救你，可以多给你些时间。
徐义德：是是是。
杨健：你可以走了，等等（指他胸口口袋里快掉下了的笔）。
徐义德：啊，呵呵，唉！
严志发：杨队长，区里有什么新指示。
杨健：小严，咱么要分手了。
严志发：怎么，你要回区里？
杨健：区里要求我们抽调一部分力量支援兄弟单位的五反工作，你带队。
严志发：我？
杨健：这里的工作由赵德宝同志接替。
严志发：诶，杨队长。
杨健：怎么，舍不得离开这里呀。

16. 日，内，林婉芝的房间
林婉芝在看严志发的照片，回想到以前的事。

17. 日，外，枫树林里
林婉芝回想的自己和严志发以前的事情。
林婉芝：平，是我不对，我对不起你。
严志发：不，你说错了，是我对不起你，因为我是个穷大学生。
林婉芝：平，平，你看看我，你看看我。
林婉芝抱着严志发痛哭。

18. 日，内，林婉芝的房间
回到现实中，林婉芝坐在沙发上满脸泪痕，忽然听到徐义德回来的声音，赶忙将照片藏起来，擦干眼泪。
林婉芝：义德，义德，你回来了。
徐义德：家里怎么样？
林婉芝：挺好的，义德，碧螺春。义德，余静来过了。
徐义德：余静，她来干什么？
林婉芝：她要我劝你。
徐义德：劝我。
林婉芝：要你好好坦白。
徐义德：他们在厂里斗我，还要到家里来斗你。

林婉芝：义德，这几天我老是提心吊胆的，生怕你出什么意外，她说共产党的政策是坦白从宽，抗拒从严。

徐义德将她推开。

林婉芝：哎。

徐义德：好啊，你和余静串通一气来对付我。

林婉芝：义德，你坦白了，我们在家也好平平安安过日子。

徐义德：好，好极了。

林婉芝：你不要这样说好吗，你这样我心里好难受。

徐义德：我心里舒服？

19. 夜，内，五反办公室

杨健：朱延年这人和徐义德不一样，他顽固，滑头，有时还会耍无赖。

严志发：嗯。

杨健：移交一下工作，后天到区里集中。

严志发：哎。

杨健：工作中碰到什么困难，随时可以来找我。

严志发：那还用说。

杨健：待会儿开个联席会议，正式宣布这个消息。

严志发：啊。

杨健：唉，小严，你的个人问题也该考虑了，怎么，不同意啊。

严志发：工作忙不过来。

杨健：唉，共产党员也不是苦行僧啊。

严志发：以后再说吧。

20. 夜，内，林婉芝房间

徐义德：余静真的没说别的。

林婉芝：真的没有，义德，为了我们大家，也为了你自己，你就坦白吧（哭）。

徐义德：哎呀，女人就晓得哭。

林婉芝：女人不也是人吗，现在男女平等了，男人能做的事情女人也能做。

21. 夜，内，朱延年家

用人：哦，先生回来啦，太太去徐公馆了，很快回来了。

朱延年：哦。

用人：啊，是太太回来了。

丽琳：先生回来了？

用人：诶，比太太早一步，啊，先生好像在发脾气。

朱延年在收拾衣物。

丽琳：延年，下午姐姐打电话来，要我陪她去打牌解闷儿，唉，你这是什么意思（把东西夺过来），你说呀。

朱延年：完了，什么都完了，我准备去蹲监狱，上提篮桥。

丽琳：神经病。

朱延年：我不骗你，五反检查队要来了。

丽琳：这有什么，这几天哪一家工厂、哪一个店没有检察队啊，还是菩萨说得好，逢凶化吉，万事皆休。

朱延年：丽琳，我平时对你好不好？

丽琳：好。

朱延年：那你会看着我去提篮桥不管吗？

丽琳：你看又来了，不会的，啊，别胡思乱想了，想开点儿，走，我们吃饭去。

朱延年：五反检查队以来，别的我不担心，就担心一个人。

丽琳：啥人？

朱延年：同进。

丽琳：他怎么了？

朱延年：这小子这两天到处煽风点火，鼓动职工去检举揭发我，检查队以来，他肯定会投靠他们。

丽琳：哼，量他一个人也成不了气候。

朱延年：你看着吧，福佑药房总有一天要断送在他手里。

丽琳：他有这么厉害。

朱延年：这小人之心，你不能不防，我不能眼睁睁看着福佑药房断送在他的手里。

丽琳：那怎么办呢？

朱延年：唉，得想个什么办法把他捏在我们手里。

丽琳：怎么个捏法。

朱延年：我想来想去，只有一个办法。

丽琳：什么办法？

朱延年：这叫我怎么开口呢。

丽琳：哎呀，我又不是外人，说不定还能帮你忙呢。

朱延年：真的愿意帮我的忙。

丽琳：你的事儿不就是我的事儿吗。

朱延年：丽琳，你真是我的好丽琳呐。

丽琳：你看你，说呀，说呀。

朱延年：你看啊，我想这么办（在丽琳耳边耳语）。

丽琳：啊，这，这怎么可以。

　　　　　　　　　文字整理：黄璇
　　　　　　　　　资料来源：根据优酷网提供的视频完成文字整理。
　　　　　　　　　http：//v.youku.com/v_show/id_XMTg0Mjc4MDUy.html

中国广播电视文艺大系　1977—2000

# 有这样一个民警

首播时间：1989年
首播电视台：山西电视台
摄制单位：大同市公安局、山西电视台
编　　剧：孟繁元、尹铁牛、石零
导　　演：张绍林、郭大群、张纪中
摄　　像：张绍林、董育中
主　　演：冯国庆、赵奎娥
获奖情况：第十届（1989年度）中国电视剧飞天奖短篇
　　　　　电视剧一等奖、优秀导演奖、优秀女配角奖。

**剧情梗概：**

　　该片取材于山西省大同市模范交通警察郭和平的先进事迹。剧中平淡、朴实地展示了主人公——民警杨明光于日常工作生活中做过的桩桩小事，例如处理初次进城卖豆腐的农家老汉横穿马路违章的事；搀扶盲人夫妇过马路的事；罚骑自行车搭人违章的姑娘郑燕的事；送迷路儿童小微微回家的事；当副支队长上任去新华书店买《雷锋日记》送同事们的事；教育违章翻越马路栏杆的小伙子的事；拒收卖豆腐老汉馈赠豆腐答谢的事；申请分配住房的事；为曹干事借小平车云木板的事；因公务延误诊病的事；关心民警小赵感情问题的事；临终前要求最后一次上岗的事。总计12件，桩桩平凡，绝无惊天动地之举。但正是这些平凡小事，经过艺术家质朴无华的精心处理，引出了一位雷锋式的英雄人物精神风貌的一个个闪光侧面，最后熔铸成社会主义新人崇高人格的"一个优美的、生气灌注的整体"。

　　　　　　　　文字整理：吴文静
　　　　　　资料来源：仲呈祥，《于平实中尽传神采——评电视剧〈有这样一个民警〉》，
　　　　　　载于《中外电视》1990年06期。

**剧本**

## 《有这样一个民警》

**1. 四牌楼岗区　晨　外**
路灯还发出昏暗的光。
岗台和马路上空无一人。

岗台四周林立的商场和大楼，此刻处在沉睡之中。偶尔能听到远处有人咳嗽，扫马路的刷刷声和汽车铜鼓的喇叭声。这反而更加衬托出黎明之前的空旷和寂静。

路灯灭了，岗台四周更加沉寂。

自行车的声音由远及近，骑车人的身影也由远及近的驰来，近了，我们看到一个穿戴整齐的交通民警，他就是三十二岁的杨明光。

杨明光把自行车靠在岗亭旁边，然后朝岗台走来。

他边走边伸腕看手表，站在岗台前又习惯地整理了一下衣帽，这才登上岗台。

一站到岗台上他就垂手肃立，眼顾前方、左右。如同演员登上舞台进入角色一般的，在感觉上、状态上都换了一个人。

马路空寂。

他又以标准的姿态转了个方向，马路上有一个中年男人带着他的儿子早起跑步。

杨明光做了个通行的手势。

**中年人**："你早啊！"

杨明光笑笑，一直目送他们穿过马路。他收回目光，顺势看了眼路边的岗亭，岗亭上，还没有人。

背后传来汽车的声音。

杨明光后转身，挥臂，汽车通过，司机经过岗台的时候，有致意问候地按了两下喇叭。

字幕完。

**2. 四牌楼岗区　日　外**

这是个星期天。万头攒动，人如潮，车如浪，汽车的喇叭声，附近商场里传出来的音乐声搅得哄嚷一片。

红绿灯明灭。

民警小赵坐在岗亭里。

杨明光站在岗台上指挥交通，四周混乱的人流、车流，在以岗台为中心的十字路口间形成了一个有节奏的开闭，杨明光的手势把杂乱变成秩序。

停车线后面，自行车、行人、车辆依次的等待通过。

郝云芳推着自行车也在等待的人群里，后座上带着五岁的儿子亮亮。

**郝云芳**："亮亮，你看那是谁？"

郝云芳示意前方岗台。

亮亮看着岗台上杨明光。

杨明光正在指挥，他显得很威武。

**亮亮**："那是爸爸。"

红灯灭，绿灯亮。

随着岗台上杨明光的手势，人和车穿越马路。

郝云芳骑车拐向岗台。

**亮亮**："爸爸，爸爸！"

郝云芳下了车，冲着杨明光"哎"了一声。

杨明光用眼角的余光扫了一眼郝云芳，他脸上有一丝不快，仍旁若无人的指挥。

郝云芳："喂……"

亮亮："爸爸！"

杨明光两眼依然注视两侧的人行横道。

杨明光："怎么到这儿来了？快离开，离开！"

杨明光一个转身，去指挥另一个方向的交通。郝云芳推车又绕过去。

郝云芳："哎，你看看我是谁？我是你老婆，这是你儿子！"

杨明光："有什么话回家再说嘛，这是什么地方，走，走，走，快走。"

亮亮："爸爸，我要坐飞机，我要坐飞机！"

杨明光瞥了一眼亮亮。

郝云芳本想发火，可看看这不是发火的地方，把这口气咽下了。

郝云芳："要是能回家说的话，我还能跑到这儿看你那张狗脸，亮亮要到公园坐飞机，说了多少次了，好不容易赶上今天有个空儿……"

杨明光又转身指挥，郝云芳又推着车跟着他转了半圈。

郝云芳："你去不去？"

亮亮："爸爸，我要坐飞机。"

郝云芳："下了头班岗，行不行？我先到这儿商店里转转，十点半，儿童公园门口见面，怎么样？"

杨明光看也没看他们，就连忙答应。

杨明光："行，行，快走，赶快走！"

郝云芳："记住了，十点半，儿童公园门口，中午饭我们在外面找个地方吃点什么？行不行？"

杨明光有点不耐烦。

杨明光："行！行！行！走吧走吧！"

杨明光又迅速转身，打起手势。

郝云芳看着他的背影。

杨明光："杨明光，你个没良心的东西，早起刚刚把你喂饱，一站到这儿就六亲不认了，走，亮亮，咱不理他！"

郝云芳推车走了两步，又回头喊了一声。

郝云芳："记住啊，儿童公园门口，十点半！"

闪烁的红绿灯。

频繁挥动手臂的杨明光。

3. 岗亭内　日　内

岗亭内的民警小赵无精打采的倾靠在椅背上，他透过玻璃窗看着岗台上指挥交通的杨明光，又看看路边拥挤的人流车辆，懒懒的站起来，推开岗亭的门。

### 4. 四牌楼岗区　日　外

小赵在岗亭下游动值勤。

指示灯显示红灯。

一个推着破自行车卖豆腐的农村老汉浑然不觉地通过停车线左侧拐弯横穿马路，小赵没留意。

老汉在车辆和人流中寻找间隙通过。

站在岗台上的杨明光看到这一景象，朝小赵摆了下手，他跳下岗台。小赵朝岗台走过来。

卖豆腐的老汉已经穿越马路，杨明光迎面赶到，杨明光敬了个礼。

老汉闹不清是怎么回事，他傻愣愣的笑笑，又点点头，准备推车而去。

**杨明光：**"大爷，下来下来。"

**老汉：**"……咋？"

**杨明光：**"大爷，您刚才闯了红灯了。"

**老汉：**"甚红灯？"

老汉四下的看。

杨明光指了下指示灯。

**杨明光：**"你看。"

指示灯显示红灯。

**杨明光：**"而且您还左转横穿马路，多危险啊！"

**老汉：**"没事没事，你看我这不是好好的。没事"！

老汉又想推车走，杨明光拉住了他的车。

**杨明光：**"大爷，您这是违反了交通规则，按规定是罚款的。"

老汉瞪圆了眼睛。

**老汉：**"什么什么？唉哟同志，你这是干甚哩，刚才你态度还好好的，怎么一下子就变成这样了，我又没事，又没挡谁的道儿，怎么动不动就罚钱……"

**杨明光：**"大爷，这有规定。"

他说着从衣袋里掏出一本交通法规的小册子。

**杨明光：**"这是交通法规，我给您念……这是第×条第×款，有下列违章现象的罚款五角至一元。"

**老汉：**"同志呀你们城里路这么宽还能不让人走了，再说哩，这城里马路上甚时候能没车没人哩，我要等没车没人那时候，就是等到明天早起我也过不去呀？"

人行道栏杆后面站了一排看热闹的人，老汉向他们寻找同情者。

**老汉：**"你们大家给评评是不是这个理呀，咱凡事都得讲个理儿，是不是呀同志们。"

栏杆后看热闹的人只管看热闹，反应漠然。

杨明光不知该怎么向他解释，笑笑。

**杨明光：**"大爷，您是经常到城里卖豆腐吧？"

**老汉：**"谁经常来了？这不是头一回嘛，本来是我儿子来卖，他现在到村里煤窑上去了。

这……这我这头一天,还一个钱没卖哩你们就跟我要钱,我上哪儿给你们呀。再说同志你这城里的规矩也不对呀,我又没撞谁没挤谁,我要撞谁挤谁那咱没话说。"

杨明光又笑笑。

**杨明光:**"大爷,您这是初次,以前我也没见您到这儿来……"

**老汉:**"谁说不是哩,刚才不跟你说了,这是头一天嘛!"

**杨明光:**"那我这次就不罚您了,可您下次一定注意,看见红灯您千万别过马路,等绿灯亮了,您再通行,左手拐弯要绕岗台通行,不能这么过。"

他打了个手势。

**杨明光:**"听懂了没有。"

老汉还是糊里糊涂。

**老汉:**"那咱慢慢学吧……嗨呀,真麻烦。"

杨明光把手里那本小册子递给老汉。

**杨明光:**"大爷,这本交通法规您拿去。"

老汉急忙摆手。

**老汉:**"不,不,同志,我是真的没钱,你别变着法儿跟我要,这书我可真买不起,我没钱,真的没钱,再说,我也认不了几个字。"

**杨明光:**"大爷,这本书我送给您了,回家找人给你念念,讲讲。一条一条都记清了,下次您就不会再违章了。"

老汉不语了,半天。

**老汉:**"同志,那合上去说来,你这是赔了,我这反倒是赚了不是?"

杨明光笑笑。

**杨明光:**"大爷,咱们谁也没赔,谁也没赚,您走好,再见。"

杨明光说着到一边维持交通秩序去了。老汉感激而又不解的看着他,老汉又看了看小册子,揣到兜里。

## 5. 四牌楼岗区　日　外

小赵在岗台上指挥,但他的动作和姿态,比起杨明光可就随意的多了,他不耐烦。

东西通行,各种车辆从岗台左侧通过。

郑燕骑着大梁车,后座上带着个女伴。边说边笑的从远处骑过来,快到停车线的时候,她一眼看见站在岗台上的小赵,她招呼女伴下车。

**郑燕:**"哎,到对面等我。"

站在岗台上的小赵早就发现了他们。

郑燕骑车通行,她打扮入时,挺时髦。

她经过岗台,小赵看也没看她。

**小赵:**"下来下来。"

郑燕装作没听见,继续往前骑。

**小赵:**"就说你呐,下来下来,把车放这儿。"

小赵不再搭理她，继续指挥。

郑燕把车支在岗台下，看着小赵，小赵个挺高，人也像模像样，就是一付浑身没劲的样儿。

郑燕："怎么了？咱犯什么事了？"

小赵依然不理她，继续指挥。

郑燕："别在马路上蹶的没意思，拿我们开心，你要是没事，咱可就拜拜了。"

郑燕想推车走。

小赵大吼一声。

小赵："站住！"

小赵跳下岗台，拉住她的自行车。

郑燕："你干什么干什么？"

小赵："干什么？我就是干这个的，骑车带人违章知道不知道？"

郑燕："谁带人了？"

小赵："就你，还想耍赖，在那儿了！"

小赵朝旁边的人行道指了一下。

郑燕的女伴在那边正探头探脑的往这儿看。她看了一眼，自知理亏不说话了。

小赵："在马路上蹶着怎么了？你以为蹶根电线杆，哼！竟到我眼皮底下违章，你也太目中无人了，拿钱来拿钱来，五块！"

郑燕："五块？凭什么给你五块！没有。"

郑燕推车欲走，小赵死死拉住她的车，郑燕伸手想拉开他的手，小赵用另一只手去推开她的手。

郑燕："干什么？你干吗摸我的手！"

杨明光从远处看见小赵和郑燕在争吵，走过去。岗台周围很快围过来几个好事凑热闹的人。

郑燕："流氓，你耍流氓。"

小赵气的不知该说什么好。

小赵："你，你他妈的……"

郑燕："你骂人！"

杨明光分开看热闹的人。

杨明光："大家散开，散开，不要 影响交通……"

杨明光朝郑燕敬了个礼。

杨明光："同志，有什么问题跟我说。"

郑燕："他耍流氓，抓我的手，流氓。"

小赵："看你那个德性样儿，谁稀罕你了！哼！碰到真流氓怕是你连气都不敢吭！"

杨明光制止。

杨明光："小赵！"

杨明光转身又去说服围观的群众。

杨明光："大家散开好不好？"

他——朝人们敬礼。

**杨明光：**"你们说这有什么好看的？比看电影热闹？啊，也没什么意思嘛，大星期天的，都办自己的事去吧，这儿人也多，再把您钱包挤丢了，您回家可怎么交代？"

一些人不好意思的离开了。

一个流里流气的小伙子嘟哝着。

**小伙子：**"警察也得讲理嘛，别咋唬人吗！"

**杨明光：**"对！我们有做的不对的地方，请您多提意见。我是交通一中队杨明光，有时间请您过来谈。"

那小伙子无言以对，讪讪离去。

人们都散开了。

杨明光又转身走到郑燕身边。

小赵站在岗台上，边指挥边说。

**小赵：**"她骑车带人闯红灯。外加蛮不讲理出口伤人，罚她，狠狠地罚！"

**郑燕：**"你骂人，你耍流氓，罚你，你才该罚呢！"

**杨明光：**"你看，我们这位同志刚才说话可能有点问题，让你生气了，我代他向你赔礼道歉。"

说着，他敬了个礼。

郑燕哼了一声。

**杨明光：**"不过，你骑车带人可不对，按照交通处罚规定，是要罚款的。"

**郑燕：**"该罚说罚的事儿，他凭什么骂人，凭什么耍流氓，凭什么摸我的手！"

**小赵：**"你还摸我手哩！"

**杨明光：**"小赵！"

**郑燕：**"呸，马路橛子一个，不就比电线杆子多长了两只眼睛？谁碰你了，猪八戒他二姨才会稀罕你了。"

**杨明光：**"你看，你这话说的就不大合适了。我们小赵现在正热恋着呢，他女朋友可漂亮了，说实话……不差，他现在哪会有那份心思。"

郑燕不屑的看了小赵一眼。

**杨明光：**"刚才你们一拉一扯，碰碰撞撞的事儿难免，他不对的地方我已经代他向您赔礼道歉了，不过，您骑车带人闯红灯这可是明显的违反交通规则，所以你也要认个错。第二，照章罚款，五块！"

杨明光掏出罚款单。

**郑燕：**"没有！"

杨明光沉了口气。

**杨明光：**"没有也可以，请您把自行车留下，回去取钱，或者，把您的工作证给我们留下也可以。"

**郑燕：**"什么东西！"

她恶狠狠的说了一句，从包里掏出钱夹，从钱夹里抽出一张五元的钞票，朝地上一扔。

**郑燕：**"给，拿回去给你们买烧饼吧！"

杨明光："同志，您过分了吧？"

郑燕刚想推车走，小赵从岗台上跳下来。

小赵："你说什么？"

郑燕："关你屁事！"

小赵一把拉住车，"啪"的一声上了锁，拔下钥匙。

小赵："今天我就管管你！"

杨明光："小赵……"

小赵推开杨明光往岗亭走去。

郑燕："你们警察欺负人！流氓，欺负人。"

小赵："你以为民警就那么好欺负的，回单位写检查，盖上章，再来取车！"

郑燕呜呜的哭起来。

郑燕："你们，你们算什么东西，流氓！……叫汽车撞死你们……"

杨明光站在岗台上指挥，他压抑着怒火，眼里几乎流出泪来，可他还是镇定的指挥。

车辆人流在他的眼前通过。

郑燕边往路边走边骂。

郑燕："流氓！叫你们脚底下站出疮，站出癌来……"

## 6. 岗台下　日　外

杨明光推着郑燕的那辆自行车，抬着后轮在岗亭停下来。

小赵从岗亭上走下来。

路中的岗台上已经换上了民警小钱。

杨明光："赵，把钥匙给我。"

小赵看了看他，没说话。

杨明光伸出手。

杨明光："这件事我来处理吧。"

小赵不情愿的把车钥匙递给他。

小赵："那算是个什么玩意儿，得好好治治她！"

杨明光："原则我们要讲，咱的态度也要讲。"

小赵："跟讲理的人讲，跟不讲理的人你讲什么？"

他们俩都开了车锁，推车上了便道。

## 7. 便道上　日　外

杨明光："话不能这么说，咱态度好点，解决问题就容易一点，否则一对立起来，好办的事也办砸了，不好办的事就更难办了。当交通民警嘛，什么人都能遇上，要受得起委曲。"

小赵："得了吧，已经够孙子的了。就差跪下去叫人一声姑奶奶了。"

杨明光："我们不比谁矮一头，跟不文明的人讲道理，说明咱高啊。"

他们边推车走边谈，杨明光还不时的拉拉车闸，晃晃车把，他可能觉得郑燕这辆车有点毛病。

小赵："你是劳模,你能受你受吧。"
杨明光："什么劳模不劳模的,态度好也是为了顺利工作嘛,跟人家吵吵闹闹是一天,和和蔼蔼也是一天,是不是?"
杨明光看了一眼小赵。
杨明光："这两天我看你情绪不高,怎么?"
小赵："没怎么,就那么回事,哎,老杨,下午我 还得跟她去谈一次,约好了。"
杨明光："有希望?"
小赵："希望?有,人民民警人民爱嘛,哼!"
他冷笑了一声。
杨明光："星期天嘛,有事你就走,我一个人能行,跟人家好好谈谈,别急……"
小赵突然意识到杨明光推着的是郑燕的自行车。
小赵："哎,你推这辆车去哪儿?"
杨明光："我给她送去。"
小赵："你看你这人……"
杨明光摆摆手。
杨明光："去去!你走你的,你别管。"
小赵看了看他,想说什么没说出口,叹声气,摇摇头,下了马路。
杨明光望着他走了,蹲下来,用手指在脚蹬轴上擦了擦,看钢印号码。
他看清楚了,想站起来,可他站不起来了,他憋口气,一手扶着自行车,一手扶着路边的栏杆,一点 一点地往起站。
路边的行人匆匆而过,谁也没怎么注意他。
他终于站起来了,靠在栏杆上喘气,擦汗,拍打着自己的两条腿。

8. 儿童公园门前　日　外

郝云芳带着儿子亮亮在门前等着。
亮亮："妈妈,爸爸什么时候来?"
郝云芳闷声不响,眼睛望着前方的路口。
亮亮："妈妈,我要坐飞机。"
郝云芳看了眼手表,气哼哼的抱起儿子,朝门前的售票口走过去。

9. 食品厂大门前　日　外

杨明光骑着那辆大坤梁自行车在门口停下了,他 看了眼门前的厂牌,推车走进去。

10. 传达室外　日　外

郑燕的那辆自行车停在传达室门口。
杨明光同传达室的老头一前一后的走出来,他对老头交代着,又把车钥匙给了他,又从衣袋里拿出一封信递给老头,老头连连点头。

11. 公共汽车站　日　外

　　站台上没几个人等车。
　　杨明光走过来，在站台上站了一会儿，朝来车的方向看了几眼，他抬起腿继续朝前走。

12. 新建路口的岗区　日　外

　　大个子民警在岗台上指挥。
　　杨明光匆匆穿越人行横道。
　　大个子："哎，老杨，干什么？"
　　杨明光："回家，你的班儿？"
　　大个子："我说，你怎么不骑车？"
　　杨明光："办点事，车放在四牌楼了。"
　　大个子从岗台上跳下来，赶上他。
　　大个子："哎，我给拦辆车。"
　　杨明光连连摆手，边说边走。
　　杨明光："不用不用，二站地儿就到家了。"
　　大个子想了下："得，你是劳模，算我白说了。"
　　杨明光："嗬，大个子，不是劳模就可以拦车了。"
　　大个子："看我是不是给自己找事儿，得，你走你的，算我没说。"
　　大个子有点鄙视的摇头。

13. 小巷　日　外

　　杨明光匆匆的走，拐进一个小胡同。
　　狭窄的胡同，两边是七高八低的砖土房，脚下是起伏不平的泥路，杨明光深一脚浅一脚的走着。
　　胡同挺长。
　　杨明光又拐了道弯，迎面是一个矮门楼，他快走到门前，突然想起了什么，他拍了下脑袋，站下了，好像很遗憾。
　　他推开了大门。

14. 杨明光家　日　内

　　杨明光进了屋里，在炕上正玩着的亮亮喊了声。
　　亮亮："爸爸。"
　　杨明光看了眼郝云芳，她正在扫地，背对着他，装做没听见。
　　杨明光在她背后嘿嘿的笑了几声，郝云芳抬头瞟了他一眼，继续扫地。
　　郝云芳："哟，你是谁呀，走错门了吧？"
　　亮亮："妈妈，那是爸爸。"
　　杨明光又笑笑。

**郝云芳：**"你还认识我？你还认识这个家？你还能找回来。"
杨明光敬了个礼。
**杨明光：**"敬礼！谁都不认识了，还能不认识自己的老婆了！"
郝云芳拿笤帚扫他的脚。
**郝云芳：**"别一回家就跟我嘻皮笑脸的，去，去，去！"
**杨明光：**"咋了，要撵我走？"
**郝云芳：**"噢，在大马路上站，回家你还站，你站出瘾来了，到炕上去。"
**杨明光：**"你是让我躺一会儿。"
**郝云芳：**"美的你，我嫌你在地下占地方。"
郝云芳把杨明光推到炕上，杨明光趁势躺了下去，儿子亮亮一下子骑到他身上。
郝云芳到柜子上去拿药，倒水。
这个家很小，很简陋，一个十几平方的房间被一铺大炕占去了三分之一的位置。屋里摆设的都是简朴的过了时的家具。两个木箱，一个立柜，一台缝纫机，屋子中间架着一只铁炉。唯一醒目的，是挂在墙上，摆在柜子上的奖状、奖章和证书。
**亮亮：**"爸爸，我坐飞机了！"
**杨明光：**"噢，你们去公园了。"
郝云芳端着一个纸盒，纸盒里装满了各式各样的药，还端着一杯水，走过来。
**郝云芳：**"这个家，多你一个不多，少你一个不少，咱什么也不指望你。"
她把药盒和水杯放在杨明光面前。
**郝云芳：**"起来，吃药！"
杨明光坐起来，吃药，他显得挺疲惫。
**杨明光：**"你这个人呀，刀子嘴，豆腐心，心眼好！"
**郝云芳：**"你少拿这些话来填哄我，出了门你还认识谁？你就回家认识我，我说当初怎么不找那个岗台当老婆，下班以后你再把它背回来，那不就什么事也没有了？你一站到岗台上，腰也不疼了，腿也不肿了，胃也没事了，看你神气劲，像吃了人参果似的，怎么一回家就成这副熊样了，回家你倒是给我当个劳模看看呀！"
杨明光躺在那儿哼起了《十五的月亮》，他唱着唱着坐起来，对着郝云芳唱着。
**杨明光：**"军功章里有我的一半 也有你的一半。"
**杨明光：**"你听听，没你我当什么劳模呀？"
说着他又躺下了。
**郝云芳：**"得得，我不要那一半，咱家有你一个就够呛了，要是俩劳模，儿子非扎脖儿死不可……"
她本想再说下去，望见杨明光闭上了眼睛，她把亮亮往这边拉了一下。
**郝云芳：**"过来，让爸爸睡一会儿。"

**15. 食品厂传达室外　日　外**

郑燕同她的女伴走过来，她满脸丧气。边走边嘟嘟哝哝的同女伴骂着什么，那辆停在门前大坤梁车她也视而不见，走过了两步，才反应过来，她扭头看了两眼，愣了。

女伴："这不是你那辆车吗？"

传达室老头走出来。

老头："哎，小郑，刚才杨明光把你的车送来了？"

郑燕："杨明光？杨明光是谁？"

老头："嘿！杨明光你不认识？那可是咱大同市有名的人物，模范民警，好人一个！我还当你们认识呢。"

老头把车钥匙递给她。

老头："哎，他还给你带来封信。"

老头把信又递给郑燕。

郑燕惊异的打开信，展开，她首先看到的是那张罚款收据，接着她看信。

杨明光的画外音：郑燕同志，我把车给你送来了，你骑车带人违章，态度又不好，扣你的车不算过分，按道理该通知你们单位，让你写出书面检查，我想这样对你也不算太好……

郑燕还有些不服气，接着又看下去。

杨明光的画外音：你的车虽新，可能没整过，毛病不少，车把紧，后闸松，脚蹬子也不大利索，我给修了一下，你看看好骑不……

郑燕看着自行车，一阵惭愧，一阵感激。

### 16. 杨明光家　日　内

杨明光酣睡。

画外音继续：我们交通民警的工作直接和人民打交道，警民之间应该互相支持互相谅解和合作，共同把交通秩序维护好。另外，您对我们的工作有什么意见和要求，也请您批评指正……

郝云芳端着热好的饭进屋，放到桌子上。

杨明光发出一阵鼾声，亮亮对她做出不要大声说话的手势。

郝云芳拉过条毛毯盖在他身上。她收起药盒和水杯放到柜子上，她看看柜子上的奖章和证书，不禁深深的叹了口气。

### 17. 四牌楼岗区　日　外

岗台上呈立正姿态的两只脚。

标准的右转。

笔直的两条腿。

杨明光在指挥。

人流，车辆如潮。

岗亭是空的。

### 18. 公园　日　外

小赵和他的女朋友坐在一张长椅上，女朋友长的不算难看。

小赵默默的抽烟。

**女朋友**："……我妈说你这个人还不错，就是你那个工作……"

女朋友看了他一眼，小赵似乎没有反应。

**女朋友**："我妈说年轻人总得有点技术，整天就是站马路，也没个什么前途，还得罪人……"

小赵还是不说话。

**女朋友**："你要是能换个工作，咱还谈……我妈说……"

**小赵**："别说你妈了，说你自己吧，你是什么意思？"

女朋友两手搅着手绢，过了好长一阵才低低的说了一句。

**女朋友**："我听我妈的。"

## 19. 四牌楼岗区　日　外

红绿灯闪烁。

杨明光仍站在岗台上指挥。

一对盲人夫妇挂着棍子从人行道上走过来，他们判断着准备穿越马路。

杨明光看见了，他跳下岗台。

盲人夫妇走上人行横道。

车辆从他们身边驶过，喇叭声频频。

杨明光快步迎上。

**杨明光**："老张！"

**男盲人**："明光啊。"

**女盲人**："又是你。"

杨明光搀扶着二位盲人过便道，一边做着手势，让通过的车辆慢行。

**杨明光**："我心想，二位也快到了。"

**女盲人**："明光，我跟老张说了，以后就不麻烦你了，这条道我们熟，出不了事儿。"

**男盲人**："老让你操心了，一日两日还行，老让你搀搀扶扶的，我们心里过意不去啊。"

**杨明光**："二位快别这么说，捎捎带带的事儿，．谈不上操心……唉，上一步，上一步，好。"

杨明光扶二位盲人上了人行道。

**男盲人、女盲人**："谢谢你了，谢谢你了。"

**杨明光**："二位走好，再见，再见。"

二位盲人恋恋不舍地同杨明光告别，杨明光挥了下手，大步朝岗台走来。

一个问路的人拦住了他。

车流通过。

从车流的间隙中，我们看见杨明光向问路人说着，在手上划着，用手指着前面的方向。

杨明光从车流的间隙中走上岗台。

杨明光又以笔挺的姿态指挥。

一辆小型货车开过来，在他的岗台下刹了车，司机打开车门，探出半个头。

**司机**："老杨，有事没？"

**杨明光：**"没事没事！"

他迅速做了个让他赶快通行的手势。

**司机：**"有事说话，随叫随到。"

司机开车走了。

杨明光继续指挥。东转，西转。

人行道上。一个三四岁的女孩在东张西望。

杨明光转过身，指挥。

车辆通过。

他又转了个身，从余光中，他发现那个女孩在哭泣，有几个过路的人低头询问。

杨明光一个箭步，跳下岗台。

## 20. 人行道上　日　外

杨明光拉着小女孩的手。

**杨明光：**"怎么了小朋友？"

**女孩：**"妈妈，妈妈"

**杨明光：**"你妈妈去哪儿了？"

**女孩：**"……不知道，妈妈、妈妈……"

杨明光抱起小女孩。

**杨明光：**"来，跟叔叔来，到叔叔这儿。"

## 21. 岗台上　日　外

杨明光把女孩抱到岗台上坐下。

**杨明光：**"小朋友，你坐这儿，你妈妈要找你，一眼就看到了。"

说着杨明光跳上岗台，他边指挥边同坐在岗台上的小女孩对话。

**女孩还在哭泣：**"妈妈、妈妈……"

**杨明光：**"小朋友，你叫什么名字？"

**女孩：**"我叫微微。"

**杨明光：**"是微笑的微吧，多好听，你一定很会笑的吧，一笑起来肯定好看。"

女孩连哭带笑

**女孩：**"叔叔，我要找妈妈。"

**杨明光：**"别怕，有叔叔在这儿你还怕什么？妈妈 要是找不到你，叔叔一定把你送到家里。"

车辆不停的从他们的身边通过。

杨明光双眼兼顾左右，一丝不苟。

**杨明光：**"微微，你和妈妈到这儿干什么来了？"

**女孩：**"到商场买东西，就找不到妈妈了。"

**杨明光：**"你家住哪儿呀？"

**女孩：**"住大楼里。"

杨明光噢了一声。
女孩不哭了,她仰视着杨明光。
杨明光在指挥。
**女孩**:"叔叔,你能找到妈妈?"
**杨明光**:"能!叔叔专门是帮人找妈妈的,哪个朋友找不到妈妈了,叔叔都管。"
**女孩**:"是吗?"
车流人流熙熙攘攘。
**杨明光**:"微微,你家的大楼在什么地方啊?"
女孩想了想。
**女孩**:"可远了,要坐汽车……那儿有那么多大炭,我们那儿炭可多了。"
风掠过。
杨明光低头看了眼小女孩,他把身上的皮夹克脱下来,披到女孩的身上。
**女孩**:"叔叔,你不冷?"
**杨明光**:"叔叔不冷,微微,你先坐会儿,等叔叔下班了,就带你找妈妈去。"
杨明光穿着单衣指挥,但显得更加威武和精神。

22. 矿区居民楼前的道路　日　外

一辆吉普车停在矿区居民楼前的路上。
杨明光用皮夹克裹着微微朝吉普车走过来。

23. 吉普车内　日　外

杨明光开门上车。
**司机**:"不是这儿?"
杨明光抱着微微坐到车上。
**司机**:"十几个矿,谁知是在哪个矿上……你说,咱还去哪儿。"
杨明光想了一会儿。
**杨明光**:"对,我怎么把这事给忘了,去电视台。"
他看了眼手表。
**杨明光**:"快,到电视台,赶在 新闻节目之后……"
司机发动了车。
车开动。

24. 杨明光家　夜　内

火炉上的钢壶嗞嗞的冒着热气,桌子上摆着用碗碟扣着的饭菜。
郝云芳逯在炕上教亮亮认字。
**郝云芳**:"这个念什么?"
**亮亮**:"鱼。"
**郝云芳**:"不对,这个念龟,龟兔赛跑的龟。你看,龟字下面是个小尾巴,鱼呢,鱼下面是一横。"

外面有人喊问。

**门外人：**"这是杨明光家吗？"

郝云芳走到门口。

**郝云芳：**"谁呀？"

身穿警服的曹干事出现在门口，曹干事挺年轻。曹干事朝屋里看了一眼

**曹干事：**"哎，老杨还没回来？"

**郝云芳：**"进屋吧，进屋吧。"

曹干事进了屋里。

**曹干事：**"嗬，他这人可真难找，我转了一大圈儿，哪儿也找不到他。"

郝云芳倒茶。

**郝云芳：**"别说你们，他这人连我都难找到，下午他该四点下班，看现在几点了？"

她瞧了一眼墙上的挂钟。

**郝云芳：**"七点都过了。谁知道他到哪儿去了？"

**曹干事：**"你不认识我吧，我是支队小曹。"

**郝云芳：**"嗨，穿警服的不认识人还认识衣服哩，喝点水吧，抽烟吗？"

她又把烟递过去。

**曹干事：**"一般的他什么时候能回来？"

**郝云芳：**"这可就难说了，上次心阴县一个大娘在大同迷了路，他一直送人找到了亲戚家，到后半夜两点才回来，就这，一年三百六十天你说不准他哪天下班干什么去了，还有……"

曹干事掏出小本记着。

**郝云芳：**"你写什么？"

**曹干事：**"支队让我来总结一下你家老杨的先进事迹，你刚才说的不就正是事例吗，你再说……"

郝云芳连连摆手。

**郝云芳：**"别写，可别再写他了，你看看这些奖状，奖章把他赶的，工作起来连命都不要了……"

曹干事抬头看墙上的奖状，柜子上的荣誉证书。

**郝云芳：**"动不动就说咱是劳模，不能让人在背后说闲话。"

小曹还在本上写着。

**郝云芳：**"哎，哎，你怎么又写了？你要是再写我可是什么都不说了。"

**曹干事：**"好，好，不写不写。"

曹干事把本子合上。

**郝云芳：**"你要是再写篇什么登出来，那不等于拱着他又不知怎么干好了，他这人不经捧，越捧越干 再干下去不是把命都搭上去了？"

**曹干事：**"大嫂，老杨是咱省的特级劳模，全省十佳民警，光荣啊！"

宪亮爬到她身上，她抱起来。

**郝云芳：**"算了，什么劳模了，十佳了，在家里一佳也没有，你说当这劳模有什么用？

干的比别人多,奖金不比别人多拿,看看这个家,叫人进来都笑话。"

小曹顺着她的目光看了一遍。

简陋而平凡的家。

**郝云芳**:"几大件咱不敢想,看这些柜子箱子,现在谁家还要这些东西,看这点地方,要多来两个人连身都磨不开。"

曹干事有些感慨。

**曹干事**:"这家是太小了点。"

郝云芳叹气。

**曹干事**:"大嫂,别急,马上就要分房了。"

**郝云芳**:"什么?"

**曹干事**:"老杨没跟你说?"

**郝云芳**:"说什么?"

**曹干事**:"咱队里盖的那栋宿舍楼马上就交工了,老杨没写申请?"

郝云芳愣了。

这时杨明光进家了。

**杨明光**:"嗬,小曹!"

郝云芳马上从炕上站起来

**郝云芳**:"人家等你半天了,你又跑哪儿去了?"

**杨明光**:"办点事儿。"

**曹干事**:"我可算找到你了。"

杨明光心里明白。

**杨明光**:"又找我?我说你算了吧。"

**曹干事**:"哎哎,老杨,我这也是领导给的任务,你不谈,我交不了差呀,你好歹给我个点子,让我写出来。"

杨明光坐到饭桌前。

**杨明光**:"抽烟抽烟……我说,我可是真没什么好说的,就那点事儿,说也说过了,讲也讲过了,再说就那点零零碎碎的事儿,谁做不来?"

**曹干事**:"谁做得来?都做得来不就都当劳模了,咱大同交警支队不就你一个劳模吗?"

杨明光打开饭碗上的碟子,准备吃饭,郝云芳趁曹干事不注意的时候打了一下他的手,把药盒推到他跟前,示意他先吃药。

杨明光把饭碗撂到一边,吃起药来。

**杨明光**:"人人都做得来,只不过我比别人想的早了点,干的多了点,而且都是分内的事儿,再多说就没意思了。"

### 25. 杨明光家　夜　内

墙上的挂钟当当的敲了十下。

杨明光在地下洗脸。

亮亮睡着了,郝云芳给亮亮压好被子,摆好枕头。

**郝云芳：**"……这么大的事儿你干吗不跟我说？"

**杨明光：**"跟你说有什么用啊。"

**郝云芳：**"噢！我没用？我没用你还回家干什么？到外面找有用的去！"

杨明光自知失语。

**杨明光：**"我不是那个意思，我是说，跟你说了咱就能分到房了？"

**郝云芳：**"分到分不到，你得先写申请啊，别人能写，你干吗不写？凭你是个劳模，怎么还不得照顾照顾？"

**杨明光：**"就因为是劳模，咱别给人家争。免得又落下话把儿。"

郝云芳张着嘴好一阵没说出话。

**郝云芳：**"……好你个杨明光啊，劳模是三座大山？压得你连人都做不成了，劳模就不是人？劳模就不要住房了？劳模……"

杨明光披了件衣服，找了块手纸，出门上厕所去了。

郝云芳赌气的坐到一边，又叹气又摇头。想了一会儿又铺开了被子，被子铺好了，又看见地下的洗脸盆，她拎起火炉上的钢壶，边用手试着水温边往脸盆里兑水，再搬过小板凳，把擦脚巾放到板凳上。接着，她往火炉里添煤压火。

她忙乎了半天，杨明光还没回来，她有些奇怪，推开门朝院子里喊了一声。

**郝云芳：**"明光，明光。"

厕所那边传来杨明光的呻吟声。

**郝云芳：**"怎么了？"

她想跑出去又跑了回来，拿起手电。

**26. 厕所　夜　内**

郝云芳打着手电进了厕所，她吃了一惊。

杨明光半蹲在坑上，裤子提拉了一半，他一只手紧抓着墙皮，他想站起来，可站不起来。

**郝云芳：**"你怎么了？你到底怎么了？"

她上前扶住了他。

**郝云芳：**"你这是怎么了？"

她有些惊恐。

**杨明光：**"起不来了……慢点，慢点……"

郝云芳扶着杨明光慢慢的往起站，杨明光双手扶着墙，双腿抖动。

**郝云芳：**"你呀，你呀！"

**27. 四牌楼岗区　日　外**

红绿灯明灭。

便道上，聚集着一队准备穿越马路的小学生。杨明光帮助小学生整理好队形。

马路上穿流而过的汽车和自行车。

岗台上，小赵在指挥。

红灯亮了，南北方向的车辆停驶。

杨明光："同学们，现在那边是红灯，大家看，南北两边的汽车、自行车都在停车线后面了，只有这时穿越马路才最安全。好，现在同学们跟我过马路。"

杨明光护送学生们穿越马路，来到另一侧，杨明光又向小学生们讲解。

杨明光："如果在远离岗亭的地方过马路，最好找有人行横道的地方。过马路的时候，眼睛要先向左看，因为车从左边来，走到中心线，眼睛再看右边，因为车从右边来，同学们都记住了？"

学生们："记住了！"

杨明光："好！从今天起，如果我当班，由我护送你们过马路，如果我不在，别的民警叔叔要是照顾不过来的话，你们一定要按我说的去做，好吗？"

学生们："记住了！"

杨明光："好，同学们再见。"

同学们："叔叔再见！"

同学们从便道上走去。

杨明光一回头，望见郑燕站在他面前，他不禁一愣。

郑燕："不认识我了？"

杨明光突然想起来。

杨明光："噢，是你呀，郑、郑……"

郑燕："郑燕，食品厂的。"

杨明光："对，对，郑燕。"

大家都想起那一段尴尬事，话一下卡了壳。

杨明光："啊，车还好用吧？"

郑燕："没说的……嗨，上次我也真是……"

杨明光："不说了不说了。"

郑燕："不说了。"

她从后车架上拿起一盒糕点，捧到杨明光面前。

郑燕："这盒点心送给你们尝尝。"

杨明光顿时严肃起来。

杨明光："咱们有什么说什么可不兴这个，不要不要。"

郑燕："别，我这可不是贿赂你们，这礼物可是有点意义哩！"

杨明光："什么意义？"

郑燕："这是我设计的新品种，叫云中酥，厂里发给我的二百元钱我都买了这种点心，亲朋好友的我都送一盒。"

杨明光不禁笑了。

杨明光："那我们也算是你的亲朋好友了？"

郑燕："不管你们觉得算不算，反正我打上了你们的份，哎哎，你再听我说，还有第二层意思，这意思就是向你们道歉，也向你们道谢。"

杨明光："你的好意我们都领了，可东西你得拿回去。"

郑燕："我这东西又不是专给你一个人的，还有那个，上次叫我气着了的那个人，我是给你们大家的！哎，他去哪儿了？"

**杨明光：**"你说小赵啊，那不就是他。"

小赵在岗台上指挥。

郑燕看了一眼。

杨明光突然想起个主意。

**杨明光：**"要不这么着吧，你把刚才的话跟他也说说，也体现体现警民之间新的关系嘛，怎么样？我把他给叫来。"

郑燕默许。

杨明光快步走向岗台。

郑燕在远处看着。

杨明光同小赵说了几句，小赵走下岗台，杨明光接替指挥。

小赵朝郑燕走过来。

## 28. 交通一中队办公室　日　内

点心盒打开。

小赵、大个子、小钱和杨明光等人一人拿了一块，品尝起来。

**大个子：**"不错不错，这姑娘还真有点手艺。哎，我说老杨，咱这白吃人家的东西算不算违章？"

**小赵：**"去你的吧，别占了便宜还说风凉话，这是我挨骂，当了次流氓换来的。"

大家笑。

**杨明光：**"这次嘛，她是诚心诚意送给我们大家的，二嘛，礼物虽小也说明了个道理，再刺头难缠的行人，只要是我们文明值勤，总会感动人，会得到人民的理解。"

**大个子：**"我说这点东西不会让我们白吃吗，这不是劳模又给咱上课了。"

**杨明光：**"这算什么上课，不过有这么点体会，不知你们体会出来点没有？"

**小钱：**"对！我看有点道理，那天，那个姑娘同小赵站在那儿谈了好长一阵子，这警民关系，嘻，怎么样？"

**大个子：**"哎，这可是新情况，说说，说说。"

**小赵：**"滚你的蛋，能有什么关系？"

一干事走进来。

**干事：**"老杨，支队长让你去一趟。"

**杨明光：**"大家慢慢吃，我一会儿就回来。"

杨明光走了。

**大个子：**"你们猜支队长找他谈什么？"

**小赵：**"谈什么？"

**大个子：**"人家要开始骑摩托了，升了！"

## 29. 支队长办公室　日　内

杨明光从任命通知文件上抬起头。

**杨明光：**"支队长，还真的？"

**支队长：**"这有什么啊，你是十几年的民警了，又是连续几年的先进工作者，任命你当付中队长，是当之无愧的。"

**杨明光：**"支队长，我身上的头衔够多的了，这副担子，我怕担不起来，再说，让我干行，让我当副队长……"

**支队长：**"组织上信任你能干好，你就能干好，你这个人谁还不知道，当队长了就不能光考虑自己干好就行了，还要组织大家干好，要善于领导；你呐，也要多注意点身体，上次集体身体检查你的病可真不少，又是胃病，又是静脉曲张，又是淋巴结什么的，是吧？让你当队长从另一个角度说，也是想让你从岗台上解脱一下。"

### 30. 街道　日　外

杨明光骑着自行车飞快地穿过街道，他脸上充满了兴奋和期待。

### 31. 新华书店　日　内

书架上，各式各样装帧新颖的书籍，令人应接不暇。

杨明光在这个书架上看看，在那个书架上看看，在散开的书架前他细心的查找，还是没有他要的那本书，他不死心，又找。

他来到服务员跟前。

**杨明光：**"同志，有那本书没有……那个《雷锋日记》？"

女服务员好像没听懂。

**女服务员：**"什么？"

**杨明光：**"雷锋日记。"

**另一个女服务员：**"他要买什么书？"

**女服务员：**"雷锋日记。"

另一个女服务员笑了。

**另一个女服务员：**"哎哟，现在哪有那本书啊，雷锋早出国了！"

**杨明光：**"同志麻烦您帮我想想，哪儿有，我跑了好几家书店了……"

女服务员对另一个服务员。

**女服务员：**"书库里有没有？哎，你到书库看看去，哎，从这儿出去，往左拐。"

女服务员指点了他一下。

**杨明光：**"谢谢！"

杨明光走过去的时候，听见那两个服务员在背后嘻嘻地笑。

### 32. 书库　日　内

一个戴眼镜的老头带着杨明光朝角落里走过去，那里堆满了书。

**老头：**"这书倒是有啊，可是有年头没卖过了，同志，你怎么想起来买这本书？"

**杨明光：**"我有用"

老头看了他一眼。

**老头**："早先都学雷锋，现在没人提了，其实呐，大家要都像雷锋那样也不错，你看看现在这人……"

老头从书堆上往下搬书。

杨明光也帮着老头搬起来。

**老头**："现在这人啊，谁也不管谁，谁还看不上谁，说到最后就他自个儿最好……哎，找到了，在这儿，在这儿。"

杨明光凑过去，在书堆里掏了半天，拎出一捆书来。

书捆的边角上落满了灰尘，他用手擦了一下书脊，露出"雷锋日记"四个字。

## 33. 一中队会议室　日　内

几排长椅上坐满了年青的民警。

**小钱**："老杨当副中队长了，咱得让他给咱买糖吃。"

人们七嘴八舌。

**众人**："对，买糖！不行，光买糖不行，得买烟……"

**大个子**："哎，大家都爱老杨老杨的叫，现在得叫杨副中队长了，变了！"

**小赵**："变什么？我看他还是他！"

杨明光拎着那捆书走了进来。

大家一哄而上。

**众人**："哎老杨，买糖买糖。"

**众人**："你高兴也得让咱高兴高兴，可得请客。"

**小赵**："我说你们别尽想着吃的，我们让老杨，杨副中队长给咱来段就职演说好不好？"

大家鼓掌。

**杨明光**："我会说什么。"

**大个子**："说说，现在兴这个。"

大家又鼓掌。

**众人**："欢迎杨付中队长给我们来一段。"

**杨明光**："你们这不是给我难看吗，我能讲个什么。我肚子里这点水你们还不知道，我呀，没什么讲的。"

说着，他打开书捆。大家好奇的望着。

杨明光把《雷锋日记》往人们手里递。

**杨明光**："来，一人一本。"

**小钱**："嚯，给我们发书啊！"

待到人们看清是《雷锋日记》之后，人们新奇，惊异，不解。

**杨明光**："我说不好，你们要听，就看看这上面是怎么说的，给，拿着。"

**大个子**："你打哪儿把这宝贝给搞出来了？"

**小赵**："这可真是稀罕物。"

**小钱**："嘿！老杨看不出，你可是真有绝的！"

**杨明光**："多看看，有用。"

### 34. 杨明光家　夜　内

屋里黑漆漆的，一家人都睡着。

杨明光翻了个身，又欠起头，朝窗外看了看。窗外也是一片漆黑。

他躺下，不放心，再爬起来，打着手电看墙上的挂钟。

挂钟的指针五点刚过。

郝云芳也动了一下

**郝云芳**："干什么呀你，这一夜，看你折腾的。"

她语气中带着睡意。

杨明光又躺下了，他睡不着，点起了一支烟。

**郝云芳**："……我就说嘛，劳模就够人受的了，又当干部……"

郝云芳掉了个身。

**杨明光**："组织上信任嘛。"

过了一会，郝云芳又问了句："住房申请写了没？"

**杨明光**："我还正琢磨这事呢，你说，刚当上副中队长就要房，好吗？"

郝云芳好像一下子醒过来，腾的又掉过身："你这个人怎么越给你高帽戴就越糊涂啊，谁说当了干部就不好要房了，当了干部不就更好要房了？写！快写！你写不写？"

**杨明光**："嗯，写。"

**郝云芳**："写了赶快交上去，告诉你，这次你要不上照我说均办，我给你没完。"

### 35. 小胡同　日　外

天色微明。

杨明光骑着摩托车，在小胡同里东拐西拐的低速行驶。

摩托车驶出小胡同。

摩托车行驶在马路上。

### 36. 新建路口岗台　日　外

岗台上无人。

杨明光把摩托车停在路边，他看了下手表，活动一下身子，走上岗台。

杨明光又以标准的姿态站在岗台上，眼望左右。

一辆卡车通过。

杨明光挥臂指挥。

通过的卡车致意似的按了两下喇叭。

杨明光转身，继续眼顾左右。

大个子和另一个民警先后骑车赶到。

站在岗台上的杨明光又看了下表。

**大个子**："副中队长，你早啊！"

**杨明光**："应该提前五分钟进岗。你们晚了。"

大个子嘿嘿一笑。

杨明光拍拍他的肩膀。

**杨明光：**"下次注意。"

说着，他发动起摩托，又风驰电掣般的朝前面的路口去了。

大个子站在岗台上对另一个民警说。

**大个子：**"这下咱可有好日子过了，跟上一个拼命的，咱也得掉几层皮，你说他当劳模，我们跟着凑哪门子热闹啊。"

## 37. 大南关区　日　外

指示灯已经亮起。

小刘站在岗台上。

杨明光骑车渐渐驶近。

小刘示意通行。

杨明光一个转弯刹车，停在岗台下。

**杨明光：**"早啊？"

**小刘：**"你早啊，老杨。"

**杨明光：**"没什么情况吧？"

**小刘：**"没什么，你放心吧。"

杨明光骑车远去。

## 38. 四牌楼岗区　日　外

小赵站在岗台上。

杨明光把摩托车靠在路边，走过来。

**小赵：**"你来这么早干什么呀，让你当官你都不会享受。"

**杨明光：**"来来来，你下来。"

**小赵：**"你一边歇着去吧，现在这里用不着你了。"

**杨明光：**"少废话，让我站一会儿，我有这个瘾你还不知道？"

小赵摇摇头下了岗台。

**小赵：**"我看你呀，天生就是这个命！"

杨明光又威风凛凛的站在他熟悉岗台上。

**小赵：**"就这个工作你还能干上瘾，我想逃还逃不走哩。"

**杨明光：**"怎么，你不想干了？"

**小赵：**"但凡有点别的门路，谁干这个哩！"

车辆逐渐经过。

杨明光指挥。

那个中年男人带着儿子又跑步经过岗台。

**中年人：**"你早啊！"

杨明光微笑着点头。

中年人带着儿子跑步通过，小赵已经站到路边去了。
杨明光大声的喊。
**杨明光**："小赵，你这想法可是不大好啊，干咱这行不光彩？"
**小赵**："光彩不光彩靠咱自己说不行啊，你知道别人怎么看？"
车辆通过，杨明光指挥。
骑自行车上班的人越来越多。
停车线外，郑燕推着车看指示灯，她朝岗台四周看看，好像在找谁。
红灯灭，黄灯亮，绿灯起。
郑燕推着车走到岗台前。
**郑燕**："老杨！"
**杨明光**："噢，是你呀小郑，早啊。"
杨明光边说边目不斜视的指挥。
**郑燕**："老杨，听说你当了干部了，怎么还站岗？"
**杨明光**："当干部就不站岗了？更得站呀。哎，小郑，有事么？"
他语气中有让她快通过的意思。
郑燕左顾右看。
**郑燕**："小赵没来？"
**杨明光**："来了，哦，在岗亭里了。"
杨明光说完看了一眼郑燕。

39. 岗亭里　日　内

郑燕走进岗亭。
小赵一见是郑燕，有点慌乱，急忙站起来。
**小赵**："噢，是你呀……有事儿？噢，上班哪。"
他有些语无伦次，郑燕含笑。
**郑燕**："没事就不兴来看看你，到你岗楼来不罚款吧？"
**小赵**："不，不"
**郑燕**："哎，我还真有点事儿，今天晚上永泰电影院演香港电影《警察的故事》，听说可好看了，我想去看。"
**小赵**："……那，那你就去看吧。"
**郑燕**："我家离的远，看完了我也不敢回家，路上要碰到坏小子怎么办？"
小赵无言以对。
**郑燕**："你怎么样？要有你这身警服谁见了不怕，怎么，肯帮忙吗？"
小赵有点糊涂了。
**小赵**："你要借我的警服？"
郑燕哈哈的笑了。
**郑燕**："我光借警服干什么，我连你这个人一块儿借！"

**40. 岗台上　日　外**

　　杨明光在指挥，但他看见了小赵把郑燕送下岗亭。杨明光脸上露出笑容。

　　七八个小学生排成一行队伍通过人行横道。那几个小学生齐声高喊。

　　**小学生**："叔叔好。"

　　杨明光端正手臂示意前行。

**41. 街道　日　外**

　　杨明光骑着摩托巡逻。

　　十字路口。

　　路边有许多摆摊的小贩。

　　杨明光边骑边左右的察看。

　　**老汉**："喂，喂，那个同志。"

　　有人喊，杨明光扭头一看，那个卖豆腐的老汉正欠起半个身子同他打招呼。

　　**老汉**："等等，等等。"

　　老汉边说边张开一个塑料袋往里装冻豆腐。

　　杨明光刹住了车。

　　老汉手拎着一塑料袋冻豆腐走过来。

　　**老汉**："你还认得我？"

　　**杨明光**："认得，大爷你生意好吧？"

　　**老汉**："好，好！来，把这个带家去。"

　　**杨明光**："别，大爷，您老留着卖钱吧！"

　　老汉一个劲的往杨明光怀里塞。

　　**老汉**："嗨，上次你没罚我钱，还倒赔我一本书，我过意不去啊，拿家去，这东西不值个钱……"

　　老汉在说话的时候突然发现前面有一个小伙子正准备翻越路边的栏杆。

　　杨明光一下子启动摩托。

　　**杨明光**："大爷，再见！"

　　老汉拎着那一袋冻豆腐。

　　**老汉**："嗨，这人！"

　　那个翻越栏杆的小伙子双脚刚刚落地。

　　杨明光那辆摩托车已经停在他面前。他下车，举手敬礼。

　　小伙子咧着嘴尴尬的笑，想说什么可又说不出口。

　　**杨明光**："这样做不大好吧？"

　　小伙子搔搔头皮。

　　**小伙子**："是不大对。"

　　**杨明光**："知道不对还干这事儿？"

　　**小伙子**："罚吧？"

**杨明光：**"罚我是要按章罚你，可我还得给你讲道理，你说路边修这道栏杆干什么？就是为不让行人通过，为什么不让通过？就是要保护行人的安全，你说你一翻过来，对面的司机要一眼没看清，有个闪失把你撞了怎么办？"

小伙子自知理亏，一个劲的点头称是。

**杨明光：**"再说，有路不走，翻栏杆多不文雅，挺好的小伙子，叫人看见多不好意思。"

小伙子脸红。

**小伙子：**"是，那，那你罚我两倍得了。"

小伙子急忙掏钱。

**杨明光，**那哪儿行啊，理是理，错是错，我还是得按你的错罚你，五毛。

### 42. 街道  日  外

路边是几栋新起的居民楼房。

杨明光放慢了车速，边骑边羡慕的看着。他下意识的用手碰了下上衣口袋，想起了什么。

### 43. 交警支队楼内门厅  日  内

杨明光正准备上楼，曹干事从楼梯上走下来。

**杨明光：**"小曹！"

**曹干事：**"嘿，老杨。哎，住房申请交了没有？"

**杨明光：**"我这不正想来交吗？"

**曹干事：**"你怎么这么磨磨蹭蹭的，都开始研究分配方案了，你才……快去，快交上去。杨明光上了楼梯。"

曹干事又想了件事儿，喊住了他。

**曹干事：**"哎，老杨，求你件事儿。"

**杨明光：**"什么事儿？说。"

**曹干事：**"我有几块木板想烤一烤，准备打家具，明天星期天，你能不能给我找辆车，到木材厂去一趟。"

杨明光想了想

**杨明光：**"你那木板多长？"

**曹干事：**"两米，有辆客货就对付了。"

**杨明光：**"行，明天上午，你等我。"

### 44. 楼梯拐角  日  内

杨明光从上衣袋里掏出住房申请，他打开又看了一遍，迟疑了一下，手握着申请书揣到兜里，继续走。

### 45. 二楼走廊  日  内

杨明光迈开大步朝办公室走去，可快到办公室门口了，他又迟疑了。

一个民警从他身边经过。

**民警：**"哎，老杨，怎么不进去？"

杨明光点点头，笑笑，他正准备推门进去，里面传出大个子的声音。

**大个子：**"……先进工作者是他，劳模是他，副中队长刚刚提上去，房子他也要，什么好事都让他占去了，他吃香的喝辣的，给咱留点稀粥还不行？"

杨明光像被电击一样的愣住了，他揣在兜里的手握紧了拳头。

他想了想，慢慢的离开了。

走到楼道口，他把手从兜里掏出来，看看那个被捏成一团的申请书，撕成碎片，扔到墙边的痰盂里。

### 46. 马路 夜 外

杨明光骑着摩托车在路上慢慢的走，他神色抑郁。

突然他感到难受，赶忙下了车，蹲在马路边干呕了一阵。呕完了，蹲在那儿喘气。

### 47. 杨明光家 夜 内

杨明光躺在炕上，两眼直瞪瞪地看着屋顶。过了一会儿他又坐起来，点起一支烟，闷闷的抽着。

郝云芳在缝纫机上给亮亮做衣服。

屋里唯有缝纫机的"嗒嗒"声。

亮亮戴着爸爸的大檐帽，也学答爸的样子在指挥交通。

他举起小手敬礼。

**亮亮：**"同志，你违犯了，要文明。爸爸，罚他钱不罚？"

杨明光没说话。

郝云芳扭过头看了他一眼。

亮亮自做自划的。

**亮亮：**"不罚了，爸爸说要教育为主，以后注意。"

郝云芳轧好了衣服，走过来给亮亮试。

**郝芳：**"亮亮，来。"

她边试衣服边看着杨明光。

**郝云芳：**"我说你今天是怎么了？回家就躺在炕上看房顶，房顶上有天书？还是有馅饼？"

杨明光还是不说话。

**郝云芳：**"出什么毛病了，你倒是说话呀？"

杨明光叹了一口气。

**郝云芳：**"看你这个人，有什么话就说，你掉个脸子给谁看？给我看？我招你我惹你了？"

**杨明光：**"……这劳模不好当啊。"

**郝云芳：**"你才明白呀。"

杨明光："不是干活，干活咱能受，就是闲话……"

郝云芳："看你看你，又听到什么了？那闲话也不是一天两天的，从你当劳模那天就有。今天是怎么了？今天的闲话特别？"

杨明光又叹气。

郝云芳上前去拉他推他。

郝云芳："你光叹气干什么呀，把人都急死了，有什么事儿快说？"

杨明光看着郝云芳，半天才说出一个字"房"。

郝云芳："房怎么了？"

杨明光："反正是不好听的话了呗！"

郝云芳："看看你们那些人，你活儿干多少平时没人说，等到有什么好事了，就都有话了。"

杨明光："人家说得的好处够多的了。"

郝云芳："你得了什么好处了？不就是拿回些奖本本奖状状吗？又不能卖钱又不能吃，那算什么？"

杨明光又叹了口气。

郝云芳："算了算了，那房咱有希望没有？要是狼啃狗咬的，咱就不跟他们呲那个牙去。何必生那个闲气！"

杨明光："那你……"

郝云芳："我怎么了？"

杨明光："这房分不上，我怎么交代你呀？"

郝云芳有点火了。

郝云芳："我怎么了？杨明光，你怎么总不正确评价我？我是那个意思吗？不就是两口子枕头边上的话，又不是上了文件的？噢，在外面人家挤对你，到家里我还逼你，让你上吊去？你个没良心的，尽往坏处想我，我不就是想换换地方，住的宽畅一点，我也跟你享受享受，也算我当了一场劳模的老婆。"

杨明光感动了。

杨明光："我也是这么想的，这么多年，你跟我吃了不少苦，要是能分到一套新房，让你也跟我沾点光。"

郝云芳："不就是这点事儿吗？五尺高的汉子，这点事儿都想不开，咱居家过日子的是什么？是人，又不是过房子，只要你身体好好的，别累出大毛病来，比什么不强！"

杨明光释然一笑。

杨明光："嘿！你还真有一套。也真不愧是劳模的老婆。"

郝云芳："别提你那档子劳模的事儿，谁稀罕……嗨，我呀，天生就是个穷命，苦命……好事就别往心里想。"

外面传来有人走进推门的声音。

郝云芳："谁呀。"

她出去了。

外面的对话声。

外面人："这是杨明光的家吗？"

郝云芳："是呀，你们哪儿的？"

外面人："哎呀，可算找到，找到了。"

杨明光急忙穿鞋下地。

微微的奶奶、爸爸、妈妈抱着微微走进来。

微微一眼就认出杨明光。

微微："叔叔，叔叔，奶奶，就是这个叔叔。"

老太太："你就是那个杨明光呀？"

老太太话没说完就要跪下磕头，杨明光一把扶起她。

杨明光："老人家，可不敢可不敢。"

老太太泪流满面。

老太太："大恩人，大恩人，我们可怎么谢你呀。"

郝云芳在一边招呼客人们坐下，一边倒茶。

杨明光："老人家，别这样说，这点事儿算什么？"

老太太："不算什么，孙女走丢了，我寻死的心都有了，多亏你呀，多亏你呀，恩人……

杨明光边扶着老太太坐下边说。"

杨明光："都是我该办的。民警嘛就干这些事儿。"

老太太急忙招呼儿子、媳妇。

老太太："快呀，你们还愣着干什么，快拿出来呀！"

微微的爸爸把一个很大的镜子举上前来。

微微爸："杨明光同志，我得叫你一声大哥。大哥，你得收下，这是我们一点心意。"

他语音哽咽。

杨明光："可不要这样，你们到我家我欢迎，东西我可是不能收。"

老太太："恩人啊，你可不能这样说呀，我们在家里可是核计了，要说呀，这件事花个几块钱谢你都是应该的，可大家都说你这人从来不收人家的东西，可咱一家人的心意怎么表示呀，这可咋办？核计来核计去，咱送个匾吧。"

郝云芳眼里流出泪水，她自豪。

老太太哆哆嗦嗦的揭开蒙在镜框上的红绸。

老太太："这不是钱，不是物，这是咱一家三代人的心意啊，你可别驳我的这点老面子，你收下，收下。"

镜子上写着"人民民警爱人民、人民民警人民爱"几个大红字。

杨明光激动不已。

### 48. 居民住宅区　日　外

杨明光拉着一台小平车，在排房间的路上通过，他在一所院子前停下来。

杨明光拍了拍门。

杨明光："哎，小曹，曹干事。"

曹干事闻声开门。

曹干事:"老杨,这么快?"
他朝远处看看,又朝他身后那台平车看看,他不解。
曹干事:"车呢?"
杨明光:"这不是车?"
曹干事盯着那台小平车惊讶不已。
曹干事:"老杨,你,你这是干什么?"
杨明光:"你不是要烤木板吗?这车足够用,我帮你拉。木板在哪儿了?"
说着他就要往院子里去。
曹干事"唉呀"长叹一声。

49. 杨明光家　日　内

郝云芳在屋里洗衣服,她拎起杨明光的一件上衣,习惯的把衣兜翻了翻,她从上衣掏出几张病休单,她夹着衣服一张一张的看。
上面写着胃溃疡、肝区肿大、病休半个月等等。她有些发呆也有点来气,把衣服一下甩到地上。

50. 省民警英模大会　礼堂　日　内

一阵阵经久不息的掌声。
主席台上,杨明光和其余九个模范民警胸戴红花,接受首长发给的奖品。
杨明光从首长手里捧过一台双卡录音机,他转过身,面向台上的人们。
他脸上充满喜悦的和自豪。

51. 杨明光家　日　内

屋里弥散着录音机里放出的乐曲。
柜子上放着那台录音机,杨明光身靠在柜子边上,亮亮坐在柜子上,父子俩都在欣赏这台录音机,杨明光有些喜不自胜。
郝云芳把药拿过来,又放上一杯水。
杨明光:"你看,这还是双卡的哩!"
郝云芳没说话,她脸上呈现出忧虑不安的神态。
杨明光:"怎么样?这下我总算给你捧回点东西来吧?"
录音机里响起电视剧《便衣警察》的插曲。
杨明光跟着哼唱。
郝云芳:"哎,明天咱们到医院去。"
杨明光:"我那点病,你别听医院吓唬,我还不知道我自己。"
郝云芳:"你知道什么,等你……"
她把下面的话咽下去了。
郝云芳:"你去省里开会那几天,支队长就跟我说了,这回到医院去,你得好好检查检查。"

杨明光还在跟着唱，亮亮也跟着唱。

郝云芳一下子关掉录音机。

**郝云芳：**"别唱了别唱了，还有心思唱，你说你明天去不去？"

**杨明光：**"那，你说去说去吧，去也是那么一回事儿。"

**郝云芳：** "你少跟我废话，明天早起我先到厂里请个假，九点，你准时在医院门口等我。"

## 52. 四牌楼岗区　日　外

岗亭下。

杨明光撂下摩托车，小赵过来了。

**小赵：**"老杨，你怎么又来了？支队长不是让你去医院检查吗？"

**杨明光：**"还早哩，急什么，哎，有什么新进展吗？"

小赵有些忸怩。

**小赵：**"也没什么。"

**杨明光：**"还没什么？电影也看了，马路也逛了，还能没什么？"

**小赵：**"你说这事儿也怪了，怎么就走到一块儿去了？"

**杨明光：**"这就叫不打不成交吗，行，你好好跟人家谈吧，我看郑燕那姑娘嘴皮子是厉害点，其实心眼不错，有点像我家那口子。"

**小赵：**"我跟她说，你不是说我马路撅子只能找猪八戒他二姨吗？"

**杨明光：**"她说什么？"

**小赵：**"她说你别变着法儿骂我，猪八戒他二姨怎么了，他二姨也是带点仙气的，说变就变好看了。"

小赵笑，杨明光也开心的笑。突然，他感到又一阵恶心，急忙跑到马路边，蹲下去又干呕了一阵。

小赵为他捶背。

**小赵：**"老杨，这是怎么了？"

杨明光呕了一阵，慢慢的直起腰，额上渗出一层虚汗。

**杨明光：**"没事，可能刚才在路上灌了点风……"

**小赵：**"老杨，我看你还是赶快去医院，不能再耽误了。"

**杨明光：**"你们别都来吓唬我……"

说话间，他看见那一对盲人夫妇走过来，他话未说完，撇下小赵大步迎上盲人夫妇。

**杨明光：**"二位好啊！"

**男盲人、女盲人：**"是明光呀！你又来了？"

杨明光上前挽扶。

**杨明光：**"二位近来好？"

**男盲人：**"好，好你最近不在这儿的时候，小赵啊、小钱啊都帮着呐。"

**女盲人：**"老是让你费心了，你好，你带的人也好。"

他们走向人行横道，

**女盲人：**"明光，你也好？"
**杨明光：**"好！"
说着他擦了一把头上的虚汗。
**女盲人：**"你是够累的，可得注意点身体。"
他们朝对面走去。
红绿灯闪烁。
杨明光站在岗台上指挥。
他不时的掏出手绢擦额上的虚汗，但指挥的姿态和手势依然不走样儿。
郝云芳从马路那边推着车，气喘喘的走过来。
还没等走到岗台，她就大声的喊起来。
**郝云芳：**"杨明光，你给我下来。"
杨明光看了她一眼。
**杨明光：**"喊什么，我站一会儿就去了，别到这儿来。"
杨明光转身去指挥另一个方向。
郝云芳迎面在他的鼻子底下，几乎是破口大骂。
**郝云芳：**"杨明光，你个没长良心的东西，你这是成心不把我们娘俩当人呀！你不要命！你想两眼一闭，两腿一蹬享清福去了，你把我们娘俩扔给谁呀！"
她说着呜呜的哭起来！
**郝云芳：**"杨明光，你给我滚下来，滚下来！"
杨明光挺立的胸膛。
他那坚毅的面孔。
指挥中的潇洒的姿态。
他头上的大檐帽。
一直摇向蓝天。
蓝天上的白云。
掠过几只鸽子，鸽子发出轻柔的哨音。
沉静。

### 53. 医院门前　日　外

一辆公安轿车停在门前，支队长和有关干部从车门出来，匆匆推门而入。

### 54. 医院病房走廊　日　内

支队长一行人从楼梯拐上来，沿着走廊走来。
他们的面孔是严峻的。

### 55. 病房办公室　日　内

各种 X 光照片，CT 扫描显影，在荧光板上一个一个的显示，一只手在上面比划着。
大夫的画外音："他得的是胃癌，但是现在还在大面积扩散，肺、肝、脾、大肠以及淋巴组织都有癌变肿块……目前手术已经无法治疗。"

**支队长：**"大夫，这个同志是省特级劳模，一个非常非常好的同志，我们愿不惜一切代价，挽救这位同志，请你们无论如何要想想办法，无论如何。"

大夫做了个手势打断了他的话。

**大夫：**"我们和你们的愿望是一致的，但是愿望归愿望，实际情况就是这样。"

大家沉默。

**支队长：**"那，那他现在怎么办？"

**大夫：**"像他这样的病情，按一般的判断，也就是维持几个月的时间吧，治疗上，我们尽力而为。"

大家沉默。

**大夫：**"这位同志年龄不大啊，才三十二岁，怎么这么多病？静脉曲张到惊人的程度，肺结核，心脏也不大好，胃溃疡，还有关节……不要说是癌，就这几样病加起来也够要他的命了。"

大家依然沉默。

## 56. 病房　日　内

衣架上挂着杨明光的大檐帽和警服。

窗台上还有两盆一桌红，花正艳丽。

杨明光躺在床上，他对自己的病情还一无所知，但看样子更虚弱了。

郝云芳在床头柜上给他配药、倒水，她忧心如焚，但强作镇静。

**杨明光：**"我这病没什么大事吧？"

**郝云芳：**"……没，没什么，你就安心的养着吧。"

**杨明光：**"没什么就好。"

他欠了欠身子看着周围。病房里只有两张床，地下还配着沙发。

**杨明光：**"真也难找这么个地方歇几天，你看领导多把咱当回事儿，就真有点病，还让咱住这么好的病房，也是厅局级的待遇了，你跟我在这儿享受几天。"

郝云芳鼻子一阵发酸，把脸扭到一边去了。

**杨明光：**"哎，你怎么了？"

郝云芳急忙掩饰。

**郝云芳：**"这屋里有股味儿，呛人的不行。"

## 57. 四牌楼岗区　日　外

岗台上，小赵在指挥，他神色严峻。

车辆，人流。

郑燕推着车过来，后车架上放着两盒糕点，前面的车把上还挂着一个兜，里面装满了食品。

**郑燕：**"小赵，下班以后咱俩一块到医院看老杨吧。"

小赵依然指挥，他不说话，但是眼泪流了下来。

郑燕:"怎么了？不好？"
小赵:"他什么也吃不下了。"
说着，他转个身，伸手指挥。
人来车往，十字路口井然有序。

## 58. 病房内　黎明前　内

一品红已经开始凋谢，红色的叶片撒在花盆里，窗台上。
床边是氧气瓶和输液架。
郝云芳默默的坐在床头，看着杨明光。
杨明光身体虚弱，满脸胡楂，迷迷糊糊地躺在病床上。
病房内十分的安静，输液管中缓慢落下的水珠。
过了一会儿，杨明光把头扭向郝云芳，睁开了眼睛。
他的一只手很艰难的伸到床边。
郝云芳把手递给他，两只手握在一起。
杨明光:"……云芳……"
声音低哑无力。
郝云芳嗯了一声，把脸向前凑了凑。
郝云芳:"我在这儿。"
杨明光:"……没想到，这么快……"
停顿。
杨明光:"本想让你和儿子跟我能多过上几天好日子……我心里是这么想的……"
停顿。
杨明光:"你信不信？"
郝云芳连连点头。
郝云芳:"信，我信。"
杨明光:"……你跟我可是受苦了……我，我也不能报答你了……"
郝云芳强忍泪水。
郝云芳:"明光，你说这些干什么，我跟你在一起挺知足，你是劳模，走到哪儿，人们就说我是杨明光的老婆，我挺光彩，挺光彩。"
杨明光苦笑了一下，捏了捏她的手。
杨明光轻轻的叹口气。
杨明光:"……我该带你和亮亮去趟公园……还有咱俩多少年没在一起看过电影了……"
郝云芳:"等你好了，咱们再去。"
郝云芳眼泪流下来了。
杨明光摇摇头。
杨明光:"去不成了……去不成了……我知道……"
窗外传来汽车驶过的摩擦声和喇叭声。
杨明光眼睛一亮。

杨明光："天亮了吧？"
郝云芳："嗯快了。"
杨明光："……该上岗了。"
郝云芳看着他。
杨明光挣扎着要起来。
郝云芳："干什么？"
杨明光依然挣扎。
郝云芳把他扶起来。
杨明光看着挂在衣帽架上的大檐帽和警服。
杨明光："云芳，你，你把我那身警服拿来。"
郝云芳："你要做什么？"
杨明光看郝云芳的眼睛，乞求般的。
杨明光："你跟大夫说说……我想要再上一次岗……就这一次了……"
郝云芳眼睁睁的看着他，泪水如串珠般流下。

59. 四牌楼岗区　日　外
朝霞染红了路口周围的大楼，染红了岗台。
两辆公安轿车开过来，停在路口。
支队长从前门出来，打开后车门。
郝云芳抱着儿子走下，她把儿子放在地下，转身和支队长把杨明光从车上扶了下来。
从另一辆轿车里走出两个身着白大褂的护士。
杨明光刮干净了胡子，又穿上了他那套整洁的警服。
他终于站稳了，眼望着前面的岗台。
岗台上，小赵在值勤。
杨明光双臂抖动了一下，支队长和郝云芳松开了手。
他喘了口气，慢慢的朝岗台走去。
小赵面对着他，举手敬礼。
杨明光缓慢的，但是坚定的走了过来。
路口的车辆和人流全部自动的停止前行。
人们望着杨明光。
其中有那一对盲人夫妇，他们擦着眼睛，好像这样就能看见似的。
杨明光走向岗台。
郝云芳抱着儿子远远的看着。
支队长和其他的干部和护士远远的看着。
杨明光在岗台下站住了。
他举手向小赵敬礼。
小赵泪流满面。
小赵跳下岗台，他扶着杨明光登上岗台。

另一个路口。

郑燕扶在人行道的栏杆上掩嘴痛哭。

那个早起跑步的中年人和他的儿子。

那个卖豆腐的老汉。

杨明光站在岗台中心，他环顾左右。

在个岗区的车辆和行人都停在停车线的后面。人们眼望着他。

静。

杨明光抬臂，举手，做通行的手势。

车辆以低速缓慢通过。

车辆通过杨明光的身旁。

一队小学生列队通过人行横道。

静。

小学生们立定转身，举起队礼，齐声高喊。

小学生："叔叔你好，叔叔你好！"

童稚的声音回天荡地。

杨明光垂手直立。

不知是谁按响了第一声喇叭，于是，环绕在十字路口的所有汽车都按响了喇叭，连自行车都按动起铃声。

声音惊天动地。

郝云芳抱着儿子仰望着，她眼泪盈面，但她欣慰。

杨明光把手抬起来，慢慢的伸向帽檐，他向人们致敬。

汽车喇叭声、车铃声不绝于耳。

渐渐的我们听到心脏有力的跳动声，嘭！嘭！嘭！

定格。

文字整理：徐翔宇

资料来源：孟繁元、尹铁牛、石零，《有这样一个民警》，载于《中外电视》1990年05期。

# 十六岁的花季

**首播时间**：1989 年
**首播电视台**：中央电视台
**摄制单位**：上海电视剧制作中心、中央电视台
**编　　剧**：张弘
**导　　演**：富敏、张弘
**摄　　像**：陈健、王艺
**主　　演**：战士强、吉雪萍、杨晓宁、池华琼、杨昆、何威、杨健宇、周琦
**获奖奖项**：第十届（1989 年度）中国电视剧飞天奖儿童连续剧二等奖；第八届（1990 年）中国电视金鹰奖优秀儿童剧奖。

**剧情梗概：**

　　剧讲述的是白雪、陈非儿、欧阳严严和韩小乐等几个 16 岁的少男少女，在高中校园里的一段生活。白雪、陈非儿、欧阳严严和韩小乐是高中一年级三班的学生。白雪个性率真，富有正义感，是个出色的班干部，也是几个孩子当中最富有理想色彩的。期中考试之后，学校张贴了红白两种考试成绩榜，伤害了许多学生的自尊心，家长会即将召开之际，白雪怒撕红白榜，在学校引起了轩然大波。同时，她和欧阳严严的亲密关系，使她戴上了"早恋"的帽子。白雪无意间发现了爸爸和同事罗兰阿姨的关系非同寻常，内心十分痛苦的她，下决心要维护自己的家庭，既巧妙又可笑地干预了父亲的生活。然而最终富有同情心的她理解和原谅了罗艺，同时也捍卫了妈妈的利益。欧阳是一个多才多艺的少年，会跳水、会霹雳，成绩优良，工作能力很强，但他怯懦、自私，有点窝囊，欧阳受了委屈，韩小乐替他到书店去恶作剧。柔弱美貌的"少男杀手"陈非儿寄人篱下，特殊的生活遭遇养成她外柔内刚的性格。她有主见，遇到事情很沉稳，富有同情心、非常善良。陈非儿无意间结识了帅气又有才华的原野。他们都来自新疆，寄居在亲戚的家中。相同的经历使他们彼此相惜。然而随着他们的不断相处，关于他们交往的流言也在学校里传播开来。如何面对这份情感，非儿也陷入了迷茫。热情而又调皮的韩小乐总是"好心办坏事"，喜欢陈非儿但又自知自己比不上她，对袁野充满醋意。他无意间误闯女浴室，使正在洗澡的非儿受到惊吓，扭伤了脚，而他也将面临学校的严厉处罚。面对同学和家长的误解，韩小乐选择了离开。"十六岁的秘密涨满沉沉的书包，十六岁的日记写满长长的思考；十六岁的眼睛飘出绿色的旋律，十六岁的心灵透出疑惑和烦恼……"听着这熟悉的旋律，您是否找寻到了对于这部电视剧的无限回忆，是否找寻

到了属于自己的青涩青春？对于70年代或者80年代出生的人来说，《十六岁的花季》是真正代表了当时中学校园生活和青春思潮的一部标志性电视剧，当年盛况空前的播出至今尚历历在目。

文字整理：闫琳

资料来源：百度百科《十六岁的花季》

具体参见 http：//baike.baidu.com/subview/13914/6882137.htm？fr=aladdin

## 剧本

### 《十六岁的花季》 第二集

**1. 新房楼下　日　内**

房管员带着欧阳一家看新房。

**房管员：**"这是生活区，那边是小学、幼儿园、医院，生活很方便。到市区还有高峰班车。请这边走。这房子结构还是不错的。"

**2. 楼内　日　内**

**房管员：**"那边是两房一厅，这边是三房一厅，怎么样，你们要是把老房子交掉的话可以分到三房一厅。"

众人满意地笑笑。

**欧阳爸：**"这回说话算数吧？"

**房管员：**"谁说不算数？"

**欧阳爸：**"唉，去年你说要分房子给我，后来不是吹了嘛！"

**房管员：**"去年是去年，今年不一样了嘛。今年你的科研项目在全国得了大奖，局长再三关照，一定要解决你们住房困难，楼面由你挑，怎么样？你们再商量商量。"

**欧阳爸：**"妈，要不您一块儿来住吧。"

**欧阳妈也礼貌性地：**"妈，要不我们把这间大房间让给你住，怎么样。"

**奶奶：**"再说吧。"

**房管员：**"不急不急，让老太太考虑考虑再说嘛。来来来，到这看。这边朝南，阳光充足。"

**一家人：**"光线很好。"

**房管员：**"这个房间呢，有19.6。你们再到厨房、卫生间去看看。地砖也铺好了，煤气也通了。别的新工房，要两年以后才通呢。您再看看。"

**欧阳妈：**"不错。这儿都挺实用的。"

**奶奶问严严：**"你怎么不说话？什么事不高兴啊？"

**欧阳严严：**"没，奶奶，住一块儿也有好处，省得爸爸两头跑，再说也好照顾您啊。"

**奶奶：**"我才不来呢，那边房子是老点，可那是你爷爷的房子，是老土地啊。在那我说了算啊。"瞅瞅旁边,"到这来啊,不别扭死才怪呢。分开住客客气气的,住在一块儿没好结果。"

欧阳严严:"那我还是跟您住在一块儿,省得爸爸一天到晚给我念紧箍咒。"

欧阳爸问妻子:"你看怎么样?"

欧阳妈:"看你妈的。"

欧阳爸:"你的意思呢?"

欧阳妈:"晚上回家再说。"

房管员:"那边还有一间。"

奶奶瞅了瞅媳妇,对严严:"还是我孙子好,不像你爸爸看见你妈,吓得一声都不敢吭。"

欧阳严严乐道:"奶奶,你可真有意思啊,呵呵!"

## 3. 白雪家 夜 外

照片摆满桌面。

白雪爸拿着一张照片:"不要。"

白雪:"这张怎么也淘汰了呢?"

白雪爸:"角度重复,服饰也不好,他有什么爱好么?"

白雪:"会跳霹雳,会拳击,还会跳水。"

白雪爸:"这些特点一点也没体现出来呀。照我的意思,如果来得及,咱们重新拍吧。要拍得现代派一点。"

白雪:"对,穿上 NIKE 鞋,戴上霹雳手套,把男性的体魄刚健都表现出来。可以吸引更多的女孩投他的票。"

白雪妈在窗外听到,说:"胡说八道什么呀,一个大姑娘,不怕难为情。"

白雪:"哎,妈妈,这有什么呀,你看论唱歌,费翔不算第一流的,可是他有一米九的身材,还有旋转型的大波浪,还有那双蓝灰色的眼睛,最迷人啦,对吗爸爸?"

白雪妈:"越来越变得不像话。"

白雪爸:"特别吸引你们这么大的姑娘。"

白雪:"唉这不奇怪,爱美之心人皆有之,再说异性相吸嘛。"

白雪妈收了衣服进来:"哎!越说越不像话了啊!"

爸爸一笑了之。

白雪:"哎妈妈,我觉得你应该打扮得漂漂亮亮的吸引爸爸。"

白雪妈:"好啊,有人代我洗衣服烧饭,我整天打扮得像朵花似的让你们看。"

爸爸呵呵地笑着。

白雪:"哎呀妈妈,您别误会,我是说您这身衣服……"

白雪妈不乐意地:"去去去。"

白雪:"……真的,太古老了。"

白雪爸:"该更新换代啦。就是嘛,我看这些旧衣服,淘汰了算了。新的不穿,留着干吗?"

白雪在一旁帮腔:"就是啊。"

白雪爸:"买几尺布,你又会做,像对门17号楼上新娘子那样带小花点的睡裙,又简单又好看。"

白雪妈:"你这老头子越来越没正经的啦,人家对门新娘子穿什么睡裙都让你看见啦。我怎么没注意呀。"

白雪笑道:"爸爸是远视眼!"

这时,听到楼道里有人在争执。

### 4. 楼道 夜 外

阿婆:"你留一点给我嘛!"

阿宝:"你给我。"

阿婆:"阿宝,我可关照你呀,钱要给我留一点,我还要靠这个钱养老送终哪,我的小祖宗!"

阿宝将钱揣进口袋:"哎呀,老太太,你就别想不开啦,我且到日本半年,就全挣回来啦。"

阿婆:"别做梦了,换日币换日币,别让人家把你当黄牛抓起来。"

阿宝:"我托别人直接跟老外换。"

阿婆:"托谁啊?托别人,你当我不知道啊,还不是托'八国联军',她不宰你一刀,算我白活这辈子!"

阿宝:"你轻点!"说罢跑了出去。

### 5. 院落 夜 外

阿宝朝女孩跑过来。

女孩:"怎么这么慢呢。"

阿婆仍在喊:"阿宝!"

阿宝:"哟,书包忘带了,等我会儿啊。"

女孩:"真是的,你快点!"

### 6. 楼道口 夜 外

阿宝拿好东西出门。

阿婆:"阿宝,你到哪去啊?你别走。"

阿宝:"哎呀老太太,我挣完钱就会还你的,你别急啊!"说罢领着女友出门。

### 7. 路边 日 内

钱大江将摩托停在路边,陈老师下车。

钱大江:"你瞧你,没结婚就胖成这样。"

陈老师摘下头盔:"关键就在没结婚啊!"

钱大江:"要是结了婚呢?"

陈老师:"就更胖啦!"

钱大江:"你瞧你这出息!"

陈老师:"你也一样!"

两人说笑着。

陈老师:"别忘了啊,到工商局去帮我催催执照。"

8. 游戏厅　日　内

路边游戏厅林老板喊道:"陈老师!"陈老师走上前去。

陈老师:"林老板,你这装修的不错啊!"

林老板:"几个朋友帮了帮忙。又添了台游戏机。"

孩子们正挤在游戏机旁玩儿着。

林老板对孩子说:"别着急,打不好再来一盘啊!"又冲林老师,"礼拜天还不休息啊?"

陈老师:"学校要办停车场,我去开会。你这势头挺不错啊!"

林老板:"毛毛雨,毛毛雨,没办法,单位里经济效益不好,奖金发不出。上有老下有小的……"

陈老师:"怎么,辞职了?"

林老板笑笑:"唉,铁饭碗哪能丢啊。只是用我妈的名义开了个执照。陈老师,听说童老师对你有感情啦?"

陈老师:"你消息挺灵通的啊。"

林老板:"这来来往往的都是学生,知道点。"

陈老师:"我啊,服从组织需要!"

林老板:"哈哈,再见啊!"

陈老师:"再见!"

孩子们争相来林老板这买游戏币。

9. 学校门口　日　内

几辆大车堵在校门口,学生们进不去。

袁野慢慢地往里挤,遇见陈非儿正推着自行车往前走,他帮非儿推过车子。

陈非儿:"怎么这么多车?"

袁野:"学校要办停车场了,你不知道?"

陈非儿:"那早操和体育课怎么办?"

袁野:"一大早就开走了,这也是学校搞创收的一项措施。"

陈非儿:"你是哪班的?"

袁野:"高三一班的,我叫袁野,袁世凯的袁,新野的野。"

陈非儿:"这个名字挺富有诗意的,蛮好听的。"

韩小乐看到这一幕,凑上前:"非儿。我来帮你推吧。"

陈非儿看看袁野:"谢谢你。"

**10. 女生宿舍　夜　外**

陈非儿抱着本书在走廊里温习。

**同学**："非儿还在用功呢？"

**陈非儿**："明天外语测验，我单词还没背出呢。"

**非儿背着单词，听到屋里的说话声**："白雪，正宗红黄的面包，来一个，来一个嘛！"

**11. 女生宿舍　夜　外**

**白雪**："谢谢你，不要啦我已经吃饱啦！对了，我这有正宗的美国货，腰果，来尝一个！好吃吗？"说着递到同学嘴里。

**眼镜**："真香！"

**同学**："给我也来一个！"

**白雪**："给你！"

**眼镜**："现在啊，连小吃都进口，国产货快没市场喽！哎你别说，倒是挺香的。"

**白雪**："呦，你一面抵制进口货，一面大嚼美国腰果，典型的口头革命派嘛！对了，我这有正宗的泰国芒果。"

白雪把小吃举得高高的，大家都来抢。

**几人正玩闹着，有人说道**："嘘，非儿！"

**陈非儿注意到了**："你们干吗看着我？"

**同学**："看你像个虔诚的修女！呵呵！"

**陈非儿**："明天第一堂就是英语测验，我连单词还没背出呢。"

**同学**："小心感冒了！"

**陈非儿**："发烧了才好呢。"

**眼镜**："那不就能病假逃课了。"

**白雪**："那好办，你们帮我拎桶水，把她从头到脚浇下去，明天啊，保证发烧！"

女孩们追着非儿闹。

**王福娣拎着包走进来**："哎，你们在干什么啊？"

**女孩们**："我们在帮她感冒呢。"

**王福娣**："哎哟，我以为什么呢，点名了吗？星期天也过得太快了，又要走向深渊，又要开始我们漫长的路了。爸爸妈妈送我上车站，一直等车开了才走，我看着他们心里好难过好难过。"

几个女孩停下聚过来。

**白雪**："我们也一样，你不回来我们……"

**女孩们一齐大声道**："好想你好想你呦！"

**王福娣**："吓死我了！"顿了顿，"我给你们看一件无价之宝！"

**众人纷纷好奇**："什么东西啊？别卖关子了！"

**王福娣举着一张明星海报**："你们谁有？跟你们说全上海也独此一家。"

**大家拿过来仔细端详**："是林青霞！"

"哎,这好像是林青霞拍的一部叫什么戏来着。"
"我看看,是讲一个女人和父子两个人谈恋爱的。"
"她干吗把头发剪了,一点也不好看。"
"毕竟岁数不饶人,林青霞也老了。"

**王福娣:** "朋友,帮帮忙,林青霞老了?林青霞老了?开国际大玩笑!"嗔怒着走开了。

女孩们还在嬉笑。

**眼镜:** "哎,林青霞好像是你亲姐姐似的。"

**王福娣**把海报贴在墙上:"她要真是我亲姐姐就好啦!那还不幸福死我啊?我就是崇拜林青霞。瞧瞧那种风度,那种飘逸的气质,就让人好喜欢好喜欢啊!"说着就往海报上亲了一口。

女孩们嬉笑着。

**眼镜:** "王福娣,吃点虾条。"

**王福娣**刚拿到嘴边:"呃,不行,都怪我妈不好,破坏了我整整一周的减肥计划。"她在床上做起了仰卧起坐。

**眼镜:** "胖多好啊,一看你就知道十年改革卓见成效,人民丰衣足食,我真羡慕你呢。"

**王福娣:** "得了,你就是矮点,眼睛小点,否则身材多匀称、多苗条,整个一张小型张邮票。"

**非儿:** "哎,唐朝就是以胖为美,杨贵妃就是个胖子。"

**王福娣:** "什么时候我们也以胖为美就好了,那我就是绝代佳人啦。"

**眼镜:** "那林青霞怎么办,她就成最丑的女人啦?"

**王福娣:** "呀,不行,宁可牺牲我,也得保住林青霞呀!"

## 12. 男生宿舍走廊　夜　外

**韩小乐**挨个宿舍问道:"嘿,有热水吗?高价收购热水了啊!"

**同学甲:** "太晚了,早用光了。"

**同学乙:** "哎呀就别洗脚了,免了吧!"

**同学甲:** "太爱干净就成娘娘腔啦!"

**韩小乐:** "两毛钱一瓶。"

**同学丙:** "哎我这有一瓶。"

**韩小乐:** "太感谢了。"

## 13. 男生宿舍　夜　外

**彭瑜**在帮一个小同学补习功课。

**彭瑜:** "……懂了么?"

**小同学:** "懂了。这是上次的测验卷,"

**彭瑜:** "呦,八十四分,太好了。"

**何大门**在床上艰难地做仰卧起坐,**青春痘**跑去帮他:"收腹!"

**何大门**半天也起不来。

**彭瑜**："太胖了。"

**何大门**："我怎么就这么笨呢。"

**彭瑜**："你呀，以后少吃点肉就行啦！"

**何大门**："我什么都能少吃，唯独肉不能少吃！"

小同学收拾起书包，把补课费交给彭瑜。**小同学说**："是这个月的。"

彭瑜将钱收好。

**小同学**："好了，我走了，再见。"临走又转过头来，"哦对了，以后谁要洗衣服的话，请帮忙介绍一下，我一定洗干净，谢谢啊！"

**韩小乐**："好，回去休息吧。"将水盆放在地上倒水洗脚，不无讥刺地说，"你们两个倒是不错啊，有力气的卖力气，有知识的卖知识，八仙过海各显神通啊！"

**彭瑜**："呵，这不奇怪，老师们在外面补课，不也收费，一切按经济规律办事！"

**韩小乐**："这孩子爸爸因工伤死了，你要真有风格，不该收他钱！"

**彭瑜**："正是因为他经济困难，才帮他补习的，你到外面打听打听，这补一课得多少钱。我这一个月才收他十块。就是意思意思，没有付出代价，也就不懂得珍惜。"

**韩小乐**："照你这么说，还得感谢你喽！"

**彭瑜**："你这什么话你？"

何大门一看气氛不对，赶忙过来打圆场："算了算了，少说两句吧，谈点别的什么不好。"

**彭瑜**："当然了，这才一个月，他成绩硬碰硬提高了十几分，开玩笑么。对你呀，没什么话可说。"

欧阳严严耷拉着脸走进宿舍，把书包往床上一扔，众人不解。

**韩小乐**："买书啦？"

**欧阳严严**："嗯。"

**韩小乐**："多少钱？"

**欧阳严严**："十二块七。"

**韩小乐**："这么贵。"他看看书价，"才两块七。"

**欧阳严严气鼓鼓地躺在床上**："十二块七。"

**何大门**："来来来，我看看。"他看了看书，坐到欧阳旁边，"怎么啦，上当啦？"

**欧阳严严**："我到书店去买书，看见有人偷书，我想去抓，结果执勤的老头说我拿书离开了书架，跨出了白线，还罚我十块钱。"

**青春痘**："你就认罚啦？那你也太窝囊了。"

**韩小乐**："跟他们评理去。"

**欧阳严严**："跟他们没理好讲。真的小偷不抓，我反而成小偷了。人越来越多，不罚就通知学校，就更烦了！这种老头退休了，回家抱孙子算了，胃口还这么好！"

**韩小乐**："不分青红皂白，冤枉好人嘛。"

**青春痘**："这种老头最讨厌了。"

**彭瑜**："我说还得怪你自己，抓什么小偷，上海人那句话没错，'多管闲事多吃屁'。"

14. 男生宿舍　夜　外

　　熄灯铃声响起，宿舍一片寂静。

15. 教室　日　内

　　老师在黑板上布置作业。

　　同学们纷纷叫苦不迭。

　　"老师，还有啊，您别出了。"

　　"这些习题做一个晚上也做不完。"

　　**老师：**"现在多做一道题，备考起来就多一分把握。要记住，我们是重点中学。"

　　**韩小乐：**"报告老师……"

　　**老师：**"怎么？"

　　**韩小乐：**"我中午喝了一大碗酸辣汤，我……"

　　同学们哄笑起来。

　　**老师：**"去吧。"

　　**韩小乐：**"谢谢老师。"

16. 教室走廊　日　内

　　**童老师：**"小乐，下课了？"

　　**韩小乐：**"没呢，题目太多来不及抄啊。"

　　**童老师：**"要上体育课了，你们怎么这样啊。"

　　**韩小乐：**"啊？我们是被人宰割的牛羊，任人驱使的奴隶！"

　　小乐捂着肚子跑进厕所，童老师乐了。

17. 教室　日　内

　　同学们在埋头抄录习题。

　　**老师：**"古人尚且知道，头悬梁、锥刺股。你们高一高二打好基础，到了高三就容易多了，总有一天你们会感谢我的。我们学校去年有百分之五十的同学考取重点大学，今年是百分之六十三，到了你们的时候……"

　　上课铃都响了。

　　**老师：**"这样吧，如果有的同学来不及，下了体育课，接着抄吧。"

　　**同学们唉声叹气：**"我以为老师说来不及抄就不抄了，弄了半天还要抄。"

　　**王福娣：**"看金老师人呐，我还以为我爸来了呢！"

　　**同学甲：**"哎，怪了，我爸也是这几句话。"

　　**同学乙：**"他们统一受过训。"

　　**一人说道：**"嘘，童老师来了。"

　　**童老师：**"少说话，快，以最快的速度换好衣服，上体育课。快点，嘘，别影响别的班。"

　　同学们纷纷向外走。

## 18. 操场  日  内

体育田老师在操场等，半天，童老师带着学生跑了过来。

**田老师**："怎么来这么晚。"

**学生**："刚下课。物理老师拖堂我们也没办法。"

**陈老师跑来**："田老师，别着急啊，司机马上来。"

**田老师**："不是说好的么，一大早把操场让出来，现在让我怎么办？"

同学们在一旁列队等待。

**陈老师**："对不起，他们也许遇到特殊情况了吧。"

**田老师气道**："你说，让我怎么上篮球课？"

**陈老师**："那改内容吧。"

**田老师**："改内容？别的课都重要，就体育课是小孙子。干脆取消得了。"

陈老师面子上有点挂不住，田老师也不好再发作。陈老师说："这样吧，来几个男生搬垫子，其他同学做准备活动。"

## 19. 学校围墙  日  内

**校长**："如果要破墙，我看这可以。"

**钱大江**："校长，你就别犹豫了，你看看，你们的条件得天独厚。既在闹市区，又不影响市容，多好的条件啊。校长，你要当机立断啊，机不可失，失不再来。"

**校长**："这事啊，我还得好好地考虑考虑。我们这个学校已经有七十多年的历史了。一向是以学风严谨而闻名全市的。如果破墙开店，将来这个事不好办……"

**陈老师**："校长，司机到了，体育课上了。"

**校长**："你看看，刚刚弄了一个停车场，这矛盾就来了，再破墙开店，那……"

**钱大江**："停车场小打小闹，能有多少收入啊，开了店有专人经营，停车场根本可以不办嘛，矛盾反而越来越小了嘛。要是经营好的话，每年三四十万不成问题。"

**陈老师**："是啊，老师的奖金，各种摊派费用，可都可以解决了。"

**校长**："唉，这都是小事，我想即使生活再清苦，我们的教师也是能够忍受的。关键是上级每个月拨的那些教育经费，不到一个星期，什么水电费啊，勤杂人员工资啊，一付就都没了。纸张、油墨、粉笔、课桌，哪样不要钱啊。哎，这个家可不好当啊！"

**钱大江**："就是嘛，要是开了店，到了逢年过节、寒假暑假，就不愁没钱花了嘛！是不是，到时候给老师搞点福利，组织组织旅游，省得教泰山的老师没去过泰山，教北京的老师没去过北京，还不如学生见多识广呢。"

**陈老师**："校长，钱大江是我的好朋友，他精通业务，任职也多。要不是有他的支持，我也不敢接这差事啊。你看呢。"

**校长笑道**："小陈啊，说实话我很感动，不知道的人还以为你图什么呢。其实我心里很清楚，你个人的牺牲太大了。最近我一直在琢磨，权衡利弊，一直在物色一位优秀的教师来搞这项工作。这是一项特殊情况下的特殊工作，不光为学校分挑担子，也为国家分挑担子，我希望你能理解我。"

陈老师："校长，别说这个种话了，既然你这么信任我，牺牲再大我也认了。下决心吧。"

校长："那好吧，办！"

20. 操场　日　内

学生们在进行前滚翻。

何大门："老师，让我一个吧，平时翻都翻不过来，今天不是翻过来了嘛。"

田老师："你看看你呀。"

何大门："我就是歪了一点嘛。"

田老师："这就算前滚翻，翻过啦？帮帮忙，来，我保护你。"

何大门："老师，我怕把脖子给扭了，我还要到区里参加奥林匹克比赛呢！"

田老师："什么？你还奥林匹克？"

何大门："哦，错了错了，我忘了'数学'两个字。"

同学们笑着。

田老师："功课再好体育不好，只能发结业证书。"

何大门："老师，我是天天练的，你不信问他们。"

同学们都作证："对对，他每天都练的。"

田老师："那好，你再来一遍。"

何大门："还要来啊？"

田老师："来来。"

司机甲："老师，我们来了，请你把垫子搬搬开，我们开车。"

学生们要把垫子搬开。

田老师："哎哎！放下放下，继续练，继续练。"

司机甲："老师，让一让，好吧？帮忙把垫子搬一下好吗？是陈老师让我们来的。"

田老师："不行，你们早干吗了？我现在在上课！你不是看见了吗。"

司机乙脾气显然不太好："哎，听见没有，搬一搬啊，怎么搞的。"

田老师："什么怎么搞的，不是说好七点半把车开走吗。现在是上课时间，下了课再说。来来继续练。"

司机甲："老师，是你们陈老师让我们开的呀，你到底什么时候能让我们开啊？"

田老师："现在上课，下课再说。"

司机甲："什么时候下课？"

田老师："还有半小时。"

田老师帮着学生练前滚翻，司机甲按捺不住走了过来。

司机甲："老师，你到底讲不讲理？"

田老师："讲理？找陈老师，找校长去！我在正常教学，有大纲的，其他的事不管。"

司机们不停按喇叭，楼上的童老师和学生们打开窗来看。

**21. 教学楼　日　内**

陈老师："就演两场，票子挺难弄的。"

童老师："你自己去看吧。"

陈老师："就是给你的嘛。"

童老师："你应该给你的协作单位，工商局什么的。"

陈老师有点急，上前拉童老师，旁边人看他们。

童老师："你别这样，给人看见多不好。"

陈老师笑笑："哎，一块儿去吧！"

童老师："我真的没时间。你到外面听听，人家都说你什么，昨天教研室都在说'学校就你有本事'。"

陈老师："我不是给你再三解释了么，这工作总得有人做啊。"

童老师："非得你去做，就你有能耐。"

陈老师："你看见校长愁眉苦脸的样子了，你就不着急啊？你看，学校要有凝聚力，要改善教学条件，没钱怎么行啊。校长对我那么好，那么老远把我调过来，现在要用到我了，你说我能不管吗？"

童老师："那你把物理教教好，不也一样能帮校长吗？我不知道你以前的抱负都到什么地方去了。这样下去，以后要评职称，你怎么办呢？"

陈老师："我何尝不想好好教书呢，没钱能教得好书啊，你不需要窗明几净的环境，你不需要现代化的教学设备？"

童老师被噎的哑口无言。

陈老师："别人说长道短我不在乎，可你也觉得我放弃理想，我很难过。我不是破墙开店，我是在破墙办校。做生意是以创造利润为最终目的，可我的最终目的，是使我们的图书馆增加藏书，使我们的语音室有电教设备。算了，你要是没空就算了。"

陈老师将票撕碎了扔在空中，走了。

一个学生从一旁溜过去。

童老师悄悄跟上前，原来是王福娣在偷看。

童老师："王福娣。"

王福娣尴尬地："童老师。"

童老师："你在这干什么？"

王福娣拿起手中的书："我在这看书呢。"

童老师："好啊，跑到这抒发感情来了。……刚才你听见什么了？"

王福娣赶紧说："没有啊，我什么都没听见。"

童老师："我知道你听见了，小心点，不许说出去。"

王福娣笑："我保证不说，不说。"

**22. 宿舍　夜　外**

王福娣看向窗外："嘘……"

**确认查夜的人走了之后，她才说：**"警报解除了。她说我在那抒发感情，其实，她自己在那抒发感情，还说我呢。"

姑娘们开始三言两语讨论起来。

"怪不得上次那个骑摩托车的来找陈老师，童老师说她根本不管。"

"童老师也真是的，师大的一朵校花，怎么找了陈老师啊。"

"就是，我看他们一点也不配。"

"嗨，我看不见得，人家说陈老师当年是师大学生会的文体部部长，长得可帅呢。他们俩是大家公认的最佳组合。"

"我看啊一点也不佳，人家说现在教师的最佳婚配，是'一商一教'，既有知识又有人民币。"

白雪把零食递给王福娣。

王福娣："哎呀我不吃，我减肥！"

白雪："别减了，没关系！"

非儿："我看两人在一个学校，整天在一起，一点新鲜感也没有，最没劲了。再加上都是教师，穷死了。"

白雪："就是啊，其实搞第三产业也挺好。最实惠了，特别是像陈老师……"

有人进房间，大家赶忙爬到自己床上。

**灯亮了，靠门的孩子一看，冲大家说：**"童老师来了。"

童老师："你们在干什么？熄灯铃已经打过了。"

白雪："哎，说曹操，曹操就到啊。"

**童老师明白了，冲王福娣：**"起来。"

王福娣："怎么啦，又不是我说的喽……"

童老师："不打自招。现在我来揭发。"

女孩们一听赶紧围过来。

童老师："上次休课的时候，躲在大客车后头看岑凯伦的小说，眼睛都哭红了！"

女孩们笑起来。

童老师："嘘！"

**王福娣争辩道：**"不是的，那是艺术，艺术！"

童老师："是吗？艺术！来让我找找，艺术。"童老师在王福娣的床上找着什么，搜出一本书《春梦了无痕》，"看看，这是什么，以为包上书皮我就看不出来了？"

王福娣："呀，服了服了，童老师的眼睛真尖。"

童老师："光看书就这样，以后要真有什么事，那眼泪不流成河啦？好了好了，快睡吧！要扣分了啊，快睡吧。"

女孩们各自回床。

童老师："白雪。"

白雪走过来。

**童老师悄悄地：**"你明天早晨叫我一声，在家都是我妈叫我的。"

白雪："哎。"

隔壁寝室的女孩跑过来："那么晚了都不睡，童老师，出什么事了，干吗呢？"
童老师："没事没事，快睡觉！"
童老师把灯和门关好，出去了。

23. 操场　日　内

同学们在做操，田老师喊口令："一、二、三、四……"
何大门做的七仰八歪。
有人说道："哎，你们看大胖子呀，呵呵！"
大伙看都在哄笑。
田老师："笑什么？教委颁布的操，认真做！"
同学们已经乐不可支。
田老师："何大门，你出什么洋相？"
何大门一脸无辜："怎么啦，我做的不好吗？"
田老师："做反了！看我的。"
有同学："哎，老师多像机器人扭秧歌啊。"
田老师示范过后："懂了吗？"
何大门："我看您还没我做的好呢。"
同学们哈哈大笑。
田老师："严肃点，主要是重视！何大门你下去好好地练练。"
下课铃响了。
田老师："同学们注意，下星期全校广播操评比。好了，立正！解散！"
同学们正往教学区走，童老师匆匆赶来，问："同学，是高一二班吗？"
童老师慌慌张张地找白雪。
白雪："童老师，我在这呢。"
童老师低声："你怎么搞的，不是让你叫我吗？"
白雪："呀！我忘了。"
童老师："都打上课铃了，我还没梳洗呢，你们先看会书啊。"
王福娣："今天挺怪噢。"
白雪："就是啊！走，看看去。"

24. 教师宿舍　日　内

童老师小心翼翼地戴隐形眼镜。

25. 窗外　日　内

白雪和王福娣趴在窗户上朝里面看童老师。

26. 教师宿舍　日　内

童老师戴好了眼镜，揉揉眼。

## 27. 窗外　日　内

王福娣小声地："我说她眼睛怎么那么尖呢，闹半天是戴这个！"

## 28. 教学楼走廊　日　内

童老师整理一下衣着，走进教室。

## 29. 计算机教室　日　内

班长："起立！"

同学们都站起来。

童老师："坐下，同学们都坐下吧！今天是我们第三次上电脑课，现在我先出个题目。"

同学们都望着她笑。

童老师："你们笑什么？"

王福娣："老师，后面！"

童老师慌张摸摸自己头发。

王福娣："不对，是后面！"

童老师转过身，只见黑板上写着一排大字。

一个男生念道："戴博士伦舒服极了！"

教室里乱作一团。

童老师："好啊！"

白雪："童老师，怪不得眼睛这么尖！"

童老师："你们啊！我就这么一个秘密啦！"说完也不好意思地笑了，"好了好了，别影响别人。咱们准备上课吧！"

## 30. 食堂　日　内

同学们在排队打饭。

白雪："欧阳，服装鞋子你自己落实，我负责帮你联系场地。"

欧阳："嗯。哦对了，我刚才听说，还有四人也在准备宣传栏，我们得抓紧了。"

韩小乐："照相机我去准备，我还有个变焦镜。"

打饭的师傅从窗口喊道："同学们，炸猪排没了啊！"

白雪："炸猪排没有了，非儿，那我们吃什么呢？"

非儿："那就买肉片吧。"

白雪："我怕排到我连肉片都光啦！"

非儿："那就只能吃素呗！"

白雪："哎呀，又是吃素……"

袁野听到他们的对话，冲窗口："师傅，那两份肉片都给我吧！"

有人不满意："你一个人买两份肉片，后面还有人呢。"

袁野："我给同学带的。"

袁野走到非儿身旁："给。"

非儿："不要。"

袁野："没关系，我是给一个同学带的，他生病了还没来呢，你拿着吧。"

非儿："要不然，菜票给你。"

袁野："不，不用了。"

袁野将菜递给非儿，转身走了。

非儿："白雪，我已经有一份肉片了。"

白雪："太好了，那你先吃吧。"

欧阳："呦，你好福气啊！"

韩小乐："欧阳，高三的又在献殷勤了。"

欧阳："哪个？"

韩小乐："就刚才跟你说的那个呀。"

欧阳："在哪呢？"

韩小乐指指："喏，在那。这小子不怀好意，我早就看出来了。喏，还看呢。"

白雪打好了饭："今天啊吃全素斋，我们作尼姑喽。"

欧阳叹了口气。

韩小乐："怎么啦？"

欧阳："全素的。"

韩小乐："欧阳，要不这样。"

欧阳："怎么啦？"

韩小乐："看我的。"

31. 后厨　日　内

韩小乐："黄老师，有排骨么？"

黄老师："小乐，你早来一步就好了。"想了想，"我给你想点办法啊！"

一会黄老师端着排骨出来："嗨呀真巧了，这几盘排骨是给外校老师留的，你先拿着吧！"

韩小乐："谢谢黄老师！"

外面排队的同学看到这情景，炸开了锅，纷纷指责食堂开后门。

黄老师示意小乐先走，他走到窗口："什么开后门啊？！你们吃的鱼和肉，全是他爸爸给解决的，要不是这样，我们哪能天天吃平价鱼和平价肉啊？"

32. 食堂　日　内

韩小乐："白雪，给！"他把端来的菜放在白雪和非儿的桌上，"肉丝诚可贵，肉片价更高，若为大排骨，两者皆可抛啊！"

小乐拿着非儿的肉片走到旁边欧阳所在的桌子："欧阳，来，非儿这肉片，你吃了吧！"

白雪："非儿，出什么事了？"

非儿："没什么。"

不远处的袁野气得大嚼米饭。

**33. 校园　日　内**

童老师："记住啦，如果和闪光灯联动，速度不能超过六十分之一秒，要不然不同步就失去作用了。"

欧阳："知道了。"

童老师："欧阳，要不我给你去拍吧。"

欧阳："您一去我就不敢跳啦！谁不知道，您是师大舞蹈团领舞的。"

童老师："唉！好汉不提当年勇。"

韩小乐想拿相机。

童老师："不行，你毛手毛脚的，还是白雪保管。"

欧阳："白雪，来一张。"

几个人摆好造型，白雪给他们拍照。韩小乐一指，白雪发现镜头盖子还没打开。

童老师："还有十几张，拍完了还给我，我去冲。"

欧阳："多不好意思啊，我负责冲印，怎么样？"

童老师："那不行。不让冲，我就不借了。"

欧阳："噢，一定是有和陈老师的'防扩散镜头'是不是呀？"

白雪："其实呀，老师也是人嘛，让我们看看老师的多侧面，多好啊！"

童老师："别瞎说。"

远处走来两位同学："童老师，几点啦？今天是谁迟到啊？"

童老师把相机递给白雪："快拿着，我该走了。"

白雪："哎，童老师偏心眼儿，他们的数学都那么拔尖了，你还给他们开小灶，这样他们跟我们的差距就越来越大了么。"

童老师："每个人的特点不一样，不能用一把锉刀，否则还有什么特点？别忘了，校长是怎么说的？"

孩子们一齐："学校要有特色，教学要有特点，学生要有特长！"

童老师："知道了就好！"

童老师跟另外几个学生走了，孩子们还故意在远处喊："偏心眼儿！"

欧阳："行了，咱们走。"

白雪："哎，不一块儿走？"

欧阳："我们还有事儿，别忘了下午4点啊！"

**34. 小街　日　内**

欧阳和小乐来到一堆树丛后。

欧阳："在哪呢？"

韩小乐："瞧瞧，又是蓄意制造阴谋吧。"

非儿一人推着自行车走来，两人蹲在树丛后面观望。

韩小乐："来了！每次车坏，这小子准出现。搞得像英雄救美人似的。"

果然，袁野和非儿走在了一起。

欧阳："哎，这人是哪个班级的？"

韩小乐："高三一班，叫袁野，猿人的'猿'去掉反犬旁，野心家的'野'。也没什么大本事，只会画两笔画，写两笔字。"

欧阳："你怎么都知道啊？"

韩小乐："我早就留心这小子了，没动好脑筋。"

欧阳："哎，过来了。"

两人赶紧闪到一旁。

非儿："我又要走回去了。"

袁野："没事的，前面有修车的，你去那打气吧。"

非儿："我一会儿就去。"

袁野："我们正好顺路。"

袁野和非儿走了过去，韩小乐在一旁气得牙根痒。

韩小乐："瞧瞧，这臭小子！"

欧阳："奇怪了，怎么就你观察出来了，我想都没想过。"

韩小乐："我有眼力，我就觉得他根本配不上陈非儿，真太可惜了！知人知面不知心啊！你说呢欧阳？他们班同学还说他老实呢，瞧瞧，老实人能干这种事？"

欧阳："这也挺正常的，'关关雎鸠，在河之洲；窈窕淑女，君子好逑'嘛！"

韩小乐："这样的坏人怎么了得啊！"

欧阳："我看你呀，这是求之不得，辗转反侧啦！走吧！"

35. 修车摊　日　内

袁野帮非儿的车子打气。

非儿："也有人给你从新疆寄东西？"

袁野："我爸爸妈妈给我寄来的，我也是一个人住在上海。"

非儿："真的，你也从新疆来的？"

袁野："小学毕业才回来，住在'娘娘'家。"

非儿："我住在舅舅家。不知道像我们这样的情况，户口能不能在上海解决。"

袁野："谁知道呢，按说国家也该照顾了。走了两个只回来一个。"

34. 小街　日　内

车子打好气，两人并排走着，一边吃着零食。

非儿："你高中毕业，准备考美术学院？"

袁野："你怎么知道我喜欢画画？"

非儿："全校谁不知道？"

袁野："我怕我考不上。"

非儿："为什么？"

袁野："我的思路很窄，所有的画全部都是画新疆的。怎么也忘不了小时候在新疆的那段生活。"

非儿:"这是因为你毕竟在那生活了十几年啦!"

袁野笑道:"大概吧!"

非儿:"其实,我也很喜欢新疆的,在那生活可有意思啦!"

袁野:"有时候我想,真要是不让我们进上海的话,也没什么了不起的,回新疆也挺好的,你说是吗?真的。哎,你长大了想干什么?"

非儿:"我也不知道,不过想考中文系。"

袁野:"想当作家?"

非儿:"那可不敢,不过我喜欢文学,爱看书。有时候会跟着人物的命运哭笑,特别傻。"

袁野:"当作家就得有点神经质,也许琼瑶、三毛就在哭哭笑笑中写书的。"

两人一路有说有笑地走远了。

(旁白):《诗经》说"因其鸣以,求其有声"。连鸟的鸣叫都是在寻求友情,更何况人呢?人心是最远的,又是最近的,真诚便是心与心的通道,共同的命运和遭遇使这对少男少女的心一下子缩短了距离,靠的很近很近。

如果你把快乐告诉一个朋友,你将得到两个快乐。如果你把忧愁向一个朋友倾诉,你将被分掉一半的忧愁。——培根

文字整理:闫琳

资料来源:根据优酷网提供的视频完成文字整理。

具体参见http://v.youku.com/v_show/id_XNTA3NDcxMTQ4.html

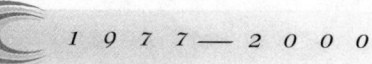

# 1990

## 渴 望

首播时间：1990 年
首播电视台：北京电视台
摄制单位：北京电视台、北京电视艺术中心
制片主任：于朴、刘沙
编　　剧：李晓明
改　　编：郑效农、王石
导　　演：鲁晓威
导　　播：赵宝刚
摄　　像：毕建华、李苏
作　　曲：雷蕾
主　　演：张凯丽、李雪健、黄梅莹、孙松、韩影、杨青、郑乾龙、吴玉华
获奖情况：第十一届（1990 年度）中国电视剧飞天奖长篇电视剧一等奖、优秀音乐奖、优秀男配角奖；第九届（1991 年）中国电视金鹰奖优秀连续剧奖、最佳男主角奖、最佳女主角奖、最佳男配角奖、最佳女配角奖。

**剧情梗概：**

年轻漂亮的女工刘慧芳面对两个追求者，但她却犹豫不决。一个是车间副主任宋大成，一个是大学毕业生王沪生。她渴望爱情，但是，由于王沪生有恩于她，虽然面对着宋大成的苦苦追求，刘慧芳最终还是选择了王沪生，但刘慧芳和王沪生的家庭背景相差很大，刘慧芳是个典型的工人家庭，而王沪生却生在知识分子的家庭，王沪生的姐姐王亚茹对刘慧芳一直不满意，认为刘慧芳配不上自己的弟弟，这让刘慧芳生活的很艰难。原来王沪生父亲本是个著名学者，但却因为"文革"被抓，母亲悲伤过度，没多久就去世了。后来"文革"结束后，王沪生父亲才得以回到家，和家人团聚。

王亚茹是个知名的医生，带着强烈的知识分子脾气，开始总是看不顺眼刘慧芳。她在未婚夫罗刚去干校学习后，发觉自己怀孕了，虽然罗刚觉得现在不是生孩子的时候，但王亚如仍然瞒着所有人偷偷生下女儿，取名罗丹。有一天罗刚突然回到家中，匆忙之后带走了女儿并给王亚茹留下一封信，说自己被通缉了，让王亚茹不要等他。后来罗刚进了监狱，王亚如去见他，想问清楚孩子的下落，但罗刚说自己也不知道孩子究竟在哪里。

刘慧芳和王沪生结婚后，开始生活还算甜蜜，但也出现一些矛盾。一次偶然刘慧芳小妹捡到一个被丢弃的女婴，抱回娘家，刘慧芳对这个孩子萌发母爱决定抚养，王沪生不太情愿接受这个孩子，但只能勉强收留，他们为这个孩子起名叫做刘小芳。一年后，他们有了自己的孩子——王东东。

一直喜欢刘慧芳的宋大成和刘慧芳的好友徐月娟结了婚，两人生活还算平和，但宋大成经常帮助刘慧芳，被徐月娟看在眼里。

刘慧芳和王沪生在抚养小芳的问题上分歧越来越大，王慧芳已经对小芳产生了深厚的感情，坚持一定要抚养小芳，但王沪生却不愿和刘慧芳同甘共苦，再加上王亚茹对刘慧芳的百般刁难和对王沪生的劝解，并想撮合王沪生和曾经喜欢过王沪生的竹心，刘慧芳和王沪生最终离婚，儿子王东东判给了王沪生，刘慧芳回到娘家独自抚养小芳。小芳在一次偷偷去王家看爷爷的时候，摔伤了腿，留下了残疾。

"文革"结束后，罗刚被释放，成了夜大的老师，一次刘慧芳在夜大与罗刚相识。慢慢的，在交谈和后来的相处中，小芳的身世大白，原来小芳正是罗刚和王亚茹的孩子，王亚茹知道这一切后，消除了对于刘慧芳的成见，和小芳、罗刚重聚，并治好了小芳的腿伤。

而一直喜欢王沪生的竹心最后并没有和王沪生在一起，竹心带着东东回到了国外。而刘慧芳却因为一场车祸终身残疾，王沪生请求和她复婚，但刘慧芳无动于衷，罗刚出于对刘慧芳的报恩之心，也向她求婚，刘慧芳陷入情感的困境。而小芳说自己不会离开刘慧芳，要永远照顾她。

电视剧《渴望》在1990年播出时引起巨大轰动，甚至是万人空巷。它成功塑造了贤惠善良的女性刘慧芳，并将一切美好的品质都赋予了她，借她表现了观众和导演对于美好生活的渴望。

编撰：黄璇

## 剧本

## 《渴望》第五十集

**1. 日　内　王家客厅**

立钟上的时间显示为6点，王亚茹围着围裙走进镜头。

**王亚茹：** 爸爸，别等了，先吃吧。

**王父：** 沪生说，他一会儿就回来。

**王亚茹：** 要不让孩子们先吃？

**王父：** 还是再等等吧。

王亚茹转身离开，立钟上的时间显示为6：03。

**2. 夜　内　王家客厅**

立钟上的时间依次显示为六点半、七点半，王父坐在沙发上，王沪生进门。

王父：沪生，慧芳怎么样了？

王沪生摇了摇头。

王父：你见到她了吗？她……能坐起来吗？（王亚茹走进镜头）

王沪生：爸，您别问了（边说边从兜里掏出钱递给王父），老太太死活不说。

王亚茹叹了口气：慧芳的精神状态还好吗？

王沪生再次摇了摇头。

王亚茹：她没说什么？

王沪生：说了，她说……只想见孩子（说完，转身打算回屋）。

王父和王亚茹神色黯然。

**3. 日　内　王家客厅**

刘国强和宋大成在屋中。

刘国强：行了大成哥，说多了也白搭，我走了（边说边往屋外走）。

宋大成将其送出门，说：大强，好好再干，甭惦记着家，回深圳了，能多挣点儿钱就多挣点儿钱。

刘国强：唉，你还别提钱，我今儿个算是琢磨透了，这世上钱挣得再多也有买不到的东西，你说，是不是这儿理儿？

宋大成：行啊，咱兄弟有长进啊。

刘国强转身想离开，突然想起什么，转身说："大成哥，我这一走，有日子回不来，你和月娟嫂子好点儿，我瞅她对你老有过节，她多少是有身孕的人了。"

宋大成：问你啊，你该想想你自个儿了，小三十五了不都是，该成个家了。

刘国强：咳！男人嘛，不得干点儿事儿，成什么家啊，娶什么媳妇儿啊。

宋大成：这可是正事，老人家老有块儿心病，往后儿小芳走了，大妈这还真没个念想儿了。

刘国强：你跟嫂子生嘛，这放在我们家，一样！

宋大成：这可是两回事儿，我和你说……（边说边把刘大强送出门）。

**4. 日　内　王沪生的房间**

王沪生坐在桌前看着放在桌上的"全家福"沉思，王亚茹走进屋来。

王亚茹：沪生。

王亚茹：你们让我安静一会儿好不好。

王亚茹：沪生，我已经想好了，小芳我决定放弃了，真的沪生，我仔细的想过，世界上的事儿，最困难的和最容易的，恐怕只是一线之隔，有勇气冲过去就好了。慧芳她……我没有什么可以感激她的了。

王亚茹：你这样做，罗刚能同意吗？

王亚茹：不必了，我现在和他已经没有任何关系了。

王亚茹：你是说，罗刚和慧芳……

王亚茹：别说了沪生，我求你，替我把小芳送回去，慧芳现在比我更需要小芳。也许这样做，我心里会好受些……

王亚茹：不，姐，慧芳绝不会同意我这么做，要去，你自己去好了。

王亚茹：你……

王亚茹：我没有别的意思，我……我只是没有脸去见她，她不会再原谅我了……姐，你要真要送回去的话，就交给罗刚好了。

王亚茹：他？

5. 日　内　医院内

田丽：月娟啊，孩子是保住了，从现在的情况看，问题不大，不过可不能再反复，要是那样的话，可不好办了。

月娟叹了口气。

田丽：要保持绝对的静养和休息，千万注意不能生气发火，不能过分的激动，听见没有？

月娟：嗯。

田丽：我不是吓唬你啊，你可是高龄产妇，一定得注意。

月娟：难呐，你说这回到家里，就没有一件让你痛快的事儿，你说这可让我怎么好。

田丽：怎么了？

月娟：我这回啊，是彻底的把大成给得罪了，回到家连个好脸儿都不给我，就算我把这个孩子生下来，也落不了好儿。

田丽：你啊，净自己瞎想。这夫妻之间哪有没有小矛盾的，有了矛盾就往坏里琢磨？

月娟：田大夫，你是不托底儿啊！大成这个人儿是认死理儿的人，这回他是绝对不会饶过我的，再说这慧芳被车撞了，这多半儿是为了我，你说我这心里边儿能好受得了吗？

田丽：别那么想，自己身体要紧，孩子要紧！说到头儿啊，你们是需要孩子，这盼了十几年了，总算盼来了。

月娟：孩子？

田丽：是啊，只要顺利的把孩子生下来，你们这夫妻啊，就散不了！

月娟：真的？

田丽：你等着看吧。

6. 夜　内　王亚茹房间

王亚茹在屋子里叠着小芳的衣服，边叠边流泪。她走到桌前，拿起了桌上的相框，回头看了看叠好的衣服，眼泪簌簌落下，哭着哭着，隐忍的情绪顷刻爆发，抱着叠好的衣服大声哭了出来，这时王父推门进屋。

王父把手放在王亚茹的头上说："亚茹。"

王亚茹哭着扑进王父的怀里。

王父：亚茹，你不是想好了吗？

王亚茹：我不……我不……我不能把小芳送给人家。

王父：你忘了，你不是说过吗，不求回报的爱是让人快乐的……是啊，能让别人幸福的人，自己才最幸福，不是吗，亚茹？

王亚茹：不……不……不不……（说着说着哭得越加伤心）。

王父：哭吧，哭吧，哭一哭你心里也许会痛快一些……

7. 夜　内　刘慧芳房间

刘慧芳躺在床上，燕子端着脸盆。

刘慧芳：燕子，国强不是说明儿要走吗？怎么也没见他过来啊。

燕子：八成啊，是上大成哥那儿去了，晚饭都没回来吃。

刘慧芳：让他早点儿回去吧，在外边儿能干点儿有用的事儿。

燕子：哥可不愿意走了，他怕你的病复发，不放心。

刘慧芳：甭惦着我，一人儿在外边儿啊，也真是不容易啊……哦，燕子，你大成哥出国的事儿也不知道定了没有，你叮嘱他，这机会不多，可抓紧点儿，别耽误了……

燕子：姐，你就甭再操心了。

刘慧芳：你和妈商量没商量小芳的事儿啊，什么时候给罗老师送过去。

燕子：等等再说，等你病好点儿了。

刘慧芳：甭指望我，大姐还盼望着早点儿跟小芳团圆呢……

燕子：姐！你这病老养不好，就是操心太多了，你静心好好养养好不好。

刘慧芳叹了口气。

8. 日　外　刘家院子

刘大妈、刘国强从屋里走到院子里。

国强：妈，我走了。我到了深圳就把钱汇过来。

刘大妈：国强，妈不是难为你，妈是觉得不合适。老让他爷爷接济着，有点子钱，全花在你姐姐身上了。往后，人家要有个三长两短的可怎么办。

国强：妈，我懂！我姐也不是旁人儿，再说我就这么一个姐姐，我不管谁管啊。

刘大妈：燕子，你哥要走了，你还不出来。

燕子眼中含泪从屋里走了出来。

国强：燕子，怎么了？抹上眼泪儿了你。

燕子：姐非要把小芳给人家儿送回去。

国强：妈，您说这事儿怎么办？

刘大妈：妈老啦，妈听你们的……

国强：听姐的吧，这儿事是姐的伤心事儿，一切就按姐说的办。

燕子：不！我不……我舍不得小芳走。

国强：燕子，你听话哈，小芳这事儿一定办好了，今儿个就去办，别让人家笑话咱老刘家的人儿，啊。

燕子点了点头。

国强推开了慧芳的屋子的门，说："姐，我走了，你别惦记着。"

## 9. 日　外　河边

罗刚和田丽在河边走。

田丽：怎么，还没考虑好？万事俱备只欠东风，你还在想什么呢？你们俩儿的事儿，我可是管到底了。亚茹说了，今天晚上她想见你。

罗刚：见我？

田丽：你不要丹丹了？盼了这么多年，到眼前怎么就犹豫了呢？

罗刚：田丽，这十几年我自己一直在追求的东西……怎么说呢，我觉得一个人总归有比孩子更重要的事情吧。

田丽：你说什么呢，我弄不明白，你到底是怎么想的？

罗刚：我想把小芳留给慧芳。

田丽：那你不见亚茹了？

罗刚：不！今天晚上，我请她吃饭。

## 10. 日　内　刘大妈屋内

燕子：妈，我去了啊。

刘大妈：等等……（刘大妈拿起了小芳当年的被子看着……）

燕子：妈，我是想通了，往后我谁都不嫁。等您老了，伺候您一辈子。

刘大妈：傻丫头，闺女大了，都是人家的人。走吧走吧。

小芳：姥姥，姥姥，您看谁来了。

刘大妈走出屋子，看见小芳挽着王父走了过来。

王父：您、您好…

刘大妈：好好，小芳，带爷爷上大屋凉快。

小芳：爷爷走啊。

刘大妈：燕子，切西瓜。

燕子：呦，王伯伯来啦，快进去。

刘大妈、小芳、王父进屋，燕子转身进了刘慧芳的屋子。

燕子：姐，小芳来了，我可怎么说啊。

刘慧芳：燕子，你过去把小芳给我叫过来好吗？

燕子点了点头。

## 11. 日　内　刘大妈家的屋子

刘大妈：她爷爷，您坐啊，芳，给爷爷倒水，甭倒热的，冰箱里有酸梅汤。

小芳：爷爷不喝别的，就喝茶。

王父：省事一点儿吧。

刘大妈：对，咽茶祛暑，我弄点儿好茶叶。

燕子走到门口将小芳喊了出去。

**刘大妈**：燕子，你偷着摸着干什么呢？

**燕子**：妈，我姐叫小芳呢。

**王父**：哦，小芳，你去看看妈妈。

**小芳**：嗯。

小芳和燕子走出屋子。

**刘大妈**：好爷爷，您坐啊。

**王父**：哦，好。

**刘大妈**：她爷爷，这事儿您知道啦。

**王父**：哦，亚茹已经和我说过了。

**刘大妈**：今儿个是带孩子告个别就走？

**王父**：不，我是来送小芳回来的。

**刘大妈**：送小芳？

**王父**：嗯，您生养了慧芳这样一个好女儿，我一想起来就觉得心里有愧。按理来说呢，我们都已经到了该享天伦之乐的年纪了，可很多事情，都不像我们想的那样简单。

**刘大妈**：她爷爷，您甭说啦，您的心我领啦，可慧芳铁定了主意，要把孩子归她大姐，早晚得走……早走比晚走要强……

**王父**：您别这样讲，我们都是上了年纪的人，不用说也明白，孩子盼望着能够得到母爱，慧芳带了小芳十几年，就让她留在慧芳身边吧。

**刘大妈**：不用了，我寻思好了，往后……让小芳常来家瞧瞧，我就知足啦……

**王父**：这么多年了，眼看着孩子们都长大了，我才觉得，自己真是老了，很多事情理解不了他们……如果沪生有什么不对的地方，您多担待……我看，就按着亚茹的意思，把孩子留下吧……

**刘大妈**：她爷爷……

12. 日　内　刘慧芳屋内

小芳坐在慧芳的床边抽泣，慧芳拉着小芳的手。

**小芳**：不嘛，就不！小姨，你告诉我，这都不是真的。

**燕子**：不，这都是真的，是小姨把你抱回来的，已经整整15年了。

**小芳**：不，妈妈，我不离开你！你就是我的亲妈（抱着慧芳大哭）。

**刘慧芳带着眼泪说**：芳，听话哈，你不是最喜欢罗叔叔嘛，他就是你亲爸爸。

**小芳**：不是，就不是嘛！

**刘慧芳**：芳，回去吧，啊，你妈妈啊，多盼着和你团圆啊。

**小芳**：不嘛，妈妈！您别不要我，我求求你了！

小芳说完后哭的更厉害了，慧芳不忍再看转过头去，燕子上前拉住小芳的手。

**燕子**：小芳，听话啊。

**小芳**：我不嘛，不嘛，妈妈……妈妈……别不要我。

慧芳摸着小芳的头，眼泪悄然落下。

**13. 日　内　王亚茹屋内**

录音机里放着音乐，亚茹抱着小芳当年盖的小被儿坐在椅子上，罗刚坐下。

**罗刚**：亚茹，倒酒啊。

**王亚茹**：好。

亚茹起身将酒倒进两个杯子中，将筷子递给罗刚。

**王亚茹**：你盯着我干什么？

**罗刚**：你还是那么的漂亮。

**王亚茹**：喝吧。

两个人拿起酒杯碰杯……对视……无言……

**罗刚**：怎么，你喝不惯啦？

**王亚茹**：我好像觉得……这是十几年前……

**罗刚**：来，为了你找到了丹丹。

**王亚茹**：不，为了你和慧芳的幸福。

罗刚露出了复杂的神情。

**王亚茹**：不，还是为我们能忘掉过去一切的不愉快干杯吧……我希望你能把这酒、这音乐、这时代忘得干干净净的……

亚茹将酒干了，罗刚表情很复杂。

**罗刚**：亚茹，你别提那些了，你知道我忘不了……但是你不要忘记，让丹丹常回来看看她爸爸和养育她的那位妈妈……

**王亚茹**：不，我已经想好了，丹丹你们领回去……慧芳离不开她……

**罗刚**：亚茹……

王亚茹拿起酒杯还要喝，罗刚拦住。

亚茹转身哭泣，罗刚也开始流泪……

小芳这时推门进屋。

**罗刚**：小芳……

**王亚茹**：丹丹……

**小芳**：妈妈……妈妈……（小芳扑进亚茹怀里）。

**王亚茹**：丹丹，是谁让你来的？

**小芳**：是我妈妈告诉我，您们才是我的亲生父母。

**罗刚**：小芳……你应该回去照顾你的妈妈。

**小芳**：我懂……妈妈说，你们都是好人……我谁也舍不得，你放心，我会回去照顾妈妈的……可我也要回到你们的身边来，我想好了，等妈妈的病治好了，我再回来……好吗？您说话啊？我想我妈妈……我两个妈妈都想……妈妈……我做的对吗？妈妈……

**亚茹抱着小芳说**：对……对……我的好孩子……

小芳在刘家和王家往返，照顾慧芳，孝敬亚茹……由夏入冬，由冬入春，慧芳慢慢好了起来。

**14. 日　内　刘慧芳屋内**

慧芳在屋内用缝纫机做着针线活，刘大妈领着宋大成进屋，宋大成拿了一堆东西。

刘大妈：慧芳，大成来了。

刘慧芳：大成来了啊。

宋大成：哎，慧芳，挺好的啊。

刘大妈：大成，你说你好久不来，来了花这么多钱干什么啊。

宋大成：大妈，忙啊……今后想来还来不了了呢。

刘大妈：瞧这话说的……小芳，快接你大舅的东西。

小芳进屋拿起了大成买的东西。

宋大成：这小芳……真成大闺女了。

刘慧芳：芳啊，你去弄点儿水，让你大舅擦把脸。

宋大成：不用不用，不热。

刘慧芳：大成，又要出差啊。

宋大成：嗯，这回啊，去远了去了。

刘大妈：上哪儿啊？

宋大成：大妈，告诉您一个高兴事儿吧，我们厂的这个产品啊，已经正式的打入了欧洲的市场，通知我们上西班牙参加博览会呢。

刘慧芳：是吗，大成，那可让人高兴了。

刘大妈：大成，又做买卖？

宋大成：哎呦，大妈，这回这个买卖可就做大发啦。

刘慧芳：大成啊，定了什么时候走吗？

宋大成：呃……下个礼拜的事儿吧……

刘大妈：这得去多久啊？

宋大成：国际上的事儿，痛快着呢，呵呵呵呵。

小芳拿着毛巾进屋递给宋大成。

小芳：大成舅舅，你要是回来晚了，可就找不到这儿了。

宋大成：怎么地呢？

小芳：你不知道啊，居委会通知我们就要搬家了。

宋大成：真的啊？

刘大妈：可不，这一片的胡同都得拆了，说要起高楼呢。

宋大成：嘿，好，来小芳，拿个刀来，今个儿是双喜临门哈，咱们得把这个瓜宰喽庆祝庆祝，来来，刀拿来。

**15. 日　内　王府客厅**

东东在弹琴，王沪生在一边看着，门铃响了，亚茹去开门，是田丽。

田丽：亚茹。

王亚茹：你这家伙，还来啊，这么样，带来了吗？

田丽：看你急的，带来了。

东东：姑姑，什么啊？

田丽：你朱阿姨来的电传，说她马上要回国，接你到国外学习。

东东：真的啊，快给我，爷爷，朱阿姨来信了。

王亚茹：快，里面坐。

王亚茹：来，吃西瓜。

田丽：行。

王亚茹：快说说，还有什么喜讯。

田丽：喜讯多了，听说啊，宋大成的爱人快生了。

王沪生：真的啊。

王亚茹：沪生，那你应该准备点儿礼物，那是小徐盼了半辈子的事儿。

王沪生：那还用说吗。

王父：呦，真热闹啊。

田丽：呦，伯父。

王父：小田，你可有时间没来啦，就那么忙啊。

田丽：伯父，我比不了亚茹，人家都说啊，金眼科银外科，累死累活的是妇产科，谁让咱上学的时候就选错了学科呢。

王亚茹：瞧你又挖苦人……哎，说真的，小徐那孩子怎么样啊。

田丽：情况不是太理想，不过我看问题不大。

王父：小田，你再忙，这次竹心回国你可得来啊，好多事情还等着你张罗呢。

田丽：那还用说，双喜临门嘛，我可是主要劳动力，沪生，对不对？

王沪生笑了笑。

王医生：沪生，你真舍得让竹心把东东带走啊。

王沪生：那要怎么办，儿子自己要走的嘛。

东东：阿姨让我走，我还不走啊，再说爷爷也同意了，是吧爷爷。

王父：是，去吧，多学点儿本事，将来长大了好好孝顺爸爸妈妈，谁让我们东东有福气呢，谁见着都喜欢。

东东：哎呀，爷爷，你真是……

田丽：东东，到了国外，你就不想你爷爷啦，这一去，没钱买飞机票，想回来可就回不来啦。

东东：那我自己挣钱买飞机票回来看爷爷和你们大家啊。

田丽：你说这孩子，怪啊，这孩子只要长得好看，就有人喜欢。

东东：不是，爷爷说了，一个人活着，只要心眼儿好，就会有人爱的。

田丽：那是，咱们东东啊，心眼儿最好。

东东：哎呀，不是的，爷爷说，妈妈心眼儿最好了，对吧。

王父点点头，电话响了，亚茹去接电话。

王亚茹：喂，哦，她在，田丽，你的电话。

田丽：我的？怎么打到这儿来了……

16. 日　内　宋大成家

　　燕子冲进宋大成家中。

　　**燕子**：大成哥、大成哥。

　　**宋大成**：来燕子，来吃西瓜。

　　**燕子**：大成哥，你就别吃了，赶快走吧。

　　**宋大成**：怎么了？

　　**燕子**：医院打来电话，说月娟姐，她……她难产，你倒是快走啊。

17. 日　内　王府客厅

　　田丽拿着电话。

　　**田丽**：告诉护士长，马上进手术室，嗯，好了，别啰唆了，我一会儿就到。

　　田丽和王亚茹一起快步走在去往医院的路上。

18. 日　内　妇科病房

　　田丽和亚茹进屋。

　　**田丽**：哎，人呢？

　　**王亚茹**：已经进手术室了？

　　宋大成进屋。

　　**田丽**：人呢？

　　**宋大成**：推进手术室了。

　　**田丽**：那走吧。

　　**宋大成**：甭去了，大夫说，孩子和大人只能保一个。

19. 夜　内　刘慧芳屋子

　　**刘慧芳**：妈，我求求您，就让我去瞧瞧。

　　**刘大妈**：行，也得等我给你找辆车啊。

　　**刘慧芳**：芳啊，小芳。

　　**刘大妈**：甭喊了，我让她先去打听去了，你说这大成也真够倒霉的。临了临了又摊上这么档子事儿……唉，十来年了，可别再出事儿了。

　　小芳匆匆忙忙跑进屋。

　　**小芳**：姥姥，姥姥。

　　**刘大妈**：小芳，打听的怎么样了？

　　**小芳**：我去了，可是人家不让进，说是大舅妈她……

　　**刘大妈**：大舅妈她怎么了。

　　**小芳**：说是大舅妈她生下的小孩儿……小孩儿死了……

　　**刘大妈**：啊？

　　**刘慧芳**：那你大舅妈呢？

## 20. 夜　内　宋大成家

田丽从屋子里面出来，碰到在门口的宋大成。

宋大成：田大夫。

田丽：我……我对不住你们两口子。

宋大成：你说远了，甭往心里去，您做大夫的，已经尽心了，是我们没那福分。

田丽：她睡着了，等她醒了啊，给她弄点儿吃的。

宋大成：嗯。

田丽：你要好好照顾她，做个女人不容易啊……我走了……有事儿给我打电话。

宋大成：好……您走好……

宋大成关上大门，坐在屋子门口，忍耐了许久的眼泪终于在这一刻流淌下来。

宋大成家门外，王沪生拿着东西犹豫着要不要敲门。

## 21. 夜　内　宋大成家屋内

徐月娟从梦中惊醒。

徐月娟：孩子……

宋大成站在一边倒了杯水。

徐月娟：大成……来……坐。

宋大成：嗯，怎么了？

徐月娟：大成，你干吗不让我去死？留下这个孩子……我这一辈子只有这么一个念想，就是要给宋家留下条根……

宋大成：你别这么说……

徐月娟：全完了……我知道，一个女人不能够生孩子，没有一个老爷们儿会待见，你干吗让我受这个罪，不让我去死……我一辈子都对不起你宋大成，是吗，啊？

宋大成：都是我的错，我好好伺候你。

徐月娟：不，大成……你别以为我糊涂，我这心里面儿像明镜儿似的，我知道自打我们结婚的那天起，你压根就没爱过我，你这心里边儿只盛着慧芳一个人儿。这不是你的错，也不能赖慧芳，这是命，我认了……今儿个我和你说句掏心窝子的话吧，我比不上慧芳，她比我好，为人厚道，你们两人本来就应该在一起，我乐意你们俩人在一起，真的，我没有说一点儿瞎话，大成。

宋大成：别这么糟践自个了，往后咱们还得好好过日子呢。

徐月娟：不，大成，你要是不好意思跟慧芳去说，我太给你说去，啊。

宋大成：我错了……我是多么希望这个世界上吧，多一些爱，多一些美好，多一些帮助，这每个人都有每个人的奔头，谁也很难左右谁。月娟啊，我们从头来，行吗？

徐月娟：大成，我明白你的心，但是……

门口传来了声音。

徐月娟：谁啊？

王沪生放下东西正要走，宋大成推开屋门正好看见。

宋大成：哎，沪生。

王沪生：宋师傅。

宋大成和王沪生相视而笑。

22. 日　外　刘家外面的街道

竹心推开了刘家的大门，这时的刘家已经不住在这里了，地上散落着砖头和纸张……

竹心：大妈，慧芳。

竹心从窗口向里看，发现刘家已经人去楼空，她离开时，在门口看到了刘慧芳留的字，刘家已经搬迁了。

23. 日　外　王府外

竹心坐车来到了王家，在门口看见了王父正在浇花，在浇完花后回到了屋里，竹心犹豫了片刻，还是走到门口，用戴着戒指的手按响了门铃……

文字整理：张瑶

资料来源：根据搜狐视频网提供的视频完成文字整理。

具体参见 http：//tv.sohu.com/20091202/n268634204.shtml？txid=10ad708cb3c0cfcd5ea81608c0a558de

# 围　城

首播时间：1990 年

首播电视台：中央电视台

摄制单位：上海电影制片厂影视艺术部、中央电视台、
　　　　　上海文化发展基金会、厦门文化发展基金会

原　　著：钱钟书

编　　剧：孙雄飞、屠传德、黄蜀芹

导　　演：黄蜀芹

摄　　像：沈星浩、黄群学

主　　演：陈道明、英达、吕丽萍、葛优、李媛媛

获奖情况：第十一届（1990 年度）中国电视剧飞天奖长
　　　　　篇电视剧二等奖、优秀导演奖、优秀男主角
　　　　　奖；第九届（1991 年）中国电视金鹰奖优秀
　　　　　连续剧奖。

**剧情梗概：**

　　根据钱钟书同名小说《围城》改编而成，以方鸿渐的生活和情感为线索，展现了那个时代某些知识分子的矛盾彷徨的心态，"围在城里的人想逃出来，城外的人想冲进去，对婚姻也罢，职业也罢，人生的愿望大都如此。"

　　1937年夏，方鸿渐从欧洲游学四年回上海。在客船上结识了风流的鲍小姐，但这段感情很快就过去了，只能是生活的一种调味剂。回国之后见到了大学同学苏文纨，苏小姐对方鸿渐青睐有加，但虽然苏文纨不断的暗示他，但他始终没有正面接受，这也让苏文纨以后怀恨在心。回到上海后，方鸿渐住在已亡未婚妻的家中，并在一次偶然的机会里通过苏文纨认识了她的表妹唐晓芙，方鸿渐对她一见倾心，但却被丈人家看了出来，受到冷淡。

　　方鸿渐用尽各种办法开始追求唐晓芙，在这中间方鸿渐还结交了赵辛楣。原来赵辛楣很喜欢苏文纨，为了追求苏文纨而刻意留了下来，苏文纨却对他很冷淡，他以为是方鸿渐的原因，就约了方鸿渐斗酒，而二人反倒因为这个慢慢成了好朋友。方鸿渐向唐晓芙表白被拒绝，觉得心灰意冷，这时苏文纨也嫁给了别人，赵辛楣也很伤心，所以两人决定结伴离开这里，去内地的三闾大学任教。在去的路上，方鸿渐认识了孙柔嘉。

　　但没想到两个人在三闾大学任教期间，不知不觉的卷入了学校的明争暗斗之中，他们发现这所学校人际关系很复杂，有很多帮派之分、整天钩心斗角，算计别人，到处都是闲言碎语。李梅亭、韩学愈、高松年等都是道貌岸然，奸诈狡猾之人。而方鸿渐却不喜欢这种氛围。

　　赵辛楣在学校喜欢上了同事的妻子，被大家知道，感到很丢脸，没法继续教课，就辞职离开，做起了生意，赵辛楣走后，方鸿渐更是觉得随时都会被算计，卷入学校的纷争之中。学校的很多同事都不太喜欢他，希望他离开，而在这个时候英语助教孙柔嘉很关心方鸿渐，方鸿渐慢慢发现自己爱上了孙柔嘉，于是没过多久就结婚了，但不久之后方鸿渐就成为斗争的牺牲品，被校长解雇，孙柔嘉也随他离开了学校。

　　两人结婚旅游到香港，碰巧遇到了赵辛楣，赵辛楣好好招待了他们，后来又与苏文纨在赵辛楣家相遇，而苏文纨已经变得很市侩。回到上海后，方鸿渐找不到合适的工作，在一家报社做些杂活，事业不顺利。而方鸿渐也渐渐发现了孙柔嘉的另一面，孙柔嘉抱怨方鸿渐没本事，又因为双方家庭和亲族的介入，两人整日因为生活中的琐碎小事争吵。后来方鸿渐辞去报馆资料室主任的职务而面临再次失业，两人又起了争执，孙柔嘉失手将方鸿渐的头砸破，方鸿渐懊恼的离开家，盲目的走在大街上，他被困在自己的围城里，想逃却逃不出来。

　　　　　　　　　　　　　　　　　　文字整理：黄璇
　　　　　　　　　　　　　　　　　　资料来源：根据优酷网提供的视频完成文字整理。
　　　　　　　　　　　　　　　　　　具体参见http：//www.youku.com/

**剧本**

## 《围城》第九集

**1. 日，外，学校内**

　　**旁白**：赵辛楣和汪太太的相会被高松年、汪处厚意外撞见，他不得不离校出走，这自然使方鸿渐也受到牵连。
  **方鸿渐**：啊，袁先生。
  **袁先生**：方先生。
  **方鸿渐**：赵先生为什么走的那么突然？
  **袁先生**：啊，他有点事情，他老太爷病了。
  **方鸿渐**：啊，好。

2. 日，内，校长室
  **方鸿渐**：戈校长，这是赵辛楣给你的信。
  **戈校长看完信**：唉，辛楣是什么时候走的啊？走以前跟你商量了吗？
  **方鸿渐**：他只说他要走，而且他已经走了。
  **戈校长**：学校想让你去追他回来。
  **方鸿渐**：他走的很坚决。
  **戈校长**：走的理由，你知道吗？
  **方鸿渐**：知道一些。
  **戈校长**：那么就希望你替他保守秘密，说了出去，对他、对学校都不太好。
  **方鸿渐**：好，校长，我领教了。

3. 日，外，学校内
  **孙柔嘉**：方先生。
  **方鸿渐**：啊，孙小姐。
  **孙柔嘉**：我正想来问赵叔叔的事。
  **方鸿渐**：消息很灵通啊，怪不得间谍常常要用女的。
  **孙柔嘉**：我可不是间谍，是范小姐告诉我的，她说汪太太和赵叔叔的请假有关系。
  **方鸿渐**：她怎么知道？
  **孙柔嘉**：今天中午汪先生来了个条子，说汪太太病了，请范小姐去，范小姐回来大骂赵叔叔，说他调戏汪太太，并且还说她早就看出赵叔叔不是好人。
  **方鸿渐**：赵辛楣在总没叫她亲爱的宝贝啊，哎，你知道这个英文字典吗，这是范小姐送给赵辛楣的剧本上，她说是作者给他提的字，你说多肉麻。
  **孙柔嘉**：哎呀，不对吧，是她自己写的吧，有一次她问我"作者"在英文里怎么写，是author还是writer。
  **方鸿渐**：呸，不要脸。
  **孙柔嘉**：赵叔叔走了，只剩下我们两个人了。
  **方鸿渐**：啊，赵辛楣临走的时候跟我讲了下，说我暑假回家的时候你也回去，我们可以同行，嘿嘿，我是饭桶，你是知道的，对你照顾不了什么。
  **孙柔嘉**：谢谢方先生，只怕拖累你。
  **方鸿渐**：哪里的话啊。
  **孙柔嘉**：这样人家又要说闲话了。

**方鸿渐**：谁啊？

**孙柔嘉**：也不知道是谁给我爸爸写匿名信，造我跟你的谣言。

**陆子潇**：好的，新的学期啊，今天晚上我回去多想几个方案，等明天以后我写个……

**李梅亭**：哎，他们俩。

**孙柔嘉**：我爸爸来信问了，我怀疑是陆子潇吧。

**方鸿渐**：随他们的便，只要你不怕，我是不在乎的。

**陆子潇**：哎呀，你们二位在这儿呢，你看，他们说话多亲密啊。

**李梅亭**：对不起孙小姐，打断你们的情话了吧。

**方鸿渐**：知道是情话就不该打断。

**李梅亭**：唉，白天说话还勾着手，给学生们做榜样吗。

**方鸿渐**：训导长寻花问柳的样子我们也学不来。

**李梅亭**：唉，你这个人就是爱说笑话，说正经的，什么时候请我们吃喜酒？

**方鸿渐**：到时候漏不掉你的。

**孙柔嘉**：唉，那么我们告诉李先生。

**陆子潇**：唉，告诉什么，订婚了是不是啊？

**李梅亭**：恭喜啊，恭喜啊，恭喜你啊方先生，是不是今年结婚啊。

**陆子潇**：哎，方先生，请客啦。

**李梅亭**：请客啊，方先生、孙小姐。

**陆子潇**：一定要请的，恭喜啊。（笑）

（李梅亭和陆子潇走开）

**陆子潇**：看见吧，我说的没错吧。

**孙柔嘉**：我刚才看见他们俩心里就发慌，不知道怎么才好，请方先生原谅，刚才的话不能当真。

**方鸿渐**：孙小姐，我的话句句当真，也许这正是我所要求的。

**孙柔嘉**：希望你不至于后悔。

**方鸿渐**：你也不要后悔。

## 4. 日，内，李梅亭办公室

**李梅亭**：你们还年轻，不懂事，不要上他们的当。你们先回去，以后再听到什么言论马上来报告。

**学生**：是。

**陆子潇**：李先生，听说孙小姐这个礼拜天要订婚了，是吧？

**李梅亭**：怎么你吃醋了？

**陆子潇**：别胡闹，我怎么会有这种想法呢。

**李梅亭**：你瞒不过我啊。（给陆子潇一支烟）。订婚，准是出乱子了，否则不会这么匆忙。订婚之后马上就会结婚，不信你走着瞧。我们不管，反正多吃他一顿饭，啊，我看结婚礼物就送小孩子的衣服最用得着，啊。（陆子潇笑）不过这事有关学校的风纪，我看应该唤起校长的注意。我管训导有我的职责啊，不能只考虑我和方鸿渐的私交，是不是啊？（陆子潇点头）去年我和他一路来，就觉得路数不对。

**5. 日，内，方鸿渐书房**

  **方鸿渐**：柔嘉，过去啊，我曾想过。

  **孙柔嘉**：什么？

  **方鸿渐**：一个人想订婚不知道是怎么一回事情，现在我清楚了。

  **孙柔嘉**：清楚什么了。

  **方鸿渐**：嗯，记得在伦敦，上道德哲学课的时候，一个教授给我们讲过，说天下无非有两种人，比如说一串葡萄到手，一种人先把最好的吃了。另外一种人呢把最好的留在了最后，照理说呢，第一种人是比较乐观的，第二种人呢是比较悲观的，可是事实恰恰相反，因为第一种人呢他没有回味了，因为他把最好的先吃了，把最坏的留在了最后，第二种人呢，还是很有希望的，因为他先吃了最坏的，把最好的留在了最后。我想啊，从恋爱到白头到老，就像这串葡萄一样，总有一颗最好的，我们要把最好的留在最后，也就是把希望留在了最后，嗯，你说是不是啊？

  孙柔嘉不说话。

  **方鸿渐**：唉，生气啦？

  **孙柔嘉**：我没生气。

  **方鸿渐**：诶，你骗不了我，我知道你生气了。

  **孙柔嘉**：你知道就好，我回宿舍了。

  **方鸿渐**：诶，小姐小姐，今天你不告诉我为什么生气啊，那我不放你走。

  **孙柔嘉**：你不就说唐小姐、苏小姐是前面的好葡萄，我是后面的坏葡萄啊。

  **方鸿渐**：你怎么能这么想啊，我们的恋爱才刚刚开始，好的还在后面呢。

  **孙柔嘉**：是啊，好的还在后面呢，那我是前面的坏葡萄。

  **方鸿渐**：唉，你怎么能这么想呢，我不过打个比方。

  **孙柔嘉**：我早就知道你不是真心喜欢我，要不你怎么会有这些稀奇古怪的想法，我走了。

  **方鸿渐**：哎呦，我的小姐，你怎么能够这么说呢，人们常说啊，订婚啊，结婚啊，是爱情的顶点。可我们不是啊，我们还要发展啊。我总想啊，我们这是一件很美的事情，所以我想起了这串葡萄的事。

  **孙柔嘉**：我这人就是死心眼，不会讨你的喜欢。

  **方鸿渐**：你呀，真实一颗酸葡萄。

**6. 日，内，订婚宴上**

  **校长**：今天是二位的订婚大喜。

  **方鸿渐**：是啊，多喝一点。

  **韩太太**：听说，她已经有了，唉，我建议啊，请方先生和孙小姐跟我们谈谈他们恋爱的经过。

  **甲**：让他们谈谈是怎么相爱的。

大家：欢迎，欢迎。

李梅亭：唉，方先生，我来。

方鸿渐：侬是好人。

李梅亭：我来替方先生报告。

方鸿渐：李先生，这里面没有是什么秘密的事情啦。

李梅亭：这里是没有什么秘密的事情了，没有秘密的事情。你看这发急的样子叫我好人，我就做一次好人，不报告了，啊。

李梅亭：下次该轮到你请喜酒了啊。

陆子潇：我，晚点结婚好，早点结婚了，不到中年就要闹离婚了。

乙：陆先生，你今天一开口就刹风景啊，来来，罚一杯，罚一杯。

陆子潇：罚就罚。

乙：好，再来一杯。

陆子潇：满上，满上。

## 7. 日，内，陆子潇办公室

陆子潇喝得醉醺醺。

李梅亭：唉，别别别。

陆子潇：让我喝，我没喝够呢。

李梅亭：别这样。

陆子潇：喝。那天我到方先生房间里坐了一会，发现他那里有一本小册子很可疑。是一本英文书，是说共产主义的书。

李梅亭：还看到什么？

陆子潇：其他，其他就没有了。

李梅亭：借来看看吧。

陆子潇：好，我去跟他借。

陆子潇要拿酒瓶，李梅亭阻止。

陆子潇：让我喝，喝，一起喝。

## 8. 日，内，校长室

李梅亭：这本《论共产主义和共产党人》实在方鸿渐的房间里发现的。

校长：嗯，你那份报告我看了。哼，方鸿渐，我本来要提升他一级的，没想到他的思想这么拙见，其实这个人还是可教之才，可惜啦，可惜啊！

李梅亭：校长你看怎么办呢？

校长：我倒有个想法可以叫他们都没的话讲，不过要过一段时间。

## 9. 日，外，孙柔嘉房间外

陆子潇：孙小姐，你早啊。

孙柔嘉：早。

陆子潇：唉，好好好。唉，方先生，今天有什么新闻吗？
方鸿渐：唉，有，武汉会战进入紧张阶段，中日双方集结几十万的军队。
陆子潇：嗷，借我看看。
方鸿渐：嗯，好。
陆子潇：谢谢。
方鸿渐：柔嘉，你赵叔叔从重庆来信了，说他已经步入政界了。
孙柔嘉：唉，你怎么待了那么久才回来？
方鸿渐：出什么事了？
孙柔嘉：进屋说吧，这人真讨厌。
方鸿渐：谁啊？

10. 日，内，孙柔嘉房内

孙柔嘉：唉，你看。
方鸿渐：啊，高松年不但继续聘请你，还给你升了一级，她好看得起你啊。
孙柔嘉：唉，你的呢？
方鸿渐：大概是还没有到吧。
孙柔嘉：唉，怎么会呢，大家都有啊。
方鸿渐：我本来也没有打算继续留下去，高松年答应这学期给我升教授，这就好比啊在驴子面前挂一串胡萝卜，看得见，永远也吃不到。我算是看饱了，唉，柔嘉，我看你啊干脆还是解了聘约吧。
孙柔嘉：哎哟，可现在是战时，哪儿这么容易找工作啊。
方鸿渐：你还是蛮喜欢这个地方的，你不是一来就要走吗？
孙柔嘉：当然我可以把聘书退掉，跟你在一起，在哪儿都一样，可是你不妨直接去问问高松年嘛，万一漏掉了呢？
方鸿渐：这种事是不大会漏掉的，如果下半年真的失业了，我们的婚也结不成了。
孙柔嘉：哎呀，你说什么呢！
方鸿渐：我是怕你跟我挨饿。
孙柔嘉：我又不靠你来养活，唉，回家让我爸爸替你想个办法吧。
方鸿渐：诶，一说你爸爸我想起来了，上回你爸爸给你写的那封信，我要看看。
孙柔嘉：嗯，什么？
方鸿渐：就是那封诬告我们俩的信，你说你爸爸写信告诉你的。
孙柔嘉：哎呀，那封信我早就给撕了。
方鸿渐：哦。
孙柔嘉：本来我想留着的，可是现在不怕那些谣言的不是。
方鸿渐：是啊，我们不怕谣言，嘿嘿。
孙柔嘉：鸿渐，那我跟你离开这儿。

两人离开学校，来到香港。

## 11. 日，内，宾馆里

**服务生**：先生，请这边走。

**方鸿渐**：谢谢。哎呀，辛楣。

**赵辛楣**：方鸿渐。

**方鸿渐**：你好。

**赵辛楣**：孙小姐，你好。

**孙柔嘉**：你好。

**赵辛楣**：这次要不是来接母亲，我们还不知道什么时候见面呢。

**方鸿渐**：你母亲来了？

**赵辛楣**：嗯，刚从天津到的香港，来看亲戚。然后去重庆住一段，你们两个怎么样了？

**方鸿渐**：你看我们这狼狈的样子，坐飞机不习惯。

**赵辛楣**：第一次坐飞机总要付点学费。

**方鸿渐**：是啊。

**赵辛楣**：要不你们先休息一下，房间我已经准备好了。

**孙柔嘉**：在这儿。

**赵辛楣**：晚上我给你们接风，好不好。

**方鸿渐**：一言为定。

## 12. 日，内，宾馆房间内

**方鸿渐**：准备好了吗？

**孙柔嘉**：嗯。哎呦。

**方鸿渐**：怎么了？你还没恢复过来啊？

**孙柔嘉**：今天我不去了。哎呦。

**方鸿渐**：柔嘉，我说啊，你再坚持一下，好啊。辛楣的一番好意不好辜负啊，嗯？

**孙柔嘉**：我看哪，还是你一个人去吧，你们俩说得来，我又插不进嘴，在旁边像个傻子。再说，请客的饭馆一定很阔，我又没有衣服，去了倒丢脸。

**方鸿渐**：呵呵，你这身就很漂亮嘛，你这么爱虚荣啊。

**孙柔嘉**：啊，我怎么了，你没发现街上女人旗袍的袖口都短了许多吗？唉，唉，你听见没有啊。

**方鸿渐**：啊！

**孙柔嘉**：她们的下襟也短了。我这旗袍太老式了。

**方鸿渐**：啊，没关系。

**孙柔嘉**：还没让你花钱做衣服就挨骂虚荣了，以后好好让你替我付裁缝账。哎呦，我又没有白皮鞋，这时候去买我又不想动。哎呦。

**服务生**：方先生。

**方鸿渐**：谁啊？

**服务生**：有客人来了。

方鸿渐：啊，请进。

赵辛楣：二位，准备的怎么样了？

方鸿渐：是辛楣吧，诶，辛楣，柔嘉身体不舒服，她今天不想去了。

赵辛楣：嗯，那不要紧，我们改期吧。

孙柔嘉：嗯，坐啊，别改期了，你们俩去吧。

赵辛楣：你真好，将来一定是个大贤大德的好太太。

方鸿渐：是啊。

赵辛楣：换了别人，一定把鸿渐看得牢牢的。

方鸿渐：是是。

赵辛楣：鸿渐，你讲老实话，舍得把她一个人留在家里吗？不要背后怪我老赵把你们分开了。

方鸿渐：柔嘉，你真的不需要我陪你。

孙柔嘉：你放心的去吧，我又不是什么大病。赵先生，实在抱歉。

赵辛楣：唉，说哪里话，我今天是虚邀，嗯，等你身体恢复了过几天我再好好请你。

方鸿渐：哎。

赵辛楣：那我现在就把他带走了，一个半小时以后原物奉还，绝无损失。鸿渐，走。唉，不对，也许你们还有个分别的简单仪式，我在电梯口等你。

方鸿渐：走走，我先走了。

13. 夜，外，香港街道上

赵辛楣：你们为什么不结婚再旅行？

方鸿渐：我也在后悔，是她一定要回上海结婚。

赵辛楣：孙小姐是不是呕吐，吃不下东西？

方鸿渐：可能飞机震的太厉害了。

赵辛楣：震荡早该过了，去年我们同路，一路上汽车颠簸这么厉害，孙小姐也没有吐，这次恐怕另有原因吧。我听说有孕可是要吐的。

方鸿渐：啊？

赵辛楣：当然我也没有经验，呵呵。

方鸿渐：不会吧。

赵辛楣：鸿渐，我们是好朋友，我总算也受过她父亲的委托，我劝你们俩尽快用最简单的办法在此地结婚，不要等回到上海，反正船票要一个星期以后才买的到，就算在这里度蜜月。

方鸿渐：我回头和柔嘉再商量一下。

赵辛楣：鸿渐，从我这个旁观者看，这回孙小姐是煞费苦心哪，哈哈哈，不对，我真糊涂，忘了现在的你不是从前的你了。鸿渐，不许告诉太太，以后老朋友之间说话也要分个界限。

方鸿渐：叫你说的，结婚这么可怕，简直是众叛亲离。呵呵。

赵辛楣：不是众叛亲离，是你离亲叛众。

**14.** 夜，内，宾馆房间内

孙柔嘉辗转睡不着，方鸿渐悄悄回来，摔了一跤。

**方鸿渐**：谁桌椅没摆好，唉。

孙柔嘉打开灯。

**方鸿渐**：对不起啊，我把你吵醒了，睡着了吗，身体怎么样？

**孙柔嘉**：我刚朦朦胧胧的睡着，就被你吓醒了，还骂人。

**方鸿渐**：什么？

**孙柔嘉**：没听见算了，那张椅子不是你自己搬到那儿的吗？赵辛楣来了，就像阎王爷派来一个勾魂的使者，你什么都不管了，这时候冒失，倒怪别人。

**方鸿渐**：是是是是是，是我的不好，哎呀你看，腿也磕破了。唉，我走了半天你吃饭了没有？

**孙柔嘉**：哎呦，你还知道你走了这么半天啊。

**方鸿渐**：我给你买来菠萝了。

**孙柔嘉**：反正好朋友在一起吃喝玩乐的，不回来也由得你。唉，我一个人死在旅馆里也不会有人理会。

**方鸿渐**：唉，又来了，又来了。对不起，请原谅。

**孙柔嘉**：唉，别用湿手碰我。

**方鸿渐**：我说啊，你想叫我陪你，你就告诉我嘛。

**孙柔嘉**：哦，你要是真爱我啊，不用我说就知道，这事是勉强不来的，等我说出来你才体会到，那还有什么意思？

**方鸿渐**：诶，我又不是你肚子里的蛔虫，我怎么会知道你是什么念头，真有意思。唉，做男人啊实在是太难了，太难啦。

**孙柔嘉**：哼，你们男人全不是好人，只要哄的我们让你们称了心，就不在乎了。明明看着我不舒服，还要出去。

**方鸿渐**：好好，别吵了，以后啊你就是打我捻我，我也不走了，这总可以了吧。

**孙柔嘉**：哎呦，别说的那么可怜。你的好朋友已经说我把你勾住了，我再不放你和他出去，我的名声还不知道怎么坏呢。

**方鸿渐**：柔嘉，我说你啊，不要对辛楣有那么深的成见，他还是蛮好的，对我们也很关心，啊，怎么样，气平了吧，我要跟你说几句正经话，起来。

**孙柔嘉**：哎呀，什么正经话还要起来说。

**方鸿渐**：我问你，你是不是怀孕了？

**孙柔嘉**：哎呀，胡说。要真是的话我可不饶你啊。

**方鸿渐**：唉唉唉，这不是什么饶不饶的事情，如果怀孕就提前做准备，辛楣说啊，要这样就马上结婚。

**孙柔嘉**：这事儿你跟赵辛楣说了。

**方鸿渐**：是呀。

**孙柔嘉**：哎呀，我不饶你，你不是人，不是人，我不饶你，你一定跟他吹嘘了，我不饶你，我不饶你！

**方鸿渐**：你听我跟你说。

**孙柔嘉**：我不听你解释！

**方鸿渐**：柔嘉，你听我慢慢的跟你说好吧。

**孙柔嘉**：你欺负我，你欺负我，你欺负我！

**方鸿渐**：柔嘉，怎么能这么讲啊。

**孙柔嘉**：我没脸见人了！

**方鸿渐**：你听我说。

**孙柔嘉**：我没脸见人了！

**方鸿渐**：其实啊，在这里结婚哪，从经济方面考虑还是蛮合算的，这样呢既省了一笔开销，又少了许多应酬，而且啊还能在这儿多住两天，就算是旅游结婚嘛。我还告诉你啊，辛楣啊给我们准备了一笔款子，算是他送的新婚贺礼，这有多好啊。

**孙柔嘉**：我们的事不用他来管。他又不是我的保护人，只有你不争气，你把他的话当圣旨，你听他的话，好啊，你一个人结婚吧，别来勉强我。

**方鸿渐**：呵呵，好好好，我一切由你做主，好吗？

**孙柔嘉**：讨厌。

**方鸿渐**：你看看，你看看，我给你买的菠萝还没有吃，哎呀，还没有吃呢。

**孙柔嘉**：不要吃。

**方鸿渐**：我说柔嘉，我给你剥，剥开吃，我喂你，好不好，诶诶诶，别哭了。

**孙柔嘉**：我不要吃。

**方鸿渐**：哎呀，这菠萝啊，是我舍不得坐车，省下钱来买的。

**孙柔嘉**：哎呀，省这几个钱干什么，走累了腿犯不着。

**方鸿渐**：呵呵，好了，你看看，你看看啊，这都是眼泪啊，都湿了怎么睡啊，这湿枕头我来睡吧。

**孙柔嘉**：唉，傻孩子，翻过来不就完了吗？唉，我看看你的腿。

**方鸿渐**：没事，擦破了点皮，喏。

**孙柔嘉**：哎呀。

**方鸿渐**：没关系，没关系。

**孙柔嘉**：鸿渐，你说的事我很担心，结婚的事就按你说的去办吧，你看着办。

**方鸿渐**：好，张开嘴，张大点。唉，我洗个澡。

15. 夜，内，商店

　　方鸿渐陪孙柔嘉挑选衣服和戒指。

16. 日，内，上海方鸿渐的家

**方鸿渐母亲**：那他们结婚的事怎么办呐？

**方鸿渐父亲**：你可不能跟他兄弟妯娌乱说，知道吗？嗯？儿女是孽债啊，一辈子要为他们操心哦。

**方鸿渐二弟媳**：弟媳啊，你听见没有啊，我想这件事不妙啊，从香港到上海只有三四天的工夫，就等不及啦？

**方鸿渐三弟媳**：唉，他们在内地订婚我就觉得不对劲了。

**方鸿渐三弟**：你们俩别在这儿说大哥的坏话啊。

**方鸿渐二弟媳**：三叔，你太老实了，我们这位大嫂恐怕是我们方家媳妇里破纪录的人哪。

**方鸿渐三弟媳**：就是。

17. 夜，外，香港街道上

**方鸿渐**：我们相还没照呢。照个相。

18. 夜，内，照相馆

**孙柔嘉**：我这样行吗？

**照相师**：来坐好了，靠近一点，头要歪一点，小姐你是这样，唉，歪一点点，高兴一点，笑，看我这里，把那个花拿上，看我这里，靠近，看我这里，笑一点，看我这里。

**方鸿渐**：等，等一下（擦汗）。

**照相师**：好，我们要拍了，看我这里，笑，好！

19. 日，外，赵辛楣家门口

**管家**：方先生，方太太请进啊。

**方鸿渐**：辛楣，你好。

**赵辛楣**：方先生，嫂夫人劳步，不敢当。

**孙柔嘉**：赵叔叔，你这么称呼我可当不起啊。

**赵辛楣**：唉，没有这个道理。（小声）鸿渐，你来的不是时候，苏文纨在里边儿。

**方鸿渐**：她在这里啊。

**赵辛楣**：她常常来往于内地和香港之间，今天来看我母亲，顺便要我们带私活给她到内地去。

**方鸿渐**：私活？

**赵辛楣**：什么化妆品，药品，高跟鞋，自来水笔，说是送人，谁知道是不是卖高价。我想兴许你不想见她，先出来告诉你一声。

**方鸿渐**：那就算了吧，正好我把船票钱还你，先给你。

**孙柔嘉**：唉，我们不是来……

**赵辛楣**：咦，不不不不不，不成敬意。

**方鸿渐**：辛楣，辛楣。

**孙柔嘉**：我们不是来看赵伯母的吗？既然来了，就进去吧。

**赵辛楣**：那好，请。

20. 日，内，赵辛楣的家

**苏文纨**：伯母啊，我跟你说件事，赶快去买些美金，这两天香港市场上面低价啊。

**赵伯母**：是吗，好。
**管家**：太太，有客人来啦。
**赵伯母**：请。
**赵辛楣**：这位是我的朋友，方鸿渐，这就是家母。
**赵伯母**：方先生，方太太，恭喜恭喜。
**方鸿渐**：伯母，你好。
**赵伯母**：大家请坐。
**方鸿渐**：好好，打扰了，对不起。
**苏文纨**：方先生，好久不见，好啊？
**方鸿渐**：我很好。柔嘉，坐。
**赵辛楣**：对，这位是方太太，这位是苏小姐，哦，是曹太太。
**苏文纨**（小声）：唉，辛楣，这位方太太，是不是还是那家银行呃钱庄，哦，我记性真坏，那厅里的小姐。
**赵辛楣**：这是我同事的小姐，上礼拜刚在香港结婚的。
**苏文纨**：哦，原来又换了一位。方太太，你是一直在香港呢，还是在国外回来经过香港呢？
**孙柔嘉**：我是从内地来的。
**苏文纨**：哦，伯母，这一路还好啊。
**赵伯母**：我是有生以来第一次坐飞机，现在想想还有点后怕呢。
**苏文纨**：怕什么伯母，有辛楣陪着呢，我一个人来来回回就五六次呢。
**赵伯母**：那你们先生倒放心你一个人飞来飞去的。
**苏文纨**：他有公务，脱不开身，要不然呐，他今天就跟我一道看看你们了。
**赵辛楣**：啊，岂敢岂敢，我第一次见你们那位曹先生还是你结婚那天，我记得他比我矮，人也很胖，现在没有更胖吧，哈哈，在香港不要紧，要是在重庆，管理粮食的公务员发了胖，嘿嘿。人家可就要开他的玩笑了。
方鸿渐哈哈大笑，苏文纨生气。
**赵伯母**：哎呀，你这孩子，三十几岁的人了，还那么爱胡说八道。我看苏文纨小姐气色特别好，看着你，我眼睛都舒服，你回去替我问候曹先生，他公事忙，千万不敢劳步，啊。
**苏文纨**：伯母，他偶尔请半天假也是可以的，今天他就在家喝醉了。
**赵伯母**：酒啊，这东西喝多了要伤身子，以后劝他少喝点。
**苏文纨**：嗯，不过，他没有辛楣那样海量。
**赵辛楣**：诶，我比你们曹先生那差远了，哼。
**苏文纨**：伯母，我看辛楣啊不比从前那样老实，心眼也小了许多，恐怕跟他这一两年来结交的朋友有关系。伯母，明天我就不送你了。
**赵伯母**：不用客气。
**苏文纨**：一路上多保重啊。辛楣，别忘了把这箱子给我带到重庆去。
**赵辛楣**：好。
**苏文纨**：辛楣，我要罚你送我到门口。
**赵伯母**：哦，对，辛楣送送。

**苏文纨**：伯母我走了。
**赵辛楣**：方先生夫妇在招呼你呢。
苏文纨回过头和孙柔嘉握手，方鸿渐不看她。
**旁白**：方鸿渐想，本来他们还是平等的，现在呢，苏文纨高高在上，跟自己的地位简直是云泥之别。另外自己和赵辛楣之间也不比从前那样可以分庭抗礼了，想到这里，真使他伤心。

## 21. 夜，内，宾馆房间内

**方鸿渐**：可回来了。
**孙柔嘉**：身体是回来了，可是灵魂被情人带走了。
**方鸿渐**：胡说什么。
**孙柔嘉**：谁胡说了，上了车你就一句话都没有，全忘了旁边还有我，我知趣得很，绝不打扰你，看你什么时候和我说话。
**方鸿渐**：唉，你看我现在不是跟你说话了吗，柔嘉，今天的事啊，我一点也不生气。
**孙柔嘉**：你怎么会气呢，你只有称心。
**方鸿渐**：我称什么心？
**孙柔嘉**：看见你从前的情人糟蹋你现在的老婆，并且当着你好朋友的面，还不称心吗？哼，我早就跟你说过，我不喜欢你跟赵辛楣来往，可是我的话你从来都不听，这下好了，让人家笑，让人家瞧不起。
**方鸿渐**：柔嘉，今天你可有点蛮不讲理啊，是你非让我进去的，怎么一下子就推到我、我身上来了。
**孙柔嘉**：哦，人家都打到我的头上，你好像没看见哪，反正老婆是该受野女人的欺负，我看自己的丈夫被人家笑骂，倒实在受不住了，觉得脸皮都被别人剥光了。她说辛楣交的朋友不好，不是指你吗？
**方鸿渐**：哎呀，让她去骂吧，我要是回敬她，肯定吃不消。
**孙柔嘉**：那你怎么不回敬她？
**方鸿渐**：何必跟她计较，我只觉得她可笑。
**孙柔嘉**：哎呀，好宽宏大量啊。你这点好脾气，怎么不留在家给我享受享受，遇到外人就低头赔笑，回到家一句话不投机就翻脸吵架，这也就是我啊，要是换了那位贵小姐，你发发脾气看。哼，我算是看透了，全是吹牛。
**方鸿渐**：谁吹牛？
**孙柔嘉**：是你啊，你不是说她如何如何爱你，哦，要嫁给你，今天呢，她明明对赵辛楣好啊。男人啊，全是这么吹。
**方鸿渐**：好好好，我吹，就算我吹牛好了吧。
**孙柔嘉**：唉，就是，她又阔，又美，又是留学生，假如是我啊，她看不上我，我倒要跪着求呢，何况她还追求你。
**方鸿渐**：唉，你有完没有。
**孙柔嘉**：我……
**方鸿渐**：人家是看不中我，可有的人还千方百计想嫁给起我。

孙柔嘉：我瞎了眼，哼！

方鸿渐走到凉台，又回到房间找东西，孙柔嘉看到。

孙柔嘉：唉，你找什么呢？是不是轮船公司领票的收据啊。

方鸿渐：你怎么猜到的？

孙柔嘉：你不是放到白西装口袋里了吗？

方鸿渐：呦，糟糕，让他们洗了。

孙柔嘉：拿去。我早把它取出来了。

方鸿渐：谢谢你，要不我们就回不了上海了。

孙柔嘉：好不容易千方百计嫁给你这个丈夫，哪敢不好好伺候啊。

方鸿渐：都是我不好，我不好。

孙柔嘉：唉，那苏小姐，我觉得她挺贱的，自己有丈夫还要勾搭赵辛楣。唉，你听我说，像我这样又丑又穷的老婆，保险安安分分的不出你的丑。

方鸿渐：哼，呵呵。

孙柔嘉：你傻笑什么。你要是娶了那位苏小姐，保不准啊，你替赵辛楣养了个外室罢了。

方鸿渐：唉，你哪这么多话。

孙柔嘉笑。

文字整理：黄璇

资料来源：根据优酷网提供的视频完成文字整理。

具体参见 http://v.youku.com/v_show/id_XMTg4MjAyOTY=.html

# 杨乃武与小白菜

首播时间：1990 年

首播电视台：上海电视台

摄制单位：上海电视剧制作中心、福建电视台、上海市氯碱总厂电化厂

编　　剧：方艾、徐石霖

导　　演：李莉

摄　　像：袁建华、朱家骅

美　　术：徐国华、曾妙林

主　　演：孙启新、陶慧敏、张闽、汪俊、魏宗万

获奖情况：第十一届（1990 年度）中国电视剧飞天奖长篇电视剧三等奖、优秀女配角奖、优秀美术奖。

## 剧情梗概：

《杨乃武与小白菜》描述了清朝同治年间的一场震惊全国的冤案。杨乃武是余杭镇的有名的举人，他正直，喜欢打抱不平，所以和知县刘锡彤有很大的积怨。而"小白菜"本名毕秀姑，住在杨乃武的后面，她18岁就嫁给了葛品连。小白菜有时候会去杨乃武家吃饭，杨乃武还会教毕秀姑识字，这些被人看到就有一些闲话出来。有一天葛品连忽然身亡，他的母亲怀疑儿子是中毒身亡的，就报了官。刘锡彤亲自带人来验尸，发现果然是中毒死亡，而葛品连的母亲就怀疑是小白菜下的毒，而知县刘锡彤本来就和杨乃武有嫌隙，听说了杨乃武和小白菜的言流，认定是杨乃武和小白菜一起谋杀了葛品连，随机就将小白菜带到衙门审讯。小白菜说自己没有毒死葛品连，刘锡彤见小白菜拒不认罪，第二天就动用刑具逼供，小白菜不堪忍受酷刑，就谎称自己和杨乃武毒死了葛品连。刘锡彤立刻传杨乃武上堂受审，杨乃武不承认，还在堂上大声呵斥刘锡彤、刘锡彤很气愤，但由于杨乃武是举人不能用刑，刘锡彤就先奏请上司革了杨乃武的举人头衔，上司昏庸，答应了他的请求，于是他就开始对杨乃武用刑，经过几天折磨，杨乃武实在忍受不了，只能认罪，刘锡彤觉得自己已经审清楚了，就立刻奏请知府审查。

知府陈鲁听信了刘锡彤的话，也对杨乃武施加酷刑，并编造了杨乃武的犯罪过程和证据，证据齐全后，就希望快快结案。最后陈鲁判处杨乃武斩立决，小白菜凌迟处死。这件事情在全省引起轰动，陈鲁刑讯逼供也传开。

杨乃武家面对如此变故，非常恐慌，杨乃武的妻子詹氏整日以泪洗面，不知所措，而杨乃武的姐姐杨菊贞却镇定清醒，她看到弟弟蒙受不白之冤，很痛心，无论如何都要想尽办法救弟弟，她先找到刘锡彤买通的药店老板钱宝生的伙计，打听到杨乃武并没有买过砒霜，然后就到臬司、藩司、抚台衙门去申冤，但官官相护，最后还是判定杨乃武有罪。无奈之下，杨菊贞和杨乃武的挚友商量之后，决定告御状。她进监狱去见杨乃武，让杨乃武自己写呈状，然后和詹氏一起去北京。但都察院衙门看到杨乃武的呈状并不理会，还将她们送回家乡，杨菊贞不甘心，过了没多久又第二次上京告御状，这次她有幸结识了"红顶商人"胡雪岩，并得到了他的大力支持。正好这时胡雪岩宴请京官夏同善，并向他讲述了杨乃武的冤屈，夏同善决定帮忙，回京之后看准时机进言，朝廷得知后，派礼部侍郎胡瑞澜为钦差，回到浙江重新审查此案，但审查结果还是让人大失所望，依旧维持了原判。而在京的浙江籍名流和官员看到杨菊贞如此执著，也觉得此案有冤屈，就奏请两宫太后，陈述冤情，最后杨乃武和小白菜被押往京城复审，最后两人终于沉冤得雪，重见天日。

文字整理：黄璇

资料来源：根据优酷网提供的视频完成文字整理。

具体参见 http：//www.youku.com/

## 剧本

### 《杨乃武与小白菜》第七集

**1. 日　内　衙门堂上**

**杨乃武**：冤枉啊。

　　**杭州知府**：杨乃武，你可知大清律条，奸出妇人口。

　　具衙役搬上刑具。

　　**杨乃武**：哎呦，她受得了啊？

　　**杭州知府**：杨乃武，你招不招？

　　**杨乃武**：没什么可招的。

　　**杭州知府**：用刑。再给我加刑。

　　杨乃武昏厥。

　　**杭州知府**：藤水浇醒。你招与不招。

　　**杨乃武**：不招。

　　**杭州知府**：大刑伺候！

　　杭州知府三姨太在里屋听到，跌倒在椅子上。

　　杨乃武满身是伤。

　　**杭州知府**：上刑。

　　**杨乃武**：本想在杭州府重建光明，谁料也是黑暗无天！

　　**杭州知府**：浇！

　　**杨乃武**：啊！

2. 日　内　衙门里屋

　　**三姨太**：快，快请老爷稍事休息。

　　**衙役**：招，快招，招！再给我浇。

　　**杨乃武**：啊！

　　**三姨太**：老爷，给我（端过茶），下去吧。

　　**杨乃武**：啊！

　　**三姨太**（哭）：老爷（跪下）。

　　**杭州知府**：起来。

　　**三姨太**：老爷，我不该一时糊涂，《清明上河图》还是物归原主吧。

　　**杭州知府**：为时已晚。

　　**三姨太**：可，以后看到这幅画，我就会……

　　**杨乃武**：啊！

　　**杭州知府**：官场即战场。

　　**三姨太**：老爷。

　　**杭州知府**：把画放回去。我已用刑他不招也得招，他不怨也得怨，他不死也得死。否则我的清明何在，我的声威何在？此刻，只能如此，哪容得妇人心肠。

　　杨乃武已经昏厥，衙役拿来状书，把杨乃武的手放在上面按了手印。

3. 夜　内　杭州知府府邸

　　**仆人**：老爷。

　　**杭州知府**：什么事？

仆　人：刘师爷来看老爷。

杭州知府：哦，请。

仆　人：喳。

刘师爷：东翁。

杭州知府：老夫子，请坐。有什么事吗？

刘师爷：东翁，刚才堂上，给您送的茶盅里那张字条，你可曾过目。

杭州知府：是不是速审仁济堂钱宝生。

刘师爷：为何不审？

杭州知府：因为他不是奸夫。

刘师爷：审案之前我提醒过东翁，初七那天杨乃武人在杭州，钱宝生他是伪造假账，不是真凶也是帮凶，这干系重大呀，怎么可以放过呢。

杭州知府：老夫子，你偌大年纪，久掌行事，怎么会偏信起杨乃武的误供，莫非……

刘师爷：怕钱宝生吐露出真凶。

杭州知府：老夫子，严重了，早点儿歇息去吧。

刘师爷：嗯！（离开）

仆　人：老爷，刘锡彤老爷来见。

杭州知府：请。

仆　人：嗻。

刘锡彤：亲翁，辛苦了。

杭州知府：呵呵，方才堂上让你受惊了吧。

刘锡彤：啊，是啊。

杭州知府：三姨太已备下家宴，要给亲家公压惊呢。

刘锡彤：这就不敢了。

杭州知府：不必客气，请。

刘锡彤：好。

4.　夜　内　宴席上

刘锡彤：亲家公，今天这一堂审的实在高明，让开了眼界，胜读十年书啊。

杭州知府：不敢当。你该谢谢她。

刘锡彤站起来作揖。

杭州知府：哈哈，姨太快为亲翁敬酒啊。

三姨太：是。

刘锡彤：想当年亲家公随同大帅攻打杭州城，勇战反贼长毛，屡出奇兵，神出鬼没，真是满腹韬略，智谋过人呐。

杭州知府：哪里哪里，过誉了，来，请。

刘师爷进来。

杭州知府：老夫子，你这是。

刘师爷：特来道辞。

杭州知府：这，这从何说起啊。

刘师爷：老朽无用啊。

杭州知府：唉，你是本府的左臂右膀啊。

刘师爷：大人，古人云，言从则留，言不从则去啊。

杭州知府：这样吧，本府准你告假一月，将惜好身体再回来，怎么样？

刘师爷：唉，多谢大人的厚意。我年纪大了，就经不起这样的风险呐。

刘锡彤：要你担什么风险？

刘师爷：我怕。

杭州知府：怕什么？

刘师爷：我怕有朝一日杨乃武的案情大白于天下，东翁，到那个时候你的前程顶戴，身家性命……

杭州知府：你走，走吧。

三姨太：老夫子。

刘师爷：嗯？

三姨太：我……

刘师爷：从今以后，望你辅助大人，我是来清去百，就此告辞了。

5. 夜　内　监狱中

杨乃武：重重衙门，多过鬼怪，江南无春，天地黑。

衙役：衡准，杨乃武秋后斩绝。衡准，杨乃武秋后斩绝。

杨乃武：天哪！

衙役：衡准，杨乃武秋后斩绝。

小白菜（内心独白）：二郎也，人害我，我害你，我为什么不死呢？（把头向墙上撞）天呐！

6. 夜　内　孔老太爷家

杨乃武好友甲：孔老伯，浙江巡抚批了下来。

孔老太爷：怎么样？

杨乃武好友甲：唉，陈准乃武秋后斩绝。

孔老太爷：天理何在，天理何在！

杨乃武好友乙：这等京城刑部将呈文批准，秋后乃武兄的性命……

杨乃武好友甲：唉，我等这将举肩声援联名给刑部夏大人夏侍郎写了一封信，请夏大人主持正义。

孔老太爷：好，我等也具名，啊！

7. 日　内　京城夏同善府邸

夏同善看孔老太爷等的呈文。在下面作批文。

旁白：杨乃武与小白菜被杭州省判处死刑，引起浙江省举肩声援的义愤，纷纷上书刑部，要求复审。另亏浙江籍刑部侍郎夏同善不忠维利，率报率驳，致使省官上百名审讯数十堂，无奈官官相护，沉冤难雪。又因同治驾崩，光绪登基，死刑重犯一律停止钩举，杨乃武案就此拖了三年。

8. 日　内　杭州茶馆内

　　**刘师爷**：小儿，上茶，这边几位也要照顾到。
　　**茶客甲**：刘老哥，请过来坐坐。
　　**刘师爷**：哦，好。
　　**茶客甲**：请坐。
　　**刘师爷**：好。李老哥，有事请讲。
　　**茶客甲**：刘老哥，你当年是杭州知府行令师爷，杨乃武冤枉不冤枉啊？
　　**刘师爷**：冤枉。
　　**茶客甲**：那么新皇登位大赦天下，为什么没有放他呢？
　　**刘师爷**：你问得好，杨乃武这个案子也可能会水落石出。可是呢，也可能成为千古谜案。
　　**船夫**：杨二先生受冤枉我最清楚。
　　**茶客甲**：你请过来坐，请。
　　**船夫**：十月初六，杨乃武去杭州坐的就是我划的船，到了初十，他回余杭又是坐的我的船。
　　**刘师爷**：是吗？照你这么说，杨乃武十月初七他还在杭州，那也就不可能给在余杭的小白菜一包砒霜了。
　　**船夫**：十月初六在船上，我还特意请他帮我写了一字符，这可是他亲笔写的，还签有年月日。
　　**刘师爷**：哦？唉，船老大，你把这张字符藏好，今后不要对别人讲了，也许有朝一日会有大用处。
　　**茶客乙**：嗯，这么说，杨乃武是冤枉了？
　　**刘师爷**：那是当然了。
　　**茶客丙**：那么是小白菜谋杀亲夫？
　　**刘师爷**：小白菜她从什么地方弄来砒霜的。
　　**茶客乙**：是奸夫给的。
　　**茶客丙**：那么奸夫是谁呢，你知道吗？

　　湖州知府在另一个桌子上听到了他们的话。

　　**刘师爷**：哼，官府不是已经断定了吗，杨乃武。
　　**茶客乙**：老大了，你看这案子能审清吗？
　　**刘师爷**：呵呵，包龙头轧美案，杀了几个人，就驸马爷一个。杨乃武这个案子要是能翻过来，那就真成了历代奇案之首了。
　　**茶客丙**：为什么？
　　**刘师爷**：你们看（指窗外的一棵大树）就像这棵大树，树冠蔽天，大树底下是盘根错节，审过杨乃武的官成十近百，哼，就是包龙头在世要轧上百个官，那也不是一件容易的事儿啊。这可是历朝来还闻所未闻的。

茶客乙：这么说，杨乃武要成为千古奇冤了？

刘师爷：那倒也不见得，千年瓦砾还要翻身呢，依我所见，杨乃武这个案子，一堂、二堂那是不会结案的，而且一年两年也不会杀头。

茶客乙：刘大哥，呵呵。

湖州知府手下：大人，请启程。

茶客丙：大人？

茶客乙：大人！

茶客甲：走，告辞了。

茶客乙、丙：告辞了，告辞了。

刘师爷：好好好。

船夫：刘老板，告辞了。

湖州知府：老夫子，久违了。

刘师爷：您是？

湖州知府：老夫子。

刘师爷：呵呵，好，湖州知府许大人。哎呀，请。

湖州知府：好，请。

刘师爷：小二。

小二：来了。

湖州知府：老夫子，您不是在杭州府当行事师爷，怎么到塘西来开茶店了呢？

刘师爷：言从则留，言不从则退呀。

湖州知府：嗯。

刘师爷：这叫杯中天地宽，壶里乾坤大。

湖州知府：啊，老夫子，不瞒你说，敝衙公事重重，久想请你帮忙，当时你在杭州知府，君子不夺人之爱，如今退休乡里请务必到敝衙帮忙啊。

刘师爷：不，不，我也不瞒你说，这些年来我把当官的看透了。

湖州知府：哦？

刘师爷：当官儿的有这么三种：一种是要名不要钱，一种是要钱不要名，还有一种呢又要钱又要名。

湖州知府：呵呵，这样吧，你到敝衙试用三个月，看看我到底属于哪种官。如果你看的中我则留，看不中我则走，如何？

刘师爷：哈哈，这，要我来试用你，这……

湖州知府：老夫子，我有一事相商啊。

刘师爷：请讲。

湖州知府：上头来令，要我去杭州参加会审杨乃武一案，你看……

刘师爷：哼，你去参加会审。你如果冤枉了杨乃武，等将来真相大白，那你的前程就不保了，如果你要主持公道，替杨乃武说话，那你可就成了众矢之的了。

湖州知府：嗯，那怎么办呢？

**刘师爷**：呵呵，好吧，我权且先不做茶店的老板，呃，当一回江湖的郎中给你开服方子怎么样？

**湖州知府**：好。

**刘师爷**：你看（用手指蘸水在桌上写了"装病"二字）。

**湖州知府**：好，多谢，多谢。

**刘师爷**：不客气。

**湖州知府**：那我就告辞了。

**刘师爷**：好。

**湖州知府**：多谢多谢。

**刘师爷**：走好。

9. 日　外　茶馆外

**小二**：乔二送客，大人走好。

许大人在饭店外看到将军二公子带着一队人马走到一户农家。

**二公子随从**：闪开，闪开，驾。闪开。

二公子射死一只农家养的羊。

**二公子随从**：公子好剑法，公子好剑法。

**二公子**：哈哈。

**二公子随从**：来来，捡。

**小二**：那位是满族将军的二公子，皇亲国戚。

**刘师爷**：哼，胡作非为。

**小二**：满族将军就是监督汉族官员的，谁惹得起。

**二公子随从**：走开，走开。快点，闪开，驾！快让开。

10. 日　外　皇上行宫

**行宫看守甲**：站住。你们瞎了眼了，这是什么地方，还不赶紧下马。

**二公子随从**：你才瞎了眼了，你知道他是什么人吗？

**行宫看守甲**：除了皇帝老子，不管什么人，文官下轿，武将下马。

**二公子随从**：他是将军府的二公子。

**行宫看守甲**：什么公子不公子的，将军也得下马。

**行宫看守乙**：快下马。快点儿！下马。

**二公子**：我看你是活的不耐烦了（用剑杀死守卫）。

**行宫看守乙**：啊！

两边的人打起来。

**二公子**：上！打得好，哈哈哈。

11. 日　内　杨昌浚府邸

**行宫看守**：开门，快开门。

**杨昌浚手下：** 大人，我们弟兄坐在衙门口，衙门紧闭，告状不准，大人，我们湘军弟兄三个被打死，七个被打伤，大人，你要为我们做主啊。杭州百姓已编成了顺口溜，钱塘不管，案查不查，巡抚不巡。

杨昌浚起身，气的来回走动。

**杨昌浚手下：** 是我们湘军消灭了太平军，才让他们满人坐牢了位置。可如今……

**杨昌浚：** 大胆！退下。

**杨昌浚手下：** 大人。

**杨昌浚：** 还不给我退下。回来，对死伤官兵要从优抚恤，不准在惹是生非。

**杨昌浚手下：** 是。

杨昌浚暗笑。

## 12. 日　外　将军府花园

将军在练剑。

**将军：** 整天给我惹是生非，叫人家指着我们脊梁骨骂八旗子弟、八旗子弟。

**二公子：** 你不是说祖辈是马背上打出的江山，我就爱跑马狩猎。

**将军：** 放屁！你打的什么什么猎啊，拿老百姓的鸡鸭鹅出气，那叫打猎！我跟你说过多少次了，那些汉人和咱们是面和心不和，你小子倒好，打了湘军你还杀了人。

**二公子：** 不就是几个湘军吗？

**将军：** 住口！杨昌浚能与你善罢甘休？

**仆人：** 报！徐应府大人杨昌浚到。

**将军：** 来的好快啊。你快下去。打开正门列队相迎。

## 13. 日　外　将军府门口

**将军：** 呵呵呵。

**杨昌浚：** 呵呵呵。

**将军：** 杨大人。

**杨昌浚：** 将军别来无恙呐？

**将军：** 杨大人近来可否安康呐？

**杨昌浚：** 托将军的福还算过得去。

**将军：** 哈哈，杨大人亲临寒舍另有赐教啊？

**杨昌浚：** 不敢。抬上来。

杨昌浚手下抬上一只羊和一只牛。

**将军：** 这，呃，这是什么意思啊？

**杨昌浚：** 唉，手下兵卒无知，冒犯公子，还望将军海涵。

**将军：** 唉，哪里，哪里。此乃是犬子鲁莽生事啊。杨大人如此宽宏大量，不计小儿之过，实在是感激不尽呐，这礼是万万不能收的。

**杨昌浚：** 那是将军看不起下官啦？啊，哈哈。

**将军：** 好好，收下，收下。

**杨昌浚**：笑纳，笑纳。

**将军**：来人呐，彩礼收下，备酒，请杨大人入席吧。

**杨昌浚**：将军先请。

**将军**：请。

14. 日　内　将军家宴席上

**杨昌浚**：哈哈，将军，久闻二公子少年英俊，才华出众，可否一见啊？

**将军**：杨大人，过奖喽。来啊。

**仆人**：嗻。

**将军**：叫二公子前来拜见杨大人。来！（举杯）干。

**杨昌浚**：干了！

**将军**：干！

**二公子**：孩儿拜见父亲大人，杨大人。

**杨昌浚**：免。呵呵。二公子，我敬你一杯。

**二公子**：谢大人。

**杨昌浚**：公子，来呀。（给他一个鸡腿）曾闻公子少年英俊，果然名不虚传呐。老哥，将门虎子，日后定在你我之上啊。啊！

**将军**：是吗？

**杨昌浚**：哦！

**将军**：来，杨大人，干了这杯，干了这杯。

**杨昌浚**：好。

**将军**：啊，大人有所不知啊，只因大二随老夫出征，战死在杀场啊，只留下犬子一个，不免娇惯了一些呀。不喜欢读书，就喜欢四处的游荡。到处给我惹是生非啊。

**杨昌浚**：这正是公子豁达之处啊。

**将军**：还夸他呢。

**杨昌浚**：（对二公子）吃，吃。

杨昌浚手下在他耳边耳语。

**杨昌浚**：将军，衙内有紧要公务，我先告辞一步。

**将军**：唉，这么说走就走啊，这才喝了几杯嘛。

**杨昌浚**：公务要紧，不便久留。

**将军**：这（要送他）。

**杨昌浚**：不，还是由公子代劳吧。

15. 日　外　将军府大门口

**二公子**：请，请，请。

**杨昌浚**：请。二公子，呵呵。请。

**二公子**：好。

大门外突然两行士兵将他包围。

**二公子**：杨大人，这是……

**杨昌浚**：哼，绑上。

**杨昌浚手下**：别动，走！老实点儿。

杨昌浚带着二公子离开。

### 16. 日　内　将军府内

**仆人**：报，二公子被杨昌浚抓跑了。

**将军**：啊，唉！

### 17. 日　内　杨昌浚府衙

**二公子**：你们这群奴才、王八羔子，我们家是大清朝三代功臣，杨昌浚，你敢把我怎么样。

**杨昌浚**：放肆，你可认得它。

**二公子**：不过一把剑。

**杨昌浚**：剑，此乃尚方宝剑，身为将军之子连皇上恩赐的尚方宝剑都不认得？

**二公子**：什么？尚方宝剑。可以先斩后奏。

**杨昌浚**：对。你乱闯行宫，打死我湘军，平时依仗将军之子，功臣之后，作恶多端，现在民怨天怒，来呀。

**杨昌浚手下**：嗻。

**杨昌浚**：推出去给我斩首！

**二公子**：什么，杨昌浚，你不能杀了我，不能杀了我。

**杨昌浚**：哼。

**浙江臬台**：敢斩满将逆子，长我们湖南湘军的志气。痛快，痛快！呵呵。

### 18. 日　外　皇宫走廊

**将军**：给老佛爷叩头，老佛爷，奴才该死。

**慈禧**：唉，你少爷在杭州也太不像样子了，管教不严，纵子行凶，不拿你开切，浙江的百姓不服，三大县联名参奏，也不能不给杨昌浚一点儿面子。

**将军**：老佛爷开恩。

**慈禧**：吾拟热河儿都统。

**将军**：谢老佛爷恩典。

**慈禧**：回可吧。

**将军**：嗻。

**慈禧**：慢着。

**将军**：奴才在。

**慈禧**：听说浙江有杨乃武小白菜一案，你说说冤枉不冤枉。

**将军**：回老佛爷，我听审过杨乃武案的官儿们都说杨乃武不冤枉。可是挺浙江三省举肩声援同老百姓们都讲杨乃武是冤枉的，到底冤枉不冤枉，奴才就不得而知了。

**慈禧**：命浙江三大县审清此案，杨乃武到底冤枉不冤枉。

**慈禧的奴才**：嘛。

19. 日　内　杨乃武家

　　**杨乃武的朋友**：大姐，大姐，嫂子。

　　**杨乃武的大姐**：请坐吧。

　　**杨乃武的妻子**：啊，来啦。

　　**杨乃武的朋友**：谢谢。大姐。

　　**杨乃武的大姐**：乃武吃了三年官司，家产田地变卖一空，如今靠裁剪度日，白水一杯，实在怠慢。

　　**杨乃武的朋友**：大姐，哪里话，我来，是给你们带来一个好消息。

　　**杨乃武的大姐**：新皇登基，大赦天下，高兴了一阵子，结果还是怨沉海底。

　　**杨乃武的朋友**：这次，可是西太后老佛爷亲自下的懿旨，命三大县巡抚、臬台、藩台三堂会审，一定要审清冤案。

　　**杨乃武的妻子**：老天爷总算开眼了。

　　**杨乃武的大姐**：怕只怕奸出妇人口啊。

　　**杨乃武的父亲**：最毒淫妇心。

　　**杨乃武的大姐**：如今只有一个办法。

　　**杨乃武的朋友**：大姐，有话请讲。只有能救乃武兄，就是赴汤蹈火也在所不惜。

　　**杨乃武的妻子**：大姐，你说吧，我什么都能干。

　　**杨乃武的大姐**：只有去求毕秀姑。

　　**杨乃武的父亲**：去求那淫妇小白菜？

　　**杨乃武的大姐**：我去求她在三县大堂上说出真正的凶手。

　　**杨乃武的朋友**：这能行吗？

　　**杨乃武的妻子**：我恨她，恨她，恨不能亲手把她……

　　**杨乃武的大姐**：妹妹，说不定她有苦不能讲。只要她天良不曾泯灭，就有可能解开这个难解的结。三大县会审就有一线希望。

　　　　　　　　　　文字整理：黄璇

　　　　　　　　　　资料来源：根据优酷网提供的视频完成文字整理。

　　　　　　　　　　具体参见http：//v.youku.com/v_show/id_XMTczNjY5NzQ4.html

**中国传媒大学"211工程"建设项目**
ZHONGGUOGUANGBODIANSHIWENYIDAXI

# 中国广播电视文艺大系

1977—2000

# 电视剧卷
（下）

李兴国　卢蓉 ◎ 主编

中国广播影视出版社

# 目 录

下

## 1991

南行记 …………………………………………… ( 1 )
辘轳、女人和井 ………………………………… ( 13 )
宋庆龄和她的姊妹们 …………………………… ( 27 )
中国神火 ………………………………………… ( 35 )
外来妹 …………………………………………… ( 53 )
编辑部的故事 …………………………………… ( 67 )
杨家将 …………………………………………… ( 82 )
孔子 ……………………………………………… ( 90 )

## 1992

唐明皇 …………………………………………… (103)
古船、女人和网 ………………………………… (116)
小龙人 …………………………………………… (127)

## 1993

女人不是月亮 …………………………………… (138)
情满珠江 ………………………………………… (162)
潮起潮落 ………………………………………… (174)
北京人在纽约 …………………………………… (191)
过把瘾 …………………………………………… (203)
一个姑娘三个兵 ………………………………… (218)

东方商人 …………………………………… (230)

## 1994

昌晋源票号 ………………………………… (242)
沟里人 ……………………………………… (251)
九一八大案纪实 …………………………… (257)

## 1995

三国演义 …………………………………… (266)
英雄无悔 …………………………………… (275)
西部警察 …………………………………… (286)
咱爸咱妈 …………………………………… (297)
趟过男人河的女人 ………………………… (309)
七战七捷 …………………………………… (321)

## 1996

和平年代 …………………………………… (331)
弘一大师 …………………………………… (344)
林则徐 ……………………………………… (354)
党员二楞妈 ………………………………… (366)
大漠丰碑 …………………………………… (376)

## 1997

水浒传 ……………………………………… (387)
人间正道 …………………………………… (400)
红十字方队 ………………………………… (412)
警方110 …………………………………… (425)
十七岁不哭 ………………………………… (435)

## 1998

牵手 ………………………………………… (456)
红处方 ……………………………………… (472)

雍正王朝 …………………………………………（483）
走过柳源 …………………………………………（492）

## 1999

西藏风云 …………………………………………（505）
中国命运的决战 …………………………………（513）
突出重围 …………………………………………（521）
壮志凌云 …………………………………………（533）

## 2000

钢铁是怎样炼成的 ………………………………（546）
村主任李四平 ……………………………………（560）
大雪无痕 …………………………………………（573）
女子特警队 ………………………………………（584）
贫嘴张大民的幸福生活 …………………………（599）
太平天国 …………………………………………（613）

# 1991

# 南行记

**首播时间**：1991 年
**首播电视台**：中央电视台
**原　　著**：艾芜
**编　　剧**：张鲁、王沛、汤继湘、王江
**导　　演**：潘小杨
**摄　　像**：王小列
**主　　演**：艾芜（特邀）、王志文、钱冬莉、叶根、许晴、周琦
**获奖情况**：第十二届（1991 年度）中国电视剧飞天奖中篇电视剧一等奖、优秀导演奖、优秀摄像奖、表演荣誉奖；第一届（1992 年）"五个一工程"优秀电视剧奖。

**剧情梗概：**
　　解放前，为逃婚而离开故土的漂泊者在南行的路上遇到抬滑竿的大汉和小伙子、嗜烟如命的大足女人及其女儿花鼓女、老算命先生等五人。但随后一群灰衣军汉围住六人，抢走了大足女人和花鼓女。漂泊者、大汉和小伙子继续艰难前行到了中缅交界处的克钦山。大汉和小伙子将滑竿内装满了鸦片，想连夜走私偷渡，却被缅甸"扁达"抓获。漂泊者花光了身上的钱，被迫在茅草地客店当只吃饭没工钱的小伙计。他又遇到了从军汉处逃脱的大足女人和花鼓女，并对花鼓女产生了朦胧的恋情。但天气好转后，大足女人和花鼓女又继续出发寻找失散的亲人。晚上，一个到边境查路的英国人到客店投宿，提出要女人陪宿的无理要求，并与漂泊者和老板打了起来。争斗中，客店被大火烧毁，漂泊者又开始了漫无目的的漂泊，又在瞎子客店遇到已经成亲的花鼓女和大汉，漂泊者和小伙子踏上了回家的路。

　　　　文字整理：张瑶
　　　　资料来源：《南行记》百度百科
　　　　具体参见 http：//baike.baidu.com/subview/964899/9390523.htm？fr＝aladdin

剧本：

## 《南行记——边寨人家的历史》

(上集)

早晨，寂静的山寨，高高耸立的目脑。

晨雾中的山寨，艾芜的画外音："多少有些恍惚，我又回到了离别三十多年的山寨。"

晨雾中，寂静的山寨门，画外音："可是这里已经完全看不出以前的痕迹。"

早晨的太阳，照进寂静的山寨。画外音："早晨一爬起来，我便在寨子里到处寻找……"

艾芜在山寨中走着、寻找着。画外音："姐姐阿月、妹妹阿星，家温暖的小院哪里去了？那满坡红艳艳的罂粟花哪里去了？满地的马粪蛋蛋、烂酒坛坛哪里去了？"艾芜背着手，围着高高的目脑转了一圈，四处看着。

远处传来小学生读书的声音，艾芜走到"幸福小学"的草棚前，看着校牌，听着孩子们的读书声，转过身来。

高高的目脑升起，艾芜望着它，转身。

画外音："要不是这独一无二的目脑还高高耸立在这寨子里，我甚至会怀疑，当年我是不是走过这个寨子，走过这个寨子的是不是我。"

村路上，艾芜迎面走来，与一牵牛的孩子打过招呼。一队荷枪的民兵入画，指挥员画外口令声："一、二"、"一、二"，走在队伍后面的周全福和徐翠云停下，与艾芜打招呼。

周全福："作家伯伯，您起得好早啊！"

徐翠云："作家伯伯，昨晚您睡得好吗？"

艾芜点点头，笑着说道："很好，很好，我这辈子，就是赶路的命。"

周全福问道："作家伯伯，听说您以前来过这儿？"

艾芜恍然，亲切地答道："哦，我还待过不少日子呢！"

他看看周围，转脸对徐翠云："以前这个山坡上，可不像现在，全是农田，原来这个地方，全是种鸦片烟的，"他手指着对徐翠云说，"你们看那边，那就是熬鸦片烟的作坊，寨子里头没有耕牛，全是马帮，还有不少盗马贼哟。"

周全福一脸的不高兴，扭头走开。

徐翠云看着艾芜，艾芜回头看着远处，陷入沉思似的："那盗马的场面，真叫精彩哟。"

徐翠云发现周全福走开，忙叫道："唉，周全福。"艾芜忙回身。

周全福背着枪，沿村路走去。

艾芜不解地问："她这是怎么了，是我说错话了？"

徐翠云看着艾芜，回答："作家伯伯，您别太在意，听我妈妈说呀，以前她爸爸，是这儿有名的盗马贼。所以啊，她最怕提这事儿了。"艾芜恍然地点点头。

徐翠云："作家伯伯，我得去训练了。"

艾芜："哦，那，快去，快去吧！"徐翠云转身离开。

艾芜望着她跑去的方向，自嘲地笑笑，摇摇头，转身离去。

艾芜慢慢地沿着木栅栏夹着的路，走向寨门，寨门上喇叭中的歌声渐渐停止。突然，画外传来几声清脆的枪声，艾芜猛地一愣，站住，转过身来。

操场上，民兵们正在打靶。

艾芜呆呆地看着。

靶场上，一民兵将靶子送到周全福面前，指导员指责道："周全福，你为什么不按规定向靶心射击，怎么算你的成绩啊！"

**周全福：**"我妈说了，坏人的坏水都在脑袋瓜里，所以我要打头。"

现代时空。

年迈的艾芜似陷入深深的回忆。

由一张发旧的山寨的照片，摇到艾芜扮演者王志文。**画外音：**"坏人的坏水都在脑袋瓜里，所以我要打头。"王志文将目光从照片上收回，转过头来问道："艾老，这句话是不是一下子就让你想起来了20年代您在那儿的生活？"

**老年艾芜坐在写字台后面的椅子上，王志文站在桌前，静静地听着艾芜娓娓道来：**"对，让我想起了一个人，从1961年算，就是30多年前的事情了。"

**王志文躬身问道：**"艾老，那么从现在算，就是60多年前的事了？"

**艾老听着，王志文画外音：**"这么长时间了，您还记得？"

**艾老答道：**"完全记得，这是一辈子也忘不了的事情。"

50年代。镜头又回到注视着民兵打靶的艾芜。**内心独白：**"30多年前，我流浪在克钦山茅草地赵家马店，当伙计，要是遇上店里的酒突然卖完的时候，赵老板定会要我去寨子里……"

黄昏时，年轻的艾芜背着布包背身入画，走过山门，向寨中走去。寨中的目脑纵歌跳得正欢。**画外音：**"向钟大伯家借酒，每次去，我也定会是借宿在钟家，钟家有个儿子叫阿安，常年在外帮人赶马，跟当马店小伙计的我很熟，我常常帮他捎些七古八杂的东西。"艾芜向那一堆篝火跑去。

目脑前，一堆篝火正旺，景颇族的乡亲围着火堆，目脑纵歌跳得正欢。

村路上，年轻的艾芜兴冲冲迎面走来。

（艾芜主观）

篝火旁，乡亲们纵情跳着。

艾芜整整背包，加快了步伐。

篝火旁，乡亲们欢快地跳着。

艾芜边走边兴奋地看着。

篝火正旺，舞蹈正欢。

**钟家草棚内，炉火熊熊，艾芜进门，一一打招呼：**"钟大妈，我来了。"钟大妈、阿宝忙起身迎接。

**阿宝：**"小汤哥。"

**艾芜：**"阿宝，乖不乖啊？"艾芜走向灶边的钟大伯："钟大伯，正忙着呢！"随后坐在桌前。

**艾芜看看窗外，转身问道：**"钟大妈，阿月和阿星呢？"

**钟大妈抱着一只水罐：**"哦，她们跳舞去了，你坐，我去给你做饭去。"转身去忙活了。

艾芜答应一声，起身走到窗前。

窗前，艾芜望着，在努力寻找什么。

篝火映照下，舞蹈着的人们。

篝火映红了舞蹈的人们。

敲鼓者忘情地敲着。

火光映红了舞蹈着的人们。

敲鼓者忘情地敲着。

窗前，艾芜似乎看见了什么。

人群中的阿月，手拿树枝，欢快地跳着。

人群中的阿星，手拿树枝，欢快地跳着。

窗前，艾芜高兴地笑了。阿宝在下面叫："小汤哥，抱抱我，我要看。"艾芜将阿宝抱起，用手指着："你看。"

阿月欢快地跳着。

艾芜和阿宝高兴地看着。艾芜："看见姐姐了？"

阿月欢快地舞着、叫着。

火光映照着欢快的人群。

钟家草棚内。

**钟大妈端着一个笸箩迎面走来，她将笸箩放在桌上，招呼正在看歌舞的艾芜："小汤哥，快来吃饭吧。"**

艾芜应道："哎！"

窗前的艾芜答应着，转身离开了窗户，只剩下阿宝一人还在津津有味地看着。

钟大妈坐在桌前，艾芜进画坐在桌前端起碗狼吞虎咽地吃起饭来。阿宝跑来，钟大妈对阿宝说："快去叫你姐姐来，就说小汤哥来了。"阿宝答应一声，跑开去。

后景，钟大伯在灶前熬鸦片。

**前景，桌前，钟大妈一边剥鸡蛋，一边对艾芜说："你来取酒，不要声张出去，你要酒，我叫阿星、阿月她们给你送去，别人问你，你就说你是来看大姨妈，这样你就算是我妹妹的孩子了。要得不？"她把剥好的鸡蛋递给艾芜。**

艾芜吃着鸡蛋，钟大妈画外音问道："以后我们就算是亲戚了，好不好？"

艾芜高兴地说："好，好！"

草棚门口，阿星兴冲冲跑来，扶着门框，高兴地叫："小汤哥！"

艾芜回过头来："哎，阿星。"

艾芜招呼阿星："来，来，快来，坐下。"

阿星跑到桌前，兴奋地："小汤哥，你来了多久了？"

艾芜："刚来。哦，我刚才看见你们跳舞了。"

艾芜高兴地对阿星："特别好看呃。"他往嘴里扒了两口饭，问阿星："哎，阿月呢？"阿星转过身，他们都发现了阿月，艾芜嘿嘿一笑："你回来了？"

阿月深情地望着他们。

**阿星、艾芜望着阿月，艾芜神情有些不自然地："你过来呀，快来吃饭吧！"**

阿月笑着，点点头。

阿月走过来，她把背包挂在一边。**艾芜忙从布包内取出一包东西：**"哦，对了，哥哥阿安让我带回一点东西。"阿星抢过小包，取出一块香皂："香皂，我要了。"其余的递给了阿妈。阿妈嗔怪地："你心最厚了，还有姐姐和阿月呢？"

阿月："给妹妹阿星吧，这家里就数她最脏了。"

阿星不满地"哼"了一声，艾芜看着这姐妹俩，"嘿嘿"地笑笑，继续吃饭。

桌前，阿妈解开了小包……

阿星闻着香皂，满意地看着。

艾芜继续吃着饭。

**一双手进画，将一碗冒着热气的麂子干巴放在桌上，**阿星高兴地抬头说道："真香。"

阿月坐下，微微笑着，将一串麂子干巴拿起，递给对面正埋头吃饭的艾芜："小汤哥……"

艾芜抬起头，眼睛一亮："麂子干巴。"他接过阿月递过的麂子干巴，边吃边说："真好吃。"

第二天早上，钟家草棚前。

钟大妈将艾芜及背酒的阿月、阿星送到门口，嘱咐他们："路上要多加小心啊！"

艾芜向大妈挥手告别："哎，钟大妈，再见啊。"三人上路。

三人沿着有栅栏的坡路走上来，后面可见整个寨子。高高的目脑，一队马帮走过，钟大妈仍站在草棚前，向他们挥着手。**艾芜画外音：**"这样，我就算他们的亲戚了，在我的漂泊的生活中，如果说有人把我看做亲戚，而又当真把我当成亲戚一样看待的……"

寨门旁，三人走着，艾芜回过头，望去。**画外音：**"那……就是这个寨了，和这家姓钟的人家。"

钟大妈搂着阿宝，使劲朝他们挥着手。前景，一队马帮走过，铃声叮当。

寨门旁，阿星、阿月背着酒走着。

艾芜拿一本书使劲朝阿妈他们挥着，然后恋恋不舍地转过身，走出画。

晨。灌木遮蔽，宛如洞穴似的狭窄的马道上，一赶马人牵一队马帮迎面走来。

马道上，艾芜、阿月、阿星背酒迎面走来。与马帮相遇。他们忙靠紧岩壁，让过马帮。

**阿星挑衅似的问：**"小汤哥我问你，你真愿意在茅草地马店里，当一辈子扫马粪的小伙计吗？"

阿月看着走过的马帮，听着阿星的问话。艾芜回答道："我不干这个，我还能干什么呀。"阿月责怪道："阿星，人家小汤哥是读书人，哪能一辈子扫马粪。"说完，看了艾芜一眼，艾芜嘿嘿笑着。

**阿星看着前面，无限向往地：**"我要是个男人，我就去盗马！在这山林中，盗马贼骑着马，唱着歌，好威风啊。"她转过头来对艾芜。"哎，要不贩鸦片也可以呀……"

艾芜将酒篓帮阿月背上。**阿星画外音：**"……那才来劲呢！"二人听完，相视会心地笑了。

**三人继续向前走去，阿星险些摔倒，艾芜提醒她：**"慢着点啊！"阿星还在说："哎，小汤哥，你说怎么样，卖鸦片，最赚钱了，可比你当马店里扫马粪的小伙计要强多了。"阿月回过头来，三人走出了狭窄、幽暗的小道。

茂密的树林中，三人左进画走来。

三人背酒迎面走来，阿月显得有些吃力。**艾芜忙上前帮她，关切地问：**"阿月，累了吧？"

阿月回过头来，不好意思地望着艾芜。**艾芜：**"要不。我来背会儿。"帮阿月取下酒篓。

艾芜背上酒篓，三人继续向前走。

**阿月问：**"小汤哥我真想不通，你一年到头东奔西跑，有什么意思？"阿星趁机说她姐姐："谁像你这么乖呀，整天像只猫，老是守在火塘边。"

**阿月回转身，一拍阿星的头：**"死丫头。"艾芜只会嘿嘿地笑，三人继续往前走。

**林中，三人迎面走来。阿星：**"哎呀，累死我了。"**阿月：**"没有多远的路，就叫累。"阿星反唇相讥："我哪像你，小汤哥总是帮着你。"艾芜忙说："要不，咱们先歇会儿。"阿月帮阿星取下酒篓。艾芜走到一旁，取下酒篓，坐在草地上。

阿星取下酒篓，放在地上，回头看看小汤哥；又转头看看姐姐；神秘地笑了，起身跑开。

阿星坐到艾芜跟前，问他："小汤哥，先前你说扫马粪赚了钱，是想到老缅那边的佤城、仰光，你去得成吗？"

三人坐在草地上。

**艾芜无奈地回答：**"再说吧。"说完，低头看他的书了。阿月整理着酒篓，对着妹妹阿星："人家小汤哥从那么远的成都省都到咱们这来了，还有什么地方去不成的。"

艾芜看着书，阿星得意地："成都省有什么了不起的。哦，对了，"她回过头笑嘻嘻地对艾芜："小汤哥什么地方都能去，只要那个地方有马！"

现代时空。

王志文坐着，若有所思地："有马？"抬头问道："妹妹阿星说'有马'来取笑你，或者说是取笑我，是什么意思。嗯，就像小说里写的，来嘲笑你，哎，不不不，是嘲笑我，走遍天涯，只会扫马粪。"

艾芜老先生坐在桌前，他慢慢对王志文讲述着："在一般人看来，盗马是最高贵的英雄，赶马的就是次一等，最下贱的就是扫马粪的，我就是扫马粪的。"说完，慈祥地笑了。

**王志文满怀崇敬，对艾老：**"60多年过去了，您还记得这些。"

**艾老：**"我从四川到云南，又从云南到缅甸，这一路上都是挂着墨水瓶，带着水笔和纸，把沿途的所见所闻都记录下来。"

**王志文静静地听着。艾老的画外音：**"后来呀，为了排遣寂寞，我就把它写成文字了。再后来，我就……"

二人坐在桌前。

**艾老继续讲着：**"……到了上海了，为了生活问题，我就把《南行记》发表了。"

王志文笑着点点头。

二人坐在桌前，

**艾老：**"到了1961年写《边寨》的时候，那会儿已经不愁吃了。"

**王志文会心地笑了，又问：**"那后来，您又为什么继续往下写呢？"

**艾老：**"漂泊的时间长了，经历的事情多了，就想把它都写出来。到了1961年，我又回到了边寨了，我恍恍惚惚的，好像做了一个梦一样，那个样子呀，就像你电影里演的那个作家差不多。"王志文又开心地笑了。

**王志文笑着问：**"差不多吗？"

**艾老：**"当然，我也没有你演的那么像作家。"

**艾老：**"我只是觉得，头天晚上进去，第二天早上出来，恍恍惚惚的……"

**王志文静静听着，艾老：**"……就像做了梦一样，所以呀，我就写成了《边寨人家的历史》。既然是历史呢，就得真实，就把原来记下的那些事老老实实写进去了。"王志文点点头，问："还是像写《南行记》那样，老老实实吗？"

**艾老：**"对，老老实实地写。我就是这个习惯，恐怕改不了了。"

**王志文笑了：**"所以阿星取笑你不会盗马，只会扫马粪，真是一点不假呀，哈哈……"

树林里，林中草地。

**青年艾芜不解地：**"有马？"

**阿星：**"有马就有马粪扫哇！"说完忍不住大笑。

阿月也微微地笑了。

茂密的树林，早晨的阳光透过树的缝隙洒下。

阿月站起来，追打阿星，姐妹俩围着坐在地上看书的艾芜追打着、嬉戏着。阿月："你这死丫头。"艾芜也被这姐妹俩的情绪感染，高兴地看着她们嬉闹。阿星笑着，跑开了。阿月歉意地对艾芜："小汤哥，别生气呀！咱们走吧。"艾芜："哎，好。"阿月帮助艾芜把酒篓背上。艾芜招呼道："阿星。"

茂密的树林中，林中小路。

艾芜、阿月、阿星背着酒篓，继续赶路。

走在最后的阿月叫住前面的妹妹："阿星，"阿星回过身去。

**阿月：**"以后可要把嘴巴管住点，别乱说，好在小汤哥不是外人。"

**阿星面对阿月，顽皮地：**"我知道，所以你总护着他。"

**阿月装做生气地：**"死丫头，胡说些什么呀！"

树林里，

艾芜、阿星、阿月疲惫地迎面走来。突然，远处传来一阵马嘶声和赶马人的叫喊声。阿星顿时来了精神，跑上前来。

**阿星兴奋地看着，她回身挥手喊道：**"哎，快来看！"

山下空地，一身穿黑衣、头戴毡帽的盗马贼骑着盗来的马迎面拼命狂奔而来。后面，一群赶马人挥着刀，叫喊着，紧追不舍。

**阿星兴奋地挥着手，大叫：**"哎……"

盗马贼拼命地跑，赶马人拼命地追。画外阿星的叫声："哎，快跑啊！"

**盗马贼骑马紧张地迎面跑来，后面几个挥着刀的赶马人追着，叫着：**"停下！"眼看就要追上。阿星不停地叫着："哎，快跑啊！"

**盗马贼策马狂奔。阿星大叫：**"哎，快跑啊！"

阿星一个劲地挥手大叫。阿月、艾芜走上前来，新奇地看着。

赶马人追上了盗马贼，将他团团围住。

盗马贼勒住马，举起长枪，朝天放了两枪，赶马人吓得四散跑去。画外仍有阿星的叫声。

**阿星看着，挥手叫着：**"快跑呀！"

**阿月叫道：**"阿星！"阿星回过头来看着姐姐。

**阿月：**"你敢大着声地帮着盗马贼，别忘了哥哥阿安是赶马人啊，看他不打断你的腿！"阿星嘿嘿一笑，又得意又不屑地："阿安咋啦，赶马人哪里比得上盗马贼！"说完，又回过头去。

赶马人吓得全部往回跑去。盗马贼得以脱身，骑马逃去。画外阿星还在叫："快跑啊！"

艾芜、阿月仍新奇紧张地看着眼前的一切，阿星还在兴奋地挥手大叫："快跑啊！"

山坡。

盗马贼骑马信步往山上走去。走到一半，他勒住马，转过马头。**画外阿星得意的声音：**"小汤哥、姐姐阿月，你们看，他赢了！"

盗马贼将手指放在嘴里，使劲吹了一声口哨，接着高声唱起山歌。

赶马人们听到盗马贼的歌声，嘟囔着悻悻然往回走。

阿星和着画外盗马贼的山歌也高声唱着，并挥着手。阿月不安地看着兴高采烈的阿星，又回头看看。

山坡上，盗马贼伫马站立，一面吼唱着山歌，一面挥举着拳头，以示胜利。

艾芜入神地听着山歌。阿月悄悄地站在艾芜后面："你要走，也要告诉我们一声。"艾芜仍盯着前面，没注意阿月说的什么，胡乱"嗯"了一声，阿月："可别悄悄地走啊！"说完，低下头。艾芜猛然惊醒过来："啊，你刚才说什么？"阿月不好意思地低下头，笑了。艾芜："走？"阿月帮艾芜取下酒篓。

山坡。

盗马贼高唱着山歌，走下山坡。

艾芜仍望着前面，阿月站在他身后，悄悄地："你真的要到老缅那边去吗？"艾芜回过头："对。"阿月更加难过地："那，你什么时候走呢？"画外仍传来盗马贼的歌声。

阿星高兴地，转过头来："姐姐阿月、小汤哥，哪天我要是不见了，你们不要找我，我肯定是跟盗马贼跑了！"

艾芜、阿月不解地对视一眼，艾芜转过头问："你去干什么呀？"

阿星得意地："我去当盗马贼呀！"

阿月听后不解地："你？"

艾芜笑了起来，他回头看看阿月，阿月也笑了。

阿星面对艾芜和阿月，顽皮地："要不，我去给盗马贼当老婆啊！"说完，三个人好一阵大笑。

钟家草棚。

一只手狠狠地拍在桌上。

躺着抽大烟的人猛的一惊。

阿安与艾芜面对坐着，阿安愤愤地："这个死不要脸的阿月，竟敢偷偷地跟人逃走！"

艾芜吃惊地望着阿安："阿月？跟人逃走？"

阿安气愤地："寨子里的人都说了，阿月跟一个盗马贼逃跑了！"说完仰脖子将一杯酒倒进嘴里。

艾芜绝不相信："不可能！这，这绝对不可能！"

阿安猛地站起，狠劲将酒杯摔在地上："怎么不可能！这个混蛋，我要抓住她，一定要打断她的腿！"对面坐着的艾芜疑惑而惊恐地望着他。

一抽烟的烟客被吓得一怔。

另一个烟客仍悠然自得地抽着烟。

艾芜愣愣地望着气急了背向他站着的阿安。

**艾芜慢慢转过头来，充满疑惑：**"阿月，盗马贼，怎么会呢？"

早晨的村寨。

**艾芜迎面走来。画外音：**"不是妹妹阿星，却是姐姐阿月跟盗马贼跑了，我当时就想不通。我望着寨子口上那高高耸起的目脑桩，想起三十多年前……"

寨口。

**艾芜进画，向上走去。画外音：**"……每回钟妈妈送姐姐阿月、妹妹阿星还有我上路的时候，都要送到目脑底下。"

**艾芜迎面走上来，身后是村寨和那高高的目脑。画外音：**"那条路，我好想再去走一趟。"

他回身，深情地望着村寨。

**寨口，艾芜站定。画外音：**"就是再轮流帮人背酒坛子都要得，"他转身，慢慢走去。**画外音继续：**"只要同路的，是姐姐阿月和妹妹阿星。"

他一步三回头，依依不舍地走了。

**照片中的艾芜和钟家姐妹，王志文的画外音：**"只要同路的是姐姐阿月和妹妹阿星。"

王志文站在艾老书房中墙上挂着的照片前："艾老，都三十多年了，您还这么想？"

书房中，王志文与坐在轮椅上的艾老相向而谈。**艾老：**"1961年我倒边寨的时候就是这么想。"

**王志文：**"那现在，60多年过去了，您还那么想？"

艾老坐在轮椅上，"我还想再南行一次，可现在年龄87了，即使不背酒坛子也走不动路了。"

**艾老继续说着：**"1925年，从四川到云南，从云南到缅甸，一路上都是走着山路，打着光脚板……"

**王志文听着，若有所思。艾老画外音：**"……在理的是无论是心情方面或是身体方面，均应倦于流浪了……"听到这，王志文抬眼望着艾老。

艾老慢慢将头转向右面。

**镜头慢慢推向那张照片，艾老画外：**"但如今一提到漂泊，仍旧心神向往，觉得那才是人生最销魂的事啊！"

60年代的边寨。

早晨，艾芜走上村口的小路，身后是晨雾中的村寨、耸立的目脑、袅袅的炊烟、忙碌的村民。**画外音：**"当时你一定很纳闷，这两个姐妹怎么会一点消息都不留下？"他回头，望着身后的村寨，"是啊，好像这寨子……"

寨口。

**艾芜望着村寨，画外音继续：**"……从来就没有姓钟的一家人似的。"

晨雾中，当年狭窄的马道上，

一赶马人赶着一队马帮迎面走来，马背上驮着个重重的麻袋。马铃声声，马蹄哒哒。艾芜迎着马队走去。

马帮走到狭窄处，艾芜急忙靠在岩壁上，让马帮从身边走过。

马铃声渐渐消失，

艾芜沿着狭窄的马道一直向前走去。

当年背酒时走过的森林中。

艾芜走着，看着，寻找着。

艾芜走着，努力寻找着林子当年的模样。

他来到林中空地，在一株横倒着的树桩上坐下。

**艾芜环视着眼前的景物，突然画外传来徐翠云的声音：**"哎，是谁在那儿呀？"艾芜闻声回过头来。

**徐翠云看见艾芜，埋怨地：**"作家伯伯，原来你在这儿啊，真急死人了！"艾芜忙起身让坐，指着树桩，"来来，你坐这儿！"徐翠云坐下，将枪放下，"哎，怎么一大早的，跑到这儿来坐呀？"艾芜背身望着高高的大树，掩饰地："哦，我随便走走，看看。"

艾芜回过头来，问："哎，你怎么知道我在这啊？"

**徐翠云望着站着问她的艾芜：**"是周全福她妈告诉我的。"艾芜奇怪地走到徐翠云面前："周全福她妈？周全福她妈怎么知道我在这里呢？"徐翠云想想，回答："我也不知道。"

**艾芜似乎明白地点点头：**"哦。"转过身去，一边走一边听着徐翠云说着。徐翠云画外音："周全福她妈可神着呢，方圆几百里的事，没有她不知道的。她刚才呀，叫我到这儿来找您。"听到这儿，艾芜回过头来，徐翠云的画外音："还真让她给猜着了。"艾芜忙问："那你能带我去见见她吗？"

**徐翠云：**"她刚才走了，边境上有情况，她给民兵带路去了。"

**艾芜奇怪地问：**"老太太还带路？"

**徐翠云绘声绘色地，艾芜躬身听着：**"嗨，你可别小看了老太太，她可厉害了，谁要不让她去呀，她还不依呢！有一次，周全福不知说错了什么话，还差点动了枪呢？说也劝不住她。"

艾芜笑了，一边踱着步，一边听着。

**徐翠云：**"后来呀，亏得我妈去了。俩人待在屋子里，又哭又笑，说着说着就好了，嘿嘿嘿……"艾芜也笑了。徐翠云继续："寨子里的人都开玩笑的说，她们俩，简直像亲姐妹一样。"艾芜一愣，收住笑，转头问道："那你能带我去见见你妈吗？"

**徐翠玉睁大了眼睛问：**"去见我妈，有什么事吗？"

**艾芜忙说：**"没事。我，我想跟她打听一家姓钟的人家。"

竹楼内，火塘前，烟气缭绕。

**老阿月坐在塘前，抬头问：**"姓钟的人家？你认识这家人吗？"艾芜坐在火塘前，与老阿月对面。他顺手抱起一只猫，对老阿月："我认识。"

**塘火将艾芜的脸映得通红，他回忆似地：**"虽说是三十年前的事了，可我，还记得，妹妹阿星最喜欢香皂，姐姐阿月做的麂子肉，香极了！"

**老阿月，老态龙钟，慢慢地说：**"我不认识她们。我倒是听说有这么一家人。"

**艾芜忙问：**"那她们现在，在什么地方？"

**老阿月眼也不抬地，慢慢说道：**"她们早就不在了。"艾芜问："那，死了？"

**老阿月慢慢抬起头来，**"让人杀掉了！"艾芜："杀掉了？"老阿月又低下了头："全杀掉了！"艾芜一怔，怀抱的猫跑了。

**艾芜忙问：**"是侯德武干的吗？"

**老阿月**叹口气:"是的。"

**艾芜**:"哎呀,钟家这家人,从来不跟别人争这个争那个,怎么会遭此毒手呢?"

**老阿月**低头剥着玉米:"这都怪他们,不该养了女儿。"

**艾芜**:"莫非,是姐姐阿月跟人跑了,惹出来的事?"

**老阿月**:"阿月跟人跑了?"

**艾芜**对着望着他的老阿月:"对,哥哥阿安亲口告诉我的。"

**老阿月**:"哪里是姐姐阿月跑了,你们听错了,跟人跑了的,是妹妹阿星!"

**艾芜**恍然大悟,他着急地:"嗨,这怎么能搞得这么错嘛,哥哥阿安他也不能随随便便乱讲!他还恶狠狠地骂阿月。哎,如果真是这样,那这许多年,我不是一直错怪了阿月?"

**老阿月**:"这也难怪阿安,他老在外边跑,他哪知道,这是姓侯的在做怪。"

**艾芜**:"侯德武?"

**老阿月**:"你不知道,侯德武早就在打姐姐阿月的主意了。"她慢慢抬起眼来,陷入回忆。

狭窄、阴暗的马道上,年轻的阿月背着背篓,蹦跳着走来。走得近来,一下愣住。**老年阿月的画外音**:"那天,趁姐姐阿月跟茅草地那边马店里的小伙计,一路去送了酒回来……马道上,突然跳下个蒙面人,接着侯德武的管家走了出来。**阿月画外音**:"……就在那条小路上……"

阿月吓得转身想跑,谁知面前又跳下两个人,拦住了她。阿月取下背篓朝他们打去。**画外音**:"侯德武派人抢走了阿月,还放出谣言……"

一伙人抓住阿月,抬着走了,阿月拼命挣扎着,大声叫着。**画外音**:"……说姐姐阿月跟盗马贼跑了。"

熊熊燃烧的塘火。

听迷了的艾芜呆呆看着。

**老阿月继续讲着**:"小弟弟阿宝……"

荒野,阿宝在齐肩的茅草中迎面走来。**老阿月画外音**:"……听说姐姐阿月被抢在侯家,就跑去找,谁知道,他走到半路……"一柄锋利的景颇刀入画,紧接着凶手厚实的背入画,堵满镜头。

**艾芜连忙又问**:"那哥哥阿安呢?"

**老阿月**:"再不要提哥哥阿安了……"

山坡上,哥哥阿安骑马走着。

**老阿月画外音**:"他死得更惨。他不是在帮人赶马吗……"

远处,阿安骑马一路小跑。

**老阿月画外音**:"……常常跟盗马贼打架。侯德武怕他知道了……"

阿安骑马正往坡下走,突然从野地茅草中窜出七、八个人来,将阿安拉下马,挥刀一阵乱砍。

**老阿月画外音**:"……是侯德成抢走了阿月,就出钱收买了东南西北四伙盗马贼,把阿安……"

阿安的白马逃出突围,独自跑来,站定,似乎不放心它的主人。

**老阿月画外音**:"……活活的,砍死了。"

狭窄的小路上，阿爹急匆匆往前走着，突然背后一声大喝："站住！"阿爹猛一回头，正欲拔刀……

**老阿月画外音：**"爸爸阿天眼见三个孩子都不知去向，心里着急，就去找侯德武要人……"

只见凶手大叫一声，猛然挥刀砍下，**画外：**阿爹的惨叫声传来。空空的画面。

草棚内，火塘旁。

**老阿月、艾芜相向而坐。艾芜无限悲痛地：**"不用说，肯定是侯德武雇人干的。"

**老阿月继续述说：**"几个赶马人在路边发现了阿爸的尸体，帮忙给抬了回来。"

阳光下，一队按神鬼的样子装扮起来的手持棍棒的乡民跳着祭祀的舞蹈。

钟家茅屋前，祭祀的舞蹈队伍中，加入了身着景颇服装的村民。

茅屋内，一队村民手拿铜锣、树枝等祭祀的物件，按仪式跳进门来，一人领头，唱了起来。

后景，火塘边，阿星悲痛地坐着，舞蹈着的人们从她前面一一闪过。

边唱边舞的景颇妇女。

围成一圈边唱边舞的景颇汉子。

被敲着的大铜锣。

一景颇妇人唱着。

妇女们也跳成了一圈。

两汉子忘情地舞着。

人们在屋子中间跳成了一圈。

熬鸦片的锅还在冒着烟，人们从面前跳过。

阿星悲痛地，坐在火塘边，人们在她前面仍旧跳着。

村边路口，走出一队送葬的队伍。

路边栅栏后面，送葬的队伍走着。

村路，送葬的队伍走来，景颇汉子不时举枪朝天鸣放。

送葬的队伍走着，人们不断放着枪。队伍中，有阿妈、阿星和阿宝。

队伍往前走来，枪声不断。

路边栅栏后，队伍走着。

寨门，路边栅栏后，队伍朝上走去。

寨口，送葬的队伍，朝天放着枪走过。

寨口路上，人们走着，不断放枪。

寨口，送葬的人们依次走过，只剩下空空的寨口，和后面寂静的村寨和耸立的目脑。

艾芜入神地听着，眼中噙满了泪。

**老阿月继续讲着：**"侯德武放出风来，要再哭再闹连阿星也要抢去。"

晚上，村路上，满地白霜，阿星赤着脚，拼命跑着。

夜，路口，阿星拼命跑来。

**老阿月画外音：**"当晚，阿星就跟着方圆百里最野的盗马贼跑了。"

夜，寨门。

盗马贼牵马等着阿星，阿星跑来，跳上马背，二人向前走去。

钟家的茅草棚燃起熊熊大火。

气疯了的阿妈，拄着一节权当拐棍的树枝，踉跄着走在两边是栅栏的村路上。

**老阿月画外音**："可怜的阿妈，受不了这一个接一个的灾难……"

夜，满地白霜。阿妈踉跄着，跌倒在地。

**老阿月画外音**："……活活地，气疯了……"

熊熊燃烧着的茅草棚。

木板后面，走出疯了的阿妈。

**老阿月画外音**："天杀的侯德武……"

林中空地上阿妈踉跄着。

**老阿月画外音**："我变成鬼，也要……"

火还在燃烧，只剩屋架了。

**老阿月画外音**："……把你……"

整个草棚在大火中渐渐坍塌了。

字幕：上集完。

文字整理：吴文静

资料来源：四川电视台、中国电影出版社编，《〈南行记〉——从小说到屏幕》，中国电影出版社1994年10月第1版。

# 辘轳、女人和井

首播时间：1991年

首播电视台：大连电视台

摄制单位：大连电视台、中国外运辽宁省分公司、中化辽宁

制片主任：陈克、杜景林

编　　剧：韩志君、韩志晨

导　　演：陈雨田、可人

摄　　像：李汝建

作　　曲：徐沛东

主　　演：田成仁、吴玉华、李玉峰、罗啸华、刘莉莉

获奖情况：第十一届（1990年度）中国电视剧飞天奖长篇电视剧二等奖、优秀编剧奖、优秀音乐奖；第一届（1992年）"五个一工程"优秀电视剧奖。

**剧情梗概：**

　　茂源老汉举在半空中的那只手，终于没能敲响枣花娘的屋门，他被金锁叫回家，一个人坐在院子里等候儿女们讨论决定他的命运。

　　枣花深爱着小庚，但又不忍离开茂源老汉。喜鹊劝枣花，既然和铜锁过不下去了，还犹豫啥！工于心计的巧姑出了个好主意，叫铜锁向小庚要两千块钱就跟枣花离婚，她愿做这笔"交易"的中间人。小庚满怀希望地拿着钱去找铜锁，正在豆腐房里自斟自饮的铜锁见小庚进来，立刻横眉立目。小庚又把价码提高到四千块，在巧姑撮合下，"交易"总算成了。

　　小庚和枣花的婚礼隆重而热烈。夜深人静时，枣花幸福地依偎在小庚怀里，憧憬着美好的未来。她想跟小庚一块儿出去干活儿。小庚不允，并说："咱俩一定好好过。我有力气，咱又有钱，我养活你一辈子。"香草钟情于小庚，见小庚娶了枣花，就把一腔怒火倾泻给一直苦苦追求她的小豆倌。

　　马莲、巧姑似乎很高兴，她们看见枣花脸上有了笑、手上戴着金戒指，说不上是羡慕还是嫉妒。她们还和枣花隔着篱笆墙亲亲热热地说话。小庚见了却不以为然，他不愿意枣花再跟葛家人来往。

　　小村不平静，接连又发生了两件事。狗剩媳妇遭人议论。苏小个子跑到她家欲行不轨，狗剩媳妇把他痛打一顿，在门外又看见铜锁，余怒未消的她不明不白地打了铜锁。铜锁却并不还手，任她打完后真诚地说："往后谁敢再来欺负你，就这么揍他！"狗剩媳妇不禁为之怦然心动……

　　另一件事是，香草不甘在村里忍受委曲，跟小豆倌商定连夜离家出走，半路上却被金锁紧紧追来。金锁见小豆倌"拐走"自己的妹妹，怒目圆睁，抡起手中的大鞭子……小豆倌被金锁狠狠鞭打了一顿，茂源老汉赶来制止，弄清他俩是要进城赚钱时，老汉决定放他们走，并把分家时留给香草的一千八百块钱交给了他们。香草深情地含泪告别了爹，告别了家乡。香草出走后，巧姑又执意跟银锁出去过。茂源老汉的家似乎真的要散了……

　　尽管儿女们反对，村子里人言可畏，可茂源老汉依然眷恋着孤苦的枣花娘，背地里关心她、帮助她。枣花离开葛家后，没有人再像她那样关心体贴茂源老汉了，各人只想自己的事，巧姑雄心勃勃地张罗在镇上办照相馆，铜锁整天只顾喝酒打牌。小豆倌一走，他的豆腐房越发不成样子了。

　　苏小个子知道铜锁手上有几个钱，约了几个赌友和铜锁搓麻将，几个回合下来，铜锁输了个精光，连豆腐房也输给了人家。枣花把这件事告诉了茂源老汉后，茂源急忙赶到豆腐房打跑了铜锁，盛怒之下把豆腐房也砸了个稀巴烂。

　　小庚不让枣花再和葛家人有来往，枣花很是为难。狗剩媳妇和铜锁渐生好感，决定成亲。枣花娘为给铜锁和狗剩媳妇送贺礼钱，在河边小树林找到茂源老汉。老汉不肯收，俩人正在推让，被苏小个子和小庚看见，于是又引起一场轩然大波。小庚回家跟枣花大发脾气，接着又责怪茂源老汉和枣花娘。老汉心头窝火，吃、睡不宁。枣花娘回到家中泪流满面，彻夜不眠，决心出走他乡。枣花娘路遇恶狗追咬，慌不择路踏上一座小桥。她惊恐不已，精神恍惚，脚下一滑跌入滚滚河水之中……河水夺去了她的生命。

　　娘死后，枣花再也无法忍受孤寂的痛苦，再三恳求小庚放她出去干点什么。小庚终于应允，让她到镇上大栓的饭店干活儿。枣花是个聪明人，又跟大栓配合得好，饭店面貌焕然一新。枣花的心情豁亮起来，苏小个子和巧姑却大为嫉妒。铜锁和狗剩媳妇过得很幸福，狗剩媳妇劝铜锁要学小庚、兔子王靠本事致富。二人商定去向开照相馆的巧姑借钱做本钱。巧姑不借，银锁不忍心，追出门去偷着塞给铜锁七十几块钱，不巧被巧姑发现了，她狠狠地数落了银锁一顿。

铜锁在大栓的饭店里要了一碗米饭拌着酱油吃。枣花见了于心不忍，让服务员给铜锁送去两盘菜。傍晚回村后，枣花又把铜锁带到屋里交给他六百元钱做本钱用，此时，小庚突然推门而入，见此情景大动肝火。

香草和小豆倌在县里赚了钱，他们兴高采烈地返回家乡，并劝说做买卖赔了本的铜锁一块儿重开豆腐房。为了从苏小个子手中买回豆腐房，狗剩媳妇去枣花处借钱，钱被小庚锁在抽屉里，枣花毅然将手上的戒指给了她。小庚知道后，盛怒之下，将枣花推倒在井台上。茂源老汉知道枣花受了委屈，便从巧姑那里借了钱还给小庚。

苏小个子为了挤垮大栓的饭店，诬陷大栓勾引枣花。小庚向巧姑探听虚实，巧姑半阴半阳地回答更使小庚疑心加重。小庚假装出门办事，暗中折回监视枣花，恰巧窥见枣花给大栓剪指甲……在苏小个子的挑唆下，小庚逼迫大栓交代怎么勾引枣花。大栓不甘忍受侮辱与其争辩，小庚便施加暴力，大打出手，将饭店砸了。枣花赶来后，面对一片惨象，心中悲情交加……

枣花决定离开小庚，被小庚追上，正巧茂源老汉和香草也赶到，枣花跟茂源老汉和香草走了，小庚绝望的看着她，枣花心中也是无尽的悲伤。

《辘轳、女人和井》通过主人公茂源、枣花等的命运转折，展示了在农村变革中要大步朝前走，要认识自己、改变自己、超越自己、战胜自己这样一个意蕴深邃的人生命题。仲呈祥等著名评论家曾撰文指出："《篱笆·女人和狗》等'农村三部曲'，写的实际是当代农民的心史。"这点破了韩志君的创作初衷。

文字整理：黄璇

资料来源：韩志军、韩志晨，《辘轳、女人和井》，载于《中国电视》1991年第6期。

# 剧本：

## 《辘轳、女人和井》 第六集

**1. 日，内，小庚家**

  枣花（一边生火一边逗身边的小狗玩）：真乖，花妞，给，真乖，给，真乖花妞，花妞。

  小庚：诶，枣花。

  枣花：小庚，回来了。

  小庚：诶（看到枣花身边的狗，开始打它）我……

  枣花：诶，你干什么！（小狗跑出去）

  小庚：我打死你（指狗）！

  枣花：小庚！

小庚出去看到茂源老汉。

**小庚**：枣花，不瞒你说，我总希望你，既然你已经跟铜锁离了婚，你跟他们家的人就应该这样（把西瓜劈成两半），一刀两断。

**枣花**：哼，可它是狗，又不是人，你踢它干啥？

**小庚**：这事儿我是有点傻，我火一上来，就不管这个、不管那个的。

**枣花**：哼。

**小庚**：枣花，你知道那狗也通人性啊，给，吃吧。

**枣花**：去去去，你知道这个还打它。

**小庚**：嗨，你不就是喜欢狗吗，过几天我给你弄个小狗仔来，咱自己养。啊，枣花，你别这样好不好，你这样我心里不好受。

**枣花**：小庚，你能不能让我出去干点儿啥啊。

**小庚**：枣花，你别傻，过去你跟铜锁受够了罪，跟了我，我可不忍心再让你受一点儿苦。

**枣花**：可是，我一个人在家太憋闷了。

**小庚**：那你，你动员咱娘搬过来住啊。

**枣花**：唉，说过多少回了，娘说她一个人待惯了，不愿意搬过来住。

**小庚**：哎呀，你不就是觉得闷嘛，好办，我去给你想办法，啊。

2. 日，外，村里街道上

狗剩媳妇背着孩子和一袋米，米从袋子里往外漏，正好碰见铜锁。

**铜锁**：唉，漏了，漏了！哎呀！

**狗剩媳妇**：啊？

**铜锁**：你看，口袋都漏了。

**狗剩媳妇**：你甭管，我自己捏着。

**铜锁**：哎呀，拿来拿来，我替你扛。

**狗剩媳妇**：你闪开。

**铜锁**：哎呀，拿来吧，这是老爷们儿干的活，你看你还背个孩子，给我吧。

**狗剩媳妇**：我。

**巧姑**：小谷。

正好被巧姑看到。

3. 日，内，狗剩家

**铜锁**：放哪儿啊。

**狗剩媳妇**：进来吧。

**铜锁**：搁哪儿。

**狗剩媳妇**：就倒在缸里吧。看不出啊，你长一身懒肉，还有点干巴劲啊。

**铜锁**：一个瘦老爷们儿能顶三个胖老娘们儿，我也是个男子汉啊。走了。

**狗剩媳妇**：不歇会儿了。

**铜锁**：不了。

狗剩媳妇：喘口气儿再走吧。

铜锁：得，我回家慢慢喘吧，你这儿寡妇门前是非多啊。

狗剩媳妇：唉，铜锁，你站住，你要这么说话就给我回来。

铜锁：这。

狗剩媳妇：你怕了，要怕你就不是男人，你就滚（关门）。

铜锁：我怕啥玩意儿啊（推开门进去）。

巧姑在外面听着，然后走开了。

狗剩媳妇：我是寡妇不假，可你呢，你就是男子汉了？哼，男子汉你丢了老婆，男子汉你不务正业，男子汉你让你爹打得满街跑。

铜锁：唉，这话不能这样说啊，这爹打儿子，没人笑话。这人这一辈子，不能总是过五关斩六将啊，唉，就不许有一回走麦城吗，唉，这孙悟空能不能啊，这他过火焰山的时候还燎红了屁股呢。

狗剩媳妇：呦，你还一套一套的呢。

铜锁：我说是这个理吧，你说这好马它还有个失前蹄的时候呢。

狗剩媳妇：好马，你葛铜锁也算是一匹好马？

铜锁：你，你，就连你这趟号的也这么瞧不起我，你看我总有挺起胸脯的那一天。

狗剩媳妇：你呀，别嘴行千里，屁股在家了。要干你从明儿起你就干去，啊，我相信眼睛不相信耳朵。

铜锁：明、明个儿，那不行。

狗剩媳妇：哈哈哈，你这种人呐，就是属公鸡的，光打鸣不下蛋。

铜锁：不是我不下蛋，这我也想，唉，我这辈子就这样了。

狗剩媳妇：铜锁，这种没出息的话就不该从你这么一个大老爷们儿嘴里说出来，伶俐人一拨三转，那糊涂人棒打不回，就我看呐，你也该回回头了。

铜锁：不是我不想回头呀，可是，唉，我这身上蹦子儿没有啊，想干啥玩意儿都不成啊。

狗剩媳妇：铜锁，你给我说句实在话，你是真想干点正经事儿啊？

铜锁：唉，这人争一口气，佛受一炷香，我葛铜锁啊，非得干出个人模狗样的，给你们大伙儿瞧瞧。

## 4. 日，内，银锁家

巧姑在看电视。

电视上的内容：在经济改革的大潮中，攀龙岭镇农民赵水生自办养兔厂，成为全镇第一个养兔专业户，被当地群众誉为兔子王，最近他又办起了一个新型的养殖场。

巧姑：银锁，快，快。

银锁：啥事？

电视上的内容：这个养殖场基本实现了机械化，它们自动上料，自动上水。

银锁：啥事儿？

巧姑：没事。

银锁：没事你穷喊啥，你没看我正忙着吗？

巧姑：你看你那自行车修了几个钟点了，我看你是熊瞎子掉井，穷到底儿了，不看了。

5. 日，内，银锁床上

银锁：来，把脸转过来。

巧姑：别闹。

银锁：咋，咋了？

巧姑：感冒。

银锁：哦（用手摸巧姑的额头），唉，一点也不热啊，来来来。

巧姑：你手是体温计啊？

银锁：哦，对了，咱们家有体温计。来，巧姑，快试试，哎呀，试试吧，试试就放心了，来来来，快试试。

巧姑：我喝水。

银锁：啊？

巧姑：喝水。

银锁：哦。

趁银锁倒水的时候，巧姑故意向体温计哈气。

银锁：水来喽，宝贝诶，喝吧，啊，来。

巧姑：药呢？

银锁：啊？

巧姑：药。

银锁：药，哦，对了，你看我这脑子。

趁银锁拿药的时候，巧姑又把体温计放进倒的热水里。

银锁：来喽，速效感冒片，来，吃两片，拿着，看看。呦，39度多呢，哎呀，巧姑快去打一针去。

巧姑：不用，我睡一觉明天就好。

银锁：那哪行啊。

6. 日，外，小庚家门外

巧姑：枣花，走啊，到镇上去，去吧，我驮你。

枣花摇头。

巧姑：你要不去，我走啦。

7. 日，外，乡间小路

胖嫂：哎呀，巧姑，是你呀。

巧姑：大嫂。

胖嫂：我坐坐香油车行不？

巧姑：唉，不行，不行，我怕你摔了。

**胖嫂：**我不怕，经摔（跳上车），巧姑，你看这庄稼长得多好啊，一承包啊，庄稼人就豁出命来了，就你们家铜锁，真替他着急。

　　**巧姑：**呀，你急有啥用，生孩子自己不使劲，抱怨的再使劲那也不行。

　　**胖嫂：**也许摔个跟头能好点儿？

　　**巧姑：**切，尿罐子摔一百遍也去不了臊味。

　　**胖嫂：**唉，这可咋整，输了钱和这栋房子还不说，就连媳妇也跑了。唉，巧姑，你说我给铜锁介绍一个怎么样，啊。

　　**巧姑：**谁跟他？

　　**胖嫂：**狗剩媳妇呗，我看他俩挺般配的。

　　巧姑猛的下车，胖嫂摔到地上。

　　**胖嫂：**哎呦。

　　**巧姑：**胖嫂，这是咋说的。

　　**胖嫂：**没事儿，没事儿，哎呀，没事儿，没事儿。

　　**巧姑：**唉，胖嫂，刚才那事儿，信我话，别提了，啊，哎呀，我跟狗剩媳妇挺好的，就我爹，你也知道他那脾气，啊，哎呀，我可不能驮你了，要摔个好歹的我可没法向大哥交代。

　　**胖嫂：**没关系，反正也不远了，你先骑着走吧，啊。

　　**巧姑：**也好，唉，胖嫂，要说狗剩媳妇的事儿，你要不怕碰钉子，试试也行，啊。我走了。

　　**胖嫂：**你走吧，走吧。

## 8. 日，外，赵水生家门口

　　**国外商人：**好，这件事情就这样定了。

　　**赵水生：**非常感谢，谢谢合作。

　　**国外商人：**不客气。

　　**赵水生：**再见。呦，巧姑啊。

　　**巧姑：**水生大哥，照片洗好了。

　　**赵水生：**是吗？这么快啊。

　　**巧姑：**可不。

　　**赵水生：**走，到家喝点水去。

　　**巧姑：**行啊，水生大哥，那是老外，哈？

　　**赵水生：**那是加拿大客人，想购买兔毛。

　　**巧姑：**水生大哥，你真行啊。

　　**赵水生：**嗨！

　　**巧姑：**哎，对了，昨天晚上我在电视里看见你了，哎呦，你这一大摊子闹腾的还真不错。

　　**赵水生：**嗨，这不是赶上了改革开放的好政策嘛。

　　**巧姑：**可不。

　　**赵水生：**走吧。

**巧姑**：哎。

**赵水生**：哦，把车放这儿吧。

**巧姑**：好。

**赵水生**：来，来吧，还是改革开放好啊，要是过去，政策卡的那么死，是龙你得攀着，是虎你也得卧着，呵呵。

### 9. 日，内，水生家

**赵水生**：来，小姑，请。

**巧姑**：唉，脱鞋。

**赵水生**：不用脱，不用脱。

**巧姑**：啊，哎呀，真阔。

**赵水生**：阔什么呀，啊，坐坐。

**巧姑**：唉，哎呀。

**赵水生**：没关系，没关系，坐吧。请喝茶。

**巧姑**：水生大哥，洗了20张。

**赵水生**：我看看，我看看，嗯，不错，挺好，挺好。

**巧姑**（看到墙上的一张照片）：那是，大嫂吧。

**赵水生**：啊，是。她在小学教书。

**巧姑**：哦。

**赵水生**：我们俩啊，称得上患难夫妻了，她人好，啥说的都没有，至于长相嘛，见了面你就知道了，一般化。

**巧姑**：也好，丑妻近地家中宝嘛，哎呀，你看我说话太直了，我不会说话。

**赵水生**：没关系，没关系，来，大热的天，别喝水了，吃西瓜。来，吃这块儿。

**巧姑**：哎呀，冰凉着呢，嗯，真甜。水生大哥呀，那回我说你房子的事儿。

**赵水生**：啊，我跟大栓合计好了，准备间壁出两间给你们。

**巧姑**：真的，哎呀。

**赵水生**：另外，我投资一万块，咱们合伙买机器。

**巧姑**：哎呀，那太好了，水生大哥呀，只要有我巧姑在，我管保你一年回本儿，两年就盈利，你说咋样？

**赵水生**：好说，这些都好说，不过，巧姑，大栓那个饭店咋办啊。

**巧姑**：可也是呀。

**赵水生**：要不，找个人帮帮他。

**巧姑**：你想请谁。

**赵水生**：当然你最合适了。

**巧姑**：我不得操办那个照相馆吗，也没有空啊。

**赵水生**：嗯，银锁一个人不行，是吗？

**巧姑**：他，老太太上鸡窝——笨蛋。

**赵水生**：你呀，诶，巧姑，你说枣花行不行？

**巧姑**：谁，枣花，哎呀，主要是小庚，能放她出来吗？

## 10. 日，外，玉米地

狗剩媳妇在摘玉米。

**狗剩媳妇**：大嫂，这大热的天上哪去了？

**大嫂**：去了一趟苇子屯。

**狗剩媳妇**：苇子屯。

**大嫂**：啊。

**狗剩媳妇**：哎呀，这来回好几十里地呢，上那干啥去？

**大嫂**：给我们铜锁啊，相亲去了。铜锁啊，平常说起来天不怕地不怕，可一到节骨眼上，这脸皮还贼嫩，要不是我带着他去呀，他死也不去。

**狗剩媳妇**：去看谁啊？

**大嫂**：赵寡妇。

**狗剩媳妇**：赵寡妇？

**大嫂**：啊！

**狗剩媳妇**：就是那个万元户吧。

**大嫂**：啊，她会种草莓，家里可趁了。哎呀，你这老玉米棒子可真够棒的。

**狗剩媳妇**：还将就吧。

**大嫂**：够不错的了，你看，你一个老娘们儿家把庄稼伺弄成这样，都赶上老爷们儿了。哎，对了，吃瓜。

**狗剩媳妇**：唉。

**大嫂**：嗯，孩子呢。

**狗剩媳妇**：锁屋里了。

**大嫂**：嗨，你呀，别老让孩子过这有娘没爹的日子了，别逞能了，碰上合适的再找一家吧，啊。

**狗剩媳妇**：大嫂，上哪碰去呀。

**大嫂**：哎呀，这就看你自个儿的了，别老在家里傻等着。嗯，咱们村是没有了，你托人到外村去找找，别说你这么年轻的了，就连赵寡妇那样的还有人给她说媒呢。

**狗剩媳妇**：咱们怎么能跟人家比呀，人家没有坠脚的孩子，又是万元户。

**大嫂**：可也是呀。

**狗剩媳妇**：哎，大嫂，铜锁跟她就算妥了。

**大嫂**：哎呀，八字还没一撇呢，今天呐可是第一面，不过他俩啊，唠的还挺黏糊的呢。大妹子，哎，大妹子。

**狗剩媳妇**：哦。

**大嫂**：你不回去呀。

**狗剩媳妇**：啊，不，我再干会儿。

**大嫂**：这小子，今儿怎么这么磨蹭啊，我可不等他了，我得回去做饭去了。

傍晚，狗剩媳妇在玉米地里坐着。

**11. 日,外,枣花娘的家门外**

茂源老汉带着小狗花妞来到枣花娘门前,枣花娘出来。

**枣花娘:** 哦,哎呀,花妞,哦,来啦,来来来。

茂源老汉留下了一个黄瓜就走了,枣花娘看到。

**12. 日,外,玉米地**

狗剩媳妇还坐在玉米地里,铜锁走来。

**铜锁:** 这咋地了,拤不动了,来,我帮你。

**狗剩媳妇:** 放着,弄脏了你这身新郎倌的衣服咱们赔不起。

**铜锁:** 这,竟瞎扯,我怎么成了新郎倌了呢。

**狗剩媳妇:** 行了,别唬人了,上苇子屯相亲去,那满村里谁不知道。

**铜锁:** 哎呀,你别听人瞎叨叨,我不过是去瞅一眼,再说事儿也没成啊。

**狗剩媳妇:** 你打马虎眼吧。

**铜锁:** 我要是打马虎眼,出门让大车巴巴轧死。

**狗剩媳妇:** 那不成在哪头啊,是她没相中你,还是你没相中她呀?

**铜锁:** 这,她,她没相中我。

**狗剩媳妇:** 啥,她不是比你大七八岁呢吗?

**铜锁:** 说的是呢,这我不挑她,她还挑我。

狗剩媳妇大笑。

**铜锁:** 真的,你别笑啊,那娘们儿胖的啊,那腰,哎呀妈呀,这么粗,都能装下我了。

**狗剩媳妇:** 那要是成了也合适啊,人家是万元户。

**铜锁:** 得了,得了,别拿我取乐,万元户咋了,我娶的是老婆,不是娶钱。就凭我葛铜锁,我还能上赶子去找她?嘿!

铜锁要走。

**狗剩媳妇:** 铜锁。

**铜锁:** 嗯?

**狗剩媳妇:** 你给我回来。

**铜锁:** 干啥?

**狗剩媳妇:** 拤筐。

**铜锁:** 哎,这,你不是不用我吗?

**狗剩媳妇:** 我说不用你你就不干啦,这是老爷们儿的活儿,你说过。

**铜锁:** 好好好,来呗,来吧。

**狗剩媳妇**(给铜锁两个瓜):嗯,哎呀,吃吧,药不死你。

铜锁掰开瓜,给了狗剩媳妇一半,自己吃另一半。

**铜锁:** 哎呀妈呀。

**13：日，内，狗剩家**

铜锁正在吃玉米。

狗剩媳妇（对孩子说）：乖，进屋里玩儿去。给，这个嫩点，好吃吧，吃吧。

铜锁：不吃了，不吃了。

狗剩媳妇（对孩子）：来，进屋玩。

铜锁：吃饱了，我该回去了。

狗剩媳妇：铜锁，再待会儿吧，吃一地儿烀的，一会儿就好了。

铜锁：我都撑得慌了，回去也不用做饭了。

狗剩媳妇：哎，铜锁。

铜锁：啊？

狗剩媳妇：你跟我说句实在话，苇子屯儿那边你是真的不去了还是假的不去了。

铜锁：真不去了。

狗剩媳妇：那上回你跟我说的干正经事还干不干了？

铜锁：干呐！

狗剩媳妇：真干？

铜锁：啊，有了钱就动手。

狗剩媳妇：你不是撒谎吧。

铜锁：要撒谎，我给你当孙子。

狗剩媳妇：好，你没钱，我借给你，进屋来吧，这二百块钱是我们家狗剩死的时候乡里补助我的，你先拿去吧。

铜锁：这，不行不行。

狗剩媳妇：哎呀，让你拿你就拿着，想干啥就抓紧干，早不忙夜心慌，半夜起来补裤裆。你呀，可别这么胡混下去了，啊。

铜锁：大妹子，饱给一斗也不如饥给一口，我在难处你帮了我，我这辈子都感激你，等我赚了，我给你提成。

狗剩媳妇：少废话，滚蛋吧。

**14．日，外，茂源老汉家门口**

巧姑：爹。

茂源老汉：嗯？

巧姑：我们在镇上给您买了一点儿东西。

茂源老汉：唉，巧姑啊，花这个钱干什么呢。

巧姑：哎呀，这还不是我们应该应分的嘛。

银锁：就是，爹。

巧姑：快，给爹拿屋去，拿屋去。爹，我和银锁在兔子王那儿租了两间房子。

茂源老汉：哦，听银锁说了。

巧姑：哦，嗯，我们想……

茂源老汉：想搬到那儿去，是吧。

巧姑：可不，哎呀，省的这风吹日晒的，还得来回跑，您老说呢？

茂源老汉：唉，搬就搬吧，咱们家都分开了，这点儿事啊你们自个儿说了算，啊。

15. 日，外，城里集市上

小庚：那我走了。

卖鸟的人：哎，好好好，慢走啊。哎呦，你也进城啊。

巧姑：哎，小庚啊，你这鸟是从哪儿弄来的。

小庚：是给枣花买的。

巧姑：你真是有钱没地儿花了。

小庚：解解闷呗。

巧姑：啊，我走了。

16. 日，内，小庚家

小庚：枣花，这叫画眉，三百多块呢，少一个子儿，人家都不卖。

枣花：那么老贵。

小庚：啊，哎，我还忘告诉你了，它还会哨呢。

枣花：是吗？

小庚：哎，你听着啊，你还不相信啊，好不好？

17. 日，内，银锁家

巧姑：好个屁，铜锁本来就一个子儿没有，那狗剩媳妇就更穷，他俩要成了，拿啥结婚，还不得刮敛爹和你们这帮哥们儿。我说这话不是舍不得花钱，铜锁要是好样的，咱帮他点也行。他呢，哎呀，除了一死无大灾抛去挨个再不穷，他不是不求上进嘛，再娶个狗剩媳妇，再拖个孩子，唉，那不成了填不满的坑、喂不饱的狗了，你说呢？

银锁：唉，你说的也有道理，不过我去劝他，他也未必就听啊。

巧姑：得得得，你不去我也不求你。

银锁：不是，咱……

巧姑：你呀，懒驴上磨，不是屎就是尿。

银锁：你，你看你说的。

巧姑：你从来没有快当的时候。

银锁：这……

18. 日，内，铜锁家

铜锁：二嫂，你听谁说的。

巧姑：大伙儿都这么说。

铜锁：竟瞎扯，那娘们儿都赶上辣椒了。嘿，我呀，我找的是媳妇儿，不是妈！让她来管我，你放心，我宁可打一辈子光棍儿，我也不找她呀。

巧姑：我还真没看出，啊，你心里还有个"小九九"。

铜锁：嘿，这。

巧姑：哎呀，其实你没什么着急的，这也是个小伙，怕啥？

铜锁：不急，这回啊，我可得好好挑挑。

巧姑：唉，铜锁，说心里话，这回你到底想找个啥样的。

铜锁：唉，嗯，还没想好呢。

巧姑：唉，铜锁，我给你算一卦。

铜锁：这啥玩意儿。

巧姑：这叫吉卜赛扑克。

铜锁：啥？

巧姑：就是算命用的。

铜锁：准吗？

巧姑：比八卦还灵呢，来，你洗三遍。

铜锁：三遍啊，一遍，两遍，再洗一遍，看着啊。

巧姑：你今年32哈。

铜锁：不对，虚岁33了。

巧姑：那你抽三张。

铜锁：再抽三张，好嘞，一，二，三。

巧姑：再抽一张。

铜锁：好。

巧姑：行，先看看你的爱情，哈？

铜锁：唉，这。

巧姑：有一可心人会给你带来财富。

铜锁：财富？

巧姑：哎呀，就是说啊你得找个有钱的，像狗剩媳妇那样的绝不行。

铜锁：哦，唉，二嫂，你还别说，我还真的从狗剩媳妇那儿拿来了钱。

巧姑：啥？

铜锁：是她主动借给我的二百块啊。

巧姑：哎呀，二百块，那能干啥？

铜锁：哎，你别看钱不多呀，我可以拿它当本儿啊，我可以靠它赚钱呐。哎，二嫂啊，这现在啊，我寻思过来了，这衣服是人的脸儿。这钱呢，是人的胆儿，我葛铜锁啊，得想法赚钱了。

巧姑：这二百块哪能解决个啥？

铜锁：这你别管啊，二嫂啊，不出两个月，我就赚他个千八百的。哎，不信，你看着。

19. 日，外，集市上

铜锁：谁来转，谁来转啊，转一下，一毛钱，转到什么拿什么啊。快来转，快来转，一毛钱啊，花钱不多，转吧，转吧。

一个人转了一次。

**铜锁：**哎，哎，什么也没有，谁来转，谁来转，转一下一毛钱。

一个小孩要转。

**铜锁：**来来来，转转，吁，这不怨我。谁来转，谁来转，转一下一毛钱，转到什么拿什么啊，回家拿钱去。

正好被狗剩媳妇看到。

**铜锁：**转一下一毛钱，转到什么给什么啊。

**路人：**哥们儿，再来一把，指上了。

**铜锁：**哎，别动，这可不算指上了。

**路人：**为什么不算啊。

**铜锁：**你看这儿，这儿。

**路人：**你，你这人有点太无赖啦。

**铜锁：**我无赖还是你无赖啊。

**路人：**这小子是骗钱的，大伙千万别上当啊。

**铜锁：**妈了巴子的，买不起烟卷跑这儿耍无赖来了，哎，转啊，转啊，转一下一毛钱，来转，来转。

**狗剩媳妇：**我转！

**铜锁：**你。

**狗剩媳妇：**我借给你钱不是让你干这个的。

狗剩媳妇一脚将转盘踩烂。

**围观的人：**砸了，砸了！

**铜锁：**你，你干什么你。

文字整理：黄璇

资料来源：韩志军、韩志晨，《辘轳、女人和井》，载于《中国电视》1991年第6期。

# 宋庆龄和她的姊妹们

首播时间：1991 年
首播电视台：中央电视台
摄制单位：中国电视剧制作中心
制片主任：辛世安
编　　剧：赵瑞泰
导　　演：潘　霞
摄　　像：郑宏宇
主　　演：李　羚、王馥荔、张晓敏、郭旭新、章　杰、王铁成
获奖情况：第十一届（1990 年度）中国电视剧飞天奖长篇电视剧二等奖、优秀导演奖、优秀女主角奖；第九届（1991 年）中国电视金鹰奖优秀连续剧奖。

**剧情梗概：**

《宋庆龄和她的姊妹们》用历史的眼光，描绘了宋氏三姊妹在动荡战乱岁月中悲欢离合、矛盾冲突和情感对抗。电视剧用正确的态度，不仅表现了宋庆龄坚定的信仰和高尚的品格以及为了信仰而不断追求的人格，也反映了她和家人之间的情感和交流。剧中对于宋美龄、宋霭龄和宋子文的刻画也较为饱满和客观，将当年的历史长河浓缩于宋氏家族之中，以小见大。

归国回来的宋庆龄，一直在孙中山身边进行革命工作，和孙中山有共同的革命信仰和为了信仰不懈奋斗的革命精神，所以她不顾家人的反对毅然决然的嫁给了他。可姐妹却在信仰这条道路上和她选择了相反的方向，她没有理由去说服她们，就像她们没有理由说服自己一样，但是宋庆龄心中还是有些悲哀，尤其是当要和亲生姊妹对立甚至仇视的时候。但面对严峻的革命形势，宋庆龄只有坚持。孙中山逝世后，蒋介石政府的反动政策更加肆无忌惮，而宋庆龄不顾危险和与家人破裂的可能，决心要誓死捍卫孙中山还没有完成的事业。而面对宋庆龄的毅然决然，宋美龄却依然决定嫁给蒋介石，而宋霭龄和宋子文也倒向了蒋介石一边，这让宋庆龄觉得和兄妹的关系似乎越来越远了，心中感到无奈和无助。

之后的宋庆龄远离了家庭，却始终坚持着自己的那份信仰和追求。作为国母她更深入了解了当前的革命形势，积极的推动国共合作共同抗日。国难时分，蒋介石同意联合抗日，而宋氏姐妹的关系也得到好转和改善。所以就有了那次著名的香港嘉年会上场面，三姐妹共同出席，给抗战一次莫大的鼓舞。

面对日本侵略者，宋氏三姐妹团结一致，但当得知蒋介石消极抗日，积极反共之后，宋庆龄却非常失望和愤怒。不断有共产党人被杀，宋庆龄奔走劝说国民党。但皖南事变的爆发，让宋庆龄看不到希望，尤其是当得知这件事情宋美龄也参与其中，这更让宋庆龄痛心疾首。但母亲却给了她莫大的勇气和信心，宋庆龄知道自己和小妹她们注定无法同行。

抗战期间，宋庆龄用最大的努力为延安军民去争取国际救援物资。为了团结，她容忍了蒋介石在抗战期间的所作所为。抗战结束后，宋庆龄毅然决然的站在了共产党这一边，即使和亲人反目成仇，宋庆龄也不愿放弃自己心中的信仰和追求，而在这个过程中她要面对的却是和亲人一次次的背道而驰，但血浓于水，宋氏三姐妹之间那种剪不断的亲情却在她们心中永存。

《宋庆龄和她的姊妹们》表现了一个伟大女性在面对革命信仰和亲情的两难境地时的艰难抉择和她内心最真实的写照，也展现了她细腻的情感和坚定的决心。

文字整理：黄璇
资料来源：根据优酷网提供的视频完成文字整理。
具体参见http：//www.youku.com/

## 剧本：

### 《宋庆龄和她的姊妹们》 第七集

**1. 日，内，南京房间孙中山遗像前**

**宋霭龄**：庆龄啊，葬礼结束了，你在南京住一段时间吧。

**宋庆龄**：不，我不准备住在这儿。

**宋美龄**：二姐，介石说他想请您在这儿休息两天，然后他亲自陪你去看看南京城新的建设。

**宋庆龄**：我没有兴致，我想尽快的回到上海，中山先生的故居去。

**宋美龄**：二姐。

**宋霭龄**：庆龄。

**2. 日，内，孙忠山遗像外面的房间**

**宋霭龄**：庆龄，那你不出席马上要召开的国民党三届二中全会了？

**宋庆龄**：有必要吗？我觉得我已经没有必要参加这样的会了。

**宋美玲**：二姐，这两年你虽然在国外，但是党的三大仍然选举你担任中央执行委员会的委员。

**宋庆龄**：谢谢。可是，可是我已经声明过了。大姐，小妹，我们不谈这些了吧。我已经决定马上回到上海，今天晚上就走。是的，还有许多的事情等着我去做。

**旁白**：宋庆龄忍着内心深处的隐痛，拒绝了姐妹们的挽留，毅然在奉安大典的当天晚上离开了南京，前往上海。她坚信在中山先生的故居里，她将获得一种力量，一种在任何压力面前不低头屈服的巨大力量。

**3. 夜，内，上海孙中山故居中**

宋庆龄在打电报。

**女佣：**夫人。

**宋庆龄：**嗯？

**女佣：**你回来已经两个多月了，身体还是这么虚弱，你就早点儿休息吧，啊？

**宋庆龄：**李姐，谢谢你。我觉得精神好多了，你知道吗，我今天特别高兴。

**女佣：**您是在……

**宋庆龄：**这是给柏林反帝大同盟的，明天是世界反战日，我要向全世界人民揭露南京政府勾结帝国主义，镇压自己人民的新罪行。

**女佣：**听说政府方面最近在上海抓了不少人，我们的寓所附近也常常有些陌生人在转悠。

**宋庆龄：**李姐，你害怕吗？

**女佣：**我是担心夫人您呐。

**宋庆龄：**李姐，个人的遭遇是无关紧要的，能够把广大民众解放出来，这才是最重要的。孙先生为了这个目标奋斗了一生，我要继承他未尽的事业。（内心独白）在黑夜里工作是为了迎接明天，改变明天，我多么希望太阳早点出来。

**4. 日，外，南京街道上**

一些学生在撒宣传单。

**路人（男）：**唉，你看看，这写的什么。呃，孙夫人致电国际反帝大同盟，谴责南京政府新罪行。

**5. 日，内，南京蒋介石官邸**

**蒋介石**（将宣传单扔到地上）：哼，她不愿意留在南京，不愿意跟我们合作，这都可以。人各有志，我不强求，但是她不能以孙夫人的名义公开的煽动民众，来反对政府。

**宋美龄：**哼，我看二姐也真是太固执了，不过我很怀疑这篇文章是不是真是二姐写的。

**蒋介石：**哼，我看好像，非常像。

**宋美龄：**那，我们一起去趟上海找二姐好好谈谈。

**蒋介石：**嗯？我才不去呢，我不能找上门去叫她骂我。要去你去好了，你们毕竟是亲骨肉嘛。

**宋美龄：**我都跟二姐谈过多次了，她根本不听。这实在是个非常棘手的问题。

**蒋介石：**她要是再这个样子搞下去的话，我手下的人要是对她无理，我是不好说话的。

**宋美龄：**那怎么行呢？介石，你这样做，无论是从个人感情还是从道义上都是无法向国人交代的。诶，我倒想起一个人，或许他能说服二姐改变一下主意。

**蒋介石：**谁？

**宋美龄：**戴季陶。

**蒋介石：**戴季陶？

**宋美龄**：对，一位老资格的左派评论家。我记得有一本关于资本论的评论就出于这个人手里。另外，他跟二姐有很多相同之处，他们都曾当过孙先生的秘书。

**蒋介石**：嗯。试试看吧。我看也未必。你这位二姐啊，她的主意是不大容易改变的，这点我早就领教过了。

**6. 日，外，孙中山故居花园**

  **女佣**：夫人，夫人，戴季陶先生来看你来了。

  **宋庆龄**：好的，我就来。

  **女佣**：好。

  **宋庆龄**：你看那鸽子多自由啊，孙先生在世的时候最喜爱鸽子了。他一看见鸽子在天空飞翔总高兴的像个孩子。

  **戴季陶**：是呀是呀。

  **宋庆龄**：好，请。

  **戴季陶**：谢谢。夫人，昨天我听说了关于您的一件事，晚上我可是连觉都没睡好啊。

  **宋庆龄**：哦，是吗，什么事？

  **戴季陶**：这个……

  **宋庆龄**：请坐吧。

  **女佣**：请。

  **戴季陶**：嗯，这篇给反帝大同盟的文章真是从您这儿发出的吗？我真不敢相信，我猜想这肯定是共产党人捏造的吧。

  **宋庆龄**：不，这文章的一字一句全出于我自己的手。

  **戴季陶**：嗯？我们都是老熟人了，我说句不中听的话，即使政府有了错误你也不能这样做，夫人，我们应该遵守党的纪律啊。

  **宋庆龄**：这也许是你今天来看望我的目的，不过我要告诉你，我并不属于你们的党。

  **戴季陶**：可你是中国人嘛，拍电报给外国人，这不是丢了民族、政府，哦你自己的民族的脸吗？

  **宋庆龄**：戴君，反帝大同盟一直在为中国的主权和世界各国民族的独立而积极工作。我的电报是代表被压迫的中华民众说话的，这应该是中国人的光荣。而你们投降日本，勾结外国帝国主义，镇压自己的人民，这才是真正的丢脸，丢了中华民族的脸。

  **戴季陶**：你应该冷静些夫人，我觉得你应该体谅政府的难处。介石在百业待举，百废待兴的情况下，运筹这么庞大的国家，也确实不容易，即使介石把政府交给你，或者是汪精卫，我敢断言，情形纵使不会太坏，也不会有什么改善吧。

  **宋庆龄**：哼，我并不稀奇代替蒋君，不过你以为中国的情形除了蒋介石一派，再不能有什么别的人能够把它改善，这也只不过是你个人的偏见。国家的福利不是任何个人的专卖品或私有财产，你们的根本错误就在于此。

  **戴季陶**：你太偏激了夫人，我不想和你辩论，我是看在孙先生在世时我们之间的友谊才来看望你的，我真诚的希望你能到南京一游。

  **宋庆龄**：我知道你是给蒋介石当信使的。

戴季陶：啊，蒋介石怎么看，我不管，我觉得南京有你的亲足姐妹，在那样的环境里，也许你舒畅一些。我们同是人类，而且还是富于感情的人类嘛。

宋庆龄：哼，如果享受是我的目的，我就不会到这样痛苦的环境里，目击我们的希望与牺牲白白葬送，我宁可同情于民众。比对个人还重视些。

戴季陶：夫人，我希望你不要发表些宣言了。

宋庆龄：哼，戴君，要使我不说话唯一的办法就是枪毙或监禁我。

戴季陶：哦。好好好好好。我从南京回来以后再看你吧。

宋庆龄：哦，不必了。我将去欧洲。

戴季陶：哦。

宋庆龄：戴君，谁是谁非还是让历史来评说吧。

戴季陶：再见。

宋庆龄：再见。

### 7. 日，内，法国宋庆龄居所

旁白：为了真正实现中山先生的遗愿，宋庆龄再次远渡重洋，去往欧洲考察。正当她在法国沉迷与书籍之中的时候，她突然收到了一封来自国内的急电。

宋庆龄："母在青岛病危，速归。"病危？

### 8. 日，内，青岛宋家

宋霭龄：妈咪。

宋子文：妈咪。

宋美龄：妈咪。

宋母：庆龄呢，庆龄呢？还没回来。

宋霭龄：妈咪，电报已经发出去了，她很快就会回来的。

### 9. 日，内，火车上

宋庆龄在回家的路上。

### 10. 日，内，青岛宋家

宋母：庆龄她个性太强，和你们不和，但她和你们毕竟是亲骨肉，你们要多关心她。

宋美龄：妈咪，您放心，我们一定会关照她的。

宋母：我不放心呐。

宋子文：妈咪，我们向上帝启示。

宋母：我去了以后，要在你们的爸爸和我的墓碑前刻上你们姐妹兄弟六人的名……名字。

宋子文：我们一定照办，你放心吧妈咪。

宋母：庆龄，庆龄。

## 11. 日,外,宋母的墓碑前

宋家姐妹三人站在墓碑前。

(宋庆龄回想) 宋母:局势平静一点儿就回家来,啊?

宋庆龄:好,妈咪,我的好妈咪,我的妈咪。

宋庆龄跪在墓碑前:妈咪,我来晚了。(哭)

宋霭龄:庆龄,庆龄。

宋美龄:起来,二姐,起来,二姐。二姐,母亲希望我们兄弟姐妹能团聚在一起。我们姊妹生不能团聚,就是到了天国也还是一家人。

宋庆龄:但愿如此吧。

宋霭龄:庆龄,别说这些孩子话了,我们回去,向父母的故居告别。

宋庆龄:好吧。

## 12. 日,外,宋家父母故居花园

宋庆龄内心独白:哦,又回到这里了,世界在变,中国在变,我们姐妹也都在变,只有这儿的一切依然如故。

宋美龄内心独白:这儿是我们姐妹间感情的纽带,我多么希望这根纽带永远不要断裂。

宋霭龄内心独白:断裂了,因为它已经不起太多的外部压力。

宋庆龄内心独白:断裂了,因为这根纽带经不起权力和金钱的腐蚀。

## 13. 日,内,宋家父母故居

宋美龄:二姐。

宋庆龄:大姐,父母亲的这桩房子你准备如何处理。

宋霭龄:爸爸妈咪都是虔诚的基督教徒,我想让给维利公会作教堂,不知弟弟妹妹有什么想法?

宋美龄:我和子文、子良商量过了,能不能将这桩房子保存下来?一嘛,是为了纪念咱们的父母,二嘛也是我们姊妹之间感情的一个纽带。

宋庆龄:美龄说的对,进了这桩房子,我似乎又听见姐妹们从前的欢声笑语,我似乎又回到了童年。保存下来吧,一切都不要更换。和主人仍然活着的时候一样。

宋霭龄:嗯,这样也好。

宋庆龄拿起一支小号。

宋霭龄:每当我看到这支小号,似乎又听到爸爸吹奏的那首乐曲。

宋美龄:是啊,我也有这种感觉。

宋庆龄:多么动听,但却是那么遥远,我们姐妹们无论走到哪里这号声将永远在我们心中回荡。

## 14. 日,日军侵略场景,宋庆龄撰写稿件场景,军民抗敌场景

旁白:宋氏三姐妹安葬了慈母以后,便匆匆离别了。此时正值日寇大举入侵中国,在民

族危难之际，宋庆龄挺身而出，和鲁迅、蔡元培、杨杏佛等人在上海组织了中国民权保障同盟，与蒋介石"攘外必先安内"的政策进行了针锋相对的斗争，他们营救了许多共产党人和民主人士，如陈赓、廖承志、许德衡、罗登贤等。宋庆龄大义凛然，伸张正义，竭力保护革命力量的伟大斗争进一步触怒了她的妹夫蒋介石。

## 15. 日，内，南京蒋介石家官邸

蒋介石：上海都乱成什么样子了，戴笠先生，你怎么能够容忍民权保障同盟煽动民众，来攻击我们政府呢！

戴笠：委座，不瞒您说，对于民权保障同盟，卑职实在是感到非常的棘手。孙夫人是位不好对付的人，蔡元培先生也是党国元老。

蒋介石：党国元老，党国元老也不能这样背叛国家利益嘛！退一万步来说，对孙夫人和蔡元培不能轻举妄动，那其他人呢，比如说还有一个杨杏佛，你却这样迁就他。

戴笠：是，卑职明白了。

蒋介石：嗯，治乱世要有重点，对于孙夫人，我们大家都很尊重她，但是也不能让她一意孤行嘛！你就不能想一点办法，来制止她一下吗？

戴笠：是，是，委员长，卑职这就去执行你的旨意。

蒋介石：旨意？什么旨意，我给你下过什么旨意了，你们军事调查统计局的，你们的任务不就是保卫国家安全嘛。我给你下过什么旨意啊，嗯？

戴笠：是，委员长，卑职定为保证党国安全竭尽全力。

蒋介石：嗯。

## 16. 日，内，上海戴笠公馆

戴笠：你是上海特区法租界组的组长，宋庆龄女士在你的管辖区之内，担子很重啊。

陈鬼：担子重，我倒不怕，就是宋这个人，难得对付。

戴笠：哦？说说看，说说看。

陈鬼：盯梢，作用不大。前些时候，我使用了一个美男计。

戴笠：美男计？什么美男计。

陈鬼：我给宋的女佣人找了一个相好的。

戴笠：好啊，那好啊。

陈鬼：可是宋是个很精明的人，很快就被识破了。

戴笠：嗯！那还有没有什么别的办法呢？

陈鬼：最简单的办法就是谋杀。

戴笠：嗯？不行，不行，杀了她蒋委员长怎么向国人交代。这个万万使不得，除了谋杀，还有什么别的办法对付她？

陈鬼：嗯，我曾经想制造车祸。

戴笠：车祸？

陈鬼：对，用一辆特制的小车。

戴笠：嗯，说说看。

陈鬼：戴老板，当宋的车开到路口，我派的那辆车突然出现在她的前面，造成宋的这个车急刹车，然后我开的特制小车从她后面猛冲过去。

戴笠：嗯。

陈鬼：这个撞击力是很大的，宋在车内必受重伤，然后通知我们的医务人员让她不死不活的长期住院，这样不就彻底解决了无法对付的人嘛。

戴笠：嗯。好，这个办法妙。

陈鬼：戴老板，如果你同意的话，我宁愿去冒坐牢的风险。

戴笠：好，你先做好准备，什么时候动手，等我通知。

陈鬼：是。

17. 夜，外，马路上

宋庆龄和杨杏佛坐在车里，车停下。

宋庆龄：杨先生，请你通知蔡元培先生，后天在我家碰头。

杨杏佛：好的。

杨杏佛下车看到前方一辆可疑的黑色小轿车。

杨杏佛：夫人，请注意，那辆黑色小轿车又盯上了。

18. 夜，内，戴笠公馆

陈鬼敲门。

戴笠：进来

陈鬼：戴老板，这半个月来，我已经把宋的行车路线摸清楚了。

戴笠：哦，来，说说看。

陈鬼：这是宋的住宅，她的车每次出来必经环龙路、华龙路还有霞飞路口，我认为在这两个路口下手最为适宜，因为那儿的巡捕房内有我的熟人，出事以后，也方便些。

戴笠：好，这可是一件冒风险的事，你自己也要做好思想准备啊。

陈鬼：戴老板，士为知己者死，死亦无憾。

戴笠：嗯，好样的，你先休息去吧，做好随时出击的准备。

陈鬼：是。

戴笠：来人呐。

赵理君：戴老板，我已经等候多时了。

戴笠：过来，赵理君，明天你带领你的行动组就在这一带附近潜伏。

赵理君：这儿？

19. 日，外，杨杏佛家门口

赵理君：快快快，都过来，要小心，别让人看见。

20. 日，内，杨杏佛家

杨杏佛刚要出门，电话铃响起。

杨杏佛：喂，我是杨杏佛，哦，孙夫人，我正准备到您那儿去呢。
宋庆龄：杨先生，世界反战大会一定要如期在上海举行，请你现在就到蔡元培和鲁迅先生那儿告诉他们，明天上午我们讨论大会议程。
杨杏佛：是，夫人，我马上就去，另外，最近收到了特务们寄来的恐吓信，信中还提到了您的名字。
宋庆龄：嗯，特务们是什么事情都干得出来的，杨先生，你一定要多保重。
杨杏佛：嗯，夫人，请你放心，我到蔡先生和鲁迅先生那儿办完事后就到您这儿来，对，再见。

21. 日，外，路上
　　杨杏佛走出家门，被特务盯上，在一个路口，被赵理君开枪打死。
　　　　　　文字整理：黄璇
　　　　　　资料来源：根据优酷网提供的视频完成文字整理。
　　　　　　具体参见http：//v.youku.com/v_show/id_XMTQ2MDkzODA0.html

# 中国神火

首播时间：1991年
首播电视台：中央电视台
摄制单位：中央电视台、浙江省电视剧制作中心
制片主任：何滨安
编　　剧：程蔚东
导　　演：苏　周
摄　　像：乐祖望
美　　工：康尔劲　王建军
主　　演：黄凯、达式常、张学浩、张　山、卢　奇
获奖情况：第十二届（1991年度）中国电视剧飞天奖长篇电视一等奖、优秀编剧奖；第十届（1992年）中国电视金鹰奖优秀连续剧奖；第一届（1992年）"五个一工程"优秀电视剧奖。

**剧情梗概：**
　　该剧全景式展现了1955年至1964年间我国"两弹"的研制发射历程，塑造了老一辈无产阶级革命家、科学家、工程技术人员、解放军官兵的艺术形象。20世纪50年代的中国，

面临着帝国主义的重重包围和充耳可闻的核叫嚣,新中国的元勋们在这样的国际背景下,决策"两弹"上马,于是一大批抱着拳拳赤子之心的知识分子,从国外、从全国各地汇聚祖国的心脏。党中央任命著名核物理专家贝时霖负责组织筹建原子能研究所。在英国剑桥大学任教的林兴华接到贝时霖的邀请电报,决定立即归国参加工作。震惊世界的两弹事业就这样拉开了序幕。勘探铀矿,原子弹试验基地建设,原子弹靶场建设,导弹基地建设都在紧锣密鼓之中。贝时霖教授的儿子——清华毕业生贝亮,也加入铀矿勘探队,他带领小队在苏联专家认为无铀的花岗岩地区发现了铀矿。苏联派 102 名维护专家携两发导弹来到中国。1958 年春天,核试验基地和导弹试验基地工程开始上马,兵团参谋长张玉成担任核试验基地司令,商丘步校排定了一支 A 部队秘密奔赴基地。大跃进带来的浮夸和盲目之风吹进了研究导弹的试验站。一批年轻人仓促制成的一支小火箭投入试验。周恩来、聂荣臻很快地都批评了这种冒进情绪。新疆布罗泊有十万平方公里的大戈壁,被称为"死亡之海",周总理指示张玉成勘查罗布泊的有关地理、气象等情况,用以确定原子弹靶场。张玉成和林广在新疆小伙阿克苏的协助下进入"死亡之海",并在新疆罗布泊发现水源。他们在返回途中遇到热风暴,因电报设备遭到毁坏而与基地失去联系。张玉成的部队迷了路,新疆朋友和基地部队天上地下去寻找,终于将他们平安接回。1959 年 6 月 13 日,中国核试验基地党委会第一次会议在新疆托克逊的一个地窖内召开。大跃进的喧嚣波及了需要精密科学态度的核工业系统。林兴华和苏联专家瓦尔瓦拉为导弹试车台的问题发生争吵,后来林兴华因为"政治问题"调离试验基地,瓦尔瓦拉深感惋惜。"老大哥"背信弃义,撤回专家和所有援助。中共中央决定全面加快中国两弹建设的步伐。一群在苏的中国留学生毅然返回祖国,参加祖国的"两弹"研究。为了保密,参与到这项伟大事业当中的同志们只能过着默默无闻与世隔绝的生活,甚至连最亲的人也很难相见,在优秀的科学家、工程技术人员、解放军官兵的共同努力下,原子弹的轮廓初步勾勒完成,中国第一颗完全自行设计自行制造的弹道式导弹研制完成。艰苦卓绝的"两弹"战役已经胜利在望。1964 年 6 月 29 日,随着"点火"的口令,导弹底座喷火,弹体缓缓升空,飞驰上云空,带着一条潇洒的白线,导弹渐渐隐去。我国第一颗自行设计的弹道式导弹发射成功了。1964 年 10 月 16 日,在罗布泊中心,升腾起一片蘑菇云,中国第一颗原子弹爆炸成功。

文字整理:闫琳

资料来源:程蔚东,《十集电视连续剧:中国神火》,载于《中国电视》,1991 年第 5 期。

## 剧本:

### 《中国神火》第四集

满目的戈壁,几乎没有任何生命的迹象。
(字幕)1958 年 11 月 20 日,甘肃敦煌几辆吉普飞奔在戈壁滩上。
张玉成在吉普的窗口兴奋地望着茫茫戈壁。
吉普卷起的尘土拉成几条有规则的沙浪。**司机**:"太痛快了!司令员,这里比飞机跑道还宽!"

张玉成却陷入深思。

古庙。这里的墙、瓦、柱子以及菩萨都沉在一片浑黄的破旧里。

**石敢进入大厅:**"林广,有消息吗?"

**林广站起:**"他们已经过了阳关,距此七十公里。"

**石敢转身:**"志国,全体列队,准备迎接司令员。"

古庙外,军人们迅速列队,使这个地方陡然显得威严起来。

张玉成乘坐的吉普急驶而来,在古庙一侧戛然而止。

张玉成跳下。他身后卷起的滚滚沙尘,仍在潇洒地翻腾。

**石敢迎上敬礼:**"报告!我是石敢!"

**张玉成回礼:**"请。"

张玉成几乎没有看一眼列队的军人们,走向庙内,几位军官紧紧跟上,走过长长的回廊,他们的皮靴敲打着石板路面,使这里更凭添了几分禁然。

庙内大厅。

**张玉成环顾四周:**"呢,这地方,像玉皇大帝的行辕!石敢,咱们的专家呢。"

**石敢:**"出去打猎了,他们住后面的厢房。"

**张玉成:**"好,先谈谈情况吧。"

张志国跑过来,石敢示意他汇报。张志国走到一面墙前,拉开地图。然后指着地图某处:"先说第一个方案吧,这里距敦煌二百公里,苏联专家的意思可以作为设点的一个考虑,还有这儿……对,这儿,离敦煌八十公里,以后可以将部队的生活区放在这里。"

**石敢补充:**"那边有一小片绿洲,还真有点小江南的味道。"

**张玉成似乎有点走神:**"他们什么时候回来?"

**石敢:**"谁?"

**张玉成:**"苏联专家。"

**石敢:**"不知道。"

**张玉成:**"他们去莫高窟了吗?"

石敢等人面面相觑。

远远地可以望见土黄色的陡壁和几百个黑黑的洞窟。

(字幕)1958年11月20日,莫高窟

洞窟前的大道上,几乎看不见一个人影。

几辆小吉普驶来,在写有"莫高窟"的牌坊前停下。

张玉成跳下,另一辆吉普内跳下一位苏联专家。

(字幕)苏联专家彼得罗里斯

**张玉成：**"请！"

**彼得罗里斯：**"请！"

他们在众人的簇拥下向莫高窟走去，走上阶梯，走上栈道。

**彼得罗里斯：**"我对东方文化了解甚少，但在莫斯科就听人介绍这是中国佛教艺术登峰造极的标志。"

**张玉成：**"你说对了一半，它不仅仅是中国的财富，应该说是世界的宝库。"

**彼得罗里斯：**"如果说佛教来源于印度，那么印度的佛教艺术该怎么认识呢？"

**张玉成：**"我无法向你阐明这一概念。中国佛学与印度佛学有着根本的差异，比如有关心性说，印度讲心性本寂，中国则讲心性本觉，分歧大得很哪！"

他们说着已经进入一个洞窟大殿。

**张玉成：**"看见了吗？这些菩萨、金刚、飞天，用你的心灵去感受一下……这就叫感觉。"

彼得罗里斯被他的语言所打动，他睁大双眼，仰脸望去……

鼓声。沉闷的鼓声像是来自天边。接着是撕裂心肺的唢呐声……

巨大的释迦摩尼塑像细目微睁，嘴角轻轻挑着一丝淡淡的笑容，左手舒展着指点人间，似乎永远不可企及。

接着我们又看到了飞天仙女优美的身姿以及各类精彩壁画，或庄严，或诙谐，或惆怅，或幽默……

这些壁画几乎围绕着彼得罗里斯旋转起来，他眼中闪着激动的光芒。

丰满妖娆的飞天仙女也旋转起来，继而化入一片耀眼的白光。白光几乎让人晕眩，一种不可遏止的静谧悄悄逼近，只有唢呐声在远远地飘着。

古庙。临时指挥所。军人们的嘈杂声。

袁里山等年轻的军人围住了林广，七嘴八舌地在说着什么。林广有点气愤。

**袁里山：**"不行，我们干什么都行，可不能让咱们摸着黑干，本来说部队开到西安，大家以为可以玩玩华清池了，没想到一走又是上千里地。朝鲜战场上我们打阻击，打穿插，个个都是好汉，但……"

一位军人亮开粗粗的喉咙：**"袁参谋，我们找司令员，老子当兵十多年，还从来没有这样不明不白过……"

**又一军人接腔：**"我还满以为从三八线上撤下来，该可以美美的老婆孩子热炕头了。可是这？"

**粗喉咙的军人：**"走，我们去找……"

**林广怒喝：**"住嘴！我命令全体立正！向后转！齐步走……"

军人们无奈地走去。

古庙大厅，军人们整齐列队。

**这时张玉成、石敢走入大厅。张玉成点燃烟斗，吸了一口：**"再闹呀！"

军人们一片寂静。

张玉成:"这是头一次吧,我原谅你们。你们缺乏的不是组织纪律,而是军人的敏感!我批评了林广同志,他的态度粗暴了些,但他是个好同志……"他抽了一口烟,拍打掉烟斗里的灰:"我想考考大家,一九四五年在日本广岛发生了什么?"

军人们窃声议论。

张玉成:"袁里山同志,你回答一下。"

袁里山站出:"我想是发生了战争……"

张玉成:"你倒挺会猜谜?你猜对了,该给你发个奖品!"

大厅内引起一片笑声,这时石敢上前耳语:"司令员,着了。"

张玉成环顾四周,发现烟灰已在脚边燃起一片薄纸,他踩灭:"……是的,正是战争,但不是常规战,是核战争。美国在那儿扔下了两颗原子弹……成千上万的人无家可归,一个三十万人的城市顷刻间化为一片尘埃、瓦砾和火海。"

军人们沉默了。

张玉成:"现在你们大概可以猜到我们来这儿干什么了吧?"

军人们不约而同地站起,好像都突然变得深沉、肃穆……他们注视着张玉成。

张玉成也注视着他们:"你们,不!该说我们,我们就是试验核武器的特种部队!"

三危山,古长城的烽火台上。

(字幕)1958年11月21日,甘肃三危山

毡子上铺满了面包、窝头、葡萄酒等食品。毡子四周坐着张玉成等军人和苏联专家们。

彼得罗里斯:"……面积虽然小些,但各方面都方便,包括交通、生活区建设,按贵国的能力这种规模是相称的!"

张玉成:"……我可以断言,我们的总理是不会同意的。"

彼得罗里斯:"为什么?"

张玉成:"螺蛳壳里做道场,摆得开吗?"

彼得罗里斯:"螺蛳?……哦,你的意思是……范围太小了……哦,不不不,我们觉得已经够大的了,中国搞原子弹……够大的了!"

张玉成:"你还没明白我带你去莫高窟的意思吗?"

彼得罗里斯:"莫高窟?我明白你的意思,可是爆炸一个相当于几万吨炸药的原子弹,在两个点上都不会危及敦煌的安全。"

张玉成淡淡一笑:"那么二十万吨、五十万吨呢?"

彼得罗里斯放下手中的酒杯,神态惊诧地:"……我看你还想造氢弹吧?不不不!同美国搞核竞赛,有我们苏联一家对付就可以了。你们表明一下自己能造原子弹就可以了嘛,打狗无须两根棍子。"

张玉成:"有两根三根不是更好吗,何况帝国主义不只是狗,还是狼,是……"

彼得罗里斯举杯:"原子弹爆心的地点我的方案没有必要修改,但是我对于你个人表示钦佩!"

张玉成:"这杯酒等到我们确定爆心以后再喝吧,我也坚信要修改这两个方案。"

彼得罗里斯:"那要去哪里呢,你总不会想到月球上去找那片万户海吧,哦,万户海,

死亡之海!"

**张玉成**："从这里再往西北方向走两千公里，就有类似月球上的死亡之海。尽管这样我还是要敬你一杯，感谢你为我们所做的工作。"

张玉成举杯。

**彼得罗里斯也举杯**："我也感谢你，司令员同志。感谢你对我的方案提出异议。"

他们一饮而尽。太阳终于沉下了地平线。

临时工棚。工地上到处是那星星点点的灯火。

（字幕）一九五八年十二月二十四日，北京十三陵水库工地

工棚内，放在桌面的地图上，一支红铅笔在移动，我们看到了"罗布泊"三个字，红铅笔在这一地区停了下来，但没有画圈，铅笔被扔在地图上。

我们看见这是穿着浅灰色中山服，面容略有倦怠的周恩来。他身边站着聂荣臻、张爱萍、贝时霖、李柯、吴林亚等人。

张爱萍似乎意识到总理想说什么。

（字幕）中国人民解放军副总参谋长、国防科委副主任，张爱萍上将

**聂荣臻**："总理，听说你在这里待了几星期了，全国有那么多重点工程，你能个个都管过来吗？"

**周恩来**："哦，你说得很对，所以，原子弹靶场的定点，靠你们自己拿主意啰。"

**张爱萍**："我们想让你知道，爆点改在罗布泊的话……"

**周恩来**："我认为对罗布泊地区未进行勘察前就将核试验场定在那里恐怕缺乏依据……"

**贝时霖**："罗布泊地区……"

**周恩来**："我知道，那儿有十万平方公里的大戈壁，但我们的基地在那儿怎么生存呢？搞科学总不能不喝水吃饭吧？"

**张爱萍**："那么古楼兰人吃喝靠什么呢？中国古丝绸之路的商队又怎么从那通行呢？"

**贝时霖**："可那儿的确被称作死亡之海！"

**周恩来**："我想你们没有原则分歧，张玉成不也有这样的思路么，你们立即电告张玉成，要尽快摸清罗布泊的有关地理、气象等情况。另外，再同苏联专家商谈一下，然后你们根据情况定吧！聂老总，如何？"

**资料片**：美国的氢弹试验和运载火箭送探险者一号、二号上天。苏联的人造卫星及导弹、氢弹试验。

**旁白**：作为前线指挥的张玉成和运筹帷幄的周恩来能够想到一块儿，是因为他们面临着共同的国际大背景。美国和苏联都已经达到了几百万吨级的核弹试验，我们能从十万、二十万做起，永远跟在他们后面爬行吗？当时的苏联中型机械工业部部长斯拉夫斯基也向中国写信，表示敦煌不合适建场，建议将爆心移至罗布泊地区。这真是英雄所见略同。事实后来证明了他们决策的无比英明。在美国的冯·布劳恩也在这时候用"邱比特"C型四级火箭在佛罗里达半岛将人造卫星成功地送入太空。科学的巨大收获对于人民来说永远是世界的财富，我国原子弹、导弹的两支大军同样受到了强烈的激励。

邓聪家的客厅。

（字幕）1958年12月25日，北京邓聪家

早晨的阳光照入屋内，一家人正在吃早饭。邓妻徐虹前后屋的忙碌着："我说邓聪，你该让他们吃快点，要不他们上学快迟到了！"

邓聪："来，快点，你该上学了！"他拉着女儿走向门边。

徐虹："你这箱子带吗？（邓聪摇摇头）什么，你不带换洗衣服？你看都快七点半了，我今天还有个重病号需要治疗！"

女儿走到门口："爸爸，你后天能来参加我们的诗朗诵活动吗？"

邓聪："我会去的。"

女儿："你这话都说了一年了。"

他们走到门口。

贝时霖的小车在门口停下："怎么样，邓聪，该走了！"

邓聪："我马上就来。"他返身进屋拿起提包："徐虹，我去了，大概得要个把星期。"

徐虹故作埋怨地："你一辈子别回来才好呢！"

邓聪匆匆出门。

徐虹发现桌上给他准备的衣服没拿，便匆匆跑向窗口："邓聪！你的衣服！"

窗外街道。小车已经离去。

小轿车内，贝时霖和邓聪交谈着。

贝时霖解开风纪扣："时间实际上是握在我们手中。灰楼可以竣工启用了吧！"

邓聪："过几天就准备搬进去，前一阵为了保密，我和那些新来的大学生一起，白天实际上是在做泥水小工，干活的时候，时常想想搬进新楼的感觉，窗边放一张写字桌呀，实验室有了整齐的设备呀，有了全套的技术资料呀……"

贝时霖："要是有了全套的技术资料，还要你我干嘛？"

邓聪："贝院长，说正经的，不是说苏联答应给我们一颗原子弹教学弹和一批俄文资料么，怎么到今天还看不到？"

贝时霖沉思着感叹："是啊，需要催一下！"

邓聪："你从国外带回的那本俄文版《超音流与冲击波》我已看了几遍，已叫我们室内的年轻人在翻译。这样的资料太少啊！"

京郊野地，寒风飘过枯黄的野草。

（字幕）1958年12月25日，北京南苑

草丛中一只雪白的野兔奔逃着，穿过公路，闪入一片小林子中，就消失了。

从草丛中奔出来一位苏联人，却穿着中国式的棉袄，戴着中国的罗宋帽。他气愤地抬枪向空旷的荒野打去……枪声……

贝时霖和邓聪听到枪声从车上下来，向苏联专家迎去。

苏联专家叹了口气，转身走来，他们相遇。

（字幕）苏联核物理专家，克莱斯金

贝时霖、邓聪走近，三人在一旁石头上坐下。

**贝时霖：**"我来此就为找你的，现在教练弹和有关书籍还未运到，目前大家闲着的时光多，有你们这样亲身参加过原子弹试验的专家在，你看我们是不是可以先听你上课，从最基础的讲起。"

贝时霖说话间，邓聪观察着克莱斯金。

**克莱斯金搪塞地：**"哦，哦哦，这主意不错，我看不是不可以的。不过要请示一下上面……"

**贝时霖：**"克莱斯金同志，我感到我们搞科学的似乎应当超脱一些。我比较佩服两个大科学家，一个是你们的导弹之父卡拉廖夫。他去德国当接收大员时，不以征服者的姿态出现，而是非常谦虚谨慎，向被俘的同行学习，拜师学艺。另一个是德国的冯·布劳恩。也不因自己是俘虏而卑躬屈膝，照样当师傅收徒弟，就是做导师带学生，在美国搞出了卫星。当然我不是以此作我们之间的比喻，我们是同志加兄弟嘛，但他们的这种超脱精神我非常钦佩，科学家的度量啊！"

克莱斯金若有所思。

寒风萧萧，一旁的小林子发出飒飒声响。

满戈壁的黑暗。在黑暗中燃烧的篝火，一直延向天边，与天上的星火连在一起。

（字幕）一九五九年二月十七日，西北，导弹发射基地

此起彼伏的哼鸣声，号子声。

铺设铁路的队伍在夜色里像一条翻动着的蛟龙。

我们借着火光，看见王江领着一群战士在抬铁轨。

**他光着膀子，领头喊号子：**"同志们呀……加油干哪……大风沙呀……快滚开哪……哎哟，啊哟！"

**大家跟着他的喊声，有节奏地喊：**"哎哟，啊哟！"

王江浑圆的肩上映着火光的汗珠。

王江黑红的脸膛，闪着火光的眼睛。

从王江一侧望过去，他身后的男人的队伍，一溜壮实的肩头，壮实的臂膀。

**营长沈伟功不知何时出现在王江面前，他大声地：**"王江！"

王江看了他一眼。

**沈伟功：**"你跟我来！"

王江卸下铁轨，跟着营长走到一边的沙丘……我们透过人群可以看到沈伟功十分严厉地在训斥王江。

**沈伟功：**"你是共产党员，你是军人，你必须服从命令！"

**王江有些不平：**"营长，你要明白，我这不是迟到！"

**沈伟功：**"可这同样是违反纪律，现在命令你，你立即回帐篷里睡觉！"

**王江：**"……你！"

**沈伟功：**"早已有人向我报告，你三天三夜没有挨过床了，简直乱弹琴！他妈的，你拼

命呀，你娘还等着你回去呢，你就不想活啦？"
　　**王江**："营长，请你说话注意口腔卫生！"
　　**沈伟功扑哧一笑**："嘿！我改正！你立即执行命令！"
　　**沈伟功大步走去，通信员跟上。没几步他又回头**："要是跟我耍花招，我再处分你！"
　　火光映着远去的营长的影子。
　　王江叹一声，无奈地一松，身子瘫软地坐下来。
　　王江望望大戈壁上沙尘弥漫而又火光闪腾的工地，缓缓穿上了已经湿透的军服。他摘下帽子，靠在沙丘边的枕木上，他的眼睛渐渐地模糊了，从他的眼睛里看出去火光变得朦胧，晃成一个个光团。王江掏出口琴到嘴边转动着，但很快闭上了眼，口琴掉在沙土上。

　　戈壁上的火光中，出现了两束光柱。
　　我们发现这是急驶而来的吉普车。
　　起风了，沙雾从地面上飘起。
　　吉普车绕过土丘驶去。

　　吉普车驶到临时指挥部的帐篷前停下。
　　江少泽跳下车。
　　一位苏联人也跟着跳下。
　　（字幕）苏联专家莫拉烈夫
　　一阵风袭来，他们两人低头走进帐篷。

　　帐篷内，有些忙碌的军官。江少泽和莫拉烈夫刚刚站定，门外又闯进一位参谋："报告师长，经初步测试，风力要超过八级。"
　　师长看看江少泽。
　　**江少泽**："犹豫什么，命令全部撤退。注意所有物资的抗风保护。"
　　**师长**："是！"他冲出门去。
　　**江少泽**："莫拉烈夫同志，起风了，你是不是回专家楼早点休息？"
　　**莫拉烈夫**："不，不不，我正好想去看看风沙，路基的抗风强度也正好实地测试一下。"
　　**江少泽**："专家同志，你可是刚到呀？"
　　**莫拉烈夫无所谓地一笑，放下棉帽**："没关系，走吧！"
　　警卫员朝这位苏联人看一眼，似乎有点奇怪。
　　莫拉烈夫冲出门去，江少泽也随后走出。
　　警卫员紧紧跟上。
　　风沙中的戈壁景象。
　　战士们在加固着帐篷。
　　枕木堆上，钢缆又套上一圈。战士们在周围忙碌着。
　　风声呼啸，到处是奔忙的人影。
　　莫拉烈夫和江少泽在人群中穿过。

铁轨边，莫拉烈夫低身察看路基。
**江少泽朝背后喊：**"沈伟功，把所有器材都捆扎好！沙漠上的风可不像芭蕉扇。"
**有参谋跑近：**"江副司令员……风太大了，师长命令我们护送你回帐篷！"
他的背后站着一班战士。
**江少泽上前几乎是喊一般地：**"莫拉烈夫同志，你这是玩什么呢？我们必须回去了，你看，师长同志已派了一班战士来了！"
**莫拉烈夫耸耸肩，有一种幽默的笑：**"就像你说的，这像不像芭蕉扇。"他手上的测风仪像电扇似的在转动。
风呼啸地扬起一层风沙，席卷而去。
一批帐篷群间，战士们用绳子加固着，风声中不时地听见一些喊声，间或还有一些铁锅碰撞、茶缸落地的声音。
一帐篷前，我们看见一位战士把沈伟功端来的那盆野花端进了帐篷。

莫拉烈夫、江少泽、警卫员一齐冲进帐篷。
帐篷外，那一班战士停住脚步，肃立在门外。
风沙刮过他们的脸膛，他们咬咬牙，又扬起脸。
**江少泽又冲出：**"所有人听候命令，立正，全部撤进帐篷！"
**莫拉烈夫：**"路基抗风性能良好，我非常高兴。"
战士们弯腰鱼贯而入。

沙丘旁。
风似乎缓和一些，王江躺着的地方已经全部埋上了风沙，头部的额角和帽沿我们尚能看见。
风沙吹过来，又掩盖上一层。
帽沿也看不见了。

帐篷内，战士们坐着，面容严峻。
外面是风声。一种夹着石子夹着沙子的戈壁上特有的风声。
**沈伟功也坐着：**"来，大家反正睡不着，咱们一起唱支歌吧！"
军人们无言地望望营长。
**沈伟功唱了起来：**"……深深的海洋……大家唱呀，这是苏联老大哥教我们的，咱们一块来……"
军人们放声哼唱，帐篷内一片军人的喉音像是厚重的波浪。
"深深的海洋，你为什么不平静
不平静像我爱人那一颗动荡的心……"
在浑厚的歌声里，我们看见，
风暴中铁轨伸向黑暗。
尚未支起的电线杆被埋掉。

帐篷内的小油灯在晃动。
黝黑的脸膛，闪着血丝的眼睛。
这些军人出现在很多帐篷里，他们都在歌唱。
风沙中的戈壁，越来越响的歌声竟然压倒了狂风的嘶鸣。

临时指挥所的帐篷内。
江少泽又卷起纸烟，然后朝莫拉烈夫风趣地一笑："唉，专家同志，不平静的海洋像我老婆，什么意思？"
莫拉烈夫报以一笑，也带有幽默："我这是在莫斯科吗？江副司令，别看你会装傻，我可知道你是中国复旦的学生。"
江少泽："嘿，作过户口调查，哈哈！"
他已卷好烟，盘腿坐到莫拉烈夫的身边，递上烟："怎么样，中国的莫合烟，试试？"
这时，外面的歌声突然停下了。

沈伟功也突然站起："口琴，口琴呢，要是有口琴给我们伴奏就好了！"
他仿佛意识到什么，飞快地环顾四周一眼，冲出帐篷。
军人们纷纷站起。
忙乱的脚腿间，我们看见那盆野花被倾翻。

天边已经微明，风声已经平和。
一双脚飞速奔向沙丘。
沈伟功狂奔着，脚步如同踩在军人们焦虑的心上。
无数双脚飞速奔过戈壁。
军人们狂奔着，踏起四溅的沙土。
音乐骤起。

沈伟功冲上沙丘，他站定，神情几乎呆滞。
沙丘上什么也没有，只有厚厚的沙土。
军人们跑来，像有一种神秘的力量使他们统统在沙丘四周站定，呆住了。
沈伟功突然一声嘶叫，扑向沙土。他疯一样地扒着沙土，如同一头寻找乳儿的猎豹。他的脸几乎变形。
他忽然停住了手。沙土中，王江的口琴露出来。
他继续扒着，露出了王江熟睡着一般的脸。

他仍然扒着沙土。他的手指渗出了近乎黑色的血……
战士们像雕塑般的伫立着。
曙光已勾勒出军人们的姿影。
静。

沈伟功横抱起王江，渐渐站起。他转身，面朝军人们。
地平线上，他抱着王江一步步走去，走去。他的目光可以把一切击倒。
战士们缓缓脱下帽子，低头默哀。
苍天也似乎俯瞰这戈壁上亘古未见的悲壮。

帐篷内的桌上，放着王江的遗物：军装、军被、枪、口琴，还有一盈钱……江少泽的手拿起那盈钱，心情沉重……
**江少泽**："通知他老母亲。把他的遗物和他积攒下的这些钱转交到他娘手里……"

江南小镇。王江家。
（字幕）1959年2月20日，江南巢湖小镇
王江弟弟王河手举着信件兴奋地冲进老屋。
王河奔进门，奔过院子。
母亲正跪在堂前的佛像前，她抬起头，看到跑到面前的小儿子，一愣，随即也意识到什么似的笑了。
**母亲**："……是你哥哥来信了？"
**王河**："是的！"
**母亲**："快打开，快打开，念给娘听呀，你这个傻小子！"
王河坐下，撕开信封，打开信纸，他刚想张口念，倏忽间呆住了，那张开的嘴竟再也合不起来。
**母亲从手上取下顶针**："念呀……你……"
母亲发现了儿子的脸色。
王河仍旧呆着。
**母亲**："怎么啦，你，你说话呀！"
王河突然站起，什么话也没有说，奔出门去。

王河奔在暗青色的石板路。
王河奔过冷清清的小巷巷口。
王河奔向水雾渺茫的湖畔。
王河奔到当初在镇上送过哥哥的小桥上。
王河望着湖水。突然将手中的信扔向湖面。自己弓起了身子，我们只看见他的背影，充满了悲怆的背影。
老屋的油灯前，母亲望着自己的小儿子王河，油灯闪现着她脸上的风霜。

戈壁上，出现了一条延绵蜿蜒的铁路线。
音乐起。
**旁白**："记住她吧，一个普普通通的中国母亲。在为中国革命献出了她的丈夫和她的儿

子以后，她又把刚满十八岁的小儿子送到了导弹部队。就在王江的弟弟王河到达部队的那一天，我国第一条军用铁路专线终于在戈壁滩一展它的雄姿，军列的第一声汽笛也将要在荒凉的大戈壁上亮喉歌唱！"

绿色的列车静卧着。
（字幕）1959年2月28日，导弹发射基地
列车两旁是列队整齐的士兵们。我们看见王江的弟弟王河站在队伍里。营长沈伟功站在前面。
**李山明正在主席台上大声宣布：**"基地党委研究决定，通车典礼由我们英雄王江同志的弟弟王河剪彩！"锣鼓四起。掌声四起。鞭炮四起。
孙达光、江少泽看着王河。
王河在战士的队伍里，有瞬间的手足无措，但马上步出列队。
两名女战士将彩带拉在王河的面前。
孙达光、江少泽严峻但又不乏慈爱的目光。
**江少泽：**"老孙，这小伙子就留在我身边做警卫员吧！"
孙达光点点头。
王河举起剪刀。
一声嘹亮的汽笛。
列车两旁的战士们突然涌向车厢，用粉笔在车厢上写着什么。绿色的身影，绿色的手臂。
口哨声里，战士们又退后站整齐队列。
王河惊奇的眼神。
车厢上，写满了各种颜色的王江的名字。
王河噙着泪花。
汽笛长鸣。
火车奔驰而去。像一条飞龙奔向戈壁深处。

一排用土垒成的新疆方型平房。
（字幕）1959年3月2日，新疆，底坎儿
平房前的空场子，我们看见人们跳着欢乐的维吾尔族民间舞蹈：多朗舞。
林广、袁里山、张志国被姑娘们拉入歌舞的行列里载歌载舞。
张玉成、石敢和几位老汉坐在毡子上饮酒。一个满脸风霜的老人将大碗酒一饮而尽。
（字幕）维吾尔族老汉，阿尔曼
**张玉成惊叹：**"尊敬的阿尔曼大伯，你真是海量啊！"
石敢也跷起了拇指。
**阿尔曼朗朗笑着：**"喝不下大碗酒的人算不上男子汉呀……哈……你看我的儿子阿克苏！"
一边坐着的新疆青年，大约十七八岁，也端起了酒碗。

（字幕）阿尔曼之子 阿克苏

阿克苏朝父亲一乐，也将酒一饮而尽。

姑娘们舞蹈跳得更欢快，更奔放了。林广、袁里山等军人在她们的舞蹈的旋风里也大笑着。

**阿尔曼**："来，司令员喝下这一杯！"

**张玉成**："我要喝下这碗酒就迈不动步啦！"

**阿尔曼**："不不！这酒越喝神智越清醒！干！"

**张玉成**："干！"

他们一饮而尽。

舞蹈还在继续……当林广向张玉成所坐的地方看去时，张玉成与阿尔曼已经不在。林广停下舞步四处张望，一位新疆姑娘上前一把拉过他汇入欢乐的人流。

沙砾间，出现一座古堡似的废墟。两匹快马狂奔而来，在古堡前停下。跳下马的是阿尔曼和张玉成。

**张玉成**："这是什么地方？"

**阿尔曼**："叫不出名堂，传说这里是楼兰人祭天的地方，当然是用活人来祭天神，走，上里面看看！"

他们向里走去，古堡像一个神秘的宫殿，张着大嘴似要将人吞噬。他们走去，惊动了沉睡的蝙蝠，它们成群地飞向天空，将天空盖得严严实实……

断墙残壁四处可见。

阿尔曼无语地绕过断壁，停了下来，回头看着张玉成一步步走近断壁。他望去，眉毛一跳。

古堡中间的空地上，有三具十分清晰的白骨。

白骨所构成的人体姿势像一种痛苦的挣扎。

**阿尔曼**叹一口气："当地人的规矩，在这里马不近前，人不入内！"

张玉成肃然无语。

**阿尔曼**："据我的爷爷说，这里面有一英国人，他当时还没过这儿的祭台就倒在了这里。"

**张玉成**："大伯，你的意思我明白了，可我们的任务就是要进罗布泊。"

**阿尔曼**："司令员大哥，你听我一句劝吧！你们要是踏过这座神坛，就只有把骨头扔在戈壁滩了！"

**张玉成**："大伯！你这是迷信！"

**阿尔曼**："不！我说了，这是规矩。我阿尔曼祖辈都生活在这儿，他们目睹了所有踏过神坛、进入死亡地带的人，他们只有进去的，但从来没见出来过！"

张玉成又肃然无语。

林广和袁里山走过小镇窄街。

新疆人擦肩而过，无不注意地瞟他们一眼。

林广："除了食品外，我们要带足够的汽油。"

袁里山："地方政府已经安排得很好。"

黑黝黝的新疆老人蜷在一角晒太阳。

几个民间艺人正在收拾场子，一面破锣掉地，发出一声残响。

太阳已经西斜。

深夜的新疆平房内，炭火正旺。墙上的壁挂古色古香，但房顶上开着天窗。

张玉成躺在土炕上，还未合眼，身旁是林广。月光如水一样从天窗泻入，张玉成望着窗口。似乎还能见到繁星点点。

张玉成起身，穿上衣服，走出屋去……

林广被惊醒，他看了一眼张玉成离去的背影。

古堡。

月色中一匹快马奔来，张玉成跳下马向古堡内摸去，那三具尸骨似有莹莹白光。张玉成爬上了古堡顶。

又是一望无际的大戈壁……远处传来几声怪叫，那是叫不出名堂来的野兽的吼声。继而又是一片沉寂。

张玉成点燃一支烟坐了下来。他身后传来声响，张玉成警觉地回头："谁？"

林广："我……司令员，你怎么跑到这儿来了？"

古堡内，尽是些不规则黑影，只有张玉成手中的烟头明明灭灭，他依然望着戈壁："那里真是死亡之海吗？"

林广："司令员，这感觉与打仗一样！"

张玉成："不一样，战场上到处都是声音，爆炸声，枪声，军号声，可这儿是一片寂静，静的像是地狱，更像天堂……"

林广："当然，我更希望它像天堂。"

晨光映亮具有新疆特色的方型平房。

阳光从房顶的窗口射入。张玉成撩开门帘，跨出门，他惊呆了。门外二十几位先遣队员无声地站着。

张玉成疑惑："你们，你们这是……"

林广上前一步，举手敬礼："报告司令员，我们全体先遣队员一致决定，你不能去！"张玉成微微一笑。

林广："司令员，你坐在飞机上看看就行了，我们在地上蹚路。"

张玉成只是看了他们一眼，便向停着的吉普走去。

林广跟了上去："司令员，你该听听群众的意见，你是咱们的指挥官。你留下比跟我们进去更为重要，司令员，我是说，你等等，你把我的话听完……"

张玉成："你们就这样教学生让指挥官听从他下级的指挥？"

林广："可这……"

一阵急促的马蹄声由远而近。

两匹骏马奔驰而来,阿尔曼、阿克苏父子俩从马背上跳下。

先遣队员让开一条路,张玉成迎上前去。

阿尔曼手搭着儿子的肩走来。

**张玉成**:"阿尔曼大伯,这么一大早,你是……"

**阿尔曼**:"司令员大哥,看来你还是没有改变主意?"

**林广**:"阿尔曼大伯,这地方你比咱们熟,你的意思……"

**阿尔曼**:"我的意思早就跟司令员说了!"

**林广**:"司令员,老百姓的话难道也不信?"

**张玉成**:"你的准备工作怎么样?去,去准备!"

**林广**:"……"

**阿尔曼**:"司令员,我不说什么了,来认识一下司令员。"他把儿子拉到身边:"我的儿子是个好向导,尽管他也没进去过,但他毕竟是当地人,你带上他,对你们会有用的。"

**张玉成已泪光闪闪**:"大伯,你明知危险……"

**阿尔曼**:"什么也别说了,正是这样我才决定的。阿克苏是这片土地的儿子,他能带你们逢凶化吉,一路顺风!司令员大哥,多多保重!"

石敢、张志国、林广、袁里山在一旁已满含热泪。

张玉成与石敢会心地对视一眼,什么话也没说,扑上前去与阿尔曼以维吾尔族的方式紧紧拥抱。

**阿尔曼**:"愿真主保佑你们!"

林广上前一把抱住阿克苏,紧紧地。

音乐起。

车队驶在夕阳里的戈壁古道。

车队在月色里驶进雅丹地貌的土丘沙滩中间。

车队在雅丹地貌间弯弯曲曲的前进。

深夜的篝火。篝火旁,有军人在修着吉普的轮胎,往油箱里灌油。接着,我们又见到不断换轮胎、不断灌油的军人们。

车队驶在太阳里。

车队驶在月亮里。

**旁白**:"这一块神秘的地方,自从北魏时期的《水经注》提到了楼兰古国以后,这里的铅灰色的天宇和铁褐色的沙砾便只能孤独地迎送嘶鸣了一千六百年的顽强的风。本世纪初以来,瑞典人斯文赫定,日本人桔瑞超,英国人斯坦因,中国人黄文弼等曾在这里率队考古,然而在他们抛下了几具白骨有幸生还以后,罗布泊尖啸的风沙便快侠地抹煞了他们的声音与足迹,重新沉入空寂寥落之中。张玉成这支神秘队伍的突然出现,使这片土地重又惊讶,并意外地以出奇的平静迎接了50年代末的中国军人们。"

大本营的帐篷内。发报机嘀嗒作响。石敢来回踱着步。

**张志国**走来:"报告,司令员已带领队伍进入死亡地带。"
**石敢**看完电报:"通知新疆空军,做好起飞准备,万一有什么意外,需要他们营救!"
**张志国**:"我就去办!"
车队驶向戈壁深处。
**我们听到张玉成吟诗的声音:**"楼兰空国色,苗裔亦难寻。白骨兜曛日,苦月吊墟荫……"
吉普车内,张玉成和林广、阿克苏坐在一起,袁里山开着车。
**林广**:"司令员,你的诗有些伤感。"
**张玉成**:"是啊!史学界把西汉和匈奴的争夺,常常说成是谁侵犯边界,谁侵略别人,我看是当时生产力落后的情况下,民族间的一些争斗而已,这是一种民族生存的竞争,一个民族强盛了,另一个民族消亡了,消亡的民族不该被嘲笑,而应受到后人的凭吊……"
林广注意地听着。
**阿克苏笑了,他望望前面**:"袁参谋,请停下!"
车队停下来。
阿克苏从吉普车内跳下,在地上埋下一面小红旗,他站起身,又不放心地朝小红旗看看,再弯下腰在边上压上一块石头。
车队重又出发。
车在奔驶,张玉成在车中睡去,发出呼噜声。
一只苍蝇在吉普内飞着,发出阵阵声响,阿克苏敏捷的一把将它抓住,他将握紧的拳头送到耳边,苍蝇嗡嗡地叫着,使车内的气氛格外单调。
突然戈壁土出现几只黄羊,它们在地平线上腾跃着……
**林广惊讶的眼睛**:"阿克苏,你看,黄羊!"
黄羊奔跑着卷起一抹抹沙尘……
车内所有人都被这一幅壮丽的景象惊呆了。张玉成也抬眼望去。
黄羊还在奔跑着。
**车内,张玉成问阿克苏**:"黄羊?"
**阿克苏**:"这就是说,这附近一定有水!"
**张玉成**:"你能肯定吗?"
**阿克苏**:"我肯定!"
车前又飞快地闪过几只麋鹿。
**张玉成**:"来!"他推开袁里山:"让我来!"他坐到方向盘前,加大了油门,车像离弦的箭。向大漠深处飞奔……

天边呈现出浅淡淡的绿,甚至看见了一片烟云迷漫。
渐渐地,我们看清了那是芦苇,是茂盛的罗布麻。
惊散的野骆驼、野鹿、黄羊四处飞奔。
湖面有水鸟飞起。
车队驶近湖边,张玉成跳下,石敢跳下,林广跳下,阿克苏跳下……军人们纷纷跳下。

向湖边狂跑过去。
**袁里山**："快跑呀！同志们！"
**林广**："司令员，这不亚于哥伦布发现新大陆！"

湖畔。
军人们一张张紧张而又兴奋的脸，他们屏声敛息地肃立着。他们的嘴唇已经干裂，枯涩的眼窝里冒着希望。
蓝莹莹天河一般幽静古朴的湖水。像一匹无涯的蓝绸缎舒展开来的湖面。芦苇丛边，汲水的野鹿伸长了脖子，仿佛也惊奇这些陌生的军人。
张玉成和石敢对视一眼，怦然心醉。
林广在湖边跪下来，弯下腰，用双手缓缓捧起水送入口中，"……啊，好甜，好香啊！"
**军人们也跪下去，捧水喝，有人喊**："有鱼，还有鱼！"

走廊。在军用发报机"嘟，嘟……"的发报声里，一位军人健步走来，走进办公室。
办公桌窗前，一位戴着眼镜、眉目清秀的军人抬头，这是张爱萍。他正伏在桌上忙着写什么。
**军人**："报告，张玉成电报！"
**张爱萍专注地**："你念吧。"军人看一眼电报，稍一迟疑，但马上大声念道："大漠平湖水生香……望雪眺虹雁翅长……"
**张爱萍站起**："等等！"他接过电报自己看着并念出声："大漠平湖水生香……望雪眺虹雁翅长，在罗布泊地区发现水源……"他微微一笑："张玉成撞上了好题材，他要做今天的边塞诗人呐！好，给张玉成回电……"

黄昏时的湖畔，天边醉云西沉。
金色的芦苇丛旁有几顶帐篷，张玉成、林广、袁里山、阿克苏等人伫立在湖岸的剪影。
**一位军人走向张玉成**："报告，张爱萍副主任回电。"
**张玉成接过电文**："……关外自古多英雄，捷报飞来写华章……怎么，是首诗？"
他旋即便会意地微笑。
湖面上，一群水鸟向落日扑去。
文字整理：闫琳
资料来源：程蔚东，《十集电视连续剧：中国神火》，载于《中国电视》，1991年第5期。

# 外来妹

首播时间：1991 年
首播电视台：广州电视台
摄制单位：广东省委宣传部组织，广州电视台
导　　演：成浩
编　　剧：谢丽虹、成浩
摄　　像：乐祖望
主　　演：陈小艺、汤镇宗、李婷、常戎、邵晓微、杨青、白珊、缪婉霞、冯俊高、周敏红、廖伟能
获奖情况：第十二届（1991 年度）中国电视剧飞天奖长篇电视剧一等奖、优秀编剧奖；第十届（1992 年）中国电视金鹰奖优秀连续剧奖。

**剧情梗概：**

中国北方某山村赵家坳的一群青年男女到广东打工。姑娘们进了康乐厂，成了外来妹，"青年突击手"志强和金贵却被挡在门外，只好给别人打工放鸭子。工厂里，笨拙的"靓女"总是出差错，拖累其他人一起返工，受到其他女工的排挤险些轻生；秀英找了份发廊的兼工拼命挣钱；玉兰钟情于饭店小老板福生，常常主动去店里帮忙，引起了厂里的闲言碎语；姐妹们用工资凑钱给志强买西装，好胜的志强却因为自己混得不如意而没有领情。小云由于聪明伶俐技术好受到赏识，被任命为助理拉长。林生对小云表示爱慕，心生妒意的阿芳拉拢女工排挤小云，"靓女"则力挺好姐妹。阿芳的人跟小云姐妹矛盾激化，在宿舍厮打起来，势单力薄的小云等人只能忍气吞声。志强误会小云与林生关系暧昧，两人关系产生隔阂。阿芳为得到拉长的位置献身林生，没想到林老板将赵小云设为拉长。阿芳意外怀孕，赔了夫人又折兵。

此时江生与林老板分歧愈深，决心另起炉灶，假意好心地为林生出谋划策让他开溜摆脱阿芳纠缠，又说服小云等厂内几百名女工去他的新厂上班，使林老板工厂大受打击。挺着大肚的阿芳在厂里受人歧视，其父得知此事也与她断绝了关系，林老板为了工厂形象劝她堕胎，阿芳宁死不从，最终还是意外流产。凤珍等人对阿芳始终不离不弃，悉心照料。玉兰和福生相恋，在好心的凤珍姐妹帮助下，有情人终成眷属。秀英辞去厂里的工作做了洗头妹，与有钱男人暧昧周旋，被男人的老婆上门大闹一场，秀英无地自容地离开。不久，打扮得花枝招展的秀英回来了，姐妹们打听她的工作时，她却不肯透露。

建达厂的生意不断扩大，江生爱惜小云人才，对其体贴入微，小云对江生感情也越来越深，认定他是个重情重义的好男人。但一次偶然的事件使小云得知这些关爱与礼物不过是出于老板对职员的"感情投资"。林老板的公司即将倒闭，上百名女工面临失业，江生却认为这是物竞天择，小云渐渐认清他的冷漠。江生要求女工为赶圣诞订单加班加点，小云提出给她们加薪，并组织大家罢工，江生虚与委蛇，待订单做完就将小云和参加罢工的女工们一起开除。临走时江生提醒小云："老板就是老板，打工仔永远是打工仔。"

外来妹们各自选择的路导致了她们不同的命运。秀英因为从事不良职业而被捕，"靓女"在工作中出了意外导致手臂残废，只好返乡。凤珍回家准备结婚，但发现自己已不属于这里了，她放弃了婚事，又带出了一帮小姐妹，成为外出打工的领路人。阿芳拒绝了林生的挽留，独自去深圳开始新的打工生活。志强已经结婚生子，踏实做回了农民。小云被当地乡政府任命为乡里第一间乡办玩具厂的厂长，开始了她新的生活和新的事业。

     文字整理：闫琳
     资料来源：根据56.com视频网提供的视频完成文字整理。
     具体参见http：//www.56.com/

**剧本：**

## 《外来妹》 第五集

**1. 鱼塘边　日　外**

  江生：哦乡长啊。

  乡长：啊，江生。

  江生：早上好。

  乡长：早啊。

  江生：这么早就出来干活儿啊。

  乡长：唉，这亩塘归我家承包了，只能用上班前的一点时间来打理一下，呵呵，怎么，找我有事儿？

  江生：今天早上到你们家，你家里人说你到这里来了，我就来找你来了。

  乡长：哦，什么事儿？

  江生：抽个烟，呃。

  乡长：到底什么事儿啊。

  江生：是这么回事，我想在你们乡投资办厂，不知欢迎不欢迎呢？

  乡长：你不是在林生那间厂当厂长吗？

  江生：是的，不过我和林先生想法越来越有分歧，我，我想另外办一间厂。

  乡长：也在我们这儿办？

  江生：嗯，也是一间电子玩具厂。

  乡长：喂，你和林生低头不见抬头见的，你们这么搞，我夹在中间很难办。

江生：坦白地说，我可以到其他乡去投资的，但我欣赏这里的投资环境，再说我也怕女工中的骨干不肯跟我走得太远，你知道她们在这里也待惯了。

乡长：哦，那林老板知道这件事儿吗？

江生：一旦准备就绪，我会向他好好解释的。

乡长：这，也让我们太难办了。嗯。

江生：乡长。

乡长：这样吧，你下午到乡政府来一趟，我和另外几个委员碰一下头，到时候再给你答复。

江生：嗯，那谢谢了，全拜托了。

乡长：好，不客气。

**2. 林老板办公室门口  日  内**

秘书：喂，你找谁？

晶仔：早上好。

秘书：林生，你的电话。

晶仔：这么巧，谁来的。

秘书：是阿芳来的，你们俩真好，刚离开一会儿，电话就追来了。

晶仔：喂，是我。

阿芳：喂，你想好了怎么跟老板谈了吗？

晶仔：想好了，就这事啊？

阿芳：我怕你谈崩了嘛，哎，你听我说啊，多从生产角度谈，还有拉长的位子也不能总空着啊，还有你叔叔不是今天去香港吗，所以今天一定要谈好，知道吗？

晶仔：知道。

阿芳：嗯，哎，晶仔，你答应过我的，我可什么都给你了。

晶仔：你等我好消息吧。

阿芳：那好吧。

晶仔：好，就这样，拜拜。董事长在吗？

秘书：在。

晶仔：哦，谢谢你，拜拜。

秘书：喂，董事长吗，晶仔来了。

**3. 林老板办公室  日  内**

晶仔：二叔。

林老板：嗯，啊，晶仔，我正要找你。

晶仔：叔叔想我我不是来了吗？

林老板：别尽捡好听的说，我问你，最近江生都有些什么动作啊。

晶仔：哦，挺好，像往常一样，不过，哦，最近他好像和赵小云来往密切。

林老板：赵小云？

晶仔：哦，就是那个把我摩托车推下水的女孩儿。

林老板：哦。

晶仔：江生还请一些女工吃饭，都是些技术上的骨干。

林老板：嗯。

晶仔：三叔，我看没什么，江生对女人没兴趣，只是在工作上联络联络感情而已。三叔，我们电子拉的拉长位置从阿闲走后就一直空着。

林老板：你想推荐谁啊？

晶仔：阿芳。

林老板：阿芳？

晶仔：我都答应人家了，三叔，就算你给我、给我一个面子，您今天不是要回香港吗，走之前把这事给定了吧。

林老板：嗯、啊，不，我今天有事儿，先不回去了。呃，晶仔，这回你要帮三叔一把。

晶仔：三叔，出什么事了？

林老板：后生仔想玩我，哼，生意场上我见得多了，看谁玩得过谁。

江生推门进来。

林老板：哦，江生。

晶仔：江生。

江生：晶仔在这儿。

林老板：我们正在商量电子拉长的人选问题，晶仔向我推荐阿芳，江生，你的意思呢？

江生：嗯，您是老板，您说谁就是谁，我没意见，就阿芳吧。

晶仔：好啊，那就马上宣布吧。

江生：走。

**4. 电子车间　日　内**

晶仔：哎，停下，大家注意了，利用下班前一段时间我们厂长要宣布一件事情。

江生向赵小云点了一下头，被林老板看到。

江生：我今天要向大家宣布的是，关于拉长的任命（林老板咳嗽了两声）这件事由董事长来宣布吧。

林老板：我任命赵小云小姐为电子拉拉长，请大家服从她的管理。（对赵小云）下班以后到我办公室去一趟，我有话对你说。

赵小云：是。

阿芳突然晕倒。

晶仔：阿芳，阿芳，你怎么了，哪儿不舒服，阿芳，你怎么了？

赵小云：阿芳。

晶仔：你走开。快，快找人送她上医院。快，扶她起来，当心点儿。

女工：慢点儿。

林老板：我也很难过，没想到她……

赵小云从江生身边走过，没有理他。

**5. 工厂外　日　外**

　　晶仔把阿芳抱进车里。

　　晶仔：快点儿，凤珍，靓妹，你们上车照顾她。

　　凤珍：好。

　　晶仔：开车。

**6. 林老板办公室　日　内**

　　赵小云和林老板在窗户外看到车开走。

　　林老板：赵小云，再过一段时间呐，就是我们厂的开业三周年大庆，你现在升了拉长了，希望你团结女工，宣传爱厂精神，生产更多更好产品，献给厂庆，啊。

**7. 医院　日　内**

　　晶仔在诊室外面等着。

　　晶仔：哎，查出什么病了吗，要紧吗？

　　凤珍：这个我看不明白，去问问医生吧。

　　晶仔：哦。

　　凤珍：医生，阿芳，你醒了，好些了没有？

　　阿芳：你们怎么来了？谁让你们来的？

　　医生：是她们把你送来的。好了，告诉我结婚了没有？喏，你看看这个（把化验单给阿芳）。

　　阿芳看完化验单，开始痛哭。

　　凤珍：阿芳，阿芳，到底什么病啦，要紧不？哎呀，阿芳，阿芳，想想办法总会治好的，阿芳。

　　靓妹：阿芳姐。

　　凤珍：医生，化验单上写的是什么病啊？

　　阿芳：别装蒜了，你们早就看过化验单了，还装作什么都不知道，滚！你们回去向赵小云报告去吧，回去就嚷嚷去吧，到处去传去吧，阿芳栽了，阿芳栽了！没当上拉长，还让人搞大了肚子。哎呦，天呐！！

**8. 乡村会议室　日　内**

　　乡长：嗯，江生，我看这件事就这么定下来吧。竞争嘛，自然很难顾到情面，而且竞争对本乡的经济发展有好处，对工人也有好处，哪家对工人好，哪家就会拥有他们。

　　江生：那么什么时候才能租给我厂房和宿舍呢？

　　乡长：江生，请过来，这里原来是一片荒山，只能种点木薯，现在已经开发成第二个工业区了，我们将在这儿为你提供厂房和宿舍，怎么样？

　　江生：谢谢，我一定尽力让这里繁荣起来。

　　乡长：好的。

江生:合作愉快。

## 9. 女工宿舍 日 内

女工甲:哎,这个月你拿多少钱呐?

女工乙:三百多呢,多亏了小云,她把工位一调啊,这两个月我们可以寄多点钱回家了。

女工甲:老板任命她当拉长还真有眼力。

阿芳走进来。

女工乙:对呀,哎,你什么时候去寄啊?

女工甲:下午吧。把那衣服递给我。

阿芳躺在自己的床上。

女工丙:让开点,让开点,让开点,往这边,给拉长搬张床吗,来。

女工丁:哦,放我这边。

女工丙:拉长,你回来了。

赵小云:嗯。

女工丁:拉长回来了,你过来,拉长,你过来看看,这是为你布置的新床位。

赵小云:啊,让你们费心了,我还是和我的老乡住在一块儿吧。

女工丁:你就住这儿吧。

赵小云:我还是跟她们住一块儿。

女工戊:拉长,这是我刚买的肉包子,给,你还没吃早餐吧?

阿芳闻到肉味,想吐,跑了出去。

赵小云:啊呀,真香啊,不过我还没刷牙呢,那就先放这儿,谢谢你啦,我待会儿吃。

女工己:拉长,今天我们去深圳玩儿,你跟我们一起去吧。

赵小云:去吧,你们先去吧,待会儿我跟凤珍姐她们一块儿去。

女工己:拉长,要不要我们给你带点儿东西啊。

赵小云:不用了,谢谢你,快走吧,你们别晚了,你们自己买吧。

女工戊:拉长,快吃包子吧,要不都凉啦。

赵小云:好的,我待会儿就吃。

女工戊:一定吃,别忘了。

阿芳又想吐,跑了出去,凤珍她们看到,追了出去,赵小云看到,也追了出去。

凤珍:阿芳!

赵小云:阿芳姐。

凤珍:阿芳。

靓妹:阿芳姐,我已经给你打好了热水了,放在第三浴室,你快去洗洗吧!

凤珍:阿芳,去洗个澡吧,也许会好点儿,啊!

赵小云:阿芳姐。

女工甲:她怎么了,肯定是那个了。

女工乙:怀孕了。

女工甲:就是,怀孕了。

赵小云：别瞎议论，该干什么就干什么去吧。

凤珍：小云。

赵小云：凤珍姐，有事儿吗？

凤珍：小云呐，你当上拉长了，厂里可以为你在外边单独租一间宿舍是吗？

赵小云：嗯。

凤珍：我想你还是搬出去住吧。

赵小云：你想让我搬出去？

凤珍：嗯。

赵小云：为什么，是我做错什么了吗？自从强哥走后，你们就对我不冷不热的，他非要走的，能怪我吗？

凤珍：小云呐，你听我说，你要是还住在这儿，那对阿芳的刺激就太大了。

女工：我也要打一桶热水。

**10. 工厂外　日　外**

大家在挂横幅。

工人甲：来，哎，使点劲儿，这样行吗？哎，用点力，怎么样？

工人乙：好，哎，拿过来。

**11. 日，内，林老板办公室**

林老板从窗户外看到一辆车驶出工厂，连忙打电话。

林老板：给我接江生。

秘书：江生刚出去。

**12. 赵小云宿舍外　日　外**

江生看到赵小云，不停按喇叭。

江生：小云，我等了你半天了。

赵小云：江先生有事儿吗？

江生：上车谈。

赵小云上车。

**13. 草地上　日　外**

阿芳和林生在约会。

阿芳：这几天你怎么老躲着我。

晶仔：没有啊，你约我我不就出来了吗？真对不起，拉长的事儿。

阿芳：不要提它了，我对它没有兴趣了。我只关心，关心我们的儿子。

**14. 江生车上　日　外**

江生：就在前面，那就是了。

赵小云：上哪儿去啊？

江生：我带你去看一个新工业区，我在那儿投资办厂呢。

## 15. 草地上　日　外

阿芳：晶仔，我们什么时候去登记啊？

晶仔：唉，你别烦我好不好，这个问题你问了一千遍了，唉。

阿芳：你、你这是怎么了？

晶仔：结婚是件大事，你得让我想一想。

阿芳：可我们的儿子不能等，他在一天天的长大呀。

晶仔：我们的儿子，谁知道他妈的是谁的儿子。

阿芳打了晶仔一嘴巴，掉头就走了。

## 16. 江生新厂房里　日　内

江生：怎么样，你想好了没有，如果你跟我过来，我将任命你为车间主管，这个车间就由你管，还有你帮我多动员一些熟手女工过来，我准备提薪。

赵小云：你这么做，林老板会怎么想？

江生：哦，Sorry，我知道林老板对你不错，他对我也不错，他是我父亲的老朋友了，是他领我走上这条路，铺开来给我干的，我在这里建成建达厂有一半机会是他给我创造的，到现在我还感激他，但是我不可能一辈子打工，当他的马仔，我不甘心，我要当老板，就像你也不满足永远当一个普通拉长一样。按大陆的话来说，人总是要进步嘛，这一点，林老板他是会理解的，香港人大多数都是这样。没错，如果我将来的事业做大了，会把他挤垮了，他可能会恨我，这也不奇怪啊，香港每天都有人跳楼，将来谁跳楼还说不定呢，论实力他比我强，所以我希望你过来帮手，你要是肯来就是开国元勋，怎么样？

赵小云：这件事我要回去和凤珍姐商量一下再决定。

江生：好，你要尽快答复我，再过三天，就是康乐玩具厂三周年厂庆，就在那天我的建达玩具厂就要开张了。

## 17. 小路上　日　外

晶仔：阿芳，就算我说错了好不好，你快上车吧，啊？阿芳，听话啊，还要登记做夫妻呢，丈夫的话你一点儿都不听，你看行吗？

阿芳：这种时候还开玩笑。

阿芳上车，正好江生的车过去。

## 18. 江生车上　日　内

林生开着摩托车带着阿芳驶过。

江生：你看这摩托车，开得像疯了一样，在这种路面开这么快，会出事的。

阿芳：晶仔，你慢点开，听见了没有啊？

晶仔：啊，你说什么？开车的时候不要跟我说话，听见没有。

林生的摩托车为了躲一辆对面行驶的卡车摔在路边。

阿芳：啊！！

江生赶忙停车。

赵小云：天呐，真出事儿了。

江生：快去救人！停，停车，停车！（对那辆卡车喊）

阿芳：哎呀！

晶仔：阿芳，你没事吧？

阿芳：你走开，你走开，你个杀人犯，你想杀死我的儿子。

晶仔：阿芳！

阿芳：你走开！

晶仔：你听我说！

阿芳：你这个坏蛋，你这个杀人犯，我恨你，我恨你！

晶仔：阿芳！

阿芳：你走开！

晶仔：阿芳，我不是故意的，阿芳，我不是故意的。

阿芳：你走开，你想害死我，你想害死你的儿子，你走开，你走开，我恨死你了。

晶仔：阿芳。

阿芳：你快滚吧！

晶仔：哎呀！（阿芳将晶仔推倒）

阿芳：你走，你走！

晶仔：阿芳，你听我说，我不是故意的！

阿芳：你是故意的，你是故意的！

赵小云和江生拉住阿芳和林生。

阿芳：我告诉你，只要今天你的儿子没有死，不管是残是憨，我都要把他生下来，不管你走到哪儿，我都要带他去找你的，你走开。

赵小云：阿芳姐，江先生，你先送阿芳回去，我想和林先生谈一谈。

江生：好吧，冷静点儿。

赵小云：林先生，阿芳姐肚子里的孩子是你的吗？

晶仔：这不关你的事儿。

赵小云：我只想提醒你，志强哥虽然走了，可他告诉我了，治保会的人也知道，你别想抵赖，你是男子汉，就负起责任来。哼！

晶仔：唉！

19. 江生车里　日　内

江生：你没事儿吧。

赵小云：没事儿。

**20. 酒吧里　夜　外**

晶仔：叫我负责，疯疯癫癫的我负什么责。她自己送上门的关我什么事，现在……

江生：唉，这件事难办呐，如果要是在香港的话，那好办点，这是内地，闹大了就不好办了。哎，不处理你吧，女工们有意见，处理你吧，林先生又说我不给 Face，我看得出，其实这姑娘挺喜欢你的，不如就娶了她吧。

晶仔：不行，不行，她疯疯癫癫的样子，我娶了她，怕命都没了，哎！江生，给我出个主意吧。

江生：哦，对了，我记得前一阵子你说过，过了罗湖桥怎么？晶仔，你是个聪明人，不用我教你吧，嗯？

晶仔：走。

江生：嗯。

**21. 秀英家门口　日　外**

赵小云：韩师傅，阿英在吗？

韩师傅：在楼上，也该下来了。

赵小云：我去找她。

韩师傅：好。

赵小云：阿贤姐。

阿贤姐：小云。

赵小云：有事儿吗？

阿贤姐：啊，没事儿。

秀英：小云。

赵小云：秀英。

秀英：哎，你刚才跟谁说话呢？

赵小云：是阿贤，哎，她找你干什么？

秀英：哼，谁知道，疑神疑鬼的，刚结婚就看不住老公，这日子怎么过呀。

赵小云：哦，我把钱带来了，你快还给华仔，那个不是个正经人。

秀英：他可不在乎这三百块钱呐，戒指、胸针、项链，他来一回送我一样。

赵小云：你都收下了？

秀英：送上门儿的干吗不要。不过他想占我便宜，门儿都没有。

**22. 工厂车间里　夜　内**

女工甲：哎，好些日子没见到林管工了。

女工乙：三天喽，听说他躲起来了。

女工甲：这个狗男人。

女工乙：要怨还是怨女人自己贱喽！

阿芳：哎，醒醒，醒醒，醒醒觉，站起来，上班睡觉罚站15分钟，站起来。

女工丙：算了吧，站起来，让人家看见多丢人呐。

阿芳：那你为什么上班要睡觉呢？

女工丙：罚站就罚站，反正罚站总比不上让人搞大肚子丢人呐。

所有女工都讥笑。

赵小云：你，打瞌睡还不讲理，扣除这个月的奖金，其他人听着，都别出声，现在是上班时间。

女工丙：呸（对着阿芳吐了口唾沫）！

赵小云：谁要是再随地吐痰也扣除这个月的奖金。

阿芳冲向赵小云。

赵小云：阿芳姐。

阿芳：你坏我名声，你还给我，还给我，你把名声还给我。

赵小云：阿芳姐，阿芳姐。

阿芳：你那天跟他讲了些什么，他就失踪了，你为什么，为什么老是跟我过不去，你说，你说呀？

赵小云：阿芳姐！

凤珍：阿芳。

阿芳：你还假惺惺的装着护着我，走开，别碰我，走开。你，狗东西。

赵小云：都坐好，都坐好，继续干活儿。都他妈的干活啊。

23. **林老板办公室　夜　内**

林老板：哎，晶仔回来没有？

秘书：派人去找了，找不着。

林老板：你看看，明天就是厂庆，他丢下一大堆事儿不管，唉。这种人真没出息，他，他跑到哪去了。哎，去给阿贤打电话，叫他回来帮忙，快快快。

秘书给阿贤打电话。

24. **阿贤家　夜　内**

阿贤：你这个缺德的，你天天去洗头，你的魂都让那个死鬼妹子勾走了你。

阿贤男人：别说了，你有完没完，我说你……

阿贤：我们结婚才几天啊，你就去找别的女人。

阿贤男人：我说你听我说啊，你别说了好不好。

25. **林老板办公室　夜　内**

秘书：电话打通了，没人接。

林老板：啊？嗯！唉！

26. **秀英家门外　日　外**

阿贤姐带着几个人来找秀英。

阿贤姐：就是这儿，快点儿。快点儿上来。

**27. 秀英家　日　内**

阿贤姐带的人进了秀英家就翻东西。

**秀英：**哎，哎，你们这是干什么？你们这是干什么！

**阿贤姐：**给我翻！

**女人甲：**阿贤姐！

**阿贤姐：**你去那边找。

**秀英：**你们这是干什么，找什么？这儿没你们的男人，快出去。不然我就去社保会告你们，听见了吗？

阿贤姐找到一包东西。

**阿贤姐：**哎呀，是我的，都是我的，这个混蛋把我的首饰给你这个死鸡婆！

**秀英：**你嘴巴干净点儿。

**阿贤姐：**骂你怎么了，死鸡婆，这个怎么会在你这儿，天底下没有不吃腥的猫，我老公会那么蠢！

**秀英：**蠢不蠢回去问你老公。

**阿贤姐：**哎呀，是你勾引了我的老公，你还有理了，你这个死鸡婆！

**秀英：**那你怎么不勾引住他，真蠢！

**阿贤姐：**你，你好啊，你以为我是好欺负的，是不是啊，我今天给你点儿颜色看看，丑鸡婆！

阿贤姐和秀英扭打在一起。

**女人甲：**打死你。

**女人乙：**就是你把这里的男人都勾引坏了。

**秀英：**干什么！

**28. 秀英家外　日　外**

阿贤姐带着人追着秀英打出去。

**阿贤姐：**我看你往哪儿跑，臭婆娘。给我打。打死她！

**秀英：**你们干什么打我，干什么！

赵小云看到秀英被打。

**秀英：**凭什么，你们男人在哪儿，交不出来凭据。

**阿贤姐：**哼，凭据，你们大家看，这是我的首饰，刚才在她床上搜出来的，你们说她这种女人该不该打。

**围观的人：**该打。

阿贤姐和她带的人继续打秀英。

**阿贤姐：**你说谎，带着你的东西，滚出大艾乡去，永远不要回来。

**围观的人：**走了，赶紧走啦。

秀英看到赵小云和其他女工，哭着独自收拾衣服，离开。

29. 工厂门口　日　外

　　舞狮队在表演，庆祝建厂三周年。

30. 工厂厂庆大会　日　外

　　**林老板**：康乐电子玩具厂开业三周年庆祝大会现在开始！

　　大家鼓掌。

　　**林老板**：今天是我们厂大喜的日子，我的心情和大家一样，非常的激动。

　　江生到达厂门口。

　　**林老板**：工友们，你们背井离乡，到我们这家工厂来做工，三年来，风风雨雨，艰苦创业，才使这间厂有了今天的地位，我林某衷心的感谢大家，我今天要说的是工厂就是你们的家，我就是你们的父母。三年前，我到这个地方来，这里还是一片农田，可是今天你们看看，建起了我们康乐玩具厂的厂房，建起了高楼大厦，这都是我们父老兄弟姐妹努力的结果，我非常感谢大家。

　　**江生女助手**：江生，怎么还不出来，会来吗？

　　**江生**：会来的，我跟她们谈好了。开完厂建会她们就出来，毕竟还是有感情的。

　　**江生女助手**：或许林老板正利用她们的感情把她们留下来呢。

　　**林老板**：你们学会了知识，掌握了技术，厂里建立起一支生产的技术力量，这对我们厂今后的发展非常有力，为了表彰女工对本厂的贡献，现在宣布一批模范女工名单：赵小云，赵凤珍，邱如珊，刘英蓉，王金凤，张彩云，贾凤娟，谢青花……

　　喊到名字的女工都走上台。

　　**江生**：这个林老板真有一手！

　　**林老板**：李秀珍，王霞，杜子梅，李春燕，杨丽荣，何爱莲，莫少兰……

　　林董事长给上台的女工发红包。

　　**林老板**：祝贺你！

　　**女工**：多谢！

　　**林老板**：继续努力！

　　**女工**：多谢！

　　**林老板**：赵小云小姐，祝贺你，一点儿小意思，望继续努力。好，大会到此结束，我告诉大家一个好消息，中午在食堂里聚餐，下午放半天假。

　　女工们都很高兴。

31. 厂房内　日　内

　　赵小云独自一人在厂房里。

　　**凤珍**：小云，小云，你怎么在这儿呢，我们到处找你呢。小云，你怎么了？

　　**赵小云**：凤珍姐，我要走了。

　　**凤珍**：你上哪去啊？

　　**赵小云**：江生的车在门外等我，我本来想一个人悄悄地走，不告诉你们，江生自己另办了一家电子玩具厂,要我过去当车间主任,我同意了。

凤珍:小云,你不能这样做呀。哎,当初你们几个来找工作,是林生收下了你们,你不能翅膀硬了就忘恩负义呀,再说这间厂对你也不薄。你想想,短短的半年里,你的工资提了又提,现在又是模范女工,你还想怎么样啊?

赵小云:凤珍姐。

凤珍:小云,人不能太贪了,不能去伤害林老板,他对你们几个是有恩的呀。

**32. 林老板办公室　日　内**

赵小云敲门,走进来。

赵小云:林老板,我是来向你告辞的,江生让我过去帮手,我对不住你。林老板,这是你刚才发给模范女工的红包,我拿着它感到有愧,我知道我让你失望了。

林老板:不要这样说,拿着它,小云小姐,你在康乐厂辛苦了,谢谢你。什么时候想回来我等着你。

赵小云哭着跑出去,碰到秘书。

赵小云:对不起。

秘书:董事长,门口有几百名女工,要上江生的车,你说放不放她们走。

林老板:放,为了挽留女工,我做到了仁至义尽了,她们要走自有她们的道理,江生这一年的厂长没白当啊,哦,对了,你去告诉江生,要是他还给我个面子,还念旧情的话,就把车开到僻静的地方,让她们悄悄地走,啊。

**33. 工厂门外　日　外**

女工们上了江生的车,江生透过窗户给林生打了个招呼。

凤珍看着吃住一起曾经的工友离开,一个人回到空荡荡的宿舍,看着以前的照片。

文字整理:黄璇

资料来源:根据 56.com 视频网提供的视频完成文字整理。

具体参见 http://www.56.com/u69/v-Mjc3NzQ3OTQ.=.html

# 编辑部的故事

首播时间：1991 年
首播电视台：中央电视台
摄制单位：北京市委宣传部、北京电视艺术中心
总 策 划：郑晓龙
策　　划：朱晓平、王　朔、苏　雷
编　　剧：冯小刚、王　朔
导　　演：赵宝刚、金　炎
摄　　像：毕建华、唐　平、白铁军
主　　演：吕丽萍、葛　优、侯耀华、童止维、张　瞳、吕　齐
获奖情况：第十二届（1991 年度）中国电视剧飞天奖长篇电视剧二等奖、优秀剪辑奖、优秀音响奖、优秀女主角奖；第十届（1992 年）中国电视金鹰奖最佳女主角奖；第一届"五个一工程"优秀电视剧奖。

**剧情梗概：**

25 集电视系列喜剧《编辑部的故事》以辛辣幽默的语言风格和针砭时弊的自由姿态，让人耳目一新。在一个名为《人间指南》的杂志编辑部里，六个性格各异、年龄层次不同的同事，在彼此之间不断的交流、碰撞中，尤其是着力反映了他们和社会发生联系后，形形色色的人生故事。故事独立成章，一般 1－2 集为一个故事。

具体故事有：谁主沉浮、我不是个坏女孩、侵权之争、水淹七军、小保姆、一朝权在手、无中生有、歌星双双、甜蜜的腐蚀、飞来的星星、吃不消、谁是谁非、寻子记、胖子的烦恼、有人好办事、人工智能人、人民帮人民一把。

每一个故事都有各自独立的起承转合。如第一、第二集的故事"谁主沉浮"中，《人间指南》杂志销量惨淡，面临停刊危机。大难临头各自飞，编辑部里的几个人都打着自己的小盘算……陈主编负疚辞职，提出未来主编的职位将在部里几个人之间产生，一时间办公室里炸开了锅，大家铆足了劲，各自使出浑身解数来夺主编的帅印。第三、第四集"我不是个坏女孩"中刘小红，一个普通的女大学生，爱上了如高仓健般忧郁的自己老师。可老师已婚，刘小红陷入不可自拔深渊，唯有以死求得解脱。自尽之前，她给李冬宝在《人间指南》的专栏《知心大姐》播打了热线，想在临死之前找个不认识的人说说知心话。为了挽救这个命悬一线的女孩，李冬宝和他的同事们制订了一个周详的心理求援计划。第五、第六集"侵权之争"：两个江湖骗子冒充著名刊物《大众生活》的主编和艺术总监，打着办六一晚会的幌子，骗得《人间指南》众人的信任和编辑部的公章，到处招摇撞骗，聚敛钱财。结果《人间指南》被真《大众生活》的主编状告侵犯其名称权。第七集"水淹七军"中郊区萝卜大丰收，上百万斤萝卜被浩浩荡荡地运进北京。陈主编给李冬宝下达死命令，由他负责的《周末一菜》栏目必须编出一组推陈出新的萝卜菜来，不许雷样。余德利向李冬宝推荐自己的一个老街坊："二战"时曾给冈村宁次做过饭的卸任名厨王大爷，他有一道萝卜名菜"水淹七军"，百吃不厌。于是李冬宝、余德利、戈玲三人来到王大爷家，死缠烂打千方百计想套出"水淹七军"的制作方法，无奈王大爷守口如瓶。最后他们从王大爷孙女口中套出的"水淹七军"菜谱竟是一味专治痱子湿疹的外用药。第九集"一朝权在手"：针对市区交通事故猛增的现象，每个单位必须抽调一位志愿者在市区路口要塞担任交通安全员，协助交警疏导交通，李冬宝急不可待地接受了这个任务，为的竟是从此可以扬眉吐气的训人。余德利联系到一家同意为编辑部提供打印机的客户，没想到这位打印机供应商无照驾驶，被严格执法而且不知情的李冬宝扣了下来。《人间指南》众人为了保住打印机，在编辑部摆下宴席，准备腐蚀一下负责此事的交警，希望他手下留情，放打印机客户一马。

       文字整理：闫琳

       资料来源：根据乐视网提供的视频完成文字整理。
       具体参见 http://www.letv.com/

**剧本：**

## 《编辑部的故事》

第一集，谁主沉浮（上）
1. 编辑部，日，内
  戈玲：哎，余德利，你这又算计谁呢？
  余德利：戈玲，我琢磨出一个高招来，既能天天陪媳妇逛商场，又能一分钱不花，还能让她觉得你拿她特别当回事。
  戈玲：你是不是每次都不带钱包。
  余德利：不灵啊，不带钱包不行，那只能使一回。现在倒好，一出门她先摸我兜儿。
  戈玲：那你使的什么招啊？
  余德利：昨天啊，我跟她上隆福大厦，一进门她就瞧上一条六十多块钱的裙子，你说，不买吧，又得别扭好几天，买吧。
  戈玲：跟剜你心似的。
  余德利：你比她了解我，你听我说啊，绝就绝在这儿，当时啊，（电话铃响）我指着一条五百多块钱的裙子跟她说啊，要买咱就买那个。（接电话）喂，是，在。老刘，你的。那算什么啊，满大街都是。

刘书友接电话。

戈玲：你爱人激动不已。

余德利：也就一眨巴眼的工夫，一会儿就含糊了，死乞白赖地往外拉我，说太贵了。

戈玲：你就就坡下驴啊。

余德利：千万可不能马上就下，当时我扒着那个柜台，说，买，你嗓子不错，倘若一不留神，要是唱红了呢？好歹咱也得有身演出服啊。

刘书友：我听不见啊。

戈玲笑：哎呀，你可真够逗的。

余德利：后来啊，全都快哭了。我才跟她回家。

戈玲：哎，你可真够黑的。

余德利：我告诉你啊，就这一招，只适用于这同舟共济的夫妻。搞对象可千万别使这招啊。咳，我怎么告诉你了，我应该告诉李冬宝。

戈玲：余德利，你知道你这姓，搁在古汉语里当什么讲吗？

余德利：余当"我"讲。

戈玲：是啊，搁在一块堆儿，就是"我得利"，你爸爸真没给你起错名。

余德利：拿我开心啊。

刘书友：小声点，行不行啊。哎哎，我是《人间指南》编辑部的刘书友啊。哎，对对对对。哎呦，那您太客气了，就叫我小刘吧。哎。当然是小刘啊，我比您也大不了多少。

余德利：老刘，你干嘛跟谁都低三下四的，这文明礼貌啊，得掌握个分寸感。

刘书友：这是老王，王林。我跟他约了一篇稿子。

余德利：那孩子还没我岁数大呢，你要这样，明儿我也管你叫小刘。

刘书友：你懂什么啊。哎哎。我不是说您，我哪能说，说您啊。我是想问问那篇稿子怎么样了，哎呦，这个字数多了少了都不行，哎，我说了不算。哎呦，那可就难了。那好。那好。那回头再说吧，好，好，再见啊。（挂上电话）哎呦，真要命，按说这写小说的，凑个字数，应该不算难啊。

戈玲：老刘，咱没必要这么死性。有话则长，无话则短，凑字数的文章谁看啊，再说也没法写啊。

刘书友：怎么没法写啊，你看看我组的稿都是这样，工作嘛，就应该有责任心，不然的话，要咱们当编辑的干什么啊。

牛大姐：编辑不仅在字数上，更重要的是政治上把好关，你们年轻人啊，要好好向老同志学习，将来还靠你们接革命的班哪。

戈玲：是是是，我这不正琢磨着怎么介绍服装款式吗。

牛大姐：这还用琢磨，哎，搞宣传工作没政治眼光不行，你们年轻人啊，就知道打扮，赶个时髦。哎，过去的列宁装，有什么不好啊，哪像现在啊，花里胡哨的。我就看不惯那些奇装异服。

戈玲：您又说岔了，谁说奇装异服了，这不向您请教如何介绍服装的款式吗。

牛大姐：介绍服装款式，也得有个政治倾向，哎，你看，我这种衣服就不错吧，它体现了劳动人民质朴的美德，怎么样？

戈玲：你看，我这服装，算不算高档，怎么介绍？

牛大姐：那就应该这么写，这种高档服装，款式独特，价格昂贵，一般劳动人民不大适用，个体户穿的居多。

戈玲：我知道了，您的意思是说，个体户就不是劳动人民。

牛大姐：我说了吗？按当然是了，可他们钱多。

戈玲：那我钱少，就不能穿这衣服了。

余德利：这不抬杠吗，牛大姐说不能穿了吗？说了吗？连我都听明白了，牛大姐那意思说啊，不管是有钱的没钱的，只要是穿上高档服装，就不能再算劳动人民了，是不是，牛大姐？

戈玲笑。

牛大姐：你这是歪曲，我的意思是不管写什么文章，内容都必须健康向上，这么说不对啊？

余德利：对，对啊，我这不帮着您批评她呢吗。

戈玲：您要是早这么说，我也不跟您抬这杠了不是。

牛大姐：你听听，你听听，他们这不是成心吗？

刘书友：你也是，你扯这些个还能扯得清楚啊，这不管写什么，关键是得有人写，现在组个稿都这么困难，我哪有心思跟您们扯什么服装啊。

牛大姐：老刘啊，你也是，都工作那么多年了，也不是不知道那句话，工作是什么，工作就是斗争，那么好组稿，还要你这个编辑干什么？

戈玲：要说啊，也不能全怪老刘，现在这稿啊是难组，没名的，咱们看不上，有名的又看不上咱，现在杂志多如牛毛，也就是咱们自己把自己当回事。

余德利：其实啊，归根结底就是一个字儿，钱！

牛大姐：钱，钱不能解决所有问题。

余德利：对，对对对，钱绝不是万能的，但是没有钱，却是万万不能的。您不信，只要咱把稿费提上去，马上就有自投罗网的。（李冬宝走进来）哎，还是自己人。

戈玲：哎，冬宝，你这么快就拍完了。

李冬宝：完了，计划全完了。人家说啊，排练时间太紧，抽不出时间来。

余德利：那就改个时间呗，这不是很正常的事吗？

李冬宝：是，本来也没什么，挺客气的，直个劲抱歉，后来一打听啊，敢情让别的刊物给拉走了。

余德利：是因为咱稿费低吗？

李冬宝：那倒不是，人家说咱们这刊物，跌份。

牛大姐：咱们这刊物怎么了，跌份？哎呦，她要这么说，咱还不稀罕拍她呢。小李，甭跟她置气。

李冬宝：是，我这不是回来了吗。可总得有的拍吧，合着不能大街上拉一个就拍。

余德利：那还不如拍咱戈玲呢。

戈玲：你觉得我合适吗？

李冬宝：你不行。

**余德利**：赖我，赖我，赖我，赖我。冬宝，疏忽，疏忽。你别惹事了。可是问题在这儿呢，反正得是一女的呀。哎，咱牛大姐啊。

**李冬宝**：算了吧，我还不如大街上拉一个呢。

**牛大姐**：哎，你等等。

**李冬宝**：怎么了，牛大姐，你还真想挺身而出啊。

**余德利**：看出来了吧，人家牛大姐为工作到关键时刻，肯定不计较个人得失。

**牛大姐**：小李啊，咱们可要对刊物负责呀，你随便上街拉一个，知道她是好人坏人啊，要是坏人。不把咱牌子砸啦。

**李冬宝**：不用她砸，现在就快砸了。我在外面碰多少钉子，你们都知道吗？

**戈玲**：就是，以前咱们还有群众来信呢，就是说批评的居多，表扬的少，那还有呢，可现在呢，没有了。

**刘书友**：没有批评信不是挺好吗？那说明那群众，对咱们刊物满意了，没意见了，你们怎么还抱怨呢？

**戈玲**：好什么啊。

**李冬宝**：满意了，没意见了，那是人家不抱什么希望，你看我现在还说话吗，为什么，就这道理。

**牛大姐**：什么道理啊，你对谁有意见。

**李冬宝**：都算上，连我也算在内。当然，不包括您牛大姐。也刨去老刘，老余。

**戈玲**：怎么回事儿呀这是？

**李冬宝**：还有戈玲，咳，那我压根儿就没算在内。

**刘书友**：这么说你是对老陈。

## 2. 街道上，日，外

陈主编下了公交车，来到一个杂志摊。

**陈主编**：有《人间指南》吗？

**摊主**：这期的没有，头两期的您要吗？

**陈主编**：刚出来就卖完了啊。看来还挺抢手的啊？

**摊主**：哪儿啊，这期根本就没敢进，砸手里好几期了，看见没有，没人买，降价也没人要。您要喜欢，您看着给俩钱，给您。

**老太太**：多少钱啊，您给我吧，我要了。

**摊主**：一共十一本，您看给多少钱吧。

**老太太**：两毛钱一本，行不？

**摊主**：行，全归您了。

**老太太**：就这两块了。

**摊主**：得，两块就两块。

**老太太**：走了，虎子。

**陈主编**：老姐姐，老姐姐，你等等，你等等。

**老太太**：你这是打听哪儿啊？这一带啊我全门儿清。

陈主编：不，我是想问问，你经常买《人间指南》吗？

老太太：这本书不能买啊，也是不健康的？

陈主编：不不，这是提倡的。我就是想知道知道，那儿有这么多杂志，你怎么单单买《人间指南》呢？

老太太：是这么回事啊，我还以为是打了呢。我也参加了这一带的联防，可我没听说过要取缔《人间指南》这本书啊。

陈主编：那您说一说，您为什么这么喜欢《人间指南》呢？

老太太：什么喜欢不喜欢的，我不识字。

陈主编：那您？

老太太：便宜啊，我给我小虎子买了包书皮用的。虎子，走吧，跟爷爷再见。

小虎子：爷爷再见。

3. 杂志社，日，内

李冬宝：帮我看看，放这儿怎么样？

余德利：我不能干那赔本赚吆喝的事。

戈玲：不好看。

李冬宝：放这儿。

戈玲：不合适。

李冬宝：要不搁这儿。

戈玲：你搁那儿啊，还不如不搁。

李冬宝：那你说搁哪儿合适，合着我白拍了。

戈玲（笑）：你跟我急什么。

余德利：冬宝啊，要我说啊，搁哪儿都合适，反正也没人瞧。

李冬宝：也是，明知道没人看吧，咱还这儿瞎忙乎什么啊，这是忙乎什么啊这是。

戈玲：老陈说工作还是要做好，即使咱们停刊了，也得站好最后一班岗。

牛大姐：谁说要停刊，不可能。

李冬宝：你说在这儿待着，有意思吗？

戈玲：你什么意思？

李冬宝：俗话说人往高处走，水往低处流，干吗非在《人间指南》这棵树上吊死，咱又没卖给它。

戈玲：你是想离开这儿。

李冬宝：别这么喊。

牛大姐：哎，老刘，你听见了吗，两人又捏咕什么呢。

刘书友：不知道啊。

牛大姐：哎呦，你想什么呢。

刘书友：没想什么。

### 4. 楼梯，日，内

**李冬宝**：我要不是冲着咱编辑部有你这么一个贴心人，我早调走了，用不着等到现在。

**戈玲**：其实啊，我也早就想调走了，原因很多，除了咱们这刊物办得死气沉沉以外，还有一个更重要的原因，就是我在这个编辑部里，找不到一个志同道合情趣相投的同事。

**李冬宝**：我呢，不算你最烦的吧？

**戈玲**：你都要走了，我别给你添堵了。

**李冬宝**：实话实说。

**戈玲**：我最烦的其实就是你。

**余德利**：喂，稍等，戈玲，电话。

**戈玲**：谢谢啊。喂。

### 5. 人才交流中心，日，内

李冬宝骑着自行车来到了人才交流中心，戈玲刚刚离开，二人擦肩而过，都没看到对方。

**工作人员**：怎么你也是《人间指南》的？

**李冬宝**：对，《人间指南》的编辑，多年来拳打脚踢，摄影、编辑、采访，眉毛胡子一把抓。刚才听您这话，好像我们那儿还有谁来过？

**工作人员**：刚走的一位女同志啊，也是你们《人间指南》的，她也说自己啊是能写会画，采编合一，看来你们那儿人才不少啊。

**李冬宝**：是，我们那儿人才济济。她来这儿也是为这事？

**工作人员**：到我们这儿来啊，都是为这个事。哎，说说您吧，您打算找一个什么单位啊？

**李冬宝**：跟她一个单位就行，地方我不挑。

### 6. 人才交流中心门口，日，外

戈玲在人才交流中心门口刚要走，正好碰见了余德利。

**余德利**：戈玲，你怎么上这儿来了？

**戈玲**：嗯……我在这儿搞个采访。

**余德利**：采访？别跟我打马虎眼了。

### 7. 编辑部　日　内

编辑部内只有牛大姐和刘书友在，陈主编走了进来。

**陈主编**：怎么？就你们俩啊，他们人呢？

**牛大姐**：一个个溜溜的，也不知上哪去了。

**陈主编**：人心是散了。

**牛大姐**：我提醒你多少次了，对年轻人不管不行，关键时刻就看出老同志比他们觉悟高了吧。

刘书友：老陈啊，你身体不好，急也没用，工作耽误不了，有我们呢。

陈主编：是，是，你们比他们稳重，以后你们的担子不轻啊，我是无力回天啦。

## 8. 人才交流中心　日　内

李冬宝和工作人员在屋里，工作人员正在接电话。

工作人员：让他自己来一趟吧……什么……啊？好好好，那我记一下，叫什么？叫余德利？再见……好。

工作人员挂了电话，转向李冬宝。

工作人员：又是你们《人间指南》的，你们怎么成群结队的来啊，你们搬家呢？

李冬宝：要不说我们那儿人才济济呢，到你们这儿来找出路的，都是能人。

工作人员：不见得吧，如果都是挺机灵的，你们的刊物也不至于办得这么差。

李冬宝：您怎么知道我们那刊物办得差呢，您期期都看啊？

工作人员：我们单位啊，给办公室订了不少的杂志，好的呢，都让同事拿回家去了，办公室里边儿呢，都是些没人看的。你看，这一摞啊，全是你们《人间指南》……还都想找好工作……哎，说老实话，人家一听说你是《人间指南》的啊，还指不定愿意要不愿意要呢。

李冬宝：您这儿是人才交流中心吗？

工作人员：是啊。

李冬宝：我怎么觉得像收购旧家具的信托行。

工作人员：别说气话，我劝你啊，还是多在自己的身上找找问题，为什么不如人家，《人间指南》，你看多好的刊名啊，你们完全可以拥有广大的读者，成为读者的良师益友嘛。就看哪，你们有没有责任心。我劝你啊，还是好好的想一想，别当逃兵，啊。

李冬宝：您把我那个登记簿给我吧。

工作人员：待会儿啊，你们那位姓余的同志来了，我也要好好给他做做工作。我先表个态，我愿意做你们《人间指南》的热情读者。

李冬宝：谢谢您了，这趟我算没白来。

工作人员：别客气，走啦？好好，再见，再见。

李冬宝：再见，哎，有件事求您了。

工作人员：您说吧。

李冬宝：我们那位姓戈的女同志，你得把她堵住，绝不能让她溜出去，不然的话……

工作人员：你干不好工作。

李冬宝：您真善解人意。

李冬宝打开门，正好碰见余德利。

余德利：请问……是你啊。

李冬宝：回去吧，啊，回去，咱现眼、现眼啊，现眼。

## 9. 编辑部内　日　内

李冬宝站在戈玲桌子前。

李冬宝：你真的没去。

戈玲没说话。

**李冬宝**：我已经替你回了，死了这条心吧。

**戈玲**：你凭什么啊，调不调工作是我自己的事，用不着你替我做主，我的事儿谁当家啊？

**李冬宝**：你的事儿是你当家。

**戈玲**：这不就结了。

**李冬宝**：可是皇军要当你的家。

**戈玲**：哎……

**李冬宝**：谁让你说烦我的，惹我生气我就给你小鞋儿穿。

**戈玲**：哎，冬宝啊……你过来一下。

**李冬宝**：干吗啊？

**戈玲**：我有话跟你说。

**李冬宝走了过去**：说吧。

**戈玲**：我呀，恨你。

**李冬宝愣了一下**：那你也恨他们吗？

戈玲摇头。

**李冬宝**：那我就把它理解为你对我另眼相看，也就是说，关系非同寻常。

**余德利进屋**：哎，老刘，有我电话没有。

**刘书友**：没有。

**陈主编进屋**：各位，把手头上的事儿先放下，到我屋来开个短会，有些事儿跟大家交代一下。

## 10. 主编办公室　日　内

**陈主编**：咱们短会啊，其实有些问题我不说，大家心里也很明白，咱们这个刊物办得很不景气，订户越来越少，那么读者对咱们也很失望，作为主编，我这心里很不是个滋味儿，再加上近来呢，我这个身体和精力确实是大不如以前啦，岁数不饶人啊。我已经向社里打了离退报告，要求上级派一位德才兼备、年富力强的同志来接替我的工作，但是社里的意见是，关于主编的人选，由咱们编辑部本身产生，所以我就希望大家本着对咱们编辑部负责的态度，推举一位最能胜任的同志来担起这副担子，大家回去琢磨琢磨。

**余德利**：别琢磨了，老陈，咱今儿就选吧。

**陈主编**：这都到下班时间啦，明天再说吧。

**余德利**：您有事儿您先走，咱今儿赶紧选出来不就得了吗，这又不难。

**李冬宝**：别介了，还是明儿吧，回去认真想想，也别辜负了领导对咱们的信任。

**戈玲**：就是。

**陈主编**：好，散会了。

**余德利拿起陈主编桌子上的电话**：哎，老陈，您把钥匙给我留下，我在您这屋打几个电话。

**陈主编**：那外边儿办公室不是有电话吗？

余德利：这个不是程控的吗，那拨盘没有这……这好使。

陈主编把钥匙交给了余德利。

陈主编：别忘了锁门。

余德利：哎，您放心……哎，老陈，您那报告真批下来了，我打算把这屋改成会客室，您要在家待着闷的话，您就这儿待着，我告诉您，您永远是咱编辑部最受欢迎的那客人……哎，电视台广告部啊，哎，我，余德利。

11. 编辑部　日　内

　　陈主编：早点儿回去吧，时间不早了。

　　牛大姐：没事儿，我们老头离休之后啊，学会买菜做饭了，用不着我下班急着往家奔命了。

　　陈主编：夕阳无限好，只是近黄昏哦。

12. 编辑部外　日　内

　　陈主编出门，发现刘书友等在门口。

　　刘书友：我跟您一路。

　　陈主编：那走。

　　刘书友：老陈啊，刚才听着您说的那个事儿啊，这心里还挺不舒服的，在这个编辑部里，我是跟您一块儿工作时间最长的。

　　陈主编点点头。

　　刘书友：再也没有比我更了解您跟咱编辑部工作的人了。

　　陈主编：那是。

　　刘书友：您不能走，这没有您坐镇啊，那刊物会要垮掉的，您看，年轻人没有经验，急功近利，搞不好会出乱子，老牛呢，又是个女同志，这思想啊，有点儿僵化，对上面的政策不能灵活掌握……老陈啊，依我看啊，这个新主编的产生可不能太民主了，大主意得您拿……当然了，上策是您暂时先不要退下来，可也是，您现在这身体又……

　　陈主编：我说老刘啊，这是大势所趋，我们早晚都得退下来，你是个老同志了，往后得给青年们多出点儿点子，多把把关。

　　刘书友：一定，一定。

13. 编辑部内　日　内

　　牛大姐：刘书友这个人吧，我可是太了解他的弱点了，政治上容易随波逐流，工作上呢，又缺乏献身精神，那当主编是要敢于负责任的。

　　李冬宝：您甭说了，咱不选他。

　　戈玲笑了。

　　牛大姐：余德利吧……这个人啊，脑子是真聪明，工作呢也是蛮有能力的，可我总觉得，他满脑子装的都是"钱"字儿，根本没把心放在读者身上，我们需要的是一个具有很高的政治素质和文化修养的主编，又不是找一个生财有道的经理，是不是啊？

李冬宝：喜欢钱咱不怪他，咱能给他找着这发挥特长的机会，主编这差事嘛，那就算了……看来这主编的人选，就只能在咱们三个人之间产生了……

牛大姐：哎，戈玲，我刚才听你说，你想调走啊。

李冬宝：得，又摘出去一个，你没戏了。

牛大姐：戈玲，你可别误会我的意思，我是说啊，人才是国家的，又不是哪个单位的，干吗要强迫年轻人干他们不愿干的事儿呢，应该允许人才流动嘛。

戈玲：您既然觉得我是个人才，咱编辑部目前又急需挖掘出这么一个人才拯救危亡，那我就别绕远儿啦，就近施展才能吧。

牛大姐：不走啦？

戈玲：不走了。

牛大姐：那好，好，哎呀，戈玲啊，你来这儿工作虽然时间不长，可工作十分热情，尽管缺少经验，有时候也难免出些差错，有些想法不切实际，可是老陈对你的要求也过于苛刻了。新手嘛，应该有个锻炼过程嘛……俗话说，多年媳妇儿熬成婆嘛。哎，你看，就我们这些算得经验丰富的老同志了吧，可工作常常还出现偏差呢，年轻人，锻炼的时间长着呢。

李冬宝：牛大姐是说，你要经过努力，可以当一个很好的幕僚，就是说左膀右臂。

戈玲：你误会了牛大姐的意思了，她是说啊，我在工作中啊有点儿失误，那是情理之中的事，人家牛大姐工作大半辈子了，总避免不了偏差，你说是不是，牛大姐？上了年纪了，的确是力不从心了，牛大姐想鼓励我，抓住这次锻炼人的好机会……唉，贤能不待次而举，担重担不负众望，挑大梁不畏艰辛……得，牛大姐，感谢您的鼓励（拿出个苹果递给牛大姐）。

牛大姐：别，别客气。

李冬宝：拿着吧。

牛大姐：哎，戈玲，你大概是误会我说的意思了，我是说啊，你们都很幼稚，就像那刚学走路的孩子，需要一个责任心强的保姆，甘心付出心血，领着你们学步。

李冬宝：听听，听听，人家老同志是告诉你，宦海茫茫，别不知深浅的往里跳，牛大姐是怕你失足，上了回大学了怎么连好赖话都听不出来了，多危险啊，您要是不拽着她，非掉下去不可。

戈玲笑。

牛大姐：你们啊，就爱嘲笑老同志的责任心，而你们恰恰就缺少这种使命感。

李冬宝：您这是在给我使激将法，您想想，我能看着这一老一少的俩妇道人家手拉手的走向险象横生的仕途，袖手旁观吗？我是那种人吗？就算是非得有人往火坑里跳，那也轮不上你们，谁叫我是男的呢，是不是，不就是替大伙操心拿主意，替大伙承担责任，啊，脱离群众，形单影孤的自己使个办公室吗，没什么了不起的，总得有人不顾个人得失堵这枪眼吧，我豁出去了，大不了让人指着后脊梁说，这小子是一领导，没出息，时为鉴诚杰，世乱拾忠良。

戈玲：哎，我说，你可想明白了，没人逼你。

牛大姐：你以为领导好当啊？哎呀，咱们的刊物面临着倒刊的危险，这么个烂摊子，没一点真才实学，可别充那大铆钉。

李冬宝：要说烂摊子，蒋介石给咱们红色政权留下的烂摊子，烂不烂，咱党不是照样给扛过来了，人无完人这话没错吧。

**戈玲**：没错。

**李冬宝**：可什么时候因为找不到完人这领导就空着没人选了，大不了换得勤点。

**牛大姐**：得得得，越扯越没边了，真是。

牛大姐不悦，离开办公室。李冬宝和戈玲继续聊。

**李冬宝**：其实我没有把你搁外边的意思，刚才牛大姐话头太猛，眼瞅着数落完你，下一个奔我这来了，你说这事，别管怎么着，当不当主编是咱俩的事。

**戈玲**：就是。

**李冬宝**：先断了她念想再说。

**戈玲**：对。

戈玲从桌子上跳下来准备走。

**李冬宝**：你先别急着走，只要咱俩先摽着胆子干，这刊物肯定办得没挡儿，你当一把手，我当二把手，多顺心的日子，心里怎么想，咱俩先通通气，回头别弄一误伤。

**戈玲**：其实当不当头儿，我都无所谓，我觉得陈主编这次负疚隐退，倒是一个打破陈规、发挥优势、把咱们杂志办好的一个好机会，我知道你比我聪明，脑子好使。

**李冬宝**：呵，不行。

**戈玲**：如果咱俩同心同德，把平常憋肚子里的那点招全使出来，让大家伙信服，不出三期，准能把读者给拉回来。如果咱们俩真的占山为王，咱们这工作环境得改变一下，有点文化情趣，别像现在似的。

**李冬宝**：明白，你喜欢在洋圈里唠酸嗑。

**戈玲**：就这么定了啊。

**李冬宝**：定了。反正你也不在乎当不当头儿，我就当一把手了。你瞅谁不顺眼，我给他小鞋穿，你要怕我得势之后乱杀无辜控制不了我，你干脆和我拜天地成亲，咱俩名正言顺地开夫妻店。

**戈玲**：哎我说句心里话，你真不像当主编那块料，倒挺像一个滞销产品的推销员。

**李冬宝**：明枪易躲，暗箭难防。跟你搭档，我就知道准得一往情深地栽在你手里，现在可知道为什么农民起义领袖当上了皇上，就得鱼忘筌。

**戈玲**：你甭在这瞎侃好不好，咱们俩得好好琢磨琢磨，怎么单枪匹马地夺主编的印把子，没点真格的，非挨哄不可。就是，这有一个算一个，都比犹太人精明。

电话铃响了，李冬宝去接电话。

**李冬宝**：喂，余德利！

余德利从另一个门进来。

**李冬宝**：我说你可真够累的。

**余德利**：咳，这不也是为了工作吗，哎，我跟你说冬宝，我糙糙算了一下，老陈要真能提前退休，咱早就发了。你跟着我干，没错，知识分子啊，不拿钱托着，永远也得不到别人的尊重。

**余德利接电话**：哎，余德利。

**14. 编辑部门外的楼梯口**

李冬宝背着包出门。戈玲也在前面。

**李冬宝**：戈玲，等会儿。都不是等闲之辈啊。

**15. 李冬宝家　日　内**

李冬宝抽着烟，在看几张纸。门口传来敲门声，李冬宝起身去开门。

**李冬宝**：哎，我还以为你改主意了呢，你可真够绷得住劲的，嘿。

李冬宝打开门，收电费的大妈从门口进来。

**大妈**：不晚呐，每个月都是这个日子收水电费，我改主意，人家房管局干吗？

**李冬宝**：我以为是我们同事呢。多少钱？

**大妈**：嗯，十一块两毛四。你给零的，整的我可找不开。

**李冬宝**：有有有。

李冬宝从兜里掏出一把零钱。

**李冬宝**：十一块两毛，正好。

**大妈**：得，十一块两毛四。

**李冬宝**：啊，两毛四。

**大妈**：那，走了啊。

**李冬宝**：不需待会了啊。

大妈往门外走。

**大妈**：不了，哟，您同事来了。

**李冬宝**：好好好，您慢走啊。

戈玲进到李冬宝的屋子里。

戈玲掏包。

**戈玲**：哎，你猜我给你带什么来了。

**李冬宝**：订婚戒指。

**戈玲**：你有正经的没有，你今天约我来干吗来了。

**李冬宝**：谈情说爱为主，图谋篡位为辅。

戈玲做出要走的样子。

**李冬宝**：别走啊，图谋篡位为主行了吧。你肯定是给我带《图谋策》和《孙子兵法》来了。别愣着了，进屋去吧。

**戈玲**：你怎么这么热衷于把咱俩的关系往爱情的绝路上推啊。

**李冬宝**：这是一认识问题，一时转不过弯来没关系。

**戈玲**：冬宝，咱们一直是同舟共济的好同事。

**李冬宝**：对。

**戈玲**：你要是不珍惜这纯洁的友谊，我就跟别人做搭档了啊。

戈玲从包里拿出一大叠杂志，扔到李冬宝床上。

**戈玲**：哎，这都是畅销杂志，咱们是不是琢磨琢磨人家的栏目啊。

李冬宝：谈情说爱是双方互利的事，我的原则是第一不怕，第二我奉劝你两句，别太近视，这制裁，只能双方都受损失。

戈玲：我损失什么了？是你一厢情愿，认定我喜欢你，哎哟，有时啊，我还真不忍心伤你。

戈玲走到李冬宝桌子前，看到了李冬宝的文稿纸。

戈玲：哟，这还没怎么着呢，就跟真的似的。

李冬宝：借刀杀人，借刀杀人。其实咱什么不明白啊，不知你留心没有，一堆杂志扔在这，让你一分钟之内说出哪本好看哪本不好看，你说的出来吗？

戈玲：我说不出来，你行吗？

李冬宝：急着上厕所的时候，真的。厕所的地方是不雅，可确实是能检验最畅销刊物的阅览室，如果咱们的刊物能够被读者带进厕所，那就算深入人心了。关键是栏目，老陈他们哪动过这脑子。

戈玲：照你的意思，咱《人间指南》办刊的宗旨是在厕所里给芸芸众生指点迷津啊。

李冬宝：入门了，是不是觉得心里特服气，特觉得艺高人胆大，特觉得我不同凡响，一言兴邦。

戈玲：我觉得时传祥未尽的事业后继有人了。

李冬宝：哦，我忘了你是石女了。

戈玲：什么？

李冬宝：不是，是不是人要有了修养，上了段位就脱胎换骨，变成死膛了？不是，你你，你不是觉得厕所这俩字别扭啊，改，把它改成洗手间，洗手间，非弄得跟王公贵族似的。

戈玲：你刚才说这几句话啊，我去粗取精，还听出点儿彩来。你说要想把刊物办的吸引人，首先就得重新设定栏目。

李冬宝：对。

戈玲：而且得围绕"指南"这两个字，哎，咱们现在就忙乎这吧。

李冬宝：对，咱俩就是啊，这个一休转世，蓝精灵托生，抖机灵还特仁义，纂点大家爱瞧的，执笔。

戈玲：这人世间，有什么大家不明白的，咱们指南啊？

李冬宝：有啊，就拿我来说吧，到今我也不明白，像我这么聪明的、打针吃药都傻不下去的人，怎么就找不着一好人家。办一鹊桥栏目。

戈玲：鹊桥？

李冬宝：现在的黄花大闺女整天哭着喊着要找一如意郎君，这个大阵仗拜天地的有得是，就是缺热心人给搭桥，把自个发出去，在咱中国还没有蔚然成风，妹妹找哥泪花流的悲剧时有发生。鹊桥栏目，肯定有人缘。

戈玲：你这么热衷于牵媒拉线的，不是急着想把自己发出去吧。

李冬宝：是又怎么样，关键是要货好，你要是爱不释手，就早点把我办了，这人要没压力，是是，是真不成。

戈玲：我再说一句啊，你得尊重鄙人的选择，我是有主心骨的啊，又不是追求，由不得你强买强卖的。

戈玲有点不高兴地从李冬宝身边走开,坐到远处的沙发上,李冬宝有点不悦。

**戈玲**:哎,对不起啊,也可能是我的追求不切实际,也可能是咱俩太熟悉了,反正爱情不是一句话两句话能说清楚的,你啊,就应该多让我感觉一下你的优点,别太心急了,行吗?

**李冬宝**:你是还君明珠双泪垂,心里特难受,是吧。揣着明白嘀咕,找不着伯乐又怕放走了良马,肚子里一肚苦水,寻不着个指引倾诉,是吧。眼瞅着快三十的人了,冤透了是吧。

戈玲笑了笑。

**戈玲**:你真善解人意,哎,咱编辑部有你这么个枪舌如簧的热心肠,真应该办一个跟读者谈心什么的栏目啊,哎,这个栏目……

**李冬宝**:不要把愁事憋在肚子里的读者,一听就能想起身残志坚的玲玲姐来,自己隐恨瞒意,一门子心地替别人分忧解难指点人生,没有诲人不倦的使命感,是绝想不出这么一个好栏目来。戈玲,有什么好主意你先琢磨着,我得赶紧上趟洗手间。

李冬宝起身到床边弯腰挑选杂志。

**戈玲**:你是不是特急不可待了。

**李冬宝**:嗯,你觉得不礼貌。

**戈玲**:那倒不是,我对你在德行方面没抱太大奢望,你是不是也得带本杂志上厕所啊。

**李冬宝**:嗯。

**戈玲**:你肯定是把这宝贵的时间匀给你最宠爱的刊物啦。真的,我不是跟你开玩笑,你选中的杂志啊,栏目办得一定特吸引人。

**李冬宝**:不行来不及了,随便拿一本吧。

李冬宝随便拿了一本杂志跑出卧室。

**李冬宝**:你拿着笔等着啊,有好栏目我告诉你。

**戈玲**:我忍辱负重啊,你也麻利点。

戈玲按下录音机听音乐,坐在李冬宝写字台前,看到桌子上李冬宝小时候的照片。

**李冬宝**:艺人行踪,艺海拾贝。

文字整理:张瑶

资料来源:根据乐视网提供的视频完成文字整理。

具体参见http://www.letv.com/ptv/vplay/1968239.html

# 杨 家 将

**首播时间：** 1991年
**首播电视台：** 山西电视台
**摄制单位：** 山西电视台
**编　　剧：** 梁　波
**导　　演：** 张裕民、张绍林、高建国
**摄　　像：** 聂铁锚、张绍林
**主　　演：** 王建英、郝仲臣、杨素、周娴珍、李志毅、
　　　　　　张　晶
**获奖情况：** 第十二届（1991年度）中国电视剧飞天奖长
　　　　　　篇连续剧三等奖。
**获奖奖项：** 第十二届（1991年度）全国电视剧"飞天奖"
　　　　　　长篇电视剧三等奖

## 剧情梗概：

北宋初期，宋太祖赵匡胤削平群雄统一天下，唯北汉王依靠杨继业父子固守晋阳拒不归降，赵匡胤临死前嘱咐其弟赵光义一定要劝杨继业父子归顺。赵光义派呼延赞对杨继业、佘赛花夫妇诱降，然二人拒不归降，不料此时北汉王已臣服大宋，宣旨劝杨继业归顺宋朝，杨继业含泪接旨。辽国入侵应州，皇上设下擂台决定由谁带兵出征，打擂中七郎八郎误杀潘豹。潘杨两家的恩怨由此开始。杨继业绑子上殿，潘仁美怕皇上追查事情败露，恳请皇上放过七郎，最终落得个好人情。边关告急杨继业率领八个儿子出征血战金沙滩，大郎、二郎、三郎均战死沙场。四郎、八郎分别被辽国两个公主擒获并招为驸马。六郎、七郎侥幸逢生。大辽再次入侵，皇帝命潘仁美出征，杨继业、呼延将军为副帅。杨继业兵困陈家谷，八郎见父亲最后一面，自刎而死。杨继业拼尽最后一点力气杀完最后一批辽兵之后撞李陵碑而殉国。七郎到了潘营帐下请求发兵，却中计被潘仁美乱箭射死。六郎在回京找寻弟弟的路上遇伏兵，这些伏兵是潘暗自指使杀手要将六郎杀人灭口。伏兵将领柴云因仰慕杨家故放走六郎。潘杨两家开始告御状。寇准升堂受理案件，潘仍然满口狡辩，柴云等原潘手下的将士均出庭为六郎作证。寇准判潘仁美流放，案子就此了结。潘流放的路上被七郎之妻杜金娥杀死，六郎忍辱负重背上了杀人的罪名被判流放。六郎流放后，萧太后命潜在大宋朝廷内的心腹王钦在半路将六郎结果掉。这次却是柴云仗义替六郎而死，六郎再一次死里逃生。边关告急，皇帝得知六郎还活着，很是高兴，将流放等事一笔勾销，命六郎为三关元帅再次出征以保大宋江山。杨家众儿媳也将随军出征。战场上敌对双方，辽国太后命四郎迎战，谁知迎面

而战的却是原配妻子董月娥。双方僵持许久后退兵。杨八姐为寻父亲当年殉难时用的大刀女扮男妆只身前往幽州。九妹，五郎之妻马赛英为寻八姐一路追赶。夜间到一寺庙，推门一看却是已经出家的五郎杨延德。夫妻相见爱恨交加。八姐因没有腰牌进不到幽州城而被辽兵当作是宋军奸细将其扣押到萧太后处，太后二公主瑶娥公主（既已经自刎的八郎之妻）见女扮男装的八姐英俊而心生爱意，只身下嫁八姐为妻，不想新婚之夜却露出破绽，八姐将计就计以实情相告。二公主为杨家的忠烈而感动，遂帮其盗回杨继业的大刀并随前往看望婆婆。八姐同瑶娥公主返回家后，瑶娥深感婆婆的慈爱宽宏之心决意留在大宋。新官谢津无由于不在杨家府前下马受拜而遭到宗保、排风的呵斥，怀恨在心。王钦唆使谢津无再次捣乱杨府，又以宗保跑失皇帝赐的御马为由在皇帝面前进谗言说杨府傲视无人，功高盖主，皇帝一气之下命人搬掉先皇赐予杨家门前的玉匾。佘太君因此卧病在床。六郎的部下、脾气暴躁的焦赞为解气将谢津无杀害。王钦又犯坏暗自写书信将杨母卧病在床的事情告诉六郎，以使他背上擅离职守，无旨回京的罪名。六郎因此被判发配鲁州。值此时刻，边关又再次告急，八姐、九妹等人均舍命镇守。皇帝为了坐稳宝座，同时也深感六郎对自己的益处，并派人追回六郎命其再度出征。焦赞也被封为大将随六郎出征。王钦为了彻底毁灭大宋，又阴险的提出皇帝应御驾亲征以振奋镇守三关的将士，好借此时机挑起大宋内讧。此时佘老太君却自告奋勇亲自出征并统帅三关，八贤王也一同前往，杨家儿媳妇也全部随其出征。五郎为破天门阵而战死沙场，临终时托付宗保等人去五台山找自己的师父马峰以求破阵法。瑶娥公主奔回辽国想力劝母亲停止战争，萧太后不允，瑶娥只得暗自伤心离去。宗保、宗英按照五郎所指找到其师父马峰后，马峰说，只有已故去五年的穆天王之女穆桂英还留存破天门阵方法的阵图。宗保只身前往穆柯寨寻找穆桂英以求破阵之法。穆桂英挂帅，统领三军将士大破辽军佛仙阵和黑却阵等主要阵领，致使辽兵损兵折将。宋兵一鼓作气使辽兵大败而归。萧太后招兵买马卷土重来，一路直逼宋军关隘，使得宗保围困柳树弯。而呼延丕显却因个人私怨而不向宗保发救兵。杨宗英，焦赞独自赶来搭救宗保，但还是被辽兵团团困住。佘太君举荐杨排风领兵搭救，临行前赠与她自己年轻时曾穿过的盔甲。排风成功接应宗保，不料两军交战时，宗英不幸阵亡。萧太后部下也伤亡惨重，她深感连年征战的苦痛，最终萧太后与佘太君分别代表两国见面修好。当时西夏又有吞并野心，迎战中宗保、排风、张元、岳胜等人均战死疆场。杨家男丁已全部为国捐躯，寡妇们却披上战袍再次担当起精忠报国的任务。步履蹒跚的老管家杨洪拉着小文广的手目送杨家女将们出征后，心情沉重地关上了天波杨府的大门，一片孤寂声中只剩下小文广那双天真无邪的大眼睛在翘首企盼着什么，他不知道都发生了什么，而等待他的又将是什么呢？

     文字整理：闫琳

     资料来源：根据优酷网提供的视频完成文字整理。

     具体参见 http：//v.baidu.com/tv/16367.htm？fr＝ala6&ty＝22

# 剧本：

## 《杨家将》第二十八集

**1. 宋军大营　日　外**

  大宋的旌旗迎风飞舞着。

　　　　杨宗保被五花大绑在木桩上，众兵把守。

2. 宋军营帐　　日　内
　　　　杨六郎把头别向一方，不理旁边众人。

3. 宋军大营　　日　外
　　　　士兵重重把守着大营。

4. 宋军营帐　　日　内
　　　　九千岁质问道："六郎，你说，你的军令还能不能变？"
　　　　六郎旁若无人，不作回答。

5. 穆柯寨　　日　外
　　　　穆桂英："木兰，木菊，速去点兵，随我去栖霞岭。"
　　　　木兰，木菊："是！"

6. 宋军营帐　　日　内
　　　　（画外）"这军纪还能变不能变？"
　　　　六郎："叔叔，宗保是不能赦免的，否则我没法向将士们交代。"
　　　　九千岁："好，你没法交代，我去交代！"说罢便要径直走开。
　　　　六郎："叔叔大人！"略作思索，"就请元帅收回这方大印吧。"
　　　　九千岁："啊？！"
　　　　六郎："从今天起，这三军将士，我是指挥不了啦！"说罢双手将大印奉上。
　　　　九千岁："这！……"

7. 宋军大营　　日　外
　　　　士兵对穆桂英等人传话："元帅有令，请穆桂英进帐问话，请。"
　　　　穆桂英随士兵前行，看见被绑着的杨宗保甚是怜惜。
　　　　宗保："桂英！"
　　　　穆桂英："你受苦了。"
　　　　木兰："姑爷，代王亲自前来，看那老头能把你怎么样！"
　　　　木瓜："对！他要是放了咱姑爷那也就算了，他要是不放咱姑爷，咱们就踏平这栖霞岭，把那老头子也绑到木桩上！"
　　　　宗保："桂英，父帅治兵严谨，性情执拗，见了他一定要好好说话，切不可惹他生气呀。"

8. 宋军营帐　　日　内
　　　　杨延昭等几人大笑。
　　　　八贤王："延昭啊，这回你葫芦里装的什么药，可让我猜个八九不离十啊？"
　　　　九千岁："你怎么不早告诉我？"

八贤王："这叫天机不可泄漏啊！俗话说，'馒头不熟不揭锅'。要是揭早了，那可要吃夹生饭喽！"

9. 宋军大营　日　外

穆桂英："孙媳穆桂英叩见祖母。"

佘太君："快起来。"遂将桂英扶起，笑着细细端详一番。佘太君为桂英介绍道，"这是你四伯母，这是五伯母，这是你八婶，这是你七婶。这是你的两个小姑姑。"

穆桂英恭敬地作揖："伯母婶娘，儿媳叨扰了。"

8. 辽军大营　日　外

一个骑兵策马奔来。

9. 萧太后营帐　日　内

士兵："启禀太后，宋营中来了个叫穆桂英的女将。"

萧太后疑惑地看看大臣："穆桂英？"众人皆茫然。

天佑："好像从来没有听说过这个人啊。"

大臣："会不会是穆柯寨的那个女代王？"

吕忠微微笑道："是她。"

10. 宋军营帐　日　内

穆桂英被众女眷团团围住，她说："家父生前酷爱兵法，一辈子摆弄这个阵、那个阵的。这天门阵我虽然没有见过，但听我爹讲过其中的奥秘。只要照着阵图，把辽兵的部署弄明白，这阵就一定能攻破。"

佘太君赞许地点点头。

七娘："这么说，你答应跟我们一起破阵了？"

桂英："嗯！"

佘太君："好！延奇，快去告诉你六哥。"

11. 萧太后营帐　日　内

士兵："启禀太后，那个叫穆桂英的女将正在阵前叫骂，说要踏平'天门阵'。"

天佑："这个穆柯寨的女代王很厉害。"

吕忠："列位，不必惊慌。太后，她父生前与我交往甚密，待我亲自前去会她，用不了二言两语定叫她不战自退。"

萧太后："好，你等随吕军师一同前往。"

12. 两军交战场　日　外

穆桂英手执长枪，身跨战马，英姿飒爽。两军对峙，尘嚣四起。

桂英环顾左右，向敌军喊道："喂，辽军中是哪位大将来打头阵，报个姓名。免得做无名之鬼。"

吕忠："哈哈，不要少年气盛，先请姑娘通报芳名。"
桂英："穆桂英。"
木瓜："是鼎鼎有名的穆柯寨代王，又是威震南北的三关元帅杨六郎的儿媳妇！"
八娘："两军阵前，你少贫嘴。"木瓜不好意思地不再言语。
吕忠："桂英姑娘，你走近来仔细瞧瞧，能否认得出我？"
细细看罢，摇摇头。
吕忠："我与你父乃是莫逆之交啊！"
桂英："莫逆之交？敢问贵人尊姓大名？"
吕忠："姓吕，名忠。"
桂英："吕忠？听家父说起过，可是你为何如此打扮呢？"
吕忠："鄙人现在大辽国萧太后殿下为臣。"
桂英："这么说，你是来与我交战的？"
吕忠："不，是来看看你。"
桂英："看我？"
吕忠："桂英姑娘，你父生前恪守一条誓言，你可知晓？"
桂英："什么誓言？"
吕忠："不问世事。"
桂英："你来和我说这些有何用意？"
吕忠："桂英姑娘，我是说宋辽两国干戈不休，谁是谁非实在难以理论，你一个女孩子家何必管这些国事呢？"
桂英："辽国太后萧银宗不也是女流之辈吗，她能管得国事，我为什么就不能管呢？"
吕忠："你怎么能和萧太后相比。你，你也太狂妄了。"
桂英嗔怒道："用不着你来教训我。我倒想让手中这把大刀，教训教训你！"
吕忠失去耐心："将士们，杀。"
桂英："杀！"
两军混战，穆桂英及宗保奋勇杀敌。
佘太君、杨六郎等在一旁观战。只见辽军又开始摆阵。
吕忠："桂英姑娘，这佛仙阵好进难出，你可不要自寻死路啊。"
桂英："我穆桂英敢杀进来，就能杀出去！"带领着将士冲进敌阵。
八妹："六哥，你看佛仙阵被攻破啦。"众人皆道好。
宗保："桂英，你看前面。"只见敌军黑压压地如潮水般涌来。
桂英："是黑雀阵！传令将士，弓箭开路。"敌军纷纷中箭倒下。
九妹："娘，你看。"
佘太君欣慰地："是啊，黑雀阵也攻破了。"
八贤王："穆桂英真乃神将啊！"
穆桂英正杀得酣畅淋漓，杨六郎传令："快，鸣金收兵！"
桂英传令："原路杀回！"

13. 萧太后营帐　日　内

天佑："穆桂英不但武艺高强，而且对天门阵法了如指掌。是不是……"

萧太后："什么？"

天佑："会不会是……吕军师他……"

萧太后若有所思："吕忠？"随即命令，"速让吕军师来见我。"

14. 辽军大营　日　外

　　士兵策马前来吕忠营帐，发现空空如也。

15. 萧太后营帐　日　内

　　大臣："太后，吕忠他跑了！"

　　萧太后："什么，跑了？你们兵分两路，马上追赶。活要见人，死要见尸！"

　　士兵："嘛！"

16. 宋军营　日　内

　　穆桂英："父帅，吕忠仓皇逃走，说明他靠的就是这'天门阵'，现在没有别的伎俩了。而这'天门阵'号称七十二阵，其实不是那么回事，那是吓人的。只要能打破佛仙、黑雀二阵，'天门阵'也就大势已去了。"

　　木瓜："代王，那你就下令吧，七十二阵一会儿工夫咱们就破了两阵，剩下那七十阵用不了三天，咱就把他全给吃喝啦，嘿嘿！"

　　桂英朝他使眼色。

　　木瓜："什么？哦！好，我不说，我不说。"惹得众人大笑。

17. 辽军大营　夜　外

　　萧太后："天佑、琼娥，你们说我是不是有点太穷兵黩武、争强好战了？"

　　天佑支支吾吾。

　　萧太后："怎么，连你们俩也不敢跟我说实话了？"

　　天佑："姐姐，你是不是有点……"

　　萧太后叹口气："天佐战死了，瑶娥又投靠了杨家，这两天我心里真不是滋味儿。"

18. 宋军营　夜　内

　　杨六郎："桂英，这破阵之战，就由你来指挥了。"

　　桂英诧异："我？"

　　八贤王："桂英，'天门阵'的情况只有你熟悉，还是由你指挥为好。"

　　桂英："我一个布衣女子，三军岂能服我？"

　　八贤王："自古以来，能者为上嘛！你不必多虑，本王给你作主就是。"

　　佘太君："桂英，既然贤王与元帅都信得过你，你就大胆去吧。"

　　桂英犹豫着。

　　杨六郎指着元帅的位置："桂英，来吧，坐在这儿。"

　　桂英激动地抱起双拳："千岁、父帅、祖母，诸位将军，诸位伯母，诸位婶娘们，既然如此，儿媳我就斗胆了！"

## 19. 辽军大营 夜 外

琼娥："连年征战，何时才是个了结呀。母后，你也上年岁了，依我看不如放弃中原，回上京去。也好过几年安慰的日子。"

萧太后："回上京？"

琼娥："嗯。"

萧太后："你父王临终时，再三嘱咐我，叫我打入中原，可现在连晋阳都没占领，回到上京，叫我如何向你死去的父王交代呢。再说一旦收兵回上京，各府王爷肯定会分兵而至。咱们这一家前途莫测呀。"

## 18. 宋军营 夜 内

穆桂英在部署作战计划。"孟良、焦赞听令！"

二人不太积极，正在犹豫，元帅示意他们要遵命。

二人起身："末将在。"

桂英："你二人率领三千人马，从玄武门插入，一个时辰后，回转马头，直取长蛇阵。"

"是！"

桂英："岳胜、张元听令！"

"末将在。"

桂英："你二人率三千人马，先攻青龙阵，待孟焦二将攻入长蛇阵时，直插宣武阵！"

"是！"

桂英："杨宗保、杨宗英、呼延丕显听令！"

"末将在！"

桂英："你三人率人攻打金锁阵。"

"是！"

桂英："马赛英、董月娥、木瓜听令！"

"末将在！"

桂英："你三人率两千人马，绕道穆柯寨，潜入九龙炉口，焚烧辽军粮草！"

"是！"

桂英："杜金娥，八姐九妹听令！"

"末将在！"

桂英："你三人今夜出发，急速赶往幽州，攻打幽州城池。"又叮嘱，"记住，只需佯攻，不可深入。"

"是"

桂英："瑶娥。"

"末将在。"

桂英："你随我先攻铁栓阵，然后直捣红旗阵。"

"是！"

桂英："各路人马今夜做好准备，明日五更出发，不得有误！"

## 19. 辽军大营 夜 外

萧太后："韩延寿。"

韩延寿："臣在。"
萧太后："吕忠逃跑了，你看这天门阵还能不能守住？"
韩延寿："能，他演习天门阵时，臣一直在他身边，这七十二阵的阵法，我全都明白。"
萧太后："好，从现在开始，天门阵就由你全权指挥。"

20. 辽军大营　日　外

韩延寿在练兵，士兵在他的指挥下静静训练有素。

21. 宋大营　日　外

穆桂英巡视杨家军，各路人马整装待发。
桂英跨上战马，"擂鼓！出击！"
两军交锋，宋军锐不可当。

22. 杜金娥行军路上　日　外

杜金娥、八姐带着人马正赶往幽州。
士兵："杜将军，穆桂英已杀入'天门阵'。"
杜金娥："知道了，传令将士，急速赶往幽州！"
八姐："加速前进！"

23. 马赛英一队　日　外

木瓜："你看，那就是辽军粮草营啊。"
马赛英："抄近路，杀过去！"

24. 辽军阵营　日　外

萧太后紧张地捻着佛珠。

25. 王府　夜　外

（画外）"王大人，请留步。"
王钦迅速回屋，对和尚："速禀太后，穆桂英将兵分六路，打破'天门阵'。"

26. 战场　日　外

穆桂英奋勇杀敌。辽军战士溃不成军。

27. 辽军粮草营　日　外

宋军点燃辽军粮草。

28. 战场　日　外

九千岁："烧得好，烧得好，辽军的粮草营着啦！"
远远地可见浓密的黑烟。

29. 辽军阵营　日　外

　　萧太后："快，快救粮草营！"

　　熊熊的火势不可遏制。

　　战局似乎已定，萧太后充满悲怆。

30. 幽州　日　外

　　杜金娥："擂鼓出击，齐声叫阵！"

31. 战场　黄昏　外

　　宋军收兵，大获全胜。

　　夕阳西下，辽军横尸遍野。

文字整理：闫琳

资料来源：根据优酷网提供的视频完成文字整理。

具体参见 http://v.youku.com/v_show/id_XMjI0NDU3NjQ4.html#frp=v.baidu.com/tv_intro/

# 孔　子

首播时间：1991 年
首播电视台：山东电视台
摄制单位：山东电视台、济南电视台
制片主任：王汉平　张家滨
编　　剧：陈子剑、张辉力、方肇瑞
导　　演：张建新、刘子云
摄　　像：张智胜、桑鲁平
美　　工：钱晓红、王　火、藏占林、王　磊
作　　曲：王云之
主　　演：王绘春、宋文青、孙小惠、米国强
获奖情况：第十二届（1991 年度）中国电视剧飞天奖长篇电视剧特别奖、优秀美术奖、优秀音乐奖；第十届（1992 年）中国电视金鹰奖长篇连续剧特等奖；第一届"五个一工程"优秀电视剧奖。

## 剧情梗概：

公元前537年，鲁国朝政被季、孟、叔三家把持，王室衰弱。年轻的孔丘在老师冉父子的教导下，立下了宏伟志向。由于孔丘出身布衣，左太史不肯收他为徒弟。孔丘和母亲久久立于太史门前，用诚心感动了他。母亲辛苦劳作供养孔丘学习六艺，由于过度劳累离开人世。孔丘娶妻生子，鲁国君上赐来鲤鱼，孔丘为儿子取名为鲤，待成人之后赐字伯鱼。冉耕几人带着礼物前来答谢孔丘教授他们六艺，希望拜他为夫子，孔丘自谦还不具备做夫子的资格，他告诉人们不但要学习知识，还要有良好的人格。孔丘学习乐曲文王操，废寝忘食，领悟到文王心系天下苍生的志向胸怀。齐景公携晏婴来访鲁国，昭王任命孔丘和季孙大夫一起主持礼仪。孔丘被齐景公赏识，但鲁国君臣因为他的出身不肯重用。孔子从此开始办私学，他的学生逐渐发展到百人之众。鲁昭公派孔丘去洛邑向老子学习礼乐，师徒几人千里迢迢来到老子居所，生性无拘无束的老子安排他们游玩，自己则出行去了。三月之后孔孟论道，老子讲述了其"道法自然"的哲学思想。鲁昭公在群臣的支持下起兵讨伐季大夫，以失败告终，鲁昭公辞去王位，远走他国。公冶长与孔夫子的女儿孔娆相恋，但是他曾蒙冤入狱，不想连累别人，决定离开夫子。夫子知道后批评他不够勇敢，并且表示内在的品德比外表更重要。鲁昭公薨于外邦。季大夫祭祖时要用"八佾舞"，孔子认为此举僭越礼制而拒绝为其相礼，他教育弟子学习"仁"、"中庸"之道。孔丘凭借威望与学识做了鲁国大夫，他建议众大夫堕除家臣掌管的都城，实际目的是削弱三大家族势力，最终使君主收回兵权。公山弗纽起兵反叛，将国君和季孙氏围在城中，孔丘命弟子带兵来援将其镇压。孟孙氏不肯堕都，孔丘为了使君上收回国政，放弃师徒之情，讨伐孟孙何忌。堕三都的行动因为种种阴谋阻挠半途而废。孔子开始周游列国，卫国第一夫人男子因为孔丘没有来拜见她，向国君进谗言使其迟迟不受重用，并受人监视。孔子不愿受人胁迫，离开卫国经曹、宋、郑至陈国，在陈国住了三年，吴攻陈，兵荒马乱，孔子便带弟子离开，楚国派人去迎接孔子。陈国、蔡国的大夫怕孔子到了楚国被重用，于是派人将孔子师徒围困在半道，孔子师徒所带粮食吃完，绝粮7日，最后还是子贡找到楚国派兵迎孔子，孔子师徒才免于一死。在孔子周游列国时，他的一些弟子被召回鲁国做官，凭借弟子的推荐，鲁国国君季康子决心把孔子请回来。当时孔子已经68岁了，颠沛流离十四年，最终仍是一无所获，只好又回到了故国。年近古稀的孔子，并未被命运所屈服，他一边教弟子，一边修纂《春秋》，将自己未能实现的政治主张，融进了《春秋》的字里行间。

文字整理：闫琳

资料来源：根据优酷网提供的视频完成文字整理。

具体参见 http://www.youku.com/show_page/id_z36c1e9daa40a11de83b1.html

## 剧本：

### 《孔子》第一集

1. 道路 日 外

（字幕）公元前537年。

古老的城墙，马车行人在路上来来往往。

2. 农舍　日　外

一名男子看看路上情况，走回屋中。

3. 道路　日　外

士兵列队跑过街道。

孔丘在人群中。

老者："孔丘！"将他拉至一旁。

4. 祭坛　夜　外

臣民列队整齐等待君上。

**司仪报**："君上到。"

鲁昭公带领一行侍卫走上前来，先对天行礼。

**鲁昭公**："寡人召请你们来这里，是为了宣告一件事情：鲁国自即日起，去掉诸军，只保留左右二军，左军由季孙宿大夫统率；右军，由孟孙貜大夫与叔孙诺大夫统率，对此，你们有什么看法？"

**季孙宿**："国家的军赋也要全部交给我们，然后再由我们三家向君上交纳，这样既可减轻君上的劳累，又能将军赋直接用于强盛军队。如果你们赞同去掉诸军，就请随君上在此盟誓吧！"

**人群中喊道**："君上，我们不能盟誓！"

两名年轻男子走上前来，叩首。

"君上，我们不能盟誓。"

**鲁昭公**："为什么？"

"鲁国是礼仪之邦，应该按照礼仪行事。将军队交给大夫统率，不合礼制。我们作为士人，信义重于生命，宁死不做违礼之事。"

两人说罢，切腹自尽。

**君臣皆惊，百姓群情激奋**："君上，我们不能盟誓！"

**季孙宿**："听命于我季家的士人、仆人，坐下！"

**孟孙貜**："凡是我孟家的人，坐下。"

**叔孙诺**："叔孙家的，都坐下！"

许多人坐下，剩下稀稀落落的几人仍站着。

**季孙宿**："你们若听命于君上，就应在此盟誓，闹事对国家没有好处。你们坐下！"

众人这才坐下。

**季孙宿**："君上，可以盟誓了。"

5. 屋舍　日　内

**冉夫子**："瓜分国家的军队，大夫专权，这种僭越礼仪的事情，偏偏发生在我们这个讲究礼仪的国家里，实在是一种耻辱。"

　　**有人反对**："这说法未必确切。季氏执政以来，虽然做过许多违背礼仪的事情，可同时也做过许多有利于国家兴盛的事情。我看天下之事，是很难说清楚的。"

　　**冉夫子**："不对，天下之事，是可以说清楚的。依照礼仪，君臣父子，应该各依名分而行事，大夫不应该将国家的军队据为己有，更不应该把违礼的事情，说得好像是为了国家的兴盛。"

　　**反对者**："我知道你此时的心情，可是你不要忘记，鲁国公室衰落已有四代，就治理鲁国而言，君上未必能强以济事，社坛盟誓不是看得很清楚吗？鲁国人心不在于君上，而在于季氏。"

　　**旁人劝阻道**："算了算了，当今天下，王室衰弱，诸侯争霸，大夫当权，天下大乱啊！相比之下，我们鲁国还是安定的嘛！"

　　**另一人**："对对对，依我之见，要使鲁国真正安定，除非有圣人出现。"


### 6. 街道　日　外

　　孔丘在街上走着，若有所思。


### 7. 孔丘家　日　内

　　颜徵在止于屋内纺织。


### 8. 孔丘家门　日　外

　　孟皮驾着马车来到院落前停住，跛着脚走进院落，从一扇窗子看向屋内。


### 9. 孔丘家　日　内

　　颜徵在专心纺织，没有察觉外面有人。


### 10. 孔丘家院落　日　外

　　孟皮离开。


### 11. 祭坛　日　外

　　左太史驻足于祭坛前，孔丘来到他身后。
　　左太史回身看到孔丘，孔丘上前行礼。
　　"太史。我想向您请教一件事情。"
　　**左太史**："你是谁啊？"
　　**孔丘**："孔丘。"
　　**左太史**："你想请教什么事情？"
　　**孔丘**："什么是圣人？"
　　**左太史**："你这样的布衣后生，有必要知道这种事情吗？"
　　**孔丘**："我想知道。"

左太史："你听说过周公吗？"

孔丘："他是鲁国的第一位国君，因为忙于辅佐武王成王的大业而未能到位。我就知道这些了。"

左太史："皮毛之见。周公的贤能与不凡，在于他的治理作业，为天下建立了各种礼仪典章制度，并使之推行于天下。"

一群男子跑了过来："孔丘！你怎么跑到这来了？我们找你好半天了，又有人家要办丧事，需要吹鼓手，快走吧！"

左太史自行离去。

孔丘深鞠一躬："左太史，请您接着讲授。"

左太史头也不回："你还是挣干肉去吧！"

众人拉着孔丘要走。

孔丘："行了！就知道挣干肉！"

吹鼓手："孔丘，你怎么了？多挣些干肉有什么不好，你不是要分担母亲的劳累么？"

12. 孔丘家　日　内

孔丘的母亲颜氏在艰难地织布。

孔丘："母亲，母亲，干肉。"

颜氏头也不抬。

孔丘将干肉挂在墙上。

颜氏："冉夫子教你认的书简，都抄完了吗？"

孔丘将书简抱至母亲面前："所有作业，三天前就抄写完了。"

颜氏："夫子他看过了吗？"

孔丘："看过了，他说写得很好，还说他能教给我的，已经都教了。"

颜氏："所以你就去当吹鼓手？"

孔丘："母亲，我是想多为你做些事情。"

颜氏望着儿子："丘儿，你不要总想这些，你该想想你的父亲，难道他愿意你做吹鼓手吗？"

孔丘默默看向父亲的遗物。

13. 冉夫子家　日　内

冉夫子席地而坐，颜氏低头跪坐在一旁。

冉夫子："左太史的学问和声望，在鲁国可是少有的，我曾经同他说起过孔丘，故而他知道。"

颜氏："可是他为什么那样对待丘儿呢？"

冉夫子："你的事情许多人都知道，左太史也会听到一些传闻吧。"

颜氏："那些议论我也听到过，可那是假的。"

冉夫子："有些事情，人们往往相信假的，而不相信真的。孔丘3岁的时候，你便带他来到曲阜，一个女人在丈夫去世之后离开自己的家，这种做法很容易引起人们的议论。"

颜氏："我之所以这样做，完全是为了丘儿。在曲阜，对他求学有好处。再说，我也可以避开那个家中的烦恼了。"

冉夫子："人们往往认为，你既然离开了邹驿，就不再是叔梁纥的妻子，孔丘也就……"

颜氏："不，我丈夫临去世的时候，把他心爱的剑留给了丘儿，这些事情我想等丘儿成人之后再告诉他。"

冉夫子："孔丘今年十五，还要几年的时间才能加冠成人，只怕到那时候一切都晚了。你想想，鲁国素以尊礼闻名，而礼仪之中最重要的一点便是'正'，唯有名分端正才能成就大事。孔丘向我求学以来，从不知厌倦，聪明异常。他不但掌握了相肖里的学问，而且还有自己的见解。以后，他应该向左太史这样的人求学了。而左太史这个人，是特别讲究礼仪名分的。如果不把你的身世向他说清楚，他是绝然不会教授孔丘的。"

颜氏："我带丘儿离开了邹驿，便是名分不正吗？"

冉夫子不知如何作答。

颜氏："冉夫子，请你把我的身世向左太史说清楚好吗？我求你了。"

## 14. 孔丘家　日　内

颜氏捧着叔梁纥遗留下的宝剑，非常痛苦。

## 15. 孔丘家门　日　外

孟皮赶着马车停在门口。

## 16. 孔丘家　日　内

颜氏在清理地面，听得外面有脚步声，这时孟皮走进屋来。

孟皮："庶母。"

## 17. 冉夫子家　日　内

孔丘惊讶地："什么？我有九个姐姐，还有一个哥哥？"

冉夫子："是的。不过是同父异母罢了。你父亲的第一个妻子生下了九个女儿却没有儿子，你父亲便又纳了一妾，生下了你的兄长，叫作孟皮。因为孟皮的腿有残疾，你父亲认为这样的儿子有失体面，于是又娶了你的母亲。在你3岁的时候，你父亲不幸去世了。在他临终之时嘱托你的母亲说，当你19岁成人加冠时，赐你字为仲尼。"

孔丘："这些事你怎么知道的？"

冉夫子："因为我是你母亲的表兄，所以我知道。"

孔丘："为什么我们一家人没有住在一起呢？"

## 18. 孔丘家　日　内

颜氏："难道你母亲没有告诉你，我离开这个家的真正原因？"

孟皮："没有，我母亲只说你们离开了这个家，就再不是孔家的人了。那把剑，应该归我。"

**颜氏**："你母亲，怎么能这样说。皮儿，你从小就老实听话，可是这件事你不应该相信你母亲的。以后你会弄清楚我为什么要离开那个家。这把剑我不能给你，这是你父亲留给你丘弟的。"

### 19. 冉夫子家　日　内

**冉夫子**："这把剑足以向人们证明，你也是叔梁纥的儿子，也应该继承他的家业。可是你母亲不愿意为了那点家业与他们纠缠争执，于是带你来到曲阜。孔丘，你母亲是一个非常善良、刚强的人。为了使你早日成人，她吃了很多很多的苦。你可以看到，她才三十几岁的人，已经劳累成什么样子了。"

孔丘听罢，伏地痛哭。

### 18. 孔丘家　日　内

**孟皮哭道**："我已经成人了，可国人还是看不起我。因为……因为我的腿。如果，我能佩上父亲的宝剑，仰仗着父亲的声名，国人才会承认我是个士人。为此，母亲又催我来要父亲的剑。母亲说了，如果再要不回父亲的剑，就不许我回家。庶母，我求求你了。"

**颜氏沉思良久，捧着宝剑**："回去以后告诉你的母亲，不管有没有这把剑，我颜徵在，依然是叔梁纥的人。丘儿，也是他的儿子。"

颜氏将宝剑放在孟皮面前，孟皮感激地叩谢："多谢庶母！我一定常来看望你。"

孟皮捧着宝剑离去。

### 19. 街道　日　外

孔丘匆匆回家。

### 20. 孔丘家　日　内

颜氏在织布。

孔丘脱了鞋走进来，跪倒在母亲面前。

"母亲。"

颜氏看着自己儿子，将他抱住。

**颜氏**："丘儿，你饿了吧？我给你端饭去。"

**孔丘**："不用，我自己去吧！"

孔丘起身，发现桌上的宝剑不见了。

"父亲的剑呢？"

颜氏不语。

**孔丘**："母亲，有人来过？"

**颜氏**："是你的兄长。"

孔丘转身就向外走。

**颜氏**："你要干什么去？"

**孔丘**："既然他能找上门来，我也能找上门去！"

颜氏厉声道:"你给我回来!过来。"

孔丘生气地跪在母亲面前。

颜氏:"你真的要去?"

孔丘:"是,我要去,因为只有那把剑,才可以证明我是叔梁纥的儿子。而且我还要堂堂正正地告诉他们,那个家是我的,所有家业都是我的!"

颜氏气得一掌掴上去。

孔丘跪在那里。

颜氏走到叔梁纥灵位旁:"过来,向你的父亲起誓!你要永远凭自己的能力做人!"

孔丘爬到父亲牌位前:"我一生,都会按照母亲的教诲去做。今后我再也不惹母亲生气了。"说完深深地叩首,又转过身向母亲叩首。

颜氏和孔丘相拥而泣。

**21. 左太史家　日　内**

冉大夫:"这孩子,聪敏好学,而且尤为喜爱音乐,他在幼年时就常把家中的一些祭品摆列出来练习。虽然那只是儿戏,但是从中可以看出,他和别的孩子确实有所不同。"

左太史:"他儿时的所为我不想知道,我只想明白他为什么要向我求学?"

冉大夫:"因为你,有可能使他成为一个人才。国人都知道夫子的为人和学问,此外,你还掌管着国内所有的文献典籍。像孔丘这样好学上进的后生,在你这可以得到充分的教化。况且,以他的身份来说,根本不可能进入国学。因此拜你为师是最合适的了。"

**22. 左太史家门口　日　外**

孔丘:"请转告左太史,孔丘前来拜师求学。"

颜氏:"请把这些丝帛带给左太史。"

管家:"你们等等,我进去看看。"

**23. 左太史家　日　内**

左太史:"就说我不在家中,也不知何时回来。"

冉大夫不解地望着管家出去。

**24. 左太史家门口　日　外**

管家:"左太史不在家,你们先请回吧。"

大门关上。

孔丘:"母亲,我们明天再来吧。"

颜氏累了,孔丘扶母亲坐下。

一干人走上前来跟孔丘打招呼:"孔丘,城中有户人家出殡,我们一起去好吗?"

孔丘蹲到颜氏旁边征求意见:"母亲?"

颜氏不语。

孔丘:"今天我有事,不去了。"

众人离去。

**孔丘**："母亲，你有病在身，回家去吧，我在这里等吧。"

颜氏看看紧闭的大门，并不起身离开。

**25. 左太史家　日　内**

左太史在悠闲地抚琴，冉大夫焦虑地看着他。

**26. 左太史家门口　日　外**

颜氏强忍身体不适。

**孔丘**："母亲，我明白你的用意了。你回去吧，我一定等到左太史回府，不，我一定等到他答应教我学问为止。"

颜氏看看儿子，起身回家去了。

**27. 左太史家　日　内**

冉大夫心不在焉地看竹简，左太史则已经安然睡去。

**28. 左太史家门口　日　外**

吹鼓手们又来到孔丘身旁。

"孔丘，左太史还没回来，早知道这样还不如跟我们去挣些干肉呢。"

吹鼓手他递给孔丘一块干肉。

"给，拿着。天这么晚了，回家去吧！"

**孔丘**："谢谢。"

吹鼓手们回家了，孔丘还是坐在原地。

**吹鼓手远远地**："孔丘，你明天再来不是一样么？"

此时颜氏躲在远处望着他。

孔丘站起身，想了想，又坐下。

颜氏走到他旁边。

**孔丘**："母亲。"

**颜氏**："饿了吧？"打开怀抱的包裹，端出一碗饭。

**孔丘**："母亲，我……"

**颜氏**："吃吧。"

**29. 左太史家　日　内**

**左太史**："你请他们明日再来，就说我一定在家中等着。"

**管家**："是。"

**30. 左太史家门口　日　外**

**孔丘**："不，我一定要在今天拜见他。"

**31. 左太史家　日　内**

　　**左太史：**"你对他说，也许我很晚才能回来。"

**32. 左太史家门口　日　外**

　　**孔丘：**"那我就一直在这里等，直到他回来。"

**33. 左太史家　日　内**

　　左太史端会席中央，管家在一旁听命。

　　**冉大夫：**"太史，你做得太过分了。人家孤儿寡母在门外等了你整整一天，教还是不教，总该有个回话呀！"

　　**左太史起身：**"备车。"

**34. 祭坛　日　外**

　　左太史走到祭坛前。冉夫子和孔丘母亲随后。

　　**冉夫子对左太史道：**"他来了。"又对孔丘，"孔丘你过来。"

　　孔丘上前跪拜左太史。

　　**孔丘：**"左太史，孔丘愿拜您为师。"

　　**左太史：**"依照礼仪，我不该教你这样的布衣之人。可是你的一片诚心又使我难以拒绝你的请求。"

　　**孔丘：**"孔丘这就行拜师之礼。"

　　**左太史：**"慢，孔丘，你真的愿意从今天开始立志于学吗？"

　　**孔丘：**"是。"

　　**左太史：**"那好。我所以让你先到国社，是因为在这个地方不能够说假话。学习是一件很苦很累的事情，绝不许有丝毫的松懈和偷懒，更不许做任何与学习无关的事情。就是说不管做这件事情的理由如何充足，比如说像挣干肉那样的事情。"

　　**孔丘：**"太史之意，是让我为了学习而放弃一切，甚至于帮助我的母亲？"

　　**左太史：**"是的。不然，立志于学就是一句空话。"

　　**孔丘：**"可是我母亲一直有病在身……"

　　**左太史：**"既然如此你何必来找我呢？还是夫挣你的干肉去吧！"

　　颜氏抱着丝帛走上前来。

　　"丘儿，拜师！"

　　**孔丘：**"母亲……"

　　**颜氏：**"你对神灵发誓，今后不管遇到什么困难，你都要立志于学。发誓！"

　　孔丘跪拜天地。

　　**（旁白）：**"要成为一个高尚的君子，必须要有学问，先要学会进退之礼，常奏之乐。射箭、驾车、书写、算数，然后学习《诗》、《书》、《礼》、《乐》、《春秋》这些典籍，精通这些典籍非常困难。不过只要你诚心去学，就会有收获。学《诗》可以使人温柔敦厚，学

《书》使人疏通知远，学《礼》使人恭俭庄净，学《乐》使人广博益良，学《春秋》则明该做什么、不该做什么。仅有学问不够，还要有美好的品德。小人无德将危害他人，君子无德将危害国家，执政者无德将危害天下，因为这些害人之人、害国之人、害天下之人越来越多，才使得今日之天下礼崩乐坏，战乱不止。孔丘，你不仅仅学习典籍、学问，还要学习做人的道理。"

35. 城市　日　外

　　春去冬来，大雪覆盖城市。

36. 孔丘家　日　内

　　颜氏在辛苦地纺织。

37. 左太史家　日　内

　　左太史教孔丘行为举止规范。

38. 孔丘家　日　内

　　颜氏体力日渐不支。

39. 户外　日　外

　　孔丘学习驾车。

40. 孔丘家　日　内

　　颜氏累得几乎趴在织布机上。

41. 左太史家　日　内

　　孔丘练习抚琴。

　　（字幕）：公元前535年

42. 孔丘家　日　内

　　颜氏给孔丘烧热水洗澡，突然感觉身体不适。

　　孔丘："母亲。"

　　颜氏："没事。"

　　孔丘："这几年我只顾从师学艺，也没帮你做些什么。"

　　颜氏劳累过度，倒在地上。

　　孔丘将母亲抱回寝室床上，盖好被子。他穿好衣服准备出门。

　　颜氏用微弱的声音："丘儿。"

　　孔丘："母亲，我找人来给你看一看。"

　　颜氏："不用了，我只是有点累。"

孔丘："母亲。"
颜氏："我该做饭了。"
孔丘："我去。"

43. 孔丘家　夜　内
    颜氏强打力气抓起饭来吃。
    孔丘："母亲，你是不是很难受？"
    颜氏："不，我挺好的。"
    孔丘："那是儿子做的饭不好吃？"
    颜氏："不，好吃，好吃。"
    孔丘："那你为什么不吃了？"
    颜氏："我吃饱了。"
    孔丘："母亲，我扶你回去歇着吧。"
    颜氏："我要把那块帛织完。"
    孔丘："母亲，我求你一件事情。"
    颜氏："什么事啊？"
    孔丘："从明天起，家里的活都由我来做。"
    颜氏："你还要求学呢。"
    孔丘："我每天少睡点，不碍事的。"
    颜氏微笑看着儿子。

44. 孔丘家　夜　内
    孔丘已经熟睡。
    颜氏走过来帮他盖好被子。
    织布的声音又响起，颜氏劳苦地工作。

45. 户外　日　外
    左太史坐在一边，看孔丘射箭。
    孔丘练习时心神不宁。
    左太史："你今天怎么了？练习射箭应该是专心致志。"
    孔丘："我放心不下在家生病的母亲。"

46. 孔丘家　日　内
    颜氏面无血色，仍不肯放弃织布。

47. 户外　日　外
    孔丘射出箭。

48. 孔丘家　日　内

　　织布机声渐渐停止。

49. 户外　日　外

　　孔丘若有所思。

50. 孔丘家　日　内

　　颜氏倒在地上……

　　　　　　　　文字整理：闫琳

　　　　　　　　资料来源：根据优酷网提供的视频完成文字整理。

　　　　　　　　具体参见 http：//v. youku. com/v_ show/id_ XMTA3OTY2NzQ4. html

## 1992

# 唐明皇

首播时间：1992 年
首播电视台：中央电视台
摄制单位：中国电视剧制作中心
监　　制：张天民
制片人：勒雨生
编　　剧：张　弦、叶　楠、曹　惠、刘臣中
导　　演：陈家林
摄　　像：杜　信、董　觉、杨　凯
主　　演：刘威、林芳兵、林达信、颜彼得、高兰春、李如平、侯永生、李静莉
获奖情况：第十三届（1992 年度）中国电视剧飞天奖长篇电视剧特别奖、优秀男配角奖、优秀美术奖、优秀剪辑奖、优秀音乐奖；第十一届（1993 年）中国电视金鹰奖优秀长篇连续剧奖、最佳男主角奖、最佳女主角奖。

**剧情梗概：**

四十集电视连续剧《唐明皇》根据吴因易的小说原著改编。

公元 710 年，李旦的第三子临淄王李隆基发动宫廷政变，起兵杀死韦皇后及其党羽，其后逼死了又一个想做女皇的人太平公主，终于扫清了宫中的女权。李旦又被儿子拥立为皇帝，他和儿子之间也充满了爱护和谅解。生在宫廷斗争白热化的年代，李旦早已厌倦或者说是害怕了那些斗争。

公元 712 年六月，有谣言说"根据星象，皇帝有灾，皇太子应当即位"。显然有人调拨他们父子关系，但李旦听后并不发怒，七月便颁诏令传位给皇太子，自称太上皇。应该说李旦为唐王朝早日结束频繁的宫廷政变，以至后来出现开元盛世的局面，做了非常积极的举动。李隆基帮助父亲得到皇位后，不久，自己就得到了禅让的皇位，李隆基意气风发，把大唐带上了顶峰的发展，开元盛世的大唐气象，前后没有一个朝代能够比及。可是李隆基在励精图治之后便是慢慢开始享受这一切，整个大唐都飘逸着酒香和诗赋。李隆基到了 61 岁的

时候，看上了自己的儿媳妇，认为自己终于找到了生平的最爱。他不顾一切的从儿子手中抢到了佳人，封为杨贵妃，整天歌舞升平、花天酒地。

然而浮华背后，外戚专权、朝廷腐败，都已经达到了惊人的地步。而这一切，李隆基似乎都不知道，继续沉迷在和杨贵妃的甜蜜恩爱中。而此时，一支北方的远征军正在悄然的向中原挺进。安禄山的军队势如破竹，虽然遭到了颜氏家族的顽强抵抗，但叛军还是一路顺利地攻下了洛阳、潼关，直逼长安，安禄山在洛阳称大燕初代皇帝。带着还未消去的宫廷酒气，还未清醒的李隆基狼狈地逃往蜀地，途经马嵬驿，同样还沉浸在长安繁华中的军士，又饿又累，为了发泄强烈的不满情绪，把所有的过错都归到杨氏家族上。路途上玄宗不放心太子命张良娣随嫔妃队伍同行，实则作为人质。驻营地里连皇族都缺粮食，只好向当地百姓讨要。军心浮动，王思礼进言陈玄礼让其共除杨国忠。他们愤慨的把丞相杨国忠砍成碎片，又逼着李隆基赐死杨贵妃。玄宗表示，此事再议。回驿馆高力士等均无计可施，玄宗不忍杀杨玉环。此时杨玉环自陈受玄宗大恩，甘愿一死，玄宗下令赐杨玉环死。

太子对玄宗百般防范，玄宗想效仿武则天废太子，重新称帝。命高力士召老臣们入宫叙旧。此事被太子知晓，将陈玄礼、高力士都贬出京。又命玄宗移居太极宫。风雨飘摇之夜，玄宗对着杨玉环的画像伤心不已。第二天，玄宗来到太极殿，看见一个宫女在扫地，误认为是杨玉环。走近一看，是一个白头宫女。此女十六岁入宫，直至白头才见到玄宗。玄宗在太极殿想起当年自己的盛景，仿佛这一切正在发生，他在盛景的幻象中死去了。

文字整理：夏源
资料来源：根据PPS网提供的视频完成文字整理。
具体参见http：//v.pps.tv/splay_137418.html

## 剧本：

《唐明皇》第二十三集

### 1. 皇宫大殿　日　内

早朝，玄宗皇帝高坐龙椅之上，众大臣居下，杨玉环居于大臣中，寿王手持奏折。

**寿王：**孝，乃人伦之纲，治国之本，尽孝尽忠人臣天职，昔，兆成顺圣皇后年华早逝，遗恨天庭，缅怀贤德，圣心悲泣，兹儿臣貌妃杨氏玉环，以孝修身，愿为追怀太后献身祈福，恳请渡为女道士入观修道，已慰太后在天之灵，敬启皇帝恩准。

**玄宗皇帝点了点头：**好，寿王妃如此尽孝，其志可嘉，朕不胜欣慰，赐名太帧，立即在宫中建太帧道观，正月初二，太后即辰日，行入观之礼。

**寿王：**儿臣领旨谢恩。

杨玉环随后面无表情小步向前双膝跪地。

**杨玉环：**臣妾，杨玉环，杨太帧，领旨谢恩。愿陛下万岁，万岁，万万岁。

### 2. 惠安宫　日　内

高力士来到惠安宫外，宫内太监福贵上前行礼。

**福贵：**高公公驾到，奴婢参见公公。

**高力士：**把惠安宫内的人都给我叫来。

**福贵：**都在里面等着呢。

惠安宫内众人站直，周才人居于其中。

**众人：**高公公。

高力士到处巡视。

**高力士：**都来齐了吗？

**周才人：**都来齐了。

**福贵：**来齐了，都来齐了。

**高力士：**你们都给我听着，从今天起，皇帝陛下再也不到这儿来啦。只留四个人看守，其余的人，各赏银十两，遣返原籍。

**众人：**是。

高力士坐在一旁的椅子上，一只手搭在椅边小桌上。

**高力士：**周才人？

**周才人：**在。

**高力士：**哼，你有本事再给我放把火，把大明宫都给我烧光了！

**周才人：**我……

**高力士：**为虎作伥！算啦，过去的事，不提它了，你跟随惠妃娘娘多年，娘娘千秋之后，你想她吗？

**周才人：**奴婢日夜思念娘娘，常常为娘娘烧香祈福。

**高力士点头：**好啊，好啊，难得你有这份忠孝之心啊，娘娘葬在晋陵，荒郊野外，杳无人烟，寂寞得很那，本将军成全你，命你从速去晋陵，终身守灵！

周才人下跪相求。

**高力士：**每天陪着娘娘说说心腹话，娘娘会很高兴的。

**周才人：**高公公，求您开恩那，高公公。

**高力士：**马上收拾，立即起程！

**周才人：**高公公，高公公……

**高力士：**福贵。

**福贵：**在。

**高力士：**你还记那天晚上，在张大人府中发生的事吗？

**福贵：**奴婢……记得……

**高力士：**还记得在金殿上对峙的事吗？

**福贵：**奴婢……记得……

**高力士：**你知罪吗？

**福贵：**奴婢该死！奴婢该死！

**高力士：**你这个狗东西，当时有武惠妃在，本大将军不得不在金殿上违心的替你辩护，这股窝囊气一直憋在心里，他娘的，把你这个狗奴才留在宫里是个祸害。

高力士一巴掌将福贵打倒在地。

**福贵**：高公公，大将军，奴婢愿意效力，赴汤蹈火啊！
　　**屋外传来人声**：来人啊，周才人自尽啦！
　　**高力士**：哼，便宜了他。小严儿，命宫卫局，收尸火化。
　　**小严**：是。
　　**福贵**：公公饶命，公公饶命啊，饶奴婢一命，饶了命吧。
　　**高力士**：本将军就是杀了你，也不足以赎我对三寿王所犯下的罪孽，来人！
　　**侍卫**：在。
　　**高力士**：把他给我送到成公义赐死三寿王的刑场，终身囚禁！
　　**福贵**：大将军饶命，高公公饶命……
　　**高力士声泪俱下**：日日夜夜陪伴着三寿王的……冤魂……
　　福贵猛地抱住高力士的腿。
　　**福贵**：高公公饶命啊！高公公饶命啊！
　　**高力士**：去你妈的！
　　高力士大笑离开惠安宫。

3. 寝宫　夜　内
　　杨玉环与寿王眼中含泪相视而坐，举杯对饮，相看无言。

4. 宫门口　日　外
　　杨玉环与寿王站立宫前。
　　**杨玉环**：你回去吧！
　　寿王点点头。
　　杨玉环对寿王一拜，转身离去。

5. 道观内　日　内
　　杨玉环和道士坐于道观中。
　　**道士**：天长……地久……天地所以能长解久者，以其不自生，顾能长舍，是以圣人后其身而身先，外其身而身存，非期无思也，顾能成其思。
　　杨玉环跪听出神。

6. 皇宫　日　外
　　寿王注视着秋千出神，秋千边一本《孝经》散落在地。

7. 道观内　夜　内
　　杨玉环手持鼓锤有一下没一下地敲着木鱼，耳边传来高力士的声音。
　　**高力士**：太帧娘子……太帧娘子……
　　**高力士**：陛下，要召见你……
　　**杨玉环**：我？

**高力士**：是。

杨玉环站起，擦去脸上泪痕。

## 8. 皇宫大殿　夜　内

舞女大跳《庆善舞》，玄宗皇帝携杨玉环走入寝宫。

**玄宗皇帝**：你看那边。

玄宗皇帝与杨玉环走入上位。

**玄宗皇帝**：今天所有的一切，都是为你准备的。

**杨玉环**：真的？臣妾，实在是不敢当。

**玄宗皇帝**：来，喝杯酒吧。

**杨玉环**：我不会。

**玄宗皇帝拿起桌上酒杯递到杨玉环手里**：哎，何必，这么拘礼呢。

杨玉环接过酒杯，与玄宗皇帝碰杯饮酒。

## 9. 南新殿　夜　内

宴会结束，四名宫女扶着已经醉酒的杨玉环走入宫。

**杨玉环**：没事，没事。

杨玉环左摇右晃，险些跌倒，众宫女急忙将其扶好。

**杨玉环**：头好晕啊，什么地方？

**宫女**：这是南新殿，娘娘。

**杨玉环**：南新殿？不，我不在这儿，我要回我的道观，我要回道观去。送我回去。

**玄宗皇帝从外面走入**：玉环。

杨玉环欲行礼，却因醉酒跌倒，被玄宗皇帝接住，众人退去。

**杨玉环**：让我回去。

**玄宗皇帝笑**：哈哈哈哈，不，你不能走（将杨玉环抱入怀中）。

**杨玉环**：让我回去。

**玄宗皇帝**：和朕在一起，你不能走。

**杨玉环**：陛下，让我回去。

**玄宗皇帝**：不，我，就是，不让你走！

玄宗皇帝打横抱起杨玉环往床的方向去。

**杨玉环手抱玄宗皇帝踢着腿**：陛下，别这样，别这样，陛下。

**玄宗皇帝**：哈哈，不，你走不了了。

**杨玉环**：陛下……让我回去，我要回道观去。陛下。

**玄宗皇帝**：你在这儿……不能走。

**杨玉环**：陛下……陛下。

**玄宗皇帝**：不，你不是寿王妃，你是太帧娘子，你不是寿王妃，你是太帧娘子，太上老君可没那么多清规戒律啦！啊哈哈。

**鸟笼上的鹦鹉**：啊，啊，打起来了，打起来了……啊，啊，打起来了，打起来了。

**10. 丹凤门　夜　外**

元宵节，一片喜庆祥和，众人舞狮舞龙。

**11. 南新殿　夜　内**

杨玉环坐于殿内，玄宗皇帝从门外走入。

**玄宗皇帝：**玉环！玉环！玉环！

屋内窗户处，传来杨玉环兴奋的笑声，玄宗皇帝闻得向声音走去。

**玄宗皇帝：**玉环那！

**杨玉环：**哎，陛下，快来，快看，这灯多漂亮啊，你快看！真好看。

**玄宗皇帝：**来啦，来啦。

玄宗皇帝稳稳地接住因兴奋而来回跑的杨玉环，小心地抱在怀里。

**杨玉环：**你看，多漂亮啊……我一个人在屋子里好闷，你却在外面玩。

**玄宗皇帝：**我在做事，做一个皇帝必须要做的事啊。

**杨玉环：**外面真热闹。

**玄宗皇帝：**啊，丹凤门的人可真多啊，哦，灯也多，一片光华，在城楼上看，长安城的灯火辉煌，照得半边天都是红彤彤的，就好像你的脸一样啊。

**杨玉环：**我知道，元宵节，皇上有一连串的盛大庆典要主持，我在屋子里想象着，陛下隆重的大朝拜仪式，好壮观啊！皇上居高临下的接受这朝贺，百官命妇们纷纷入朝参拜。等到夜晚，六百尺宽的丹凤门阶，挤了好多好多的人，丹凤门城墙上有好多好多的灯，是不是啊？

玄宗皇帝大笑点头。

**杨玉环：**那时，你该在城楼上了吧？

**玄宗皇帝：**对，对，哈哈。

**杨玉环：**你站在城楼上对百姓们说，这是一年一度最大的庆典，噢……万岁之声，震耳欲聋，哈哈，好热闹啊！哈哈……

**玄宗皇帝：**哈哈哈。

**玄宗皇帝：**来，玉环，坐……嗯……（思索片刻）朕带你去城楼上看灯。

**杨玉环：**真的？

玄宗皇帝点头。

**杨玉环：**这行吗？

**玄宗皇帝贴近杨玉环耳边说：**哎……完全可以，我这次带你去，咱们痛痛快快地玩儿一场好吗？

**杨玉环：**好啊。

**玄宗皇帝：**走！

**12. 城楼　夜　外**

玄宗皇帝带着杨玉环登上城楼。

**玄宗皇帝：**玉环，来来来。常年宵禁，元宵节开放三天，这是唯一的例外啦，你看，今天哪,东西两城通宵踩狮啊!呵呵……你看,多热闹啊,啊?哈哈。

杨玉环认真的看着。

**玄宗皇帝**:你看看,玉环,真是我的遗憾,也很抱歉,今天不能让你受命妇朝见。

**杨玉环**:啊,你看!要是,要是……能到下面去,那就好了。

**玄宗皇帝**:噢,你真想去吗?

**杨玉环**:我想!

**玄宗皇帝**:那好,咱们俩,一起去!

**杨玉环**大喜:好啊!

**玄宗皇帝**:走!

**杨玉环**:走啊!

说罢,二人携手下城楼。

### 13. 坊间 夜 外

杨玉环一个人快速地挤入人群,回头不见玄宗皇帝。

**杨玉环**:三郎?

**玄宗皇帝**:哎,哈哈……你在哪啊?

**杨玉环**:快来,真有意思。

玄宗皇帝一直笑个不停,两个人在人群之中穿越。

**玄宗皇帝**:咱们两个人也应当和他们一起去跳才好啊。

### 14. 城楼山 夜 外

**高力士**:快去找!

**侍卫**:是!

### 15. 内殿 夜 内

高力士扇了手下小太监的耳光。

**高力士**:人呢?人呢?

**小太监**:不知道,不知道。

**高力士**:不知道,不知道,啊?人呢?

**小太监**:额?不知道哇。

**高力士**:你们……你们这些猪狗!无能!我非扒了你们的皮不可!

**门外**:玉真公主到!

**高力士**:公主殿下。

**公主**:高力士。

**高力士**:公主请。

高力士将公主引进内室。

**公主**:怎么样?皇上找到了吗?

**高力士**:宫里和宫外都找遍了,就是不见陛下和太帧娘娘的影子,急死我啦!

**公主思索片刻**：今天是元宵节，他们会不会……到城里看灯去了呢？

**高力士**：这。

**公主**："玉环生性好动，陛下又宠着她，我看，他们一定是跑到城里看灯去了！"公主站起来，"高力士，你赶快领一班人，到西城去找找，我去东城。"

高力士立即点头。

### 16. 街上　夜　外

人群中，公主穿梭其中，仔细地寻找着玄宗皇帝和杨玉环的身影，另一边，玄宗皇帝带着杨玉环依旧畅快的游玩，二人停在一个卖灯的摊位前。

**杨玉环**：这个。

**玄宗皇帝**：这些灯真是漂亮啊。

**杨玉环**：是啊！

两人继续前行。

**卖元宵的老汉**：卖元宵啦……

**杨玉环**：我都饿了。

**玄宗皇帝**：我也饿了。

**老汉**：来，客官、客官、来，来吃元宵啊，来，坐坐坐。

**玄宗皇帝**：来，坐！

**老汉**：来，元宵要几碗啊？

**杨玉环**：我们来两碗元宵。

**老汉**：哎，两碗。

**杨玉环**：嗯，两碗。

**老汉**：哎，客官放心保准热！两碗元宵！

**小贩**：来啦！

**杨玉环**：皇，三郎，要是我父亲知道我在做女道士，一定气坏了，你不知道，他可是个要命的儒家。

**玄宗皇帝**：我知道，他们儒家的头脑有时候比石头还硬，呵呵，为了儒家的这点礼教，他们宁可不要性命啊！呵呵，不过，朝中需要有这样的人，他们鼓励维持体制，忠君又耿直。（玉真公主这时正坐在两人身后，玄宗皇帝和杨玉环并没有注意到公主的存在）

**杨玉环**：不过我想，最好先不要升我家人的官，好吗？

**玄宗皇帝**：额……你的长房从兄和二伯父子的为人和你父亲一样吗？

**杨玉环**：都不像，只有哥哥受父亲的影响最深，也不是孔夫子那样的人，（晃着脑袋）"子曰：君子博学以文，越之以礼，亦可以浮盼亦夫"呵呵……

**玄宗皇帝**：呵呵。

**玄宗皇帝**：我想啊，你小时候，一定很调皮！呵呵，你父亲肯定管不了你！

**杨玉环**：父亲逼迫着我读书，还逼迫我写字，那年你驾兴来都，我偷偷出来看你，非但没有看到你，别人也一样没有看到，就看到车骑一大堆，我又隔了一条河，呵呵……

**玄宗皇帝**：呵呵……现在，你可以看个够了。

杨玉环害羞地垂了垂眼帘。

**玄宗皇帝**：你啊，你啊。

**杨玉环**：我第一次见到你的时候，心里好怕，心怦怦跳得好快，我想，皇帝……多大的一个官啊！

**玄宗皇帝**：哈哈……你啊……傻丫头，皇帝可不是官啊。

杨玉环大笑，无意间看到了身后的玉真公主。

**杨玉环**：啊！玉真公主。

玄宗皇帝顺着杨玉环看着的方向回头，脸上笑容消失。

17. 大殿内　夜　内

**玄宗皇帝**：哈哈……朕今天玩儿的可真痛快，哈哈。

**高力士**：陛下。

**玄宗皇帝**：啊？

**高力士**：陛下是万圣之尊，并非庶民哪。

**玄宗皇帝**：哈哈……我既要做万圣之尊，也要做一个庶民。

**高力士**：陛下，你只能是万圣之尊哪！

**玄宗皇帝**：你！

**高力士躬身道**：陛下……你只能是……万圣之尊哪！

玄宗皇帝对着流泪的高力士怒盯了片刻，给了高力士一拳，而后笑着看了看高力士，转身离去。

18. 南新殿寝宫　日　内

玄宗皇帝与杨玉环相拥而眠。

早朝前刻，高力士来准备服侍玄宗皇帝梳洗，左等右等不见玄宗皇帝唤他进入，就大胆地掀开了帷帐，看到里面地上的衣服后，无奈摇头离去……眼看早朝时辰已过，高力士焦急地左右走动，最终起声呼唤。

**高力士**：陛下。

**玄宗皇帝**：什么时辰了？

**高力士**：启奏陛下，辰时已过。

**玄宗皇帝**：啊，早膳伺候。

**高力士**：是。

19. 金銮殿　日　内

大臣们都焦急地等待玄宗皇帝，高力士出现，大家立刻各归各位。

**高力士**：陛下有旨，今日免朝。

留下众人议论纷纷。

**20. 金銮殿外　日　外**

　　**李相国**：高大将军！高大将军！请留步啊，请留步！哎呀，高大将军。

　　**高力士**：哦，李相国。

　　**李相国**：陛下多日未曾临朝，微臣特来问安。

　　**高力士**：哦，李相国，有什么要事吗？

　　**李相国**：没有什么要紧的事，只是担心陛下的圣体安康。

　　**高力士**：陛下的圣体安然无恙，请李相国和诸位大臣失念喽！

　　**李相国笑**：哦，那就好，那就好……高将军，陛下近日的心情如何？

　　高力士停下脚步，看向李相国。

　　**高力士**：陛下的心情？

　　**李相国**：是啊，陛下的心情。

　　**高力士**：哦……哈哈……陛下的心情，从来没有像这些天，这么好！

　　**李相国**：哦……那微臣就放心了。

　　两人笑。

　　**李相国**：高将军，外面传说，陛下把太帧娘子留在宫里了。

　　高力士高深地对着李相国笑。

　　**李相国**：好……可喜可贺，可喜可贺，请高将军代为转达微臣的贺喜之意。

　　说完，李相国笑着作揖离开。

**21. 太子宫　日　内**

　　几位女眷聚集在一起闲聊。

　　**健雄妹**：哎，宫中那么多嫔妃，父皇怎么就看中她了呢？

　　**太子妃**：现在，人们才明白，为什么她要自荐当女道士。其实啊，早就勾引上皇上了……

　　**太子**：哎呀，你们少议论这些事好不好，传到父皇那里还了得吗？

　　**健雄**：可是朝野到处都在议论，哎……实在是有损大唐天子的威仪圣德呀。

　　**太子**：哎！健雄，皇运局开凿工程，还顺利吗？

　　**健雄摇头**：哎……这么大的工程，难处自然很多，可李林福还百般刁难，故意拖欠民工的粮饷，让我这个总监上下为难，几次求见陛下面呈详情又见不着，哎呀，真是急死人啦！

　　**健雄妹**：哥哥，你去见见李世芝大人。

　　**健雄**：李世芝大人自己的奏本都在李林福手里压着，现在陛下很少上朝，大小事物均由李林福一人处置，大臣们有事，都得要到他家里去见他，唉。

　　**太子**：这样下去可怎么办哪。

**22. 郊外　日　外**

　　玄宗皇帝带杨玉环及护卫郊外策马。

　　**玄宗皇帝**：哈哈……玉环，洛阳家里，还有什么人吗？

**杨玉环：**哦，养父去年去世了，还有两个堂哥哥，大哥杨先已经成家，二哥杨琦还在读书。

**玄宗皇帝：**哦呵呵，啊，那成都老家呢？

**杨玉环：**大姐嫁给了崔家，八姐嫁给了柳家，唯有三姐，丈夫故世多年了，年轻轻的在老家守寡，怪可怜的。

**玄宗皇帝：**哦，那把她们接到长安来，好吗？

**杨玉环：**啊，真的？那再好也没有了，太好了！陛下你看这景色多美啊。

**玄宗皇帝：**是啊，天然不用雕琢。

**杨玉环向玄宗皇帝打了一个手势：**陛下过来。

玄宗皇帝凑了过去，杨玉环在玄宗皇帝耳边低语……

**玄宗皇帝：**好啊，走！

二人策马离去，身后的侍卫紧跟其后，高力士见状立刻将侍卫喊回。

**高力士：**哎……哎……停下，停下。

**侍卫：**怎么了？

**高力士：**你们没看出来吗？陛下和太帧娘子不愿意咱们跟着。

**众人笑。**

**高力士：**走，回去！

众人转身离开。

### 23. 某民宅外 夜 内

玄宗皇帝与杨玉环下马坐在火堆旁，老妇热情地拿酒招待。

**老妇：**来来来，官人，尝尝我们家新酿的桂花酒，还有兔子肉下酒。

**玄宗皇帝：**好。

**老妇：**来，来来。

**玄宗皇帝：**老人家，您还记得我吗？

**老妇：**好像……你是什么时刻来过我们这里。

玄宗皇帝与杨玉环笑着对望。

**玄宗皇帝：**那是，我年轻的时候，和几个伙伴打猎经过这里，还喝过您家酿的桂花酒呢！

**老妇：**那还是开元前吧……当今皇帝还没登基的时候吧。

**玄宗皇帝：**哈哈……是啊，二十多年了吧。

**老妇：**哦……您就是那位贵人啊，真是有缘分，我们又见面了，你还记得我们家的桂花酒？

**玄宗皇帝：**记得，记得，香啊……哈哈。

**杨玉环：**哎呀，我们忘带银子了。

**老妇：**哎呀，要带什么银子啊，长安来的贵人，我请都请不到啊，哈哈。

玄宗皇帝怀抱杨玉环躺在草堆里，仰望星空。

**玄宗皇帝：**这儿可真好啊，逍遥自在，没有宫中的篇章笔笛和成堆的文章奏本，没有勾心斗角，没有争权斗势。

**杨玉环**：你听，多静，小鸟、小虫都睡着了。

**玄宗皇帝**：是啊，只有，我和你啊……玉环，你把我带到了一个脱俗的境地。

**杨玉环**：那我们就不要回去了。

**玄宗皇帝**：哦，好啊。

**杨玉环**：好吗？

**玄宗皇帝**：就不要回去了！

玄宗皇帝和杨玉环相拥入睡。

## 24. 民居外　日　外

玄宗皇帝先睁开眼睛，叫醒身边的杨玉环。

**玄宗皇帝**：玉环啊，快起来吧，啊，快起来。

杨玉环醒来发现周围的变化，众多人撑起黄色的帷帐。

**杨玉环**：三郎，你看！

玄宗皇帝看清眼前的场景，转头看到高力士。

**高力士**：陛下、太帧娘子，微臣怕夜里风大，有伤了圣体，所以派人拉起了帷帐……陛下，太帧娘子，回宫吧。

玄宗皇帝和杨玉环对视。

**玄宗皇帝**：好好好，回去。

## 25. 成都　日　内

几个人在桌边聚赌。

**赌徒甲**：看我的，啊哈哈。

**赌徒乙**：来，看我的。

杨钊伸长了脖子看着。

赌徒乙刚离手，杨钊就凑了过来。

**杨钊**：别着急，大顺加三番，小顺加两番，元宝加一番，清水加一番，巧七再加一番，一共是八番，三两五钱，五八四十，二两八，三八二十四，一共是二十六两八钱。

**家丁**：杨先生，成都府尹大人派人来找你。

**杨钊**：哎？

**家丁**：找您去一下。

**杨钊**：找我？

**赌徒乙站起来**：嗯？找他干什么？

**家丁**：说是有要事，请杨先生速去。

**杨钊**：要事？哦，好好好，马上就去，马上就去。哎，张秋公，小的告辞了。

**张秋公**：好。

**众人**：继续，继续。

**男乙**：不了，不了，杨钊都走了，他最会算账，谁也算不过他呀，算了，不玩了。

**26. 成都府尹府  日  内**

　　杨钊：小的杨钊，参见府尹大人。

　　府尹：哎呀，贤侄，请起，请起啊！

　　府尹：来，见过张公公。

　　杨钊：张公公，张公公，张公公。

　　张公公：啊，免啦，免啦，请坐，请坐。

　　杨钊：哦，不不不，小的不敢，小的不敢。

　　张公公和府尹：坐吧，请坐。

　　杨钊小心坐下。

　　府尹：哦……张公公是从长安来的，是奉了皇帝的圣旨（杨钊马上站了起来）。

　　张公公：坐坐坐。

　　杨钊：哦。

　　府尹：来接，领堂妹佩夫人进京的。

　　杨钊：接……接杨玉瑶？

　　张公公：啊哈哈，杨先生还不知道吧，寿王妃为了给太后祈福，以奉深入道，做了女道士啦。陛下为她的孝心大为嘉赏，特招佩夫人进京陪伴。

　　杨钊：哦。

**27. 杨家  日  内**

　　杨玉瑶手挽杨钊慢慢而行。

　　杨钊：听张公公的口气，皇帝对玉环妹妹很关切，道观就设在宫中，张公公称玉环妹妹太帧娘子，搞不清楚到底是怎么回事？

　　杨玉瑶：不管怎么说，招我进京都要比在这守着这个破家要好。

　　杨钊：张公公让你收拾一下尽快起程。

　　杨玉瑶：哦，我无牵无挂，明天一早就走。我现在就去收拾。

　　杨钊拦下她：哎，瑶妹，瑶妹，你走了，我怎么办？

　　杨玉瑶：你？你有家有势，再说成都青楼里有得是漂亮女人。

　　杨钊：玉瑶，凭我们多年的情分，我舍不得你走啊。

　　杨玉瑶：哎，钊哥，我也舍不得你，这些年你对我的恩情（投入杨钊的怀里），我也忘不了。

　　　　　　　　　文字整理：张瑶
　　　　　　　　　资料来源：根据PPS网提供的视频完成文字整理。
　　　　　　　　　具体参见http：//v.pps.tv/play_ 37PQAP.html#from_ splay

# 古船、女人和网

首播时间：1992 年
首播电视台：大连电视台
摄制单位：大连电视台、中央电视台影视部
编　　剧：韩志君、韩志晨
导　　演：吴　珊、张　扬
摄　　像：黄铁军、周万鹏
主　　演：田成仁、吴玉华、李玉峰、罗啸华、刘莉莉
获奖情况：第十三届（1992 年度）中国电视剧飞天奖长篇电视剧三等奖。

**剧情梗概：**

14 集电视连续剧《古船、女人和网》获得第十三届飞天奖长篇电视剧三等奖。

剧集故事承接前两部《篱笆、女人和狗》《辘轳、女人和井》，以枣花嫁给小庚，虽然摆脱了无爱的痛苦，但又尝到了爱的折磨为故事起点。小庚给枣花套上了美丽的绳索，束缚了枣花的个性、天性和创造力，枣花看中大栓饭店的发展前景，想去大栓的饭店好好干一番。但是小庚碍于村里的风言风语，劝阻枣花继续去大栓的饭店。两个人爆发了冲突，怀着身孕的枣花回到枣花娘以前的小屋居住。小庚劝阻不住，翻脸逼要当年为了让枣花离婚而给铜锁的四千块钱，枣花表示砸锅卖铁也会还上。

铜锁和小豆倌的豆腐房开张了，儿女们捧来第一碗豆浆让茂源喝，老汉不禁热泪盈眶。他把大豆腐摆在枣花娘坟前，以寄托哀思。

中秋月夜，茂源巧遇酷似枣花娘的二姨，他几乎不相信自己的眼睛。被枣花拒绝的小庚病倒了，枣花心软，二人重归于好。转年枣花生下一女，小庚重男轻女所以郁郁不乐。

枣花生了孩子，又面临着新的困惑和抉择；一向憨厚贤惠的老大媳妇也与金锁发生了冲突；安于做"妻管严"的银锁终于忍无可忍，替天下男人喊出了久积心底的话；铜锁和媳妇之间也发生了纠葛，看着三个儿子都不能消停，茂源老汉百感交集。

茂源和二姨在一来二去中生出感情，茂源老汉担心悲剧会再度重演，香瓜园成为茂源和枣花二姨说知心话的地方。村里尽是关于茂源和枣花二姨交往的风风语语。金锁作为老大，依然受封建思想的影响极力反对父亲再找老伴。金锁找到小庚，希望他递话给枣花，让枣花劝二姨注意和茂源老汉的关系。

枣花怕二姨重走娘的路，极力劝阻二姨不要去瓜园，二姨反而不让枣花管自己的事。喜鹊最知老汉的心，她决心成全二姨和老汉。为此村里又是议论纷纷。铜锁站在茂源的角度，希望自己的父亲能有一个知心的老伴。

村里开了大矿，香草负责送豆腐坊的豆腐去矿上，香草认识了矿上一个青年，见识到了新奇的洗面奶等城里事物。香草迷恋上城里的事物，幻想自己有一天能够进城。一边是更加广大的天地，一边是小豆倌细致的照顾，香草陷入了两难的选择。香草对小豆倌说出自己的真心话，表示想和矿上青年进城，认为自己和豆倌两个人没有领证就不算结婚。胖嫂带着村里众人去河边抓香草和矿工小川的奸情，没想到却抓到自己女儿翠翠和小川一起。原来一切都是香草的误会，和小川在一起的人是翠翠。

二姨怕茂源老汉被金锁等儿子为难，决定离开村子，最后一晚她来到瓜田和茂源老汉话别。喜鹊爹再婚，锣鼓喧天中枣花二姨坐着金锁的大车要离开村子。茂源听说二姨走的消息，伤心地把香瓜田里的小棚房给推到了，铜锁鼓励茂源"过了这个村就再也没有这个店"。突然马车停住了，茂源和他的狗挡在路中央。他要过金锁手中的鞭子，甩出了他一生最响亮的三声炸鞭。

文字整理：夏源

资料来源：根据央视网提供的视频完成文字整理。

具体参见 http：//tv. cntv. cn/videoset/C10760

**剧本：**

## 《古船、女人和网》第一集

**1. 村边小井　日　外**

　　铜锁在井边打水。

　　**大嫂：**铜锁……铜锁……

　　**铜锁：**咋啦，大嫂？

　　**大嫂：**枣花，让小庚给逼走了。

　　**铜锁：**啊？

　　**大嫂：**咱爹怕枣花吃亏，就追去了。

　　**铜锁：**啊？

　　铜锁也不管正在打的水了，拿起井边的扁担就跑。

　　（插主题曲）

**2. 田地　日　外**

　　枣花在田地里走，她拨开身边高高的麦子，终于走出了田地，却看见小庚带着四五个男人站在田埂上等着。

　　**小庚：**枣花，听话。走，回家去。

　　**枣花：**不。

　　**小庚：**叫你回家去，你听见没有！快！

枣花摇头：不。你自己回去吧。

小庚：你要去哪儿？

枣花：你别管我。我回山东老家去。

小庚：这么大的事儿，你跟谁商量了？不，不行，你不能走，麻利儿地给我回去。

枣花站着不动。

小庚：叫你回去，你听见没有啊你？

画外音：（茂源）小庚啊小庚……小庚……

茂源老汉从地里钻出来，身边还跟着他的狗。香草紧随其后。

枣花：爹……

茂源：小庚！小庚啊你别把事情给做绝了你啊！

小庚：得，得，得。葛大叔啊，我们家的事儿，你就少说几句话吧。

茂源：许你欺负人，就不许我说话？

小庚：大叔啊，你这是咋啦，她是你老婆还是我老婆啊，啊？

香草：不管是谁的老婆，她也是人哪。你以为她是猫是狗？你以为就可以把她随便拴在裤袋上？只能跟着你，当你的影子啊！

小庚：得，得，得，我们家的事儿，用不着你们管。

茂源：小庚啊，不合理的事儿谁都可以管。

小庚：你啊，还是先管管你自个儿吧你。

茂源：什么？

小庚：老鸡不上灶，小鸡不乱跳。你们家铜锁也包括香草，更包括我们家枣花，都是让你给拐带坏的。

茂源：你个兔崽子，我……我跟你拼了。

茂源说着脱鞋准备砸小庚。

这时田地里钻出铜锁，他大吼一声：小庚！

铜锁：小庚，我万万没想到，你会把枣花逼走！

小庚：你还有脸说这种话呀。

铜锁：我没做亏心事儿，我怎么就不能说。

小庚：亏心，我亏心了？打她，骂她，不把她当人看的是谁啊？是我小庚呢，还是你葛铜锁啊？

铜锁：你……

小庚：还有，打够了、骂够了，又把她卖掉了的是谁啊，是你啊还是我啊，你说说，是你亏心还是我亏心啊！

铜锁：我打过她，骂过她，那不假。可我啥时候卖过她，枣花枣花啊，我可没卖过你啊。

小庚：没卖？对对对，你没卖，可我那四千块钱哪儿去啦，让狗给叼去了还是让谁给偷去了？

铜锁：小庚，你敢骂人！

小庚：我没骂人，我骂的是拿了我四千块钱的两条腿的牲口。

铜锁抡起扁条：你个狗娘养的！

枣花、茂源在一边拉架：别打了，别打了。

铜锁抡起准备砸下的一刹那，枣花大喊一声"铜锁"，铜锁的动作停止在空中。就这时，小庚带着他的四五个人冲了上去，夺过铜锁的扁条。

　　小庚：给我狠狠地打。

　　香草：三哥……

　　众人打作一团。

　　枣花带着哭腔：别打了！

　　众人停住，枣花在麦地里痛哭：天啊。

**3. 农家大院门口　日　外**

　　一群妇女坐在大院门门口择菜，家养的鸡鸭就散养在附近。

　　翠翠妈：听说了吗？

　　妇女甲：啥事儿啊？

　　翠翠妈：枣花啊，又搬到她娘那小屋去住了。

　　妇女甲：哟，还玩派呢！还跟人城里人学呢。一改革一搞活啊，连人的心都搞活了。咱们看着挺好的小两口，说离就离了。瞎折腾呗。

　　翠翠妈：咳，人家那不叫离婚。

　　妇女甲：叫啥啊？

　　翠翠妈：哎呦，对了，叫分居。

　　翠翠：妈……妈。

　　妇女甲：胖嫂子，胖嫂子，你家翠翠喊你呢。

**4. 大树底下　日　外**

　　翠翠把妈妈叫到大树底下。

　　翠翠：妈，你又在跟她们掺和啥？

　　翠翠妈：我没掺和。

　　翠翠：我都听见啦。人家枣花招你惹你啦，你老挤对人家干啥？

　　翠翠妈：咋啦，兴她养汉，就不兴我说？

　　翠翠：妈，枣花是那种人吗？再说了，离婚结婚是人家的自由，咱别说三道四的。好不好？

　　翠翠妈：不好。兴她做就兴我说。

　　翠翠：好，你说吧。总有一天啊，会让人家把你的舌头给割下来。

　　翠翠妈：你！我说翠翠，你这是咋跟妈说话呢，啊？

　　翠翠：谁让你胡说人家枣花呢。哼。

　　翠翠扭头就走。

　　翠翠妈冲着翠翠走的方向：枣花、枣花，你看她好，你跟她过去！

**5. 枣花妈的屋子　日　内**

　　枣花坐在炕上，倚着被子。大嫂在劝慰枣花。

**大嫂：** 枣花，你住这儿，也不是个办法呀。听大嫂的话，就搬回去住吧。他们老爷们儿都是牛性子。小庚啊，小庚对你才哪儿到哪儿啊，我们家你大哥，你又不是不知道，那个驴脾气一上来，那才叫凶呢。该忍就忍了吧，该让就让了吧，谁让咱们是女人呢。

**枣花：** 忍，让，大嫂，你说这忍让到啥时候才算出个头啊？

**马莲：** 大嫂，叫我看，枣花姐说的也对，咱不能总是忍啊让啊，这回咱们碾米就别怕掉糠，豁出去，让枣花姐在这里住上个一年半载的，也得让小庚讨个教训。

大嫂点头。

**马莲：** 女人咋啦，女人就不是人啦？

**大嫂：** 可也是呀。枣花，你先不回去也行，争取在这儿给小庚生个大胖小子，到那个时候啊，小庚啊，死乞白赖地也得把你给接回去。

**香草：** 大嫂！你少说两句行不行，枣花姐，心该狠的时候就得狠，只要小庚他不真心认错，你呀就甭回去。

**枣花：** 我知道。

**马莲：** 枣花姐，你千万别难过啊。

**枣花：** 我不难过。

**马莲：** 铜锁收小庚那四千块钱，过去我也不知道，等我把豆腐坊办起来，我有了钱就一定还上。

**枣花：** 大妹子，那，那不干你事。

**马莲：** 不，这干不干我的事我都得还。我不能让小庚那么点钱当话把，窝囊一辈子呀。

### 6. 渡船　日　外

大哥和小庚坐在渡船的两端。

**大哥：** 小庚啊，枣花不是我们家你大嫂，你跟人家来硬的能行啊？听大哥的话，你先去说几句软话，那满天的云彩就都散了。你啊，是放不下男子汉大丈夫的架子，对不？

**小庚：** 大哥，那架子不架子我倒不在乎，我就是……

**大哥：** 咳，就是啥，你说呀。

**小庚：** 大哥，我是哪儿对不住她啦，你说过去她跟铜锁吧，四五年了，我等她。她成了二婚头，我也没有嫌她。后来呢又张罗上了饭店，在那儿又惹出那么多闲言碎语，我把牙咬碎了往肚子里咽啊，我没舍得动她一指头。我真不知道是哪儿对不住她了。

**大哥：** 得得得。我跟你费了半天吐沫，是来听你翻小肠儿的？男子汉大丈夫，别那么小心眼儿。去，你把人给我接回来。

**小庚：** 我不去。

**大哥：** 咋啦，你铁了心啦？

**小庚：** 那倒不是。我是想，让她自己回来。

大哥笑出声。

**小庚：** 大哥，你别笑啊，你看本来芝麻大点的事儿，让枣花闹腾成这样，现在又让我去找她，让乡亲们知道，大伙儿说我啥呀。

**大哥：** 人嘴两张皮，让他们说去呗。好酒啊说不酸，酸酒啊说不甜。小庚，就凭你，还在乎这？是不是啊？

大栓从一边走近渡船。

**大哥**：大栓啊，你找我有事儿啊？

**大栓**：不，大哥，我找小庚。

**小庚**：找我，啥事啊？

**大栓**：小庚哥，我想找你说句话。

**小庚**：有话你就说呗，我又没堵你的嘴。

**大栓**：麻烦你，过来一下。

小庚站起身，大哥拦住他：小庚啊，你们有话好好说啊。

**小庚**：你放心。

## 7. 河边空地　日　外

**小庚**：你说啊，我来了你咋不说话了？

**大栓**：小庚，我今天来，只想和你说一句话。你啊，不要再难为枣花了，我们这小饭店，刚有点兴旺气儿，它离不开枣花，枣花心里也离不开那个饭店呀。你就让她去吧，你让她去，我离开那儿，就这些。

大栓说完离开，小庚叫住他。

**小庚**：唉，你替枣花想的倒挺周到啊，用不用我替枣花谢谢你啊。

**大栓**：你别太过分了。

**小庚**：是你过分还是我过分了，枣花是你什么人啊，用得着你操这么大心？

大栓生气，两个人扭打在一起。大哥从一旁的渡船上跑下来拉架。

**大哥**：大栓，大栓，听大哥的话，先回去，回去。哎呀，走吧。

## 8. 小饭店　夜　内

大栓坐在打烊的小饭店里抽烟。

## 9. 渤海饭店门口　夜　外

**巧姑**：哎呀大哥，你看你把脖子伸那么长，看什么呢。

**苏小个子**：看西洋景呢。

**巧姑**：那有啥好看的？

**苏小个子**：这枣花一走啊，大栓那小子就蔫茄子了，今儿连幌子都没挂出来。

**巧姑**：人大栓不会自己办？

**苏小个子**：自己办？就他大栓，自己办饭店，切。那癞蛤蟆要是能打鸣，还要公鸡干啥。离开了枣花他玩儿不转的。唉，巧姑，你要是能帮我一把，我保证能把他的饭店给挤对黄了。

**巧姑**：哎呀，你快拉倒吧，我这个人呢，不帮尼姑也不帮和尚，你们两家斗法，别把我也扯进去。

**苏小个子**：我不扯你，只要有人来照结婚相，你把他介绍到我这里来包席就中啦。大哥我过去没亏你吧，将来就更不会亏你呀。

巧姑：哎呀，我说老苏大哥呀，你咋不能说点别的呢，一见面就这套磕。

苏小个子：好，咱不说这个。我知道你这人办事牢靠，答应我的事儿不会变。

巧姑：得，得，得，你忙吧，我走了。

苏小个子：哎呀，你别走呀巧姑。你知道吗，我把那豆腐坊啊让给铜锁他们了。

巧姑：哎呀，老苏大哥呀，我还真没看出来，你啥时候变得大方起来了呢。

苏小个子：看你的面子呀，要不是看你的面子，我死活也不能让给他们呀。

巧姑：你快拉倒吧，这满天下谁不知道老苏大哥你呀，那可真是心黑手狠呀，就那两间破房一个破磨，你一张口就跟人要了三千块呢。

苏小个子：三千块还多啊，不出两个月，他们就挣回来了。

巧姑：铜锁，他那簸箕还能捏出啥好饺子？

苏小个子：他自己不争气，那就怪不得我了。

巧姑：对了，老苏大哥，有件事我还一直想问你呢。

苏小个子：啥事啊？

巧姑：老苏大哥，你知道，铜锁那人虽然是我的小叔子，可我不待见他。

苏小个子：知道知道。铜锁那人谁待见他呀。

巧姑：可不，既然你知道了，就该当我说实话。

苏小个子：我啥时候当你说过假话？

巧姑：老苏大哥，我觉得你这个人呀光说不行，咱不外，你实话跟我说，上回你赢铜锁你说你到底用的啥招呢？

老苏盯着巧姑看。

巧姑：你看你，你跟我说，我保证不和外人讲。

苏小个子：没啥招，没啥招，那是因为你们家的铜锁手臭啊。

巧姑：谁家铜锁，你说话注意点儿。以后说话的时候分点档。算了算了，啥时候的事儿了，你不说实话就算了。我只不过随便问问。

巧姑生气走了。

苏小个子：巧姑巧姑……

巧姑：拉倒吧。

10. 小饭店　夜　内

巧姑走进黑灯瞎火的小饭店。

巧姑：大栓啊，大栓。

大栓坐在椅子上抽烟。

巧姑：你看你这是咋了。就那屁点大的小雨点，就把你砸蔫了？你啊，也别唉声叹气的，要叫我说啊，今天这事，也不能怪人家小庚，全部得怪你。

大栓惊讶地看着巧姑。

巧姑：你想啊，你去找小庚为枣花说情，你看这成啥了，这不是老公公给儿媳妇擦鼻涕吗？

大栓：那咋了？

巧姑：还咋啦，好心也是驴肝肺呀。大栓啊，要我说枣花不来也好，就小庚那小心眼，再者说这小饭店也就你和枣花俩，听阿嫂一句话，和尚对着尼姑庵，就是没事那也有事。你说呢？

**大栓**：枣花来这儿才几个月，我这小饭店就变了个样。没她，我支撑不开。

**巧姑**：你呀，别死心眼的。这小鸡死了就没蛋吃了？还有鸭子还有鹅呢。

**大栓**：枣花精明，又能吃苦又能干，换了旁人顶不了她。

**巧姑**：是吗？照你这么说，换成我也顶不了她吗？大栓啊，只要你不嫌弃改天我就帮你把这小饭店管起来。咱说啥也不能败在苏小个子脚底下。

**大栓**：那枣花咋办呢？

**巧姑**：你别傻了，小庚不能让她来了。人家有钱，这回枣花呀，可是该好生享福了。

11. 枣花屋　夜　内

枣花一个人靠在床上，看着屋里的陈设，暗自哭泣。

12. 村子　日　外

清晨，村子沉浸在一片宁静中。

13. 服装厂　日　外

翠翠穿着工作制服，从服装厂内跑出。

**翠翠**：茂源大叔，你咋来了？找我有事？

**茂源**：你过来，过来。

两人走到服装厂门口。

**茂源**：枣花和小庚的事儿，你听说了啊？

**翠翠**：听说了。

**茂源**：现在枣花住在她娘那个小屋去了，她一个人。要是过去呢，我就找香草去陪她。可是现在呢，香草和小豆倌俩……

**翠翠**：您的意思是想我跟她作伴？

**茂源**：我呀，掂量过来掂量过去，你去陪她最合适了。

**翠翠**：行啊，今天晚上我就搬过去。

14. 枣花娘屋　夜　内

枣花正在用报纸糊墙。

**枣花**：谁？

**翠翠**：我，翠翠。

枣花下炕给翠翠开门。

15. 村庄　夜　外

村庄的夜景，河边静默的渡船。

**16. 枣花娘屋　夜　内**

翠翠在炕上睡熟，枣花披着外衣倚在墙上。

**翠翠翻身醒来**：你咋还不睡啊。

**枣花**：睡不着。

**翠翠**：叫我说，你不如明儿跟我一起，到我们厂去上班。不管咋说，我们厂也算个乡镇企业，不比你们那饭店强多了。你要是乐意去，我就去找我们厂长。

**枣花**：人家哪会要我呀？

**翠翠**：咋不要？你心灵手巧，缝纫机上的活在我们村不数一也数二，再说我们厂长你也认识啊。

**枣花疑惑**：我认识？你们厂长是谁啊？

**翠翠**：魏珍珠啊。

**枣花**：魏珍珠？不认识，我哪儿认识啊。

**翠翠**：你不认识？我们厂长和我说过，说小时候还和你一起挖过婆婆丁呢。对了，她小时候叫苦妞。

**枣花**：苦妞啊，苦妞都成你们厂长了？

**翠翠**：是啊，咋样，你要是乐意，明儿就跟我一起去吧。我们厂长肯定会要你的。

**枣花**：不行。我不去。

**翠翠**：为啥？

**枣花**：我还是想去饭店。

**翠翠**：去了饭店，你要是有那门心思，也行啊。

**枣花**：翠翠，你知道，喜鹊说咱立马就要开大矿了。矿山一起来，咱小饭店准红火。

**翠翠**：那你抓紧时间去，一忙活啊，就没空寻思烦心事儿啦。你说呢？

枣花摇头。

**翠翠**：你咋又摇头？

**枣花**：难呢。

**翠翠**：有啥难的？你说呀。

**枣花**：饭店不去吧我心里总惦记着，去吧，我怕……

**翠翠**：怕啥？

**枣花**：你想，大栓他还在那儿。

**翠翠**：那有啥关系，该去就去，怕别人说你尿炕，你还就不敢喝水啦？你呀，人不能窝窝囊囊活一辈子，你看人家喜鹊，人家那是咋个活法嘛。

**枣花**：喜鹊要不走就好了。

**翠翠**：谁走不走都一样，你自个儿的事儿啊，还得靠你自个儿做主。我说，你不能总是前怕狼后怕虎的。

**枣花**：照你这么说，我明天就去？

**翠翠**：当然了！

## 17. 村庄　日　外

公鸡打鸣。

## 18. 河边　日　外

大哥和大嫂在刷马，小庚撑着船渐渐靠岸。

**小庚**：回来啦。

**大嫂**：小庚，你扯什么棱儿楞啊，你赶紧把枣花接回去。

**大哥**：对，接回去。这夫妻没有隔夜的仇，再说了，枣花不是还有身孕吗。

**大嫂**：是啊。小庚啊，你一大老爷们儿咋和老娘们儿一般见识？我告诉你，不是大嫂我吓唬你，等枣花生了一个大胖小子，到时候你连边都沾不着。馋死你！

小庚从船舱里拿出两条鱼。

**小庚**：大嫂，那我麻烦你，给枣花送两条鱼去。

**大嫂**：不成，八成枣花得挺晚才回来呢。

**小庚**：啊？她干啥去啦？

**大哥打断大嫂的话**：她啊，上集上买东西去了。

**大嫂**：哪儿是买东西啊，她到饭店去上班了。

**小庚**：啥！

## 19. 小路　日　外

枣花一个人走在小路上。

## 20. 河边　日　外

小庚牵着大哥正在刷的马。

**大哥**：小庚，你这是干啥？

**小庚**：大哥，你就让我去吧。我跟枣花有几句话要说。

**大嫂**：你先别去了，听大嫂的话，等枣花回来，大嫂啊带你一块儿去。

**小庚**：大嫂啊，我不能再让她去大栓那个饭店干活去了。我得……

小庚说着上马。

## 21. 小路　日　外

枣花在小路上走，小庚骑马在后面追。

**小庚**：枣花……

枣花站住等小庚。

**小庚**：枣花，你要去哪儿。你告诉我，要去哪儿？枣花，你不告诉我，我也知道，你要去上班对吗？枣花，那个饭店，你不去行吗？枣花，夫妻间没有隔夜仇。听话，咱回家去。枣花，你就听我一句话，大栓那人不是什么好东西，他那饭店咱不去，咱这辈子也不去。

**枣花**：那个小饭店，我们把它办成现在这样不易，我离不开它。

**小庚**：枣花！

枣花：小庚，你回去吧。

小庚：枣花，枣花，你别这样，你跟我小庚结婚，我是缺你吃了还是短你喝了。我到底哪里对不住你啊？

枣花：小庚你不要再说了。

小庚：不行，枣花你得把话说清楚。我到底哪点儿对不住你。过去你跟铜锁四五年我没有嫌你，后来你跟大栓……行了，多余的话我也不说了。我只问你一句话，大栓那个饭店你不去行不行？

枣花：不行。

小庚：好吧，随你便。

枣花继续往前走。

小庚大叫：枣花！枣花你把欠我的都还给我，你再去那个饭店。从今往后你就是上天入地我也管不着了。

枣花：我欠你啥了？小庚，我啥也不欠你的啊？

小庚：你不欠我的？我光是为你和铜锁离婚，我一下就花了四千块。你不欠我的？你欠我的这辈子也还不清。

枣花：好……好吧。不就是四千块吗。你放心，我还你。我就是砸锅卖铁我也还你。

22. 村庄　夜　外

夜晚宁静的村庄。

23. 枣花娘屋外　夜　外

小庚在屋外徘徊许久，准备拉开栅栏门进去的时候，远处茂源大叔走来。小庚躲在一旁的黑暗里。茂源向屋子走去。

24. 枣花娘屋　夜　内

枣花下炕：爹。你咋来了？爹，你老人家坐。

茂源大叔：枣花。

枣花：爹，你看我不是挺好的嘛。爹，你坐呀。

茂源大叔在炕上坐下。

茂源：枣花，刚才你又喊我爹了啊。你喊我爹，就得听我的话，回家去吧。枣花啊，别做傻事了。那个饭店咱不去了，这回你跟小庚可千万不能离了。你跟铜锁离村子里就有人说咸也有人说淡，这回你再跟小庚离，那些大破嘴的吐沫淹不死你，舌头也杀了你。咱可千万不能再走你娘的路啦……

枣花哭泣：爹……

茂源大叔：枣花你别哭呀，这么点儿事，挺挺就过去啦。

枣花继续哭泣：爹，我不是哭我自个儿。我一看这屋，还有俺娘留下的这些东西。

茂源看着屋内的陈设，也暗自流泪。

枣花擦干眼泪：爹，你老人家别太难受了。

**茂源大叔**：枣花啊，听你大嫂讲，小庚又拿铜锁收他的钱敲拿你了？都怪我啊，都怪我养了铜锁这个畜生啊。

## 25. 豆腐坊 日 内

**铜锁**：这事儿怎么能怪我呢，要怪怪小庚啊。谁身上虱子归谁，别往我身上塞。

**香草**：你别一推六二五的啊，这事儿当然怪小庚，可你呢，你离婚就离呗，你干吗收人家四千块钱？那不是卖媳妇啊？

**小豆倌**：摔个跟头趟过河，咱记住不就完了，这事儿别再提了。

**香草**：我不提行吗。你看他那样，像记住的样吗，他连账都不认。三哥你别拿白眼珠看人啊，这推碾子要推出米来，说话要说出理来，我方才说的哪点儿不对？你说那四千块钱都干啥了？就连这豆腐坊都输给苏小个子了。

**铜锁**：你还有完没完？

**香草**：没完！你自个儿不寻思寻思。这四千块钱都成小庚的话把了，没听别人说些啥子。今儿早晨三嫂一上班，小庚把她拦在路上了，非要她把钱还了才让她走。你说这事儿？

**铜锁**：会有这事儿？

**香草**：不信，你问去啊。

**铜锁**：妈的，小庚这王八犊子，这也太气人了，我他妈找他去。三哥！

文字整理：夏源

资料来源：根据央视网提供的视频完成文字整理。

具体参见 http://tv.cntv.cn/video/C10760/26d3c413ca914ed7987a4e977dcb34b2

# 小龙人

**首播时间**：1992 年
**首播电视台**：中央电视台
**摄制单位**：中央电视台、北京儿童电视艺术中心
**编　　剧**：诸葛怡
**导　　演**：寒　山
**摄　　像**：王殷海、李　昶
**主　　演**：陈嘉楠、陈　晨、柳　田、江以桢、杨菊英
**获奖情况**：第十三届（1992 年度）中国电视剧飞天奖少儿电视连续剧特别奖。

**剧情梗概：**

　　52集电视连续剧《小龙人》获得第十三届飞天奖优秀儿童电视剧特别奖。

　　这个故事发生在古老的北京一所普普通通的四合院里。宝宝、贝贝、奇奇是生活在大杂院里的三个伙伴，奇奇尽管只有四岁半，却整天梦想着做妈妈；贝贝爱玩、爱说、爱唱，但最大的爱好是调皮逞强；宝宝已经上学，一天为了他的作文三个孩子来到了故宫。

　　在故宫沉睡了几千年的小玉龙被奇奇吵醒，他闪着奇异的光芒变成了头上长着龙角，身后长着尾巴的小龙人，三个孩子从故宫接回了小龙人。

　　小龙人刚到大杂院时，是有尾巴、龙鳞和龙角的。为了让小龙人能和普通人一样生活，三个小朋友想要帮小龙人去掉龙尾。翠翠婆婆告诉他们如果小龙人做三件好事，就能去掉龙尾。小龙人做了包括送小白鸽妈妈回家、提醒路人不要掉进坑里等三件好事，终于去掉了龙尾成了正常的小男孩。小龙人想到自己也应该有一个妈妈，于是他在三个小朋友的帮助下开始了找妈妈的旅程。

　　他们请教翠翠婆婆，翠翠婆婆认为小龙人是龙的后人应该先去找东海龙王。由于长时间没有在家，使宝宝、贝贝、奇奇的家长着急，最后家长们决定对他们严加看管，可是随着时间的推移，这件事在家长们的头脑中慢慢淡化，于是宝宝、贝贝、奇奇又投入到帮助小龙人找妈妈的行动中。

　　这次他们想要回到远古时代去寻找女娲娘娘，为了瞒住家长他们决定造出一个假的奇奇、宝宝、贝贝，正当孩子们一筹莫展的时候小龙人见到了88岁的贝贝。88岁的贝贝教给了小龙人造出假人的方法。回到远古的途中他们结识大老龟，大老龟为了帮助女娲补天牺牲了自己。

　　因为女娲娘娘暗示龙女可能是小龙人的妈妈，于是出发寻找龙女，结识蝙蝠精哭哭。可是龙女也不是小龙人的妈妈。龙女暗示去找雪山神女，然后自己便化身黄河长江滋润大地。

　　回到大杂院，孩子们被关禁，小龙人只有独自出发寻找雪山神女，在大雪山结识大勇叔叔，大勇叔叔为托起被自己射下的月亮而冻死。小龙人遇到自己的母亲雪山神女，与母亲共度一夜后雪山神女为了托住被那个大勇射下来的月亮而变成了石头。妈妈告诉小龙人只有宝瓶女神的宝瓶水才能让她变成山托住月亮，于是小龙人又去找宝瓶女神，宝瓶女神割下了他的角让他变成了凡人，同时给了他宝瓶水。后来雪山神女就依她所愿地变成山了，但是小龙人也永远失去了妈妈的怀抱。小龙人心灰意冷地返回四合院——与宝宝、贝贝、奇奇三人一起去长城，长城的天空上依次出现翠翠婆婆、白鸽妈妈、龙女妈妈、雪山神女，神女告诉小龙人世界都是小龙人妈妈，他是龙的传人，将来长大后一定要当一个有用人。小龙人记住了，三个朋友来到小龙人身边，小龙人高兴地告诉他们跟翠翠婆婆、白鸽妈妈、龙女妈妈还有自己亲妈神女妈妈说了话，神女妈妈让他做一个对世界有贡献的人。三个孩子也发誓长大做个对世界有用有贡献的人，四个孩子高兴地从烽火台上跑下来。

　　　　　　　　　　　　　文字整理：夏源
　　　　　　　　　　　　　资料来源：根据央视网提供的视频完成文字整理。
　　　　　　　　　　　　　具体参见http://tv.cntv.cn/

剧本：

## 《小龙人》 第一集 小龙人出世

**1. 天安门广场华表柱　日　外**

1991年的9月，华表上的龙显得格外雄壮。

**2. 四合院　日　外**

四合院里奇奇正在院子里玩布娃娃。

**奇奇玩娃娃：** 宝宝睡觉了，宝宝睡觉了，等你起床妈妈带你吃冰棍儿去！你一起床，妈妈真的带你吃冰棍儿去！哦——哦——哦——哦——！好啦，躺下吧，盖好被子，别着凉了。咦？算账先生，快算账快算账，算账。

**贝贝拉宝宝：** 我跟你说的话你听见没有？

**宝宝：** 我要是不带她去，我爷爷还不给我骂死。

**贝贝：** 哎！

**宝宝：** 干嘛？

**贝贝：** 你过来过来，过来过来。

**宝宝：** 干嘛呀？

**贝贝：** 你看她玩娃娃呢。

**奇奇：** 嘘！咪咪睡觉呢！

**宝宝、贝贝：** 走，快走，快走快走！

**奇奇叫住两人：** 宝宝哥，干嘛去？

**贝贝：** 啊，宝宝哥写作文儿，作文儿的名字叫《看看》。

**奇奇：** 什么？《看看》？

**贝贝：** 啊，不不不不，叫——叫《察观》。

**奇奇：** 什么？《察观》？

**鹦鹉：** 观察，观察，观察！

**贝贝生气地对着鹦鹉说：** 行啦，没人把你当哑巴卖了，别喊啦！（笑着对奇奇说）额，观察观察，观察。

**宝宝拉上奇奇：** 好了，咱们走吧。

**奇奇：** 宝宝哥，干嘛去？

**宝宝：** 去故宫。

**三人齐说：** 哦，太棒了！

**院中的玩具们突然开始说话：** 她为什么不带我们去啊。她就喜欢咪咪。我们也想去，带上我们去吧。我也想去，我也想去。

**贝贝问奇奇：** 怎么了？

**奇奇：** 你听见声音了吗？

**贝贝看看院子**：什么也没听见啊。

**宝宝**：哎，走吧。

**贝贝**：神经兮兮的。

**宝宝**：奇奇快走。

3. 路上　日　外

路上，贝贝抢了奇奇的娃娃跑了起来。宝宝与奇奇在后面追着。

**奇奇追着贝贝**：给我，给我！

**贝贝抢了奇奇的娃娃向前跑**：不给，不给，就是不给。

**奇奇追贝贝**：给我，你给我！

**贝贝向前跑**：不给，就是不给，就是不给……

**奇奇追贝贝不小心将其推倒**：给我，给我！

**贝贝摔倒**：哎呦！

**宝宝**：怎么了，没事儿吧？

**奇奇**：贝贝哥摔疼了吗？

**贝贝在草丛中找眼镜**：糟糕，我的眼镜儿坏了。

（他戴上坏的眼镜，看奇奇和宝宝，摔碎的镜片出现了万花筒的效果）

**奇奇**：你摔疼了吧？

**宝宝**：以后不能再淘气了。

**宝宝拉起贝贝**：快走吧。

4. 故宫　日　外

三人来到故宫，玩得非常开心。

**宝宝**：这个就是天安门。

**贝贝**：你看那儿高不高啊！

**宝宝**：高，里面有好多宫殿呢。

**贝贝指着前方**：你看那儿直闪光。

**宝宝**：哪儿呢？

**贝贝**：就那儿。咱们进去看看吧。

**宝宝**：走。齐齐快走。

**奇奇**：诶，来啦。

（三人手拉手跑进故宫）

**宝宝、贝贝跑在前面**：快点儿！真好玩。

**奇奇**：宝宝哥，等等我，等等我！

**贝贝跑到缸前**：好大个缸啊。

**贝贝拿鼻子去贴缸上的龙**：真好玩儿。

**奇奇**：这么大个缸是不是给皇帝洗澡用的？

**贝贝**：谁告诉你的，皇上在这里洗澡？

奇奇：那这是干嘛用的？

贝贝：这是给皇帝卫兵洗澡用的。

**奇奇撅嘴疑惑：**嗯？

贝贝：宝宝哥，你快说对不对啊。

（宝宝也表示疑惑）

## 5. 太和殿　日　外

三人来到太和殿。贝贝和奇奇就"龙椅给谁坐"的问题吵了起来。突然，他们发现一个大殿有光亮，照得他们睁不开眼。

宝宝：你知道这是哪儿？

奇奇：不知道。

贝贝：诶，真高！

奇奇：宝宝哥，这是哪儿啊？

宝宝：这是太和殿。

**奇奇看着太和殿的龙椅：**太和殿，这个椅子是给谁做的呀？

宝宝：这个椅子是给皇上坐的。

奇奇：那皇上是干什么的呀？

贝贝：笨蛋，连皇上干什么她都不知道。

奇奇：那你说皇上是干什么的呀？

贝贝：哦，皇上是唱戏的。

奇奇：才不是呢，我小姨就是唱戏的。她才不是皇帝呢。

**贝贝开始模仿唱戏：**哐哐哐哐哐哐……

奇奇：我小姨就是皇帝，她能坐在这个椅子上吗？

贝贝：想得美，那得是真正的大皇上才能坐呢。

奇奇：我小姨就是真的。

贝贝：假的！

奇奇：真的！

贝贝：不是，不是，就不是，就不是……

奇奇：是是是是……

贝贝：不是，不是，就不是……

**宝宝跑过来：**行啦，别吵了，刚出门儿就不听话。

奇奇看到闪光的东西走了过去，宝宝哥，你看那是什么？

宝宝：那个，那个是西宫。

贝贝：又大惊小怪的。

奇奇：你看那儿直闪光。

## 6. 长泰宫　日　内

奇奇三人来到长泰宫发现小青龙，小青龙在老者的召唤下变成小龙人，并认为他看到的第一个女人奇奇是他的妈妈。奇奇三人被小龙人吓到,夺门而去,小龙人紧追不舍。

贝贝:咱们进去吧。

(三人走进长泰宫,看到大殿正中的龙椅和"德洽六宫"的匾额)

贝贝看着宫中的龙:这么多的龙啊!

宝宝:一,二,三,四,五,六,七,八。(看到龙椅)诶,那是什么呀?

奇奇、贝贝:哇这么大个椅子啊,真漂亮!

贝贝摸椅子:这是绸子做的。

(三人坐上龙椅)

宝宝:让我也上去。

奇奇摸龙椅:哎呀,别挤,别挤。这儿还有一条龙,真漂亮。

宝宝摸椅背:这儿也有。

贝贝:真好玩儿。

奇奇看见玉龙惊讶地张大嘴巴:哇!(走过去)是你总在发光吗?是你总在叫我吗?(玉龙没反应)哎,不是它。

贝贝走过来:你在嘟囔什么呢?

奇奇:没什么。

贝贝:神经兮兮的。

奇奇做鬼脸:贝贝坏,坏贝贝。

宝宝也看见玉龙:哎,那是什么?

奇奇生气:什么也不是什么。

宝宝拉住要走的奇奇:哎——咱们来故宫啊不能白来,应该啊多学点儿知识。

奇奇:有什么稀奇的,一条小龙呗。

宝宝:它用什么做的?

(奇奇摇头)

宝宝:玉,青玉!知道了吧!

贝贝嘲笑奇奇:嗨,连玉都不知道。

奇奇生气:哼!

贝贝:我看你只会尿床,笨蛋。

宝宝:好,咱们走吧。

(奇奇转身走,又回头看玉龙)

奇奇:小青龙,小青龙,我告诉你,贝贝坏,贝贝最坏了!他骂我是笨蛋,他还说,他还骂我尿床。其实不是我尿的,是晚上的奇奇尿的,不是白天的奇奇尿的。小青龙,你听见了吗,贝贝是个大坏蛋,不是好孩子,我跟你好,不跟贝贝好。小青龙,你听见了吗,我跟你好,不跟贝贝好。

(小青龙开始发光)

不知道哪里传来了老爷爷的声音:醒醒吧!

奇奇:啊?

老爷爷:该醒醒啦!

**奇奇：**是你在跟我说话吗？

**老爷爷：**小龙人，该醒醒啦！快点醒来吧！

（玉龙闪现出了小龙人的样子。奇奇环顾四周寻找声音）

**老爷爷：**你已经睡得太久太久啦！你该起来去找你的妈妈啦。去吧，去找你的妈妈吧。小龙人，去找你的妈妈吧！

（小青龙发出耀眼的光）

**奇奇吓得尖叫摔倒在地上：**贝贝哥，宝宝哥，你们快来呀！

**宝宝跑过来：**怎么了。

**奇奇指着小青龙：**那个！

**宝宝：**那是什么？（小青龙变化着，贝贝和奇奇很害怕）你是谁？

（小青龙变成了小龙人）

**奇奇：**宝宝哥，宝宝哥！

**贝贝：**真晃眼，真晃眼！

**小龙人伸了个懒腰：**啊！

**宝宝：**别怕，他一个人，咱们三个人。

**小龙人揉揉眼从桌上跳下：**是谁把我吵醒了？

（贝贝戴上摔碎的眼镜，眼镜里出现了5个小龙人。小龙人大笑着。）

**贝贝：**你是谁啊？你说话呀。

**宝宝：**我是宝宝，她是奇奇，他是贝贝。你能告诉我你是谁啊？

**老爷爷：**你见到的第一个女人就是你的妈妈。

**小龙人看着奇奇撇嘴：**这么小。（他跑过去抓住奇奇）妈妈，妈妈！

**奇奇受惊吓：**你干嘛呀，你干嘛呀！干嘛呀你？

**小龙人高兴：**妈妈，你就是我妈妈！

**奇奇：**我？我是你妈妈？不不不不，我是奇奇，奇奇。

**宝宝抱着受惊吓的奇奇：**你要干嘛？

**小龙人：**不，她就是我妈妈，就是我妈妈！

**贝贝被娃娃绊倒：**哎呦。

**小龙人回头：**干嘛？

**贝贝抓住小龙人：**她不是你妈妈，她是奇奇，奇奇。

**小龙人：**不，她就是，她就是我妈妈！（冲奇奇）妈妈！

（三人吓得快跑）

**小龙人急追：**等等我妈妈，妈妈！

**三人向外跑：**快走，快点！

**小龙人：**妈妈，等等我，妈妈！

7. 故宫某处  日  外

三人夺门而出，小龙人紧追不舍

**贝贝：**快跑，他追上来了。

宝宝：往这边跑。

小龙人：等等。

贝贝：往这边儿。

8. 假山　日　外

三人跑至假山处休息，奇奇发现咪咪不见了，哭了起来，这时小龙人追了上来。

贝贝：宝宝哥，你说他追上来了吗？

宝宝：不，不知道。

奇奇想起咪咪：我的咪咪没了。

贝贝：没了就没了吧。

奇奇：咪咪没了。

贝贝：都什么时候了，还你的咪咪呢。

奇奇急切：可我的咪咪没了。

宝宝：如果真丢了，那再让我妈给你买一个吧。

奇奇哭泣：不嘛，我要原来的咪咪。

小龙人追上来拉住奇奇：妈妈，我可找到你了。

奇奇：宝宝哥，贝贝哥，你们快来。

两人吓坏急逃：快走，小怪人儿来了。（没听到奇奇声音，停下）怎么没声儿啊，过去看看。

贝贝：快回去，快回去。

两人只看到一阵烟焦急大叫：奇奇，奇奇！

9. 另一处假山　日　外

小龙人飞了一半掉在了一块石头上，再次追问奇奇是不是他的妈妈，奇奇说不是，小龙人放弃认奇奇，决定送奇奇回去。

小龙人：我怎么跳不起来了？

奇奇：小怪人儿，你放不放我回家，你要不放我回家，我就跳下去了。

小龙人拦住要跳的奇奇：等等，你到底是不是我妈妈？

奇奇焦急：我不是你妈妈，奇奇，奇奇。（坐在石头上闹起来）奇奇要回家，奇奇要回家。

小龙人：你要真的是我妈妈，我也不要你，别说你那么一点点儿，就像吴刚那么高大，我也不要。我走啦。（小龙人消失）

奇奇：小怪人儿，你得放我回家，小怪人儿，放我回家！

小龙人飞回来：你这个人那，你不要我，干嘛又叫我回来呢？

奇奇急忙拉住小龙人：小怪人儿，你放我回家，放我回家！

小龙人：好吧，我把你从哪儿弄来的，就把你送回哪儿去，走吧。

10. 之前休息的假山处　日　外

奇奇：宝宝哥。

**宝宝跑过来**：哎呀，你到底跑哪儿去了，可真急人？

**贝贝**：来，坐这儿。

**宝宝**：你到底跑哪儿去了。

**奇奇**：其实就在你们上头。

**贝贝**：又骗人呢。

**奇奇**：是真的。

**贝贝**：那我怎么没看见你啊？

**奇奇**：是真的，是真的。可我看见你们了，你们从这边儿跑到这边儿，又从这边儿跑到那边儿，还喊"奇奇，奇奇"的，不信你问他。

**宝宝看看小龙人**：你能告诉我你叫什么名字吗？

**贝贝**：你说话呀。哦，我知道了，你是一个魔术师吧。

**宝宝**：别瞎说了你。

**贝贝**：谁瞎说啦，他不是变魔术的，怎么跑到这儿来的？

**奇奇**：他是追来的。

**贝贝**：得得得，又有你插嘴。

**奇奇**：他还让我做他的妈妈呢。

（小龙人走开）

**三人追上去**：小怪人儿，你等等，你别跑呀。

**小龙人**：是叫我吗？

**贝贝摸龙角**：真好玩儿。

**宝宝阻止**：贝贝，不能这样。（对小龙人）你找不到你妈妈啦？

**奇奇**：你应该找警察叔叔去。

**小龙人**：警察叔叔？

**贝贝**：嗯。警察叔叔就是专门把捡着的东西送给他爸爸妈妈手里的。

**小龙人**：我自己去找。（说完跑开）

**三人在后追**：小怪人儿，你等等，你别跑。

**宝宝拦住他**：等等等等，你到底叫什么呀？

**小龙人**：我，我不知道。

**奇奇**：你家住哪儿？

（小龙人摇头）

**贝贝观察小龙人全身**：哇！妈呀，这都是真的！

**11. 长泰宫门口 日 外**

长泰宫门口三人与小龙人告别。

**管理员**：禁园啦，禁园啦！

**宝宝边往外跑边说**：再见了小怪人儿。

**贝贝、奇奇**：再见！

**小龙人对三人喊**：这就是我的家，我的家。

（三人停下回头看小龙人，小龙人孤独地走回殿中）

**三人跑回来**：叔叔，叔叔，就让我们进去吧。

**管理员**：小朋友，禁园啦，不能再进去了，再见吧。

**三人**：叔叔再见。

**小龙人站在宫门口**：她说她不是我妈妈，你听见了吗？

**老爷爷**：如果她不是你的妈妈，那么只有靠你自己去寻找你的妈妈了。

**小龙人对远方大喊**：谁是我的妈妈？告诉我，谁是我妈妈？谁是我妈妈？

13. **故宫外　傍晚　外**

   三人在回家的路上讨论小龙人的身世

   **宝宝**：他到底是谁？

   **贝贝**：他是个怪人。

   **奇奇**：他能坐在皇帝的椅子上吗？

   **贝贝**：你们说他身上的鳞片和头上的犄角是真的吗？

   **宝宝**：这要问你，你离着他最近。

   **贝贝**：我觉得是真的，就像我身上的肉是一样的。你看他原来是在长条桌子上吗？

   **奇奇得意**：我不告诉你。

   **贝贝**：哎呀，好奇奇，最好最好的奇奇，你就告诉我们吧。

   **奇奇**：那我还笨吗？

   **贝贝**：不不不，不笨啦。

   **奇奇**：那我就告诉你们吧。

   **贝贝**：好。

   **宝宝**：你快点讲，快说呀。

   **奇奇**：他是从那条桌子上跳下来的。

   **宝宝**：是吗？

   **贝贝**：那他是不是小青龙变的呀？

   **奇奇**：小青龙出来的时候还闪闪发光呢。

   **贝贝**：是吗？

   **宝宝**：哎呀，你快点儿讲。

   **贝贝**：后来呢。

   **奇奇**：后来我叫小青龙来着，他就活了，我的咪咪就没了。

   **贝贝跟宝宝说悄悄话**：宝宝哥……快走！

   **奇奇追上**：宝宝哥——

14. **故宫售票处　傍晚　外**

   三人使计，重进故宫

   **贝贝**：嘘，轻点儿。

   **奇奇**：宝宝哥，等会儿我，宝宝哥，等会儿我。

（两人向奇奇摆手，让他不要出声）

**奇奇：** 宝宝哥，我也跟你们一块儿去找咪咪。

**管理员发现了他们：** 小朋友，干什么呢？

**宝宝：** 哎呀。

**管理员：** 又是你们俩？

**宝宝：** 叔叔，让我们进去吧。

**管理员：** 快走吧，走吧，快回去吧。

**宝宝、贝贝骂奇奇：** 真是的，都怪你砸了锅，你这个笨蛋。

**奇奇大哭：** 我的咪咪，咪咪，我要我的咪咪。

**管理员：** 怎么了，小姑娘？

**奇奇：** 我要我的咪咪，我要找我的咪咪（说完朝故宫跑去）。

**管理员：** 诶，等一会儿小姑娘，你要干嘛去啊？

**奇奇：** 我要找我的咪咪，我的咪咪。

**宝宝、贝贝跑过去：** 叔叔，就让我们进去吧，我们最多10分钟就回来。

**管理员：** 都已经禁园啦。

**贝贝：** 如果没有了咪咪，奇奇得哭一晚上。

**管理员：** 那就快去吧，快去快回，我等着你们。

**三人跑进故宫：** 嗯，快走。

15. **长泰宫  傍晚 内**

    三人回到长泰宫找小龙人

    **三人：** 小怪人！小青龙！

    **贝贝：** 小怪人！小怪人！，小怪人！

    **奇奇：** 小青龙，小青龙！

文字整理：夏源

资料来源：根据央视网提供的视频完成文字整理。

具体参见 http：//tv.cntv.cn/

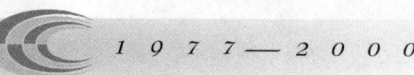

# 1993

## 女人不是月亮

首播时间：1993 年
首播电视台：长春电视台
摄像单位：长春电视台、中国电视剧制作中心
编　　剧：杨庭玉
导　　演：潘　霞
摄　　像：李亚森、张志毅
主　　演：赵明明、纪　原、张　山、方青卓
获奖情况：第十三届（1992 年度）中国电视剧飞天奖长篇电视剧三等奖；第十一届（1993 年）中国电视金鹰奖优秀长篇连续剧奖。

**剧情梗概：**

　　十四集电视连续剧《女人不是月亮》获得第十三届飞天奖优秀电视连续剧长篇三等奖。

　　女主角扣儿是个美丽聪慧的女孩，从小一直生活在山村里。因为母亲早逝她被寄养在姨母家，和表哥纽儿一起长大。

　　有一天，村里来了模特队，从小面容姣好的扣儿就梦想成为模特。于是，扣儿自作主张，让模特队头目田牛把她装在模特队行李箱子里面带走。因为驾车人冒失，箱子里的扣儿颠簸受伤没有偷跑成功。但这段经历，让田牛成为一个少女心中永恒的梦幻。

　　忽然有一天，怀揣梦想的扣儿被告知要嫁给表哥纽儿。扣儿对表哥并没有感情，她不甘心，于是在一天晚上留下字条后离家出走。

　　田牛父亲早亡，母亲多病，他不得已为城里的富豪打工，富豪的女儿喜欢田牛。富豪认为田牛不甘人后，有虎狼之志气。田牛母亲病重，没钱医治他只得求富豪帮忙借钱。富豪与女儿借机要挟田牛先成亲再治病。

　　婚礼上，扣儿忽遇田牛，曾经的梦想轰然破灭。扣儿再次出走。田牛母亲也因为生气过度而身亡。失去了母亲，又委身非爱，田牛的心理逐渐变化。他利用妻子的关系，将岳父的樱桃酒厂窃为己有。而后又伪造妻子红杏出墙的照片，迫其离婚。至此，酒厂被田牛完全占有。

　　田牛认识一个邻居老人黄酉，他们关系很好。黄酉解放前曾在一家酒铺工作过，和少东家是好朋友，知道少东家手里有一张酿制极品樱桃酒的家传配方，还知道少东家现在在千佛山出家,介绍田牛去要这张配方。田牛到了千佛山,起初在寺外跪了几天,老和尚不为所动,后来听说他是黄酉介绍来了,才把配方给了他,警告他将来不能兜里有了几个钱就为非作歹。

田牛回到城里后,依配方试验酿酒,每酿出一次就让黄酉品尝鉴定,黄酉觉得口味不对就重新酿制,直到黄酉点头微笑。樱桃酒酿制成功后,在一次国际展销会上走红,田牛一下子成了知名企业家,觉得名字土气,改叫田家兴。

在出走的路上,扣儿遇到赵鬼。赵鬼面丑而心善,扣儿与赵鬼及其二嫂共同生活。直到此时,扣儿也没有忘记成为模特的梦想。

因缘巧合,有"星探"发现了扣儿的潜质,不遗余力地包装并宣传她。在一次模特赛会上,已经成为评委的田家兴再次遇到了T台上的扣儿,只是自然地有了一种优越感。一次扣儿进了医院,田家兴去探病,碰巧赵鬼也来探望。当天已经过了探望时间,田家兴凭其社会知名度让门卫开了门进去,而赵鬼只能偷偷翻墙进入。两人在扣儿的病房中相遇,田家兴以此嘲笑赵鬼。

最后扣儿也渐渐有了知名度,但在与田家兴的相处中,两人的隔阂也逐渐显露。扣儿想拥有自己的事业,想靠自己的力量打拼闯出一片天地。但是在一次模特比赛上,田家兴动用自己的社会资源,暗箱操作了此次比赛。知道实情的扣儿终于决定离开田家兴,离开这个让她伤心的城市。

最终扣儿乘上了远去的列车,田家兴开着摩托沿铁轨一路追去……

文字整理:夏源<br>
资料来源:根据优酷网提供的视频完成文字整理。<br>
具体参见 http://www.youku.com/

## 剧本:

### 《女人不是月亮》第十一集

1. 理发店　日　内

　　理发师送走一位顾客,转过身看墙上的钟。

　　**理发师**:怎么这么半天?还没穿完呢?

　　**欧阳**:你看看。

　　**欧阳对门内说**:扣儿,快出来吧。

　　扣儿从里间出来,身上穿着时髦的城里裙子、高跟鞋。

　　**欧阳对理发师说**:怎么样?

　　**理发师**:真不错。

　　**欧阳**:谢谢你啊。

　　**理发师**:不用谢。

　　**欧阳**:我走啦。

　　**欧阳对扣儿**:你背这个,别老夹着一个包,跟小媳妇儿似的。

两人走到门口。

欧阳：扣儿，把胸挺起来，穿高跟鞋不挺胸抬头会跌倒的，别做作的紧张。

扣儿：大姐，我怕。

欧阳：怕什么呀，你记住，自信是成功之门的钥匙，懂吗？

**2. 理发店外　日　外**

欧阳和扣儿下台阶，迎面的车上下来一个衣着时髦的女人。

扣儿：叉子？

女人停住，打量着扣儿。

扣儿：叉子，你不认识我啦？

叉子：扣儿，扣儿你啥时候来的？

欧阳：这是谁啊？

扣儿：大姐，这是我们村的，她叫叉子。

欧阳：你们家准是没有儿子，你爹你妈想给你叉个弟弟，我说的对吗？

叉子：可惜我下面还是个妹妹，我爸总骂我妈不争气，我妈总骂我爸，哪有种高粱还能生出谷子来？

三人被逗乐了：哈哈……

叉子：扣儿，你啥时候来的，进城干嘛来了，我爹我妈都好吗，我给他们寄的钱都收到了吗？

扣儿：你一下子问这么多问题叫我咋回答啊。

叉子：得，今儿我也不理发了，跟姐回去，咱俩好好唠唠。

扣儿问欧阳：大姐，行吗？

欧阳点头：不过你得早点回来，我还有事儿跟你商量呢。

扣儿：哎。

叉子：快走，大姐再见啊。

欧阳：把包给我，别忘了地址啊，湖滨路18号。

扣儿：知道了。

叉子带着扣儿上车。

**3. 芭蕾舞剧院　日　外**

田牛的车驶入芭蕾舞剧院的院门。两人从车上下来，孔秘书抱着一箱礼物走进正门。

**4. 舞剧院院长办公室　日　内**

敲门声响起。

郭院长：请进。

田牛：请问，您是郭院长。

郭院长：你们是？

孔秘书送上名片。

郭院长：哦，想起来了，田经理。我们剧院学院办的经费是你赞助的。

孔秘书：对，我们田经理捐献了七万四千一百六十八块九毛六。

田牛：怎么这么罗唆？

孔秘书：这是全部练功费的总开销。

郭院长：谢谢你们。来，（把他们引到沙发上）请坐。

田牛：谢谢。

郭院长：我们文艺界，现在实在是……

田牛：你们搞精神食粮嘛，金钱有价，艺术无价。

郭院长：你这么看？

田牛：那当然。

郭院长：快请坐。

郭院长和田牛、孔秘书在沙发上坐下。

郭院长：你工作这么忙，还亲自登门到我们剧院来，想必一定有要紧的事情吧。

孔秘书：我们经理有要事想请院长帮忙。

郭院长：哦？请讲。你们给予我们这么大的帮助。只要我们能做到的一定竭尽全力。

田牛：太谢谢了，院长您看看这个。

郭院长接过田牛递过的纸张，读出上面的文字：本公司特聘肖如男小姐为公共关系部及经济贸易部主任。

郭院长：这是？

田牛：行吗？

郭院长：她本人什么态度？

田牛：这就看您了。

郭院长：对不起，我问的是她。

田牛：只要您同意，她一定同意。

郭院长：田经理，我劝你还是收回这个打算。

田牛：如果院长肯合作，我们公司还可以赞助一笔经费维修你们的练功室。

郭院长：田经理，维修练功室的目的是培养人才。肖如男是我们剧院的主要演员之一，我们怎么能轻易放走她呢。

田牛：这么说院长是不愿意帮忙啰。

郭院长：实在抱歉，请原谅。

田牛：孔林，咱们走。

田牛和孔秘书起身准备离开，正在这时门被推开，肖如男走进屋。

肖如男：院长……

突然看见田牛，肖如男惊异地问：是你，你怎么在这儿呢？

田牛：没什么，改日见。

郭院长：你来得正好，你怎么也不打声招呼呢，你同意辞职到他们单位去了。

肖如男：院长，你说什么呀？

郭院长：自己看。

肖如男：这……这怎么回事呀？

田牛：我只是出于真诚，没别的意思，真的。

肖如男：但愿是一次玩笑。

孔秘书：肖小姐别误会，我们经理对您……

肖如男打断：不要再说了。

田牛：对不起，冒犯了。怪我自作多情。

田牛和孔秘书离开。

郭院长：怎么会这样，难道有了钱就可以为所欲为了。

肖如男：遗憾，遗憾。

郭院长：有什么遗憾的，他这个人有了钱如果不提高文化素质，将来还会做出很多愚蠢的事情，更不懂得尊重人格。

肖如男：不光这些，也许他更复杂。

郭院长：哦？你们交往过？

肖如男：只见过两次面，我也不知道怎么回事，他这个人叫你忘不了，却又喜欢不起来。

5. 叉子家　日　内

叉子打开门。

叉子：进来。进来呀。进去呀。怎么样？

扣儿：叉子姐，你就住在这儿啊？

叉子：怎么样？你姐混的不赖吧。

扣儿：你俩结婚就从乡下搬到这儿来啦？

叉子：什么，结婚？你说我俩结婚？你说的他是谁啊？

扣儿：不是那个卖折叠伞的？

叉子：哦，你说那个小货郎啊。来，今儿咱姐俩好好喝一杯。

扣儿：我可不会喝酒。

叉子：没事儿，来坐，坐。吃吃。这玩意儿和糖水一样。

扣儿看见叉子端起酒杯就喝光了里面的酒，非常惊异。

扣儿：叉子姐，你……

叉子：这算啥啊，六十度的原浆我能喝一瓶半。有一回啊，包工队的几个小子让我拼的直尿裤子，钻在桌子底下直哼哼。你姐要是没这点能耐，光凭脸蛋子好看那包工头杜老板能相中我？能叫你姐白吃白喝的，每月还给你姐零花钱。

扣儿：原来你没和那个货郎过啊？

叉子：我俩早就分开了，要说那小子对我倒也挺有感情，就是钱不厚。你姐现在呀，啥都看明白了，说啥都是白扯，就是钱好。想咱乡下闺女想翻身凭啥呀，就得找个城里有钱的人，你管他面前锛头后勺子、七老八十的。你说姐的话对不？

扣儿：这么说，你找到啦？

**叉子**：对，没跟那小货郎分开，我就跟了杜老板了，说起来呢还是那小货郎介绍我俩认识的。男女之间，就是那码子事儿。

## 6. 苏经理家门口　日　外

欧阳站在苏经理家门口按门铃。

**陈婶在里面问**：谁呀？

陈婶打开门。

**欧阳**：陈婶，还认识我吗？

**陈婶**：哎呀，是你呀。你怎么总也不回来。

**欧阳**：老苏在家吗？

**陈婶**：哦，没有。不过他来了电话说晚上会回来，让我给他做素面。

**欧阳**：他总是素面。

**陈婶**：有啥法子呢，我老了，没有人给他做。我总是劝他，该找个人了，可他就是不肯。也不知道他等啥。

**欧阳**：陈婶，我可以进去等他吗？

**陈婶**：那还用说，这本来就是你的家呀。

## 7. 老苏家客厅　日　内

陈婶把欧阳迎进客厅。

**陈婶**：你们俩啊，都是要强的人，咋就过不到一块儿去呢。快客厅坐吧。我给你倒茶去。

**欧阳**：不用了陈婶，你坐下，我们聊聊天。家里好吗？

**陈婶**：好多了，我侄子啊承包了一个大鱼池，连大瓦房都盖上了，他几次催我回去。我寻思着苏经理怪可怜的，虽说当了个大经理，可回来啊连个烧水的人都没有，我就留下了。还是你们小林三岁的时候我来的，她都留学去了，我还在这儿。

**欧阳**：陈婶，难为你了。

**陈婶**：你可别说这些，那些年，乡下穷，你们没把我当外人。现在我不能眼瞅着这个家不像个家呀。

陈婶哭泣。

**陈婶擦干眼泪**：你先坐着，我给你做饭去。

**欧阳**：不，陈婶，我去做吧。

**陈婶**：那敢情好啊。

## 8. 叉子家　日　内

叉子倒酒。

**叉子**：来。

**扣儿**：叉子姐，你也没找点儿事做啊。

**叉子**：做啥啊，哪儿有咱乡下姑娘做的事儿啊。要不，给人家当小保姆，再不去饭馆端盘子,脸好了做马路鸭子,我才不干呢。反正有人养活,我活得更自在。

**扣儿:** 叉子,你可真变了。

**叉子:** 哼,你不也变了吗。乍一见你,我还寻思是哪儿的大明星呢。扣儿,我可真羡慕你,咋长的这么好呢,鼻子眼睛嘴长的都是地方。我要是你这张脸儿,非去划拉个老外当老头不可。

**扣儿:** 啥,老外?

**叉子:** 就是大鼻子外国人。

**扣儿:** 你不是找了个包工头吗?

**叉子:** 他呀,除了钱再没打眼的地方,一张嘴全他妈脏话。

两个人相视而笑。

**叉子招呼:** 来,吃。

### 9. 苏经理家 日 内

欧阳往饭桌上端菜。

门铃响。

**陈婶:** 苏经理回来了。

**欧阳:** 唉,陈婶,你可别说是我做的菜。

**陈婶:** 我知道,我知道怎么说。

陈婶把苏经理迎进家。

**陈婶对苏经理说:** 你看谁来了?

苏经理愣住,陈婶出来打圆场。

**陈婶:** 苏经理你快坐、快坐啊。小林妈你快坐,咱们三个人啊好长时间没有一起坐一桌吃饭了,快坐快坐。

**苏经理:** 陈婶说的对,咱们三个就在一起吃一顿便饭吧。

**欧阳:** 陈婶,我吃过了。

**陈婶:** 小林妈……

**欧阳:** 陈婶,我真的吃过了。

**陈婶:** 哎呀,小林妈,那好,苏经理咱们俩吃。你不吃,你坐着,咱们一边吃一边唠嗑。

**苏经理尝了一口菜:** 真是好长时间没有尝到这种菜的味道了。

**欧阳:** 我先到客厅里坐一会儿,这儿太闷了。

### 10. 叉子家 日 内

**扣儿:** 你还喝呀?

**叉子:** 别管我。

**扣儿:** 叉子,别喝了啊。

**叉子:** 扣儿,你别管我。让我喝,让我喝吧扣儿,不喝我心里难受。扣儿,说实话我也想出去找点儿事情做,哪怕是捡垃圾也好,可他不让。他把我圈在家里。我就像只狗,天天围着他转。

　　扣儿：叉子姐……

　　叉子哭泣。

## 11. 苏经理家客厅　日　内

　　欧阳坐在沙发上，面前的茶几上放着一些文件。苏经理把手中的文件看完放回茶几。

　　欧阳：怎么样？

　　苏经理：我就知道你是无事不登三宝殿的。

　　欧阳：行吗？

　　苏经理：你从来没有求过我。不行也得行。

　　欧阳：那我先替那个姑娘谢谢你。

　　苏经理：你先别谢，我只能答应你，她可以到服装公司时装模特培训中心去接受训练，至于将来能否聘用她，我现在也不敢说。

　　欧阳：那当然，一百个录取十个，择优录取。

　　苏经理：她只能作为一百零一名，编外学员，无资格参加评选。

　　欧阳：我不明白。

　　苏经理：因为名额已经满了，她又是农村户口。

　　欧阳：这未免有点不公平。

　　苏经理：绝对的公平世界上根本不存在。

　　欧阳：你还是那么跋扈、盛气凌人。

　　苏经理：这辈子也许改不了了。

　　欧阳：好吧，我告辞了。

　　苏经理：你这就走啊。

　　欧阳：我一来到这里就压抑的不行，苏豪，我劝你不要傻等了，我这个人个性太强永远不会适应你的。

　　苏经理：也许我们都会改变。

　　欧阳：好吧。我们再努力努力。

　　苏经理：好，一言为定。

　　欧阳：那姑娘的事儿，真的不能列为正式学员吗？

　　苏经理：只能如此，这已经破例了。

　　欧阳：那好，感谢经理大人的恩典。

　　苏经理：我这个人从来不会变通。

　　欧阳：老苏，你该理发了。

　　老苏沉默地看着欧阳离开。

## 12. 叉子卧室 日 内

　　叉子喝醉，躺倒在床上。扣儿端了一杯水到床边。

　　扣儿：叉子姐，来。叉子姐我该走啦。

叉子：别走啊，你陪我唠一宿嗑，你姐心里难受。明儿陪你出去玩玩。

扣儿：不用，你休息吧，过两天我再来看你，啊？

### 13. 田牛办公室 日 内

田牛拿着扣儿的照片，回想着扣儿的模样。

响起敲门声，田牛忙藏好照片。

田牛：进来。

孔秘书：田经理，你那个亲戚曹四进城了。

田牛：什么？

孔秘书：酒厂从樱花镇打来长途，他们曹四弄了十箱樱桃酒开卡车进城来了。

田牛：他要做啥呢？

孔秘书：不知道。

田牛：走后门送礼？不像。转手零售？他也不缺那点钱呀。这个土鳖，他又要玩啥歪点子。

孔秘书：经理，咱们到本市各大酒店、零售点看看？

田牛：走。

### 14. 城市街道 日 外

汽车在城市街道上疾驰而过。

### 15. 欧阳家 日 内

欧阳：扣儿，你真行呀，我还以为，你找不回来了呢。告诉你个好消息，我帮你找的那件事，基本上落实了。

扣儿：落实了？

欧阳：我找了一个想见又不愿意见的人。

扣儿：奇怪，为啥想见又不愿意见？

欧阳：因为他手上有点权，我又从不肯向他低头。为了你，我豁出了这张脸。

扣儿：为了我？

欧阳：时装公司要成立一个时装模特培训中心，我为你争取了一个编外学员。你肯去吗？

扣儿点头：嗯，只要大姐觉得我行，我就去。

欧阳：也许练到后来什么都得不到。

扣儿：我不怕，这样干不成我就干那样，反正我得干成一样。

欧阳：你真是个有志气的姑娘。人活着，就得有这么个劲。

扣儿：嗯，前有车后有辙，我不能像叉子那样。

欧阳：叉子？叉子怎么了？

扣儿：不能像她那样靠别人养活。

欧阳：好了，你先休息休息，我到美容厅去一下。

扣儿：大姐，你早点回来，我给您做玉米粥喝。

大姐离开，扣儿兴致勃勃地翻阅起大姐的设计稿。

## 16. 零售点门口　日　外

田牛的车停在零售点门口，他坐在副驾驶位上看报纸。孔秘书下车走进零售点。

远处走来赖子和美荣，田牛用报纸遮着自己偷听他们的谈话。

赖子：出手可真不容易呀。

美荣：行了，快点快点。

赖子：你忙啥呀，好不容易进趟城，还不逛逛？

美荣：你这个人呀就这么拖拖拉拉的，我爹说了这批货明天就得出手呢。

赖子：等会儿啊，我请你下馆子好好地去吃一顿。走。

赖子两人离开零售点。孔秘书拿着一瓶樱桃酒回到车边。

田牛走出车：怎么样？

孔秘书：经理，我向他们采购部主任要了瓶樱桃酒，说是我们酒厂送的，我喝了，有点不对味。

田牛接过酒，喝了一口。

田牛：这酒掺假。

孔秘书：他们要偷梁换柱，败坏咱们樱桃酒声誉。

田牛：想的不错。他这是要砸咱们樱桃酒的牌了。

孔秘书：经理怎么办？

田牛：你马上去里面说明情况，封存所有樱桃酒。

孔秘书：那你呢？

田牛：我盯住那对狗男女。

孔秘书：好。

两人分头行动。

## 17. 欧阳大姐家　日　外

扣儿帮欧阳收拾桌上的画稿，不小心看见裸体的塑料模特，非常不好意思地捂住眼睛。她连忙从自己的包袱里翻出一件衣服给塑料模特穿上。

## 18. 小饭馆　日　内

小饭馆内，赖子和美荣正在大吃大喝。

美荣：你说我爹这招怎么样？

赖子：好，够田牛喝一阵。

美荣：来，吃那个，那个挺好吃的。

田牛手拿冒牌樱桃酒走进小饭馆。

田牛：二位好啊。怎么啦，不认识啦，俗话说"老乡见老乡，两眼泪汪汪啊"。咱们三个是不是也哭一场啊。

赖子：田经理你可真会开玩笑啊，咱们又没死爹又没死娘的，这哭可多丧气啊，是吧美荣？

美荣吓得直抹眼泪。

**小饭馆的经理端上菜**：您的菜齐了，又多了一位，再加点什么菜啊？

田牛：今天我请客，您是经理？

小饭馆经理：对。

田牛：有没有清蒸王八这道菜啊。

小饭馆经理：对不起，今天没准备这道菜。

田牛：那活烧兔子总该有吧。

小饭馆经理：没听说过，怎么烧法还真得学学。

田牛：那狗下水呢？

小饭馆经理：那不稀罕。

田牛：好，来三样。狗肝儿、狗肚、狗肺。

**小饭馆老板建议**：再来盘狗心吧。

田牛：不要。

老板：就仨菜？

田牛：对，就仨菜。不是有句笑话吗，四个菜待客，三个菜待鳖。

老板：真会开玩笑。喝点什么酒啊，是泸州老窖还是徐州老窖？

田牛：不，喝喝这冒牌的樱桃酒。看看里面有没有敌敌畏。

赖子和美荣被田牛的气势吓倒，两人想逃跑。

田牛：曹美荣，看在你我相识一回的份儿上，我放过你，不过回去告诉你爹少干阴损事儿，惹恼了我送他去吃大眼儿窝头。你走吧。

曹美荣背着包快速离开。

赖子：唉……唉，美荣你别撇下我啊。

田牛：你这个樱花镇的小地赖子，我今天非送你去公安局走一趟。

**田牛对小饭馆老板说**：经理，麻烦你走一趟，给公安局打个电话，说这儿有一个贩卖假酒的骗子。

老板：贩假酒，真缺德。

赖子：田经理你饶了我吧，好歹咱们都是一个镇子上的。

田牛：说吧，怎么回事？

赖子：田经理我都说实话我都交代，那假樱桃酒都是曹四兑的，那假商标也是他做的。我就是抗抗抬抬、卖卖苦力，挣俩骰子钱。出俩照片，我……

田牛：说下去，什么照片？

赖子：我说什么来着？我没说什么呢。我这嘴一发急就发飘。

田牛：说不说，说不说？

**19. 欧阳家 日 内**

扣儿正在做针线活儿。

门开。

扣儿：大姐回来了？

欧阳：扣儿，做什么呢？

扣儿：（指着一旁的断臂维纳斯）这个像胳膊掉了，我怎么找都没找着，这不，就用旧棉花给她系了一只。再给她缝个外套，一点儿都看不出来。

欧阳被逗乐了：哈哈……

扣儿指着另一边的塑料人体模特：大姐，那个人我也拾掇了。

欧阳看着穿着衣服的模特：哈哈。

扣儿：大姐……

欧阳：哎呀扣儿。

扣儿：大姐，我做错了吗？

欧阳：扣儿，你在鸡心岭读过书吗？

扣儿：读过。

欧阳：都读过什么书啊？

扣儿：《怎样防治蚜虫》《赤脚医生大全》，还有还有《养猪秘诀》。

欧阳：就这些？

扣儿：还有小唱本儿，尽脏词儿。

欧阳：你喜欢读书吗？

扣儿：喜欢，鸡心岭谁家有啥书，我都借遍了。可惜太少了。

欧阳：这样吧，哪天有空咱们到书店去看看。

**20. 小饭馆　日　内**

赖子在写纸质材料说明情况。

赖子：情况就是这样，我把照片的事情也都写清楚了。

田牛：快，签字吧。

赖子签字。

田牛：这么说，你把我和曹美荣合影的照片换成了我和另外一个女的照片？重拍后送到长白客栈的？

赖子：对对对。

田牛：告诉我，你是怎样移花接木的？

赖子：那还不简单，我把照片上美荣的脑袋剪下去，再把另一女人的脑袋照片剪下来，往美荣脖腔上那么一贴。

田牛：你这个坏蛋，满肚了狗下水。

赖子：田经理，你放了我吧，鸡心岭的丫头看没看见那我不知道，可我那张照片还没送到长白客栈她就跟赵老三跑了。

田牛生气：别说了。

**21. 书店　日　内**

欧阳带着扣儿逛书店。扣儿被书店里琳琅满目的书籍给吸引住了。

欧阳看中一本服装杂志，杂志被另外一只手夺取。

**欧阳：**死丫头，我当是谁呢。

**肖如男：**大姐，怎么这么有兴致呀。

**欧阳：**我带扣儿逛逛书店。

**肖如男：**苏经理打电话给我，说你介绍个编外学员，我一猜啊就知道是她。

**欧阳：**这么说，你是？

**肖如男：**本人是特聘形体教师。

**欧阳：**真的啊？

**肖如男：**我敢在你面前撒谎吗？想走我的后门儿吗？

**欧阳：**算你猜对了。

**肖如男：**我可厉害，就怕她吃不消。

**欧阳：**不管你怎么厉害，你得把她给我训练出来。

**肖如男：**可以考虑。她不在那儿吗，怎么不见见老师啊？

**欧阳：**来，我们过去。

扣儿正在津津有味地读一本书，欧阳翻看封面发现她在看《女人不是月亮》。

**扣儿：**大姐？

**欧阳：**我来给你介绍一下，这位是你在培训中心的老师肖如男。

**扣儿：**你？

**肖如男：**想想看，在哪儿见过？怎么？忘了？在森林里。

**扣儿：**哦，原来是你啊。

**肖如男对欧阳：**大姐，你看她那么可爱，都叫我嫉妒死了。

**扣儿对欧阳：**大姐，我想买这本书。

**欧阳找一旁的售货员：**我要这本书。

**售货员：**哦，三块五。

22. **街道 日 外**

到这里面去看看。

三人走进一家文化用品店。

23. **文化用品店 日 内**

**欧阳：**请把那个维纳斯拿给我。

**售货员：**好的。

**肖如男：**大姐，我记得你们家有一个啊？

**欧阳：**我们家那个缺胳膊，我想买个不缺胳膊的。

**肖如男：**大姐，你可真逗，谁不知道维纳斯本来就是断臂啊？

扣儿不好意思地低下头。

**欧阳：**多少钱？

售货员：十块。

欧阳：扣儿，把它带回去放在床头，它会使你更懂得爱懂得美。

售货员：请拿好。

24. **街道**

欧阳、肖如男和扣儿一行三人走在街道上，扣儿看着橱窗里美丽的衣服出神。

欧阳对扣儿：世界上最美的是人体，最复杂的也是人体。一个美容师尤其是服装设计师，必须要研究人体，才能完成他的本职工作，才能设计出最美最好的服装。

肖如男跟上：大姐，大姐你们在说什么呢？

欧阳：我跟她讲讲时装设计的事儿。怎么样如男，有空到我家去，看看我的学生，我给你们煮咖啡喝。

肖如男：一言为定。

25. **田牛车内 夜 内**

孔秘书在开车：经理，咱们回去吧。

田牛：不，忙了一天了，吃完饭找个歌厅乐呵乐呵。

26. **四季歌舞厅 夜 外**

田牛的车驶入四季歌舞厅。

田牛和孔秘书下车。

引导员：您好，请到里面。

27. **歌舞厅 夜 内**

歌舞厅里灯光摇曳，歌声阵阵。

一个小姐正浓妆艳抹地在台上唱歌。

小姐唱完众人鼓掌。

卡座里叉子正在陪一个男人听歌。

**男人从口袋里掏出钱，招呼刚才唱完歌的小姐**：来来来，过来，拿着啊。

小姐：谢谢。

叉子不乐意地哼了一声。

田牛：等等。请小姐唱支《康定情歌》。

服务员：好的，先生。

音乐响起。

文字整理：夏源

资料来源：根据优酷网提供的视频完成文字整理。

具体参见http：//v.youku.com/v_ show/id_ XMTM0MTE0ODA0.html

## 《女人不是月亮》第十四集

**1. 屋内　日　内**

田牛（田家兴）和扣儿在屋子里

田牛：算了算了，你说吧，都欠谁的情，拉个清单，咱们有钱一次偿还。

扣儿：田哥，这种情怎么可以用钱偿还得了呢，你说是吗？

田牛：好啦好啦，我懂，你还不如明着说不愿意嫁给我。

扣儿：哎，田哥，你咋这么说呢，人家心里怎么想的，你还不清楚。

田牛：扣儿，你别说了，我是觉得你现在没有别的路可走了，还不如……

扣儿：田哥，我正想和你说这件事儿呢，你们公司不也有许多事情要做吗？

田牛：不行，我不能叫自己的媳妇儿去伺候别人，再说那个公司也不是国家企业，我只不过再赚两年钱够我孙子那辈儿花就不干了。

扣儿：啊？那以后你干什么啊？

田牛：哎，在家带儿子啊，等他长大了，我花钱让他上名牌儿大学，学外语，送他出国留学，到国外啊挣大钱。怎么样？

孔林进屋

孔林：经理，有个姓欧阳的来电话。

扣儿：哦，是大姐，准是找我的。

扣儿出屋。

田牛：她怎么知道这儿的电话。

孔林：哦，我问她了，她说是从大老杜的小媳妇儿那儿打听到的。

田牛：这个包工头，肚子里装不了二两香油，走。

**2. 屋内　日　内**

扣儿在接电话

扣儿：诶，我知道啦。

扣儿兴奋地挂掉电话。

田牛：什么事儿？

扣儿：你猜？

田牛：呃……还能是？

扣儿：是什么？

田牛：不会叫你参加复赛吧？

扣儿：嗯……你真聪明。

田牛神色凝重地走了。

**3. 复赛现场　日　内**

主持人：各位评委，各位来宾你们好，服装模特培训中心学员选拔赛复赛现在开始。

选手逐一亮相，扣儿的编号是4号，表现出色，众人皆感欣慰，只有田牛表情略带不悦。

**主持人：** 下面再请看4号学员的时装表演，这是本城著名的服装设计师欧阳淑女士的新作，具有浓郁的民族色彩和现代情调。

扣儿再次上台，惊艳全场。

## 4. 赛场外　日　内

田牛和孔林出了赛场

**孔林：** 经理，还挺风情的。

**田牛：** 行了，你总不开玩笑的人，怎么拿我开起心来了。

**孔林：** 您的未来夫人是一位服装模特，知名度超过您几十倍，您咋不高兴？

**田牛：** 我要的是老婆，你懂不懂。

**孔林：** 那有啥难，她不是答应嫁你了嘛，速战速决，明天就……

**田牛：** 你说的倒容易，服装公司明确规定，凡属评上的服装模特，必须为公司服务三年方准结婚。

**孔林：** 三年？天爷，谁知道三年之后咋回事儿。

**田牛：** 就是，服装模特这工作经常外出表演，什么场面什么人物都能见着，万一……哎。

**孔林：** 经理，我倒有个主意。

**田牛：** 哦？你快说，只要不违法，我就干。

## 5. 欧阳家　日　内

**欧阳：** 好，大家都坐吧，来，为了扣儿的成功干一杯。

**扣儿：** 大姐，等一等。

**欧阳：** 你想说什么？谢我，谢如男，谢老苏？算了，都免了。

**扣儿：** 不，大姐，您和茹男还有苏经理的心意我怎么能说个谢字就了呢。

**欧阳：** 那你要说什么？

**扣儿：** 大姐，我已经来一年多了，我看出您心里很苦，您和苏经理老夫老妻了，感情又没伤，干嘛老分着？往后一块儿都担待点儿，不就啥疙瘩都解开了。

**肖如男：** 你们俩听听，我这学生有没有水平，啊？

**扣儿：** 肖如男，嗯？

扣儿给如男使个眼色，两人一起将欧阳和苏经理往一块儿推。

**扣儿、如男：** 大姐夫。

众人笑。

**欧阳：** 好啦好啦，快吃吧，看不出来，你这鸡心岭来的丫头，花样还挺多的啊，哈哈。

**扣儿：** 鸡心岭……

**欧阳：** 怎么了，想家了。

**扣儿：** 我真想回鸡心岭看看我姨妈一家。

欧阳：找个机会。

门铃响了。

扣儿：我去开。

田牛进屋。

田牛：各位好。

欧阳：田经理，来，一块儿坐下吃一点儿吧。

田牛：啊，吃过啦。

欧阳：哦，好。

田牛：肖小姐也在啊。

肖如男：我总是不合时宜的出现在不该出现的场合。

田牛：哦……请多包涵。

扣儿：哎？你们认识啊。

田牛：啊，当然认识，白天鹅嘛。

肖如男：不，那个字不念鹅（e），念鹅（ne），白天鹅（ne）。

众人笑。

田牛：鹅（e）也好，鹅（ne）也好，反正都一样，供人欣赏的美丽动物。

肖如男：不，不一样，打个比方吧，比如说两个乡下人，一个是具有现代思想的现代人，而另一个却是腰缠万贯的土财主。

田牛：我不懂你的意思。

肖如男：我可懂得你的意思。

田牛：呃……

欧阳：来来来（说着让田牛坐下），这边吃点儿水果。

田牛：啊，我找扣儿问点儿事儿。

欧阳：嗯。

扣儿：哎，什么事儿啊？

田牛：明天我开车回樱花镇，如果你想回去看看朴四爷的话，可以一块儿去。

扣儿：干爷？我给他写信寄钱，也不知道收到没有。

田牛：听说老头病的挺厉害。

扣儿：是吗？

田牛：嗯。

扣儿：大姐，大姐，我回去一趟行吗？

欧阳：这……老苏，你说呢？

苏经理：我看可以，选上的十名模特，十天后集训，准备到广州参加夏季服装展销会。

扣儿：好，我一周之内赶回来，顺便去趟鸡心岭去看看我姨妈。

肖如男：扣儿，小心点儿，别叫眼泪糊住你的眼睛。

扣儿：嗯。

**6. 鸡心岭纽儿家　夜　内**

纽儿一家人看服装模特复赛表演。

纽儿：嘿，真盖。

纽媳妇：喊啥，吓一跳。

纽儿：丑样儿，跟人比比。

纽媳妇：你强，你也不比我强哪儿去。

纽儿：放屁，要没有你啊，我早把扣儿追回来了。

纽媳妇：你！

纽儿妈：唉，自打上回去长白客栈，也没个信儿。

纽儿爸：行啦，别惦记山神又惦记土地了。

纽儿妈：唉。

**7. 曹家　夜　内**

家中人一起看服装模特复赛表演，看到了田牛。

曹美荣：哎，妈，你看，是田牛！爸，你瞧他有多派，我呢，我怎么这么命苦呢我。（边说边哭）

曹妈：孩子，别哭了，你把妈的心都给吵吵碎了。

曹美荣：妈……

曹爸：哭，哭，现在知道哭了，当初呢，当初我咋跟你说的，你可倒好，寻死觅活的逼着我。我要不把酒厂经理让给他当，他就是有上天的本事，他也只不过是我曹家大门口儿一条趴着的狗。

**8. 二嫂家　夜　内**

家中人一起看服装模特复赛表演，看到了扣儿。

二嫂：老三，你看咱们扣儿多有出息啊。

老三：嗯。

**9. 车内　日　内**

孔林开车，田牛和扣儿坐在后面。

扣儿：田哥，到樱花镇看过干爷后，你陪我回鸡心岭去，好吗？

田牛：好啊，怎么，想你的纽儿哥了？

扣儿：当然想啦。

田牛：放心吧，我都安排好了，保证把你和你省钱买的东西都送回鸡心岭。

扣儿点点头：田牛哥，要是可能，我还想到长白客栈看看二嫂、三哥。

田牛：放心吧，我已经给他们去了电报，让他们到樱花镇来。

扣儿：哎呀田哥，亏你想得周到，太好啦！

田牛：我说过，咱们这次要衣锦还乡，该去的地方都去，该办的事情都办，该见的亲朋好友都见。

扣儿：嗯。

## 10. 樱花镇　日　外

田牛和扣儿在樱花镇看到了红彤彤的樱桃。

## 11. 樱花镇村口　日　外

锣鼓喧天欢迎田牛他们回到樱花镇。

村民甲：这镇上的人全都出来啦。

村民乙：那还用说，人家总经理带夫人回乡完婚，还不热闹热闹。

村民甲：这都快赶上迎接国宾啦。

村民乙：这年头啊，谁有钱谁是大爷。

扣儿看到这么多人，感到特别惊讶。

扣儿：田哥，怎么这么多人啊。

田牛：小傻瓜，你这么光彩的回来啦，还不让人看看，走。

众人看到田牛和扣儿下车，鼓掌欢迎。

田牛：你们好，大家好啊，你们好。

## 12. 曹家　日　内

曹妈进屋，曹爸在喝酒。

曹妈：唉呀妈呀，当家的，你出去看看，咱那姑爷，不，呸，姓田的那个狼崽子他回来了，哎呀，他可真能耍排场啊。

曹美荣：爹妈，哎呀，你瞅田牛和那辆车，妈，我不活了，我想不活了。

曹妈：美荣啊，不哭了，咱不哭啦。

曹美荣：妈呀，我不活了，你看那个女的穿的那个漂亮啊，我怎么这么没福气啊，妈……妈，不活了，真的不活了。

曹妈和曹美荣在一边哭，曹爸喝闷酒。

## 13. 田牛家　日　内

扣儿：田哥，干爷的事儿你不该瞒我，我要知道他去了千佛山……

田牛：哼，你就不回樱花镇了，对吧，那怎么成，这么热闹的场面你不在，那还有啥意思啊。

扣儿：我不明白，你到底要干什么啊。

田牛：哼，我要叫曹四还有那些欺负过我、看不起我的人看看，我姓田的小子，不是孬种。

扣儿没说话，孔林进屋。

孔林：经理，这里的事情都办完了，我这就回省城。

田牛：还有什么事没落实？

孔林：嗯……消息见报。

田牛：好，咱们分头行动，吃完了饭你直接回省城，我和扣儿开面包车去鸡心岭。

14. 车内　日　内

田牛开车，扣儿坐在后面。

15. 鸡心岭纽儿家院内　日　外

扣儿回到家中感慨万千，在院子中到处看，纽儿媳妇出来看见她。

纽媳妇：你是？

扣儿：哦，嫂子吧，我是你妹妹。

纽媳妇：你是扣儿？哦，对对，你是扣儿，你是扣儿，那天电视上看见你啦。娘，你们快出来啊，扣儿回来啦。

纽儿妈出来。

纽儿妈：扣儿回来啦？

扣儿：娘。

纽儿和纽儿爸也出来

扣儿：姨妈、姨夫、纽儿哥，我……我回来了。（说着抱住纽儿妈）

纽儿妈：扣儿……

扣儿：姨妈。

纽儿妈、纽儿爸和扣儿都哭了，只有纽儿在笑

纽儿媳妇：哎，你怎么不会哭啊。

纽儿：哭啥啊，我妹妹回来了是高兴事儿，还能不乐啊，哎，你们都别亮嗓子啦，那儿还有客人呢（说着指着田牛）。

纽儿妈：哦，这准是扣儿的对象吧，快请屋里坐，请！

田牛：哦，车里还有东西呢。

纽儿：啊，我去搬，我去搬。

纽儿妈：扣儿快进屋。

纽儿爸：扣儿快进屋。

16. 屋内　日　内

纽儿爸妈、扣儿、纽儿媳妇进屋

纽儿妈：你可回来啦，扣儿啊。

扣儿：姨妈，咱们家变化可真大啊。

纽儿妈：大，来，快坐。

纽儿妈：姨妈，我都快认不出来了，呵呵。

纽儿媳妇：喝水吧妹妹。

扣儿：谢谢嫂子，姨妈，这几年，你们都好吧。

纽儿妈：好，好啊，好。

扣儿：我可真想你们啊。

纽儿妈：哎呀，我们扣儿啊，真是越长越水灵啦，啊？

纽儿和田牛进屋，纽儿搬着一个大箱子

纽儿：爹。

纽儿爸：来，放这儿。

纽儿：这么多。

田牛：扣儿，你们先聊着，聊着，聊着。

纽儿爸：坐吧。

纽儿妈：要走啊。

田牛说着出了门。

扣儿打开箱子。

扣儿：嫂子，这块衣料是我给你买的，也不知道你身量大小，拿去做吧。

纽儿媳妇：这……

纽儿：拿着吧，又不是外人。

扣儿：就是。

纽儿媳妇：谢谢妹妹，谢谢妹妹。

扣儿：姨夫，这是虎骨酒，舒筋活血的。

纽儿爸：这得多少钱啊？

扣儿：没事儿，姨妈，这鸭绒裤是我给您买的，您伺候我长大，我不知道该怎么感谢你。

纽儿妈：嗨，这……你看……

扣儿：姨妈，你拿着吧。

纽儿：哎，妹子，妹子，你没忘了哥吧。

扣儿：呵呵呵呵，我怎么能忘了哥呢，小的时候你总欺负我，可别人欺负我的时候，你又帮着我，呵呵呵。

纽儿：这些事儿你还都记着？

扣儿：记得，永远记得，凡是别人的好处都要记得，哦，对了，纽儿哥，这身儿衣服还有这本儿字典是我特意给你买的。

纽儿拿着东西哭了。

扣儿：纽儿哥。

17. 路上　日　外

田牛和扣儿离开。

18. 欧阳家　日　内

肖如男拿着报纸递给欧阳

肖如男：大姐，你看。

欧阳：怎么回事儿？

苏经理：你们俩都看见了吧，这上面写的很清楚，他们俩回乡下是宣布订婚，明天上午在湖滨饭店还要举行个仪式，这都传开了，告状信十几封叫我怎么办，只好除名。

欧阳：不能再通融了吗？

苏经理：服装公司有规定，凡属聘用的职业服装模特都要为公司服务三年才准许申请结婚。

欧阳：那也不是宪法啊？

苏经理：当然不是了，可不能因为她一个人，就推翻已经形成的决议吧，再说，凡是有常识的人都懂，时装模特的形体是至关重要的，若是过早地结婚、生育、哺乳，就很难保住优美的形体，那将使公司的工作受到损失，无论如何没有变通的余地。

肖如男：不对啊，扣儿要结婚，事先总该通知我们啊，再说，她也知道这次选拔模特的要求啊？

欧阳：你是说……田家兴设的圈套？

肖如男：我是凭一种感觉，一种说不清楚的感觉。

苏经理：嗯……你的这种感觉有可能准确，这个小田在复赛前曾经找过我，叫我不要招聘扣儿，哪怕她在复赛时取得成功，条件嘛，据他保证，可以报销服装公司隶属厂家的积压服装，我拒绝了他。

肖如男：哼，这个人真是的。

欧阳：这是什么行为，啊？难道有几个钱就什么都可以办了吗？

肖如男：哼，有些人就是这样，有了钱什么都想干。

苏经理：田家兴在乡镇企业家里还是属于有追求的，但在经济发展的同时如果不重视文化素质的提高就很难有大的作为。

19. 车内　日　内

扣儿：田哥，你把车停下，我有话跟你说。

田牛：好吧，什么话，说吧。

扣儿：临来时，你不是说给三哥和二嫂发了电报？我怎么没见他们的影，要不是你骗我，我就抽空去山里了。

田牛：哼，你别生气，听我说，我是怕三哥知道咱俩一个月后结婚，感情上受不了。

扣儿：什么？你说什么？一个月后咱俩结婚？这……啥时候决定的？

田牛：扣儿，你听我说，这是我自己决定的，我相信你也不会反对。

扣儿：你怎么知道我不会反对。

田牛：因为你爱我，扣儿，即使我先斩后奏，我相信你也会理解也会接受，这说明我信任你尊重你。

扣儿：你就这样尊重我，就这样信任我？

田牛和扣儿下车。

田牛：扣儿，你听我说，你总该明白这个理儿，樱桃熟了不用摘，它自己也会掉下来。

扣儿：可你应该知道，樱桃没熟摘下来也是苦的。

田牛：那你总该承认你是属于我的吧。

扣儿：不，我属于我自己。

田牛：哼，不管怎么说，舆论已经造出去了。

扣儿：舆论？你指什么？

田牛：我还没有告诉你，咱们这次衣锦还乡报纸上做了专题报道，而且我还叫孔林写了一条启示，向社会各界通报咱俩订婚及结婚的具体日期。

扣儿：什么？

田牛：明天，对，就是明天，湖滨饭店举行隆重的订婚仪式，到时省里的朋友都来，我想你一定会高兴的。

扣儿一句话也不说

田牛：你怎么了，不说话，嗯？

扣儿沉默了一会儿，大笑了起来。

田牛：哎，扣儿，你怎么了，你别笑，你笑的我有点儿发毛，我求求你了。

扣儿不笑了，定定的看着田牛。

田牛：扣儿你别这么看着我。你说，你同意不同意我的安排，你说啊。

扣儿：你都安排好了，还用问我吗？

田牛：太棒了，今天咱们就回那个新家去。

扣儿：不，我今天不能去。

田牛：这……

扣儿：不是一个月后才举行婚礼吗，我今天怎么能跟你住在一起呢？

田牛：你呀，还是那么纯洁，老观念。

扣儿：你可以不尊重我，可我要尊重我自己。

田牛：好吧，不过这些天你不能去欧阳大姐那儿。

扣儿：那我就顺便去叉子家，住在她那儿。

田牛：好，明天9点我派孔林接你。

两人上车。

20. 叉子家　日　内

扣儿来到叉子家，叉子开门后，扣儿发现她状态不对

扣儿：叉子……叉子你？

叉子：你……你是谁，我怎么不认识你？

扣儿：叉子姐，你怎么了，我是扣儿，是扣儿。

叉子：扣儿……

叉子像是想起什么转身就跑。

扣儿：叉子别跑……

扣儿看见叉子家十分凌乱

扣儿：你家怎么了？

叉子笑

叉子：你要什么？喝酒？哈哈，来，喝，喝。

扣儿：叉子姐，你怎么了，你看看我，看看我，我是扣儿，是扣儿啊。

叉子：扣儿……扣儿……

叉子说着哭了。

扣儿：叉子姐……叉子姐……你怎么变成这样，你怎么变成这样啦。

叉子：扣儿啊……

扣儿：叉子姐……叉子姐……叉子姐。

叉子：扣儿啊，你知道吗？那个该死的包工头，他不要我了，他又找了个小娘儿们，他把我扔了，呵呵，我不在乎……我该吃啥还吃啥该穿啥还穿啥，我照样笑……我照样跳，哈哈哈哈……啦啦啦啦……

扣儿看着叉子十分难过。

## 21. 湖滨饭店　日　内

秘书：田经理，宾客都在餐厅等着呢？

田牛：行，你去安排一下吧。

秘书：好的，您在这儿稍等。

田牛：好。

秘书：我再去看看车来了没有。

田牛：好好。

宾客甲：田经理，恭喜了。

宾客乙：你可真是大喜啊。

田牛：同喜同喜。

宾客乙：等不及了吧。

众人笑。

秘书进屋。

秘书：经理，车来了。

田牛：好（说着向外走去）。

众人跟随。

## 22. 饭店外　日　外

秘书：田经理，走。

宾客甲：车来了。

田牛笑容满面的看着车，发现扣儿不在，孔林下车，拿着一封信，交给田牛，田牛打开信。

扣儿的信：田哥，我走了，请你原谅我昨天没有当面跟你说清楚，因为当时我心里很乱，我不知道该怎么样才好，直到我亲眼看到叉子姐的惨象，我才最后下了决心，好像才明白，人要战胜自己一次多么不容易……田哥，还记得你我刚刚认识的那些日子吗，你像个可亲可敬的大哥哥，我像个傻里傻气的小妹妹，你送给我连衣裙，你给我照相，你把一颗姑娘的心弄活了，我不论在什么时候什么地方，只要一闭上眼睛就能想起鸡心岭的江边、樱花镇的樱桃林……田哥，我真没想到咱俩今生今世还能再见面，我更没想到你对我还是那么一往情深，可惜啊，我突然发觉，我并没有得到纯真的爱，我得到的只是一种人格的不平等，这是怎么了？是你变了，我变了，还是咱俩都变了？田哥，说心里话，我还是那么喜欢你、佩服你，你拿得起放得下、能屈能伸、能干大事业，可是你只战胜了贫穷，还没战胜狭隘；你只战胜了命运，还没战胜你自己。亲爱的田哥，再见，也许我们还能再相逢……

23. 火车上　日　内

扣儿神情黯然。

24. 路上　日　外

田牛骑着摩托车追火车，摩托车最后没油了，田牛大喊扣儿的名字，伤心的把一篮子樱桃撒向大地。

　　　　文字整理：张瑶
　　　　资料来源：根据优酷网提供的视频完成文字整理。
　　　　具体参见 http：//v.youku.com/v_show/id_XMTM0MzA3NDM2.html

# 情满珠江

**首播时间**：1993 年
**首播电视台**：中央电视台、广东电视台
**摄制单位**：珠江电影制片厂、中央电视台、广东电视台
**编　　剧**：廖志楷、李彦雄、戴沛霖
**导　　演**：王进、李舒、袁世纪
**摄　　像**：张前
**主　　演**：巍子、左翎、宁静、普超英、张天喜、陈锐
**获奖情况**：第十四届（1993 年度）中国电视剧飞天奖长篇电视剧一等奖、优秀导演奖、优秀女主角奖、优秀女配角奖；第十二届（1994 年）中国电视金鹰奖优秀长篇连续剧奖；第三届"五个一工程"优秀电视剧奖。

**故事梗概：**

　　《情满珠江》讲述的是一群知青几十年间的酸甜苦辣，20世纪70年代下乡时的辛酸故事，80年代返城时遇到的艰辛历程，改革开放时期创业时的喜怒哀乐……一部以南方某电风扇厂从乡镇小厂到国际集团为蓝本的划时代巨作，艺术再现中国人与中国经济痛苦而傲世的锐变历程。

　　南星村知青点，林必成、张越美等人筹划着乘船逃港。在外开会回来的知青梁淑贞临时知道消息，大吃一惊，于是跑去请麦坚想办法阻止，急忙赶来的大队书记全哥及时拦住了大家。逃港的事情败露了，影响很差，所有知青都失去了返城的机会。梁淑贞的父亲误信人言，想去香港发财，向菜场卖肉的阿贵借钱。阿贵想娶淑贞做老婆，就要梁父立字据把淑贞许配他。梁父收钱后逃港，梁母得知卖女一事急得住院。阿贵不甘心自己人财两空，跑到知青点强暴了淑贞。书记全哥来找淑贞，知道了这件事，专门为她申请了一个返城的招工名额。另一女知青谭蓉眼看回城无望，于是出卖自己的身体，并答应嫁给招工科长的瘸腿儿子，以此顶替了淑贞的名额回城。最后，还是全哥想办法让淑贞回了广州。林必成终于得到回城名额了，但是张越美却没有。必成想把自己的名额让给越美，却被组织拒绝了，原因是越美的父母在香港，情况复杂。越美顺利逃港，回到父母身边，但好日子没过两天，父亲张明楷就要她出去找工作自力更生，越美不理解父亲的苦心，以为父亲嫌弃她在家吃闲饭。"四人帮"终于被粉碎了，知青政策也发生变化，只要有接收单位，一律能回城。

　　淑贞将自己到国营商店的名额让给必成。谭蓉为了摆脱陈科长的纠缠自愿调到街道小厂与淑贞一起工作。必成终于调回了城里，淑贞约必成到月秀山旧地相会，淑贞说出了被逼失身的真相，必成听了如五雷轰顶。小厂经营仍无起色，谭蓉找到了街道主任请他别关了工厂。淑贞建议厂里职工集资以渡难关，她去献血筹得自己的一份，结果晕倒。越美在别人公司越来越能干，惹得黑道出身的地产商保罗也看上她。必成在定情的月秀山下找到了泪流满面的淑贞，她投进了他的怀抱。淑贞贤惠孝顺，再加上新添了孙儿很令财叔安慰。必成工作勤奋，升做商店的副经理，谭蓉也因将工厂起死回生受到街道的表扬，连报社记者也来采访。南星镇的农机厂生产不景气，麦坚想承包下来转产电风扇，但启动资金不足，麦坚只得转用自己打算造楼的那笔钱，麦父却不让他抽出这笔资金，不得已麦坚与爸爸签了合约，约定归还时间。必成做生意赚了钱，买了彩电与新衣让家人享受，淑贞告诉必成自己当了车间主任。张越美与父亲回大陆投资，要在她下乡的地方兴建电风扇厂。在管理工厂的人选上，她拒绝了谭蓉而选中了林必成，使谭蓉怀恨在心。与此同时，全哥和麦坚搞的乡镇企业也十分兴旺。他们还聘请了自学成才的梁淑贞当上工程师。不同的人生追求和价值观使得林必成和梁淑贞的婚姻破裂。张越美和林必成结成了夫妻。而谭蓉为独占张家财产，与张、林二人展开了一场又一场的明争暗夺。梁淑贞勤奋和努力，成为一名企业女强人。而林必成过分的自负，屡遭挫折。在张越美的帮助下，揭穿谭蓉的阴谋，林必成冤情解除，张家摆脱破产的命运。

　　　　　　　　　　文字整理：戴灿
　　　　　　　　　　资料来源：根据56.com视频网提供的视频完成文字整理。
　　　　　　　　　　具体参见http://www.56.com/

剧本：

## 《情满珠江》 第二十集

**1. 办公司　夜　内**

屋内，林必成坐在沙发上，张越美站在书桌前。

**林必成**：到现在我才知道，原来人家心里早就没我了。

**张越美**：你不要想的那么严重好不好。

**林必成**：事实就是这样，她总是一意孤行，总是！我又不能够容忍，你说这日子怎么过呢，嗯？

**张越美**：这……

**林必成**叹了一口气：你说我该怎么办呢……

**张越美**：你别问我，我不想介入到你们夫妻中的矛盾中去。

**林必成**：越美，你现在是我唯一的知心朋友，我不跟你说跟谁说。（说着抓住张越美的双肩）

**张越美**：你别碰我。

**林必成**：好，你不说我说，如果生活再给我一次机会，那我就选择你。

**张越美**：不！你不要这么说。

**林必成**：我说了！我说，如果生活再给我一次机会，我选择就是你，只有我们是志同道合的，你说是不是。

**张越美**哽咽：不！不要这样说，我求你了。

**林必成**双手拽住张越美的双肩，看着她的眼睛：不，你不用瞒我，从知青时候开始你就爱我，你说是不是，是不是？

**张越美**：不……我不知道，我不知道。

林必成抱住张越美，二人拥抱着哭了。

**张越美**：必成，你别逼我……

梁淑贞推门进屋，声音惊动了抱在一起的二人。三人相对，梁淑贞跑开了。

**张越美**：淑贞！（说着追了出去）

张越美一路追着梁淑贞到电梯门口。

**张越美**：淑贞，你听我说！

梁淑贞一把推开张越美关上电梯门，张越美跑着上了另一部电梯。

**2. 大门口　夜　外**

梁淑贞上了一部计程车，张越美拉着车门不让她离开。

**张越美**：淑贞，淑贞你不要走。

**梁淑贞**：你走开，你不要跟着我，司机开车。

**司机**：小姐，我到底听谁的。

张越美一把拉住司机：司机，你别走，我给你港币。

司机：有钱又怎么样。

梁淑贞见司机不开车，转身下车，张越美跑过去拉住她。

张越美：淑贞，听我跟你说。

梁淑贞：你不要跟我说，我不想听。

张越美：给我一个机会，我把事情原原本本的告诉你。

梁淑贞：你现在说都是多余的，我不听。

张越美哭着说：难道你不想知道实情吗？

梁淑贞愣住了。

3. 海边 夜 外

梁淑贞和张越美站在海边的围栏边。

张越美：我们是好朋友，就像亲姐妹一样。

梁淑贞：可是，你居然做出这种事情来，你太伤我的心了。

张越美：我的确对不起你，对不起我们多年来的交情。

梁淑贞：你说这些话是什么意思，我不需要任何人的道歉。

张越美：我不是请求你的原谅，我只是希望你能够，能够理解我内心的苦衷。

梁淑贞：你有什么苦衷？说吧。

张越美：我早就不应该瞒你，事情是从保罗离弃我开始的，我跟你说起过保罗这个人，我把我所有的感情都交给了他，没想到这个骗子却欺骗了我，当我知道他和别的女人在鬼混的时候，我简直快疯了，当时我恨不得掐死他。

梁淑贞：你这样就能解释你今天的荒唐？

张越美：不，我只是想告诉你，事情是这样开始的。当时，我好希望我能够有一位最知心的朋友来给我精神上的支撑，你知道我非常倚重必成，所以我自然而然的想到了必成，我觉着他会唤起我生活的信心，于是我就打电话给他……没想到那个时候必成也正憋着一肚子的怨气……淑贞，如果我知道你们夫妻之间闹矛盾，我绝不会让必成到我的身边来……那个时候我想必成给我精神上的支撑，而必成呢，他也希望我能够排解他的苦闷，我望着他，他看着我，不知道谁帮谁，那个时候，那个时候我们两个去了夜总会开始跳舞，疯狂地跳舞，然后我们又去飞车，那天晚上在车里面，我们……

梁淑贞：你们？

张越美：淑贞，事到如今我不能再瞒你了，我恨自己，也恨必成……那个时候我们都失去了理智，真像一场梦啊。淑贞，我不应该隐瞒你，我想避开必成，想避开你，想避开一切，可是我逃不开避不开，必成刚才跟我说，你们已经吵翻了，他说你心里已经没有他这个丈夫，他再也不能容忍你的一些行为，你们不能再生活在一起了……

梁淑贞震惊的看着张越美。

张越美：淑贞，我说的全都是真话，我不敢有半句假话。

梁淑贞不敢相信的跑走了，张越美喊着淑贞，难过的哭了。

### 4. 屋内　夜　内

张越美哭着跑回屋子，浑身湿透了，张越良跟着越美进屋。

**张越良**：你有什么事，你跟我说说，跟哥哥说一说。

**张越美**：哥……我想安静一会儿。

**张越良**：不，不，你肯定出了什么事了，我是你的亲哥哥，你不应该瞒着我，是公司的事儿吗？

张越美摇摇头。

**张越良**：爸爸妈妈病了？

张越美摇摇头。

**张越良**：那究竟是什么，你说呀。

**张越美**：哥，我遇到麻烦事儿了，现在有一个男人和他妻子之间的关系快要破裂了，而这个男人，他竟说他爱我，我真不知道该怎么办才好。

**张越良**：那个男的是谁。

**张越美想了想**：林必成。

**张越良**：什么？

**张越美**：这么多年以来，我和淑贞亲如姐妹，是最最知心的朋友，我、淑贞、必成以诚相待，可是，我万万没有想到，我怎么可以做出这样的事情来。

**张越良**：越美，你去找淑贞，把你心里的话都告诉给她，也许淑贞会理解你现在的尴尬，快去啊。

**张越美**：我已经找过淑贞了，该说的已经都说了，可是淑贞她……我也的确有对不住淑贞的地方。

**张越良**：越美，你痛苦，淑贞比你还痛苦，一旦他俩离了婚，人家背后都指责你，说你是第三者。越美，人言可畏，知道吗？越美，你干嘛还待在广州呢，你应该走啊。

**张越美**：走？

**张越良**：你应该走，你走了以后，必成他们也许会冷静下来，夫妻之间吵架斗个嘴，气头上说个离婚非常平常，等他们冷静下来，他们会调解他们夫妻间的那种感觉，你离开淑贞，离开必成，回香港去，这样对大家都有好处。

张越美沉思着。

### 5. 办公室　夜　内

林必成喝了酒睡在办公室的沙发上，电话响起吵醒了他，他醒了却没有去接电话。

### 6. 办公室　夜　内

**同事**：淑贞，你的电话，淑贞。

**梁淑贞**：哦，找我有事儿吗？

**同事**：你最近怎么了，整天恍恍惚惚的，有你的电话。

**梁淑贞**：对不起，谢谢。

**同事**：快去吧。

梁淑贞起身去接电话。

**梁淑贞：**喂，我是梁淑贞。

**电话另一头：**淑贞啊，淑贞，我是阿坚。

**梁淑贞：**阿坚啊。

## 7. 林家　日　内

林必成回到家，林妈走了过来。

**林妈：**必成，你总算死回来了，我问你，你这两天上哪儿去了？我问你呢，你到底和淑贞呕什么气啊。

**林必成：**淑贞呢？

**林妈：**她走了，下乡去了。

**林必成：**她又走了，星仔呢？

**林妈：**星仔也走了。

**林必成：**她是真的不想要这个家了。

**林妈：**什么？你说谁不想要这个家了。

**林必成：**我说淑贞，淑贞不想要这个家了。

**林妈：**淑贞？淑贞怎么了？

林必成说着走了出去。

**林妈：**哎，必成，你回来，你回来啊。

## 8. 张家　日　内

林必成进屋，谭蓉迎了上去。

**谭蓉：**必成？

**林必成：**对不起，我找一下越美。

**谭蓉：**找越美？

**林必成：**麻烦你把她给我叫下来，我找她有急事。

**谭蓉：**你们是工厂着了火啦，还是公司塌了楼啦，这么着急。

**林必成：**谭蓉，我现在没时间跟你开玩笑，麻烦你把她给我叫下来，找她真的有急事。

**谭蓉：**她昨天去香港啦。

**林必成：**去香港了？

**谭蓉：**是啊，跟你一样，掉了魂似的，你们俩没出什么事儿吧？

林必成听完转身就走，谭蓉奇怪地看着他的背影。

**屋内装电话的工人：**太太，装好了。

**谭蓉：**哎？能拨国际长途吧，我打香港行吧？

**工人：**可以，你试一下吧。

谭蓉拿起电话拨号。

**谭蓉：**喂，我是广州……妈咪呀，我是阿蓉，我在家里给你打电话的，是啊是啊，刚刚安好，我第一个打给你的，嗯，阿良上班去了……啊？爹地去了律师楼？啊，让我在广州抓紧办……是啊是啊……哦,我去了外经委联系了,没有问题的,这样吧,晚上我在打电话跟你们联系……嗯,拜拜。

**工人:**太太。麻烦你在这里签个字。

**谭蓉:**哦,谢谢你啊小师傅,辛苦了。

**工人:**哦,不客气。

**谭蓉:**慢慢走啊(边说边把工人送到门口)。

**关上门,谭蓉开心地跳了起来:**总之,看我的……

## 9. 工厂 日 内

屋内一个人正在看着转动的电风扇。

**阿坚:**尽管挑剔吧,哎,你要是能挑出一点儿小毛病,你就砍我的头。怎么样,听出一点儿杂音来没有?你再摸摸这机器,它呀,已经连续转动五十多个小时了,可是啊,还一点儿没发热。

**人:**嗯,不错,这外形设计也挺棒,轻巧、别致,这淑贞啊可真有两下子啊。

**阿坚:**那当然了,没这金钢钻,人家哪敢揽这瓷器活啊。

**人:**哎?咱这南星乡啊,要是能把这淑贞给请来,那不如虎添翼嘛。

阿坚正想着,淑贞进屋。

**阿坚:**哎?淑贞。

**梁淑贞:**阿坚。

两人迎了过去。

**人:**也不打声招呼,说好了我去接你的嘛。

**阿坚:**哎?星仔(说着抱起星仔)。

**梁淑贞:**看见叔叔没有,叫叔叔。

**人:**喝点儿矿泉水,来。

**梁淑贞:**谢谢。

**人:**这两天啊,省里派人来技术鉴定,我不放心,来挑挑毛病,结果一无所得……哎?你脸色不好,是不是病了。

**梁淑贞:**没什么……

**阿坚:**不用看,一切正常得很,走,我带你去看看房子。

**梁淑贞:**房子?什么房子?

## 10. 屋内 日 内

阿坚领着梁淑贞、星仔,三人走进一间屋子。

**阿坚:**来来来,参观一下吧,怎么样,不比你们广州机关的宿舍差吧,两室一厅,框架结构,一流的装修。

**梁淑贞:**真漂亮。

**阿坚抱起星仔:**来,星仔,你妈妈就要来这儿工作了,将来你就是南星人了,到时带你到南星河里游泳、抓鱼,南星河里的鱼啊,好大好大的喽……

阿坚抱着星仔转向梁淑贞。

**阿坚：**淑贞，有了房子，必成来了以后你们也可以团聚团聚，你说是不是。

**梁淑贞：**我真不知道该怎么感谢你们才是。

**阿坚：**哎，千万别跟我们说客气话，要说也不是你说，你能来，我们是怎么优待都不为过的。房子刚刚建好，家具还没有运来，这几天先委屈你一下，走，我们家设家宴，为你们洗尘，走星仔。

众人走出屋子。

## 11. 车内　日　内

阿坚开车，梁淑贞、星仔坐在车内。

**阿坚：**今年又是个好收成……淑贞，我怎么觉得你好像不开心，是不是有什么事儿啊。

**梁淑贞：**哦，没有。

## 12. 幼儿园　日　内

何欢弹琴，屋内许多小朋友一起唱这《春天在哪里》，屋外传来了汽车的喇叭声。

**阿坚：**何欢、何欢、何欢，你看看谁来了。

## 13. 幼儿园外　日　外

**何欢跑出屋子：**你这人真不客气，正玩的好好的……哎呀，星仔也来了，快快，让阿姨亲一亲。

**阿坚：**小心，哎，你看你着什么急啊，人家淑贞姐啊，是来南星工作，以后啊，星仔就是你的小朋友了。

**何欢：**哎呀，星仔，太好了……淑贞姐，我们说好了，星仔哪儿也不去，就在我们幼儿园。星仔好不好？

**阿坚：**哎，别说了，赶快上车，和我们一块儿走。

**何欢：**上哪儿？

**阿坚：**回家，为你淑贞姐洗尘。

**何欢：**不行啊，我还没有下班儿呢。

**阿坚：**嗨，你看你，你是园长，为什么非要等下班以后，有什么事儿，你和人家交代一声不就完了嘛。

**何欢：**园长也不行啊，淑贞姐，你说是不是？哎，你们先走吧，我带星仔到幼儿园认识小朋友，等下班带回去就行了，好不好。

**梁淑贞：**星仔，听话啊，再见。

**何欢：**星仔，跟妈妈再见。

**星仔：**妈妈再见。

## 14. 车内　日　内

**梁淑贞：**阿欢比以前开朗多了。

阿坚：开朗？她呀，简直成了开心果，快活过神仙了，以前在阿根那儿就没见她笑过，还脸色苍白苍白的，像是营养不良，现在，你看她有多精神，这才多长时间啊，还是老话说的好啊，"愁一愁白了头，笑一笑十年少"，人哪，就应该开开心心才行。

梁淑贞：谁都想开心啊，可是做人有的时候很难呐，想开心都开不起来。

阿坚：是啊，人活着有烦恼也有快活，可是我觉得，人最烦恼的就是不能干自己想干爱干的事儿；最开心呐，就是能干自己想干爱干的事儿，什么烦恼啊，都抵不过这个开心，你说是不是，啊？

梁淑贞沉默着，一言不发。

## 15. 阿根饭店内　日　内

饭店一片嘈杂，很多客人在吃饭，阿根正在招呼客人，何欢和梁淑贞坐在桌前。

阿根：二位吃点儿什么？哎？是你。

何欢：怎么？淑贞姐都不认识了？

阿根：认识认识，不好意思，我到前面去看看。

何欢：坐吧，一个男人扭扭捏捏干吗，快坐吧。

梁淑贞：你好。

阿根：淑贞姐好。

何欢：好久不见了，生意还好吗？

阿根：还过得去。

何欢：听说你又拍拖了，女朋友长的还挺漂亮的，恭喜你啊，什么时候吃你的喜糖。

阿根：哪有那么快，还不知道成不成呢。

何欢：给自己一点儿信心嘛，你又不是很差，不过，你要从我这儿吸取教训，否则还得鸡飞蛋打，你信不信？

阿根：我知道，过去我确实很对不起你。

何欢：过去的了就过去了，做人还得往前看，明天会更好的。

阿根：对对，明天会更好，快点儿，快点儿，上菜（说着离开）。

梁淑贞：你呀，真是越活越年轻了，就像幼儿园的小朋友。

何欢：变小朋友总比变老太婆好呀，瞧你，整天愁眉苦脸的，有什么心事跟我说好吧。

梁淑贞沉默。

何欢见状说：淑贞姐，其实我早就看出来了，你有心事，今晚儿吃饭的时候，我就发现你不对劲，笑的那么勉强、那么苦涩，我想法让你开心，你还是开心不了，你肯定有什么心事对吧？

梁淑贞依旧沉默。

何欢：淑贞姐，我说错什么没有。

梁淑贞：不是的，你真行，变的那样洒脱，看见你刚才跟阿根那样大方，那样坦荡，真佩服你。

何欢：这有什么好佩服的，想想失去的是什么，得到的又是什么，我觉得没什么好后悔的，淑贞姐，你比我明事理，比我懂得多，过去我苦闷的时候，你总是教我该怎么做，我想你自己的事，你自己一定知道该怎么做的，用不着别人来教你，对吧？

**梁淑贞**：谢谢你，你已经教了我很多了。

### 16. 工厂内　日　内

电话响了，工人甲接电话。

**工人甲**：麦厂长，电话，找淑贞。

**阿坚**：哪儿来的电话？

**工人甲**：广州。

**阿坚**：喂？哪里啊？哦，必成啊，你等会儿，我这就叫淑贞，千万别挂电话。

### 17. 幼儿园　日　内

**何欢**：小朋友们，一只公鸡几条腿。

**小朋友**：两条腿。

**何欢**：好，一只大象是几条腿。

**小朋友**：四条腿。

**何欢**：公鸡和大象加在一起一共是几条腿，哪个小朋友知道举起手来，嗯，好，星仔，你站起来告诉阿姨好不好。

**星仔**：我想妈妈……

小朋友们都笑了。

阿坚进屋。

**阿坚**：何欢，何欢，你看见淑贞没有。

**何欢**：没有啊，你不是让她在家休息吗？

**阿坚**：是啊，可是到哪儿去了呢？

**何欢**：阿坚，你找淑贞姐有急事是吗？

**阿坚**：是啊。

**何欢**：是不是淑贞姐和必成哥吵架了？

**阿坚**：必成来电话，你有空的话帮我找找淑贞啊，我先走了。

**何欢**：嗯。

### 18. 工厂内　日　内

梁淑贞跑进屋内拿起电话。

**梁淑贞**：喂，是必成吗？

**林必成**：是啊，你很忙吗？

**梁淑贞**：没有，我……我刚才去知青屋了。

**林必成**：知青屋？什么知青屋啊？

**梁淑贞**：就是我们住过的知青屋。

**林必成**：哦哦哦哦，怎么还没拆吗？

**梁淑贞**：没有，听说今年秋天就要拆了，要在那儿盖一个食品加工厂。

林必成：哦，你什么时候能回来呢？

梁淑贞：大概下个星期吧。

林必成：哦，淑贞，我觉得我们应该好好谈一次，真的，事情到了这一步，我和越美都很后悔……

梁淑贞：必成，我们不谈这个事儿好吗？

林必成：好吧……我只是希望你能够理解，我之所以坚持现在这样……

梁淑贞：我知道，我知道。

林必成：那等你回来再谈吧。

梁淑贞：好吧，我们都需要好好的想一想。

林必成：是啊。

梁淑贞：还有事儿吗？

林必成：星仔好吗？

梁淑贞：挺好的。

林必成：怪想他的，他爷爷奶奶也常念叨他，好了，你保重。

梁淑贞：嗯，挂吧。

19. 工厂外　日　外

阿坚和梁淑贞并肩走着。

阿坚：放心啦，等技术鉴定通过以后……

一辆车开过来，全哥从车上下来。

全哥：阿坚，鉴定通过了，我们取得了省级认证。

阿坚：我早就知道啦。

全哥：瞧你乐的，性能指标全达到啦，可以大规模生产啦。

阿坚：这下我们发达喽。

全哥：淑贞啊，从研制到生产，你付出的比谁都多，你可为南星立了一大功啊。

阿坚：不容易啊。

全哥：有话留着车上说，我请你们吃饭，庆功洗尘一起来，走。

阿坚：铁公鸡平时一毛不拔，这回可饶不了你，告诉你。

全哥：走，坐好了啊。

三个人上车。

20. 舞厅内　日　内

阿坚、梁淑贞、全哥一起进了舞厅。

梁淑贞：真气派，都赶上广州的水平了，什么时候冒出了这么家豪华的歌舞厅啊。

全哥：这算什么啊，今年我还要在南星河边上盖上一座星级大酒店呢，就算赶不上广州的花园酒店白天鹅的话，那也得赶上广州宾馆，往后广州有的，咱们这儿都会有。

梁淑贞：真是不错。

梁淑贞先进去，阿坚拉住全哥。

**阿坚：**哎，淑贞在广州和必成吵架了，她心情很差，你没看出来？

**全哥：**昨天我给必成挂长途，从电话里听出来他窝着一口气，我猜就是这么一回事儿，这种事儿啊，最好就是淑贞他们自己解决，我们作为朋友尽可能帮助淑贞和必成解决好家庭和事业上的矛盾，我想啊，这生活啊，比什么话都有说服力啊，再说，特别像淑贞这样有生活创伤又有独立思考能力的人，咱们啊，什么都别说，想办法让她高兴就是了。

阿坚点点头。

**全哥：**淑贞，咱们跳跳舞怎么样。

**梁淑贞：**不行，我不会。

**全哥：**没什么关系的，咱们去开心开心，跳舞不就是一个劲扭屁股嘛，走走走。

**梁淑贞：**不行，不行，我真的不行的。

**阿坚：**去吧去吧。

**梁淑贞和全哥走进舞池。**

**全哥：**我可听人说了，只要往这一跳，什么烦气、怨气、闷气全没了，是不是？大家说呢。

众人起哄，淑贞笑了。

## 21. 林必成办公室　日　内

**林妹：**你倒是去不去，你说话啊。

**林必成：**你整天在这儿叨叨叨，烦不烦啊，讨厌。

**林妹：**你才讨厌呢，大嫂走了这么多天，你想气死爸妈啊。

**林必成：**我和你说过几遍了，我们已经通过电话了，你回去告诉爸妈，就说淑贞过不了两天就抱着孩子回来了。

**林妹：**两天？十几天都过去了，怎么连人影都不见，这点儿面子都拉不下来，你还算个男子汉？

**林必成：**你懂什么啊，你让她在乡下安静地待两天，她就会知道我这是为她好，你回去吧，我这儿还有好多重要的事情要办呢，真是要命（说着往外推林妹）。

林妹气愤地走了。

## 22. 饭店里　日　内

林必成和梁淑贞面对面坐着。

**林必成：**这是你最后的决定吗？

**梁淑贞：**是的。

**林必成：**好吧，我也不打算放弃我去香港的机会，也许我们分开一段时间对彼此都有好处，只是星仔……星仔放在南星乡我实在是不放心，你又那么忙。

**梁淑贞：**星仔在幼儿园挺好的，而且像他这么大的孩子多跟小朋友接触一下会有好处的，哦，阿欢的幼儿园在南星一代办得很有名气也很正规。

**林必成：**它怎么正规，它也是一个乡村幼儿园，它不可能比香港的好。

**梁淑贞：**必成，你一向对新生事物都很敏感，而且视野也很开阔，你可不能小看现在的乡镇，到时候会让你大吃一惊的。

**林必成：** 好了好了，别再争了，再争也不会有什么结果，我们还是大路朝天各走一边吧，我不想强求你，我不强求你了，你也说服不了我，只是我们这样长期分开总不在一起……你想过吗？

**梁淑贞：** 我也一直在考虑这个问题，就这样不明不白的分开，也不是个长远的办法，必成，我跟越美的感情一直很好，我们又谈不拢，更重要的是，我们对各自走的路都不能认同，我看，我们还是分开的好。

**林必成：** 你的意思是说……离婚？

梁淑贞点点头。

**林必成：** 你都想好了，你还跟我谈什么。

说罢转身离开，走了几步，回身把桌上的菜摔到地上。

梁淑贞沉默。

文字整理：张瑶

资料来源：根据56.com视频网提供的视频完成文字整理。

具体参见http：//www.56.com/u11/v_NDE3ODI1ODk.html？from=se&play=20

# 潮起潮落

首播时间：1993年

首播电视台：中央电视台、广东电视台

摄制单位：海政电视剧制作中心、中央电视台影视部

编　　剧：周振天、崔京生

导　　演：金　韬、刘通生、张卫国

摄　　像：钟文明、胡卫国、王　勇

主　　演：李幼斌、赵奎娥、褚智博、王　婧、郑卫丽

获奖情况：第十四届（1993年度）中国电视剧飞天奖长篇电视剧二等奖、优秀编剧奖；第十二届（1994年）中国电视金鹰奖优秀长篇连续剧奖；第四届"五个一工程"优秀电视剧奖。

**剧情梗概：**

1948年夏天，北方一个渔村，房叔翰用钱赎出小荷欲娶为妻。小荷因已怀有鲁明宽的孩子执意不肯。而房叔翰带着小荷欲逃往台湾，小荷跳下船逃走了。小荷回到了家乡，鲁明宽则在关山的带领下成了海军。周桐带着一队陆军加入了海军，初识关山和鲁明宽。小荷在对

鲁明宽的盼望中生下孩子简辽,铁舵叔扣下了鲁明宽给小荷的所有来信。鲁明宽与周桐一起上了海军学校。小荷带着孩子去部队探望,恰逢鲁明宽出海,此时,传来消息,鲁明宽和周桐及关山在战斗中牺牲,悲伤万分的小荷带着孩子离开了海军基地。革委会和民兵误认小荷为特务,小荷只好抱着孩子再次出逃。而死里逃生的周桐和鲁明宽被渔民救起送到医院,朱碧云与周桐举行了婚礼,周桐夫妇力劝鲁明宽和关山遗孀唐月英结合。几年后,鲁明宽夫妇带着儿女回家乡探亲,在一个火车站里,他和浪迹天涯的小荷母子再次失之交臂。小荷为养活孩子在码头扛包,她便随他们的建筑队去了南方。周桐夫妇调动到南方工作,救了其女周湄的小荷成为周家保姆。鲁明宽携妻儿来到周家度假,认出了小荷。伤痛之余,两人感慨万分。又是几年过去了,"文革"中某组织来人调查关山,唐月英出卖前夫,鲁明宽对唐月英非常失望。鲁明宽被发落到家乡劳动改造,唐月英要求离婚,小荷将钱以简辽的名义寄给了鲁明宽。舍己为人的简辽被部队看中,在周桐的帮助下,终于当上了海军。平反后的鲁明宽回到长锦基地任司令员。简辽在扫雷战斗中受了重伤,简小荷与甜甜一同来到长锦基地医院去探望,鲁明宽将她俩接到部队招待所,并深深自责没有照顾好小荷的儿子。小荷在回温江前向儿子吐露了其身世的秘密,简辽才知道他敬爱的鲁司令员是自己的生身父亲。

  铁舵叔和三婶来看小荷,铁舵叔内疚地拿出当年扣下的明宽写给小荷的信件还给小荷,并告诉她已经为她平反,小荷心绪复杂难平。鲁明宽和周桐旧地重游,不胜感慨。周桐表露了想和小荷共度晚年的心迹。房叔翰回国归乡,恰遇鲁蒙蒙为其导游,当他得知小荷为他吃尽苦头,便决定去温江见见小荷。根据唐月英的申诉,街道委员会没有找到唐月英和鲁明宽的离婚原始依据,故认定唐月英和鲁明宽的婚姻关系依然存在。为了不耽误小荷,鲁明宽向小荷说明了自己的苦楚和为难,小荷伤心不已。冬生偷税漏税东窗事发被拘留,米红娜找唐月英和鲁明宽帮忙。鲁明宽在渡轮上遇到去监狱探望冬生的唐月英,二人想起关山,无限感慨。唐月英良心发现,向鲁明宽道歉并说明以后不会再去纠缠他。但鲁明宽苦笑着告诉她,已经晚了。周桐在生日的那天摆下酒席,欲在众位好友面前订下与小荷的桑榆之情。不料,房叔翰无约赴宴,众人方知简小荷、鲁明宽和简辽的亲情关系。鲁明宽和简辽离散了三十多年的骨肉终于团聚,面对亲朋好友,简小荷和鲁明宽眼含热泪举起了订情的酒杯。

文字整理:戴灿<br>资料来源:根据优酷网提供的视频完成文字整理。<br>具体参见http://v.youku.com/

## 剧本:

### 《潮起潮落》第六集

**1. 白天,室外,某木场**

  简小荷:太平,太平,太平,太平……太平……这孩子上哪儿去了。

太平：妈，我在这儿呢！

简小荷：哎呀，你怎么跑这里头去了，快出来。

太平：妈，去哪儿啊？

简小荷：妈带你去个好地方，啊，走。

2. 白天，运输火车上

太平二叔：大姐啊，咱这越往南走就越好过了，唉，嗨嗨，唉，太平，你瞧瞧那儿。好玩不好玩？

太平：好玩。

简小荷：坐下。

3. 白天，小村庄口

简小荷、太平二叔、太平、村民来到小村口。

4. 白天，某地

寻人问路。

5. 白天，某地门卫

男人：喂，请给我接一下温江市海军造船厂，啊，我找一下朱工程师，对对对，朱碧云。

6. 白天，造船厂某建造船上

朱碧云：哎，这个小心点啊。

接线员：朱工程师电话。

朱碧云：哎。

接线员：啊，朱工程师电话。

朱碧云：啊，喂？

周桐：啊，碧云嘛。

朱碧云：哎。

周桐：我是周桐啊。你今天什么时候回来。

朱碧云：嗯，喂？周桐，我今天回去的晚啊，你能不能早点回家去照看孩子。

周桐：哎呀，今天晚上我在这里加班。碧云，你看能不能让他到孙奶奶家去玩一会儿啊。

朱碧云：哎呀，咱们总这样，孙奶奶要烦的。

周桐：没关系，孙奶奶本来就喜欢甜甜的嘛。

朱碧云：哎呀，我跟你说……

工人：哎，朱工程师，哎，朱工程师过来一下。

朱碧云：哎，来啦。喂？等会吧。

7. 傍晚，船厂

　　朱工程师下班骑车回家。

8. 黑夜将至，小屋

　　简小荷：太平。

　　太平：哎，妈，什么事儿?

　　简小荷：去，叫他们过来吃饭。

　　太平：哎，二叔快来吃饭呐。

　　太平：妈。

　　简小荷：哎。

　　太平：妈，我二叔他们来了。

　　简小荷：二兄弟。

　　太平二叔：哎。

　　简小荷：喊他们过来吧。

　　太平二叔：哎，好。

　　太平二叔：嘿！都过来吃饭啦！

9. 晚上，孙奶奶家外

　　朱碧云：孙阿婆。

　　孙奶奶：哎，回来啦。

　　朱碧云：回来啦。

　　孙奶奶：额呵呵。

　　朱碧云：哎呦，又是给甜甜洗的吧。

　　孙奶奶：啊。

　　朱碧云：哎呀。

　　朱碧云：阿婆，看您，又让您受累了。

　　孙奶奶：哎呀，顺手洗了，累不到哪儿去。

　　朱碧云：阿婆，真是不好意思，孩子每天让您带，您还给洗衣服，真是麻烦您了。

　　孙奶奶：嗯呵呵，说到哪儿去了，呵呵，你们两口子还不是为国家、为百姓忙嘛！再说这客气话，那我可不高兴了啊，呵呵，孩子啊，就让她睡在这儿吧，啊。

　　朱碧云：孩子跟她爸有好几天没见面儿了，老周今天晚上回来，我还是抱孩子回去吧。

　　孙奶奶：唉。

10. 晚上，朱碧云家里屋

　　朱碧云抱熟睡的孩子进屋睡觉。

　　朱碧云：怎么才回来?

　　周桐：舰上事儿太多了。

**朱碧云：**哼，你还知道有家，你还知道回来。

朱碧云给周桐递水。

**周桐：**明天就要出发了，十天半个月回不来，我总得向夫人报告一声儿啊。

周桐喝完水要看孩子。

**朱碧云：**哎，刚睡着，别弄醒她。

周桐小心地来到孩子床边，摸了摸孩子，孩子醒来。

**甜甜：**爸爸。

**周桐：**哎，呵呵。想爸爸了吧。

**甜甜：**想。

**周桐：**嗯，这想吗？

**甜甜：**这儿。

**周桐：**嗯，呵呵。来爸爸给你变个戏法。

**朱碧云：**你爸啊，就这么几招，原先拿来骗我，现在又拿来哄你了。

**周桐：**呵呵，来看着啊。

变戏法。

**甜甜：**真好。

**周桐：**这个给你，这个呢，给妈妈。

周桐抱起孩子。

**甜甜：**妈妈。

**朱碧云：**哎。

**朱碧云：**哎？是不是因为台湾海峡局势紧张要打仗啊？哎呀，你可要多留点儿神啊，我可再也承受不了第二次。

**周桐：**哎呀，你就放心吧。我是大难不死，必有后福。哎，你还记得吧，你第一次给我开追悼会就没开成，往后啊，没啦。哎，鲁明宽来信了。

**朱碧云：**真的。哎，都说什么了。

**周桐：**当然是好消息啦，他当舰长啦。

**朱碧云：**是嘛，论他的才能，早该是舰长了。哎，写封信，向他祝贺祝贺。

**周桐：**嗯。

窗外。

**村长：**各家各户注意啦，准备演习。灯火管制，把灯儿啊，火儿啊，都灭了它啊！

**朱碧云：**快去。

**周桐：**嗯。

**村长：**哎，各家各户注意啦，灯儿火儿都灭了它，准备演习了啊！

**周桐：**能不能让咱们睡个安生觉啊！

## 11. 深夜，小屋内

简小荷在灯下缝补衣物。

**太平二叔：**大姐啊，待会儿啊，有防空演习。可别吓着孩子啊。

简小荷：哎。

警报拉响。

太平跳到妈妈怀里：妈，妈。我怕。

简小荷：别怕，别怕。

12. 清晨，孙奶奶家附近，室外

　　朱碧云：慢点，甜甜。

　　甜甜叫阿姨。

　　甜甜：阿姨好。

　　妇女：哎，甜甜好。

　　朱碧云：来，给妈妈，妈妈拿。

　　甜甜：不，我自己拿着。

　　朱碧云：来吧，来妈妈拿。

　　甜甜：不，我拿嘛。

　　朱碧云：来，给妈妈。孙阿婆。

　　孙奶奶：哎。

　　甜甜：孙阿婆。

　　孙奶奶：哎，甜甜，来来，甜甜，哎呦。呵呵。

　　朱碧云：又给您添麻烦了。

　　孙奶奶：哎呦，你就放心去吧，甜甜，亲亲妈。说妈妈再见。

　　甜甜：妈妈再见。

　　朱碧云：哎。

　　孙奶奶：好。呵呵。

　　朱碧云：听话啊。

　　孙奶奶：哎呦，多漂亮的小鞋子啊，小朋友，来来来，来。

　　小孩子：孙阿婆。

　　孙奶奶：哎，跟甜甜玩儿去啊，好好玩儿啊。

　　小孩子：哎。

　　孙奶奶：别打架。

　　小孩子：知道。

13. 清晨，小屋外

　　简小荷：儿子啊，过来帮妈烧把火。

　　太平：好，来啦。

14. 白天，草丛边

　　孩子甲：哎呀，那边有小蚂蚱，咱们玩儿小蚂蚱吧。

　　甜甜：哪儿有小蚂蚱？

小孩子：让我看看。

孩子甲：呀，那边也有，咱们上那边看看吧。

甜甜：哦，上那儿边看看去喽。

孩子乙：咱上那边看看去。走。

15. 白天，小屋内

太平在玩儿。

简小荷：哎，二兄弟。

太平二叔：哎。

简小荷：吃完了把碗筷都放在这儿，趁天凉快，我们俩去买点菜。啊！

太平二叔：哎，行。

简小荷：儿子啊。

太平：哎。

简小荷：走。我们走了啊。

太平：二叔再见。

太平二叔：哦。

简小荷：你们慢点吃啊。

工人：哎，好。

16. 白天，邮电局外

太平：妈，这是什么地方啊？

简小荷：这是邮电局。

太平：妈，咱们来邮电局干什么呀？

简小荷：给姥姥邮点钱。儿子啊，这事儿啊，跟谁都不要讲，记住了吗？

太平：记住了……

17. 白天，某街市

孩子甲：嗯……，我就不给你。

甜甜：给我，给我，给我。

孩子甲：我不嘛。

孩子乙：甜甜咱们回去吧。

孩子甲：我就不给。

18. 白天，孙奶奶家外，警报响

孙奶奶：甜甜，甜甜。哎，阿仔，你帮我找找甜甜。

阿仔：好嘞，孙阿婆。我帮你看看。

孙奶奶：甜甜。

见到两个小孩子。

孙奶奶：见到甜甜了吗？
孩子甲：她在那边儿呢！

19. 白天，草丛
　　甜甜一个人在玩儿。
　　甜甜：还少一个。

20. 白天，造船厂
　　朱碧云：快，快点。
　　工人：朱总工程师，你也快隐蔽吧。朱工程师。
　　朱碧云：哎，快走，快走。

21. 白天，街市
　　一片骚乱。
　　孙奶奶：甜甜。
　　炮火袭击。
　　护卫队：快，快跑。
　　孙奶奶：甜甜。
　　小孩子：奶奶，你在哪儿呐？

22. 白天，草丛
　　甜甜一个人跑在炮火间。
　　甜甜：爸爸，爸爸，妈妈，妈妈，妈妈。

23. 白天，孙奶奶家外
　　朱碧云：孙阿婆，孙阿婆。
　　孙奶奶家里。
　　朱碧云：孙阿婆，甜甜。
　　室外。
　　人们忙于救火，救人。
　　不远处两个人抬来一个担架。盖着白布。
　　朱碧云：啊，孙阿婆。
　　孙阿婆：甜甜，甜甜！

24. 白天，救火现场
　　朱碧云四处奔走，拉住一个伤者问："看见我家甜甜了吗？"
　　伤者：她好像在那边儿。
　　朱碧云：谢谢。

**25. 白天，草丛**

朱碧云：甜甜，甜甜。

低头发现甜甜的鞋子，痛苦。

朱碧云：甜甜，甜甜。

**26. 白天，小屋外**

太平二叔抱着甜甜奔回小屋。

太平二叔：来人呐，来人！

工人：怎么啦？哎呀，谁的孩子啊。

简小荷接过孩子。

太平二叔：这孩子伤的不轻啊。

太平：妈妈，妈妈。

工人：够呛啊。

简小荷：二兄弟，这孩子在哪儿捡的？

太平二叔：啊，道边草坑子里。

太平：妈妈，小妹妹怎么了？

简小荷：小妹妹病了。

二兄弟，这孩子手脚冰凉得赶紧想办法。

太平二叔：那就找大夫去啊，走，我认得路。

三人同去找大夫。

**27. 白天，民宅山道**

太平：二叔，还有多远。

二叔：哦，不远啦，就在前头。

工人：大姐啊，把孩子给我。

太平：妈，快点。

二叔：来来，快点。

**28. 白天，医馆**

简小荷：大夫，您快给看看。

大夫：好好。

简小荷：大夫，要紧不？

大夫：这孩子啊，是受了惊吓啦。

神迷魂游的，这心口窝中了魔杖，再不治啊，恐怕这十分气息就要断去八分啦，这孩子啊，就糟蹋啦。

简小荷：大夫，求求您，快想想办法吧。

大夫：好，我给她开副中药，你……拿回去呢，照遵煎服，不可有误，估计不会太长，万一有反复就立即再来。每副煎两次，早晚服用，每次一周为量，啊。

  简小荷：嗯。

  大夫：来，这是七副药，一个疗程。药费加诊费呢，一共二十元。

  简小荷：老先生，我钱带的不够，回头我给您送来。

  大夫：嗨，不碍事，救人要紧。

  简小荷：哎。

29. 白天，室内

  朱碧云拿着捡到的孩子的鞋子，伤心不已。

  朱碧云：首长，周桐在哪儿？能不能让他早点回来。

  首长：呃，周桐啊，这会儿正在海上执行任务，恐怕一时回不来，公安局、街道、海军都在尽力寻找，寻人启事同孩子的照片，都登出来了。

  只要孩子没有意外，我们会找到她的。

  朱碧云：哭。

30. 白天，工地工人休息的工棚

  简小荷：二兄弟，二兄弟。

  二叔：谁？大姐啥事啊？

  工人：大姐，有啥事儿说呗。

  甲：就是。

  乙：背着我们干啥呀？

  简小荷：我……想把……下个月的工钱，提出来先用。

  二叔：干啥用啊？

  简小荷：有急用。

  二叔：是为那孩子吧。嗨，大姐啊，以后有话直说。

  工人：客气啥啊？

  二叔：给。

  简小荷：就算我向你借的。

  二叔：嘿，大姐，你骂我呢！

  工人：哈哈。你骂我们大哥呢！谁跟谁啊！

31. 白天，医馆

  简小荷背着甜甜去拿药。

  大夫：哎，拿着吧，你们出门在外的人啊，没有这个，这个啊，就送给你们吧。

  简小荷将药包转给太平：谢谢啦。

  太平：谢谢啦。

  简小荷：再见。

  大夫：你这个做母亲的啊，可得小心，不能让孩子乱跑。

简小荷：请回吧老先生。

太平：爷爷再见。

大夫：再见，再见。

32. 夜晚，小屋内

简小荷给甜甜熬药。

太平和甜甜在床上安睡。

33. 同时，朱碧云家，室内

朱碧云睡在躺椅上，呓语连连，周桐给朱碧云梳理头发。

周桐：碧云，你就放心吧，孩子总会找到的。公安局、部队、派出所都在找。

朱碧云：只找到了，这只鞋、鞋……

朱碧云抱着周桐大哭。

周桐看向柜子上甜甜四周岁的照片，红了眼圈。

34. 白天，工地

简小荷：二兄弟，小闺女儿的家打听着了吗？

二叔：还没呢，我又托人了。

屋内，甜甜和太平在一起。

甜甜：干妈。

简小荷：嗯？

甜甜：他打我。

简小荷：他打你？

太平：我……我想给她梳头，你看她像个老蜂窝。

简小荷：你看，我打他啊，嘿，不听话，起来，给妈端盆水去。

太平：嗯。

简小荷：干妈给你梳头，好不好？

甜甜：好。

简小荷：来，转过来，照照镜子啊。

干妈梳头疼吗？

甜甜：不疼。

二叔：哎，大姐，这孩子是比前几天好多了啊。

简小荷：呵呵，干妈给你扎红头绳啊。

甜甜：哎。

简小荷：来，该梳这边儿啦。过来。

二叔：嘿，大姐，这孩子叫你这么一打扮，像个小仙女儿似的。

简小荷：呵呵。

甜甜：我妈妈也说我像小仙女儿。

二叔：嘿嘿……

简小荷：那你妈妈叫什么名字啊？

甜甜：忘了。

简小荷：嗯……你爸爸叫什么名字啊？

甜甜：忘了。

二叔：那……你爸爸、妈妈是干什么的？

甜甜：也忘了。

二叔：哎，这可咋整啊？

简小荷：我看这孩子是给吓坏了，你说这孩子爹妈还不得急死啊。

二叔：也是啊。

甜甜抱简小荷：我要妈妈。

简小荷：乖孩子，一会儿我带你去找妈妈啊。拿去。

太平拿了个玩具给甜甜：给，给你玩。

二叔：哎，嘿嘿，哎，丫头，拿着。

太平：你有这个吗？

甜甜：有，丢了。

简小荷：玩去吧，啊。

太平：小妹妹来，咱们俩一起玩。

甜甜：哎。

35. 白天，造船厂

工人甲：哎，快点啊！

工人乙：行。

工人甲：注意安全啊。

工人乙：哎，给打桶水来。

工人甲：哎，好嘞。

工人乙：上面注意安全啊。

工人甲：好嘞。

朱碧云：哎，老李，你们这儿什么时候完成啊？老李。

老李：朱工程师，我们这得十天左右。

朱碧云晕倒在现场。

36. 白天，工地

甜甜在玩。

简小荷：闺女儿，闺女儿？

甜甜：干妈……干妈……

简小荷：哎，好。

太平跑来。

太平：妈，我帮你拿。

简小荷：哎，好。闺女儿啊，瞧你穿的这双大鞋，干妈给你做双新鞋好吗？好去看妈妈。

甜甜：好，好。

简小荷：二兄弟。

二叔：哎。

简小荷：把那张旧报纸给我拿过来。

二叔：好嘞。

简小荷：你们打听的怎么样了，还没找到啊？

二叔：没信儿啊。

简小荷：儿子啊。

太平：哎。

简小荷：把剪子给妈拿过来。

太平：哎，给。

简小荷：你说，这孩子的爹妈还不急死啊。

二叔：说的是啊。

简小荷：二兄弟，你看，孩子的照片。

二叔：是吗？

简小荷：你过来看呀。

二叔：哎？是这闺女啊！这上边还有地址和电话呐！

简小荷：哎呀，谢天谢地。

二叔：嘿嘿。

简小荷：闺女，你妈妈找着啦。

甜甜：我要找妈妈。

太平：小妹妹你能找着妈妈了。

37. 白天，甜甜家附近

简小荷、二叔、太平、甜甜四人同行。

简小荷：是这儿？

二叔：嗯，前边儿。你问问。

简小荷：哎。同志，周桐家住这儿吗？

妇女：哎？就住这楼上。老周，你们家甜甜回来啦。

周桐：在哪儿？

夫妻出现。

甜甜：妈妈，我要妈妈。

朱碧云：甜甜。

甜甜：爸爸。

周桐：嗯嗯。好孩子，让我好好看看。

朱碧云：让妈妈看看。

周桐：是甜甜。

朱碧云：我的甜甜。

周桐：来，让爸爸好好抱抱。哎呀，呵呵。

38. 白天，周桐家，室内

周桐：我家甜甜的命真好，遇见你们这两口子。心眼儿这么好。

朱碧云：哎，这个，拿着。

周桐：哎，好。

朱碧云：大嫂，你们救了这孩子一命，这些天，在你们那儿吃饭、吃药，又让你们破费不少，这钱你拿着。

简小荷：哎，不行不行。

朱碧云：拿着，拿着。

周桐：拿着，拿着。

简小荷：这都是应该的，再说，你们的孩子也确实招人喜欢，这些药还是给孩子继续吃了吧，大夫说，这孩子是受了惊吓。我们走了。

朱碧云：哎，大嫂，这钱你一定得拿着。

简小荷：我决不要。

朱碧云：一定拿着。

简小荷：不行。

甜甜：干妈不走，干妈不走。干妈，干妈不走。干妈，别走，我不让你走。

简小荷：甜甜，干妈以后再来看你啊。

甜甜：不走，干妈不走。

太平：小妹妹，给你玩儿。

简小荷：拿着吧，好闺女，听话啊。

甜甜：干妈不走……干妈不走，干妈不走……

朱碧云：甜甜，别哭啊，甜甜。

二叔：哎呀，大姐啊，这孩子找到爹妈了，你该高兴是不是啊？

简小荷：是啊，跟孩子处出感情了。

二叔：嘿嘿。

朱碧云：大嫂。大嫂，我想问问，你在哪工作？

甜甜：干妈，干妈。

简小荷：什么工作，我在他们建筑队干活。

甜甜：干妈别走。

朱碧云：你家在本地？

甜甜：干妈别走。干妈别走。

二叔：你说呢？哎，大姐啊，她在我们那干活可是一把好手啊，这……这工钱怎么算啊？

朱碧云：工钱好说，就凭她是我女儿救命恩人这一条，不会慢待她。

二叔：大姐啊，我看，你还是自个儿拿个主意吧。啊？

简小荷：我得好好想想。

### 39. 黑夜，小屋内

太平二叔来到小屋内。

简小荷：二兄弟，你是不是有话要说。

二叔：大姐啊，这两年，咱们在一块儿处得不错，要说让你走呢，我这心里头还真不是个滋味，要说我这个老爷们儿，孤身一人也不是一点想法没有。可话又说回来了，你娘儿俩儿，出门在外，也一定是有啥难事儿，我呢？也没问，可我心里头明白，这两天，我琢磨了，明儿你还是带着孩子去吧。那人家，我看了，挺好的。又是部队上，将来你要是有啥难处，这兴许还能帮你一把。就是到了人家那儿，别忘了改个姓。啊！

简小荷：嗯……二兄弟，这两年，我们娘儿俩，多亏了你照顾，我打心眼儿里，真不知怎么谢你，要不是你领着我们娘俩儿到这儿来，我们娘俩儿现在……还不知道怎么样呢，你刚才说的那个想法，也不是没那个念头，可是我又一想，孩子到了上学的年纪，我也着急，我怕误了他，如果以后，你需要我，缝缝补补、洗洗涮涮的，我还来。

二叔：大姐，你走后，我们这儿伙儿人也就到别的地方干活儿去了。

简小荷：去吧，远远儿的去吧。

### 40. 白天，朱碧云家楼下

朱碧云带着甜甜在玩。

太平：妹妹。

简小荷：甜甜。

甜甜：干妈来了。

朱碧云：你看。大嫂。

简小荷：甜甜，哎。

太平：妹妹，我们来啦。

朱碧云：来啦。

简小荷：哎。

甜甜：干妈。

朱碧云：给我。甜甜，快叫干妈。

简小荷：闺女儿。

甜甜：干妈。

朱碧云：走。

甜甜：干妈，咱们一家人了。

朱碧云：哎。

简小荷：真好。咱们是一家人了。

朱碧云：走。大嫂，快进屋吧。

简小荷：哎。

**41. 傍晚，鲁明宽家，室内**

鲁明宽：哎，你看，周桐又升了，当上了水艇师部参谋长。

月英：让我看看。

鲁明宽：朱碧云也调动了，去建筑研究所。呵，真是双喜临门呐。哎，月英啊，今年咱们休假的时候，咱们，咱们全家去他那儿折腾。啊？

月英：人家周桐啊，就是命好。总是比你先走一步。

鲁明宽：老周啊，资历比我老，能力也比我强。

月英：哎，他除了参加革命比你早几年，你哪点儿比他差啊？你呀，就是傻。不会来事。

鲁明宽：你看，又来了。

月英：怎么？还不让说啊。哎？黄司令那儿，咱们什么时候去啊？

鲁明宽：啊？

月英：今儿去吧。怎么样？

鲁明宽：黄司令那儿，改天再去吧，啊。

月英：又不知道改到哪天。

鲁冬生：妈，妈，入少先队要填一张表儿，你看怎么添？

月英：鲁冬生真的啊？

鲁明宽：入少先队啦。啊？哈哈。

鲁冬生：这儿是填过去的爸爸，还是现在的爸爸。

月英：当然是填现在的了。

鲁冬生：可老师说烈士最光荣，我觉得，我觉得……

月英：胡闹，让你填啥，你就填啥。

鲁冬生：那我干嘛姓关呐，同学们都问我，我们全班同学还没有填烈士爸爸的呢！

月英：就填鲁明宽。来，我给你填。

鲁明宽：月英，我出去一下。

月英：哎呀，你这孩子可真不听话，我怎么跟你说的。

鲁蒙蒙：妈妈，妈妈，妈妈你来一下。

月英：哎，鲁蒙蒙啊，妈妈就来啊。

**42. 夜，朱碧云家，屋内**

朱碧云：林妈，林妈。

林妈（简小荷到朱碧云家后，改姓林）：哎。

朱碧云：林妈，我正在忙呢，你帮我把电话接一下。

林妈：哎。喂？

鲁明宽：喂？你是朱碧云吧。

**林妈：**不是，我是他们家保姆。

**鲁明宽：**哦，老周在不在？

**林妈：**他不在，他到码头上去了。您是哪位？

**鲁明宽：**我是他的老战友啊，长锦基地，我姓鲁。

**林妈：**哦……您，您有什么事？

**鲁明宽：**呃，你告诉他啊，过几天我要到他那去看看他，就这样啊！

**林妈：**喂？喂？

**朱碧云：**林妈，林妈？

**林妈：**哎。

**朱碧云：**谁来的电话呀？

**林妈：**他说是长锦基地，姓鲁。

**朱碧云：**哦，我忘告诉你了，他和老周是老战友，他们俩一起出生入死，从海上逃回来的。他叫鲁明宽。哎？林妈，他说什么事儿了？

**林妈：**他说……要来看看你们。

### 43. 白天，村口小庙

林妈拿了些东西送给守庙人，自己拜庙。

### 44. 白天，林妈屋内

林妈哭着看自己睡熟的孩子。

### 45. 白天，邮局外

林妈笑着请人帮忙写信。信写好以后，林妈将信投入了满怀寄托的信箱内。

### 46. 白天，朱碧云家，林妈屋内

**太平：**妈妈，你今天真好看。

电话响起。

**周桐：**啊，啊？啊，老鲁啊，你这几天就来呀，哎呀太好啦，我们正想你呐。

**太平：**妈。

**林妈：**别说话。

**周桐：**啊，哎呀，不麻烦，你快来吧。哎，碧云，碧云，老鲁的电话，说他这几天就到。

**朱碧云：**是吗！他一个人来啊。

**周桐：**哎呀，那怎么可能呢！人家一来那就是一家子，嘿，现在人家那可是儿女双全啦，唐月英呐，带着孩子都来，这下，咱这家啊可就热闹啦。嘿嘿。

听闻，林妈伤心不已。

**太平：**妈，妈妈，你怎么了？

林妈：他成亲了，他成亲了。
太平：妈妈，你说谁啊？

　　　　　　文字整理：张瑶
　　　　　　资料来源：根据优酷网提供的视频完成文字整理。
　　　　　　具体参见http：//v. youku. com/v_ show/id_ XMTEwMjY1MDI4. html#frp = v. baidu. com/tv_ intro/

# 北京人在纽约

首播时间：1993年
首播电视台：中央电视台
摄制单位：北京电视艺术中心、中国电视剧制作中心
编　　剧：李晓明、郑晓龙、冯小刚、李功达
导　　演：郑晓龙　冯小刚
摄　　像：沈　涛、毕建华、李　苏
剪　　辑：张　健、李学雷
主　　演：姜　文、王　姬、戴　博（美国）、严晓频、马晓晴、周丽华
获奖情况：第十四届（1993年度）中国电视剧飞天奖长篇电视剧二等奖、优秀摄像奖、优秀剪辑奖；第十二届（1994年）中国电视金鹰奖优秀长篇连续剧奖、最佳男主角奖、最佳女主角奖；第三届"五个一工程"优秀电视剧奖。

## 剧情梗概：

　　对于许多中国人来说，美国是一块遥远陌生而富足的土地，他们相信那里有无数的好机会。为了实现自己的梦想，他们不惜付出极大的代价。王启明是北京某乐团的大提琴手，他和妻子郭燕远渡重洋前往美国。王启明和郭燕突然发现他们在这个梦想已久的国度里变得一无所有，不要讲成功和发财，就连吃饭这最实际的问题几乎都无法解决。最后，王启明在一家名为"湘院楼"的中餐馆找到了洗碗的工作。泼辣的老板娘阿春很欺生，对王启明的态度十分尖酸刻薄，但又情不自禁地被他的倔强和聪颖所吸引。阿春在停车场被打劫，王启明相救，让阿春对王启明更增好感，任王启明为餐厅经理。大卫是个前海军陆战队军官，对中国文化有着浓厚的兴趣，并能说一口流利的中文。他经营的服装公司雇用了许多中国女工。郭

燕在大卫的厂里找到了一份织毛衣的工作，她的聪明、能干，得到了老板大卫的赏识。大卫很快爱上了郭燕，并坦白地告诉王，劝他放弃妻子，让郭燕过更好的日子。婚姻关系已濒临崩溃的王启明与郭燕步入机场准备回国。想到此次美国之行非但一无所获，夫妻二人还要离婚，王启明真是心有不甘。他突然改变主意，打算混出个人样再离开美国。走出机场，他痛下决心与妻子分了手。

　　不久，大卫与郭燕在教堂结婚，阿春与王启明都参加了婚礼。郭燕在离开之前，给了启明一份大卫工厂客户的名单。王在阿春的帮助下，工厂很快就开张，并获得了成功。王启明从郭燕那里获知了大卫的商业机密，用高薪从他的厂里挖走了大批熟练工人，致使大卫的工厂出现混乱，大卫不得不宣布破产。大卫发现了郭燕对他的背叛，命令她立刻滚出这个家。第二天清晨，大卫酒醒发现郭燕已离家出走，但留下一封信，说她已决定离婚，只要大卫在离婚书上签字，房屋便自然归还到大卫名下。王启明雇用侦探找到了正在某大学打工的郭燕。他接前妻来到他的新居，并把女儿宁宁接来，希望她能够融入美国文化。宁宁得知父母离异的真相，不愿接受这一切，宁宁对阿春表现出毫无掩饰的敌意，对她冷嘲热讽，王启明和宁宁的父女感情也在破裂。宁宁整日和男友史蒂文混在一起，经常半夜才回家，王启明在女儿的书包中发现了一盒避孕套，他勃然大怒，宁宁却满不在乎，在律师和会计的指点下，启明把全部资产用于投资一幢办公楼的修建。阿春警告他当心商业不动产投机中的危险，但启明太顺利了，听不进别人的劝告。美国经济陷入周期性下降，启明的不动产投资损失惨重。为了有足够的流动资金，启明又想借助过去曾让他大赚一笔的地方——大西洋赌城。然而，好运尽逝，启明输掉了一切。回家的路上，王启明碰见了离家出走在街头募捐的宁宁。他得知女儿要与史蒂文的父亲结婚，暴跳如雷却又毫无办法。大卫主动约见王启明。说愿意提供资金，在危难中帮他一把。大卫带着梦想前来投奔好友王启明，被送到地下室，王启明留下500美金，声言是借给大卫的，大卫不禁对着王启明的背影破口大骂……

文字整理：戴灿

资料来源：根据乐视网提供的视频完成文字整理。

具体参见 http：//www.letv.com/

## 剧本：

## 《北京人在纽约》第九集

**1. 阿春办公室　日　内**

窗帘被拉开，新的一天又开始了，王启明回头看见阿春单手扶墙立在门边。

**阿春**：我漂亮吗？

**王启明**：说什么呢。

**阿春**：The tures.

**王启明**：漂亮，是我见过的最漂亮的女人。

**阿春**：撒谎，可我还是很开心。

王启明：唉，阿春。

阿春：你不必多说了，不要在借钱的时候，这么露骨的恭维你的债权人。

王启明：OK，阿春，我确实非常需要钱，但是，我不会跟你借了。

阿春：可以，我不会勉强你的，如果你能从别的地方借到钱。

王启明叹了一口气。

阿春：行了，不必这么认真了，我认为，感情和金钱是可以并存的。

王启明：不，我做不到！要么是钱，要么是感情。

阿春：别忘了，我可是借钱给你，并不是送给你。

王启明：好吧。

阿春：现在可以接受了吗？

王启明叹了口气，说：OK。

阿春拉开抽屉，拿出支票，说：你大概需要五万块钱吧？

王启明：七万怎么样？

阿春沉思了一下，说：开一个厂子，七万也不多。

王启明：可对我来说是一个很大的数目，不可想象。

阿春：你害怕了？这对于我投资人……

王启明：不，我绝对不是害怕，我是碰壁碰的。这么和你说吧，我前前后后跑了十几家银行。

阿春笑着说：那是当然的，因为你在银行里面一点儿信用都没有。

王启明：我就是不明白美国这个事儿是怎么回事，哦，从来没借过钱的反倒没有信用，你非得欠了一屁股的烂债，你就有了信用了。

阿春：那你说对了，有出息的人呢，往银行里面借钱；没出息的人，才往银行里面存钱。

王启明：那你呢？

阿春：算你运气好，我这时候手头上正好有一笔钱，要是再过几天，恐怕也就没有了，七万，REAL？

王启明：你要是手头紧，你可以少点儿也行，别耽误了你自己的生意。

阿春：这也是生意啊（边说边签好了支票）。

王启明：OK。

阿春：噢，对了，麻烦你写一个借据（边说边递给王启明一支笔）。

王启明：OK，我自己有。

王启明开始写了起来。

阿春：哦，请注明，利息是百分之十四。

王启明：OK。

阿春：另外别忘了，在十个月之内还清。

王启明：OK。

王启明写完，将借据递给阿春。

王启明：怎么样？

阿春看了之后说：可以（边说边把签好的支票递给王启明），别丢了哦。

王启明：谢谢你。

王启明说完想要拥抱阿春，阿春闪开，王启明起身将支票叠好揣进衣服兜里。

2. 纽约街道上　日　外

王启明和阿春并肩走在路上，二人走到了路口处。

阿春：该说再见了。

王启明：等会儿，我问你个问题，这笔钱是不是你卖餐馆的钱。

阿春点点头。

王启明：你开得好好的，干嘛卖了呢？

阿春：我总不能当一辈子老板娘吧。

王启明：对，其实我觉得干这行对你并不合适。

阿春：你不是说我干的挺好吗？

王启明：好是挺好的，可是……

阿春：怎么？

王启明：你想听吗？算了。

阿春：王启明，你是不是从心底里就看不起我？

王启明：没有啊。

阿春：你是不是觉得我和那些卖身妓女差不多？

王启明：你怎么能这么想呢！

阿春：钱你已经拿到了，你可以走了……你既然说我是你最喜欢的女人，我又是你最漂亮的女人，而且，你们也已经分手了，你为什么到现在才来找我？你为什么在你走投无路的时候才来找我？

王启明：她……

阿春：我不要你现在回答我。

王启明：好，那我就什么都不说现在，好吧。

阿春：这样最好。

王启明：再见。

王启明伸出手，阿春转身离开，王启明看着阿春的背影，也转身离开。

3. 大卫家　日　内

郭燕拿着织布机操作。

秀梅：不错，还没忘。

郭燕：谢谢你秀梅，想喝点儿什么吗？来。

秀梅：这是我的工作，我是麦卡锡的雇员，郭燕，这是图纸。

郭燕：哦，是最新的那种吗？

秀梅：嗯，这批活儿比较复杂，要求也挺高的，不过对你不成问题。

郭燕：你想喝什么吗？可乐？咖啡？

**秀梅：**可乐。

郭燕从冰箱里拿出可乐递给秀梅。

**秀梅：**后悔吗？

**郭燕：**他跟你说了什么？

**秀梅：**有些事儿是用不着说出来的。

**郭燕：**我觉得我对不起他。

**秀梅：**应该说，你还不了解他，像很多美国男人一样，其实他还是个孩子，聪明、热情、任性、冷酷……成年人总希望彼此互相了解，可孩子是不会这样的，你说对吗？

郭燕叹了口气。

## 4. 破旧楼群内　日　内

一个外国人带着王启明走下楼梯，王启明环顾四周，发现这是个十分破旧的地方。

**外国人：**这边儿走，留神脚下。

**王启明：**您是哪里人？

**外国人：**我来自西西里。

**王启明：**西西里？

**外国人：**是的。

外国人打开地下室的门，王启明跟着走进去。

**外国人：**好的，这边走。

**王启明：**好的，是这边吗？这个地方很大。

**外国人：**这个地方很大吧。

**王启明：**是，这个地方确实很大，已经足够用了。

**外国人：**很不错的地方。

**王启明：**我可以到处看看吗？

王启明跟着外国人看屋子。

**外国人：**喜欢这个地方吗？

**王启明：**不错。

**外国人：**这个地方要一千美金。

**王启明：**一千美金？

**外国人：**是的，一千美金。

**王启明：**五百美金怎么样？

**外国人：**九百吧。

**王启明：**五百。

**外国人：**不，七百美金。

**王启明：**七百美金？好的，就这么说定了。

**外国人：**好的，就这么定了吧。

**王启民：**那咱们走吧。

**外国人：**走吧。

### 5. 大卫家　日　内

郭燕在操作着织布机，窗外传来了汽车声，郭燕看了看，放下了机器走到门外，看见了一只小狗。

**郭燕：**啊！好可爱的狗，你是从哪儿跑来的？（边说边抱起小狗）

**大卫：**喜欢吗？

**郭燕：**你从哪儿找来的？

**大卫：**给你买的，它叫乔西。

**郭燕：**乔西……真是可爱啊。

**大卫：**让它替我多陪陪你，对吧，乔西？好好的保护麦夫人。

**郭燕：**你今天晚上在家吃饭吗？

**大卫：**不，我要回公司。

**郭燕：**要加班？

**大卫：**我要尽快的把这批货抢出来啊。

**郭燕：**我觉得你这批货三个月的时间足够了。

**大卫：**我觉得这个问题用不着解释，嗯？

**郭燕：**好吧。

大卫转身离开，走了几步突然想起了什么，回头。

**大卫：**喂，郭燕。

**郭燕：**干什么？

**大卫：**你先别睡啊，等着我，我会早点儿赶回来。

**郭燕：**OK，乔西会喜欢这个家！

**大卫边走边说：**希望你也是。

### 6. 房间内　夜　内

王启明一个人在屋子里，地上摆着一排啤酒，王启明打开一瓶开始喝，喝完之后对着空荡荡的屋子开始讲话。

**王启明：**我说两句，我来说两句。咱们这个公司今天就算成立了，开张了，咱们大家给自己找到了一个家。这家说明了些什么呢？就是说我们是有缘分的，我们是来自五湖四海，甚至是更远，五大洲四大洋，要是没有点儿缘分，我们怎么会聚集在这个小的地下室里来呢？所以这说明咱们是有缘分的！（说着又打开一瓶酒）下面，我要说两个问题，两个问题。国有国法、家有家规，国的事儿咱们就不提了，单说说这个家。这家是由什么组成的呢？首先要有家庭的成员。何为家庭的成员？就是说要有家长，要有孩子。什么是家长呢？是爷爷。那么这个公司是我创办的，我先来的，我自然是爷，对不起了，各位，你们是到这儿来打工的，所以在这个家庭里面，只能当孩子。那么现在的关系明确了，我要提要求。提什么要求呢？本分，要本分，当孙子就要有当孙子的样儿，这是一种美德啊，同时我希望大家也能监督我，帮助我，毫不客气地让我成为一个像样的爷爷。下面咱们谈谈第二个问题。有人说我这样做是不是叫剥削？现在我们就谈谈这个剥削与被剥削之间的辩证关系。比如说，我这儿，这个，招工，大家伙都来考试，现在留下的自然高兴，没被留下的呢，就不高兴，骂人，甚至骂街，这……这就不好嘛。这个说明了什么问题呢？这说明了个……非常非常重要的问题。那就是说一个人在穷的时候，没有机会遭别人剥削，那是很不幸的，失业嘛……这你们都理解了吧……谁愿意失业，没人愿意失业吧，这是一个问题。什么？啊，你这意思说我是不是个坏人？问得好，问得精辟，这个问题我首先回答你，我肯定是个坏人！认清自己面前的是一个坦率的坏人，总比把这个坏人……一个披着好人皮的坏人当成好人的强……这么说吧……（阿春出现在屋子里）你们对面这个人是个坏人！坏到什么程度呢？坏到纯洁的程度，他不需要你担心，你可以完全有一种安全感……你明白他要做什么……你根本就用不着动那么多脑子……不用想……就是个坏人……我除了剥削你们，我还是剥削你们……最后，我送给大家两句话，丢掉幻想，轻装前进……

讲完后，王启明给自己鼓掌，阿春走到他旁边……王启明看着阿春笑了……

### 7. 海边　日　外

阿春和王启明走在港口边上，阿春抱着王启明的肩膀，王启明搂着阿春的腰。

王启明：你干吗不能请我吃顿晚餐呢？大清早儿的，吃什么早饭？

阿春：你特别喜欢我请你吃晚餐吗？

王启明：那当然了，why not？虽然啊……可是我一直不知道你半夜时候是什么样儿的。

阿春：住嘴。

王启明和阿春一起笑了。

阿春：我跟你讲啊，一般这种晚餐，都是男人请女人的……

王启明：哦，我明白你的意思了，今天晚上怎么样？

阿春：不行，已经太晚了！如果是昨天还差不多。

王启明：唉！昨天……你不知道这两天我累成什么样了，糊里糊涂的，我自个儿什么时候喂我自个儿吃饭都不知道……

阿春：所以我请你吃早餐啊，早上起来头脑可以清醒一点，说真的，你工厂的事情办得怎么样了？

王启明：差不多了。

阿春：什么叫差不多了？我想让你跟我谈谈具体的情况……

王启明：怎么着？才这么两天就想找我逼债啊！

阿春：我想……你这笔钱已经花的差不多了吧。

王启明：那是我的事儿啊。

阿春：哎，听着，我有个建议……我想把我的贷款变成投资。

王启明：想和我合伙儿？

阿春：不行吗？

王启明没说话。

阿春：我跟你讲你为什么……因为你起码要招工人，而且大部分是华人女工，我华人街有很好的关系，再一个，你需要律师，需要有人管账……而且……最重要的，你作为老板了，你不可能亲自去管理这十几个女工，对吗？

王启明：这下你说得对，我这个人天生有个毛病，不知道怎么和女的打交道。

阿春：你什么意思？也包括我？

王启明：当然包括你了。

阿春：为什么？

王启明：阿春你听我说……你还是最好让我按时还你的钱，你得让我独闯一回天下。

阿春：我没有说不让你还钱啊。

王启明：那咱俩要是……

阿春：我也没说要嫁给你……我的意思是说，我只想做二老板，不是老板娘……OK？

王启明：OK，不，你怎么也得是当个副经理……副总裁吧。

阿春：哦，谢了，总经理先生。

王启明：不客气……叫我启明吧……

二人相拥离开……

8. 酒吧　夜　内

阿春走向酒吧内的一个外国人。

阿春：嗨，卡特，你最近还好吗？

卡特：很好。

阿春：抱歉，让你等我了。

卡特：没关系，我已经很习惯等待了。

阿春：什么意思？

卡特：干吗要把餐馆卖掉。

阿春：吉米还好吗？

卡特：还不错，他很想念你，你需要钱的话，可以向我借。

阿春：不用了，谢谢你。凯瑟琳怎么没和你一起来。

卡特：我们已经分居了。

阿春：这样啊……我投资了一个新买卖，一个制衣厂。我认为它前途无量。

卡特：我相信你的判断力。

阿春：我很想跟吉米一起去旅行，餐馆已经弄得我筋疲力尽了。

卡特：我们要是能一起去，吉米会高兴得大叫的。

阿春：不，我不想让他失望，因为这只是我个人的愿望。

卡特：怎么了？

阿春：我现在有一个伙伴，他……

卡特：你遇见了一个男人。

阿春：是的。

卡特：我能够为你做些什么呢？

阿春：不，谢谢你的好意。

卡特：在我看来，你既不像美国女人，也不像中国女人。

阿春：那我是什么？

卡特：介于二者之间。

阿春：我要走了，行吗？

卡特：好吧。

阿春：好的，再见。

卡特：再见。

9. 王启明的公司内　日内

阿春正在给雇来的女工派发工作用的线，王启明走了进来。

阿春：哎，启明，安东尼怎么说？

王启明：刚把电话放下，他说我那个图纸改的吧是特满意，觉得特棒，他说是 very good！

阿春和众女工一起笑了起来。

王启明：各位师傅，辛苦，辛苦啊！今天是咱们这个公司，就算是开业的第一天，诸位都是行家，我这是个新手啦，所以在各方面呢，还请各位对我是多多的帮助，非常感谢，多多包涵……那个，是这样，这批活啊是紧了点儿，你看咱们这个工作条件吧，也是稍微差点儿，可是我王某人跟大家保证……只要大家能够按时的交货，我王某人是一定，我保证……

阿春：王先生的意思是说啊，只要大家卖力，肯干，他会准时发给大家薪水的，对吧，王老板。

王启明：啊，对对对，啊，另外……

阿春：另外啊……王先生人也真是太客气了，他哪里是什么新手啊，他的设计和样品啊，在纽约，包括在巴黎都是拿过大奖的。

众人：哦，太棒了。

阿春：另外啊，这批货是急了点儿，可是，你们大家也看到了，我们这里的工作环境，就是再安十几台机器，那也是不成问题啊，不过那样一来的话，你们大伙儿的加班费可就泡汤了，我看这样吧，我们先试工三天，如果做的好的，能够完成定额的，我们就留下来，如果实在不愿意的话，我们也不勉强，你们看行吗？

女工甲：好啊，在哪儿干不是干啊。

女工乙：有钱就 OK。

女工甲：王老板不是说这里的环境……

王启明：哦……

阿春：王老板是说，如果天气太热的话，他会装两个排风扇，是吧，王老板。

王启明：啊，对，那个，那就这么着吧，好吧。大伙儿先干活，有什么事儿回头再说。

阿春：大家做事吧。

阿春和王启明走进里屋，王启明拉上窗帘。

阿春：呦，老板不高兴啦？

王启明：你忙去忙去，你当老板得了，跟你换了。

阿春：我跟你讲……这是开工厂，可不是开 Party，来的都是些老移民，个个都是很难搞定的，你要是客气的话，就别当老板了。

王启明：那你也不能吹牛啊，什么啊那是，乱七八糟的……什么纽约、巴黎得奖啊，你还真想得出来。

　　**阿春：**在美国，这可不叫吹牛，这叫树立形象，我跟你认真讲，我刚来的时候，我也曾经谦虚过，可是……连你自己你都不相信的话，谁会相信你啊。

　　**王启明：**我就是说你不能太离谱，你知道吧，以后让人知道了多笑话你啊。

　　**阿春：**我跟你讲，启明，在美国只承认一件事情，成功或者失败。

　　**王启明：**哼，妈的，没想到，我他妈的也堕落成一资本家了。

　　**阿春：**行了，还是叫老板好了，以后你会感激我的。

　　**王启明：**不一定……

　　电话铃响起，阿春接起电话。

　　**阿春：**Hello！王老板，电话（电话递给王启明）。

　　**王启明：**Hello！

**10. 大卫的公司内　日　内**

　　大卫在厂房巡视，他把秀梅叫了过去。

　　**大卫：**那几个人怎么还没来呢？

　　**秀梅：**她们不会来了。

　　**大卫：**为什么？

　　**秀梅：**被挖走了，是王先生的格陵兰时装公司。

　　**大卫：**好啊，终于开始了！这件事和我妻子有关系吗？

　　**秀梅：**没有，我查过了，是通过一个叫阿春的女人。

　　**大卫：**阿春？

　　**秀梅：**还需要我做什么吗？

　　大卫摇摇头，秀梅离开。

**11. 大卫家　夜　内**

　　大卫从冰箱拿了一罐啤酒，郭燕正在织布，大卫走到郭燕身边。

　　**郭燕：**你先去睡吧，我还要把这件织完呢。

　　**大卫：**你不必了，你手下有几十个女工。

　　**郭燕：**可这是我必须做完的……你刚才说什么？

　　**大卫：**我说的是，如果你还对管理公司有兴趣，希望你明天能去上班。

　　**郭燕：**为什么？

　　**大卫：**如果你仅仅会织毛衣，我不会跟你结婚的，顺便告诉你一件事儿，你的前夫身边已经有了一个女人……

　　**郭燕：**是阿春？

　　**大卫：**嗯，她从公司挖走了几个熟练工人……她是很漂亮，很能干，可是我还是觉得比不上你，希望我们两个一起可以打败他们……哎，你还觉得欠他的情吗？

　　**郭燕：**不，这个问题现在已经不存在了。

## 12. 王启明公司　夜　内

王启明在办公桌前面坐着，阿春端着面条进屋。

阿春：行了，别太拼命了，你又不是只当一天的老板。

王启明：你别管我，我擦擦，我先把这儿擦掉。

阿春：行啦，吃饭。

王启明：好，你不知道，我啊，这张图明天必须得上机，知道吗？

阿春：照你现在的速度，三个月之内完成合同，是没有问题的。

王启明：我就这么点儿志气啊，嗯？光是完成？我得提前。

阿春：和大卫的竞争吗？

王启明拿起面条吃了起来，**边吃边说**：哼，他？你以为他的日子比我好过啊。

阿春：其实大卫的实力确实比你强呀。

王启明：我的图纸是一流的，比得了吗？

阿春：净吹牛……呦，又是半夜了，我先走了，慢慢吃。

王启明边吃边连忙招手示意阿春过去。

阿春：干什么？

王启明：过来，让你过来。

阿春笑着走向王启明。

王启明：你每天这么跑来跑去的，把精力都耗在路上了，值得吗？不走成吗？

阿春：我说过我不能把爱情和金钱混在一块儿。

阿春起身想走，王启明起身把她拉住。

王启明：非走不可？

阿春点头。

王启明：那走吧走吧，赶紧走。

阿春：明儿见。

王启明：我还是送送你吧。

阿春：不必了。

王启明：你是成心不让我吃这顿饭。

王启明起身出屋。

## 13. 大卫的公司　日　内

郭燕正在织布车间忙碌，大卫和秀梅站在门口看着郭燕。

大卫：看见了吗，我夫人能顶五个熟练工人。

秀梅：你应该继续当她的老板而不是先生。

大卫：啊，也许你说的对。女人是不能对她太好的。

## 14. 路边　日　外景

阿春和王启明从公司出来。

**阿春**：我看还是我去吧，你一天都没睡好觉了。

**王启明**：不用，不用，我跟你说，这可是第一批货，安东尼要是不满意就全完蛋了……钥匙。

阿春将车钥匙递给王启明。

**阿春**：要不然我跟你一块儿去。

**王启明**：你在家给我看家，你是老板娘，好吗，回去。

**阿春**：好吧。

**王启明**：回去。

**阿春**：小心点儿啊，慢慢开。

阿春目送着王启明开车离开。

### 15. 咖啡厅内　日　内景

秀梅和一个画家在喝咖啡。

**画家**：秀梅，我看你这两天脸色不大好，是不是去看看医生啊？

**秀梅**：不用，最近我们工厂活比较多，加班加的。

**画家**：跟你们老板讲讲，请几天假好不好？

**秀梅**：那怎么成。

**画家**：唉，等咱们结婚以后啊，再也不让你受那个累了。

**秀梅**：我去趟卫生间。

秀梅从卫生间出来，看见画家在打电话，秀梅躲在一旁听，画家没有发现。

**画家**：喂，朱丹吗？实在是抱歉，我实在是走不开现在……真的，对啊，我正在画室跟人谈生意啊……哎呀，你就别这么任性了好不好……我爱你，真的爱你……你还不信我啊……行，晚上咱们见……我现在有事，对不起了啊……

听到这里，秀梅转身回到之前的位置坐下，秀梅刚坐下，画家就打完了电话走了回来。

**画家**：哎哟，抱歉啊，刚才和一个朋友通个电话。

**秀梅**：谈生意？

**画家**：是啊，谈生意……我这人除了画画，其他生意也谈，不过经常是谈不成，瞎谈……

秀梅看着他，又望了望窗外，什么也没说。

### 16. 安东尼的房间内　日　内

**王启明**：我已经完成了订单的三分之一，那些是样品，其余的在车间。

**安东尼**：你送的很准时。

**王启明**：谢谢，你要看看吗？

**安东尼**：先等几分钟，你的朋友马上就到了。

**王启明**：我的朋友？是谁？

**安东尼**：大卫。

**王启明**：大卫·亨，他今天也来送货？

大卫进屋。

大卫：是，你说对了。安东尼，这是另一半的样品，非常不错的。

安东尼的秘书将大卫的样品和王启明的放在一起，安东尼仔细的看着两个样品。

王启明：巴克利先生，你觉得怎么样。

安东尼：大卫你说怎么样。

大卫：我并不是买方。

安东尼：你呢，王先生？

王启明：我认为两件毛衣都很不错，问题是，哪件更好一些。

安东尼：需要我做出评价吗？

大卫：为什么不呢，这家伙在跟我竞争。

安东尼：那好吧，到我办公室去吧！玛莎，拿点儿咖啡过来。

玛莎：好的。

安东尼和玛莎离开房间，屋内只剩下王启明和大卫。

大卫：请。

王启明：你先请。

文字整理：张瑶<br>
资料来源：根据乐视网提供的视频完成文字整理。<br>
具体参见http：//www.letv.com/ptv/vplay/702057.html

# 过把瘾

首播时间：1993 年

首播电视台：北京电视台

摄制单位：北京电视艺术中心

策　　划：郑晓龙　张和平

监　　制：张和平

制 片 人：边晓军

编　　剧：王朔

导　　演：赵宝刚

摄　　像：毕建华、董爱军

主　　演：王志文、江　珊、刘　蓓

获奖情况：第十四届（1993 年度）中国电视剧飞天奖中篇电视剧三等奖；第十二届（1994 年）中国电视金鹰奖优秀中篇连续剧奖、最佳女配角奖。

**剧情梗概：**

杜梅和方言在一个朋友葬礼上相识，两人一见如故。方言和杜梅结为夫妻。新婚夜，杜梅总是追问方言有没有喜欢过别的女人，方言直言只会喜欢她一个人，但是杜梅仍然会莫名吃醋。杜梅偶然看见方言跟贾玲在街上谈笑，杜梅和方言大吵，杜梅冲出家门，一夜没回来。第二天，方言在杜梅的姨妈家把她找了回来。潘佑军请方言和杜梅吃饭，但是杜梅不愿意去，方言自己一人去赴宴，喝得半醉回来，他跟杜梅提出了离婚，杜梅表示自己非常爱他，方言无奈留下。杜梅教育方言也要像潘佑军夫妇似的，方言却不愿那样。后来潘佑军离婚了。方言想关心一下杜梅，杜梅却以为方言要和她离婚。第二天，方言醒来，却发现被杜梅绑住了手脚，杜梅拿着刀逼方言说爱她。这时，医院有人来叫杜梅去看病人，杜梅放下刀离开并把门锁上了。方言惆怅万分，爬到窗户边用头撞碎了玻璃。在医院，杜梅向方言认了错，并答应和他离婚。方言和杜梅办了离婚手续，二人分道扬镳。分开后，杜梅请方言陪她去见父亲，这时的方言才知道为什么杜梅对爱情那么偏激。之后，在贾玲的婚礼上，方言再次见到了杜梅，两人寒暄。宴后，杜梅喝醉了，方言带她回了家。

第二天，杜梅醒了，二人清静地聊着，心更近了些，二人商定都分住在潘幼军的家里。虽然杜梅刚搬进来的时候，二人有了协议，但是生活中两个人还是经常拌嘴。方言想找一个新女朋友来气气杜梅，于是潘幼军给他介绍了韩丽婷，但他没有相中。杜梅还总在掺和，让方言赌气说要娶韩丽婷。两人正在做饭时，杜梅带着钱康回家来。韩丽婷跟她哥韩磊说快要跟方言结婚了，韩磊这才找方言商量他与妹妹的结婚事宜，方言向韩丽婷表明不愿意结婚，韩丽婷最终还是决定离开方言。钱康喝醉酒，说出自己喜欢杜梅。

贾玲的意大利丈夫早已结婚，她也根本没有去意大利，只是一直住在宾馆。杜梅开方言的玩笑，方言把酒泼在了杜梅脸上，杜梅一气之下跑回了家。事后贾玲告诉方言，杜梅曾经怀过他的孩子，方言决定回去向杜梅道歉，看见杜梅站在阳台上，生怕她跳楼自杀的方言一把将其抱下，其实两人都还爱着对方。方言提出复婚的请求，杜梅却拒绝了方言，在单位跟领导闹翻了辞职。来到潘幼军的公司后，方言出差到广州谈生意没成功，又成了无业游民。钱康在一次饭局上介绍说韩丽婷现在是他的未婚妻，这让杜梅感到惊讶。方言到钱康的公司当起了司机。

方言和杜梅决定复婚，方言在粉刷墙壁时摔伤，检查之后，方言得知自己患上了肌无力。方言找到贾玲，为了不拖累杜梅，方言决定离开她，他希望贾玲帮自己瞒住杜梅。与此同时，杜梅正四处焦急地寻找方言。杜梅来到宾馆发现方言竟然在贾玲房里，方言朝她大发雷霆，让她不要再纠缠，杜梅绝望地离开。贾玲的意大利丈夫查理回来发现方言在房里，想赶走他，贾玲在这个时候选择了与查理断绝关系。方言决定向杜梅做最后的告别，得知真相的杜梅深情抱住方言，方言在杜梅的怀抱中倒下。

文字整理：戴灿

资料来源：根据爱奇艺网提供的视频完成文字整理。

具体参见 http：//www.iqiyi.com/dianshiju/gby.html#vfrm=2-3-0-1

# 剧本：

## 《过把瘾》第八集

1. 白天，大堂内

    方言拎着水桶准备出去擦车。

    韩丽婷：哎？方言。

    方言：哦？

    韩丽婷：你干什么呢？

    方言：我准备去擦擦车。

    韩丽婷：你去找钱经理吧。

    方言：他去开会了，不在。

    韩丽婷：不，不找他，顺便买点东西。

    方言：哦呵呵。

    韩丽婷：听钱康说，你们俩要复婚啦。

    方言：啊哈。

    韩丽婷：恭喜你啊。

    方言：呵。谢谢。也恭喜你们。

    韩丽婷：嗯，现在想起来也挺有意思的。要不人家说，这世界太小了。

    方言：我……那个时候……

    韩丽婷：嗨，过去的事情，就让它过去了，要是没有你们，也没有现在的我们。

    方言：呵，谢谢你这么想。韩丽婷，我觉着，钱经理这个人，是个挺棒的人。

    韩丽婷：呵，也谢谢你这么想。

    方言：呵呵。

    韩丽婷：哎，你们什么时候办呐？

    方言：等房子拾掇完了就办。

    韩丽婷：那我们干脆赶一块吧，回去跟杜梅说说。

    方言：呵，好啊。

    韩丽婷：我走了，不打扰你了。

    方言：你。你去哪儿啊，我送你。

    韩丽婷：呵，不用了，坐你的车，心里别扭。

2. 白天，屋内

    杜梅和方言在房内搞装修。

    杜梅：这可是咱们的特级保护文物。

    方言：哎，咱们俩和他们一块儿办行不行，你还没说呢！

    杜梅：好吗，那样儿？

**方言：** 哎！

从凳子上摔了下来。

**杜梅：** 呀！

3. 白天，医务室内

**方言：** 大夫，没事儿吧。

**郭大夫：** 没事儿，算你走运，没伤到筋骨。

**杜梅：** 哎，郭大夫，你开个假条吧。

**郭大夫：** 行啦，还开什么假条啊，就擦破点皮儿。

**方言：** 呵呵，就是啊。

**郭大夫：** 好。

4. 白天，大街上

方言开车拉着经理去接杜梅。

杜梅等在医院门口。

**钱经理：** 杜梅。

**杜梅：** 哎。

**钱经理：** 你做前边儿吗？先送我去饭店。

**杜梅：** 祥子，听见没有，老板发话啦。

**方言：** 哎，是，经理。

**杜梅：** 钱经理真是调教有方啊。就没这么老实过。

**钱经理：** 下午就不用接我了，我自己打的。杜梅。

**杜梅：** 啊？

**钱经理：** 下午……连车带人就都归你使用了。

**杜梅：** 真的啊。

**方言：** 我成老板啦。

众人笑。

**钱经理：** 走。

5. 下午，百货外

方言和杜梅大包小包买了很多东西，方言疾步走在前，准备开车门。

**杜梅：** 给。

**方言：** 哦。

方言将东西全部放入车后座，突然手上的东西落地，方言看了看。

**杜梅：** 干吗呢你！

**方言：** 呃呵，没事儿。

**杜梅：** 你怎么了？

**方言：** 我这手，老觉着没劲儿。

杜梅：累的吧。
方言：可能是。
两人开车离开。

**6. 下午，方言车内**
方言：哎，咱们去哪儿啊？
杜梅：照相馆啊。
方言：还照啊。那张底片我还留着呢！
杜梅：照，当然得照了，新的生活就得有新的面孔。哎，为什么咱俩吹了，那张底片你还留着啊？
方言：呵，我下意识的觉着吧，咱俩没真吹。
杜梅：那算什么呀。
方言：啊呃……有点像……婚姻停薪留职。
两人笑。
突然车子不受控制。
杜梅：哎，哎，哎，方言，踩刹车呀！
车子微微停下。
方言看着自己颤抖的手。

**7. 下午，医院，诊察室内**
大夫给方言的右手做检查。
大夫：不用换药了，好了。
方言：好了吗？
大夫：好啦。
方言：那我怎么老觉着没劲儿啊？有时候吧，一下子就不听使唤了。就跟不是我自个儿的似的。
大夫：伤口挺好的，要不……照个片子吧。
方言：哎，行。
大夫：穿衣服吧。
方言：哎，好。

**8. 晚上，方言新房内**
方言在给墙面上涂料，谁知手又开始不听使唤，刷子也掉到了地上。
杜梅：来，快进来。方言，你看谁来啦。
幼军：嗨呦喂，我说你这哥们儿太不像话啦啊。你说……你这破房子，还刷它干什么呀？到我那儿去吧。
杜梅：哎，谢了幼军，我们还是喜欢这儿。
方言：哈哈，呵呵。

幼军：那就另当别论了啊。哎，走，喝一杯去。

方言：哎呀，算了吧。

幼军：好久没聊啦，拿衣服，走走走。对面。

9. 夜，饭店内。

杜梅、方言、幼军三人同桌吃饭。

幼军：来，来，来，"有情人终成眷属"，干一杯。

方言看看自己无力的手。

幼军：干吗呢，端杯子。

方言：嗓子有点不太舒服，你们先喝吧。

杜梅：哎？幼军，今天早上你带去住院的那个女孩儿是谁呀？

幼军：没谁。

杜梅：什么意思？

幼军：关系朦胧，正追着呢！

方言：哎，幼军，你别忘啦啊？你曾经说过一句。

幼军：我什么也没说啊。

杜梅：哎，他说什么啊？

方言：呵呵，他说他要是再结婚，他就是孙子。

杜梅：这……不耽误结婚呐！

三人大笑。

幼军：哎哎哎，我这次可是真的。哎，你们这次也是真的，来，为我们这次都是真的，干一杯。来吧。

方言吃力地拿起酒杯，没几下，酒杯摔落在地上。

杜梅：哎，你今天去检查了吗？

方言：去了，大夫说，没什么！呵，没事儿，可能今天下午擦车，累的。来，来，干！

10. 夜，方言新屋内

方言和杜梅回到正在装修的家里。

杜梅：抱抱我再干活儿。

两人相拥。

杜梅：使点劲，怎么跟披了件大衣似的。

方言：哎，有人。

杜梅：这样吧，咱们换换工种。你先歇会儿，我呢，负责把房子刷了。

方言：好。

杜梅：你回头找人把那些家具拉回来啊。

方言：哎。

杜梅：你也太缺乏锻炼了。

方言：呵呵。

杜梅：哎，人家跟你说话，听见了没有？
方言：我这不听着呢么。
杜梅：哼！

11. 白天，医院，诊察室内

医生帮方言做检查。

医生：好，攥住。好，攥住，用力。小伙子，你……亲属来了吗？
方言：什么意思？怎么啦？您说吧，我没亲属，就一个人儿。我是什么病啊？
医生：怎么说呢？你得的是一种罕见的病，在医学上称作是肌无力型疾病。
方言：肌什么力？
医生：具体的说，就是神经性肌肉间传递功能产生了障碍，上肢无力只是首发的症状，如果继续发展，便会累及全身的肌肉，一旦呼吸肌进行性肌无力，达到不能维持正常换气的程度，便会窒息……
方言：而死。你们给个痛快话吧。有治吗？
医生：你的病情已经相当严重了。你呢，要尽可能的卧床。
方言：等死？对不起。我还有多长时间。
医生：这很难说。也许三年五年，也许十年八年。也许……
方言：好，您别说了。我知道了。

方言离开。

12. 白天，医院外

方言从诊室里走出来，准备开车，可是手无力，怎么也搬不动手刹车。无奈，方言拔出车钥匙去打电话。不一会儿，钱康打出租到来。

钱康：什么急事儿啊？你把我约这儿来？
方言：这是钥匙，你自己开回去吧。
钱康：什么意思啊？
方言：没什么意思，就是不想开了。
钱康：见鬼了你！
方言：没错，见鬼啦。

13. 白天，房间内

方言一个人在窗边冥思，桌子上一封只写了名字的信摆在那里。
随后，方言将那张纸撕下，揉成团，扔掉。

14. 白天，贾铃房间里

方言站在窗边看风景，贾铃边倒水，边听方言说事情。

贾铃：什么？不可能！

方言摇摇晃晃坐到沙发上，从兜里拿出诊断书。

方言：别……干吗呀，姐，姐，我就是怕这样才来找你的嘛！

贾铃：她要是知道，非得急疯了。

方言：所以啊，不能让她知道。

贾铃：你再去查查，说不定不对呢！

方言：不可能，三家医院都这么说。而且是最权威的医院，最权威的专家会诊后的结果。你知道我最怕的是什么？万一哪天我真的不能动了，她要为我擦身子，然后她的头发落在我的肚子上，痒吧，又够不着。呵呵。

贾铃：求求你，别说了。

方言：呵。

### 15. 白天，医院值班室内

杜梅接电话。

杜梅：那为什么？

钱康：谁知道为什么呀？甩给我车钥匙就走了。我觉得他好像哪儿不对了。

杜梅：那他现在在哪儿啊？

钱康：我也不知道啊，他没跟我说呀。

杜梅：就这样吧。

### 16. 白天，贾铃房间内。

侍应生送饭菜进房间。

贾铃：谢谢啊。哎，我喂你吧。

方言：用不着，指不定谁抢得过谁呢！洗手去！这还是杜梅教的。

方言想站，没站起来。

贾铃：哎？怎么啦？快点，我送你去医院吧！

方言：没用，我那兜里边儿有针药。

贾铃：嗯。我得去买注射器。

方言：你就不怕撞上熟人儿？

贾铃：你一个人待着行吗？

方言：死也要得等你回来以后。贾铃。

贾铃：嗯？

### 17. 白天，电话亭。外

杜梅拨电话去贾铃房间，方言坐在沙发上看着电话响。

没人接，杜梅挂断电话。一个男的急急走来要用电话。

杜梅：哎，等会儿，我还没打完呢！再拨一个号码。

杜梅：喂？请问潘幼军在吗？

18. 白天，贾铃房间，卧室内

   贾铃要给方言注射针剂。

   方言：哼，不好意思。

   贾铃：你说什么？

   方言：潘幼军他们家楼底下有一叫钱康的，我上面一吵吧，他就上来了。

   贾铃：嗯。

   方言：开口就说……不好意思。呵呵。

   贾铃：都什么时候了，还什么劲儿。针一下？

   方言：哎。

19. 白天，楼，外

   潘幼军开车接杜梅。

   潘幼军：怎么回事儿？

   杜梅：方言跟钱康说他不干了。我也不知道怎么回事？你帮我找找他去吧。

   潘幼军：咱们去看看吧。

   杜梅：哎。

20. 白天，贾铃房间，内

   方言和贾铃一起吃饭。

   方言：嗯哼，你别说，这药还真灵。

   贾铃：你得赶紧去住医院，这种病一犯就会失去控制能力。你应该跟杜梅说。

   方言：然后呢？让她陪我到死。

   贾铃：只有这样儿。

   方言：不，我谁也不让陪。我想让她恨我。离开我。贾铃。

   贾铃：嗯？

   方言：咱们是好朋友吗？

   贾铃点头。

   方言：你帮过我，帮过我们很多。你再帮我一次好吗？最后一次。

   贾铃：你说吧。

21. 白天，潘幼军车内

   潘幼军：你说，这小子能到哪儿去呢？反正……该找的地方我们都找了。杜梅，你们真的没吵架吗？

   杜梅摇头。

   潘幼军：这就怪了。那天吃饭的时候，我觉得不对。这小子能到哪儿去呢？我们还到哪儿去找？

## 22. 白天,贾铃房间,内

**贾铃**:真好你,自己都这样儿了,可想的却是……

**方言**:得了,得了,不说了,好吧,先吃饭。哼,我就是想死得安静点。哼,一个人干坏事儿不难,难的是一辈子干坏事儿,不干好事儿。哼哼哼。

**贾铃**:还逗呢!可这样,杜梅照样还痛苦啊。

**方言**:那不一样。她习惯于我活着跟她闹,不习惯我这样要死不活的垂死挣扎。只能这样了我。先把她赶得远远的,以后再说以后的,长痛不如短痛。

**贾铃**:可我觉得还是不合适。

**方言**:哼,就没有合适的事儿。你浑身是劲儿的时候,打个没完。终于打完的时候吧,浑身又没劲儿了。

**贾铃**:招谁惹谁了。凭什么轮到你啊。

## 23. 白天,酒店门口,外

潘幼军送杜梅到贾铃所在酒店的门口。

门童给杜梅开车门。

**杜梅**:谢谢。

**潘幼军**:哎,杜梅,我在停车场等你。

**杜梅**:好。

## 24. 白天,贾铃房间内

**贾铃**:方言,吃苹果还是吃梨啊。

**方言**:苹果。

**贾铃**:嗯。你说杜梅这命怎么这么苦哇,你们俩好不容易……

电话响。

**贾铃**:喂?

**杜梅**:喂。

**贾铃**:喂,是她。

**杜梅**:喂?

**贾铃**:喂?

**杜梅**:喂。

**贾铃**:喂?杜梅啊。

**杜梅**:哎,是我。

**贾铃**:在哪儿呢?

**杜梅**:啊,我在大厅呢!

**贾铃**:大厅?

**杜梅**:啊。

**贾铃**:就在楼下呢!

杜梅：啊对。方言在你那儿么？

贾铃：方言？他没在啊？

杜梅：哦，是么。

贾铃：啊……

杜梅：你怎么了？

贾铃：我没怎么呀，就是有点不舒服。

杜梅：哦，好吧，那就这样吧。

贾铃：嗯，再见啊。

杜梅：再见。

电话挂断。

贾铃：我怎么直抖哇？

方言：你还得抖。

贾铃：啊？

方言：她这就上来。你想啊，她这么急着找我，你为什么不问问原因，她就在楼底下，你心里没有鬼，你为什么不请她上来，你身体不舒服，她为什么不能上来看看你。

贾铃：你走，快点，别磨蹭。

方言：哎呀呀，现在已经来不及了，我现在出去正撞上她，那还不一样吗？还不如等她来呢！

贾铃：那她来了，我怎么办哪？

方言：你表现得心越虚越好。

贾铃：那，可是，这……

方言：哎呀，别说啦，你现在进里屋去。

贾铃：那万一。

方言：剩下的一会儿再说。

贾铃：方言，这不行。

方言：走。

关上房门，方言弄乱自己的衣服和头发。

方言开门，杜梅看到方言在。

杜梅：我没猜错。

方言：你没必要进来，受这份刺激干吗？

杜梅：你就不想解释一下吗？

方言：都这样了，还需要解释吗？我觉得什么事情都应该适可而止。

杜梅：无耻，你瞧你那无耻的样子。贾铃呢！

方言：她不想见你。

杜梅：她不想见我？你算她什么？

方言：事情到这一步了，你应该有点印象。请你冷静点，别在这儿瞎折腾，你无法干涉我的选择。

杜梅：下流的东西。

**方言：** 我自己是什么，我自己清楚，用不着你在这儿说三道四。就这样吧，现在请你出去，你赖在这儿，对你我都没什么好处。还不如……

杜梅抬手要打人。

**方言拦住：** 别闹的跟夫妻似的，咱俩什么都不是，幸亏不是。

**杜梅：** 贾铃，你给我出来！

进卧室。

**贾铃：** 杜梅，别闹了，咱们都别闹。

**杜梅：** 跟你闹，你算个什么东西，我今天来就看看你是个什么德行，看看你这个小母狼脱了羊皮到底是个什么嘴脸。

**方言：** 你用不着对她尖牙利齿的。我，是我的主意，我强迫的她。有什么话，你对我说就完了，你别说人家。

**杜梅：** 心疼了你，我就骂，我骂死她。贾铃你这个……

**方言：** 你混蛋，你给我滚，滚！

**杜梅：** 我真后悔那天没一刀杀死你！

**方言：** 现在也不晚，刀就在那儿！

**杜梅：** 梦！真像一场梦！

**方言：** 等等，麻烦你把那套家具退了。

**贾铃：** 非得这样吗？

方言无言。

25. 白天，酒店停车场，外

　　杜梅坐上潘幼军的车。

**潘幼军：** 找着他了么？

杜梅点头。

**潘幼军：** 他在这儿？在哪儿？告诉我房间号，我找他去！

**杜梅：** 不用。麻烦你，送我回医院好吗？

26. 晚，餐厅内。

**服务生：** 两位这边请。

**贾铃：** 哎，坐。

**方言：** 嗯。

**贾铃：** 嗯，来吧。感觉怎么样？

**方言：** 嗯……行。

**贾铃：** 想吃什么自己点吧。

**方言：** 别弄这特殊待遇，我只要有一口气也算一活人。

**贾铃：** 那你就别喝酒了吧。

**方言：** 我还就想喝酒。我想庆祝我这一生。快活到头了吧，才明白，其实生活对于我来说是满满当当的，我觉着我活着挺充实的，我没有白活，有人爱我。

贾铃：杜梅真应该在这儿，而不是我。

方言：啊，行了，咱不说这些，点菜吧。

潘幼军：啧啧啧，挺滋润的。

贾铃：呦，潘幼军来了。坐下一块儿吃点吧。

方言：来来来，坐。

潘幼军：你请客啊。

贾铃：嗯。

潘幼军：是付米拉、美金还是人民币啊。哎，你那个意大利黑手党没和你一块儿回来。啧，多好的机会啊。

方言：干什么你！

潘幼军：不干什么，想跟你谈谈。走吧……

27. 夜，餐厅外。

方言：哎，干什么去！

潘幼军：方言，你这么干，是不是有点缺德了。

方言：哎，你什么时候成了道德卫士了，义正词严的。

潘幼军：我跟你说，你少跟我来这一套，走。咱们找杜梅去，哦，你把人家当狗啦，想哄你就哄啊，房子也刷得差不多了，家具也定了，喜糖都买了，你小子这么干是不是有点坑人到家了。

方言：我愿意。轮谁也轮不着你教训我呀。我愿意跟谁好跟谁好，我是不是捷足先登碍你事儿了。

潘幼军：方言！我可警告你，你要是犯浑可别怪我不客气，咱们都是男人，我不管你以后怎么着，杜梅那边你给我安顿好喽。

方言：你想安顿，你安顿去吧。

潘幼军：哎，方言！你是不是找咽气呢！

方言：对我就是找咽气呢！怎么着吧？

潘幼军给了方言一拳。

方言：行了吧，咱们也扯平了。

28. 夜，餐厅，内

方言回到餐厅用啤酒漱了漱口里的血。

贾铃：非得这样让所有的人都恨你？

方言：你也可以这样，都躲我躲得远远的。痛苦大合唱是最难听的，我想安静地走。

贾铃：别，我都知道，何必呢……再说，我还得给你打针呢！

方言握住贾铃的手，点点头。

贾铃：我现在可以告诉你，我一直喜欢你。从看见你的第一天开始。如果……你觉得过分的话，我可以改个词——有好感。

方言：不……谢谢。

## 29. 夜，杜梅新居，内

杜梅一个人默默地粉刷着新居，脸上却不见一丝喜色。

## 30. 夜，酒店，内

贾铃抱了毯子走出房间。

贾铃：你睡里面大床，我睡这个屋。

方言：嗯，我走。

贾铃：别走了，你现在一个人走，多危险呐。

方言：嗨嗨，我现在是最没危险的，就这样。只能这样。

贾铃：方言别走，就让我再看你一眼，明天把你送到医院去，我就不会再见你了。

方言：呵，不。我还是得走。

贾铃：方言你就别走了，真的别走了。

突然门被打开，查理走了进来。

贾铃：查理。

查理：哼哼。

贾铃：怎么……你回来了，也不先打个电话。

查理：怎么，我回来的不是时候。

方言：不，查理先生，我想，你一定误会了。

查理：我可以同我的妻子说话吗？如果你没有什么事情，请你出去。

方言：好，我这就走。

贾铃：方言别走。妻子？谁是你的妻子，那你的那个洋太太怎么办？

查理：这个问题，我们已经讨论过了，我不想再谈。

贾铃：我还不想谈了呢！你有本国的太太，我也有本国的先生。

查理：你要再不出去，我报警了！

方言：很好，我想中国法律首先处理的是重婚罪。

门铃响。贾铃开门。

服务生：先生，您的行李。

贾铃：不，他不住这儿。

服务生：对不起。

查理：贾铃你要想一想，你以后怎么办？

贾铃：想好了，房租已经预付了一年，这段时间够用了，请你立刻出去。晚安！

## 31. 夜，杜梅新居，内

杜梅一个人粉刷墙壁，刷好最后一面墙后，杜梅坐在椅子上看着自己的手沉思，忽然，她想到了什么……

**32. 白天，房屋，内**

方言和贾铃去了房子里。

贾铃：来这儿干什么呀？

方言：告个别，可能再也来不了了。

方言站在窗边想了想。

方言：跟查理解释一下，要不约他到医院，我跟他谈，你们的关系……

贾铃：别说了，就是死，我也不会再理他了。

方言：那干吗？

贾铃：我是找丈夫，不是排队。

方言：呵，那天晚上真有意思。

贾铃：杜梅跟我说了。

两人走去阳台，身后传来脚步声。

贾铃：好像有人来了。

潘幼军出现在阳台。

潘幼军看了看方言没有说话。

方言：我真想像石静那样，从这跳出去。但不是往下……而是往上……

**33. 白天，潘幼军车里，内**

贾铃：唉？杜梅是怎么知道的呀？

潘幼军：给方言看病的大夫，她正好认识。

方言：咱们这是去哪儿？

潘幼军：杜梅让我把你拉回家。

几人下车。

方言：走吧。

潘幼军：算了，不去了，她在家等你呢。

方言：一块儿去吧。

贾铃：还是你自己去吧。

**34. 白天，方言家，内**

方言站在门口看着杜梅慢慢撕下黑板上的报纸。再看房内，一切已经整理妥当。方言进入帮忙一起弄。杜梅转过头，两人深情对望。

两人紧紧相拥在一起接吻。

文字整理：张瑶

资料来源：根据爱奇艺网提供的视频完成文字整理

具体参见http://www.iqiyi.com/dianshiju/20100508/n9311.html#vfrm=10-5-0-1

# 一个姑娘三个兵

**首播时间**：1993年
**首播电视台**：大连电视台
**制作单位**：兰州军区政治部电视艺术中心、中央电视台影视部、大连电视台
**编　　剧**：张秦林
**导　　演**：石学海
**摄　　像**：张冬冬、周永寿
**主　　演**：赵岩松、杨　丽、王红军、毛　孩
**获奖情况**：第十四届（1993年度）中国电视剧飞天奖短篇电视剧二等奖；第十二届（1994年）中国电视金鹰奖优秀单本剧（含上、下集）奖；第四届"五个一工程"优秀电视剧奖。

**剧情梗概：**

班长这个农村兵，一心想在部队提干，因而把这个远离喧嚣且并不正规的小维护站管理得非常正规。他为了提干，不惜以背叛战友间的友情为代价，换取上级领导对他的信任。在直升机可以来送水的情况下，宁让战友忍干渴，也不向部队领导请求。反映出他内心的两重性：一是不给上级添麻烦，二是想通过缺水这个艰苦的条件创造英雄事迹，来铺平自己提干的道路，这一点引起了赵三更和喜子的极大的反感，隔阂由此通过一系列的戏剧冲突愈演愈烈。

在偶然的一个机会，班长在三更面前吐露出他心灵深处隐秘的世界，原来他所做的一切都是为了一个"苦涩的爱"。班长的未婚妻由于他在部队里总也不提干，父母逼她嫁给一个有钱的却残疾的烧窑个体户，一时产生了轻生的念头。班长几乎是殚精竭虑地力争提干，达到他迫在眉睫的目的，把未婚妻救出来。从此，人与环境并存，爱与友情共溶。正如这部戏的导演所旨意要表现的"让友情坚强起来"那样，当维护站要撤掉的时候，三个男人之间的那种深深的情感和友情被淋漓尽致地表现出来。

文字整理：戴灿
资料来源：根据56.com视频网提供的视频完成文字整理。
具体参见http：//www.56.com/

剧本：

# 《一个姑娘三个兵》（上）

**1. 清晨，外**

　　三个士兵排列跑操。

**2. 白天，营房，内**

　　三更在已经见底的水缸里，盛出最后一点水刷牙，一旁的喜子被刮缸底的声音弄得很不舒服，无奈在水缸里涮涮笔，写上了送水日的日期——六月八日。

　　三哥：哎，喜子啊，跟你商量点事儿。

　　喜子：啥事儿啊？

　　三哥：把你的水给我用点行吗？

　　喜子：得了吧，你想得美，我好不容易打这么一点水想画一张大漠风景图，我刚构思好的题材，特棒！你要水干啥？

　　三哥指指下巴。

　　喜子：呵呵，就你那点胡子茬啊，还用刮？呵呵，再说，这下午水不就来了么！刮胡子也不差这半天呐。

　　三哥：哎，健康知识上说啊，应该早上刮胡子。

　　喜子：呵，应该的事儿多了，那整天在沙窝里拱，应该每天洗个澡，可都来一年了，连半个澡都没洗上，哎，你不都来三年了嘛！

　　三哥：得得得，不给就算了，说这些干啥？

　　三哥拿着刮胡刀干刮，喜子看得心理直别扭。

　　喜子：喏喏喏，给你吧。

　　三哥：哎？那……那你……不画啦。

　　喜子：不画啦，已经没水啦。

　　三哥：哎，下午来水了，让你画个够。啊。

　　喜子：嗯。

　　三哥用着喜子的水，高兴地刮着胡子，喜子收拾自己的画具。突然，喜子注意到三哥手上的镜子，竟然用的是一个女人的照片做背面。

　　喜子一把夺过镜子。

　　喜子：好哇三哥，我说你怎么死气掰咧的刮胡子呢，原来，你是有猫腻儿呀！

　　三哥：什么猫腻儿，给我，给我拿来。

　　喜子：这照片，怎么跑到你的手里来啦。啊？你胆子不小，敢和朱季姑娘谈恋爱，这是违反部队纪律的。

　　三哥：快拿来，给我。

　　喜子：唉，不给，不给，你老实交代我就给你。

**三哥**：给我，好哇，你这个小家伙，敢抢我的东西，我叫你抢，我再叫你抢。

**喜子**：啊呵呵。

班长走进来看到闹成一团的两人。

**班长**：怎么回事儿？

**喜子**：啊，没什么事儿。

**班长**：把被褥赶紧整理好。

两人整理东西。

**班长**：三更你都是老兵了，喜子你也不是新兵，还这么马虎的。

**喜子**：整天整，也没个人看。

**班长**：不是给人看的。作为一个军人，就要有高度的自觉性和严格的组织纪律性。哼，准备一下，马上开始查线。

### 3. 白天，沙漠中，外

**喜子**：哎？三哥。

**三哥**：嗯？

**喜子**：你的胆儿，可够肥的啦。呵呵。敢互相赠送照片。

**三哥**：去你的，什么赠送啊，上回她的底片让我寄回去洗，洗出来我看挺好的，就偷偷地留了一张。

**喜子**：哦。要是让班长知道了，可没你的好。

**三哥**：知道了……没别人，就是你说出去的！瞧我怎么跟你算账。

**喜子**：哎？心里没鬼，就别怕说出去。

**三哥**：哎，你少来啊！就是没事儿，到了班长那儿，也成了大事儿。

**喜子**：嗯……

**三哥**：喜子，来，坐着歇会。

**喜子**：三哥。

**三哥**：嗯？

**喜子**：你觉得她怎么样？

**三哥**：谁呀。

**喜子**：别装了，送水姑娘呗。呵呵，我看你对她挺上心的。三哥，你是不是……真的看上她了。

**三哥**：别瞎说啊，你当我面儿说什么都行，可小心咱们班长。

### 4. 下午，营房外

**班长**：三更、喜子，你们查线的区段。

**三哥**：29公里A段、B段；30公里C段。

**班长**：查线时间。

**三哥**：上午10点，到下午3点。

**班长**：线路情况。

三哥：29公里B段，第43号线杆被风刮倒，造成线路损坏。

班长：处理情况。

三哥：现在已全部修好，线路接通。报告完毕。

5. 下午，岗哨，外

喜子拿着望远镜在观望。

喜子：来水啦！快！水来啦，水来啦，快挂彩旗。

班长：哎，喜子啊。

喜子：啊？

班长：别搞得那么隆重，把我的放下。

姑娘来到。

喜子：哈哈，你辛苦啦。

班长：辛苦啦。

姑娘：没事儿。

班长先倒了些水给喜子喝。

班长：够吗？

喜子只顾喝不说话。

姑娘开心地大笑。

三哥看着姑娘傻笑。

姑娘：班长，你的信；三更，这是你的邮包。

班长和喜子将运水的骆驼拉走，剩下三更和姑娘在外面。

姑娘：瞧你，又寄来这么多海马。

三更：你妈的老寒腿，好点了吗？

姑娘：好了，哦，我妈说，见了你，可得好好谢谢你呢！

三更：要说感谢，我们……该感谢你啊！要是没你送水，我们喝什么呀！

姑娘：呵呵。

三更：你妈……你妈的病好了，比什么都强。这些小海马，拿回去吧，啊。

姑娘：哎。

6. 下午，营房，内

班长和喜了将水倒进水缸。

7. 下午，沙漠，外

姑娘：这小海马，可真好看呐。小海马，是海里面的吗？

三更：是啊。

姑娘：听说大海可大啦，比咱这大漠还要大呢！

三更：嗯，不错。

姑娘：嗯，咱这里啊，要是有海就好了，就有喝不完的水了。嗯……不过，也不好，要是有这么多水，就用不着我啦，我也就不认识你，认识班长和喜子啦。

三更：哈哈哈……海水是不能喝的，又苦又咸。呵呵……

姑娘：呵呵……我小时候啊，就听说过有海，可是他们从来没有告诉我，海水是不能喝的呀。

三更：我小时候呀，就听说过有沙漠，可是从来没有骑过骆驼。

姑娘：是吗？那我到那边教你骑骆驼，走吧。走啊，走。快点啊。

三更：哎，这骆驼好骑吗？

姑娘：当然好骑啦。

**8. 下午，沙漠，外**

姑娘教三更骑骆驼。

三更：驾驾。

姑娘：哎，小心点啊。

三更：这样骑，对吗？

姑娘：对，快跑。快点。呵呵，拉紧一点，别放松啊，要不就掉下来了，呵呵，笨死了。快跑，快点啊。快点啊。

三更：好啊。

姑娘：快跑啊……快点。

三更：哦。

姑娘：哦。快跑，快点，加油啊！

班长：赵三更！你下来！累坏了群众的骆驼，你能负得起责任吗？

**9. 下午，沙漠，外**

喜子送姑娘离开。

姑娘：哎，喜子啊。

喜子：嗯？

姑娘：你不想骑骆驼吗？

喜子：想啊，但我不敢，你没看见刚才班长对三更又吼又骂。

姑娘：呵呵，呵呵，你们班长真逗。呵呵。

喜子：我们班长啊，他可是好人，你别看他总发火，外表冷，心眼可热着呐。

姑娘：呵呵，呵呵。

喜子：哎，我们上级对他可器重呐，年年立功受奖。哎，你们别看我们这个站小，就三个人，我们可像一家人一样。班长啊，就像个大哥哥似的，对我们可好啦。可操心了呢！呃。你说这也奇怪哈，有的人一生下来就是操心的命，是不是。

姑娘：呵呵。

喜子：哎，你别笑啊，我说的都是真的。

姑娘：我又没说你说的是假的。

喜子盯着人家姑娘鞋上的一个东西看着，姑娘注意到了，也看了看，还藏了藏。两人笑。

## 10. 夜，营房，内

**班长**：我反复说过多少遍了，战士和当地姑娘接触，一定要十分注意。不能超过界限。

喜子看看三更，又看看班长。

**班长**：这么一个姑娘，敢一个人在沙漠里给咱们送水，凭什么？就凭对咱部队的信任。要是我们有一丁点儿对不住人家的地方，受处分都是小事儿！破坏了部队形象，谁负责？啊？

**三更**：不就说了几句话吗？

**班长**：说了几句话？你没笑？你敢说你没笑？

三更无言。

**班长**：刚才我说的可能有点过了，反正注意点没坏处。不管怎么说，咱们不能给部队抹黑。好了，准备休息吧。

## 11. 白天，沙漠，外

喜子和三更躺在沙上聊天。

**喜子**：三更，班长哪来那么大火气，哎，是不是看出点什么啦。

**三更**：看出什么？啊？是不是你把照片的事给他说了。

**喜子**：哎，我哪能干那事儿啊！我是那种人吗？

（班长一个人带着工具检查线路）

**三更**：也是。人家李班长可不像他，和人家送水姑娘有说有笑，可热情了。这说明，军民关系好。他可倒好，一天到晚板着个脸，就怕我们给他捅娄子，惹什么事，好像看姑娘几眼，说几句话，就能生出孩子似的。

**喜子**：哎？三更，别说得那么难听好不好。

**三更**：本来就是嘛。

**喜子**：三更你也真是的，不就那么点破事嘛，像个老太婆似的唠叨个没完。

**三更**：哎，真有那回事也好。

**喜子**：谁知道有没有。

**三更**：哎。

**喜子**：哎？三更，我觉得那个送水姑娘还真不赖，不像城里那些姑娘，那毛病可多着呐。

**三更**：你还小，懂啥？

**喜子**：小啥？你别以为我什么都不懂，哼！

**三更**：哼！

## 12. 白天，营房，内

班长从外面回来。匆匆放下毛巾，拿了脸盆准备洗脸，可是掀开水缸舀出水一看，又将水倒了回去，只留一小口喝了一点。

**13. 白天，沙漠，外**

三更和喜子坐在沙漠上晒太阳。

**三更看看天：**时间过得真快。

**喜子：**哎呀，咋办，怎么办？前面还有一段没查呢！

**三更：**走，回去，不查了。班长那儿，我对付。

**喜子：**这……这……能行嘛！

**三更：**走吧。

**14. 白天，营房，外**

**班长：**查线区段。

**三更：**23 公里 A 段、B 段。

（喜子不安的偷看三更）

**班长：**查线时间。

**三更：**上午 8 点 30 分到下午 3 点 30 分。

**班长：**线路情况。

**三更：**23 公里 B 段 34 号线杆被风吹来的沙子压倒，呈 45 度角，线路没有受到损坏。

**班长：**处理情况。

**三更：**已经把沙子挖开扶正线杆。一切恢复正常，报告完毕。

**班长：**解散。

**三更：**是。

**15. 白天，营房，外**

喜子拿了些罐头盒玩，班长别有深意地看着他。

**班长：**喜子啊。

**喜子：**啊？

**班长：**你起来。喜子啊。

**喜子：**啊？

**班长：**你说查线区段是多少？

**喜子：**23 公里，A 段、B 段呐。

**班长：**你再说一遍。查线区段，到底是多少？！

**喜子低下头：**2……23 公里。

**班长：**哼！你们一回来我就感觉不对劲儿。

（三更走出门听）

按以往查线回来，第一、起码要喝上三杯水；第二、起码在床上躺二十分钟；哼！第三、衣服上的汗碱，起码要在腰部以下。可今天，全不对劲！哼！

班长回营房拿了工具出去继续检查，三更和喜子互相埋怨了几下，慌忙拿上工具跟在班长身后。

16. 下午，沙漠，外

   几个人列成一排去检查线路。

   渐渐，三更和喜子在身后速度减慢。

   **班长回头看看**：走快点！

   两人跟上，继续小声说。班长停下，侧头哼了一声，继续前进。

   线杆下。

   喜子：哎，班长，我上吧。

17. 夜，营房，内

   班长拿着油灯走进房间，三更和喜子坐好等待班长批评。

   班长：哼！休息吧。

   两人不动。

   班长：还不快点！三更、喜子啊，起来烫烫脚再睡。

18. 白天，沙漠，外

   姑娘送水来。

   喜子：嗨！来啦！来啦，快点，来啦。

   喜子取下毛巾欢迎。

   三更：哎，喜子啊，我就不凑热闹了啊。

   喜子：啊？

   姑娘将骆驼交给班长。

   姑娘：哎，喜子啊，这是你的邮包。

   喜子：哎。

   姑娘：三更呢？

   班长：他在屋里。

   姑娘：他病了？

   班长：没有。在写信呢！

   姑娘：班长，我去看看他行吗？

   班长：去吧，去吧。

   姑娘：哎。

   喜子打开邮包，里面是一双新的姑娘穿的布鞋。

19. 白天，营房，内

   姑娘：三更。

   三更：哎，进来吧。小白。

   姑娘：瞧，我们家就在那儿。

   三更：里边坐吧。

姑娘：哎。

三更：那，擦擦吧。

姑娘：哎。

姑娘擦完，将毛巾随便一丢，三更将丢在绳上的毛巾整理好。

姑娘：这么多青豆啊，为什么呢？

三更：我们这，没有青菜，所以，只好吃罐头。哎，这可不能坐，这是班长的床。

姑娘：哦。

三更：哎，小白，这有凳子，你坐吧。

姑娘：呵呵，你为什么不叫我的名字，叫我小白呢？

三更：叫顺口了。

姑娘：你知道我叫什么？

三更：叫翠巧。

姑娘：三更哥，多亏你给的海马，我妈都能下地走道儿了。

三更：是吗？

姑娘：啊。昨天啊，还去了趟供销社。

三更：是吗。

姑娘：我妈还想来看看你呢。

三更：哎，别。

姑娘：叫你到我们家去玩儿。

三更：哎，那怎么行，你没看我有多忙。等我复员了，肯定到你们家去。

姑娘：那你啥时候复员？

三更：哎呀，太长了，太长了。

姑娘：我妈会急坏的。哦，我妈让我问你，那海马值多少钱。要给你钱。

三更：别那么认真，不值几个钱。

姑娘：三更哥，你看。

三更：这是什么？

姑娘：红腰子啊。

三更：哦，这就是红腰子。

姑娘：这是我特意给你做的。好看吗？

三更：好看。

姑娘：我妈说，这里白天热，夜里凉，让我给你缝个红腰子，好护肚子。那，拿着吧。

三更：不不不，我不要。

姑娘：怎么，怕你们班长啊。

三更：不，我怕他干啥呀！他有啥好怕的。（班长进门）你拿回去吧，我不要。

姑娘：你拿着吧。

两人推脱。

班长：三更！

姑娘：呵呵，呵呵。

**20. 白天，沙漠，外**

三更送姑娘离开。

三更：以后啊，就别为我操心了啊。

姑娘：缝个红腰子算不了啥。

班长：三更！回来有事儿。

三更：我回去啦。

姑娘：哎。

三更：干什么？

班长：呃，没什么大事儿。呃，对了，上次那捆线，你放哪了？找出来，我有用。

**21. 白天，营房后，外**

喜子拿着鞋，数数。

喜子：一、二、三、四、五……一、二、三、四、五……一、二、三、四、五……确定位置后，挖沙子把鞋包好，埋起来。

班长：喜子！

喜子：啊？

班长：你在那干什么呢！

喜子：没干啥，没干啥！

班长：你进屋来一下。

喜子：哦。

班长：你搞什么名堂，我跟你说过多少遍了，你就是记不住。毛巾！要搭整齐，横成线，竖成行儿！你全当耳旁风。还愣着干什么，还不快收拾！

喜子：呃，啊！

**22. 白天，营房，内**

时间流逝，水每天在减少。

三更拿出姑娘给的红腰子放在身上比量着。

班长：三更。

三更：哎。

班长：准备查线。

三更：是。

**23. 白天，沙漠，外**

三更一个人查线，走了一段后。他丢下手上的东西，套上姑娘给的红腰子，围着沙漠奔跑。

**24. 下午，营房，外**

三更：报告班长，下面我报告今天的查线情况。

班长：查线区段。

三更：28 公里，A 段、B 段、C 段，29 公里，A 段。

班长：查线时间。

三更：上午 9 点到下午 2 点。

班长：线路情况。

三更：由于昨天晚上的风沙，28 公里 B 段 51 号、52 号线杆，被吹倒 50 度。

班长：处理情况。

三更：现在已全部修复。汇报完毕。

班长：嗯，休息吧。

**25. 下午，营房，外**

三更见自己搞得一身沙子，又发觉今天是送水日，便用剩余的水洗了个澡。

班长和喜子得知极为不满。

巧合，当天，姑娘并没有出现。

班长：喜子，给我。

夜幕将至，送水姑娘仍未出现。

三更：怎么回事？

**26. 傍晚，营房，内**

班长和喜子做饭，却发觉没有水，两人很不高兴，就出去踢罐头盒。

喜子：让你洗，让你洗，你过瘾！

三更：行啦！我到底犯了什么罪！啊？不就是洗个澡嘛！我在沙窝里拱了三年了，连个像样的澡都没洗过，下身都得了皮肤病了。话又说回来了，今天是什么日子？6 月 28 日，是送水日。我不瞎，我看到这个才洗的，我要是知道今天送不来水，我能干这，顾头不顾腚的事儿嘛！

**27. 白天，沙漠，外**

喜子：三更，走了这么远的路，我看你，别硬撑着了，喝口吧。

三更：不喝了。

喜子：哎，三更，咱们猜谜语，分散了注意力，你就忘了口渴啦。你说我猜。

三更：哎，我不行。

喜子：真不行？那我说啦。全打地名儿，好猜。一路平安。

三更：不知道。

喜子：旅顺。

再来一个好猜的啊。夏天穿棉袄。

三更：不知道。

喜子：武汉呐。这多好猜呀！

三更：哼！咱这地方倒是夏天，晚上睡觉得盖被子，也不捂汗啊。

喜子：你少钻牛角尖啦。哎哎哎，再来一个更好猜的。铁丝当扁担。

三更：不知道。

喜子：哎呀，台湾呐！哎，再来一个更有意思的，这回呀，你准能猜出来。100美元买一碗粥。

三更：这地方是啥？

喜子：哎呀，贵州呀！你一个也没猜出来，也太没劲了。再猜一个，这回你要是再猜不出来啊，可是头号的大熊包！稀饭里放辣椒。

三更：什么？

喜子：希腊！哎。

三更：呵！外国名字，我到哪儿去猜呀！

喜子：哎呀。哎？嘿嘿。

## 28. 白天，营房，内

没有水，大家光吃饼干。

班长：三更。嗯，喝这个！

三更：不喝。

班长：为什么不喝？

三更：我对椰汁过敏。

班长：过什么敏？

三更：喝了全身起疙瘩。

喜子：哎，给我。

班长：哼！

喜子：班长，班长？

班长：嗯？

喜子：咱干吗不请示上级，派架直升机给咱送点水呀。

班长：呦呵，你说话不怕闪了舌头，送点水那么容易呀。跑一次飞机，需要多少油啊！哼！人家四连，那个油库站，上次连续五天没喝一滴水，上级领导，给他们立了一个集体三等功。

喜子：哼！那都是虚的。有么！

班长：怎么没有，你懂什么！咱在这儿，能坚持一天算一天，送水姑娘要是有什么事儿的话，当地群众比咱们更着急。会很快想办法，给咱们送水来的。

喜子：哼！依我看呐，咱这小破站，早晚得撤了。

班长：王喜贵，你胡说什么！你是司令员嘛！啊？以后少说这种不长舌头的话。

29. 白天，沙漠，外

　　三更和喜子查线。

　　三更：哎，喜子，快走啊。

　　喜子：哎，三更啊，我好像听见有飞机的声音。

　　三更：别神经过敏。哎，快走啊。

　　喜子：哎，三更，你听。哎，三更，班长他外边冷，里边热，你别看他当面不答应，他还真把飞机给调来了，三更！你过来看呐！你看那！你看！看到了吗？

　　三更：嗯！快点！

　　三更、喜子：哎……在这呐，往这边飞……哎！

　　三更：在这儿呐！

　　呼喊声。

　　文字整理：张瑶

　　资料来源：根据56.com视频网提供的视频完成文字整理。

　　具体参见http：//www.56.com/w93/play_ album－aid－3233096_ vid－MjM3MzA0MzA.html

# 东方商人

> 首播时间：1993年
> 首播电视台：中央电视台
> 摄制单位：内蒙古电视台、济南电视台、中央电视台
> 编　　剧：冉　平
> 导　　演：王新民
> 摄　　像：程生生
> 主　　演：王绘春、高曙光、范艳华、陶　虹
> 获奖情况：第十五届（1994年度）中国电视剧飞天奖长篇电视剧二等奖、优秀编剧奖、优秀照明奖、优秀女配角奖；第十三届（1995年）中国电视金鹰奖最佳长篇连续剧奖。第五届（1995年）"五个一工程"优秀电视剧奖。

**故事梗概：**

　　23集电视连续剧《东方商人》描写了一代儒商孟乐川的人生经历，展现了他创办"瑞

蚨祥"以及"瑞蚨祥"几度兴衰的历程。

孟乐川出生在亚圣孟子的故乡山东省，他是孟子的第六十八代孙，从小被父亲寄予读圣贤书考取功名的厚望。孟乐川的父亲早年在一家土布作坊里做伙计，后和寡居的老板娘高凤英相爱，父亲从土布生意开始，将连锁店开到青岛、上海等地。但是在父亲心里，做买卖并不是正途，他对于儿子孟乐川在经商、珠算上表现出的兴趣和天赋非常反感。

孟乐川立志要做一名真正的买卖人，长大后的他接管家里的土布生意，经营庆翔楼。他看出世道艰难，庆翔楼卖土布给贫苦人家的做法并不是长久的经营之道，于是打算开办新的商铺，专门经营针对达官贵人的绸缎店。此举遭到众人的不解，也遭到父亲的反对，但是在母亲高凤英的支持下，孟乐川还是在北京创办了瑞蚨祥绸缎庄。他遵循"君子爱财，取之有道"的原则，成为远近闻名的儒商。他的表弟高显阳也弃学从商，追随日本商人太野一郎经营销售日本布料，太野一郎把自己的女儿枝子许配给高显阳。与孟乐川不同的是，高显阳从太野一郎处学到的却是唯利是图，为了盈利不顾一切的商业法则，成为孟乐川的竞争对手。

瑞蚨祥的发展受到地方官僚和洋商买办的几重压迫，孟乐川不得不寻求靠山，忍痛割爱将冬梅姑娘献给袁世凯。孟乐川奉行"见利思义，为富重仁"的信条，盈利后筑路修桥，兴办义学，赈灾济民，因捐资治理黄河，他赢得了御赐"乐善好施"的青石牌坊，但却无法在祖先的圣地孟林为父亲和自己买下一块坟地。

高显阳一心想挤垮瑞蚨祥。八国联军攻进北京，瑞蚨祥化为灰烬，孟乐川在绝望中求助赛金花。北京瑞蚨祥东山再起，虽账本在大火中被烧，却承诺归还给每位上门的债主钱财。与此同时，清政府正处在内忧外患中，意图通过"立宪"重商、废科举来转移矛盾。孟乐川的弟弟数十年苦读八股，在废科举的刺激下精神失常。

孟乐川的母亲又遭土匪绑票，这一切都是高显阳暗中勾结日本人安排好了的。高显阳买通土匪，使得土匪开出要孟乐川卖掉瑞蚨祥才释放人质的条件。孟乐川为人忠孝，他决定将瑞蚨祥卖给日本人太野一郎。而得知这一消息的高老太太，不愿意孟乐川放弃他为之奔波忙碌的理想和事业，绝望地从山崖上跳下自尽而亡。

姑妈高老太太的去世深深地触动了高显阳，也使高显阳感到内疚，他不再认同太野一郎利益第一位的理念，带着女儿回老家祭拜姑母。孟乐川和高显阳的儿女，在当年他们玩闹的槐树下面立志，也要做一个堂堂正正的买卖人。

文字整理：夏源<br>
资料来源：根据PPTV网提供的视频完成文字整理。<br>
具体参见http://www.pptv.com/

## 剧本：

### 《东方商人》第五集

**1. 庆翔布店  日  内**

  仆人在屋内迎接孟乐川进门，鞠躬。

  **仆人**：孟乐川好。沙文峰见过孟乐川。

**沙文峰：** 孟乐川一路风尘，辛苦了，请坐吧。请用茶。

**王经理：** 小二，瞧，你们沙文峰这才叫有眼力，知道面儿里面儿外。伙计们，今天孟乐川远道而来，累了，今天我不做别的，有些人哪，一辈子也学不成这精明的买卖，可我们孟乐川可是无师自通，以后大伙儿放精细点，为了我们的庆翔舍得那把子力气，嘴头上的功夫放上，孟乐川准能为大伙做主。孟乐川，你……

**孟乐川：** 大伙辛苦了，干活去吧。

## 2. 街上　日　外

庆翔的孟乐川坐轿子路过大街。

## 3. 某个店铺　日　内

**经理：** 既然你是庆翔的孟乐川，我也就不瞒你了，他这个人嘛，有两下子，心不小，眼神也快，眼睫毛里有憷人的毛，学徒的内伙计外伙计都听他的，不过啊，他有点傲气，这是真的，他是这个店的徒不假，东家看他是把手叫他干副经理给我帮帮忙，他说要干就干正经的，东家没叫他干，他就说起闲话来了，什么庙太小没出息，嘿，于是就去了庆翔，庆翔对他是仁至义尽，要他当沙文峰，要是别人早感恩不尽了，可是他呢，做得就没边啦，他竟然口出狂言，庆翔不走新路子，早晚要关门，哼，还说沙文峰没职没权的，没多大意思，你能干八府巡按去干哪，你是凤凰不假，可你呀也是落了架的，在人家枝头上找食吃的呀，你说对不。

## 4. 伙计们的住宿　夜　内

**伙计们：** 小六子，小六回来啦。跟孟乐川喝酒才回来呢？快坐。

**小六子：** 王经理啊今天特别高兴，给孟乐川接风，自己喝了一瓶绍兴老酒啊，我给他暖了被子，伺候他上床睡了，立马就来了。

**伙计甲：** 孟乐川说什么来着？说呀。

**小六子：** 他呀，一个劲的问沙文峰的事。

**伙计乙：** 这下子王经理可有靠山啦，孟乐川年轻不懂事，还不是都听他的呀。

**伙计丙：** 哎呀，这下我们的饭碗保不住了，沙文峰你倒说呀。

**小六子：** 沙文峰，王经理晚上要起夜，我还得伺候着。

**沙文峰：** 哦，快去吧。

小六子离开。

**沙文峰：** 听说这位孟乐川很精明，是个知书达理的人。

**伙计乙：** 哎，我看哪，他要敢拿沙文峰开刀，咱们就不干了。

**伙计们：** 对对对，不干了。

**沙文峰：** 这是什么话。庆翔是东家的，可是这饭碗是你们自己的，你们学徒几年，熬过来也不容易啊，我也是有老婆有孩子的人，我也不希望庆翔垮了。

**伙计丙：** 不管怎么说，你心里得有个数啊。

**沙文峰：** 那自然。

5. 孟乐川卧室　夜　内

　　孟乐川在屋内踱来踱去。桌子上放着一个红包。

6. 庆翔布店　日　内

　　伙计们在拿红包。

　　**小六子**：发红包嘞。发红包。

　　**伙计甲**：孟乐川哪来的钱哪？

　　**小六子**：沙文峰，这是你的。

　　**伙计乙**：沙文峰，给你发了多少？啊？没有钱，是张请帖。

　　**伙计乙拿过请帖看**：初二中午会全楼饭庄。

　　**沙文峰**：这是孟乐川先礼后兵啊，我看我该卷铺盖滚蛋啦。

　　**伙计们**：哎，怎么这样啊！

7. 日本茶室　日　内

　　枝子给高显阳泡茶。

　　**高显阳**：对不起，小姐的中国话讲得真好。

　　枝子脖子上的玉佩滑了下来被高显阳看到。

　　**高显阳**：莫非小姐是中国人？

　　枝子不回答，高显阳拿起枝子泡的茶喝。

8. 会全楼　日　内

　　**店小二**：来咯，这是会全楼的名菜，一鱼展翅，红烧鱼头，糖醋鱼爪，清蒸鱼尾。先生，菜齐了，还要点啥？

　　**孟乐川**：下去吧。

　　**店小二**：哎，好，慢用啊。

　　**孟乐川**：来，请。

　　**沙文峰**：孟乐川这顿饭不是白请的，孟乐川有话就直说吧，我沙文峰不是想不开的人。

　　**孟乐川**：我带了老东家惩治你的帖子。

　　**沙文峰**：不知道老东家如何处置我，今天是孟乐川如何处置我呀？

　　**孟乐川**：不瞒你说，老东家要我立马辞了你。

　　**沙文峰**：呵呵，当了驴就有白肚皮呀，不过一句话的事，我不知道孟乐川为什么还要破费请我吃这顿饭呢？

　　**孟乐川**：辞也要辞个明白，我想听你说说。

　　**沙文峰**：王经理不是已经跟你说了吗？

　　**孟乐川**：那是一面之词。

　　**沙文峰**：孟乐川不要为难，你辞了我，我还要谢谢你呢。来，你我先干了这杯。

　　**孟乐川**：为什么谢我？你不说我是不会喝这杯酒的。

沙文峰：我已经不是庆翔布店的人了，庆翔布店早已病入膏肓，倒闭关门是指日可待的事情，今天我早走一步，省得以后和庆翔布店同归于尽。这还不应该谢谢孟乐川吗？

孟乐川：你还没说明白。

沙文峰：庆翔布店只经营土布、寨子布，经营面窄，要的又少，买主多是买一件衣服穿三年的平民百姓，又赶上洋布上市，顾客越来越少啊，靠的压低价钱求得薄利多销已经不是什么救命的丸了，王经理目光短浅，胆小谨慎，老朽无能，只懂得一门心思从伙计们牙缝里面抠钱，从饭碗里省钱，却不知道变着法的去挣钱，庆翔布店这块牌子已经老旧了，店空了，只剩下一副空架子了，哎，再也经不住风雨啦。

孟乐川：好，现在，现在我该谢谢你了。咱们连干三杯，今后我多多向你请教。

沙文峰：孟乐川忘了，我已经不是庆翔的人了，庆翔布店让我耗尽心血啊。

孟乐川：虽然诧异，但你刚才对庆翔的病根一针见血，可庆翔的兴盛……

沙文峰：嗯，弃旧投新，改换门庭，经营绸缎，从那些达官贵人、戏子、娼妓身上赚钱。

孟乐川：讲得好。

9. 日本茶室　日　内

太野一郎从门外看到高显阳品茶的那一幕。

10. 会全楼饭馆　日　内

沙文峰：做生意最大的本钱是人才，人才比金子还贵呀，一个庆翔靠一个人办不好，靠老经理也办不好，要办庆翔，除了你，还要有三个人，一个经理，一个沙文峰，一个验货的行家，这样，庆翔布店才能脱胎换骨，起死回生啊。我沙某今天该说不该说的都已经说了，这酒还是留着您自己喝吧，我谢谢了。

孟乐川：慢。辞退你是老东家的意思，父命难为，文峰兄……

沙文峰：嗨，一个伙计怎么敢和东家称兄道弟。

孟乐川：你的为人才干小弟十分敬佩，今天，先敬你一杯。

沙文峰：送行酒？

孟乐川：上马酒。

沙文峰：上马？

孟乐川：从现在开始，你就是我"瑞蚨祥"的经理啦。

沙文峰：瑞蚨祥？在哪？

孟乐川：它还在我心里，不出三年五年，我就将把瑞蚨祥的牌子挂遍北京、天津、上海。

沙文峰：莫非孟乐川早就胸有成竹了？办绸缎庄？

孟乐川：刚才文峰兄一席话和小弟不谋而合。

沙文峰：怪不得孟乐川连名字都取好了。

沙文峰：瑞蚨祥，瑞者，瑞雪飘飘；蚨者，黄金之为也；祥，乃吉祥如意。瑞蚨祥，黄金像瑞雪飘飘，吉祥如意而来，妙，妙极了。

孟乐川：我要你在一年之内，在最繁华的西大街建起瑞蚨祥。文峰兄，小弟把一颗心都交给你啦。

　　沙文峰：好，我跟你干。不过，干起来，也不易啊。

　　孟乐川：钱的事你不要担心，你要多少，我一文不少的送给你。

　　沙文峰：你越是信得过我，我越要问，你有多大的荷叶能包得起这个大的粽子。

　　孟乐川：家里借一点凑一点，就能和旧军的铺子赚一两用一两。

　　沙文峰：店里还有一些官宦的存银，这是他们搜刮民脂民膏的私房钱，数额不少，不怕没本钱，就怕没胆子。

　　孟乐川：好，现在连朝廷大官都做起买卖了，南有张之洞，北有李鸿章，官商合流官商一家，可是几千年没有听说这个事，春江水暖鸭先知。他们当官的都做买卖，那买卖人出头的日子不就到了嘛，瑞蚨祥开张，你便是股东之一。

　　沙文峰：少东家，你果真看得起我。

　　孟乐川：只要文峰兄看得起我，咱们就生死与共。

　　沙文峰：难得少东家有如此雄才大略，我沙文峰鞠躬尽瘁，别无二话。

　　孟乐川：大丈夫一言九鼎。干杯！

　　沙文峰：干。

**11. 日本茶室 日 内**

　　太野一郎：显阳君。

　　高显阳：先生。

　　太野一郎：你的茶道已经很有点意思了。

　　高显阳：谢谢先生。

　　太野一郎：你在两个月里推销出了五百多匹日本布，成效显著啊，你看我给你带来了什么，这是日本商会的徽章，让我给你把它戴上，有了它，中国的官吏就不敢小看你了。

　　高显阳：谢谢先生。

　　太野一郎从衣服内拿出一个钱袋。

　　太野一郎：这是对你勤劳忠诚的最高奖赏，但我不准你把它存起来，要求今夜就把它统统花掉。

　　高显阳：今天夜里？

　　太野一郎：对，到济南府最好的妓院里花掉它，找一个你最喜欢的姑娘。啊？怎么，你不愿意要？伸出手来，你要记住，金钱就是用来购买欢乐的，你完全没有必要因为当着枝子小姐的面而感到羞愧。

　　高显阳：是。

　　太野一郎：哈哈哈，可爱的中国人，你脸红了。你多么像一个圣洁的孩子啊。你们的孔夫子不是在《论语》里写道："衣食男女，人之大欲"嘛，哈哈哈哈。

**12. 庆翔布店王经理住处**

　　孟乐川：王经理，您老一大把年纪了怎么还住在铺子里啊？

王经理：哎呀，我这把老骨头早就交给庆翔啦。

孟乐川：您劳苦功高，有一处四合院我给您买下了，小而环绕花草，优雅得很。

王经理：我消受不起啊。

孟乐川：我听说您酷爱书法，还专门安排了个书房。伙计们，给老经理收拾行李。

王经理：哎呀，谢谢少东家，谢谢少东家。

13. 四合院　日　内

孟乐川：大叔，您看这房子怎么样。

王经理：不错不错，这房子很好。好书房，这房子好，确实是好啊。哎？这离庆翔太远，如何掌握铺子啊。

孟乐川：大叔，今后庆翔养您的老，庆翔的事，您老就不用操心了。

王经理：这从何说起，从何说起啊！

孟乐川：今晚又要去交代一下，告辞了。

14. 翠芳楼妓院门外　夜　外

高显阳走进一家妓院。

15. 庆翔布店　夜　内

王经理：谁接我的班？

孟乐川：晚辈。

王经理：哼，自古东家不当掌柜的，你小子有种啊。来，拿算盘来。盘货，点钱，清账。唱。

沙文峰：土布三百八十三寸，三尺半串铜质钱，光灰布四百零八单一尺三串两文钱，蓝灰布一百八十五，六尺九文铜质钱。

王经理：快点，谁赶得上任务。

沙文峰：花寨子布七百六十单，一尺两串六文钱，黑布四百三十四尺单，五尺六文铜质钱，白布一千六百一十单，一尺两串三文钱。

王经理：库存寨子布七百五十匹，银元五十八块，铜钱八十九块。少东家怎么样？

孟乐川：大叔好算盘，数目刚好不差。

王经理：我也算对得起老东家喽。

孟乐川：大叔，您别生侄儿的气，平时练练字，养好了身子，可以到店里转转嘛。

王经理把钥匙扔到桌子上。

王经理：拿去，我不碍你们的事喽。

孟乐川：等瑞蚨祥开张了，也有您老一份。天不早了，您老先回去歇息吧。

王经理：哼。

王经理走了两步差点摔倒，孟乐川和沙文峰赶紧上前扶王经理到椅子上。

王经理：你欺负我老头子算什么人哪，你不就会打个算盘子嘛，你看我老了不中用了，就一脚踢开，你看不起我，可你参看得起我，你才见过多大的天，你年轻的时候，比你要神气的多。我当过苏州制造局的指使，专门给皇上家里制造贡绸，我织了二十年，天下什么样的绸子我没见过，当初你爹请我来，都快跪下来求我，可怜我对你们孟家的一片忠心啊。

　　孟乐川：大叔，您干过苏州丝织，您怎么不早说啊。
　　王经理：当年我也劝你爹经营绸缎，可你爹不干，要听我的话，庆翔早就发财啦。
　　孟乐川：大叔。
　　王经理：现在轮到你了，又要改绸缎庄，我不伺候喽。
　　孟乐川：大叔，大叔您慢走，我有事跟您商量。
　　王经理：和沙文峰商量吧，我不伺候了。
　　孟乐川：大叔……

**16. 翠芳楼妓院门外　夜　外**

　　老板：秀红秀芝，快送客人走。
　　秀红：哎，走好啊少爷。
　　高显阳：我不走，你们摸摸我兜里还有没有钱哪。
　　秀红：少爷，你身上的钱都摆了花酒了，没钱了。
　　高显阳：没钱你们就不喜欢我了。
　　秀红：不，我们都喜欢，慢走。
　　高显阳：你们，我要你们说实话。
　　秀红：少爷，快松手，我们都是薄命女子，也是没有办法才到这儿来的。
　　高显阳：你们是没钱才到这来卖，我是有钱才到这来买，钱，钱是个什么东西。
　　老鸨：少爷慢走，姑娘们都想着您呢，下回再来啊。
　　高显阳：有了钱我一定来，一定来。
　　老鸨哼了一声进屋了。

**17. 老东家家　日　内**

　　老东家卧病在床，孟乐丰在床前念书。
　　孟乐丰：天命之谓性，率性之谓道，修道之谓教。道也者，不可须臾者也。
　　老东家：文峰啊，怎么不念了？
　　仆人：太太，来人了。
　　孟乐丰：离，非道也，是故君子……
　　老东家：是谁来了？
　　仆人：东家是我。
　　老东家：你们在叨咕什么呢？
　　仆人：没说什么，东家。
　　孟妻：丰儿，念书，再念一段，你爹不听你念书睡不着觉。
　　老东家：孟亭啊，你们一定有什么事瞒着我，是不是，是不是探信的孟阁回来啦？
　　孟亭：这……
　　老东家：快说啊。

孟亭：是，东家。

老东家：要他进来。

孟阁：见过东家。

老东家：是不是王经理捎信回来了？

孟阁：王经理已经被少东家辞了。

老东家：他，他怎么敢？

孟阁：少东家说一不二，他要把庆翔改绸缎庄啊。

老东家：你听听，你听听。

孟妻：你先别着急，你等乐川回来听听他怎么说。

老东家：我不听他怎么说，改绸缎庄，哪来的钱哪！这个逆子呀，他要把我们这个家给毁啦。

老东家下床，被仆人们和孟妻拦住。

老东家：当初都是你呀，都是你们的主意，让他主事，当我没说，我要去济南府。

孟乐丰：爹，爹你别走啊。

孟妻：你们都下去，按老爷的吩咐备车，明儿天一亮，就上济南府。

## 18. 王经理家院子　日　外，内

孟乐川提着礼物来到王经理家门口。

孟乐川：大叔，我来看您来了。大叔，您还生侄儿的气啊？我给您赔礼了。大叔，是侄儿不对，侄儿有眼无珠，这绸缎庄怎么能没有您呢？

王经理：你们孟家，用得着朝前，用不着朝后，见我有用就说好听的，见我没用了，就一脚踢开。

孟乐川：大叔，您骂什么都行，只要您留下来，我给您养老送终。

王经理：留着你那份孝心孝顺你的老爹去吧，我到苏州老家去自有儿孙孝顺我。

孟乐川：大叔，您开开门听我说行吗，办瑞蚨祥绸缎庄，怎么能离得开您呢，我请您做进货经理。

王经理：办绸缎庄算你小子有胆识，干你的吧，苏州老家我是走定了，除非叫你爹跪下来求我。

孟乐川：大叔，您再不开门，我可给您跪下了。大叔，我都给您跪下了，您快开门看看啊。大叔，您快开门看看，我真的给您跪下了。

沙文峰走进院内跟孟乐川汇报消息，二人离开。

## 19. 庆翔布店　日　内

孟妻在屋内等候，孟乐川赶了回来。

孟乐川：娘，乐川来迟了。

孟妻：川儿，你怎么这么无精打采的？

孟乐川：娘不必多问，您一路辛苦，先歇息吧。

孟妻：叫他们都下去吧，咱娘儿俩好好聊聊。

孟乐川：你们先下去吧，到会全楼叫桌饭菜。

孟妻：你们也下去吧。

孟乐川：娘，您身子骨可好？

孟妻：娘自小吃苦，身子骨经折腾。川儿，你气色不好，娘不愿看到你这个样子。有什么难事，跟娘说说。

孟乐川：儿要办瑞蚨祥绸缎庄。

孟妻：这么大的事，你跟谁商量了，啊？

孟乐川：额……

孟妻：这就是你的不对了，你一个人，有多大本事，又自作主张把王经理给辞了。

孟乐川：娘这次来，不是要儿收回成品吧？

孟妻：我问你，瑞蚨祥，你准备盖多大？

孟乐川：一六五开间，两扇门，高一丈八，比现在的庆翔大一倍。

孟妻摇了摇头。

孟乐川：娘是嫌盖的太大了？

孟妻：娘是嫌你盖得不够排场。

孟乐川：娘的意思……

孟妻：漂漂亮亮的砌一座三层楼。

孟乐川：娘，儿想的和您一样，可，可银子……

孟妻：川儿，把这个拿出来。这个是娘多年从家用里省出来的积蓄，为了将来应付个变故，现在，娘可全给你拿来啦。

孟乐川：娘……

孟妻：小本小利一辈子成不了大器，大买卖人看得准下的狠，连命都敢舍上。川儿，娘就盼你有出息，成气候，哎，去把馆子饭菜退了吧。

孟乐川：娘，您老年纪大了。

孟妻：听我的，去吧，

孟乐川：伙计，把馆子的饭菜退了。

伙计：好嘞。

孟妻从篮子里拿出煎饼包好递给孟乐川。

孟妻：川儿，娘啊吃惯了煎饼卷大葱，这是娘亲手做的。

二人坐下各自吃煎饼，孟乐川吃着流下了眼泪。

## 20. 大街上　日　外

王经理乘着一辆马车准备离开，马车上带着被子行囊。

王经理：停一下。

车夫：您老慢点。

庆翔布店的人站成几排挡住了王经理的路。

王经理：夫人。

孟妻：听说王经理要回苏州老家去？

**王经理：** 一言难尽哪，东家待我不薄，我终生铭记在心，这次恕我无礼，就请夫人在东家面前为我辞行吧。

**孟妻：** 王经理，您是为孟家的生意立了功的人，我不能让你这样伤心地走，我儿子年少气盛，不懂人情，有得罪的地方我替儿子给您老人家赔礼了。

**王经理：** 不敢当不敢当，夫人何必如此，只要夫人一句话，王某就留下不走了。

**孟妻：** 树老归根，是人之常情。我不拦你。今天我来给您送行，只求您老答应我一件事。

**王经理：** 夫人请讲。

**孟乐川：** 大叔，我在苏州给您买了一处宅院，请您做瑞蚨祥的进货经理，这四个伙计供您差遣，吃喝工钱，都由柜上支付，这些东西，留着您路上吃用。

**王经理：** 柜上人手少，银子又缺，这……

**孟乐川：** 我只求大叔能说一个"行"字。

**王经理：** 少东家，你比你爹有出息，只要我活一天，愿意为你竭尽全力效犬马之力。夫人，告辞了。

**孟妻：** 告辞。

## 21. 妓院大厅　夜　内

**老鸨：** 哎呀，是高财神到了，我说门前的喜鹊怎么叫个不停呢，原来是有贵客登门哪。

**高显阳：** 大晚上的，哪来的喜鹊，不会是乌鸦吧。

**老鸨：** 哎，跟您说个笑话，你咋就当真了呢。这两天啊，新来了几个姑娘，凑成了十二朵金花，那身段，那脸蛋，个个漂亮得人见人爱，今儿晚上啊，您就撒开了乐吧。姑娘们，见客。

**青楼女子们：** 哎，见过先生。

**老鸨：** 荷花见客。

**荷花：** 荷花见过高先生。

**老鸨：** 玉兰见客。

**玉兰：** 高先生好想你。

**老鸨：** 桃花见客。

**桃花：** 高先生快过来呀。

**高显阳：** 老板娘，你打算今天晚上把我醉倒在这呀？

高显阳起身准备离开。

**老鸨：** 哎，别走啊。今天晚上我给你引见一位新人，她唱的小曲儿啊准能把你的魂给勾去。

**高显阳：** 就你这？

**老鸨：** 来来来，来嘛，芙蓉见客。

**高显阳：** 能有什么好的。

**老鸨：** 你看，来了。

从楼下走下一位姑娘，高显阳看了一眼愣住了。

高显阳：冬梅。

冬梅：先生。

22. 妓院屋内　夜　内

　　冬梅：少爷，想听什么曲子呢？少爷是花了钱的，您就点一支曲子吧。少爷不想听曲子，那就……

　　高显阳：冬梅。

　　冬梅：我现在是翠芳楼的小芙蓉，过去的冬梅已经死了。

　　冬梅替高显阳解扣子，高显阳站起来握住冬梅的手。

　　高显阳：冬梅，你可以这样对待别人，但不可以这样对待我，难道，你把过去的一切都忘了吗？为了你，我差一点让乐川哥给淹死，为了你，我离家出走。看我们现在却形同路人，冬梅，我高显阳不是无情无义的人，你难道就一点看不出来吗？如果，我在你的心目中，我只是一个客人的话，那我宁可不要。

　　冬梅：我去给少爷打点水，给您烫烫脚。

　　高显阳：冬梅，难道我们就不能像从前那样在一起聊聊吗？明白了，你心里还只有一个孟乐川，找他去吧，他就在济南。

　　　　　　　　　　　　　　　文字整理：戴灿

　　　　　　　　　　　　　　　资料来源：根据PPTV网提供的视频完成文字整理。

　　　　　　　　　　　　　　　具体参见http：//v.pptv.com/show/dlwopg505CKFA2s.html

中国广播电视文艺大系 1977—2000

# 1994

# 昌晋源票号

首播时间：1994年
首播电视台：中央电视台
摄制单位：山西电视台、中共晋中地委宣传部、
　　　　　中央电视台
导　　演：孙　伟
主　　演：李　丁　樊志起　王　斑　董怀玉　杨怀斌
　　　　　刑兆军　吴静芘
获奖情况：第十五届飞天奖长篇电视连续剧三等奖

**剧情梗概：**

13集电视连续剧《昌晋源票号》获第十五届飞天奖长篇电视连续剧三等奖。

剧集表现了清末民初著名的山西商业金融资本家徐源潢，锐意经营生财有道的一生，他创办了闻名中外的山西第一家"昌晋源票号"，并通过票号的兴衰存亡反映了当时社会的变革。

清朝道光年间，山西省平遥县"昌晋源票号"掌柜的徐源潢厌恶京城官场险恶，辞官回到祁县，在祁县县城门口他目睹灾民惨象，决定给灾民赈灾放粮，一方面救助了灾民，一方面也利用江西大旱的良机打开了票号的口碑。同时，他从京城带回的妓女罗姑娘，引得结发高夫人不满也使得徐府内女眷关系紧张。

徐源潢立志要"汇通天下"，想要实现凭借一张纸就能在全国各地取银子，这样就不再需要用镖局千里迢迢起镖运银子，大大方便了商业运作。曾国荃部要出兵赴新疆对俄作战，他要求徐源潢做他的采办，徐源潢冒险决定独力承接清朝统领曾国荃部攻打伊犁所需军饷的全部借款，他从票号里拿出六十万两替曾国荃筹备粮草和枪炮。本来寄希望于这样的冒险行为能使得"昌晋源票号"获得了朝廷军饷唯一兑对的权利，可是没想到仗却不打了，曾国荃把报销昌晋源票号六十七万两银子的事儿推给了下任山西总督张之洞，张之洞却推诿这笔军费无法报销。但徐源潢也趁着这个机会拉拢了和曾国荃的关系，当曾国荃升任陕甘总督后，徐源潢利用这层关系赚了更多。

徐源潢碍于家规和妻子娘家不能纳妾，但是却难以面对罗姑娘，自己暗自痛苦。大儿子增儿受苦读八股文的外祖父影响，也喜爱读书一心想考取功名，但是徐源潢却不赞同读圣贤书，逼着他去"票号"学做买卖。大儿子趁徐源潢外出采买的时间，未经他允许参加了科举

考试，不成想应考得了案首。刚刚亏损了六十万两的徐源潢回到家里，却意外得知大儿子扔下票号的营生住在外公家备考，气愤之下将大儿子赶出徐家，妻子高氏坚持带着两个儿子离开徐府回娘家，争执之中二儿子捧来意外撞到脑袋早死，回高家的路上大儿媳早产，却因动了胎气难产而死。

这时徐源潢也遭到来自同行的算计，导致上海、北京、成都、重庆、沈阳、开封、合肥、汉口、西安等二十个大中城镇的二十九个分号同时出现挤兑风，徐源潢巧妙应变解了挤兑之风。

徐源潢决定再娶，但是当他看见新娘是个刚刚十五岁的小姑娘时，连夜将小姑娘送回了家。徐源潢投资入股张之洞的洋务运动，但是随着张之洞的调任离开矿难频发，徐源潢入不敷出，他急于寻求一个精通洋务的人帮忙打理矿厂。

增儿坚持科举，乡试中高中解元，徐源潢在家族的要求下接回儿子祭祖。时隔多年后父子俩首次交流，增儿提出了继续办洋务兴办学堂以便更多赚钱的想法。徐源潢认可了儿子的进步，意识到儿子多念书并不是坏事。此时"昌晋源票号"成功地成为大清第一家集存款、放贷及汇兑业务的金融机构。而官名徐乃翘的增儿则使得汇兑业务有了更加广阔的发展。

文字整理：夏源
资料来源：根据优酷网提供的视频完成文字整理。
具体参见http://www.youku.com/

**剧本：**

## 《昌晋源票号》第十一集

**1. 增儿书房　夜　内**

**外婆**：来，看看你爹。

**增儿**：外婆。来，让爹抱抱。

**外婆**：增儿，乘着你妈和外公去到汾阳看病，你把孩子抱回去，让你爹看看孙子吧。

**增儿**：哼，我不敢回去。

**外婆**：怕什么，他总是你亲爹嘛。

**2. 钱庄内　日　内**

**殿贵**：承蒙东家、大掌柜提拔，殿贵就要到西安顶班了，请二老教训。

**大掌柜**：老掌柜在世时，就是本着"诚勤精细"这四个大字经营票号生意的，你要牢记心里，身体力行。

**殿贵**：是。

**徐源潢**：给你定二厘五的身段，要好好干"昌晋源票号"，要一代比一代做的红火，你们小一辈的担子可是不轻啊。

**殿贵**：是。

3. 钱庄内  日  内

   **算账老者**：东家。

   **徐源潢**：哦,你忙吧。

   徐源潢看了看算账的伙计,想到了增儿算账的画面。

   **徐源潢**：走吧。

4. 徐源潢家门口  日  外

   **闫嫂**：东家,你看见增儿了嘛?

   **徐源潢**：增儿?

   **闫嫂**：他到柜上找你去了。你老的小孙子也抱来了,可亲了。

   **徐源潢**：在哪呢?

   **闫嫂**：上房炕上睡着呢。快进去吧,去啊。

5. 徐源潢家  日  外

   徐源潢走进上房,闫嫂去看小孙子。

   **闫嫂**：多亲,跟增儿小时候一模一样。看呐,这是你爹小时候戴过的老虎帽子,等你睡醒了就给你戴上,就更像你爹了。

   闫嫂出来叫徐源潢。

   **闫嫂**：你快进去看看呐,可亲了。

   **徐源潢**：哦,让他睡着吧。

   **闫嫂**：哎。

   **徐源潢**：闫嫂,你给我沏壶茶来。

   **闫嫂**：知道你快回来了,刚沏上。

   **徐源潢**：闫嫂,我想,我想喝点冰糖水。

   **闫嫂**：哦,知道了。

   闫嫂走后,徐源潢马上到增儿睡的房间看孙儿。

   **徐源潢**：睡醒啦?

   闫嫂端水进来看到徐源潢抱着孙儿。

   **闫嫂**：抱着吧,多抱一会儿。增儿小时候,你一进家门就抱着他,就像这会儿这样抱着,太太站在你跟前,逗着他,一家人多好啊,可如今……孩子饿了,我去喂喂他,吃奶去。

   徐源潢看着床上的老虎帽,想到了增儿小时候。

   **徐源潢**：增儿,增儿。

   **增儿**：爹,我在这。爹好。

   **徐源潢**：你妈呢?

   **增儿**：病了,她知道了捧来的事,病的很厉害。

   **徐源潢**：那快去请医生啊。

   **增儿**：外公带她去汾阳了。

徐源潢：应该去太原，去京城。

增儿：汾阳有位老先生，医道很高明。

徐源潢：你想回来吗？

增儿：眼下不能回来。

徐源潢：为什么？

增儿：我舍不得离开我苦命的母亲。

徐源潢：你是不是还想着进学中举？

增儿：进学中举有什么不好？

徐源潢：有什么不好，有什么不好！我跟你说过多少次了，你就是跟我作对，好吧，你滚，去找你的孔夫子吧！

增儿：爹，您老的脾气也该克制克制了，我永远也忘不了，你是怎样把我们赶出家门的。我的媳妇，我的媳妇，如果安安稳稳的待在家里，绝不会死，捧来也不会死的。

6. 徐家饭厅　日　内

源海妻：不能再喝了，好兄弟，听大嫂一句话，不能再喝了，再喝就醉了。

徐源潢：大嫂，今天让我喝个烂醉如泥吧，省得躺在炕上思前想后的睡不着。

源海妻：不能再喝了。

徐源海：那不是找罪受嘛，好了，给我，别再喝了。

源海妻：再喝就醉了，啊。好兄弟，听大嫂一句话，啊。你就服个短，到高家堡去认个错，把兄弟媳妇给接回来，啊。

徐源潢：不那么容易。你是没见，我的儿子竟敢板着面孔的教训我，明摆着高家给他撑腰嘛。

源海妻：唉，好好一家人，咋过成这个样子。

徐源潢：大嫂，你放心，你兄弟的脊梁骨是铁打钢铸的。官府压，我顶住了，亏了六十万，也顶住了，家里这点事，能压弯我的腰？

徐源汉：二哥，再娶一个吧，别犹豫了。

源海妻：你，你出的什么主意。哼。

徐源汉：是好主意呀。二嫂一听二哥娶小了，一着急，说不定自己就回来了。再说，二哥还想再要两个儿子嘛。

徐源潢：对，再娶一个，这事托给你啦。

徐源汉：行。

徐源海：那，就得像个样子，好好操办操办。

徐源潢：用不着，雇顶花轿抬过来就行了。

7. 徐家大院　夜　外

徐家小辈们一起跪拜。

甲：鸳鸯取匣子去了。

乙：咱也去呀。

徐源海：回来回来回来，往哪跑，都规规矩矩待着，等一会儿月亮爷爷到了当空啊，还得再拜一次呢。

徐源汉：大哥。

徐源潢拿起桌上的食物准备吃，被大哥拦下。

徐源海：哎，还得拜月呢。

徐源汉：嗨，二哥的新姑娘抬回来了，快去看看吧。

闫嫂扶着姑娘从轿子里出来。

闫嫂：别哭了，听话，走吧。

姑娘往后退。

闫嫂：今儿是你的好日子。

如意：等一等，别哭了，让我瞧瞧。哟，大喜的日子，哭什么呀，挺俊的小脸蛋嘛，眼睛哭得跟桃似的，别哭了啊。

源海妻：闫嫂，等一等，让我看看。哎呀，别哭了，抬起头来，哎哟，让大嫂看一看嘛，别哭了别哭了。

徐源海：哎，往后还怕看不着啊？快扶新姑娘进新房吧。

源海妻：快进去吧，走吧走吧。

### 8. 徐源潢书房　夜　内

徐源汉：哎呀，我说二哥，你可真能沉得住气啊，新姑娘来了。

### 9. 徐源潢卧室　夜　内

姑娘坐在床上哭泣。

徐源潢：你哭什么？

徐源潢拿蜡烛照了照姑娘的脸。

徐源潢：你多大了？

姑娘：十……十五了。

徐源潢：哎，这个老三，不是说你十九吗。

姑娘：再过四年就十九了。

徐源潢：哎，这么小就嫁人？

姑娘：老妈说，十三梳头十四嫁，十五生个胖娃娃。

徐源潢：哎，别哭了，别哭了。你比我的大儿子还小。

姑娘：那咋办，以后见了面，我该叫他什么。按说该叫大哥，可辈数就不对了。

徐源潢：你怎么还哭。

姑娘：我不想在这，想回家。

徐源潢：好好好，别哭了，让你回家。你在这安安生生的睡一觉，明天一早就送你回家。

姑娘：真的？

徐源潢：呵呵，我还能哄你这个小孩子？

姑娘：那，那二百两银子咋办，我妈都花了好几两了。

徐源潢：哎，我一两也不要了，留给你们家用吧。

姑娘从床上下来给徐源潢磕了几个头，徐源潢叹叹气出去了。

10. 如意卧室　夜　内

如意：真难得，这姑娘准是上辈子积德了，遇上你这么个好人。不过，你还是太粗心了。

徐源潢：我粗心？

如意：你应该立刻派人把姑娘送回去，让她在这过一夜，对她的名声不好，天底下最可怕的就是人的舌头。

徐源潢：说的对，我果真是太粗心了。

如意：早点回来。

徐源潢：你先睡吧，我不过来了。

11. 徐家　夜　内

徐源潢：把这个带上，回家吧。

仆人：姑娘，走吧。

徐源潢：走吧。

姑娘：我，我能叫你一声大叔吗？

徐源潢：当然可以。

姑娘：大叔。

姑娘跪了下去，徐源潢蹲下扶起她。

徐源潢：不必这样，起来起来，快动身吧。

12. 徐源潢卧室　日　内

颉子敬：东家。

徐源潢：谁呀。

颉子敬：是我呀东家。

徐源潢：哦，颉掌柜啊，进来吧。

颉子敬：东家，太原巡抚衙门派差官送来一件公文。

徐源潢：什么事啊？

颉子敬：说府台大人张之洞要你去见他，敕令即可启程，限三日赶到。

徐源潢：他要找我干什么？

颉子敬：反正离不开银子。

徐源潢：我要是借故不去呢？

颉子敬：跟曾国荃请你一样，不去不行。还在有了上次的经验，东家，不会再上当了。

徐源潢：嗯。

13. 太原巡抚衙门　日　内

张之洞：兄弟在京城的时候就很奇怪崇文门外的草场九条十条前门外的廊坊头条打磨

厂，那么多的票号钱庄当铺颜料店，都是山西人开的，而且都是平窑祁县太古的人，我就纳闷，怎么有钱的人都在你们山西呀？

**徐源潢**：这。

**张之洞**：此外，山西上党出麻，长治有铁，陆州出丝，曲沃产烟，要白的运城有盐，要黑的，煤炭到处都是，可以称得上是北五省的财富之区呀。然而，令人不解的是，省内上至藩库，下至各州县衙门，都穷得叮当响。你说说，山西的银子都跑到哪去了？是不是都跑到你们这些大财东手里啦。

**徐源潢**：大人言重了。

**张之洞**：说说笑话，笑话。吃蜜饯。

**徐源潢**：不不。

**张之洞**：兄弟不才，想做些于国于民有利的事情，不知老哥能否帮忙。

**徐源潢**：请大人明示。

**张之洞**：是商量。老哥可否拿些银子来办办洋务？

**徐源潢**：办洋务？

**张之洞**：山西有煤有铁，咱们官私联手办炼铁厂，设矿务局，开枪炮厂，保你能赚钱。目下，法兰西正往越南调兵遣将，中法之战很难避免，如果我们能造枪炮，就不愁打败法国人，说不定香港、澳门和琉球群岛也能收回来。

**徐源潢**：这个啊，司官是生意人，恐怕……

**张之洞**：生意人？生意人能为曾国荃办转运，就不能投资办洋务？是不是兄弟的局面太小燊发之中非鸾凤所栖，有点看不起我张之洞呢？

**徐源潢**：不敢不敢，大人也知道，去年司官垫置的军费藩库未予报销，致使亏损甚巨，所经营的票号几乎全部倒闭，实在是没有力量为大人的宏图大志效力啦。

**张之洞**：呵呵，不至于吧，老哥号称徐大财东，些许亏损，九牛一毛而已。来人呐。李鸿章办洋务，左宗棠、曾国荃也办了，我也非办不可，所需资本嘛只能依靠你们。请老哥听清楚，不是你一个，而是你们。

**14. 徐家　夜　内**

**颉子敬**：难题啊，可真是个难题啊。东家，你打算怎么办呢，是不是依了他？

**徐源潢**：不，我绝不干这种傻事。

**如意**：我看，这未必是傻事。你常说的那个胡雪岩，不就是办洋务发了大财吗？

**徐源潢**：上次给曾国荃垫银子亏了几十万，至今追悔莫及，这次，再也不上当啦。

**如意**：你不是跟着曾国荃挣回更多的银子吗？你说过，看不起当官的，还要巴结当官的；恨当官的，还要靠当官的，这不是个好机会嘛。

**徐源潢**：那得分什么事，看什么时候，你不懂，《孙子兵法》上可没有这方面的学问哪。

**颉子敬**：不过，张之洞是绝不会善罢甘休的，咱们得提防着点。

**15. 徐家票号门外的大街　日　外**

一群官兵冲到钱庄门口，把店里的人赶出来，封了钱庄。

**官员：** 查，自同治二年始，京师各部奏请核准，迭次下令，禁止汇兑军饷，然平窑祁县太古各家票号致上命于不闻，率行汇兑不止，违抗上命，亏国害民，为此，勒令三县县衙，即日查封票号以肃国法。

**颉子敬：** 刘大人，刘大人，刘大人。

## 16. 大街上　日　外

官兵回府。

**票号东家甲：** 哎，曹掌柜，这回可够他受的。

**曹掌柜：** 这，这到底是怎么回事？

**票号东家甲：** 还用问，犯法了。纯益公、万川通都封了，就连他在外地的几十家分号怕也保不住了。

**曹掌柜：** 我在他那还存着银子呢，这不是坑我嘛！

**票号东家甲：** 去年我就要你把银子提出来存到我那，你不听嘛。

**曹掌柜：** 这下咋办嘛，你是票号行家，快给我出个主意吧。

**票号东家甲：** 按照常例，官府封了门之后，总要想方设法让存户提现，也许让他开门临时营业几天，也许是别的办法。哎，你可得盯得紧点啊，只要他一开门，你马上去提银子。

**曹掌柜：** 哎，这回我听你的。

## 17. 徐家　夜　内

刘大人晚上来到徐家。

**徐源潢：** 刘大人。

**刘大人：** 哦，莫声张，我是偷偷来的，千万别让外人知道。

**徐源潢：** 大人放心，这里没有外人。

**刘大人：** 哦。

**徐源潢：** 请坐。

**刘大人：** 哎，今日前晌，兄弟是奉命行事，源潢兄莫怪啊。

**徐源潢：** 刘大人说过，经要和尚念，法靠官来行，难道……

**刘大人：** 哎呀呀，徐财东，这次非同寻常，我只不过是个念经的小和尚，敲木鱼的是人家府台大人，他的木鱼不停，我怎么敢闭口不念呢。

**徐源潢：** 那刘大人光临有何见教？

**刘大人：** 我想先听听，你老是不是有得罪府台大人之处啊。

**徐源潢：** 有。

**刘大人：** 哦，那解铃还须系铃人，莫看今日来势汹汹，其实醉翁之意并非真的要查封票号，我劝老兄再去见见府台大人，该破费的就破费点嘛，要审时度势权衡利弊嘛。

**徐源潢：** 好，多谢刘大人照应。

**刘大人：** 嗨，要说照应嘛，这恐怕是最后一次了。

**徐源潢：** 哦？

**刘大人：** 这六品县令我不想干啦。

**徐源潢：** 刘大人青春未衰，正好上进，怎能隐退呢？

**刘大人：** 哎，这官场的事太难处了，为了一顶小小的乌纱，一年之中不知要花多少银子去孝敬上司，嗨，稍有不慎，就会遭到责难啊，有时候，你千方百计讨好了藩台，可臬台却把你记恨在心。前几日，在布政使衙门的一个朋友向我透露，臬台大人要把我调到黄河边上的一个穷苦小县去，我不想去，只能解印辞官了。

**18. 太原巡抚衙门　日　内**

**张之洞：** 票号汇兑弊端甚多，只见一张张银票寄往京城，却看不到实实在在的银子，户部奏折云：部库多收一批汇兑，即京城少进一批实银。银子少了，故而贵了。多年来，一两纹银换铜质钱一千文，目下银价日涨，一千八百文才能换得一两，由于银贵钱贱物价随之倍增，贫困小民糊口为艰，哀鸿满目，实堪悯恻，究其根由，皆因汇兑所致啊。

**徐源潢：** 请大人恕司官直言，各地彼此汇兑，虽不是现银交往，但银子终究还是在大清国土之上，一厘一毫也不会减少，怎么能说银少银贵是汇兑造成的。

**财东甲：** 徐财东说的都是我等肺腑之言，把银少银贵的罪责加在票号的头上，我们实在是担待不起啊。

**张之洞：** 那么，银子都跑哪去了？我想听听徐财东的高见。

**徐源潢：** 啊，几十年来，鸦片大量输入，白银大量外流，再有，与洋人开仗，屡战屡败，迭次赔款何止几亿白银哪，这才是银少银贵物价倍增的根由所在。

**张之洞手下：** 住口，你是何等品位，竟敢顶撞府台大人，乱发狂言。

**张之洞：** 大胆，我与各位财东议事，何须你来插话。退下。

**张之洞手下：** 是。请用茶，请。

**徐源潢：** 多谢大人。

**张之洞：** 各位也许知道兄弟是直隶南陂人，却不知道兄弟的祖籍就在山西。

**财东甲：** 哦？哪个县哪？

**张之洞：** 不是有句唱嘛，苏三离了洪洞县。

**财东甲：** 哦，大槐树底下的。

**张之洞：** 既是同乡就可以说说心里话啦。我大清帝国幅员辽阔资源丰富，可是道光以来却受尽洋人欺辱，用徐财东的话说是屡战屡败，荷兰葡萄牙也只有弹丸之地，日本英吉利也不过是几个小岛，可他们，他们为什么那么厉害。

**财东甲：** 因为，人家有钱。

**张之洞：** 不仅有钱，还有新学问，新技术，能造洋枪洋炮，铁甲兵船。我们怎么办，两个字，一是学，二是办，办者办洋务也采煤炭炼钢铁造枪炮；学者，就是办新学堂，哦当然，道德文章还是要我们自己的。孔孟之道是吾国根本不可丢弃的呀，只是要把洋人的新学问新技术学过来，为我所用。

**财东甲：** 大人的意思是，让我们出钱。

**张之洞：** 应该说，投资。

**徐源潢：** 需要多少银子？

张之洞：二百万。

　　　　　文字整理：戴灿
　　　　　资料来源：根据优酷网提供的视频完成文字整理。
　　　　　具体参见 http://v.youku.com/v_show/id_XMjA3OTQzMjA=.html

# 沟 里 人

**首播时间**：1994 年
**首播电视台**：中央电视台
**摄制单位**：山西电视台、中央电视台
**编　　剧**：冉　平、崔　巍、郭国元、陈　平
**导　　演**：张绍林
**摄　　像**：张绍林
**主　　演**：冯国庆、王海燕、谷子、范艳华、由立平、王光辉
**获奖情况**：第十五届（1994 年度）中国电视剧飞天奖中篇电视剧一等奖、优秀导演奖、优秀摄像奖；第四届"五个一工程"优秀电视剧奖。

**剧情梗概：**

　　4 集电视连续剧《沟里人》获第十五届飞天奖中篇电视剧一等奖。

　　剧集故事发生在太行山深处、王莽岭脚下的沟里村，沟里村没有一条能够通向外界的大路，因为交通不顺使得沟里村极度贫困，地里的庄稼卖不出去只能烂在地里，沟里有女儿的人家都把女儿嫁出去，留下沟里村几十条光棍。而沟里的路修了 20 年，从上一辈修到小庄、菊香他们这一辈依然没有修好，而每隔一段时间总有人因为开山爆炸受伤甚至死亡。县里拨了三千块给沟里修路，老支书决定带领大家将山钻个洞修出条路来。

　　小庄和菊香是青梅竹马的一对青年，小庄向菊香辞别，他过几天就要上山修路了。而菊香的妈妈反对女儿嫁给小庄留在这穷山沟里，执意要让女儿嫁出去。小庄娘拖沟里德高望重的接生婆"老祖宗"给说亲，没成想老祖宗答应了不久就晕倒，沟里人用床板抬着老祖宗送上就医的路，一路山路崎岖，老祖宗在半途中就去世。县上分配给村里一个当兵指标，引起了一场风波，民兵连长贺小庄如愿当上了工程兵。

　　菊香娘软硬兼施，把小庄的女友菊香嫁给了城里照相个体户，几年后被抛弃的菊香带着儿子回到村里。贺小庄当兵五年，退伍后没有选择去铁路单位而是执意回到沟里村，他要用自己

在当工程兵的科学技术带领沟里人修出一条山路。小庄和菊香重逢,他理解菊香的遭遇。

贺小庄带领大家开山修路,原来的方法凿穿王莽岭的工程5年前进了100米,小庄计算这样干还得用80年,老支书听后惊呆了。小庄为竞选村长和老支书产生了误会。

小庄带领大家集资买电钻,一波三折后才从老战友那里买到电钻,新的工程终于开始了。老支书重新认识了小庄,却为排险石而牺牲,老支书的牺牲使得愿意去山上修路的人越来越少了。

除夕夜小庄一人守在工地,菊香为他送来了饺子,二人和好。两人结婚时,村民认为菊香名声不好,没人前来祝贺,菊香流下凄楚的眼泪。正当菊香哭泣时,准备和小庄一起在山上修路的兄弟都前来贺喜。小庄在婚礼上跑上沟里最高的山坳,大声号召大家跟着他一起修路。小庄为动员村民上山修路,动手打了表弟大保。大保娘是个明事理的人,她称赞小庄打得对,教育了儿子大保。大保洗心革面,却在一次爆破中意外重伤牺牲。大保娘面对来哭丧的村民,哭泣着鼓励大家跟着小庄修路,不能让大保白白死了。

小庄的人格力量感动了沟里人,人们纷纷上山修路。终于在绝壁上修出了路,路通了,全村人第一次看到了汽车进山,这种在绝壁上开山辟路的事迹也引来了媒体记者的采访。面对大家的贺喜和采访,小庄默默地来到了老支书和大保的坟前,静静告慰在天之灵。

文字整理:夏源<br/>
资料来源:根据优酷网提供的视频完成文字整理。<br/>
具体参见http://www.youku.com/

## 剧本:

《沟里人》第二集

**1. 山脚下　日　外**

菊香跑到山脚下接到从山顶用绳子吊下来的信,信里夹着一张小庄的照片。

**2. 村里某个角落　日　外**

城里来的照相个体户吆喝着大家照相,乡亲们围成一堆看热闹。

**照相个体户**:哎,沟里人,照相。乡亲们,来来来,瞧一瞧看一看啊,都是带色的啊,两块钱一张,一家人啊都能放进去,这张照片啊咱一辈子也看不坏,谁来照一张?哎,这位大嫂,您先来。嗨,便宜,两块钱一张。大爷,您来一张?

**大爷**:就这咔嚓一声,十几斤豆腐就没了?

**照相个体户**:两块钱。

**大爷**:不值,不值。

**照相个体户**:大娘,您来,您来,给您拍一张,坐这。

**大娘**:听说这东西吸人血,勾人魂。

**照相个体户**:那是迷信。哎,这位姑娘,我给你拍一张,来来来。不要钱,让大伙看一看，我说的对不对。

个体户把菊香拉到面前，用相机给她拍照。

**照相个体户：** 看着我看着我，我给你对好了。我喊一声预备，你就说茄子。

**菊香：** 好好的，我说茄子干吗？

**3. 菊香家　日　内**

**菊香娘：** 来，喝碗水。

**照相个体户：** 哎。

**菊香娘：** 你们城里人啊不显老。

**照相个体户：** 大婶，你把我看成多大啦？

**菊香娘：** 几个娃了？

**照相个体户：** 我们城里人啊结婚都很晚，不像你们村里人，怀里抱着就给订了亲了。

**菊香娘：** 是呢是呢。你呀，真是从洛阳来的？

**照相个体户：** 那还有假？你看，这是我的营业执照，上面都写着呢。你们村里人啊，什么都没见过，连照相都害怕。

**菊香娘：** 那你给俺菊香照张相，真的不要钱？

**照相个体户：** 菊香模样长得好，就是在洛阳城里都很少见，我把她照片印成明信片，嘿嘿，能卖五块钱一张呢。

**菊香娘：** 啥？

**照相个体户：** 我要印一百张，还得给你们钱呢！

**菊香娘：** 说啥呢，不要不要。说句不见外的话，你要把菊香带到洛阳去了啊，想咋照就咋照呗。

**菊香：** 娘！

**照相个体户：** 那还不容易啊，只要菊香愿意。哦，对了，这些是我在洛阳照的照片，你看。

照相个体户把照片递给菊香和菊香娘看。

**4. 菊香家牛棚　日　外**

**菊香娘：** 除了这穷山沟但凡有点能耐的，谁也不回来。

**菊香：** 小庄哥给我来信说他要回来的。

**菊香娘：** 回来还不是在这穷沟沟里待着，你呀，要嫁就嫁给这样的人，要手艺有手艺，又是城里户口，你跟着人家到城里过日子，夏天不怕蚊虫咬，冬天不用烧柴火，你姐家就是这样，水井都在自个家屋里，你要是走了啊，俺就住到你姐家里去，咱都离开这穷沟沟。啊，别死心眼，去把小庄的照片还给他姑。你不去我去！

**5. 小庄姑姑家　日　外**

小庄姑姑在拨玉米，菊香走进院子里。

**菊香：** 姑。

小庄姑姑：菊香啊，有事啊？

菊香：哦，小庄哥来信了，这是他的照片。姑，我走了。

小庄姑姑：菊香……

**6. 村里小路上　日　外**

菊香跟着照相个体户离开村子，菊香娘和乡亲们看着她离开。

**7. 村里小路上　日　外**

菊香带着儿子蛋儿回到村里。

蛋儿：娘，快走啊。

菊香：蛋儿。

蛋儿：走啊，娘。

蛋儿被石头绊倒，哭了起来，菊香过去抱起蛋儿。

菊香：蛋儿，不哭不哭啊，好孩子不哭不哭啊。来，跟娘一起说，小女婿儿。

蛋儿：小女婿儿。

菊香：牵着驴儿。

蛋儿：牵着驴儿。

菊香：走亲戚。

蛋儿：走亲戚。

菊香：别哭了啊蛋儿，别怕，那是放炮开山呢。

蛋儿：开山作甚？

菊香：开山修路啊。

蛋儿：修路作甚？

菊香：修通了路啊，那就去洛阳啊。

蛋儿：去洛阳作甚？娘，去洛阳作甚啊？

菊香抱紧了蛋儿。

**7. 汽车站　日　外**

小庄背着行李从汽车上下来。

**8. 集市上　日　外**

小庄在集市上看到了一件红色大衣。

小庄：把这件衣服拿给我看看。

店铺老板：哎。

老板甲：你这个臭要饭的，滚出去。

一个乞丐模样的人被老板赶出来，小庄定睛看了看。

小庄：有财？

有财转身跑了，小庄追上去。

店铺老板：哎，衣服衣服，你买不买了？
小庄：不要了。有财，有财，我是小庄啊。

9. 村里　日　外
　　蛋儿拿着水果给村民吃。
　　蛋儿：给你吃。
　　村民：不吃不吃。
　　村民甲：这娃才豆点大嘴这么甜，怕长大成人精咧。
　　村民乙：这娃，两眼黑亮亮的，看着就机灵。
　　村民丙：蛋儿，过来。
　　蛋儿：作甚啊？
　　村民丙：叫叔叔，做个侄儿。
　　村民丁：我咋不知道这野娃是你侄儿？
　　蛋儿和村民在一起嬉戏，菊香走过来了。
　　村民甲：总说那个照相的接他们去洛阳，这人有影无影啊？咋做起这事了，以后咋见人啊。
　　村民乙：没人要了。
　　村民甲：怨她自己。
　　菊香抱着蛋儿离开。
　　大婶抬着两桶水经过菊香身边。
　　菊香：婶儿，我来干吧。
　　大婶：不了不了。
　　菊香：婶儿，大宝不在家，有什么事就让我来干吧。
　　大婶：没什么重活，过些天我们小庄就复员回来了。
　　菊香：小庄哥复员回来？
　　大婶：是的是的，说复员回来。

10. 饭馆　日　内
　　小庄给有财要了一桌饭菜。
　　小庄：来，吃吧。吃。别急，吃点菜。有财，你现在咋混成这个样子了？
　　有财：丢人嘞，我混成这个样子，真是给咱村里的人丢脸了。

11. 回沟里的路上　日　外
　　有财：我本想在外面好好闯一闯，可谁知到咱沟里人山高见识低，这一挪步，就让人给坑了。我找了个河南的包工头跟他说，我这条命卖给你了，出来就不回去了。我跟他一干就是三年，起五更爬半夜，没睡过一个囫囵觉，可到头来一算，他说，我欠了他的伙食费，在山里，心直脑袋憨，算不过人家城里人，就这样，我算下的那些卖命钱，全被狗日的三绕两绕给哄走了。

小庄：你就这么便宜了他啊？

有财：等我找那狗日的拼命的时候，他连人带钱都没有了，我到哪去找。哎，吃了哑巴亏，我自己认了，可我总寻思不过来，咱吃苦受累，反倒成了个要饭的，唉，丢人嘞。

小庄：咱沟里人哪，吃亏就在于见识短。有财，你能回来就好，沟里再穷，那也是咱自己的窝。

有财：小庄哥，你咋也回来了？

小庄：哦，我当的是工程兵，部队解散了，都分配到地方上去修铁路，我想，为别处修，那还不如修自己的路呢。有了路，通了车，你也不必再受这个窝囊气了。

有财：我死心了，以后啊，有力气还是使在自己的家，我哪也不去了。

小庄：不，要出去，还要开着车出去。三叔，万全！

三叔：谁呀？哎哟，是小庄子，回家看看啊？

小庄：不，回家啦，复员不走啦。

三叔：哎呀，我说你啊，不在外面找个差事，回这沟沟里干甚啊。

小庄：你们这是上哪啊？

三叔：上河南，找活路。

小庄：啥？大婶也去啊？

大婶：俺把户口都迁走咧。

有财：三叔啊，这外边再好啊，也是人家的，这天底下还是咱自家的好啊。

三叔：哎，那你们留下吧，俺们可要走啦。

小庄叹了口气。

12. 开山工地上　日　外

村民：老支书，老支书，狗娃晕倒了，还有二叔呢，你看咋？

老支书：咋？你说咋。派几个人抬回家去，睡上一晌半天的，就缓过来啦，哎哟，见得多了，还问咋。站着干什么，还不快去。人都抬走了，还站着干甚。

村民：老支书，洞里太呛，进去都喘不过气。

老支书：要死，有我挡着，你们怕个甚，都给我进去。

小庄：这是怎么了？

村民：那山里烟太大，人都晕倒了。

小庄：哦，来，快放下，这是缺氧。有财，快，跟我学，做这个。

村民：那洞里都是烟，就这，老支书也不让停工啊。

小庄：有财，把我东西带回村去啊。

有财：唉。

13. 山洞里　日　内

小庄：支书，支书，我是小庄啊。

老支书：小庄啊，你什么时候到的？

小庄：刚到，还没回村呢。

**老支书：** 像个当兵的，这一到就像组织报道啊。你回来得正好，咱们村里啊，修路正缺人手呢。

**小庄：** 大叔，这个砸法不行啊。

**老支书：** 咋个不行啊？

**小庄：** 老实说，你这洞里粉尘太多，又不通风，严重缺氧了，再这么干下去要出危险的。

**老支书：** 哎呀，这么多年都是这么干的，没事啊。哎，你赶快回家吧，看看你姑去。

**小庄：** 我在外边当的是工程兵，这个我懂，这样干不行，这是科学啊。

**老支书：** 说甚科学，这几年那，晴天都是这么干的，我们沟里头就这一条路，死不了的，就得这么干，除非啊，不是咱沟里的人。

**小庄：** 这要夏天，要出人命的。

**村民甲：** 小庄说的对，这样打下去，我们不累死几口子，也要呛死几口子。

**村民乙：** 沟里修路修了几十年，刚记事就记着修路，折腾到了现在还钻井柱子，能修通啊？

**老支书：** 你行，你行。

**小庄：** 都出去，快，听我的。

文字整理：戴灿

资料来源：根据优酷网提供的视频完成文字整理。

具体参见http://v.youku.com/v_show/id_XMTg0MjI2NjA0.html

# 九一八大案纪实

首播时间：1994年

首播电视台：中央电视台

监　　制：邹庆芳、阎世颖

策　　划：陈汉元、施建中、崔保连、程　宏

制 片 人：刘晓航

编　　剧：李功达

导　　演：陈胜利

摄　　像：司兆明、乔保刚

主　　演：武和平、王　戎、沈　航

获奖情况：第十五届（1994年度）中国电视剧飞天奖中篇电视剧二等奖；第十三届（1995年）中国电视金鹰奖最佳中篇连续剧奖；第四届"五个一工程"优秀电视剧奖。

**剧情梗概：**

　　8集电视连续剧《九一八大案纪实》获得第十五届飞天奖中篇电视剧二等奖，这部剧集用纪实的手法，以1992年9月18日河南开封博物馆69件价值连城的文物被盗后，全国数省市数万名公安干警连续奋战三个月侦破此案的真实故事的创作背景，讴歌了公安干警无私无畏的敬业精神。

　　9月18日开封博物馆的工作人员陆陆续续上班，像往常一样打开一层层门之后，突然发现陈列柜里的展品不见了，工作人员立即报案。公安人员到达现场后，进行了仔细的勘察，认为当前破解此大案的关键问题是：分析罪犯是流窜作案还是内部人士所为。

　　于是从案发当日起，在开封市局长武和平的领导下，开封市的警察迅速展开了行动，他们一方面对于现场遗留物质进行了大面积的收集，一方面通过寻查审问，向所有的相关人员了解情况。根据对于案发现场的取证分析，公安机关排除了内部人员作案的可能，确定此案为是流窜惯犯所做，警方怀疑的目标聚焦在之前曾来馆参观，但实则为盗窃踩点的"伪参观者"身上。于是警方开始了针对参观者的排查，先后分别询问了博物馆当值的保安、售票员，查询了博物馆附近的制高点，走访了博物馆附近视野良好的宾馆以及查询现场遗留下的让报警器不起作用的红布的产地和销售地。

　　经过对一些目击证人的质证，警方怀疑罪犯是驾驶机动车来开封作案的，机动车是转移几十件被盗文物的工具。警方把调查的重点放在盘查在案发前一个星期内，入住开封宾馆的外地人员。刘农军、唐国强这一伙既在案发一星期内入住过宾馆，又曾经参与过汽车盗窃案的人，成了警方怀疑的主要目标。

　　公安干警沿着这一条线索一直追寻下去，在武汉发现了犯罪嫌疑人的车辆和活动行踪。警方追捕到武汉，几经盘查几乎和犯罪分子打上照面，但犯罪分子最终仍然逃脱，可喜的是白色桑塔纳车作为案件重要的物证被掌握在警方手中，车上伪造的驾驶证也暴露了犯罪分子更多的信息。

　　而另外一边，刘农军和同伙也在焦急地探听警方到底掌握了哪些消息，在警方的追逐越来越逼近的情况下刘农军一伙儿人打算分散，各自逃亡。警方加紧了追击力度，当务之急是确保文物不会被贩卖出境。在西坑，警方找到了犯罪分子留下的文物清单，这些线索都预示着警方与罪犯的距离越来越近了。1993年1月16日主犯刘进在广州被捕，另一边主犯刘农军也被捕，正在从青岛押解回开封的公路上。但是刘农军无论是在和武和平的对话中，还是在审判庭上都拒不承认自己是犯罪集团的首犯。

　　最终公安机关经过艰苦的工作，终于一举将刘农军等四名首犯缉捕归案。

　　　　　　　　文字整理：夏源

　　　　　　　　资料来源：根据优酷网提供的视频完成文字整理。

　　　　　　　　具体参见http：//www.youku.com/playlist_show/id_17165573.html

**剧本：**

### 《九一八大案纪实》 第五集

**1．武汉市第二看守所　日　内**

　　警员：你见过老三没有？

冯江：没有，我听刘农军说过，农军还说他有两个弟兄，非常能干。
警员：有没有一个叫唐国强的？
冯江：没有。
警员：他托你办过什么事？
冯江：我们从小在一起长大的，关系不错，办的事多了。
警员：你在监狱的时候他托你办过什么事？
冯江：哦，他托我探视过一个犯人，看样子他们的关系不错，这个人是因为抢劫被判的刑，好像叫邹丹。

2. 操场　日　外

一群士兵在练兵唱歌。

3. 厂房　日　内

卓枫：你叫邹丹吗？我们是武汉市公安局和开封市公安局的，今天找你了解个情况，去年9月份来探监的都有谁？
邹丹：有我妈，刘农军。
卓枫：和刘农军一块儿来的还有谁？
邹丹：好像没有什么人了。
卓枫：有没有一个叫老三的？
邹丹：听说过，不过那天他没有来，探监的时候是我妈和刘农军他们两个来的。当时农军说起老三什么来着，好像叫什么西山，我妈知道，当时说的时候我妈在场。

4. 胡同住房　日　外

李队长：你回忆一下去年的9月份你到没到过武汉监狱探过监，你想一下。
邹丹妈妈：去过。
李队长：你再想一下和你同去的都有谁？
邹丹妈妈：我想不起来啦。
李队长：和你一块去的还有两个人，这两个人是谁，你想一下。
邹丹妈妈：我实在是想不起来啦。
李队长：听你儿子说啊，你儿子说这个一个叫刘农军，另外一个人叫什么，你再仔细想一想，希望能和政府配合一下。
邹丹妈妈：我记不清啦，这和我儿子有什么关系啊？
李队长：这个事你不要紧张啊，作为一个公民，配合政府工作，配合公安机关做调查，这是你们应尽的义务，好好想一想，由于时间长这个记忆力一定模糊，你再好好想想。
李队长：霍队长我们走吧。
李队长对邹丹妈妈：今天啊我们谈到这，希望你对这个问题再回忆一下，我们改日再谈，行不行？今天就到这，再见！
邹丹妈妈：哦，我想起来了，他们另外一个叫什么什么西山的。

**旁白**：就在武汉提审冯江的同时，广州工作组在广州市局的配合下对罪犯在广州的落脚点和关系人逐个地进行了调查，今日的广州外来人口之多流动性之大以为常人所知，在这样的环境里要调查一两人的踪迹难度之大也可想而知！

5. 宾馆外　日

　　**警员甲**：没见到人。

　　**警员乙**：看公司的人的表情，他好像在这儿，他肯定是不想见我们。

　　**警长**：掌握他的动向，因为这个人啊是个关键人物，什么搞定情况的，很重要的，你们再想想办法。

　　**警员甲**：再想想办法吧，不行再守一下，等他一下，看他出不出来，如果出来我们找他。最好堵住他。

　　**警员乙**：好，我们再等一下吧，我们上车去。

6. 武汉某宾馆　日　内

　　**李队长**：是不是都拿出来啦？没有掉的吧？

　　**服务员**：没有。

　　**李队长**：咱们去下一个站吧。

　　**武汉甲**：快十二点啦，咱们去吃个饭怎么样？

　　**李队长**：不用了不用了，党的工作还多咧，下次再见吧。

　　**武汉甲乙**：好好好，下午见。

一九九二年十二月十六日，武汉楚园饭店

7. 楚园饭店　日　内

　　**服务员**：这些是前几个月的，你们不是来查过好几次了吗？还没查清楚。

　　警方查阅中。

　　**旁边**：真是皇天不负有心人，枯燥繁琐的查找终于有了结果，在武汉楚园饭店的登记簿上，警方找到了文西山的签名，12月23日尹明德、王伟奉命去广西拘捕文西山。

8. 广西某村　日　外

　　**当地派出所所长**：你们这一路可辛苦啦，呵呵，我们这个地方条件可不好啊。

　　**尹明德**：不过山青水秀的。

　　**当地派出所所长**：哎哟，这个地方事情不好搞，呵呵，这就快到了，就是前面。

　　**王伟**：文西山最近在不在家？

　　**当地派出所所长**：在啊，昨天下午好像还有人看到他。

　　**尹明德**：这个文西山你熟悉吗？

　　**当地派出所所长**：熟，文西山这一家啊，有四兄弟都是盗窃犯，也是我们派出所的常客。

　　**尹明德**：那确实熟悉得很。

**当地派出所所长**：熟啊，哎，文西山这个人呀，他做过九年大狱，才出来三年多，这个人呐，武学好，会轻功呐，三层楼上跳下来，摔不伤的啦。

**王伟**：吹牛吧。

**当地派出所所长**：不不，他确实是个飞贼呀，上房翻墙，飞檐走壁，他确实是很拿手的咧。

**尹明德**：这小子的情况，第一个就是他。

**王伟**：对，差不多，他在本地也偷窃过吗？

**当地派出所所长**：没有，他不是当地人呀，他是湖南东安的人，偷窃的事情那是湖南的事情，他是我们这里的上门女婿，他才来了两年多，刚来的时候呐，他还要常去他们村汇报。

**王伟**：最近呢？

**当地派出所所长**：最近？没有管这个事情的啦，这两年咧他经常外出，好像是挣了大钱了，他一有了钱，哪个人还去听他汇报，简直就没有人敢管他们了嘛。

**王伟**：你还敢不敢管管他呀？

**尹明德**：呵呵，谁有钱谁老大呀。

**当地派出所所长**：进村以后你们不要说话，因为你们外地人啦有外乡口音，有话我来说，我就说咧，你们是上面派下来调查计划生育的，就说他生了三胎把他带到县里去，这个村子大呀，亲戚多，人围的多啦很麻烦的。

**王伟**：行。

**当地派出所所长**：枪带了吗？

**尹明德**：带了。

**当地派出所所长**：不要拿出来呀，除非他们拒捕。

**尹明德**：知道，搞计划生育拿枪干什么？

当警察赶到文西山家时，文已经不知去向。

9. 武汉某大巴　日　内

**冯福凯**：今天都忙了一天了都没吃饭，今天我请客行吗？

**警员**：我们去几个好饭店吧。

**冯福凯**：什么饭店？

**警员**：紫英饭店，青松饭店也行。

**冯福凯**：好的。

**旁白**：冯福凯邀请武汉同行吃饭时连他自己都心虚，武汉的警察提出要去酒楼，更使冯福凯惴惴不安，对于从黄河边上来的开封警察来说，武汉这个大都会的消费确实让他们目眩，按说请武汉的同行吃顿便饭是再正常不过的事情，可他们却一直难以启齿，原因太简单了，就是羞涩，可是当冯福凯他们发现所谓酒楼就是小吃快餐的时候，他们从心里感谢武汉同行的理解，武汉警察说得更干脆，说，都是当警察的，谁不知道谁呀。

10. 广西火车站　日　内

两名民警跟踪为文西山报信的女人。

**火车报站：**列车现在已使出了广西进入湖南境内，下一站是东安站，有在东安站下车的乘客请提前做好准备。

**旁白：**在湖南东安车站尹明德和王伟拘捕了一个去为文西山报信的女人，可也就在同时，在东安车站的另一个站台上文西山上了一辆驶离东安的列车。

11. 宾馆　夜　内

　　**陈：**他们说话不算数，他背着我们卖给澳门人一样东西，我不等了，先走了。

　　**文西山：**农军，他不给我们钱吗？

　　**陈：**能给你多少钱？一万？四万，他卖了八万呢，妈的说话不算数。

　　**刘农军：**都来了，咱们得快一点，快点说，我们只有10分钟的时间。

　　**刘进：**为什么？

　　**刘农军：**我们被通缉啦。

　　**陈：**消息可靠吗？

　　**刘农军：**消息怎么不可靠了，所有派出所的墙上贴的都是通缉令，咱们这几个人大名都在那上面呢，连一个错别字都没有，我们几个还是分散开吧，绝不能见面，等这个风头过去以后……我哪也不去，我一分钱没有我去哪呀，我就在这待着等着警察来抓我，老五把我知道的事都跟他说说。

　　**刘进：**农军听说你卖的那样品不是四万是八万。

　　**刘农军：**没那回事。

　　**陈：**别唬我了，你干的那点事我全知道。

　　**文西山：**你告诉他没那回事，那东西就卖了四万，对吧？

　　**刘农军：**天底下的事除了你自己之外谁都不要信，你不是想发财吗，你就记住这一点。

　　**刘农军：**我们还是散了吧，不到万不得已我们不要再见面了，我了解警察，他们听关张机构的指挥，省和省市和市互不合作，这既是合作了，也很难，承德没别的，就是地方大，人多，抓我们的警察现在都还没生出来。

　　**陈：**那……那咱们散吧。

　　**刘进：**就这么着。

12. 广州火车站　日　外

　　民警拘捕一名嫌疑人。

　　**民警：**你认识这个人吗？

　　**甲：**认识。

　　**民警：**你是什么时候认识他的？

　　**甲：**大概一两年了吧，叫什么，文西山。

13. 宾馆　夜　内

　　**警长：**目前从武汉四名案犯逃亡中，大部分文物现在还没下落，因此我们进入广州的叫做决战追捕之中，工作任务非常繁重，困难不少，但是现在有利条件也不少，我们现在已经了解到了这么多关于刘农军和刘进在广州的落脚点和关系人,现在关键是和刘农军之间我们不仅是智能的较量而且是意志的较量,在案件进入最后的拼搏阶段,我的想法要尽量避免失误,这是对我们侦查员的全面考验,从这个角度讲,目前对这几处落脚点的工作,我想我们应该高度重视,把这几个点这几个线索作为逼近案犯的重要途径,精心设计,千万不能断线。

　　警方蹲点守案犯。

## 14. 某酒店　日　内

　　警员:俞先生你好,我们是开封公安局的,这是我们胡局长,这是俞老板。

　　胡局长:俞老板。你好,找你好久了。

　　警员:您忙吗?我们想找你了解点情况,是不是有点不方便呐,不行我们到车里或找个地方聊一下。

　　俞锐:好。

## 15. 汽车　白　内

　　警员:俞老板,你认识这俩人吗?您看一下,仔细看。

　　俞锐:认识。

　　警员:这个叫什么?这个叫什么?

　　俞锐:陈先生,刘先生。

　　警员:最近有和他们联系吗?见到他们没有?

　　俞锐:最近我工作都很忙。

　　胡局长:我想对这个事情俞老板是清楚的,对这件事情的分量俞老板也是清楚的,如果你工作忙,事情很多,我们也不想占用你更多时间,我们希望你能够积极的配合我们工作,将二人的情况及时提供给我们,你看怎么样,俞老板。

　　警员:别让我们找你的麻烦,你生意很紧张对不对,你在这里面作用也是有的,我们再考虑到你的生意对不对,你老板嘛,身份要紧呐,在广州生意很多嘛,你要慎重地考虑一下。

　　警员:俞老板,你和刘农军认识四五年了,交往比较多,他也认识刘进和老三老四,刘农军从广州逃跑以后有可能还与他们联系。

## 16. 某餐厅　白　内

　　俞锐:最近怎么样?

　　刘农军:马马虎虎啦。

　　俞锐:一共六千。

　　刘农军:怎么这么少?

　　俞锐:我一时筹不了这么多。

　　刘农军:好了,我走了。

　　俞锐:我以为你起码得谢谢我。

　　刘农军:谢谢不用说,你在我最困难的时候你帮了我,我记着了,会好好报答你。

俞锐：你好像有麻烦。
刘农军：对。
俞锐：那告诉我吧。
刘农军：等我有了钱……

17. 宾馆　日　内
警员：俞老板可能是这件案件的知情人，经过工作呢，他目前就自己讲，愿意配合我们，但是不是真心的，我看还需要进一步工作。
警员甲：我和小魏调查了三烟宾馆的情况，刘农军、刘进化名赵勇、李强，12月6号冒充长沙机电公司的工作人员住在那里，从三烟宾馆走了以后到了海马家，海马是一家酒家的司机，从海马那里我们了解到刘农军和他老婆12月8日逃离广州，刘农军和刘进现在成了惊弓之鸟，目前对他们来说方寸全乱了，无非两种可能，第一，筹集款项外逃，根据大家提供的情况，刘农军和刘进随身携带有委内瑞拉护照和泰国护照，所以外逃的可能性不能排除，再一个可能性就是留在国内继续潜藏，和我们周旋，所以现在当务之急首先关上大门堵住笼子，见情况不对又速速离去。
旁白：文物现在何处，是还在广州还是流入海外，刘农军的关系人说，武汉有人知道，警方在武汉三审冯江。

18. 武汉市第二看守所　日　内
警员：刘农军把文物运到广州以后你跟他联系过没有？
冯江：我给他打过一个电话，当时我就问他，那批货怎么样啦？他说这事都已经办好了，不用我操心，别的也就别多问，他还给我留了一个号码说要去国外，后来我试着打了个电话给他，当时接电话的人不是刘农军，我就问是哪，他说是洛阳。那电话号码是多少？希望你配合公安机关把这个问题说清楚，电话号码到底是多少？冷静一点冷静一点。
警员：经过这几天我和李材围绕亮仔经过的调查证实，亮仔的大名叫欧天亮，此人曾于1979年移居澳门的，但还经常活动于广州，亮仔曾于1990年3月到1992年的7月与一个叫伟仔的合伙在粤绣区办了一间商行，据关系人反映，前几天亮仔曾与刘农军在白天鹅歌厅因为一批文物发生了争吵，好像亮仔的身份是个买主，另外根据武汉方面的情况证实，估计文物很有可能已被偷运出境了，你看你有什么补充的。
警员乙：据调查呢亮仔老婆还在黄浦区，但因为情况比较复杂还没有查到，另外根据我们掌握的各种情况来分析呢，这批文物应该是到了澳门。
胡局长：要尽快查到亮仔老婆，通过查那个查清亮仔的下落，活动情况以及文物的流向。

19. 市集　日　外
卖货大婶：有人在打听你呢。
亮仔妻：哪儿的人？
卖货大婶：我不清楚。

**20. 亮仔屋 日 内**

  亮仔妻：我不清楚我丈夫做什么生意，他从来不对我讲。

  警员：他做的是违法的生意这个他自己知道。

  亮仔妻：他现在是澳门人了，住在澳门呢。

  警员：他拿走了国宝，违反了国家法律，就是死在天边，我也要把他抓回来。

**21. 宾馆 夜 内**

  警长：作为现在文物下落不明而且很大可能已经过境，那么在这样的情况下，打个比方来说，就是现在老虎已经把肉叼走了，叼到了那边，如果我们逼着过境，老虎就会把肉全部吞到肚里面去，我们什么也得不到，鸡飞蛋打，前功尽弃，所以现在采取欲擒故纵，制造些假象，围而不打，采取这样一种敲山震虎的方法，逼虎吐食，把叼的肉给吐出来。

    文字整理：戴灿

    资料来源：根据优酷网提供的视频完成文字整理。

    具体参见http：//v.youku.com/v_show/id_XMzUwNjcyNzEy.html？f=17165573

# 1995

# 三国演义

**首播时间：** 1995年
**首播电视台：** 中央电视台
**出品单位：** 中国电视剧制作中心
**总 监 制：** 王　枫
**总 策 划：** 王　枫
**总 制 片：** 任大惠
**制 片 人：** 周　明、刘瑾如
**编　　剧：** 杜家福、朱晓平、刘树生、叶式生、周锴、李一波
**导　　演：** 蔡晓晴、张绍林、孙光明、张中一、沈好放
**摄　　像：** 李耀宗、陈　军、王殿臣、郑宏宇、鞠　峰、赵新昌、刘书亮、魏秀志
**美　　术：** 何宝通、高国良、劳保良
**主　　演：** 鲍国安、唐国强、孙彦军、陆树铭、李靖飞、吴晓东、洪宇宙、何　晴、濮存昕
**获奖情况：** 第十五届（1994年度）中国电视剧飞天奖长篇电视剧一等奖、优秀男主角奖、优秀美术奖；第十三届（1995年）中国电视金鹰奖最佳长篇连续剧奖、最佳男主角；第四届（1994年）"五个一工程"优秀电视剧奖。

**剧情梗概：**

84集电视连续剧《三国演义》改编自同名中国古典名著。

东汉末年，宦官当权，民不聊生。在抵抗黄巾起义的招兵榜文下，刘备、关羽、张飞三人一见如故桃园结义。刘关张从军后就显示出非凡的才能，他们两次打败黄巾军，又救出被张角打败的董卓。刘关张三人参加平定渔阳之战，开始有了一支人马。汉灵帝死，少帝继位，袁绍领兵诛杀宦官。董卓驱逐袁绍，专权朝野。曹操推袁绍为盟主讨伐董卓。刘关张三

人合战吕布，群雄围攻，吕布大败。盟军入洛阳，各起异心。盟军瓦解。接着军阀又开始火拼。

在军阀混战中，曹操前往收降了青州三十余万人从此威名大振。汉献帝逃往洛阳，曹操赶往保驾，大权独揽。曹操亲自率领20万大军进攻刘备，关羽为保护刘备妻子甘、糜两位夫人，以只降汉帝、不降曹操为条件投了曹操。关羽得知刘备在袁绍处，一路过五关斩六将，前往古城，终于与张飞、刘备相会。三人计议结连荆州刘表以脱离袁绍。曹操与袁绍相峙于官渡，袁绍军大败。此时，刘备率兵进攻许都，曹操回师对敌刘备。刘备诸人败逃于汉江，投荆州刘表，驻守新野。这时，袁绍吐血而亡，曹操进而攻占冀州统一了北方。

刘备与关、张请诸葛亮出山，诸葛亮为刘备礼贤下士之举所感动，最终出山辅佐刘备。为联吴抗曹，诸葛亮游说孙权舌战群儒，终于促成了孙刘联盟。周瑜利用蒋干盗书，使曹操中计杀了水军都督蔡瑁和张允。随即，曹操误纳了庞统的连环计，将战船以铁链相连。吴蜀联军借东风，火攻大破曹军。曹操被张辽救上小船，得以逃脱但曹军大势已去。

曹操败归许都，令曹仁驻守荆州。刘备众将则先后攻下南郡、襄阳、荆州。至此，刘备占据荆州。建安十四年秋，孙权派鲁肃来讨荆州。结果周瑜终因不能取荆州而气死。刘备自立为汉中王，诸葛亮为军师，关羽、张飞、赵云、马超、黄忠为五虎大将。曹操大怒，要取汉中。司马懿献计，劝曹操联合东吴攻取荆州以打击刘备，曹操采纳。

于是孙权以吕蒙为大都督，同曹军合击关羽，关羽大败，退守麦城。曹操病死，曹丕逼献帝退位，刘备称帝于成都。为报关羽被害之仇率兵七十万攻东吴，张飞此时因鞭打部将，被部将杀死，割首级献东吴。刘备葬过张飞，屯于白帝城督战。孙权派诸葛瑾往说刘备，望重结吴蜀联盟，共同对付曹丕，刘备不允。刘备攻猇亭，陆逊坚守不战，刘备败走，被赵云救入白帝城。陆逊紧追，误入诸葛亮所遗石阵，方知天外有天。此时，曹丕派兵袭击东吴，陆逊退兵。蜀汉章武三年，刘备在白帝城染病不起，托付后事并做出诸葛亮可取刘禅而代之的遗嘱。刘备病逝后刘禅为帝，并感刘备知遇之恩全力辅佐幼主。

刘备死后，曹丕用司马懿之计，联合南蛮孟获、东吴孙权进攻蜀汉。诸葛亮击退了来犯之敌，派邓芝结好东吴，自此吴蜀通。诸葛亮率军50万南征孟获，七擒七纵孟获，以德服人，使蜀汉后方得以稳定。

蜀后主建兴四年，曹睿即位，任司马懿为骠骑大将军。诸葛亮发兵汉中，蜀军一出祁山，直抵渭水，长安告急。曹睿见势不妙，启用司马懿任平西都督，令其拒守长安。司马懿老谋深算，上任之后，即夺新城，乘势直逼汉中咽喉的街亭和列柳城。马谡自告奋勇往守街亭，蜀兵大败，街亭失守，随即司马懿又攻下列柳城。诸葛亮在西城上演空城计，司马懿惧有伏兵，急令撤退。西城解围后，诸葛亮退回汉中，为正军法，诸葛亮挥泪斩马谡，并向后主上表自贬。

建兴十二年，诸葛亮六出祁山，诸葛亮以木牛流马诱司马懿入上方谷，雷炸火烧曹军。司马懿受挫后坚守不战，诸葛亮激他出战。诸葛亮强支病体处理军务，积劳成疾，吐血不止，病逝于五丈原军中。姜维遵照诸葛亮遗嘱，从五丈原徐徐退兵，诸葛亮死后，蜀后主刘禅宠信宦官，不理朝政，国势日趋衰微，刘禅投降蜀汉灭亡。魏自曹睿死后，大权先被司马懿控制，司马昭之子司马炎代魏而自称晋帝，魏灭亡。晋建国后，于咸宁六年灭了东吴，自此三国时代结束,晋帝司马炎统一天下。

    文字整理:夏源

    资料来源:根据央视网提供的视频完成文字整理。

    具体参见http://dianshiju.cntv.cn/2012/12/19/VIDA1355904363986430.shtml

## 剧本:

<h2 style="text-align:center">《三国演义》第二十七集 三顾茅庐</h2>

**1. 诸葛亮草堂　日　内**

  门外飘着鹅毛大雪,诸葛均在屋内读书,感觉有动静,回头看到三位男人在门帘外站着,好像有事相求。诸葛均放下书本,站起来朝门外作了个揖,掀开帘子走到门外。

  **诸葛均**:将军莫非是刘豫州欲见家兄?

  刘备回头看了看关羽和张飞,示意的点了头。

  诸葛均掀开门帘把刘备请到家中。

  **诸葛均**:将军请。将军请坐。

  刘备走进屋,环顾了一下四周,面朝诸葛均坐了下来。

  **刘备**:先生是?

  **诸葛均**:我乃卧龙之弟诸葛均。我兄弟三人,长兄诸葛瑾,现在将军孙仲谋处为幕宾,孔明乃二家兄。

  **刘备**:哦,那卧龙先生今在家否?

  **诸葛均**:将军来的不巧,家兄昨为崔州平相邀,出外闲游去了。

  **刘备**:哦,先生闲游何处?

  **诸葛均**:额,或驾小舟于江湖之上,或访僧道于山岭之中,或寻朋友于村落之间,或理琴棋于洞府之内,往来莫测,不知去向。

  刘备沮丧的叹了口气:唉,不料备如此缘分浅薄,两番不遇大贤,实在遗憾。

  **诸葛均**:请稍作一刻,童子,献茶!

  站在门外的童子从门外进屋取茶,在门外的张飞也上前一步。

  **张飞**:大哥,风雪甚急,不如早归。

  **诸葛均**:家兄不在,不敢久留客人。

  **刘备**:先生,数日之后,备当再访。愿借笔砚一用,留书与令兄以表殷勤之意。

  **诸葛均**:童子,取笔砚来。

  **童子**:来了。

  刘备把双手放到火炉上方烤了烤火,童子拿来了笔砚放在桌上。

  **刘备书写道**:备久慕卧龙先生高明,两次拜谒不遇空回,深为遗憾。备乃汉室宗亲,目睹朝纲崩摧,群雄乱国。恶当欺君,备心胆俱裂,虽有匡扶汉室之志,实乏经纶之策仰望先生仁慈忠义,慨然展吕望之才施子房之鸿略,则天下幸甚,社稷幸甚!先此布达,再容窄戒沐浴，特拜尊颜，面倾教诲。

刘备将写好的信笺递给诸葛均。

**刘备**：书呈令兄，刘备告辞。

诸葛均点点头，接过信笺，起身送刘备出门。

## 2. 茅庐外 日 外 雪

诸葛均和童子送三位走出门外，突然听到不远处传来了歌声。

**童子**：老先生来了。

远方一童子牵着一匹马，马上坐着一位老者，唱着歌，从森林中走出，跨过一座桥，往刘备方向。

老先生哼着歌：来一夜北风寒，万里彤云厚，长空雪乱飘，改尽江山旧。仰面观太虚，疑是玉龙斗，纷纷鳞甲飞，顷刻遍宇宙。骑驴过小桥，独叹梅花瘦。

**刘备问诸葛均**：这位老先生是？

**诸葛均**：此乃家兄岳父黄承彦老先生。

黄承彦下马，刘备迎了上去，二人互相作揖。

**刘备**：适才黄老先生所吟之句，及其高妙。

**黄承彦**：我在小婿家中观梁父吟记得这一篇，刚才过小桥，偶见篱间梅花，顾感而颂之，不想为尊荣所闻。

**刘备**：老先生，曾见令婿否？

**黄承彦**：我也是来看他的。

刘备，关羽，张飞给黄承彦作揖，黄承彦离开，刘备一行三人也骑马离开，刘备又回头看着离他远去的茅庐。

## 3. 刘备营地 日 内

道士给刘备算卦，关羽、张飞二人在门外等待。

**道士**：主公，四日之后便是吉期，主公宜出行。

**刘备**：好，好，从今日起斋戒三日，斋戒三日，再往卧龙岗拜见孔明。

刘备把道士送出门，关羽和张飞跟了过来。

**关羽**：大哥，关羽几番忍耐，，今日不得不进一言，兄长两次亲往卧龙岗拜见孔明，其礼实在太过，恐诸葛亮徒有虚名还无实学，故避而不敢相见。

**刘备笑了笑**：二弟素读春秋，岂不知昔日齐桓公为见一位东郭野人，前往五次方得一见，何况我欲见者乃世之大贤。

刘备笑着走回屋中。张飞不悦，气冲冲的走向门外。

**张飞**：今番无需大哥亲往，张飞自己将他请来。来人那，准备马匹绳锁，我要去卧龙岗。

关羽，刘备随后追他随他出门，欲制止张飞。

**关羽**：三弟！三弟！三弟，你去作甚！

**张飞上了马**：我去替大哥请卧龙先生来。

**刘备**：如何去请？

张飞手拿绳索展示给刘备关羽看。

**张飞**：他如不来，我用这根麻绳把他捆来！

刘备赶紧上前拉住马的缰绳不让张飞离开。

**刘备**：三弟，莫非你想坏兄长的大事？

张飞目瞪口呆地看着刘备。

**刘备**：曹操因身边有众多谋士，方得以击败袁绍，孙权统领江东六郡八十一州，尚在招贤纳士。他们霸业将成，而我却在依附刘表，据守这新野弹丸之地，此皆因缺少出谋划策调兵遣将之大贤也，你我情同手足，同生共死，却想不到，三弟如此曲解我的心意。

刘备一边说一边痛哭流涕，张飞迅速从马背上跳下来，搀扶着刘备。

**张飞**：大哥，大哥！

**刘备**：三弟岂不闻周文王访姜子牙之事？文王尚且如此敬贤，三弟为何这般无礼？今番你休去，我自与云长去。

刘备准备离开，张飞赶紧拦住刘备和关羽。

**张飞**：既是两位哥哥都去，小弟如何落后？

**刘备稍稍息怒**：你若同往，不得无礼。

**张飞作揖**：大哥，知道了，知道了。

### 4. 卧龙岗附近　日　外

诸葛亮卧龙岗附近的竹林雾气腾腾，溪水潺潺，刘备一行三人骑马来到茅庐门外，只见诸葛均背着行囊正准备出门。刘备下马走到诸葛均面前。

**刘备**：诸葛均先生，令兄在庄否？

**诸葛均**：昨日黄昏方归，今日将军可与家兄相见了。

刘备高兴的点点头，三人和诸葛均告辞后，诸葛均头也不回的走入林中离开。张飞一脸愤怒。

**张飞**：此人太无礼了，领我们去庄中又何妨，何故甩手就走？

**刘备**：诶，各有各的事，不必强求。来时已说过，不可失礼。

**张飞气势弱了下来**：大哥，知道了。

三人向前走了几步就到了茅庐门口，把马系在树上，刘备自己整理了衣服，并给关羽，张飞整理了衣服，大家互相看了看，前往茅庐，上前敲门。敲了三声门，许久没有动静，张飞不悦。此时门开了，童子见到三人有点惊诧。

**童子**：刘将军，又来了？

**刘备**：有劳转告，刘备前来拜见先生。

**童子**：先生虽在家，但正在草堂上午睡未醒。

**刘备**：既如此，先勿通告。

**刘备转向张飞、关羽**：二弟，三弟，且在门外等候，先生未醒，不便惊动。

刘备随童子进入茅庐，留关羽张飞在门外等候。张飞叹了口气，回头看关羽，关羽摇了摇头。

## 5. 草堂内 日 外

童子领刘备来到院内：将军请。

刘备从门帘外看到午睡的诸葛亮。

童子：将军何不进堂内等候？

刘备：等先生醒来，再进不迟。

刘备便在诸葛亮卧室的门帘外独自等诸葛亮醒来。

## 6. 草堂门外 日 外

张飞看到大哥这样做十分恼怒，气愤的想冲进草堂内，被关羽拦住。

关羽：三弟。

张飞：这先生如此傲慢，大哥立于廊下，他确高卧不起。待我到屋后放一把火，看他起不起来。

说完张飞就冲进草堂，关羽拉不住，跟随他进入草堂。二人拉扯被刘备注意到，刘备压低声音呵斥他们停止。张飞停了下来，坐在石头上生闷气，关羽环视了一下院子，走到院内一幅算卦图的旁边停下来，看了看八卦图，又抬头看了看屋内的诸葛亮。此时的诸葛亮翻了个身，又继续睡过去。

童子：我去叫醒先生？

刘备：嘘，请勿惊动。

童子退下了，刘备依然在门口等待，关羽在八卦图边思考，张飞还在生着闷气。过了一些时候，诸葛亮翻了个身，醒来了，伸了个懒腰开始念诗。

诸葛亮：大梦谁先觉，平生我自知，草堂春睡足，窗外日迟迟。有俗客来否？

刘备发觉诸葛亮醒来，赶紧又整理了衣服，叫张飞、关羽过来。

童子：刘皇叔已在门外等候多时。

诸葛亮：何不早报，容我更衣相见。

诸葛亮一袭白衣，羽扇纶巾，站在门口打量着刘备三人，刘备率先给诸葛亮作揖，关羽和张飞随后极不情愿地给诸葛亮作揖。

刘备：汉室末胄，涿郡渔夫，久闻先生大名，如雷贯耳，曾两次晋谒不得相见，以留书一封，不知可曾阅过。

诸葛亮：南阳野人，疏懒成性，屡蒙将军枉临，不甚惭愧，将军，请。

诸葛亮将刘备请进屋内。

刘备：二弟，三弟，在此等候。

## 7. 草堂屋内 日 内

诸葛亮和刘备进入草堂屋内，相对坐了下来，童子倒来茶水。一进门映入眼帘的便是诸葛亮的八卦阵图。

诸葛亮：将军手书，亮已拜阅，足见忧国忧民之心，但恨亮年幼才疏，有误将军下问。

刘备：水镜先生之意，徐元直之语，岂是空谈。望先生不弃鄙贱，曲赐教诲。

诸葛亮：德操，元直皆乃当今高士，亮乃一耕夫，安敢谈天下大事，将军，奈何舍美玉而求顽石乎？

刘备：先生过谦了，大丈夫抱惊世奇才，岂可空老于临泉之下？愿先生以天下之苍生为念，开备愚鲁而赐教。

诸葛亮又倒了杯茶水，思考了一会儿，把茶递给刘备。

诸葛亮：如此闻将军之志。

刘备叹了口气：唉，汉室倾吐，奸臣当道，备不量力，欲伸大义于天下，只是智术浅短，迄无所就，唯望先生开愚鲁而拯救危难，是为万幸。

诸葛亮喝了口茶。

诸葛亮：自董卓造逆以来，天下豪杰并起，曹操势力不及袁绍，而终能攻克袁绍者，既靠天时，更得利于人谋也。今曹操拥有百万之众，挟天子以令诸侯，此诚不可与之争锋，孙权据有江东，以历三世，国险而民附，此可用为援而不可图之。荆州北据汉沔，利尽南海，东联吴会，西通巴蜀，其用武之地，非其主不能守，此乃上天赐予将军之地，难道将军无意于此吗？荆州的西部是益州，道路险塞，沃野千里，天府之争，高祖因之已成帝业，而今刘璋暗弱，随民殷国富，而不只抚恤军民，故而智能之士思得明君。将军既帝室之胄，信义著于四海，总揽英雄，思贤如渴，若跨有荆州益州之地，保其岩阻，西和诸戎，南抚彝、越，外结孙权，内修政理；待天下有变，则命一上将将荆州之兵以向宛、洛，将军身率益州之众以出秦川，百姓有不箪食壶浆以迎将军者乎？诚如是，则大业可成，汉室可兴矣。此亮所以为将军谋者也。唯将军图之。

诸葛亮起身取画一轴：将军欲成霸业，北让曹操占天时，南让孙权占地利，将军可占人和。

诸葛亮将画卷挂到大堂中央，指给刘备看。

诸葛亮：此西川五十四州之图也。先取荆州为家，后即取西川建基业，以成鼎足之势，然后可图中原也。此乃亮为将军谋划之大业。

刘备：先生之言，顿开茅塞，使备如拨云雾而睹青天。但荆州刘表、益州刘璋，皆汉室宗亲，备安忍夺之？

诸葛亮：我亮夜观天象，刘表不久人世；刘璋非立业之主：西川久后必归将军。

刘备：先生未出茅庐，已知三分天下，真万古之人不及也！备虽名微德薄，愿先生不弃鄙贱，出山相助。备当拱听明诲。

刘备当即跪下，双手向前，请求诸葛亮。诸葛亮回绝了刘备，挥着鹅毛扇转过身去。

诸葛亮：亮久乐耕锄，懒于应世，不能奉命。

刘备：先生真不肯出山相助？

诸葛亮：实难奉命。

刘备哭泣：先生若不出山，如苍生何也？

刘备再次跪趴在地上。诸葛亮回头看到刘备的举止，眼中充满怜悯。走上前跪在刘备面前，双手作揖。

诸葛亮：为图将军之志，亮愿效犬马之劳。

刘备激动地上前扶起诸葛亮。

## 8. 草堂内　夜　内

诸葛亮点着火读书，一边看书一边烤火。

**9. 田地水车旁　日　外**

诸葛亮向老农请教关于耕种的知识。

**10. 草堂内　日　内**

诸葛亮就某一问题和对手争论不休。

**11. 树林里　日　外**

诸葛亮和三个朋友饮茶聊天，讨论问题。

**12. 草堂院子　日　外**

诸葛亮和一名道士探讨八卦图。

**13. 草堂屋内　日　内**

诸葛亮和刘备畅谈。

**14. 草堂附近的竹林　夜　外**

诸葛亮一边思考一边弹古筝。刘备在一旁听得入神，关羽、张飞在不远处等待。

**15. 草堂　日　外**

诸葛均和童子送诸葛亮离开草堂，诸葛亮依依不舍的回头看了看草堂，嘱咐了几句诸葛均，跟随刘备等人牵着马离开。诸葛亮再次回头给家人作揖，诸葛亮家人一起给诸葛亮作揖送别。四人上马进入竹林，诸葛亮的家人还在桥头目送他们。

**16. 刘备军营　日　外**

诸葛亮在练习场上指挥士兵们联系，鹅毛扇一挥，士兵们就做出整齐有力的动作，诸葛亮走入部队中视察情况。有头戴盔甲手拿矛盾的士兵，也有穿着普通衣服的老百姓。四周有士兵在击鼓助威，诸葛亮走到高处往下看，场面非常壮观。

**诸葛亮**：变换队列。

**士兵甲**：是。

士兵甲挥动手中的旗帜，指挥下面的士兵变换队列。刘备一行人骑马来到现场。

**刘备**：我的军师如鱼得水啊。

关羽、张飞相视看了看。诸葛亮见刘备到来，从土坡上走下来迎接。

**诸葛亮**：主公。

**刘备**：军师辛苦了。

诸葛亮请刘备，关羽、张飞走上台阶观看士兵演戏。

**诸葛亮**：主公，最新招募的兵士，尚需训练方能参战。军无习练，百不当一，习而练之，一可当百。

刘备：好，军师出山以来，谋划策略，操练人马，甚是辛苦，备结小帽一顶，以尽心意。

刘备拿出一顶竹编帽子，递给诸葛亮。诸葛亮接过竹编帽。

诸葛亮：主公是否无有远志，结小帽聊以消遣？

张飞：先生好不讲理，我大哥看先生日夜操劳，于心不忍，亲手编结帽冠，先生却如此无礼。

诸葛亮：主公之心，亮已心领，然而，亮既出山，相助主公成就大事，便时刻不忘主公之志，目前局势危如累卵，亮这番心思，想主公也不难明白。

刘备拍了拍诸葛亮的背，点点头，和诸葛亮慢慢向前走。

刘备：备深知军师之忧虑，我也正为曹军将至担忧。

诸葛亮：主公无虑，请往博望坡巡查。

刘备同诸葛亮前往博望坡，关羽、张飞在后目送他们。

关羽：博望坡？曹兵若来直奔新野便是，与博望坡何干？

张飞：哼，还不是游山玩水。

17. 博望坡　日　外

夕阳西下，刘备、诸葛亮二人骑马在草地上奔跑，骑到一个高处二人停了下来。

诸葛亮：主公，前方就是博望坡。

刘备若有所思的点点头。

诸葛亮：主公，博望坡多有草木，曹军若至，将其引进峡谷之中，便可用火攻之，主公，我二人再往前巡查。

刘备：好。

18. 江面船上　日　外

孙权的船只部队向前行驶，孙权黄盖等人在站船头。

画外音：孙权自孙策死后，据住江东，承父兄基业，广纳贤士。曹操为控制江东，命孙权潜子入朝随驾，实为人质，遭到孙权拒绝，自此，曹操有下江南之意，建安十三年春，孙权遵照母亲吴太夫人遗嘱，为父孙坚报仇，兴兵讨伐刘表部将黄祖，屯兵柴桑，觊觎荆襄之地。

19. 曹操殿内　日　内

曹操：今东吴孙权已杀黄祖，夺夏口，先屯兵柴桑，必有屯兵荆襄之意，而荆州刘表卧病在床，其子刘琦懦弱无能，绝非立大事之人，而刘备借汝南失利，投靠刘表，谋图荆州之地，见时机已到，岂能不乘虚而入？现刘备暂居新野弹丸之地，招兵买马，屯草积粮，足见欲图霸业之野心，趁其羽翼未干，我再举大军，刻不容缓。

殿中大臣们相互讨论曹操的话。

曹操：今闻刘备又拜一军师，名唤诸葛亮。此何许人也？

荀彧：诸葛亮，复姓诸葛，单字名亮，年纪二十六七岁。

夏侯惇：哈哈哈哈，如此小儿为军师，刘备帐下无人矣。

徐元直笑了笑。

曹操：元直，想必与诸葛亮先生相识？

徐元直：正是。诸葛亮字孔明，人称卧龙先生。

曹操：孔明比先生如何？

徐元直笑：岂敢与诸葛亮相比？庶如萤火之光，亮乃皓月之明也。

众大臣面面相觑。丞相，诸葛亮实有经天纬地之才，扭转乾坤之能，神鬼莫测之计，包藏天地之志，真乃当今奇士也。

夏侯惇不服气：哼！

徐元直：刘备素怀鲲鹏之志，今得诸葛亮，如鱼得水，如虎添翼，恐天下，恐天下无人可敌。

夏侯惇：徐元直，休得胡言。我视诸葛亮如草芥，何足惧哉？

荀彧：夏侯将军息怒，元直所言自有道理。刘备英雄，今更兼诸葛亮为军师，不可轻敌。

夏侯惇：刘备鼠辈耳，我必生擒刘备。

曹操：好，军中无戏言。

夏侯惇站起身，自信满满地拍了拍肚皮。

夏侯惇：我立军令状，生擒刘备，活捉诸葛亮，如不能，愿将首级献与丞相。

曹操：好。我命夏侯惇为都督，于禁、李典、韩浩为副将，统兵十万，直取新野。

文字整理：戴灿

资料来源：根据央视网提供的视频完成文字整理。

具体参见http：//tv.cntv.cn/video/C10698/a3b64a04d1a44f59506abb9e85146efd

# 英雄无悔

首播时间：1995年

首播电视台：中央电视台、广东电视台

摄制单位：广东电视台、中共广东省委宣传部、广东省公安厅、中央电视台影视部

编　　剧：邓　原、贺梦凡、章晓龙

导　　演：贺梦凡、邓　原、李耀光

摄　　像：李　平、李小平

主　　演：濮存昕、李婷、张力维、王玉璋、袁　莉、王新军、周晓莉

获奖情况：第十六届（1995年度）中国电视剧飞天奖长篇电视剧一等奖、优秀编剧奖；第五届"五个一工程"优秀电视剧奖。

## 剧情梗概：

南滨是一个靠近港澳台、发展迅速的贸易港口，但犯罪的发生率却也居高不下，这给了当地公安局不小的压力。公安局的"老材料"因为抓捕罪犯失去了一条腿，只能做做办公室工作，但他有个心病却一直没有治愈。他的得意学生高天是警校的高材生，曾经在南滨公安局任职，但在一起经济案件中，由于他使用了超前的办案思维，遭到误解得到处分，离开了公安局，被调到广州某经济开发区，并在几年的努力之中，成为一个出色的领导者。公安厅副厅长看到了高天的才华，撤销了对高天的处分，并希望他能够回到南滨公安局，但未婚妻和家人的反对，让高天陷入两难的境地。而在一次意外卷入的黑帮绑架案中，"老材料"壮烈牺牲，这给了高天一个沉重的打击，他又重新燃起自己的理想和信念，为了给"老材料"报仇，找出凶手，他重新回到公安局。

高天将自己的正义感和独特的思维方式带入了自己的工作，破获了很多棘手的案件，整顿了公安局的秩序，帮助公安局的同事重拾信心和热情，工作卓有成效，成为南滨公安局局长和灵魂人物，南滨公安局也在高天的带领下成为维护一方治安，为百姓说话的榜样。但在他的工作过程中，却面临着感情的困境，未婚妻茵茵不理解他的工作，和他渐行渐远，最后和他分手，选择了自己的大学同学陈实。狄美华作为一个女企业家，是高天的知己，高天给了她很多帮助，虽然她爱慕高天，但高天只是将她当朋友一样看待。在经济大潮的冲击下，狄美华走了一条错误的路，最终因为经济犯罪入狱。高天在渐渐的接触中喜欢上了医生舒月，舒月给了高天最大的支持和理解，但舒月却患上了脑瘤。而高天曾经最好的朋友胡永煌看到高天在公安局的威信与日俱增，产生嫉妒的情绪，再加上家庭经济的困境，慢慢不再支持高天的工作，和高天反目，而且胡永煌在与不法分子接触中受到威胁利用，成为犯罪分子在公安局的棋子，但他最后悔悟，并在和黑势力的斗争中牺牲。

高天一次又一次的破获以 24K 为代表的贩毒集团的毒品走私交易，因此被视为眼中钉，遭到了恐吓和暗杀，但高天毫不畏惧。高天得到消息，24K 的老大姚一萍在制造一种新的毒品"神秘女郎"，并准备将这种毒品走私到世界各地，如果她的计谋得逞，将带来难以估计的灾难。高天决定对姚一萍实施抓捕，但姚一萍极其狡猾，行踪不定。舒月的前男友肖风被姚一萍利用，帮她制造冰毒，要抓到姚一萍，肖风是一个突破口。但肖风开始时不肯协助警方，舒月强忍病痛到公安局劝说肖风，肖风被感动，最终答应帮助高天抓捕姚一萍。经过周密部署，姚一萍终于被抓捕归案，而舒月的手术也顺利完成，大家都在帮高天布置新房。

　　　　文字整理：黄璇

　　　　资料来源：根据央视网提供的视频完成文字整理。

　　　　具体参见 http://dianshiju.cntv.cn/2012/12/03/VIDA1354533609144906.shtml

## 剧本：

### 《英雄无悔》 第三十九集

**1. 公安审讯厅，夜，内**

　　赵援朝：你说不说，这是给你最后的机会了。

**肖风**：你们不用白费功夫了，我什么都不会说的。

**2. 公安办公室，夜，内**

　　大家都聚在办公桌前，高天在黑板前来回踱步，忽然在黑板上圈出一个名字，写了一个"问号"。

　　**方峻**：高局长，国际刑警总部规定的最后时间马上就到了，关于肖风的问题我们还上不上报？

　　**高天**：老劳，给我支烟。

　　**劳副局长**：老高啊，我考虑上报之后，会不会使我们更加被动啊。承受了不该承受的压力，如果又打不通肖风，那么我们不是……

　　**高天**：现在就算上报，恐怕时间也来不及了。

　　**钟副厅长**：我们可以说服刑警总部，改变取货时间。

　　**高天**：钟副厅长。

　　**钟副厅长**：好好，坐，坐，都坐下。情况我刚才已经了解了，如果仅仅从一个角度来看，我们现在是可以不再给自己施加压力了，但是如果真的让这批货运到中东那个不可控的地区，让南美毒枭得到了这批货，那将会给世界，给人类带来多少灾难啊。而且，也会让姚一萍集团的犯罪更为嚣张。因此，作为一名警官，我们考虑的不仅是本土，本国，本地区，同时也维护着全人类生命和财产安全的重任，我们应该主动承担这个责任和压力。

　　**高天**：钟副厅长，我们同意上报，我现在就立刻提审肖风。

**3. 国家刑警办公室，夜，内**

　　**助手**：总指挥，空运最后的启程时间已经到了。

　　**国际刑警总指挥**：现在只有实行最后的方案，准备空运。

　　秘书拿了一个文件。

　　**国际刑警总指挥**：等等，中国警方提出推迟最后的时间，立刻给我接通直线电话。

**4. 公安办公室，夜，内**

　　**国际刑警总指挥打来电话**：坦率地说，你提出的交货终极时间是不可能改变的，我们现在根本无法和她直接谈判，我们只能压缩整个运输过程的时间，这要花很大的力量，周折和金钱，但最后也只能抢出两个钟头，就两个钟头，对你们确实有意义吗？你们确实能保证吗？

　　**钟副厅长**：考虑到这批冰毒万一流散出去，确实会造成很大的危害，我们还是愿意尽最大的努力。

　　**国际刑警总指挥**：好吧，希望你们创造出奇迹。

　　**钟副厅长**：现在，担子已经压在我们身上了，两个钟头内，我们一定要突破肖风，粉碎姚一萍的阴谋。

　　**高天给舒月打电话**：舒月，我知道这件事情你很为难。但是现在已是万分危机的时候了，国际犯罪组织的头子姚一萍马上就要制造一起后果十分严重的事件，而捅破她的唯一线索只有肖风知道，为了能够突破肖风，我们希望能够尽多的了解掌握他的情况，包括他的家事、母亲以及所有你对他的了解。

**舒月**：肖风的事都怪我，我一定尽量帮你，现在我就把他的家庭情况都告诉你。

**5. 公安监视室，夜，内**

**许敏**：高局长怎么了，这么长时间也不开口。

**方峻**：这是心里较量，也许能压倒肖风，让他开口呢。

**赵援朝**：可时间不允许了。

**6. 公安审讯厅，夜，内**

高天和肖风都不开口说话，高天看着肖风，肖风避开他的视线。

**肖风**：你为什么不问我，你为什么不问我！

**高天**：我理解你，你希望自己像条汉子，希望为自己心爱的人去殉情，在这一点上，我佩服你，可惜啊。

**肖风**：可惜什么？

**高天**：可惜你一直被蒙在谷里。这个女人从来没有爱过你，她一直在利用你，玩弄你的感情。

**肖风**：胡说，你是在挑拨。我是不会上当的。

**高天**（笑）：你一定以为她原来是个善良的人，是被迫走上这条道的。只要你这次能够帮助她，替她渡过这个难关，她就会洗手不干的，和你一起去过一种理想的幸福生活。对吗？

**肖风**：难道不是吗？

高天打开录像机，电视上出现姚一萍派到肖风身边的女人：其实，姚一萍一直都不放心肖风，这次派我来就是要我来监视他，而且一再说明，绝不能让肖风知道我们组织里的其他事情。

高天关上电视。

**肖风**：这是因为她爱我，什么也说明不了。

**高天**：那她为什么还要把她组织里的事情瞒着你呢。

**肖风**：可她并没有什么事情瞒着我。

**高天**：你再看。

高天又把电视机打来，出现一个男人：姚一萍秘密建立了新的制毒基地并专门让我来偷学肖风的技术，防止肖风不愿再干下去时我们完全可以靠自己干下去。

电视上出现的两个人被带进审讯室。

**高天**：把你们招供的情况告诉他。

**姚一萍集团的人**（男）：是，我们交代的都是事实。

**姚一萍集团的人**（女）：是，都是事实。

**高天**：带下去。

**7. 公安监视室，夜，内**

**方峻**：看来有希望突破他的心理防线。

**赵援朝**：我看未必那么简单。

**8. 公安审讯厅，夜，内**

高天：你知道吗，这个女人不仅不会像你说的那样洗手不干，而且现在她正干着一件震惊国际的大阴谋，如果我们不能在两三个小时之内制止她，她就会把危害极大的"神秘女郎"一号注入儿童食品中，世界上成千上万的孩子都面临着被毒品残害的危险，而你就是这件事情的直接帮凶。在这样一种惨无人道的罪行面前，你竟然可以无动于衷，还幻想和她躲到某一个地方过理想的生活。

肖风：我，我真的不知道。可是她，毕竟救过我的命，她从小是个孤儿，受过很多苦，就算她再对不起我，我也不可能出卖她。

舒月站在审讯室的门口：那难道你就可以漠视千千万万人的幸福吗？

肖风：舒月。

高天：你怎么来了。

肖风：舒月，在你面前，我永远都是有罪的。

舒月：我也是个孤儿，我也吃过很多苦，你怎么对我，是我们个人的问题，但你现在对这个社会犯了罪，对千千万万的患者犯了罪。你知道神秘女郎每生产一支，后面就凝聚了多少血泪，这会给社会带来多大的危害，难道你一点儿都无动于衷吗你！

肖风：别说了，别说了，别说了！我内心何尝不痛苦，我每天自责叹气，每天都在做恶梦，每天都想洗手不干，可是这就跟吸毒一样，沾上了就再也不能自拔了。晚了，一切都太晚了。

高天：现在是个机会，能让你赎回良心上的罪恶，你为什么不去利用呢？

舒月：你说啊。

齐凯和护士走进来。

齐凯：舒月，你不要命了，你怎么可以自己跑出来呢，你赶快回去，跟我回去。

舒月：他已经害了那么多人，我还会在乎我这条命，我就要看着他，这个曾经令我爱过，令我钦佩过的人，他的良心是怎么样被罪恶吞噬的！

齐凯：难道你真的没有人性了吗？你知不知道，她现在的病情有多么危险，就是因为你上次的捆绑所造成的伤害。她脑部的肿瘤已经恶变，她现在每消耗一份精力，每多动一分钟，都会引起脑部血管的破裂，到那时候她就，她就……

肖风：舒月，快回医院去吧，我求你了！

**9. 国家刑警办公室，夜，内**

国际刑警总指挥：中国方面还没有消息吗？

秘书摇头。

助手：需要做最坏的打算吗？

国际刑警总指挥：是。

**10. 公安审讯厅，夜，内**

舒月头疼。

齐凯过去扶住舒月：舒月。

舒月：你妈妈，你妈妈她常对我说，说你小时候心地善良，看见村里死了一个猫啊狗的，都非常难过。所以长大了，立志要当医生，要治病救人，你妈妈一辈子在贫瘠的山区里用她的心血教育了多少孩子，如果她知道她给予厚望的儿子变成了一个毒贩，变成了毒害人的罪人！

肖风流下泪水，舒月忽然晕倒。

齐凯：快，快送急救室抢救。

大家来帮忙将舒月送去急救室，只留下高天和肖风。

高天抓起肖风的衣服：说！姚一萍在哪儿？在哪儿？

11. 公安办公室，夜，内

钟副厅长焦急的看着写着肖风名字的黑板，看看手表：老劳。我们……

高天急匆匆地走进来：钟副厅长，他招了，肖风招供了。

12. 船上，夜，外

姚一萍和助手站在船头。

姚一萍：已经快到最后时间了。

助手：我们已经到达指定的位置，到现在还没有发现信号。

姚一萍：在等15分钟，如果没有信号，我们就不等了，绝不能错过"吸血蛾计划"的行动时间

助手：知道。

13. 岸边，夜，外

高天带领手下包围码头。

高天：原来姚一萍隐藏在东海上，怪不得国际刑警抓不到她。

赵援朝敬礼：钟副厅长，你好。

钟副厅长：都准备好了吗？

赵援朝：时间是紧了点，好在应急措施果断，行动迅速。

钟副厅长：一定要把她引诱过来，由武警边防和海警大队围捕。

高天：亮火。

14. 船上，夜，外

助手甲：萍姐，火光。

姚一萍拿望远镜看，笑：你马上乘快艇把他们接应过来。

助手甲：是。

15. 岸边，夜，外

警察：有快艇过来了，好像艇上没有姚一萍。

钟副厅长：她没这么容易上当的，执行第二方案。

姚一萍用对讲机：喂喂，见到肖风没有，情况怎么样？

姚一萍的助手甲已经被警方控制：见到了，不过肖风受了重伤，他有话要对你说。

姚一萍：喂，肖风，你在吗？

肖风：一萍，我是肖风，我快不行了。

姚一萍：快叫他们把你送过来。

助手甲：我们的快艇坏了，现在发动不了了。

肖风：一萍，我动不了了，我已经发明了"神秘女郎"二号的配方，现在我只想告诉你一个人，你能不能过来。

姚一萍："神秘女郎"二号？

16. 船上，夜，外

船驶向岸边。

助手乙：萍姐，将船驶入中国临海是很冒险的，我劝你还是……

姚一萍：可是真能得到"神秘女郎"二号，哼！

17. 岸边，夜，外

赵援朝：怎么还没有动静。难道他们已经知道。

18. 船上，夜，外

姚一萍：任何人都有可能欺骗我，但我相信肖风不会，开船，靠过去。

19. 岸边，夜，外

高天：她来了，做准备。

赵援朝：全体做好准备。

姚一萍下船，看到肖风，跑过去：肖风，肖风。

埋伏好的警察冲出来：不许动，不许动，举起手。

警察将姚一萍抓住。

姚一萍：肖风，我这么信任你，到底你还是出卖了我，哼，你这个负心的……

肖风挣脱警察，冲向姚一萍，抢下姚一萍的一只耳环，吞进嘴里。

姚一萍：肖风，你。

肖风嘴角流血：我们现在两清了。可以了结了。

肖风死去。

高天：他执迷太深，对你这种人，本来根本不必如此的。

姚一萍：每次都是到了最后关头，都是老天爷不帮我，我并没有输给你们，我只是输给了天。

高天：哼，你为了自己的贪欲，竟敢同正义较量，你输在了自己太不自量了，带走。

钟副厅长：向国际刑警总部通报，告捷！

**20. 签约现场，日，内**

司徒远东和陈实签约。

**陈实：**来，诸位，为司徒先生和我公司的合作，在南滨大批兴建威力房和长远开发珠海、澳门、南滨的高速公路计划成功干一杯。

**司徒远东：**在我的晚年，一定要为家乡，为南滨的发展更多地尽力。

**郭市长：**司徒先生，改革开放将使南滨变得更漂亮，我们欢迎你和家人都回来住住，看看。

**司徒远东：**一定，一定。

**吴茵茵拿着一幅画：**司徒先生，只是我为跨海大桥将来落成时设计的一座雕像。

**司徒远东：**啊，好好好，很好。

**21. 司徒的车内，日，外**

司徒的车在警车开道中向前行使。

**陈实：**司徒先生，家乡给了您最高的礼遇，郭市长特地交代，今天公安为您沿途执勤。车外沿途都有警察在站岗。

**司徒远东：**谢谢郭市长，为大陆、为家乡做些贡献虽然是我多年的夙愿，但是真正使我一点一点了解大陆，了解家乡还是从他们身上开始的。你一定要替我向全体公安战士转达我的谢意。

**22. 监狱里，日，外**

狄美华和一个狱警走出监狱。

**狱警：**狄美华，接到上级通知，今天要将你交易到省城看守所，现在马上启程。

**狄美华要上车：**能不能让我再看看这个城市。

**23. 医院，日，内**

**女医生：**舒月的情况越来越严重，时而昏迷，时而清醒，而且昏迷的时间已经越来越长。

**陈实：**希望医院能尽最大的力量请全国最好的专家，用全国最好的药，当然，费用方面，我们公司愿意全力支持。

**女医生：**省公安厅和市委的领导都来过了，他们也当场表了态，只要能把舒月这样一个优秀人才抢救过来，需要什么，他们就提供什么，可是，齐凯其实已经是目前全国最优秀的专家了。

吴茵茵流下眼泪。

**女医生：**茵茵，你先别急，司徒先生非常关心舒月的事儿，他专门啊从北京和香港请了专家过来，现在，齐凯和他们正在会诊。

**24. 医院楼梯上，日，内**

　　**齐凯：**我非常想听到你们有积极的建议。

　　**专家甲：**我非常理解你现在的心情，我想你一定明白最后的结果，病人目前的情况如果维持下去，只会最后使大脑彻底萎缩而死，这个过程要多长，很难预料，当然了，还有一种办法就是动手术，但是……

　　**专家乙：**这种手术的难度很大，风险也极大，它成功率最多也不到百分之二十。

　　**专甲：**可以说我们这几位，甚至说世界上任何一个医学专家，都是不会冒这个风险的。

　　专家都走了，留下齐凯一个。

**25. 舒月病房，日，内**

　　**高天：**洋来信了，当然不是她自己写的，她说她非常非常想念你，还让我把她亲手做的纸船摆在你床头。

　　**舒月：**你的那个钱包还在吗？

　　**高天点头，把手放在胸前：**我会永远珍惜的，永远戴着它。

　　**舒月：**本来想，等我做完手术再送你一个新的，现在看来不行了。

　　**高天：**不，不，舒月，能行的，齐凯他们说一定能行的，你一定会好起来的。舒月，舒月！

　　舒月昏睡过去。

**26. 齐凯的办公室，日，内**

　　齐凯将办公桌上的书扔到地上，女医生进来，将书捡起来。

　　**女医生：**怎么了？

　　**齐凯：**我恨命运，为什么对舒月，对高天这样的好人这么不公平，我也恨自己，身为医生，就这样无能。

　　**女医生：**你已经尽了最大的努力了。

　　**齐凯：**不，我绝不能就此死心，我一定要跟死神去搏一搏。

　　**女医生：**你要去动手术？你疯了，你知道那要担多大的风险吗？你一向是最注重成功率的。

　　**齐凯：**现在，我心中只有两个字——救人，不再有什么成功率了。

　　**女医生：**你好像变了。

　　**齐凯：**是啊，在他们面前，我是该变一变了。我去看看舒月。

　　高天站在门口。

　　**齐凯：**你都听见了？

　　**高天：**我相信你。

**27. 赵援朝新房子楼下，日，外**

　　大家帮赵援朝搬家。

姜伟：嫂子，接着，这可是你的金银细软。

赵援朝的老婆：谢谢，瞧你这人儿。

姜伟：老赵啊，这次可是我帮你搬家，下次轮到我了你可得帮忙啊。劳局长，回头我也打个分房报告，你也给咱弄一套新的。

劳副局长：我说姜伟啊，你凑什么热闹，别看你现在是刑警队长，你那位白领丽人不是照样把你给甩了？

姜伟：不瞒您说，我最近又找了一个，比她还漂亮，也是个白领。

赵援朝的老婆：真有你的。

姜伟：那还用说。

劳副局长：方峻啊，来来来来。你的房子是高局长特批的，现在就等着你和黎洁去验收呢。

方峻：我还操什么心啊，黎洁都已经看了好几回了。

劳副局长：再过一个月我就退休了，你和赵援朝被提升为副局长的报告上边儿已经批下来，你年纪轻，担子重，可要好好干啊。

方峻：嗯。

劳副局长：黎洁啊，你家那个大客厅要是配上那个大的落地窗帘就太漂亮了，真是很不错啊。

黎洁：是啊，我原来也没想到有这么好的房子。

劳副局长：钟浩，你和许敏什么时候办喜事啊。房子我可给你们准备好喽，我看干脆你们和方俊、黎洁一块儿办了算了。

方峻：我也动员他们一起办，更热闹一些，将来也有个纪念意义。

钟浩：哎，如果高局长和我们一起办就好了。

许敏：听说明天舒医生就要动手术，但愿她。

赵援朝的老婆：吉人自有天相，明天是星期天，我们大家一起来为她祝福吧。

大家点头。

28. 高天家，日，内

高天在刮胡子，系领带，穿好西服，拿起戒指。

29. 花店，日，外

花店老板：哎，这位先生好像来过，你这次买花是送给情人呢还是送给夫人的？

高天：什么花最能代表爱情？

花店老板：自然是玫瑰。

高天：我就要这个。

花店老板把花给他。

30. 医院，日，内

舒婷在去手术室的路上，高天正好走上来。

高天：等等，（对护士）对不起。

护士：高局长，这是舒月最后一次清醒时说要交给你的。

护士把一个护身符给高天，高天握在手心里。

高天（哭）：舒月，我懂，我懂你的意思，我爱你，爱你，你一定要坚持住，一定要有信心，你听见了吗？我知道我伤了你的心，我错过了很多机会，现在我在等你，等你出来我们就结婚，你一定要答应我，舒月，你一定不要走，要回到我的身边。

护士将舒月推进手术室。

31. 高天母亲家，日，内

    高天母亲：关帝保佑，保佑舒月身体健康。

32. 高天家，日，内

    大家帮高天在布置新房，赵援朝夫妇进来。

    劳副局长：你们也来了？

    赵援朝的老婆：我们来帮忙冲冲喜。

    赵援朝：对，冲冲喜。你看还有什么事儿要做吗？

    劳副局长：帮着布置一下吧。

    赵援朝夫妇：好。

33. 手术室，日，内

    齐凯：开始吧。

34. 警察学校，日，外

    警校建校三十周年庆典，军乐队奏军歌，很多领导出席。

    领导：现在由新任的省公安厅钟厅长向本校的优秀毕业生颁奖。

    钟厅长颁奖。

35. 手术室，日，内

    舒月的手术在紧张进行，高天在手术室外面等待。

36. 警察学校，日，外

    举行阅兵。

37. 手术室，日，内

    医生甲：血压不稳。

    女医生：怎么办？

    齐凯：继续做，别停下，冲出去。

    高天在手术室外看着护身符：舒月，你要坚持住，你一定要顶住，这个护身符保佑了你那么多年，现在这护身符里已经渗透着你的情，渗透着所有人的希望，它一定能保佑你的。

舒月，我知道你是能听见的，我知道你是有力量的，你一定能挺过去，一定能战胜死神！

齐凯：不许停，继续做。

**38. 警察学校，日，外**

钟厅长：我们要看到经济的高速增长，人民生活水平不断提高，也造成了少数人的私欲恶性膨胀，人财物的大流动，带来了经济繁荣，同时也裹挟着一些污泥浊水，这都使我们的治安面临着严峻与复杂的局面，但我们无需惊慌失措，我们面临的出路，就是在深化改革开放中不断的改造完善我们自身，我们只有发展建设具有现代化性质的新型公安队伍，才能保卫社会主义市场经济的高速发展，保卫国家的长治久安和广大人民群众的安居乐业，尽管我们前面充满着困难与曲折，但是我们一定能为维护人类和平与安全担负起自己神圣的责任，我们一定要为社会、为人民铲除一切罪恶和黑暗，除此之外我们别无选择。

**39. 医院，日，内**

舒月手术结束，齐凯和女医生相对微笑。高天走向手术室，回忆过去和舒月的点点滴滴。

文字整理：黄璇

资料来源：根据央视网提供的视频完成文字整理。

具体参见 http://dianshiju.cntv.cn/cop/yingxiongwuhui/classpage/video/20091127/100253.shtml

# 西部警察

首播时间：1995年

首播电视台：中央电视台

摄制单位：公安部金盾影视文化中心、中央电视台影视部、武汉电视艺术中心

编　　剧：张宏森

导　　演：巴特尔

摄　　像：黄巍、盛钟

主　　演：何伟、王奎荣、牛飙、文兴宇、尹铸胜

获奖情况：第十六届（1995年度）中国电视剧飞天奖长篇电视剧二等奖、优秀导演奖、优秀摄像奖；第五届"五个一工程"优秀电视剧奖。

**剧情梗概：**

　　《西部警察》表现了沙州市刑警队一支年轻的队伍在面对各种案件时的机智和勇敢，在面对艰难时的坚强和不屈。这支刑警队侦破一件件案件时，不仅面对着机遇也面临着挑战。刑事案件的诡异多变，社会现实的纷繁复杂，自然环境的艰苦，经济情况的困窘，再加上人员的不足，让他们的侦破工作举步维艰，但这些并没有打垮整支队伍，他们依然保持着乐观和豁达，认真负责地履行自己的职责。

　　刑警队长杨立秋是一个镇静自若的人，无论面对什么棘手的案件，他都能指挥自如，成功侦破。但妻子却和他离婚了，他的生活变得很孤单，只能靠一台收音机做伴，这台收音机在艰苦的条件下也成了他唯一的倾诉对象，展现了他深沉的内心世界；副队长刘汉性格直爽，慷慨豪迈，身手不凡，能在一次次危险案件中游刃有余，但却在一次沙漠追捕行动中献出了宝贵的生命，留下尚未成年的孩子和贫苦的家庭，整个警局都悲痛万分；女指导员田如玉性情火热，十分干练，雷厉风行，给人留下难忘的印象；而警员陈思佩，马小亮、权又福、童燕等刑警，也在儒雅的公安局长邓宏的领导下英勇无畏，无私奉献，竭尽全力侦破一个个案件，保卫了西北人民和财产的平安。"西部警察"也成为一个优秀的团体，他们用自己渺小的力量捍卫着警察的尊严和荣誉。

　　　　文字整理：黄璇
　　　　资料来源：根据央视提供的视频完成文字整理。
　　　　具体参见 http://dianshiju.cntv.cn/2012/12/17/VIDA1355690283477634.shtml

**剧本：**

## 《西部警察》第十集

**1. 看守所门口　日　外**

　　**警察：** 你找谁啊？

　　**残疾歌手：** 我来看个人。

　　**警察：** 看谁呀？

　　**残疾歌手：** 就是那个警察马小亮。

　　**警察：** 根据规定不能看。

　　**残疾歌手：** 我见他一面都不行啊？

　　**警察：** 嗯，不行。

　　**残疾歌手：** 那这样吧，请把这封信转给他。我是他的朋友，为他的事我非常难过，写了份歌词，希望你转给他，行吗？

　　**警察：** 我们工作人员不能传递任何信件和纸条，请回去吧。

　　**残疾歌手：** 同志，同志！你，你怎么在这？

　　**田尉：** 我上街办事，看到你的轮椅车了，就跟你到这来了，给。来这做什么？

　　**残疾歌手：** 我的一个朋友，是个警察，不明不白的就被关进去了，我想来看看他。

田尉：不让进啊？

残疾歌手：嗯。

田尉：走吧，我送你回去。

残疾歌手：不不不，我自己走。

田尉：不，我和你一起走。

残疾歌手：我一个人孤独惯了，不愿意身边有人陪着，你回去吧。哎，你回去吧。

2. 公安局　日　内

杨立秋：回来你就知道了，老权，你去给我把小赵叫过来。

老权头：怎么，用新手啊？

杨立秋：哎。

陈思佩：刘队，你交给我任务完成了。

杨立秋：见到张国华了嘛？

陈思佩：见着了，这小子，一见到我就上火。

田如玉：什么？

陈思佩：见到我就上火。我呢，给他来个满面春风，和风细雨，我跟他说啊，干我们这一行的就讲究"认真"二字，毛主席说了，世界上就怕认真二字。我再三来找你，就是想把情况落实清楚，最后呢，还是一句话，咬住死不放松，我就说那好吧，既然这样，案子就算结了，临走啊，我还故意骂了小亮几句呢，说这小子吃饱撑的，活该。

老权头：那张国华信了吗？

陈思佩：咱是干啥的，戏还不会演啊？送我出门的时候，这小子还说，回去跟公安局说，吸取教训，下不为例。

刘汉：嘿，兔崽子，教训到咱头上来了。

王志强：昨晚，大家都看电视了吧？

刘汉：谁有心思看那个？

杨立秋：电视怎么了？

王志强：马小亮的事，在电视上给曝光了，说是知法犯法，乱打无辜，法律对任何人都不徇私情。这条新闻足足拨了有一分多钟啊，你们想想，这对刑警队的影响有多坏，也多亏了马小亮从刑警队调走了，不然咱们刑警队都吃不了兜着走。

众警察：你说什么？

田如玉：坐下。小亮从刑警队里调走，但他还是公安局的人嘛，你怎么那么害怕背黑锅啊。

王志强：不是怕背黑锅，这事得从根源上说。那天，在车站派出所，人家电视台记者兴冲冲的来了，咱们差点没把他们撵走，你以为电视台的记者就那么好惹？一次得罪了，他就瞅上你了。你红透了，他不说你死，你要有那么点芝麻黑，他就把你说成个黑锅底。现在这事啊，不讲究个方法策略，根本不行。

杨立秋：电视里真是这么播的？

王志强：可不是。

杨立秋：好极了。燕子。

刘汉：哎哟妈耶，行啊，平时没把燕子当回事，这一打扮，整个一敦煌壁画啊。

陈思佩：哟，我说燕子，你这一打扮又换一模样啦。哎，后悔结婚早了吧，慌什么啊，太不慎重啦，燕子，将来我结婚，就照你这模样找，比不上你这样的，我还一律不娶呢，哎，别看了。

杨立秋：哎，你也该休息会儿了，这也没你什么事了。

童燕：哎，给我什么任务。

杨立秋：你，你，还有你，到我办公室来。

陈思佩：哎，这人要是这么一打扮，这身段，这小腰，你看你看，就是不一样啊。

王志强：行了，别扯了。

陈思佩：哎，我说，他这是……

## 3. 前台　日　内

前台小姐：小姐你找谁啊？

童燕：我找你们张经理。

前台小姐：张经理不在。

童燕：我们刚刚通过电话。

前台小姐：小姐，请问你是……

童燕拿出名片给前台。

前台小姐：喂，飞天公司有位童小姐想见张经理。对不起小姐，请上去吧，张经理在二楼的最后一个房间。哦，敲门时，请你敲两下。

## 4. 张经理办公室　日　内

张经理：童小姐？

童小姐：是的。

张经理：哦，请坐吧。

童小姐：还好吧。

张经理：还算好还算好。

童燕：你这搞得挺神秘的，刚才秘书小姐告诉我，敲门得敲两下。哼，跟特务接头似的。

张经理：嗨，别提了，我算服得透透的了，这才几天呀，警察快把我的门槛给踏平了，躲都躲不了。

童燕：张经理，昨晚的电视你看了吗？

张经理：看了看了，嗨，到这份上了，我还能说什么啊，我只要咬住一个字不松口，连警察都泄了气，警察认为我说的都是真的。

童燕：这一点嘛，马老板的确相信，以后嘛，他绝不会忘了你。

张经理：也别以后了，这一页咱们就算翻过去了，好不好？

童燕：只不过，还有一点小事。当初事情一出的时候，马老板确实手足无措，就给了你一笔钱，可是这笔钱是公款，马老板一心扑在事业上，手头里没有这么多钱，所以呢，在公款上签下一个数字，马老板觉得不太自在，所以想让我……

张经理：哎，你把话说清楚，什么意思，还想把钱要回去？

童燕：那倒不是，马老板这个人还是挺讲义气重情义的，那个钱呢，四六分账。四算马老板给你的心意，六呢，就算你体谅体谅马老板的难处。

张经理：难处？他姓马的这算讲义气重感情啊？定好的君子协议同手同盟，现在怎么着，有结论了，电视也上了，他开始反悔了，他姓马的是人不是人，四六分，没门。

童燕：说起来，这个四也不少了，存银行的话还有不少利息。

张经理：好好好，我算知道他姓马的是什么人了，所以我早防着他这一手呢。你们的两万块钱我还没动呢，信封我还没拆呢，不义之财说不定啥时候就飞。那个什么小姐，你回去告诉那个姓马的，他不仁，我就不义，一个电话打到公安局，说不定谁把谁摆平了呢。

童燕：张经理，你这样说话可就伤和气了，沙场马老板的势力，你不是不知道，这要动起真格的来，还不知道谁怕谁呢。

童燕拿起电话打。

童燕：喂，马总吗？我是燕子，人家张经理觉得吃亏了。

张经理：你告诉他，别欺人太甚，他想一手遮天啊，上面还有法律管着呢。

童燕：嗯，好吧。说到法律，马老板要我告诉你一句，法律也不会放过作伪证的人。怎么样，张经理，成交吧？

张经理：赔本的买卖，我不干。

外面传来敲门声，张经理去开门，进来两个男人。

张经理：啊，你们要干什么。

童燕：张经理，我们老板做事脾气坏性子急，干事干净利落，从不带留渣的。

张经理：你们想怎么样？

童燕：把账结清楚，你不会吃亏的。

## 5. 公安局审问处　夜　内

录音机里是张经理的声音：一共给我两万，让我留下四五千块，让我头上顶着这么大个雷子，我还没亏啊？他儿子差点没用刀子捅了我，警察不来，我说不定跟那小子一样，早他妈在医院里了。前些日子，哦对，今天早上还有警察找我呢，我头上顶着这么大一块云彩，说不准啥时候就嚎啕大雨，这时候想起跟我算经济账来了，妄想！哎，你们干什么？

录音机里童燕：童燕：跟我们走吧，这下省事了，到公安局连审都不用审。咱说的都在这儿了。

录音机里张经理：哎哎哎。

老权头：还四六分成，这钱是你爹还是你娘，你就这么认钱不认人，你啊，把手捂在心口窝上，自己好好问问自己，你自己糟了抢劫，警察去救你，把你从刀下捡回一条命来，你可倒好，捧起那几张臭钱，倒反咬一口，啊，我告诉你救你那个警察，现在还在大狱里蹲着呢，吃饭睡觉，你倒张的开口，哼。

刘汉：过来。

老权头：签字。

6. **局长办公事　日　内**

　　杨立秋：马力现在已经出院了，正在养伤，他父亲也在沙州。我现在就等你一句话了。

　　邓宏：抓，出了问题我负责。一个以行贿罪、制造伪证罪，另一个以持刀抢劫罪，父子俩，都抓。

7. **警车上　日　内**

　　刘汉：燕子，这次办事啊，证明你这个刑警……

　　童燕：怎么样？

　　刘汉：还行，哈哈。

　　童燕：哈哈，我哪敢不行啊，杨队可说啦，不行的话把我调走。

　　陈思佩：调哪？

　　童燕：上次还不错，把我调办公室，这次啊，直接调牛肉面馆。

8. **嘉峪关城楼上　日　外**

　　导游：站在嘉峪关城楼的楼顶，大家可以看到古长城中一个个凸起的古堡，那里是烽火台，古代的时候呢，一旦战争爆发，烽火台便可点燃信号，一站一站的传下去，整个长城沿线都可以感知战争的濒临，大家请继续往前走。所谓狼烟四起，也是指烽火台传出的战争信号，如今是一个和平的年代，大家看到昔日的烽火台在阳光的衬托下，已经成为一道美丽的景观，狼烟四起的年代已经一去不复返了。

　　甲：马老板啊，我今天才知道你们飞天公司的魅力啦，不到长城非好汉，今天到了长城，我才知道你马老板是站在长城上起飞的，真是气壮山河啊。

　　乙：马老板是气吞山河啊。

　　马老板：你们可是真会说话，我跟你们比起来啊，不足挂齿，不足挂齿啊。大家请大家请。走走走，前台楼，咱们赶快去好好吃个午饭。

9. **嘉峪关城楼脚下　日　外**

　　马老板：老规矩，吃手抓羊肉。

　　杨立秋：马老板，稍后一下。

　　马老板：我还有点事，大家先上车吧。

　　杨立秋：麻烦你，签个字。

　　马老板：你们是……

　　杨立秋：我们是公安局的。

10. **吉普车上　日　内**

　　马老板：你们真是无法无天，凭什么抓我，凭什么抓我！

　　杨立秋：你应该明白。

　　传呼机：405，405，406呼叫。

杨立秋：说话。

传呼机：马力跑了，马力跑了。

**11. 刑警队办事处　夜　内**

刘汉和小赵俩人在看电视。

刘汉：赵儿，这曲子叫啥名字？

小赵：《二泉映月》。

刘汉：你刚才说，写这曲子的是个瞎子？

小赵：啊，瞎子阿炳。

刘汉：我不懂音乐啊，可我听出来那瞎子哭了。

小赵：阿炳是在他最绝望的时候写了这支曲子，哭了还不止一次呢。

刘汉：是啊，都有想哭的时候，只不过有人哭出来了，有人哭不出来。

小赵：其实啊，阿炳什么也看不见，眼前一片漆黑，可他愣说里头有个月亮，您说他见过什么月亮啊，还不是全凭心里装着。

老权头走进屋子。

老权头：哎，在大院里我就听着有人哭，搞半天是电视里的胡琴。

刘汉：这么晚了你过来干吗？

老权头：出来溜达溜达。

刘汉：诶，你听这胡琴，不就是在哭吗。

老权头：诶，这电视机不是坏了吗，怎么又鼓捣好了？

刘汉：人家大学生，三蹶两蹶的就给蹶好了。

老权头：要不说这书没白念呢，我像小赵这么大的时候，看地图上北下南都分不清呢。

刘汉：哈哈，老，老权头。

刘汉拿出一包烟。

老权头：不抽不抽，这烟我对小孩戒了。

刘汉：哎呀，抽了一辈子了，还差这几天？还戒个球。

老权头：老了，不行了，一变天，这嗓子就喘得慌，老伴活着的时候没说错。

小赵：哎，我就搞不明白，咱们刑警队上上下下人人都抽烟，连田指导一个女的，也天天烟不离手。

刘汉：干咱们这个差事，一天忙到晚，怎么打起精神啊？还不是靠烟熏出来的。挣这点工资啊，除了吃饭，全都冒了烟了。

老权头：马力那事还没线索啊？

刘汉：都他妈撤了，长城内外翻了个底朝天，也没把那小子翻出来。开他爸那辆皇冠车跑了，皇冠啊，一跑一溜烟，你就看他在前面跑，就凭咱那辆黄球鞋，跑散了架，也追不上。

小赵：刘队，什么叫黄球鞋？

刘汉：就咱那辆211吉普车，你看那帆布棚，不就跟那黄球鞋一个颜色。

小赵：哎，刘队，我入队的时候，我说人家深圳一水的桑塔纳一水的标致，你们还不服气呢。

**老权头：**马力他爹，就飞天公司那个老板，真的给放了？

**刘汉：**也不知道哪个爷下了道手谕，取保候审，刚才我还跟赵说呢，咱就是要哭，也要哭到坟头。诶，那瞎子哭完了？

**小赵：**完了。

**刘汉：**关了。

**老权头：**诶，头上压桩案子，就像压桩大山，这辈子啥都不怕，就怕头上压桩案子，是做冰山啊。

**刘汉：**冰山？火焰山！老马一放，小马一跑，马小亮蹲在监狱里出不来，咱们刑警队跟关门差不多了。哎，小子，洗脸了吗？

小孩摇摇头。

**刘汉：**走。

田如玉走进屋里。

**老权头：**黑灯瞎火的，你咋又跑来了？

**田如玉：**汉哥，水。我呀，刚从邓局家回来，我一进门就火了，我一火他也火了，火枪对火药，炸了一晚上。

**老权头：**咋的了？

**田如玉：**我问邓局，证人有了，证据也有了，马小亮该放了吧，啊，第二，那个飞天公司老板，是邓局要抓的吧，哎，凭什么又给放了，跟跑龙套似的。

**老权头：**那邓局怎么说的？

**田如玉：**嗨，他也火了，鼻子不是鼻子眼不是眼的。

**老权头：**哎，邓局也有他的难处啊，马力一跑，张国华就是承认他遭抢劫，也没有用处嘛，现在也无法对证嘛。

**田如玉：**本以为啊邓局多大的官，没想到邓局上面有更大的官，这年头啥也不缺，就不缺当官的。

**刘汉：**哼，马力这个小兔崽子，我要是抓不到他，我就不姓刘，我就姓马。走，睡觉去。

## 12. 杨立秋家　夜　内

杨立秋从沙发上起来去开门。

**杨立秋：**哟，你怎么来了。

**童燕：**我在楼下看你们家亮着灯，就上来了。不欢迎吗？

**杨立秋：**有事吗？

**童燕：**我是想啊，给你汇报汇报思想工作。

**杨立秋：**你呀，永远是说的比唱的好听。来，坐吧。

**童燕：**哟，杨队，你这搞得挺不错嘛，比我想象的要好。

**杨立秋：**该分的都分了，看整体别看局部。

**童燕：**我觉得整体也挺好的呀，哎，你怎么盖这么小的被子呀？

**杨立秋：**我儿子的。

**童燕：**哎，杨队，你也爱看天天直播台？我觉得这个节目不错，我也听爱听的。

杨立秋：我就是随便听听。

童燕：吃饭了吗？

杨立秋：吃了。

童燕：吃的什么？

杨立秋：这不，顺了两瓶啤酒。

童燕：什么？顺了两瓶啤酒？我看你以后顺一顿西北风就可以当饭吃了。

杨立秋：心里头发闷，就拿它冲冲。

童燕：冲开了？

杨立秋：冲开了。

童燕：我也觉得是这么回事，这段时间大家心里都堵得慌，你看马力一跑，他爸又取保候审了，到底谁是匪，谁又是捉贼的，谁是贼喊捉贼，我简直是乱套了，真没想到，小亮这一枪，能打出这么多花样来。

杨立秋：那天我和刘队去监狱看小亮，脑子上还缠着绷带，胡子一大把，谁看了谁难受。

童燕：你说说看，不就是飞天公司一个经理吗，他怎么能有这么大能耐，就因为他的公司效益好一点，名气大一点，就谁都不敢招惹了？我一点也不明白这到底是怎么回事。

杨立秋：有些事啊我也想了很长时间，你说咱们刑警队的人是不是天生命贱啊？思佩不是讲嘛，他要是去踢足球啊，能带着西境五省踢进甲级队，刘队不是说你嘛，要是当个演员，那准是一块好材料，你就说我和刘队，要是经商下海，怎么说也比别人强吧，再说马小亮那天，你到办公室以后，喝个水泡个茶，什么也不干，不也挺好的嘛，非要冲上去抓什么马力。谁不愿过清闲日子？谁不想睡个好觉？然后少做点噩梦，少开点会，我们这些也是人啊，干嘛老让人家觉得我们四六不懂，不会生活，咱们也是会累死会饿死的人。

童燕：哎，和你在一起这么长时间，我还是头一次看见你发牢骚。

杨立秋：人嘛，都是有血有肉的，谁的五脏六腑都有个苦胆，有苦胆就有苦水，不过这种话，也就深更半夜躲在四堵墙里说说，等到天一亮太阳一出来，该干什么还得干。

童燕：我觉得吧，你也别太难过了，况且我们遇到这种事也不是第一次了，你想一想，马力不就是开一辆破皇冠跑的嘛，也不是什么伞塔机，他跑得出沙州，还跑得出中国啊？

杨立秋：现在是，把人当孩子来哄。

童燕：你没有理由把我当孩子看。

杨立秋：当孩子多好，天天向上无忧无虑。

童燕：我才不要当孩子。

杨立秋：你吃饭了吗？

童燕：嗯。

杨立秋：我没吃，我这什么也没有。哦，我给你做壶水。

童燕从包里拿出一件毛衣。

童燕：前段时间我闲着没事，我就织了件毛衣，可是不知怎么搞得，越织越大，我想过来想过去，觉得你穿肯定合适。

杨立秋：这怎么合适。

童燕：试一试。

杨立秋：别试了。
童燕：试一试嘛。
杨立秋穿上毛衣试了试，童燕给他整理毛衣。
杨立秋：我自己来。
杨立秋看着面前给自己整理毛衣的童燕，童燕也看着杨立秋，两人深情对望。杨立秋突然醒了一样去洗了把脸。
杨立秋：呵呵，这毛衣可真热，你别说。老权就你没这个福分了，老伴给他织的毛衣织了一半了。要不然这样，明天是老权的生日，几个钱没收上，老伴又去世了，这件毛衣你就送给他吧，你就代表刑警队，也算是给他一点温暖吧。你说呢，嗯？
童燕：老权的毛衣我可以再织嘛，而且他穿着不一定大小合适。
杨立秋：这玩意儿套在里面什么合适不合适的，这……
童燕：那，你看着办吧。
杨立秋：哎，你上哪啊？你走啊？

### 13. 山坡上　日　外

一个男人牵着一只狗和哑巴站在山坡上，哑巴突然跑开了。
**男人**：哑巴，你冷不冷？
**男人环顾四周**：哑巴！哑巴！
男人看到哑巴，牵着狗跟了上去。哑巴把他们领到一只小狗旁边。
**男人**：我明白你的意思，你是想给拿破仑找个伴啊，真有你的。

### 14. 刑警队办事处　日　内

童燕：喂，是刑警队，找谁？找陈思佩？哦，您等一下啊。思佩，思佩！喂，他不在呀，有什么事我可以给您转告一下，好，不客气。
王志强：童燕，谁的电话？
童燕：没谁。
王志强：童燕，我刚来刑警不太长，可有一件事没弄明白，咱们刑警队上上下下怎么阴一阵阳一阵的？上到杨队下到你，一律。
童燕：我犯什么事了？
王志强：你看你你看你，你看你说话的腔调，跟装了火药似的。
童燕：诶，你以为刑警队的日子就这么好过，一天天就是这么过下来的，天天都备火药。队长的事你又不是不知道，还埋怨什么阴一阵阳一阵的。
王志强：哎，有困难，咱们克服，人家泰山压顶还不弯腰呢，是吧。再说，这次抓马力，包括抓马力他爸，这引出了一连串的连锁的反应。
童燕：什么连锁反应？
王志强：你看啊，这远的不说，咱们就说近的，本来咱们刑警队这次打算更换通讯设备，得托人家飞天公司来办，人家以最大的优惠的价格给咱们，这一优惠你知道有多少吗？一个整数就省下来了。可这一回呢，全泡汤了吧，全泡汤了吧。

**童燕：** 那也不能拿一个整数和马小亮的生命做交换吧。

**王志强：** 你……

**童燕：** 身为辅导员的你，你应该知道政治生命是人的第一生命。

**王志强：** 那是当然，我不是在说事情的复杂性嘛。是不是？

**陈思佩：** 燕子，我在那屋有事叫我啊。

**童燕：** 哎哎哎，思佩，刚才有你电话，是女的。

**陈思佩：** 问了吗，谁呀？

**童燕：** 没问。

**陈思佩：** 嘿嘿，为了你也不告诉我，嫉妒，吃醋？

**童燕：** 让你说着了，我正在吃醋呢。

**王志强：** 诶，思佩呀，你今天怎么来的这么晚呐？

**陈思佩：** 睡过了。

**王志强：** 昨晚加班了？

**陈思佩：** 没有啊。

**王志强：** 那就不应该无缘无故地迟到。想来就来，想走就走，那怎么能行啊？咱这毕竟还是个机关嘛。

**陈思佩：** 副指导员，一大清早你就给我上课啊，机关机关机关，你少给我来机关老爷那一套，本人不习惯。

**童燕：** 哎，思佩，你怎么这么说话，你怎么把副指导员当成一个普通老百姓啦，说话也不悠着点。

**王志强：** 你看看你看看，我不就说了个迟到吗，怎么又变成机关老爷作风呢，陈思佩，我不说你迟到，就说你这态度，他犯的着吗？怎么都跟马小亮的枪一样，一张嘴就走火。

**陈思佩：** 你说什么。

陈思佩转过身去打王志强，把王志强推到墙边。

**王志强：** 你这是干什么，你这是干什么。

**陈思佩：** 你再说一遍，再说一遍。马小亮的事情我想了一夜，你倒下定论了，你凭什么，你凭什么！

**王志强：** 我不就是打个比喻嘛。

**童燕：** 你们别打了。

**陈思佩：** 走开！亏你想得出来，你以为你戴上指导员这个帽子就踏进刑警队的大门啦？

杨立秋听到声音从办公室走过来。

**杨立秋：** 收回去！

陈思佩松手。

**王志强：** 你打呀，你打呀。杨队，你看看，就因为我在刑警队说了个迟到，就可以把一个指导员随意地抛来支去。

陈思佩又将王志强顶在墙上。

**杨立秋：** 松手，你给我松手。

**陈思佩：** 我就不松。

杨立秋上去把陈思佩使劲推开。

陈思佩：好啊，有本事你们冲我来啊，来啊。

陈思佩拿起椅子砸，杨立秋上前压倒陈思佩。

杨立秋：你疯了！

陈思佩：我就是疯了。我咽不下这口气，咽不下！你是个熊包，你是个熊包！该抓的不抓，不该放的放了，不该抓的抓进来了，眼睁睁的看着自己的兄弟蹲大狱，你有本事就冲他们去呀，就冲他们去呀！

杨立秋松开了陈思佩。

王志强：你看，他对你都敢这样。

杨立秋：别说了。这是他，要是你，我早把你揍扁了。

陈思佩：昨天，昨天我去了看守所，想见一见小亮，可他不见我，他一直不见我。我等了半天，硬是没把他等出来。你说，是他没脸见我，还是我没脸见他啊，这么好的兄弟，为什么弄得人不人鬼不鬼的，弄成这副样子，为什么呀！

文字整理：戴灿

资料来源：根据央视网提供的视频完成文字整理。

具体参见 http://tv.cntv.cn/video/C19760/6d35bdc598264975a599c7ac647ff0f8

# 咱爸咱妈

**首播时间**：1995年

**首播电视台**：长春电视台

**摄制单位**：中国电视剧制作中心、长春电视台、长春恒达影视文化艺术中心

**编　　剧**：赵韫颖

**导　　演**：韩　刚、李永田

**摄　　像**：张国庆

**主　　演**：村　里、吕启风、陈宝国、赵奎娥、巫　刚、李迎秋

**获奖情况**：第十六届（1995年度）中国电视剧飞天奖长篇电视剧二等奖、优秀男配角奖；第十四届（1996年）中国电视金鹰奖最佳长篇连续剧奖；第五届"五个一工程"优秀电视剧奖。

## 剧情梗概：

乔师傅得了重病，到省城找子女来看病。二位辛苦养育了四个儿女。老大老二是儿子，都已经成家，两个女儿正在读大学。乔师傅因为在家乡的小工厂工作多年，积劳成疾。最近发现肝脏老是疼痛难忍，就在儿女的催促下和老伴来城市看病。

在医院的检查过程中，乔师傅被诊断患了肝癌。医院希望赶快住院并对肿瘤进行切除，但乔师傅却担心花太多的钱，怕儿子女儿负担太重，不愿留下住院，但儿子和女儿极力的劝阻了他，他只好听儿女的话，留了下来。而乔师傅并不知道自己患的是癌症，只有他的儿子知道，而高昂的医药费让家人也很担心。

二儿子家男为给父亲赚医药费，到火车站去倒卖火车票，却被公安局抓住，接受审查。老大家伟在一家航空研究所工作，但工资却并不高，因为父亲生病，他放弃了去国外的机会，这让妻子很不高兴。妻子罗西是一位市级领导的女儿，有些小姐脾气。为了凑父亲的医药费，家伟擅自将家里的钢琴给卖了，罗西知道后，和家伟大吵一架，带着孩子回了娘家。

一天，主治高医生来查病房时，递给乔师傅一个缴费单，让乔师傅的家人去交治疗费，才能继续治疗，乔师傅看到高昂的治疗费，竟然擅自决定不要医院治疗了。乔师傅不愿儿女受累就擅自离开医院，准备回家，在火车站买票的时候，家伟和家男把他找了回来。乔师傅只能跟着儿子重新回到了医院。

乔师傅要手术了，但血液库血液不够，大女儿佳丽为父亲输血，而小女儿佳冰为减轻家里负担，一边读书一边做家教，自理自己的生活费。家伟的科研工作得到了政府的嘉奖，乔师傅非常高兴，为儿子感到光荣。乔师傅最后还是没能被治愈，病危之中，乔师傅昏迷不醒，医院正在全力抢救，而乔师傅也不忘让乔家伟要担负起家庭的重任。这时二儿媳心兰生产，孩子降生时，乔师傅的生命也走到尽头，全家人万分悲痛，但结局也昭示了一个生命的结束和另一个新生命的开始。

《咱爸咱妈》是一部弘扬中华传统家庭伦理观念的电视剧，里面表现了孝道和亲情的可贵。陈宝国、巫刚和赵奎娥等众多知名演员主演，在当时创造了很高的收视率，也感动了电视剧前的观众，那份父子亲情让观众感触颇多，潸然泪下，而且成功塑造了质朴的父亲形象和孝顺的子女形象。

文字整理：黄璇

资料来源：根据土豆网提供的视频完成文字整理。

具体参见http：//www.tudou.com/

## 剧本：

## 《咱爸咱妈》 第八集

**1. 日　外　集市**

**小贩**：卖肘子喽，热乎肘子嘞，卖肘子喽。

**乔家男**：那个卖血肠的呢？

**小贩：**这几天哪，全市卫生大检查，他那玩意儿啊，还敢来卖啊？

**乔家男：**这血肠真不干净啊？

**小贩：**那要干净，能把他撵走？我说兄弟啊，我这儿这么多好东西，你买什么不成啊，非买那个呀？

**乔家男：**你不知道，我家老爷子病了，就想吃血肠，你说，那没卖的了，这可咋整啊，真是。

**小贩：**哎，我告诉你个地方，那儿啊是专卖血肠。

**乔家男：**哪儿卖？

**小贩：**血肠大王你知道不？那个地方现在生意才好呢。顺着这条街往南骑，你呀，闷着头骑两个小时，别拐弯，骑到了小码头，抬头一看那，就是红旗大队，现在叫红旗村，一问血肠大王呀，谁都知道。

**乔家男：**谢谢大爷啊，我现在就去。

**小贩：**别客气。诶，热乎肘子，谁买肘子啦。

**2. 日　外　大街**

乔家男骑着自行车穿过大街。

**3. 日　外　码头**

**乔家男：**大哥，红旗村怎么走？

**大哥：**沿着这条街往前走。

**乔家男：**还得往前走？

**大哥：**对，再往前走，不远就是了。是吃血肠不？这个俺也有。

**乔家男：**听说红旗村的血肠有名。

**大哥：**那倒是。

**4. 日　外　血肠大王门口**

**乔家男：**大姐，有血肠不？

**大姐：**有，进来吧。车放那边吧。

**5. 日　内　血肠大王店内**

**乔家男：**还有血肠不？

**服务员：**你先排队吧，一会儿就好了。

**乔家男：**我不在这吃，带走。

**服务员：**不在这吃也得排队。

**大爷：**小伙子，等吧，我都等了一个小时了。

**乔家男：**怎么这么慢呐。

**大爷：**这血肠啊，是用最新鲜的血灌的，灌出来了，还得紧那边桌的先吃。

**乔家男：**这儿人挺多啊。

**大爷**：是啊。

乔家男看到不远处一桌人的椅子上放了个皮包。

**乔家男**：兄弟，帮我站着点地方。

**排队者**：行。

**乔家男**：兄弟，我能坐坐吗？

**纪大刚**：行，站累了？哈哈哈。坐这？

**乔家男**：不不。

乔家男把椅子搬到排队的地方坐，看着他们喝酒。

**大爷**：小伙子，怎么坐下了？咱俩换换吧，我的腿有点沉了，老毛病。

**乔家男**：那我先买？

**大爷**：可以啊。

**乔家男**：那您坐。

**大爷**：哎，好，谢谢，谢谢了。

### 6. 日 外 大街上

乔家男提着买好的血肠骑车原路返回，马路上有个小孩突然冲过来过马路，乔家男为了躲他，却被身后的轿车撞到了，小男孩见状逃跑了，血肠也洒了。

**纪大刚**：哎，你呀。

**乔家男**：你这车咋开的。

**纪大刚**：哎，起来起来，看看伤了没有。

**乔家男**：我摔坏了没啥。

**纪大刚**：看车摔坏了没有。

**乔家男**：车摔坏了也没啥。

**纪大刚**：没事那就好。

**乔家男**：可是，你说我这血肠撒了咋整啊？

**纪大刚**：那我陪你钱行不行？

**乔家男**：赔钱有啥用，我费多大劲买的这玩意儿啊，啊，我家老头子住院还等着吃这个呢。

**纪大刚**：哎，这么着兄弟，你别怨我，我带你回去买不就完了嘛，赶紧把车子放我车后头，走走走。

**甲**：咋样啊大哥？

**纪大刚**：哥儿几个，你们打的走吧，你看我这边……

**甲**：不是没什么事吗？

**纪大刚**：没事没事，前面不马上就到了嘛。

**众人**：那我们走了啊。

**纪大刚**：怎么着，走啊。

**乔家男**：我真不是讹你，我好不容易才买这点玩意儿的。

**纪大刚**：谁说你讹我了？我带你去买呀，是看你是个孝子，难得你有这个孝心，走吧。

**乔家男**：这又不知道等到啥时候才能买上。

**纪大刚**：嗨，等什么啊，饭店老板我认识，到那啊瓦两碗不就行了吗。

**乔家男**：真的啊？谢谢啊。

**纪大刚**：走走走，进去吧。

### 7. 日　内　图书馆

乔佳丽在图书馆看书，一位男士递了张纸条给她，上面写着："可以打扰一下吗？"

乔佳丽拿过纸条，划去几个字，字条上剩了"可以"二字。

### 8. 日　外　图书馆外

**男士**：佳丽，人若过分抑郁，会得许多疾病，也容易衰老。

**乔佳丽**：我只是在承受我自己应该承受的地方，也许人都是这么衰老的吧。

**男士**：你的情绪太坏，应该调整一下。

**乔佳丽**：我会的，看起书来，的确可是暂时忘掉一些东西。

**男士**：哎，佳丽啊，我这有个朋友办了个演出公司，他请了几位京城大腕来这演出，今晚有一场，你去看看吧。

**乔佳丽**：没意思。

**男士**：你去看看不就有意思了嘛。

**乔佳丽**：我不去。

**男士**：你是不是觉得我们两个人单独去看不太方便？这样，把你寝室的女孩叫上，这样总可以了吧。

**乔佳丽**：那也不去。

**男士**：哎呀，你这个人呐，哪点都好，就是脾气太犟，佳丽，说心里话，我就想在你最困难的时候为你做点什么。

**乔佳丽**：我成全你。

**男士**：谢谢，什么事尽管说。

**乔佳丽**：我还真有点事，不过，等我实在没办法的时候，我再求你。

**男士**：好。

**乔佳丽**：谢谢，再见。

### 9. 日　外　乔家伟门口

乔母在楼梯口坐着，乔家伟回来停了自行车上楼。

**乔母**：回来啦。

**乔家伟**：哎哟，妈，你怎么在这。

**乔母**：我没进去门。没多大工夫，有一个钟头。

**乔家伟**：冷了吧。

**乔母**：不冷。

**乔家伟**：罗西可能回家去了。赶快进屋暖和暖和吧。

乔母：诶。

10. 日　内　乔家伟家客厅

乔家伟：您不是说今天晚点回来吗？

乔母：哎，我回来给你爸找两件衣裳。

乔家伟：哦。

乔母：没有换洗的了。

乔家伟：您歇会再找吧。

乔母：哎，不累。诶，家伟呀，你是不是跟罗西俩吵嘴了？

乔家伟：哦，没有。

乔母：没有？那是罗西身子有点不舒服了咋的？

乔家伟：没有，妈。妈，她跟你嚼舌了？

乔母：没有。

乔家伟：她给你脸色看了？

乔母：哎呀没有，去吧。

11. 日　内　乔家伟家厨房

乔母：家伟呀，你爸过两天就能出院啦。

乔家伟：对，出了院呐，咱们照顾起来就方便了。

乔母：我跟你爸合计了，出了院，想回去。

乔家伟：回哪儿啊？

乔母：回咱老家去呗。

乔家伟：那不行。

乔母：你姑家条件也不好，你说，总不能让你奶奶待在那啊，回去了啊，得赶快把她接回来。

乔家伟：那也不行，出了院呐，还得复查呢。

乔母：你爸呀，是嫌他这个病埋汰，回了家吧，这大人孩子的万一传染上谁，那可咋整？还是得回去，回去了啊我也能伺候你爸。

乔家伟：说你们呐，就别打这主意了，肯定不能让你们走啊。哦，娘，我跟我爸去说。

乔母：嘿，你爸这脾气你也知道，你可别去跟他硬犟哦。他这病刚刚见好，别让他生气，听见没？

乔家伟：妈，这事啊，您得帮我们说话。您说啊，我爸刚做完这么大的手术，这又得了肝炎了，他的病不轻啊。你说，他的身子现在这么虚，哦，就这人，你敢往回整啊？再说，咱县里医院的条件你也知道，你要是硬把我爸弄回去，万一出啥问题，你负责啊？

乔母：你呀，你也别逼我，这个事啊，我说了不算。哎，其实你爸这病吧，我这心里也没底，你说在这吧，你们几个都在跟前，我这心里还有点依仗。

乔家伟：就是嘛。

罗西带着女儿回到家。

乐乐：奶奶。

乔母：哎，回来啦，冷不？

乐乐：不冷，妈妈带我去萍萍阿姨家了。

乔母：哦，罗西啊，回来了。

罗西：嗯。

乔母：今儿个这外面像要变天似的，天儿冷哦？

罗西：哼。

乔母：孩子穿这个，薄啊。

罗西：乐乐，自己把衣服脱了。

乐乐：嗯。

乔母一个人默默地走进卧室。

乔家伟：来，过来，去小屋，跟奶奶呆会儿啊。（对罗西）你对我有什么意见你对我来好不好，你别跟妈哼哈的，犯得着嘛这是！

罗西：我又怎么啦，诚心找别扭是不是！

乔家伟：我说你小点声，喊什么啊你！小点声说话行不行！你起码在面子上让我过得去嘛。

罗西：你让我的面子上过的去吗，我费了那么大的劲儿，把这个出国的名额转到了你们研究所，你死活不去，还把名额让给了方远航，哼！

乔家伟：方远航是热气球这个专业，就应该他去嘛。

罗西：哼！

乔家伟：哎，你什么意思嘛！

罗西：我的意思是告诉你，你的一番美意泡汤了，这个名额我收回来了。

乔家伟：这！这科技人员谁出国进修，这闹了半天是你说了算啊。你算干什么的嘛你算！

罗西：那得看我想干什么。

乔家伟：好好好！（走进厨房，关上门）

乔母在屋内一直听着他们的谈话。

## 12. 日，内，公路上行驶的汽车中

纪大刚：远运公司的客人呐，吃两天大饭店，一般都拉到这个血肠大碗地儿来造两顿儿，嘿嘿，您别说，甭管多大的款，还挺得意这口。

乔家男：这地方是挺不错的，唉，纪师傅。

纪大刚：诶，唉，多别扭啊，叫大刚，啊。

乔家男：大刚，你在哪儿开车呀？

纪大刚：辉煌装修材料总公司。

乔家男：哪学的手艺啊？

纪大刚：咱部队啊，我是当兵的。没啥文化，粗人，不像你们。

乔家男：我们？（笑）哎，慢点啊，进市区了。

纪大刚：嗨，放心吧，没事儿。坐我大刚的车你就放心。（笑）

乔家男：我可领教了。

纪大刚：唉，别提了，这两天，我他妈心里有事儿。开车啊，出几回事儿了。仗着我这方向盘啊，打了多年了，要不非报警不可。

乔家男：遇到难处了？

纪大刚：哎呀，算了，不说了。哎，你们家老爷子得的什么病啊？

乔家男：肺癌。

纪大刚：哎呀我的妈呀，这可不好整。老爷子爱吃血肠是不？

乔家男：嗯。

纪大刚：你把地址给我，后天我还来，完了，我给你捎两碗过去，啊。

乔家男：别别别，那多不好意思啊。

纪大刚：你看，老爷子都病成这样了，你还有啥不好意思的。他想吃啥啊，就让他吃点儿啥，说实在的，最多啊也就挺个一年半载的。

乔家男：不过我听说有的肺癌病人能活八九年呢。

纪大刚：唉，那也是星星点点那么几个。还没准到底是啥呢，绝大部分人呐，还不那么回事儿。哼。

车开到一条路上，大刚看到自己的老婆小娟和罗北勾肩搭背，忽然急打方向盘，往这两人身后行驶。

乔家男：别别别，大刚，慢点儿，慢点儿，大刚。

纪大刚：走开。

乔家男：大刚，你别这样，大刚，慢点儿，慢点儿，大刚！

纪大刚：别管我！

车突然停下，罗北吓到一边去，小娟也受了惊吓。

罗北：你他妈开的什么车呀！你活腻了！一会儿把你送到派出所！

纪大刚：你他妈给我闭嘴！闭嘴！

**13. 日，外，马路上**

大刚下车，打了罗北一拳。

纪大刚：我他妈先给你找个地方！

乔家男：大刚，大刚，大刚！

纪大刚：流氓，王八蛋！你松开我，你松开我，我先废了你！

小娟：大刚！

纪大刚：你个王八蛋！

乔家男：大刚，你冷静点儿！

纪大刚：你作你！

罗北：好，你敢打我啊！

纪大刚：我他妈打的就是你这个王八蛋！

罗北：你给我等着，咱们俩没完！

乔家男：快走，快走，大刚，你冷静点，大刚！

纪大刚：要是你老婆你能冷静啊，啊！你松开我，上车！（拉他老婆）上车！你瞅什么呀你！上车！上！

乔家男：大刚，别开车好不好。

纪大刚：没事儿，没事儿！

乔家男：你喝了酒，情绪又这么不好。

纪大刚：没事儿，你上车吧你！

14. 日，内，纪大刚家

纪大刚：说吧，说呀！到底想咋办！

小娟：我，我，我想离婚。

纪大刚：你，（站起来）完事儿，跟那个姓罗的，啊，你做梦你！你什么东西啊，就冲他勾引别人老婆这一条，他也不是什么好东西！白小娟我告诉你，你就铁了心，不跟我，我也不能让你跟他！

小娟：我的事儿，不用你管！

纪大刚：亏你说的出口啊，啊，怎么，现在不用我管啦，你现在有本事了是不是？啊，你他妈用完我纪大刚了是不是！啊，我像一双穿到开春的破棉鞋，啊！

小娟：不是，我不是这个意思！

纪大刚：什么意思，啊？

小娟：我是真的，真想和他在一起。

纪大刚：你！

小娟：我不是嫌你不好，我记得你为我，为我父母所做的一切，我尊重你，我感激你，可这不是爱情！

纪大刚：是什么？

小娟：我认识了罗以后，我才知道什么是爱一个人！

纪大刚：得了！

小娟：我……

纪大刚：我听够了！你那魂儿让人给勾走了是不是！啊？

小娟：我……（捂着肚子痛哭）

纪大刚：嗯？嗯？你怎么了？你怎么了？

小娟：我不用你管！

15. 日，外，树林

乔佳冰：你确定一定要走吗？

男友：小冰，不是我想走，是我必须走！

乔佳冰：我懂，你是父母放飞的一只风筝。

男友：是的，无论我飞得多高，无论我飞得多远，永远有根扯不断的线在牵着我。

乔佳冰：你走了，会留下许多，许许多多会成为你永远的遗憾。

男友：是的，我走了，也许会带走许多许多，在这许多中，有一个温馨的童话。

乔佳冰：我不敢问你什么时候会离开，是现在，还是很久。

男友：我们拥有现在，就会拥有很久。

两个人抱在一起，佳冰的同学在旁边偷看，故意用石头砸。两个人以为是树上的东西落下来，相视一笑。

男友：走。

**16. 夜，内，乔家男家**

乔家男：你今晚这么多作业呢，嗯？这么晚了还没批完？

心兰：这是小杨老师的，我给她帮帮忙。

乔家男：小杨，哦，是万西府的那个杨英吧。

心兰：是啊。

乔家男：她怎么自己不批改作业呢。

心兰：她男朋友约她去听音乐会，她这个男朋友是音乐学院的，刚认识不久，我看她呀，简直是走火入魔了。

乔家男：哦，是这么回事儿啊。

心兰：怎么了，不对吗？

乔家男：嗯，没没没，我是说你太累了。

心兰：我没事儿。

乔家男：哎呀，诶。（躺在床上）唉，快完了吧？

心兰：马上就完。（打哈欠）

乔家男从后面抱住心兰。

心兰：转过来。

乔家男：嗯？

心兰：我想跟你说件事儿。

乔家男：我知道。

两人拥抱在一起，坐在床边。

心兰：我想……

乔家男：什么都别想。

心兰：我想现在……

乔家男：你想什么？

心兰：我想现在告诉你。

乔家男：嗨，有啥事儿明天再说呗，啊。

心兰忽然想吐，奔向卫生间。

乔家男：你怎么了你，你这是怎么了？哎呀，咱们上医院吧，你这肯定是病了。

心兰：没事儿，吐出来就好了。

乔家男：我早就说了，让你到医院看看去，你老说你感冒没事儿。你看你病的，肯定不是感冒。

**心兰：** 我去过医院了。

**乔家男：** 医生咋说的？

**心兰：** 我怀孕了。

**乔家男：** 什、什么？你，你说你怀孕了？

**心兰：** 嗯。

**乔家男：** 这，扯不扯的这是，怀什么孕呐。这，这多闹心呐。

**心兰：** 哦，我想怀就怀了，你就没责任？

**乔家男：** 什么时候怀的？

**心兰：** 两个月了。

**乔家男：** 咱们不都是在那个安全期嘛？

**心兰：** 那次是第九天。

**乔家男：** 哪次呀？

**心兰：** 你后半夜从医院回来那次。

**乔家男：** 我从医院回来？后半夜？我很想？

**心兰：** 我说怕不保险，可你想要。你说了，怎么这么碰巧一次就怀上了，这不，就怀上了？

**乔家男：** 哎呦，这，这还怨到我了这还，真是。

**心兰：** 我就知道，你不想要这个孩子。

**乔家男：** 我，我不是不想要，是没条件要。你看咱们俩这点工资，啊，跟你家借钱都借不出来呢，咱爸又病成这样，这，一天到晚忙活爸还忙活不过来呢，哦，你怀里再抱着娃娃，是吧，你大的小的老的都一块儿遭罪。是吧，这何苦呢？咱们再等等吧，嗯？

**心兰：** 咱们一时半会儿搞定不了这个现状，你说吧，到底什么时候？我年纪都多大了。

**乔家男：** 那也等等爸的病情稍微好转再说吧，啊。要不然，我可没法照顾你啊。

**心兰：** 你把爸照顾好就得了，我自己会照顾自己。

**乔家男：** 你说这几个月，咱俩钱多紧啊，啊，管学校借了一千多，不能再借了吧，要是没钱那吃啥呀。这营养跟不上，你这身体还要不要，嗯？

**心兰：** 我在娘肚子里就吃大葱沾大酱，也没缺胳膊少腿儿的。

**乔家男：** 嗨耶，你说你，越说越逞强，这告诉你啊，这孩子咋地也不能要。明天呐，你乖乖儿去医院，坠掉。

**心兰：** 我不。

**乔家男：** 你再说一遍！

**心兰：** 我不！

乔家男穿上衣服，走出门。心兰在家痛哭。

乔家男刚走出巷子，乔佳丽正好向他家走去。

**乔佳丽：** 家男，家男！

心兰听见敲门，去开门。

**心兰：** 姐。

**乔佳丽：** 心兰。

心兰：快进来。

乔佳丽：诶，心兰，心兰，怎么了，你怎么了，家男呢？

心兰：姐，不知怎么搞的，我怀孕了。

乔佳丽：呀，要当妈妈了。这是好事儿嘛，哭什么。快别哭了，这样对胎儿有影响。别哭了。

心兰：反正也不要了。

乔佳丽：就因为这事儿跟你吵架了？啊？

心兰：他都要让我上医院处理了。

乔佳丽：心兰啊，他从小脾气就犟，回头我去说他，啊。

心兰：他那犟脾气上来，谁也说不了。

乔佳丽：说不了？还反了他了！有人管他的，快，躺下休息吧。啊。躺下。

心兰：姐，你有事儿啊？

乔佳丽：我没什么事儿，你快躺下吧。

心兰：你也早点儿回去休息吧。

乔佳丽：好，睡吧。

## 17. 日，内，乔父病房

乔家男：爸。嗯？（看到病床上整理得很干净，没有人，很着急，赶紧下楼去找）诶，田护士，我父亲什么时候走的？

田护士：走半天了。

乔家男：不对呀，他昨天让我10点钟来接他。是我哥接的吗？

田护士：那可没注意。

乔家男：好，谢谢。

田护士：嗯。

## 18. 日，外，医院门口

乔家伟开车到医院门口和刚出来的乔家男碰上。

乔家男：哎，哥，你没把爸接走啊。

乔家伟：没有呀，我就是来接他的。

乔家男：房间没有，问护士护士也不知道。

乔家伟：你上去了？

乔家男：上去了。

乔家伟：没有？

乔家男：没有呀。

乔家伟：诶，不对呀，来，走！

两人上车。

**19.** 日，内，火车站

  乔母：孩儿他爸呀，我说是来这里头吧。

  乔父：啊，是吧。嚯，这城大呀。

  乔母：这人呐！

  乔父：给我背吧。

  乔母：我行，哎，慢点上，啊。

  乔父：没事儿，没事儿。

  乔母：可扶好了啊。（两人上电梯）

  乔父：哎。

  乔母：扶好。

  乔父：吓我一跳。呵，这玩意儿挺好的，啊。

       文字整理：戴灿，黄璇

       资料来源：根据土豆网提供的视频完成文字整理。

       具体参见http：//www.tudou.com/programs/view/hpkZHqg_1Us/

# 趟过男人河的女人

  首播时间：1992年
  首播电视台：中央电视台
  摄制单位：中央电视台影视部、北京电影制片厂导演室、北京托玛蒂影视广告公司、哈尔滨宝隆保健品
  编  剧：张雅文、远 方
  导  演：陈国军
  摄  像：李建新、刘 平
  主  演：李 琳、张兆北、白秋林、李孟尧、吴素琴、孙起鹏
  获奖情况：第十六届（1995年度）中国电视剧飞天奖长篇电视剧三等奖；第十四届（1996年）中国电视金鹰奖最佳女主角奖。

**剧情梗概：**

  山杏是一个善良美丽的农村姑娘，得到了村里很多年轻人的喜欢。村治保主任儿子大宝

很喜欢山杏，非山杏不娶，但山杏真正喜欢的是扶贫干部玉生，两人慢慢相知相爱。山杏母亲当年就因为情感问题，未婚先孕生下了山杏，被村里人耻笑说闲话。而当山杏与玉生的事儿传开后，村里就像炸开了锅一样，大家都反对他们俩在一起，而玉生的工作也遇到了更大的困难。最后玉生无奈离开了这里，和山杏分手。

山村治保主任的两个儿子大宝和二宝都很喜欢山杏，但最终山杏被逼嫁给了大宝，这让二宝很生气和失落。山杏和大宝结婚后，开始的生活还算幸福，后来山杏怀孕了，在孩子出生后办满月酒时，不幸的事情发生了。二宝的亲生父亲疯二叔偷偷的逃了出来，他抱走了孩子，而在争夺中，大宝失手打死疯叔，后来大宝因为受到了刺激，也疯疯癫癫。二宝为了保护哥哥，代替哥哥去坐了牢。而更不幸的是，没过几天，孩子也因为受到了惊吓死了。山杏一边忍受着丧子的悲痛，一边忍受疯了的大宝对其进行着折磨，山杏痛苦不堪，却不知所措。

后来村里来了一个小木匠，他看到山杏的痛苦，要带山杏离开这里，山杏犹豫之后决定跟他离开。来到城里，两人开始同居在一起。但后来小木匠的老婆孩子从乡村来到城里，山杏知道自己又被骗了，再次选择了离开。后来山杏偶然遇到了玉生，但玉生已经结婚了，而他的妻子正是山杏同父异母的妹妹。

后来山杏来到一个工地打工，老板铁子先开始给了山杏很好的条件，但后来却要山杏陪客户上床，山杏再一次逃出来。之后她来到建筑工地做事，也当过保姆，在路边擦过皮鞋、卖过东西，还积极的补充自己的知识，进夜校学习，最后考进了城里的一家工厂。这段时间山杏过的很充实，也增长了见识。

山杏在厂里认识了赵年，两人走到了一起，但面对玉生的姐姐怀疑，又加上大宝状告山杏犯重婚罪，山杏只能向赵年说出了以前自己的遭遇，而赵年听说过之后，却对他们的感情产生动摇。后来的一个机会，山杏最终发现了玉生的岳父就是当年抛弃自己母亲的人，也是自己一直找寻的亲生父亲，玉生一家知道后，不遗余力地帮助山杏，经过重重困难之后，山杏最终和大宝离婚，之后迎接她的是美好轻松的明天。

《趟过男人河的女人》是一部表现女性意识的电视剧，里面对封建意识和传统陋习进行了抨击，表现了一个女性渴望自由、冲突枷锁的顽强，是对社会文明的一种期待和呼唤。

　　文字整理：黄璇
　　资料来源：根据央视网提供的视频完成文字整理。
　　具体参见http://dianshiju.cntv.cn/2012/12/17/VIDA1355691737356430.shtml

## 剧本：

### 《趟过男人河的女人》 第二十二集

**1. 夜，外，山坡上**

　　山杏要上吊自杀。

　　**山杏**：娘，女儿来走你没走完的路。

小木匠赶忙来阻止，大妮也赶过来。

**小木匠**：山杏妹子，山杏妹子！山杏妹子，你下来！山杏妹子！你给我下来，给我下来！山杏妹子（把她抱下来），你好糊涂呀你。山杏妹子，全怪我，全怪我呀。都怪我的破电话害了你呀。

**山杏**：谁也不怪！（痛哭）

**小木匠**：山杏妹子，山杏妹子，山杏妹子！何必呢，啊？这哪有过不去的河呀！

**山杏**：你为什么要救俺！你为什么要救俺！你救了俺今天，救不了明天呀！你为什么要救俺嘛，你干吗要救俺，你救了俺今天，俺明天咋办呢！怎么活呀！

**小木匠**：山杏妹子，山杏妹子！

大妮在旁边默默地看到这一切，悄悄的走开。

**小木匠**：山杏妹子。

**山杏**：你这是为啥呀！

**小木匠**：山杏妹子，天地这么大，你长的又这么漂亮，跑到哪儿不能混碗饭吃活着呀。

**宝爹**：这，这！（听到他们的谈话）

**小木匠**：山杏妹子，你要信我的话，干嘛不换个活法，走出这个穷山沟子呢？山杏妹子，为个疯子去死你值得吗？啊，你值得吗？何必呢，何必在这穷山沟子里死瞅着呢！山杏妹子，想开点。今后的路还长着呢，山杏妹子，活下去。山杏妹子，你听我说，下决心逃出火坑，不然他非把你折磨死不可。

**山杏**：往哪儿逃啊？没俺去的地方。

**小木匠**：那你就让他活活给折磨死？不过，不走也可以，你可以和他离婚。

**山杏**：能离婚？

**小木匠**：当然能！

**山杏**：离婚，离婚，离婚！

**宝爹**：山杏，你个丧门星。小木匠，你个王八蛋。

**山杏**：爹！

**宝爹**：你勾引我儿媳妇！

**小木匠**：哎，大叔，你听我说，大叔！

**宝爹**：我打你！我让你勾引，我让你勾她。（打他）

**小木匠**：大叔，大叔！你这是干嘛，你干嘛打人啊你。

**宝爹**：俺就揍你了，揍你了。

**小木匠**：你先听我解释嘛。

**山杏**：爹！

**宝爹**：我让你拐骗人。

**小木匠**：大叔！

**宝爹**：我让你拐骗人，我让你拐骗人。

**山杏**：您别打，爹！

**宝爹**：我用绳子把你捆起来，我让你拐骗，我打死你。

**大妮**：大叔，您不能再打了！

宝爹：咋的？

大妮：不能再打了！你这话说的不对。

宝爹：咋的不对！

大妮：山杏咋了，她遭的罪你也不是没看见，遭的是人罪吗？败坏门风，她咋的了？啊，你说你们大宝，大宝给人整成啥样了？啊！还丧门星子，你咋不寻思你那破家啊。

宝爹：你怎么又窜出来了，你也是丧门星，俺家要是没有你呀，也他妈不能。（山杏痛哭）你他妈！

小木匠：大叔，你误会了。我不能见死不救啊。

宝爹：王八蛋，你他妈勾引良家妇女，还花言巧语，俺，俺应该把你捆起来。

山杏：小木匠，小木匠，你快跑，快跑。（抱住腿）

宝爹：你松开，你松开。

大妮：大叔，你不能这样呀。

宝爹：你他妈别走，把你送公安局去。

山杏：爹，别打了！

小木匠：再动手，再动手我就不客气！

山杏：你敢动手，那是俺爹！

大妮：别搀和，越掺和越乱，你快点走吧你。

宝爹：你不能走！

小木匠：再乱，再乱，能把我咋的！

宝爹：不能让他走啊，捉奸要捉双。

大妮：呀，大叔，人家救了你家媳妇儿的命，你咋这样呢！啊？

山杏：俺们家的事儿不用你管，爹，你快走。

宝爹：起来！不能走。

大妮：哎呀，大叔！

宝爹：不能让他走啊！

小木匠：你们这实在是太欺负人了。

大妮：走啊，快走吧！哎呀，你快走啊！（大叔打山杏）大叔，你别打了。

宝爹：不用你管，哦，你们他妈的都串通好了是不是呀！

大妮：大叔，你听俺说呀，哎呀，你不能打了（护住山杏），别打了，哎呀，别打了。

宝爹：你这个不要脸的东西，你个不要脸的东西。

大妮：大叔，别打了，大叔，您不能再打了。哎呀，大叔，别打了，别打了。

宝爹：我打死你！你他妈的也不是好东西！

大妮：你不能再打她了。

山杏：爹！

宝爹：你这不要脸的东西！你这个不要脸的东西！你他妈不要脸的东西！

大妮：别打了，别打了。

宝爹：我今天非打死她不可！打她，非打死她。

大妮：别打了！

宝爹：丧门星，我打死你。

大妮：大叔！别打了。

宝爹：丧门星！我们家倒霉啊都倒霉在你身上了。

大妮：大叔！

宝爹：丧门星！你躲开，你躲开！

大妮：大叔！

宝爹：你给我回去！妈的！丧门星，不要脸。

2. 日，内，村长家

村长：我说，你说村里哪件事不是坏在她手里，啊？

宝爹：唉！真他妈的。可她和俺都亲眼看见了。

村长：唉，我看算了吧，咱们啊就够对不住人家山杏的啦，多好的一个闺女啊，就活活的毁在……唉，啥也别说了，老弟啊，你听我一句话，以后啊少听那老婆娘们儿瞎咧咧，你说这娘们儿当初他爹怎么搋的她呀，怎么搋出这么个熊玩意儿。哎，你还得罪不了她，什么事儿都干的出来。弄不好啊，上边儿给你捅巴两下，可利索了。

村长妻：山杏啊，让你们给毁了。俺看哪天非出人命不可。

村长：哎，滚一边儿去，啥事儿都有你。

3. 日，外，大宝家

宝爹走到山杏房门口。

宝爹：咋的，都成有功之臣了，那日子都照腚了。哼！看见我也不起，净养些个废物。

山杏穿好衣服，走出房门。

宝娘长叹一口气。

山杏：娘，俺出去一趟。

宝娘：杏啊，你这是上哪儿啊一大早啊，啊？杏。

山杏：娘。

宝娘：杏，要不吃了饭再走吧。（山杏摇头）杏，杏，唉！

4. 日，外，水井边

妇女甲：这水真凉啊。

妇女乙：是啊。

妇女甲：山杏妹子，这一大早儿的上哪去啊？

山杏：不上哪儿。

妇女甲：那咋这么早就出来了，天挺冷的，别着凉，啊。

山杏看了她一眼，没说话。

妇女甲：哎，你说这一大早儿的上哪去啊？

妇女乙：说的是。

**5. 日,外,山坡上**

　　**王大爷**:杏啊,这事儿没和你娘商量啊?

　　**山杏**:没,没商量,俺娘也拿不定主意,俺从小就没了爹,王大爷,您就给拿个主意吧。

　　**王大爷**:杏,俺看中,要不也没别的路可走了。

　　**山杏**:您同意?

　　**王大爷**:嗯。

　　**山杏**:那俺,俺这就去乡里。

　　**王大爷**:噢,去吧,去吧,这是没法子的事儿。去吧,去吧,啊。

**6. 日,内,小木匠屋内**

　　宝爹走进房门,故意咳嗽了一声。

　　小木匠正在刷牙,抬头看到了他。

　　**小木匠**:大叔啊。

　　**宝爹**:限你两个小时之内,马上滚蛋!从今以后,这个无名屯儿不许你再进来!

　　**小木匠**:哎,行,用不了两小时,十分钟我就滚出无名屯儿。天气不冷,早走一步。不过人死得死个明白啊。

　　**宝爹**:嗯?怎么,你,我说你!

　　**小木匠**:我啊,我怎么了我,你倒是说出来呀!哼!

　　**宝爹**:你,你,你没办营业手续。你,你,你他妈违反村里治安。小子你他妈的,昨天晚上打了你,你忘了是不是,啊?忘了?

　　**小木匠**:哼,这算啥事啊,我还没告你侵犯人权,打人犯法呢。

　　**宝爹**:哼,法,在这儿啊,老子就是法,俺搞治保几朝几代啦,俺命令你滚啊,你就得给俺滚!

　　**小木匠**:要不,你把我送监狱去。

　　**宝爹**:哼,你少给我耍嘴皮子,赶快收拾东西,滚蛋。趁你胳膊腿儿还整相,还能爬着出村儿去。

　　**小木匠**:唉,行行,行。我滚,我滚。我马上滚行了吧。

　　**宝爹**:早他妈的该滚蛋了。

　　**小木匠**:别把您气出个好歹来。

　　**宝爹**:收拾东西,滚!

**7. 日,内,乡办公室**

　　**工作人员**:离婚,光是因为你那疯丈夫虐待你吗?

　　山杏点头。

　　**工作人员**:有没有其他问题吗,嗯?

　　**山杏**:没,真的没有。

　　**工作人员**:不对吧。

山杏：俺啥问题也没有。

工作人员（倒了杯水）：好，就算你没有问题，那你跟疯子离了，疯子谁管啊。

山杏：他爹娘啊。

工作人员：这你就不明白了，啊，他是你爱人，在法律上讲呢，你是他第一个监护人，如果啊，没有人同意当他的监护人，你就不能够跟他离婚，懂吗？

山杏：那，俺这一辈子就掉在疯子身上了。

工作人员：那也不一定嘛，疯子也会好的嘛，回去慢慢看看想想。

山杏想到小木匠的话：天地这么大，何必掉在一个疯子身上，到哪儿还不是混碗饭吃。

山杏走出办公室。

工作人员：慢点儿走啊。

## 8. 日，外，山路上

小木匠：哎，兄弟。我走了这么多地方了，我觉得最热情的就属咱们无名屯儿的人了。

铁子：可不。

小木匠：你说这走就走了，还派个，派个人来保驾。

铁子：走走，走吧。

小木匠：哎，我跟你说呀，是真的。我一个大活人，行了兄弟，你回去吧，回去吧，别送了，回去吧。

铁子：这治保主任说了，让俺把你送上汽车。走吧，走吧。

小木匠：这无名屯儿啊，属你最好，实在，你看你对大宝那态度，我要交啊，就交你这样的。

铁子：算你说对了，咱们为朋友别说是两肋插刀，就是掉脑袋呀，咱们都不带眨巴眼的。

小木匠：嗯，你说，这算咱们俩也有缘分啊。

铁子：可不。

小木匠：不是你来送我，咱们俩能谈的这么投机吗。

铁子：嗨，算你说对了，咱们不是说了吗，为朋友不怕两肋插刀，那就是掉脑袋，咱也心甘情愿。

小木匠：兄弟，跑这么大老远也不容易啊，兄弟，难为你了，我这儿没多少，就20块钱，来来来。

铁子：哎，不要。

小木匠：就当我买了两瓶酒请客，拿着吧，拿着吧，回去吧，回去吧。

铁子：不要，不要，你看这。

小木匠：揣起来，揣起来，回去吧，回去吧。

铁子：好。

小木匠：回去吧。

铁子：那不行，治保主任呐，给俺下了一道指令，让俺呐，必须把你送上汽车。

小木匠：啊，还要送啊。

铁子：可不，走吧，走吧。

小木匠：我说你这个人呐，可真够实在的。

**铁子**：走吧，走走走。

**小木匠**：不用送啦，赶紧回去吧。

**铁子**：走吧，走吧走吧。

**小木匠**：就算我那二十块钱白给你啦。我求求你啦，你回去吧。

**铁子**：走吧，走吧。

**小木匠**：回去吧，别送了。

**铁子**：那二十块钱是跑腿儿钱，送你上车那是任务。走吧，走吧。

9. 日，内，大妮家

大彪子走进房间，打了大妮一嘴巴。

**大彪子**：都是你干的好事儿，啊，你他妈也太不像话了，没有一天你不出去惹事儿的，就这么一个小破屯子，你都给搅和完了。（把大妮推倒在床上）

**大妮**：哎呀，俺搅和啥了，你说俺搅和啥了，啊？

**大彪子**：啥你没搅和，那天半夜三更，你干啥去了。那全村儿没有不知道的。

**大妮**：知道啥呀？

**大彪子**：山杏偷人的事儿，是不是你给张扬出去的，啊？你咋这缺心眼儿，啊？要是这样下去，俺呐，俺非得和你离婚不可。上辈子，俺缺什么德了你说。

**大妮**：（痛哭）你说你呀，你这个死东西你呀。俺这几天啥也没说呀，那山杏可怜，你说谁可怜俺呐！真是冤枉死人了，咋办呢，俺不知道，俺咋活到这步田地啦。

10. 日，内，山杏娘家

**山杏**：娘。（山杏在洗脸）

**王大爷**：杏啊，乡干部说什么？离不了啊？

山杏点点头。

**杏娘**：老哥呀，一个屯儿里住着，为了人家疯了，咱就提出离，大伙儿会咋看咱呐！

**王大爷**：咋看，咋看总比让孩子把命搭上好吧。

**杏娘**：唉，那倒是，那这乡上咋又不准离呢。

**王大爷**：明儿个，俺去找他们。

**山杏**：别去了，没用。

11. 日，外，乡村小路上

大妮碰见山杏。

**大妮**：杏！嫂子有句话不知当讲不当讲。该拿主意拿主意吧，别像嫂子这辈子。

12. 日，外，大宝家

山杏在院子里干活，大宝一直跟着她。

山杏上厕所。

**山杏**：你别进来啊，在外边等着。

大宝非要进去。

山杏：哎，你干什么呀你呀，你出去！你咋的了，快出去，出去啊。

山杏出来，大宝也跟着出来。

13. 日，外，村外路上

一个哑巴带着很多东西在卖，大家都凑过去。

村民甲：买双袜子，哎，多少钱一双啊？

卖东西的哑巴比画价格。

村民甲：诶呀，这么贵啊，哎，便宜点我就买你的，太贵了。

村民乙：这个咋卖啊？你是哑巴？真是的，价钱也说不清楚。

村民丙：这多少钱呀？太贵了，不要不要。

村民乙：怎么这么贵呀！便宜点吧，便宜点吧。

村民丁：皮筋有没有呀。

村民甲：太贵了。

14. 日，内，大宝家

外面有拨浪鼓的响声，大宝吓的在屋里乱爬。

大宝：疯叔，疯叔，疯叔，疯叔，别抓俺，别抓俺，疯叔，疯叔，疯叔，疯叔，疯叔，疯叔，疯叔，疯叔，疯叔，疯叔，疯叔，疯叔！（钻到桌子底下）

宝娘：宝儿啊！宝儿啊！

宝爹：孩子，快起来！

宝娘：出来。宝儿啊！

大宝：不要！

宝爹：快出来！

大宝：不要啊！疯叔，疯叔，不要啊！疯叔，疯叔，疯叔，对不起你！疯叔，对不起你呀！疯叔。

宝娘：宝儿啊，出来！

宝爹：你出来呀，啊！

大宝：疯叔，对不起你呀，疯叔，疯叔。

宝爹：他妈的！

大宝：疯叔，疯叔，疯叔。

宝爹：山杏，山杏，把那摇拨浪鼓的快撵走。

宝娘：这是咋地了？

宝爹：还摇起来没完了，把他撵走！

宝娘：他爹，俺去，俺去啊！哎呀。

大宝：疯叔，疯叔。

## 15. 日，外，大宝家门口

像小木匠扮成卖东西的哑巴在门外摇着拨浪鼓。

**宝娘**：别摇了，别摇了，啊！家里有病人，我说你咋还摇呢。嗨，叫你走你就走吧，你还往里张望个啥，啊？这没人买你的东西，快走，快走！快走吧，走吧，走吧！哎呀。

哑巴摇着拨浪鼓走了。

## 16. 夜，内，大宝屋内

大宝睡很熟，山杏在旁边睡着。山杏的手和大宝的手用绳子捆着，连在一起。小木匠透过窗户看着山杏。

**小木匠**：山杏，山杏，山杏，在这儿呢，我是小木匠（摘下帽子），是我！

山杏看到，吃了一惊。

**小木匠**：山杏，快，快走，快点，快点！

山杏示意自己的手和大宝连着。

**小木匠**：对，快。

**山杏**：他会发现的。

**小木匠**：哎呀，别管他！别急，别着急，试一试。

山杏点头，慢慢地将绳子拽出来。

**小木匠**：别着急，山杏。

大宝忽然睁开眼睛，又马上睡着了。山杏心中一惊，大宝转过身子。山杏用嘴一点一点解开绳子。

**小木匠**：山杏，别着急，慢点，山杏。好了，快点，快，快点！

山杏慢慢的下床，拿好自己的东西，慢慢向门口走。

**大宝**：杏啊！（用手去抓山杏，睁开眼睛）跑，往哪儿跑！我让你，看你往哪儿跑！（又闭上眼睛，睡着了）

**小木匠**：杏，快点，快走了。

山杏轻轻的打开房门，走出去。

## 17. 夜，内，宝爹屋里

宝娘听到狗在叫，打开灯。

**宝娘**：他爹，外头有动静。

**宝爹**：睡觉吧，你要不睡觉就滚出去。

宝娘披上衣服，透过窗户向外看，看到了有人出门。

**宝娘**：他爹，他爹，好像有人出门的声。

**宝爹**：睡觉吧。你要不愿睡觉你滚出去，连个觉也睡不踏实，真是的。

宝娘只好熄灭灯，躺下睡了。

宝爹打开灯，起身穿衣服。

**宝娘**：他爹，你要干啥？

宝爹：俺去看看啊。

宝娘：诶！这算了算了，外面挺冷的，睡吧，睡吧。

宝爹：唉（又躺下）！这是他妈的什么日子，连觉都睡不消停。唉！

18. 夜，外，村外山路上

小木匠和山杏在路上跑。

小木匠：杏，快点，快点，这边。

19. 日，外，山杏娘家门口

山杏娘打开屋门，塞在门缝的一张纸掉在地上，山杏娘捡起来，看到上面是山杏给她留的字，说自己逃走了。

王大爷正好走进院子。

杏娘：（哭）跑了，跑了！

王大爷：谁跑了？

杏娘：跑了，跑了，杏跑了。

王大爷：（看字条）啊，咱们进去，走！进去，进去。

20. 日，外，村口

宝爹：乡亲们，不好了，山杏跑了，乡亲们，不好了，山杏跑了。山杏跑了！山杏跑了，不知道去哪儿了。（村里的人围过来）村长，山杏跑了。不知道去哪儿了？

村长：去哪儿了，哎呀，你快说啊！

21. 日，外，村外山路上

小木匠和山杏拼命地跑。

小木匠：快，快走，快点，让他们把你揪回去就完了，快，快点。

22. 日，外，村口

大宝：求求你们了，媳妇儿跑了，咋的，求求你了，帮俺找找媳妇儿。帮俺找找媳妇儿。

村民：大伙帮着找找吧。

大宝：求求你了，大爷，求求你了，大爷，大爷，帮俺找找媳妇儿吧。

宝爹：俺这正找你呢，昨天晚上山杏跑了。

村长：先别慌，先别慌，啊。屋里屋外都找过了？

宝爹：唉，村里村外全找了，一直没见人影儿啊。

村长：哎？这跑哪儿去了。

大妮：大叔啊，三棵树那儿找了吗？

宝爹：哎呀，也找了，没有人。

村长：哎，这跑哪儿去了呢？哎，前天那货郎子咋不见了呢？

宝爹：哎，八成就是那个王八羔子。昨天夜里头啊，就在俺家门口晃啊晃啊，俺当时就觉得有点不对劲儿。

大宝：求求你了，求求你了，求求你了，媳妇儿没了。

宝爹：大伙儿帮着找找吧，谢谢各位了。大伙儿帮着找找。

村长：乡亲们啊，快追呀，货郎子把山杏拐跑了，快追，快追呀。

村里人都去追山杏。

杏娘：哎呀，追上了咋办呀？

大妮：等等，呃，昨天夜里呀，俺看着山杏和那货郎子往山那嘎子去了，往那边。

村民们：走！走！

大妮：往那边追吧。

王大爷：她真的看见往那边去了？

杏娘：她咋看见的？

大妮：往那边去了，上山那边去追吧。

村民们：走，快走吧，跟上，跟上，别让他跑了。

大妮：诶，村长，您先别走，俺跟你说点儿事儿。

村长：啥事儿？

宝爹：村长，快走啊！

大妮：嗯，在这儿说不方便啊。

村长：大妮呀，都啥节骨眼儿了，有啥你就说吧，什么。

大妮：村长啊，俺看山杏这跑了兴能活条命，要是在咱这旮旯儿，兴是连命都保不住，得出大事儿啊！

村长：你真看见往那边儿跑了吗？

大妮：俺刚才是糊弄他们。

村长：刚才你是故意撒谎啊！

大妮：嗯。

村民们：村长！

村长：往那边儿跑了。

大妮：对，往那边儿跑了。

23. 日，外，村外山路上

山杏停下来，回头看看无名屯儿。

小木匠：山杏妹子，你是不是后悔了？

山杏（想了想）：后悔，俺不！

小木匠：那就好，好不容易逃出虎口，你可不能，山杏妹子，你要不逃出来，你这一辈子还有出头之日吗？守着一个疯子，不死不活地过一辈子，你不觉得屈得慌吗？

山杏：屈得慌？可那是俺的家呀！（大叫）娘，王大爷！（痛哭，跪下）不是俺山杏丧良心，是咱咋就不能像个人样的活下去呀！你们就原谅俺吧，以后不管山杏流浪到哪儿，都会像个人一样的活下去，绝对不会给你们丢人！千难万难，也会回来孝敬你们的（磕了一个头）。

> 文字整理：黄璇
> 
> 资料来源：根据央视网提供的视频完成文字整理。
> 
> 具体参见 http：//dianshiju.cntv.cn/city/tangguonanrenhedenvren/classpage/video/20100609/100222.shtml

# 七战七捷

**首播时间**：1995年
**首播电视台**：江苏电视台
**摄制单位**：江苏电视台、南京军区政治部文化部
**编　　剧**：李传弟、梁泉
**导　　演**：翟俊杰
**摄　　像**：李汐强、李京武
**主　　演**：谢伟才、古月、孙维民、翟万臣、王仇福、李定保
**获奖情况**：第十六届（1995年度）中国电视剧飞天奖中篇电视剧二等奖。

## 故事梗概

1946年，国共谈判进入尾声，随时有破裂的可能，内战似乎已经不可避免，共产党做好了最坏的打算，随时准备迎接挑战。而国民党一方因为有美国的支持，肆无忌惮，竟然扬言三个月内就消灭共军，而著名的七战七捷正是在这种情况之下打响的。七战七捷即苏中战役，它是在粟裕、谭政林等指战员的指挥下，在老区人民的大力支持下，在面对国民党强大的军事实力的情况下，从1946年7月13日到8月27日打的一场胜战。共产党当时只有3万兵力，却要迎击拥有良好美军装备的国民党军12万士兵，但解放军的英勇作战和将领的指挥，连续作战七次，并取得了七次胜利，歼灭敌军5万3千余人，振奋人心，打击了国民党的嚣张气焰，为以后解放战争的胜利打下了很好的基础，受到了共产党领导人的高度赞扬，被称为"七战七捷"。这场酣畅淋漓的胜利展现了我党我军老一辈无产阶级革命家、军事家的智慧和胆略。而在电视剧《七战七捷》里，还展现了两军将领的对决和智慧的比拼，战争谋略和战争的宏大场面都真实而生动的表现了出来。苏中七战七捷在政治上、军事上具有非常重要的意义，它是中国战争史上以少胜多的典范，也为解放战争的胜利打了一支强心针。展

现了中国人民和解放军的伟大力量,也表现了粟裕等将领的非凡军事才能,这场战争将永远被载入史册。

文字整理:黄璇

资料来源:根据56.com视频网提供的视频完成文字整理。

具体参见http://www.56.com/

## 剧本:

### 《七战七捷》 第三集

**1. 官邸　日　外**

薛岳乘车抵达国民党官邸。

**俞济时**:欢迎欢迎。

**薛岳**:今天的会议取消了吗?

**俞济时**:没有啊。

**薛岳**:往日开会,官邸的前院车水马龙,为什么今天如此冷清啊?

**俞济时**:为保密起见,陈总长指示,各位与会长官的副官,随员,包括汽车,一律折路回府,听后差事。

**薛岳**:把那个计划给我吧。你们先回去。

**俞济时**:请进吧。

俞济时把薛岳送进大堂,另一辆车开过来。

**俞济时**:欢迎欢迎。

**刘峙**:你好。今天的会议改期了?

**俞济时**:没有啊。

**刘峙**:清锅冷灶,哪有个开会的样子?

**俞济时**:会议严格保密,陈总长指示,为避人耳目,各位与会长官的副官,随员,包括汽车,一律折路回府,听后差事。

**刘峙**:把那个计划给我吧。你们先回去吧。

**2. 会议室　日　内**

**陈总长**:今天这个会,为了甩开新闻界,为了避开多嘴多舌的舆论人士,我采取了一点得罪人的会场纪律,希望各位长官谅解。

**蒋介石**:得要,梅园新村近在咫尺,南京市里到处都是周恩来的耳目。

**陈诚**:今天,不是谈一半军事问题,而是谈军事决策问题,和共产党和平谈判以来,已经磨了九个多月的嘴皮子了,可以说,双方已经都摊牌了。我们党内,和国民将领的有识之士早已表示不耐烦了。我坦率地告诉大家,我陈诚也已经不耐烦了,半年以来,在美国驻军司令部海空军帮助下,我国军主力,已经运达预想的各战区,共193个旅,一百六十万人,委员长认为，这是我黄埔建校以来，最快最大最现代的一次军事布置，各战备区最高领导机关，最高军事长官都已经组成，到任。

蒋介石：讲一讲兵力部署。

陈诚：郑州绥署，刘志长官指挥的两个整编师有两个旅，即二十二万人围攻中原李先念，徐州绥署，薛岳指挥的二十八个旅，即四十六万人，进攻盘踞在山东，华中的陈毅，宋玉部。郑州徐州两个绥署和第一，第二，第十一战区的二十八个旅，二十九万人进攻晋冀鲁豫，刘伯承、邓小平部，以第十一战区，孙连仲长官，十二战区傅作义长官指挥的三十八个师，即二十六万人，进攻华北及第一战区胡宗兰长官指挥的十九个旅，即十五万五千人严密监视陕北延安老巢，以东北行营熊世辉，杜益民长官指挥的十一个军，十六个师，即十六万人，监视东北地区，另九个旅，七万五千兵力对付广东，海南土共游击队。各战区兵力与当前共军兵力对比都是绝对优势，一旦打响，速战速决，三个月到六个月之内，解决关内共军。

黄镇球：美国新近援华的一千驾飞机最近正起航。

白宗喜：美国国会正在讨论援华的二百七十一件军舰案，估计下个月可以通过。

陈诚：这就说明，我军的装备，机械化水平，一体化作战的水平，均以达到第二次世界大战以后的世界化水平，共军既无招架之功，更无还手之力。现在，请主席训示。

蒋介石：我先讲几句题外话，同美国顾问团的朋友聊天，他们提到了一件事，像我们的一位军长整军以后成师长，说是官越做越小了，死后连家谱都没有脸写。愚蠢！重官衔重等级没有出息，你的兵少了吗？你的装备差了吗？你的军饷减了吗？没有，相反比整编前充实精神干练了。这次中央军事机构改革，我是依照美国先进制度，军设部改为国防部，内部的一些组织也依照美国的办法，一律以政变军师为战略单位，作为这次新上任的国军首脑，军机大元，不应该有什么就位问题了吧。到顶啦。白宗喜将军的国防部长，陈诚将军的参谋总长兼海军总司令，顾祝同将军的陆军司令，周至柔将军的空军总司令，黄镇球将军的两军总司令等等长官，这是我苦心点将，用于委任的，大家要认清形势，抓住时期，干什么呢？只有一个字，打，要大打，速战速决，早日完成建国大业，消灭我们最后一个敌人，从此，在中国的历史上，再也不会出现剿共这个不祥之词了。

白宗喜：领袖的治国宏论让人耳目一新呐，我等追随领袖，不图高官，不图厚禄，只图为党国一统天下，献身出力。

陈诚：大战在即，首先扫除国军的两大障碍，一是中原共军，二是华中共军，刘峙将军，薛岳将军已经成竹在胸，请两位将军向委员长谈谈你们的作战计划吧。

刘峙，薛岳：是。

3. 梅园新村内宋秘书屋内　夜　内

传信人：这是昨天上午他们召开的秘密决策会议的要点。

宋秘书：同志，这太重要了太及时了，我代表周副主席感谢你。

传信人：请带我问周副主席好。

宋秘书：请转告同志们，要保重。

传信人：好，我走了。

宋秘书：再见。

**4. 宋秘书屋外　夜　外**

宋秘书：再见。

传信人：再见。

宋秘书：哎，注意点。

传信人：好。

**5. 周恩来屋内　夜　内**

宋秘书敲了两下周恩来的房门。

周恩来：哦，宋秘书，有什么事啊？

宋秘书：周副主席，这有一份文件，我想应该尽快向您报告。

周恩来：好，我们去小客厅，不，到小摊吃，让人家以为我们是吃宵夜的。

**6. 饭厅　夜　内**

周恩来：最不愿意看到的局面终于来到了我们面前。

宋秘书：蒋介石还装模作样地谈和平。

周恩来：我们历来很清楚啊，和蒋介石谈和平是很艰难的，但是他这样快的决定大打，也是令人震惊令人愤慨的。

宋秘书：1946年夏，中国政局变幻莫测，令人眼花缭乱。

周恩来：形式很严峻呐，宋秘书。

宋秘书：所以，我考虑再三，还是立即把您喊醒。

周恩来：你做得对嘛，一分钟也不能延误。马上给延安发电报，告诉毛主席，告诉党中央。

**6. 延安军区　夜　外**

送信人：是张处长，毛主席睡了吗？

张处长：哦，刚刚躺下，每天都这样，不到4点不熄灯。

送信人：有个特急文件。

张处长：我知道，凡是送到这儿的特急文件，待会再说吧。

送信人：不行啊，这事耽误几分钟，咱们谁都负不起责任。

毛泽东：什么重要的事啊？

送信人：主席，是周副主席从南京发来的急电。

**7. 延安军区草坪上　日　外**

朱德：看了那个电报说明政协协定都是一纸空文，看来蒋介石假和平的面具算是彻底解下来了。

毛泽东：在中国的这片土地上，消灭共产党是蒋介石的最终目的，我们共产党人有天大的和平愿望也不能感动他一毫一厘。

朱德：蒋介石是一个屠夫，吃硬不吃软，有人向他屈膝祈求，他就把人家吃掉；有人拿起枪来跟他对阵呢，他就和人家称兄道弟，所以啊，面对蒋介石的全面进攻，我们只有持枪，不示弱。

毛泽东：是呀，只有在他屁股上打上几板子，他吃亏了，感到疼了，估计呀，又要惦记毛泽东去跟他谈判喽。

一群农民背着稻草唱着歌走到毛泽东面前。

毛泽东：今年的收成好吗？

农民甲：托毛主席的福，兄弟们要给首长们多吃几顿白馍。

毛泽东：谢谢你们了，谢谢你们了。

农民甲：毛主席，有句话我不知道当问不当问。

毛泽东：哎，根据地言论自由嘛。

朱德：哎，畅所欲言，你讲嘛。

农民甲：中国的事定了没？是打还是和？

毛泽东：我们的愿望是一点也不想打，老蒋硬是要打，我得问乡亲们，打还是不打？

农民乙：他要是打你，你就要打，主席，你看着办吧。

毛泽东：哦，好，再见。

农民乙：他们要打我们，我们就打他。

农民甲：有这样的好领导啊，咱们老百姓吃不了亏。他要跟你打，你就跟他打，主席，你看着办吧。咱走了啊。

农民们哼着歌离开。

毛泽东：总司令啊，听到了没有，人民的嘱托啊。

张处长：我原来以为主席老朱只是出来散散步，不知道在谈重要的战略处置问题。这样吧，这里人来人往的，我们还是回窑洞去吧。

毛泽东：哎，军情紧急，我就与老朱啊，在这青山绿水之间冷静地思考一下，估计一下事态的发展。

朱德：我们的统帅部是世界上一个特殊统帅的统帅部，是一个摆脱繁文缛节的统帅部，许多有影响历史形式的决策，都是在马背上，担架上，船头上，浪尖上，密林草地，稀山怪石上做出来的。

毛泽东：我们这个总部啊，不负责兵援，不负责装备，不负责粮食，只负责呀发电报，谁要是把电报写好了呀，就成了我们的天师喽。

朱德：主席啊，我觉得应该马上给先念那边发一个电报，中原地区已四面临敌，需紧急处置。

毛泽东：好，就先办火烧眉毛的事。

朱德：张处长，准备记录。

张处长：是。

毛泽东：先念同志，南京恩来发来电报，蒋决定大打，你处随时注意敌情。统一立即突围，越快越好，不要有任何顾虑。生存第一，生命第一，今后行动一切由你自己决定，不必请示。念提高战绩,并保守机密,望团结战斗,祝你们胜利。全党全军,通报一下,要大家做好思想准备,各中央分局负责同志,各个战略区军政首长,观察最近形式,蒋介石决定大规模进攻解放区,估计六个月内的时间,如我军大胜便可议和,若胜负相当,亦可议和,若蒋军大胜,则不能议和,因此,我军必须战胜蒋军进攻,争取和平前途。我大打必须在蒋大打之后。事关战争全局,何时打,在什么方向打,打到何程度,打到何时,必须得到中央命令之后才能行动。中央军委,6月19日。

**8. 后勤司令部门口　日　外**

贡站长:陈政委,咱们这小小的机关就算运营起来啦。

陈丕显:好,这机关不大,家当不少啊,疏通三个多部队的吃用转运,你们都得包下来。

贡站长:你放心,我们全包了。

粟裕:大家好啊,你好你好,哦,你好你好。牌子挂起来了哈。

陈丕显:中央打的招呼,谁敢懈怠啊?

女干部:就是。粟司令,来检查我们的后勤工作啊?

粟裕:不不不,我是来向你们陈政委求援的。

陈丕显:粟司令是我们华中野战队的最高首长,要我们干什么我们就干什么。

粟裕:阿丕啊,我们个别谈谈。

陈丕显:好好好,屋里去。

**9. 后勤部屋内　日　内**

粟裕:不错嘛。这两个标语是怎么来的啊?

陈丕显:宣布成立后勤司令部以后,我还有党委的其他几个负责任一起琢磨的,我发挥了一下。

粟裕:哇,阿丕很有水平嘛,两条标语就把精神提起来了。

陈丕显:过奖过奖。

粟裕:打仗的事,有的时候就是要大刀阔斧,可有的方面呢,却要细针密线,后勤就是一件需要周密组织的工作呀。

陈丕显:我们把粮库的粮食都集中起来了,建立了临时粮站,各个县建立了三个后勤站,快速运输能力要求达到百里之外。

粟裕:嗯。

陈丕显:原粮一定要加工成成品粮,根据战斗需要,随时加工成熟食。

粟裕:估计能储备多少粮食啊?

陈丕显:仅我们一分区,就储存了三百六十万担,柴草七十万担,保证秋收之前绝不让我们的战士饿肚子。

粟裕:好,暑天要到了,伤员及时转运是个大问题啊。

陈丕显:担架队的组成我们也做了周密的安排。

粟裕:好好好,战争将发生在炎热的暑天,伤员的最初包扎是保证伤员救援的最初环节，往往我们的伤员，得不到及时的包扎，很多牺牲在转运的路上。我建议你们的担架队员，都要进行战地包扎抢救的尝试训练。

一名女记者走进屋。

**小菊**：粟司令在这呢。

**粟裕**：哎哟，大小姐变成军中的女记者了哦。

**小菊**：我有情况向陈政委反映。

**陈丕显**：好，说吧。

**小菊**：我跑了三个县，调查了各地的妇女情况，一听说要打仗啊，各地的自救会都组织了洗衣组、食品组、护理组还有宣传组。

**粟裕**：宣传组担什么工作啊？

**小菊**：组织有文化的女同胞，给伤员读报唱歌写家信。泰兴县溪桥镇张集乡的妇女主任最积极，她挑选了一百多名年轻妇女，搞了二十多个担架，说战士们打到哪儿，她们就跟到哪儿，绝不丢一个伤员。

**粟裕**：多好的乡亲们啊。小菊同志，我请你转告张集乡妇女主任，女同胞不适应远距离抬担架，作为二线担架队，在本地区活动，就很了不起了。

**小菊**：这个意思我说了，几个妇女指着我的鼻子吵，说女同胞看不起女同胞，亏你还是苏中女同胞呢。

**粟裕**：小菊同志啊，你给我们带来很大的鼓舞嘛，希望你以后可以多给我们反应一些苏中居民的情况。

**小菊**：嗯。

**粟裕**：阿丕啊，常言道，兵马未动粮草先行，我们岂止是粮草啊，简直是全民的精神先行啊。

**小菊**：粟司令，乡亲们都问我，是今天打还是明天打，就这两天了吧？

**粟裕**：初战关系着战争的全局，不是我们一个战区的问题，什么时候打响要听中央的。

**10. 延安根据地会议室　日　内**

**张书记**：主席，中央各分局，各大战略区，在收到十九号通报以后，在二十四小时之内，或以党委名义，或以首长名义，做出了积极的回应。

**毛泽东**：好。

**张书记**：一致拥护中央迎接大打的设想，且以临战的姿态，等待中央的作战计划。

**毛泽东**：迎战计划，有，针锋相对，敌进我进，蒋介石要进攻我们解放区的附近，我们呢就要撼动他统治的心脏。开封，徐州是南京的大门，我们就要动一动他们的大门。告诉刘伯承、邓小平、薄一波，儿种主要兵力打过陇海路，占领开封至商丘这一段，及这个地段以南的十几个县城，在战争中消灭敌军有生力量，相继占领开封。告诉陈毅、叔同，山东区及徐州地区为主要作战方向，集中山东主要力量，攻取徐州这一段及这一段以西的要点，主要着重调动徐州之地，与战斗中消灭敌人，相继占领徐州。

**朱德**：只要占领开封徐州线和徐州蚌埠的主要铁路线，就极为有利。

**毛泽东**：上述作战胜利后，如形势有利，可以考虑以太行山东两处主力渡淮河，向大别山、安庆、浦口前进。这一保障避免了误事,或是被消灭,吃大亏。恩来今日有电,蒋介石的休战日是本月30日,即月初即将大打,我们需要迅速确定战略方针,以备作战。

**朱德**:张处长,立即将主席的指示整理成文,两个小时内发给刘伯承、邓小平、薄一波、陈毅、叔同,他们有什么意见请速电报。

**张处长**:是。

**毛泽东**:蒋介石一听浦口的炮声只需半年,又要戴上和平的面具喽。

## 11. 山东军区会议室　日　内

**陈毅**:大家都晓得吧,我们的罗炳辉副军长在兰陵前线突发脑溢血,以身殉职,过几天新四军军部及山东各界要召开追悼大会,今天在开会之前,我提议向罗副军长默哀三分钟。

全体起立脱帽默哀。

**陈毅**:请坐吧。现在我正式传达中央军委毛主席命令我们山东野战军南下作战的战略计划。哎哎哎,不要记录,有事要记在脑袋里面。同志们,日寇投降以后,和平谈判,停战协定,宴会碰杯,穿梭往返,讨价还价,扯皮斗嘴等都已经过去了,成为历史了。蒋介石终于扯下了他和平的面具,命令他的部队全面向我们解放区进攻。毛主席,中央军委,昨天,哦,也就是6月22日,给我发来了密电,他向北我向南,命令我们山东野战队向徐州蚌埠间南下出击,着重调动徐州之敌,在野战中歼灭之,相继拿下徐州。

全体鼓掌。

**陈毅**:嘘,大家不要忘记了,我们开的会是一个秘密会议。昨天中午,我已经代表诸位向中央军委,向毛主席表态,坚决拥护南下作战计划。同志们已经等的不耐烦了,我陈毅何尝耐烦了?一会儿要到济南通王耀武合影留念,一会儿又到徐州同顾祝同握手言欢,一会儿又到临沂同雷克上校、哈里斯上校、克莱文将军谈笑风生,哎呀,都是政治舞台上做戏哟,根本解决问题。还要在战场上,还要请诸位出马,从今日起,进入一级战备状态,你们二十五旅是淮南部队,要先行一步,出师淮南。

**成钧、宋文**:是。

**陈毅**:大家不要光顾鼓掌,兴奋,还要考虑到南下作战的困难方面,南下作战的主要目标在蒋管区,是远离了解放区的外线作战,这要求我们大家在思想上要做好充分的思想准备,物质上也要做好周密安排,我们要把对罗副军长的追悼会开成一个誓师大会,中央一声令下,打了胜仗开庆功会,打了败仗开批判会,打死了开追悼会。

## 12. 薛岳办公室　日　内

李罗元和李默庵在接待员的带领下走进薛岳的会议室。

**接待员**:薛长官正在接南京黄浦路官邸电话,请二位稍等。

**李罗元**:司令,这一次第一绥区司令官调职,你顶了汤恩伯的位置,人家都说你是陈诚的红人呐。

**李默庵**:哎,什么红人不红人啊,汤恩伯历来不听陈诚的话,我李默庵在陈长官的手下历来是令行禁止的。

薛岳来到会议室,互敬军礼。

**薛岳**：只要听听电话里的声音，就要被说出一种精神亢奋的状态呀。一切人员程序都履行过了，就请李司令官走马上任吧。
　　**李默庵**：谢谢薛长官的栽培。
　　**薛岳**：一切祝福嘉许的客套话那就不说啦，第一绥区首要的作战任务就是武力消灭苏北共军，武力收复苏北就是全国消灭共军的迎手之战。委座刚刚告诫我，首战必胜乃兵家必求。半个月之内若能消灭苏北共军，五个月之内消灭馆内共军，嘿嘿，即成破竹之势啊。
　　**李默庵**：默庵耿耿在怀，不敢稍有懈怠。
　　**薛岳**：围歼中原共军李先念部的国军都已进入进攻出发地，委座要求四十八小时进行战斗，随后就轮到你李司令官大显身手啦。这是委座委托我制订的进攻苏北的作战计划，国防部已论证认定，敬请遵照执行。
　　李默庵接过文件准备拆开，薛岳抬手制止。
　　**薛岳**：哎，在徐州期间禁止拆开。回到常州，进了你的作战室，方可启封啊。
　　**李默庵**：薛长官未免是过于谨慎了吧。
　　**薛岳**：同共产党打仗，我有切身体会，一切军事行动要做到绝对秘密。共产党很厉害啊，情报灵活，过去常常我们没动，他们就知道了，不是我神经过敏，而是环境使然啊。
　　**李默庵**：我立即回常州，召集辖区指挥官，开封领令，依令而行。

### 13. 常州李默庵作战室　日　内

　　李默庵召集指挥官卅会。
　　**李默庵**：第一绥区指挥军官到今天起交职完毕，我李默庵到职就任，不为升官，不为发财，只为完成委座的授命。今天把各师长请到这儿来，不为叙旧，不为宴请，只为共同拆阅薛长官的剿共密件。俗话说，新官上任三把火，我没有三把火，只有这封密件。薛长官面示，此文件受命于委员长，认定与国防部，实施第一绥区，我李某才疏学浅，不敢先睹为快，特请五位长官来到常州，共同拆阅，亦是共同负责，相互监督，努力同心，携手并进。我指挥作战一向光明磊落，不搞小动作。李参谋长，拆封宣读。
　　**李参谋长**：为确保晋冀安全，肃清苏北共军为剿共之首要，特制订扫荡计划如下：
　　一、此计划由徐州绥署所属第一绥区组织实施；二、首要攻占东台，兴化，高友以南地区，第二进攻盐城，阜宁，淮阴，由宿迁盐城方向进攻至国军汇合；三、辖区各部部署如旧。

### 14. 粟裕办公室　日　内

　　**情报员**：报告粟司令，有重要情报。常州第一绥靖区司令部换人了。
　　**粟裕**：换谁了？
　　**情报员**：原司令官汤恩伯调任南京，接替他的是徐州第二十师总司令李默庵。
　　**粟裕**：李默庵？蒋介石最近对他的国民党高级将领多有更迭。总观他的局面，能打的放到了第一线，陈诚是个反共的急先锋，在蒋介石面前红得发紫，薛岳、李默庵是陈诚用起来得心应手的人，在这种时候，李默庵调任第一绥区对我们苏中来说，无疑是个战斗的信号啊。

电话铃响。

**夏光**：喂，我是野司，我是夏光。哦，很清楚，电话很清楚。在，粟司令，张司令电话。

**粟裕**：张司令员吗？我是粟裕。哦，你讲你讲，我听着呢。什么？今天拂晓？哦，哦。

粟裕挂下电话，擦了擦额头的汗。

**粟裕**：今天拂晓，国民党三十万大军向中原李先念部突然发起了进攻，扬言四十八小时之内解决中原我军，我们五师同志奋起应战，力求突围，力求生存。同志们，记住吧，1946年6月26日，蒋介石发动全面内战。

文字整理：黄璇

资料来源：根据56.com视频网提供的视频完成文字整理。

具体参见 http：//www.56.com/

# 1996

# 和平年代

首播时间：1996年
首播电视台：中央电视台、广东电视台
摄制单位：广州军区政治部、中共广东省委宣传部、中央电视台影视部、广东电视台
编　　剧：张波、赵琪、何继青
导　　演：李舒、张前
摄　　像：程热、周勃
主　　演：张丰毅、尤勇、陈锐、高明、于小慧、吴越
获奖情况：第十七届（1996年度）中国电视剧飞天奖长篇电视剧一等奖、优秀导演奖、优秀男主角奖、优秀音乐奖；第十五届（1997年）中国电视金鹰奖最佳长篇连续剧奖、最佳导演奖、最佳男主角奖、最佳女配角奖、最佳音乐奖；第六届"五个一工程"优秀电视剧奖。

**剧情梗概：**

《和平年代》在1978年底党的十一届三中全会决定全党工作中心转移的大背景下展开，着力表现了军队如何由战争准备走向和平时期的艰难历程。全剧以一支特种作战部队的组建、成长、壮大、最后发展成为进驻香港特区的象征主权的部队为主要线索，通过一批背着战火硝烟走进和平年代，来到经济特区，面对全新情况的军人的变化，全景式地再现了改革开放十五年来军队的建设和发展，展现了新形势下的新型军民联系，揭示了当代军人在这特殊年代的心路历程。

本剧通过边境轮训、百万大裁军、走精兵之路、特区发展、准备进驻香港等几件世界注目的大事件，流畅而生动地构筑了一个气势宏大的艺术框架，细腻准确地描绘刻画了一群鲜活的艺术形象，并通过评价军人们对事业、生活、爱情的追求，大胆深刻地对他们的内心世界进行了深入并且是全新开掘。该剧在对改革开放十五年来军队建设乃至整个国家文明进程进行回顾的同时，不仅正面展现了人民军队在这一时期的风采，而且揭示了人民军队在共和国现代化建设进程中所付出的沉重但又是必要的牺牲，讴歌当代军人甘于寂寞、忍受清贫、

无私奉献的高尚情怀。成功地塑造了以秦子雄、慕容秋、闻勇、章大军、闻皓夫、慕容青、闻璐为代表的当代新军人形象。

文字整理：戴灿

资料来源：根据爱奇艺网提供的视频完成文字整理。

具体参见http：//www.iqiyi.com/

**剧本：**

## 《和平年代》第十一集

**1. 部队宿舍　夜　内**

　　一排小平房宿舍在夜晚十分安静，其他宿舍的灯都灭了，只有秦子雄的屋内还亮着灯。熄灯号响起了，秦子雄依然坐在床上闭着眼沉思，随即也附和喇叭声哼起了调子。

　　**秦子雄**：往后就再也听不到熄灯号了，准备失眠吧老兄。

　　秦子雄睁开眼下了床，走到屋内角落的柜子旁拿了几件衣服放进包里，又去书柜拿了三本书放进包，放了一封信在桌子上，关了台灯，提着包走出了房间。

**2. 部队大院　夜　外**

　　秦子雄提着包走出部队大院的大门，和看门的军人互相行了军礼，他对看门的军人笑了笑，又依依不舍地回头看了看部队的院子，转过身离开了。

**3. 火车站　夜　外**

　　熙熙攘攘的火车站里，秦子雄手提着旅行包夹杂在人群中。一辆火车穿行而过。

**4. 火车上　夜　内**

　　列车员拿着手电筒在关了灯的火车车厢里巡逻，秦子雄在中铺翻来覆去睡不着，干脆下了床，来到车厢尽头的吸烟区，碰到一位穿军装的男人，军人把手中的烟递给秦子雄，秦子雄摆了摆手。

　　**秦子雄**：谢谢。回家？

　　**军人**：回家。

　　**秦子雄**：当了几年兵？

　　**军人**：八年了。

　　**秦子雄**：老兵了。打算回家干什么呀？

　　**军人**：还没打算呢，看看，能干嘛干嘛。哎，我老婆说让我当经理。

　　**秦子雄**：当经理？还不错呀！

　　**军人**：我老婆在镇上开个杂货铺，不咋地，还行。

　　**秦子雄**：哦，那比我强多了。

军人：嘿嘿。

军人老婆：嘿，这么晚了你还跟人嘀咕什么呢？

军人：你先睡吧，我现在不困。

军人老婆：都啥时候了你还不困，你又不是兵了，你还等熄灯号啊？我告诉你，这可是在火车上啊！

军人：得得，我这就来，你别把别人给咋呼醒了。

军人老婆：快点。

军人：我先睡了，明天再聊。

5. 乡村路上　日　外

　　一辆中巴从乡间小路的远处驶了过来，在路边停了一下，秦子雄从车上下来，他环顾了一下四周，向前走。

6. 乡村小学教室门口　日　外

　　一群小孩子穿得五颜六色在乡村小学教室门口嬉戏，秦子雄穿过小孩子走进教室里面。

7. 教室里　日　内

　　秦子雄看到教室里面的一幕，微微笑了一下。

秦子雄：刘老师。

　　一位戴眼镜的老太太在给小孩子讲题目，听到喊声抬起了头。

刘老师：哎？子雄！你看你看，这，这怎么就回来了呢！这样吧，小孩子都回家吧，今天早点放学。

小孩子：老师再见。

刘老师：再见，再见。

8. 乡村小学教室门口　日　外

　　秦子雄和刘老师在学生走出教室门之后也走出了门。

刘老师：这孩子，不声不响就回来了。

学生：老师好。

刘老师：你们好，你们好。

秦子雄：放学了。

刘老师：不声不响地就回来了，也不发个电报。

秦子雄：打什么电报啊，我又不是不认识道。这么熟的路，我闭着眼睛都能找到。

9. 乡间小路上　日　外

　　秦子雄推着车，和刘老师走在乡间的小路上。

秦子雄：妈，子伟准备考大学吗？

刘老师：对，两个孩子一文一武嘛！呵呵。

秦子雄：您看看有希望不？
刘老师：很难说，平时功课还可以，一到考试就懵了。
秦子雄：是吗？（笑）
刘老师：是啊。

10. 家中　日内

刘老师带着秦子雄走进家门。
刘老师：子雄你看谁来了？
秦子伟：哥！
秦子雄：长这么高了，挺壮呀，来，使劲。
秦子雄扳起秦子伟的手臂。
秦子雄：有点劲嘛！
全家笑声一片。
秦子伟：哥，我想到你们特种兵部队，当一个特种兵！
秦子雄：很遗憾，现在大裁兵，我们部队撤销了。
秦子伟和刘老师意外的看了看秦子雄，又互相换了眼神。
秦子雄：妈，我饿了，想吃您做的手抓羊肉。
刘老师：好好好，我这就去给你做。
秦子雄：子伟，你去把张大伯请来，喝两盅，跟他说带了好酒，把小兰子也请来。
秦子伟：是！
秦子伟给秦子雄敬了一个军礼，跑出了门。
刘老师：子雄，来来来，帮帮我。
刘老师搬了凳子，子雄坐她对面帮着择菜。
刘老师：子雄，想回到妈身边来吗？
秦子雄：您想让我回来吗？
刘老师：我当然想天天看到自己的儿子，可你妈这辈子就没有过自己的愿望。年轻的时候啊，来这里支边，就知道是国家的需要，就来了，当初送你去当兵，参军，那也是国家的需要，到现在也还是那样，领导让你干啥，那你就去干啥咯！

11. 家中餐桌　夜　内

刘老师，秦子雄，秦子伟，王大伯，小兰子在刘老师的家中的餐桌上吃饭，快乐地唠着家常，气氛十分和谐。
秦子雄：还记得我偷您酒喝吗？我记得我十几岁还挨一次打那就是您打的。
王大伯：哎呀，好酒，好久没人陪我喝酒了。柱子，你干脆和大碗一起回来，陪我，放马，喝酒！
秦子雄：好，我和大碗一起回来，陪你放马，喝酒。喝！
王大伯：喝！
秦子雄：子伟，给大伯倒上，小兰，给你爸倒上，我跟你爸，有七八年没一起喝酒了，是不是？

　　**王大伯：**是是是。

　　刘老师安静地在思考着什么。

## 12. 刘老师家门口　夜　外

　　子伟、小兰搀着王大伯出门，王大伯挣脱了他们。

　　**王大伯：**别扶我，还真以为我喝醉了呢！我没喝醉，我还能扭秧歌呢！锵，锵……嘿，山里的那个月季呀……

　　王大伯边唱边扭，子伟和小兰笑成一团，三人一起走向了草原，唱着笑着跳着，消失在夜幕中。

## 13. 刘老师家中　夜　内

　　秦子雄坐在桌边托着腮想着事，刘老师递过来一杯热茶，也坐在了秦子雄身边。刘老师收着筷子，秦子雄喝着热茶，两人很长时间都没有说话。

　　**秦子雄：**妈，你说我该怎么办？

　　**刘老师：**子雄，妈老了，有很多事妈不如你们明白，回答不了你们的问题。妈只想告诉你一个道理，人只能活一次，这辈子也许只能有一件你自己愿意做的事情，等你老了的时候，你对自己说，我不后悔，那你就去做这件事。

　　**秦子雄：**妈，那你到大西北来，一待就是半辈子，也是做您想做的事情？

　　**刘老师：**嗯。

　　**秦子雄：**妈，谢谢您。

　　秦子雄眼眶中的泪水流了下来，他用手擦了擦泪水，露出了笑容。

## 14. 草原　日　外

　　秦子雄和秦子伟一人骑着一匹马，在草原上开心的狂奔。远处有一群马在吃草。子雄和子伟停了下来坐在草坪上聊天。远方传来悠扬的歌声。

　　**秦子雄：**哎，这马骑得真痛快，怎么样，你哥骑得还行吧？

　　**秦子伟：**行，比我强。哈哈哈。

　　**秦子雄：**诶，很久没有听到这么好听的歌。

　　**秦子伟：**哥，平时您都干什么呀？

　　**秦子雄：**练兵，学习，随时准备捍卫国家。

　　**秦子伟：**哥，我问您件事情，当一名军人是什么感觉？

　　**秦子雄：**嗯，军队可以使一个普通的人变得神圣，因为军人被赋予了一种使命，时刻为国家而活着。每天早上，无数个士兵面对着你，听你的口令：稍息，立正，向右看齐。所有的脚步发出同一个声音，所有的人在用同一个频率呼吸，你会觉得我们是整个社会最有效、最统一的集体，一旦发生战争，这群人就和你一起去奋勇厮杀，置生死不顾，这是何等的自豪，当然，这也是一种自我认同。当军人，是我最好的做人方式，军营，是我最好的生存环境。

　　说完这些话，秦子雄突然站了起来，直挺挺地往前走了几步，大声喊："立正，向右看

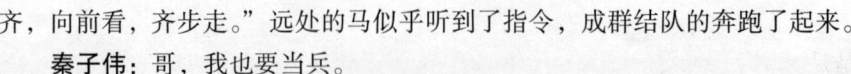

齐，向前看，齐步走。"远处的马似乎听到了指令，成群结队的奔跑了起来。

**秦子伟**：哥，我也要当兵。

### 15. 乡间小路上　日　外

秦子雄骑着自行车带着妈妈，行驶在四周开满了油菜花的小路上。

**刘老师**：子雄，你该回部队了。

**秦子雄**：妈，多陪您两天吧。

**刘老师**：这有子伟和小兰子呢，不用你赔，回去吧。

**秦子雄**：妈，子伟说也想去当兵。

**刘老师**：嗨，看出来了，自从你回来之后，子伟就没有认真复习功课，他的心早就飞啦！

**秦子雄**：妈，您不会怪我吧！

**刘老师**：妈说过啦，只要你们不后悔，妈咋都行。

**秦子雄**：那我就替子伟谢谢刘老师了。

**刘老师**：又贫嘴了，我可要打了啊！

**秦子雄**：嘿嘿。

**刘老师**：子雄，怪闷的，给妈唱个歌吧！

**秦子雄**：妈，我不会唱那些通俗歌曲。

**刘老师**：妈知道，你一辈子也不会去学那些东西，唱吧！

**秦子雄**：那您坐稳咯！

**刘老师**：稳着呢！

**秦子雄**：搂住我的腰。

**刘老师**：废话。

秦子雄唱起了草原上的民歌，声音随着母女二人渐行渐远。

### 16. 城市马路上　日　外

城市里高楼矗立，车水马龙，一片繁华景象。

### 17. 车里　日　内

刘金龙在车内用广东普通话打着电话。

**刘金龙**：请子雄大队长。什么？他会不会来？这个你们就不用操心啦，他部队都不存在了他还待在那里做什么。另外啊，你把我给他的那个奔驰、房子、票子都给我写清楚。标准？按照我的标准来，我有什么，就给他什么。太高？高怕什么，没有先例就开创这种先例嘛！我刘金龙就是要在全国出出这种风头。等我把鸿渐部队那块地包下来以后，我就要他们看看我们金龙公司是怎么对待他们转业军人的。啊对了，你帮我了解一下杨市长现在在什么地方。啊？在飞机场接人，接什么人啊？哦，好好好，只要不是中央首长就可以啦。

刘金龙挂上电话，跟司机说话。

**刘金龙**：马上去飞机场。

18. 飞机场　日　内

　　杨市长在机场接到女儿，趁市长女儿去换衣服的空档，刘金龙拦到了杨市长。

　　**刘金龙**：杨市长。

　　**杨市长**：哎呀，刘金龙啊，你可真会钻我的空子啊，今天我女儿从国外回来你都不让我歇会气儿啊？

　　**刘金龙**：恕我罪，我马上设宴给你的女儿接风洗尘。

　　**杨市长**：这倒不用，他们还在家里等着呢。找我有什么事啊？

　　**刘金龙**：市长，关于鸿渐部队那块地皮的事，我认为啊我们公司开发是最合适的，你看我们公司不管是从人员到……

　　**市长女儿**：爸！

　　杨市长放下文案去迎女儿。

　　**市长女儿**：你看你我刚回来连句话都没有说就开始办公了。

　　**杨市长**：接受批评，咦？长大点了哈。

　　**秘书**：长漂亮啦！

　　市长和女儿以及秘书不再理会刘金龙，丢下刘金龙一个人离开了。

19. 大楼　日　外

　　章大军有些急促的走进一栋大楼。

20. 大楼内的台球室　日　内

　　刘金龙和若干人在打台球，看到章大军进来，赶紧打招呼。

　　**刘金龙**：哎，大军那！不不不，是章老板。来来来，咱们玩两把，玩两把。

　　**章大军**：不玩了，哎，你找我来是不是想问我鸿渐部队那块地的事？

　　**刘金龙**：哇，我刚一动作你就知道我心里想什么，不愧是机制神勇的侦察兵啊，佩服啊。哎章老板，能不能高抬贵手把鸿渐部队的那块地让给我们，价钱嘛，好商量，你应该把咱们两个公司的实力做一个比较，我这个建议完全是从老朋友的角度出发，比如资金，技术，信誉，各个方面的问题，你们的公司都不如我的公司，据我所知，你现在需要的不是这个地皮，而是资金，过去你在部队上只是利用一些老朋友，得逞于一时，但是不长久，如果你可以放弃的话，我不仅会支持你，而且会在资金上给你很大的帮助。

　　**章大军**：地我是不会拱手让给你的，你说得对，我是缺钱，但是你应该清楚，地皮可就是钱，关键就是人啦。我提醒你一句，在企业中，最重要的就是人的因素。

　　**刘金龙**：人嘛，我们是很够意思的啦。我们金龙公司大学生的比例可是高于你们四海公司啊。另外，我们有足够的钱可以买到知识分子，现在的知识分子可是最便宜的咯。听过这么一句话嘛？教授教授，越教越瘦嘛。

　　**章大军**：刘老板，至少你们公司没有像我章大军这样的人吧。

　　**刘金龙**：看秦子雄比你怎么样？

　　**章大军**：子雄会到你的公司去吗？

**刘金龙：**那你就等着瞧吧，我知道，他今天下午就从大西北回来了。

### 21. 秦子雄家　日　外

闻璐抱着一堆被子、水瓶等生活用品跟跄地走进家门，东西洒落了一地，自己骂了声自己又开始收拾东西。一阵敲门声，慕容从门外走了进来。

**闻璐：**慕容，是你呀。

**慕容：**我就知道你在这。

**闻璐：**好久不见啦。

**慕容：**没把我忘了吧？

**闻璐：**忘了谁也忘不了你呀。

**慕容：**这是干吗的啊？

**闻璐：**你知道吗？子雄今天回来。

**慕容：**是啊，我找他有点事。

**闻璐：**哦，我说呢，醉翁之意不在酒。

**慕容：**去，死丫头。

**闻璐：**来，给点饮料。

**慕容：**你这个大小姐啊，平时什么事都要你妈为你操心，现在怎么知道为别人操心啦？

**闻璐：**没想到吧，这就叫做爱情的力量，你知道那天秦子雄为什么突然就走了么？

**慕容：**不知道。

**闻璐：**我后来才明白，他啊一直把部队当做自己的家，家没有了，他心里当然难受了。我追到火车站，眼睁睁的看到火车开走了，回到家啊，我就大哭了一场，不瞒你说，就像一个，就像一个老娘们。呵呵呵。哎，我觉得秦子雄真的挺可怜，这不，趁他没回来啊，我就把这弄得像个家一样，他看着，心里也是个安慰呀。

**慕容：**闻璐，你长大了。

**闻璐：**来，帮个忙。

闻璐和慕容把一堆生活用品从客厅拿到卧室，继续收拾卧室。闻璐把窗帘拉开，随即和慕容一起开始整理被子。

**闻璐：**我真是没想到，你会找一个盖房子的工作。

**慕容：**什么盖房子啊，是筹建宾馆。

**闻璐：**真看不出来，你还挺喜欢冒险的。我啊，正好和你相反，要是秦子雄不跟野马似关不住，我就待在家里哪儿都不去，每天倒伤他的衣食住行，烫衣服，叠被子，什么都不用管，这种生活多好啊。

**慕容：**作为一个职业女性，把自己的命运寄托在一个男人身上，你这种情绪是很危险的啊。

**闻璐：**见仁见智吧，我觉得一个人，如果真的可以把自己的命运寄托在所爱的人身上，也是一种幸运。爱情，是可以改变一个人的。

**慕容：**真的？

**闻璐：**对啊，他本来是要去海岛部队的，我就坚决反对。

慕容：起作用了吗？
闻璐：好像是起点作用了吧，反正最近他也没提啊。
慕容：我就不相信，你能管住秦子雄。
闻璐：哎，慕容，你知道我现在想什么吗？
慕容：什么？
闻璐：我想，等秦子雄回来以后，我就嫁给他。
慕容：是啊，秦子雄怎么到现在还不回来啊。
闻璐：哎，你找他到底有什么要紧的事啊，不能跟我说说？不许跟我保密啊！
慕容：你呀，这有什么好保密的，要做的事就是请秦子雄去吃刘金龙的一顿饭。
慕容转过身从包里拿出一张请柬。闻璐接过请柬看了看，凑到鼻子前闻了闻。
闻璐：这听起来挺复杂的，刘金龙是不是开香水店了，熏死人了。哎，他干吗请子雄吃饭啊？
慕容：他要让秦子雄转业，然后呢，把他网罗到自己的麾下，条件给得特别优厚。
闻璐：让子雄给他打工？哦，这也不是不可以。现在，人家可是市里有名的大款了，再也不是挖水沟的乡巴佬了。
门外传来了汽车鸣笛声。闻璐、慕容起身向外张望。
闻璐：来了？不可能吧。

## 22. 秦子雄家门外　日　外

章大军把车开到秦子雄家门口，对着屋里讲话。闻璐、慕容闻声走了出来。
章大军：又要去接秦子雄的吗？
闻璐：好你个章大军，明知故问。
闻璐和慕容上了车的后座，章大军也随即上去启动了车。

## 23. 火车站　日　外

一列火车行驶进站台，闻璐在站台边上等待，章大军和慕容二人站在闻璐后面一段距离。秦子雄下了火车，径直走到闻璐面前。
秦子雄：接谁呢？
闻璐：不接你接谁呀！你回来啦？
秦子雄：回来啦！
闻璐：还以为你不回了呢。
秦子雄：怎么能呢。
闻璐：走的时候都不跟人打个招呼，玩什么气势。
秦子雄：嘿，这不回来了嘛！
秦子雄注意到了后面的章大军和慕容，朝他们挥了挥手，领着闻璐走向二人，和章大军拥抱。
章大军：家里怎么样？
秦子雄：老爷子好，身体好，他爸，还能喝一斤酒呢。

章大军：你妈好吧？
秦子雄：还不错。
章大军：走吧走吧。
四人一边聊一边走出车站。

24. 大巴上　日　内
闻璐和秦子雄坐在前排，闻璐靠在秦子雄身上。章大军和慕容坐在后排。
章大军：哎，你们俩能不能稍微停一会儿，给我个机会让我坐到前面去。
闻璐：章大军，你一点人情味都没有。
章大军：哈哈哈，哎，我有话跟他说。
闻璐思考了一会儿说了声"嗯，好吧"，跟章大军换了位置。
章大军：哎，凭感觉啊，你这回是一定想清了。我希望咱俩能第二次握手。
秦子雄：这么肯定啊？
章大军：绝对。
章大军从前面拿出一张图纸，展给秦子雄看。
章大军：你看，你看看这是什么。
秦子雄：鸿渐部队驻地。
章大军：没错，我跟你说，它马上就能变成一块商业场地，它的价值，你想都想不到。怎么样，想好了吗？马上转业到我们公司来，股份咱俩对半，咱们联手啊，打他一个歼灭战，把这块宝地给吃下来。
秦子雄：我对非军事用地不敢兴趣。
章大军：真的？
秦子雄：绝对。
章大军叹了口气，拍着图纸。
章大军：你怎么越来越固执，你甚至都有点偏执了你知道吗？
闻璐、慕容、秦子雄一言不发。
章大军：没错，你作为职业军人，你可以在这片土地上按照你的想法去设置公尺，掩体，防区，射击死角，登陆点，等等。我也当过兵啊，这是你的职业道德，职业内涵，这无可非议。但是你明白吗，这块土地的本来意义，它就是该属于高楼，绿地，花园，大厦。你怎么总是不明白呢？
秦子雄：正因为这样，才更需要有人来保卫它。
章大军：好，原谅我。我是真心的希望能看到一个面对现实，能够在生活的改变下，挺直腰板，见机行事的老朋友，老战友。心都操烂了。
秦子雄笑了笑。此时一辆白色轿车赶上了秦子雄乘坐的车，刘金龙从窗口冒出来。
刘金龙：哎呀，秦大队长啊，秦大队长啊。
秦子雄转身疑惑的看着闻璐。
秦子雄：诶，他怎么知道我回来了？
刘金龙：秦大队长啊，刚才啊我特意去车站去接你，没想到章老板的工作做在了我的前头。这样啊,我在宾馆啊已经订好了酒席,给您接风,怎么样,给个面子吧!哎呀,你给个面子呀。

**秦子雄**转身问章大军:怎么办?

**章大军**:怎么办,你自己看着怎么办。

**秦子雄**:这样,既然他请了咱们就去,无论怎样,我会给大家一个交代。

**刘金龙**:跟着我来,跟着我来啊!

## 25. 大酒店门口　夜　外

车停在了酒店外面。

## 26. 大酒店里面　夜　内

刘金龙、秦子雄、章大军、闻璐、慕容等人坐在一桌上吃饭。

**刘金龙**:诸位,我给大家讲一讲,大家也是都知道,我跟秦大队长是多年的好朋友。想当年,我的橘子园就在他们的隔壁。现在我是发达了,可是,不能忘记老朋友呀,是不是?何况秦大队长是什么样的人啊,能文能武,就像香港电影里面的那个,那个飞虎队,我非常崇拜,非常崇拜,更何况我们公司也很需要秦大队长这样的人才,只要秦大队长点个头,明天就来我们公司来上班,我有的,你全都有,怎么样?来,咱们干一杯!

所有人起立准备干杯,唯独秦子雄没有站起来。刘金龙把酒杯举到秦子雄面前。

**刘金龙**:干了!

**秦子雄**:刘老板,大军,你们说的我都仔细考虑过了,我得谢谢你们对我的信任和重用。

**刘金龙**:不用不用,以后大家可都是自己人啦。

**秦子雄**:大家知道我刚下火车,回家去了。我家在西北,离这很远,也不富裕,可以说很穷。当兵十几年,每次回到那,我就觉得浑身有劲,很兴奋,心里很踏实,一天走二百里路也不觉得累,就是三天三夜不睡觉也会觉得有好些话没有说完,因为那是生我养我的地方。大裁军是国家的政策,作为军人我必须服从,作为一个人也不能没有自己的家,嗯,我觉得我还是留在部队比较合适,所以,我打算到海岛部队去。

刘金龙、章大军、慕容都诧异地盯着秦子雄看。

**秦子雄**:我不是突然做这个决定的。在坐的有最了解我,也应该是最理解,最支持我的人。

说完这些话秦子雄干了杯子里的酒。

**刘金龙**:哈哈,没什么没什么,回了部队,大家也是可以合作的嘛。有这么一句话,叫"军民团结紧紧的,细看天下能咋的",是不是呀?呵呵呵,我公司的大门随时向你打开,只要你想回来。来,先把这杯干了,也算是我为你去海岛送行。来,干!

所有人举起酒杯干了杯中的酒,只有闻璐气愤地把酒泼了,提前坐了下来。

## 27. 闻璐卧室　夜　内

闻璐坐在床上哭泣,秦子雄拿来毛巾,坐在闻璐对面。

**秦子雄**:哎,闻记者,别哭了行么?

闻璐不理睬秦子雄。秦子雄站起身，把毛巾放到桌子上，绕了屋子一周，又坐到了闻璐背后。

**秦子雄**：闻璐，我向你检讨。

**闻璐**：检讨什么？

**秦子雄**：在这件事情上，我确实是自私了点，没有想到你，没有考虑到你的利益。

**闻璐**：那还有呢？

**秦子雄**：还有，你知道的，我别无选择，部队，怎么说呢，就像我血管里的血液一样，我没法离开它。如果脱下这身军装，我会找不着感觉，我会不知道怎么生活，我会觉得活着都没劲，你说呢？

**闻璐愤怒的站起来，面向秦子雄大声喝道**："你这是检讨？"然后跑出了房间。

## 28. 闻璐家客厅

闻皓夫在泡茶，秦子雄找到闻皓夫。

**秦子雄**：军长。

**闻皓夫**：怎么，璐璐还在哭啊？

**闻皓夫不高兴的放下茶具，大声喊**：璐璐！璐璐，你给我下来！

**闻皓夫的老婆从楼上下来**：哎呀，嚷嚷什么呢！让她安静会。哎呀，她正哭呢。

**闻皓夫**：这不对嘛！军人嘛！守边防守边防，天经地义的事情嘛，你既然要当军人的老婆，你就要做好不能天天厮守在一起的精神准备！

**闻皓夫老婆**：你呀，光知道说，也不考虑考虑她的实际情况。

**闻皓夫**：有什么实际情况？

**闻皓夫老婆**：这两个人都要考虑结婚了，这猛一分开怎么受得了？

楼上传来闻璐的声音。

**闻璐**：你让他走！你让他走！

秦子雄坐在客厅的椅子上，和闻皓夫挨在一起。

**秦子雄**：也怪我不对，实在没跟她商量好。

**闻皓夫叹了口气，一边摇头一边说**：现在的女孩子，真是。她妈妈那个时候，我有时候到哪她都不知道，半年八月的才来封信，这要换了她呀，她不哭倒长城。

**秦子雄**：我走之前再跟她做做工作，如果实在不行……

**闻皓夫**：没有不行的，你放心吧，她的工作我来做。

闻皓夫的老婆把闻璐从楼下哄下来，推到秦子雄的面前坐下。闻璐看了一眼秦子雄，又侧过脸不去看他。秦子雄站起身来，闻皓夫走到秦子雄面前。

**闻皓夫**：子雄，现在形势发展很快，到了海岛以后，一定要抓紧时间学习，不然就要落后时代了。这个，军事学院不是开了个函授课吗？

**秦子雄**：我已经报名了。

**闻皓夫**：那就好，海岛生活是非常艰苦的，没有一个坚强的意志力，就成为不了一个坚强的守岛军人。记住，和平年代，军人最需要的是忍耐。作为军人的家属，更需要忍耐！

闻皓夫老婆一边责怪闻皓夫，一边把他拉走了，只剩秦子雄和闻璐在客厅。秦子雄站在闻璐后面，不知道说些什么好。

### 29. 工地　日　外

  荒凉的工地上，慕容在四处逛，看到工地的标志牌子倒下了，上前把它扶起来，并打算用砖头把它砸牢。一只手伸过来，拿了慕容的砖头开始砸木牌。

  **秦子雄**：我来吧。

  **慕容**：以后，这就是我的事业了，从某种意义上讲，是继续你的事业，因为至少是在你原来的军营上。

  **秦子雄**：我还是为你感到担心，你真是自讨苦吃。

  **慕容**：那么你呢？你为什么又要去？

  秦子雄没有说话的笑了笑。两人在工地上一边走一边聊天。

  **慕容**：我们是一种人，我们都是在很小的时候就来到军营，军人的职业精神已经深入到了我们灵魂深处，我们已经开始习惯于用一种特殊的方式来思考问题。当我们全身心在军营当中生活了那么久以后，实际上我们已经很难再解脱出来，我之所以选择这份工作，是因为将来的蓝色海洋大厦，是军队的企业。

  **秦子雄**：我理解你。

  **慕容**：闻璐现在怎么样？

  **秦子雄**：好多了，暂时还在生我的气。

  **慕容**：你啊，大男子主义。你们两个之间最不能让她接受的，就是你的这一点。

  **秦子雄**：慕容政委，我的表现不至于很差吧。

  **慕容**：我不想评判你，再说，我又有什么资格去批评别人呢，我只不过是把一个女人能体察到的告诉你。因为，你也是我的朋友。

  慕容面带哀伤地看着秦子雄，两人停了下来，秦子雄若有所思地看着慕容。

  **秦子雄**：谢谢。

  **慕容**：你走的时候我就不送你了，那个时候是属于闻璐的。保重。

  **秦子雄**：你也保重。

文字整理：戴灿

资料来源：根据爱奇艺网提供的视频完成文字整理。

具体参见http：//www.iqiyi.com/v_19rrifujo7.html#vfrm=2-3-0-1

# 弘一大师

首播时间：1996 年
首播电视台：中央电视台
摄制单位：中国电视剧制作中心
总 策 划：陈汉元
监　　制：李培森
制 片 人：潘　霞、李佩铎
编　　剧：徐星平、柯章和
导　　演：潘　霞
摄　　像：王东明、张　奇
主　　演：佟瑞欣、祁　艳、慕　青、杨　静、陈肖依
获奖情况：第十七届（1996 年度）中国电视剧飞天奖长篇电视剧二等奖、优秀音响奖。

**故事梗概：**

　　19 世纪末，少年李叔同随母亲为父亲进香归来，街头饥民载道，自家设的施粥场供不应求。拜高僧未能留住李叔同父亲的命。叔同的好友狗儿身患重病，叔同经常跪在菩萨前为狗儿祈祷。叔同学业日渐精进，尤其爱绘画。戏班进叔同家唱戏，叔同拜师学艺并与秋云相熟，帮助秋云并收留她。几年后叔同长成翩翩公子，秋云仰慕叔同，叔同以兄妹相待。许幻园来看望叔同，带来了维新变法的书刊，两人为民族危难忧心。秋云出门被绑架，叔同将其救出，将她送行上海做工。叔同的大婚在即，他却关心着维新变法。婚宴上，叔同得知百日维新失败，新房变祭堂。朝廷探员得知叔同支持变法，叔同携家眷去上海。叔同加入沪学会，与许幻园重逢。一次聚会中叔同与沦为艺伎的秋云重逢，欲出钱为秋云赎身，秋云回绝。叔同抱着救国的愿望赴开封科考，准备复考期间围困津京，叔同秋考未成，同时得知小儿夭折，万念俱灰，在秋云身上寻找安慰，直到俞氏找到秋云。叔同报考南洋公学，受到蔡元培的赏识，写了《祖国歌》表达心声。叔同赴杭州应试落地。新的爱国社开学，叔同开办补习班，《祖国歌》唱遍上海。国事不堪，叔同赴日本留学学习西洋画，并和叶子友谊渐深。叔同相继在戏剧、音乐上取得不小的成就，并得到了叶子的心，留学生涯结束后，叔同携叶子回国。辛亥革命爆发，叔同被聘为《太平洋报》副刊主笔，不久报纸被查封，叔同被邀前往浙江两级师范学校任教，校园内新思潮兴起。叔同看到乐歌，戏剧和西画在国内发展感到无比欣慰，丰子恺成为他最好的学生。贾世贵督察视察学校，对学生大加斥责，而教育司长黄炎培对李叔同称赞有加。袁世凯登基，叔同决定资费开办艺术师范实现自己的救国理想，

然而李家的破产使一切愿望化为乌有。绝望中，叔同在街头遇见了被凌辱的秋云，将秋云送到疯人院。李叔同仿佛收到了佛门的召唤，进山入庙学习断食，坚定了普度众生的信念。亲友和叶子相劝仍不能使他回头。安排好各种事情，剃度成为弘一和尚。弘一潜心著书立说。不顾病魔缠身，以自己的苦行为世人赎罪。省政府以让叔同参政和金钱为诱饵想得到弘一的《弥陀经》，弘一将其交给弟子刘质平。弘一拖着年老多病之身回到泉州承天寺，但为了弘扬佛法，坚持为求子的人们书写佳句条幅，终于走向了生命的尽头。

      文字整理：戴灿

      资料来源：根据土豆网提供的视频完成文字整理。

      具体参见http://www.tudou.com/

## 剧本：

### 《弘一大师》第三集

**1. 马车上，夜，外**

  李叔同：秋云，为什么不愿意和我回家？

  秋云：我的亲人还在黄小楼的手里，他不会放过我。我不能连累三少爷。

  李叔同：怕什么，天下，难道还没有王法了吗？跟我回去吧。

  秋云：不，三少爷，您的好意我心领了，我秋云谢您了。郑伯，让车停停。

  李叔同：秋云，这深更半夜的，你去哪儿啊？

  郑：三少爷，秋云的担心是有道理的，那个黄小楼跟地面上的混混勾在一块儿，是块难缠的滚刀肉啊。依我看，她在天津待不得。

  李叔同：郑三爷，您看怎么办呢？

  郑：我倒有个主意，我有个亲戚在上海布花丝厂做工。先让她到那儿混口饭吃，再想办法。

  秋云：郑伯，谢谢您。

  李叔同：眼下，也只好如此了。秋云，我这儿有几块大洋。你留着，买几件衣服还有车票，剩下的你留着路上用，躲几天再回来。三爷，这儿离家不远，我走着回去。你用车送秋云去车站吧。

  郑：好吧。

  李叔同：快走。快走吧。

  秋云：三少爷，我敬重您，不但是您救了我，是我秋云没福分，不该有非分之想，要是，要是有来世，我……

  李叔同：要是，要是有来世，我……

  秋云：三少爷，你收下它吧（拿出一块手帕）。

  李叔同：秋云，你的心意我明白。我……多保重吧。我们还会见面的。

  秋云：刚才黄小楼看见冀师傅救的我，我担心他老人家。

**李叔同**：你放心吧，我会去看他的。冀师傅不会有事儿的。快走（对郑说）。

**2. 叔同书房　日　内**

**画外音**：叔同的婚期已经一天天地临近了，全家上下，都在为他的大婚忙碌。对于包办婚姻的这位妻子的相貌、人品、性情，叔同全无所知。然而奉母至孝的他只把母亲脸上的笑容作为自己择妻的标准。他忍耐着心灵上的孤寂与茫然。这一天，终于有了件让人兴奋的事情，而二哥答应了他的要求，为他购置了一架当时被称为"奇货"的舶来品：德国钢琴。

**3. 叔同家中　日　内**

**搬钢琴伙计**：慢点儿慢点儿。别磕着碰着。摆，摆，好啦。撒轿子。把这个拿下来，往这边儿挪挪。三少爷，这是什么呀？整个儿一个铁疙瘩。

**李叔同**：它呀，叫钢琴。

**伙计**：钢做的琴？

**李叔同**：咱们中国，不是有胡琴儿吗？外国呀，就有钢琴。

**伙计**：这玩意儿也能拉曲儿？

**李叔同**：这东西弹出来啊，好听着呢。

**郑**：好了好了好了，哥儿几个，看赏去吧。

**伙计们**：走走走。三少爷，回见。

（李叔同擦钢琴）。

**二哥**：三弟。

**李叔同**：二哥。

**二哥**：三弟，怎么样，这回你如愿了吧？哎呀，这是什么东西啊，我看看。它能值上一千块铜洋？

**李叔同**：二哥，你看看。

**二哥**：三弟。（弹了一下琴，听到声音吓了一跳）你会摆弄它？

**李叔同**：我在许焕严那儿学了几次，二哥（弹了一小段）怎么样，好听吗？

**二哥**：你别说，挺好听。哎呀不过，还是没有听京戏的胡琴儿受用啊。三弟啊，有人给你送来一卷东西，你先看看，我先走啦。（递给李叔同一个纸卷）（李叔同打开纸卷）

**郑**：三少爷，三少爷（从外面进屋），哎呦三少爷，余家来送陪嫁来了，三奶奶让您到前边儿去呢。

**李叔同**：让她等会儿吧。

**郑**：哎呦我的三少爷，您可真够稳当的，快走吧，走走走。

**4. 李叔同家正堂**

**媒人**：你看，我把这嫁妆都带过来了。

**三奶奶**：你们请。

**郑**：快，三少爷（叔同到）。

**三奶奶**：同儿来啦？

李叔同：娘。

三奶奶：同儿，快来拜见舅母娘。

李叔同：孩儿叔同拜见舅母娘。

媒人：多俊的女婿的，真是我那傻外甥女儿前世修来的福啊。那亲家母，嫁妆就在院儿里，您过目。（指着满院的嫁妆）这是定金，这是首饰，这是一些锦罗绸缎，你们看，这些。

李叔同：（对郑三爷）备车。

郑：备车？

李叔同：对。

媒人：我的亲家母，眼下，是万事俱备，就等着那个好日子喽。我就先告辞了。

三奶奶：同儿，走，送客，娘说的不错吧，余家是个挺好的人家。告诉娘，你心里高兴不高兴。

李叔同：娘，我高兴（说完便走）。

三奶奶：同儿，你要去哪儿？

李叔同：我就回来。

三奶奶：同儿，这几天，你哪儿都不要去。娘叫人去找个名相先生给你推个大婚的吉庆日子。

李叔同：娘，送了陪嫁就要马上结婚吗？

三奶奶：那是自然的。

李叔同：娘，我什么事儿都由您，可这件事儿求母亲答应我。

三奶奶：什么事？

李叔同：我求母亲答应我把我的婚事儿往后推些时日。

三奶奶：为什么？

李叔同：我还有些事情一定要急着去做。娘，答应我吧。

三奶奶：什么事啊？能告诉娘吗？

李叔同：我。

（郑走进来）

郑：三少爷车备好了。

李叔同：我回来告诉您。

三奶奶：同儿。

5. 进士第门前　日　外

郑：三少爷，您去哪儿啊？

李叔同：雅印票房。

郑：您不是说不去那儿了？

李叔同：哎，郑爷，人逢喜事精神爽。今儿个可不一般啊。

郑：不一般？驾（赶马车）。

李叔同：你快点儿走吧，到了就知道了。

### 6. 票房门口　日　外

　　**门童**：三爷，您来了。我给您请安了。

　　**李叔同**：这一大早，又喝上了？

　　**门童**：喝完这口啊就断了顿了。三爷您周济周济啊。

　　**李叔同**：（掏钱）好。

　　**门童**：谢三爷，谢啦。

### 7. 票房院内

　　**李叔同**：各位好。

　　**票友1**：三爷，听说您当上新郎官啦。

　　**票友2**：是哪家的千金啊？

　　**李叔同**：茶庄的余家。

　　**票友2**：那一定是个貌似天仙的美人儿啊。

　　**票友1**：还用问啊？要是像你家里那位，三爷他会要吗？（众人笑）

　　**李叔同**：什么天仙不天仙的，我啊，信奉佛门的一句话，随遇而安，咱们啊，不说这事儿了。我给各位带来个天大的喜事儿，哪位要是猜着的话，我翠花楼做东，满汉全席。

　　**票友1**：三爷，让我猜猜，京城的坛老板要来天津献艺。

　　**李叔同**：不对。

　　**票友2**：我猜啊，是三爷要给老太太做寿请堂会，请到了津京两地的名伶。

　　**李叔同**：六爷的耳朵还真灵啊。我二哥啊，还真有请堂会的打算。

　　**票友2**：三爷，怎么样，这顿满汉全席，哈哈。

　　**李叔同**：你们猜的根本就不着边儿。

　　**众人**：不着边？怎么不着边？

### 8. 票房　日　内

　　**看门人**：三爷，您来啦。

　　**李叔同**：您早，请请请。

　　**票友2**：三爷，今儿倒是什么事儿这么高兴啊？

　　**李叔同**：我告诉各位，皇上昨天颁布了变法维新的《定国示昭》。

　　**票友3**：有救了，国事有救了。

　　**票友2**：有了皇上的诏书，看那些守旧的老臣还有什么办法。

　　**李叔同**：康梁二位，实在不是凡人。这才是民之父母，国之栋梁啊。

　　**票友2**：三爷，我们谁也没猜着。您这顿满汉全席我们算是吃不到嘴里喽。

　　**李叔同**：哪里。明天咱们翠花楼聚齐，痛痛快快的为这件喜事儿喝它几杯。

　　**众人**：好！

　　**票友1**：三爷，今儿这么高兴，何不叫上一段。

　　**李叔同**：唱。我这嗓子痒痒也不是一两天啦。

仆人：好，我来伺候三爷，您来段什么？

李叔同：骂曹。

众人：好！

（李叔同唱起，众人叫好）。

9. 次日翠花楼　日　内

店主：哎呦三爷，三爷，您的老朋友在雅座恭候您多时了。

李叔同：多谢。

店主：三爷，小店想求三爷您赐一幅墨宝。不知道行不行啊。

李叔同：何言求字，等我写好了给你送来就是了。

店主：您瞧，笔墨纸砚全都备好啦，只要您大笔一挥，写就成啦。

李叔同：好吧。

店主：请，三爷您请。

（李叔同写完字，盖上印章）

店主：（读字）"变法图存"好，太好啦。谢谢您三爷了，三爷您请。

李叔同：我上去了。

店主：小二，来来，看见没有，赶快把它镶上。

10. 雅座内　日　内

严复：要变法，必须取各国之政教为我所用，削君权，重民权，开议院。

讨论者1：先生以为，对国民的教育，如何行之呢？

严复：当务之急，必须废八股，讲西学。

李叔同：好，说的好。请问这位先生？

严复：姓严，名复，字又陵。

李叔同：您就是严复先生。

严复：是的。

李叔同：我早就读过您译的《天演论》和您著的《救亡决论》，真实亘古未有的好文章啊，早想与您结识，想不到，今天能在这儿和您见面了。

严复：我也是久仰叔同先生的大名，听说你在这里做东小聚，就由这位先生引见做了一名不速之客，先生一定不会见怪吧？

李叔同：哪里哪里，您是请也请不到的贵客，快请坐。来，我来斟吧。（给大家斟酒）今天，为了能结识严先生，也为了皇上颁发《定国示诏》，咱们来干一杯。

11. 翠花楼大堂　日　内

小二：（举着"变法图存"的字）掌柜的，好了。

掌柜：好，挂上吧。

胡大人：慢着。

掌柜：胡大人。

胡大人：（读字）变法图存，李叔同。

12. 雅间内　日　内

　　李叔同：各位，请请。

　　歌女：呦，三爷，您请客怎么也不告诉我一声呀，我好来伺候您和这几位爷呀。

　　李叔同：什么伺候不伺候的，来（帮她搬椅子）。

　　歌女：我自己来。

　　李叔同：坐这儿，一块儿喝酒。

　　李叔同：严先生，二十年来，洋务派首领李鸿章也提倡"师夷之长"，开工厂、办航运、修铁路、开煤矿，怎么国事仍不见起色，反而日渐衰亡，我们变法维新也要开西学，这意图究竟在哪儿呢？

　　严复：好，问的好，他问的很好，洋务派变事而不变人，他们只重视什么武器、军队，而不变什么所谓的"大清祖制"，对外屈膝投降，对内绞杀有志之士，因而只能是一条死路。

　　李叔同：先生认为，眼下最重要的从何做起呢？

　　严复：民众启蒙啊，只有民众启蒙尤为重要，刚才我已说过，要"废八股、开西学"，一定要让民众知道，什么叫变法，什么叫民主，要是大家都有了自强图存、与天争胜之气，这个国家的强盛便指日可待了。对不对啊？

（掌柜进来）

　　掌柜：三爷三爷。

　　李叔同：掌柜的。

　　掌柜：三爷，你们看，我把三爷的墨宝镶上了。

　　严复：变法图存，李叔同。想不到叔同先生年纪轻轻，这字写得真是刚劲老辣，不错啊。

　　掌柜：你们看，小店要是挂上这幅墨宝，那可真是蓬荜生辉呀。一会儿我把它挂在这儿，小二，快快快。你们在这儿慢慢喝。

　　李叔同：严先生，皇上颁诏，报国有望，日后还请先生多多指教啊。

　　严复：叔同先生有此报国之心很难得呀。

　　伙计：三爷，您可别怪我多嘴，我得劝劝您。

　　李叔同：请讲。

　　伙计：三爷，您和在座的各位都是豪门阔少，可您要是把那老佛爷得罪了丢了脑袋，那可喝什么都不香了。

　　友人1：放肆，那《定国示诏》是皇上的御诏，谁敢违抗。

　　伙计：三爷，听不听在您，我可把话都说在这儿了。

　　友人1：他喝醉了，轰他走。

　　伙计：得，我走，三爷，多谢了，多谢多谢。

　　李叔同：慢走。严先生，咱们为《定国示诏》干一杯，干。

## 13. 李叔同家中 日 内

（李叔同对镜试洋装）

徐伯：三少爷，三少爷。

李叔同：快进来。

徐伯：这。

李叔同：您看，我穿这衣服，怎么样？特意从租界买来的。

徐伯：要我说，这精神倒是挺精神的。只不过……

李叔同：只是这条辫子不协调。祖宗留下来的。

徐伯：我是说，还是穿上马褂精神啊。

李叔同：徐伯，不对呀，现代人，要体育、要做工，膝前挡着块长袍子，哪有这衣裳便当啊？

徐伯：也是。

李叔同：你啊，什么都是老的好。

李叔同：徐伯，你有事儿吗？

徐伯：大奶奶说，让你今天别出去，她有事儿要和您说说。

李叔同：又是成婚的事儿，我和朋友约好了，去谈办学的事儿，您老替我搪一搪啊。

徐伯：三少爷，这躲得了初一，躲不了十五，要我说啊，这婚事也该办了，您说呢？

李叔同：徐伯，我还有事儿，你先走吧。

徐伯：三少爷，你听我说。

李叔同：徐伯，替我搪一搪，搪一搪嘛。

徐伯：好。

（郑三爷入）

郑三爷：三少爷。

李叔同：郑三爷，出什么事儿了？

郑三爷：我上海布花丝厂的那个亲戚来了。

李叔同：见到秋云了吗？

郑三爷：没有，秋云到上海之前丝厂倒闭了，他没见着秋云。

李叔同：那秋云到哪儿去了？

郑三爷：是啊，一个女孩子家，孤孤单单的。都是我出的主意呀。我原想帮她，现在反而害了她。

李叔同：您别着急，要想个法儿，把她找回来。

## 14. 进士第堂屋 日 内

丫鬟：大奶奶，姨家的舅母娘来见您。

大奶奶：哦，快请。

丫鬟：您进来吧。

媒人：我的亲家母。

大奶奶：他舅母娘。您看看，又来了。

　　媒　人：您老都烦我张罗的嘴儿了吧？

　　大奶奶：哪儿的话，快坐，坐。

　　媒　人：虽说，眼下不是老年景了，可有些个老理呀，也不能不讲啊。我的亲家大奶奶，我这一遍遍地跑，一遍遍地催，只怕街坊四邻的说闲话，这亲事可不能再拖了。他舅母娘，如今啊，咱们是一家人，一家人就不说两家话。我们这位三少爷什么都好，就是脾气太拧了。

　　媒　人：大奶奶，这个家，您还当不得？老爷不在了，您就是一家之主啊，嫁妆送了，礼也过了，您让我那外甥女等到哪一天啊？

　　大奶奶：亲家，您的理挑得对。这么着吧，三天之后，我一准叫人回话。

15. 叔同书房　日　内

　　李叔同：你们这是听谁说的？

　　友人1：是从宫里传出来的。

　　李叔同：你们听的这些都可信吗？

　　友人1：从宫里传出来的，还能有假吗？

　　友人2：依我看，虽然免了翁同龢，可来了湖南的谭嗣同，这也算不得坏消息啊。

　　李叔同：当年，虽说有康梁的公车上书，可还是得力于翁同龢说服了皇上，现在皇上保不住翁同龢必然有他的难处，可以想见宫里的这番争斗。

　　友人1：我看，最可虑的是任命了荣禄这个守旧派为北洋总督，这可是个举足轻重、手握兵权的要职啊。

　　友人2：对呀。

　　李叔同：只可惜，我们身为布衣，难尽其力呀。

　　友人1：叔同兄，听说你们票房预备请几位名伶上演几天义务戏，庆贺皇上颁诏变法，准备的怎么样啦？

　　李叔同：都备齐了，只是怕时局又变啊。

　　友人1：时候不早，我们告辞了。

　　友人二：告辞了。

　　李叔同：请慢走。

16. 叔同家院中　日　外

　　李叔同：宫里的事儿出去不要乱讲。

　　友人1：嗯，有什么新情况我会及时跟你说的。

　　李叔同：好。二位，不远送了。

　　二位友人：叔同兄，请留步。

17. 叔同房间　日　内

　　李叔同：娘。

　　三奶奶：同儿。

李叔同：您怎么来了？娘，您找我有事儿吗？

三奶奶：同儿，娘虽然足不出户，却也知道你忙的是正事，本不该让你分心，可有些正事娘不能不讲。

李叔同：您说的是婚事吧？娘，眼下国家正是多事之秋，我哪有心思。

三奶奶：你的心思我懂。为民为国那是一辈子要做的事情。娘以为，婚事不能一推再推了。从余家送来陪嫁到现在拖了两个月了。难道，让人家姑娘就这么等下去？你大姨娘又发脾气了，余家又派人来，我和你二哥都挺为难的，我知道你是个孝顺孩子，就听娘的，办了吧。

李叔同：娘，日子呢？

三奶奶：你二哥请人卜了吉日，下月初八。

18. 叔同家　日　内

（叔同换上新郎装）

张妈：叔同，张妈我为你高兴。花轿到啦。

二哥：怎么样，差不多了吧？

李叔同：想不到，一件婚事也这么繁杂。

二哥：人生大事嘛，怎么能草草率率呢？当了家，就要有独立的家用，我给你拨了30万铜洋，随时可以在银号支用。

李叔同：二哥，不用。

二哥：我知道，你不愿意掌管家业。家产咱们不分。可你现在成了家总要用钱啊。只不过钱要用在正道上。将来你能科考及第，九泉下的父亲也就瞑目了。好了，花轿快到了，该准备了。

（友人进来）

友人：叔同。

李叔同：啊，是你啊，快，这边来，出什么事儿了？快说吧，怎么了？

友人：（犹豫不想说下去）今天是你大喜的日子。

李叔同：没关系，没关系的，快告诉我，有什么坏消息。

（友人与叔同耳语）

（屋外传来声音："花轿到啦，新娘子到啦！"）

张妈：我说三少爷，花轿都到了你还愣什么啊？来来来，新娘子到啦。

（花轿到门口，新娘子下轿、进门，二人拜堂）

19. 洞房内　日　内

张妈（提醒叔同掀开盖头）：三少爷。

（叔同掀开新娘红盖头）

俞氏：少爷，少爷。

（二哥入）

二哥：三弟、三弟，你怎么了？

李叔同：六君子亡命刀下，维新大业毁于一旦，毁于一旦。
二哥：嗨（叹气）。

20. 堂屋　日　内
二哥：各位亲朋挚友，我三弟身体不适，不能出来给各位敬酒，请各位海涵，为答谢各位的光临，我们前厅举杯共饮。
众人：好，请。

21. 洞房内　夜　内
夫妻二人不言语。

　　　　　　　　　　　文字整理：孙慧
　　　　　　　　　　　资料来源：根据根据56.com视频网提供的视频完成文字整理。
　　　　　　　　　　　具体参见http：//www.56.com/u57/v_ NjU0MTQwNzc.html

# 林　则　徐

首播时间：1996年
首播电视台：福建电视台
摄制单位：福建电视台、中央电视台影视部、福建华兴信托投资公司、林则徐基金会
编　　剧：郑怀兴
导　　演：宋昭
摄　　像：陈桂宫、许松青
主　　演：徐正运、张铁元、李心敏
获奖情况：第十七届（1996年度）中国电视剧飞天奖长篇电视剧二等奖；第六届"五个一工程"优秀电视剧奖。

**剧情梗概：**

清道光年间，英国的鸦片贸易给大清帝国造成严重威胁，道光皇帝被迫下诏，委派湖总督林则徐为钦差大臣，前往广东禁烟。但鸦片贸易情况复杂，腐败官吏又与英国商人沆瀣一气，林则徐的禁烟行动面临重重困难。英驻华商务总监义律一方面要求英商配合禁烟交出鸦片，以缓和林则徐与英商的矛盾，另一方面却策划更大的阴谋。道光十九年六月三日，林则

徐在广州虎门海滩指挥销烟,令民众拍手称快。但不久,回到英国后的义律四处游说,英方对华宣战。英海军装备精良,从珠江口直下塘沽。道光皇帝软弱无能,只会责怪林则徐惹怒洋人,将他撤免,并派直隶总督琦善为钦差大臣前去与英方和解。后英方提出割地赔款,道光不忍割地,便下令水师迎战。关天培等人率兵在虎门炮台与英军展开激战,终因武器落后而失守,全体官兵为国捐躯。林则徐被发配新疆,英方与清政府于1842年签署《南京条约》,香港从此沦为英国殖民地。

文字整理:戴灿

资料来源:根据56网提供的视频完成文字整理。

具体参见 http://www.56.com/w14/album-aid-5064192.html

## 剧本:

## 《林则徐》第八集

**1. 钦差大臣府　日　外**

　　梁文杰:女人可以参加各种社交活动,可以上街。还可以在公共场合与自己所爱的男人挽手亲吻呢。

　　林则徐:这种风气,与我盛唐之时差不多呀。可惜,宋、明之后对妇人的禁忌就多起来啦。

　　梁文杰:大人,听说您与尊夫人之间相敬如宾呐。

　　林则徐:呵呵,妇人才德,何逊男儿,自当敬重。记得我第一次进京应试,还偕夫人一同北上,一路共游名川大山呐。(林魏二人对笑)

　　梁文杰:士大夫中,能有大人这种见识者,实在少见。

　　林则徐:哎,这次我邀请居住在澳门的夷商前来观看销烟。想请他们偕同夫人一道过来。

　　梁文杰:这……这会不会触犯朝廷的禁令啊?

　　林则徐:皇上的谕旨上不是说,要使沿海居民及居住在澳门的夷商共见销烟之举嘛。他没有区分男与女,我们还怕什么?

　　梁文杰:嗯(点头)。

　　林则徐:要让夷商们看一看,我们禁烟的决心。促使他们早日签下具结,恢复正常贸易。

**2. 英国商馆　日　内**

　　伍绍荣:哎呀,义律先生,你看你看,人家美国人、荷兰人都签了,你们干吗不签呐?签了,马上可以恢复贸易,黄埔港正等着你们的船进去呐!

　　义律:美国是美国,英国是英国。我们既不愿让人家牵着鼻子走,也不愿意跟在人家屁股后面。请你回去转告钦差大臣,如果再用具结来纠缠的话,我们的商船宁愿不进黄埔港,都调转船头开走。

**伍绍荣：**义律先生，不要把话说绝了嘛。钦差大臣也是一片诚意派我来的，他还让我带来1640箱上好的茶叶，请你分赏给上缴鸦片的全体商人。同时邀请他们去虎门观看销烟呐。

**义律：**一千多箱茶叶？哼，就是两万箱茶叶也补偿不了我国商人的巨大损失。我们不要，请你带回去。在广州的40天囚禁的滋味我们已经尝够了，再也不愿意带着屈辱的心情前往虎门。

**伍绍荣：**这……义律先生，我看最好别把事情弄僵，具结一事嘛，可以慢慢商议啊。

**义律：**伍先生，请你转告钦差大臣，如果他真的有诚意的话，让我们的英国商船利用澳门作为中转站，跟贵国进行正常的贸易。这样就可以绕开具结问题了。

3. 钦差大臣府　日　内

**豫坤：**最近，美国的商船进出港最多，荷兰、丹麦的也就这么一两艘，英国船是一艘也没有。

**林则徐：**奉法者来之，违法者去之，英国人不肯具结，我们就不允许他们的商船进港。

**豫坤：**嗯……这段时间，我们粤海关白银进收不少，过去白银一直外流，这一禁烟呐，大家都进行正常的贸易，这买卖好做多喽。

**林则徐：**我天朝禁烟，不禁正常贸易，只要是从事正常贸易的商人，我们还是欢迎的，并将给予恩惠，今后我们对于走私要给予最严厉的惩处，走私绝不容牵累贸易。

**豫坤：**听说义律提出要在澳门和我们进行贸易，你答应了吗？

**林则徐：**如果允许他们在澳门装卸货物，那我们的海关就形同虚设了，他们要是偷偷贩运鸦片，我们也就无法管了。这件事，我不会答应他们的。走，我们去看看销烟池挖得怎么样了。

**豫坤：**好。

**林则徐：**走！

4. 虎门海滩　日　外

**邓廷桢：**（接过下人送来的一盆荔枝）来来来，少穆啊，来，尝尝荔枝。

**林则徐：**真新鲜。（站起来巡视海滩）

（两人对笑）

**邓廷桢：**好诗，好诗啊。

**林则徐：**嶰筠，过奖啦，鸦片毒性剧烈，销毁之后，烟灰流入大海，只恐伤害水卒，我想明日来祭海神，通知水卒，及早远迁。免得遭受伤害。

**邓廷桢：**少穆，你真有古人者之胸怀呀。好，明天我来陪祭。

5. 祭海神台　日　外

（林则徐与邓廷桢一路走到祭台前，林则徐把一碗酒洒在地上，然后跪拜。）

6. 钦差大臣府　夜　外

（林则徐一人出来散步，手里拿着扇子。）

此时，林则徐的孙子从后院走来，叫林则徐爷爷。

林则徐：灵儿，你怎么还没睡呀？

灵儿：爷爷，我好几天都没看见你了。

林则徐：哈哈哈。灵儿，来，快来。

灵儿：爷爷。

（林则徐抱着灵儿）

林则徐：睡吧，明天一早还要去看销烟呢。

（灵儿在林则徐怀里睡着了，林则徐在用扇子扇风）升镜头。

7. 虎门海滩销烟池　　日　外

（众多的民夫在忙绿着清点鸦片，并把鸦片纷纷运往销烟池。）

（从四面八方来了很多的老百姓在观看销烟。）

林则徐：来人不少哇。

邓廷桢：是啊。

林则徐：来人呐。

卫兵：在。

林则徐：快去把金先生和他的夫人请过来。

卫兵：嘛。

（灵儿在人群中喊林则徐。）

（金先生与他的夫人来到了林则徐面前。）

林则徐：欢迎你们观看销烟。

金先生：谢谢。

林则徐：拿几筐荔枝来，让夷商们尝一尝。

卫兵：嘛。

（金先生和夫人对荔枝很欣赏，并与林则徐道别。）

林则徐：再拿几筐荔枝，让那边的夷商也尝一尝。

8. 虎门海滩的一个看台　　日　外

英商甲：啊，我不相信中国人会真的销毁鸦片。

英商乙：我敢肯定，他们今天是做样子给咱们看的。

9. 虎门销烟主席台　　日　外

官员：大人，都准备好了。

林则徐：知道了。滋圃、嶰筠，时辰到了，请吧。

10. 虎门销烟台　　日　外

官员：禀报林大帅，一切准备就绪。

林则徐：开始销烟。

礼炮官：销烟开始，礼炮齐鸣。预备！放！
（民夫们把一个个鸦片切开，放入含有石灰水的销烟池中。舞狮、锣鼓非常热闹。）

**11. 虎门海滩的一个看台　日　外**
英商丙：真销了，太可气了！
英商丁：全都销了，那可是两万多箱鸦片。我的鸦片全都完了！

**12. 虎门销烟台　日　外**
金先生：亲爱的，在这世界历史上，还能找得到比这里的中国人更正直无私的实际行动吗？

**13. 京城故宫　日　内**
（军机大臣穆彰阿一路小跑进来跪下。）
穆彰阿：皇上，林则徐刚刚送来的奏折。
（道光示意太监接过来，道光看过后龙颜大悦）
道光：（双手抱拳）列祖列宗，天朝百年烟祸，终于消除啦！贤卿，速将此喜讯传告天下。
穆彰阿：臣遵旨！
道光：林则徐不负朕望，入粤不久，建下数功。朕要将他调任两江总督，以示嘉奖！
穆彰阿：皇上英明，嘉奖得当，臣立即拟诏，叫他早日赴任。

**14. 英国商馆　日　内**
（义律在喝咖啡，看着地图）
义律：（自言自语）哼……林则徐，你知道吗，你将为这次虎门销烟行动付出多少代价！
（义律把杯子砸向桌子，咖啡溅了出来。）

**15. 京城，故宫后宫　日　内**
（道光自己哼着小曲，太监和宫女正在把做好的御膳摆好，兰妃在道光旁边。）
道光：吩咐御厨，多上两道菜，再来一瓶黄酒。朕今晚要痛饮两杯。
太监：奴才遵旨。
兰妃：皇上，今天有什么喜事让你这么高兴？
道光：林则徐已在虎门销毁两万箱鸦片。朕已颁旨，普天同庆。
太监：皇上，酒来了。内务已令厨子再做两道菜。刚才总管说，琦善送来了两筐水蜜桃，皇上要不要尝尝？
道光：水蜜桃？拿来啊！
太监：嗻。
道光：朕已谕告翰林院作诗。以勇虎门销烟，你可带四盒桃子去，分赏给编修们。
太监：遵旨。

**兰妃：**皇上，销烟大喜，普天同庆，翰林院的编修们都有皇上的赏赐，臣妾也盼赏赐，现在天气已经热了，臣妾还没有新夏衣呢。

　　**道光：**好，叫内务府给你扯半匹丝绸，做新衣。

　　**兰妃：**（跪下）谢皇上。

## 16. 黄爵滋府　日　内

　　**黄爵滋：**默深兄，大热天的还关在屋里著书立说？

　　**魏源：**哪是著什么书啊，我是听到虎门销烟的喜讯之后，兴奋不已，给少穆写封信，以示庆贺。

　　**黄爵滋：**哎，还有一大喜讯。皇上要调少穆兄去当两江总督呢。

　　**魏源：**这是真的？

　　**黄爵滋：**王中堂刚刚告诉我的。

　　**魏源：**太好了，太好了！少穆兄在虎门销烟之后，马上调任两江总督，离开广州，那是再好不过的事了。广州乃是是非之地，不宜久留，应该见好就收。德成兄，咱们先来一杯。

　　（魏源去倒酒）

　　**黄爵滋：**哎……酒慢着喝，先把信写好。

　　**魏源：**这好办，我填上一行字，祝他荣调就是了。

　　**黄爵滋：**不，把你刚才所说的话都写上，劝他赶快离开广州。

　　**魏源：**也对。

## 17. 珠江游船上　日　外

　　（林则徐与众大人在船上喝茶赏景，梁文杰带着纸来找林则徐。）

　　**梁文杰：**林大人！《澳门月报》、《新加坡自由新闻报》都在评述虎门销烟呢。

　　（林则徐接过来看。）

　　**梁文杰：**有一篇文章还是金先生写的。

　　**林则徐：**哈哈哈，他们记叙销烟过程，写的有声有色啊！

　　**梁文杰：**可是，还有一篇是污蔑您的。

　　**林则徐：**污蔑我什么？

　　**梁文杰：**他们说，大人平均每天销毁鸦片300箱，二十天下来，总共才销毁6000多箱，剩下一万多箱都被您私吞了。

　　（林则徐与众人大笑）

　　**林则徐：**照夷人的说法，我林则徐岂不是成了最大的鸦片走私犯了嘛。

## 18. 钦差大臣府门前　日　外

　　**豫坤：**金先生！

　　**金先生：**嗯？

　　**豫坤：**金先生，林大人准备接见你。

　　**金先生：**林大人要接见我？太好了，我可等了很久了。

豫坤：好，请吧。

**19. 钦差大臣府　日　内**

林则徐：金先生，近来生意怎么样。

金先生：好极了，英国的商船不能进了，我们就趁这个机会做起转手生意来了。

林则徐：哦。（此时金先生正在很别扭地使用盖碗，林则徐打算教教他。）

林则徐：哦，金先生，这样、这样。只要各国商人能够遵守天朝的法令，他们都可以到此做生意。金先生，义律为何不肯签具结？

金先生：这个问题很复杂，据我所知，南洋、锡兰、新加坡的码头都囤积了鸦片很多，还在不断地运来。义律如果签具结，夹带鸦片的被你们查出来，都是他的责任。他怎么承担得了呢？林大人，要彻底根除烟害，必须让英国政府出面，禁止印度种卖鸦片。

林则徐：那得需要多长时间？

金先生：我看起码还需要三年的时间。

林则徐：三年？太长了。

**20. 钦差大臣大堂　日　内**

林则徐：正因为在南澳海面上发现了英夷鸦片走私船，让义律签下具结是刻不容缓的事情。厚庵，你要继续谕示各国夷商，一日不签具结，就一日不许进港。

豫坤：遵命。

林则徐：伍绍荣。

伍绍荣：在。

林则徐：你再去澳门，告诉义律，让他早日签下具结。这样，对他们是有好处的。

伍绍荣：遵命。

（圣旨到！）

邓廷桢：林则徐接旨！

林则徐：臣林则徐接旨！恭祝皇上万岁、万岁、万万岁。

邓廷桢：奉天承运，皇帝诏曰，林则徐前奉钦命，办理海口事务，虎门销烟，宣威中外，卓著功勋，甚称朕心。着实授两江总督一职，以示奖励。钦此！

林则徐：臣林则徐谢主隆恩。

（伍绍荣、豫坤向林则徐道喜。）

邓廷桢：少穆啊，老夫真不愿意你走啊。

林则徐：是啊，嶰筠。禁烟大业，尚未了结。我何尝愿意走啊？

**21. 英国商馆　日　内**

英商1：领事先生，如果再拖下去的话我们的生意都让美国人抢去了，损失太大了。

英商2：我看你还是同伍先生商谈一下。

义律：商谈什么？他是来催我签具结的，如果你们都同意保证从此不再走私鸦片，那么我就立即签字。

（两个商人无奈的坐下来）

义律：如果我屈服林则徐的压力，不但会害了你们，更重要的是会损害大英帝国长远的利益。

商人1：你想过吗？如果不签的话，我们目前……

义律：目前目前，你们只想到目前。告诉你们一个最新消息，林则徐很快就要离开广州城了。

商人1：真的吗？

义律：请看（拿了一份文件），皇上要调他去担任两江总督了。他这一走，广州的官府就不一定会再催促我们做什么荒唐的保证了。

## 22. 李亚福府内　日　内

李亚福：来人呐！

奴仆：有。

（奴仆从屋外进来）

李亚福：你立即赶到南澳去，火速禀报韩大人，就说林则徐很快就要调离广州啦。

奴仆：小人立即动身。

李亚福：快去。

李亚福（自言自语）：谢天谢地，林则徐一走，广州又是我等的天下啦。

## 23. 某烟馆　夜　内

烟民甲：今天，我听着一个好消息。

烟民众：什么好消息啊？

烟民甲：林则徐要调走啦！

烟民众：这是真的啊？

烟民丙：听说林则徐要调走啦。听李亚福说的。人家是韩总兵的亲戚。那个消息啊，那是灵通得很呐。

烟民丁：这下太好啦，这半个月可把我难受死了。

烟民丙、丁：这下可以好好地抽一口啦。

## 24. 越华书院　日　内

伍绍荣：大人，义律他一直拒绝见我。

林则徐：他这是想拖延下去，本部堂倒有这个耐心，看看他到底能拖多久。

（林升从旁走来）

林升：老爷，刘绍光求见。

林则徐：让他进来。

林升：是。

伍绍荣：大人，义律已经得知，您已调任两江总督，就要离开广州啦。

林则徐：你去告诉义律，我大清的禁烟法令，不会因我离开广州而有所改变。

伍绍荣：嗻。卑职一定转告。

（伍绍荣退下，林升、刘绍光从旁走来）

刘绍光：林大人。大人，小民求你，在离开广州之前，一定要严惩王振高、韩肇庆，为我师父一家报仇申冤哪！

林则徐：绍光，你放心，不整治这里的贪官污吏，我是不会离开广州的。

刘绍光：（磕头）谢大人！

林则徐：快起来。

25. 越华书院　日　外

林则徐：朝廷召我去就任两江总督，可我这里还有那么多事情尚未办好。前几日，默深来信，劝我尽快离开广州，前往南京赴任。哎，我踌躇难定。文杰，我想听听你的看法。

梁文杰：大人，这两江总督的职位仅次于直隶总督。汉员能荣任此职者聊聊无几，当年大人虽然政绩卓著，也只代理此职两年。为大人前程着想，我也赞成恩师所劝，可是义律至今不肯具结，南澳的鸦片走私依然猖狂，只怕大人一调走，岭南的禁烟将半途而废，前功尽弃呀！

林则徐：我准备上奏皇上，请求圣上恩准，待我把广州的事情办妥之后再走。

梁文杰：大人能在这里多留些日子，是岭南百姓之大幸啊！

林则徐：前些日子，忙于缴烟销烟，还来不及整饬广东的吏治，如今我打算一边催促英夷签下具结，一边着手查办贪官污吏。

梁文杰：好啊，大人太好啦，只是整饬吏治牵涉面广，大人要冒很大的风险呐！

林则徐：不整饬贪官污吏就离开广州，那才是最大的风险呐。文杰，我倒是想出一个好主意。

梁文杰：什么好主意？

林则徐：我想举办一场官封式。

26. 邓廷桢府花园　日　外

（邓廷桢正在弹琴，邓夫人拿着茶走来）

邓夫人：老爷，你天天跟着林大人忙于禁烟，今儿个哪来的闲情逸致躲到这儿弹琴来了？

邓廷桢：呵呵，虎门销烟已毕，皇上已将喜讯传告天下，我还能不弹一曲尽尽兴吗。皇上下旨，调任少穆为两江总督，到时候，我要好好地为他饯行。哎，还得有劳你操办酒席呐！

（下人走进来）

邓夫人：不会又让我白忙一场吧？

邓廷桢：唉。

下人：老爷，越华书院今天好热闹啊。

邓廷桢：出了什么事么？

下人：没什么事，是林大人在那举行官封式呢。

邓廷桢：官封式？

邓夫人：老爷……林大人不是要走了吗？怎么又搞什么官封式啊？

（邓廷桢摆手示意下人退下）

邓廷桢：官场上的事，你就不要多问了。是啊，少穆就要离开广州啦，何必搞什么官封式啊？

27. 越华书院考场　日　内

考生甲：鸦片各窑口所在地以及开设者的姓名。

考生乙：耳目所闻，鸦片乎。官员纳贿纵私者。

考生丙：断绝烟货有何良策？可以不将自己姓名写上。这样好，好。

考生丁：百姓穷苦，烟贩和贪官却富得流油，此时不严办，更待何时？

（林则徐与梁文杰走进来，观看考生答卷）

28. 邓廷桢府　日　内

官员：大人，这次官封式的题目好像并不是了解岭南的风土人情。

邓廷桢：那出的是什么题目啊？

官员：卑职刚才问了一位最先出考场的秀才，他说钦差大臣要他们检举烟贩子和贪官呐！

邓廷桢：哦？

官员：这200多万斤的鸦片都烧了，再搞什么官封式，会不会弄得各衙门里头人人自危啊？

邓廷桢：没有贪赃枉法，自危什么？真正的贪官污吏被查出来，是好事嘛。

官员：呃……大人，卑职以为做官的嘛难免要得罪一些人，我担心的是有人借搞官封式为名搞诬陷、泄私愤。那么一来，不就把局势搞乱啦？

邓廷桢（打断他）：好了，此话不可再讲。你回去吧。

官员：是，大人。

（官员退下）

（邓廷桢起来踱步）

29. 越华书院考场　日　内

（秀才们正在聚精会神的答卷）

30. 越华书院梁文杰书房　日　内

（梁文杰审阅秀才们答的卷子，表情凝重，起身去找林则徐。）

31. 越华书院林则徐书房　日　内

梁文杰：大人。

林则徐：文杰。

梁文杰：林大人，一场官封式，如部数万兵啊。你看。又一张卷子写到了王振高，还有韩肇庆。

**林则徐**：嗯。好，文杰，你先将这类卷子先集中起来，我要派专人去调查，重要的是取证，证据充分，再审王振高，不怕他不招。

（林升从外走进来）

**林升**：老爷，官部大人来访。

**林则徐**：哦，快请。文杰，你去吧。

**梁文杰**：是。

32. 越华书院林则徐书房　日　内

**豫坤**：少穆兄。

**林则徐**：厚庵，请。

**豫坤**：请。

（两人坐下）

**豫坤**：少穆兄啊，听说这次官封式，秀才们检举了不少贪官污吏呀！

**林则徐**：是啊，百年烟患，毒害了广东的官场啊。

**豫坤**：哎，老兄啊，有没有把我也列在其中啊，我可是才来广州一年多，来不及中毒啊。

（两人大笑）

**林则徐**：厚庵呐，你要是中了毒，则徐也不得不挥泪参你一本呐。

**豫坤**：呃……呃（两人又笑）如果真是那样，我也不敢求你徇私包庇啊。

（林升奉茶）

**林则徐**：请。

**豫坤**：少穆兄啊，你我相交多年，恕我今日直言，我思来想去，你不该举行这样的官封式。

**林则徐**：厚庵呐，你心里有何想法，尽管说。

（豫坤站起）

**豫坤**：少穆兄啊，你未到广州，就先声夺人呐，一封密札，你就抓了58名汉奸。这在广州官场上，可是从来没有过呀。如今，你即将调任两江总督，如果借官封式再大肆清查下去，（豫坤坐下）这未免过于苛严，牵扯也可能过多。古人云："水至清则无鱼，人至查则无途。"少穆兄啊，呃……你可要三思而后行啊。

**林则徐**：厚庵呐，我到广州这段时间，深感这里的官场病入膏肓，积重难返，我担心若不严加整饬，我走了以后，便会故伎重演，死灰复燃。

**豫坤**：嗯，你的话我明白，你的担心也不是杞人忧天。我只希望你能顾及嶰筠的脸面，嶰筠任两广总督多年，如果你在广州整饬过度，圣上必定会怪罪于他。少穆兄啊，投鼠忌器，不可不忌啊。

**林则徐**：哦，你看看这份试卷。

（豫坤看后很愕然的看着林则徐）

**林则徐**：也许，我应该把这些试卷烧掉。也许，我根本就不应该举行这场官封式，也许，我应该在接到皇上的圣旨以后就马上离开广州，堂而皇之地去走马上任，当我的两江总督。可是，我走了以后，广州怎么办？让烟患死灰复燃，让那些贪官污吏继续蚕蚀我天朝大厦。让我眼睁睁地看着鸦片继续毒害我中华，如果那样，我情愿死去。

　　这次来广州，我是明知不可为而为之。国难当头，天降大任于我，严禁鸦片、整饬贪官，保住我大清国的江山，这不仅是皇上的旨意，也是百姓的心愿，鸦片一天不除，我一天也不离开广州！

　　豫坤：少穆兄啊，我……我刚才的话……以后你有用得着豫某的地方，尽管说。

　　林则徐：厚庵，坐。我想问你，官封式中提到韩肇庆和王振高的事情是不是真的？

　　豫坤：嗯……不瞒您说，在你来广州之前，我们这里的鸦片走私的确很猖獗，邓大人和我们海关对鸦片的泛滥也是睁一只眼闭一只眼，我们对鸦片的毒害没有你看的那么深呐！邓大人一向为人谦和，这也许就纵容了王振高、韩肇庆之流贪贿的恶习啊。

　　林则徐：光凭官封式中一个秀才提供的线索还不够，我希望能得到他们贪贿的证据。

　　豫坤：这不难，要想人不知，除非己莫为。这件事你就交给我吧。

（梁文杰从外面走进来。）

　　梁文杰：可恨、可恶，真是贼胆包天。二位大人，请看这份考卷，有人竟敢在虎门销烟现场偷窃鸦片，作案手段之恶劣，真是令人痛恨呐！

　　林则徐：是谁胆大包天？

　　梁文杰：是一位搅拌烟池民夫作的弊。

　　豫坤：呃……我们做了严密部署。层层把关。他是如何作弊的呢？

　　梁文杰：他是用竹杠作弊的。

　　豫坤：哦。

（此段为插叙）

## 33. 竹林中　夜　外

（民夫陈小六鬼鬼祟祟地从竹杠里取出了虎门销烟时藏起来的鸦片。）

## 34. 越华书院　日　内

　　林则徐：厚庵哪，烟货并不难除，难除的是天朝百姓心中的疾患。

## 35. 妓院内　夜　内

　　陈小六：你看（把鸦片换来的银子拿给妓女），拿着。

　　妓女：呦，老板，在哪发了财啊？

　　陈小六：自有通天财路，保你啊，一辈子花不完。

（两人开始亲热，官兵突然闯进来将陈小六带走）

## 36. 越华书院林则徐书房　日　内

　　梁文杰：大人。

　　林则徐：文杰。

　　梁文杰：在官封式的答卷中，许多人认为，南澳的鸦片走私与韩肇庆有关系。

**林则徐：**可是，赵小虎来信却说，韩肇庆在南澳缉私很严呐。
**梁文杰：**我想韩肇庆如果在南澳纵私，绝对不会名目张胆，一定十分隐蔽。

文字整理：孙慧

资料来源：根据根据56网提供的视频完成文字整理。

具体参见http://www.56.com/w14/play_album-aid-5064192_vid-MzI1MDg2MDQ.html

# 党员二楞妈

首播时间：1996年

首播电视台：中央电视台

摄制单位：中央电视台影视部、内蒙古东禹公司、内蒙古电影制片厂

编　　剧：刘彦武

导　　演：张元龙

摄　　像：穆守龙

主　　演：斯琴高娃、

获奖情况：第十七届（1996年度）中国电视剧飞天奖中篇电视剧一等奖、优秀男配角奖、评委会特别表演奖；第七届"五个一工程"优秀电视剧奖。

## 剧情梗概：

二楞妈是黄土高坡一个穷山村的党支部书记。为了贫困山区的娃娃们进学堂有桌凳，二楞妈在亲手栽育的树林里砍了几棵树，竟招致林业局当权者借口护林而拘留；也正是那些道貌岸然的当权者，把二楞妈和乡亲们辛辛苦苦数十年培育的树林大肆伐戮而逍遥法外。二楞妈为讨公道，为讨说法，不畏官、不信邪，奔走呼号，冒昧进了林业局长富丽堂皇的家中，擅自闯入县委书记主持的常委会场。她的这些超常规举止，看似"大逆不道"，却充分体现了贫困山区人民的鲜明独特个性和一个普通党员的高度党性，也表达了广大劳动群众对共产党一如既往的信任和对腐败官僚的控诉。

二楞妈何以令人肃然起敬，就在于她是根植于黄土高坡劳动人民心中的普通党员干部。面对贫穷，她没有怨天尤人、乞求别人施舍，而是扎实苦干，用勤劳的双手来拨穷根、栽"摇钱树"；面对软硬兼施的腐败权势者，她敢于仗义执言，据理力争，而使对方难以下台；面对古道忠厚实心实意的百姓乡亲，她用自己独特的言行把共产党"为人民服务"的宗旨表述得清清楚楚。她不是超凡脱俗的完人，也没有惊天动地的业绩，可是她与老百姓同呼吸共

命运，深受人民的拥戴，使我们看到了贫困地区农村走向新生的希望。

**剧本：**

## 《党员二楞妈》 第三集

1. 河边　日　外

　　二楞妈：停一下，停一下。

　　宋乡长：咋啦？

　　二楞妈：恶心的不行，想吐。快下车呀，啊呀，你这车轱辘一转，血就往头上涌，昏得不行了，你赶紧走吧，我步量上误不了什么事。

　　宋乡长：那怎么行，你忍着点儿，上车走吧。

　　二楞妈：我上不了那排场嘛，为甚这么急急慌慌让我走呢。

　　宋乡长：县里余书记电话打到乡里让我去一趟。

　　二楞妈：那你叫我干甚么？

　　宋乡长：那你还让不让我当这个乡长了。

　　二楞妈：你当得好好的为甚不干？

　　宋乡长：那你为甚跑道余书记那儿告我。

　　二楞妈：我告你，没有哇，我是说县上林业局的林局长哇。

　　宋乡长：我说二楞妈啊二楞妈你明白吗，那县委县政府闭着眼抓一个官就比我大，你说这帮头头脑的上咱们村提点条件，办点私事儿，我能不答应？是能顶啊，还是敢顶。

　　二楞妈：这么说连你也捎带进去了。

　　宋乡长：何止是捎带呀，简直是在我头上扔麻雷子点炸炮。

　　二楞妈：那我咋办？

　　宋乡长：咋办，不办，那是你办的事吗，那是你能办的事吗？

　　二楞妈：是了，这不是我办的事，我也管不了，可是闹到这种地步，我也不能自己抽我自己的脸吧。

　　宋乡长：这有什么抽不抽自己脸的，你去县里找余书记，就跟他说，你都急眼了，瞎告。

　　二楞妈：瞎告？这怎叫瞎告，有凭有证，百八十棵树没了，这叫瞎告？

　　宋乡长：我说二楞妈呀二楞妈，你这人咋这样，你非得让我把话给点透说明白。

　　二楞妈：用不着点透说明，也用不着求我。

　　宋乡长：你简直就是个猪脑袋。

　　二楞妈：是了，我是属猪的，脑子笨，翻不清，咬住了就不松口。

　　宋乡长：我说二楞妈呀二楞妈，你能不能替我这当乡长的考虑考虑，你这一告，捅塌了天，惹下头头脑脑一大片，往后乡里有个大事小情，谁还帮咱们，这砍林子办私事儿，就你知道，你能不能装糊涂。

二楞妈：装糊涂，这糊涂还用装吗？不装我也不精明啊，我不去了，你自己去吧，我不想去了。

宋乡长：哎二楞妈，你这人咋这样儿啊。

2. 村头　日　外

毛生媳妇：二楞妈，二楞妈。

二楞妈：你火急火燎的干甚了？

毛生媳妇：杨三奶奶的老病又犯了。

二楞妈：犯病了，那你跑出来干甚了。

毛生媳妇：你不在，我就没有主心骨了。

二楞妈：赶快抓药了哇。

3. 三奶奶家　日　内

二楞妈：三奶奶，三奶奶，不舒服啦，我给你看看，看这头发乱的，腰不舒服，给你捏捏哇。

毛生媳妇：没有水了。

二楞妈：快上三不浪家倒点儿水，好点了吗，快点，毛生媳妇。

毛生媳妇：哎，来了。

二楞妈：三奶奶，抱着你，咱们喝水，慢慢地，烫吗？

三奶奶：不烫。

二楞妈：再喝上一口。待会儿再拿些药就好了。来，慢慢的，听话躺一会儿，冷不冷。

三奶奶：冷。

二楞妈：冷就盖上些儿，来躺好。等会儿给你拿药去。

4. 三奶奶家门口　日　外

毛生媳妇：哎呀，真是。这得找个人伺候啊，真要有个三长两短，没个人知道。

二楞妈：咱们把养老院的事抓紧办起来，不然的话这些孤寡老人没人管。我看毛生媳妇，这样吧，你把咱们这些老姐姐们叫起来，挨家挨户地弄点儿锅碗瓢盆，把这些老人们安顿住，咱们才能放下心哇。

5. 宽老师家　夜　内

宽老师：同学们，你们看这个男字，上面是一个田字，边一个力字，就是说在田里干活儿要用力气。你们想想在田里干活儿，没有力气不行吧。所以在写这个男字的时候，手腕一定要用力气。不要软不拉几的，软不拉几的就写不出这个男字来。（对小孩说）你懂吗？那你写个我看看。

小女孩：宽老师，那这个女字，咋样才能写好呢？

宽老师：女字，就像盘腿坐在炕上的女人，写这个字的时候要注意女人柔美的特点。明白吗？

宋乡长：宽老师，宽老师在吗？

小孩：宽老师外面有人叫你呢。

宽老师：谁啊？

宽老师：我去一下，你们好好写。

**6. 宽老师家门外　夜　外**

宋乡长：宽老师啊，是我。

宽老师：你是谁啊？

宋乡长：我是宋海泉。

宽老师：啊，宋乡长，快进家，快进家。

**7. 宽老师家屋内　夜　外**

宋乡长：宽老师，你这个楼窑真不错啊，在咱们这个地方是数得着的啊。

宽老师：宋乡长，你慢点儿。

宋乡长：吁，宽老师，你还是这样，放学了也舍不得让娃娃们走啊。

宽老师：同学们，今天就补习到这儿，你们都回家吧。

宋乡长：这个是不是老李家的？

宽老师：是的，宋乡长你坐，我去照顾一下孩子们。

**8. 宽老师家门外　夜　外**

宽老师：同学们，路上小心啊，小心掉到沟里面。毛兰兰，你把张敏送到家里头你再回去啊。

**9. 宽老师家屋内　夜　外**

宽老师：宋乡长让你等了半天了，你难得来一回啊，炕上坐吧，炕上坐吧。来，喝茶，喝茶。抽烟吧。

宋乡长：我不会。

宽老师：嗬，宋乡长，像你这样不会抽烟的乡长现在可真是不多哩。宋乡长，我知道你忙着呢，全乡的事全都你管着。你黑灯瞎火的到我这儿来，有甚事儿？

宋乡长：没甚，没甚，就是前两天二楞妈……

宽老师：怨我怨我，我不该骂你，后来我才知道，你是跑前搭后的帮了不少的忙啊。喝茶，喝茶。

宋乡长：听说你和二楞妈是不是……

宽老师：哈哈，二楞妈是个好人啊。

宋乡长：啥时候办手续啊。

宽老师：不忙不忙，再等等。你也知道，二楞妈上有老下有小，二楞到现在也没有娶媳妇啊，老栓爷爷还得有人伺候，是不是？

宋乡长：二楞妈一个寡妇人家也不容易呀，担子也重，两个光棍儿，夹在中间不容易。

宽老师，你需要我帮忙你就吱声。

宽老师：谢谢，谢谢，没什么事儿。

宋乡长：你跟二楞妈的关系？

宽老师：甚？关系？我跟二楞妈可甚关系也没有啊，都是正儿八经的。你笑甚了？

宋乡长：我不是指炕上的事儿。

宽老师：那么是甚事啦？

宋乡长：她这头犟牛啊，就你能把她拉动。

宽老师：宋乡长，你就说吧。到底是啥事啊？

10. 村里　日　外

毛生媳妇：我说老姐妹们，你们说这事怪不怪，甚稀罕甚值贵，几只稀罕的小鸟，能惊动那么多头头脑脑的关心。

老辈辈的人见过，说是鸡头凤尾孔雀身子，狼吃鬼的事儿，没影儿。

二楞妈：你可不要这么说，我告诉你哇，深山出贵鸟，既然喊得这么厉害，说不准真有这种鸟鸟呢。

毛生媳妇：咱们这山里呀，不仅仅出贵鸟，还出怪人啦。

二楞妈：谁是个怪人啊。

毛生媳妇：你呗。

二楞妈：我咋怪了。

毛生媳妇：成天大喇叭喊人来开会，你还不怪。

月娥：还有还有，搅得人家县委大院开不成会。

毛生媳妇：逼得乡长局长往下跪。

月娥：砍了林子全村人都说做得对。

二楞妈：可不对儿，咋啦不对。

毛生媳妇：你们编的都不算怪，二楞妈守寡十来年，早有了相好的，十年不跟人家挨着睡，那才叫怪呢。

二楞妈：闹甚了，这有甚怪的了？

毛生媳妇：那你就熬得不难活？

二楞妈：难活甚了，麻烦的，咸吃萝卜淡操心，真是。把那没有成家的小子撂下，把那公公不管，上人家炕上就不怪啦。

毛生媳妇：看把你操心的样。

二楞妈：咸吃萝卜淡操心。

二楞妈：你有事儿了？

宽老师：昨晚上乡长到我家找我了。

二楞妈：甚事儿啦，你说哇，这是咋啦？

毛生媳妇：哎，铁老婆子们，咱跟着二楞妈，铁姑娘熬成了铁老婆子，天可不早了，咱们该走了，留下人家俩悄悄地说，这被褥明天缝也不晚。

宽老师：假的，全是假的。

二楞妈：假的？说甚呢？
宽老师：这玩笑开大了，余书记明天一早就来看林子。
二楞妈：你这绕来绕去是说甚呢？
宽老师：朱鹮鸟。

11. 林子里　日　外

二楞妈：你想让我不告，你得说出个道道。
宋乡长：把话说明白吧，现在根本没什么朱鹮鸟，那是早几辈的事儿了，就是现在有，也到不了咱这地方。我在一本杂志上见过有这么种快绝种的鸟，听说在陕西秦岭南坡落过脚，就编出这么段故事。
二楞妈：原来是假的。
宋乡长：我要再不说假话，咱这头对沟还能剩下一棵树吗？
二楞妈：闹了半天，原来大报小报吼叫着，记者专家全是奔你这假话来的。这是咋回事儿了。
宋乡长：不管你咋想，我这假话编得绝没恶意。想想看，前几年头对沟满山遍野全是树，什么山核桃，沙枣啊，酸溜溜啊，可如今，剃了个溜光溜光，树没了，草也没了。春天风刮土，夏天水冲泥，用不了二三十年，这头对沟连个活物也没了。
二楞妈：诚心诚意做点儿好事么，咋非得骗人呢，你骗县上，县上再骗省里头，你看咱头对沟围住林子等什么鸟鸟，这玩笑开得也太大了吧。
宋乡长：这回你明白了吧，有甚不明白的，我把实话都告诉你。
二楞妈：我是越想越糊涂，越想越不明白，为甚要这样，这插圈栓套，这明展大亮的路不走，非得搞出这么大的玩笑，这是干甚。
宋乡长：二楞妈呀，想不明白你就慢慢想吧。我跟你说的可都是实话，你得理解我这当乡长的一片苦心。我是想把这片林子留给咱们头对沟，没想到，林业局看上这片林子有利可图，一张公文批下来，他妈的，划走了。
宽老师：二楞他妈，二楞他妈。二楞他妈，这是咋啦。早上还是好好的么。
二楞妈：脑子里头空空落落的，甚也想不起来了。全是假的，全是假的。不知道是咋了。
宽老师：二楞他妈，我的意思你还是躲一躲吧，下午余书记要派人调查这件事，真的也好，假的也好，让宋乡长跟他理论去。走，咱们回家去。好点儿吗？走得了吗？

12. 村口路上　日　外

二楞妈：麻烦？甚麻烦？
宽老师：宋乡长这个人呐，他知道你人心善，什么事都给你说实在话，他圈这林子，就为年头岁尾上头给拨点款子，至于有些头头脑脑的想谋点儿私，砍个三棵五棵的，他也管不了啊。再说咱们这儿也没什么值钱货，你这么一告一闹，丑事儿全张扬出去了。
二楞妈：嗨呀，你这是说甚了。
小孩：宽老师，我们正找您了。

宽老师：甚事啦？

小孩：有两道数学题，我们闹不清，再给我们讲一讲，行不行？

宽老师：行行行，那你先回去吧。不用了，我自己牵吧。

二楞妈：这是谁家娃娃了？三不浪家的吧？

宽老师：对对对。

二楞妈：那我先回去了。

宽老师：到这儿来，让我看看。哪道题不会呀。

小孩：第十二题。

宽老师：带粉笔了吗？你们看这是一块大蛋糕，切成八份儿，这是四份了吧。

13. 树林里　日　外

余书记：记住，又一棵。小米，这是第多少棵了？

小米：六十二棵。咱们再上前面看看。

14. 二楞家　日　内

二楞妈：爹，这些天不想吃饭了？光是喝酒，身体能呛住吗？

刘老栓：你们娘俩先吃吧，我有酒喝就行了。我这把老骨头，说不定甚时候连壶热烧酒也喝不成了。

二楞妈：爹，这是甚意思啦？又不顺心啦？

刘老栓：没有甚不顺心的事，没有甚不顺心的事。老刘家对你确实有点儿过意不去，拉扯小的，伺候老的，十几年了哇，也该熬出头来了哇。

二楞妈：爹呀，你是咋啦，心里又不顺心啦。

二楞：妈，爷爷是担心你，把他送到养老院。

刘老栓：谁担心了，胡扯了。我巴不得今天晚上就卷铺盖了，我还图个清静呢。

二楞妈：我和根贵叔弄这个养老院，为了咱们村里的孤寡老人，你看杨三奶奶没儿没女的，多可怜，就是为他们哇。跟你有甚关系呢，没有你的份儿哇。

刘老栓：无论说到哪一条条，我也够资格了，老刘家不能再耽搁你了。

二楞：爷爷又没人抢你的酒杯。你就慢点儿喝吧。

二楞妈：说甚了，爷爷呛着了，甩凉腔了，楞的。咋了？

二楞：吃饱了。

二楞妈：不要紧吧。

刘老栓：没事儿，我担心的是，我担心的是二楞结了婚成了家，你也得找个主往前走了哇。我岁数大了，我这把老骨头往哪扔呀。

二楞妈：爹，快不要这样说了，我就是再嫁人，我还能走出这头对沟了？

余书记：这是咱大劳模的家吗？

二楞妈：谁呀？

余书记：是我呀老姐姐。

二楞妈：呀，书记，书记来啦，快进家来。

15. 二楞家院里　日　外

余书记：你好呀，老姐姐。

二楞妈：稀罕的。

余书记：我大老远的跑来，林子里转悠了一上午，都没见着你的面。哎呀，这不是到了景德镇了么。

宋乡长：余书记，老刘家在当地有名啊。还有那边儿老兰家，后沟老李家，在丰州城一带是有名的瓷匠世家。

余书记：这个是谁做的？

二楞妈：这是我那个小子跟他爷爷学的手艺。

余书记：手艺不错，手艺不错。

宋乡长：二楞爹的手艺也不赖，那年修梯田，累死了。

二楞妈：爹，来客人啦，二楞，沏茶。

小米：大妈，您这做得可真不错，我回去腌咸菜什么的，多少钱？

二楞妈：不用，拿走吧，不怕，拿走。书记，这是我公公。

余书记：您好，您好，您老身体好。

刘老栓：到家坐吧。

余书记：我看咱们坐这儿吧。

刘老栓：抽根儿烟哇，你们坐着，我赶羊出去溜溜坡。

二楞妈：你们做着，我好烧水甚的，坐的啊。

余书记：你家还有多少羊？

二楞妈：二十来只吧。

刘老栓：坐的，书记。

二楞妈：余书记，你找我有事儿吧？

余书记：是的，前两天我让宋乡长请你到县里去，你呢，没去，今儿呢我在林子里转悠，你也没去，这不，我就只好自己上门了。

宋乡长：余书记，你知道基层干部太忙了。她忙这养老院的事儿抽不开身。

余书记：恐怕不全是这样吧。

二楞妈：这是……

宋乡长：余书记啊，乡里头准备了点儿便饭。

余书记：不用不用，今天我就在老姐姐这儿吃，远近都说头对沟的辣椒子莜面有吃头，那个香啊。咱一块儿尝尝，二楞妈这碗莜面的味道。

宋乡长：二楞妈的莜面搓得细啊，跟那床子压的一样。

二楞妈：余书记，你是客人哇，难得来一次，只不过这莜面不是待客的饭。

余书记：我还真是爱吃这辣椒子莜面，老姐姐，你给咱把新下来的山药多煮上几颗，让我吃饱啊，把辣子搁得多多的。

二楞妈：我知道你是陕北人，对哇，爱吃个辣椒。没问题，我给你们做去，等着。

宋乡长：余书记，看见了吧，直性子人。

**16. 村头　日　外**

　　**二楞**：嗨，谁啦，是不是心妹。

　　**心妹**：噢，大晌午的你在这儿干甚哪？

　　**二楞**：干甚，干革命，你现在回来做甚？哎，你咋不坐个车回来啊。

　　**心妹**：坐人家个四轮车，坏在半路上了。

　　**二楞**：这么半迟不早的你回来干甚。

　　**心妹**：脚都走肿了。

　　**二楞**：问你干甚了？

　　**心妹**：二楞哥，跟你说件事，你可别急急忙忙地跟奶妈说。

　　**二楞**：咋了？

　　**心妹**：我把城里的工作给辞了。

　　**二楞**：甚？

　　**心妹**：给辞了。

　　**二楞**：嘿，你个小女女，我告诉你，你的麻烦大了。

　　**心妹**：咋了？

　　**二楞**：你真的把饭碗砸了？

　　**心妹**：啊，砸了，这回是彻底给砸了。

　　**二楞**：噫，你个小女女。

　　**心妹**：二楞，咱俩合伙干哇。

　　**二楞**：咱俩合伙干？我喝的墨水不如你丢的多。

　　**心妹**：二楞，我奶妈她咋样了。

**17. 二楞家院里　日　外**

　　**二楞妈**：余书记，莜面得趁热吃，来，快，可香了。来，拿筷子。吃莜面，来，小米，来，你也不大来。快挑上，来，吃，这是窝窝。

　　**宋乡长**：这是手搓的。

　　**二楞妈**：就是个手搓哇，弄上那调料，来，吃哇。

　　**余书记**：老姐姐，让我吃饭可以，但是呢，你得把砍树的那些头头脑脑的名单交给我，还得配合我把这碗水端平。

　　**二楞妈**：书记，你有这句话，我也就心满意足了，端平端不平也得吃饭了哇，快吃，吃哇。

　　**余书记**：我得严肃处理这件事。

　　**二楞妈**：书记，我想你下手还得轻点，你说呢，好歹咱们也是党里人吧，抬抬手也就算了，就过去了，嗨，那会儿我是气昏了头啦，心里头憋的难活。

　　**余书记**：老姐姐。

　　**二楞妈**：哎，你看我这是做甚呢，吃饭吃饭吃饭，不要听我一个人说，来，吃山药，吃。

## 18. 回村路上　日　外

二楞：你说我办这厂得请多少工人？

心妹：你说吧。

二楞：二十个人怎么样。

心妹：二十个人，是不是少了点。

二楞：你看这边的山，还有那边的山，这两座山的土质好，我爷爷说了，这边的土好，烧出来的东西耐用。

## 19. 会议室　日　内

余书记：我想给在座的每个人提个醒，谁屁股底下捂着屎，谁心里清楚，这两天到县委大院听听，说有个农村党员二楞妈，说她脑子出了毛病，说瞎告状，乱咬人，听着让我心里直打冷战。她为了给村里的孩子修教室，砍了一些保护林的树，依法受了处罚，她并没有觉得冤，可当她了解到咱县里的一些领导谋私利，砍林子，跑到我这儿，嘴抖得说不出话，让我把这碗水端平。我了解了，她告的是有名有姓，有理有据，没有一句瞎话。可当我今天亲自去找她，让她把那份名单提供给我时，她说：都是咱党里的人，家丑不可外扬。都是咱党里的事儿，抬抬手就算了。临了，她憋着眼泪对我说：余书记，好歹咱党里人是一家子，张扬出去给咱党丢脸。同志们，咱得拍着胸脯想一想。

## 20. 村子里　日　外

宽老师：怎么你自己说辞就辞了。你知道不知道，你长这么大，我容易吗？

心妹：我咋了，我做甚了？

宽老师：你做甚了？你还不知道你做甚了？谁让你把工作辞了？也不跟大人说一声。

二楞妈：咋了？连这么大的事情也不回来。商量个子丑寅卯的。

心妹：奶妈，你看你，咋和我爹一个调门，这算个甚呀。

二楞妈：你看你这个人芽芽，这不算个甚，甚算个甚。

心妹：比你那闹到县委告状的事儿差远呢。

二楞妈：你不要给我绕开热的提凉的，哪壶不开提哪壶。

心妹：奶妈，这县里街头巷尾的都在说这事儿，说头对沟有个大劳模二楞妈，要搂掉一大批贪官的帽子，街上卖啤酒的都比平日多卖好几箱呢。

二楞妈：你奶妈没想那么多，谁想喝酒谁喝去。我说的是你的事儿，告诉你。

心妹：我的事儿不用你们发愁，愁你们自己的事吧。

二楞妈：我说心妹娃，你让你奶妈咋说你呢，你看咱们这头对沟，也就是你这么个凤凰，飞出这山沟沟了哇，你咋甚也不懂哇。你看，你爹又当爹又当妈……

心妹：哎呀，奶妈，你就少说两句吧。

宽老师：闭嘴，听你奶妈把话说完。

二楞妈：气死我了，你看看全村老的小的、亲的故的都看着你、盼着你，你咋的城里也放不下了，又跑回这山沟沟。这是咋闹的了，这么地吧，等会儿上我那儿，我给你做上一碗

荞面圪团儿，你不是爱吃吗，吃完滚蛋，滚回城里去。

心妹：就不。

二楞妈：你再说。

心妹：都辞了，我还回城里干甚。

宽老师：连你奶妈的话都不听了，你哪儿学的这一套。

心妹：跟我奶妈学的。

二楞妈：甚，跟我学的？我这么教你来的？

心妹：吃您的奶长大的，还不沾染点儿你的脾气。

毛生：二楞妈，二楞妈，又灰下了，你们家来了个小卧车，叫你赶快回去呢。

文字整理：孙慧

资料来源：根据根据优酷网提供的视频完成文字整理。

具体参见 http://www.youku.com/

# 大漠丰碑

首播时间：1996 年
首播电视台：中央电视台
摄制单位：中央电视台影视部
　　　　　北京军区战友电视艺术中心
编　　剧：魏金虎
导　　演：宁海强
摄　　像：卢学平
主　　演：冯国庆、金莉莉、洪　涛、刘　岩
获奖情况：第十七届（1996 年度）中国电视剧飞天奖中篇电视剧一等奖、优秀摄像奖；第十五届（1997 年）中国电视金鹰奖最佳中篇连续剧奖、最佳女配角奖、最佳摄像奖；第六届"五个一工程"优秀电视剧奖。

**剧情梗概：**

郭安走马上任的第一件事，就是带领全团官兵，把钻井开进"死亡之海"，为八千里边防线上的军民打井找水。内蒙金川经济开发区因无水不能如期开工，外商要撤合同。在打井招标会上，地方领导问谁能啃这块骨头，各路打井豪杰面面相觑。郭安站起来平静地说：

"到了炸碉堡、堵枪眼的时候了,我们子弟兵当然要冲到前头。"郭安任命自己为"金山工程打井队"突击队长,当险恶的地质带阻止了钻井的进度时,他丝毫没有退却,与战友们成功地实施了井下爆破,终于开创冬季北纬40度以上成井的先例。郭安就是要让全世界知道,中国有一支强大的给水部队,在地球上被判定为没有水的地方打井找水。郭安因病回北京住院,被诊断为脊椎管肿瘤。手术后,医生告诉他需要全休一年,可出院后二十多天,他就带着腰伤,移动着艰难的脚步,偷偷挪向火车站。因为没有赶上火车,他蹲下来啃着面包等下一趟。爱人赶到车站劝他回去,他说:"我心思不在家里,回去也惹你生气。"爱人被他说服了,给他买了火车票,一对互敬互爱,互相理解的军人夫妻在月台上相互依偎着。春节,爱人带着儿子来工地看望郭安。此时,他却满身浆泥站在井台上,抱着钻杆像一尊雕像。前去慰问的地方领导和群众惊呆了,继而感动得振臂高呼"解放军万岁"。在八千里水文考察途中,他第一次住了单间,为的是不让别人看到他伤口的恶化。当他忍痛蘸着水从腰下揭开粘血带脓的纱布时,司机小马猛然抱住他,说再也不往前走了。第二天,为防止患处与车座靠背的摩擦,郭安让小马把他绑在车座上,继续上路。郭安用整个生命塑造着共产党员的光辉形象,实现着共产党员宣誓时的铮铮誓言。

　　　　　　　　　　文字整理:戴灿
　　　　　　　　　　资料来源:根据优酷网提供的视频完成文字整理。
　　　　　　　　　　具体参见http://www.youku.com/

**剧本:**

## 《大漠丰碑》 第一集

**1. 大漠中　日　外**

（一辆吉普车行驶在沙漠便道中）

**画外音:**周总理给哨所送水的故事,30多年来一直激励着我们这支给水部队,在我获得第二次生命之后,我更加感到,解决北部边疆军民用水难的问题势在必行,所以,我踏上了巴丹吉林边防水文地质考察的征程。

（车停）

**驾驶员:**团长,这条路怎么没有啦?

**团长:**唉,这条路啊,修了还不到10年,就被沙暴吞掉了。

**画外音:**缺水啊……我们八千里边防,如果不尽快的解决吃水问题,我们的战士很难再这里生存下去,所以,建设一支现代化的给水部队,是我上任团长以后的第一个任务。记得那次,我去甜水井哨所……

**2. 甜水井哨所　日　外**

（哨所战士用餐具做打击乐）

哨兵班长,团长同志,甜水井哨所除一名同志在哨楼执勤外都在欢迎团长到来。

**团长**：不不不，不要报告，不要欢迎，你们能在这里生存下来，这是很不容易的事啊！谢谢，谢谢你们的信任（握住班长的手），你们的心情啊，我非常理解。小马！

**小马**：到！

**团长**：把咱们给同志们带的水啊，送到哨所去！

**小马**：是！

（团长拥抱众人）

**众人**：首长好！

**团长**：哎，好，好。（对班长）快快，带我上哨楼去看看那个执勤的战士！

**班长**：是！就在上头。

3. 哨所上　日　外

**班长**：于广平，给水团团长看你来啦。

**于广平**：哦，团长！

**班长**：这是我们班的于广平。

（团长敬礼）

**于广平**：首长好！（立正）

**团长**：小于啊，有多大啦？

**于广平**：十八。

**团长**：家住哪啊？

**于广平**：陕西。

**团长**：哎呀，有多长时间没洗脸啦？

**于广平**：从上来就没洗过。

**团长**：上来多长时间啦？

**于广平**：半个月。

**团长**：小马啊！来，把我的水拿来。（接过水，对着于）来，小于啊，你喝点水。

**于广平**：不首长，我不渴，不。

**团长**：来，喝吧，听话。

**于广平**：首长，这水可真甜。

**团长**：好，这水啊，都给你。（二人推辞，最后团长将水壶挂在于身上，转向班长）老兵啊，你赶紧带我去看看你们那个水源。

**班长**：是。

4. 水源旁　日　外

**团长**：哎，来来小伙子，我看看（接过水杯，皱眉饮几口），（转身对小马）小马啊，（又转身对战士）来，再给我来点，（接过水杯对小马）来小马，你也尝尝。

**小马**：是！（喝一口，吐）这玩意儿太苦了。像中药啊！

**班长**：团长，连队在这里一茬一茬的，前前后后一共打了42眼井啊！

**随团兵**：都没出水吗？

班长：基本上都是枯井。只是这眼井还能出点水。三天才能灌满一塑料桶。团长，这拉水的车不来，它可是能救急啊！

小马：哎？那应该叫苦水井啊？干嘛叫甜水井？

班长：刚挖出这口井的时候，有个老战士提议，他说，不能让全国人民知道，我们这些守卫边疆的战士，是喝着苦水站岗，让全国人民为我们操心，就叫它"甜水井"吧。

## 5. 团部会议室　日　内

团长：起立（众人起）！请坐（众人坐）！脱帽（众人摘帽）！放（众人放）！

团长：今天请同志们来，并不是来开会，而是请大家来尝一尝你们每个人面前摆着的这杯水，不过啊，大家要有个思想准备，我并不是请你们喝什么黄山的毛尖，也不是喝名牌啤酒，更不是什么新产品的饮料，它是从北部边疆的一个哨所带回来的水，请同志们尝一尝。请吧！（众人饮，皆皱眉呕吐）

团长：苦吧？请大家原谅，喝这种苦水，目的，我不说你们也知道，因为咱们是给水团啊！怎们能看着边疆的战士喝着这种苦水站岗啊？他们完全可以和我们一样，只要把哨所向后撤几十公里，就完全可以！可他们不能，只能喝着这种苦水，在边防上站岗。边防上有个地方，叫甜水井，多好听的名字啊！可是那里一滴甜水都没有！这只是战士们的一种愿望，同志们，我们能看着他们这样苦下去吗？

众：不能！

团长：对，如果是这样，我们给水团还有什么存在的意义？我这个给水团长又怎么能心安理得干下去？所以，目前，我们的第一个目标，就是死亡之海中的甜水井。

兵1：报告！

团长：请讲！

兵1：团长，这是有根据的，那里的确是无水区，这不是我的见解，是无数个想创造奇迹的人所证明的事实。

团长：根据不等于事实嘛，大自然还在不断地变化呢！有被沙漠吞掉的古城，也有把沙漠变成绿洲的新村啊！

兵1：团长，可你毕竟是军医出身，这是两个门类，光靠感情不能使胡杨复苏，光靠勇气也不能使沙海变成绿洲，这是事实！

团长：哦，是啊，说得好，从当团长的第一天起，我就想当一个业务过硬的给水团长，所以，陈羽农，请你帮帮我，当我的第一任老师。（众人鼓掌）

## 6. 团长家，夜，内

（团长妻子读信）

画外音：小葵，直到现在，在咱们国家的地图上，还可以找到甜水井这个地名哪！（小葵起，看地图）

团长儿子：妈妈，妈妈。爸爸来信了？（小葵应声）从哪来的？

小葵：喏，这儿，甜水井！

儿子：甜水井？哎？这信是北京的邮戳，是北京寄来的！

小葵：不可能啊！

儿子：你看哪，是北京的邮戳！妈妈。爸爸都回北京了，怎么也不回家啊？

小葵：也许是来军区开会，又连夜赶回内蒙了呗。

儿子：哼，工作，工作，就知道工作。也不知道回来看看咱们！妈妈签字。

小葵：由由！你怎么越来越退步啦？下次再这样的话妈妈可不给你签字了啊！

儿子：知道了。

小葵：这是最后一次！（签字）快洗洗睡吧！

### 7. 军营 日 外

兵：团长，吃饭啦！

团长：啊，我知道了。（见陈羽农）啊，陈羽农啊，（支吾中），唉，先吃饭吧！

团长：我问你，英兰来了？

陈羽农：啊。准备向你汇报呢。

团长：哼，我不是让你汇报，我是说呀，做军人妻子不容易，这确实是句大实话，我是深有体会啊，所以啊，咱们这些当兵的，对待父母，要比春天还温暖，对待妻子啊，要比夏天还火热，只有这样，我们才能问心无愧，对孩子呢，哦，你还没孩子，你也理解不到，但有一点啊，对待那些瞧不起咱们军人的人，那就应该是……（被陈羽农打断）

陈羽农：团长！

### 8. 军营 日 外

政委：一班长！团长呢？

一班长：团长好像在二号车那边哪。

团长：我们给水团啊，就是要成为一支机动，一流的现代化部队，这样才能适应未来短期内战争的需要，大家都知道，海湾战争如果没有给水部队，那美军士兵寸步难行。

政委：团长！

团长：哦，政委！

政委：你怎么刚从北京回来，就赶来训练场啊？

团长：马上就要西进啦，军区啊，已经批准了咱们的方案，所以啊，必须抓紧啊！

政委：就是再忙，你回北京也该回家看看吧？小葵会有意见的！

团长：呵呵，没事。

政委：哦对了，你看，这是陈羽农的转业报告，你看看吧，递得真是时候啊。

小马：团长，喝口水儿吧！

团长：拿回去！一连长！通知各班，上午训练不准喝水！

一连长：团长，那战士要是问为什么怎么办？

团长：什么叫战士们问为什么？你就说你问为什么不就得了？等到了西部你就知道了。这叫耐渴训练。

一连长：是！耐渴训练！

政委：团长，陈羽农的报告。

团长：唉，他是西进技术负责人，让我再好好了解了解吧。

小马：团长，你爱人从北京捎来的书，已经给你送来了。

团长：啊，好！

小马：团长，还有，她问你啊，病了没有？

团长：干嘛？

小马：你就说你现在病了没有？你要说你现在病了，我就说，你要说你没病，我就不说。

团长：你呀！真啰唆！

政委：小马，出了什么事？

小马：团长爱人被车撞了一下！

政委：撞了一下？撞了多大一下？是一大下还是一小下？

小马：不太大一下。

政委：这么大的事，你怎么就不着急呢？

小马：不是我不着急，是他爱人不让我着急，哎，政委！

## 9. 办公室　日　内

（团长与其爱人小葵通电话）

团长：怎么搞的嘛，这是怎么回事啊？

小葵：你放心，撞得不是很重。

团长：哦，你看，这个部队啊，马上就要西进了，我实在是啊……

小葵：我可以照顾自己的。

团长：哎呀，对了，有件事啊，你还真得抽空来一趟，这件事啊，你得帮我办办。陈羽农啊，今天递了一份转业报告，我还没弄清楚这是怎么回事，他的爱人英兰啊，现在放假，从南京到咱们部队来了，你抽空跟她谈谈。

小葵：英兰？哦，我知道，她从南京转车的时候，是我接的她，我送她上的火车。

团长：哦，这样好啊，她挺信任你的，你抽空啊，你跟她谈一谈啊！

小葵：我觉得他们俩还可以啊，不会有什么意外的。

团长：一定来啊！

小葵：我尽量赶过去。

## 10. 陈羽农家　内　夜

陈羽农：英兰，我……

英兰：我偏不让你说！不许你说！

陈羽农：你看，怎么又不让说了？你让我说的嘛。

英兰：我就是不让你说！

陈羽农：好好好。不说。我真不知道你在河海大学怎么当老师的？你就这样教学生？

英兰：你说完了吗？

陈羽农：你看我没敢说什么嘛。

**英兰**：陈羽农！你听着，我在河海大学是一名优秀的教师，你没有资格来评判我。因为你根本没有看过我站在讲台上的样子，你，你只知道拼命地打井，打你的井！努力立功，满足你心理上的需求！可是你忘掉了，你忘掉了你妻子一个人，在南京这座五颜六色的城市里，一个人守着三居室。陈羽农，长年累月，就是我一个人守着！你呢？你天天伫立在沙海戈壁中的人字架下站着，你忘掉了，女人需要爱！需要撒娇！

**陈羽农**：英兰。

**英兰**：我不想评价你干的如何，我只是在想，你是学水利的，又是研究生出身，怎样做更好，你是个聪明人你应该知道。

**陈羽农**：英兰，大学毕业之后，是你支持我参军，到给水部队来的呀。

**英兰**：那是什么时候呀，现在都什么年代了？人们都务实了。

**陈羽农**：你看，转业报告打了之后，我总是见到团长那股劲，和他对给水部队未来的设想，不知怎么了？我总不愿意上交，我觉得确实还有很多干头，而且，这次解决华北地区野战给水问题，我是技术负责人呐！

**英兰**：我想要个孩子都不敢要，因为我没有这个能力自己带，再说，叶大姐也说过帮我跟团长说说。羽农，这次死亡之海你就别去了。啊！跟我一起回南京，落实一下你的工作。羽农，我在水利开发公司兼职，正准备订一个水利开发合同，你如果这次不出队，你可以帮我一块儿搞。哎，收入是蛮可观的！羽农，我实话跟你说了吧，今儿上午，我已经把你兜里的那份转业报告交给你们政委了。

**陈羽农**：那我可真要说话了，你怎么这么做呢？你也太不尊重我的人格了。作为一名军人，在这个时候，这是临阵脱逃你懂不懂？

## 11. 团长办公司　内　日

（起床号响，政委推门进，团长熬夜学习，累得坐在凳子上睡觉，政委欲出，团长醒）

**团长**：哦，政委啊。

**政委**：哦，团长。又熬了一宿！（团长欲起，突然腰疼）哎你这？

**团长**：哦，老毛病了。你坐吧。

**政委**：老郭啊，你呀，可要注意身体，你让陈公给我介绍的情况，我看还是蛮有道理。不过嘛，这万一打不出水来，部队往回撤，可就被动了。

**团长**：可咱们是给水部队，咱总不能看着战士们喝着苦水站岗啊！这次我到西北去，人家都喊给水团万岁，你说我这个给水团长听到这些，我这个心理是个啥滋味啊？

**政委**：原则上是这样的，可你不是不知道啊，过去，在那个地方找水的就没断过，没有结果啊！很多资料上写着，那个地方的矿化度很高，它不可能有淡水嘛！

**团长**：哦，我最近哪，翻了翻资料，也看了很多书，你看，咱们国境线以外的肯特山啊，常年积雪啊，凡是有大量积雪的地方，就有大量的地下水往下渗哪！咱们这地方地势低，我请教了一些专家，你看，由于地质结构的特殊性，在无水的大地貌里，有含水的小构造啊！

**政委**：又来了，百分之一的希望，争取百分之百的现实。

**团长**：对嘛！就是要这样嘛！

政委：行！家里有我呢！咱们老黄出队给你保障后勤，我呢，再去做一做陈羽农的工作。

团长：政委啊，羽农递转业报告自有他的道理，他呀，也是有难处，我看这次行动就不让他去了。

政委：行吧。走吃饭去。

## 12. 火车站　日　外

小葵：由由，你到了内蒙要听话！

由由：知道了妈妈！

小葵：哎？英兰？

英兰：大姐？

小葵：哎你在下面等我，我马上下去啊！……英兰你……

英兰：大姐，你们、你们这是干什么去啊？

小葵：正好碰上礼拜天，我答应老公送他西进呢！哎？你怎么回来啦？我听老郭说，考虑到你们这么多年没要孩子，同意他转业了？怎么了？

英兰：我们老不在一块儿，相互太陌生了。

由由：嘿嘿，阿姨，我和我爸爸就太陌生了。

小葵：去！小孩子别插嘴！怎么啦？是不是陈羽农欺负你啦？这样吧，你呀跟我一块儿回去，我给你做主！

英兰：不不不，不了，我要回南京去了。

小葵：不行！你跟我一块走，我有两张票。

由由：哎？我的票怎么办呐？

小葵：你上车补票！走吧走吧！我们一定要赶在西进之前见到他们。

## 13. 给水部队营地　日　外

（锣鼓喧天欢送给水部队西进）

六连长：报告！团长同志，六连全连集合完毕，准备出发，请指示！

团长：稍息！

六连长：是！（转向士兵）稍息！

团长：同志们，请稍息，（突然发现陈羽农在士兵中，走向陈羽农）你的报告我看过了，我……

陈羽农：团长，我这还有份报告（交出报告，团长发现竟然是离婚报告），团长，我还是一名军人嘛。（团长无语，敬礼）

团长：同志们，你们知道，咱们要去的这个地方叫什么名字吗？

士兵齐：甜水井！

团长：对，它还有一个名字，叫死亡之海！没有人能在这里打出过甜水来（一名士兵递过军旗，团长接过），我希望，咱们能高举着六连的旗帜进去，再高举着六连的旗帜出来！

士兵齐：坚决完成任务！

**团长：** 六连长！接旗！（六连长接过旗），出发！
　　**团长：**（将陈羽农报告递给政委）政委呀，你看……（政委阅）好啦，这个交给我！那个你负责，再见。
　　**政委：** 祝你们早日归来。
　　**团长：** 放心吧。王副团长，我首车，你尾车。好，再见！（车队出发，小葵三人目送车队离去）
　　**副团长：** 哎？嫂子，团长和陈公他们已经走在前头啦，你们怎么刚到啊？
　　**小葵：** 王副团长，祝你们一路平安！
　　**由由：**（对远离的车队大喊）爸爸！

**14. 车队上　日　外**
　　**团长：** 通知各车，已经进入死亡之海。这里的沙暴很厉害，让各车不要掉队。
　　**话务员：** 各车注意，各车注意，现在已进入死亡之海，注意距离，别掉队……
　　**团长：** 陈公啊，英兰她们设计一个水利工程给多少报酬啊？
　　**陈羽农：** 呵呵，大概会很多吧？
　　**团长：** 那如果我们要在死亡之海打出甜水，该值多少钱啊？
　　**陈羽农：** 那世界生态平衡委员会该给我们发美金了！
　　**团长：** 呵呵，我们不需要美金，但是我们需要让世界知道，中国有一支强大的给水部队，在地球上打井，找水，为世界人民同在一个地球村上生活，而做着一项既平常又伟大的事情，让中东、中亚都借鉴我们的经验，因为地貌是没有国界的。

**15. 打井现场，日　外**
　　**陈羽农：** 报告！
　　**团长：** 进来。
　　**陈羽农：** 团长，已经到250米了。
　　**团长：** 啊，标定出水深度是多少？
　　**陈羽农：** 275米。
　　**团长：** 快了，就要见分晓了。（起立突然腰疼）
　　**陈羽农：** 怎么？腰病又犯了？
　　**团长：** 真不是时候！（外面有人喧哗）
　　**团长：** 六连长，怎么回事？
　　**六连长：** 团长，哨所来送水，结果战士们都吐了，说是像中药。
　　**团长：** 你吐了没有？
　　**六连长：** 吐了啊！
　　**团长：** 就凭这，我就可以撤你这个连长！老兵，对不起啊！（抢过苦水一饮而尽）谢谢。同志们，你们知道么？在沙漠里浪费水，就意味着死亡啊！这水是苦，可是在八千里边防线上，有多少地方连这种水都喝不上啊！你们看，这桶水啊，是从一个叫甜水井的井里花了三天时间，一滴一滴攒下来的！哨所的同志不舍得喝呀，都给了我们，这里边包含着他们多少希望？可你们呢？都把它吐啦！我们给水团啊，就是要有这种喝着苦水找甜水的精神。

**副团长**：团长，这个鬼地方啊，一个月来是滴水没下啊！气温比往年高五六度啊，原计划保障用水的那个水泡子，全蒸发了，可这井还要继续打，用水快要供应不上了。

**团长**：六连长！告诉战士们，食用水啊一定要定量，其他一切生活用水从免！

**六连长**：团长，那机器用水怎么解决？

**团长**：按第二方案，九十公里以外拉水！（突然钻井边喧哗）

**团长**：怎么回事？

**兵1**：卡钻了。

**团长**：快点停止！开倒车，把钻杆提起来！

**陈羽农**：团长，开倒车那可不行，钻杆摇杆要是打过来，会把人的胳膊打断的，别说钻机了，搞不好会粉身碎骨的啊！

**团长**：没办法，豁出去了！钻机已经立起来就不能再倒下！不能让哨所的战士们失望！

**六连长**：团长，还是让我来吧！

**团长**：别争了，我来。

**副团长**：团长，这里太危险了，甩起来要出大问题的！

（众人劝阻）

**团长**：你们都以为技术比我高吗？这时候当然是谁技术高谁上了，来，都闪开！开车！

（修理成功）

### 16. 沙漠中　傍晚　外

**团长**：多美啊！沙漠也有这么温柔的时候。

**副团长**：更多的是残酷啊！你看那片胡杨林！

**团长**：陈公啊！你说地球上有多少沙漠，多少荒无人烟的戈壁和无水区？

**陈羽农**：大概占陆地面积的四分之一吧。

**团长**：如果没有人再干我们这项事业……

**陈羽农**：那这胡杨林就会慢慢的被沙漠吞掉。

**团长**：那人生存的地方就会越来越少了。等再过多少年以后，他们连今日这点辉煌也没有了，那世界也会不存在了。

**陈羽农**：哦，团长，这口井很快就要到预测出水位了。

**团长**：是啊，要是抽不出水来可怎么办啊？

### 17. 沙漠中　日　外

**陈羽农**：团长，这个地带地处于一个小盆地之中，分析这些露出地表的岩层啊，可以肯定，古时候，有一股山泉流经这里。

**团长**：在离这十几公里的地方，有一片地下的富水带，据科学的判断啊，在这片无水的大地貌里，有含水的小构造啊！

**陈羽农**：很有可能啊！

团长：我坚信，在这里一定能找到有水的裂隙！陈公啊！我们要改变一下以往的判断啦！

18. 钻井区　日　外

六连长：立正！报告团长！我连已按规定任务钻到出水深度，是否抽水请指示！

团长：没指示。就看你们六连的旗帜能否飘扬在这里了。

哨所老兵：报告！团长，等一等！哨楼的执勤兵说附近的很多单位都来电话问这口井真能出水吗？团长，我们应该怎么回答他们呢？一旦抽不出水……

团长：老兵啊，今天的脸洗得好干净啊！

老兵：我们攒了半个月的水，就是为了今天能够洗干净脸来这里。

团长：好，那就让他们看一看，咱们给水部队的形象。六连长，开闸！

（闸门打开，清水伴随机器的轰鸣声从管道涌出，众人欢呼。）

文字整理：孙慧

资料来源：根据优酷网提供的视频完成文字整理。

具体参见http：//v.youku.com/v_show/id_XMTQ5MTAyNjY0.html

# 1997

# 水 浒 传

首播时间：1997 年
首播电视台：中央电视台
摄制单位：中国电视剧制作中心
编　　剧：杨争光、冉　平
导　　演：张绍林
摄　　像：张绍林、于　敏
美　　术：钱运选、戴敦邦、劳保良
剪　　辑：洪　梅
作　　曲：赵季平
主　　演：李雪健、臧金生、丁海峰、翟乃社、王卫国、
　　　　　　周野芒、赵小锐、梁　丽、王思懿
获奖情况：第十八届（1997 年度）中国电视剧飞天奖长
　　　　　　篇电视剧特别奖、优秀剪辑奖、优秀音乐奖、
　　　　　　优秀美术奖；第十六届（1998 年）中国电视
　　　　　　金鹰奖最佳长篇连续剧奖；第七届"五个一
　　　　　　工程"优秀电视剧奖。

## 剧情梗概

南宋哲宗年间，一名除了踢球身无长物的流浪魄落子弟名唤高俅，一次送物使其受到哲宗弟弟端王的喜爱，后来端王当了皇帝，把高俅提升为殿帅府太尉。

高俅上任第一天，就公报私仇，以因病未到为由，借题发挥要求严惩王进，逼得王进带着母亲逃离东京，途中来到华阴史家村，被史进一家收留，史进仰慕王进的为人，拜其为师。

王进离去后，史进与少华山的头领结交为友，华阴知县知道此事后，诬陷史进私通草寇，为此烧了史家庄。史进只得离开华阴，去寻王进。途经渭州，结识了渭州经略府提辖鲁达并遇到史进的师傅李忠，三人来到酒楼饮酒。

饮酒正酣，忽然隔壁传来啼哭声。生性鲁莽、好行侠仗义的鲁达，问过之后得知状元桥肉铺的恶霸郑屠恃强凌弱，鲁达大怒，三拳打死郑屠随即离了渭州。半月后，鲁达被送往五

台山为僧,法名智深。鲁智深离五台山后,在东京大相国寺管理菜园。一日,鲁智深在菜园习武,当众连根拔起垂杨树,被陪同夫人到岳庙进香的林冲瞧见,两人一见如故,结为兄弟。正在高兴之际,丫环来报,有人调戏夫人。

林冲赶往岳庙,见是高太尉的干儿子高衙内,只好忍气将他放了。高衙内(即高俅的儿子)见林冲妻子美丽,一心要谋占林冲妻子。高俅为此陷害林冲,导致林冲被以行刺罪发配沧州。发配途中,高俅派人暗杀林冲。幸有鲁智深暗中保护,林冲才幸免于难。到达沧州,高俅又派爪牙火烧草料场,欲置林冲于死地。忍无可忍的林冲,杀死了爪牙,经柴大官人相助,前往梁山。山寨首领王伦嫉妒林冲,要他下山杀人做投名状。林冲下山等了三天才见有人经过。此人乃青面兽杨志,二人拼杀未见胜负。王伦邀杨志上山,杨志拒绝,下山去了东京。

杨志在东京投靠无门,只好变卖祖传宝刀凑盘缠,无赖牛二欲夺宝刀,被杨志杀死。杨志被发配充军。蔡京女婿梁中书看中杨志的武艺,将护送为蔡京贺寿的生辰纲的任务交与杨志,此事被赤发鬼刘唐得知。

刘唐劝晁盖劫下这批不义之财,晁盖请智多星吴用想办法。吴用请来阮小二、阮小五、阮小七、公孙胜等6人,决定在黄泥冈劫下生辰纲。杨志发现生辰纲被劫便知大祸临头,遂去青州二龙山做了强盗。蔡京知道生辰纲被劫,下令济州府捉拿贼人。济州府尹派何涛负责此案,经查得知是晁盖等人所为,何涛带人到郓城县捉拿。

县中押司宋江是晁盖好友,闻讯立即给晁盖报信。晁盖大败何涛,率领众人投奔梁山泊。王伦存心刁难,不肯收留众人。林冲大怒,杀了王伦,推举晁盖为梁山泊首领。晁盖在挫败官军、稳住梁山泊之后,派人带上书信金银去答谢宋江。宋江退了金银,藏了书信。返回住处中途被阎婆惜老母拦住,将宋江拉至家中,欲将女儿许配给宋江,宋江不重女色,勉强在她家中留宿,谁知书信被阎婆惜发现,她一口咬定宋江暗通梁山泊,宋江苦苦哀求无效,一气之下,杀了阎婆惜,逃回宋家村。知县差朱仝、雷横捉拿宋江,他们有意将宋江放走,宋江躲进了柴进庄上并在那遇见武松,二人拜为兄弟。

武松告别宋江去寻哥哥武大郎,路过景阳岗时打死猛虎,阳谷知县任命他为步兵都头。武松在阳谷县城碰到了哥哥。武大郎非常高兴,将武松引回家中,嫂子潘金莲见武松身材魁梧,存心勾引,遭武松申斥。不久,武松为知县押运财物离开阳谷县。武松走后,潘金莲同本地一霸西门庆勾搭成奸,毒死武大郎。武松回县得知此事,告状无门,盛怒之下,杀了西门庆与潘金莲,遂被发配孟州。孟州小管营求武松帮助夺回被蒋门神抢占去的快活林店铺。武松痛打蒋门神,夺回快活林。蒋门神通过张团练买通都监,诬陷武松偷盗宝物,武松被判充军,押送途中,武松杀死了想害他的四个公人,折回孟州城,杀死了正在设宴庆贺的蒋门神、张团练和张都监,逃出孟州。在十字坡孙二娘将他扮为行者,让他去二龙山投奔鲁智深。武松在白虎山孙家庄遇见了前往清风寨投奔花荣的宋江,二人结伴而行,在瑞龙镇分手。

清风寨有两个知寨,正知寨刘高是个文官,他嫉恨副知寨花荣。宋江一到就被刘高捉住,花荣也因此受牵连。清风山头领燕顺、王英等人闻讯后救了宋江、花荣,花荣射杀刘高,众人决定投奔晁盖。快到梁山泊之时,石勇捎来宋江父亲假托病故要他回家的家书,宋江赶回被捉,刺配江州。在江州,宋江得到戴宗和李逵的照顾。但因酒醉在浔阳楼墙壁上题了反诗,被江州知府蔡京的儿子蔡九判处死刑。准备行刑时,梁山泊英雄前来劫走了宋江、戴宗。事后，29 位英雄在江州白龙庙聚会，浩浩荡荡返回梁山泊。

宋江在山寨中坐了第二把交椅。上山不久，李逵回家接母亲上山，行至途中，遇一人冒充自己打劫，捉住之后，才知此人名叫李鬼，李鬼谎称家中有 90 岁老母无人奉养，李逵送他 10 两银子，劝他改恶从善。后来李逵发觉上当，杀了李鬼，李鬼的妻子却溜掉。李逵回到家中，发现母亲已双目失明，李逵背母上路，行至沂岭，李逵为母取水，回来后发现母亲被虎吃掉。李逵大怒，连杀 4 只老虎，被猎户迎进曹太公庄上。逃来此处的李鬼妻认出李逵，曹太公等人准备暗算，在梁山泊派来的朱贵等人帮助下，脱险回了山寨。

前来投梁山泊的杨雄、石秀、时迁被祝家庄酒店欺侮，双方打了起来，时迁被捉。为救时迁，晁盖、宋江发兵三次攻下祝家庄，附近与祝家庄结盟的李家庄、扈家庄纷纷投降梁山泊。宋江收降了李应。梁山泊威名远扬，四处好汉纷纷投奔。

李逵下山来到柴进庄上，正遇上柴进收到叔父寄来的信，原来高俅叔伯兄弟高廉的妻舅殷天锡要夺占柴家的花园。柴进同李逵火速赶往高唐州，花园已被夺去，李逵大闹，打死殷天锡。知府高廉点兵捉拿，柴进被擒，柴进叔父被抄家。李逵回山寨报信，晁盖令宋江率领 22 名头领攻打高唐州，杀了高廉，救了柴进。朝廷派高俅前往剿捕，高俅令呼延灼攻打梁山泊。呼延灼大败，逃往青州为慕容知府攻打桃花山、二龙山、白虎山的起义军效力。鲁智深聚合三山人马，往梁山泊求援。宋江率军与三山义军共同攻打青州，呼延灼投降，慕容知府被杀，三山头领一起投奔了梁山泊。

少华山史进被官府捉住，宋江带兵大闹华山，杀了太守。没过几天，凌州曾头市曾家五虎拦截投奔梁山泊的好汉，并恶言中伤梁山泊。晁盖大怒，亲点 5000 人马攻打曾头市。在战斗中，晁盖被史文恭毒箭射中身亡。宋江被推为山寨之主，改聚义厅为忠义堂。

为报晁盖之仇，宋江想起北京大名府玉麒麟卢俊义。卢俊义武艺超群，棍棒天下无双，宋江想请他上山入伙，共报大仇。宋江派军师吴用将卢俊义骗至梁山泊，宋江劝卢俊义入伙，卢俊义不肯，两个月后，宋江送卢俊义下了山。卢俊义离家后，管家李固与卢妻勾搭成奸，他们设下埋伏，将归家的卢俊义捆送到梁中书处，卢俊义被刺配沙门岛。卢俊义的家仆燕青在去沙门岛途中杀死两名防送公人，与卢俊义一起投奔梁山泊。途中卢俊义再次被擒，燕青独自去梁山泊求救，途中碰到正要投奔梁山泊的石秀、杨雄。三人决议后，石秀去北京城打探消息，燕青和杨雄去梁山泊报信。石秀到北京城后探知卢俊义将于次日被斩首，行刑当日石秀劫法场，救出卢俊义，但寡不敌众，二人依旧被擒。

为救卢俊义和石秀，宋江发兵攻打北京。梁中书向太师蔡京告急，蔡京采纳了关胜所献围魏救赵之计，率领 1500 人马直攻梁山泊。宋江闻讯，退后回山，以计俘获关胜，击溃官军。随即宋江任命关胜为先锋再次攻打北京城，战斗相持数月。次年元宵北京城被攻破，梁中书夺路而逃，卢俊义、石秀被救出。

不久，蔡京又派单廷圭、魏定国攻打梁山泊，皆被击溃。宋江与卢俊义一道领兵攻打曾头市，杀了曾家五虎，又乘胜攻破东平、东昌二府，大军凯旋。此时，梁山泊大小头领正好 108 位，合了当年洪太尉所放走的魔王之数。众人会聚忠义堂，宋江坐了第一把交椅，立起了"替天行道"的杏黄旗。山寨兴旺之后，宋江有了"望天王降诏早招安"的打算，林冲、武松、李逵、刘唐、鲁智深都坚决反对。

年底，宋江要往东京去观赏明年元宵的灯火，柴进、李逵陪同。宋江偶然之下进了李师师的府邸，徽宗皇帝也在场，正当宋江要向徽宗讨招安诏书之时，李逵在外边打人放火，城内顿时大乱。宋江三人逃出。李逵单独行至荆门镇投宿时，庄主刘太公说宋江抢了她女儿，李逵万分愤怒，跑回梁山泊质问宋江。对峙之下，发现是牛头山贼人冒名顶替。李逵负荆请罪，杀了贼人，救回了刘太公的女儿。

梁山泊的壮大，震惊朝野。徽宗派殿前太尉陈善保前往招安，太尉高俅、太师蔡京各派心腹跟随陈善前往梁山。陈善飞扬跋扈，李逵将招安诏书撕得粉碎，招安失败。朝廷派童贯攻打梁山泊，山寨十面埋伏，挫败了童贯的两次进攻，童贯逃回东京。高俅又调遣十节度兵力来攻梁山泊。宋江三败高俅，并将他活捉上山，以礼相待，要高俅转达渴望朝廷招安之意。高俅去后，宋江又派燕青去东京，燕青通过李师师求得徽宗下诏。

殿前，太尉宿元景上山来宣读诏书，宋江领着众山好汉接受了招安，打着"顺天""护国"旗帜，到东京接受徽宗检阅。

辽兵侵犯大宋，梁山泊义军受诏破辽。大军北进，攻下檀州，夺回蓟州，智取霸州，占领幽州，兵围燕京，辽主请罪投降。宋江大胜回朝，徽宗却下旨将所夺州县退还给辽邦。到达京师后，徽宗先令宋江去平定河北田虎，后又调去平定淮西王庆和江南方腊。

平定方腊军的过程中，义军损失惨重，59条好汉阵亡，10条好汉病死。回军途中，鲁智深在杭州六和寺坐化（和尚盘膝打坐安然而死），残废的武松出家。离开杭州后，林冲瘫痪，杨雄、时迁、杨志、穆弘病死，燕青悄然离去。到了苏州，李俊、童威、童猛又离去。等到大军回京驻扎陈桥驿时，只剩下20余名头领。

蔡京、童贯、高俅、杨戬四大奸臣待宋江等封官之后，设计害了卢俊义，毒死了宋江和李逵，花荣和吴用吊死宋江坟前。一场轰轰烈烈的农民起义就这样在悲剧中结束了！

　　　　文字整理：张瑶
　　　　资料来源：根据爱奇艺网提供的视频完成文字整理。
　　　　具体参见http://www.iqiyi.com/dianshiju/shz.html#vfrm=2-3-0-1

**剧本：**

## 《水浒传》第十九集

**1. 武大郎家，夜，内**

　　王婆进入武大郎家里，潘金莲不安地站在窗前，武大郎躺在床上。

　　**王婆**：呦，在门外就听见你们两口子在吵，原先啊，是娘子的错，今天便是大郎不对了，娘子整日为大郎东奔西跑，寻医找药，也算尽心尽力了。

　　王婆向潘金莲使眼色，潘金莲紧张地端起一碗药。

　　**王婆**：大郎心里有气老身知道，五个罐子打碎仨，大郎要是不吃药剩下两个也保不住了，大郎你不是还要等到你兄弟回来吗？

　　潘金莲把药端给大郎。

　　**潘金莲**：大郎，以前都是我不对，让西门庆那厮给骗了，还踢伤了大郎，大郎要是不吃药，便是不饶我，大郎要是喝了药，等叔叔回来我自会对他去说，随便他处置。大郎要是不喝药，不是逼奴家去死吗？（哭）我求大郎了！

  潘金莲喂武大郎吃药。

  **武大郎**：味儿好怪啊。

  **王婆**：大郎最好趁热喝下去，娘子你稳了，最好一口气喝下去，（将药使劲灌进武大郎嘴里）喝，喝，喝。

  **武大郎咳嗽几声**：你们给我喝的什么药啊。

  药碗打碎了，潘金莲惊慌得站了起来。

  **武大郎吃惊的看着潘金莲**：你们，你们这两狗男女，呀！！救命，我疼死了。

  **王婆推潘金莲**：用被子给他捂上，用被子捂。

  **潘金莲用被子捂住武大郎的头**：我给大郎发发汗，不要叫，不要叫，一会儿就好了。

  **王婆**：快！

  **武大郎**：救命啊！

  **潘金莲**：大郎别叫。

  王婆也来帮忙，武大郎痛苦地挣扎，武大郎渐渐不动了。王婆揭开棉被，武大郎死相狰狞。潘金莲吓得跌倒，王婆将棉被盖回去。

  **西门庆进入房间**：怎么样，好了吗？（看到跌倒的潘金莲）娘子，娘子，娘子！

  **潘金莲抱住西门庆**：大官人，大官人！！

  **西门庆**：没事了。

  **王婆**：都什么时候了，快收拾！

## 2. 武大郎家门口，日，外

  **传来潘金莲的哭声**：大郎啊，大郎啊，我可怜的夫啊，你怎么就去了呢，我日日夜夜请医看病，不许你去啊，你竟不顾夫妻恩爱，撇下我就走了。

  听到她的哭声，郓哥和其他邻居向武大郎家走去，王婆也向武大郎的家门口走去。

  **潘金莲**：你让我怎么活啊，我可怎么活啊！

  **王婆**：唉唉唉，她家武大怎么了？

  **邻居甲**：不知道啊。

  **王婆**：她家武大怎么了。

  **邻居乙**：王婆啊，她家武大是怎么了？就听见这小娘子一直在哭啊，哭了很长时间啊。

  **王婆**：出什么事了，不知道啊，一点不知道啊。

## 3. 大街上，日，外

  **西门庆**：哎，何九叔啊，到哪儿去啊？

  **何九叔**：是西门大官人啊，小人没看见，小人是到出殡武大家检验尸首啊。

  **西门庆**：哎，九叔，借一步，说几句话。

  **何九叔**：好。

**4. 一家餐馆里，日，内**

　　**西门庆：**何九叔，请上座。

　　**何九叔：**小人是何等人，不敢不敢。

　　**西门庆：**叫你坐你就坐！

　　何九叔坐下。

　　**西门庆：**九叔去检殓武大的尸首，这些是辛苦钱。

　　**何九叔：**都是分内的事，小人为何收大官人的银两？

　　**西门庆：**叫你收下你就收下。

　　**何九叔收下银两：**西门大官人，还有何吩咐？

　　**西门庆：**没有了，不就是打发一个死人嘛，一床棉被百事周全，别的就不用再说了，事后西门庆还有报答，啊！拿瓶好酒来。

　　**郓哥在餐馆门口听他们说话，西门庆看到郓哥：**滚开！小孩走开。

**5. 武大郎家，日，内**

　　**何九叔：**来让一下。

　　**邻居：**九叔来了。

　　潘金莲披麻戴孝，痛哭流涕。

　　**王婆：**九叔。（对潘金莲）你不要哭了，如此悲哭，要哭坏身子的。何九叔啊，何九叔。娘子，哎，娘子，你不要哭了，不要哭了。

　　何九叔检查武大郎的尸首，看到武大郎死前的表情，很惊讶。潘金莲停止哭泣，紧张地看着九叔，王婆见状，掐了一下潘金莲，潘金莲又开始大哭。

　　**何九叔：**娘子休哭，你家武大郎几时死的？

　　**潘金莲：**我官人害了心疼病，已有数日，吃了十几付药也不见好，昨夜三更就咽了气，撇下我，撇下我好苦啊！

　　**王婆：**何九叔啊，你看清了吗？娘子别哭了，这娘子年轻没经过此事，只知道哭。她不知道现在天热不能放久了，何九叔，你就早些压了文书，早些殓了吧。

　　潘金莲偷看九叔。

　　**九叔：**也好。

**6. 武大郎坟墓，日，外**

　　给武大郎发丧。

　　**何九叔：**武大好好走吧，武大娘子送你了，生死有命，快些上路吧。

　　潘金莲痛哭，西门庆在一旁冷笑，与九叔对看。

　　火化后，九叔来到武大郎的骨灰旁仔细看。

**7. 大街上，日，外**

　　几个人在追郓哥。

甲（追的人）：站住，哪儿跑！小兔崽子。

几个人打郓哥。

**郓哥的爹**：求求你们，别打了，别打孩子了，孩子他不懂事。

**甲**：使劲打。

**郓哥的爹**：你们打死他也没有用啊。

**甲**：以后要是听到半点风声，就要你的小命，看你有几颗脑袋。

**郓哥的爹**：别打了。

**甲**：走！

8. **武大郎家，夜，内**

潘金莲跪在武大郎的灵位前。潘金莲站起来，在屋里踱步，使劲踢了一下箱子。这时门开了，西门庆走进来。

**西门庆**：娘子怎么了？

**潘金莲**：是你杀了我男人。

**西门庆**：怎么，娘子后悔了？

**潘金莲**：都是你，都是你害得我家破人亡（捶打西门庆），都是你！都是你啊！

**西门庆抓住潘金莲的手**：娘子，你小声点，药可是你亲手下的。

**潘金莲抱住西门庆**：都是你，都是你。

**西门庆**：娘子，别怕。

**潘金莲**：这几日，苦煞奴家了，时时担惊受怕。

**西门庆**：娘子别怕，天塌下来，自然由我顶着，你就一口咬定他是害心疼病死的，啊！

**潘金莲**：官人，你几时接奴家出去。

**西门庆**：这几日，真想煞我了。

两人亲吻，突然刮起大风，武大郎灵位前蜡烛被吹灭，两人很慌张。

9. **大街上，日，外**

武松走在大街上，郓哥看到他，慌忙跑开。

**路人**：武都头。

**武松**：啊，啊，大叔！

**大叔支支吾吾**：哎！

两边的人都在刻意避开武松。

**武松走到武大郎家门口**：哥哥嫂嫂，武松回来了。

10. **武大郎家，日，内**

武松推开武大郎家门，走进去，看到武大郎的灵位，潘金莲慌忙从楼上下来。

**潘金莲大声哭**：哎呀，叔叔啊，叔叔你怎么这时候才回来呀，要你哥哥等得好苦啊。

西门庆从武大郎家二楼的窗户逃走。

**武松大叫**：哥哥！！！

武松和潘金莲跪在武大郎灵位前。

**武松**：我哥哥是怎么死的。

**潘金莲**：夜里招风，害了心疼病。

**武松**：吃谁家的药？

**潘金莲**：石家、巴家的药都吃过了，不见好。

**武松**：我哥哥临死说了什么。

**潘金莲**：要是能说什么就好了，是四更天，撇下我一个人，叫天天不应，叫地地不灵。

**武松**：谁来验的尸？

**潘金莲**：是何九验的尸、主持火殓的，奴家这里有在压的文书。

**武松**：嫂嫂上楼休息吧，武松这夜，为兄长守灵。

潘金莲站起来，上楼去，回头看了一眼武松。

11. 郓哥家门口，日，外

武松走进去，没有人，又走出来。看到一个挑着柴禾的人经过。

**武松**：哎，请问郓哥家是住在这儿吗？

**挑着柴禾的人**：啊，他们父子俩搬走了。

**武松**：搬到哪里去了？

**挑着柴禾的人**：说是不在盐古县了。

武松离开。

12. 武大郎家，日，内

潘金莲在换衣服，向窗外望去，听到王婆的声音：二位大人，来，来，里间儿坐，喝点茶吧。

潘金莲走出大门，看到武松的随从站在门外，又退回去，开另外一扇门，也有武松的随从站在那里，很慌张。

13. 大街上，日，外

武松走在大街上，郓哥在旁边叫他：武都头。

**武松拽住郓哥的衣服**：要不如实说来，今日我就……

**郓哥哭**：我爹快不行了，没钱买药，走又走不了。

**武松松开他的衣服，给他钱**：给，你为何要走？

**郓哥**：只是惹不起那西门庆。

**武松**：有我在你不必怕。

**郓哥**：是他们害死的武大叔。

**武松**：你只管如实说来。

14. 何九叔家，日，内

九叔躺在床上。

学徒：何九叔，何九叔。

九叔：滚。

学徒：是武都头来找。

九叔立刻起来：不知是武都头，得罪了，得罪了。

武松：我兄长是你验的尸，压的公文，主持火殓的？

九叔：正是小人。

武松拔出刀：如今你对它说，我哥哥死时什么模样？

九叔：七窍内有淤血，唇口上齿痕。

武松：那你如何压了公文，殓了尸首。

九叔：小人是被迫无奈啊。

武松：你与我写下供词，到县衙当堂对证。

九叔：不用武都头操心。

九叔下床，拿出一包东西：武都头，小人自拾了令兄的骨质，骨质酥黑，是毒药致死的证件，西门庆给的银子，也未动分文，还有送丧人的年岁姓名，都在这里，便是告词了。

武松拿来那包东西。

15. 县衙内，日，内

武松和郓哥、九叔跪在庭上：我兄被西门庆余嫂通奸，下毒药谋害性命，这两位便是见证，请大人为武松作主。

衙役呈上证物。

知县：武松啊，你也是本县的都头，你们兄弟间的情谊，本知县略知一二，令兄之死我甚为关切，也深感痛心，可你说是被人害死，却凭据不足，本知县也不能为你依法徇情啊。

武松：大人不见有我哥哥的骨质作证啊。

知县：哎，自古道捉贼要脏，捉奸要双嘛，你没有当场捉住，这就不好说了。

郓哥：武大在王婆的茶店曾捉住他们，还挨了打。

知县：可如今武大不在了，这叫死无对证，武都头，但凡人命之事总得见尸验伤，方可推问，呃，这案子吧，容本县在慢慢查访吧。

武松：大人。

知县：你们先下去吧。

武松：大人，大人。

16. 县衙后堂，日，内

西门庆在喝茶：啊，多谢大人。

知县：哎呀，你可让我作难了。

知县来回踱步。

西门庆笑。

## 17. 武大郎家门口，日，外

王婆给武大的随从送水喝，趁机向武大郎家里看。

**王婆**：那位娘子在里边也是茶饭未进啊，谁死了男人不伤心啊，没做过女人，不知道女人苦啊，大哥，开开恩，让老身把这碗稀饭给送进去，啊。

**随从**：嗯。

**王婆**：好好好，多谢了。

## 18. 武大郎家，日，内

**潘金莲**：干娘，干娘。

**王婆**：嘘！

潘金莲将门关上。

**潘金莲**：干娘。

**王婆对着门外喊**：娘子啊，好歹多吃一口啊。

**潘金莲**：哎呀，干娘不知道，奴家心里七上八下，像着了火一样，又出不去门。

**王婆**：我跟你说，那个武松已经告到县衙了，说那武大是被毒害致死的。不过，你放心，武松没有证据，知县老爷也没有理会。

**潘金莲松了一口气**：哎，干娘，西门大官人在什么地方，为什么只把我一个人丢在这儿。

**王婆**：哎呦，好一个痴情娘子啊，你以为西门大官人他真的要娶你啊。

**潘金莲**：是他亲口所说，我还为他杀了人呢。

**王婆堵住潘金莲的嘴，四处张望**：哪个男人不是这样啊，到了要命的时候，他只顾他自己啊。

潘金莲惊呆。

**王婆**：娘子，你听我的，到了不行的时候，咱俩就一口咬定说是他西门庆干的，反正他有得是银子，他又暗通官府，他不像咱们女人家无依无靠的，啊。

## 19. 大街上，日，外

武松和随从在买东西，武松把钱给一个掌柜。

**掌柜甲**：慢走啊。

**武松**：取两刀烧纸和毛笔纸张。

**掌柜乙**：哎。

**武松**：前些日家兄亡故，没少劳烦诸位高邻，今日武松回来略备酒菜，请到我家中一坐。

**掌柜乙**：只是小人家的买卖撒不得啊。

**武松**：老人家不去便是瞧不起武松。

**掌柜乙**：不是老朽不尽情理啊，只是。

武松跪下。

**掌柜乙**：唉唉唉，哎呀，老朽如何受得起啊，起来，起来，我去就是了。

姚二叔看到武松走来，赶紧关门。

**武松**：姚二叔！姚二叔，请到我家中一坐。

**姚二叔**：不怕武都头笑话，咱们虽然住门儿对门，可你家中的事儿我什么都不知道啊。

**武松**：哎，既然是邻居一场，今日你不去也得去，不然就别怪我武松不客气。

**姚二叔**：哎，好。

## 20. 王婆茶馆，日，内

**武松**：王干娘。

**王婆**：武都头。

**武松**：正好王干娘在家，我家兄长亡故，多亏王干娘照料嫂嫂，今日在家中备些薄酒，请王干娘到家中小坐。

**王婆**：你看，老身不曾为武都头洗尘接风，反倒烦扰武都头来请，这成何体统啊，就免了吧，免了吧。

**武松**：哎，一杯淡酒，不成敬意，王干娘今日非去不可。

**王婆**：啊，好，哎！

## 21. 武大郎家，日，内

武松随从在家准备酒席，潘金莲从楼上下来。

**潘金莲**：哎，我来。

随从不理她。

邻居走进门。

**潘金莲**：你们都，你们都，干娘。

王婆使眼色，武松走进门。

**武松**：各位高邻请坐。

**邻居**：好。

大家坐下，随从倒酒。

武松站起将门关上，看了一眼武大郎的灵位，坐下。

**武松端起酒杯**：诸位高邻，休怪小人粗鲁，吃此一杯，不成敬意。

武松干杯，大家也都端起酒杯。

**王婆**：这，武都头这是客气。

武松拔出刀，潘金莲站起来。

**武松**：诸位高邻在此，冤各有头，债各有主，今日请各位来只是做个见证，谁若先走，别怪我武松翻脸，杀了人，我自去偿命。

潘金莲和王婆想逃，被武松和随从按住。

**武松**：老猪狗，你也不要动。哼！

武松松开潘金莲和王婆，大家都不准动。随从把纸笔拿给姚二叔。

**武松**：姚二叔，你只管记。

姚二叔：哎。

武松：淫妇你说，我哥哥是谁害死的。

潘金莲看王婆。

王婆：你看我干什么，又不关我事。

**武松拔出刀，用刀指着王婆**：老猪狗，休惹毛我，我早已知道了，如不从实说来，我便活剐了你。

王婆：老身实说，是，是西门庆害了你家哥哥，不信，你问你家嫂嫂。

**武松抓起潘金莲，把刀放在她脖子上**：淫妇，你说。

王婆：你快说啊，你死到临头了，你还想连累老身啊你，你快说啊。

潘金莲吐了王婆一口，武松将她推到在地，刀放在她脖子上。

武松：哥哥阴魂不远，看小弟今日为你报仇雪恨。

武松将潘金莲的头砍下。

**王婆惊吓**：啊，不要啊！武都头啊，武都头你饶命啊，武都头你饶命啊，是西门庆踢伤了你家哥哥，让她下的毒药啊，饶命，饶命。

武松：大叔，你记下。

大叔：哎，哎。

王婆：那日，西门庆到我茶馆说是看中了你家嫂嫂……

**22. 青楼，日，内**

西门庆和青楼的女子在寻欢作乐。

**小二拿着个箱子给西门庆**：官人，楼下的客人专门送给大官人的，你慢用。

西门庆打开箱子，看到潘金莲的头。

武松闯进来，用刀指着西门庆。两人开始争打。武松将西门庆踢出窗外，武松也从楼上跳下来，追西门庆，武松将西门庆举起。

西门庆：好汉饶我性命，饶我性命啊。

武松：饶你容易，还我哥哥命来。

武松将西门庆重重的摔到地上，用刀将他砍死。

**23. 武大郎家，日，外**

武松将哥哥家的东西全烧了。

**24. 武大郎家，日，内**

武松把潘金莲和西门庆的头颅放在武大郎的灵位前，自己跪下给武大郎磕头。

武松：哥哥安息吧！兄弟已经为哥哥报仇雪恨了，生前的实物都随哥哥去了，杀人偿命，天经地义，今日我投案自首，你我兄弟还能阴间相会。

武松打开门，看到邻居都站在门口。

## 25. 县衙里，日，内

王婆跪在堂中。

**知县**：武松啊，本县正想与你理会这件案子，你却自作主张惹下了大祸啊！

**武松**：武松与哥哥报仇雪恨，犯罪正当其力，任凭大人发落，虽死无怨。

武松跪下。

## 26. 县衙大门外，日，外

**衙役**：藉王婆申情造役，唆使本妇下药，毒死亲夫，又令本妇赶逐武松，不容祭祀，以至杀伤人命，拟凌迟处死。

**邻居**：王婆子一张嘴啊，原是本本分分的一对夫妻。

**衙役**：藉武松报兄之仇，斗杀西门庆，奸夫人命，虽然自首，难以释免，即杖四十，刺配孟州。

王婆被押赴刑场。

## 27. 武大郎家门口，日，外

**武松**：哥哥，事已全都办妥，武松走了。

郓哥碰到武松。

**武松**：郓哥，你怎么。

**郓哥哭**：我爹死了。

**武松给他钱**：拿着。

**郓哥**：这世上我再没一个亲人了。

**武松**：你我彼此一样。

**郓哥**：你什么时候回来，我等你回来教我本事。

武松离开。

**郓哥目送武松离去**：我等你回来。

文字整理：戴灿

资料来源：根据爱奇艺网提供的视频完成文字整理。

具体参见 http：//www.iqiyi.com/dianshiju/20110608/5769205bb73bb387.html#vfrm＝2－3－0－1

# 人间正道

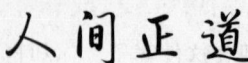

首播时间：1997年
首播电视台：中央电视台
摄制单位：中国电视剧制作中心、江苏省文化经济发展中心、江苏电视台
编　　剧：周梅森、俞黑子
导　　演：潘小杨
摄　　像：王永春
主　　演：鲍国安、廖京生、姜华、宋春丽、贾宏声、赵二平
获奖情况：第十八届（1997年度）中国电视剧飞天奖长篇电视剧一等奖、优秀导演奖、优秀男演员奖；第十六届（1998年）中国电视金鹰奖最佳长篇连续剧奖；第七届"五个一工程"优秀电视剧奖。

**剧情梗概：**

　　在平川市内，河东村农民冲砸变电站；大漠县的农民准备炸坝放水灌溉旱田；胜利煤矿工人跑到省政府门前静坐，接连发生的事件使市委书记郭怀秋病倒在工作岗位上。吴明雄由于采取果断的措施制止了农民械斗，被老省长告知接替市委书记职务，引起市委副书记肖道清的不满。省委书记叮嘱吴明雄，解决水、路、电问题是关键。碾米厂工人不满厂长挥霍资金，白血病病号王媛媛医药费得不到报销，无力支付药费。鲁小豆气极打了厂长，被厂长诬告，公安局将他拘留审查。王媛媛溜出医院去救鲁小豆，不慎受伤，被曹务成和吴明雄之女吴婕所救。在吴明雄的干预下鲁小豆被释放并当选为新厂长。吴明雄准备开展南水北调工程，与肖道清带队沿大漠河搞调研，村民纷纷反映问题。肖道清答应出任水利工程总指挥，因为省委副书记谢学东的反对，又改变了主意。市委被迫临阵换将，改由陈忠阳担任总指挥。副市长曹务平与弟弟曹务成一向观点不合，看到曹务成和吴婕关系密切，提醒吴明雄警惕，吴明雄、吴婕父母发生争执。水利工程的开展需要沿河村落迁移到别处，县委书记刘金萍要求肖道清做村民的工作被其拒绝，而曹务平二话没说主动赶回村中迁祖坟。尚德全为集资将没完成集资任务的乡长镇长召集开会，时间过久导致有的干部突发心脏病死亡。他被撤去了县委书记的职务，此时久病的妻子也去世了。尚德全去做了水利工地的突击队长，再一次排哑炮的过程中英勇献身，平川市的建设受到市民支持，民营公司老总柏志林出于商业目的，捐资二十万元相助。但吴明雄仍受到省委副书记谢学东批评，此时他发现女儿和曹务成喝得大醉，大发其火，又迁怒到妻子，将母女赶出家门。水利工程进入艰难阶段，工人吃不饱，于大敬却和几个干部喝酒吃肉，陈忠阳盛怒之下砸了酒瓶。破碎酒瓶砸伤的于大敬。在县委副书记王平和肖道清的挑唆下起诉陈忠阳，并请吴婕作辩护律师。陈忠阳含泪离开了工作岗位，但是提出要求"不做官、只做事"。吴婕被父亲说服，向陈忠阳道歉。马上过年了，合田十五万民工出于对尚德全的感情仍坚持在工地上。吴明雄深受感动之余，没有服从上级命令，下令工程不停，省委书记钱向辉对水利工程做出了高度评价。胜利矿工人不满改革方案，打出了"用鲜血和生命保卫矿山"的旗帜，面对被煽动的人群，老矿长曹心立阻拦无效，被踩倒在矿区门口，临去世前留下一句话："我尽心了。"这场风波平息后，吴明雄承担了全部责任，提前辞职下台。肖道清又去省城跑官，被谢学东痛斥。束华如出任新一届市委书记，刘金萍出任代市长。在市县公路通车典礼上，吴明雄面对一个崛起的新平川唱起"薛平贵我好似孤燕归来"。

文字整理：闫琳

资料来源：根据土豆网提供的视频完成文字整理。

具体参见http：//www.tudou.com/

**剧本：**

## 《人间正道》第一集

**1. 平川市景　日　外**

　　朝阳照耀着平川市大地，一座座高楼林立，然而龟裂的土地说明了这里的一个困扰历届政府领导班子多年的大问题：缺水。

**2. 街边水罐车　日　外**

　　民众们正在等待打水，一位负责分水的同志不停地喊着："别急呀，排好队，一个一个来。"

　　一位戴眼镜的市民抱怨道："早不停水晚不停水，今天正赶上我家儿子考中学，没水了，哎，过去三天两头停电，点个蜡烛能读书啊，现在倒好，澡洗不成啦，连水都喝不上啦！"

　　另一位说："有人结婚，家里客人来了一大帮，连水都供应不上，你说着急不着急。"

　　一位身材略胖的同志说道："都别着急，过两天就有水啦！"

　　众人："真的？"

　　胖子："天气预报说啦，过两天有个降水过程。"

　　众人失望地："嗨。"

　　市委书记郭怀秋目睹着这一切，愁容满面。

**3. 另一水罐车　日　外**

　　郭书记的车路经另一打水处。

　　**一位大妈**:"听说啊,这工业园需要大量的水,水厂的水全给工业园了,那咱们可不没水喝了呗。"

　　**中年妇女甲**:"你说的不对,我听说啊,上面来了个检查团,市领导打肿脸充胖子,让水厂把水存起来了,等检查团来的时候再正常供应水。"

　　**中年妇女乙**:"这不是弄虚作假么。"

　　**中年男子**:"你们都胡说啥呀,大旱两年,这大漠河的水都干了。这也不能全怪市领导啊。"

　　**大妈**:"当领导的是干啥吃的呀,连老百姓喝水的问题都解决不了,算了吧。"

　　**中年妇女乙**:"你看,那好像是郭书记的车。"

　　**中年妇女甲**:"如果是郭书记的车,咱们一定好好反映反映。"

　　车缓缓开走,郭书记闭目沉思。

**4. 吴明雄宅　日　外**

　　**吴明雄**:"晚上就别等我吃饭了。"

　　**吴婕**:"爸,晚上您早点回来。"

　　**吴明雄**:"争取吧。"随后上了汽车,对司机说,"走,咱们走。"

　　**和妈妈一起出门**:"妈,我开律师事务所的事情,你再跟爸说一说嘛。"

　　**吴妈妈**:"你爸爸说过,只要他在的一天,就不准你搞什么个体的事情。"

**5. 吴明雄宅院外的小路　日　外**

　　**吴妈妈**:"要不你找找萧叔叔。"

　　**吴婕**:"我找过萧叔叔了。他说,'你爸是管政法的,他不同意的事情,就是借十个胆来也没人敢办啊。'"

　　**吴妈妈**:"那你去找找曹叔叔。"

　　**吴婕**:"哎哟,妈,其实办律师事务所,也是律师制度改革的一个方面,又不违反政策。弄得我到处求人,倒像是我做了什么见不得人的事似的。"

　　**吴妈妈**:"那要不然我去找找曹叔叔吧。"

　　**吴婕想了一下**:"算了吧,曹叔叔啊,树叶掉了下来都怕砸着脑袋。小官僚一个。妈我先走了。"(说罢骑上车走了)

　　**吴妈妈**:"哎,你下班早点回来啊。"

**6. 市政府　日　外**

　　**女同志**:"陈书记,出去啊?"

　　**陈忠阳**:"嗯。"

　　**叶秘书长**:"陈书记,今天是星期一,咱们要开碰头会呀。"

　　**陈忠阳叹口气**:"整天开会,什么问题也解决不了。你告诉郭书记,我去云海参加文化节,请假。"

　　**肖道清**:"陈书记,走啊?"

陈忠阳："嗯。"说着上了车。

叶秘书长："肖书记，您好。"

肖道清："送陈书记？"

叶秘书长："嗯。"

肖道清："他去哪儿了？"

叶秘书长："去云海参加文化节。"

肖道清正要进去，远远地看到郭书记的车驶来。郭下了车。

肖道清："郭书记，陈忠阳去云海参加文化节去了。云海不管什么活动，老陈都是要参加的。"

郭书记："他忘了今天是书记例会。"

肖道清别有用心地："他好像没忘吧……刚才我看他跟叶秘书长交代点什么，没听清。"

### 6. 市政会议室　日　外

郭怀秋坐在空空如也的会议厅。

吴明雄匆匆走来。

郭怀秋："哎，老吴。"

吴明雄："郭书记。"

郭怀秋："我正要找你，昨天半夜，省电力局徐局长电话打到我家里，发了大脾气。"

吴明雄："我知道了。是关于民郊电站被砸的事情，我已经通知公安局立即处理。这帮人真是的。"

郭怀秋："老吴啊，搞国际工业园，要靠大电网支持。现在求电力部门都来不及，可是民郊县这伙人，竟然到电老虎嘴上去拔毛，我还从来没见老徐发这么大的火。接了电话，我吃了三片安眠药啊。"

吴明雄："郭书记您千万别着急，等处理完了，我亲自到老徐那里去负荆请罪。"

郭怀秋叹口气，这时肖道清和叶秘书长走进来。

肖道清冲郭："您好。"又与吴打招呼，"吴书记，早来了。"

叶："吴书记。"

郭怀秋："今天会议时间，通知忠阳同志了吗？"

叶："陈书记说要向您请假。别的没说什么。"

郭怀秋："今天的例会取消了，等忠阳同志回来再开。你告诉一下吴市长、曹市长，明天工业园现场会，提前到今天下午开。"

### 7. 村头　日　外

村民围在一口井旁边，吃力地打水。终于拉上来一桶混浊的水。大家争相抢夺。打到水的人们心满意足回家去。

### 8. 办公室　日　内

四人在下象棋，好不热闹。其中一人看到了窗外的肖道清。

**一人道：**"肖书记来了。"

**众人纷纷打招呼：**"肖书记。"

**肖道清走进屋来：**"怎么样，战绩怎么样？"

**一人道：**"市委机关，要组织棋类比赛，你看我们……呵呵。"

**肖道清：**"你们都参加啊。"

**一人道：**"是的都参加。"

**肖道清：**"这里放着一个'士角炮'啊，太危险了，呵呵。你们忙你们忙。"说罢便往外走，又回头叮嘱一句，"不过你们可得轻点啊，要让吴书记听见了，你们可吃不了兜着走。他的脾气你们可知道。"

（画外）"肖书记，知道了。放心吧。"

（画外）"来来，接着，拱卒。"

肖道清把门关上，走了出去。

### 9. 另一间办公室  日  内

肖道清推门，众人站起身来："肖书记。"

**肖道清：**"你们聊你们聊，于主任，跟我来一下。"

### 10. 大漠县防旱会议现场  日  内

**刘金萍主持会议：**"今年的旱情很严重，大漠河下游已经断流了，北边那几个乡，人畜吃水都很困难，就是没有断流的地方，也很有可能为水源问题争斗闹事。像泉旺乡那两个村，就非常危险。肖道清书记已经提前给我们打过招呼了，再像往年那样打死人，咱们就说不过去了。"

**刘金萍：**"同志们，说得严重点，咱这平川的西伯利亚，现在是危机四伏啊。"

**刘金萍：**"从今天下午开始，咱们都下去，机关干部也统统都下去，全面抗旱，有问题就地解决。王平书记分管的泉旺乡……"

王平喝多了在打盹。

**刘金萍：**"……要特别小心，再也不能死人了。王平书记，你谈谈吧。"

旁边的人推一推王平。

**王平说醉话：**"行了，今天就喝到这吧，咱们吃饭，吃饭。"

周围人哄笑，王平此时清醒过来，羞愧不已。

刘金萍怒其不争。

### 11. 肖道清办公室  日  内

小于走进来。

**肖道清：**"小于，有什么新情况吗？"

**小于：**"道清，昨天晚上我又统计了一次，全市下岗工人已达到了七万。百分之七十六的大中型企业亏损。农业人口问题就更大了，旱情越来越严重，已经连续三个多月没有下雨，平川的中部北部主要河流都已经干枯，九百多万亩晚秋作物没法播种，中秋作物减产已成定局了。"

　　肖道清："估计情况还会进一步恶化。"

　　小于："你们这些当领导的也得赶快拿出点办法，听说你们今天的书记碰头会又取消了，你们什么时候研究工作呀。"

　　肖道清："人家陈书记要去云海，郭书记拿他没办法，唉，你看我现在是不是更像个小官吏啊。"

　　小于："是呀，当官是最能消磨人的豪情壮志的。想当初你在学生会当宣传部长的时候，是何等的……"

　　肖道清笑笑："不敢话当年啊，当年学生会有你这位风华绝代又善解人意的于小姐做主席，我们跟你忙得心情舒畅嘛。那会儿你只要对谁笑一笑，我们这些男生啊，都得羡慕好几天呐。"

　　小于笑了："我看你呀，就会拿这张嘴讨好人。"

　　肖道清："我们大漠县有句土话，叫作老母猪蔫蔫一窝，老公猪蔫蔫一坡。跟着无能之辈，也只好做无能之事了。"

　　小于听出了话里有话："你呀，这话要是让郭书记听见了，非气死不可。"

　　肖道清："郭书记要会生气就好了。整天哈哈哈的跟弥勒佛一样，他和束华如一搭一档真是'哼哈二将'。"

　　小于："道清，别人可以这么说，你这么说就不好了。郭书记可是对你有知遇之恩的，当年郭书记管组织的时候，是他把你送到省委党校去学习的。"

　　肖道清自知失言："是呀，我是看着平川一天一天这样下去，我这心里着急啊！"

　　小于："对了，你要宴请华氏父女，我帮你调查了一下。你看，这位华老先生可不一般，他是国民党政府平川市的最后一任市长。华老先生赴台以后就脱离了政界，几十年一直在台南从事实业经营，颇有建树。麾下的华氏财团实力雄厚，老人对平川很有感情。这次他要带女儿来看看，下一步想在平川定居，还要在平川投资办厂呢。"

　　肖道清："小于，真是谢谢你了。像这种事情，我问台办，他们都一问三不知啊。"

　　小于："谁让你说这些客气话呢。"

## 12. 下泉旺村　日　外

　　取水的村民气愤返回村内。众人纷纷疑惑。

　　一名领头男子："他上泉旺的肖家又把大漠河给堵住了，咱下泉旺的老少爷们儿连泥汤也喝不上了。这不又伤了我们好几个人呐！"

　　村民甲："这不是把我们往绝路上赶吗？"

　　众乡亲义愤填膺。

　　村民乙："乡亲们！有种的跟我走，今天要不把水抢回来我就不姓曹！"

　　村民的情绪被煽动起来。

　　村民丙："四老爷，你给咱拿主意吧！"

　　众人纷纷道："四老爷，您说怎么办咱就怎么办！"

　　四老爷："老规矩，每户出一个劳力，带上工具，上坝。炸药包做的大点，他肖家人只要不怕死，就让他们与河坝同归于尽！"

**村民丁**："四老爷，县里王平书记正在咱们乡蹲点，咱们是不是先让王书记做做上泉旺的工作？"

**四老爷**："做个屁工作！王书记是市委肖书记一手提拔起来的，他能为咱们曹家说话？你们都去给我炸坝，炸不死人最好，真的炸死人，按过去的规矩办！亏不了你们。"

### 13. 大漠县防旱会议室　日　外

**刘金萍**："王平，你等一下，你看看你这样子，哪还像个县委副书记，你这样做对得起道清同志吗？"

**老黄**："县里这么难，自乡里旱成这个样子，你咋就一点不着急？"

**王平搪塞道**："我怎么能不着急嘛，可光着急……唉，我这也是借酒消愁嘛。"

**刘金萍气道**："喝吧！喝吧！喝到上下泉旺村打成一片！"

**王平**："他不敢！昨天晚上我和于乡长在一起喝酒的时候……"

**老黄**："你……"

**王平**："……我顺便把工作就给他们安排了。他要是再给我闹出人命来，我非把他撤了不行！"说罢径自离去。

### 14. 办公楼院落　日　外

**刘金萍**："老黄，我要给市委打个报告，一定要再上大漠河南水北调工程。"

**老黄**："我也不瞒你了，三年前你刚上任的时候不就打过一个报告么，当时谢学东还在市委，看了报告高兴得不得了。后来他叫我和水利局的同志搞了个调查，六百二十个河段，概算八个多亿。谢书记一听脸都青了，后来叮嘱我说，主意是好主意，就是上不了，不过这个情况就不要告诉小刘书记了。以免挫了她的锐气。"

**刘金萍听罢**："可这么打来打去的，什么时候是个头啊，老黄啊，在咱们这一任，一定要想办法把大泽湖水调上来。"

**老黄**："我同意再打个报告，不过我也劝你不要报太大的希望。你又不是不知道，现在市里的财政情况，比三年前还紧，上这么大的水利工程，谈何容易呀。"

**刘金萍**："哎，咱们想办法自筹资金呢？大漠河沿河六个县呢，咱们大漠县自己带头。"

**老黄**："我的姑奶奶，你疯了不成？想在这平川的穷地方自筹八个亿？你又不是不知道，中央三令五申不准加重农民负担。上边那些领导谁敢作主这么干呀？出点娄子有人捅上去，你不怕丢乌纱帽，人家也不怕丢乌纱帽？"

**刘金萍沉默了**。

### 15. 市政府门口　日　外

郭书记正要外出，一位女士将他叫住。

"郭书记！"

**郭书记**："哦，有事吗？"

**女士**："我是出版社的，您的论文已经收录到'知名学者谈改革开放论文集'，是我们今年出版的重点项目。"

　　郭书记:"我的论文?你看我这车,跑得都快成救火车了,我这个人忙得都快成消防队员了,哪有工夫写论文呢?"

　　女士:"不是,是您几年前写的,那时您还不是……"

　　郭书记若有所思:"噢,那时候我还不是市委书记呢。"

　　同事:"那时候您是教授,大学教授。"

　　郭书记接过论文集翻看:"好像是写过这个东西。"

　　女士:"请您最后过目,我们还等着出版呢,还要赶今年全市全省全国理论著作评奖呢。"

　　郭书记:"我尽量快点看一下。"

　　女士:"谢谢您了。"

### 16. 民郊县乡镇企业　日　外

　　一辆吉普从远处开来,挡住了田大道汽车的去路。民郊县委书记程渭奇从车上下来。

　　田大道:"呦,程书记呀,出什么事啦,害得您一下班就到我们这来啦。"

　　程渭奇厉声道:"好你个田大道,你简直是田强盗!欠一年电费不交,还敢砸人变电站,反了你!"

　　田大道一脸困惑:"什么什么?砸变电站?谁砸变电站了,无法无天嘛!小四,快把大吴找来,问他怎么回事!"顿了顿,"别是河西村庄清逸他们惹了事,弄到我们头上来了吧!"

　　程渭奇:"错不了,河西村才不会给我们惹事生非!"

### 17. 胜利煤矿职工食堂　日　内

　　曹心立到职工食堂视察:"同志们,吃的怎么样啊?"又走到另一桌前,"同志们,要吃饱!……大家感觉怎么样啊?"……

　　有人径直走到前面加塞儿,排队的同志纷纷指责,把他们搡到队伍后面。

　　老罗:"曹书记,这大锅饭恐怕是吃不下去了。顶多还能再支撑一个星期。"

　　曹心立:"这几天,一定要稳住。老罗咱俩都是农民出身,只要有饭吃就闹不出什么大乱子来,这个道理大家都明白。"

　　老罗:"曹书记,我真不想给您添什么乱子,可米面都不多了,还有买菜的钱也没多少了,咋办呢。"

　　曹心立:"好吧,我也不要我这张老脸了,我这就去找我的宝贝儿子,跟他先借点钱用。"

### 18. 市属企业扭亏工作会议　日　内

　　吴明雄:"你们有你们的难处,那么市委也有市委的难处,是不是啊,你们把矛盾交给市委,市委交给谁啊?交给省委?交给中央?同志们啊,你们作为局长和书记,要切实地负起责任来。你比如像胜利煤矿,他属于历史遗留问题,那么由市委来出面协调解决,至于企业内部自身的问题,本质上还是一个机制运转问题嘛!这就需要我们在深化改革的过程中立足于自己解决。同志们,你们看一看。"说着走到窗前,窗外聚集很多工人,"今天外面来了这么多工人群众。我在平川工作多少年了,在我的记忆里,还没有哪一次会议能够引起工人们这么热切的关注。工人群众来找我，这说明还没有对我们丧失起码的信任。也许我们现在一时还答复不了他们，但是我们不能总是交白卷啊！"

19. 变电厂　日　外

变电厂被砸得一片狼藉。

程渭奇："这简直是胡闹，田大道，你自己瞧瞧，你以为这还是文化大革命吗？还给我打砸抢呐！"

田大道手下："书记！出差回来啦？我有事想您汇报呐！"

田大道尴尬地："别向我汇报了，向程书记汇报吧！"

田大道手下："程书记，这可不关我们村民的事儿，这都是供电局根本不买县委的账。他们明明知道县里刚刚召开了抗旱紧急会议，还硬是断了我们抗旱用的电！"

程渭奇："哦？断了抗旱用电？"

供电局同志："什么抗旱用电？我们拉掉的是小煤窑的线路。"

田大道手下："我们十几台水泵啊，用的都是那条线。"

供电局同志："这我不管，凡是拖欠电费一年以上，立即断电，断电通知书早就下给他们了。"

田大道手下："你听见了吧。我们抗旱的事，他们供电局根本不管，他硬是断了电，村民没有办法只好自己接线，我们劝都劝不住。"

田大道嘲讽地："供电局不让咱抗旱，咱就不抗旱嘛，咋能乱来呢。就是地里的庄稼全都旱死了，程书记也不能让咱饿肚皮呀。"

程渭奇："你少说这些酸话行吗？究竟是强行送电，还是冲砸变电站？"

田大道手下："我们又不懂电，我们有什么办法？这不就出事啦。"

程渭奇："那为什么要自己动手呢？为什么不把抗旱的道理跟人家说清楚，让人家送电，这不是胡闹么。"

供电局同志："程书记，破坏电力设备是个什么罪，大家心里都清楚，省局徐局长说了，此事不认真处理，停电地区就不恢复送电。而且，民郊县也立即停电。"

20. 国际工业园会议厅　日　内

郭书记："咱们国际工业园从规划到开发，都已经两年多了，现在人家要来相闺女了。咱这闺女能拿得出手吗？今天咱们自己先照照镜子。哪位先说啊？"

李主任："我先说拆迁问题。"

郭书记："好，李主任先说。"

李主任："平川工业区的拆迁，牵扯到两个乡十一个村的拆迁。共有五千三百户，有两万四千九百八十人需要安置，其中就业人口达八千二百六十三人，拆迁费用预计一亿五千万，但是目前市财政局只筹集到五千万。现在因赔偿经费和就业问题，工业园中心地带大王庄，还有四十五户没有迁出来，严重影响了第二期工程的进展。情况就是这样。"

束市长："好了好了，你给市委的报告我已经看过了。下星期，咱们市组的工作会议上专门研究。关于资金问题嘛，回头我跟交通银行、建设银行的头头们通通气。"

郭书记："好啊，李主任这个头起得好，今天就是要少谈成绩，多谈问题，还要把问题谈深、谈透，大家共同研究出一个解决办法来。"

张局长："我说说工业园的用水问题，工业园的用水问题始终没有得到解决。虽然我们在大漠河建了一个水厂，可是连续两年干旱，大漠河已经干枯了。现在市民的用水问题已经控制在每天两小时的供水，将来工业园就是全部竣工，不要说工业用水，就连每天喝的水恐怕都成问题。不瞒大家说，今天到会诸位所喝的水那都是用水罐车从水厂拉来的。"

郭怀秋在笔记本上记了一个大大的"水！"字。

束市长不以为然地："张局长，你不要危言耸听嘛！"

张局长："束市长，现在都旱成这个样子了，我说的话一点'水分'都没有。"一句话倒把众人逗乐了。

郭怀秋自言自语道："水，水呀……"

服务员以为郭书记要喝水，拎了暖壶过来，郭书记谢绝。

郭怀秋："过去歌里说，鱼儿离不开水，瓜儿离不开秧，要是我们工业园没有水，就会渴死、干死、枯死。我要是解决不了水的问题，死不瞑目。"说到这里，郭书记情绪激动。

束市长："郭书记，言重了吧。我想，经过大家的努力，总会找到解决问题的办法。"

旁边人附和："对，对。"

### 21. 下泉旺村　日　外

四老爷击打着村头那口旧钟，男人们拿起铁锹等工具聚集起来。

四老爷："好，你们去吧，拿不回水来，就不要回来见我！"

### 22. 国际工业园会议厅　日　内

交通局长："工业园当初选址，紧临两条国道，就是以为可以节省修路资金。可是目前由于经济建设的发展，车流量日益增大，从工业园至市中心本来只有二十分钟的车程，现在起码要用四五十分钟，甚至一个小时。根据专家建议，或者是扩建现有国道，或者加修一条六车道高级公路。另外还要加建一座立交桥，一座铁路桥，总投资初步估算，至少是二十亿元。"

郭书记听着在笔记本上记录了一个大大的"路！"字。

曹务平："俗话说，要想富，先修路。这工业园区的路，就好比园区的血脉，如果血脉要是不通的话心脏肯定是要出毛病的，所以工业园区的路很重要，你说是吧郭书记？"

郭书记："岂止是工业园区的血脉啊，也是我们平川市的血脉。"

束市长："路是个大问题，明年我们市委肯定有大动作，眼下大家是不是谈一谈迫在眉睫的问题啊。"

电力局长："我就要谈一下这个问题，早在工业园破土动工的时候，省电力局就要我们市府出资新建一个电厂，电网发电，否则对这三十五平方公里的工业园用电供应不列入计划，但是我们市财政捉襟见肘，心有余而力不足，随着工业园建设规模的扩大，电力缺口也越来越大，现在日缺电五十万千瓦。对于拉闸限电，厂矿企业市民反映很大，我们实在是巧妇难为无米之炊。"

郭书记的笔记本上又写下一个大大的"电！！！"字。

23. 下泉旺村口　日　外

下泉旺村支书："乡亲们！不能去呀！"他拦在村民的拖拉机前面，"千万不能去呀，这样打下去，啥时是个头啊！乡亲们千万不能去啊！"

四老爷："小六子，你是书记，这儿没你的事！离远点。"

支书："四老爷，我求求你啦！我给大伙跪下啦！"说罢跪倒在地，"乡亲们我求求你们了不能去呀！"

四老爷："你们把他给我拉走！"

几个村民把支书拉开，队伍继续出发。

24. 国际工业园会议厅　日　内

一个办事员跑进会议室传递消息。

郭书记："出了什么事？"

电力局长："郭书记，省局通过本系统下达了文件，指示我们立即采取有效措施解决民郊县变电站被砸事件，否则，民郊县立即停电。"

郭书记："工业园会议暂时休会。李秘书，通知吴书记、民郊县委书记程渭奇、公安局毕局长，马上到市委召开紧急会议。"

李秘书："好的。"

毕局长匆匆赶来："郭书记，大漠县的农民为了抢水，已经埋好了炸药，马上就要炸坝了！"

郭书记："简直是胡闹！李秘书，供电紧急会议暂时先放一下，华如、务平，咱们马上到大漠去。李秘书，让吴书记立刻赶到大漠。"

25. 国际工业园门口　日　外

众人纷纷向外走，车辆被迅速调派过来。警车开道，一行车辆驶向大漠。

26. 去往大漠途中　日　外

一起交通事故拦住了去路，警务人员忙着疏通。郭怀秋、束华如、曹务平下了车。

束华如："这条路啊，一直就很难走。"

道路终于被疏通了，一行人继续前行。

27. 车内　日　内

郭书记："华如，你说十年前我如果不离开大学，现在怎么样？"

束华如："郭书记……"

郭书记："现在大概也能做博士生导师了吧。"

束华如："郭书记，您怎么又提这些老话。"

郭书记："没想到我那篇宏观经济与改革开放的论文会引起上面领导的注意，我被一辆红旗轿车接进省委，给常委们讲课，讲了几天？"

　　束华如："三天。"

　　郭书记："呵，亏你还记得。足足讲了三天啊。十年过去了，我也算操尽了心，费尽了力，可现在又弄得怎么样呢，市属企业的亏损，超过警戒线，全市下岗人员七万多。现在这个国际工业园也是困难重重啊。华如，你说大家对我怎么看。"

　　束华如："郭书记，大家都说你是大好人。"

　　郭书记："大好人？呵，还是老好人呢。"

28. 路上　日　外

　　又有一处道路堵车，车辆被迫停下。

　　郭书记："毕局长，过来一下。哎呀，你是怎么搞的嘛，你看车堵成这个样子。"

　　束华如："老堵车，这路怎么搞的。"

　　毕局长："好，我尽量疏通。"

　　曹务平："我说过，这路况不解决，是要耽误事情的。"

　　叶青秘书长匆匆赶来。

　　郭书记："你干什么来了。"

　　叶青秘书长："郭书记，省委急电，我市胜利煤矿赴省上访的待岗职工，正在省委门口静坐，刘书记很恼火，让我们派人派车，去省里接人呢。"

　　郭书记："这不是乱上添乱嘛，华如，你马上到公安局把毕局长（此处疑为编剧失误，刚才负责指挥车辆的就是毕局长，现在又说在公安局——笔者）给我找来。"束市长正要走，郭又道，"华如，我看你还是去大漠吧，我亲自到省城去一趟。"

　　曹务平急切地对叶秘书长说："你赶快找毕局长，让他们把路疏通，要不我们怎么赶路啊？郭书记还有事要办呢！"

　　郭书记气道："这让我怎么走！"话没说完突然疼痛难忍，众人连忙将他扶住。

29. 上泉旺村　日　外

　　炸药爆炸，响声震天，村民好奇地跑去看。

　　一人骑着摩托过来："乡亲们！下泉旺村人炸坝了，炸死了好几个人呢！"

　　乡亲们纷纷焦急地问道"有我家人没有啊……"

30. 医院手术室　日　内

　　郭书记被抬上病床，医生抢救治疗。

　　宋院长："现在情况很危险。"

　　叶秘书长："宋院长，要不惜一切代价进行抢救。"

　　宋院长："你放心，我们一定全力抢救。"

29. 上泉旺村头　日　外

　　拖拉机拉着死伤者回来，村中女人哭喊着。

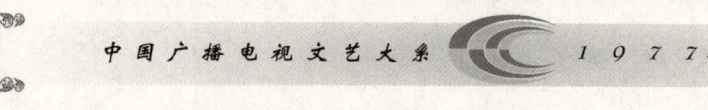

**一位老者：**"哎呀，这怎么得了啊，乡亲们，他下泉旺村人把坝给炸了，又炸了咱这么多人，乡亲们，一定要报仇啊！"

### 30. 手术室　日　内

**医生：**"现在他的心跳非常微弱，情况很不好啊，得看一看怎么办。"

医生还在全力抢救。

曹务平眼中淌着泪。

显示仪上的心跳，渐渐变成了一条横线。

**宋院长：**"对不起了，我们已经尽了最大的力量。"

束华如痛苦地转向一旁。

（画外）："市委书记郭怀秋，心力交瘁地倒在了工作岗位上，这时候，平川八县的政治经济秩序仍按固定规律和原有的惯性运行着，本该发生的事情还在发生，本该暴露的问题还在暴露，形势及其严峻。"

　　　　　　　　文字整理：闫琳
　　　　　　　　资料来源：根据土豆网提供的视频完成文字整理。
　　　　　　　　具体参见http：//www.tudou.com/programs/view/i51VF4pHHU4/

## 红十字方队

首播时间：1997年
首播电视台：中央电视台
摄制单位：中央电视台影视部、解放军后勤部电视艺术中心
编　　剧：马继红、高军
导　　演：刘惠宁、王文杰
摄　　像：孔笙
主　　演：罗刚、傅冲、颜丙燕、刘威葳
获奖情况：第十八届（1997年度）中国电视剧飞天奖长篇电视剧二等奖、优秀编剧奖；第十六届（1998年）中国电视金鹰奖最佳长篇连续剧奖、最佳女配角奖；第七届"五个一工程"优秀电视剧奖。

**剧情梗概：**

　　一群金榜题名的男女学员从四面八方来到军医大学。其中，自视清高的肖虹与性格耿直的江男常有磕碰；开着汽车来报到的黎明因不拘生活小节受到队长黄大鹏地训斥；与奶奶相依为命的司琪等。军训开始，本校硕士毕业生、代理教导员罗芸与担任教官的特警营营长赵志伟发生冲突。从美国留学归来的青年博士林克凡因爱慕罗芸，主动到军医大学工作。赵志伟奉命调入学员队担任队长，使从小把他当作大哥哥的肖虹，产生了一种极为复杂的情绪。黎明为出黑板报，在集贸市场去买水彩，路遇小流氓调戏少女，他挺身而出，狠狠地把小流氓教训了一顿，小流氓却恶人先告状。黎明保护的那个少女也矢口否认有人欺侮她，将黎明陷入一种被动的境地。张飞宇的父亲来学校看他，他避而不见，与张飞宇中学就是同学的丁惠敏百思不解。在班长的选举中，肖虹因没当上班长，找赵志伟去闹情绪。林克凡终于向罗芸射出了丘比特之箭，但出乎意料，罗芸并没有接受他的爱，反而对赵志伟心生爱慕。林克凡向赵志伟坦述了自己对罗芸的爱，希望赵志伟退出。赵志伟感觉受到了羞辱，对罗芸的态度发生了明显的转变。罗芸承受不了这种打击，向林克凡发泄。

　　学校组建红十字艺术团，司琪由于经常偷着跑出去看奶奶而违纪，导致了肖虹等人的不满，江男为其打掩护，内心十分矛盾的司琪向江男哭诉了自己的身世。奶奶在张家做保姆时卧病不起，司琪为了照顾她，再次发生违纪现象，赵志伟在调查事情经过时，意外地发现，司琪竟是为掩护他而牺牲的老连长的女儿。江男得知司琪奶奶在张家受辱的情况后，拉着张飞宇去找张家讲理，想不到，敲开门后，张飞宇面对的竟是自己的父亲。

　　赵志伟对司琪的一次次袒护，引起了罗芸的不满。学员们在全国英语四级统考中百分之百地通过，轰动了当地高校。在赵志伟的力荐下，电视台采访了司琪，一贯爱出风头的肖虹为此受到打击，发誓要凭自己的能力上一回电视。在中学同学汪金宝的帮助下，肖虹偷偷地参加了电视台举办的主持人大赛，并获得冠军，但这并没有给她带来欣慰，相反受到了赵志伟的训斥。丁惠敏沉醉于朦胧诗中，学习成绩不好，巨大的心理压力使她患了精神抑郁症，甚至服药自杀。当她回到集体中时，感受到了集体的温暖。

　　肖虹被赵志伟误认为是她导致司琪失去出国机会，受到训斥之后离校出走。由于学员队出现的肖虹出走、丁惠敏自杀等一系列事情，赵志伟被宣布停职。司琪以为赵志伟的停职是她造成的，便打算辍学，和奶奶一起回老家去。奶奶以为孙女做了什么见不得人的事，一气之下，摔断了腿。赵志伟、罗芸在张飞宇的带领下，找到司琪奶奶的住处，赵志伟终于见到了他多年来一直寻觅的司大娘，百感交集。赵志伟把同学们带到了自己的老部队，在老连长的墓前，赵志伟向司琪讲述了这石碑下的故事。张飞宇在司琪的奶奶的劝慰下争取缓和与父亲的关系。张父再次去飞宇实习的医院找他，飞宇终于叫了他一声"爸爸"，使张父泪流满面。

　　江男不幸患了白血病，在她生日那天，同学们聚在病房的楼下，捧着蛋糕和蜡烛，过了一个难忘的"共同的生日"。当同学们演习归来，兴致勃勃地去看望江男时，推开病房的门，竟发现江男已经离开了他们……队长列队点名时，脱口而出江男的名字，突然意识到江男已经不在了。此时，队列中响起无数个声音在替江男答"到"！毕业欢送会上，弥漫着一股即将分别的伤感气氛……每个人都说出了自己最想说的话，而江男始终与他们同在……

> 文字整理：张瑶
> 资料来源：根据优酷网提供的视频完成文字整理。
> 具体参见 http：//www.youku.com/

## 剧本：

### 《红十字方队》第六集

**1. 自习室　日　内**

（惠敏进入，将一包东西放在桌上）

张飞宇：哎，惠敏你这是什么？

丁惠敏：张飞宇你出来，我有事要找你。

（张飞宇、丁惠敏二人双双出去）

骆青藏：哎，我们刚才还在讨论丁惠敏参加编辑部的事，大家都不同意，就张飞宇没表态，瞧，送礼来了，这回看飞宇怎么办吧。

黎　明：咳，这好不好办咱是盛情难却，该吃的咱们全吃了，同意不同意到时候再说。

**2. 自习室门口　日　外**

张飞宇：哎，惠敏，怎么回事，那东西？

丁惠敏：是你爸爸刚送来的。

张飞宇：他又来干什么？

丁惠敏：（从衣袋里拿出一字条）这是他新家的地址，让你去坐坐。（张飞宇接过字条看了看撕掉扔在地上）

张飞宇：他这是自作多情。

丁惠敏：嗨，飞宇！

**3. 自习室门口　日　外**

赵志伟：（突然从室内走出）张飞宇怎么乱扔字条啊，捡起来。

丁惠敏：张飞宇我觉得你这是做过了，非让你爸爸跪在你面前你才肯原谅他吗？（张飞宇转身捡起字条回到室内）

**4. 队长办公室　日　内**

罗　芸：队长要出门啊？看你这种神情像是要办一件大事似的。

赵志伟：出门，你想知道吗？

罗　芸：嗨，什么事呀？透露透露！

赵志伟：借用你的一句话——保密。

**5. 一建筑工地附近　日　外**

　　林克凡：标准的军人一分不差。

　　赵志伟：你约我到这来真是不错的地方。怎么，你找我有事吗？

　　林克凡：赵志伟，以前我们都是远远彼此观望的人，还没有面对面的深谈过。

　　赵志伟：对。

　　林克凡：过去我一直认为你是一个标准的军人，虽然我到军队的时间还不长，但我想你作风、品质都是属于典型军人，可是现在看来，我错了。

　　赵志伟：这话从何谈起呀？

　　林克凡：在罗芸的问题上，你不是一个坦荡的君子，罗芸还年轻，重感情，对什么都相信，你恰恰利用了她这一点。

　　赵志伟：我对罗芸怎么了？

　　林克凡：你爱着罗芸。

　　赵志伟：她没嫁，我没娶，即使爱着她又怎么了？

　　林克凡：志伟，我爱罗芸。

　　赵志伟：因为你爱她，难道就不允许别人爱她吗？

　　林克凡：赵志伟有些话恐怕我说出来你不爱听，但我今天非要说，在你认识她之前，我们的关系就已经很成熟了，就是为了他我才舍去一切，回到国内来到军医大学的，她对于我是无可替代的。

　　赵志伟：你今天找我就是为了这事吗？

　　林克凡：是的。

　　赵志伟：那好，我可以告诉你，第一，我跟罗芸之间乃至今天都是同志关系，第二，只要罗芸没有披上婚纱，你就无权阻止别人去爱她。（赵志伟走了）

**6. 操场　日　外**

　　张飞宇：哎，司琪，（拿东西给司琪）看你这几天瘦了，拿去补补身体吧。

　　司　琪：我不要，你自己留着吧。

　　张飞宇：你一定要拿着。

　　司　琪：我真的不要。

　　张飞宇：拿着吧。

**7. 校园　日　外**

　　罗　芸：丁老

　　丁恩怡：小罗啊！你昨天给我那个论文综述我看过了，还是蛮有新意的，原来我一直在担心你到学院工作会不会荒废了学业，现在看来这种担心多余的。

　　罗　芸：那您看我这篇论文能参加全年的学术年会交流吗？

　　丁恩怡：我看可以，给小林看过了吗？

　　罗　芸：她最近很忙。

丁恩怡：是啊，小林的势头很好，我看他很有发展，最近上报他为突出贡献的中青年专家，申报政府特殊津贴。

**8. 罗芸办公室一楼　日　内**

罗　芸：对了，丁老，下星期学员下去见习，我搞了一个分组名单，我拿给你看，你等一下，我马上那个就来呀。

丁恩怡：好啊！

罗　芸：惠敏考试那几天身体不好，所以考试成绩不太理想。

丁恩怡：什么身体不好，是这里有问题（用手指头），都让她奶奶给宠坏了。

罗　芸：丁老您要相信惠敏。

丁恩怡：嗯，隔代人交流难啊，惠敏我就交给你了。

罗　芸：丁老。（丁走了）

（赵志伟走过来）

罗　芸：志伟。（没理他，走了）

**9. 队长办公室　夜　内**

罗　芸：赵志伟。

赵志伟：干什么呀？

罗　芸：你把话说清楚。

赵志伟：我说什么呀？

罗　芸：你凭什么这么对我？

赵志伟：我对你怎么了？（要走）

罗　芸：哎，不行，你今天一定要说清楚。

赵志伟：罗芸，我这个人直脾气，说话喜欢直来直去，我无意加入三角恋爱的游戏中，更不想做第三者。

**10. 林克凡住处　夜　内**

林克凡：（开门）来了，噢，罗芸啊，请进。

罗　芸：我问你是不是找过赵志伟。

林克凡：啊。有话进来再说吧。

罗　芸：你回答我。

林克凡：嗯。

罗　芸：我明白了。

**11. 教室楼下大厅　日　内**

罗　芸：志伟、志伟。

赵志伟：有事吗？

罗　芸：想和你谈谈。

赵志伟：谈什么？
罗　芸：志伟对不起，我不知道林克凡找过你。
赵志伟：就这事吗？没必要谈了。
罗　芸：志伟，没想到你是这么没气量的人。
赵志伟：气量？你要我有什么气量，我和你怎么了，我们之间无非是一种工作关系。

12. 林克凡办公室　日　内
　　林克凡：（打电话）请问罗芸在吗？她去哪儿了？啊！好了。

13. 队长办公室　日　内
　　林克凡：罗芸你让我好找啊！
　　罗　芸：赵志伟你别走，今天趁大家都在，咱把话说清楚。林克凡，你能把跟赵志伟说的话再重复一遍吗？林克凡我是你什么人，你有什么权利指责赵志伟呢？
　　林克凡：是呀，我是没有权利指责什么，可是爱一个人，不管爱得如何痴迷，如何让人耻笑，他都没有罪过。

14. 教室　日　内
　　老师：同学们，我们今天继续学习生理生物学的内容，今天我们主要讲下丘脑的结构跟功能，我们知道，下丘脑在人体当中是一个很小的组织，它的重量只有4克，但是它在人体的生理功能中具有非常重要的意义，在这个领域当中呢，至今仍有许多未知数等待我们去探索。

15. 张飞宇爸爸家　日　内
　　女主人：老太太你要睡多久啊？你还不赶快看孩子呀？
　　女主人：老太太你聋还是哑，我叫你半天，你怎么不动啊。
　　司琪奶奶：我发烧了，能不能给我口水喝？
　　女主人：是你是佣人还是我是佣人。难道我花钱雇你来，还让我伺候你不成？

16. 操场　日　外
　　骆青藏：哎，江男，司琪呢。
　　江　男：噢，她在那边。
　　骆青藏：司琪，你电话。
　　司　琪：哪来的？什么事呀。
　　骆青藏：一个女的打来的，好像说你奶奶得了什么急病。
　　司　琪：我奶奶？
　　司　琪：喂，（接电话），什么？我就来。
　　江　男：什么事呀？
　　司　琪：你帮我请个假啊！
　　江　男：司琪，司琪你别着急呀。

**17. 张飞宇爸爸家　日　内**

**女主人：**（开门）是你呀，来得还挺快呀。

**司　琪：**我奶奶怎样了。

**女主人：**在屋里躺着呢，快去看看吧。

**奶　奶：**琪你又来了。

**司　琪：**奶奶你发烧了。

**奶　奶：**不要紧，你不要管我。

**司　琪：**奶奶咱得马上去医院，奶奶我扶你起来。

**女主人：**老太太，你孙女来了，快跟她回去养养吧。

**司　琪：**奶奶正在发高烧呢。

**奶　奶：**不要紧。

**司　琪：**奶奶。

**奶　奶：**我没事，躺两天就好了。

**女主人：**你们这些乡下人真是的，奶奶都这么大年纪了，还让她出来做事，乡下虽然穷，可那也是命啊，你们做晚辈的还有良心吗？

**司　琪：**你。

**女主人：**你来我们家这段日子，虽然干活手脚粗了点，可也不容易，现在你病了，这么大一把岁数了，我们也不忍心留下你服侍我们，我和我们家先生商量过了，多算你几天工钱，离半个月还差两天，就算半个月吧，这不，你孙女也来了，跟她回去好好养养，你孙女这么大了，也该回去享享清福了，别再受累了。

**司　琪：**你怎么能这样对待我奶奶呢？她在你们家受苦受累一声不吭，现在都变成这样子，你们就忍心把她撵出去。

**女主人：**咦？你这个丫头怎这么说话呀，我们雇你奶奶是来干活的，也不是给她养老送终的，养老送终是你们的事。

**司　琪：**你欺人太甚，我们找邻居评理去。

**女主人：**话要这么说可就好说不好听了，你来我们家干活，我供她吃、供她住，待她够好的了，我们家丢了钱我连吭都没吭一声。

**奶　奶：**什么？你。

**司　琪：**奶奶。

**奶　奶：**你丢了钱？

**司　琪：**奶奶。

**奶　奶：**你把话说清楚，不错，我们是穷，可穷得有骨气，你说你丢了什么钱？

**女主人：**我在抽屉里的五百块钱前天不见了。

**司　琪：**你丢了钱跟我奶奶有什么关系？

**女主人：**这屋子里除了我们两口子就是孩子，难道是我孩子拿走了？

**司　琪：**奶奶。

**奶　奶：**小琪让我走，扶我起来。我到你们家可以被你骂、受你气，我不能受你冤枉。

司　琪：奶奶。

奶　奶：让我走，让我走。

## 18. 去医院的路上　日　外

司　琪：奶奶你别跟她们生气。

司　琪：奶奶、奶奶、奶奶（奶奶摔倒），奶奶（司琪背起奶奶）。

## 19. 医院　日　内

司　琪：挂个急诊。（医生给奶奶看病）

司　琪：医生我奶奶的病怎么样了？

医　生：你奶奶烧得厉害，住院治疗，先到住院处交押金。

司　琪：多少钱？

医　生：六百。

司　琪：我没带那么多钱。

医　生：你回去取吧。不交押金怎么能收治。

司　琪：不是说救死扶伤吗？总不能就让我奶奶就那么躺着啊！

医　生：别跟我说这些，医院有医院的规定，都什么年代了，现在是商品经济社会，你不交押金我也垫不起呀。

司　琪：我奶奶病得这么重，你就救救她吧，钱我明天一定带来，我就奶奶这一个亲人了。

医　生：那好吧，你奶奶我收下，钱，你明天一定送来。

司　琪：嗯。

司　琪：医生（在病房照看奶奶）。

医　生：没事，脱离危险了，你奶奶体质太差，你也回去好好休息吧，明天别忘了把钱带来，就这样吧。

医　生：二床怎么样啊？

## 20. 校园　日　外

江　男：哎，司琪你终于回来了，怎么样？你奶奶究竟有什么事，待会儿回班别人问你干什么去了，你就说向我请过假，什么事保密。

司　琪：谢谢你呀

江　男：到底怎么了？

司　琪：我想求你件事。

江　男：司琪，咱们是好朋友，有事还用说求吗？

司　琪：我想找你借点钱。

江　男：哦，你说吧，借多少？我这有三百多块钱，要是不够的话，我回去取去。

司　琪：够了，够了，三百就够了。

江　男：哦，拿着吧，给。

司　琪：我一定会还你的。

江　男：司琪，什么时候才能真的把我当朋友。

21. 寝室　日　内

白婷婷：司琪，你一个人干吗呢？看你这两天心神不定的，遇到什么了吗？

司　琪：没事，婷婷你身上有钱吗？

白婷婷：有啊！咱什么时候缺过钱，你问这干吗？

司　琪：借我点。

白婷婷：行啊！借多少？

司　琪：二百。

白婷婷：正好二百，就这些了。

司　琪：谢谢你呀。

白婷婷：司琪你借钱干吗？

司　琪：有点急事，不过我肯定会还你的。

白婷婷：你这是哪里话。司琪你学习那么好，再帮帮我，还有呢，我要是范错误什么的，别老抓住我不放。哦。

22. 医院　日　内

奶　奶：小琪呀，奶奶不中用，本来想帮你，想不到越帮越乱，到成了你的累赘。

司　琪：奶奶。

奶　奶：照这样还不如早点死了好。

司　琪：奶奶，你怎么这么说话呢？

23. 教室　日　内

老　师：同学们今天学习泌尿生殖系统的解剖学，泌尿生殖系统从它们的胚胎组织到发生学来讲，它是来自两个试管，所以要分成有……

24. 操场　日　外

人　群：快点、快点、走啊！

25. 操场　日　外

江　男：司琪、司琪到底怎么回事，你今天不把事情给我说清楚，我就当没有你这个朋友。

司　琪：江男。

26. 校园　日　外

肖　虹：墙脚树枝梅。

凌　茹：我怎么看不懂啊，什么意思？

肖　虹：我就知道你看不懂。

27. 校园　日　外

　　执勤员：别走，哪个队的？
　　凌　茹：学员八队的。
　　执勤员：怎么乱扔纸条啊，捡起来。
　　凌　茹：是。
　　执勤员：把所有的纸条都捡起来。

28. 校园　日　外

　　江　男：天下竟有这样狼心狗肺的东西，咱们找她说理去。
　　司　琪：江男，这行吗？
　　江　男：我这个人眼里最揉不得沙子，司琪你什么都好，就是太懦弱。像她们这种人要是不给她厉害讨个公道，她们以后还不知道怎么害人呢？这个事你别管了，安心照顾你奶奶吧。

29. 女寝　夜　内

　　白婷婷：江男，司琪到哪去了，这几天她鬼鬼祟祟的干什么呢？
　　江　男：她有实验没做完，她向我请了假。
　　白婷婷：她这么玩命恐怕赖在红榜上不下来吧。
　　江　男：睡吧。

30. 女寝走廊　夜　内

　　罗　芸：你干什么去了？

31. 办公室　白、内

　　赵志伟：（在打电话）好的，好的，好，我马上通知她。再见。
　　赵志伟：罗教导员。
　　罗　芸：叫我呀？
　　赵志伟：对。
　　罗　芸：好，马上来。

32. 办公室　白　内

　　罗　芸：队长什么事啊？风风火火的找我。
　　赵志伟：噢，刚才学校来个电话，说是让你参加学术交流会。
　　罗　芸：噢，我知道是林克凡学术研讨会。
　　赵志伟：你把手头工作交代一下明天去报到啊。
　　罗　芸：我不想去了。

赵志伟：为什么？

罗　芸：我不想见到林克凡。

赵志伟：这就是你不对了，你老说我没气量，没想到你比我还没气量，抛开其他的因素不谈，这是一次学习的好机会，况且林克凡是位优秀的青年学者。

罗　芸：你真这么想的？

赵志伟：嗯，这几天我也认真想过了，当一个人深深爱着另一个人的时候，这一切就都可以理解了。

罗　芸：司琪的事情你打算怎么处理呢？

赵志伟：不管什么情况都严肃处理，半夜三更出去还掩人耳目，做伪装，这样下去非出事不可呀！

罗　芸：你别发火，我已没时间找她谈了，你呀，等弄清情况以后呢再做处理。

赵志伟：嗯，你放心地走吧，这的一切我来处理，

罗　芸：嗯，司琪这个学员是很努力的就是性格太弱，昨天晚上我找她谈她就是哭，一句话也不说，你找她的时候可千万要注意点。

赵志伟：嗯。

33. 办公室　内　日

江　男：报告。

赵志伟：进来。

江　男：队长你找我？

赵志伟：对司琪的处理我想听听你的意见，司琪一贯的表现还是不错的，但有人反应她经常偷偷外出，身为一个军人，三番五次地违反纪律。对了，还有你帮助她打掩护，我想了解这里面的真实情况。

江　男：一定要说吗？我的解释对司琪很重要吗？

赵志伟：是。

江　男：队长，你不知道司琪生活的有多苦啊。我本来答应过司琪向她起过誓，她的身世我不对任何人说，可是现在？

赵志伟：她的身世怎么了？

江　男：她和孤儿差不多了，她的爸爸是个烈士，在部队训练中牺牲了，不久她的妈妈又去世了，只有相依为命的奶奶。队长她真的生活很苦啊！

赵志伟：你是说她爸爸是在一次训练中牺牲的？

江　男：嗯。

赵志伟：会不会是她？

34. 外　日（训练场的回忆）

司琪爸爸：小赵……

赵志伟：连长……

## 35. 女寝 内 日

惠　茹：队长。

赵志伟：继续学习吧。

江　男：队长。

肖　虹：队长。

赵志伟：她们几个呢？

白婷婷：她们几个出去了。

白婷婷：是司琪的。

## 36. 外 日（回忆）

司琪爸爸：这是送给我女儿的生日礼物，她是属牛的，小赵，刻得像吗？

司琪爸爸：小赵，明天就要实战考核，怎么样，紧张吗？

赵志伟：噢，紧张，昨天晚上我就开始睡不着了。

## 37. 日 内 邮政储蓄所

赵志伟：麻烦你全部取出来。（赵志伟取款）

## 38. 夜总会 夜 内

罗　芸：克凡今天听了你的报告，让我开阔了很多思路，好像听了你的报告，会为一些事献出一生，会对很多人好似的。

林克凡：是的，医学确实是和生命一样，是一个巨大能动。我们目前所认识还仅仅是皮毛，现在我们有这么好的条件，需做的事情还是很多的，所以我经常有一种时不我待的感觉。

罗　芸：是呀，我何尝不是呢？

林克凡：罗芸听我一句话，我就是想跟你讲。

罗　芸：那你说吧。

林克凡：我们认识已经整整五年了，从那次认识你，我就认定你在专业上是很有发展前途的，尤其是科研，我一直认为你肯定会坚持不懈地努力下去，像你的丁老那样摘取医学圣殿的桂冠。

罗　芸：可是我那个初衷没有改变。

林克凡：可是罗芸，搞研究不能一心二用啊，我到学校的时间不长，对军队还不太了解，或者说了解还不够深，可是我总以为，你现在还在行政岗位上是种浪费啊。也许我的是一种奢望，目前我的这个课题，我以为是非常有发展前途的，我相信用不了多长时间肯定会引起同行的关注，我希望你能加入。

罗　芸：克凡，你是搞医学工程的而我是搞临床的，咱们俩怎么能研究到一块呢？

林克凡：我只是希望你能早些离开学员队。而且我还知道你原本是完全有希望破格进副教授的，只是缺少一篇在国家一级学术刊物上发表的有分量的论文。

罗　芸：你是认定我只能成为一名女专家，而是不能成为一名女将军。

**39. 学校　外　日**

　　张飞宇：江男，到底怎么回事，你这么发火？

　　江　男：待会你就知道了，反正不会拉去干坏事。

　　张飞宇：到底怎么回事你说呀！

　　江　男：简单地说吧，一个上了岁数的老人被一家有钱的人家雇去当保姆，什么活都干，工钱又很少，还有经常挨骂，可是老太太病了，她们家却把她踢了出去，还诬陷她偷了她家的钱呢。那天老太太高烧40度，她硬把她撵出家门。你说这种事情我们该不该管管。

　　张飞宇：确实太没人性，可咱们为什么管这些事。

　　江　男：这个老太太就是司琪的奶奶。

　　张飞宇：那你找我就太对了，我就看不得这种没人性的东西。走。

　　江　男：等一等，我们该不该研究一下怎么去登她家的门呢？

　　张飞宇：这种事还研究什么，看我就行了，有地址吗？

　　江　男：有，给。

　　张飞宇：走。

**40. 居民小区　外　日**

　　张飞宇：就这。

**41. 女主人家　内　日**

　　张　父：噢，飞宇是你呀，来，快进来，快进屋啊。

　　张飞宇：怎么会是你？

　　女主人：是谁呀？

　　张　父：是飞宇。

　　张飞宇：你真让我丢脸。

　　张　父：飞宇，你，飞宇！

**42. 居民小区　外　日**

　　张　父：飞宇，飞宇，你站住，飞宇！你到了家门口怎么又走了呢？

　　张飞宇：像你这样的人应该断子绝孙。

　　张　父：飞宇你这是怎么了？

　　张飞宇：我真傻，我看着你一次一次来看我，我居然差点动心，我以为是随着时间的推移我能把以前的事都忘了，世界在变，可人也会变的，可我万万没有想到，那个比我父亲还该诅咒的人居然是你，我告诉你，我告诉你，如果我以前还承认我身体还流淌着你的血液的话，从现在开始，从此时此刻起，我永远不会承认我曾有你这样禽兽不如的父亲。

43. 女人家　日　内

　女主人：我花钱雇的人，就像我从商店买的东西，我想用就用不想用就不用，你管得着吗。

　江　男：可人毕竟不是东西，你这么做你的良心能安吗？

　女主人：良心？我的良心安得很，再说我犯了法，用你来管吗？有派出所，有警察呢，你狗拿耗子。

　张　父：你给我闭嘴好不好。

　女主人：好啊！张新建你帮助外人说话！

　张　父：我叫你闭嘴。

　女主人：我说，我就说，他狗拿耗子……

　张　父：对不起我真的不知道，你能把前前后后的事情给我说一遍好吗？

　　　　　　　文字整理：孙慧

　　　　　　　资料来源：根据优酷网提供的视频完成文字整理。

　　　　　　　具体参见 http://v.youku.com/v_show/id_XNTg0NDA3OTY=.html297?tpa=dW5pb25faWQ9MTAyMjEzXzEwMDAwNl8wMV8wMQ

# 警方110

首播时间：1997年

首播电视台：中央电视台

摄制单位：山东电影电视剧制作中心、济南市公安局、
　　　　　中央电视台影视部

制 片 人：张　营

文字统筹：张宏森

编　　剧：杨剑鸣、殷习华、宋　斌

导　　演：孙　波、孔　笙

摄　　像：孔　笙、王　滨

主　　演：赵恒煊、陈　炜、刘继忠、岳　红、腾汝骏

获奖情况：第十八届（1997年度）中国电视剧飞天奖中篇电视剧提名奖；第十六届（1998年）中国电视金鹰奖最佳中篇连续剧奖。

**剧情梗概：**

"有警必接，有难必帮，有险必救，有求必应"是110的四有承诺，110队员除了要和穷凶极恶的犯罪分子作斗争外，还要服务于群众的各种各样的救助要求。夜间，一名女子在家中自杀，其幼女白雪打电话报警。110的同志们来到门外，孩子要他们唱《鲁冰花》才肯开门，无奈几个大男人只好唱起歌来，门开了，女子被送往医院，孩子白雪被带回警队。北京来的记者林凡前来采访，但干警们接到任务，只得把小白雪交给林凡照看。干警们成功抓获持刀劫持人质的犯罪嫌疑人江满红，回来途中救助了因家庭问题而跳水的老太太，老太太被六个不孝儿女遗弃，无处可去，暂住警队。队长刘汉夫妇将白雪带回家中，父亲认为他处事不当。"大个子"李越因为出勤的原因导致约会迟到，遭到女友郭娟埋怨。餐厅有人打架，李越想上前制止却被小娟拦住，警队人员赶到阻止了打斗。李越被同事嘲笑，生气离开。两名歹徒持枪劫持了出租车，并且携带炸药，110的同志勇猛地追捕将其抓获。一村民家中房塌，需要火速将伤员送往医院，而警车在途中爆胎，李越忘了将备胎充气导致延误了任务，全队受到指挥长批评。庞亮不喜欢110的工作，一心想要调离。刘父与白雪相处融洽，小白雪童言无忌，说最怕老虎和警察。干警们为帮助一对老夫妇修水管，却引来全楼其他住户的不满。市民投诉附近夜总会的音乐干扰居民生活，干警们来告诫夜总会老板。豹子和林凡去找老太太的儿女，批评他们不赡养老人，误了警队出勤。警队查获倒卖黄色录像带的窝点，嫌疑人用钱贿赂刘队，被刘队拒绝。刘队妻子带白雪去商场买衣服，见到了白雪的父亲，他却不认女儿开车走掉。建筑工地丢失了炸弹，110同志动员大家提供线索，一名工人询问有无奖金，庞亮怀疑他匿藏了炸弹，在庞亮与李越的"威逼利诱"下，工人供出了炸弹的去处——废品站，干警们终于找到炸弹，没有伤及人命。农贸市场两名妇女因为一只"瘟鸡"吵架报警，110同志为解决纠纷去捉飞上屋檐的鸡，庞亮不屑于做这种小事而独自回队。郭娟看到李越捉鸡的窘状生气离开。干警们不辞辛苦，为群众钻入下水道捡摩托车钥匙；制止火车站广场的打架斗殴事件；救助临产的孕妇；与消防队员一起救火；在大年夜，挨家挨户地查找拿错药的孟秀兰……一次次快速地出警，一个个真实的故事，证明这群有血有肉的110队员实现着其"四有承诺"。记者林凡的采访结束了，刘队对她的采访稿提出了建议。110组建一周年的庆功大会上，指挥长告诫同志们要戒骄戒躁，严于律己，对得起身上这身警服。刘队的妻子小蕙被邀上台发言，她质朴的话语感动了在场的每一位同志，刘汉带领出勤的小队用车载广播收听到了，眼中噙着泪。李越在抓捕匪徒时中枪，愤怒的庞亮和队友将歹徒抓住。郭娟赶到医院时，李越已经离世，他紧握着的手松开了，准备好的求婚戒指滑落在地上。庞亮的调职申请被批准了，他思考着李越生前的话，"干刑警不一定能干好110，干公安的不是好汉就是孬种。"庞亮决定留在110继续工作。心情沉重地干警们坐在110车内，开始执行他们新的任务……

　　文字整理：闫琳

　　资料来源：根据PPTV网提供的视频完成文字整理。

　　具体参见http：//v.pptv.com/show/LQNJx5zr4iaCDAWk.html？rcc_starttime=0

**剧本：**

## 《警方110》 第七集

**1. 110报警服务台办公室　日　内**

　　**接线员：**喂，你好，这里是110报警服务台。指挥长，长途报警，长途报警。

　　**指挥长：**喂，你好，我是110报警服务中心，请你大一点声。

　　**电话音：**喂，对不起啊，我叫关磊，是吉林长白山林业局的，半小时前我接了个电话，是我妹妹关雪从贵市打来的。

　　**指挥长：**你妹妹怎么了？

**2. 110车内　日　外**

　　**对讲机：**关磊的妹妹叫关雪，在我市做服装生意，她哥哥从东北打来电话，生意亏了本，男朋友也走了，情急之中吃了大把安定，她的住址是市郊友谊村。

　　**刘汉：**豹子，把油门踩到底，加快速度！

　　**豹子：**是！

**3. 110报警服务台办公室　日　内**

　　**指挥员：**关磊同志，你还能给我们提供一些背景材料吗？

　　**关磊：**当时肯定已经是药性发作了。她光说了句"哥哥，来给我收尸吧"，然后电话就挂了。我现在就是坐飞机也来不及了啊。我求你们救救她。

　　**指挥员：**你说大点儿声！

　　**关磊：**吉林这边儿风很大呀，我实在是没办法啦，我一时也找不到家里人，我求你们救我小妹一命吧。求你们了！

　　**指挥员：**好好，你别着急关磊同志，我们一定尽最大的努力！

**4. 110车内　日　外**

　　**对讲机：**刘汉刘汉，情况怎么样，情况怎么样？

　　**刘汉：**人已经昏迷不醒，我们正送往医院。我的意思是，通知她家人来一趟吧，我看悬。

　　**对讲机：**你们现在在哪儿？

　　**刘汉：**我们已到中心路，车被堵住了！

　　（马路上严重塞车）

　　（韩笑上前摸脉）

　　**刘汉：**怎么样？

　　**韩笑：**不太清楚。

　　**"大个子"：**那你装模作样摸什么脉呀？

豹子：刘队，我看来不及了。

韩笑：那你说怎么办？

刘汉：赶快送医院，下车抬，走！

（众人下车抬女子，穿过马路，将女子送往医院）

5. 医院抢救室门外

（众人焦急等待结果）

"大个子"：我听说呀，咱们再晚来5分钟，这女的就得送停尸房了，就是抢救过来，这中枢神经也得麻痹，这世界上又会多一个植物人了。

韩笑：有那么严重吗？

"大个子"：当然了！

豹子：看来这生和死啊，真得按分秒计算！

庞亮：要是这姑娘能活下来，绝对得感谢咱们用奥林匹克的速度救了她一命。是不是？

刘汉：行了，别吹牛也别发感慨了。总算是捡回了一条命，人家医院也不是慈善机构，医疗费总得有人掏吧。咱把人送来的，咱先掏点儿，掏多掏少没什么规定。

（刘汉往钢盔里面放钱）

刘汉：来，传一下。

庞亮：我就这么多了，这要是月头碰到这事儿还行。

110队员：口口声声说自己是汉子，大票子不放，竟弄些零钱来。哼！

庞亮：你最近干吗老冲我来呀？

110队员：我这儿也穷，就这么多了！

韩笑：好，看好了啊，大家做个证，咱都向刘队看齐。

"大个子"：我的牌卦上说啊，我这两天准得掉链子。我能先欠着谁的吗？

刘汉：以后请你女朋友吃饭，别冒充自己是大款，拿着（递给大个子钱）。

"大个子"：刘队，你掏的这份算是我欠你的。

庞亮：你不是说我不掏大票子吗。那你掏啊！

110队员：你对我有意见啊？

（大夫往钢盔里面放钱）

众人：大夫！

"大个子"：大夫您这50块钱算是我欠你的，我15号上午发工资，下午就给您送过来。

大夫：免了吧，我看你们往钢盔里放钱不是一回两回了。你们学习雷锋，我学习雷锋的雷锋。

"大个子"：我们哪儿能跟雷锋比呀。我还想找个活雷锋好好学习学习呢。

110队员：行了行了。钱你一分不掏，话没有赶上你多的。

刘汉：大夫，谢谢你啊，这些不够的钱先欠着，等她家里来了人再说。

大夫：这小女孩儿看来要昏迷几天，需要人照顾，我们医院人手又少。你们看怎么办啊？

刘汉：庞亮。

庞亮：我留下，你说顺嘴了吧，我就知道你这么说。

大夫：你们这里面不是有个会念诗的吗？

韩笑：我，没什么事儿吧？

大夫：听值班护士说，有一个110文绉绉的会念诗，照顾病人特别有一手，特别是照顾女病人。（众人笑）酸倒牙了。

刘汉：韩笑，那你就留下。（把钱给韩笑）其他人跟我走。

庞亮：好好待着。

韩笑：刘队，我可以留下，可我没那么酸啊！

6. 宿舍内　夜　外

"大个子"：这卦就这么回事儿，你信则灵，你不信它就不灵。哪位给本人来支烟呢？

庞亮：我有，大嘴巴你要吗？

大个子：你大嘴吧是吗？

（大个子掀牌）

"大个子"：新年伊始，虎年大吉啊，本人属虎，今年是本命年，走虎运，走什么运啊？桃花运。我今年喜结良缘啊，你看着牌，你看！

庞亮：把他美的。

豹子：该我了（掀了一张牌）。

"大个子"：豹子也不错，春风得意、心想事成。不过豹子，你得注意安全啊，一慢二看三通过，不要酒后驾车，你看这有多少9啊，红灯停绿灯行，碰上黄灯呢？

豹子：等一等。

"大个子"：二班长你请。

二班长：我来（掀了一张牌）这是什么意思？

"大个子"：二班长今年有官运啊。你要对我们哥儿几个好一点儿，这副中队长，你还真没准儿能当上。

二班长：你才想当这个副中队长呢。

"大个子"：该庞亮了。

庞亮：我来我来我来，哪个都行吧？

"大个子"：随便。你摸的牌我连看都不用看，黑桃A。

庞亮：可以啊你！

"大个子"：你调动的事在成与不成之间，这牌卦上说，这可不是我说的啊，你调度很有可能成功，很有希望，不过这牌上还说，你干刑警可以，未必能干110。这干了110，再干其他警种就都不在话下了。你呢，不干110就明说，你不能今天说我干这个呀，明天我干刑警啊才能发挥我特长。草包熊蛋总能找到借口啊，这干公安吧，不是汉子，他就是孬种啊。

庞亮：好，说的真好啊。哥儿几个没听出来啊，他这是耍咱们呢！

（大家一起收拾"大个子"）

**7. 林凡家　夜　外**

**林凡：** 怎么样，没损害你们的英雄形象吧？

**刘汉：** 我们什么时候变成英雄了。

**林凡：** 我没说你们是英雄，我也不会那么傻，昧着良心，把人说成高大全。不过请你相信，我所说的每一个字都是我的真实感受，我尊重事实，也请尊重我在事实面前产生的感觉，也可以说是直觉。

**刘汉：** 写文章的事我不懂。我当警察的第一天起，我老爸就郑重其事的告诉我说，说革命不是绣花不是做文章。是不是全天下的父母都一样？都觉得自己的孩子最好，你们写文章的对自己写出的文章也有同样的感觉？

**林凡：** 有什么不好，你就直说吧！

**刘汉：** 那我就说了。

**林凡：** 说吧。

**刘汉：** 就说李越吧。我觉得你把他写高了写大了。不错，因为工作，他失去了女朋友，可他并不是像你写的那样儿，在打击面前始终保持着乐观主义的精神。其实，他像所有失恋的人一样儿，这个伤疤挫起来就疼。别人没见他哭过，我见过，碍于面子，他不哭给你看就是了。怎么说呢，李越就是个普普通通的孩子，别人喜欢漂亮姑娘，他同样喜欢。可是，由于他的个子小，形象你也都看到了。我敢打赌，他比一般人更喜欢漂亮姑娘。可是由于种种原因，漂亮姑娘甩手走了。他痛苦过，他也恨过，也哭过。本来内心深处就自卑，这样一来，他心里那点儿自卑就比以前越抹越黑了，这就是李越，最真实的李越。他笑、调侃、耍贫嘴，别人看不出来，那是他在尽力掩盖他的那种自卑。穿上警服、戴上头盔、挂上110臂章，可这一切都消除不了他内心的痛苦。没看他一天到晚手里拿一副扑克吗？像是在开玩笑，可实际上，他是在给自己找一个支点。与其说他是个乐观的英雄，倒不如说他是个痛苦的青年，你把他写在文章上，李越就不是李越了。我这样说，你能够理解吗？

**林凡：** 我不理解。

**8. "庆功大会"现场　日　内**

**指挥员：** 同志们，今天是咱们110组建纪念日。一周年哪，对一个孩子来说，刚刚学会走路，刚刚学会说话，咱们也一样，这仅仅是开始。可就因为这是刚刚开始，局里头给我们开表彰会，社会各界给了我们那么多的荣誉和支持，看到今天这一幕，我心里挺不是滋味儿的。我在这里想说，即使咱们110做出了一点儿事情，有了一点儿成绩，这功劳也不全是咱110的。咱们建立了110报警服务中心，医院有了120急救中心，有了绿色通道，自来水公司有了小白热线，还有煤气公司、公交公司，还有电力局、房管局等等等等，怎么说呢，没有全社会的联合行动，也就是咱们说的联动，就没有110。现在全社会都当绿叶了，把咱们110当红花似的给衬托出来了。可为什么人家心甘情愿的当绿叶，衬托咱们这个红花呀？咱们自己要清醒，别人我不管，从我这个指挥长开始，到每一个110的战士都要清醒。前几天局里面下了一个禁酒令，当时很多人都想不通，说咱们警察也是人，别人能喝咱们怎么不能喝呀？就拿我来说吧，这大半辈子没别的嗜好，就好这口酒，不怕大伙儿笑话，酒不沾唇啊，就跟这大姑娘没抹口红似的，心里总觉得缺点儿什么。要说咱们当警察的，仅仅是个警察也就算了，可是你这身警服一穿，人家不仅仅拿你当警察。人家看着你这身警服，就是拿你当党和政府的形象。人家给你打分，不止给你自己打分，是给党的形象和政府打分。咱们还能为了个人的事儿毁了政府的声誉，毁了党的威信？说到这儿，我想大伙儿都明白了，全社会对咱们110那么支持，人家是冲着这身警服来的。就是为了这身橄榄绿的警服，全社会那么多行业都在默默无闻地在咱们身后做着无名英雄。在这里，我想代表全市110干警，向同志们致以深深的谢意。（鼓掌）最后，请大家起立。在全市庆祝110组建一周年的大会上，我受局党委的委托，以指挥中心指挥长的身份，向你们郑重的说一声：你们辛苦啦。在场的所有干警向你们致敬。请坐下。

**指挥员：** 同志们，在我们今天邀请的嘉宾当中，有一批非常伟大的女性，她们就是默默无闻地、全力以赴地支持我们110事业的警嫂。警嫂们的贡献和代价我不多说了，现在就请出警嫂当中的一员，田小蕙同志代表所有的警嫂，向在各个岗位上的110队员说说心里话，大家欢迎。

**田小蕙：** 大家好，我叫田小蕙。我丈夫叫刘汉，是110中队的中队长，今天开庆功会，领导上让我发言，好几天以前就通知我了，我一直在准备，可是到现在也没有准备好。有首歌叫《说句心里话》，我想，我就跟大伙说说心里话吧，说出来，也许你们不信，从我结婚那天起，我父母就不认我这闺女了。我女儿跟她姥姥姥爷在这城市里住了5年多了，到现在也没有见过她姥姥姥爷的模样，为什么呢？因为我嫁给了刘汉，因为嫁给了警察就要吃苦，因为嫁给了警察就要一辈子担惊受怕。我老公公是因公致残的老公安，他现在躺在医院里面。端水送饭拿药是我这个当儿媳妇的应该做的，可是给瘫在床上的老公公端屎端尿解个手，我老公公不愿意麻烦我，先是憋着，再后来是不喝水，再后来就不声不响地尿在了床上，全身都长满了褥疮。我说爸，您就把我当你儿子吧，你别这么委屈你自己了。可老人摇摇头说，不，就当我丢了个儿子捡了个闺女吧。闺女就有闺女的脸面，我活不了几天的人了，咋地也得替自家的闺女守住这脸面。我可怜的老公公辛苦了一辈子，辛苦了一辈子就这么一天到晚的泡在湿漉漉的病床上。我知道今天开的是庆功会，不是忆苦思甜，可是真的，真的不知道我现在是该哭还是该笑。我这心里头又酸又疼又涩，我知道给警察当老婆就是这滋味。你不知道他现在对着刀还是对着枪，你不知道他现在在风里还是在雨里，你不知道他是饿还是渴是困还是乏，你什么都不知道。整天提心吊胆的日子我都习惯了，我不知道什么时候我心里才能不七上八下的，可他毕竟是咱的男人，咱毕竟是他的老婆，别人没见过他回家那模样，咱见过，别人不知道他哪儿疼，咱知道，咱不疼他谁心疼他，咱不替他垫个被，谁替他垫个被。刘汉，我就盼你能听见我这句掏心窝子的话，你掉了的，俺替你拾着，你装不下的，俺替你兜着。你就是塌下个天来，俺老婆孩子豁出身家性命替你扛着。

（掌声响起）

## 9. 110车内　日　外

**刘汉：** 报告指挥长，没什么大事，是变压器烧了。我们赶到的同时，供电局的同志也赶到了，我们现在正在返回的路上。

**指挥长：** 你回来以后直接来见我。

刘汉：我自己还是全体？

指挥长：你们全体。

大个子：刘队，会不会请咱们吃饭啊？

10. 夜色中的马路上　夜　外

刘汉：都说出来了，憋了好长时间了吧？

田小蕙：嗯。

刘汉：痛快啦？

田小蕙：嗯。你听啦？

刘汉：嗯。

田小蕙：全都听完啦？

刘汉：嗯。

田小蕙：你生气了吧？

刘汉：嗯。啊！不，没事！

田小蕙：我饿了。

刘汉：说吧，我请你，吃啥？

田小蕙：我要吃羊肉串。

刘汉：羊肉串？好，走！

11. 110 车中　日　外

庞亮：短脖子、小个子、大眼睛、没胡子，我说班长，这通缉犯像不像大个子？

110 队员：你别说，还真挺像！

庞亮：连特征都像。

"大个子"：嗯，是挺像，像庞亮。

庞亮：像我？你看像我吗你看？

"大个子"：当然了！

林凡：庞亮，我看还真是有点儿像你。

（刘汉呼机响起）

刘汉："大个子"，郭娟让你老地方见她，不见不散。

"大个子"：刘队，她怎么呼你没呼我啊？

刘汉：我怎么知道？

"大个子"：老地方，嘿嘿。

（庞亮呼机响起）

庞亮："大个子"，郭娟说她病了好几天，呼你，你怎么不回电话呀？我说，你拿着呼机干嘛不给人家回电话呀？

"大个子"：她没呼我呀（赶紧看呼机），庞亮，你怎么把我电池拿走了？你怎么就缺这块电池啊？你这人怎么这样？

庞亮：你先拿我电池的对不对。

"大个子"：我跟你说，郭娟要是跟我分手的话你负责任。刘队，他得给我负责。

林凡：庞亮，人家搞对象你瞎掺和什么呀？人家想郭娟都快想疯了。

刘汉：把电池给他。

"大个子"：以后我给你介绍个对象不就完了吗？

庞亮：（举起电池）谁要电池？（"大个子"装上电池，高兴的唱起来）。

（有人拦车）

豹子：刘队，有人拦车。

刘汉：停车！

拦车阿姨：110啊，这事儿你们可得管啊！

刘汉：大妈，什么事儿啊？

拦车阿姨：你看我买了5斤鸡蛋。一量只有4斤，连4斤1两都抬不起头来啊，我回来找他，他劈头盖脸的骂了俺一顿，说俺偷了鸡蛋非得赖他。你想，俺能偷吃生鸡蛋吗同志。

庞亮：大妈，这事儿，您应该找工商所处理。

拦车阿姨：小同志啊，我上哪儿找去啊？这正碰上你们110，不是啥事儿都管吗，有求必应。你要是不管，你说俺老百姓吃多大亏啊！

刘汉：大妈，您别着急。庞亮，把李越叫下来。

庞亮："大个子"，下来！

刘汉：大妈，我们再帮您想想办法！

"大个子"：你好，大娘。

刘汉：你陪大妈去一趟，把不够斤两的鸡蛋给要回来。

"大个子"：鸡蛋？

刘汉：啊，去吧！

庞亮：走走走（庞亮把"大个子"的枪拿了下来，跟着他走了）。

林凡：刘队，你父亲的病好些了吗？

刘汉：昨天我去了趟医院，没事儿的。

林凡：太好了！

刘汉：豹子，昨天我听说庞亮家又来信了。

豹子：对，昨天晚上庞亮跟我聊天的时候哭了，他家住在山区。他哥哥和他弟弟在外地当民工，这好歹赚了点钱，又让包工头卷走了，弄得他心情不好。刘队，他不是想调走吗，我觉得这事你跟指挥长说一说，也可能调走以后他心情能好一点儿。

刘汉：咱们想办法凑点儿钱编个什么名字给他家寄过去。韩笑，这事儿你来办。

12. 市场上　日　外

阿姨：小姑娘，这多少斤鸡蛋啊？

卖鸡蛋姑娘：5斤啊。

阿姨：你这儿哪是5斤啊？

庞亮：小姑娘，你不能这么做生意吧，我看你个子小怎么一肚子心眼儿啊。5斤鸡蛋你称4斤你知道不知道？你买1斤馒头人家给你1两你吃得饱吗？吃不饱吧，那你赶紧给老太

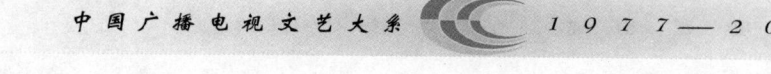

太称一斤,快点儿。("大个子"回头看见照片上的通缉犯)

**"大个子"**:庞亮,照片上的通缉犯,像不像?就是他,没错!(去追通缉犯)

(三人在市场上追逐,犯人拿出枪打中"大个子","大个子"倒地)

**庞亮**:"大个子","大个子"(上前制服罪犯)。

("大个子"被群众抬出市场,110队员将罪犯带走)

### 13. 街边　日　外

(郭娟焦急等待"大个子")

**郭娟自言自语**:坏东西,又骗我!(看到救护车和警车驶过)

### 14. 救护车中　日　外

**刘汉**:李越,我跟你说过,我让你什么时候死你才能死,你听见没有?李越!(田小蕙和刘汉呼唤李越)

**田小蕙**:你放心,你会没事儿的,李越。

### 15. 急救室外　日　内

(郭娟奔向李越,李越手中一枚戒指缓缓落下,掉到地上)

### 16. 110站内　夜　外

**指挥长**:庞亮,你的请求报告我批了,其实我们挺舍不得让你走的。不过话说回来,公安是一家。希望你发挥所长,再立新功。以后,有空的时候常回来坐坐。

**庞亮**:李越说的对,干刑警的不一定能干好110,干公安的不是好汉就是孬种。我庞亮不是孬种。

**指挥长**:"大个子"走了,我这后半辈子,怕是跟自己过不去了。我就想跟大伙儿说一句话,拜托了,多多保重。

### 17. 林凡家　夜　内

**林凡**:李越刚刚24岁,他还没来得及品尝生活的滋味就这样离去了。我知道了我的文章该怎么去写了。因为我看到的是群众是老百姓扛着、驮着,像对待自己亲生儿子一样去救李越。李越是英雄,110的英雄。

### 18. 110车内 夜　外

(刘汉拿出李越的扑克看)

文字整理:孙慧

资料来源:根据PPTV网提供的视频完成文字整理。

具体参见http://v.pptv.com/show/LQNJx5zr4iaCDAWk.html?rcc_ starttime=0

# 十七岁不哭

**首播时间：** 1997年
**首播电视台：** 中央电视台
**摄制单位：** 中国电视剧制作中心
**编　　剧：** 李芳芳
**导　　演：** 王　静
**摄　　像：** 李亚森、孙胜允
**主　　演：** 郝　蕾、李　晨、张　超、王　卓
**获奖情况：** 第十八届（1997年度）中国电视剧飞天奖少儿电视连续剧一等奖；第十六届（1998年）中国电视金鹰奖最佳儿童剧奖。

**剧情梗概：**

振华中学开学那天，新生入校。阳光"帅气"的杨宇凌让父母止步在校门口，独自进去报到；娇娇女林林坐着车，在妈妈和保姆陪同下来到宿舍；活泼可爱的乐心答应了林林妈的请求换床铺，却被杨宇凌以遵守学校制度为由制止了；文静的晓丹来自农村，她很珍惜来之不易的学习机会，总是见缝插针地学习。调皮的雷蒙打水加塞儿，被爱"管闲事"的杨宇凌教育一番，结下梁子；优等生简宁稳重且彬彬有礼，学习刻苦。军训时，教管的严厉、不苟言笑，令同学们叫苦不迭。经历了严格的训练，军事汇报演出完满完成，到了与教官离别的时刻，同学们眼眶湿润了。摸底考试成绩出来，大家在较难的试卷面前栽了跟头，而简宁却科科90分以上。简宁当上班长，杨宇凌则是宣传委员及英语科代表。高中科目的难度比初中难很多，同学们甚是头疼。雷蒙老在自习课上捣乱，宇凌的强硬管理更使他反感。简宁自感没有雷蒙的好人缘，也不像宇凌那样负责，请求辞去班长职务。班委改选，雷蒙因其好人缘被任命为副班长，而宇凌得票很少，老师教育宇凌要懂得与人相处的艺术，宇凌努力跟同学打成一片。女孩们想体验经商去卖花，大家推选宇凌当组织者，女孩们赚到外块的同时，甚至连平时最奢侈的林林也学会了节俭。简宁为了证明自己不是高分低能，组织大家办旧书市，竟然想到直接找校长的法子，他表示愿把卖书的钱捐给希望工程，校长同意了他的请求。在宇凌等人的支持下，书市异常火爆。期中考试，简宁得了年级第一，宇凌是全班第四。老师让宇凌写篇报道，宇凌不想依靠妈妈作为报社副总编的优势，自己偷偷写了送到《中国青年报》杂志社，没想到被泼了冷水。在父母的支持下，宇凌终于写出了合格的新闻报道。男孩们要参加"牡丹杯中学生足球邀请赛"，可没有领队老师就没有比赛资格，在宇凌的撺掇下，大家挨家挨户去请老师。比赛前，简宁的脚崴了，宇凌自告奋勇当起守门员，

以3:2战胜对手,虽然没出线,但大家仍非常高兴。竞选学生会主席,雷蒙因为罗洋打小报告以及自己学习成绩问题使竞争力大打折扣,没有选上。雷蒙自暴自弃,简宁说:"谁不是一边受伤一边学坚强。"在宇凌和简宁的帮助下,他重新认识自我。艺术节上,雷蒙充分展示了自己多才多艺的一面。高一级的学长给晓丹写情书,宇凌和简宁也朦胧体会到对彼此的爱慕。雷蒙不想上学,宇凌陪着他去人才市场,发现根本没有他能胜任的工作。雷蒙想明白了,不管怎样也要高中毕业,为了自己的前途努力。面对微妙的关系,简宁和宇凌理智地选择了放手,找到前进的方向。林林经历家庭的挫折,变得成熟、独立。又是一年开学的日子,这群少年开始了新的生活,扬帆驶向美好的明天。

　　　　　　　　　文字整理:闫琳
　　　　　　　　　资料来源:根据PPTV网提供的视频完成文字整理。
　　　　　　　　　具体参见http://v.pptv.com/show/PJ2gHobsXJr9e4c.html

## 剧本:

## 《十七岁不哭》 第一集

**1. 振华中学门外　日**

　　一双漂亮的旅游鞋入画,摇起来是一个站在阳光中的女孩儿的背影,该怎么形容她呢?我只能形容她是一个很英俊的女孩:挺拔,昂扬。此刻,她正微抬起下巴,环视着周围,眼中一点点不驯,一点点神往。她的脚前放着行李,无非是洗漱用品之类的。她的身前身后,都是出出进进的同龄人及家长。女孩儿回头,冲镜头外轻松的一喊:"爸,妈,你们回家去吧!我自己去报到!"女孩儿欢快的走了,那感觉像踏着一首青春欢快曲。

　　跟着孩子的身影,我们可以看到振华中学门外停了许多汽车,开学的日子,这是很正常的一幕。

　　显然汽车不准开进校门,家长及孩子怨声载道的从汽车里往外拖东西。

　　问路声,埋怨声,叫喊声,叮嘱声及孩子们不耐烦地答应声,随孩儿一路走过。

　　一辆火红的宝马车停在门外的三米线外,一位打扮入时的女士正在跟门卫苦苦交涉:"同志,你看,我们的行李太多了,孩子爸爸出差,车要是不让开进去……"

　　**门卫和言悦色,口气却无法通融**:"对不起同志,学校有规定……"

　　一个骑漂亮山地车的大个子男孩儿灵巧的从人缝中钻过来,刹住车,停在女士身边:"借光,请让我过去。"

　　**女士闪开,男孩浓眉大眼,看一眼车内**:"高一新生?"

　　**女士没搭腔**,车内林林探出身来:"对呀,你怎么知道?"

　　**大男孩儿**:"我也是,其实你用不着带这么多东西,我帮你背得了!"

　　**林林从车里跳出来**:"好啊!我叫林林,你呢?"

　　男孩儿回头看看林林,这是一个不失俊秀也不失奢侈的女孩儿,看上去年龄有点偏小,打扮得花枝招展,像个洋娃娃。

林林顺手将一支没吃完的雪糕扔了。

**女孩儿继续往前走。女孩儿的话外音响起：**"开学第一天，门前受阻，车不让开进来。问为什么？校长说没有为什么，这是振华的规定，入乡随俗。老师说，这叫自己的路自己走。走就走呗！头悬梁都悬了，振华都考进来了，宿舍还怕走不到！"

在众多的背着行李、拎着包裹的家长行列里，这个"英俊"的女孩儿，感觉甚好的独自一人大踏步地走着。

## 2. 女生宿舍内　同前

六张上下床，床头上都挂着小牌，有住校生的照片，女孩儿的牌子上写着：杨宇凌。

床已经收拾好了，杨宇凌正忙里偷闲地趴在床上写日记。

林林妈拎着大包小包地冲进来，后面跟着拎大包小包的保姆，再后面则是神态悠然的林林，手里拿着喝了一半的可乐。

林林妈擦擦汗，开始找林林的铺位，不由地又叫起来："上铺哇！"

林林坐在一张下铺上："乐心？谁叫乐心？"

一个秀眉弯弯的女孩儿回头："我呀，我叫乐心。"

林林妈："林林，让你睡上铺，你行吗？每天爬上爬下，你睡觉又不老实。"一边说一边看乐心。

乐心："要不我俩换换？我睡上铺没事儿，初中睡三年了。"

林林妈："那可谢谢你了。"

杨宇凌多事儿地："这不成。床铺是学校事先安排好的，要换得找住校老师调。"

林林妈："你怎么知道？"

杨宇凌："刚才那门卫怎么说：入乡随俗嘛！上铺也得有人睡呀！"

林林妈："可是我家林林……"

林林不耐烦了："妈！就你事儿多，我乐意睡上铺，有什么了不起，高中我还没上过呢，这不也来上了吗？"

林林妈不太情愿地："可是……"

林林："你快给我铺床吧！屋里这么热，我先出去凉快会儿，弄完了你叫我。"说罢，走出去。

岳晓丹目送着林林出门，拎起床下的暖壶："乐心，打开水怎么走？"

杨宇凌跳下床，也拎起自己的暖壶："我知道，咱俩一块儿去，喂，你打不打？还有这位阿姨，我也顺便给你带一壶吧！"

林林妈高兴地："好，好……"她拿出个漂亮的钢胆壶。

## 3. 校园内　同前

杨宇凌和岳晓丹提着暖壶走着。

岳晓丹："你叫杨宇凌？你也是本校生？"

杨宇凌："不，不是。"

岳晓丹吃惊地："看你那么熟，门儿清啊！"

杨宇凌开心地一笑："留心看呗，一路走过来，哪儿是餐厅，哪儿是水房，哪儿是教室，哪儿操场，还不都记住了！你叫岳晓丹是吧！也是自己来的？"

岳晓丹："我家是农村的，父母都来，车票挺贵呢。"

杨宇凌留意地看看她，半晌："那，能考进振华，挺不容易的吧？"

岳晓丹一笑："能念下来更不容易。"

杨宇凌一怔："你，多少度的近视？"

岳晓丹："三百，三百二十五。"

杨宇凌没说话。

**4. 学校开水房　同前**

杨宇凌和岳晓丹在排队，岳晓丹："你知道咱们教室在哪儿？"

杨宇凌："面前这条马路走到头，右拐，进教学楼上二层。这么会儿工夫还看书哇！"

岳晓丹："没事儿就看会儿呗，宿舍里人太多太杂。"一个高高大大的男孩儿仗着自己手臂长，把暖壶从旁边伸过来加塞儿。

宇凌关住水龙头转过身来："同学，排队！"

雷蒙左右看看："这哪有队啊？"

宇凌："世上本没有队，排的人多了才成了队。你不排，哪来的队？"

雷蒙看看宇凌："好啊，排队。我怎么记得我排在你前面。"转过身来问简宁："是不是？咱俩排她前面？"

简宁的脸红了。

晓丹拉宇凌："杨宇凌，算了。"

宇凌："才不！"转过头来看看雷蒙和简宁，突然，坏坏地一笑："你们俩初几的？"

雷蒙："初几？我们高一的！"揪揪自己的运动服："你知不知道，这是高一的运动服？你是不是初中刚进校的，什么都不知道？"

宇凌转过头冲晓丹："你说他们俩的运动服是不是偷来的。不然高中生怎么会前后顺序都分不清？"

雷蒙瞪着宇凌："你叫杨宇什么？"

宇凌："杨宇凌。"

雷蒙："盛气凌人的'凌'吧！"

宇凌一怔，片刻："对，很对，也是'会当凌绝顶，一览众山小'的'凌'！"

雷蒙让宇凌的话逗笑了："您是哪个年级哪个班的'凌绝顶'啊？"

宇凌："高一一班，咱俩不会狭路相逢吧？"

雷蒙一愣："高一的？"

杨宇凌不示弱地："你叫什么名字？"

雷蒙："雷蒙，没听说过吧？往后就听说了。"

简宁皱皱眉，客气地："你们先打吧。"拿起雷蒙的暖壶："雷蒙，我们上后边排队吧！"

## 5. 女生宿舍内　日

女孩子们都已换上了军装，很兴奋，叽叽喳喳的，只有林林不开心，站在床铺前，手里拎着个大洋娃娃，嘟囔着："我的娃娃放哪儿呀？我妈真烦，收拾了三天，结果，东西还是带不对，带这么个大娃娃来！"

**乐心拿过林林的娃娃，放在椅子上：**"放这儿行吧？上高中了，还带着个娃娃，怎么跟七岁小女孩儿似的呀！"

**林林：**"你不知道，我特爱看娃娃脸。不信你仔细盯着她看，越看越开心。你跟她说什么，她也不烦，光冲你笑，甜甜的，奶昔似的……"

**杨宇凌忍不住笑了：**"我说呢，你那张脸，就照着她长的吧？林林，我见你第一眼是吃雪糕，见你第二眼是喝可乐，真可爱。咱宿舍有你，谁也甭带娃娃了，就看你吧。"

大伙笑了。

**林林恨恨地：**"杨宇凌，我没招你呀！"

**冯老师走进来：**"军装都换好了吗？操场上排队去，下午军训！"

**女孩们大惊：**"这才一点呀！操场上……"

**冯老师接过话茬：**"操场上太阳那么毒是吧？我去了三个宿舍了，就没听见别的话！咱'振华'啥事都不讲价儿，开学第一天就得先学会适应，明白了？"

**杨宇凌脱口而出：**"明白了！"

其他女孩面面相觑。

**冯老师：**"明白了就快下楼，谁也别迟到。"

**待冯老师走出去，乐心冲宇凌：**"你倒是明白得快呀！"

**宇凌爽爽地一笑：**"不明白也得行啊！"

**林林：**"我非晒晕不行。"

**宇凌：**"干吗非那么想？"

**林林：**"那我该怎么想？"

**宇凌：**"你这么想试试——我非挺下来不行！"

**林林笑了：**"杨宇凌，你现在这样特像我的娃娃！"

**女孩们大笑，杨宇凌大叫：**"林林，我这是教你一招呀！"

**岳晓丹：**"我说，咱们快走吧！"

## 6. 操场上　日

四名军人班长按高矮排好了一排女生的队伍。

**一班长拿着张纸宣读着：**"你们二百名高一的学生编成四个排，一个排再编成四班。早晨6点起床，下午5点收操，有午休，一天训七个小时，晚上另行安排活动。"

**队伍中传出众口一声：**"哇！"整个队伍吵吵得更厉害了。

**宇凌：**"七个小时？"

**乐心：**"你不是挺有思想准备的？"

**宇凌：**"初中也训，最多四个小时。"

乐心："那是初中！"

林林："晚上安排什么？能不能看电视？《倚天屠龙记》还没演完呢。"

一班长："下面，我来介绍咱们排的排长……"

他的说话声被同学们嘻嘻哈哈的说笑淹没了。

一排长走过来，铁青着脸："都给我闭上嘴！"

大家被吼住，一时鸦雀无声。

一排长巡视众人："真没规矩！这是军训，不是茶话会，把你们的臭毛病都给我收起来！"

## 7. 操场的另一角　同前

简宁等男生正列队等待着。

三排长："初中军训过吧？让我先看看你们的基础。一班五号、一班六号出列。"

简宁和罗洋被叫出列。

三排长："齐步——走——。正步——走——。"

两个孩子做得有模有样。

同学们鼓掌。

三排长严肃地："谁叫你们鼓掌？"

同学们赶紧住手。

三排长："这是你们的习惯？针鼻大的小事就鼓掌？你们离接受掌声的日子还远着呢！听好了你们，谦虚、谨慎、刻苦、努力，一招一式地学，一招一式地练，听清楚了没有？"

同学："听清楚了！"只有几个人答应。

三排长："怎么像蚊子哼哼，听清楚了吗？"

同学："听清楚了！"声音提高了一些。

三排长："听清楚了吗？"

同学："听清楚了！"很洪亮。

三排长："稍息。"

几位同学："听清楚了！"

大家笑。

三排长不笑："听清楚了为什么不做动作！没什么好笑的，都给我注意力集中！"

雷蒙慌里慌张地跑过来，穿一身将军服。

三排长未及思索，"啪"的一个标准的军礼。

同学们愣住了。

雷蒙也愣住了，片刻笑嘻嘻地："干吗，有没有搞错？"

三排长回过神来，快步走过来，上下打量雷蒙："军服哪儿来的？"

雷蒙干脆地："我爸的。"

三排长上前扯下肩章："太不像话了！"

雷蒙也急了："你干吗？"

三排长："回家问你爸去——入列。"

雷蒙不依不饶:"我家没有战士军装……"
三排长吼起来:"入列!"

8. **女生宿舍内　傍晚**

几个女孩儿都累了,各自躺在床上,晓丹看书,宇凌在翻字典,林林嘟嘟囔囔:"床这么硬,菜那么咸,屋子这么热……"

乐心端盆水进来,接过话头:"教官那么凶!"

林林:"就是的!一辈子的骂都在今儿挨了,早知这样,我在北戴河多玩一个礼拜好不好?让我妈给我请个假……"说着说着转开眼泪儿:"这才半天啊!"

宇凌:"哎!你还真哭呀!不至于吧?"

林林:"敢情教官今天没训你。"

宇凌:"这才半天哪!——林林,其实你挺棒的。"说完从铺上下来:"半天立正稍息,你站下来了;食堂的饭这么难吃你也吃了;原来以为非晒晕过去,结果呢?这不还好好躺床上哭呢?第一个半天都挺下来了,你还怕啥?"

林林想想,不哭了,乐心拧了毛巾给她:"擦擦脸吧!"转头向宇凌:"你干什么呢?"

宇凌:"今儿一下午,咱们排长说了十五个规矩。"

晓丹补充:"是十六个。"

宇凌:"你也数了?"

晓丹坐起来:"第一通训就说了七个,没错儿。"

女孩儿们笑。

宇凌:"我得查查,啥叫规矩。"

乐心:"查着了吗?"

宇凌:"还没呢。"

晓丹:"该去教室了。"

9. **教室内　夜**

雷蒙正和罗洋算账:"我让你走的时候叫我,你怎么没叫?害得我一觉睡到两点,第一次站队就迟到。"

罗洋故作吃惊地:"我以为冯老师在楼道里喊,你听见了呢。"

宇凌走进高一的教室,看着黑板上的"座次表",找自己的名字。

乐心:"宇凌,这里。"

宇凌转身朝座位上走去,猛然发现雷蒙就坐在她后方。

宇凌和雷蒙对视。

雷蒙:"'盛气凌人'?"

宇凌:"我还是排在你前面是不是?"

雷蒙:"是呵,这叫冤家路窄。"

宇凌:"成语用得蛮熟练嘛!"

雷蒙:"那是,中考时我语文加分。"

宇凌反唇相讥："你也是考进来的？"

雷蒙："怎么啦？看着不像？"

宇凌："有点儿。"

乐心左右看看："干吗呀，你们！第一天就磨牙！"

冯老师抱着一大摞卷子走进屋来，同学们都坐好安静下来。

冯老师："今天上午在报到注册的地方，我跟一些同学已经见过面了，我姓冯。（在黑板上写个"冯"字）教语文，你们的班主任。"说完拍拍讲台上那摞卷子："今天晚上我们的安排是：入学摸底考试。"

同学们："啊？！"

简宁默默地从书包中拿出一支笔。

冯老师："一共分数学、物理、化学、英语四张卷子。"

同学们："啊？！"

冯老师不为所动："三个小时，每张卷子做45分钟。"

同学们又"啊"了一声，然后就吵吵开了。

宇凌："怎么不事先通知一声？"

雷蒙："我一假期没拿过笔了！"

林林："我还是应该在北戴河多住一个礼拜。"

只有简宁不叫不嚷，沉默、沉静。

冯老师静静地看着同学们唧唧喳喳："你们是不是不想考？"

大家拼命点头，众口一声："是！"

冯老师："那也得考啊！你们上了这么多年学，遇到过不想考就可以不考的考试吗？"

大家全都泄了气。

雷蒙忽然说："老师我没带笔。"

很多同学附和："我也没带！"

冯老师："没带笔的回宿舍去取，时间算在三个小时之内。"

宇凌第一个反应过来："晓丹，借我支笔。"

其他同学也回过神来了，纷纷借笔。

冯老师开始发卷子。

同座的罗洋诧异于简宁的沉静，看看黑板上的座次表："你叫简宁吧？"

简宁也看看黑板："你叫罗洋？"

10. 操场上　日

与第一天的训练同一队形。

三排长："四面转法看似简单，做好了可不容易，最容易犯的错误就是重心跟不上，脚扒地不狠，身体摇晃。我再示范一遍，你们看好。"

三排长示范一遍。

三排长："队友，分解动作，向右——转！二！向左——转！二！向右——转！二！……"

三排的男生跟做，动作不是很标准，只有雷蒙做得又帅又好。

三排长发现了，叫："四班八号，出列。"
高晓峰捅捅雷蒙："叫你呢。"
雷蒙出列。
三排长："八号，给大家做一遍。向右——转！二！向左——转！二！"
雷蒙仍然完成得很好。
三排长满意地："大家看清楚了吧？四班八号，入列！"
雷蒙归队。高晓峰悄悄地："你行呵雷蒙！将门出什么来着？"
雷蒙："我呀！"
三排长："四班七号、八号，你们说什么呢？"
高晓峰吓得不吭声了，雷蒙直视着三排长。三排长走过来："你们两个刚才说什么来着？"
雷蒙表情严肃地："他问我将门出什么？"
三排长："你呢？"
雷蒙："我说出我呀！"
同学们忍不住哄堂大笑。
三排长："严肃点！"

11. 操场的另一端　同前

一排长叫林林："一班八号，出列。"
林林出列。
一排长："动作要领我讲了这么多遍，你一句没听见？现在你单独做一遍动作，让大家看看你！"
林林的眼里都是泪，又不敢哭出来。
宇凌脱口而出："这也太伤人自尊了。"
全排人的目光都投射到宇凌身上。
一排长扫宇凌一眼，也不搭理她，冲林林："委屈是不是？哭出来！"
林林也真就"哇"的一声哭出来。
一排长面无表情地看着林林哭。
不远处的宿舍内，一床床被子从窗口扔出来。
女孩儿们的视线被吸引过去，直咂嘴。
一排长定定神："看见了吧！被扔出来的全是叠得不合格的被子。以后每天上午都要检查内务，不想天天捡被了的，早晨起来好好叠！"
一排长看看抽抽搭搭的林林和一脸不平的宇凌："训两句就哭，你们的自尊心真强啊，一不留情就伤了。这算什么，伤的日子在后面呢！"

12. 宿舍水房　晚

宇凌独自一个人洗衣服，边洗边哼一首什么歌儿，乐心端着盆走进来："水房歌星，你不累呀！"

宇凌："怎么啦？"

乐心："七个小时军训你狂练，这会儿又狂洗，打算干啥？"

宇凌："跟自己叫劲。明天早晨，我争取5点起床。"

乐心吃了一惊："你有病呀？"

宇凌："我用半个小时叠被子，不信叠不好。等我找着窍门，再教你们。"

乐心笑。

宇凌："你说咱们要是啥都不出错，排长会不会还训咱们？"

乐心想了想："难说。"

宇凌："都三天了吧，我就没见咱们排长笑过。"

乐心："三排长也没笑过，嗓门儿比咱们排长还大，他吼三排，我心都哆嗦。我要是在他手下当一年兵，非吓出神经病来！"

两个女孩儿笑。

乐心："咱们班，还有一个比你叫劲的。"

宇凌："谁呀？"

乐心："简宁。"

宇凌："谁是简宁？"

乐心："咱们这届的第一名，比你还神。我听他宿舍的男生们说，他一早起来叠半个小时被子还有工夫看书。"

宇凌吃惊地："真的？"

13. 男生宿舍　清晨

男孩儿们有的还在睡觉，有的已经起来了，坐在床上"精心"地把被子叠得方些、再方些。

简宁的被子已叠好，正坐在床上看英语口语教材《走遍美国》。

罗洋醒了，翻身起来，一眼看见简宁已叠好被子在看书："你叠被子，真快呀！"

简宁："哪啊！我也叠了半个多小时呢！"

罗洋看看桌上的闹钟：6点。再看看埋头看书的简宁，咬咬嘴唇。

14. 操场上　日

女孩们依然是第一天军训的队伍，但显得挺拔、整齐多了。

一排长巡视大家，面部表情有些松动。

一排长："今天我们学习踢正步，今天也会是整个军训最苦的一天，希望大家坚持，听清楚没有？"

同学们吼："听清楚了！"

一排长："很好！有那么点儿军人的感觉了。"

同学们兴奋地："哇！"

一排长马上板着脸："干什么？——不许骄，不许躁，看我的动作。"

15. 操场上　日

　　太阳火辣辣的，操场上，此起彼伏地响着口令声及口号声。远远看去，孩子们都练得很认真。

　　一片军绿色，与开学时的花花绿绿，判若两个世界。

　　教官的声音嘶哑，同学们的声音嘶哑。

　　已经没有了第一天的松懈，也没有了嘻嘻哈哈。

　　我们可以看见教官脸上的汗水和同学们军衣背后白花花的汗碱。

　　哨声响起来。

　　三排长："三排，原地休息。"

　　几个男孩儿围上了一班长，高晓峰递过水壶："班长，您喝水。"

　　一班长："谢谢！"

　　高晓峰："您多大了？"

　　一班长笑："三十了！"

　　简宁："没有吧！"

　　罗洋："蒙谁呀！"

　　一班长："那你们说我有多大？"

　　罗洋："撑死了两张。也就比我们大几岁。"

　　一班长不置可否，又突然问："你们将来是人人都能上大学吗？"

　　罗洋："是吧！振华中学是市重点，年年的升学率是百分之百，我们就是冲这个才考进来的。"

　　高晓峰："你们是不是每天也这样训练？"

　　一班长笑笑，未做回答。

　　罗洋："排长对你们也这么凶吗？"

　　一班长："这算什么！"

　　高晓峰："那您参军的时候，也就我们这么大吧？你们受得了吗？"

　　一班长："当兵嘛，——那句歌怎么唱，既然来当兵，就知责任大。吃不了这份苦，干吗来当兵。"

　　高晓峰频频点头。

　　一班长笑笑："你们可能受不了吧？"

　　高晓峰："开始两天不行，现在——受不了也得受呀！说实在的，苦啊累啊倒好说，就是整个感觉有点不对，排长怎么老训人哪！"

　　一班长："教官嘛，当然跟老师不一样。其实也不是坏事，你们不能在高中待一辈子吧？走进社会试试，谁老哄着你们这些娇娃娃呀！"

　　大伙笑："娇娃娃？"

　　三排长的哨响了，一班长："10分钟到了，接着训练。"

　　三排长："大家累不累。"

　　男孩儿们："不累！"

只有雷蒙不开口。
三排长："四班八号，你累不累？"
雷蒙："不累是瞎话，干吗那么虚伪？"
三排长："四班八号，出列！"
雷蒙出列，动作中有敌视。
三排长："我们新兵训练，训一个小时休息五分钟都不喊累，你训四十五分钟休息十分钟还喊累？"手一指宿舍门口："你累是吧，去那儿拔军姿！"
三排长转头对大家："人，对自己要有个标准。我们的新兵战士，比你们也大不了几岁，很多人在家也是独生子，他们能行，你们为什么不能行？是太看低了自己，还是娇惯了自己？"
同学们面面相视。
三排长："人，活的是一股气。士气可鼓不可泄，最累的时候也不能跟自己说累。这股士气，你们一辈子都用得着！"
简宁认真地听。
罗洋认真地听。
同学们认真地听。
在一边拔军姿的雷蒙也认真地听。
冯老师拎着两个暖壶走过来，默默地站在一边。

16. 操场上　日
三排长口号嘹亮，动作敏捷。
火辣辣的太阳，热火朝天的训练场面。

17. 操场一角　同前
一排训练场上，乐心看看三排，小声对宇凌："哎，看三排够精神的！"
宇凌："你看雷蒙！站得跟礼兵似的，拿宿舍楼门口当新华门了！刚才三排长训话，训完三排就这样儿了。"
乐心："三排长训什么了？"
晓丹："我听见一句。"
林林："我听见两句。"
一排长："不许交头接耳。"
四个女孩儿马上闭嘴，认认真真地踢正步。

18. 食堂对面　傍晚
二百名学生列队站好，等待进食堂开饭。
来来往往的其他年级的同学看着他们乐。
一男生："还记得去年咱们吗？也是先唱后吃。"
另一男生："那会儿老唱'我是一个兵'。"

**一排长：**"咱们照例是饭前一首歌，唱完了进去吃饭。"

**一排长抬起胳膊，做指挥状并嘶哑着起头：**"团结，就是——唱！"

**同学们唱得有气无力：**"团结就是力量，团结就是力量。这力量是铁，这力量是……"

**一排长摆摆手：**"停！停！亲爱的战友们，你们知道今晚吃什么吗？"

**一排长满意地看看同学们眼中的兴奋：**"今晚吃——排骨！"

队伍中一片欢呼。

**一排长又绷起了脸：**"想吃的，给我好好唱，哪个排声儿大，哪个排先进去吃。"说完，一打手势。

**同学们随着手势：**"团结，就是力量……"声音高亢数倍。

**三排长看着一排长，笑：**"排骨也是力量！"

## 19. 宿舍门口  日

男生们回宿舍，雷蒙仍在一丝不苟地拔军姿。

**罗洋抢先一步走到雷蒙身边：**"行啦，别站了，你去吃饭吧！"

**雷蒙：**"一边去。"

**简宁走过去：**"真的，排长叫你去吃饭。"

雷蒙松懈下来。

**罗洋：**"雷蒙，不是我说你，自己找事，当排长面说累。"

**高晓峰：**"还说别人虚伪。"

**雷蒙拔份儿：**"怎么着，真的勇士敢于直面惨淡的人生，敢于正视淋漓的鲜血。一个三排长——唏！"

同学们大笑，笑声里有明显的友好与钦佩。

**雷蒙感受到这种钦佩，更加人来疯地：**"不就是几个小时军姿吗？那年我爬泰山，泰安宾馆到玉皇顶，一口气拿下，下山之后顺便又把岱宗庙给逛了，总共也就花七个小时多点儿！"

**高晓峰兴奋地：**"够牛啊！"

**罗洋一转身，看见简宁拿着文具要走，问：**"简宁，你干什么去？"

**简宁笑笑：**"看书。"冲雷蒙说："你去吃饭啊！"说罢转身就走。

**罗洋冲简宁喊了句：**"不至于吧？"简宁没应声，走远了，罗洋有点尴尬。

**雷蒙：**"哥儿几个，谁想去打篮球？"

## 20. 校园内  夜

简宁和三排长走碰面，简宁有礼貌地："三排长好！"

**三排长：**"你叫简宁是吧？"

**简宁：**"是，三排长。"三排长打量着面前这个沉静有礼的男孩儿，有点好奇："父母是做什么工作的？"

**简宁：**"中学教师和大学教师。"

**三排长：**"是独生子女吗？"

简宁:"是。"
三排长笑笑:"你倒不像。"
简宁笑笑,没有说话。
三排长:"训练累吗?"
简宁:"还行。"
三排长:"还行是什么意思?"
简宁想了想:"累,但能坚持。"
三排长笑了。
简宁:"三排长,其实中考真的也很累,考到振华来的人个个都是坚持下来的。"
三排长扬扬眉毛,思索着,半晌:"简宁,前两天没注意到你,不过今后我会记住你的。"
简宁:"三排长,我也会记住您。"

21. 教室内 夜
偌大的教室内,简宁一个人在静静地看书。
岳晓丹悄悄走进来,在自己的位置坐下,打开书本。

22. 校园内 清晨,雨
可以看见三三两两打着雨伞的同学们匆匆来去。

23. 女生宿舍内 同前
宇凌的表指向五点四十分。宿舍里很安静,女孩儿们仍在睡觉。
传来陈老师的声音:"今天下雨了,高一二班同学们别忘了出门带伞!今天下雨……"
宇凌醒了,一机灵爬起来,怔怔地:"外面嚷什么呢?"
林林伸个懒腰,慢悠悠地:"是不是地震了?"说完又往被窝里钻。
乐心睁开眼:"林林,你可真够沉着的,地震了也接着睡?"说完,自己动也不动。
岳晓丹爬起来:"不对,好像说外面下雨了。"
几个女孩儿一块儿兴奋起来,乐心去拉窗帘,高兴地:"真下雨了!真下雨了!下雨不上操,振华的规矩!"
其他的女孩儿几乎同时地:"真的?"
宇凌一个平身后仰,躺在床上:"我愿意天天下雨。"
林林:"一直下到星期六回家,军训就结束了。"
大伙一块儿喊:"呜啦!"
只有岳晓丹悄悄地起来穿衣服。
宇凌:"晓丹你干吗?是不是农民伯伯下雨也得出工呀?"
晓丹收拾着床,沉静地:"你们别做梦了,再仔细听听?"
女孩儿们屏住呼吸。

24. 操场上　日　雨

　　战士们已经到齐了，排好队，笔直地站在雨地里报数。一个战士看看手表，掏出哨。上操的哨声在雨地里响起来。

25. 女生宿舍内　同前

　　女孩儿们手忙脚乱。

　　林　林："我的帽子呢？你们谁见我的帽子了？"

　　岳晓丹："你昨天放哪了？"

　　乐　心："咱们带不带伞？陈老师让二班带伞呢。"

　　宇　凌："出什么洋相啊！打着伞踢正步？见过吗？"

　　林　林："可外边下雨呢！"

　　宇　凌："你看过雨中升国旗吗？那国旗班的，谁打伞啦！"

　　林　林："咱们能跟他们比吗？"

　　宇　凌："不能比还不能学吗？"说罢第一个跑出去。

　　林林犹豫着，不知该不该拿伞，最后还是拿了把伞跑出去。

26. 操场上　同前

　　四个排的队伍都集合好了。因为陈老师的倡导，有部分同学撑着伞，队伍不伦不类。

27. 操场外　同前

　　一排长匆匆走着，陈老师跟在他身边。两个人身上都淋湿了，陈老师尴尬地解释着："我是怕孩子们淋病了，您知道……军训一结束，他们就要投入紧张的……"

　　一排长看一眼陈老师，很严肃："陈老师，您为什么没打伞？您不怕淋病了？"

　　陈老师："我……我没事儿。"

　　一排长一指同学们："那他们是什么？温室的花朵？橱窗里的洋娃娃？"

　　陈老师不吱声了。

　　一排长大步走向同学们的队伍。

28. 操场上　同前

　　一排长走到队列前，扫视一眼大家。

　　大家也紧张地盯着一排长。

　　一排长："同学们，天气预报，今天阴，有中到大雨，最高气温16度，北转南风，3～4级，训练照常进行，同学们把雨伞收起来。"

29. 操场外　同前

　　陈老师、冯老师都来了，远远地看着操场上冒雨训练的孩子们。

　　陈老师心疼地："要是你儿子，你舍得吗？"

**冯老师**："舍不得，当家长时舍不得，但咱们当老师时就得舍得！"

### 30. 操场上　同前

一排在雨中练军体拳，女孩儿们的头发都贴在脸上，雨水、汗水顺着脸颊往下流。

林林一副痛苦状；乐心不停地用手抹脸上的雨水。

岳晓丹紧抿着嘴，喜怒不形于色；杨宇凌认真、努力、斗志昂扬……

**杨宇凌的画外音响起**："高中生活就这样开始了，训练风雨无阻，考试风雨无阻。终于考进重点的骄傲与满足，在那天的训练中一点儿一点儿崩溃，随着汗水和雨水流淌干净。父母的溺爱、长辈的呵护都离我们很远了。林林又哭了，乐心好像也哭了……许多女孩子都哭了。我有一刻也想哭，但哭什么呢？一排长说，既然军训，这是必然的一课！"

### 31. 操场另一端　同前

三排在练向前直身扑倒。

班长们撤去了直身扑倒用的垫子。

**三排长**："动作要领完全一样。一班队友，准备！"——嘟！

一班的男孩儿们没有一个敢做。

**三排长**："你们是男的不是？男人有什么好怕的？"

三排长把哨扔给一班长，挺身、立正，接着，身体像一块笔直的木板似的向前扑倒下去。

那一边正原地休息的女孩儿们玩命鼓掌喝彩。

**三排长起身，冲一班长**："去跟她们排长说一声，让她们该干嘛干嘛去，起什么哄啊！"接过哨子："一班的男人准备——嘟！"

男孩儿们一闭眼，全倒下了。

除了雷蒙的身姿标准外，其他人倒下是倒下了，但什么姿势都有。

简宁迅速站起，立正，又独自做了一遍。这一次，他的动作十分标准。

简宁的行为被宇凌看在眼里。

### 32. 餐厅内　日

同学们狼吞虎咽，偌大的餐厅只听见碗筷声。

大师傅挨着桌子送滚烫的鸡蛋汤。每到一桌，都引起一片欢呼声和争抢声。

一排一班的饭桌上，林林埋头扒饭。

**乐心逗她**："林林，今儿的菜咸不咸？"

**林林**："不咸，不咸——咸还不够吃呢。"

**杨宇凌**："林林，这两天你饭量狂长呵，吃俩馒头！"

**林林不抬头**："这还一顿赶不上一顿饿呢！"抬起头："我老回忆在家的好时光，冰箱里那么多好吃的，我怎么就没多吃点儿！"

**大师傅端来汤**："你们是一排一班吧？"

**女孩儿们异口同声地**："是啊！"

**林林**："快放下！我们早盼半天了，干嘛不先给我们上？"

女孩儿们把汤盆围上，一片争抢声。
好脾气的大师傅嘿嘿笑笑，走了。
女孩儿们埋头喝汤，从始到终，谁也没抬头看大师傅一眼，谁也没向他道一声谢谢。
一排长看在眼里。

### 33. 女生宿舍内　傍晚

雨已经停了，打开窗户，校园内一片清新，宇凌探出头去，看见天边的一抹红霞，大叫："快看，多美的晚霞！"
女孩儿们挤到窗口，大呼小叫。
乐心："为什么不出彩虹？来一道彩虹多浪漫啊！"
**宇凌抖抖刚洗过的头发，兴奋地**："就是，经历了一天的风雨，怎么也得来点儿彩虹慰劳慰劳吧？"
女孩儿们一块儿冲着晚霞唱起了《真心英雄》：
"不经历风雨，怎么见彩虹，
没有人能随随便便成功……"
有人敲门，晓丹开门，是一排长。
一排长："没有感冒的吧？"
杨宇凌："报告排长，没有。"笑嘻嘻地："排长，我们今天是不是挺棒的？"
女孩儿们一块儿笑。
一排长："只能说训练及格了。"
**女孩儿们对这样的结论不满意，杨宇凌**："那，我们还有什么不及格？"
一排长："自己想想。"
女孩儿们互相看看，没人知道。
一排长："再想想。"
乐心："内务！"
女孩儿们赶快看各自的床，抻各自的床单，一通忙乎以后，看排长的脸色。
排长还是沉着脸。
女孩儿们又去整自己的床铺。
**排长叹口气**："你们啊！"
**乐心机灵地拽过一把椅子**："排长，您坐下，坐着训。"
排长让乐心逗笑了，口气缓和了。
一排长："你们不是市重点中学的学生吗？不是考分最高、学习最棒的优秀学生吗？怎么人家大师傅给你们送鸡蛋汤，你们连声谢谢都不会说？"
没人吱声，看女孩儿们的神情也没人买账。
**一排长接着说**："那么大个餐厅，大师傅们挨桌送汤，我就连一个谢谢也没听见。"
**林林松了口气**："我当什么事儿呢！"
宇凌急忙白了林林一眼，制止住她。
岳晓丹低下头。

排长站起来,打量着桌上、地上乱七八糟的水果皮之类,想说什么没说,走出去了。
**林林耸耸肩,不屑地:**"就为这么点儿事儿,至于吗!"
没有人应和她。
乐心和岳晓丹同时去拿扫帚和簸箕。

## 34. 教室内  夜

**冯老师把刘毅新介绍给大家:**"这就是我给你们请的团辅导员,高三年级的刘毅新同学。刘毅新在振华中学已经读了五年书,年年考第一,多次被评为优秀干部、优秀团员,是咱们学校的校学生会主席。"
简宁的眼睛一亮,盯住刘毅新。
**刘毅新笑笑:**"我也不知道给你们讲些什么。这样好不好,你们提问题,我回答。什么样的问题都可以提,不好意思站起来说的,可以写条儿给我。"
**大家乐了,吵吵:**"不用,不用写条儿。"
**刘毅新:**"那,开始吧!"
**高晓峰也不站起来:**"你学习不错,体育怎么样?"
**刘毅新:**"校男子二百米短跑纪录是我的。"
**雷蒙:**"会玩电脑吗?"
**刘毅新:**"国家计算机中级证书。"
**宇凌:**"喜欢听谁的歌?"
**刘毅新:**"MICHEAL BOLTON。"
**简宁:**"你怎么看日本在钓鱼岛上设置灯塔?"
**刘毅新:**"寸寸山河寸寸金。"
大家满意了。
**宇凌站了起来:**"高中生活好玩吗?有意思吗?"
**刘毅新:**"一点儿都不好玩儿。你们觉得初三的功课紧不紧?但和高中比起来根本不算什么!"
同学中有人发出"唏"的一声,表示不相信。
**刘毅新:**"我可不是危言耸听,高中的作业少,但是难做;高中很少补课,但老师每一堂课的容量足够你拼命消化的。如果你再不是振华的学生,不适应这里的紧张节奏,不适应住校生活,那就更惨了。"
大家静默一下。
**林林举手:**"离学校最近的'麦当劳'在哪儿?"
**刘毅新以为自己听错了:**"什么?"
**林林:**"我问学校附近有没有'麦当劳','肯德基'也行。"
大家笑。
**刘毅新也笑:**"据我所知好像没有。"
**林林:**"那我惨啦!"
**刘毅新:**"允许我提个问题好吗?"

同学们:"你提,你提!"

刘毅新:"你们觉得,几天的军训怎么样?有哭过的吗?"

林林:"有哇!我就哭过,平均一天一次。"

大伙笑。

林林:"笑什么?一天一次还多吗?教官那么凶,不表扬,光批评。"

刘毅新也笑了,说:"那我告诉你们,没哭的咬牙挺住,不要哭;哭过的,也咬住牙忍住,往后不要哭。军训是踏入'振华'高中的预备班,如果为了累点苦点、教官凶点就哭,往后的日子,就哭不过来了。"

同学们"哇"起来,教室乱了。

刘毅新平静地看着大家,待安静下来后接着说:"军训是三年高中的预备班;三年高中,是四年大学的预备班;四年大学呢?是踏入社会的预备班。社会是什么?是拼搏,是竞争,是努力做好你该做的每件事,是认真扮好你该扮演的每个角色!"

同学们静静的,谁也不说话。

刘毅新笑笑:"有点耸人听闻是吧?"

林林:"听你这么一说,我现在就想哭。"

大伙哄堂大笑。

刘毅新:"我教你简单的一招,什么事再想哭,先忍三天,三天后看还想不想哭!"

35. 校园内　夜

晚自习以后的时间,同学们三三两两回宿舍,一条小路上,简宁追上刘毅新:"嗨!"

刘毅新:"嗨!"

简宁:"年年考第一,是不是压力很大?"

刘毅新看看简宁。简宁一脸热切,十分关注。

刘毅新:"是。"半响,又补充:"尤其在'振华'。"

36. 教室内　夜

只剩下杨宇凌一个人静静地坐在位子里。她突然站起来,跑上讲台,在黑板上写下两个大字:"不哭!"想了想,又在前面加了"十七岁"三个字。

杨宇凌端详着黑板上的"十七岁不哭",悄悄笑了。

37. 操场上　日

一排长:"同学们,军训马上就要结束了,明天下午,我们要进行军训汇报演出,希望大家拿出好成绩,体现出我们一排的水平,大家有信心没有?"

同学们没有回答,只是交头接耳。

一排长:"我的话,你们听见没有?"

宇凌底气不足地:"听是听见了,不过……"

一排长:"不过什么?"

杨宇凌:"有三排呢!您觉得我们行吗?"

**林林：**"肯定不行。"

一排长瞪林林一眼，吓得林林一吐舌头。

**一排长：**"没有试，没有争，怎么就知道自己不行？试试就能行，争争就能赢。不但踢正步要赢，内务比赛、打背包比赛都要赢，让别人提起军训团，就想起一排。一排就是一排！"转到队伍前面去："记住，试试就能行，争争就能赢！听清楚了吗？"

**一排：**"听清楚了！"气势如虹。

38. 学校门口　日

又是车的方阵，来看军训汇报演出和礼拜六接孩子的家长们鱼贯而入。

39. 操场外　日

林林在家长们的队伍中挤着，被林林妈一把拉住。

**林林妈心疼地：**"天哪，这么黑！"

**林林着急地挣脱着：**"妈，我得去参加表演了！"说完就跑。

**林林妈在后面不甘心地：**"林林，喝饮料不喝？"

家长队伍中，响着此起彼伏的叮嘱声及问询声。

40. 操场上　下午

参加军训的二百名学生列成四个方阵。一排的方阵前，旗手举着"振华中学军训团"的大旗。学生都戴上了白手套，个个军容严整。主席台上，振华中学的校长、老师和部队的领导高兴地观看着。《运动员进行曲》响起来了。

41. 一排的方阵前　同前

一排长一身崭新的军服，戴上了白手套。

**排长有点儿紧张：**"咱排可是第一方阵，一定要走好。你们听见乐曲中的鼓点了吗？一定要踏上，抬腿要高，摆臂要有力，口号要洪亮。你们从来没踏过鼓点，别紧张……"

**乐心忍不住：**"排长，您别紧张！"

**林林：**"试试就能行。"

**晓丹：**"争争就能赢！"

**宇凌：**"一排就是一排！"

大家笑。

42. 教学楼顶层高三教室内　稍后

高三的同学趴在窗口，看高一年级的军训表演。

43. 操场上　同前

乐曲声中，军训团的方阵气势磅礴地走过主席台，学生们个个精神抖擞，英姿飒爽。

## 44. 高三教室内 同前

一女生冲刘毅新："班头儿，咱们一上高三，学校就知道让咱们学习，连表演都不让看了！这离高考还一年呢，要是等到明年六七月得什么样啊？你得跟学校反映反映，别以后什么活动都没咱们份儿了！"

刘毅新没说话，注意地盯着操场。

## 45. 操场上 同前

整齐的队伍，严肃的表情，响亮的口号声。

走在队伍中的杨宇凌，眼眶有点湿。走过主席台时，她随着方阵，举起手臂，一个标准的军人敬礼。宇凌的画外音响起："规是圆，矩是方，没有规矩，不成方圆。我查着了！"

## 46. 学校门口 日

一副中将肩章，放在雷蒙手里。三排长拍拍雷蒙肩膀，想说什么没说，扭头走了。雷蒙突然追上去叫道："排长！"

三排长回头。

雷蒙一个标准的敬礼，眼眶湿了。

三排长一愣，片刻，扭头大步走向军车旁。三排长："战友们，成一字队型集合。"

教官们迅速站成一行。

三排长："向右转，敬礼！"

同学们的眼圈红了。

文字整理：闫琳

资料来源：根据 PPTV 网提供的视频完成文字整理。

具体参见 http://v.pptv.com/show/PJ2gHobsXJr9e4c.html

# 1998

## 牵 手

首播时间：1998 年
首播电视台：中央电视台
摄制单位：中央电视台影视部
编　　剧：王海鸰
导　　演：杨　阳
摄　　像：马　宁
主　　演：吴若甫、蒋雯丽、俞飞鸿、严志成、何　琳
获奖情况：第十九届（1998 年度）中国电视剧飞天奖长篇电视剧二等奖、优秀导演奖、优秀男演员奖、优秀女演员奖；第十七届（1999 年）中国电视金鹰奖最佳长篇连续剧奖、最佳导演奖、最佳摄像奖、最佳男主角奖、最佳女主角奖、最佳男配角奖、最佳女配角奖。

**剧情梗概：**

　　该剧以钟锐、夏小雪夫妇的婚姻危机为主线，描写了当今社会状况下中年人的生存状态及他们的情感经历。钟锐是一家电脑公司才华横溢的软件工程师，由于一心投入工作而忽略了家庭和妻子。夏小雪本是一位很有发展前途的知识女性，婚后为丈夫而放弃了事业，把精力全放在了家庭和儿子丁丁身上，她希望自己的付出能得到丈夫更多的关爱和体贴。而钟锐却认为妻子越来越俗气，由于缺少沟通，两人的婚姻产生了危机；同时在工作上，钟锐与公司方经理在公司的发展方向上产生了重大分歧，钟难以忍受方的卑鄙，愤然辞职。方经理的刁难与妻子的不理解，使钟锐接受了一个大学毕业后到北京寻求发展的年轻漂亮的王纯的爱。王纯的朋友恰好是夏小雪的妹妹夏小冰的同学，便托小冰的妈妈做了流产手术，并住在小冰家里养身体。小冰一家对王纯很关心，小雪也看望了王纯，王纯很是感动。钟锐从小雪处听说了王纯怀孕的消息后十分吃惊，他不顾小雪的挽留，执意要瞒着妻子去找王纯。王纯在认识了夏小雪之后，很喜欢小雪的为人，内心也感到十分愧疚，继而对钟锐对他的感情产生了误会，以为他只是喜欢自己的年轻。钟锐来看王纯，两人便发生了争吵。小雪知道了钟锐和王纯的关系后，内心难过、痛心不已，情绪已经失控，两人又发生了激烈的争吵甚至扭

打。而丁丁半夜醒来不见了妈妈，一个人哭着出门去寻找，却被坏人拐跑。丁丁在火车站被警察救下，正巧被王纯认出，王纯把丁丁送到了医院。因为此事，钟锐十分责怪妻子，而小雪也十分自责愧疚。王纯去医院看丁丁，遇见了钟锐，两人在病房里交谈。却正好被赶来看丁丁的小雪、小冰和妈妈看见，两人十分尴尬。为丁丁治疗的姜医生是一位出色的大夫。他十分厌倦自己妻子的市侩和虚荣。在丁丁住院的日子里，他见识了小雪的贤惠和善解人意，对她产生了爱意。王纯决定给她和钟锐的感情画上一个句号。她将钟锐约出来吃饭，告诉他自己将要回厦门了。钟锐极力挽留。王纯却还是踏上了南下列车。丁丁出院了，姜医生还在想念小雪，晚上以探望丁丁的名义去了小雪家。钟锐去厦门找王纯，王纯却去了美国。他从王纯父母的言谈中得知王纯似乎有了相好之人，心里十分不是滋味。钟锐和小雪办理了离婚。姜医生受不了自己的妻子要离婚，他的妻子便去单位找小雪闹。姜医生准备给何涛（小冰的男友）做手术，却被来医院找他闹的妻子弄得心乱如麻，手术时，他不慎给何涛用错了药。何涛因此而痴呆，并暂时失去了记忆。离婚后，小雪带着丁丁生活很艰难，还要靠钟锐支持。小雪为了生活，开始辛苦地找工作，却因为年龄大不懂电脑而屡屡受挫。钟锐这天偶遇姜医生，钟锐明白自己错怪了小雪，感到惭愧。小雪为了工作上夜校学电脑，钟锐便带着丁丁，俩人的关系有所缓和。小雪进入了一家日本公司工作，小有成就。而小冰因为想忘记失去何涛的痛苦，在沈五一的资助下，决定去澳洲留学。在离开的夜里，小冰本想献身于沈，而沈五一却不为所动。小雪就要和沈五一结婚了，而丁丁也将继续和妈妈一起生活。钟锐等小雪来接丁丁，心里十分不舍和难过。小雪的心里也十分矛盾，在即将和沈五一去登记结婚的关头，她给沈五一打了电话，希望沈能给她时间考虑，沈五一答应了她。小雪似乎突然间明白了婚姻爱情的真谛，但并没有表明她是否会选择回到钟锐的身边。

文字整理：李季

资料来源：根据 56.com 视频网提供的视频完成文字整理。
具体参见 http：//www.56.com/w83/album-aid-8101920.html

## 剧本：

## 《牵手》 第一集

**1. 客厅　夜　内**

小雪在餐桌前思考。

**小雪内心独白**：你怎么能跟这样的人一起生活，一过就是六年，不能再继续下去了。

**2. 正中电脑公司　夜　外**

方总捧着叠在一起的盒饭下楼，推开门。门口躲着的人突然出声，方总吓了一跳，盒饭散落在地。

**小A**：方总？

**方总**：你看看你，没正经。

**小 A**：对不起，对不起。

**方总**：钟锐呢？

钟锐坐在电脑前加班。

**方总**：关键技术解决了？

**钟锐**：解决了。

钟锐走在楼道里，小 A 开心地在一边掠过一边唱：我再也不愿见你在深夜里徘徊。

3. 路边 日 外

三个人出了公司，看着外面已然是第二天早晨了。

**小 A**：钟锐，你现在最想干吗？

**钟锐**：回家。

**小 A**：真有你的。跟我走。

**钟锐**：去哪儿？

**小 A**：先去洗个桑拿，再找个地方吃个好饭。然后再回家睡觉。起码睡它两天两夜，损失多少就要补回多少。

钟锐精神不振地点头。

**小 A**：我老婆讲话了，要善待自己。

钟锐依然下意识点头。

**小 A**：从一个男人的状态，就可以看出他老婆的质量。

钟锐往前走。

**小 A**：接着说接着说，我老婆？……

**钟锐**：你老婆？毫无疑问是善待自己型的，所以就没空善待你。所以你啊就像条没人管的野狗，终日四处乱窜。走吧，去我们家，让你开开眼。一会儿啊可别吃撑着了，我老婆啊，做的饭可好吃咯。

**小 A**：那当然那当然。

**钟锐**：吃过了饭还得逼着你吃水果。

**小 A**：还吃水果？

**钟锐**：对啊，她会把水果削了皮，硬塞到你嘴里。

**小 A**：还削皮？

**钟锐**：削了皮还不一定给她吃呢。哈哈。

4. 钟锐家

钟锐准备按门铃，突然想起什么。

**钟锐**：你脚不臭吧？

**小 A**：臭，跟你一样，好几天没脱鞋了。算算算，我还是走了。

**钟锐**：开什么玩笑，你是我的朋友。

钟锐开门，踮着脚小心翼翼进门。

**钟锐**：小雪？丁丁？

钟锐打开鞋柜。

小A：我穿哪双？

钟锐：甭换了，进来吧。

小A：别别别，我还是换一下吧，我看你们家的地，比我们家桌面还干净。弄脏了怪可惜的。

钟锐：她不在家。不在家明白吗？不在家就不用换。快，进来进来。

小A：你们家房子不错啊。

钟锐：公司给租的。

钟锐躺在床上：真好啊。

小A：什么真好？

钟锐：自由的感觉。

小A：我倒是自由，自由得像一条没人管的野狗。

钟锐笑。

小A：我看你们俩有问题啊。

钟锐：什么问题？

小A：不般配啊。据说嫂子当年也是大学的一朵花啊，真不明白怎么就到你手里。

钟锐：真不明白？

小A：不明白。

钟锐：我告诉你，四个字：才子佳人。

小A：狗屁！

钟锐：呛着了吧？

5. 厨房　日　内

钟锐在下面。

画外音：（小A）老钟，没有手纸啦。

钟锐：知道啦，等着，我给你找。

钟锐在翻箱倒柜地找。

（画外音）手纸……手纸……

钟锐：别喊啦。

钟锐打电话：小冰啊，叫你姐姐接电话。

6. 小雪娘家　日　内

小冰：她不在。

钟锐：不在？去哪儿了？

小冰：又不是我老婆，我哪儿知道。

钟锐：你说这人去哪儿了，也不说一声。

小冰：你上哪儿去，都跟她说了吗？

钟锐：别闹小冰，快叫你姐。

小冰：她真的不在，你有什么事儿？

钟锐：我不知道她把手纸藏到哪儿去了。

小冰大笑。钟锐也在电话一头无奈的笑。

厨房里的油锅烧着了。钟锐端锅的时候又把手烫出了水泡。

7. 钟锐家厕所　日　内

小A坐在马桶上等手纸。

钟锐从打印机上拿了一叠白纸递给小A。

钟锐：给。

小A：这文件不要了？

钟锐：不要。

小A：你们家都用这手纸啊？

钟锐：对。

小A：这也太硬了吧。

钟锐：耐心搓搓就好了。

小A打开淋浴喷头想洗手，结果被淋湿。

钟锐：你这是怎么了？

小A：湿了。

钟锐：脱下来，换我的。

小A：你知道你衣服放哪儿吗？

钟锐叹气。

8. 钟锐家　日　内

电话铃响。

钟锐接电话：喂，小雪？

画外音：我是方正平，我就在你们家楼下。

钟锐进电梯，问电梯里的妇人。

钟锐：大姐，看见我们家丁丁妈妈了吗？

妇人：看见了。

钟锐：看见了，什么时候啊？

妇人：好像是前两天吧。

9. 车内　日　内

钟锐：咱们不是说好下个月搬家吗？

方总：我查了黄历了，今天搬家是大吉。往后三个月之内没有这样的好日子。北边我谈了一块地皮……

钟锐：当初我们俩是怎么说的？

方总：做纯粹的软件公司，像美国的微软。

钟锐：那你说两年了，我们做了什么？

方总：我们从10万元起家，现在有上百万的资产，难道这不是资产？

钟锐：我是说直到现在为止，我还没有做我想做的事情。

方总：钟锐，这软件开发是个无止境的东西，2.0完了呢，还有3.0呢。那地皮呢，是有限资源，开发一块少一块。可你当初并没有说，让我来跟你炒地皮是不是？

两人争执，汽车刹车，差点撞到一个妇人。

妇人：讨厌，显摆你有车啊！

10. 早点摊　日　外

王纯：两根儿油条。

小贩递给她油条。

妇人：六根。

王纯拿着油条走了又回：对不起，少找我一毛钱。

小贩给了她一毛钱。

小贩对妇人：现在什么人都有，一毛钱都还要。

妇人：一分钱该找也得找，老百姓过日子不容易。

11. 老乔家　日　内

妇人把油条买回，老乔对镜梳头。

妇人：还唱呢，快吃吧。

老乔：公司搬家，方总有令，7点钟之前，必须赶到。

妇人：我说啊，咱把这间北房，租出去得了。

老乔：女儿回来，如何是好啊？

妇人：她回来，也就住个一宿两宿的。老这么闲着，可惜了。

老乔：我听说有的人就是让房客给杀了。

妇人：杀人为钱，你没钱，杀你干嘛？我早打听过了，像咱家这种房子啊，一个月最少也得300块。多这三百进款啊，咱手头可以宽裕多了。袜子卖不出去，咱也不用着急了。

老乔：要找，也得找个女的。

妇人：干吗？

老乔：干吗？这要是个男的，大小伙子，出点儿什么事儿，你对付的了吗？

妇人：哟，还是你想问题周到。

老乔：好啦，我上班去啦。

妇人：等下，把袜子带上。

老乔：今儿公司搬家，我哪儿有工夫给你推销啊。

妇人：这才正是时候呢。搬家来的人多，说不定啊能多卖出几双去呢。要抓住机遇知道吗，这可是我的工资啊。卖不出去指望你一个人的工资，钱够用吗？拿着，要价十块钱。

老乔：哎哎，知道了知道了。

**12. 公司　日　外**

王纯走向公司。

**方总指挥搬家人员：**来，来，进来进来。轻点儿……往里头放。

王纯和正搬东西的小A撞在一起。

**王纯：**对不起对不起。请问你们这是哪家公司啊？

**小A：**这是我的名片。

**王纯：**谭先生。

**小A：**不，叫我小谭吧。请问小姐芳名。

**王纯：**我叫王纯，你好。

**小A：**你好你好。你也是在这儿工作？

**王纯：**哦，不，我是来找工作的，不知道你们这家公司要不要人。

**小A：**要要要，我想应该要，我带你去找我们方总？

**王纯：**那太好了，谢谢你啊。

**13. 方总办公室　日　内**

方总和老乔正在抬桌子。老乔接过搬家人员手上的台灯。

**方总：**这儿花，搁这儿搁这儿。

**方总：**老乔啊，你替我办件事儿，我替客户送一批礼品，你去办一下。

**小A走进：**方总？

**方总：**有什么事儿吗？

**小A：**这位小姐是来应聘的。

**方总：**我看条件不错，稍等稍等。

**方总继续对老乔：**买什么你看着办。

**14. 钟锐办公室　日　内**

**小A：**我要干什么？

**钟锐：**我要你拿那软盘呢？

**小A：**糟了……

小A转身跑。

**钟锐：**哎，这儿哪儿有电话啊？

**15. 方总办公室　日　内**

**方总继续对老乔吩咐：**价钱控制在100块以内，买50份。

**老乔：**这回买礼品啊，一定要纠正以往的俗套、样子货、华而不实，花了钱人家还不领情。

**方总：**以最小的代价换取最大的收获。

**老乔：**对，一定要有实用价值而且要……

**方总：**（打断）好了好了，赶快去办。

**老乔：**行，放心吧方总。

搬家人员陆续撤出。

**王纯**：方总可以进来吗？我叫王纯，我是来应聘的，这是我的简历。

**方总**：你怎么知道我们这儿要招人呢？

**王纯**：你们在搬家，说明你们的事业在壮大。这时候正需要招兵买马。

**方总**：也许，我们租不起原来的房子，被迫搬家呢？

**王纯**：那人们脸上的神情就不会是这样的。

**方总**：哪样？

**王纯**：愉快、兴奋、踌躇满志。

**方总**：说得好。（翻看简历）你是学政治的？

**王纯**：怎么？学政治的你们不要？

**方总**：不，我就是政治系毕业的。

16. **钟锐办公室　日　内**

钟锐和小A一起收拾软盘。

**小A**：方总那儿有个应聘的女孩儿。叫王纯……

**钟锐心不在焉**：连个电话都没有……

17. **方总办公室　日　内**

**老乔拿了一包袜子**：袜子，家家都需要吧而且是永远需要，但是人们都想不起来要送袜子。男袜两双，女袜两双，孩子们穿袜子费，童袜四双，一共8双，咱们取个谐音"发"。十块钱一双，一共80块钱。怎么样？没超过您的标准吧？

**方总**：老乔，把你的袜子拿走吧，把你的袜子拿走吧。记住了，以后永远不要来公司推销你老婆的袜子。听见了吗？

老乔点头，灰溜溜地走了。

**方总**：面试的第一道题，给客户送什么样的小礼品？

**王纯**：真丝纱巾，七八十块钱一条，不寒碜也不过分。

**方总**：如果对方是男的呢？

**王纯**：说的就是男的呢，拿回家送给夫人、女儿或者女朋友。女的一般都喜欢真丝制品，女的高兴了，男的就更高兴了。

**方总**：好，说的好。不错。

**钟锐走进**：把手机借我一下。

**方总**：来钟锐，给你介绍一下，这是王纯，总经理助理。

**钟锐**：哦。你好。

**方总**：这是我们的总工，钟锐。

**王纯**：钟锐？我们学校计算机系统就是你编的软件。

**方总**：这就是我们公司的产品。你对计算机挺在行的嘛？

**钟锐**：你是学什么的？

**王纯**：政治。

**钟锐把方总拉到一边：**我们现在最需要的是编程人员。

**方总：**公司扩大，各方面优秀人员都需要。

**钟锐：**可是我们现在还没到摆谱的时候。

**方总：**我从来没有想过摆谱啊。

**钟锐打了方总一拳，然后离开。**

**王纯：**方总，感谢你对我的赏识和聘用，不过，是不是应该先和他商量一下？

**方总：**我总经理还决定不了一个总经理助理？王纯，你别往心里去。他们搞理科的人就这样，不善于人际交往，对于行政管理这一套啊他们更不擅长。所以才需要你我这样的人来管理公司啊。

18. 公司大厅　日　内

    **钟锐打电话：**喂，麻烦你找一下夏主任。

    **接电话的人：**夏主任不在，下厂去了。

    **钟锐：**对不起，我找她有急事。

    **接电话的人：**你待会儿再打吧。

    **钟锐：**告诉你们夏主任，她女儿失踪了。

    **旁边搬家的工人都被这句话震惊了：**"怎么回事儿，怎么回事儿？"

    **老乔：**你给他们单位打电话了没有？

    **钟锐：**哦，对对。

    **钟锐拨了几个号码停住。**

    **小A：**电话我来拿着，号码？

    **钟锐：**号码我记在一个本子上，放在抽屉里。

    **小A：**我好像看见过。

19. 图书馆夏小雪单位　日　内

    电话打通了。

    **小雪同事：**喂，找谁？……哦，夏小雪还没来呢。

    **钟锐：**她去哪儿了？

    **小雪同事：**你是谁啊？

    **钟锐：**我是她爱人，我是钟锐。

    **小雪同事：**我还正想问你呢。

    **钟锐：**哦，那算了。

20. 某客户家中　日　内

    夏小冰正在向某太太推销化妆品。

    老板打着电话进客厅。

    **夏小冰：**您好，我是玉兰公司的。

    **老板：**坐，小姐。

夏小冰继续推销：这个意思呢是一生的水，你闻闻，这个香很合适的，如果你要的话给你优惠。
　　某太太：你卖一瓶赚多少钱？
　　夏小冰：赚不到多少钱。
　　某太太：得了吧，不赚钱你能干吗？
　　夏小冰：从理论上讲呢是这样的，但是我到现在为止，的确还没赚到钱。
　　某太太：我看你才刚开始干吧，也怪不容易的，那我买一瓶。
　　夏小冰：好啊。
　　老板：还有多少啊，我全要了。
　　夏小冰：先生……
　　老板：我有好多朋友呢。
　　夏小冰：那太感谢您了。
　　老板：小姐，怎么称呼呢？留张名片吧。
　　夏小冰：额，我没有。
　　老板：一个没有名片的推销员，那怎么能得到顾客对产品的反馈呢？你不是专业的？
　　夏小冰：我在读研究生。
　　老板：研究生？
　　夏小冰：我给你看看我的学生证吧。
　　老板：你是客串的吧，只要是想挣些钱买些漂亮的衣服，是吗？
　　夏小冰：主要是为走向社会做些准备。
　　老板：呼机又响了，是你男朋友吗？打个电话。给……
　　夏小冰：谢谢。

## 21. 钟锐办公室　日　内

　　钟锐：小冰，我呼了你半天了。你姐姐在哪儿？她和丁丁昨晚上一晚上都没有回来。
　　小冰：你现在在哪儿？在公司？我姐姐失踪了你还有心思上班啊？你找了吗？报警了吗？晚报看了吗？一个女作家坐在自己房间里就给人杀了。

## 22. 某客户家　日　内

　　小冰把手机还给老板。
　　小冰：对不起。

## 23. 钟锐公司　日　内

　　方总：钟锐，别着急。你们俩赶快去派出所报案。你们俩不是认识钟锐的爱人吗，到她可能去的地方去找，快。你去打印寻人启事，打印一百份。
　　钟锐一个人在办公室里叹气。
　　王纯：请问是什么时候不见的？
　　钟锐：不知道。

王纯：前两天是什么日子吗？
钟锐：什么什么日子？
王纯：什么特殊的日子？比如说生日啊什么的。
钟锐：坏了，前天是我们结婚六周年的纪念日啊。忘得一干二净的，说好了，晚上一起吃饭。
王纯：那你看问题是不是就出在这儿？

24. 街边　日　外

小雪带着丁丁从巴士车上下来。
小雪：怎么鞋带松了你都不知道系？
丁丁：我不会系。
小雪：除了吃你还会什么？

25. 钟锐家电梯　日　内

丁丁在电梯里兴奋地自言自语，说着旅行的情形。
电梯大姐：幼儿园组织去的吗？
丁丁：不是。妈妈的同学，是吧，妈妈？
小雪：丁丁他爸爸回来了没？
电梯大姐：上班去了，一大早就走了。

26. 钟锐家　日　内

丁丁：妈妈，快来看，爸爸把屋子弄得这么乱。
小雪：丁丁快来换鞋。
丁丁跑到厨房不小心滑倒，跌倒在面条上。丁丁大哭。
小雪：哭，哭，不许哭，听到没有。你浑身都是面条，还哭呢你。
丁丁：妈妈，我饿，我想吃方便面。
小雪：吃，吃，就知道吃。你还让不让人活了？连口气都不让人喘，你还让不让人活了？
丁丁：我饿了，我想吃方便面。
小雪：行了行了，我给你煮。
丁丁站在客厅里哭，小雪走进厨房，也差点儿被滑倒。

27. 厨房　日　内

小雪收拾厨房，煮方便面。
丁丁：妈妈，我先吃一个巧克力派行吗？
小雪：只许吃一个。

28. 客厅　日　内

丁丁在吃巧克力派，一下吃了一盒。

小雪发现了：丁丁！

丁丁：妈妈我不想吃方便面了，我想吃巧克力派。放下！放下！

丁丁依然在吃巧克力派。

小雪：我叫你吃叫你吃。你说你要吃方便面我就给你煮，煮好了你又不吃，你这不是折腾人吗？丁丁我告诉你，你把妈妈气死了累死了，你就没有妈妈了！

丁丁大哭，打扫着的小雪也觉得精疲力竭。

## 29. 大街　日　外

钟锐公司的同事都在帮忙贴"寻人启事"。

## 30. 钟锐家　日　内

钟锐回到家，惊讶地发现家里都被打扫干净了。

钟锐发现妻子、儿子都回家了。

钟锐：小雪？小雪，夏小雪！

## 31. 钟锐家客厅　日　内

丁丁蹑手蹑脚走到钟锐身边。

丁丁：爸爸，你生气啦？

钟锐：过来，儿子。儿子，昨天和前天你们去哪儿了？

丁丁：我们上密云水库了。

钟锐：跟谁去的？

丁丁：妈妈的同学。

钟锐：那怎么不跟爸爸说一声啊？

夏小雪打开门：丁丁穿鞋去。

钟锐：小雪，你在外边过夜，怎么也不说一声？小雪？……

小雪把钟锐关在卧室门外。

丁丁：爸爸，你惹妈妈生气啦？

钟锐：儿子，这两天，你们是不是很高兴啊？

丁丁点头。

钟锐：你猜爸爸昨天晚上干吗去啦？

丁丁：不知道。

钟锐：你猜？

丁丁：打电脑？

钟锐：不对。

丁丁：看书？

钟锐：爸爸干了一件特别有意思的事儿。

丁丁：比我们还有意思？

钟锐：有意思多了。

**丁丁**：你快说啊……

**钟锐**：我啊，睡觉啦。

**丁丁**：睡觉有什么意思啊，我最烦睡觉了。

**钟锐**：我这个觉可不一般啊，长这么大头一次睡这么好觉。一躺下就睡着，美梦一个连着一个。

**丁丁**：梦见什么啦？

**钟锐**：爸爸梦见啊骑在航天飞机上，飞啊飞啊飞啊飞，飞到天安门上边，往下一看，哇，下边的人比蚂蚁还小。

**丁丁**：汽车呢？

**钟锐**：汽车就像七星瓢虫。

**丁丁**：大公共汽车呢？

**钟锐**：大公共？你说呢？

**丁丁**：不知道，我又没看见。

**钟锐**：你怎么不知道？你也在飞机上，你啊就坐在爸爸怀里。

钟锐抱着儿子在客厅里旋转。

**丁丁**：那妈妈呢？

**钟锐**：妈妈啊，不知道。不在。

**小雪正好走出**：钟锐，你不是人！

**钟锐**：是吗？那你呢？

**小雪**：我有眼无珠。

**钟锐**：哦，残疾人。

**小雪**：小丑！

## 32. 公司

老乔正在往沙发上盖布。

**王纯**：老乔？

**老乔**：王纯，你还没走啊。

**王纯**：我……欸？你这是干吗？

**老乔**：公司防盗门没装呢，我得留人值班。

**王纯**：值班？那我替你值班。

**老乔**：你一小姑娘家。

**王纯**：那可不见得，我睡觉特警醒。

**老乔**：你以为值班是好玩的？别让大人担心啊，赶紧回家。

**王纯**：回家？回不了了，家在厦门呢。

**老乔**：厦门？那你以前在哪儿呢？

**王纯**：最近一个月啊，我一直都在以前的学生宿舍。学校清查，把我轰出来了。昨天在同学家挤了一个晚上，今天还没想好在哪里呢。

**老乔**：那你想没想过租房子啊？

王纯：想过啊，不是租金太贵就是地段太远。总之啊，就是没有合适的。
老乔：你也是大学毕业？
王纯：嗯。
老乔：好吧，那今晚上你就住这。
王纯：真的？那太谢谢你了。
老乔：我先走了。
王纯：走好啊，老乔。

33. 钟锐家　夜　外

钟锐：行啊夏小雪，为了一顿饭，你就这样大动干戈。
小雪：为了什么你心里清楚。
钟锐：我不清楚。好，就算我忘了，你就不能提醒我一下？
小雪：不能。求来的东西我没兴趣。
钟锐：这就怪不着我了。
小雪：是，不怪你。
钟锐：好，以后啊，我们各干各的，谁都别管谁。
小雪：你管过谁啊你？星期六下午4点，我是不是打电话通知过你？你当时满口答应。
钟锐：你知道我忙。
小雪：你忙，你永远忙，你是重点是中心，别人那点儿俗事那点儿烦恼能跟你相比？我不能一直打扰你啊。我知趣于是我在家等。等到睡觉你没回来也没有电话。
钟锐：于是你就不辞而别。
小雪：对，我倒要看看怎么才能引起你的注意。
钟锐：那你还是没达到目的。
小雪：你给我滚。滚！
钟锐：好。我滚。好。夏小雪，你以前不这样的。

34. 厕所　夜　外

丁丁坐在马桶上：妈妈，我拉完啦，没有手纸。

35. 客厅　夜　内

钟锐离开的脚步停止，夏小雪在客厅哭泣。
画外音：妈妈，没有手纸……

36. 厕所　夜　外

小雪拿了手纸去给丁丁。
门口传来钟锐重重地关门声。

37. 公司　夜　内

王纯在办公室内给父母写信：亲爱的爸爸妈妈，你们好，告诉你们一个好消息，我找到工作了,是一家很有潜力的电脑公司。这里人才济济,能让我学到很多东西……
谭马悄悄走近。

**王纯**:谭马啊?吓我……

**谭马**:写情书呢?

**王纯**:是啊。

**谭马**:亲爱的爸爸妈妈……我说呢,看你小小年纪也不至于。

**王纯**:你找我有事?

**谭马**:这门晚上要锁好,别一人,不安全。

**王纯**:没事儿。

**谭马**:别没事儿啊,我要是坏人,你今天不就有事儿了?

**王纯**:多谢关心。来坐吧。

**谭马**:不不,我有两张音乐会的票。咱们俩……

**王纯**:可是8点我还要跟方总去谈判。

**谭马**:什么事儿非得要你陪啊,这不是以权谋私吗?王纯,咱可得心里有数啊,现在什么人都有。

**王纯**:我又不是小孩儿。我没事儿。

**38. 钟锐家卧室　夜　内**

小雪一个人躺在床上。

**39. 公司办公室　夜　内**

钟锐在电脑前打字。
王纯看见还在工作的钟锐。

**40. 客厅　日　内**

丁丁在吃早饭。

**小雪**:丁丁把裤子穿上啊。丁丁快,别磨蹭啊。

丁丁出门,看见门上插的宣传画册。

**丁丁**:妈妈这是什么啊?

**小雪**:跟你没有关系。

**41. 电梯　夜　内**

**丁丁**:还我,我捡的。

**小雪**:干什么?你又不识字。

**丁丁**:我知道,你欺负小孩。

电梯到达。

**小雪**:和奶奶再见。

**丁丁**:奶奶再见。

## 42. 路上 日 外

**小雪**：你还挺会说话的哈，大人欺负小孩。那咱俩换换，你当大人我当小孩，你给我做饭洗衣服，给我讲故事，送我上幼儿园。你欺负我好不好？

丁丁打妈妈。

**小雪**：我跟你说，妈妈当这个大人早就当够了。

## 43. 图书馆 日 内

**小雪同事打电话**：我跟你说，这男人啊不能惯，你整天给他干这干那累死，他都没两句，只有你不在他身边的时候，他才知道你的重要性。

小雪进办公室。

**同事继续电话**：就应该这样隔三差五给他敲敲警钟，别什么都是应该的啊。听我的。就在娘家住着，他一天不来请你啊你就一天不回去，看谁挨得过谁。好，就这样吧。有事儿来电话啊。

**小雪**：今天又来晚了，路上太堵。

**同事**：咱们这儿早点晚点无所谓。哎，你前两天上哪儿去了？

**小雪**：我啊……

电话响。

**同事**：找谁啊？局长啊，我是周燕。……您身体好吗？……有什么指示啊？找小雪啊……在，您等着啊。

**小雪**：局长啊，你好。……做翻译？不行不行，都扔了那么久了，都张不开口了……局里不是有专职翻译吗？……那好吧，唉，好，再见。

**小雪**：局里有个外事活动，让我去做翻译。

**同事**：那好事儿啊。这回你总算学有所用咯。

## 44. 钟锐家 夜 内

丁丁在客厅玩耍，客厅里充斥着噪音。

小雪在沙发上看英语。

**丁丁**：妈妈，你知道什么是人造人啊？

**妈妈**：什么啊？

**丁丁**：你说啊……

**妈妈**：人造人就是我造你。

**丁丁**：不对。

**小雪**：什么不对，你就是我造的。

**丁丁**：人造人就是一个大机器人，造出一个小机器人。明白了吗？

**小雪**：明白了。

**丁丁**：妈妈，你漫不经心。

**小雪**：丁丁，妈妈明天要去当翻译。可是妈妈好久都没说英文了，你让妈妈复习复习好不好？

丁丁：妈妈，我会说英文，GOODBYE 你知道吗？就是再见的意思。

小雪：好了好了，你去玩儿吧。

丁丁：不好。

小雪：乖，自己看电视去。

丁丁：不。

小雪：你去搭积木。

丁丁：妈妈跟我一起搭。

45. 公司

　　钟锐在电脑前工作。

46. 丁丁卧室　夜　内

　　丁丁终于睡着了。

文字整理：夏源

资料来源：根据56.com视频网提供的视频完成文字整理。

具体参见 http：//www.56.com/w83/play_album-aid-8101920_vid-NTEzNDUwNTg.html

# 红处方

首播时间：1998年

首播电视台：天津电视台

摄制单位：天津电视台电视剧制作中心新视野工作室

原　　著：毕淑敏

编　　剧：张永琛

导　　演：董志强

摄　　像：胡　明

主　　演：奚美娟、黄梅莹、艾丽娅、姚　鲁、周　迅、孔祥玉

获奖情况：第十九届（1998年度）中国电视剧飞天奖长篇电视剧二等奖；第十七届（1999年）中国电视金鹰奖最佳长篇连续剧奖、最佳照明奖、最佳录音奖；第七届"五个一工程"优秀电视剧奖。

## 剧情梗概：

　　该剧讲述心理医生沈若鱼与毒品抗争的故事，沈若鱼18岁的女儿沈佩留下遗书失踪了，因为她无法摆脱海洛因的侵淫。沈若鱼忍住悲伤，冒着性命危险，与贩毒者周旋，终于找到女儿沈佩。可此时的沈佩已面目全非。沈若鱼试图用母爱来挽救女儿，但沈佩却丧心病狂地令她也染上了毒瘾。作为一个正在走红的画家志远爱上了经纪人庄羽，庄羽沉醉于海洛因里无法自拔，她甘愿用生命做代价换取醉生梦死。志远要把庄羽从海洛因的地狱里拯救出来，可没想到她自己却被拖进了深渊。幸运的是，简方宁、蔡冠雄、粟秋等一批献身于戒毒事业的医护人员，她们面对被海洛因扭曲了灵魂的吸毒者，面对谎言、欺诈和罪恶，表现出了崇高的精神力量与人格力量。在戒毒医院里，沈若鱼、沈佩与庄羽、志远，还有高干子弟北凉、民工柏子等一起接受脱毒治疗，既感受到白衣天使的温情，也遭受到了毒瘾魔鬼的折磨，使他们或者走上新生，或者走向了毁灭。戒毒医院的院长简方宁致力于中医戒毒研究已多年，她从她丈夫潘天星教授身上，汲取了战胜海洛因的勇气。简方宁渴望能够找到一种新型的戒毒药物，来拯救那些迷失的吸毒者，为此她和她的助手——从美国回来的医学博士蔡冠雄，废寝忘食地进行着0号戒毒试验。可就在试验进行到了关键时刻，蔡冠雄却中了毒贩子们设下的圈套，成为冰毒配方的提供者。他手持绿卡，本可以逃回美国，但他却留下了，甘愿受法律的追究，简方宁忍受着种种折磨，向0号试验发起了最后的冲击。然而非常不幸的是，此刻，她却因遭受了暗算，染上了海洛因极品七的毒瘾，生命危在旦夕。她为了亲身体验新戒毒药的临床效果，以身试药，从容地服下了希望和危险各占50%的新药，沈若鱼在经历了难以想象的磨难后，毅然走进戒毒医院，开展心理戒毒治疗，投身到戒毒事业中去。

　　　　　　　　　　文字整理：李季

　　　　　　　　　　资料来源：根据56.com视频网提供的视频完成文字整理。

　　　　　　　　　　具体参见http://www.56.com/w86/album-aid-8047141.html

## 剧本：

## 《红处方》 第一集

**1. 城市街道　日　外**

　　车水马龙的城市街道，心理医生沈若鱼买完菜回家，在其间行走。

　　电话铃声一直在响。

**2. 沈若鱼家　日　内**

　　沈若鱼回到家，小跑去接电话。

　　**沈若鱼**：喂……喂喂……

　　电话那头没有声音，沈若鱼挂掉电话。

　　沈若鱼走到客厅，打开电视。

　　电话又响起。

沈若鱼：喂。
咨询者：是心理咨询的沈医生吗？
沈若鱼：我是。
咨询者：我的儿子吸毒了。
沈若鱼：哦。你送他去过戒毒医院吗？
咨询者：两次了，可出来以后又吸上了。我真不知道该怎么办。我也说服自己跟他断绝关系，权当我没有这个儿子。由他去，让他吸死拉倒。
沈若鱼：你千万别这样，你是母亲，你应该挽救他。

3. 电话亭　日　外

沈佩继续拨电话，怎么也拨不通。
高鹏挂断电话。
高鹏：你要是后悔啊，现在还来得及。
沈佩：我什么时候后悔过啊。
高鹏：你妈妈真安传真啦？
沈佩：你怎么那么啰唆啊，前两天不是跟你说过，她刚开了个心理咨询。前天刚安的吗？

4. 沈若鱼家　日　内

沈若鱼：请您告诉我地址，我会当面再跟您聊一聊。您贵姓啊？
咨询者：请别当面来找我。
电话挂断。

5. 厨房　日　内

沈若鱼做饭。

6. 电话亭　日　外

高鹏：师傅，帮忙发份传真。
师傅看了内容，然后递回纸条。
电话亭师傅：对不起，传真机可能坏了。
高鹏：帮忙修一下。肯定能修好。
电话亭师傅：那我试试看吧。

7. 沈若鱼家　日　内

传真机响。
沈若鱼看见传真上的内容：妈妈，我知道您现在肯定正在家里为我准备生日晚餐。可是我已经吃不上了。永别了，妈妈。用十八岁生日来结束自己的生命，恐怕是我这样吸毒的女儿对母亲唯一的报答。因为我活着，只能给您带来无法摆托的痛苦。妈妈，我在您和海洛因之间选择了它而背弃了您，我知道这是我的罪过，请您宽恕我。

**8. 沈佩租的房子　日　内**

　　**高鹏在墙上写**：海洛因万岁。

　　**沈佩**：你这遗书写的比我有意思啊。我也写。

　　沈佩也在墙上写。

　　男孩抚摸雕像。

　　**沈佩**：你干吗呢？

　　**高鹏**：这是我雕过最好的头像。

　　**沈佩**：那你带走吧，算给你陪葬。

　　男孩把头像砸碎。

**9. 郊外公路　日　外**

　　沈若鱼从车上下来。

**10. 出租屋　日　内**

　　沈若鱼向着出租屋奔跑。

　　**画外音遗书的声音**：妈，您不用费心找我，找也找不到。既然决定要死，我就会像一片羽毛一样随风而逝，从这个世界上彻底消失。我是和高鹏一起去死的，我这样就不会孤独了。高鹏对我挺好的，他还留下两包海洛因，他说等我们找了一个好地方。临死之前再吸个毒。你瞧瞧吧，他是不是挺好的，所以你尽可以放心。

　　**沈若鱼来到出租屋，对着满地狼藉哭泣**：佩佩……

　　她突然想到什么，转身就跑。

**11. 城市街道　日　外**

　　城市依然车水马龙。

**12. 美容院　日　内**

　　**英子正在做美容**：喂，嗯，是我。……对不起，我现在没时间，去不了。好，就这样。

　　**沈若鱼**：有人吗？

　　**服务员**（高鹏姐姐）：小姐，请稍等一下。

　　英子点头。

　　**沈若鱼**：你好，你是高鹏的姐姐吧？我是沈佩的妈妈，这是沈佩留下的遗书，说是和你家高鹏在一起。

　　**高鹏姐姐**：高鹏在这儿也留了一份。

　　**沈若鱼**：那怎么不赶紧去找呢。如果现在找到他们，兴许还能救他们一命呢。

　　**高鹏姐姐**：谁知道他们会跑到哪儿去。

　　**沈若鱼**：你也不知道吗？那就更不能再等了。走吧，咱们分头去找。

　　**画外**：找他干什么，让那个孽种死去吧。

**高鹏父亲**：这不是头一回了，上回跑出去两个月，就说是要死要死的，没死成又回来接着作孽。这回啊让他死个痛快，权当我没养这么个儿子。
　　**沈若鱼**：大伯，我家佩佩才十八岁。你家高鹏也才二十一岁。不能让他们就这么去死吧。
　　**高鹏父亲**：就算能找回来又有什么用。他不还得抽吗，他不还得为那口烟活着吗？您看看这间发廊，让他祸害成什么样了？把他找回来，还接着祸害？不找！让他死去。
　　沈若鱼离开。

13. 电话亭　日　外
　　沈若鱼拨电话。
　　电话没有人接。

14. 美容院　日　内
　　**英子**：给，不用找了。
　　**高鹏姐姐**：谢谢啊，小姐。
　　**英子**：好的，再见。

15. 街道　日　外
　　沈若鱼在街道上急匆匆地走着，一阵眩晕让她靠着树瘫软在地。
　　英子正在后面的路上，连忙停车扶住她，帮忙打车。
　　**英子**：师傅，她可能是中暑了，麻烦您送她去医院。
　　**司机师傅**：你赶快上车。
　　**英子递过钱**：这个给您，我还有事儿。
　　**司机师傅**：哎，这怎么回事啊？

16. 车上　日　内
　　**英子**：喂，是我，怎么了？后悔了？你从我手里买的快乐，就别怕付出代价。如果你想上天堂我成全你；如果你喜欢下地狱，我也成全你。好，你等着，我马上就到。

17. 画廊　日　内
　　几位外国客人正在讨论着一幅画，他们非常感兴趣。
　　**庄羽**：这幅画不卖。
　　**客人**：为什么？
　　**庄羽**：因为是赝品。
　　**客人**：我就是喜欢这幅画，真的假的没关系。
　　**庄羽**：我这里是真品画廊，从不卖假画。
　　**小妹**：姐……
　　**客人与小妹道别**：再见，再见……
　　**小妹**：真对不起啊，我姐今天心情不好，欢迎你们下次再来啊。

客人离开。

小妹：姐，这不是志远老师画的画吗？怎么又是假的了？

庄羽：谁说假的了？

小妹：你不是刚才……

庄羽：我烦着呢。英子怎么还不到啊。

英子：我来了。庄羽，听说你想跟我算账，算什么账啊？

庄羽：你也太不够朋友了，我给你那些花花绿绿的美金，有假的吗？

英子：没有啊，怎么了？

庄羽：那你给我的烟怎么都是水货？

英子：小羽，我从不走水货，水货可是要人命的啊。

庄羽：信不信由你。

英子：我问你，你现在一天抽多少？

庄羽：你别问我抽多少。我没欠你一分钱对吗，这些年你从我这里拿走多少美金，你还能数得过来吗？

英子：那你心疼了，还是后悔了？庄羽，你说你从我手里买到的快乐，那你就别后悔付出代价。如果你想上天堂我成全你；如果你喜欢下地狱，我也成全你。你说是吧？

庄羽：你是威胁我？

英子大笑。

英子：庄羽，你说你怎么能这么说。我是喜欢你啊。既然你对我已经失去信任了，那你就停了它吧。

庄羽：滚，你给我滚。

英子：庄羽，咱们俩明说了吧。不是我的粉有问题，是你的身体变得不行了。如果你还想找那种飘的感觉啊，你就得缩短时间加大剂量。实话跟你说，你们离不开我，你也离不开它。我敢保证，不出10分钟你就得跪在地上，闻着它。好啦，再见。

小妹走上前，想把白粉收拾起来。

庄羽：哎，别管别管，这可都是宝贝啊。

庄羽跪在地上，闻着白粉。

小妹：姐，3点了。刘嫂那儿还去不去了？

庄羽：啊？

小妹：还去不去了？

庄羽：好，我去。你给她打个电话，让那画家也去啊。

18. 医院　日　内

沈若鱼在医院的病床上醒来，手上还在输液。

沈若鱼马上坐起，走出急救室。

画外音：妈妈，我在您和海洛因之间选择了它而背弃了您……

**19. 街道　日　外**

沈若鱼漫无目的地走在大街上。

**20. 东方戒毒中心　日　外**

简所长来到东方戒毒中心。

门卫：简所长，您的信。美国寄来的。

简所长：谢谢，谢谢。

简所长来到办公室，打开信件。

**21. 会议室　日　内**

某公司老板：让庄小姐见笑了，如果不是公司财务危机，我们是不会舍得出让……的，谁都知道，他现在正在走红，三年前我们做他的经纪人的时候，他还是个默默无闻的画家。

庄羽：您只不过把经纪人的权力转让给我，我出的价很公正。有我来给他做经纪人，肯定比你们专业。我想，你们不希望让他变成一颗流星吧。

某公司老板：那当然。

庄羽打喷嚏。

某公司老板：庄小姐，你怎么了？不大舒服啊？

庄羽：没事儿没事儿，就是有点儿感冒。发冷。哦，咱们再接着谈吧。我想准备给他办画展，所以合同最好能够月底签了。

庄羽打喷嚏。

庄羽：对不起，我出去一趟。

庄羽差点跌倒。

庄羽：对不起。

庄羽爬起，又摔倒在地。不能控制地抽搐。

庄小姐，庄小姐。

小妹：姐姐，姐姐……

某公司老板：赶紧打电话叫救护车。

志远：等等，先别打先别打。

志远：（对小妹）你别紧张，我问你，你们家小姐原来常犯这种病吗？

小妹：没有。

志远：她是不是抽一种很特殊的烟？是不是？

女孩沉默。

志远：我知道，你是怕被大家知道。可是这样下去，她会送命的。

小妹：那赶快把她送医院吧。

志远：医院当然可以送，不过等于她就完了。以后再也没有人跟她做生意了。

刘总：志远，志远，你这不是没事儿找事吗？我们把她送到医院就是仁至义尽了，万一在这里惹出什么人命官司，你我怎么能说的清楚啊。

志远：刘总，做人还是宽厚点儿好。她那么年轻，以后的路还很长。你这么做，不是断人后路吗？

刘总：志远，你愿意留下来我也不勉强。但是惹出什么麻烦你自己负责，跟我们没关系哈。

志远：刘总，这年头谁离开谁，都还得好好活着嘛。既然这样，恕不远送，再见。

**刘总带着秘书离开**：走。

志远：我问你，你家小姐从哪里拿的海洛因？这样下去，她就真没命啦。就那个，快点！

小妹从口袋里拿出海洛因。

小妹：给。这是我偷偷藏起来，留着救命用的。没想到真用上了。

志远：怎么弄这个？

小妹：把这个撒在一张纸上，然后拿火在地下烧，给她闻闻。

志远：哦。

志远给庄羽闻海洛因。

庄羽恢复了过来。

庄羽：志远，你看我这样，是不是很失望？

志远：我无所谓。

庄羽：志远，听你这话好像是有所谓啊。我倒想证实一下，你和别的男人是不是一样？

志远：你，好自为之。再见。

庄羽望着他的背影叹气。

## 22. 街道　日　外

沈若鱼在街上走着。

## 23. 戒毒中心病房　日　内（闪回）

一个男生躺在病房里，手里拿着一把小刀。

他的妈妈走进病房。

男生把小刀藏在枕头下面。

妈妈给男生擦汗。

护士：六床，吃药了。

妈妈照顾男生吃药。男生手伸向枕头，挟持护士。

妈妈：你要干什么！

电话铃声。

## 24. 戒毒所办公室　日　内

电话铃声响。

简方宁：喂。

沈若鱼：方宁，快来帮帮我。

简方宁：怎么了？

沈若鱼：佩佩她留下遗书离家出走了。

简方宁：你报案了吗？

沈若鱼：我报了。可是……

简方宁：别紧张。你需要做的事就是把这件事忘了，就当佩佩有了新生去了。

沈若鱼：你说什么？

沈若鱼：我劝你把这件事情忘掉。这对你有好处。

护士：院长，快，快去二楼十四号病房。

简方宁挂掉电话。

沈若鱼：喂，喂？

25. 戒毒所病房　日　内

吸毒男子母亲：妈求你，快放了。

吸毒男子：要么让我出院，要么让我吸一口。

吸毒男子母亲：不能这样啊。你放手，你快放手啊。你不能这样啊……

简所长来到病房，男生显得很紧张。

吸毒男子：让我吸一口，就一口。

简方宁：先把刀放下，放下。

男生放下刀，跌倒在地。

护理人员把他扶上病床。

简所长检查后：给他办出院手续。

妈妈：院长，这……

简方宁：我们只收自愿戒毒的病人，不收持刀行凶犯。必须得出院。

简院长离开。

妈妈暗自落泪。

26. 沈佩出租屋　日　内

沈若鱼又来到出租屋，看着墙上的血书凝思。突然拿起一边的木块，想把墙上的字都抹掉。

沈若鱼在出租屋里哽咽哭泣。这时突然进来一个流里流气的男人。

男人：高鹏在吗？

沈若鱼：你认识高鹏？

男人：废话，不认识高鹏，我到这里来干吗。你是谁啊？

沈若鱼：我也在等他，我在等高鹏。

男人转身就跑。

沈若鱼在后面追。

沈若鱼：你跟高鹏一样，也在吸毒吧。

男人：那不叫吸毒，那叫高飘。外面都这么叫。你啊，土啦。

沈若鱼：你带我去见他。

**男人：**干吗啊？

**沈若鱼：**我要找他。

**男人：**你是干吗的啊？局子里的吧？

**沈若鱼：**我不是警察。

**男人：**哦。高鹏是不是也欠你的钱了吧？这孙子，欠了我两千块钱。我也是来找他要钱的。

**沈若鱼：**要是你能带我找到他，他的钱我替他还。

**男人：**真的？

**沈若鱼：**真的。

**男人：**掏钱。

**沈若鱼：**你带我找到他，我再给你。

**男人：**那不行，你得先交钱，然后我再带你去，怎么样？

沈若鱼给了钱。

**男人：**不够，差五百。

**沈若鱼：**找到他以后，我会补上的。

**男人：**行。

**男人：**唉，你看，高鹏来了。

沈若鱼不为所动。

**男人：**回头看一眼，那不就是高鹏吗？

**沈若鱼：**你别想溜。

**男人：**谁想溜啊。好好，我带你去。走。

**沈若鱼：**走。

### 27. 志远的画室　日　内

庄羽上楼，楼上是志远的画室，里面布满了画板和雕塑。

**志远：**你怎么知道我在这儿？

**庄羽：**我连这儿都找不到，还配做你的经纪人吗？

庄羽看见了一幅画，上面的人像是自己。

**庄羽：**唉？

**志远：**怎么啦？

**庄羽：**是我吧。

**志远：**说实话，她可比你漂亮多了。

**庄羽：**哎呀大画家，你这儿不错嘛。对了，你的手续全办齐了。从现在开始，你就属于我了。

### 28. 街道　日　外

沈若鱼跟着男人走在街道上。男人数次想跑，都被牢牢地跟着。

## 29. 志远的画室　日　内

**庄羽**：我可以告诉你，把你收购过来，是我做的最大的也是最成功的一笔买卖。

**志远**：收购？你是把我当废品还是当一幅画啊？

**庄羽**：你是大画家，伤了你的自尊啦？

**志远**：是的。

**庄羽**：真抱歉。我这人啊，天性就好斗。虽然是女人，但不缺少征服欲。这一点你要容忍我。

**志远**：看来以后我们俩免不了会争吵的。

**庄羽**：这就对了，打出来也是铁打的朋友。有烟吗？

**志远**：有。

**庄羽**：志远，我有信心，把你推出，走红东南亚和日本。

**志远**：你的这个打算，计划需要两年的时间。

**庄羽**：两年？时间太长了吧。有我来为你做经纪人，一年就可以了。不过你得突破你自己，从技巧到手法，要有创新。对了，来时有一位朋友送我一画册。你看看，人家是怎么构思出来的。

**志远**：这些画在国外早就不新鲜了，只不过在国内很少见到而已。

**庄羽**：我忘了告诉你了，我做经纪人之前，有那么一段时间当过模特。不是时装模特，就是这个时装模特。

**志远**：是吗？

**庄羽**：以前觉得还挺不错的。当然，我现在是你的经纪人。如果你需要的，我会想尽一切办法来满足你的要求。你想不想试试？站在你面前的这幅画。

**志远**：我一直想画一幅画，题目就叫"生命"。

**庄羽**：生命。

## 30. 街道　日　外

沈若鱼跟着男人走在街道上。

**男人突然捂着肚子蹲下**：哎呀，哎呀。

**沈若鱼**：怎么了？起来吧。你等一下啊……

沈若鱼走到街边，向两个站岗的警察求助。

这时，男人早就翻墙逃走。

**沈若鱼**：能不能去帮帮忙？

**警察**：同志请你带路吧。

**沈若鱼回头，发现人不见了**：唉？唉……

文字整理：夏源

资料来源：根据56.com 视频网提供的视频完成文字整理。

具体参见 http：//www.56.com/w86/play_album–aid–8047141_vid–NTA3Mzg5NDg.html

# 雍正王朝

首播时间：1998 年
首播电视台：中央电视台
摄制单位：中央电视台影视部、北京同道文化发展公司、长沙电视台
编　　剧：刘和平、罗强烈
导　　演：胡玫、陆涛、马骁
摄　　像：池小宁、张岳夫、吕方
美　　术：泰多
音　　乐：徐沛东
音　　响：顾长宁
剪　　辑：刘淼淼、李道初、赵欣
主　　演：唐国强、焦晃、王辉、黄永涛、魏德山、贺生伟、王绘春
获奖情况：第十九届（1998 年度）中国电视剧飞天奖长篇电视剧一等奖、优秀编剧奖、优秀男演员奖、优秀美术奖、优秀音乐奖；第十七届（1999 年）中国电视金鹰奖最佳长篇连续剧奖、最佳编剧奖、最佳剪辑奖、最佳美术奖、最佳音乐奖、最佳男主角奖、最佳男配角奖；第七届"五个一工程"优秀电视剧奖。

**剧情梗概：**

该剧讲述康熙四十六年，黄河暴涨，十几道河堤缺口，上百万灾民流离失所。康熙接到快报急招诸王大臣议事。不料，太子胤礽与康熙的嫔妃郑春华偷欢来迟，对康熙的问话更无以对答，康熙震怒。而四阿哥胤禛在户部查清钱粮实数后速赶至乾清宫，针对国库空虚，已无粮可调，无款可拨的状况，提出了账济救灾的方案，引康熙重视。康熙叫胤禛为朝廷社稷着想，放手追款。胤禛请父亲褒奖十三阿哥胤祥，和希望与胤祥一同办此差事。康熙不允，胤禛亲自追讨皇子王公的欠款，叫一路跟随他回京的田文镜负责追缴众官员的欠款。太子逐渐失势，在满朝文武百官联名保举八王爷为太子的形势下，胤禛和十三阿哥胤祥却保举太子胤礽，得到康熙的赞许。胤礽初因图谋策反，再次被废除太子名位，罢为庶人，永远圈禁在宗人府。胤祥亦因"暗杀"郑春华及擅自派兵剿灭江夏镇的罪名，被押解宗人府。

康熙五十六年，朝廷派往西北平乱的六万大军中了准噶尔部队的埋伏，全军覆没。康熙仅召了四阿哥胤禛及十四阿哥胤禵密议对策，准备从中选一人当大将军王，领兵到西北讨伐。众人皆料这名大将军王定必就是未来的皇帝，谁料胤禛竟放弃争夺。公元 1722 年清康熙六十一年十一月十三日，北京九城戒严，康熙皇帝驾崩，举国震惊。继位者不是当了近 40 年太子的二阿哥，不是精通经史的三阿哥，不是贤名远扬的八阿哥，也不是深受康熙钟爱的大将军皇十四阿哥，而是素有"冷面王"之称的四阿哥胤禛。胤禛并不是朝野看好的人选。他曾在江南"煽动"灾民闹事，在城隍为摆鸿门宴，软磨硬逼，掏走了地方官和富商二百多万两银子筹款赈灾；他追讨国库欠款，逼得老臣上吊，皇子王爷到前门大街变卖家当，令满朝官员惶惶不可终日；刑部冤狱案，他隔岸观火；让八阿哥和太子斗得两败俱伤；百官行贿案，他借年羹尧之手血洗江夏镇，使得太子再度被废。胤禛的皇位不是篡来的，不是改遗诏偷来的，不是毒父夺来的，而是康熙传授的。康熙选择了胤禛为雍正皇帝。在当政后出现的山西诺敏案、科场舞弊案中，雍正杀了一批牵扯进去的朝廷中枢重臣。西北用兵、数省天灾，急需军费和赈灾，抄贪官污吏的家财，解决急需。而后的"摊丁入亩、火耗归公"、"士绅一体当差、一体纳粮"、"河南罢考案"、"铁帽子亲王大殿发难逼宫"、"含泪杀亲子"等一系列旨在推行新政、抑制官绅敛财和宫廷内部党争、挤压的历史事件贯穿雍正的一生和雍正王朝。公元 1735 年，雍正十三年八月二十二日，雍正皇帝心力交瘁，暴猝在自己的御案旁，之后开始了 60 年的乾隆盛世。

文字整理：李季

资料来源：根据爱奇艺网提供的视频完成文字整理。

具体参见 http：//www.iqiyi.com/

剧本：

## 《雍正王朝》第二十集

**1. 宗人府门外**

**胤禛**：你是新来的？认得我吗？认得吗我？

**秦采**：不认识。

**胤禛**：你叫什么名字？

**秦采**：秦采，怎么着？

**胤禛**：是原来就姓秦啊还是入宫后改的姓啊？

**秦采**：原来姓胡的，怎么着？

**胤禛**：知道为什么给你改姓秦吗？

**秦采**：奴才不晓得，怎么着？

**胤禛**：（打秦采一嘴巴）四爷赏你一嘴巴，让你明白明白，你们这些太监的老祖宗赵高乱了秦朝，所以才给你们这些奴才们都改姓秦了。什么东西，你们内务府的头还是我的奴才呢，敢挡爷的驾，我看你是（踢他一脚）活腻了！

秦采：（跪下）王爷，王爷，奴才吃屎迷了眼，不懂事，您出个章程，奴才遵命就是了。

胤禛：这还算句人话，好了，开门！

秦采：嗻（开门）！

胤禛：（拿银票）看着你这个狗奴才还蛮灵利的，一点眼力见都没有，拿走。

秦采：五十两，谢谢王爷，谢谢王爷。

**2. 宗人府　墙院内的囚室**

胤祥：四哥，你喝着，这还有，（拿酒，胤禛给倒酒）四哥，真是好酒啊。

胤禛：看到阿兰，有个人我得和你说一下，这个人就是郑春华，你把她托付给我，我却没能照顾好她，这事，你得原谅我。

胤祥：好好好好啊，她死得好啊，哈哈哈，比起我这不人不鬼不死不活的人，我熬了一日又一日，看了月亮看太阳，她是个有福的人，啊，哈哈哈？？？四哥，你不要为我可怜，我只是现在心里边常常挂念着你们。四哥，皇阿玛的身子骨还好吗？他老人家病了，是不是病的很重啊？

胤禛（点头）

胤祥：四哥，把位传给谁皇阿玛也没说吧？

胤禛：看迹象，按邬先生的意思，像是会传给我，可是老大他们正在暗中串联丰台大营和步军统领衙门的人，我担心呐，就是把皇位传给我，他们也会作乱啊！

胤祥：四哥，我跟你说过，你为什么不去找皇阿玛，让他放我出去，只要我在外面，他们有多少兵马，他们也不敢作乱！可是你看看，你看看，四哥。你这个境遇，我也帮不了你什么忙啊，不过我在外面还有什么狐朋狗党的，你有什么事情，吩咐他们去做就是了。

胤禛：我今天来就是为了这件事情，迟早我会想法子把你放出去的，可是现在不行，哦，对了，我这里有一份名单，你看看都有哪些人能用？不瞒你说，我已被皇阿玛免了职，这次来是硬闯进来的，实在不敢久留啊！

胤祥：这上边有的人根本就没有用，有的人没骨气，有的这些年，变了，有的也难说啊，四哥，你自己要当心啊！

**3. 畅春园詹宁居外**

隆科多：卑职给张中堂请安。

张廷玉：皇上正等着你呢，请随我来吧。

**4. 詹宁居月洞门内**

隆科多：张中堂，您这是带我去哪？

张廷玉：不要问，跟我走。

张五哥：快进去吧，皇上正等着你呢。

**5. 穷庐**

隆科多：奴才隆科多参见万岁。

张廷玉：奉天承运皇帝诏曰，步军统领隆科多，本系微末小臣，蒙朕破格提拔，位列台阁乃敢交通八皇子胤禩，皇十四子胤禵图谋不轨，谋求非分荣誉，着即刺死，钦此。

隆科多：奴才冤枉，八阿哥虽然多次笼络奴才，奴才着实没有和他破格交往，恳请万岁爷明察。

张廷玉：你记住，这道遗诏由我收藏，今后，如果你没有和八阿哥十四阿哥图谋不轨，这道遗诏就算没有，你如果真有异心，我取你的性命就是代天行诛。

隆科多：是。

张廷玉：现在我宣布第二道诏书。

隆科多：万岁。

张廷玉：上谕，步军统领隆科多，随朕三十年，忠诚勤慎，人才难得。着晋封为领侍卫内大臣，上书房大臣，加太子太保衔，赐爵一等功，钦此。隆大人，谢恩吧？

隆科多：奴才隆科多叩谢万岁爷天恩。

康熙：你去看看，那桌上盖的是什么。

隆科多：皇上？

康熙：那些年是苦了你了，听人说，你总怪你六叔用国威压着你，其实你是冤屈他了，真正压着你的，是朕。你这把宝刀，朕就是想留到要紧的时候才用啊。

隆科多：皇上，奴才是什么人，竟蒙万岁爷期许之深，奴才今生今世粉身碎骨也没法报答您的知遇之恩啊，呜呜。

康熙：你把那份东西交给他吧。

张廷玉：是。

康熙：这是传位遗诏，你现在就把他摆到乾清宫正大光明殿后去，到那一天，大位传给谁，你们就知道了，你要如实宣读诏书。

隆科多：嗻。

### 6. 胤禩府大门前

参将：奉九门提督隆大人之命，特来护卫八爷进宫。

### 7. 胤禩府大厅

胤禩：我和九爷、十爷有隆科多的人保护，万无一失，你们从西直门出城，立刻前往丰台大营去见成文云成大人，叫他召集所有人马，今晚不许睡觉，等候我的命令。

侍从：是。

### 8. 胤禛府大门外

参将：奉旨，护送四王爷进宫。

### 9. 邬思道卧室

邬思道：是召见所有阿哥吗？

胤禛：是，说叫我立刻赶到畅春园去。

邬思道：王爷，是万岁爷的大限到了。

胤禛：我也这么想。

邬思道：王爷，决大事就在今晚，你打算怎么办？

胤禛：我心乱如麻，步军衙门的人就在门外，说是奉命保护我去畅春园，我怀疑隆科多是老八的人，这一去？

邬思道：一定要去，如果万岁爷大限在即，今晚就有遗诏，您不去，八爷他们就能改了诏书，到那时，他是皇上，您听命还是抗旨？王爷，您的那颗钦差官防呢？您放心去，如果到了申时还没您的消息，我就用这颗官防派人去放了十三爷出来，他有很多故旧部下，一呼百应，让他们前来救你。

胤禛：好吧。

10. 穷庐门外

张五哥：奴才张五哥给四爷请安。

胤禛：怎么是你？

张五哥：四爷，奴才奉了万岁爷的指令保护您，没你们的事了，去吧。四爷，请随我来。

11. 穷庐

胤禛：皇阿玛，皇阿玛，您怎么了，您怎么了？

康熙：你来了就好，朕有话对你说。

12. 穷庐门外

德楞泰：万岁爷正在召见四王爷，请众位爷稍等。

14. 穷庐

康熙：八阿哥胤禩处处学朕，但处处学得不像，朕以宽仁治国，他以宽仁收买人心。朕已经过于放纵下头，他比朕还要放纵，就算他的宽仁是真的，也只把列祖列宗的江山由于放纵毁于一旦；十四阿哥，爽直敢为，机敏干练，这几年征兵精武也很有成效，但他为人处事，胆子够大而胸怀狭小，用于将兵尚需控制使用，用于治国必将坏事；十三阿哥，性情中人，他心地光明，重情重义，但嫉恶如仇，感情用事，不会权变，朕囚禁他十年就是担心他任性行事，闯出大祸，把你牵连进去，无法收拾，有了这十年的教训，他也应该更加成熟，做你的好帮手了。不要哭，不要哭了，朕把这几万重担交给你，就是深知你做事刚毅，久经历练，处处能以国计民生为念，处处能以江山社稷为重，朕相信你能够匡补朕的过失，刷新吏治，纠正时弊，拿着这串念珠，朕唯一不放心的是你为人处事过于急躁，待人有失宽容。记住朕的话，善待你的兄弟，善待你的臣民，不到万不得已，不要伤害他们。

15. 穷庐门外

胤禩：一样都是万岁爷的儿子，为什么这个时候就见他一个人，不行，快放我们进去。

康熙：让，让他们进来。记住，要善待你的兄弟。

**胤禛：** 皇阿玛，儿臣记住了。

**康熙：** 你们听着，朕传位于……传位于四阿哥。

**胤禛：** 皇阿玛，皇阿玛。

**众人齐声：** 皇阿玛，万岁爷。

**胤祀：** 皇阿玛，您醒醒，刚才您说传位给谁？我们都没听见，您再说一遍，再说一遍啊。

**胤禛：** 老八，你明知皇阿玛不能再说话了，何必多此一举，这么多人在场，谁没听清，皇阿玛说传位于四阿哥。

**胤䄉：** 谁听清了，谁听清了，皇阿玛只说传位，根本没说什么四阿哥。

**胤礼：** 我听清了，是说传位于四阿哥。

**小皇子：** 我也听见了个四字

**胤禟：** 不错，是有个四字，但不是四阿哥，是十四阿哥。

**胤䄉：** 不错，是十四阿哥。

**胤礼：** 四阿哥。

**胤䄉：** 十四阿哥。

**胤礼：** 胡扯。

**胤䄉：** 放屁。

**张廷玉：** 众位阿哥节哀，跪回原位，隆科多大人。

**隆科多：** 在。

**张廷玉：** 皇上传位诏书早已拟好，在乾清宫中正大光明匾的后面，隆大人，请你率人立刻取来。

**隆科多：** 好。

**张廷玉：** 张五哥。

**张五哥：** 在。

**张廷玉：** 你扶四王爷在偏殿暂歇，等候诏书到来。

**张五哥：** 是。

**胤祀：** 你这样发号施令是何居心？你一个臣子，怎么能够越权谋政？你这是图谋乱政。

### 16. 穹庐隔壁偏殿

**胤禛：** 五哥，你知道万岁爷的金牌令箭在哪里？

**张五哥：** 知道，就在这里。

**胤禛：** 好，张五哥，叫你去干一件大事，你干不干？

**张五哥：** 旦听四爷吩咐。

**胤禛：** 你带着这支金牌令箭立刻赶到我府上去，把它交给邬师爷，告诉他，皇上已传位给我了，叫他依计行事。

**张五哥：** 嗻。

**17. 胤禛府大厅**
　　张五哥：邬先生何在？皇上已传位给四王爷了，这是金牌令箭，四王爷说请邬先生依计行事。
　　邬思道：苍天啊，终于大功告成了。张五哥听令，命你拿这支金牌立即前往宗人府，赦出十三爷，叫他立即前往丰台大营接管兵权，连夜带兵到畅春园护卫四爷登基。
　　张五哥：是。

**18. 大营中军帐内**
　　成文运：好吧告诉你们，我接到朝廷密令，今晚有人意图谋反，待会你们只管听我的将令行事，剿灭叛逆。
　　十三爷：是谁叛逆啊？
　　众人：十三爷？
　　胤祥：是我，皇十三子十三爷，怎么？成文运，你和你的部下好规矩啊，见了我，竟连礼都不会行吗？
　　众将：参见十三爷！
　　胤祥：好，好一群兔崽子，都升了官了，想当年跟着我的时候都没有这么威风啊。
　　众将：托十三爷的福。
　　成文运：都站开去。十三爷，据下官所知，您不是在宗人府吗？这么晚，到我丰台大营有何公干？
　　胤祥：你是盘问我？好吧我告诉你，你十三爷本是关在宗人府，可今天万岁爷放了我，并命我接管丰台大营。
　　成文运：不对，十三爷，这丰台大营是朝廷交付的兵权，岂能听你一句话就这样接了过去，何况，何况……
　　胤祥：何况我是不是皇上放出来的还不一定，是不是？
　　成文运：正是。
　　胤祥：这是什么，你看清楚了。
　　众将：万岁。
　　胤祥：毕立塔、张雨、殷富贵。
　　毕立塔，张雨，殷富贵：末将在。
　　胤祥：你们当年都是跟着我从死人堆里爬出来的，怎么现在还是游记参将呢？现在，爷提升你们为副将。
　　毕立塔、张雨、殷富贵：愿为十三爷效命。
　　胤祥：好，你们各代一千人马随我到畅春园去。
　　毕立塔、张雨、殷富贵：嗻。
　　成文运：谁也不许动，我是朝廷委任、万岁爷亲封的丰台大营主帅，没有我的命令，这里的一兵一卒都不许动。
　　胤祥：你是朝廷委任的丰台提督？

成文运：十三爷既然知道，何必再问？

胤祥：好，从现在起，你不再是丰台提督了，站过一边去。

成文运：都回营去，没有我的命令谁敢乱动一步，就地正法。（欲拔剑）

胤祥：拔剑啊，怎么不拔剑？

成文运：十、十三爷，你，你不要逼我。（胤祥杀成文运）

胤祥：听我的命令，带领兵马，随我速去畅春园擒王护驾。

众将：嗻。

## 19. 穷庐

胤禩：万岁爷明明说传位于十四阿哥，现在又说有什么遗诏，这绝不能令人相信。张廷玉，你现在如果悬崖勒马还来得及，快，即刻派人去肃州请回十四爷，这里的人，一个人也不许动，守着万岁爷的灵柩，等候十四爷驾临。

胤禛：站住，这个时候你想到哪去，你是想到丰台大营去调兵吗？

胤禩：你管不着。

胤禛：德楞态、刘铁成，不管是谁，走出宫门一步，即可锁拿。

胤禩：吆喝，谁敢啊，谁敢来锁我？来啊，你们来啊。

胤祥：所有兵马把这里全部围住，不许放走一人。四哥，皇阿玛呢？皇阿玛在哪里？

胤禛：阿玛、阿玛你苦命的十三儿来了，您睁开眼看看他啊。

隆科多：大行皇帝遗诏，众皇子跪听：皇四子胤禛人品贵重，深肖朕躬，必能克成大统，卓传位于皇四子胤禛，钦此。

胤禛：阿玛阿玛，您在位六十一年吃尽了苦受尽了累，今天却把这副重担交给儿臣，儿臣如何担得起来啊。

张廷玉、隆科多：万岁爷哀。大位已定，众人朝拜新君。

胤祉：臣胤祉参见皇上。

胤祥、胤礼、胤禄、胤祕：臣参见皇上。

隆科多：八阿哥、九阿哥、十阿哥，你们兀自不拜，难道不想做大清的臣子吗？

低沉男音：公元1722年（清康熙六十一年）冬11月13日，皇四子胤禛在畅春园继位，是为雍正皇帝。

## 20. 胤禛府

奴才们：奴才们恭迎皇上，恭请皇上圣安。

胤禛：邬先生呢？

奴才：回皇上，邬先生在屋里呢。

邬思道：皇上。

胤禛：皇上，你还是你，我还是我，不要做这生分模样。今晚这一见十分难得啊，只在家里住一宿，过了明天，又是个忙活了。按理说，孝子守灵今晚我不该回来，只是，乍逢大变，宫里情形不明，回来略住一住，顺便，来看看你。老十三也是太费事了，有个丰台大营还看不住这院子吗？还用得着把顺天府和单福英的兵都给调来吗？

邬思道：皇上，是我让十三爷这么做的，五路兵马平素不相同属，共同护驾，十三爷居中指挥才不至于出意外，哦，这个时候越小心越好啊！

胤禛：既然是邬先生安排的，自然万无一失啊，你的名分容朕慢慢安排。

邬思道："皇上误解成的意思了。臣根本就不是为官之人。"

胤禛（紧紧地盯着邬思道）道："为什么呢？"

邬思道：臣有三忌，三不可用。臣是个残疾之人。历朝历代哪儿有个瘸子居于朝堂之上的？这是一忌，国家取士授官，自有制度。臣在王邸十几年，担任世子的先生，朝野知道的人甚多，如果皇上启用了臣，虽至公也不公，虽无私也有私，岂不有伤圣德？这是一不可用。"

胤禛则只是默默地听着，脸上毫无表情。

邬思道：臣原是先帝朝的犯罪之人，皇上如今刚成大统，就启用先朝钦犯，到底是先帝朝抓臣错了，还是皇上如今用臣错了？这是二不可用。

胤禛的面容也凝重起来，呻吟了一会儿，然后叹了口气，说道："只是可惜了你。"

邬思道：这正是第三忌。臣虽然小有才气，却是阴谋为体。皇上垂拱而治，如日月经天照临大地，行的是光明正大之道，用的自当是光明正大之臣。密室策划，不但无用，而且断不宜用，何况臣在潜邸十多年，蒙皇上言听计从，纵然有些才智也早已才尽用光，如同已经熬干了的药渣，何堪再用？

胤禛（站了起来）：邬先生，你是不是想归隐？

邬思道："声名无过皇上。"

胤禛：（走到窗墙，望着远方，叹）：看起来还是你比我幸运啊，大隐隐于朝，中隐隐于市，小隐隐于乡，你打算怎么隐？

邬思道：臣既不想大隐，也不想中隐，更不想小隐。

胤禛（慢慢的转过头来）：哦？

邬思道：臣想半隐。

胤禛：半隐？

邬思道：第一，臣孑然一身，身无分文，如果全隐，必然饿死。第二，臣与皇上际遇十几年，一朝离别，皇上一定会想念臣，臣一定会想念皇上，臣如果全隐了，皇上想念起臣来，却找不到臣，臣心何安？因此臣想到一个既能吃饭，又能让皇上找到臣的地方半隐起来，即使臣在有生之年有所依靠，又全了我们君臣这段恩遇。皇上……

奴才：启禀皇上，十七阿哥求见。

胤禛：嗯，叫他进来吧。

邬思道：皇上，今非昔比，您不宜善听善见哪！

胤禛：老十七是我、哦，朕的兄弟，怎么好给他闭门羹吃呢。

邬思道：你回十七爷的话，皇上稍息片刻就会进宫，如有公事请他转告张廷玉处置，要是官方的事就交给十三爷处置，要是私事，就说，天子没有私事。皇上，您看这么回话行吗？

文字整理：李悦

资料来源：根据爱奇艺网提供的视频完成文字整理。

具体参见 http://www.iqiyi.com/v_19rrifujo0.html? src = frbdaldjunest

# 走过柳源

**首播时间**：1998 年
**首播电视台**：长春电视台
**摄制单位**：中央电视台影视部、长春电视台、武汉电视艺术中心
**原　　著**：杨文斌《省委书记》
**编　　剧**：郭中东、胡大楚
**导　　演**：安　建、刘书宁
**摄　　像**：杨　桦
**主　　演**：张先衡、朱　琳、鲍海明、王庆祥、周锦堂、徐俊国
**获奖情况**：第十九届（1998 年度）中国电视剧飞天奖长篇电视剧一等奖；第七届"五个一工程"优秀电视剧奖。

**剧情梗概：**

该剧描写身处当代转型时期各级官员特别是高级干部的深刻复杂的心态和状态以及微妙细致的官场关系结构所带来的对人生选择的影响，着重表现我国反腐败工作的成就。

省党代会召开前夕，省委书记包治平和省纪委书记、副省长到柳源县考察。柳源县委书记邹源年轻有为，政绩卓著，上上下下对提拔他当地委书记的呼声很高。包治平想借机深入民众，一探虚实。出乎意料，包治平一落脚，猖獗的黑恶势力，泛滥的冤假错案接踵而来。他们因为极偶然的原因不得不停留在一个县城，从而介入了一个复杂的案件。女青年夏莲拦路告状，使他到裕沟考察，路遇路祭，并受理了状告县委书记邹源侵权一案；他还代表省委、省政府向为小流域综合治理做出了重大贡献的闵仁德三鞠躬；回到县城，又关心夏莲、因果的冤案，下令逮捕应平章，并亲自专程前往地区给"恩人"李书记做工作。省委书记把行期一拖再拖，决意通过这个案子考察县委一班人。而本来平静的县委官员则必须在这一突发事件中做出选择，盘根错节的关系使他们的选择极其艰难。

邹源的夸张表演，使他很不自在；副县长金银铜的有意躲避，让他觉得蹊跷；副省长、办公厅主任为邹源好话说尽的举动令他纳闷；纪委书记想绕开他去北京检举告状的做法给他震动不小。面对权利敏感期高级干部们复杂的心态，应该如何提拔干部、老百姓需要什么样的干部、邹源这种人能否继续担任领导职务。这些沉重而微妙的问题，在包治平的脑海里翻滚，久久挥之不去。省委书记明察秋毫，对今后应如何使用和考察干

部有了新的、更深的思考。也对反腐败工作进行到底做出了自己应有的努力，使考察成为一次有意义的行动。

文字整理：李季

资料来源：根据土豆网提供的视频完成文字整理。

具体参见http://www.tudou.com/

**剧本：**

## 《走过柳源》第八集

**1. 林间小道上　日　外**

**包省委书记**：哎，文静啊，你给赵副书记打个电话，告诉他明天的会我就不去了，回到省里，去看座谈会的纪要，好吧。

**文静**：哎，好嘞。寒副省长呢？

**包省委书记**：他也一起留在柳源吧。

**文静**：好嘞。

**包省委书记来到车旁**：准备开车，上玉沟。老高，有意见吗？

**老高**：您的命令都下了，我还能说什么。

大家上车。

**2. 村头　日　外**

村民聚集在村头，迎接省委书记。

**马村支书**：啊呀，记者同志，今天多给我们拍一点啊。

**记者**：行。

**马村支书**：拍出我们玉沟村的精神面貌来，哎，大家伙精神一点。

村民笑。

**马村支书帮一个人整理衣服**：哎，你的西装穿好，领带打好，精神一点啊。可以可以。我跟大家说啊，省委书记到我们这儿来，咱们这一辈子吧，怕是能见的就这一回了，啊。

**村民**：那是，要是以前啊，那都是一等二等的大人物，是吧。

**马村支书**：哎！诶，来了，邹书记说了，是面包车。

包省委书记的面包车开过来。

**马村支书**：走，欢迎，欢迎。

村民迎上去，鼓掌。

**马村支书**：欢迎，欢迎，欢迎，欢迎领导。

**包省委书记下车**：你好，你好。

**老文**：老马，这就是邹书记。

**马村支书**：哎哟，认出来了，我没敢认他。

**包省委书记：** 你们也是第一次见面。

**邹县委书记：** 这是老金的地儿，我忙，这也是第一次来。

**马村支书：** 那是，您管着这么大的县，那您两条腿什么时候能跑到啊，邹书记，你把金副县长派到我们这儿来，就是对我们玉沟村最大的关怀，最大的支持啊。

**包省委书记：** 我说村支书啊，我们主要是来看看乡亲们，看看大家日子过得好不好，诸位该忙什么还是去忙吧，好不好？

**马村支书：** 乡亲们听说省里的包书记要来，都想看看热闹，都说没准儿这一辈子就这一回呢。我说大家不要围着了，领导们还有工作呢，都去忙去吧。哎，老文哪，闹了半天，这哪位是包书记啊。

**老文指着包省委书记：** 这就是包书记嘛，你刚才……

**包省委书记和马村支书握手：** 我不像是不是。

**马村支书：** 不是，不是。

**包省委书记：** 回头，你把我领到每个乡亲家里去一次，让大家都认识。

**马村支书：** 好。

**3. 去往村里的路上 日 外**

**包省委书记：** 这里盖了不少新房子。

**马村支书：** 这几年盖的新房子。像这片那都是80年代盖的。

**包省委书记：** 噢，这还是80年代盖的。

**寒梅：** 老书记，你还认得我吗？

**马村支书：** 呦，你是，你是小梅子吧。

**寒梅笑：** 现在都成老梅了。

**马村支书：** 哎呀，你看看，你看看，当年咱这一片知青当中啊，就属你最俊了。这走了多少年了，还有人提起呢。

**邹县委书记：** 现在是咱们省里的寒副省长。

**马村支书：** 呦，寒副省长，你看我这（和寒副省长握手）。

**寒梅：** 哎，你好你好，别改嘴，就叫小梅子，听顺耳了，我爱听。

**马村支书：** 哎呀。

**寒梅：** 这是三叔家吧。

**马村支书：** 对，就是三叔。

**寒梅：** 我去看看。

**马村支书：** 唉。

**寒梅：** 三叔啊，你好啊？

**马村支书：** 这就是当年的小梅子。

**包省委书记：** 怎么样，你看，这回真的衣锦还乡了。

**老高：** 哎呀，怨不得寒副省长这么急着上玉沟村。

**马村支书：** 老文，这省里就要来，你们书记把金副县长调县里去了。

**老文：** 真的？

马村支书：我接了邹书记的电话，老金已经走了，这是怎么回事嘛？

邹县委书记：那个，老马，那个，饭安排好没有。

马村支书：村里已经安排了。

包省委书记：别别别。我的规矩是到下面必须吃派饭。

马村支书：诶。

邹县书记：包书记，你看今天已经安排了嘛，咱们就入乡随俗吧。

包省委书记：不行不行，安排了也不行，哎，我到老乡家吃饭，不正好让他们见见我嘛。

马村支书笑：也对也对。那您想看什么样儿的？富的，还是穷一点的？

老高：你们这儿还挺开放嘛，穷的也敢看。

马村支书：实事求是嘛。老金常说，什么事儿都要一碗凉水看到底儿——透亮他就舒服。

包省委书记：这金银铜歇后语还真不少啊。行，金银铜在哪家扶贫，我们就到哪家去吃，好不好？

马村支书：诶，好。李亚，告诉樱桃一声，今晚在她家开饭。

李亚：好嘞。

马村支书：有什么吃什么啊。

李亚：好好。

邹县委书记：包书记，你看咱们是不是先到村委会，听一下他们的汇报。

包省委书记：唉唉，别别别，我看咱们来个自由活动，好不好？想看什么就看什么，说实话，我对你村委会那几张办公桌不感兴趣。（笑）你呀，带我们去，挑好的看。

马村支书：看好的，您刚刚不是看的柳庄吗？其实啊，他们填沟造地是跟我们学的，这全是老金的主意，如今啊，我们这儿已经长起庄稼了，您看不看啊？

老高：那还愣着干什么，走吧咱们。

包省委书记：好，走。

4. 老米灵堂前　日　外

帮手：哎，金县长，坐会儿吧。

金县长：下葬的事安排得怎么样了？

帮手：找人查过了，送老米上路，明儿是好日子，我正准备跟米嫂商量呢。

金县长：好，多费心了。

帮手：好了，您忙吧。哎，小李啊！

5. 林间的小道　日　外

包省委书记：哎，我说，你要是把这所有的沟全部填成一大块儿平地的话，年收成能有多少？

马村支书：事在人为了，原来啊，这是一条大沟，最深的地方有好几十米，沿着沟坡那都是小块的梯田，水土流失严重，庄稼长不好，后来老金来了，先搞副业，又搞村办企业，可是回头一想,这农业上不去不行啊,这大棚多了呢,占良田,粮食打的比原来还少,于是呢,他就请了一个叫米民德的专家,到我们玉沟住了一个多月,定了一个规划。

**老高**:填沟造地,对吧。

**马村支书**:对,用了两个冬天的时间啊,男女老少齐上阵,村里呀雇了几台推土机,现在想起来啊,天天都想干呢。

**老高**:哎呀,想象得出来啊,兴修水利那会儿,我也去过,成天是锣鼓喧天,红旗招展啊。

**马村支书**:嗯,就是那阵势啊。

**老高**:哎呀,这填沟造地以后,钱分了没有?

**马村支书**:没分呢。

**包省委书记**:没分?

**马村支书**:嗯,原来啊是想按组工劳力分,可是一想啊,这么大这么平的地多少辈儿没见过,再分成一小块块儿,张家种谷,李家种菜,怪可惜的。

**包省委书记**:嗯,是,是。

**马村支书**:老金说,别分了,由村里统一管理,后来呀,就起了个名,叫多人联产承包。

**包省委书记**:多人联产承包。

**邹县委书记**:嗯,这个多人联产承包啊,倒是新鲜事儿,不过这个符不符合现行的组织政策啊?

**马村支书**:就知道。

**邹县委书记**:会不会回到大锅饭上去了?

**马村支书**:知道,就头一年嘛,老金说了,在这儿干一年,怕什么啊。

**邹县委书记**:这个金银铜啊,这么大的事儿也不打个招呼。

**包省委书记**:我看,土地问题是农业的根本问题,只要能够调动农民的生产力,不妨各种方法都试一试嘛,啊。实践出真知。噢,对了,你们这儿好像听说有一个"野风"罐头厂办得相当不错啊。

**马村支书**:诶,那可是我们村里的摇钱树啊!

**包省委书记**:啊,是吗?

**马村支书**:那每年的产值啊,使我们农业生产值翻了一番啊。

## 6. 三叔家日内

三婶在纺线。

**寒梅**:孩子都上学了?

**三婶**:上学了。

**寒梅**:让他们好好念书,将来培养他们上大学。

**三婶**:是。

**寒梅**:有孙子了吗?

**三婶**:有孙子。

寒梅：有啦，好福气啊。我看三叔身体真好。

## 7. 三叔家院子　日　外

田主任：文老师。

老文：诶。

田主任：你们当年插队，在这儿一共有多少人？

老文：七个，四个男的三个女的。

田主任：听说都回城了，就你一个人留下了？

老文：我们家成分不好，后来调我到学校去当民办教师，这一教嘛，也就留下来了。

田主任：没有想过回省城的事儿。

老文：过去想，现在嘛，其实柳源挺好的。

田主任：文老师，我和寒梅跟你们县的周书记关系不错，以后有事找找他，他肯定会帮你的。

老文：噢。

田主任：其实你挺有才的，可是光有才不行啊，清高，是为人的一种德行，但是太孤傲了，容易让人产生戒心，我说的不知道你明白不明白？

老文：田主任，我非常感谢你对我的关怀，但是我这个人，除了写文章看书，其他的事情都比较迟钝。

寒梅：田家丰，田家丰啊，包书记他们在哪儿啊？

田主任：听说看那块地去了。

寒梅：那咱们也去。

田主任：去看看吧。

寒梅：走吧。

老文：诶，好好。

寒梅：一块儿看看。

## 8. 溪边　日　外

包省委书记在小溪中洗手，记者在拍照。

包省委书记：别拍，别拍，我一见这玩意儿血压就升高，再说了，我一个老头儿你拍了也不美，是不是啊。累不累啊，这摄像机很重吧？

摄影师：不累。

包省委书记：你们这新闻拍了，省台一年能有你们几条啊？

记者：就一两条吧。

包省委书记：啊，怎么这么少？

记者：小地方，领导来得少，没什么重要新闻。

包省委书记：啊，那当年这儿填地造田的时候你们来拍了没有。

记者：没有，没有人通知我们。

包省委书记：今天有人通知？

**记者**：有，县委办公室通知的。
　　**包省委书记**：今天拍的准还能用？
　　**记者**：我想准能吧。
　　**包省委书记**：为什么？
　　**记者**：因为您来视察属于重要新闻。
　　**包省委书记笑**：好好好，老高啊，你看见了吗？咱们一到这个玉沟啊，马上就变成了重要新闻，老百姓在这儿干了整整两年，开出了千亩良田它不是重要新闻，你说这怪不怪？小同志啊，你们都是电视台的记者，在你们身边发生了这么大的改天换地的事情，你们居然一点儿都不知道，啊？你们的新闻敏感哪儿去了？我们这些人啊，都是来走马看花的，电视台叫跟踪报道，可是这些老乡们流血流汗，开出这山里的奇迹，你们居然一点儿资料都没留下来，这很不对啊。新闻是给谁看的？给老百姓。不拍他们，这叫什么新闻啊？我不是批评你们啊，这可是一个值得研究的新闻导向问题。你们回去编新闻的时候，高书记、寒副省长，我每个人只许编一个镜头啊，要是一个都不编哪，人家省台不给用，是不是？可是多了不行，就编一个，啊？诶，我可不是跟你们说笑话，这沟啊，是这些乡亲们填的，地是他们垫的，你们要把镜头多对准他们，以前没录上，这次趁这机会，好好补上些，他们才是这片土地的主人。我们这些人，就是来学习取经的，把真经取到后，再到别的地方去念给人家听。记者同志，我想给你们提个建议。你们能不能静下心来，就在这玉沟好好住上几天，把玉沟这儿改造土地、脱贫致富的故事写一个专题片，把它拍出来，我看啊，省台准要，是不是啊？
　　**老高**：哎，包书记，你又官僚主义了是吧。
　　**包省委书记**：怎么了？
　　**老高**：这个电视新闻片的播出，那得有道道，有关系；那要没有关系啊，得花一大笔播出费，是吧记者同志？
　　**记者点头**。
　　**包省委书记**：有这回事儿？没关系，他们要是不肯播，或者是要收钱，你们别吱声儿，悄悄地来找我或者高书记，我们给你你开这后门！

9. 樱桃家，樱桃正在杀鸡，洗菜
　　**王小六**：呀啊，今儿又不是我的生日啊，这干吗又是杀鸡，又是穿新衣服的呀，啊？
　　**樱桃**：美的你，党支书说，一会儿省委书记要来，今儿在咱们家派饭。
　　**王小六**：省委书记，他跑到这山沟里干吗，啊？
　　**樱桃**：哎，你今儿怎么回来得这么早啊？
　　**王小六**：别提了，手背，叫你多给点儿，20块钱。哼，一圈儿牌没打完就输没了，那几个小子也不是我说，来来，给我倒口水喝。
　　**樱桃**：自己倒去，我手脏。
　　**王小六**：没事儿，我不嫌脏。哼，打从金银铜来啊，你的毛病见长啊，一天到晚穷干净，我一辈子不刷牙不也过了。
　　**樱桃**：王小六，你要再胡说我就跟你急啊。

**王小六**：没看见，这不是跟你开的玩笑嘛，哎，给倒杯水去啊。

樱桃起身给王小六倒水。

**王小六**：我也是替你解个闷儿，说实在的，也难为你，你说你守着我这个废物男人，不跟守活寡一样，啊，那金英风在我家欢蹦乱跳，穿来穿去的，你说你能不动个心眼儿？哼，女人嘛，我知道，她也就是嘴上不说罢了。

樱桃将水拨到王小六脸上。

**王小六**：你干吗你，想呛死我啊，我死了你就名正言顺了是吧？说到你心眼儿里去了，你脸上挂挂挂不住了是吧？

**樱桃**：你。

**王小六**：什么事儿。

**樱桃**：你再胡说，不说不说不说，你当真了你看，来来，换件衣服，换件衣服。

**樱桃把毛巾扔给他**：给，自己擦擦，王小六，你也不拍拍良心问问自己，人家金县长哪点儿对不起你，金县长临走的时候，还让我嘱咐你，让你别再赌了，你怎么竟糟蹋好人呢你。

**王小六**：他好个屁，哼，一来定什么村规民约，这麻将也不让打了，现在可好，想摸两把牌，我还得推着个破车跑六七里山路到别村去，我容易么我。

**樱桃**：我看啊，就是派出所腿懒，该把你们这号人全抓派出所去。

**王小六笑**：抓谁他也不抓我啊，那每次抓赌的来，别人都爬窗跳墙，我就坐着不动收桌上的钱，也没人抓我啊，怕把我抓去他们伺候不起。来来，水。

**樱桃**：哎哟，你可真好意思说，给，喝吧。

10. "野风"罐头厂，日，外

寒梅，田主任，老文走向包书记。

**包省委书记**：其实我看你们罐头厂的生产规模还可以再扩大。

**田主任**：包书记，参观完了。

**包省委书记**：你看你们这儿野生资源丰富，还有板栗啊，桃啊，杏啊，栗子啊，用都用不完。

**马村支书**：那是。

**包省委书记**：老高啊，这叫走马观花，不过有一理儿我算是看出来了，现在啊，都在搞脱贫致富，老百姓挺欢迎，可是怎么个搞法儿呢？有些人有些单位啊，一开口就问上面要钱，要上项目，说到底还是一个字，懒。只有像他们因地制宜，这才是福泽子孙的路啊。

**老高**：再加一条，这个是穷是福啊，这要看基层的党支部。

**包省委书记**：对，对。

**田主任**：高书记，看来这个玉沟村的发展，对我省的脱贫致富很有典型意义，我看今天吃完晚饭，是不是就别往回赶了，就在这儿住一晚，多走走，多看看。

**包省委书记**：这这，谁说的要往回赶啊。

**田主任**：是啊是啊，这不还没。过去在这儿也插过队，来一趟，机会难得。

**包省委书记**：哎，我说你们这夫妻俩倒有意思，老不往一块儿说，刚才韩梅在路上说要

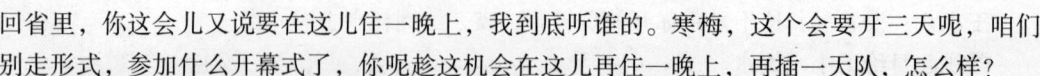

回省里,你这会儿又说要在这儿住一晚上,我到底听谁的。寒梅,这个会要开三天呢,咱们别走形式,参加什么开幕式了,你呢趁这机会在这儿再住一晚上,再插一天队,怎么样?

**寒梅:** 我不听您的,听谁的呀。

**包省委书记:** 好好,就这么定了。

**邹县委书记:** 来来,我跟你说啊,赶快安排吃住。

**包省委书记:** 哎哎,我求求你们,不要再安排了,这回啊让我自己来选。我说书记啊,你们村哪一家最困难,最穷,我今天就住哪一家。

**马村支书:** 哎呀,这样的人家怕是不好找了。

**包省委书记:** 你听听,你听听。

**马村支书:** 吃了饭,我带着您,您看中哪家就住哪家。

**包省委书记:** 好,行。就这么定了,走。

### 11. 樱桃家院子　日　外

**王小六:** 哎,我说今天家里来客人,我也不给你丢人,好吧,你再给我30块钱,我干脆去把本钱捞回来怎么样?

**樱桃:** 你是不是不要脸啊你。

**王小六:** 不给是吧,我嘴可臭啊,想起什么就说什么,那省委书记可比县长官大吧,嗯?

**樱桃:** 你随便,你要想给自己扣绿帽子,你就扣,你就编,啊!

**王小六:** 我一个老农民我怕什么,可她当干部的最怕的就是这种事,唉。

**樱桃:** 我告诉你,你今天就是给我说出花来,我也没钱给你去赌。

**王小六:** 那我就在家里等着见省委书记了,啊。我长这么大,县长我就见过金英风,这个省委书记是什么样儿我还真没开过眼。哎,好像来了。

包书记一行人向樱桃家走来。

**樱桃:** 王小六,我可告诉你,一会儿你要敢瞎说八道我可跟你没完。

**王小六:** 给我钱。

**樱桃:** 没有。

**王小六:** 好好好。

### 12. 来樱桃家的路上　日　外

**马村支书:** 其实啊,当家全靠他媳妇樱桃,够苦的了。

**寒梅:** 书记啊,那个王小六是不是那年抓赌跳墙摔瘫的那个。

**马村支书:** 对,是他。

**寒梅:** 他能结婚?

**马村支书:** 不光结婚,还娶了个大美人儿啊。就到了,一见面你们就知道了,这前些年啊可是把樱桃熬苦了。

13. 樱桃家院子  日  外

　　马村支书：樱桃啊，这省里的包书记到了。

　　樱桃：各位领导好。

　　包省委书记：好好好。

　　王小六：省里的，哎呀，稀客稀客，快请进请进。哎哟，我这一天到晚也闲得慌，哪儿都不能去，抓心挠肝儿的，难受极了，你们来得正好。

　　包省委书记：给你们添麻烦了。

　　王小六：不麻烦，不麻烦，正好金县长早上刚走，我和樱桃都挺闷的，尤其是樱桃，她魂不守舍地正难受呢，你们来得正好，来，请进请进。

　　樱桃偷偷地给王小六30元钱。

　　马村支书：樱桃，别都傻站着，请省里包书记屋里坐啊。

　　樱桃：对对，包书记，快请进吧。

　　寒梅：小六，不认得我了。

　　邹县委书记：这是省里的寒副省长。

　　王小六：省长，欢迎欢迎。

　　寒梅：我以前在这儿住过，不记得了？

　　王小六：你是，噢，你是小梅子吧，嘿，好，没错没错，哎呀，插队的时候我就瞧你有出息啊，现在都副省长了，嘿，好，哎呀，当年我家老爹老娘他们不知天高地厚地到处托人说媒，想让我娶你，嘿，多悬啊，差点把你给耽误了。

　　老文：哎，王小六，别乱说。

　　王小六：老文，这事你别插嘴好不好，当年知青里啊，我就瞧你不顺眼。

　　寒梅：小六。

　　王小六：从梅子这儿论啊，我们俩还是情敌呢。

　　老文：你别乱说，我给你介绍一下，田主任，寒副省长的爱人。

　　王小六：行行行，梅子啊，你有眼力，这主任就是比作家强，你看这。哎，樱桃，樱桃。

　　樱桃：哎，来了。

　　王小六：出来，出来，快见见寒副省长，小梅子，这是你嫂子樱桃……

　　樱桃：什么嫂子不嫂子的，快请进吧，饭一会儿就好。

　　王小六：对，进屋进屋。

　　樱桃：进屋进屋。

　　王小六：到屋里喝点茶。

14. 樱桃家里日内

　　大家坐下。

　　马村支书：哎，樱桃，快上茶啊。

　　樱桃：哎，来了。包书记，您别客气啊。

包省委书记：谢谢，谢谢。哎呀，我看这屋子收拾得很干净。

王小六：这不金县长在我家住嘛，你别看金县长一个独身男人，他可是不邋遢，樱桃受他传染，收拾得勤些，啊。

樱桃：人家金县长到咱们这儿帮着扶贫，你说，好吃好喝的没有，再不收拾得干净点，哪对得起人家啊。

王小六：那是啊，要说金县长对我们家那可是没说的，修房子盖大棚，种地浇水，他什么都干，这么给你们各位领导说吧，他比我这个当家男人还要操心。

樱桃：王小六，你不是说要上你舅家去吗？早去早回啊。

王小六：哎，对对，各位领导，我舅舅那儿还有点事儿，我得去一趟，失陪了。

包省委书记：啊，你忙你的吧。

### 15. 樱桃家院子　日　外

王小六伸出手：四十。

樱桃：咱俩不是说好三十的吗？

王小六：刚才你不答应，现在涨价了。

樱桃：没有。

王小六：那拉倒，哎，家里有客，我还懒得出去呢，嘴上不把门儿啊，我就喜欢说金县长。

### 16. 樱桃家中日内

包省委书记：哎，实纪同志，樱桃还不到三十吧？

马村支书：才二十八。

包省委书记：那王小六呢？

马村支书：都快五十了。

寒梅：他们的婚事怎么成的？

马村支书：也算是买卖婚姻吧，樱桃呢是何家贩的，她爹爱耍钱，欠了六七千块钱赌账，王小六替他还上的，她爹就答应把樱桃许给王小六。哪知道呢，他还的钱也是借的，樱桃嫁过来之后呢，紧巴苦做，是她自己还的这笔冤枉账。唉，樱桃的命苦啊，唉，这当然都是前几年的事儿。

### 17. 樱桃家院子　日　外

王小六：这当领导的就是喜欢听告状，哎！

樱桃：好，王小六，那你把钱还给我，王小六，你别以为我有什么短处怕你啊，我是不想给人家金县长添麻烦，好，你不要告状吗？走走走，我推你进去，告下了，咱俩正好离婚。

王小六：唉唉唉，别别别，三十就三十，哎。

樱桃：滚！

王小六：哎，记住了，鸡大腿给我留一只，啊？

**邹县委书记：** 樱桃，我刚才听王小六说他要告状，呃，告谁啊？

**樱桃：** 您大概听错了。

**邹县委书记：** 我看得出来，你的日子过得挺难的。

**樱桃：** 一个乡下女人，什么难不难的，惯了。

**邹县委书记：** 我听说，你们这是买卖婚姻，要是没有感情啊，就别太委屈自己啊。

**樱桃：** 凑合吧。

**邹县委书记：** 有没有什么其他的想法吗？

**樱桃：** 邹书记，您到底是什么意思？

**邹县委书记：** 是这样，如果你对自己的婚姻不满啊，可以提出来，不要怕，我给你做主。包书记在，他也可以做主嘛。

**樱桃：** 我挺满意的，真的。再说，我就是离婚，也犯不着找省委书记、县委书记啊，您说是吧？

**邹县委书记打电话：** 喂，老金吗，那边的事情处理怎么样了，好。好的。那，是这样，包书记今天晚上在玉沟住下了，他想开一个以县主要干部为主的座谈会，希望你能来呢。米民德那边应该有个县领导出面，那我也是这么想啊，可包书记这边，呃，县里不能这么安排啊，这是你个人的意思，好吧，我向包书记解释。对了，你替我买个花圈，我不能送老米了，代我安慰一下老米的家人，好，好的，就这样。

樱桃听了一会儿，走进屋里。

## 18. 樱桃家中日内

**邹县委书记：** 包书记，我刚才跟金银铜通了个电话，他说他来不了了。

**包省委书记：** 嗯？你没说我包治平专门请的他？

**邹县委书记：** 说了，他说米民德那边得有个县领导出面，他个人的意思是留下，让我跟您解释一下。

**包省委书记：** 哎呀，真是佛面难见啊！哎，米民德那里，你是不是也该去下。

**邹县委书记：** 啊，我是应该过去看看，不过不好意思开口，等各位领导走后，我要赶到黄纷去，为老米守守棂啊。

**包省委书记：** 也好，我看金银铜不来也好，可以多听听群众的反映，我看也不光是说好话的，有些话也有弦外之音啊。

**邹县委书记：** 老金这个人啊，容易感情用事，不过他在这一带啊，老百姓对他的口碑很好，敢想敢干，就是不太讲原则，您多听各方面的意见，也好有个全面的印象。

樱桃在厨房听到，猛地将水舀放在地上。

**马村支书到厨房帮樱桃：** 注意点啊，在说老金呢。

**樱桃：** 当干部的，花花肠子就是多，背后嚼人家舌头。

**马村支书：** 樱桃，省里包书记对老金印象挺好，听说他不来了，脸上就挂了相，哎呀，这老金又不在，我怕他再吃什么亏，我现在又脱不开身，这样，你赶紧到王村长那儿去一趟，叫他赶紧给金副县长打个电话，就说包书记不见他就不高兴了，叫他晚上一定往玉沟来一趟。

樱桃：好，那我这就去。

**19. 老米的葬礼现场，日，外**

帮手：金县长，金县长。

金县长：啊，什么事？

帮手：玉沟村王县长来电话了，叫你今天晚上一定得去一趟玉沟村，再三嘱咐，他说省里包书记非得见你，你不去，包书记就不高兴了。

金县长：啊，我知道，你去吧。

**20. 老米葬礼内堂日内**

金县长：米嫂。

米嫂：金县长，你快去玉沟吧。老米的事我能料理。

金县长：不去了，我当了这么多年的副县长，一直也没有找到脱贫致富的好办法，多亏了老米啊，他的山区小流域治理理论不仅是科学，而且是乡亲们致富的金钥匙，我金英风服他。这回他为了救两个孩子，我得留下来，陪陪老米，送他最后一程。

米嫂：金县长，老米要是在九泉之下，听到你说这话，他也安心了。那个山区小流域治理的理论他搞了一辈子，跟着了魔似的，哪里是穷山恶水，他就往哪里钻，下大雨，挂个竹竿儿，就去量洪水流量，几次差点被冲走了，这白天呢，四处转啊转，晚上就在那油灯下算啊算，我是不懂这些，可我知道，老米是为咱乡亲们做好事、做善事啊。

金县长：是啊。

米嫂：他几十年了，才写成这本书，可谁知道呢，它就成别人的了。

米嫂拿出一个布包：金县长，这就是老米留下的申诉信，他太怨了。老米去了，还不能说。听说老米要告状，那硬皮商就送他一万块钱，说是资料费，然后就把我家老米从农科所调到乡里当了副乡长，结果落得这种下场。现在，老米人都死了，我也不用再怕了，我活着得给他讨个公道，讨个说法。老米，是不能就这样背了冤屈走的。金县长，你明天正好过玉沟，你呀，帮我打听一下，那省委书记什么时候过黄村，告诉我，明天我抬了老米去下葬，就在公路两边儿等着省委书记。

金县长：你说什么？米嫂，你要搞路祭，这绝对不行。老米老实了一辈子，就让他平平安安地走吧。这封信，我帮你转交给省委包书记，拦车路祭，影响不好。

米嫂：金县长，我知道你有难处，这样吧，明天老米出殡你就不用去了，不是嫂子我多事，我家老米一辈子的心血，不能就这样说没就没了呀，我得对得起他，我得对得起他呀！

文字整理：黄璇

资料来源：根据优酷网提供的视频完成文字整理。

具体参见http://v.youku.com/v_show/id_XNjE4NjIxMDA=.html

# 1999

## 西藏风云

首播时间：1999 年
首播电视台：中央电视台
摄制单位：中央电视台影视部、中共西藏自治区党委宣传部
编　　剧：黄志龙、王声、徐永亮
导　　演：翟俊杰
摄　　像：陶诗伟、卢学平、梁　萌
主　　演：孙维民、魏金虎、扎西次仁、洛　丹、亚东多吉、多布杰、朗杰央宗
获奖情况：第二十届（1999 年度）中国电视剧飞天奖长篇电视剧特别奖。

**剧情梗概：**

　　该剧以 1949 年中华人民共和国成立为背景，讲述西藏解放的历史故事。1950 年 1 月，毛泽东访问苏联期间，做出解放西藏的决策，中共中央西南局、第二野战军承担此项任务。随即，中央人民政府通知西藏地方政府赴京谈判和平解放西藏事宜。刘伯承、邓小平点将张国华率十八军进藏，贺龙亲自检查进藏准备工作。十八军将士接受任务，离开富饶的川南，向世界屋脊进发。与此同时，青海、新疆、云南的进藏部队也先后出发。进藏路上，四路部队艰苦卓绝。五世格达活佛只身从四川甘孜进入西藏，劝说西藏上层派出代表与中央人民政府谈判，不幸在昌都被害。青海寺院劝和团等也在途中受到阻挠和软禁。西藏地方政府陈兵金沙江，企图阻止人民解放军进入西藏。昌都战役，打开了和平谈判的大门。摄政王达札下台，十六岁的十四世达赖喇嘛亲政，并逃往亚东。以阿沛·阿旺晋美为首的西藏地方政府代表到达北京，经过艰苦的谈判，与中央人民政府签订《关于和平解放西藏办法的协议》张经武出任中央人民政府驻西藏代表，经香港、印度，到达亚东，劝说达赖喇嘛返回拉萨。十八军等各路将士历经千难万险胜利到达拉萨，其他各路进藏部队也陆续到达，五星红旗插到了喜马拉雅山上。十世班禅额尔德尼返回西藏，与十四世达赖喇嘛在布达拉宫会见。西藏地方政府中的反动上层制造种种事端和困难，妄图赶走进藏人民解放军。张经武、张国华、谭冠三揭穿反动上层阴谋，伪"人民会议"被解散，鲁康娃、洛桑札西被撤销司曹职务。进藏部

队坚决执行毛主席关于"进军西藏,不吃地方"的指示,开荒种地,坚决执行党的民族宗教政策,并加快康藏、青藏公路的修建工作。1954年,达赖、班禅赴京参加第一届全国人民代表大会第一次会议,毛泽东等与其多次谈话,会后到全国各地参观访问。祖国蓬勃发展的景象,深深地鼓舞着这两位西藏宗教领袖。康藏、青藏公路于1954年底全线通车。达赖喇嘛身边的一些反动分子在开完人代会返藏途中,勾结煽动康巴地区的反动领主、头人进行叛乱。叛乱被平息后,西藏又成了新的叛乱活动的策源地。1956年4月,西藏自治区筹备委员会成立。陈毅率中央代表团赴西藏祝贺。1956年11月,达赖、班禅赴印度参加释迦牟尼涅槃2500周年纪念活动,帝国主义势力、流亡国外的西藏分裂主义分子云集印度,企图将达赖喇嘛留在国外。周恩来总理飞抵新德里,会见达赖喇嘛,向他申明大义,告诉他拉萨有人利用达赖不在的机会搞叛乱。可以肯定,在第二个五年计划以内不在西藏搞改革。今后如何改,还要征求西藏上层的意见。

1957年2月,达赖喇嘛返回祖国。针对西藏上层害怕改革的心理,中央决定在西藏实行收缩、精减政策,藏族干部被送到内地学习。西藏地方政府中的一小撮分裂主义分子,把中央的忍让当做软弱可欺,在帝国主义支持下,企图用武力赶走和消灭中国人民解放军,实现"独立"梦想。1958年以后,他们破坏公路,袭击机关办事处,伏击解放军医疗队,迫害藏族干部、工人,寻衅闹事。1959年3月10日,西藏反动上层利用达赖喇嘛要到军区观看文工团演出的机会,制造谣言,煽动不明真相的群众,包围罗布林卡,阻止达赖出行,并围攻解放军驻地,打死打伤开明的西藏上层人士,之后挟持达赖喇嘛逃往印度。3月20日,打响了背叛祖国、背叛人民的第一枪,发动了反革命武装叛乱,叛乱为反动分子敲响了丧钟。中国人民解放军奋起反击,西藏叛乱被迅速平息。国务院发布关于解散西藏地方政府的命令。3月31日,达赖一行逃到印度提斯浦尔,4月18日,印度外交部散发"达赖喇嘛声明"。此后,达赖在印度组织流亡伪政府,公布伪"宪法",鼓吹"西藏独立",在背叛祖国的道路上越走越远,成为一个从事分裂祖国活动的政治流亡者。随着叛乱的平息,西藏历史揭开了新的一页,在民主改革的伟大洪流中,百万农奴翻身站起来了。

文字整理:李季<br>
资料来源:根据优酷网提供的视频完成文字整理。<br>
具体参见http://www.youku.com/

## 剧本:

### 《西藏风云》第二十三集

**1. 达赖喇嘛室内**

**土登沃丹**:佛爷,共产党说六年不改,六年后改不改还由佛爷决定,佛爷,这完全是谈判的毒药啊!只要共产党在西藏一天,迟早要剥夺佛爷的政教大权。

**罗桑益西**:佛爷,要知道您是雪域众生之主,你被共产党逼走会使大藏区众生激起深仇大恨,众生团结一致是能够把共产党永远赶出西藏,使西藏得到独立的。这是对雪域众生最大的怜悯哪。

**土登沃丹**：佛爷，我们说了这几天也该得到佛爷的一句话了吧？哎，佛爷。（被老喇嘛制止）

**罗桑益西**：佛爷，再想一想。（给手势带土登沃丹出）

佛爷回想土登沃丹和自己的对话。

**土登沃丹**：共产党迟早要在西藏进行改革，到那时候佛爷政教领袖的地位终将失去。

2. **树林外景**（毛泽东等三人远景走近）

**毛泽东**：怎么样啊？他们不喜欢你们，要带你们长个华州啊，我欢迎你们，陪你们来到武昌尝武昌鱼啊。（众人笑）这西藏是藏民区，我们天天跟他们讲和，他们就是不干，总以为还有资本，他们这样搞啊，无非就是赶你回华中嘛，是不是啊？

**张经武**：是的，主席，我们推迟了改革，并且一再做他们的工作，可他们要永远不改，根本不改。

**毛泽东**：这也难怪啊，这是两种根本对立的政治态度嘛，现在好了，他们比我们平坦，坏事变好事嘛。这一点，在实际上已和中央决裂，很大可能，将不得不继续干下去，一种可能是继续在下骚扰，在若干天后或者在若干月后，他们看见汉人打不走，就会去印度、去山南去建立根据地。如果达赖要出走，我军一概不要阻拦，天要下雨，姑娘要嫁人。要想去，去山南，由他去吧，我该说的啊，都已经说过了。国华过两天要进藏了，经武很快也要去。看看你们还有什么要说的？

**张国华**：经武同志先说吧。

3. **外景药王山顶**

**叛军**：站在药王山，拉萨的制高点上，共产党的什么军委军区常委全在老子的眼皮底下，只要我一声令下把他们全轰平。

4. **达赖喇嘛室内**

达赖放音乐，回忆土登沃丹的话"佛爷，共产党说六年不改，六年后改不改还由佛爷决定，佛爷，这完全是谈判的毒药啊！只要共产党在西藏一天，迟早要剥夺佛爷的政教大权。"敲门声。

**达赖**：进来

**噶雪巴**：（摘帽）佛爷。

**达赖**：（向一喇嘛）你先下去吧。

**噶雪巴**：谭政委让我给佛爷带来一封信。

（达赖开信）**画外音读信**：离间中央地方关系的事情我正设法处理，对于您的这种正确态度，我们甚为欢迎。对于您现在的处境和安全，我们甚为关怀，如果您认为现在需要脱离被叛国分子劫持的危险境地，而且又有可能的话，我们热情的欢迎您和您的随从人员到军区来住一个短期，我们愿意对您的安全负完全责任，究竟如何处置才好，完全听从您的决定。

达赖坐下回信。

**画外音：**"亲爱的谭政委同志，您15号的来电三点才收到，您对我的安全甚为关怀，令我甚感愉悦，谢谢。前天，我向政府官员等代表七十多人讲话，从各方面进行了教育，要大家认真考虑目前和长远的利害关系，安定下来，否则我的生命一定难保。这样严厉地指责之后，情况稍微好了一些，现在此劫内外的情况虽然仍很难处置，但我用巧妙的办法，在政府官员内部划分进步与反对革命的两种人的界限，几天之后，一旦有了一定数量，有了足以依赖的力量，我会采取秘密的方式前往军区，届时先给您去信，对此，请予采取可靠的措施，您有何意见请经常来信。达赖，十六日晨。"

**字幕显示：**"噶厦政府为达赖打卦。神断：快走，今晚。"

**5. 布达拉宫金库内**（众僧人收拾金子）

**僧人：**柳霞老爷，我还要锁库房，就不送老爷了（给钥匙）。

**柳霞老爷：**好，忙你的吧（接钥匙）。

**夜色中，画外音：**1959年3月17日夜，达赖喇嘛出逃国外。

**邓少东：**情报是可靠的，可以初步判定是达赖一行离开了拉萨。

**谭政委：**立即给山南各部队发报，如遇达赖喇嘛一行，一概不要阻拦。

**6. 寺院外景**

**僧人：**拉鲁老爷，有事吗？

**拉鲁老爷：**朝拜佛爷。

**僧人：**请吧。

**拉鲁老爷：**站住！佛爷怎么不在？他们都到哪儿去了？

**僧人：**您还不知道？走了，昨天夜里，佛爷和噶仑、孜本们，都走了。

**拉鲁老爷：**走了？怎么没人通知我？

**僧人：**佛爷临走前任命达热为武装司令，哦，正在诵经堂宣读达赖佛爷给全体人们的公开信，拉罗老爷去听听吧。

**7. 街上贴布告 外景**（路人议论）

**老婆婆：**哦玛尼呗呗哄，哦玛尼呗呗哄，这贴的是什么？

**两位老人：**这贴的是西藏独立国的布告，它说是不许到汉人单位上班的藏人再到汉人的单位上班了。

**老婆婆：**那学生呢？

**老人：**不许上学了。

**8. 日喀则扎什伦布寺内**

**计晋美：**达赖喇嘛被索康这伙人挟持出逃，拉萨的形势很危急啊。

**班禅大师：**版乱分子集中在拉萨，工委和军区承受着很大的压力，这种时候他们还记挂着我们的安全。

**计晋美：**这种时候我们应该回封电报感谢工委和军区对我们的关怀。

**班禅大师：**对，还要表示我们对叛乱集团的愤怒和谴责，他们代表不了整个藏族，我是藏族，还有更多藏族的上层和广大群众反对叛乱，他们打着宗教和民族利益的幌子，实际上，是要保护他们一伙人的权利和永远填不饱的私欲。

**计晋美：**我马上起草。

**班禅大师：**哦，还要加上一句，请工委和军区首长放心，我会尽全力维护住日喀则地区的安全。

**计晋美：**是。

## 9. 解放军总参谋部室内

**黄克诚：**根据军委命令，决定，由五十四军军长丁盛政委谢家祥率一三四师和十一师，由成都军区副司令员黄新庭率一三〇师及四十二师遗部迅速进入西藏，与驻藏部队共同担负平息西藏叛乱的任务。国华同志，你尽快乘飞机赶赴兰州，去找丁盛、谢家祥，向他们介绍一下情况，交代一下任务，十一师归丁止指挥，丁止归你们指挥，你看，还有什么困难没有？

**张国华：**没有，我明天立刻飞到兰州去。

**黄克诚：**嗯，好，拉萨战事一定会在进藏部队到达之前就打响，看看我军能不能坚持到部队赶到啊？

**张国华：**没有问题，谭冠三已经把大部分的武装分子及你进的吸引到了拉萨，如果战斗提前打响，他们至少可以坚持一个月，我进藏部队，可以在一周到十天之内到达，然后，将叛乱武装包围起来，加以聚歼。

**黄克诚：**好，国华同志，这是关键的一仗，祝你成功。

## 10. 驻藏军区会议室内

**谭政委：**同志们，"3·10"事件发生以后，形势发生突然变化，全面叛乱一触即发，当前我们的任务是，充分做好坚守防御战斗准备，我们绝不打第一枪。根据毛主席、中央军委和张国华司令员的多次来电指示，战争打响以后，在初期，可以让敌人占点儿小便宜，以为可以一举将我军驱走，从而吸引附近更多的叛乱分子向拉萨集中，待我中原大部队到达以后，再把叛乱集团干净彻底地消灭于拉萨。下面请邓副司令员布置具体任务，请吧。

**邓副司令员：**同志们，刚才谭政委已经讲了，当前，我们的主要任务是要把叛乱武装分子紧紧地吸引在拉萨周围并且严密控制住叛乱武装分子企图南逃的所有去路，拉萨这个口袋，只许进不许出！吴晨副团长。

**吴晨：**到。

**邓少东：**拉萨三〇八炮团对面这座山叫牛尾山，你看到了吗？

**吴晨：**看到了。

**邓少东：**要占领它，不惜一切代价地占领它，这里是拉萨和南岸的唯一制高点，占领并控制了它，就能控制拉萨和埠头，这样，全局就活了。

**吴晨：**邓副司令，请放心，保证完成任务。

**邓少东：**好，吴晨，你率领一个连，今晚连夜出发。

**吴晨：**是。

**谭政委**：我再强调一次，各部队一定要严格遵守纪律，无论如何不要打第一枪。

**11. 凌晨三点，会议室内**

**谭政委**：现在是什么时间？

**邓少东**：凌晨3点。

**通信员**：报告。（枪声响起）

**谭政委**：枪声在什么方向？

**通信员**：枪声好像在牛尾山……

**邓少东**：（急忙摇电话）喂，是吴晨吗？

**吴晨**：是我。

**邓少东**：是谁先打的第一枪？

**吴晨**：报告，是叛匪先打的第一枪。

**谭政委**：（接过电话）我是谭冠三，吴晨，我告诉你，这个问题很重要，到底是谁打的第一枪？是怎么打的？我是要把事情向中央报告的。

**吴晨**：谭政委，刚才三排长摸索前进，离山顶还有十几公尺的时候听见叛匪大叫，他听不懂，继续前进，叛匪朝他先打了第一枪。情况就是这样，谭政委，喂，喂，报告谭政委，牛尾山已被占领，整个拉萨渡口被我军控制了！

**谭政委**：你等一下。（转身向邓少东）立即将这个情况报告中央军委。

**邓少东**：好。

**字幕**：1959年3月20日凌晨，叛乱武装向工委机关单位部队发起攻击，拉开了全面武装叛乱的战幕。

**战地现场**（双方交战，战事激烈，枪声不断）

**共产党战士**：（打枪）弟兄们，上！伤了老班长，算他们瞎了眼！

**12. 驻藏军区会议室内**

**参会人员**：虽然武装叛乱分子比我们多好几倍，但是我们在技术上占绝对优势，完全有把握消灭敌人。

**邓少东**：同志们，我们现在看起来好像是在被动挨打，实际上，我们是为了吸引更多的敌人，等待援军的到来。完成对敌人的合成包围，从而一举把敌人干净、彻底地消灭掉。而不是仓促反击，使敌人四处逃窜，造成以后的清剿困难。

**吴晨**：谭政委，副司令，下决心打吧，我们完全有能力形成四面合围，集中兵力，一块一块地把敌人吃掉，战机不可失啊！

**参会人员**：首长，不能再犹豫了，打吧！

**谭政委**：（走到窗前）要打侵略战而不是击溃战，这是毛主席一贯的战略思想，但是战争的情况瞬息万变，达赖一行逃走后，留在拉萨市区的叛乱武装分子，不是增多而是减少，为了防止敌人继续向山南转移，现在反击，不是没有道理呀。

**参会人员**：中央军委和张司令员一再命令我们，我们的任务是吸引住敌人，不是反击啊。

谭政委：邓副司令员，你看怎样？

邓少东：下决心吧，至于部队的指挥调度，我来负责，请政委放心。

谭政委：（脱掉外衣，摘掉帽子）一切责任，我来承担。现在是6点钟，10点整向敌人全面反击，首先攻占敌人的重要据点，药王山，截断敌人外逃的通道，完成对拉萨市区的合围。

吴晨：我们集体承担责任。

谭政委：立即上报中央军委。

通信员：政委，副司令，中央军委来电。

谭政委：念。

通信员：考虑到敌我力量对比悬殊，如果发生正面武装冲突，我方可能出现被动局面，命令你方等待内地增援部队进藏，先不要动，彭德怀。

谭政委：烟。军令有所授，向中央说明情况，这仗，我们还要打。一定打好这一仗，一切后果由我来承担。

### 13. 战地现场

我军战士：同志们，冲啊！啊……啊……

### 14. 驻藏军区会议室内

通信员：政委，副司令员，军委来电。

邓少东：去吧，（接过电报，看）政委，军委同意我们发起反击的方案，但是，攻下药王山后，如果叛军继续在市区作战，我们应该攻克可能攻克的叛军据点。

谭政委：哦，烟。

邓少东：哦（递烟，点烟）。

通信员：报告政委，罗布林卡攻下来了。

谭政委：好，好，罗桑江村。

罗桑江村：到，首长。

谭政委：罗桑江村，你带一个工作组立即去罗布林卡，负责保护好罗布林卡和里边儿的珍贵文物，特别是，达赖喇嘛的新宫，一定要保护好。

### 15. 布达拉宫外，中共发布劝降通告

"武装叛乱分子们，解放军攻占了药王山、罗布林卡和小昭寺，你们已经被包围了，解放军随时可以向布达拉宫发起攻击，为了保护布达拉宫的文物建筑，为了你们的生命安全，我们奉劝你们，停止抵抗，放下武器，解放军的政策是优待俘虏，只要你们放下武器，我们绝对保证你们的生命安全；只要你们放下武器，我们绝对保证你们的生命安全。"

### 16. 布达拉宫内

拉鲁管家：王爷，解放军攻下了罗布林卡和小昭寺，整个拉萨都让解放军占领了，我们也守不了了，还是逃吧。

拉鲁：已经来不及了。

拉鲁管家：那怎么办？

（拉鲁斯里放下枪。叛乱分子，摇白旗，投降。）

### 17. 俘虏被带走途中

邓少东：站住，（看）拉鲁斯里。

画外音：1959年3月2日，在西藏各族人民大力支持下，中国人民解放军驻藏部队仅用三天就彻底平息了拉萨市区的武装叛乱。

### 18. 西藏山南隆子宗

叛军：同胞们，共产党占领了西藏，占领了神圣的城市拉萨，达赖佛爷和噶厦不得不离开拉萨，我代表达赖佛爷向全藏僧俗人民宣布：西藏临时政府成立了。达赖佛爷和临时政府号召全藏僧俗人民团结起来，把共产党和汉人赶出西藏，建立政教合一的西藏独立国。西藏独立国！

众人：西藏独立国！西藏独立！西藏独立！

理查逊：（看电报）太好了，一切都是按照计划进行的，现在我们该考虑协助这位领袖越过国境进入印度的事情了。

### 19. 印度　提斯浦尔 新闻发布会

画外音："1959年3月31日，达赖一行越过非法的麦克马洪线进入印度占领区，逃往印度提斯浦尔，4月18日在印度提斯浦尔，由外交局官员散发了背叛祖国、鼓吹西藏独立的达赖喇嘛声明。"

画外音："奉中央军委命令，中国人民解放军第五十四军军长丁盛、政委谢家祥率部入藏，参加平叛作战。"

### 20. 西藏山南隆子宗

黑脸管家：大西藏国的臣民们，达赖喇嘛和索康老爷已经到达了印度，在那里发布了达赖喇嘛声明，西藏临时政府受到了外国朋友的热烈欢迎。我接到恩珠仓刺的快信，要我们从十六岁到六十岁的男人都拿起武器来作战，所有能走的人一个也不能留，听清楚了吗？快回去准备吧。

文字整理：李悦

资料来源：根据优酷网提供的视频完成文字整理。

具体参见http：//v.youku.com/v_show/id_XMTI0MTI5MDg=.html

# 中国命运的决战

首播时间：1999 年
首播电视台：中央电视台
摄制单位：中国电视剧制作中心
制 作 人：马润生
导　　演：王　进
编　　剧：张天民、李平分、徐　萌
导　　演：王　进、马润生
摄　　像：桑　桦、王远东
主　　演：古　月、孔祥玉、许道临、郭法曾、王伍福、
　　　　　王　建、宗利群
获奖情况：第二十届（1999 年度）中国电视剧飞天奖长篇电视剧特别奖；第十八届（2000 年）中国电视金鹰奖最佳长篇连续剧奖；第七届"五个一工程"优秀电视剧奖。

**剧情梗概：**

1944 年日军的寇残酷扫荡和国民党军的节节败退，让中国共产党人毅然承担起挽救民族存亡的重任。美国派华莱士作为特使到中国了解情况，而毛泽东则阐述了中国共产党的主张。美国发现了蒋介石的本质，并给他下了最后通牒，而蒋介石看后却很生气。赫尔利带着五条建议来到延安与中共谈判，毛泽东、周恩来等领导人明确阐述了共产党的态度。后来赫尔利到重庆接替史迪威将军一职。以周恩来为代表的中共中央来到重庆与国民党谈判，希望能建立联合政府主张，但蒋介石却不顾反对，调整、撤换了部分国民政府官员职务，谈判失败，国共两党开始对立。

赫尔利在华盛顿发表了扶蒋反共演说，新上台的美国总统杜鲁门表示支持之前的对华政策，赫尔利拜访斯大林后，斯大林也表示支持蒋介石，但却要让蒙古独立，蒋介石答应了这个条件。美国向日本投放了原子弹，随后日本宣布无条件投降。但抗战胜利后，蒋介石却开始部署对共政策。他不准八路军接受日军投降命令，积极准备内战，却同时假惺惺地向毛泽东发出共商国事邀请。中国两种命运和两种前途使决战拉开了序幕。

斯大林与国民政府终于签订了《中苏友好同盟互助条约》，蒋介石认为现在是时候对共产党斩草除根了，但又不想背上挑起内战罪名，因此诚恳的邀请毛泽东赴重庆，虽然危险未知，但毛泽东还是来到了重庆，准备和蒋介石谈判。而去重庆之前，刘伯承和邓小平也已经

做好了战略准备,以便配合取得谈判中的主动权。蒋介石表面上接待毛泽东,但实际上却命人重新印刷了《剿共手册》。毛泽东来到重庆在全国引起巨大反响,但蒋介石却毫无诚意,双方在谈判桌上展开激烈争论。为了谈判能够取得成功,中共还做出了重大让步,将江北八个解放区让给国民党。然而蒋介石还是想消灭解放军,他要求中共放弃军队和解放区,否则就兵戎相见,共产党不能接受,毛泽东只好回到根据地去,并开始做内战的准备,决战随时会打响。

文字整理:黄璇

资料来源:《电视剧:〈中国命运的决战〉剧情介绍》搜视网

具体参见 http://jq.tvsou.com/introhtml/733/index_73349.htm

## 剧本:

## 《中国命运的决战》

**1. 会议室内**

**周恩来**:各位,我们的谈判历时半个月,今天该是结束的时候了,我想告诉各位的是:你们手中的协定是最后定的,不能改变的,南京政府同意就签字,但是不管签与不签,到本月20日止人民解放军将立即渡江。

**文白**:恩来先生宣布,这是最后的一役,也好,任何事都要有个了结,我们代表团郑重地研究了这个协定,这个定稿本已经接受了我们所提修正意见40余处的一半以上,所以我们下面要做的是,将这个文件迅速的报告给我们政府,由他们来做最后的决断,在这个问题上我已经没有话再说了,下面我只想谈一点个人意见:国共两党的斗争到今天可以告一个结束了,谁胜谁败谁得谁失谁是谁非自有事实证明,将来历史也会做出评判,打个比方说吧,国共两党之争好比是兄弟之争,谁吃了亏谁讨了便宜那是不必太认真的,大哥管家管不好,让给弟弟管,做大哥的对弟弟有能耐担当重责大任应当表示敬佩表示高兴,孙中山先生逝世24年我们还没有把中国搞成自由平等独立的国家。我们的同胞在国外仍然受到鄙视,我们实感惭愧和羞辱,我祝愿两党过去的一切芥蒂、一切误会、一切恩怨永远结束。当然,在我们方面,应该首先做一个反省,同时我也希望中共方面以远大的眼光、开阔的胸怀、明朗的态度来领导未来的历史性的新政权。(众人鼓掌)

**周恩来**:我相信文白先生刚才所讲的是肺腑之言,但是,就文白先生对兄弟的比喻,我不能不辩白一下,假使兄弟的关系是指我们两个代表团的立场,这一段时间我们都在为和平而努力,我们是愿意接受的,但是如果拿兄弟来比喻这二十多年来尤其是近两年9个半月我们同蒋介石朝廷的斗争那就不对了,这可不是兄弟之争,这是革命与反革命之争,中山先生当年的革命对清朝那拉氏的斗争就不是兄弟之争,对袁世凯的讨伐也不是兄弟之争,而都是革命与反革命的斗争,如果硬要说是兄弟之争,那中山先生也是不会同意的,我们虽然是同根同源却有着不同的政治理想,所以与其说是兄弟之争,不如说是主义之争更恰当,好了,别的我就不多说了,希望能够早些听到南京方面的意见。

## 2. 南京总统府会议室

**李代总统**：诸位，今天是17日，离中共最后期限只有三天，是战是和都要拿出个主意来。

a：哼！管他什么最后期限，这个协定绝对不能接受。

b：这样的协定你们也好拿出来。

c：我就知道这是个挨骂的差事，哼，你们在这儿说话不牙疼，到北平去试试去！

d：哼，那也不能签这投降书啊！

e：哎，好了，不要吵了，有话好好说嘛。少红他们也不是个人之举呀。

f：哎！我们一个革命政党反而闹得成了革命的对象，人家是大兵压境呀，我们承认，不可以，不承认，你拿什么力量对抗人家呀？上不上下不下，让人心疼啊！早知今日何必当初啊。

**阎锡山**：于老所言极是啊！我阎老西一生英雄到今天落得个太原丢失几家出走成了个云游僧。承蒙错爱今天来参加这个会，败兵之将说话底气不足呀。但反共雪耻也还当是我们的主心骨吧。

**朱家烨**：嗨，难呀！签字吧，蒋先生不会同意，可不签吧，现在又没有余地，唯一的办法就是再拼下去，但是结果又将如何呢？

g：现在不是说大话发牢骚的时候，我的意见这个协定不能签字！请李代总统做主吧。

**李代总统**：形势摆着无需多说，战不过是个败字，和不过是个降字。看来我这个代总统也代到时候了，月均兄，烦劳你去西口一趟，请蒋先生做主吧。

## 3. 蒋府

**蒋介石**：蒋志忠无能，丧权辱国！

**甲**：蒋总息怒，不是没签嘛，不必动气。

**蒋介石**：可恶至极！我恨透了周围这群脓包！当年井冈山围剿，共军不过十几万人，逃出来也不过八九万，我命令把这些共匪消灭在湘江东岸，结果逃出来三万多，一个两万多里的长征没消灭干净，结果让他们落脚陕北，哎！日本人来了我提出攘外必先安内，有人还反对我，结果酿成现在这个局面。

**甲**：那您现在的意见呢？

**蒋**：现在？现在还有我说话的权利吗！

## 4. 渡江战役开始

场外景

毛泽东会见文白。

**文白**：主席好！这是我夫人。

**文白夫人**：主席好。

**主席**：你们一家人呐，在北平团聚多好啊！

**文白**：我从心底里感谢主席和周副主席。

**周恩来**：我说过嘛，我们在西安事变中已经对不起一个姓张的同志了，今天不能再对不起你了。

　　**文白夫人**：周先生说的对，文白回去一定会为他们抓紧的。

　　**毛泽东**：我看了你写的声明，很好啊，也澄清了你在北平被扣的谣言，又给国民党内有爱国之心的人指出了唯一一条光明的出路。

　　**恩来**：我们都希望你能参加中国人民政治协商会议，并在中央人民政府里面任职啊。

　　**毛泽东**：我们欢迎你。

　　**文白**：过去那段政权该是我们负责的，现在已经失败成为过去了，哈哈哈，我这人也应该成为过去了。

　　**毛泽东**：过去的阶段从你发表了声明等于过了年三十，今后啊还应从年初一开始做起呀。

### 5. 南京总统府

　　**刘伯承**：小战士。

　　**小平**：醒一下，醒一下。

　　**陈毅**：都给我起来！好啊，跑到总统府放马睡觉来了啊，你们可真会选地方。

　　**战士**：首长，战士们太困了，这地方蒋介石能住，咱就……

　　**陈毅**：叫你们民团政委司令员来，就说陈毅让他们用手把总统府的马粪捧干净，快去！听见没有！

　　**小平**：你们是35军312团的吧？

　　**战士**：是。

　　**小平**：祝贺你们，是你们首先占领了总统府，把红旗插到了总统府的上空，宣告了国民党反动政府的灭亡。

　　**战士**：那是！

　　**刘伯承**：你们为人民立了大功，立了新功，可这总统府不能这么个占法啊。

　　**陈毅**：没听懂啊！卷铺盖卷走人！整理地毯打扫卫生，赶快行动啊。

　　**陈毅对小平**：我看啊，这进大城市光是"三大纪律八项注意"还不够用。

　　**刘伯承**：还要补充个详细手段。

　　**小平说**：很有必要！

### 6. 办公室内

　　**毛泽东**：陈毅、小平他们搞出这个守则不亚于占领一座城市呀，土包子进城洋相百出，在不知不觉中就违反了政策，连司徒雷登的卧室也敢闯进去呀。呵呵。

　　**周恩来**：看来我们在占领大城市后对部队的教育还很不够啊。

　　**毛泽东**：我请你这位总参谋长呀，下一道命令告诉那些大大小小的李自成们，一不准吃请赴宴，二不准接受群众慰劳，三不准上街乱跑，四不准乱放枪，五不准在大街上骑马。把那些占据民房私宅文物庙宇的李自成们通通都赶出去。

## 7. 司徒雷登寓

司徒雷登与黄华握手。

**司徒雷登**：我想我还是在重庆遇见毛泽东先生和周恩来先生时见过你一面。

**黄华**：是的，快四年了，周恩来先生让我来问问你，听说我们第一批进城的战士闯进了您的住宅，真是惭愧，那个时候我们的部队在如何对待外国侨民的政策上还不大懂，现在好了，我们已经下令，外国侨民的安全和利益都会受到我军的保护，不会再发生类似的问题。

**司徒雷登**：这些日子我是在极度的恐慌中度过的，我不知道你们将会如何对待我们？

**黄华**：我想校长已经注意到了，我们已经发表了声明，不承认外国与蒋介石政府建立的外交关系，对留在这里的原各国外交使馆人员，我们一律按外国侨民对待。

**司徒雷登**：我注意到了，但是我之所以留在这里是表明美国人民对中国人民幸福的关注，我希望我们之间保持友好的关系，在我的有生之年，我希望自己在恢复两国友好关系上能够做出努力，因为当初就是我劝他们留下而没到广州去。

**黄华**：我党历来重视与美国的友好关系，抗战后期我们就有过跟派往延安的美国观察团有着很好的合作关系，但是不能原谅的是，在日本发动侵华战争爆发很长一段时间里美国还向日本出售钢铁和物资，当然对抗战胜利后，美国一直在武装国民政府支持蒋介石打内战，我们更是极其愤慨，这是在干涉中国内政。

**司徒雷登**：我希望看到一个真正统一和平的中国民主政策。

**黄华**：那你觉得蒋介石的政府是这样的吗？

**司徒雷登**：现在谈他已经没有什么必要了，我希望看到共产党领导的中国会是这样的。

**黄华**：我们会做到的，目前我们已经着手准备成立新的政府，一个中国历史上从没有过的人民政府。你不是想在现任的燕京大学校长卢志伟先生处探寻到去北京的可能性吗？周恩来先生表示欢迎，您的旅行尽管是私人性质的，但借此机会与我党领导人会谈可能性是有的。

**司徒雷登**：好，太好了！如果国务院批准的话我会北上的。

## 8. 上海　龙华机场贵宾室

**蒋介石**：最近，共军在长江打沉了英国的军舰"紫石英号"，已经触恼了英国，首相丘吉尔让英国政府派两艘航空母舰来报复共军，所以第三次世界大战随时可能爆发，到那时候就是我们光复全国的时候了。

众人起立鼓掌

**蒋介石**：恩伯啊你传我的手谕给上海市长陈良，把上海现存的价值3亿多银元的黄金和白银全部抢运到台湾。

**蒋介石**：你去督办这件事。

**蒋介石又对恩伯**：你要集中全部精力死守上海，直到金银运送完毕，如果这批金银不能运到台湾，我拿你和陈良试问。

**恩伯**：您放心吧。

## 9. 毛泽东办公室内

**毛泽东**：四个野战军像四把快刀，从老总的第一野战军和第十八、第十九军团打西安，向西北进军二野和三野，担负解放上海苏皖浙赣及福建的任务。

**朱德**：还要随时准备应付可能出现的美国的军事干涉。

**毛泽东**：对，要留出兵力对付他们，四野正向江汉一带集结，等打下武汉就可以来个大追击，向四川、贵州、云南进军，这样估计十一二月份就可以拿下两广和海南岛，之后剩下的可能就是台湾岛了。

**朱德**：按照敌军部兵的情况分析，李宗仁和白崇禧企图在长江流域把不住的时候退守西南五省与我们形成对峙局面，而蒋介石和汤恩伯的国军精锐全部退守上海一带，蒋系和贵系完全是各唱各的调。

**毛泽东**：这倒帮了我一个大忙啊，现在的难题是解放上海。上海人口稠密、工厂林立，我们不能打成一片焦土，再说，上海还要防止蒋介石的焦土政策，保护人民的生命、财产安全，这真是一个大难题呀。

**朱德**：让粟裕、张震他们来，把上海封住在外围小打，要多争取取义投城，逼汤恩伯出来打。

**毛泽东**：嗯，这倒是个办法。

## 10. 解放上海战争

**毛泽东**：少奇这一段在天津工作很有成绩啊。恢复了生产，社会秩序也安定了许多啊。

**刘少奇**：还有许多工作没有做好，接到通知，马上就赶回来了。

**毛泽东**：中央决定让你访苏，让斯大林了解了解我们。我们呢，也摸摸他的底牌。我总觉得，斯大林看不起我们，觉得我们成不了大气候。

**周恩来**：现在，情况有改观，广州的苏联大使洛神，被召回国了，我估计我们一宣布成立政府，斯大林就会立即承认我们的。

**朱德**：先别跟少奇同志谈工作了，还是先去医院看看光美吧，说不定啊，已经生了，哈哈……

**周恩来**：朱老总的情报落后了。

**朱德**：我可是最新情报啊。

**周恩来**：生了一个胖胖的千金啊！

**刘少奇**：我已经知道了，就是还没有见到。

**毛泽东**：起名字了没有。

**刘少奇**：我和光美同志商量好了，不管生男生女都叫平平。

**毛泽东**：平平？北平的平，和平的平？

**刘少奇**：对。

**毛泽东**：好啊，少奇啊，你晚去看女儿几分钟，来听听我们的部署。现在啊，上海、汉口、西安解放了，向全中国的大进军开始了。

## 11. 美国驻中国大使馆

a：校长，这个要装箱吗？

b：不不不，我手提着好了，这是周恩来先生在南京谈判时送给我的，我要珍藏它，等将来我不在人世了，在把它交还给中国，这我无法办了，就委托你替我办。

a：当然，不过……

b：我知道，我知道，尽管毛泽东宣布了倒向苏联一边的政策，但是个人的情感友谊还是存在的（收音机声），与事无关，瞧瞧这些内阁成员们，真是一代不如一代，连胡适都外交部长了，大概是想用他打开来美国的关系吧？看来我不能飞往广州回国了。

a：为什么？

b：很显然，国务院不批准我去北平拜访毛泽东主席，我要是经广州势必要拜见蒋委员长，这将会给未来的中美关系投下阴影。

a：可是校长，按照惯例，大使离任不向助理国政府辞行是不礼貌的。

b：顾不了那么多了。

## 12. 毛泽东办公室

**毛泽东**：呵呵，张标龙，担心死我了，我真怕你遭蒋介石的毒手啊。

**张标龙**：要不是你派人搭救，我早就一命归天了。这真应了"大难不死必有厚福"这句话了。

**毛泽东**：对对对，以后啊，我们是共同合作，建设一个崭新的中国。

**张标龙**：我老了，帮不上什么忙，但是如果你们要是愿意听，我一定直话直说。

**毛泽东**：这就是最好的合作啊。执政党，就是要听得到真话才行啊。

**秘书**：主席，坐下说吧。

**毛泽东**：张标龙，请坐。

**张标龙**：主席，请。

**毛泽东**：上茶，今天，我请你吃饭，即是压惊，又是接风啊。

**张标龙**：那就叨扰了，哈哈。

**毛泽东**：张标龙，我们正在储备召开新政协会议，建立新的政权。我们的想法是，在新政权中民主党派不是在野党，而是在朝党，是成立于各党派的联合政府，是我们自抗战胜利以来，一直的主张，你是最了解它的由来的。

**张标龙**：说来惭愧啊，弥蒙过去一直主张的中间路线，经过种种教训才看清，中间道路走不通，只有共产党才能够带领中国人民完成民主革命的任务。

**毛泽东**：在南京和谈时，恩来就与你们相约，今后我们两党要肝胆相照，荣辱与共，这就是我们今后合作的方针。

**张标龙**：那是那是啊。

**毛泽东**：请喝茶。

**张标龙**：请。

**毛泽东**：新中国的建立，困难重重啊，几十年来，战乱不断，让蒋介石搞得经济崩溃，

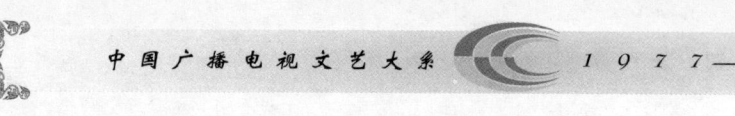 

民不聊生，国库里他搜刮来的民脂民膏，也被他托运到台湾去了。

**张标龙**：这正是他失败的一步，失民心者失天下嘛。

**毛泽东**：我们只有从零开始，白手起家。不过我相信，人民是会创作奇迹的。

**张标龙**：润之啊，我一来就听说国内国外都有一些人对你提出的一边倒的政策有疑虑，包括文白先生，他好像还提了苏美两面靠的方针。

**毛泽东**：是的，对一边倒的方针，敌人也有恶意的攻击，对朋友的疑虑，只有耐心说服才行啊，就当前情况来说，就一边倒，别无选择，我们曾试图与司徒雷登沟通，提出愿意与美国建交，前提是美国政府，必须断绝同国民党政府的关系。我们也不能承认蒋介石政府与美国签署的一切条约。他们没有回答，看来美国还没有学会平等的对待一个国家，现在我们提出一边倒，请先生放心，我们既不会做美国的附庸，也不会做苏联的附庸，我们留了那么多的血得来的民族独立。怎么可以把他轻易地交给别人呢？

**张标龙**：润之啊，你这话我听了长志气啊，我理解你的意思，听说你们已经去请宋庆龄来京参加政协了？

**毛泽东**：我们已经请邓永超同志专程去接了。

## 13. 苏联

**斯大林**：好啊，你这次来，使我们全面了解了中国共产党的成就和它走过的道路，这要比你高杨同志带回来的情况全面多了。

**刘少奇**：是啊。

**斯大林**：以前我们对中国不太了解，有时好心做错事，也妨碍到你们的工作，你们也会有意见，不过没有说出来就是了。当然，我们应该注意我们讲话的正确性，不过如果我们讲错了，你们还是说出来好，会引起我们注意的。

**刘少奇**：您是无产阶级革命的旗手和导师，您这样谦虚，使我们很受感动啊。导师也好旗手也好，都是人，任何一个人都会有错误。

**斯大林**：对中国的革命我们以前帮助不够，我以后会补偿的，我们希望新中国早日诞生，我想不是在一九五零年的一月一日，而是在今年。（掌声）

## 14. 广州梅花村　蒋介石行宫

（收音机）

**李代总统**：介公，有何感想啊？

**蒋介石**：结局搞成这样，完全是美国的背信弃义。

**李代总统**：哈哈，介公真是应了那句"江山易改本性难移"的话了，到现在，你还把责任推到别人身上。有人说，你跟共产党斗争是什么都缺，就是不缺美元，怎么能把自己的失败去怪罪外国人呢？也许因为美国没有参战令你失望，几年来的确向共产党说的那样，美国人在出钱出枪，你出人打共产党，打输了，怎么能怨人家呢？

**蒋介石**：是我们那些将领没有斗志，从抗战胜利结束开始，军官们只想发横财，贪污腐败、骄奢淫逸、战场上能不怕死吗？

**李代总统**：这又是谁造成的呢？这些个腐败现象，您整治过吗？根本没有，只要你认为他能够效忠您，他就是腐败透顶也一样会得到您的重用和信任，汤恩伯就是个典型的例子。毛泽东实行土地改革，实现了耕者有其田，就这一条，就能得到中国三亿多农民的拥护。今天他能得天下，也不奇怪。

**蒋介石**：我看你是有点沉不住气了，大陆失手，还有台湾。三十年河东，三十年河西嘛。

文字整理：李悦

资料来源：根据56.com视频网提供的视频完成文字整理。

具体参见 http：//www.56.com/w39/album-aid-7713836.html

# 突出重围

首播时间：1999年

首播电视台：中央电视台

摄制单位：中央电视台影视部、成都军区政治部电视艺术中心、重庆电视台

编　　剧：钱　滨、马　进、柳建伟

导　　演：舒崇福、马　进、杨新洲

摄　　像：刘　飚、梁　萌、胡晓利

音　　响：吴　昊、陈　力、王印刚

主　　演：杜雨露、张志忠、郑晓宁、杜志国、曹培昌、王志飞

获奖情况：第二十届（1999年度）中国电视剧飞天奖长篇电视剧一等奖；第十八届（2000年）中国电视金鹰奖最佳长篇连续剧奖、最佳录音奖、观众最喜爱男配角奖；第八届"五个一工程"优秀电视剧奖。

**剧情梗概：**

该剧主要讲述在西南战区R集团军组织的一场常规演习中两军利用先进的技术及勇猛的作风展现我国现代化军队建设成就。按照演习"想定"的规定，担任"红方"的A师必胜，担任"假设敌人"的蓝方C师必败。但"蓝方"利用他们自筹资金建立起来的高技术战场监控系统发现了"红方"攻击中的漏洞，决定打破原有的演习规则，给训练注入新的活力。他们趁夜插入"敌后"，不仅使红方的正面攻击扑空，还成功地占领了"红方"师指挥部。

"蓝方"演习"违规",震动了军区上下。军区决定以此为例,对部队训练进行大胆改革,搞一次不事先定胜负,不设导演部(只设具有指导、裁判、协调等职能的演习指导委员会)的高技术战争背景下的对抗大演习,以此把部队的科技练兵和质量建设推上新台阶。很快,一场代号为"世纪闪电"的高技术战争背景的对抗演习在小凉河两岸展开。担任"蓝方"的是上次演习中"犯规"的C师,他们通过军区的加强,已成为一支拥有各种高技术装备的一流部队。担任"红方"的仍然是在上次演习中失败的A师。A师是一支具有光荣历史的老部队,但在新的战争样式面前,他们由于作战观念和武器装备落后,在"蓝方"发动的电子战、信息战和远程精确打击面前,很快又失败了。

A师的再次失败,引起了军区党委更深刻的思考。他们认为,像A师这样的老部队既有光荣的传统,又有历史的"包袱",只有在现代战争的激烈对抗中,才能从根本上转变观念,尽快占领未来技术作战的高地。于是军区决定演习继续进行,对A师也进行武器装备方面的加强。与此同时,A师也正是在这些演习失败中找到了自己的差距,在军区和集团军党委的帮助下,他们从领导班子到部队编制,从思想观念到作战方法、作战手段,都进行了重大转变和改革,既继承发扬了我军的优良传统,又创造了适应现代高技术作战的新战法。终于在第三次大演习中,用自己的电子战、信息战和远程精确等打击手段彻底战胜了"蓝方",掌握了未来作战主动权。A师这支从井冈山走出来的光荣部队在科技强军的道路上,完成了它历史上又一次重大飞跃,再次向世人证明它不可战胜,有能力,有信心,有决心完成党和国家、人民赋予的神圣使命。

文字整理:李季
资料来源:根据56网提供的视频完成文字整理。
具体参见http://www.56.com/w21/album-aid-2261767.html

**剧本:**

## 《突出重围》 第一集

**1. 红箭二团部队　日　外**

**黄兴安:**政委,你运气不错,刚到我这王牌师,就遇见了这么一次大仗。等这仗打完了,你在集团军首长和军区首长眼里,可就挂上号了。

**刘旭东:**这还不是沾你黄师长的光啊。

**黄兴安:**这不是沾我的光,而是沾A师的光。

**刘旭东:**其实啊,黄师长,你才是最幸运的,听说老头子这次要亲自到前线观战。

**黄兴安:**是啊,老头子是咱们A师第八任师长,离休之前呢,要回到咱们老部队看看,跟大家见最后一面。

**刘旭东:**还有就是要亲自考察一下,你这个集团军参谋长人选的德才呀。

**黄兴安:**哎,不是不是,你可是我师的政治委员,说话得有根据,不过呢,如果军区党委真的看上了我,我会把这个军的素质提高一倍。

刘旭东：你看你看，这就开始就职演说了。

**2. 蓝箭部队　日　外**

　　队员 a：在茅草岭地区发现敌人主攻集群。

　　队员 b：他们也太猖狂了，没有空中掩护，就敢这么大摇大摆的推进。

**3. 红箭二团部队　日　外**

　　大本营：红箭，我是大本营，大本营呼叫红箭，听到请回答。

　　红箭：大本营，我是红箭，请指示，请指示。

　　大本营：我是大本营，希望向大本营报告你们主攻集群的位置，报告你们主攻集群的位置。

　　红箭：红箭明白，红箭报告我主攻集群的方位。现在茅草岭以东，四号路以南，正向南泉河谷推进，红箭报告完毕。

　　大本营：大本营明白。红箭主攻集群，大本营呼叫红箭主攻集群，听到请回答。

　　简凡：报告大本营，我是主攻集群，请指示。

　　大本营：我已经看见了你们，按照命令，你们现在已经滞后了，而你们主攻集群已经度过了南泉河。

　　简凡：报告大本营，我是按照命令开进的，如果有人在作战中耍个人英雄主义，那是要上军事法庭的。

　　军官 a：童副参谋长，你看出来了吧，简凡和范英明正在较劲呢。

　　大本营：红箭主攻集群，现在立即提速，尽快度过南泉河，准时到达制定区域。

　　简凡：给我接参谋长。参谋长吗？请回答，听到我刚才的答话，请回答。

　　刘长云：团长，放心吧，我们是主攻，即便范英明跑得比兔子还快，他还是助攻。

　　简凡：听着，不要大意，命令各部迅速超过去。

**4. 南泉河边　日　外**

　　简凡：怎么搞的，前面怎么回事，谁让你们停止的。

　　士兵 a：团长，一连报告情况。

　　简凡：喂，一连吗？我是一号，为什么停止前进？

　　一连：打鱼滩涨水，很快很急，前进道路受阻。

　　简凡：报告流量流速。

　　一连：报告一号，正在测量。

　　刘长云：团长，过不去了。

　　简凡：强渡呢？

　　刘长云：恐怕不行。

　　简凡：师长这些参谋，都是吃干饭的？上游有洪水，为什么不事先通报？

　　刘长云：眼下只有请师部调舟桥连支援了，要不立即改变渡桥地点。

　　简凡：舟桥连根本就没来。

**刘长云**：怎么会呢？

**简　凡**：他们在水下乐园，为咱们师部的宿舍楼顶工还债呢。

**刘长云**：什么？这不是开国际玩笑嘛。

**简　凡**：那你的住房申请也是开玩笑吗？

**刘长云**：团长，这可是两码事。

**简　凡**：算了算了，这些都不要说了。告诉你啊，舟桥连没来的事对外就说计划安排他们留守，不许再提顶工还债的事，知道吗？范英明的一团现在在什么地方。

**刘长云**：15分钟前，野猪坪一带，落下我们两个钟头，两团距离50公里。

**简　凡**：范英明这小子是想抢主攻啊。给我接师部。喂，师部吗？

## 5. 红箭师部　日　内

**师　部**：主攻集群请讲话。

**简　凡**：我的部队被困在打鱼滩过不去啊，你们做训科的怎么不事先通报？

**师　部**：简团长，你先等一下，我了解下情况再说。

**简　凡**：我的部队受了阻，你马上给我派舟桥连来给我架桥。

**师　部**：简团长，你这不是为难师里嘛，你又不是不知道，舟桥连还没有出来。

**简　凡**：那你给我想个办法嘛。

**师　部**：简团长，你听清楚了，你现在还是二团的团长，没有权利给我下命令。

**简　凡**：你给我接师部，我要跟师长通话。

**师　部**：赶紧把线接过去，他可是师长的红人，让他跟师长说去吧。

**黄兴安**：讲话。

**师　部**：报告师长，主攻集群在打鱼滩受阻，简团长有话要直接报告师长。

**黄兴安**：为什么受阻？

**师　部**：上游突发洪水。

**黄兴安**：气象报告不是说，近期方圆300公里没有雨水天吗？了解一下从哪来的。

**师　部**：是。

**黄兴安**：接简凡。

**简　凡**：师长，我是简凡，我现在向你报告，南泉河水上涨。

**黄兴安**：你说什么？简凡吗？你们要仔细观察，摸清情况之后，准备强渡。

**简　凡**：师长，我们已经试验过了，不行啊。如果要强渡的话，弄不好要伤亡的。

**黄兴安**：那就再试，如果实在不行，就另选渡河地点。

**简　凡**：师长，来不及了，最近的渡河地点离我们这儿也有一百多公里呢，再说，那儿不也一样涨水呢嘛。

**黄兴安**：我让你再试你就再试，不要给我讲价钱。我告诉你，二团能做主攻，范英明的一团也照样可以做主攻。你必须给我按时渡过河去，第一，要保证总攻开始的时间，第二，不能给我伤一兵一卒和翻一车一船，知道吗？

**简　凡**：师长，我感谢你对二团的信任，可是我们实在有困难啊，不架桥是过不去的呀。

**黄兴安**：简凡，我的话已经说清楚，你执行吧。你耽误了时间，我撤了你。

**士兵**：师长。

**黄兴安**：把南泉河给我找出来。

**简凡**：政委，我是简凡。请指示。

**刘旭东**：简团长，我们只是在师里的见面会上见过一面，你给我的印象很深啊，简团长，我们相信你们二团是有战斗力的，是完全可以克服眼前的困难的。

**简凡**：政委，请你和师长放心，二团保证完成任务。

**刘旭东**：好，师团委等着你顺利渡河的消息。

6. 蓝箭总部　日　内

**江工**：呼叫蓝色一号。你来得正好，你看，敌人的主攻集群在南泉河边停住了。

7. 红箭师部　日　外

**刘旭东**：师长，你的意见呢？

**黄兴安**：是啊，离总攻的时间还有十四个小时，可我们的主攻集群竟然无法赶到。

**刘旭东**：不管怎样，我们一定不能让老头子看到A师打了一场不尽如人意的仗。我有个想法，我想改变一下作战方案，一团做主攻，二团做助攻，这样至少可以打个时间差。

**黄兴安**：范英明要是知道简凡的二团受阻，他肯定会主动向我提出来把一团变成主攻。都愣着干什么，师部继续前进，全力监视主功集群渡河情况。

**刘旭东**：老黄，我还有个建议，是不是应该实事求是地向集团军报告舟桥连没有参战的原因，请求指示。

**黄兴安**：政委啊，这可不是个小事啊。

**刘旭东**：师长，责任我来承担，我是党委书记。虽然我刚调到师里，但是舟桥连上工地这个事我也是投了票的。

**黄兴安**：政委，是不是刚才我这张脸把你吓坏啦。没那么严重。政委啊，在A师几十年了，大江大河我都闯过来了，何况那小小的南泉河。

**刘旭东**：师长，要正视现实啊。

**黄兴安**：政委，上车吧。有我呢。

8. 大本营　日　内

**红箭二号**：我是红箭二号，请讲话。

**大本营**：红箭二号，我是大本营。我已接到正式通知，军区副司令将从北京直飞前线，总攻将按原计划准时开始。

9. 红箭二团部队　日　外

**刘旭东**：师长，我想亲自去趟二团，协助他们渡河。不管是过得去过不去，都不能出事。

**黄兴安**：好吧，到前面给我停一下。哎，政委。简凡是个好同志，他聪明能干，在领导和执行力度上我很放心，不过你一去啊我就更放心了，咱们要多保持联系。如果这河实在过不去的话，我自有办法。

　　刘旭东：师长，军事上你是我的老师啊。

　　黄兴安：好，政委，咱们现在是一条线上的人啊，困难时候见真心。

　　刘旭东：放心吧，再见。

　　黄兴安：给我接范英明，对，我是黄兴安。

10. 一团部队　日　外

　　范英明：报告师长，我是范英明，我是范英明。

　　黄兴安：你们前进的速度太快了吧。

　　范英明：报告师长，请允许我……

　　黄兴安：范英明，我提醒你，不要想着出风头，你以为这次行动仅仅是一团的机遇吗？不要搞小集体主义，要爱护 A 师的整体形象。范团长，你为什么不说话？

　　范英明：师长，我只想借此机会，检验一下一团不间断开进的机械速度，这在未来大机械作战中是很有必要的。

　　黄兴安：但不是这种行进的目的。

　　范英明：师长，到目前为止，我团还没有超越师部演习的想法。

　　黄兴安：我只希望你放慢速度，明白了吗？

　　范英明：师长，还有 30 公里，一团就全部到达集结地域了。师长，师长。

11. 打鱼摊　日　外

　　简凡：马上通知一连，让他们派突击队下河探水。

　　士兵：团长，太冒险了吧。

　　简凡：难道我愿意让战士们冒险吗？执行命令。

12. 一团部队　日　外

　　李铁：报告团长，特务连连长李铁奉命请示，先头部队是否在沙河岭宿营。

　　范英明：继续前进。

　　李铁：参谋长说，大本营提醒我们不要脱离整个发展线，师长也提醒我们放慢速度。

　　范英明：让参谋长报告师指。由于本阶段没有安排新的科目，我们想练一练部队的快速开进。

　　李铁：是。

　　范英明：等等，告诉参谋长和唐龙，两个小时以后，我要进入指挥所。

　　李铁：是。

13. 二团部队　日　外

　　黄兴安：这就是师里配给我们的通讯分队？

　　士兵：是。

　　黄兴安：通知参谋长，给予通讯分队口头警告，所有参与哄闹的士兵，每人静闭一小时。

士兵：是。

## 14. 蓝方特种小分队　日　外

李铁：给司令部发电，敌右翼集群行进迅速，超出约50公里，已提前进入制定集结地域。

## 15. 红队一团宿营地　日　外

李铁：悠闲吧。

唐龙：大内侍卫怎么敢把团座扔下不管，你就不怕蓝军来个擒贼先擒王?!

士兵1：那我可不敢，我是来传令的，三点半之前，指挥所必须启用。

唐龙：那没问题。

李铁：把指挥所设在民房里，是你的馊主意吧？

唐龙：人家房东盛情邀请，总不至于拒绝人家军民鱼水情吧？

士兵：你小子是自己不想睡帐篷吧？

唐龙：你又冤枉我，我是为范团长的身体考虑，你没看他这两天虚火正旺，再被寒气一逼非病不可，咱们这儿谁病都行，就是他不能病，这主角一病啊，这戏就没法儿唱喽。

李铁：那你的嘴呀就积点德吧。哎，我听说老头子要亲自观战了。

唐龙：你知道这是什么意思吗？

李铁：什么意思？

唐龙：算了算了，不跟你说这个。反正三天后演习圆满结束，大家皆大欢喜，升的升，留的留，我呢，卷铺盖走人。

李铁：走走走，你都说了两年了，你不还站在这里嘛。

唐龙：我刚明白一个道理，是金子要快点发光，我不能再等喽。

一群女兵乘军车过来。

唐龙：这是要打仗，还是要动摇军心啊？

女兵：这不是咱们的唐参谋嘛。

唐龙：辛苦了辛苦了，等你们好长时间了。

女兵：唐参谋你是等我呢，还是等我们队长呢？讨好的对象不具体，我们可不领情。

唐龙：哎呀，那我找你们队长。

女兵：那就别贫嘴了，已经给我们一个警告了，要是首长打了败仗，非得在我们身上撒气不可。

唐龙：你怎么　身土啊？

女队长：没事儿。不用不用，我自己来。

唐龙：我帮你一把。

女队长：轻点啊。

唐龙：你怎么不在车上坐着？

女队长：没那么娇气。

唐龙：你不在乎我还心疼呢。你看你这身红土，不都成红粉佳人了嘛。

女队长：你就会说，慢点。
唐　龙：看看给你们安排的民宿怎么样。
女队长：好啊，今晚上有房子住了。
唐　龙：我是看你们细皮嫩肉的天天住在野地里，多潮湿啊。你怎么了？
女队长：有点儿痒。
唐　龙：我看看。
女队长：别让人看见。
唐　龙：耳朵眼里都是红土。卫生纸呢？
女队长：行了，我自己有。真傻。不过我跟你说啊，我还挺喜欢你这个样子的。
唐　龙：不用你们搬了，李连长、李铁，带着你的兄弟们干活。
李　铁：没问题。唐参谋，你可欠我一个人情啊。警卫排，过来。

16. 一团营地附近　日　外

范英明：你们先走吧，我出去走走。
司　机：是。
士　兵：团长，请喝水。

17. 小树林里　日外

唐　龙：陈军长肯定是接方副司令的班了，黄师长呢，又是军参谋长的候选，剩下的呢，就是简凡和范英明，他们俩竞争A师的参谋长，黄师长当然喜欢简凡了，可能要提拔他，说实话简凡那两下子啊，跟范英明没法比，更何况范英明又是方老头最喜欢的小女婿，他在离休前肯定会提拔范英明的。所以呀，黄师长总的来说是瞎子点灯，简凡压根儿没戏。
女队长：不过要是论实力，范英明可没得说，不然方老头也不会把方姐许配给他。可是你说他是靠着方家三女婿的身份去竞争A师的参谋长，那你就错了。这你就不知道了吧。
唐　龙：离婚？
女队长：你嚷什么？
唐　龙：真要离婚啊？
女队长：嗯，怎么了，你是不是觉得为范英明说了几句好话，让黄师长发配下来划不来呀？
唐　龙：我不帮他帮谁呀，你可真说着了，还有比他更能干的吗？
女队长：我倒是发现A师真的是一个敢作敢为、思想敏捷的人。
唐　龙：谁呀？
女队长：唐大将军啊。
唐　龙：唐大将军是谁呀，唐大将军呢。
女队长：严肃点，你忘啦你是个军人。我现在要问你一个问题。你要老老实实的回答我。很多人说，范英明的今天是靠着当年追求方家三小姐得来的，要是有一天，别人也这么说你呢。
唐　龙：我告诉你啊，我要是早知道你是空军邱参谋长的女儿，那恐怕现在跟我站在这儿的就不是你了，而是，王……

　　**女队长**：住口。好哇，到现在你还对她念念不忘。

　　**唐龙**：这不都是你给我逼出来的嘛。

## 18. 红队部队　日　外

　　**老高**：老高啊，是我啊，师长，我在刚刚开设的指挥部里呢。

　　**黄兴安**：你那边的事办得怎么样了？

　　**老高**：办得很好啊，广厦建筑集团很感谢我们对他们的支持啊。

　　**黄兴安**：他们还好意思感谢我们的支持啊，他们是既当婊子又立牌坊，他们不把我逼到这一步，我能这么做吗？

　　**老高**：师长，不管怎么说这事总算是摁住了，你心里的石头也可以放下了。

　　**黄兴安**：是啊，我放下了块石头，又搁了块铁。等咱们见了面再聊吧，好好好。

　　**蓝队士兵**：做好战斗准备，天一黑我们就行动。

　　**蓝队士兵**：是。

## 19. 一团营地　日　外

　　**唐龙**：我转业的事情你爸到底什么看法？

　　**女队长**：我爸一直认为我应该嫁给一个有出息的军人。

　　**唐龙**：曾经当过兵也不行啊？这年头，谈婚论嫁还得听父母的？哎哎，你慢点，我现在非常严肃地跟你讨论咱们两个人的问题。你老实讲，你是不是也觉得我该留在部队里。

　　**女队长**：嗯。

　　**唐龙**：这家伙，什么时候能开窍？程东明的女朋友在我的指导之下炒股炒发了，你不动心啊？我告诉你啊，我要是晚脱一年军装，咱们俩的小家至少要损失30万，其实我穿不穿军装都是我啊。

　　**女队长**：钱不钱的我不在乎，我从小在军营长大，看这军装看惯了，哎我说，难道你对部队就没一点感情吗？

　　**唐龙**：是部队对我没感情，你就说咱们A师，我不说你也看得出来，这都什么时候了，世纪末了，这种小儿科的演习还能搞得起来，我在总部的一个同学讲，这次北京会议的主题就是加强科技强军质量强军的力度，这种演习啊，弄不好拍不成马屁反而让马踢尥子。范团长。

　　**范英明**：唐参谋，你到一团来是辅助工作，不是当评论员，我没说错吧。

　　**唐龙**：唐龙尢条件服从一团首长指挥。

　　**范英明**：那你的职责就是当好参谋，而不是现行体制和作战计划的评论员。

　　**唐龙**：是。

　　**范英明**：我问你，把指挥所设在民宅是谁决定的，有什么必然的理由吗？

　　**焦守志**：团长，这是我决定的。

　　**唐龙**：报告团长，是我向参谋长建议的，原因有三，第一，这座民宅的正前方是山口，有利于无线电信号的畅通；第二，它正处在敌人视线的死角之内；第三，利用民宅可以提高指挥所的隐蔽性。

范英明：够了。

焦守志：团长，咱们的主攻集群被突发的河水挡在了南泉河边，恐怕，很难按时到达了。

范英明：唐参谋。

唐龙：到。

范英明：如果你是一个全权的指挥官，面对这种情况，你会怎么办？

唐龙：很简单，变助攻为主攻，从西南赶插敌后，把敌人赶入南泉河峡谷，在敌人的侧后完成包围。

范英明：嗯，你是一个优秀的参谋，就按你的想法给师里发电，最后再加上一条，如果简凡的二团不能及时到位，就由一团独立完成任务。怎么，我下达的命令不够清楚吗？

唐龙：不不，非常清楚。

范英明：这也是马不被炮一蹶的最好办法。

女队长：当个团长就这么厉害啊！我觉得吧，你身上就缺少这么个劲，一种霸气。

20. 蓝队指挥部　夜　内

蓝箭一号：蓝箭一号报告指挥部，我们已经发现了红方的师指挥部。

21. 南泉河谷　夜　外

士兵：报告团长，水太急，前面试了几次，过不去。

简凡：他们要是不行，都给我撤下来，我另换人。

士兵：团长，不是士兵胆小，是水太大。

简凡：够了，我就不信过不去，当兵的没有点不怕死的精神，还怎么打仗。去集合警卫排，带着绳子，跟我走。

刘旭东：简团长，不能蛮干。

简凡：同志们，这是咱们新上任的刘政委。

刘旭东：简团长，传我的命令，原地待命。

22. 蓝队指挥部　夜　内

蓝队指挥部：开始行动。

江工：呼叫蓝色一号，呼叫蓝色一号。

蓝色一号：江工。

江工：你来看，这是从敌人师指发过来的。

蓝色一号：真清楚啊，陈杰干得漂亮。

23. 红队部队　夜　外

高军谊：师长，辛苦了。

黄兴安：我不辛苦，是命苦。谈谈你们这边的情况吧。

高军谊：他们完全接受我们的条件，舟桥连帮他们把水上乐园建完，我们欠的300万一笔勾销。

黄兴安：你们站在这干什么，啊？慢慢腾腾的，还不赶快跟他们联系问问简凡他们的情况。这边的事是完了，可是后边的事又来了。

高军谊：师长，还有什么事？

黄兴安：简凡在南泉河遇到洪水，你又把舟桥连调走了，主攻集群参加不了总攻，这事还不算大吗？

高军谊：师长，你看，我不该给你出这个主意。

黄兴安：算了，这也不能全怪你，后勤这个摊子是有些麻烦，再说你也是想为师里减轻负担。

高军谊：这回看来是帮了倒忙了。

黄兴安：回去睡吧，过河的事我自有办法。

## 24. 指挥部　夜　内

上尉：不许动。

黄兴安：浑蛋，你们是哪个部队的，放下武器。

上尉：报告黄师长，蓝方侦查部队，奉命潜入你的指挥部，没能撤离。

黄兴安：上尉，你的任务完成了？

上尉：报告首长，请原谅，我不能回答你的问题。

黄兴安：在我的记忆里，这次演习没有让你们蓝方到科目搞侦查的项目啊，是谁下的命令？是常少乐，还是楚天舒？怎么还不动手？我这个红方司令，一师之长，就站在你们面前。

上尉：报告师长，我们奉命，有首长在场，不得动用武器。

士兵：举起手来，不许动。

高军谊：师长。

黄兴安：丢人现眼。

高军谊：撤。

黄兴安：你们常师长还挺讲人情的嘛，是怕伤了两军的和气，还是怕丢了我的面子。好吧，你们应该为自己庆幸的是，做了我们A师的第一批俘虏，因为我们A师有能力照顾你们，当你们C师的俘虏蜂拥而至的时候，我可就照顾不了你们了。

高军谊：上尉，带上你的人和装备，跟我走吧。

上尉：带上装备，撤。

黄兴安：我是黄兴安，给我接导演部，童副参谋长。

## 25. R集团军指挥中心　夜　内

士兵：报告，童副参谋长，黄师长要报战果。

童副参谋长：黄师长，有什么新情况吗？

黄兴安：童副参谋长，是不是集团军临时增加的演习科目。

童副参谋长：到目前为止，还没有任何改变计划的通知。究竟有什么事，黄师长就说吧。

黄兴安：如果真的没有，那就是常少乐和楚天舒自行其是喽。

童副参谋长：究竟什么事？

26. 红队指挥部　夜　内

黄兴安：常少乐和楚天舒派了一个小分队，钻到我的指挥部来了，被我全部俘虏了。

童副参谋长：有这种事？

黄兴安：那你就来查一查吧。

童副参谋长：你不要着急，这件事我来处理吧。

黄兴安：我倒是没什么，无非是他派多少我抓多少，我担心的是，这次受战区和领导高度重视的军事演习被他搅乱了，到时候，你这个导演部的主任也不好交代。

童副参谋长：师长，那些俘虏都安顿好了，师长，你也别为这事儿生气了，什么时候他们C师是我们的对手啊。

黄兴安：这个常少乐啊，三年前我当A师师长的时候，他就不服气，总是跟我较劲，你说一个规规矩矩的军事演习，你搞什么小噱头，这戏演给谁看？

童副参谋长：这戏也演不长了，53岁的正师长也快到站了。

黄兴安：好了，不说这些了，现在就看简凡的了，只要他们能过了河，准时到达作战地点，这场演习也算顺顺利利画个句号。

27. R集团军指挥中心

朱海鹏：你对我军第一主力师这种表现感觉如何。

童副参谋长：你在陆军学院做着逍遥自在的陆军学院主任，当然可以横挑鼻子竖挑眼。

士兵：报告，朱主任，我有东西交给你。常师长说，如果您方便的话请您过去一下。

朱海鹏：天眼睁开了。天意啊，要不是看到这种情况，我这身军装一天也不想多穿了。副参谋长同志，请允许我到C师的蓝方前指走一趟。

童副参谋长：你是方副司令亲自点来的观察组副组长，去哪儿都是你的自由。

朱海鹏：那好，我先走了。

童副参谋长：海鹏，你好像吃了兴奋剂啊。到底要干什么，能不能告诉我？

朱海鹏：我的同学啊，你最好是别问了，这事你知道早了对你没好处，我就是想演习经费花得值一些，这很有可能是我在部队里的最后一次亮相。

文字整理：戴灿

资料来源：根据56.com视频网提供的视频完成文字整理。

具体参见 http：//www.56.com/w21/play_album-aid-2261767_vid-MTkxNjU0OTg.html

# 壮志凌云

**首播时间**：1999年
**首播电视台**：中央电视台
**摄制单位**：中国电视剧制作中心、空军电视艺术中心
**编　　剧**：陈立德、张嵩山、宿聚生
**导　　演**：宁海强、张玉中
**摄　　像**：姜力军、牛明山
**主　　演**：吴京安、肖　雄、金莉莉、白志迪、杨树泉、赵晓明
**获奖情况**：第二十一届（2000年度）中国电视剧飞天奖长篇电视剧二等奖；第十九届（2001年）中国电视金鹰奖长篇电视剧优秀作品奖、观众喜爱女演员奖；第八届"五个一工程"优秀电视剧奖。

**剧情梗概：**

　　该剧通过飞行员贺怀德等人的故事，展示我国空军解放战争以来的历史变革。1947年冬，从陆军选调的飞行员贺怀德、李保旗等人，赶到东北牡丹江，朝鲜战争爆发了，混成旅扩建航空兵师，常浩师长率部开赴安东，参加抗美援朝。李保旗猛打猛冲，第一个击落敌机，很是得意，身为飞行大队长的贺怀德，几次空战都没有战绩，思想压力很大，暗恋贺怀德摔伤不断鼓励他，在一次空战中，贺怀德不听返航命令求功恋战，迫降时造成三等事故，受到降职处分，贺怀德认识到自己的错误，认为光凭勇敢不够，还要讲战术，后来，他冷静作战，采用伏击战法，一举击落美国空军"超级王牌"飞行员维尔斯。中国空军越打越成熟，副团长姚建业6分钟击落3架敌机，被苏联红旗学院列入经典战例教材。中国空军迅速组建一批新的航空兵师，开赴前线轮战。刘司令员指示，把空战推进到平壤以南，配合停战谈判。我机主动前出到清川江以北打击敌人。就在贺怀德所在师准备撤到二线休整前的一次空战中，团长贺怀德的飞机不幸被敌机击中。跳伞后，贺怀德摔伤骨折，被送到后方医院治疗，常浩为了照顾有情人，安排何敏到贺怀德所在医院治胆囊炎，顺便伺候贺怀德。但是，由于误会，贺怀德与何敏的关系出现裂痕。何敏一赌气，接受了对她心仪已久的李保旗的求爱。贺怀德怅然若失。朝鲜停战，刘司令员到前线，机场上百枪齐鸣，庆贺胜利。刘宣读毛泽东主席签署的表彰立功飞行员贺怀德、姚建业、李保旗等人的嘉奖令。朝鲜战争结束后，常浩、贺怀德与李保旗作为富有作战经验的指挥员和战斗骨干，被调到东南某航空兵师，参加解放江山岛。这是

我军第一次陆海空三军联合作战，战斗惊心动魄。祝捷大会的那天晚上，贺怀德与薛喜莲，李保旗与何敏同时举行了婚礼，何敏流露出不易察觉的伤痛。天有不测风云，在 1958 年紧急入闽作战中，已是团长的李保旗被台湾国民党飞行员发射的"响尾蛇"导弹击中牺牲。作为李保旗的老战友，何敏的初恋情人，贺怀德对他的遗腹子李亮疼爱有加。70 年代，周总理指示某空军承担"机载空投小型原子弹试验"时，点名要贺怀德担此重任，为此，上级决定由贺怀德亲自指挥这次重要试验。80 年代初，高级指挥员贺怀德从改出螺旋抓起，大刀阔斧地狠抓飞行训练，提高部队飞行素质。李亮刚从地方大学毕业，正值空军航校招收一批具有大学学历的飞行员。李亮被破格录取，实现了多年的心愿。在李亮带动下，项远方和杨凯飞行训练立足于以劣胜优，研究出飞行战术战略的"武器平台"理论，赢得了军事专家一致好评和赞许。就在贺怀德与当年的老对手维尔斯相会，畅谈于北京时，因编撰《空军气象事故之研究》一书积劳成疾的何敏却胃癌扩散，生命垂危。代号"雷霆一号"的陆海空三军联合演习开始了，贺怀德全部参演，胜利完成空中封锁、空中打击和支援登陆作战的任务后，他就退出现役了，转场机群全部低空通场，以代军最高礼节，向这位为中国空军的强盛奋斗了近半个世纪的将军致敬。

     文字整理：李季
     资料来源：根据 56.com 视频网提供的视频完成文字整理。
     具体参见 http：//www.56.com/w92/album – aid – 8906667.html

## 剧本：

## 《壮志凌云》 第一集

**1. 停机坪 日 外**

  站在停机坪上，耳边是起飞前的口号声。

  **口号**：稍息。立正。向右看齐。向前看。报数。

  **机长依次回答**：32 准备完毕。33 准备完毕。34 准备完毕。

  飞机起飞。

**2. 战壕 日 外**

  战场上一片炮火与硝烟，无数战斗机在天空中盘旋、轰炸。

  飞机在天空中投下炮弹，地面一片战火硝烟。

  贺怀德躲在战壕里，看着自己的阵地在战斗机的轰炸下毫无还手之力。

**3. 战地后方 日 外**

  后方的村里一片兵荒马乱。

  **士兵们杂乱的声音**："快点快点。""赶紧救火。""快。"

  **警卫员**：站住，你们是谁？

  **贺怀德**：自己人，自己人。

**警卫员：** 哪儿的？

**贺怀德：** 你们谁是领导啊？

**后方领导：** 是谁啊？

**贺怀德：** 我们是从山东军区选调到航校的学员。

**后方领导：** 哦，你就是贺怀德同志啊。你们来晚一步，国民党这帮兔崽子打过来了，把沈阳长春全给占了。航校已奉总部的命令撤出牡丹江，到东安那疙瘩去了。

**贺怀德：** 啊？

**4. 航校休整地　清晨　日**

太阳刚刚升起，照耀着一片冰雪覆盖的大地。大地上是一片军用帐篷，几个士兵在其间巡逻走动。

**贺怀德：** 报告首长。

**韩队长：** 欢迎欢迎。这是我们的刘政委。

**贺怀德：** 首长好。

**刘政委：** 辛苦啦。

**贺怀德：** 首长，路上我们遇见了敌人，耽搁了几天，来晚了。

**韩队长：** 哎呀，不晚，正好赶上航校第一课——夜宿。没有地方，只有这几顶帐篷了。

**贺怀德：** 这是李保旗同志。

**李保旗：** 首长好。

**韩队长：** 你好，你好。

**贺怀德：** 这是陈进琛同志。

**陈进琛：** 首长好。

**韩队长：** 你好你好，辛苦啦。

**刘政委：** 大家辛苦啦，辛苦啦。来来，大家进帐篷歇歇。大家在帐篷挤挤啊……来来，把马牵过来。

**5. 帐篷里　夜　内**

帐篷里挤满了正在休息的士兵，大家窝在一起，就地而睡。

**贺怀德：** 来，大家挤着睡。抱一抱，暖和。

**贺怀德：** 轻点儿，轻点儿。

贺怀德走到角落里，看见一个身材格外瘦小的士兵。

**贺怀德：** 来，小鬼，咱俩挤挤。这样抱着你睡，暖和。

说完贺怀德就睡着了，在他怀里的小鬼轻微挣扎，大毡帽下露出女孩子的面容。

**6. 火车站站台　夜　外**

站台上蒸汽火车正在鸣笛，薛喜莲在站台上找人。

**薛喜莲：** 大哥，是去东北学开飞机的吗？

**士兵甲：** 不是，是去东北打土匪。

薛喜莲看着手上的照片沉思。

### 7. 帐篷里 夜 内

**韩队长：**起来，起来。快起来。

**何敏：**同志，谢谢你给我的温暖，睡得真香。

**贺怀德：**不是，我说你，你怎么会是个……你怎么……

**何敏：**嘿嘿。……女的。

**贺怀德：**唉，唉，我说你……

**李保旗：**唉，你可真够幸福的，来东北第一觉你就温暖了一把。

**贺怀德：**去你的。

### 8. 营地 日 外

**韩队长：**得快点儿啊，咱不能在这儿耽误时间太长了，我再去看看啊。

士兵们忙着整装待发。

**士兵：**韩队长。

**韩队长：**昨晚上冻坏了吧。

**士兵：**大队长，这个东西，也不该让我们把它推向天吧。

**韩队长：**那你说我们来干什么来了？

**士兵：**我一直就在纳闷，你说这个玩意儿它怎么就能飞上天呢？

**韩队长：**这是有关航空理论的问题，等到了航校会有教官跟你们讲。我给大家介绍一下，这就是姚建业教官。

**士兵：**教官好。

**姚教官：**嗯。

**韩队长：**看见了吧，姚教官是在美国学的飞行。我和他比啊，明显土包子。

**姚教官：**大队长过奖了，论起飞行我应该叫你前辈。1938年你和刘政委到新疆学习飞行的时候，那时候我还在念书。你们才真正是人民队伍航空事业的开拓者。

**韩队长：**开拓者不敢当啊，反正咱们学校的校长、政委在大革命时期就去了苏联学习飞行。比我们新疆的航空队还早十几年呢。

**姚教官：**共产党深谋远虑，难怪能成大事。不像我，误入歧途啊。

**韩队长：**别老说你身在曹营那段，说说你怎么过关斩将。

**姚教官：**惭愧，惭愧。

**韩队长：**大家还不知道吧，姚教官结婚三天就驾机起义了，给国民党震动很大啊。唉，姚教官，你和你太太联系上了吗？

**姚教官：**我担心她的处境也很困难，所以一直没敢去信和她联系。

**韩队长：**那也好，等全国解放了你们夫妻再团聚吧。（对周围士兵）唉，你们都在这儿听故事干吗，赶紧赶紧。

9. 营地　日　外

女兵正在抬一个油桶，但是怎么都抬不上去。

**贺怀德**：抬不动就别在这儿碍事，起开。

女兵被推倒。

**何敏**：你怎么回事啊你？

**贺怀德**：对不起。

**何敏**：什么对不起的，你怎么这么野蛮啊。谁碍你事儿了，你嫌碍事，干吗不自己找活儿干啊？

**贺怀德**：哎呀，我不是说了吗，对不起。

转头，看见是昨晚的女兵。

**贺怀德**：是你啊，对不起啊。

**何敏**：哼。

**贺怀德**：来，起来。

**何敏**：用不着。你走开。你嫌我碍事，我偏在这。

**贺怀德**：小鬼，挺孩子气的啊。好，我挪个地方，我们俩算扯平了。

**何敏**：谁跟你扯平啦，要不是看在昨天晚上的面上，我告诉大队长去。

**贺怀德**：行了，别较真。

**李保旗牵着马来**：部队要出发了，这个马……

**贺怀德**：这个马让小鬼骑吧，其余马放上车。

**李保旗**：什么，给她？那咱们骑什么？

**贺怀德**：咱们跟着拉飞机的车走，有什么还能在后面推一把。

**李保德**：好。

**贺怀德**：保旗，把马鞍子给那个小鬼调整好喽。

**女兵把大衣扔给贺怀德**：接着，跟谁过不去也别跟这里的老天过不去，冻病了还得找我。

**贺怀德**：谢谢了小鬼。

**何敏**：生怕别人不知道你是老革命似的。

**李保旗**：这丫头片子怪有意思的。

**贺怀德**：她谁啊？

**李保旗**：我已经侦察过啦，昨天晚上和你"温暖"的小鬼啊叫何敏，原先是晋冀鲁豫部队的卫生员，这次到航校来是学气象。这丫头嘴巴特厉害，爱蜇人，人送外号"小蜜蜂"。我说，你没得罪她吧？

**贺怀德**：我说，你哪儿来那么多消息啊？我可能把她得罪了。

10. 营地　日　外

**警卫员**：报告大队长，电报。

**大队长看过电报，递给刘政委**：政委，是让我们去接收葫芦岛的航空大队。

**刘政委**：太好了，走，咱们一块儿看看去。

## 11. 受降营地 日 外

日本兵列队投降。

**三元**：日本关东军日暮航空队大队长三元率112名部下向您投降。

队长接过刀。

**韩队长**：我是东北民主联军全权代表，受联军总部的命令在此宣布：日暮航空队投降后统由我军留用，根据个人才能分别给予任用。

**三元**：大队长，我可以冒昧地问一句吗？

**韩队长**：请讲。

**三元**：留我们做什么？

**韩队长**：帮助我们建立航空学校。

**三元**：怎么才能肯定你们会信任我们？

**韩队长**：由于你们的侵略给我们造成沉重的灾难，中国人民绝对不会忘记，但是你们给予的帮助，我们同样不会忘记，你们的生命将得到保护，你们的人格将得到尊重。这一点共产党人一言九鼎。

## 11. 雪地 日 外

一望无际的雪地上，部队正在迁移。冒着严寒和风雪，部队行进得很艰难，但是大家毫不退缩。

**警卫员**：大队长，机场同志们来接咱们来了。

**韩队长**：以后免不了麻烦你们啊。

**机场同志**：你们就这点儿家当啊？

**韩队长**：这就是我们的全部家当。

**机场同志**：如果不是亲身经历，谁会想到，我们空军会是这么起步的呀。真实壮怀激烈啊。大队长你看，前面就是机场驻地啊，那咱们站的位置就应该是机场跑道的南端啦。

**姚教官**：对，这地方种庄稼还行。办航校难度太大了。

**韩队长**：咱们对付困难并不陌生啊。

## 12. 驻地 夜 内

**何敏走进驻地**：起来起来，都脱了衣服睡。这样你们会越睡越冷，起来后会感冒的。起来起来，这点儿常识都不懂。把衣服盖在被子上。

**何敏**：这是谁啊，快脱。

**士兵**：你把身子转过去点儿。

**何敏**：你打算裸体？

**士兵**：啥叫裸体啊？

**另一个士兵解释**：裸体就是啥都没穿。

**何敏**：你有这打算我也不会转过身去，告诉你我是学医的，我什么都不怕。快脱，快脱。

贺怀德进门坐下。

何敏：你也得把衣服脱了。

贺怀德：脱了？

## 13. 驻地外面　夜　外

何敏：贺连长，你也睡不着啊。

贺怀德：这个天气能睡着的估计只有熊瞎子了。这鬼天气实在太冷了，咱们得想办法生火，要不大伙儿会冻坏的。

何敏：没那么邪乎吧？

贺怀德：我这血都快冻成冰块儿了。这腮帮子都冻木了，说话舌头都不听使唤了。

何敏：男人火气旺，应该比女人更耐寒。我是福建闽南人，我的家乡根本没有冬天，最冷的时候也就穿件夹衣。所以，刚到东北的时候一看这大雪简直把我吓坏了。老是不由自主地摸耳朵，生怕把耳朵冻掉了。

贺怀德：我提议，凡是在北满度过冬天的闽南人就是什么都不干，咱们都应该给他记上一大功。

何敏：不用。

贺怀德：听话。

何敏：谢谢。还记上一功呢，我要不是跟大伙在一块儿，我一天都待不下去。连长，那边有一对柴火咱们把它抱来吧。

贺怀德：不行，那是老乡的柴火，咱们得遵守革命纪律。

何敏：我们今天用了，明天给钱不就得了。

贺怀德：算了，咱们还是自力更生吧。

何敏看着贺连长，眼里露出钦佩的目光。

贺怀德：我说你别老看着发愣啊，你过来帮个忙。

何敏：哎。

贺怀德：快。

何敏：嗯。

## 14. 帐篷里　夜　内

警卫员：队长，给。

队长：老刘啊，给你看，这是刚到的电报。一大队已经到达安东县。

刘政委：这么快。

队长：校领导要求我们二大队也尽快安顿下来，以便抢修飞机，动员老百姓帮助我们修筑跑道，同时要进行学员的航空理论学习。

刘政委：机务队我已经动员过了，明天他们就开始修飞机，如果器材一时运不到的话，你说我们把两架往一架上拼凑，怎么样？

队长：姚教官，关于航空理论学习问题您有什么想法？

姚教官：我们目前搜集到的航空理论教材比较繁杂，我正在进行综合。你先看一看。

**队长：**嗯。这个计划很详细啊。姚教官，还得压缩啊。

**刘政委：**姚教官，也许有一天，我们有我们自己的空军大学，培养出一批有高度理论水平和技术水平的飞行员，可现在不行啊，现在形势逼迫我们必须用速成的办法培养出一批飞行员来。

### 15. 帐篷　夜　内

**众学员：**来来来，烤烤火。

**何敏：**我知道大家都没睡着，告诉我大家现在最需要什么？

**众学员：**"羊皮褥子！""你给咱们一人发一个大太阳！""对对。"

**何敏：**你们呀都没说到点儿上。等着。

何敏端进火盆。

**众学员：**呦呦呦，这个好。

**众人围着火盆烤火：**"好东西啊这个。""太棒了。"

何敏走向自己的铺位，掏出纸笔写字，然后递给贺怀德。

**字条上写着：**我应该告诉他们，这柴火是你捡的。

### 16. 火车站　日　外

薛喜莲在站台上睡了一夜。

一个老大爷看她可怜，给了她一块儿饼。

**大爷：**拿着吃吧，姑娘你去哪儿啊？

薛喜莲没有说话。

**大爷：**等人？

**薛喜莲：**嗯。

**大爷：**你等了这么多天了，你等谁啊？

**薛喜莲：**等老哥。

**大爷：**你哥是干什么的啊？

**薛喜莲：**他学开飞机的。

**大爷：**啊，闹了半天你是国民党空军家属，你给我走。我告诉你，我们家人全让他们国民党给炸死了，你给我走。

**薛喜莲：**大爷，大爷，我不是的，我真的不是。我妈也是给他们炸死的。

**大爷：**嗯？

**薛喜莲：**只剩我一个人了，我要找到我哥，跟他学会开飞机，让他们不会再来炸我们。

**大爷：**那咱们有飞机了？我怎么没听说过呢？

**薛喜莲：**有的，我哥就是开飞机的。

**大爷：**哦。

**薛喜莲：**可谁知道，这么不好找。

**大爷：**找不到就回去吧，说不定把信送到村子里去了。你在这儿等怎么等得着啊？走吧。

17. 航校　日　外

　　航校学员在进行体能锻炼：跑圈、平衡等等。
　　飞机正在检修。

18. 航校课堂　日　内

　　众学员：上课了，上课了。
　　姚教官：上课。谁是班长啊，站起来回答问题。
　　贺怀德：我。
　　姚教官：上课前班长要喊起立，向教官报告，这些你不懂吗？
　　贺怀德：教官同志，这是我们参军后头一次坐在教室里。
　　姚教官：那好，我们今天第一节课就上航校学员的礼节学习。
　　贺怀德：是。
　　姚教官：上课。
　　贺怀德：起立。报告教官航校一大队二班全体学员集合完毕，请指示。班长贺怀德。
　　姚教官：坐下。
　　贺怀德：坐下。
　　众学员坐下后依然熙熙攘攘："这规矩还挺多啊。""真是的。"
　　姚教官：为什么不通报？我在说你呢贺怀德。
　　韩队长：听口令，摘帽子。
　　学　员：大冷的天还摘帽子？
　　队　长：贺怀德。
　　贺怀德：到。
　　韩队长：你们一定要彻底地改掉自己的游击习气，我们人民空军才能尽快地飞起来。重来一遍。
　　贺怀德：是。
　　韩队长：摘帽。
　　贺怀德：摘帽。
　　众学员按照口令做动作。
　　韩队长：起立。
　　贺怀德：起立。
　　韩队长：坐下。
　　贺怀德：坐下。
　　韩队长：脱帽。
　　贺怀德：脱帽。
　　韩队长：姚教官，请继续上课。
　　姚教官：在讲飞行知识之前，我先进行一下基础知识的摸底测试。你们谁能回答，什么叫做物理三变态。

中国广播电视文艺大系　1977—2000

众学员：物理三变态？
姚教官：李保旗？
李保旗：到。
姚教官：你能告诉同学们吗？
李保旗：三变态？啥叫三变态啊？
姚教官：这是中学物理最基本的课程，如果基本概念搞不清的话，我越往后讲你们就越糊涂。好，今天我们讲的第一节课，就是飞机为什么会飞。

**19. 机场跑道施工现场　日　外**
老百姓和部队官兵一起开挖机场跑道，一幅热火朝天的场面。
百姓甲：老哥啊，这跑道也整得差不多了，往后咋整啊？
百姓乙：没看那正拉油吗？听说啊明后天就起飞啦。
大伙儿加油干啊。

**20. 教室外面　日　外**
李保旗：姚教官，今天你怎么没这个啊？
李保旗做出敬礼的动作。
姚教官：什么意思？
李保旗：就是这个……
姚教官：以后不要跟我开这种无聊的玩笑。
李保旗：大哥，你来看看我这道题做的对不对？
贺怀德：不对，你这应该先乘除后加减。在家的时候不是上过初小吗？应该会四则运算。
李保旗：你又不是不知道，我初小没毕业就上山放牛去了，我懂啥四则运算啊。我要像你高小毕业，我不就不遭这罪了嘛。
贺怀德：今天第一节课可把我上蒙了，这样吧，找个时间我给你补一下四则运算。
姚教官：贺怀德！
贺怀德：到。
姚教官：据我所知，你就是李保旗的连长，现在你是他的班长，还是他的上级。上级和下级勾肩搭背，成何体统。
贺怀德：教官，人民军队，官兵一致，亲如兄弟嘛。
姚教官：我们现在是正规军，不是瓦岗寨忠义堂，搞称兄道弟的那一套干什么？只要是军队就要上下有别，长官不许和士兵拉拉扯扯，士兵也不许和长官开玩笑。不然的话我们和绿林好汉还有什么区别？一定要监督一下。
贺怀德：是。
李保旗：大哥，别理他，他还想把国民党那套老爷作风带到共产党里来。
贺怀德：什么共产党、国民党的，人家姚教官是自己人，再说他讲的也不是没有道理。走。

**21. 航校停机坪 日 外**

韩队长给列队的士兵训话。

韩队长：给大家介绍一下，这是新来的三元教官。请。

三元教官走在队伍前面，敬了一个日本军礼。

韩队长：今天请他给大家组织地面演练。请。

三元：请多关照。

李保旗：这小鬼子中国话怎么一股山东大葱味儿啊？

三元：你说的对，我的中国话就是向一个山东八路学的。

李保旗：哦。

贺怀德：别小鬼子小鬼子的，人家是教官。

三元：听我的口令，立正！向右转，齐步走。

**22. 航校基地 日 外**

韩队长：何敏，何敏。

何敏：报告大队长。新任教官什么时候到？

韩队长：快了。拿着吧。

何敏：不要，不冷。

韩队长：拿着吧。

何敏：不要，真的不冷。

**23. 航校停机坪 日 外**

刘政委：姚教官啊。

姚教官：政委。

刘政委：怎么样，后天试飞有把握吗？

姚教官：不知道。

刘政委：不知道可不行啊。咱们飞行靠的就是意志和勇气。

姚教官：可意志代替不了飞行，光凭勇气也不能把这么大的飞机送上天空。

刘政委：姚教官。

姚教官：政委，别忘了你过去也是学过飞行的。

刘政委：是啊，我们的条件是很差，可是你想过没有，那敌人能等我们的飞机造好了再来打我们吗？我们现在的情况是，有条件要飞，没有条件我们合起劲儿来也要把飞机送上蓝天。

**24. 航校基地 日 外**

队长给了何敏一个苹果。

韩队长：这个给你，拿着吧。

何敏：谢谢。

**25. 航校停机坪　日　外**

　　姚教官：航空事业不同于其他，在我过去的飞行中，我的美国老师曾经告诉过我……

　　刘政委：姚教官，我不知道你对我们共产党人有多少了解。以后有时间我们坐下来好好聊聊。

**26. 航校停机坪　日　外**

　　休整一新的飞机出舱，大家绕在它的周围欢迎、鼓掌。

　　仓库的门上拉着横幅：预祝01号初级教练机试飞成功！

　　检修员：大队长，飞机检修完毕，一切正常，可以试飞。

　　韩队长：好。尽管我们的气象员还没有承担气象预报任务，但我们还要征询一下她的意见。何敏同志。

　　何敏：到。

　　韩队长：今天天气可以起飞吗？

　　何敏：报告大队长，本场少云多晴，地面风速每秒三米，可以试飞。

　　韩队长：好。准备起飞。

　　姚教官在欢呼声中签署起飞日志。

　　韩队长：祝你成功。

　　姚教官：会的。

　　姚教官：韩队长，咱们平时都是扛红旗的，今天怎么挂上蓝旗了，啥意思？

　　韩队长：这个叫做飞行标志旗，按照国际惯例，飞行塔台上必须挂上蓝旗。1938年我和刘政委就盼着有自己的飞行日，你看十年后的今天我们的蓝旗终于升起来了。如果今天试飞成功的话，这是我们人民空军的第一个飞行日。

　　韩队长：准备起飞吧。

　　姚教官：是。

　　口令：准备起飞。

**27. 起飞跑到　日　外**

　　姚教官驾驶着飞机在跑道上滑行。这时天边突然出现一组飞机群，飞机群对跑道进行轰炸。

　　学员："敌机来了，敌机来了。""快撤。"

　　教练机在跑道上停住，姚教官出舱准备躲避。

　　刘政委发现敌机向姚教官驶进的意图，跑过去，用身体掩盖住姚教官。

　　何敏：政委……

　　敌机扫射，刘政委用身体护住姚教官。

　　教练机失火，学员们脱下自己的衣服扑打飞机上的火苗。

　　何敏俯身听刘政委的胸口，已经没有了心跳。

　　队长：老刘……

**28. 刘政委宿舍　夜　内**

韩队长收拾刘政委的遗物。

**韩队长**：老刘是陕北人，家有老母和妻子、儿子。等形势好转了，我托人把这些东西给她们捎回去。

**姚教官**：战争结束了，我一定要到陕北看望他的家人。当面向他们表示我的哀悼和怀念。

**大姚教官**：队长，现在压力很大吧？

**韩队长**：难啊，搞空军难啊。老刘这么一走，我这心里像少了一半似的。初教机被炸毁了，就剩下两架99式高级教练机了。下一步飞行怎么办，我是伍子胥过昭关啊。姚教官，我想直上99高级教练机。

**29. 航校教室　日　内**

学员们在讨论。

**学员甲**：大队长说了，让咱们直上高教机，要是不飞的话就永远不会有咱们的人民空军。飞的话风险会更大。

**学员乙**：我们家有六个儿子，就算我摔死了，就当我爹我妈拿出一个为人民空军做贡献了。

**学员丙**：你别，我先飞，我是孤儿。摔死了，爹不伤心娘不掉泪。

**贺怀德**：你这算什么建议啊，不予采纳。

**李保旗**：唉，我觉得大贺说的有理，我们是来建设人民空军的，又不是来送死的。

**贺怀德**：我告诉你，少老叫我大贺大贺的，以前我就是你的连长，现在我是你的班长。

**李保旗**：行，连长。

**贺怀德**：什么连长！

**李保旗**：是，班长。

　　　　　　文字整理：夏源

　　　　　　资料来源：根据56.com视频网提供的视频完成文字整理。

　　　　　　具体参见http://www.56.com/w92/album-aid-8906667.html

## 2000

## 钢铁是怎样炼成的

**首播时间**：2000 年
**首播电视台**：中央电视台
**摄制单位**：中共深圳市委宣传部、中国国际电视总公司、中央电视台影视部
**编　　剧**：梁晓声、万方、周大新、阿列克·波利霍季克、尤拉·莫罗兹
**总 导 演**：韩　刚
**导　　演**：嘉娜·沙哈提
**摄　　像**：徐红亮、周　勃
**美　　术**：谢尔盖·布罗兹多夫斯基
**主　　演**：安德烈·萨米宁、列霞·萨玛耶娃、尼克莱·布克莱、斯维达·布鲁斯、伊丽莎·罗茨卡
**获奖情况**：第二十届（1999 年度）中国电视剧飞天奖长篇电视剧特别奖、优秀导演奖、优秀摄像奖、优秀音乐奖、评委会特别奖；第十八届（2000 年）中国电视金鹰奖最佳长篇连续剧奖、最佳导演奖、特别美术奖；第八届"五个一工程"优秀电视剧奖。

**故事梗概：**

　　该剧讲述保尔·柯察金为共产主义理想奋斗的一生。他是乌克兰某镇一个贫苦工人家的小儿子，父亲死得早，母亲则在富人家当厨娘，哥哥阿尔焦姆是个铁路工人；饱尝了资本主义制度剥削人和压迫人的痛苦。在退学后，他当过车站食堂的小火夫，做过发电厂的工人，之后认识了冬妮娅，一个林务官的女儿。低下的社会地位和苦难的生活练就了一副不屈不挠的性格。十月革命爆发后，红色政权遭到了外国势力干涉和本国反动派的联合围攻；乌克兰的政治形势也空前地激烈动荡，保尔通过哥哥认识了朱赫莱。朱赫莱是个老布尔什维克，红军撤退时将他留在了镇上。朱赫莱教保尔拳击，培养了保尔朴素的革命热情。冬妮娅很喜欢

保尔，保尔也被冬妮娅所深深吸引。保尔在朱赫莱的影响下参加了红军，成为了著名的布琼尼骑兵师中最勇敢的士兵之一，他和他的战友们曾一天向敌人发起十七次冲锋。一次激战中，他头部受重伤，被送进了医院。出院后，保尔住进了冬妮娅的亲戚家。他的一只眼睛失明了，不能再回前线了，但他立即投入了地方上的各种艰巨的工作。一次参加工友同志的聚会，保尔因带着穿着漂亮整洁的冬妮娅同去，遭到了工友们的讥讽和嘲笑。保尔意识到冬妮娅和自己不是一个阶级，遂下决心断绝了他们的感情。为了供应城市木材，保尔参加了铁路建筑。工作条件越来越恶劣，但铁路还是如期修通了，已升为省委委员的朱赫莱为他们的革命热情深深感动。由于成绩突出，保尔被任命为某铁路工厂的团委书记，女政委丽达经常帮助保尔，帮助他提高认识，搞好工作。保尔渐渐爱上了丽达，但又以革命为由放弃了自己第二次萌动的爱情，保尔因伤寒再次住进了医院，医生又在他脊柱上发现了一处弹片留下的足以致命的暗伤。在家乡养病期间，保尔到烈士墓前凭吊战友，感慨万千。病愈后，保尔又忘我地投入到了革命工作中，他的体质越来越坏。1924年，党组织不得不卸掉他身上的全部重担，让他长期疗养。在海滨疗养时，保尔认识了达雅，在达雅家中，保尔鼓动了达雅对老顽固父亲的造反，并引导她加入了苏维埃，达雅和保尔结婚了。1927年，保尔完全瘫痪，继而双目失明。他也曾一度灰心丧气，失去了活下去的信念，但坚强的革命信念又使他走出了低谷。在极端困难的条件下，保尔开始了文学创作。

文字整理：李季

资料来源：根据优酷网提供的视频完成文字整理。

具体参见http://www.youku.com/

**剧本：**

## 《钢铁是怎样炼成的》第六集

**1. 1931年圣佩托夫卡火车站外　日　外**

保尔的妈妈在车站门口接到回来的保尔，抱着保尔高兴地哭泣。雾气很大，有火车鸣笛声传来。

**保尔的妈妈**（之后简称妈妈）：保夫卡。

**保尔**：好了妈妈，别哭了，你看，我不是好好的嘛，别哭了。

**妈妈**：儿子，你看你已经长成这样子了。

**保尔**：什么样，嘿嘿。

**妈妈**：你已经完全长成大人了。我想不到你会这样。

**保尔**：走吧妈妈，来吧，咱们回家。

妈妈搀着保尔离开车站回家，保尔一条腿瘸了，走路一瘸一拐。

**2. 回家的路上　日　外**

**保尔**：记得吗？那年，咱们俩到车站来。

**妈妈**：我记得。那时我把你领到车站小饭馆，当小工。

**保尔**：哦，不是那一次。记得吗？又一次，我送您上火车，去哥哥那儿。

**妈妈**：哦，我怎么记不起来了，那是哪年的事啊？

**保尔**：就是佩特留拉在城里的那一年。这仓库成了监狱，杀犹太人的时候，就在这里。

保尔取下墨镜。

**保尔**：朱赫莱在这监禁过。我也待过，被土匪关在这里。

### 3. 1918年圣佩托夫卡　监狱　日　内

朱赫莱被一个狱警带出牢房。

**狱警**：快点走。

**朱赫莱**：是去枪毙吗？

**狱警**：不是，押到司令部审问。

### 4. 监狱旁的路上　日　外

保尔经过监狱旁的小路，和迎面过来的人打了个招呼，突然看到朱赫莱被一个警察押着走。保尔赶紧躲到了树林中，从另一条小路穿过去，从背后袭击警察，卡住警察的脖子，夺过警察的枪，朱赫莱转过身将警察踢倒在旁边的水池里，保尔又跳下水池揍了警察几拳。远处传来马蹄声。这一切都被一个在河边的冬妮娅看在眼里。

**朱赫莱**：快上来，骑兵来了。

保尔赶快上岸，和朱赫莱逃跑。

**朱赫莱**：我们不要在一起，这样更危险。

保尔和朱赫莱在岔路口分成两路跑。

### 5. 河边　日　外

河边的女人看到保尔向前奔跑，后面有两个骑马的骑兵追了过来，看得正入神，一捧水泼到了女人身上，女人的男朋友维克托过来找她了。

**女**：是你啊。

**维克托**：不是你约我来的？我看你眼巴巴的看着，等我都等着急了吧。

**女**：等你？

**维克托**：是啊。

**女**：谁在看你啊，我是在看那边。

**维克托**：哪边？

**女**：有两个骑兵，正在追赶上次那个小伙子呢。

**维克托**：上次哪个小伙子啊？

**女**：就是打过你的，好像叫，柯察金。

**维克托**：柯察金？骑兵在追赶他吗？

**女**：对啊，刚才从那边跑过去了。

**维克托**：哈，好啊好啊，他准是犯事了，佩特留拉的骑兵会狠狠教训他的。我看最好毙了他，这样我们的城市就太平了。

**女**：我看未必，骑兵不一定追得上他，他跑的像兔子一样快。

**维克托**：这次他肯定跑不了了，兔子就算跑得再快，照样死在猎枪下。

### 6. 佩特留拉办公室　日　内

**佩特留拉**：维克托先生，这消息准确吗？嗯？如果抓错了人，会损害我们的声誉，我是个非常注重声誉的人。

**维克托**：嗯，他打了士兵，可以让士兵辨认，他可以记得。

**佩特留拉**：为什么你不愿意告诉我们谁亲眼看见的？

**维克托**：您说了要注重声誉的，我答应了那个人不把名字说出来。不过我肯定，这个人是忠于您的政权的，这一点，你们可以相信我。

**佩特留拉**：那当然，我们很器重你，也谢谢你对我们的支持。希望今后你可以不断给我们提供有关反政府的情报。

**维克托**：当然当然。我可以走了吗？

**佩特留拉**：告诉我们柯察金家在哪儿。

**维克托**：我？

**佩特留拉**：你不要担心，我们一定会给你保密的。我们也会保证你的人身安全。

**维克托**：呃，这个，当然可以。

### 7. 保尔家　日　内

保尔急匆匆的跑回家，脱下帽子，从窗口向外望了望，把外套脱到床上，从枕头下面拿出一件衬衣换上。

### 8. 冬妮娅家　日　内

冬妮娅从楼上急匆匆地跑下来，奔进客厅。

**冬妮娅**：爸爸！爸爸！

这时候冬妮娅才发现客厅里有一位爸爸的客人。

**冬妮娅**：你好。爸爸，我出去一下好吗？

**林务官**：你该过来见一下爸爸的老朋友，铁路工程师，尼克莱·维奇。

**尼克莱**：小姐您好。

尼克莱亲吻了冬妮娅的手。

**冬妮娅**：你好，先生。

**林务官**：你要去哪儿？

**冬妮娅支支吾吾地说**：呃，我约好去丽莎那儿喝茶。

**林务官**：不过可要早一点回来，你妈妈会担心的，知道吗？

**冬妮娅**：好的，那我走了，一会儿就回来。

**林务官**：好的，那你去吧。

尼克莱目送冬妮娅出门，接着继续坐在林务官对面的椅子上。

尼克莱：你的女儿，简直就像个天使。
林务官：是啊，朋友们都这么说，我想这不只是恭维。她可是我唯一值得骄傲的。
尼克莱：是的，是值得骄傲。我真是没有想到，你有个这么美丽的女儿，真是难以想象。
林务官：怎么，难道我很丑吗？
尼克莱：不是不是，当然不是这个意思了。
林务官：呵呵，只是，她太让人操心了，她的母亲更是整天地为她操心。
尼克莱：这可以理解，做父母的都是这样。你们怎么不早一点儿，我是说早一点儿给她找一个合适的……
林务官：尼克莱·维奇，你说到哪儿去了，她刚十八岁，而且，她现在正在念医学院。
尼克莱：哦，请原谅，刚才我说了那种话。
林务官：哈哈，没什么没什么。

9. 树林里　日　外
保尔和冬妮娅坐在树林里，冬妮娅给保尔讲故事。
冬妮娅：他们两个一开始是仇人，可是最终朱丽叶还是爱上了他，真的，保夫卡，他真的很像你。
保尔：什么？很像我？
冬妮娅：罗密欧很像你，也是个喜欢冒险的小伙子，他的好朋友麦秋塞恩被朱丽叶的表哥杀了，他要为朋友报仇，就杀了朱丽叶的表哥，后来他被赶出城去，可是之前他跟朱丽叶秘密结婚了。
保尔：怎么个秘密法？
冬妮娅：什么？
保尔：嗯，什么叫秘密结婚？
冬妮娅：哦，大概是没让父母知道，劳伦斯神父主持的婚礼，离别的前一天夜里，他们两个偷偷的海誓山盟，发誓一定要永远地相爱。
保尔呆呆地看着冬妮娅，冬妮娅指着篮子里的点心。
冬妮娅：如果你不吃的话，我就不讲下去了。
保尔：我不饿。
冬妮娅：我知道，你上午送妈妈去看哥哥了，所以现在没人给你做饭吃。吃啊！
保尔：我真的不饿。
冬妮娅笑了笑：还想听吗？
保尔：茱莉亚，这个。
冬妮娅：是叫朱丽叶。
保尔傻笑了一下：呃，朱丽叶，她一直等着罗密欧吗？
冬妮娅表情一下子悲伤了起来：他很不幸，后来死了。
保尔：怎么？
冬妮娅：朱丽叶的爸爸，不知道她已经结过婚了，要把她嫁给鲍里斯公爵，劳伦斯神父给了朱丽叶一些药片，这种药片人吃了之后就会假死，跟真的死人一样，这样就可以把她放到棺材里，然后把棺材送到罗密欧那儿去。

保尔：哦，那他们干吗不逃出去，逃出去多简单。

冬妮娅：逃出去不行，会把他们抓回来的。

保尔：要是找不到呢？

冬妮娅：这在那个时候是根本不可能的。

保尔笑了笑，低下头想了想，又抬起头：这种事真难以想象。

冬妮娅：后来，罗密欧听到朱丽叶的死讯就赶了回来，可是路上碰到了鲍里斯，罗密欧将情敌杀死以后赶到朱丽叶的坟墓，见到了躺着的朱丽叶，她以为朱丽叶真的死了，他也吃了毒药，死在了她的身边，药性过后，朱丽叶醒了过来，她看见罗密欧的尸体，也就用匕首自杀了。

保尔低下头，叹了叹气：哎，要是私奔多好啊！

冬妮娅：不成，如果他们私奔了，就有很多人因为他们被杀死，两家的仇恨就更多了。他们死后两个家族就讲和了。

保尔：那你说，如果你爱的人死了，你会自杀吗？

冬妮娅：不知道，爱情有各种各样的。

保尔摇了摇头，站起来走到冬妮娅身边的石头边坐下。

保尔：我认为，爱情只能是一种，它只能是有或者是没有。

冬妮娅：你怎么知道的？

保尔把手放在冬妮娅的手上：因为，我感觉到了。

保尔靠近了冬妮娅，坐在她的身边，把脸靠在了冬妮娅的脸庞上。突然树林里传来枪声，冬妮娅惊恐地抱住保尔。

保尔：别怕，冬妮娅，别怕。不要害怕。

保尔掏出一把枪。

冬妮娅：啊！你有枪？难道你真的要杀人吗？

保尔：我只杀佩特留拉匪帮。

冬妮娅：收起来，如果佩特留拉匪帮发现你有枪，你就真的没命了。走吧走吧，保尔，快走吧。

冬妮娅拉着保尔，逃出树林。

## 10. 冬妮娅家门口　夜　外

保尔将冬妮娅送到家门口，夜幕降临。

冬妮娅：好的保尔，我到家了。

保尔：那好，你回家吧。

保尔似乎欲言又止，冬妮娅准备回家，保尔突然叫住了冬妮娅。

保尔：冬妮娅。

冬妮娅停下脚步，回过头：嗯。

保尔：我，和女孩子在一起从没有这么幸福过。

冬妮娅上前捂住保尔的嘴,上前亲了一口,欢快地跑开了,留下在门外发呆的保尔。冬妮娅掀开篮子时发现了保尔的那把手枪,吃了一惊,此时冬妮娅的妈妈从屋内跑出来迎接女儿。

**冬妮娅妈妈**:冬妮娅,你上哪儿去了?我跟你爸爸到处找你。

**冬妮娅**:我在丽莎家喝茶呢,我们还吃了糖果,玩得可高兴了。

## 11. 保尔家门口 夜 外

保尔目送冬妮娅进屋后,开心地吹起了口哨,离开了冬妮娅家,回到自己的家。刚一进门就被几个人抓住暴打了一顿。

**甲**:你这个小子,想往哪儿跑?还是被逮着了吧。给你点儿颜色看看。

## 12. 小黑屋 夜 内

白匪把保尔抓到一个小黑屋里,一个白匪又将保尔打倒在地,保尔鼻子流出了血。白匪抓起保尔的领子,把他提起来。

**白匪**:你把朱赫莱藏哪儿去了?说,朱赫莱在哪儿?

保尔不说话,白匪又是一拳,把保尔打倒在地。

**白匪**:我看你是不想活了。

白匪转身拿过一把枪,另一只手又抓住保尔的领子。

**白匪**:说,朱赫莱到底藏在哪儿?

**白匪用手枪指着保尔**:你是不是想让你的脑浆飞出来?

这时门外进来了两个人,瓦西里神甫带着看管朱赫莱的警察来认人。

**瓦西里神甫**:等一等,菲迪尔丘克。你仔细看看这是不是打你的那个人。打你的是他吗?

**菲迪尔丘克**:就是他,我认得出来。

**白匪走到二人面前坐下来,道**:你这个蠢货,连他都对付不了。我现在让你问,你必须问出来。问跑的人在哪儿。如果你连这个都问不出来,我就要罚你二十五军棍。

**菲迪尔丘克**:这我能行。

菲迪尔丘克走到保尔面前,抽出步枪里面的铁棍,狠狠地抽打保尔,保尔被打倒在地上。

**菲迪尔丘克**:说,朱赫莱藏在哪儿?快说,说!

## 13. 朱赫莱藏身之处 夜 内

一个女人急慌慌地跑进屋里,屋内还有朱赫莱等人。

**女**:朱赫莱,朱赫莱,你知道吗?保尔·柯察金被捕了。

**朱赫莱**:什么时候?

**女**:瓦利亚说,就在今天傍晚,让我转告你。

**朱赫莱**:可他们怎么知道是保尔干的呢?

**女**:我也不知道。

男甲：诶，有人跟踪你吗？

女：没有，可是，瓦利亚说，她也被监视了。

朱赫莱：现在不能再让瓦利亚单独执行任务了，应该让瓦利亚隐藏起来。还有，让谢缪莎也别到处活动了。

14. 瓦西里神甫办公室内　日　内

瓦西里神甫在办公桌前接电话。

瓦西里神甫：按照您的命令，分成十个小分队，从晚上10点开始同时出击，没有问题。一定能彻底摧毁莎菲多夫卡的地下组织。你是说他们的联络地点？我们已经掌握了他们的全部行踪，这次绝对跑不掉了。什么？

几个士兵撞开门强行进来，领头的抓起的瓦利亚的头发：我就知道你在这，你这个该死的密探，走，跟我走。

15. 林务官家中　日　外

林务官和佩特留拉进了林务官的家，林务官将佩特留拉领上楼。

佩特留拉：对不起，事情太多，没时间来换药。

林务官：请吧。

佩特留拉：您太客气了。

林务官：我不是客气，这是我做医生的职责。

佩特留拉：我知道，你们医生都宣过誓，要尽神圣的职责。

佩特留拉上了楼，脱下了外套，林务官穿上白大褂，准备上药的工具。

佩特留拉：您认为，医生的职责都是神圣的？

林务官：神圣？那当然。

佩特留拉：那如果是强盗来找您治，您治吗？

林务官：我不正是在给强盗治病嘛。

佩特留拉大笑：大夫，您是个非常勇敢的人，我非常佩服您，您竟然将您的想法直截了当地说出来，我现在知道您对我的看法了。

林务官：对屠杀犹太人的军官，我还能有什么看法。

佩特留拉：我并没有下屠杀的命令。

林务官：也许是这样吧，但是对那些强奸、枪杀等暴行，我并没有看到您下令阻止。

林务官用酒精给佩特留拉的左手消毒，佩特留拉的左手是被接上去的。

林务官：对于那些疯狂残暴的强奸、杀人犯，您并没有给了他们应有的惩罚。

佩特留拉：别忘记现在是特殊时期、战争时期。在别的时期下，强奸也许算得上是罪行，但是在这种战争时期，女人不过是一种战利品，因为大兵们总是要满足生理上的某种必须吧，打起仗来，杀人那也是难免的。

林务官：荒谬之极，无论什么时候，强奸的暴行都是属于犯罪。拿任何荒谬的理论来掩盖这种罪行都是没用的。有人拼命想把罪行合法化，我想，这就是产生战争的根源。

佩特留拉：这话难免偏激，就算是在拿破仑时代，军队难免也会有暴行，嗯，打起仗来还不是照样死了很多人，可后人，也没去追究英雄的责任哪。

**林务官**：历史上的英雄有功有过，可佩特留拉算什么？

**佩特留拉**：我说的就是领导者。

**林务官**：您是指自己吗？

**佩特留拉**：您不觉得说话太粗鲁了吗？

**林务官**：对不起，我不是个政治家，我只是个医生，我的任务就是给病人治病。

**佩特留拉**：包扎好了吗？

**林务官**：好了。

林务官起身到佩特留拉身后的箱子里取出一瓶药水。

**林务官**：这是我自己配制的，对恢复伤口非常有效，您带点回去自己抹上就行了。

**佩特留拉**：呵呵，您的意思是叫我别来了？

**林务官**：我只是想让您的伤口快点痊愈，没别的。

**佩特留拉**：真的吗？您说您只是管治病，不管别人的政治观点，但您的观点完全是布尔什维克主义的。

**林务官**：您是不是说的太离谱了？

**佩特留拉**：不是吗？

**林务官**：您请吧。

林务官把佩特留拉带到楼下。

**佩特留拉**：现在我才明白您是从什么时候沾染上了布尔什维克的观点。

**林务官**：您有什么怀疑吗？

**佩特留拉**：嗯，我是有些怀疑，您记得吗？我第一次儿来这上药的时候，曾经在这儿碰上一个小伙子。

**林务官**：保尔·柯察金？

**佩特留拉**：对对对，他是来向您的女儿还书的。

**林务官**：不行吗？

**佩特留拉**：他被我们逮捕了。

**林务官**：怎么，他还是个孩子，难道您还怀疑他是个布尔什维克分子吗？您有什么证据？

**佩特留拉**：证据确凿。我们抓了个布尔什维克分子，在押运的路上，他上来把士兵打伤，放走了犯人，是市长儿子维克托·列辛斯基提供的情报。

林务官送佩特留拉出门，冬妮娅在门口听到了他们的对话，惊讶地捂住了嘴。

## 16. 树林里　日　外

和丽莎在树林里散步，维克托和他的朋友在木屋里唱歌弹吉他。维克托的妈妈拿来了水果。

**维克托妈妈**：吃点水果吧。

**维克托**：谢谢妈妈。

**维克托**：蕾莉亚，丽莎，来吃水果。

雷莉亚，丽莎：来了。

蕾莉亚和丽莎走向维克托的小木屋。

**蕾莉亚**：快看，是谁来了。

**丽莎**：哦，是冬妮娅。

**蕾莉亚**：哥哥，看是谁来了。

**维克托**：你们怎么了？

**丽莎**：看那儿，冬妮娅来了。

**维克托**：我就料到她会来。

**蕾莉亚**：你怎么知道？

**维克托**：她的情人进了监狱，她一个人寂寞了。

维克托不怀好意地笑了笑。

**蕾莉亚**：怎么会有这种事？

**维克托**：这是当然的，这种人就应该在那儿。

**蕾莉亚**：那你怎么知道的？

**维克托**：你看她现在已经没处去了。

**蕾莉亚**：我看她不像来找你的。

**维克托**：她对我是有感情的。不信我们打赌，用接吻来做赌注，怎么样？

**丽莎**：哈哈哈，你真有把握？

**维克托**：来来来，快来。

蕾莉亚和丽莎坐在椅子上，冬妮娅进到小屋时，四个人一起鼓起了掌。

**维克托**：哎呀，冬妮娅，您真是稀客啊，什么风把您给吹来了？

**冬妮娅**：你们好。

**维克托**：您近来好吗？

**冬妮娅**：维克托，你给我好好地听着，你是一个卑鄙的小人。

说完，冬妮娅扇了维克托一巴掌。蕾莉亚、丽莎和维克托的男性朋友看呆了。

冬妮娅随即离开小木屋。

**丽莎**：这下，你输定了。

四个人站起来看冬妮娅离开。

**维克托朋友**：看来，维克托，她对你有特殊的感情啊。

**维克托**：那好吧，这件事我绝不会罢休的。你们等着瞧，她也很快就会进监狱的。

## 17. 监狱　日　内

监狱内，受伤的瓦利亚被扔进保尔所在的牢房。牢房的人都拥上来看瓦利亚。一起把她抬到一边。

**保尔**：这是瓦利亚，快。瓦利亚。

**瓦利亚**：保尔。

**保尔**：你也被他们抓来了？

瓦利亚点点头。

保尔：是不是你偷听被他们发现了？

瓦利亚点点头：嗯，可是我……

保尔：这很危险。朱赫莱早就要你别干，你怎么还要去呢？

瓦利亚：可是我愿意干，我愿意。

保尔：你真傻。

瓦利亚：保尔，我不是傻，你明白吗？我在那儿偷听到的都是他需要的秘密情报，我还能为他做什么呢？我要谢谢你救了他。

保尔：这没什么。

瓦利亚：可你竟然把他救出来了，要不他就糟了。谢谢你，保尔。告诉你，我知道他现在在哪里，可是我不会说的，打死我也不会说的。保尔你说，我还能见到他吗？我还能见到他吗？

保尔：能的。

瓦利亚：这就好。

保尔要瓦利亚躺下来。

保尔：把眼睛闭上，睡会吧。睡吧，瓦利亚。

瓦利亚：爸爸和谢缪莎不知道怎么样了。

**18. 瓦利亚家的院子  日  外**

瓦利亚的爸爸从外面回来，谢缪莎在石凳上等待，见爸爸回来，上前接住爸爸手中的篮子。

谢缪莎：姐姐怎么样？你，你没有见到她吗？

瓦利亚的爸爸：没有，那些混蛋不让见，可是我听见她的惨叫。

谢缪莎拿起一把锹开始铲土，随即挖出一把枪。

瓦利亚的爸爸：谢缪莎，你这是干什么？

谢缪莎：难道我们只能哭吗？我知道该怎么做。谁要是打了我姐姐，我就把那个混蛋打死，我会的。

瓦利亚的爸爸：你干什么，你不能这么做。

谢缪莎：爸爸，我已经不是孩子了。

瓦利亚爸爸：你不能这么做，这简直是胡闹。你快把枪给我，我是你爸爸。

谢缪莎：这是我的枪，你放手，我一定要去，知道吗爸爸。

瓦利亚的爸爸：你听我说，我不能让你去把命送掉。快把枪给我。

谢缪莎：你打我，我要救回姐姐，而你却打我，你为什么要这样做，爸爸？

瓦利亚的爸爸将谢缪莎推倒在地，随即自己也跪了下来，紧紧抱住谢缪莎。

瓦利亚爸爸：我的孩子，我比你更急，都快急疯了。可是你这么干，不是摆明去送死吗？要是没有你，我该怎么活啊。

**19. 监狱  夜  内**

三个士兵进来把瓦利亚带走。

士兵甲：带她走，起来。

保尔起身追了上来，被士兵踢倒在地。
**保尔**：瓦利亚，瓦利亚。

## 20. 马路　日　外
两名军官骑马跑过。

## 21. 监狱的看管人员室　日　内
一群士兵在监狱内打牌喝酒，突然一名军官闯了进来，咳了一声，没人注意到，军官气愤的拿起酒瓶摔到地上，所有士兵都警惕地站起来。
**军官**：起立！把牌放下！这是监狱，不是酒馆。过一会儿最高指挥官佩特留拉要来，像什么样子，你们哪还像军人，还不快把这猪圈给我收拾干净了？还不快点，简直就是一帮废物。每人五十军棍，你们一个也别想逃掉。

## 22. 监狱牢房　日　内
犯人们歪歪斜斜地坐在牢房的各个角落，三个军官推开门。
**军官**：把门敞开。
三名军官向前一步，所有犯人立马站了起来。
**军官**：你怎么一股酒味？
**犯人甲**：我？不不不，不是我。
**军官**：那是谁？
犯人甲扭头看了一位胖女人一眼。军官走到胖女人面前。
**军官**：是你？
**胖女人**：真是冤枉啊，我的长官大老爷，我是个寡妇啊，酿了点酒想找条活路，偏偏喝了我的酒，反而把我关起来了。
**军官**：那么，你是做私酒买卖的喽？
**胖女人**：嗯，他们喝酒不给钱，你说这是什么世道。
**军官**：快滚快滚，别再让我看到你。
**胖女人**：大人，愿上帝保佑您大富大贵。
胖女人在胸前画了十字架，离开了牢房。
军官走到一个老头儿面前。
**军官**：你是怎么进来的？
**老头**：我，我自己也说不清楚，我院子里头丢了匹马。
**军官**：什么马？
**老头**：管家的马，一个当兵的把马给换酒喝了，赖到我头上来。
**军官**：收拾收拾你的破烂，赶快滚。
**老头**：是，这么说我可以走了。
**军官面向保尔**：说吧，你是怎么进来的。
**保尔**：我，我从马鞍子上割了块皮子，我只不过是想做块鞋掌。我没法子，我，这鞋都破的没法穿了。这匹马就拴在树上，刚好我走在路上，就顺手割了那块皮子。我，我不知道那是哥萨克的马，要是知道了，打死我也不敢啊。

军官笑了笑：哈哈，看看这个警备司令搞得都是什么名堂啊，抓来的都是废物白痴。你还待在这干吗？赶快回家去，快滚。

保尔：谢谢长官，我再也不敢了，谢谢。

保尔说着往监狱门外走。

军官：你先等等。

保尔回头停了下来。

军官：回去告诉你爸爸，让他好好收拾你一顿。

保尔笑笑：他会的，他一定会的。

**23. 冬妮娅家　夜　内**

冬妮娅坐在卧室的床上看书，窗外传来呼喊她名字的声音。

保尔：冬妮娅，冬妮娅。

冬妮娅合上书，激动地跑到窗户边往外看，看了一眼后转身跑到阳台上，只见保尔站在下面。

冬妮娅：保夫卡，你怎么出来了？

保尔：我是……

冬妮娅：轻点，快上来。

保尔：能上去吗？

冬妮娅：快上来，轻点。

保尔沿着梯子开始爬。

冬妮娅：保夫卡快点，快点。

快爬到阳台的时候保尔滑了一下，差点掉了下去，冬妮娅紧紧抓住保尔把他拉了上来。

二人来到冬妮娅的卧室，保尔坐到了床边。

冬妮娅：保夫卡，你终于出来了，我一直在为你担心呢，快坐下。保夫卡，我真是太高兴了，我真是没想到，保夫卡，好了，好了，因为你自由了。保夫卡我爱你，真的，我们永远不要再分开了，我再也不要你离开我了。

保尔：冬妮娅，你觉得可能吗？我怎么能在你家里生活下去呢。

冬妮娅：这有什么不可能的？

保尔：我是撒了谎逃出来了，现在全城到处都在找我，要是找到了这里，那可要连累你们全家了。

冬妮娅：那么，保夫卡，你打算怎么办呢？你有什么办法吗？

保尔：我，我有办法，你不用为我担心，我有许多熟人和朋友，另外有很多火车司机跟我都很熟，别担心，真的。

冬妮娅：保夫卡。

保尔：我可以乘火车去基弗或别的地方。

冬妮娅：保夫卡，我明白，等等。

冬妮娅转身从衣柜里拿出一个包着枪的包裹递给坐着的保尔。

**冬妮娅**：保夫卡，我把这个给你，这是你的，你把它带走吧，你要放好，听到了吗？

**保尔**：我不打算带它。

**冬妮娅**：为什么？

**保尔**：我想给你留下。

**冬妮娅**：给我？

**保尔**：我没有别的东西，给你这支枪留作纪念吧，好吗？

**冬妮娅**：我请求你保夫卡，求你一定要活着回来。

冬妮娅紧紧抱住保尔。

**冬妮娅**：我非常非常地爱你，我会等着你的。

**保尔**：冬妮娅，我，我也非常爱你，非常非常的爱你，只是，我不知道怎么来表达我对你的爱。如果你也真心对待我，不是跟我闹着玩儿的，我一定会做你非常忠心的丈夫，我永远也不欺负你，我发誓。

保尔亲吻冬妮娅。

## 24. 1931年　舍佩托夫卡保尔家门外不远处　日　外

保尔和母亲一边走一边聊天。

**保尔**：那个送我出城的司机怎么样了？

**妈妈**：他死了，去年秋天，得癌症死的。

**保尔**：真遗憾，布尔扎克呢？他怎么样了？

**妈妈**：他还活着，一个人过，没人照顾，怪可怜的，就喜欢喝酒，昨天他还找我借钱买酒喝呢。保夫卡，为什么，你不问问冬妮娅呢？

**保尔**：现在说这事有什么用。

**妈妈**：听阿尔焦姆说在城里见过她，她有个儿子，也叫保尔。

妈妈推开家里院子的门，保尔走进去，放下箱子，站在原处一动不动好久，摘下眼镜，眼眶湿润。

**保尔**：好了，到家了。

**妈妈**：是啊，到家了。

文字整理：李悦

资料来源：根据优酷网提供的视频完成文字整理。

具体参见 http://v.youku.com/v_show/id_XMjA0MzQ3NTI4.html

# 村主任李四平

首播时间：2000年
首播电视台：中央电视台
摄制单位：中央电视台影视部、枣庄电视台、山东电影电视剧制作中心
编　　剧：宋本善、王大安
导　　演：王大安
摄　　像：吴　敏
主　　演：李保田、吴鸿明、陈国典、李庆友、柳玉林
获奖情况：第二十届（1999年度）中国电视剧飞天奖长篇电视剧二等奖；第十八届（2000年）中国电视金鹰奖观众最喜爱男主角奖

**剧情梗概**

由中央电视台影视部、山东电影电视剧制作中心联合录制的十三集电视连续剧《村主任李四平》，讲述的是发生在基层村主任李四平和他的乡亲们身上的故事。

李四平是小桥村的村主任，对于层层上级来说，他是一个什么也不是的"芝麻官"，需要他时时听命，事事顺从；而对于小桥村的村民来说，他又是直接掌握村民利益的关键人物，必须处处为村民考虑。在这样的夹缝中，李四平尽量为村民谋福利。

李四平是一个精明与狡黠的普通基层村主任，在他的努力下，基建工程包给了小桥村，闲散的劳动力得到安置；由于他的精明与狡黠，破旧不堪的校舍焕然一新。但是他有不可避免的劣根性和缺点，闹出了不少搬起石头砸自己脚的笑话。上边指示李四平组织村民学习杀羊，还要来检查，四平知道这事难办，就买来一只羊，说凡是参加学习的，可以留下来喝羊汤。第一天，检查团没来，羊没杀，村民失望地走了，一连三天如此。到了第四天，检查团才来，李四平杀了羊煮了一锅汤，却没人来喝了。李四平从上级政府得到5万元的贷款，谎称用来养羊，实际上用在了修缮小学校舍。县里来检查的时候，为了蒙混过关，他发动村民披上白塑料袋到远处山坡上装成羊群。

经历了种种在李四平自己看来也啼笑皆非的事情后，他坐在田埂上回顾自己当村主任的经历：21岁时村里几个读过书的年轻人抓阄选举生产队大队长，李四平出去撒了泡尿回来就只剩下一个阄了，就这样从生产队大队长一直干到村主任。而如今时代变了，村里越来越多的年轻人有了高学历和文化，李四平想着应该把村主任让给新一代的年轻人。放手让大家选举，一定能选出好的新主任。但是大家都说，再次选举村里的人还是会选李四平。李四平说他连提名都不参加，要去好好经营村里的养羊基地。就在这时，养羊钱被挪用修学校的事情被书记知道了，李四平承担下主要责任。为了让帮助过小桥村的人不受牵累，李四平决定辞去村主任的职位。村委会干部选举大会上，李四平让妻子全权代表自己，自己把自己锁在家里装作不在家。选举大会上，李四平即使没到场，也获得了最高票，当选村委会主任。大家聚在李四平家要他接任村主任，几经劝说，李四平走到村广播站，对着广播喊话：小桥村的村民们……

剧情就在这时戛然而止了，李四平当不当这个村委主任已经不重要了，他的故事足以给我们启迪。

电视连续剧《村主任李四平》以喜剧的手法，塑造了一位农村基层干部的形象。在这位村主任的身上，不乏机智和狡黠，但也常常弄巧成拙。演员以极为生活、细腻的表演，演绎出现实生活中许多荒唐和无奈的事情。时时引人发笑的情节，也时时让人深思。

　　　　　　　　　　　　文字整理：夏源
　　　　　　　　　　　　资料来源：根据优酷网提供的视频完成文字整理。
　　　　　　　　　　　　具体参见http://www.youku.com/

## 剧本：

## 《村主任李四平》

**1. 村庄 日 外**
　　**众村民**：过来啦过来啦，四平哥骑摩托车过来了。
　　**村民甲**：还真精神啊。
　　**村民乙**：这回四平骑着摩托车去领奖，准给咱们小桥村争脸。

**2. 秦县东山乡人民政府门口 日 外**
　　**门卫**：停下，停下。
　　**四平**：怎么了？
　　**门卫**：今天摩托车一辆也不让上院里去。
　　**四平**：什么，俺是来开计划生育表彰会的，是来领奖的，为什么不让进？
　　**门卫**：越是这样越不能进。
　　**乡长**：买车的事一句话两句话说不清楚，咱们还是到接待室去谈吧。
　　**门卫**：你把摩托车存到对面供销社门口，然后再进去。
　　**四平**：那为啥？
　　**门卫**：不为啥，这是办公室胡主任的通知。
　　**四平**：那我进去问问他去。
　　**门卫**：不行不行。
　　**四平**：你不让我进，我偏得进。
　　**门卫**：我就偏不让你进。

四平：我就偏得进。

乡长：老胡你到门口看看出什么事了。

石主任：那个骑摩托车的好像是小桥村的李四平吧？

乡长：李四平，不像吧。

石主任：老刘，咱们也过去看看。

胡主任：老王你吵什么，我跟他说，四平，真有你的，自个花钱买了个大摩托。

四平：别管谁花钱买的摩托，我骑摩托为什么不让进？

胡主任：我是说不开会的一律不准进，老王年纪大了，弄错了，老王你先回去吧，去吧。今天开表彰会县里领导亲自来发奖。

四平：那也不能骑摩托不让进啊。

胡主任：领导说凡是外来的车一律不让进。老王弄错了。

石主任：四平主任，你好啊。

四平：你好，石主任。千万别叫我主任，叫我四平就行了。

石主任：四平同志，从远处看身材听声音好像是你，近看，还真不敢认了。

四平：咱今天不是来开那个发奖会吗，俺闺女非得让我穿上这个西装，也就四十块钱买的，让石主任见笑了。

石主任：你这个摩托车个头挺大，是自己花钱买的？

四平：俺才不赶那个时髦呢，俺自己要买吧，也不买这么大个的，这是村里乡亲们给俺买的。

石主任：那是多收农民的提留搞摊派买的吧？

四平：哪能啊，你说的这事那叫增加农民负担，我告诉你《东方时空》他们天天报，咱就是有那心也没那胆不是？你就说我这年纪还骑摩托车，那叫玩命。这是俺村里乡亲们看着咱这些干部老开会出差什么的吧，太辛苦，心疼俺。俺村里的几个老人就自己商量，就自己做主给俺买了。

石主任：那乡里头没有多补助你300块钱？

四平：乡里头补助俺300块钱，没有。他乡里头哪有钱补助俺300块钱买摩托车啊，他还想跟俺要300块钱呢，俺不给他。

石主任：那你这车是乡里统一买的吧？

四平：不是，俺这是在县里头第一百货大楼买的，人家是一条龙服务，缴费缴税挂牌一下子全办齐了，俺今天来开会，俺骑着它吧，怕半道上人家拦车罚款，俺就把证件单据全带在身上了，不信，你看看。

石主任：不用，不用拿了，我又不是查车的。看来你们小桥村的干群关系很好嘛。

四平：那是，你看俺这车才买了三天，今天俺也是烧包，趁着来开会领奖就把它骑来了，让领导看看，让大伙高兴高兴，是吧？

乡长：四平，过两天我让宣传科同志写一篇报道，题目就叫做《摩托车体现干群关系》对不对，老胡？

胡主任：对对对。

石主任：这个主意不错，写好了交给我在县里的报纸上发一下，看来啊，有些传言真的不准确。

　　**乡长**：那是那是。

　　**蒋大牙**：四平买摩托车了？四平，你也买新车了，这个可够大的。

　　**四平**：蒋大牙啊，你的牙呢？

　　**蒋大牙**：你管我牙干什么。

　　**四平**：成豁子了。

　　**路人**：还是个红的，挺超前的。胡主任，乡长，你看李四平买的车多漂亮，多气派。

　　**胡主任**：走吧走吧，别废话了。我说把自行车贴在东墙根儿啊，四平，把你这摩托车紧往里面靠啊。石主任，咱们去接待室吧？

　　**乡长**：好啊。

　　**石主任**：他们还来得挺早嘛，那咱们到接待室等一会儿？

　　**乡长**：走。


## 3. 四平家

　　**王才**：四平哥，甭管怎么说这计划生育先进，咱是拿回来了，他奶奶的，就是你今天骑摩托车去了，他各村的干部都没骑。

　　**四平**：想想吧，这心里就窝囊，没露脸不说吧，还差点捅了娄子叫石主任给抓了典型。

　　**王才**：他石主任问的那几个关键问题，你说的都是实情，这车是全村的村民，心甘情愿给你买的，谁也没牙啃，他抓什么典型啊。

　　**四平**：问题是咱今儿不是白跑一趟吗，咱的摩托车个头再大，性能再好，它不是没个比较嘛，想想啊，这心里就憋气，对不起老少爷们儿那一片心意不是吗？

　　**王才**：四平哥，没事儿。这个事啊，咱不说就是了，过两天咱们骑着摩托车到乡里满街上转上一圈儿，到各村转一转，走走亲戚，看看朋友，这面子不就全找回来了吗。

　　**四平**：这六爷打我这一棍子啊，值。

　　**王才**：值？值什么值？

　　**四平**：你想啊，六爷这一棍子打的咱不收提留了，没到乡里去买车，打对了，这把咱们跟那些村主任给划分清楚了。

　　**王才**：那后来咱们买车？

　　**四平**：那也是对的啊，对就对在是咱全村老少爷们儿自愿的，主动提出来给咱买车的，咱这车还是在县城里买的，不是在乡里买的，这把咱们跟那些村主任给划分清楚了，也不违反政策了。

　　**王才**：奶奶的，好事变坏事，坏事变好事。

　　**四平**：干。咱一气喝了它，偈酒罚三杯。

　　**王才**：好。


## 4. 村里　日外

　　**王才媳妇**：等等我。

　　**王才**：快点。骑上。

旺财媳妇：这样。

王才：搂着我，搂着我的腰。

秀娟：王才叔，出门啊？

王才：走个亲戚。

5. 东乡县人民政府　日　内

胡主任：乡长，石主任来了两次电话了，催问这篇《摩托车与干群关系》的文章，我改了两遍澄清了。要是真能在县里的通讯和市里的报上登一下，既澄清了事实，又宣传了咱们。

乡长：算了，我到县里开会，再跟室主任说一声，别张扬了，再说买车那件事，那天好不容易让李四平给挡住了，石主任也体恤村干部的辛苦，默认了，咱们再登这篇文章那不是画蛇添足吗。搞不好再惹一身骚，算了。

胡主任：那也是，那天多亏了李四平，他真够机灵的。

乡长：你别看他平时蔫儿了叭叽的，反应慢，一肚子的好心眼。小马，该带的东西带齐了吗？

小马：带齐了，胡主任不放心又检查了一遍。

乡长：抽空到小桥村去看看李四平，就说我谢谢他。走了。

胡主任：小马，注意安全啊。

6. 四平家　日　内

四平媳妇：吃饭了，又摆弄起你那破自行车，不是有摩托车了吗？赶明天要是来了收破烂的，我非给你卖了不可。

四平：你敢。

四平媳妇：看你厉害的，看我敢不敢。

秀娟：爹，我有个事跟你讲，我昨天看见王才叔骑着摩托车好像带着淑美婶子，他们出去干啥？

四平：看丈母娘。

秀娟：那可是私事啊。

四平：什么私事公事的，他是村干部，为买这车他出的力最多，还公事私事，谁能分得清公事私事，要是能分清公事私事这世界上的事情早就清清白白了。

玉成：四平叔，四平叔，秀娟。

秀娟：来了。

玉成：四平叔，有点事我想跟你商量。

四平：什么事儿？

玉成：我想借村里的摩托车用用。

四平：干啥？

玉成：俺媳妇有了，都好几个月了，俺想带她到乡卫生院去检查检查。

四平：谁骑啊？

玉成：还有谁骑，俺呗。

四平：你也学会骑摩托车了？

玉成：偷偷学的呗，咱村里好多年轻人都去学车了，那玩意好学，再说我以前也开过手扶拖拉机，心理有底。

四平：你媳妇儿好不容易有了，我说，玉成，那山路可没有麦秸垛，让你跟我似的往里钻。

玉成：刹车、油门、提速、换挡我清清亮亮的，都跟你似的那么笨。

四平：我可是为你好玉成，杨木匠家有个拖拉机，你不能借来使使？

玉成：拖拉机太颠，俺媳妇受不了。

四平：摩托车不颠？

玉成：摩托车前后叉子有弹簧，颠得轻。

四平：你个熊玩意儿，你把摩托车摸得还挺清楚的，不借。

玉成：不借？那王才带着媳妇儿去丈母娘家就行，俺就不行啊？

四平：人家丈母娘病了。

玉成：俺媳妇有了，那都一样。再说了，那摩托车是大伙凑钱买的，是公车，又不是你的私车，凭什么不借，四平叔，你说说这是不是这个理？

四平：你爹知道不知道？

玉成：知道。

四平：好，你爹知道就行。把你安排在后天成不成？

玉成：为啥后天？

四平：什么叫为啥后天，今天国强相媳妇，成不成就在今天了，一大早就把摩托车借走了，我都记在本儿上了，给你看看。你看，今天是国强吧？明天李二狗家的闺女出嫁送闺女，我不能不借吧，后天空着，后天要是空着就是你，大后天是你三姑家的媳妇生了胖小子，你铁成兄弟接她出院，大大后天，大大后天就是你了，你要是觉得后天不行。

玉成：行行行，那就后天吧。说准了，四平叔要不你也给我记到你那小本本上吧。

四平：行了，别废话了，我给你记上了，走吧。

玉成：哎，我这就告诉我媳妇。

秀娟：爹，快吃饭吧，快啊。

四平：你说这个麻烦事啊，自打买了这摩托车前前后后紧折腾，我脑袋挨了六爷一棍，学车那天要不是那麦秸垛，我这会儿啊，还不知道在哪挺尸呢。这回倒好，这我每天还得安排用车，村里还得搭卜油钱，这些日子我算了算，光油钱就搭上五百多块了。不行，今天晚上我得找六爷商量商量。干脆把摩托车卖了，把钱退还给大伙。

玉成爹：四平。

四平：啥事？

玉成爹：我听玉成说你答应把摩托车借给他，让他带着他媳妇去检查？

四平：是，我答应了，咋了？

玉成爹：不行，我不同意。

四平：你不同意啥意思？

**玉成爹**：俺家玉成娶媳妇娶得晚，这结婚五年了她都没有开怀，这回好不容易怀上了，我还找人上医院给做了个什么超，说是个小子，你说你让他骑着摩托车带着媳妇，这万一，不行。

**四平**：我知道了，你是怕出事，孙子没了，是不是？

**玉成爹**：反正是你不能借给他摩托车，要是出了事，我找你。

**四平**：出了事找我，我找谁去？他奶奶的，你看这个不讲理的，你看。他就以为我愿意借给他摩托车。

**秀娟**：爹，我看你这摩托车就不该买。

**四平媳妇**：你看你花钱买了个祸害。

### 7. 村主任办公室　日　内

**四平**：他刘爷爷说了，这摩托车卖了这面子也就挣回来了，这个摩托车卖不卖，由咱们村委会自己商量着决定。

**王才**：遗憾哪，虽说我带着四平哥到全乡各村转了一圈儿，可到底没赶上全乡的统一行动，才叫过瘾，才叫威风呢。

就是，让我说咱这摩托车先别卖，等下一次乡里统一活动再说。

**四平**：我看以后乡里再也不敢有什么统一行动了。

我看着车还是卖了吧，那天国强为了学摩托车，差点和几个小青年打起来，这车留着早晚是个祸害，万一谁骑车出了点事，咱们都有连带责任，后悔可就晚了。

**四平**：那可不是，你说那天玉成骑着摩托车，带着他媳妇去乡卫生院检查，我和玉成他爹在村口等了整整一个下午，三条人命呢，闹着玩呢。

**彩霞**：这样下去，就是不出事，过不了三月，这摩托车还不散了架呀，也怪啊，自打有了这摩托车，村子里一下冒出这么多会骑摩托车的。

**王才**：四平哥，关键是你没有底气，这摩托车就是给你买的，公车就是你的车，明白吗？除了村干部谁也不能骑。

**四平**：竟胡咧咧，大家的钱买的车，他就是公车，原则上讲它就是谁都能骑，不说了，反正卖了心里就踏实了，卖，咱坚决卖。

**王才**：卖了车这倒是省心了，可这新车一到手就成二手货了，价钱差一大截子，往后啊要想再买呀这就难了。

**四平**：奶奶的，还买啊，往后谁买啊？要买自个掏钱吧，反正是公家不买了，不管你们几个同意不同意，我决定了，卖了车把钱还给大伙。

卖给谁啊，这一时半会也找不到主啊。

**王才**：要不，干脆锁起来，谁也别骑。

**四平**：那不就全锈坏了。那锈坏了，要锈坏了摩托车不废铁一堆啊。有人来了。

**四平**：老胡，你来了。

**老胡**：四平主任，你好啊。

**四平**：小高，你好啊，彩霞，赶快沏茶，屋里坐。上烟。王才给胡主任上烟。来，胡大主任请坐，抽上。胡主任，你先点上。喝杯茶。

**老胡**：四平，你们在开会呢？

四平：开什么会，瞎聊。领导今天到俺这里来，肯定是有什么重要的指示对吧？
啥指示，准是来要钱的。
四平：看我这记性，是来收宅基地使用费的，王才，拿咱账本，看看咱全村老少爷们儿得交多少宅基地使用费，多少？
老胡：四千五百一十八块八毛整，小高，开单据。
王才：没错，没错。胡主任这狗脑子可比我这猪脑子强多了啊。
老胡：王才，你小子嘴里吐不出象牙来。
王才：我要是能吐出象牙来，早就干办公室主任了。
老胡：臭小子，你转着圈骂我。
四平：王才，你行了，你占够便宜了。
老胡：对了，刘乡长让我捎个话来。为上次摩托车风波的事向你表示感谢。
四平：有啥好感谢的，你看你这一说摩托车吧，我倒想起一件事来，俺还想请你帮忙呢。
老胡：帮忙，别人的忙我不帮，你李四平的忙我一定得帮，说吧。
四平：胡主任，你看俺这个摩托车，俺这个摩托车吧是样子新马力大又威风，俺想把它处理了，你看俺能不能用这摩托车抵了俺小桥村今年全年的村民基地使用费，你看行不行？
老胡：那可不行，你别引导我犯错误，再说了，一码是一码，不行不行。
小高：怎么不行啊，胡主任县里民政局不是批准咱乡里可以买辆摩托车，这会让摩托车风波闹的没敢买，我看见就此顶了吧，省的咱们费心费力地办手续，挂牌子，再说公家车挂私牌更省事儿。就凭四平主任的人品，就连过户手续都不用办。
四平：对对对，你看人家小高说的，王才你赶快把咱这手续费和发票都拿出来。
这摩托车钱一共是四千六百一十八块八角，这比起宅基地使用费四千五百一十四块比，俺还多出一百多块钱，俺这手续费、办证费加在一起好几百了吧，俺就算是折旧费怎么样，就算是你胡大主任再帮俺小桥村一个忙。
老胡：你看呢？
小高：我说行。
老胡：我看还得请示一下刘乡长。
小高：别请示了，县里批准我们民政买一辆摩托车没错吧，你就装不知道，不就完了。再说，你是办公室主任，就是批了，也是正批，没越权啊。
四平：我说老胡，你就全当不知道不就拉倒了，小高，你过来，你过来你来看看俺这摩托车，你看看这摩托车他奶奶的它不跟新的一样？
王才：他本来就是新车。
四平：没错，就是新车。怎么样小高，你要是相中了，你骑上就走，俺这头盔白送给你不要钱，怎么样？
小高：行，成交。
四平：老胡，我来给老胡开门，老胡，我要不给你开门吧你说我势利眼，不给乡长开门，我得给胡大主任开门，再见。
小高：走了，四平主任。

四平：慢点走啊，慢点。注意安全，再见。

王才：白白忙活一场，死了多少红血球啊。

四平：别说了，咱命里就不该有摩托车，我说你啊，赶快去写张告示，把卖摩托车顶账的事，把免去全年村民宅基地使用费的事，写得清清楚楚，把那个钱数，顶账的钱数写得明明白白，赶快贴出去，你要是贴晚了就有闲话了。别叹气了，兄弟。

8. 村　日　外

玉成爹：怎么咱村的摩托车让乡里没收了吗？
是不是四平出事了？

9. 王才家　日　内

十三叔：王才。

王才：是十三叔啊。

十三叔：王才啊，我问你个事啊，你们干部犯啥事儿了，我听玉成他爹说咱村集资给村委会买的那辆摩托车让乡政府没收了。

王才媳妇：没收了？怪不得王才今天一天就啷当个驴脸呢。这为啥，为啥没收了？

十三叔：是啊。

王才：就为了像你这号儿的。

王才媳妇：这怎么是为了我，怪事。

王才：十三叔，这村里自打买了这摩托车，它就没消停过，打个盹的工夫，冒出来那么多会骑摩托车的来借车骑，这不，四平哥就跟那摩托车的秘书似的，还专门准备了个小本本，今天谁明天谁后天谁，借车就借车吧，还吵吵啥，王才为啥能骑摩托车带老婆回娘家，俺就不行，这不，村委会一咬牙一决定，就把车给卖了。

王才媳妇：卖了？为什么会给卖了。

十三叔：这卖车的钱呢？

王才：放心，四平哥说这卖车的钱为大伙交了今年一年的宅基地使用费。对了，那个明细账，那个告示就贴在村委会的墙上。

十三叔：是这么回事啊。

王才：来喝两口，十三叔。

十三叔：不了，你婶子还叫我到代销点打点油呢。

王才：十三叔，你慢走。

十三叔：回吧。

王才媳妇：借车就借车吧，还拉上俺垫背，他们能跟俺比啊，俺大小也是个村干部家属。

王才：行了，幸亏你也就是个村干部家属，那你要是个总统、总理的家属，那你还不得让我开着那火箭、飞船，带着你上那月亮上转一圈啊？

王才媳妇：那又怎么样，那也是应该的。

**10. 县委办公室　日　内**

　　**石主任**：义明啊，你们乡党委书记，不是调到县委党校学习去了吗，你实际上就是乡长兼书记了，再给你加点压力，过段时间我准备向组织部门反映一下，让你名正言顺的乡长、书记一肩挑。给，还有推广烟种的事，你一定要亲自抓，搞好宣传，以点带面，这可是咱们县致富的一条新路子。

　　**义明**：石主任，我明白，种烟的事我回去后马上落实。

**11. 乡长办公室　日　内**

　　**老胡**：乡长，县里石主任推广的烟种怎么落实？

　　**乡长**：这事还真有难度，石主任说这是新生事物，还偏偏选中了咱们乡，让咱们乡带个头，看来不种是不行啊。

　　**老胡**：听说这批烟种子是从云南弄过来的，没准真能创出条致富的新路子来。

　　**乡长**：你算过了没有，烟种子分下去各村分多少？

　　**老胡**：算过了，大村五十亩，小村三十亩，摊到每户也就二分地。

　　**乡长**：二分地？行，上级布置的工作咱得坚决执行，再说石主任是县长的夫人，又分管农业，咱总得给个面子吧？要是顶着不办，将来对咱乡的工作没有什么好处，是吧？这样，你马上下个通知，通知各村的村主任带上会计，明天上午八点半到会议室开会，一块儿把烟种子分下去。这回，咱们还是让小桥村的李四平带个头吧。

**12. 路上　日　外**

　　**王才**：四平哥，加把劲，可别晚了。

　　**四平**：坏了，链子断了。

　　**王才**：关键时刻掉链子。

　　**四平**：是掉链子吗？你瞎咧咧什么你瞎咧咧，这是断了链子，奶奶的。

　　**王才**：这可坏了，你说这咋办？

　　**四平**：这前不着村后不着店，这不耽误事吗？

　　**王才**：我看把你这车扔了得了，扔了也没人偷，偷了也是一堆废铁，干脆我带着你，咱们赶紧赶路吧。

　　**四平**：我骂你，你再说扔我的车子，我骂你，这车跟了我二十多年了，是我的奖品，它不能用了，我把它供起来，我也不能扔它，你怎么跟玉兰一个腔调，我骂你。

　　**王才**：一个熊样，你看把你给急的。

　　**四平**：我还不信，我在这还等不来一个车，这同街大道，我还等不来一个车吗我。

　　**王才**：来来来，咱先把车靠靠边儿吧。

　　**四平**：靠边儿，我就不信往日那么多的车我今儿就等不来车，我就不信。你听听好像有车来了。

　　**王才**：哎，停停停，师傅停停车。

　　**路人**：你们干什么，不要命了。

四　平：师傅，俺去乡卫生院，俺媳妇生孩子，你看俺走到半道上，车链子断了。

路　人：行，你看能上吗，能上你们就上。

王　才：谢谢师傅了。

四　平：师傅麻烦你了，俺再等下一辆吧。咱能跟猪装一辆车吗？

王　才：就是，那不咱也成猪了。

四　平：是像派出所的王所长吧？

王　才：好像是。

四　平：哎，是王所长，王所长。

王所长：四平主任，咋了？

四　平：没咋了。

王所长：蹲着等谁呢？

王　才：王所长，四平哥的自行车链子断了，这不急着到乡里头去开会吗，正在这儿等着搭车呢。你们这是干啥去啊？

王所长：大桥村群众反映，说前两天他们村来了两个跳大神的，这不我和小毛去查看了一下，结果，不知是谁走漏了风声，没抓着，跑了。

王　才：你们这不是回乡吧？那你们就顺便把四平哥给捎上吧。

王所长：行。

四　平：胡咧咧，王所长，我说你们赶快走吧，我不坐你那车，上回我坐你那车那洋相可出大了，这回是我们两个人，坐不下也挤不开，走吧。

王所长：四平主任，上回我可是一片好心，你可别当驴肝肺啊。

四　平：哪能呢。

王所长：这回啊，干脆，我把你俩都捎上。

王　才：好啊，那我们这两辆自行车咋办？

四　平：那我们车咋办？

王所长：好办，就用我锁自行车的链子，把你们俩的自行车一块锁在这棵树上。就你们俩这破车，扔了也没人要。

王　才：行啊，四平哥就这样吧！等到了乡里咱买条新链子，搭车回来，咱再把它修上。

四　平：那行，王所长，开完会你得再负责把俺俩送回来，反正我今天是赖上你了。

王所长：行，我是送佛送西天，好事做到家。小毛，快，帮你四平主任把车子锁到树上去。

小　毛：好嘞！

四　平：谢谢小毛了。

王　才：谢谢了！

王　才：你把你车扶住。

四　平：你别碰我车！小毛，把链子给我。

小　毛：好嘞！

王　才：让我来。接着。

四　平：好了，你们上车吧！

王所长：上车吧！

王才：四平哥，这回咱也尝尝这个坐警车的滋味。四平哥，来来你坐后边我坐前边。

四平：啊，你坐在这儿。

王才：哈哈，我坐你怀里搂着我。

四平：我多喜欢你，你还坐在我怀里头……你是个小月娃啊？我喂你奶。

众人：哈哈哈……

王所长：这回你俩就受点委屈，一会儿回来，我让小毛自己送。

四平：谢谢王所长了。

王才：小毛，让那红灯转起来，让那警笛也叫起来。

四平：别叫，小毛。（对王才：你叫，你再让它叫我一脚把你踹下去）

王才：咱们不是为了赶路快点嘛！

四平：我把你掀下去。

王才：别别别别……

四平：我把你掀下去。

王才：不叫了，不叫了行了吧。

四平：不叫了？

王才：不叫了。

四平：走吧！

王才：小毛，走啊！

小毛：好，坐好。

### 13. 乡里　日　外

四平：刘乡长，你看我给你带什么了，你弟妹给你做的豆豉咸菜，让我给你带了两瓶。

刘乡长：哦，哎呀，这是弟妹做的豆豉咸菜，嘿，我就稀罕这一口！（对小马：诶，小马，你快上食堂给我打碗稀饭，买俩馒头！）

小马：好！

刘乡长：我平时是不吃早饭的，一看见这个，我这食欲就上来了。我就稀罕弟妹做的这个豆豉咸菜，香啊！就个稀饭，抹个馒头，蘸个大葱，哎呀，哎呀那个味儿香啊！

小马：乡长，饭打来了。

四平：小马。

小马：四平主任。

刘乡长：哎呀，有好长时间没吃它喽！嗯！好！

四平：乡长，你刚才说开会前先给我谈谈，吹吹风，什么事？

刘乡长：是这样，你们小桥村一直在乡里是先进，你四平主任，还有王才，对咱们乡里的工作一直很是支持，所以在开会前先和你们打个招呼，让你们小桥村带个好头。

四平：那没问题啊！

王才：只要是乡领导布置的，俺四平主任从来都不含糊！

四平：今儿个在咱乡里召开全乡村主任会议，是想在咱乡推广什么经济作物啊？

刘乡长：嗯，对对对，县里领导决定在咱们乡搞试点，种烟！

四平：种烟？

刘乡长：嗯，要想富，要想老百姓手里有钱花，就得发展经济作物。

四平：咱这不能种烟。

刘乡长：为什么？

四平：五八年大跃进那会儿吧，咱全乡都种过烟，那时候是人民公社，种什么东西都是上面说了算，那上级一下命令，奶奶的，咱全乡就把烟都种上了。结果吧，收的烟叶就这么窄，又小又窄，哪个烟厂都不要。历史的经验咱得记住，咱这个地方的水分、气候全都不适合种烟。

王才：就是，就是。

刘乡长：四平啊，你说的那是三十年前的事了，从前是从前，现在是现在嘛！这不都三十年了吗，一切都在变，这老天爷也在变。这几年冬天谁见过东山水库结过冰？谁见过那屋檐上挂过冰溜子，嗯？五八年咱们山东临沂种茶叶，沂河两岸种大米这不都成功了吗？那老辈上有过吗？我告诉你，这是咱们县里领导在咱们乡搞试点，试点试点，你不试你怎么知道不行啊？我告诉你，这批烟种子可是从云南购来的优质烟种，你想多种我还没那么多烟种子给你呢！

四平：那每村种多少？

刘乡长：大村五十亩，小村三十亩。分到你们小桥村每户也就摊两分地。就算这两分地的烟长不好，大家留着卷烟抽嘛，那能有多大的损失吗，是吧？

王才：可也是啊，四平哥，乡长说的对呀！

刘乡长：这是上级领导交给咱们乡的光荣任务，你四平有胆量顶我这个乡领导，我可没胆量顶县领导。

王才：四平哥。

四平：我不是这个意思，就是借我个胆子我也不敢顶撞领导啊！种烟这个东西在咱们这个地方……

刘乡长：好了好了，我知道推广种烟有一定的阻力，这不才找你李四平嘛，才让你们小桥村带个头啊。没阻力没困难要我们这些村干部干什么？

王才：就是就是！

刘乡长：哎呀，痛快点，四平，你要不带这个头，那我可找大桥村啦！

四平：别别！

文字整理：李悦<br>资料来源：根据优酷网提供的视频完成文字整理。<br>具体参见 http：//www.youku.com/

# 大雪无痕

**首播时间**：2000年

**首播电视台**：中央电视台

**摄制单位**：中国电视剧制作中心、四平有线电视台、长春电影制片厂

**编　　剧**：陆天明

**导　　演**：雷献禾

**摄　　像**：张　彪、宁长城

**主　　演**：任程伟、何政军、曹　颖、杜　源、阎淑琴

**获奖情况**：第二十一届（2000年度）中国电视剧飞天奖长篇电视剧一等奖；第十九届（2001年）中国电视金鹰奖长篇电视剧最佳作品奖、观众喜爱男演员奖、观众喜爱女演员奖、观众最喜爱电视剧歌曲奖；第八届"五个一工程"优秀电视剧奖。

**剧情梗概：**

电视剧《大雪无痕》用艺术的手法向观众展示了一件大案背后隐藏的反腐败斗争，警察方雨林等生动的人物形象和紧张的故事情节使这部电视剧具有很好的评价。

某市发生"12·18"大案，一名市政府办公室在接待司令员和市领导过程中神秘失踪。警察方雨林是当时负责接待保卫工作的一名刑警，由于接受处分从刑警队副大队长变为普通警察，他与当晚接待的丁司令员的女儿丁洁本是青梅竹马，但因门第之差，使方雨林非常自卑而没有勇气发展两人的关系。丁洁是电视台新闻部主任，原是副市长周密的学生，两人在交往中渐渐生发感情，这使得方雨林非常难过。

东钢干部廖红宇因举报遭到打击报复，找老乡副市长周密帮忙调动工作。在阎秘书的介绍下，周密与本市颇有影响的企业家九天集团董事长冯祥龙结交成友。周密顺水推舟把廖红宇调到冯祥龙手下。

"12·18"大案因照片无法辨认，使案情举步维艰。方雨林在周密的家乡发现了作伪证失踪的勤杂工李富贵并查出阎秘书也是周密从双沟老家提拔的。他怀疑"12·18"大案可能是周密所为，并向局里汇报了自己的推断。当晚他遭到一辆警车的追杀，死里逃生。

廖红宇到九天集团被派到橡树湾仓储基地，因此方雨林知道此价值5000万元的国有资产已被冯祥龙以500万元卖给了假港商。省局里派出的工作组却明查暗保，终于激怒九天集

团工人集体进城静坐请愿,引发了橡树湾事件。省市领导责令周密与冯祥龙谈话,冯祥龙暗示周密此举正是按省反腐败领导小组组长顾副书记指示所为。廖红宇为了找到证据,暗地里偷偷复印了九天集团的账目,抓住了冯祥龙的罪证,并以"民心"的笔名举报给省里。不想神通广大的冯祥龙得到举报信,当晚廖红宇被人连砍数刀送进医院抢救。冯祥龙仍不肯罢休,又花钱雇苏大夫下手加害廖红宇,好心的苏大夫暗中保护了廖红宇,使她得以康复并进北京告状。

方雨林得知丁洁与周密交往频繁,万分着急,几度相劝又无法解释清楚,反而越抹越黑。直到一天丁洁发现周密居然和省反腐败领导小组组长顾副书记的儿子顾三军在一起密谈,而顾三军是有名的纨绔子弟。丁洁方感到方雨林的劝告有他的道理,并且有着深刻的含义。她主动找方雨林诉说许多自己一直怀疑的地方,并告诉方雨林周密家有一本带洞的字典。

在廖红宇的状告下,中纪委责令省纪委重新调查九天集团的案子。冯祥龙因贪污受贿罪被捕。

在周密出国考察仅剩一天时间,作为"12·18"大案重要嫌疑人,一旦出国意味着即将有出逃的可能。公安战士们知道情况危急,但又无可靠证据得到上级的批准,方雨林想到那本字典可能是枪击所为。他只能求丁洁取出那本字典,丁洁冒险赶至周密家中,不料却被周密抓住绑架起来,周密自己匆忙赶到机场,即将逃走。所幸负责监控的公安干警发现了情况并救出丁洁,这致使周密罪行败露。经省委批准,公安干警在飞机起飞前逮捕了周密。周密在大量的罪证面前不得不交代"12·18"大案的杀人动机和全部过程,"12·18"大案宣告结束。

     文字整理:李季
     资料来源:根据56.com视频网提供的视频完成文字整理。
     具体参见 http://www.56.com/w28/album-aid-8205016.html

## 剧本:

## 《大雪无痕》第一集

**隆冬　傍晚　大雪纷飞**

  在弦乐的配合下,由小号主奏的背景音乐忧郁、遥远,且又深沉、从容。但弦乐部分的某些乐段却不时在向人们预示着某种潜在的不安和紧张。

  一辆崭新的黑色大奥迪迎着镜头扑来。雨刷疯狂地左右摆动,擦抹那些不断积聚在车前窗上的雪花。透过车前窗,我们可以模模糊糊地看到开车的是个30岁左右的年轻女子。副驾驶座上坐着一个秘书或警卫模样的军人。车后座上好像还坐着一对老夫妇。其中一位也穿着军服。

**车里**

  **丁司令员**(车后座上的那个老军人):怎么还没到?

丁洁（开车的那个女子）：爸，您急什么嘛？

## 来凤山庄

　　这是一幢带有西班牙风格的老式别墅，坐落在深山林区。门前有个不小的空场。此时空场上已经停放着好几辆高级轿车。空场周围默默地游动着几个警戒哨，封锁着通往山庄的几个道口。

　　空场入口处身穿警用皮大衣的方雨林在执勤。他也 30 岁左右，高挑个，瘦削，结实，皮肤黝黑。长相有点奇怪，绝对谈不上英俊，但眉目间挡不住地往外透着一种英气，加上他特有的那种生硬冷漠的神情，总让人想起大草原上被雷电击打过烧焦了而依然戳立着的栓马桩。此时他帽上身上全落满了雪，甚至眉毛胡碴子上也都结上了雪白的冰碴子，但他似乎全然不察似的，不时地斜过眼去打量离他并不太远的那幢"来凤山庄"，目光中透着他固有的疑忌和茫然。

## 山庄主楼大厅里

　　市委市政府和省里的几位领导已经先期到达。

　　**周密**：一会儿，丁司令员一进这大门，你们就开唱。这是丁司令员最喜欢的一首歌。一定要注意情绪。来，试一遍。张秘书，你演一回丁司令。开始！

　　张秘书微笑着走进门来。

　　周密向合唱队员挥了一下手。

　　《莫斯科郊外的晚上》歌声起。

　　**周密**：好……眼睛看着司令员……行注目礼……跟着他……热情一点……再热情一点……

## 山道上

　　大奥迪拐过一个弯道，驰进"来凤山庄"。

## 车里

　　**丁洁**：爸，来凤山庄！

　　**丁司令员**：嗯，环境还不错……

　　**丁洁**：什么叫还不错？90 年代以前，这儿是省委省政府接待中央首长和外省宾客的主要场所。

　　**丁母**：后来咋不用了呢？

　　**丁洁**：盖了新的呗，更现代化的呗。

　　丁司令员淡淡地苦笑了一下，一边叹气，一边轻轻地摇了摇头。

　　大奥迪驶下山道。方雨林带着一个年轻的警卫迎了上去。

　　方雨林做了个手势。大奥迪停了下来。

　　**方雨林敬了个礼**：请出示证件。

　　**丁洁**：方雨林，你搞什么名堂？！我爸在车上。

**方雨林**：请出示证件。

**丁洁**：你不认识我爸？

**方雨林**：有命令要求我对通过这儿的任何车辆和人员检查证件。

**丁洁**：上头给你这命令是为了啥？是为了保证我爸和其他首长的安全！可现在我爸就在车上！

**丁司令员**：小洁！

**丁洁**：爸，您别管。他方雨林今天是故意跟我过不去！

**方雨林**：丁小姐，本警员只是在执行公务。

**丁洁**：你？我还不知道你？！

警队队长带着两名战士急匆匆跑来。

**警队队长**：老方，你找剋呢？！让开！（弯下腰，对车里的丁司令员敬了个礼）对不起，司令员，他……他是新分到我们中队来的，还不太熟悉有关警务……您请进。

丁洁气乎乎地关上车门。奥迪车缓缓起步。

警队队长和其他战士都一本正经地向离去的车敬礼。

方雨林虽然也敬着礼，但脸上却明显地流露着一丝不恭和调侃。

奥迪车平稳地驰去。

**警队队长马上拿起对讲机**：07（东拐）……07（东拐）……

## 山庄大厅里

**市委秦书记**：丁司令员到了。张秘书呢？他拿着贵宾室的钥匙哩，让他赶紧去把贵宾室的门打开。

**阎秘书**：他没在。好像有谁找他，他急急忙忙去那边了……

**秦书记**：这时候还去接待什么人。胡闹！快去找他。

## 山庄后门口

一个杂务工正在那儿收拾扫雪的工具。

**阎秘书**：张秘书！张秘书！

没人回答。

**阎秘书**：你见张秘书了没有？

**杂务工惶惶地点点头，指了指后门外**：他好像是去那边了。

阎秘书向后门外看去。后门外是一个几近荒芜的花园，孤零零地耸立着几棵冷杉树。光洁的雪地上清晰地印有两行脚印。

**阎秘书**：他跟谁走了？

**杂务工怕怕地摇了摇头**：没瞧见。

阎秘书便顺着那脚印寻去，出了园子的一个边门。边门外是后山腰，一片杂树林。杂树林里，还坐落着一幢已经完全破败了的小别墅，离山庄大约只有四五十米。小别墅所有的窗户都用木板条封上了。窗户里黑乎乎的。从脚印的去向看，张秘书显然是走进了这片并不算小的杂树林，而且是向那幢破败的小别墅走去的。

那个工作人员对着杂树林和破别墅又叫了两声：张秘书……张秘书……

还是没人答应。

那个工作人员：你的的确确看见张秘书冲着那个方向走了？

杂务工：这……这儿不是有脚印吗？！

那个工作人员犹豫着又仔细辨别了一下脚印，刚下定决心要向小林子深处寻去，从小林子里陡然刮起一阵阴森森的寒风向他扑来。他打了个寒战，迟疑了一会儿，这才鼓起最后一点勇气，带着那个杂务工走进杂树林子。

## 大奥迪车里

丁母：怎么了，你和这个方雨林又闹别扭了？

丁洁：妈，我的事，你别管。

丁母：你也快三十了。

丁洁：妈！

丁司令员轻轻地叹了口气：唉，你们这些年轻人啊……

丁洁突然停下车。两位老人一愣。

丁洁打开车门，对老人说了声：你们等我一小会儿。（说罢，便匆匆走下车去）

山道上丁洁大步走到方雨林面前。

丁洁：方雨林，你真有出息。

方雨林：谢了。

丁洁：你以为天天会有一辆大军区司令员的车来让你拦截，来满足你那种莫名其妙的虚荣心？

方雨林：离休的司令员。

丁洁：离休的，又怎么了？

方雨林：我打心眼儿里尊敬这些老首长，但我不会把我的尊敬给他们那些只会跟人胡搅蛮缠而又自以为是的女儿们。

丁洁：自以为是？这世界上还有比你方雨林更自以为是的么？你要不自以为是，堂堂一个政法学院的高材生、市刑侦大队的副大队长能落一个站马路的下场？

方雨林：没有我们这些站马路的，你们这些奥迪来奥迪去的人，能走得那么自在痛快吗？

丁洁：那好。我祝愿你永远这么站下去！

方雨林冷笑着刚要回敬她一句，突然，远远地从小杂树林后头那幢破败的小别墅某一个窗户里闪出的一点亮光引起了他的警觉。他匆匆对丁洁说了句："对不起。有情况。"并调侃似的向她敬了个美国式军礼，大步向另一个值勤点上的警队队长走去。

## 山道的另一个值勤点上

警队队长注意观察了那幢破败的小别墅一会儿：亮光？你小子看走眼了吧？下午我派人去清查过。那幢大屋子十来年没住人了。门窗全封得死死的。哪来的亮光？鬼哦！

方雨林：甭管是人还是鬼，能不能马上派人再去搜索一下？我的的确确看到有个亮光闪了一下。

**警队队长**不在意地一笑：行。那就派你去吧。

**方雨林**：查明情况前，能不能通知司令员和别的首长先都别进入"来凤山庄"？

**警队队长**：干吗？你小子唯恐天下不乱呢？就算是真有那么一点光在它某一个窗户里突然亮了一下，又能说明啥？啊？能说明啥？！

**方雨林**：我不知道它究竟能说明啥……

**警队队长**：你不知道，怎么可以瞎吵吵？一会儿，省市两级主要领导，包括省长和省委书记都要上这儿来。拿这么点事儿去搅和这么多头头脑脑，这责任谁担着？！

**方雨林**无奈地：是……

**警队队长**：方雨林啊方雨林，都说你是个绝顶聪明的人。可……你让我说你啥好呢？

**方雨林**：是。我又错了。

这时，秦书记和阎秘书匆匆走来。

**警队队长**忙迎上去：秦书记，有事？

**秦书记**：别声张。（放慢语速，压低声音）出了点事。我们有一位秘书突然不见了。

**警队队长**：一个秘书失踪了？什么时候？

**秦书记**：就刚才。他是我们市政府办公室很重要的一个秘书。

**阎秘书**：说是十几分钟前，有一个挎着一个小包的陌生人把他带到山庄后头那幢破别墅里，再去找，就怎么也找不见了。

**方雨林**：你们咋知道他去了那幢破别墅？

**阎秘书**：有脚印为证。

**方雨林**：你们进那幢破别墅里找过没有？

**阎秘书**：那门上的锁锈得挺厉害。我们砸了好大一会儿都没砸开……

**方雨林**忙脱掉皮大衣，一边向停在路旁的一辆警车走去，一边说道：我去瞧瞧。

这时，从那幢破别墅方向突然传出一下极清脆的枪声。

**方雨林**一惊：枪声！

**警队队长**：枪声？

接着，从同一方向又传来两下极清脆的枪声。

**方雨林**对队长大叫一声：快派人去保护丁司令员和几位主要领导。说着，便发动着车，向山上冲去。

拿着手枪的方雨林一脚踹开破别墅的门，只见门厅中央地板上的一大滩血泊里，倒着一个人。

镜头猛地推向那人脸部的大特写。我们看到，他正是那位失踪的张秘书。

这时，方雨林身后的门突然响起一阵急促的脚步声。方雨林忙端起枪，向后看去，是警队队长带着几个持枪警员匆匆跑来。

**警队队长**：抓住凶手没有？

方雨林摇了摇头。

**警队队长**：快！封锁所有道口，别让他跑了。请求市局立即派人派警犬增援。

那几个警员立即冲出门厅。

方雨林从尸体旁慢慢站起，细细地打量着这个极破旧、到处都堆积着尘土垃圾、还结着蜘蛛网的门厅。忽然间，他的视线停留在一扇破窗前。那儿有一个电灯泡吊在一根垂落的电线上，一阵风刮来，那灯泡便在风中来回地晃动起来。方雨林掏出一只手套戴上，然后用戴着手套的一只手指去按了一下房门旁的一个电灯开关。那灯泡突然亮了。

**警队队长被吓了一跳**：你整啥呢？

　　方雨林马上又关灭了灯。

**警队队长**：走吧。通知人保护现场。

　　警队队长说着便走了出去。但方雨林却依然一动也不动地站立在黑暗中，怔怔地注视着那个在黑暗中仍然在隐隐反映出一抹暗亮的电灯泡。

　　镜头慢慢推向灯泡。我们清楚地看到，它久久地、久久地晃动着……

　　仍然是一个灯泡在黑暗中慢慢地晃动。但看得出，它已经是另一个灯泡了。它有一个规范的并带有一定艺术造型的灯罩。当它快要停止晃动时，一根细长的木棍慢慢伸进画面，又去拨动了它，它便再度晃动起来。

**一个女孩的声音怨怨地叫了起来**：哥，什么毛病？你还让人睡不睡觉了？

　　声音是从布幔的另一边发出来的。女孩喊叫的同时，还开亮了她床头的小台灯。于是布幔上便出现了她穿着内衣侧身坐起的身影。灯亮后，我们看清，这是北方大杂院常见的一个平房小屋，当间用一块布幔隔开，分住着这一对都已长大成人了的兄妹。同时我们也看到，受了妹妹"喝斥"居然闷头不作声的"哥"，便是我们已经见过面的方雨林。

**方父的声音**（从里间小屋子里传来）：又整啥呢？都几点了？

**方雨林**：爹，没事。没事。

**方雨珠（方妹）**忙关灭灯。

　　接着从里间的小屋里传出一阵方父剧烈的咳嗽声。方雨林忙起身去拿暖瓶。方雨珠也去拿暖瓶。

　　方雨林把先拿到手的暖瓶大度地让给了妹妹。

　　不一会儿，从里间的小屋里传出雨珠给父亲倒水的声音，替父亲捶打后背的声音。又过了一会儿，小房间里安静了。雨珠悄悄地走了出来。

　　雨林从妹妹手里接过暖瓶，感激似的拍了拍她。

**雨珠低声地**：睡吧。

　　雨林点了点头，却仍然一动也不动蹲坐在通里间的房门旁。过了一会儿，他拿起一件棉大衣，向外走去。

**黝暗而极安静的小巷子里**

　　雪已经停了。巷子里再无他人，只有方雨林在慢慢地走着……走着……偶尔，才会有一辆载着蔬菜或其他什么副食品的平板车，在不紧不慢地向近处一个什么菜市场蹬去。

　　出了巷子口，方雨林点着一支烟，呆呆地站在十字路口的铁栏杆旁，慢慢地抽着。

　　身后有脚步声。

　　他没动弹。他听出是谁了。

　　脚步声在他身后一点地方停下了。

　　静默了一会儿。

**方雨林**没回头：你来干啥？

**方雨珠**：不放心咱的哥呗！

**方雨林**：谁还截我这么个大老爷们儿……（一转身，本想"训斥"雨珠几句，却看见她手里捧着他的一顶皮帽和一条加长驼毛黑围巾。他心里一热，口气也顿时软了）快回去。不冻死你！

方雨珠调皮地一笑，走到他面前，踮起脚尖，替他戴上皮帽，围上围巾。

**方雨林**脸微微一红，低声道：给我起开。让人瞧见了，还以为啥呢！

**方雨珠**赖兮兮地一笑，上前勾住哥的胳膊：以为啥？谁爱咋想咋想。他管哩？！

大排档店里

**方雨珠**：今天我请客。我有钱了。厂子里给我们这些下岗女工发了下岗补贴……

**方雨林**：多少？

**方雨珠**掏出两张老头票得意兮兮地晃了晃：二百来块哩！够咱俩搓一顿的了。剩下的，明天买点虾，包点三鲜饺子给妈送去。她老说医院里的饺子没味儿……对了，再给老爸买两盒好烟……

方雨林心里一阵难受，把那两张"老头票"塞还给妹妹，站起来到柜台上买了一扎黑啤，一罐粒粒橙，两碟小菜，一碟干煎小黄鱼。

**方雨林**：喝。

**方雨珠**：哥，这些日子，我瞧你晚上老睡不踏实，是想着案子呢，还是想着受处分那事……

**方雨林**：谁想处分的事？！一个球副大队长，你以为我真把它当回事？

**方雨珠**：可这些日子，你老耷拉着个脸……

**方雨林**：唉，你不想想，哥都三十了，还光棍一个。能不着急上火？

**方雨珠**：蒙我。你不是那种一时半会儿讨不上老婆就急得抓耳挠腮、爬树上墙的男人。

**方雨林**：快三十了，没本事给妹妹挣一间独自住的小屋。快三十了，爹病，娘住院，妹妹下岗，我……堂堂一个男子汉居然束手无策。三十啊！！我的好妹子！

方雨林几乎等于在喊叫的声音，引起了店堂里其他食客的注意。

他们纷纷寻声扭转过头来。

**大街上**

雨林和雨珠在慢慢地走着。

**方雨珠**：你知道前些天爹跟我说啥吗？他说，他啥都不怕，娘住院，他自己害病，我下岗，都不怕，他就不能看你耷拉个脑袋。他说你是咱家的顶梁柱。你要再一耷拉了脑袋，咱家算是彻底完戏。（说着，雨珠的眼圈便红热起来）

方雨林心里也一阵难受，低下头，默默地走着。

过了一会儿。

**方雨珠**：你跟丁姐又咋了？

**方雨林**：没啥……

**方雨珠**：人家是大司令员的女儿……

方雨林：打住。打住……

方雨珠：怎么了？人家就是大军区司令员的女儿嘛！

方雨林：我最不爱听别人跟我说这。告诉你，从中学到大学，一直是她丁洁在追我……

方雨珠：一个男孩土头土脸地被一女孩追了十来年，你还以为你光荣？你伟大？我知道你心里喜欢丁姐，就是不敢公开去追她……

方雨林：我喜欢她？我不敢公开追她？呸！

方雨珠：就是。跟你说吧，今天下午，丁姐还上咱家来了。本来她不让我告诉你的。

方雨林一愣：她上咱家来了？

方雨珠：她听说咱老爸病了，老妈住院了，我又下了岗，挺不放心的。她还……

方雨林：还怎么了？说。

方雨珠：我说了，你不许骂人。

方雨林：说吧说吧，你！

方雨珠：她听说老爸单位一年多没给职工报医药费了，临走时还留了一笔钱给老爸……

方雨林：你们收了？

方雨珠：你知道丁姐的脾气……

方雨林：你们就不知道我的脾气?!混!!

这时，方雨林腰间的BP机"嘀嘀"地响了起来。他看了一下：你作为市刑侦大队的副人队长、"5·25"专案组的副组长，在组织上做出暂时停止专案调查，中止侦破此案的决定以后，却私自继续对有关人员进行布控侦察，差一点破坏了省反腐败领导小组根据中纪委和省委常委会指示精神所做出的重大战略部署。事后，组织上对你只实行了撤职处分，而没有进一步追究你其他方面的责任，完全是出于爱护。昨天同样出于对你的信任和爱护，通知你来参加新案的案情分析会，你小子居然置之不理。你不觉得自己已经滑到非常危险的边缘了吗？你想跟谁对抗呢?!

方雨林：我明白。我是到了该回去卖红薯的时候了。

郭强：方雨林！

马副局长：那好，既然想回去卖红薯，把这身警服给我脱了。

方雨林立即开始脱警服。

**郭强冲上去一把揪住方雨林的领口**：你他妈的真较上劲了?!

方雨林：大队长，看来我方雨林今世是当不了一个好警察了，那就让我回去当一个好百姓吧。

郭强：照你这么说，我们都不是什么好玩意儿？大队里那么些同志也都不是什么好玩意儿?!你！方雨林，说这话混不混呢？

方雨林颓然地坐到一张板凳上。

这时，马副局长向外走去。（郭强赶紧把方雨林脱下的警服塞给方雨林，示意他赶快穿上）马副局长立即回转过身，指着那件警服，厉声说道：撂下！你以为它是啥？想脱就脱，想穿就穿？你要不给我写出一份深刻检查，就别想再碰这套警服。说着，走出门去。不一会儿，又听到他在院子里吩咐警队队长：给我看住这小子。要么给我留下一份书面检查，要么把警服给我留下。

两辆崭新的警车一辆接一辆地开走了。院子里陡然安静了下来。方雨林呆呆地在办公室里坐着。不一会儿,警队队长给他送来一叠空白的公文纸和一支圆珠笔。

**警队队长叹口气**:别再犯傻了!快写吧。说着,拍拍方雨林的肩膀,关上门,走了。

屋里再次只剩下方雨林一人。从防煤气的风斗口传来一阵阵轻微的呼呼声。铁制的取暖炉上,早已烧开了的水壶也在嘶嘶地往外喷着水蒸气。心烦意乱的方雨林拿起笔又放下;放下,又拿起。此时他显得那么的矛盾和痛苦。突然,他抓起笔用力向桌面上戳去。

"呼"地一声,笔折断了。他手上也隐隐地渗出了一些血丝。

### 电视台新闻部

男女编辑记者们一个比一个年轻,这时都在议论昨天发生的那起"张秘书被杀案"。

丁洁走了进来。议论声一下消失了。她走进门上标有"新闻部主任"的那个小隔间(小隔间是用玻璃隔墙跟外头的大间分隔开的),神色显得相当疲惫,脱掉棕色的呢大衣,换掉沾着雪水泥水的女式彩色胶靴,先打开电脑,然后从抽屉里取出一包袋装的雀巢咖啡,取出两块高档的曲奇饼干,刚要弯腰去够暖瓶,一个极年轻的女编辑拿着一个暖瓶推门走了进来,一声不吭地替她把咖啡冲上。

**编辑丁洁**:谢谢。

冲完咖啡,女编辑依旧站在她面前不走。

**丁洁**:有事?

**女编辑**:嗯……(回头对同事们使了个眼色)

这时,原先在外屋的那些编辑记者一下都涌了进来。

丁洁一愣。

**一个男记者**:丁姐,听说昨天张秘书被杀时,您正在现场……

**丁洁**:我离现场还有百十来米。

**一个女记者**:您知道警方对这个案件有什么判断?凶手可能是什么人?凶手的作案动机到底是什么?据说,警方昨天在"来凤山庄"布置了相当多的警力保卫来自方方面面的领导。凶手为什么要选择这样一个对他作案极其不利的时间和地点下手?

**丁洁站起**:Ladies and gentlemen,你们这是在举行记者招待会呢?本小姐没有参与警方任何活动,更没参与凶手的任何活动。对各位提出的问题,本小姐一概不知。无可奉告。记者招待会现在散会。

**那个年轻的女编辑**:哎呀,丁姐,您当时离枪杀现场才一百来米,那杀人的枪声,您是听得清清楚楚的,跟我们透露一点内幕嘛!

**方雨林**:谁让我方雨林再没有如此亲近地接触过任何其他的女孩。我在对待和处理你我之间这个关系上是绝对认真严肃慎重的。但是……

**丁洁冷笑一下**:好一个但是!

**方雨林**:但是,有一种感觉在我心里已经折腾了一千遍一万遍,我一千次一万次地想排除它,但一千次一万次地排除不了。我曾一千次一万次地告诉自己这种感觉只是个错觉。但当它一千次一万次地重复出现时,我才悟到,它不完全是一种错觉。即便是错觉,我们也得重视它……

丁洁：我知道你想说什么。

方雨林：我想，你也早就感觉出这一点来了。我们俩在生活经历、家庭教养、性格层面和内心深处都存在着太多不一样的东西……你我要长久地生活在一起，的的确确不太合适……

丁洁：没有。我没有这种感觉。

方雨林：丁洁，你常常说你自己是一个理性胜于感性的女孩。在这件事情上，你为什么就不能更理智、更客观、更冷静一些？你应该相信，我刚才说的这些，是一个成熟男子负责任的表白。要做出这样的结论，对于我也是极痛苦的……

丁洁不说话了。她脸色苍白，怔怔地背对着方雨林坐着。眼眶里隐隐地闪动着湿润的光泽。

过了好大一会儿。丁洁突然站了起来，眼角里虽然仍闪动着一丝湿润，但从整个的神情上看，她似乎已恢复了平静。

丁洁：是的，我说过我是一个非常理性的女孩，如果你不健忘，我还对你说过，我还是一个非常固执、特别自信、经常会耍一点小性子的女孩。不管在什么情况下，我都不会让别人来决定我要什么，或不要什么。我不会强迫别人去爱什么，但也不会让别人来左右我、告诉我不应该去爱什么……

方雨林：我不是要左右你。丁洁，你……你也快三十了。不能再耽误了……

丁洁：耽误什么？如果你方雨林急着想另找个女孩结婚成家，别拿我说事！

方雨林：怎么又变成了我急着要结婚成家？

丁洁：这钱的确是我送到你家去的。但送钱的主意不完全是我一个人的。我太了解你了。我知道，给你送钱，一定会伤害你大男子主义的自尊。但我爸一定要我这么做。他一直挺关心你爸的身体，一直也没忘记他这个老部下，还挺关心你们家的境况。所以，这钱……你要退，直接退还给我爸。

说着，她"啪"地一声把那个装钱的信封又撂还给了方雨林，并向外走去。

文字整理：李季

资料来源：宋家玲、胡克主编，《影视剧本选评》，中国传媒大学出版社2005年5月第1版。

# 女子特警队

首播时间：2000年
首播电视台：中央电视台
摄制单位：中国电视剧制作中心、武警政治部电视艺术中心
编　　剧：谭力
导　　演：陈胜利
摄　　像：董亚春、程兴怀、于丁
主　　演：雷敏、梁静、颜红军、孙杨、罗斌、孙卓
获奖情况：第二十一届（2000年度）中国电视剧飞天奖长篇电视剧一等奖、优秀导演奖；第十九届（2001年）中国电视金鹰奖长篇电视剧优秀作品奖、观众喜爱女演员奖；第八届"五个一工程"优秀电视剧奖。

**剧情梗概：**

该剧讲述了某武警部队女子特警队铁红、沙学丽、耿菊花等年轻队员加入特警队从训练到执行任务成为真正的女子特警的成长故事。

一座废旧工厂里，女子特警队正在进行演习。英姿飒爽的女兵们迅速展开，对敌实施围歼。这一切，让一个渴望光荣、梦想辉煌的女孩——铁红十分向往。一个大雾的早晨，她告别了含辛茹苦的母亲，只身前往特警队参加考试。在总队领导及特警队的了解下，父母离异的铁红、大款的女儿沙学丽、山村姑娘耿菊花，还有总队杨副政委的女儿杨继军等人被选中加入女子特警队。铁红、沙学丽、耿菊花、杨继军等几个女孩子，站在了武警某部女子特警队新战士的队列中。特警队的一切，使女孩子们遇到了人生最严峻的挑战和考验。军队严格的管理、严密的组织纪律和高强度的军事训练，逐渐磨砺了她们的性格和意志，锻炼了她们的体魄和素质，她们渐渐成长为真正的战士。为维护社会安定，她们曾数次与犯罪集团和犯罪分子进行了殊死的较量，个个不辱使命，杨继军为此用年轻的胸膛挡住了犯罪分子罪恶的子弹，尽显英雄本色。姑娘们用自己的青春和热血捍卫了武警的荣誉，也为自己写下了光荣，使自己成为真正的女子特警。

文字整理：李季
资料来源：根据56.com视频网提供的视频完成文字整理。
具体参见http://www.56.com/

**剧本：**

## 《女子特警队》第一集

**1. 某某仓库　日　外**

一架直升机在空中盘旋，载着特警的各式车辆在地面上行驶。

**总指挥：** 特1注意，我是飞鹰！我是飞鹰！有一伙武装歹徒逃窜至第三号地区！命你部按第三号作战方案实施围歼，明白没有？

伴随着声音，一众女特警持枪从车上飞奔而下。

**地面指挥官手持呼叫器：** 特1明白！各组按第三号方案实施围歼，开始！

一众特警冲入仓库，有的射击掩护，有的快速潜入！

**总指挥：** 各小组注意！罪犯已经向楼上逃窜，第一小组担负突击任务，第二小组注意掩护，明白没有？

**第一小组指挥：** 第一小组明白！

**第二小组指挥：** 第二小组明白！

**地面总指挥：** 里面的人听着，放下武器，缴械投降！

特警们用各种方式潜入仓库。

**2. 屋内　日　内**

电视中播放的正是女子特警队在仓库中实施围剿的实况。

电视机前，铁红盯着电视上的画面，目不转睛。

**节目主持人：** 据记者报道，上午九时，武警部队女子特警队在我市某废旧工厂成功地组织了围歼某犯罪团伙的实战演习，罪犯一方身携先进武器，负隅顽抗拒不投降，而女子特警队部署严密，以空攻配合地面的立体式围歼战术迅速控制了局面，有效地对犯罪团伙实施了打击，这次演习不仅充分的展示了武警部队在处理突发事件时良好的军政素质，更将女子特警队队员快速反应能力突出、具有超乎寻常作战力的特点体现了出来，她们堪称军中精锐，无愧于"巾帼英雄"的光荣称号。中国人民武装警察部队，担负着保卫国家内部安全的神圣使命，为了加强与世界警察的合作，维护祖国的安定，武警部队组织了自己的特警部队，女子特警队就是这其中光荣的一支！

**3. 屋内　日　内**

铁红脸上盖着书正在床上熟睡。

**闹钟：** 快起床、快起床，起床！！

铁红睁开眼睛将闹钟按掉，闹钟上的时间显示7点。

拿起书包，铁红迅速的将一些生活用品塞入包内。

铁红拿起挂在墙上的剑，从剑鞘中抽出宝剑，接着拿起桌边放着照片的小镜子，看得专注。

**铁红**（独白）：记得第一次在电视机上看到女子特警队的报道，我心里久久不能平静，夜里总是梦见她们，那迷彩服、红贝雷总在我眼前浮动，我心中一直有一种渴望和梦想，渴望着光荣，梦想着辉煌……

伴随着内心独白，铁红背起了书包，拿起了宝剑悄无声息地走到了母亲的房门口，向里张望。

**铁红**（独白）：我想去当兵，想当女特警！我把这个想法告诉了妈妈，她一听就哭了，我知道，妈妈舍不得我走，可是当听到特警队招兵的消息，我还是偷偷去报了名。几天后那个初冬的早晨，我离开了妈妈，离开了家，离开了那个熟悉的小城，记得那天的雾很大很大。

站在母亲房门口的铁红整了整心神，毅然地走出家门，在雾气中，她的背影渐渐消失。

**4. 队长办公室　日　内**

电视上，播放着一名女孩开车的画面。

电视机前，坐着一众武警队的上级人员。

**工作人员甲**：总队长，这个女孩儿的车技不错。

**队长**：好，是哪儿的人呢？

**工作人员甲**：是本市人，总队长！

**工作人员乙**：她的父亲是沙云彪，是公司的老板，是搞汽车销售和建筑材料的，资产大概有一千多万吧！

画面中，开车的女孩儿沙学丽将车停下，下车。

**沙学丽**：怎么样，我的车技？

**电视机前，招生负责人**：大款的女儿啊，现在的兵源成分很复杂！

**画面中，沙学丽**：我老爸说，女特警特别好玩儿，我看过电视剧《霸王花》，她们都戴着贝雷帽、拿着冲锋枪、穿着迷彩服，特别棒！所以我想当！

**电视机前，总队长**：看来这个人做文工团员差不多，当女特警行吗？

画面中，另一个女孩儿在走钢丝。

**电视机前，工作人员甲跟招生负责人耳语**：这个女孩子叫耿菊花，是四川开明县农村的，很朴实，身体也很好！攀登啊，爬绳啊，都是她的特长！

**招生负责人**：行啊！

**画面中，耿菊花**：我妈妈去世早，我哥在家干活，还没娶上媳妇，我上过两年中学，所以我想当兵！

**工作人员**：那，你有什么特长呢？

**耿菊花**：我没啥子特长，不过我……我爬树还可以！

**总队长**：有吃苦精神就行，我看还可以！

画面中，铁红正在舞剑，招式利落，神情坚毅，果断。

**电视机前，工作人员乙**：总队长，这个人叫铁红，参谋长已经看过两次了，条件很不错，从小练武术。

**画面中，工作人员**：说说你的家庭情况吧！

铁红：我妈妈在家，我在学校上学！
　　工作人员：就没了？
　　铁红：没了！
　　工作人员：那，你爸爸呢？
　　铁红：我，我没有爸爸！
　　电视机前，招生负责人：单亲家庭，离异的不少。
　　总队长：不是四个么，怎么三个呢？
　　工作人员甲：总队长，还有一个是杨副政委的女儿！
　　总队长点了点头。

5. 女子特警队大院　日　外
　　一串红色的鞭炮被点燃，噼哩啪啦的很是喜庆，大院的喇叭里播放着《咱当兵的人》，院内，总队的王医生带着杨政委的女儿杨继军跟总队长说话。一旁，铁红经过，有些不以为然。

6. 公路上的车内　日　外
　　车内，沙学丽坐在副驾驶上，父亲沙云彪开车。
　　沙学丽：老爸，说好了，就半年！
　　沙云彪：好，半年半年！
　　沙学丽：半年也不行，昨天我们同学说了，新兵训练特苦！那腿都会训练变形的，那我以后怎么去文工团跳舞啊？
　　沙云彪：放心，你只要熬过三个月，半年绝对没问题！

7. 特警队大院　日　外
　　铁红站在院中四处张望，沙云彪带着沙学丽开车进入大院，沙云彪和沙学丽下车。
　　沙云彪：噢，指导员，您好！
　　指导员：沙老板，你好你好！来，我给你介绍个人！
　　指导员碰了碰一旁的王医生。
　　指导员：这是咱们总队的王医生，这是沙云彪，沙老板！
　　王医生和沙云彪握手。
　　沙云彪：这是我的女儿丽丽！
　　指导员：这是杨继军，你们俩是一个班的！
　　不远处，耿菊花拎着大包小包的走进院子。
　　沙学丽：耿菊花，过来过来！
　　沙学丽站在铁红旁边，拉过刚刚进来的耿菊花。杨继军站在一旁。
　　沙学丽指了指不远处的杨继军。
　　沙学丽：那个女孩儿跟我们一个班的，她妈妈好像是当官的！
　　三人望向杨继军，只见杨继军满眼含泪的抱住母亲。

**杨继军**：妈妈再见！

耿菊花走到一旁的父亲身边。

**耿父**：女儿，这个给你！

耿父递给耿菊花一个装了钱的纸包。

**耿菊花**：不要了，爸！

**耿父**：拿着吧，拿着吧！

耿父边说边拭去眼中的泪。

**耿菊花**：爸，不用了……

不远处，沙学丽抢过一旁秘书递来的手机。

**沙学丽**：哎呀，我会！

**沙云彪**：丽丽啊，想爸爸了就给爸爸打电话！别经常乱打，听见没有？

**沙学丽**：嗯！

**沙云彪**：这可是部队啊！

**沙学丽**：我知道了，我会给老板省钱的！谢谢爸爸！

看着眼前的一幕幕分别场景，独自站在一旁的铁红心生感触。

**铁红**（独白）：当我走进了特警队大院的那一刻，想象中的那种神秘和激动一下子就消失了，望着那些哭着与家人告别的战友，我竟然想起了小时候去上幼儿园，周围那些灰色的营房也显得过于简陋，擦肩而过的朱晓娟也没有什么出众，难道这就是我梦想的特警队吗？难道这就是我们女特警们的摇篮？

## 8. 特警队大院　日　内

朱晓娟带着一众新人的女特警学员参观特警队。

**朱晓娟**：这儿是操场，过去也是一片烂泥塘，这都是我们亲手用一盘一盘的土铺起来的，就连这些草呢也都是我们自己种的……这儿呢是沙滩排球场和游泳池……

**沙学丽**：以后我们可以打球了！

朱晓娟停在一间营房前面。

**朱晓娟**：你们的宿舍到了，一区队三分队，你们就住在这儿，进来吧！

朱晓娟说着将铁红、沙学丽、耿菊花和杨继军等人引进屋内。

**朱晓娟**：我给大家分配床铺！杨继军、蒋思、田玉璐、铁红、耿菊花、沙学丽、罗本娟、韩平。

铁红坐在自己被分配的床铺上收拾东西。

**某女兵**：我想睡上铺行么？

**朱晓娟**：不行，安排好的床铺一律不许调换！

**沙学丽**：唉，大姐，朱晓娟，我不想睡下铺，我没睡过上铺，让我睡上铺吧！

**朱晓娟**：不行，说什么就是什么！你以为在你家呢？

沙学丽不情愿地将行李放在下铺。

**耿菊花**：大姐，我住哪里啊？

**朱晓娟**：来，刚刚不是跟你说了么？你住上铺！

这时，院内响起号声，女兵们好奇地向院内的操场张望，只见一群男特警正在院内喊着口号跑步，众人好奇的涌向窗边张望，眼中满是羡慕。

这时，一群女特警也训练有素的在院中喊起口号，众人更是羡慕不已。

朱晓娟：新兵过来集合！沙学丽，快点儿！

众人皆出去集合，只有沙学丽回到屋中，从包中掏出照相机。

## 9. 操场上　日　外

男特警和女特警分别列队站在两侧，朱晓娟带着一众新入伍的女兵在他们中间停下，队长强冠杰走到操场上的领操台上。

强冠杰：今天，我们将用一种特殊的方式来迎接我们新入伍的特种兵！在这里我代表全队官兵对他们的到来表示热烈的欢迎。

排长：向左向右转！

朱晓娟们转向新兵，鼓掌！新兵们很是激动。

一旁，一名战士正扛着摄像机拍摄。

排长：停，向左向后转！

朱晓娟们转回。

女排长：一区队，向右转，跑步走！

女特警们跑步离开。

朱晓娟：新兵班，跑步走！

男排长：二区队，跑步走！

男兵们离开，朱晓娟带着一众新兵跑到操场一角。

朱晓娟：立定，向左转！

沙学丽：队长还挺凶的，不过有点儿像电影里的巴顿将军！是不是啊，特帅？

旁边的女兵笑笑，没有回答。

耿菊花：刚刚讲话的是不是我们的队长啊？

杨继军：嗯！

耿菊花：她是我们这里最大的官儿吧？

杨继军：大概是吧！

新兵甲：什么叫特殊仪式啊？

朱晓娟：不要问，一会儿就知道！

摄像师扛着摄像机走到新兵们面前，沙学丽对着摄像机做鬼脸。

铁红等新兵站在操场上看着训练有素的女特警们，很是震撼。

女特警们整齐划一的动作，引起了新兵们的阵阵掌声。

特警们射击精准、拳脚过硬，一系列高难度的表演让新兵们备受震动。

耿菊花：她们都是真的啊？

杨继军：嗯！

一旁的沙学丽震撼之余，拿起相机拍照。

**10. 操场正中　日　外**

　　新兵和老兵都站在指挥台前。

　　**强冠杰**：女子特警队是一个为保卫和平安宁、执行特殊任务的战斗集体，这个集体在社会上是许多青年所向往的地方，你们在这里将接受意志、心理、智慧上的特种专业技术科目训练，请你们记住一句话，成功将是荣誉，失败将是遗憾，特警队员的基本要求是，生为祖国而生，死为祖国而死！下面就是你们入伍第一课，理发员，出列！

**11. 特警队某屋　日　内**

　　老兵们动作一致的将凳子放在地上，新兵们跑步到每个凳子前。

　　**铁红**：这场特殊的欢迎仪式真让我们大开眼界，老兵们漂亮勇猛的动作确实很帅，队长那洪亮的声音也很震人，他的讲话尽管我们没有完全听懂，但那威武神气却赢得了女孩儿们的好感，还别说，刚进门那会儿的失望和怀疑立刻就烟消云散，每个人都觉得自己好像已经成了特警队的队员，可是随着班长的一声，坐下，才使我们从幻想中回到了现实的空间。

　　三名新兵的头发合格，负责理发的老兵离开。

　　**朱晓娟**：你们三个去领被装！

　　三人起身，坐在一旁的沙学丽也跟着起身。

　　**朱晓娟**：你回来！

　　**沙学丽**：我还要剪啊？我头发比你都短，再剪就没了！

　　**朱晓娟**：剪！后边儿要剪齐！坐过来！

　　沙学丽不情愿的坐到耿菊花身边。

　　**沙学丽**：哎，班长，如果真要我剪，我干脆剪板儿寸！

　　**新兵班长**：板儿寸？什么板儿寸？

　　**沙学丽**：就是特别帅，北京现在特流行，就是那个，王菲、范晓萱，那些歌星，都是留着剪板儿寸的，哎，你们看过黛米摩尔演的美国女大兵吗？特帅，都是光头，她都剃光头了，特棒！

　　**新兵班长**：严肃点儿！

　　**杨继军**：部队上是有规定的，女兵的头发不能剪的太短，剪怪了也不行！

　　**沙学丽**：哎哎，什么都知道，你干吗不早剪啊？

　　**耿菊花**：什么叫长什么叫短？我这头发也要像她们那样剪啊？

　　**铁红**：人家根本就不理你，你这么多嘴干什么？

　　杨继军、铁红的头发被一下子剪短，铁红表面上无所谓，心中却对自己的一头长发恋恋不舍。

　　耿菊花更是含着眼泪看着头发被剪短，众人仿佛都在和过去的那个自己告别。

　　耿菊花捡起了地上自己已经被剪落的辫子，很是伤感。

　　**铁红（独白）**：随着听到的咔嚓声，有的战友流泪了，我也说不清楚，这究竟是一种伤感还是一种庄严，反正那一刻，大家是永远不会忘记的，我觉得虽然剪去了姑娘们头上的秀发，但是很难一下子剪掉大家对以往的那份留恋……

头发剪完,新兵们准备领被服,沙学丽拉住铁红。
**沙学丽**:哎,还说的那么好,哭得都不行了,够姐们儿的!

## 12. 强冠杰办公室　日　内

电话响起,强冠杰拿起电话。
**参谋长**:喂,强队长吗?
**强冠杰**:哦,参谋长!
**参谋长**:新兵都安排好了吗?
**强冠杰**:新兵都安排好了。
**参谋长**:好,由谁负责?
**强冠杰**:具体新兵由教导员分管。
**参谋长**:好好好,公安厅今天下达了一个重要任务,你派八名素质比较好的战士,检查好装备,做好动员!
**强冠杰**:好,什么时间?
**参谋长**:晚上8点钟,具体情况姚处长会跟你交代,不要出错。
**强冠杰**:好,请参谋长放心,一定完成任务!
强冠杰将电话挂断。
**朱晓娟**:报告!
**强冠杰**:进来!坐吧!
**朱晓娟**:是!
**强冠杰**:朱晓娟啊,八个特招兵啊,和我们过去的普通兵不一样,再说你们又是老兵和新兵住在一个寝室,特别要注意老兵和新兵的关系问题,指导员有啥要说的?
**指导员**:晓娟儿啊!
**朱晓娟**:到!
**指导员**:除了严格要求以外,对她们的生活咱们也要关心,如果有什么困难就帮着解决,如果解决不了的,就随时报告。
**朱晓娟**:是!

## 13. 新兵宿舍　日　内

沙学丽穿上了新兵的军服照镜子。
**沙学丽**:好不好看,你看我这傻样,多难看的衣服!首长好!
**铁红**:行了,你在疯什么?
**沙学丽**:真的,你看嘛,多难看啊!这么大,我爸都能穿了!我们什么时候能穿她们那个?今天训练时戴的贝雷帽,穿的迷彩服,多棒啊!
**杨继军**:可能得等咱们过了新兵连吧。
**沙学丽**:真的,新兵连多长时间?
**杨继军**:三个月吧!
**沙学丽**:三个月?那我就转业了!真没劲!

沙学丽说着将新兵军服脱掉,跑了出去。

耿菊花走进屋里。

**14. 老兵宿舍　日　内**

沙学丽跑到老兵的屋内,拿起一件迷彩服。

老兵甲:放下!

沙学丽:借我穿一下吧老兵!

老兵甲:叫你放下!乱动别人的东西!

沙学丽:至于么?

沙学丽悻悻地放下迷彩服。

老兵甲:给我叠好!

沙学丽:至于么……

老兵甲:一点儿规矩都不懂!给我叠好!

沙学丽对着老兵吹了一个泡泡。

老兵甲:看你像什么样子,小妖精!

沙学丽:你再说一句!

老兵甲:说你怎么了?

沙学丽:你再说一句?

老兵甲:说你怎么着?

沙学丽:你胆子不小啊,我爸在家都不敢这么骂我!

众人上来劝架。

老兵甲:新兵不该说啊?新兵蛋子!

沙学丽:我就不给你叠!

铁红:新兵怎么了?新兵不是人啊?你不就多当几天兵么,凶什么凶?

老兵乙:教训得好,部队是有条理的,你以为是在家里,你想哪个就哪个?

朱晓娟:怎么回事儿?你们几个怎么还不去洗头?沙学丽快点儿!

众新兵离开,老兵甲拉过朱晓娟耳语。

沙学丽离开。

老兵甲:这个兵最讨厌了!

**15. 操场水池边　日　外**

沙学丽拎着水壶、端着脸盆走到铁红身边。

沙学丽:铁红,告诉你件重要的事儿,你别跟她们生气,你看我怎么收拾她们!

杨继军看了看沙学丽和铁红二人,离开。

沙学丽:刚才,我已经把口香糖粘在她们衣服上了!

**16. 老兵宿舍　日　内**

老兵甲还在和朱晓娟告状。

**17. 操场水池边　日　外**

　　沙学丽：哎，你用我这个洗发水吧，我爸从国外给我带回来的，特棒。我的头发都短了，你用吧！

　　铁红：不用了，谢谢，我有我有！要不你给耿菊花吧！

　　不远处的水池前，耿菊花正在默默地洗头。

　　沙学丽：好吧！

　　沙学丽拿着洗发水走向耿菊花。

　　沙学丽：耿菊花，你用我的新洗发水，特棒！我爸从国外带回来的！

　　耿菊花：不用了，谢谢！

　　沙学丽：怎么了你？

　　耿菊花抬头，眼中含泪，铁红也走了过来。

　　沙学丽：哎哟，她哭了！怎么了？衣服都湿了！

　　沙学丽边说边给耿菊花擦头。

　　耿菊花：我的头发都短了！

　　沙学丽：没事儿！

　　耿菊花：我说，这是我妈死的那年留下来的，我说我要为我妈留上十年呢，还不到三年。

　　沙学丽：没事儿，别哭别哭！你再哭，我也要哭了……别哭了，头发可以再留的嘛。

　　耿菊花不再哭泣。

　　朱晓娟：沙学丽、铁红、耿菊花，都给我回来！

　　三人跑了过去！

**18. 司务班　日　内**

　　战士甲：这一批特招兵听说各个身怀绝技。

　　战士乙：绝技？我看都是花把式。

　　战士丙：听说那个长头发的是副政委的女儿。

　　战士乙：说不定笑着进来哭着出去！还不如普招兵，你看那几个小妖精。

**19. 操场上　日　外**

　　指导员走向司务班，过往的士兵向其问好。

　　指导员：司务长！

　　司务长：指导员好！

　　指导员：菜谱怎么定的？

　　司务长：四荤四素八个菜，还有我们的绝活，豌豆饺子！

　　指导员：我跟你说啊，这次来的新兵有两个是北方人，咱们搞两个不辣的菜，好吧？

　　司务长：是，好！

　　指导员：人手够不够？

　　司务长：够了！

指导员：好嘞，抓紧时间啊！
司务长：好的，指导员慢走！
指导员：好好！

20. 新兵宿舍　日　内

沙学丽的床上摆满了各式用品，沙学丽进屋，被朱晓娟叫住。
朱晓娟：沙学丽！
沙学丽：啊？
朱晓娟：你为什么把泡泡糖粘在军装上？
沙学丽：班长，我。
朱晓娟：别找理由！
沙学丽：我没找理由！
朱晓娟：军装象征着军人的荣誉和尊严，它是神圣的，你怎么能拿泡泡糖往上面粘呢？你看你们现在乱的样子，明天我会教你们整理内务的！我宣布啊，一切和日常生活训练无关的东西一律上交，现在就交！
杨继军：报告班长，我没有什么好交的了！
朱晓娟：行了，你帮我登记一下！
杨继军：是！
朱晓娟：本子和笔在那儿！铁红你呢？
铁　红：我就一把剑！
朱晓娟：把剑放到柜子里！
铁　红：好！
朱晓娟：把镜子放到抽屉里！
耿菊花小心翼翼的将自己的一小段头发放在床上，用手帕细心的包起来。
朱晓娟带着杨继军来到沙学丽的床前。
朱晓娟：沙学丽！
沙学丽：啊？
朱晓娟：你床上这些东西都得交。
沙学丽：全部都要上交？
朱晓娟：当然！
沙学丽拿起一个玩偶。
沙学丽：那我这是枕头啊，也要交啊？
朱晓娟：当然，你记一下！
杨继军点了点头。
沙学丽：那……什么时候还给我？
朱晓娟：等你复员的时候会还给你的。
沙学丽：那好吧，这是鸭枕头，这是双面熊，这是乐乐娃……
耿菊花：报告班长，我能交的就是手绢和镜子。

朱晓娟：放抽屉里吧。

沙学丽：我的鸭枕头、双面熊和乐乐娃……

朱晓娟指了指沙学丽挂在床头的玩偶：把这个也卸掉。

沙学丽：好，这是小丑！

朱晓娟：记好了吧？

杨继军：嗯！

屋外，一众老兵向里面看。

屋内，沙学丽将所有玩偶装了起来递给了朱晓娟。

朱晓娟和杨继军拿着沙学丽的玩偶出门，一名老兵上前。

老兵丙：班长，我来拿吧！

朱晓娟：你替她拿。杨继军你回去吧。

杨继军：好！

老兵甲：哼，我说她会挨骂吧，还跟我顶嘴！一点儿规矩都不懂，真是！简直是个小妖精！

屋内，沙学丽偷偷地向外看。

老兵甲：说她是小妖精就是小妖精，走走走！

沙学丽回到屋内。

沙学丽：哎哎哎，老兵在外面笑话我们呢，真的！我看她们这样对我，肯定是妒忌！真的，绝对是妒忌！

新兵甲：哎，沙学丽，她们妒忌哪一个啊？

沙学丽：妒忌我们呗，我们细皮嫩肉的，身段又好，她们晒的像黑煤球一样，能不妒忌吗？哎，我有一个建议啊，反正我们以后也不能化妆了，干脆今天晚上我们来一个集体大化妆，震她们一把，让她们知道，我们就是比她们强！你看，我带了我妈在国外给我带回来的化妆品，可棒了，还有香水。

沙学丽坐在铁红的床前不停的说话。

铁红（独白）：最初，我对沙学丽的印象不算太好，总觉得她有点儿张狂，爱自我表现，但是她的热情爽快有时候挺讨人喜欢，她煽动大家都化妆，有点儿起哄的意思，我本来并不赞成，可是杨继军的态度却让我改变了主意。

沙学丽跑到杨继军的床前，杨继军正在听歌，没有理沙学丽。

铁红（独白）：说句心里话，我最不喜欢那些总带有优越感、自以为清高的人。

铁红：我同意老沙的建议，要化咱们一起化，谁也别当叛徒！

铁红说着拿起扫把准备扫地。

沙学丽：对，你别扫了！来，我给你化，闭上眼睛！

21. 宿舍外　晨　外

号声响起，朱晓娟从宿舍内跑出。

朱晓娟：都出来，快点儿，沙学丽，你的动作太慢了！

沙学丽：来了！

一众新兵快速跑出。
操场上，老兵们正在唱歌。
望着迟到的新兵，老兵们眼中充满了嘲讽，有的甚至笑了起来，强冠杰看在眼里，有些担忧。
**强冠杰**：笑什么？
强冠杰走到新兵旁边，一个个看了过去，只见新兵都画了妆，和身旁的老兵一比，差别明显。
强冠杰看了一圈，回到队伍前面。
**朱晓娟**：新兵班，跑步走！
朱晓娟带着新兵跑到队伍最前方。
**朱晓娟**：立定！
**强冠杰**：向左转！
新兵们与整个队伍面对面，其中两个人转向右边，老兵窃笑。
**强冠杰**：好不好看？
队伍里有人说好，有人说不好。
**强冠杰**：好不好看？
战士还是众说纷纭。
**强冠杰**：我看，不好看！军人要有军人的美！军人的美是一种朴实整洁庄重的美！今天，新兵出现的问题，主要责任在于班长，新兵入伍不懂，难道你班长就不懂吗？新兵班带回！
**朱晓娟**面含委屈：新兵班，向右转，跑步走！
**强冠杰**：一区、二区，带回！
众人离开。

22. **新兵宿舍　日　内**
新兵们站成一排。
**朱晓娟**：都擦掉，擦掉！这简直太不像话了，是谁的主意，是谁挑的头，站出来！
铁红站了出来。
**铁红**：我！
**朱晓娟**：你想干什么？
**铁红**：不想干什么！
**沙学丽**：班长，是我挑的头！
**朱晓娟**：把化妆品交出来！
沙学丽将化妆品交给朱晓娟。
**沙学丽**：班长，你要放好了，不要被虫子蛀了！要不然我以后就不能用了……
沙学丽说着哭了起来，朱晓娟有些动容。
**铁红**（独白）：沙学丽哭了，其实大家也很难过，告别化妆时代，对于女孩子来说毕竟是一件伤感的事，那一刻，我才意识到，我们已经不属于迷彩大门外的那个世界了，但是要让女孩儿们立刻脱胎换骨,变成一个真正的兵,我想,那肯定也不是件容易的事。

**23. 电话亭旁　夜　外**

女孩儿们抢着仅有的两台电话争先恐后的给家里人打,沙学丽将铁红拉了出来。

**沙学丽**:铁红,过来!

**铁红**:干吗?打电话啊?

**电话管理员**:杨继军!

沙学丽将杨继军也叫了出来。

**沙学丽**:过来,你们怎么可能挤得上呢,这么多人!打电话,我有办法,走,跟我走!

沙学丽说着拉过杨继军和铁红。

**24. 新兵宿舍内　夜　内**

耿菊花正在扫地,沙学丽带着铁红和杨继军进屋。

沙学丽从鞋子里掏出手机。

**沙学丽**:你们看,我还有一个秘密武器!手机!你看!

**杨继军**:你还没交啊?

**沙学丽**:这是我爸新给我买的,摩托罗拉掌中宝,你看,开机了!

沙学丽按了一串号码,将手机递给铁红。

**沙学丽**:可以了,按这个OK,你打吧!

**铁红摇了摇头**:算了,我也没有什么急事儿,不用了!哎?杨继军,你打,没事儿!

**杨继军**:我也没什么急事儿,还是不打了,谢谢你啊!

**沙学丽**:我爸交钱,没关系!

杨继军摇摇头。

**沙学丽跑到耿菊花面前**:老耿,给你打!

**耿菊花**:打什么?

**沙学丽**:打电话,给你家打电话啊!

**耿菊花**:我家里没有电话……

**沙学丽**:那给你朋友打。

**耿菊花**:我还是打水吧!

**沙学丽**:别客气!都不打?那我自己打!

沙学丽说着打起电话。

**25. 屋外　日　外**

耿菊花拿着四个水壶出屋,看到一名老兵。

**耿菊花**:老兵好,请问开水房在哪里啊?

**老兵**:你打开水啊?从这儿过去,然后向右拐,要不这样吧,我带你去!

**耿菊花**:我自己来!

**老兵**:没事儿,没事儿!

老兵说着接过耿菊花的水壶。

**耿菊花**：谢谢老兵。

**老兵**：你叫什么名字？

**耿菊花**：我叫耿菊花！

**老兵**：听你说话像川东人吧？

耿菊花点头。

**老兵**：川东哪儿的？

**耿菊花**：川东开江的。

**老兵**：开江的啊？我们是老乡。

**耿菊花**：老乡？那太好了！

**老兵**：我在那个二区队一分队，我叫陈顺娃！

## 26. 特警队院内　夜　外

一辆辆车驶出特警队。

**铁红**（独白）：对于我们来说，特警队的第一天什么都是新鲜的，眼前这紧张的一幕引起了大家的好奇和兴奋。

## 27. 新兵宿舍　夜内

朱晓娟整装待发，整理手上的枪支。

**铁红**（独白）：队长的冷峻，班长的严厉，收缴化妆品的伤心被姑娘们一股脑的给忘记了。

**朱晓娟穿上外套**：今天晚上我有紧急任务，杨继军暂时负责，外屋有老兵和区队长，你们要有什么事儿啊，可以向她们汇报！

朱晓娟说完离开。

透过窗户，新兵们看到八名老兵易装集合，上车。

**沙学丽**：真帅啊，什么东西啊？哎，我知道了，她们肯定是拍电视去了！

**杨继军**：不，才不是呢，她们是执行任务去了。

**沙学丽**：不可能。

屋外，包括朱晓娟在内的八名战士反复检查着手上的装备、衣服以及备用物品。

检查完毕后，众人上车。

**铁红**（独白）：队长走了，小个子班长也走了，但他们把特警队的神秘留给了我们，大家还是向往着，猜想着特警队未来的日子会是什么样呢？

熄灯号响起，战士们将窗帘拉上，阻止了继续向外张望的沙学丽。

## 28. 宿舍外　日外

宿舍已经熄灯，一片安静，门口警卫员站岗执勤。

### 29. 新兵宿舍内　夜内

新兵们都已经熟睡，沙学丽脸上贴着面膜，手持手电，悄悄的从床上爬起，来到铁红床前。

铁红惊醒，尖叫，新兵们纷纷下床，开灯。

沙学丽坐在床上，笑得前仰后合。

沙学丽将脸上的面膜取下。

**沙学丽**：要想皮肤好，天天做面膜，知道不？

**新兵**：沙学丽，这是啥子啊？

**沙学丽**：这是面膜！

**老兵（OS）**：几点钟了，还在吵啊？

沙学丽听着老兵的抱怨，笑得异常开心。

　　　　　　　文字整理：张瑶
　　　　　　　资料来源：根据56.com 视频网提供的视频完成文字整理。
　　　　　　　具体参见 http：//www.56.com/u54/v_ NjIxNjA5NTU.html

# 贫嘴张大民的幸福生活

**首播时间**：2000 年
**首播电视台**：中央电视台
**摄制单位**：海南航空综合培训中心、北京怡通广告中心、北京电视艺术中心、北京电视台
**编　　剧**：刘　恒
**导　　演**：沈好放
**摄　　像**：伊·呼和乌拉
**主　　演**：梁冠华、朱媛媛、徐秀林、修宗迪、赵　倩
**获奖情况**：第二十一届（2000 年度）中国电视剧飞天奖长篇电视剧二等奖、优秀编剧奖、优秀男演员奖；第十八届（2000 年）中国电视金鹰奖长篇电视剧优秀作品奖、最佳编剧奖、最佳美术奖；第八届"五个一工程"优秀电视剧奖。

## 剧情梗概：

张大民是家里的老大，他的贫嘴在街坊邻里出了名，但其实大民是一个心地善良的老实人。这日，邻居美女云芳谈了很久的男友去了美国，云芳一直躲在家里不肯吃不肯喝。见此

情况，彩芳叫自小和云芳一起长大的大民去劝劝妹妹。在云芳面前，大民凭着他出神入化的贫嘴本领令云芳破涕为笑，自此拉开了两人的恋爱序幕。大民和云芳经过一段时间的恋爱，两人决定结婚了。可是张家的兄弟姐妹们都住在一起，家里的地方本来就不宽敞，大民的婚房一时没有着落。一家子还为此闹得不愉快。在经过一番拉扯后，大家终于想出办法，将里屋腾出来给大民当婚房。张大民终于要结婚了。张大民过上了一种婚后的幸福生活，全家却为增加伙食费的事争论不休。大军的女朋友毛沙沙在雨中来到了张家。哥俩在雨中淘水，探讨结婚的事，大民暗暗叫苦。在大军的婚宴上大国醉酒失言，可谁又见过一间小屋、两对夫妻的夜生活呢？张大民开始为搭建自己的小屋忙碌着。兄弟俩推倒了院墙，邻居古三用砖头打破了张大民的脑袋。刘大爷和张大妈从慕田峪长城回来，发现院内大树已经被盖在了小屋中央。张大民两口子围着床中央的树干嬉戏，女人实感心酸。云芳临产了，张大民高兴得咧着大嘴逢人便说儿子三千六百克，可是产妇没奶，张小树成了"夜哭郎"，张大民为下奶的事情费尽心机，先是猪蹄、鲫鱼，接着是进口奶粉，最后是王八，张大民使出了浑身的解数，全家人开始分灶吃饭，但在父亲的忌日又回到了一个饭桌上。小树看病、入托，张大民觉得钱紧，张大民为了多挣三十八元，主动调到油漆车间。古三在外欺负大军，在家欺负母亲，干涉古三妈和王老头的黄昏恋，张大民帮着大军教训了古三。大国经过四年的学校生活，风尘仆仆地回到北京，分配在农业部，兄弟姐妹欢欢喜喜聚在一起。张大妈得了老年痴呆症。全家人为了照看老人又一次聚会商讨对策。最后的办法是轮流在家看护。部队来电话告知张大民，炳文在新疆英勇牺牲，大雪和云芳相拥号啕。又是一年夏天，这一年发生了许多不尽人意的事，李大妈与李大爷时常闹别扭。大军的服装店难以撑下去，四处借债，把大雨也给得罪了。李木勺想儿子要生二胎，与大雨较起了劲。小同下海经商从海南回来，与大国开始了诚挚而浪漫的谈情说爱。作为姨夫，张大民又一次担当了教育晚辈小冷的重任。大雪积劳成疾，伤心过度，得了白血病，终于倒在了手术台前。张大民把大雪留下的三万元分成四份。拆迁公司把三居室并成了两居室，被张大民愤怒地打出家门，刚当上副段长的张大民被宣布光荣下岗。张大民挨家挨户卖保温瓶，结果大失所望。云芳前男友回来探亲，请厂里同事和云芳吃饭，张大民心里酸溜溜的，但还是让云芳去了。张大民醉醺醺地回家，把云芳给气坏了，又一次伤透了心。这一天母亲七十大寿，全家和邻里聚在一起，共同追忆过去的时光。

文字整理：戴灿

资料来源：根据乐视网提供的视频完成文字整理。具体参见 http://www.letv.com/

剧本：

## 《贫嘴张大民的幸福生活》第七集

**1. 云芳爸爸家　日　内**

云芳爸：大民，我有点心事跟你说，过来。我认真做过调查研究，那个老白毛叫曹旺群，是玻璃研究所的退休工程师。

张大民：爸。

云芳爸：半年前他老伴死了，他有两个儿子、一个闺女。

张大民：爸，我这可拱了卒了，您赶紧走棋，再走两步您都能将死我了。

云芳爸：输了可不行，今儿你非得赢我一盘我才让你走呢。老大是当兵的，老二是……

张大民：呦，您走棋啊。

云芳爸：你说什么？你说什么？

张大民：没什么。

云芳爸：你走什么了？

张大民：我拱卒。

云芳：那我一步就将死你了。我不是跟你说了嘛，今儿你非得赢我一盘你才能走呢。不赢你就别走。

张大民：这盘是赢不了了。

2. 张大民卧室　夜　内

云芳：哎哟，哎哟。大民，大民。

云芳推开门。

云芳：大民，大民。大雪，大雪。

3. 云芳爸家　夜　内

云芳爸：大民，我给你讲的事千万别跟云芳说，我怕给她丢脸。

张大民：诶。您告诉我，我不会给她丢脸。

云芳爸：你妈给那老白毛编了一副精致又漂亮的茶杯套，他已经用上了，一天在手里托着，他老不撒手。

张大民：嗨，爸，您想想，他一扭秧歌去，不就撒手了吗？

云芳爸：这我倒没想到。

张大民：他那一撒手，您赶紧把那茶杯拿过来，往厕所跑，到厕所您把它扔到茅坑里不就完了嘛。

云芳爸：好主意，好主意。来，再干一杯。

张大民：再干一杯。

张大雪：哥，你赶紧，嫂子……

张大民：嫂子怎么了？

张大雪：你快……

云芳妈：云芳怎么了？

云芳爸：不知道，他们都去了，你快去看看。

4. 去医院的路上　夜　外

云芳：大军，慢点。大民。

**大民妈**：云芳有个三长两短，我跟你没完。
　　**张大雪**：还不快叫车去，快去。

**5. 出租车内　夜　内**
　　**张大军**：你坚持住，嫂子。
　　**张大民**：云芳，有我在呢，放心。
　　**张大军**：嫂子，咱说话就到了。
　　**张大民**：云芳，你让孩子在肚子里再等会。师傅，你靠边干吗呀？
　　**司机**：对不起师傅，我这车坏了，请您换辆车吧，实在对不起。
　　**张大民**：你浑蛋！大军，开门下去，截车。哎云芳，快快。

**6. 马路上　夜　外**
　　**张大民**：师傅，停停车。师傅停停车，我媳妇生孩子。浑蛋！
　　张大民冲到马路中央用身体拦住了一辆车。
　　**张大军**：大哥。

**7. 马路上　日　外**
　　**大民妈**：大民，云芳她没事吧。
　　**张大民**：三千六百克，妈。早生了28天就三千六百克，您说要生准了日子，这得多少克呀？孙子，给您生了一大胖孙子。走走走，咱回家去、回家去。妈，您说您上次买那么大一块五花肉才六斤多，这三千六百克得多大块肉啊？
　　**大民妈**：别跟我克，克的，顶多少斤啊？
　　**张大民**：七斤二两。
　　**大民妈**：比你强多了，你生下来才三斤九两半，饶一点才四斤。
　　**张大民**：妈，您就别提我了，那不正赶上困难时期吗！您要搁现在这好日子，您再生我试试。刘大爷。
　　**刘大爷**：这娘儿俩乐不叽的。云芳生啦？
　　**张大民**：三千六百克。

**8. 大民家　日　内**
　　**大民妈**：大夫让你瞧了？
　　**云芳妈**：光让瞧不让抱，哎，你说现在这孩子，你别说，这小鼻子小嘴巴，哎哟，让你看不够。
　　**大民妈**：够你偷着乐一阵子了。
　　**云芳妈**：也够你偷着乐一阵子了。
　　**大民妈**：我家的孙子，我偷着乐干吗。我要乐，我当着大伙儿面儿乐。
　　**云芳妈**：这是我们家外孙子，我要是乐，我当街上乐，我比你还乐。
　　**大民妈**：你呀，当着老曹面扭着秧歌乐去吧，他爱瞧。

云芳妈：得了吧你。

9. 出租车上　日　外

　　张大民：我儿子是天才，他拿眼斜我，快看，真是天才，眼珠会转，你看。
　　云　芳：眼珠不会转那是你娃娃。
　　张大民：师傅，你怎么给转到这儿来了。
　　司　机：这边儿走不是近嘛。
　　张大民：上次到我家才十三，现在都十八块多了，您这表，您还不如把我们拉八达岭去呢。哎哟，坏了。
　　云　芳：尿了吧。
　　张大民：啊，你看看我儿子都不高兴了。
　　司　机：哎，您可千万别把我这车座尿湿了。
　　张大民：您要是再兜得远点啊，我们儿子还拉呢。
　　司　机：得了得了，我给您掉头，您可千万别让他拉我这车上。
　　张大民：我们儿子是天才，我们知道应该拉到哪儿，是不是？

10. 大民家院内　日　内

　　云芳爸：哎哟，回来啦，快让我看看。哎哟，真好。你妈刚才在这儿等半天啦。哎，快点快点，大民他们仨回来了。
　　张大民：妈，我们家树回来了。
　　云芳妈：让我好好抱抱我的外孙子。那天上医院不让抱，现在好好抱抱。
　　邻　居：你小心点儿可别摔了。
　　云芳妈：我不会抱他，我怎么抱云芳来着。
　　张大军：嫂子，回来了。咱们照张相吧。
　　众　人：来来来。
　　张大军：用我们家那小房当背景。
　　古大妈：大民，这孩子长的怎么不像你。
　　张大民：哎哟，他多漂亮，他要是像我，哎，我说古大妈，您这话是什么意思？
　　张大军：大哥，看这边。
　　张大民：您不能瞅着他胖点，您就说像您吧，我还胖呢。
　　古大妈：哟哟哟哟，瞧你这么些话，我不就说一句吗，招你这么些话。我也没说别的呀，我就说这孩子长得像他妈。
　　张大民：像他妈，我一点意见没有。
　　大军妻：看这，照了啊。

11. 大民家　日　内

　　大民妈：都到我家去坐会儿吧。
　　张大民：妈，您慢点啊。

大民妈：沙沙，帮你嫂子给孩子把奶热热。
大民：爸妈，您先回去吧，到时候我抱着孩子去云芳那看您去。
云芳：妈，您放心。
张大雪：嫂子，您还没出奶呢？
云芳：没有。
大民妈：老东西，你也有大孙子了，好好看看。
张大雨：小点声行不行啊？
大民妈：孩子饿了。回你们自己屋吧，大雨上夜班。
云芳：妈我们先回去了。
张大民：我们回去了妈。沙沙，奶热好了给我们送过去。
沙沙：好嘞，一会儿给你们送过去。

12. 大民卧室　日　内

张大民：瞧瞧，小床都准备好了，快让他躺下，多软和。树哎，两棵树凑一块儿喽，第一方面军和第四方面军胜利会师。张小树同志，你就尽情地哭吧。

13. 张大民家院内

张大民在烤猪蹄，看见奶潜了赶紧跑进厨房。
张大民：妈，我说我热，您非得热，又潜了。
大民妈：我就收拾收拾这，一会儿工夫就给忘了，这脑瓜子越来越不好使了。
张大民：没事儿，潜的不多。
一只猫把猪蹄叼走了。
张大民：嘿，那蹄不是给你的。下来，那不是给你的，那是下奶的，下来。撒嘴，下来。
云芳妈：大民，干嘛呢，练气功呢？练的什么功啊？
张大民：统共就仨猪蹄子，还让猫叼去一个。
云芳妈：还没下来奶呢？别是你那小屋给憋回去了。
张大民：下不来了，您不是说您生云芳的时候就没奶吗？她遗传。
云芳妈：没那事，这还有遗传的。
张大民：妈，您快把那炉子给我抬过来。
云芳妈：哎，等着啊。
张大民：快点儿。
云芳妈：1，2，3，哎哟。
张大民：哎哟妈，那您也不能一口咬定我们这屋小就把云芳的奶给您憋回去。您不是老说吗，只要好好啃猪蹄子，没个下不来的。
云芳妈：那倒是。
邻居：哟，瞧你打扮的，真花哨。
云芳妈：好看吗，看我这头花儿好看吗？

邻居：好看，又上哪儿臭美去？

云芳妈：桥南边。柳树街居委会成立个秧歌队，咱们跟他们比试比试。

邻居：老曹又给你送泡菜啦？

云芳妈：啊，他送咱就吃，不吃白不吃。

云芳爸闷闷不乐地走了过去。

## 14. 大民卧室　日　内

张大民：老拉稀，喝糖水也拉稀，我都想给他吃棒子面了。

云芳妈：跟芥末油儿似的。

大民妈：嗯，真没见过。你说我那会生五个孩子都吃我的奶，他们可没这么拉过。

云芳妈：云芳也没这么拉过啊，那会喝不起牛奶，沏奶粉，那味儿膻着呢。

大民妈：换奶粉试试？

张大民：换啊？那行，我给他换换试试。

云芳家院里。

沙沙：将死他。

张大雨：将死了有什么意思啊？

沙沙：废话，玩的就是将死。

张大雨：回夫叫你那口子去，李大爷是我哥的老丈杆了，能随便给人将死吗？

沙沙：怎么说话呢？

张大雨：怎么说话啊，你说该怎么说话啊？将。

沙沙：得了，这不还得将吗。

张大民：我说爸，您还真有耐心陪这俩臭棋篓子在这玩儿。

张大雨：谁是臭棋篓子？

张大民：你。

张大雨：爸、爸的，叫的还挺脆。

沙沙：该您了，快走啊。

张大雨：去去去，赶快给你媳妇买鱼去，让她赶紧下奶，甭让你们家孩子整宿整宿嗷嗷乱叫，去去去，赶快去。

张大民：你说这孩子。

张大雨：笑什么？

沙沙：你怎么拿人家棋子啊。

张大雨：你赶快走。

## 15. 菜市场　日　外

张大民：哎，哥们儿，便宜点行吗？

鱼贩：这够便宜了，你前面问问，贵一分我白送你成吗？

张大民：你别这么说，你说里面这么些水，我是买鱼的，我可不是买水的。

鱼贩：水产是得有水呀，没水它活得了吗？！

**张大民**：你这也忒少了点儿，再来一条，再饶一条怎么样。水这么多，比鱼还多，来条大一点儿的。哎你这跟小虾崽子似的，搭条大点儿的。

**鱼贩**：哎呀。

**张大民**：来一条来一条。

**鱼贩**：够意思吧。

**张大民**：这还行这还行，这就行了嘛。你说我买的是鱼，我要买水来你这儿干吗，我家水管子里有的是水。

**鱼贩**：你不能这么说。

**张大民**：行行行，就这么着，给你，二十吧。

### 16. 张大民家厨房　日　内

张大民在做鱼。

**云芳**：大民，大民，给我拿个裤子。

**张大民**：哦裤子，等着啊。

张大民用嘴叼着裤子给云芳。

**张大民**：脏的给我。

**云芳**：哟，这怎么拉着拉着又变成白色儿的了。

厨房传来一声响。

**张大民**：哎哟，鱼。

一只猫来偷鱼。

**张大民**：哎，你给我站住，站住，打死你。嗨，别吃啊。站住。

张大民追猫到房顶上。

**云芳妈**：耗子?? 有这么大的吗？

**云芳爸**：猫。

**云芳妈**：猫也没这么大的。

### 17. 云芳家房顶　日　外

**张大民**：六块钱一斤呢。

**云芳妈**：什么？

**张大民**：鱼啊。

**云芳妈**：哪弄的呀？

**张大民**：猫嘴里夺下来的。它还跑，着急了它上哪儿跑去呀。

**云芳妈**：快下来吧快下来吧。

**张大民**：您让我歇会儿吧，累死我了。

**云芳妈**：孩子还拉稀吗？

**张大民**：拉呀。

**云芳妈**：哎哟，老曹的孙子尽喝进口奶粉，屎黏着呢，一点儿都不稀。

**张大民**：哪儿买的？

**云芳妈**：自个儿找去呀。

**张大民**：得，我自个儿找去，找不着我坐飞机，我上美国找去。

**云芳妈**：得了得了，快下来吧。安全第一，你可不能摔着。

**张大民**：您把这鱼接着。

**云芳妈**：好好，慢着点儿。你看这下点儿奶，把这孩子折腾的。

**张大民**：哎哟，您不知道，把我的奶都快折腾下来了。

## 18. 超市 日 内

**售货员**：您要什么？

**张大民**：我随便看看。哎，小姐，这蓝罐的奶粉是不是美国的？

**售货员**：荷兰的。

**张大民**：呦，它怎么这么贵啊。

**售货员**：进口的都贵。

**张大民**：它这奶粉里边是不是加什么好东西了。

**售货员**：成分差不多，都是牛奶做的。

**张大民**：哦，那就是说，人家的牛比咱们的牛好。

**售货员**：大概是吧？您到底买不买？

**张大民**：您别着急，它贵也得让我贵个明白是不是。就挣那么点儿钱，都让我攥出汗来了。

**售货员**：您要嫌贵呀，您可以买这个。

**张大民**：不不，我嫌贵，我儿子他不嫌贵。这吃贵的他不拉稀，吃便宜的他拉稀。行，那我就来这个吧。哪儿交钱？

**售货员**：那边儿。

## 19. 张大民家 日 内

**大民妈**：回来了。

**张大军**：买回来了。哎哟，特贵吧。肯定特贵。

**张大民**：我让你拉，我看你还拉。

**张大雪**：哥，我来吧，别往一个方向搅。

**张大民**：哎呀，你别管。

**大民妈**：大民，过来。孩子想吃进口奶粉没错，别一天到晚跟死了老娘似的。拿去。

**张大民**：妈，这是咱家的伙食费吧。

**大民妈**：不是。

**张大民**：那也不好，咱家弟弟妹妹多。

**大民妈**：快揣起来，别让他们知道就行了。

**张大军**：什么不让我们知道。哦，钱呀。哥，你赶紧揣起来吧，我什么都没看见，什么也不知道。大雪，沙沙，咱们是不是什么也不知道什么也没看见呀。哥，赶紧揣起来吧，长孙长子不揣谁揣啊。

大民妈：拿着。
张大民：妈我不要。
大民妈：拿着。
张大民：妈我不要，妈我不要。
张大民转身不小心把冰箱上大民爸的遗像摔了。
张大军：得，把咱爸也摔了。
大民妈：就算你爹给他大孙子的。
沙沙：其实呀，我们从来也没嫌分摊伙食费不公平，真的，从来也没有过。
张大军：你在那瞎说什么呢，哪儿跟哪儿呀。
沙沙：还是大家分伙比较好，这样呢大哥给嫂子单做鱼，给儿子买奶粉什么的，别人也不会说什么了。大家在一块高高兴兴的，你说呢？
张大军：分伙？怎么分啊？
沙沙：当然是大哥跟嫂子吃了，大军的饭，我来对付。
张大雨：分就分，打今儿晚上起就分。我的饭我自己做，谁都甭管。妈，我回来了。哥，你们不是着急嘛，你们着急你们先做，你们咋晚了，大雪给妈做，妈吃完了，再让沙沙给大军做，我最后做，哎哟，打今儿起我算是解放了，我先睡一觉再说。
张大民：妈，您千万别生气。
大民妈：就按大雨说的，分着做。调料各方自备，不准用厨房里的。小树是张家的大孙子，他要喝奶，谁做饭也得给我停下来，先紧着他热。
张大民：妈。
大民妈：滚。

20. 厨房　日　内
沙沙：大军，快点快点。哎呀，少倒啊，准咸了。
张大雨：作料自备啊。
张大军：甭管她。再搁点酱油。
沙沙：少放。
张大军：我尝尝。
沙沙：怎么样？呸。
张大军：要不要放点醋？
张大雨：照顾你们慢点，你们麻利点就得了，凑合吃两口就行了，眼瞅着天都要黑了，怎么着，想饿死咱妈呀，真是。哎，妈呢？妈哪去了？

21. 张大民房间　日　内
张大民：你别出去，你这会出去不是添乱吗？大雨那张嘴能饶得了你吗？
云芳：至于嘛，我是去帮沙沙做饭。往后，你少说两句，就什么乱也没了。
张大民：我说什么了？我说什么了？你就说今儿这事，跟我说的哪句话有关系？
云芳：你在床上待着。

## 22. 厨房 日 内

云芳：沙沙。

沙沙：嫂子，你等一会儿行吗？我们马上就好了。

云芳：你们做你们做。

张大雨：不行，我看谁敢亏待了咱小树。

张大军：这饭我看没法儿吃了，我上外边吃去。

云芳：大军，那倒正好，你替我买点猪头肉，再打二两白酒。

大军：行。

云芳：大军。

大军：还有什么事？

云芳：沙沙，今儿是咱爸的忌日，你们没见，妈打昨儿开始，就擦咱爸那小酒盅呢。

大军：嫂子，这钱我不能要，我这儿有钱，嫂子，你拿着。你看，本来应该是我们的事，叫你给提醒了。

## 23. 大民家客厅 日 内

大民妈走了进来。拿出酒和饭放在大民爸的遗像前。

大民妈：老头子，以前，年年的今天我都是和孩子一块儿吃的，从今往后，没这么好的事儿了。

云芳：要不，趁现在天还没黑，晚饭还是我和大雨来做，大雪沙沙帮着，咱们凑到一起和咱爸一块儿吃，往后就别分食分伙的，这家本来就小，咱们凑到一起多热闹呀，别人想和咱们家搭伙还没资格呢。

沙沙：其实吧，我挺喜欢挤在一块儿吃的，大军也是，是吧大军。

云芳：走，大雨，做饭去，还愣着干嘛，妈，您消消气。

沙沙：妈，您就别生气了。

大军：妈，您就别生气了，啊。

张大民：您就消消气吧，以后咱们还是一块儿吃。

大民妈：你靠边儿去，云芳。

云芳：妈。

大民妈：云芳，我这个儿子就会贫，到了根节上他哪如你啊。

云芳：妈。

大民妈：回来，把孙子给我抱回来。今儿是他爷爷的忌日，他也得在这一块儿吃。

张大民：嘿，咱家天才会放屁了，嘿。

## 24. 大民家 日 内

张大民：大雪，小赵是你同学，我怎么没见过。

张大雪：他一上初三就转学了。

张大民：哟，转哪儿去了。

张大雪：石家庄。

张大民：怎么转外地了。

张大雪：他父母是部队的。

张大民：哦。大雪，哥看人看特准，我告诉你，小赵这人不错，我一眼就看出来了，真的。你有没有什么想法？

大民妈：你们说谁呢？

张大民：妈，您问她，让她告诉您。

大民妈：谁呀。

张大雪：没有谁，谁也不是。

张大民：可能是她男朋友，她也不愿说。

大民妈：不愿说就算了。

25. 街上　日　外

小赵：半年的学习时间过的太快了，我真想再多实习半年。

张大雪：那你就毕不了业了。

小赵：关键是，我能在你身边多待一些日子。哪怕只是一天呢。

张大雪：你想考研究生吗？

小赵：我还没想好呢。

张大雪：那，服从分配？

小赵：这个，我也没想好。

张大雪：你想好什么了？

小赵：我只是想，我喜欢你，大雪，我希望你能在感情上接收我。大姐，麻烦您给我们照张相可以吗？这样就行，谢谢您啊。

大姐：照啦，看这儿，再来一张。靠近点。

26. 大民工厂　日　内

大民不小心夹到了手。

张大民：哎哟。

学徒：你怎么了你。

张大民：走神了，走神了。

学徒递烟给大民。

张大民：小孩儿不学好，买这干吗。

学徒：抽着玩儿呗。

张大民：不行，一个姑娘家家的买这个，我都没收了啊。哎，你是不是可怜我？我不抽。

学徒：师傅，逞什么强啊你，当着徒弟的面逞强，有什么用啊。

张大民：你是不是看出来我最近手头有点紧。行，那我就抽一口。

学徒：都拿去吧。您干活从来都不打盹，今儿怎么啦。

张大民：哎，这师傅当的越来越没个样了，开始蹭徒弟烟抽了。
学徒：师傅，你就拿着吧，咱俩谁跟谁呀。
张大民：小同，你妈生你的时候有奶吗？
学徒：有啊，一开始没有，后来我爸让她吃王八就有了。
张大民：你说什么？你爸让你妈吃什么？王八？

### 27. 厨房　日　内

张大民在杀王八。
张大民：翻啊，翻啊，翻了我就剁你。

### 28. 大民房间　日　内

云芳：跟妈妈说话，啊，啊。

### 29. 客厅　日　内

张大雨：妈，我哥剁什么呢。
大民妈：王八，说是偏方，吃了下奶。大民，轻点儿剁，我菜墩子还要呢。
张大雨：你小点声行不行哥。嘿，我说你媳妇不下奶，你拿那王八撒什么气呀。
张大民：你知道多少钱一斤吗？
张大雨：多少钱一斤我也没听说过拿王八吃馅儿的。
张大民：我还吃它骨头呢。
张大民：它是没长毛，长毛我连毛一块儿吃。
张大雨：知道的你是剁王八呢，不知道的还以为你剁谁呢。
张大民：我剁谁呢？
张大雨：你剁王八，王八又不下奶，王八就是王八，赶明儿我给大侄子买罐美国奶粉，贵就贵，谁让他倒霉呢，摊上个没奶的妈。
张大民：大雨，你别来劲啊。
张大雨：本来就是。整天鸡啊鱼啊，又来王八了，成西太后了。你心那么细，买好吃的不想着我们，想着点妈，比什么不强，我来什么劲了，我就是看不惯。
张大民：妈又不下奶。
张大雨：可妈是妈。
张大民：我上回还给妈买过一次鱼呢。
张大雨：那叫鱼吗？
张大民：怎么不是鱼，带鱼。
张大雨：带鱼，比表带儿宽点。
张大民：那也是带鱼。
张大雨：还是臭的。
张大民：废话那能怨我吗，我钱不够。
张大雨：买王八你钱够。

张大民：我告诉你大雨，你别跟我来劲啊。

张大雨：你媳妇儿才来劲呢。

大民妈：呛呛什么呢，都给我闭嘴。剁差不多行了，二两王八掺一两木头末子，你让云芳怎么吃啊。你是老大，就不能让着你妹妹点，她上夜班，白天睡不好觉，觉得心里有火。

张大民：她心里有火，我心里没火？

大民妈：有火你也给我拿唾沫压回去，听见没有。

张大民：大雨，我得跟你好好说道说道，你老这么可不行。

张大雨：没什么好说的。

张大民：我说大雨，你说你损不损啊。从小你就恨她，长这么大了你还恨她，恨得你虎牙都快长到门牙上来了。小的时候人家把她叫大美妞，管你叫丑八怪，你就哭，哭得眼泡都肿了，到现在你都消不了。她腿长点，你腿短点，可这腿长腿短不都骑自行车上下班吗，她骑26的，你骑不了24骑22有什么关系？她嘴小点儿，你嘴大点儿，她嘴小吃东西都困难，恨我了，想咬我一口都张不开牙，哪像你呀，一嘴能把我脑门子啃下去，她应该嫉妒你。对不对，大雨。你头发少点，比她黄点儿，再少再黄那不也是头发吗，也没人把它当使了八年的扫帚疙瘩。

张大雨：我头发不黄。

张大民：好好好，你头发不黄，你的比她多，比她黑，那也没人把它当墩布使呀。

张大雨：你浑蛋你。

张大民：干吗啊你，有完没完了。

大民妈：都给我闭上臭嘴。

张大民：你还来劲了你？

张大雨：活该活该，没奶活该。

张大民：你还给你大侄子买美国奶粉不了？

张大雨：没钱活该，报应报应。

张大民：你别买，你敢买我们还不敢吃。谁知道你是不是往里面搁安眠药了。

大民妈：老大，你个混账东西，怎么越说越没谱了。

大民妈：行了行了，哭丧呢，我还没死呢。

张大民：妈，这冰箱里还有一鲫瓜子，您是要清蒸啊，红烧啊，还是糖醋啊，我给您做去。

大民妈：把我奶打下来，你喝吗？

文字整理：戴灿

资料来源：根据乐视网提供的视频完成文字整理。

具体参见 http://www.letv.com/ptv/vplay/573233.html

# 太平天国

首播时间：2000年

首播电视台：中央电视台

摄制单位：中国电视剧制作中心、无锡中视影视基地股份有限公司

编　　剧：张笑天

导　　演：陈家林

摄　　像：陈卫国、彭　军、李　明

主　　演：高兰村、张志忠、王诗槐、刘　兵、何永生、韩再生、王菁华

获奖情况：第二十一届（2000年度）中国电视剧飞天奖长篇电视剧二等奖；第十九届（2001年）中国电视金鹰奖长篇电视剧优秀作品奖、观众喜爱女演员奖；第八届"五个一工程"优秀电视剧奖。

**剧情梗概：**

该剧讲述鸦片战争后，中国的社会矛盾急剧激化，不堪忍受清王朝残酷压榨和外国侵略者疯狂掠夺的各地人民群众，纷纷组织起来进行英勇顽强的抗争的故事。在这些此起彼伏、前赴后继的革命大潮中，以洪秀全为首领的"拜上帝会"于1851年1月11日在广西桂平县金田村正式宣布起义，并定国号为太平天国。从此，中国革命开创了一个新的历史时期。太平天国大军从众万千，势如破竹：进围桂林，北逼长沙，出洞庭，入长江，连克汉阳、武昌，水路兼程直下江南，迅速包围南京，之后仅十二天即进入了这座龙蟠虎踞、号称帝王之家的大城市。计自金田起义到此时，只两年三个月就席卷长江，截断了清王朝的漕运，控制了中国的心脏地区。攻克南京后，建都的问题摆在了太平天国领导者的面前。熟悉历史的天王洪秀全虽然知道"局促于东南，而非宅中图大之业"，还是接受了东王杨秀清的建议：定都于此，称天京。穷困百姓的衷心拥护、誓死效忠，是太平天国迅速取得伟大胜利的根本保证。建都天京后，颁布了中国历史上第一个农民革命的纲领——《天朝田亩制度》。

金田方起义，曾国藩大败，投水自杀；第二年翼王石达开又用计在九江打垮湘军水师，曾国藩再次投水自杀，系清王朝存亡大任于一身的"曾剃头"自觉无颜于人世了。

暴发户出身的北王韦昌辉，原本是革命的投机者，杨秀清违背政体，触犯众怒的篡权行为，正好为其提供了借刀杀人的好机会；至于只顾自己一家"父子公孙坐天朝"，一统天下

万万年的天王洪秀全,对杨秀清称万岁断非心甘情愿,更何况密报传来:杨秀清要杀他夺位,自身性命不保。于是大开杀戒,奉诏诛杨的韦昌辉兽性毕露,竟屠杀太平天国革命骨干两万多人;石达开怒斥韦昌辉,韦又要杀石,石急避安庆起兵靖难,还未待石回天京,韦昌辉和他的党羽已被人诛灭了。太平天国惨重的损失并非到此为止,诛韦之后,全朝公举石达开提理政务,但此时的洪秀全除了洪姓人氏,对任何人均心存疑惑。石达开被迫带领大批精兵良将,走了分裂主义歧途,最终,英雄末路,牺牲在大渡河畔。此后,虽然太平天国的英雄们继续不屈不挠进行了数年艰苦卓绝的战斗,并且在年轻而杰出的军事家陈玉成、李秀成的天才指挥下,时有辉煌的战绩,但终因政权中心元气颓败,最终敌不住加紧了联合行动的中外反革命势力的疯狂进攻。1864年4月洪秀全病逝天王宫。6月天京陷落,太平天国中央政权倾覆。

　　　　　文字整理:李季
　　　　　资料来源:根据PPTV网提供的视频完成文字整理。
　　　　　具体参见http://v.pptv.com/show/DoN8ibmLIOHbZV5s.html

## 剧本:

## 《太平天国》 第二十一集

　　**旁白**:1855年3月7日,北伐后援部队受阻,至此长期单兵作战的林凤祥北伐军损失惨重,面对强大的僧格林沁部队,林凤祥率太平天国北伐将士与清军进行了最后决战。

**1. 野外　日　外**

　　开阔的平原上,林凤祥率领的北伐军与僧格林心部队严阵以待。清军架起火炮,北伐军也将土炮架起,阵势浩大。
　　两军交战,炮火连天,溅起阵阵黄沙。战士们不停厮杀,北伐军虽作战勇敢,但在装备和人数都异常强大的清军面前,依旧不敌,战况惨烈。

**2. 野外山坡　日　外**

　　经过激战的北伐军死伤惨重,只剩下不过千人,清兵浩浩荡荡的将仅存的北伐军队逼至山坡之上。
　　浩荡的清兵将林凤祥在内的北伐军重重包围,负伤的林凤祥双手紧握旗帜,站在众人中央。
　　清军一方,曾国藩骑马上前。
　　**曾国藩**:前面败军之中,哪一个是林凤祥?
　　**林凤祥**:太平天国靖胡侯林凤祥在此!
　　**曾国藩**:林凤祥,你已陷入绝地,前有追兵,后有大河,你愿意率你的部下向本王投降吗?

林凤祥：哈哈哈，在太平天国的天条里，根本就没有"投降"两个字。

曾国藩：哼，林凤祥，本王念你是个将才，只要你向本王投降，本王能保全你们的性命。

林凤祥：哈哈哈哈，大丈夫一生一世，终有一死，为太平天国的大义而死，实为光荣。投了你们清妖，岂不玷污了我们的灵魂？太平天国的弟兄们，我们生为天国人，死为天国鬼！

众北伐将士：生为天国人，死为天国鬼！

众将士齐唱：是我天，是我地，是我兄，是我弟……

曾国藩：还不上？

清军点燃火炮，炮火纷飞，北伐战士们集体跳入大运河，依旧引吭高歌。

众将士：血肉躯，浩然气，大同世界太平旗，大同世界太平旗……

### 3. 山间官道　日　外

洪宣娇和江元骑马走在尘土飞扬、浓烟环绕的官道上，迎面遇见一名樵夫。

洪宣娇：大爷，你等等啊，我有点事儿要问你。

樵夫停下，洪宣娇和江元下马。

洪宣娇：大爷，我想问问，这是怎么啦？

樵夫：刚打了一大仗，长毛全军覆没，两千多人都投了河，那河里到处都是尸体啊。

洪宣娇：您知不知道长毛匪首林凤祥怎么样了？

樵夫：听说林凤祥投河没死，可是给抓住了。这押解到北京，那还不得是凌迟处死啊，唉……

樵夫说完离去。

### 4. 官道　日　外

浩荡的清军在僧格林沁的带领下，押解着林凤祥等被俘将领向北京进发。

### 5. 路边驿站　日　外

清兵们升起篝火在驿站原地休息，江元扮的乞丐步履蹒跚地走了过来。

江元：老总，行行好吧，好几天没吃东西了。

一名官兵给了他一些食物，江元继续向另一名士兵走去，边走边不时用眼睛偷瞄周围的环境，不远处的囚车里，囚禁的正是林凤祥。此时的林凤祥也发现了乔装而来的江元，十分震惊。

### 6. 驿站附近　夜　外

洪宣娇和江元身着夜行衣，悄悄地潜伏到驿站周围。

驿站内的篝火旁，守夜的官兵一天未抽大烟，萎靡不振，十分困倦，哈欠连天。借着微弱的火光，囚车里的林凤祥偷偷张望。

门口，站岗的士兵打着哈欠去角落方便，江元和洪宣娇迅速上前，勒住士兵的脖子一扭,两名士兵悄无声息地倒下。

二人透过遮蔽物观察里面的情况,洪宣娇对江元耳语,江元点头,离开。

**洪宣娇大声叫嚷**:你连半钱银子都不给,就想买个大烟泡啊,你也太占便宜了吧!

士兵们一听,精神了起来。

**士兵甲**:她那儿有烟泡!

士兵们一拥而上,涌向洪宣娇,这时,躲在暗处的江元飞身上前,将士兵们悉数放倒。

洪宣娇和江元冲到林凤祥的囚车旁边。

**洪宣娇**:凤祥!

**林凤祥**:宣娇!快,快去救大伙。

### 7. 驿站外 夜 外

洪宣娇和江元带着几个太平军,将林凤祥在内的被俘将士全部救出,这时,大批清兵手举火把涌出。

**清军**:快,快上马,快追啊!

洪宣娇和林凤祥共骑一马在前面飞奔,后面,大批清兵手举火把疯狂追赶,眼看就要追上。

**林凤祥**:你放下我,走吧!

**洪宣娇**:你闭嘴。

### 8. 野外 晨 外

洪宣娇带着林凤祥两人共乘一骑在山道上疾驰,突然间一条大河拦住了去路。

背后尘土飞扬,大队官兵渐渐逼近。

情急之下,洪宣娇带着林凤祥越过大河,后面追赶的官兵无奈之下,只能看着二人离去。

### 9. 野外一处 日 外

暂时安全的二人来到野外一处休息,洪宣娇从马上拿出些许干粮寻找林凤祥。

**洪宣娇**:凤祥,凤祥,凤祥?

洪宣娇找了一圈,发现虚弱的林凤祥躺在一旁,已经睡着。

**洪宣娇**:凤祥,醒醒!来,吃包子吧!

林凤祥点点头,接过包子。

**林凤祥闻了闻包子**:哎呀,真香啊,哪儿买的?

**洪宣娇**:吴桥镇。

**林凤祥大口吃着包子**:他们几个呢?

**洪宣娇**:凶多吉少,现在吴桥镇到处都是官兵,正在挨家挨户地搜,听说从一个铁匠家抓走了一个,我也不知道是谁……

**林凤祥**:嗯,你吃啊?你怎么不吃?

**洪宣娇摇了摇头**:不想吃,心里堵得慌。

林凤祥：唉，我真没想到啊，你会一个人单枪匹马地来救我。

洪宣娇：我最恨那个秦日纲，见硬就回，才走了几百里就不走了，后来被东王训斥了一顿，不知怎么回事儿，他倒被晋升为燕王了！

林凤祥：当初打下天津后，只有一少部分守军在天津就可以了，大队人马马不停蹄向回打，清妖根本喘不过气来，我想，一直打到北京没什么问题，唉，当时天朝犯了个大错误啊。

洪宣娇：可你现在说这些还有什么用啊？

林凤祥：只要我活着就行，我会再招新军的，河南一带不是到处有滇军吗，把他们拉过来，不是还有很多人嘛。

洪宣娇：怎么，你不跟我回天津啊？还要北伐啊？

林凤祥：不打下北京，我怎么回天津啊？

洪宣娇：那也不是你的错啊？你和李开芳连天津城进都没进去，向北打都打了两年了，你还对不起太平天国吗？

林凤祥：不，我不回天津！到了李开芳那里就有办法了！

洪宣娇：你这个人哪，真拿你一点儿办法都没有！

林凤祥：你出天津，是天王之选吗？

洪宣娇：我请缨上阵，想代你北伐，可天王不答应，后来我就只有一个心愿，想把你救下来，如果实在救不下来，见你一面也行。

林凤祥：哈哈，天津有什么新鲜事吗？

洪宣娇：一言难尽，哦，有一件事挺大快人心的，就是无论是官，还是平民百姓，男女到了年龄就可以成婚了！

林凤祥：哦？早就该这样！

洪宣娇：是，为了这一天，张宗林和谢百妹搭上了两条性命。

林凤祥：为什么？

洪宣娇：私通，本来天王想赦免他们俩的死罪，可是没有救下来，东王以天父下凡的名义，把他们给杀了。

林凤祥：太可惜了！没战死在沙场上，而死在自己人的刀下，这是最可悲的了。

洪宣娇：哦，本来我想当媒人，让梅玉娟做你媳妇，可她哥哥把她嫁给了杨子清，这会儿恐怕已经成婚了。

林凤祥：呵呵，你呀，就别替别人乱点鸳鸯谱了，我这辈子，心里谁也装不下。

洪宣娇：你现在还那么傻吗？

林凤祥：哈哈，你说我傻就傻呗。

洪宣娇帮着林凤祥整理了凌乱的头发，靠在林凤祥身旁。

洪宣娇：如果你还那么傻的话，我就嫁给你。

林凤祥握住洪宣娇的手：怎么样？我到底是划开了你这铁石心肠吧。

洪宣娇：谁铁石心肠啊。

两人靠在一起相互依偎。

洪宣娇：哎，这里挺隐蔽的，你在这里待着别动，我到那边看看，如果他们到了，我来接你。

**林凤祥**：嗯，你去吧，把马骑上，快一些。

**洪宣娇**：哦，这马有记号，把马骑上，太危险了，我走了！

洪宣娇说罢离开。

10. 空镜　月亮高挂于天际

11. 石头岭　夜　外

**洪宣娇**：有人吗？有人吗？

一名太平天国士兵出来。

**洪宣娇**：唉，没有别的人吗？

**士兵**：靖胡侯怎么样？

**洪宣娇**：他没事，他在碑林里面呢。

**士兵**：哦，他们几个肯定被清狗抓回去了，今天中午，我在镇里听说，明天中午要把匪首押到沧州就地正法，一定是他们无疑了！

**洪宣娇**：嗯……趁天黑我们赶紧走吧，这里肯定不安全，他们要知道跑了一个人，不会甘心的！我们赶紧走！

士兵点头。

12. 碑林　夜　外

林凤祥依旧躲在碑林中央，一伙清兵前来搜查。

**清兵**：这一定有人，这还有匹马！

林凤祥起身，周围已经包围了大批官兵。

**清兵甲**：你是什么人，深更半夜的，到这儿干嘛？

**林凤祥**：我啊，是江苏的客商，被歹徒抢了个精光，受了点儿伤，在这儿歇一会儿。

**清兵甲**：你是经商的？看你这样，分明是逃出来的长毛！

**清兵乙**：这马屁股上有偷马的标志，他就是偷马的贼啊！

**清兵甲**：来，抓起来。

13. 沧州柴草市街道　日外

锣鼓开道，清军押解着大批太平天国的被俘将士游街，街道两旁洪宣娇和江元隐匿在人群中偷偷张望。

14. 皇宫内苑　日　内

咸丰皇帝来回踱步，两位朝中大臣居其左右。

**咸丰皇帝**：你们说说，这个林凤祥该怎么处置？

**肃顺**：秉圣上，无非是杀，或者令其降。

**大臣乙**：圣上，臣以为林贼是罪在不赦，他两年来攻州夺县，光是败死在他手下的二品大员就有七十多人，这样的人怎么能留呢？

**肃顺：** 奴才以为，杀有杀的好处，留有留的好处。

**咸丰皇帝：** 那你说说留的好处。

**肃顺：** 据臣所知，这林凤祥可是匪军中的一路先锋，他在杨秀清、洪秀全的眼里是擎天柱，如果他能投降，还可以劝降发匪余部，这样可以使朝廷减少多少粮饷？减少多少牺牲的兵勇啊？

**咸丰皇帝：** 万一他招不降长毛呢？

**肃顺：** 到那个时候杀他也不迟啊。

**咸丰皇帝：** 嗯，你去劝降他，如果他肯招降于长毛，朕可免他一死。

**肃顺：** 呃……怕是只免一死，不能招降长毛啊，皇上您想啊，长毛造反是为了什么？还不是为了当官发财吗？皇上还记得那个洪大全吗？一说让他当官，他马上投降了。

**咸丰皇帝：** 可他并没有降一个人啊。

**肃顺：** 那是因为他是假货，这林凤祥可是货真价实的。

**咸丰皇帝：** 以你这么说，朕还得赏他顶戴花翎了？

**肃顺：** 臣以为，只有这样，才能使发匪艳羡，纷纷来降。

**咸丰皇帝：** 依你看，给他多大官啊？

**大臣乙：** 臣以为，给他七品县令足够了。

**肃顺：** 哈哈哈。

**大臣乙：** 你笑什么？小吗？

**肃顺：** 那些个贩盐的，还能用黑钱买个四品道台呢，欲招降发匪，不舍得几个虚设的官衔，那怎么能行呢？

**咸丰皇帝：** 肃顺，依你看，给他多大官啊？

**肃顺：** 臣以为，给个提督总兵不为过。

**大臣乙：** 那可是一二品的大员啊。

**咸丰皇帝：** 肃顺，你去办吧。

**肃顺：** 好。

### 15. 街边小馆　日　外

小馆中央摆着几张桌椅，洪宣娇和江元坐在桌前吃饭。

**江元：** 我都打探明白了，押在刑部的大牢里，想要探视，要好几关。死囚牢一般也不准探视，不过，要多使银子，没有不行的。

**洪宣娇：** 可是，我们上哪儿去弄银子？

**江元：** 天上不下银子，地上不长银子，到有银子的地方去找吧。

**洪宣娇：** 你可要小心点儿，这里是京城，不是咱们那个小地方。

**江元：** 我会小心的。

### 16. 大牢内　日　内

提审官员端坐在桌前。

**官员甲：**来啊，带林凤祥。

**衙役：**是！带林凤祥！

顷刻，林凤祥被押解进入提审室。

**肃顺：**来，赐座。

林凤祥看着搬上来的凳子，轻蔑地笑了笑。

**林凤祥：**要杀要剐由你们，别跟我玩儿花样。

**肃顺：**要想杀你，在沧州城就让你和你的同伙一起去死了，皇上看你是个人才，是一条汉子，所以才让你来到这天子脚下。

**林凤祥：**哼，我不稀罕。

**肃顺：**人生一世，草木一秋，图的是什么？还不是荣华富贵。你们起来造反，还不是为了这个。现在有个好机会，你要不要？

**林凤祥：**你想让我投降吗？

**肃顺：**你是个明白人，"投降"这个词并不是贬义，也并不一定是屈辱的意思，你向大清朝廷投诚，改恶从善，皇上不究汝恶，还赏你个二品顶带，我想，你在长毛那里，也不过如此吧。

**林凤祥：**我想，你不会没有条件吧？

**肃顺：**哦？呵呵，卒下是个聪明人呐，哈哈哈哈，你知道，天下太平本是安民乐业之本，虽说长毛造反不过是疥癣之疾，不过为了国泰安民之计，还是早早的平定为好啊。

**林凤祥：**哈哈哈哈哈，太平天国已占据了半壁江山，仅仅是疥癣之疾吗？那为何让你的皇上寝食不安？又为何派战将千员，精兵几十万到处围剿我们？

**肃顺：**本官想让你活命，就算是成全你了吧。

**林凤祥：**未必吧？你在刑室杀了我，成全了我林凤祥一个英烈之名，让后人也知道，我林凤祥是一个宁折不弯的汉子。你让我投降，是给了我一个不忠不义的小人之名。难道，这个你还不明白吗？

**肃顺：**现在，大清的江南、江北两个大营正在围攻金陵，朝廷大军连战连捷，你们的末日不远了。

**林凤祥：**既然太平天国已是日暮途穷，你们怎么还有闲心来劝降呢？我还有半点用处吗？

**肃顺：**说到用处，我倒是想进一言，你是个中流砥柱之人啊，你有能力救助那些迷途的同伴，一旦南京城破，那就是覆巢完卵，也要玉石俱焚啊。

**林凤祥：**呵呵，让我投降，我有个条件，你想听吗？

**肃顺：**卒下尽管说。

**林凤祥：**我投降的条件只有一个，让清妖皇帝退位，让太平天国的天王来坐皇殿。

**肃顺：**你！！

**林凤祥：**哈哈哈哈哈。

**17. 京城肃顺府外　日　外**

一顶八抬大轿停在府门之外，肃顺下轿，江元在暗处悄悄观望。

## 18. 肃顺府 夜 外

一队官兵巡逻，江元身着夜行衣从假山之后窜出，江元小心翼翼的躲避官兵的巡逻，来到了肃顺的书房之外。

## 19. 书房之内 夜 内

某大臣和肃顺商议林凤祥之事。

大臣：兄弟，千万别在皇上面前再提什么招安了，赶紧把那匪首杀掉完事儿，免得节外生枝。

肃顺：嗯，也只好杀了。就是我想招安他，也是无隙可乘啊，哥哥，我真想不到，长毛里面有这样气节高洁之士，杀了真是可惜啊。

大臣：你又胡说，我说你呀，坏事就坏在你这张嘴上，恃才傲物，不肯随和，很多人说你坏话。兄弟，你严办了科考舞弊案，严办了户部敛财案，又得罪了许多人，你呀，树敌太多。

大臣：好啦，走吧走吧，到客厅去打牌，一会儿载元也来。

肃顺：哎呀，哥哥你先去吧，反正我也不会打，只能在旁边观战，去吧。

大臣：好，等着你啊。

大臣说罢离开。

## 20. 书房之外 夜 外

大臣从肃顺书房离开，躲于暗处的江元悄悄观望。

## 21. 书房内 夜 内

蜡烛的光照亮了整个书房，江元脚步轻盈的潜入书房之内，伏案看书的肃顺有些困顿，浑然未觉。

突然惊醒的肃顺一抬眼，看见蒙面的江元，大叫。

肃顺：你是什么人？

江元：实话实说，我是太平天国的人！

肃顺：那你想干什么？

江元：让你放了林凤祥。

肃顺：哦……那你好好坐下，哎呀，你看看，你这个样子，回头我的客舍汗进来，你还能活得了吗？

江元：你别想耍花招，这房上也有我们的人。

肃顺：哦，好，那就请您把蒙面巾除去吧，啊？你坐下，你得像个客人的样子啊。你可以把枪放在桌子底才冲着我啊？

文字整理：张瑶

资料来源：根据PPTV网提供的视频完成文字整理。

具体参见http：//v.pptv.com/show/DoN8ibmLIOHbZV5s.html

图书在版编目（CIP）数据

中国广播电视文艺大系：1977~2000.电视剧卷：全2册/李兴国.卢蓉主编.—北京：中国广播影视出版社，2015.11

ISBN 978-7-5043-7465-3

Ⅰ.①中… Ⅱ.①李… ②卢… Ⅲ.①电视文学剧本—作品集—中国—当代 Ⅳ.①I235

中国版本图书馆 CIP 数据核字（2015）第 159259 号

## 中国广播电视文艺大系（1977－2000）电视剧卷（上、下）

李兴国　卢蓉　主编

| | |
|---|---|
| 责任编辑 | 宋蕾佳 |
| 封面设计 | 亚里斯 |
| 责任校对 | 谭　霞 |
| 出版发行 | 中国广播影视出版社 |
| 电　话 | 010-86093580　010-86093583 |
| 社　址 | 北京市西城区真武庙二条9号 |
| 邮　编 | 100045 |
| 网　址 | www.crtp.com.cn |
| 电子信箱 | crtp8@sina.com |
| 经　销 | 全国各地新华书店 |
| 印　刷 | 涿州市京南印刷厂 |
| 开　本 | 787毫米×1092毫米　1/16 |
| 字　数 | 1896（千）字 |
| 印　张 | 79 |
| 版　次 | 2015年11月第1版　2015年11月第1次印刷 |
| 书　号 | ISBN 978-7-5043-7465-3 |
| 定　价 | 205.00元 |

（版权所有　翻印必究·印装有误　负责调换）